죽이는 책

BOOKS TO DIE FOR

by John Connolly and Declan Burke

죽이는 책

세계 최고의 미스터리 작가들이 꼽은
세계 최고의 미스터리들

BOOKS TO DIE FOR

존 코널리 · 디클런 버크 엮음
김용언 옮김

책세상

차례

일러두기

1. 인명 표기는 국립국어원 외래어 표기법을 따르되, 국내 출간된 책의 저자와 책 속 인명에 한해서 기출간된 책의 인명 표기를 따랐다. 다만 셜록 홈스처럼 일반 명사화된 인명은 출간된 책의 인명 표기와 상관없이 국립국어원 외래어 표기법을 따랐다.
2. 원주는 *로, 역주는 ●로 표기했다.

서문

　왜 미스터리 소설은 그토록 오랫동안 지속적인 인기를 누려왔는가? 이 질문에 간단히 답하긴 힘들다. 미스터리 소설의 특징은 예리한 사회적 비판을 담을 수 있다는 데 있다. 법과 정의 사이에 괴리가 발생했다는 데 대한 우려, 타협적일지언정 어쨌든 질서를 향한 염원. 독자들은 미스터리 소설에서, 가장 비관적인 미스터리 작가들의 관점에서조차 마땅히 그리 되었어야 할 세계를, 즉 인간 최악의 본성이 아무런 저항 없이 승리를 거두는 것을 수수방관하지 않는 선한 남녀들의 세계를 엿볼 수 있다. 미스터리 소설은 이 모든 것을 건드리는 동시에 독자를 즐겁게 한다. 그리고 그 즐거움은 미스터리 소설의 수많은 특성 중 절대로 사소하게 취급할 수 없는 부분이다.

　하지만 미스터리 소설에선 언제나 플롯보다 캐릭터가 우선한다. 미스터리 소설의 가치를 폄하하는 사람들은 이 점을 이해할 수 없을지도 모른다. 물론, 캐릭터가 우선한다는 게 미스터리 소설의 보편적 원칙은 아니다. 미스터리 소설에서 범인의 정체가 차지하는 비중과 인간을 충동질하는 동기의 복잡성이 차지하는 비중은 분명 작품마다 차이가 있다. 고전적인 퍼즐 미스터리를 비롯해 어떤 소설들은 전자로 더 기울고, 다른 소설들은 후자에 좀더 천착한다. 그러나 미스터리 형식을 취하고자 한다면, 캐릭터로부터 플롯이 도출된다는 점뿐 아니라, 위대한 미스터리는 캐릭터 그 자체라는 점을 이해해야 한다.

소설이 개별 경험을 통해 인간 보편의 본성을 이해하려는 노력, 다시 말해 구체적 요소로부터 보편적 세계를 발견하려는 노력이라는 관점에 동의한다면, 모든 소설의 핵심은 아주 단순하게 다음과 같은 질문으로 귀결될 수 있다. '왜?' 왜 우리는 그런 행동을 하는가? 대실 해밋의 《몰타의 매》에서도, 찰스 디킨스의 《황폐한 집》에서도 그 질문은 메아리친다. 프리드리히 뒤렌마트의 《약속》과 로스 맥도널드의 《소름》에서도 그 질문은 똑같이 맴돈다. 그런데 다른 장르의 소설과 비교해보았을 때 미스터리 소설은 거기서 한층 더 나아가는 듯하다. 미스터리는 질문을 던지는 데서 멈추지 않고, 그 답까지 제시하려 한다.

하지만 어디서부터 출발할 것인가? 이미 미스터리의 음침한 바다에서 헤엄치는 것에 익숙해진 열혈 독자에게조차 선택의 폭은 너무나 넓다. 우리의 책장에는 매주 신간들이 엄청난 속도로 쌓여간다. 살아 있는 작가들을 따라잡기에도 버거운 상황에서, 이미 작고한 작가들은 완벽한 망각 속에 사라질 위기에 처해 있다. 발견되어야 마땅한 보물은 너무나 많다. 그 보물들이 그냥 매장되도록 내버려둘 순 없다. 물론 그중 일부 작가들은 두고두고 사랑받을 것을 기대하며 소설을 쓰지 않았기 때문에, 자신들이 기억되고 있다는 사실 자체에 깜짝 놀랄지도 모른다.

그래서 우리는 극히 단순한 결정을 내렸다. 전 세계 미스터리 작가들에게 그들이 사랑하는 소설에 대해 열변을 토할 기회를 주기로 한 것이다. 그럼으로써 우리는 완벽하기보다는―그것은 어리석고 불가능한 목표다―진심 어린 목록을, 빠진 책이 없다기보다는 적어도 포함된 책을 놓고 보면 흠잡을 데 없는 목록을 작성하고자 했다. 어찌 됐건, 이 같은 종류의 선집 작업은 목록에 들어간 작품들에 박수를 보내기보단 거기서 빠진 작품들부터 본능적으로 찾아내고야 마는 사람들에게 분노의 야단법석을 불러일으킬 수밖에 없다(《그런데 이 책은 왜…?》라는 제목으로 대체해야 했을지도 모른다).

이런 점을 염두에 두고, 일단 이 특별한 자리에서 거대한 코끼리 한 마리와 붙어보자. 코끼리의 이름은 미스터리 소설을 이야기할 때 빠지지 않고 등장하는 레이먼드 챈들러다. 챈들러의 《빅 슬립》은 지금까지 출간된 미스터리 소설 중 가장 위대한 작품으로 인용되곤 하는데, 이쪽 장르를 그리 많이 읽지 않은 사람들이 흔히 저지르는 오류라 할 수 있다. 사실상 이 오류가 너무 만연하는 바람에, 아예 《빅 슬립》을 읽지 않았거나 1946년에 나온 동명의 영화만을 본 사람조차 《빅 슬립》을 사랑하게 되었다. 《빅 슬립》에는 좋아할 수밖에 없는 요소들, 심지어 존경해야 마땅한 요소들이 너무 많기 때문에 우리는 이 작품을 사랑한다. 하지만 《빅 슬립》이 미스터리 사상 가장 위대한 작품은 아닐뿐더러 심지어 레이먼드 챈들러의 작품 중에서도 최고작이 아니라는 강력한 논거를 입증할 때가 되었다.

《빅 슬립》은 이 책에 실린 서평의 주제로 선택받지 못했다. 아니, 《빅 슬립》이 빠졌다면 대체 어떤 작품들이? 음, 챈들러의 다른 소설 두 권이 포함됐다. 《안녕 내 사랑》이 포함된 것은 어느 정도 기대에 부응하는 결과라고 할 수도 있겠다. 하지만 또다른 작품, 《리틀 시스터》는 조금 예상 밖의 결과이다. 《안녕 내 사랑》을 선택한 조 R. 랜스데일에게 이 선집에 참여할 것을 권한 자리에서, 우리 모두는 마치 겨울이 오기 전 모스크바를 접수할 수 있다고 믿어 의심치 않았던 군인들처럼 잘못된 확신을 가지고 있었다. 즉 마이클 코넬리라면 당연히 《기나긴 이별》을 선택할 것이라 예상했던 것이다. 《기나긴 이별》에 대한 코넬리의 애정이야 워낙 유명하지 않았던가(그러나 코넬리의 서평을 읽어보면 알겠지만, 《기나긴 이별》에 대한 애정은 로버트 올트먼의 1973년 동명 영화 버전을 향한 것이다). 코넬리는 에

세이에서 《기나긴 이별》을 특별하게 언급하긴 하지만, 그의 글은 《리틀 시스터》에 초점이 맞춰져 있다. 왜냐하면 그 책이 코넬리 자신에게 좀더 개인적인 의미로 다가왔기 때문이다.

　이것이야말로 이번 선집 이면의 핵심이라 하겠다. 이 책은 여론조사로 만들어진 소설 모음집, 계산기나 스프레드시트를 통해 집계된 책이 아니다. 소설의 여명기로까지 거슬러 올라가는 진저리 나게 장황한 제목들을 나열하는 책도 아니다. 거지 같은 학교에서 여름방학이 시작될 때 나눠줘 학생들의 휴가에 먹구름을 드리우고 마는 필독 도서목록 같은 방식으로 독자들의 무지를 지레짐작해 꾸짖는 책도 아니다. 우리가 참여 작가들에게 원했던 것은 열정적인 옹호의 목소리였다. 우리는 그들이 각자 소설 한 권, 정확히 딱 한 권만 골라낸 뒤 그것을 경전의 위치에 올려놓는 모습을 보고 싶었다. 그 작가들 중 누군가와 저녁 무렵 술집에서 마주친다면, 그리고 무슨 소설을 좋아하는가로 대화가 흘러간다면(거의 대부분 필연적이다), 작가들은 어떤 책 한 권을 극구 강권하게 될 것이다. 만일 그때가 서점 문이 닫힐 정도로 늦은 시간이 아니라면, 그들은 당장 술집을 뛰쳐나가 그 책을 사들고 돌아와 당신에게 선물할 것이다. 그러고는 당신이 그 책을 읽게끔 최선을 다했다고 자부할 것이다.

　적어도, 지금까지의 설명을 통해 어떤 책이 왜 이 목록에서 누락되었는지는 납득할 수 있을 것이다. 물론 지금까지도, 어떤 독자에게는 특정 책의 제목이 누락되었다는 사실이 분노의 원천으로 작용하겠지만 말이다. 이 근사한 계획이 이뤄지는 과정에서 누락된 책들이 예상했던 것보다는 적다고 감히 자부한다. 포함되지 못한 작가들 역시, 물론 어쩔 수 없이 존재하긴 하지만, 생각보단 적다고 자부한다. 그 책과 작가들까지 죄다 포함했다면, 아마도 이 책은 너무 무거워서 집어들 수도 없었을 것이다. 이 책에서 다뤄진 모든 소설들은 그 나름대로 위대하다. 마찬가지로 각각의 작가들이 한 권의 책을 지지하며 드러낸 애정과 존중 또한 엄청나다.

여기에 이 책의 두 번째 목표가 있다. 이 선집에 참여한 작가들이 자신이 선택한 책에 품은 애착으로부터 그들 각자의 개인적 특성을 발견할 수 있다는 것. 많은 경우 그 글에서 다뤄진 책뿐 아니라 글쓴이에 대해서도 어느 정도 파악할 수 있게 된다. 동시에 글을 읽다 보면 글쓰기의 기술과 기교에 대해서도 적지 않게 배울 수 있다. 예를 들어 풋내기 경찰에서 작가로 전업한 조셉 웜보는 머릿속에서 굴리기만 하던 소설에 대해 트루먼 커포티와 토론하던 중 자신의 남다른 위치를 깨닫게 된다. 린우드 바클레이는 막 유망한 소설가 단계에 진입했을 무렵 로스 맥도널드와 식사를 함께 한 적이 있다. 독자와 작가가 맺는 가장 단순하면서도 동시에 가장 친밀한 수단인 팬레터로부터 비롯된 식사 자리였다. 이언 랜킨의 경우 런던 서점에서 데릭 레이먼드의 범상치 않은 모습과 마주친 적이 있다. 가장 중요한 점은, 모든 작가들은 그들 이전에 등장한 작가들의 산물이라는 사실이다. 우리가 가장 사랑하는 작가들은 우리에게 가장 큰 영향을 미친다. 문체 면에서, 철학적인 면에서, 혹은 도덕적인 면에서(누군가의 통찰에 따르면, 모든 미스터리 작가들은 비밀스러운 도덕주의자이다). 당신이 좋아하는 작가의 책이 이 선집에 서평 주제로 포함되었다면, 그 책을 고른 작가의 소설들 또한 탐독해볼 만한 좋은 기회다. 비슷하게, 당신이 사랑해 마지않는 작가가 자신이 소중하게 여기는 선배 작가가 누구인지 고백했다면, 당신은 틀림없이 그 작가의 글쓰기가 어떤 식으로 형성되었는지에 대해, 혹은 부분적으로나마 글쓰기라는 행위의 이유로 작동했을 그 선배 작가에 대해서도 배울 수 있다.

분명히 이 책은 한가한 때 살짝 펴들어 글 한두 편 정도를 읽고 난 후 본래의 일로 돌아가기에 안성맞춤이다. 하지만 디테일들이 한 장 한 장 서서히 축적되어가면서 얻게 되는 즐거움 또한 만만치 않다. 우리가 편집하는 과정에서 그러했듯 이 책을 연대기 순으로 읽다 보면, 예상했거나 미처 생각지 못했던 패턴들이 수면 위로 떠오르기 시작한다. 당연하게도 위대한 캘리포니아 지역 범죄소설 작가들, 즉 대실 해밋과 레이먼드 챈들러, 로스 맥도널드와 제임스 M. 케인은 후대 작가들에게, 또 서로에게 중요한 영향력을 행사했다. 맥도널드의 탐정 루 아처는 해밋의《몰타의 매》에서 샘 스페이드의 살해당한 동료로부터 그 이름을 따왔다. 챈들러가 해밋을 기반으로 했듯, 맥도널드는 챈들러를 자신의 토대로 삼았다. 하지만 그 선배가 등 뒤에서 자신을 폄훼한다는 걸 알았고, 이는 그들 사이의 관계를 더 복잡하게 만드는 층위가 됐다. 그런데, 가장 많은 지지자를 거느린 작가는 이 남성들 중에 있지 않다. 그 작가는 바로 스코틀랜드 출신의 작가 조지핀 테이다. 그녀는 이 책에 참여한 여성 작가들 다수에게 엄청나게 중요한 작가로 평가받았다.

또는 1947년이라는 해를 주목할 수도 있다. 연쇄살인마 소설이 싹트게 된 토대로 평가받는 도로시 B. 휴스의《고독한 곳에》와 미키 스필레인의《내가 심판한다》가 그해에 출간되었다. 두 작품 모두 남성의 분노를 탐구한다. 물론 스필레인의 소설은 남성의 분노를 표출한다고 보는 게 더 정확할지도 모르겠지만. 또한 두 작품 모두 2차 세계대전의 여파에서 비롯되었다. 즉 유럽과 아시아에서 싸운 남성들이 집에 돌아와 달라진 세상과 맞닥뜨리게 되는 상황 말이다. 이는 나중에 마저리 앨링엄의 1952년 작《연기 속의 호랑이》에서 영국적 맥락으로 다시 한번 다뤄지는 주제이기도 하다. 1947년은 또한 지금껏 미제로 남은 악명 높은 '블랙 달리아 사건'이 터진 해이기도 하다. 엘리자베스 쇼트라는 젊은 여성의 시체가 심하게 훼손되고 반토막이 난 채 로스앤젤레스의 레이머트 공원에서 발견된 사건이다. 존 그레고리 던이 죄책감과 부패에 관한 소설《진실한 고백》의 배경을 1947년으로 잡은 것은 우연이 아니다. 한편으로 블랙 달리아 사건은 이후 소설가 제임스 엘로이의 개인적인 시험대가 되었다. 엘로이의 어머니도 1958년 캘리포니아에서 살해당했고 지금까지도 그 범인은 잡히지 않았다. 미국 펄프소설의 공식은 전후 사회의 변화들에 적응해나갔고, 그 결과 짐 톰슨, 엘리엇 체이즈와 윌리엄 P. 맥기번 같은 작가들의 최고작이 탄생할 수 있었다. 이 작가들 모두 이 책에 실린 에세이에서 다뤄진다.

마지막으로 에드 맥베인부터 메리 스튜어트, 뉴턴 손버그, 레오나르도 파두라에 이르기까지 얼마나 다양한 작가들이, 다른 무엇보다도 우선 소설가로서의 자기 견해를 강하게 피력했는지를 지켜보는 것도 흥미롭다. 미스터리 장르는 그들이 작업하는 데 적절한 구조를, 심지어 이상적인 구조를 제공했다. 또한 이 장르는 가변성이 뛰어나기 때문에 지속적으로 변화하는 환경에 잘 대응해왔다. 이 책에서 다뤄진 작품들의 다양성과 그만큼의 다양한 접근 방식이 그 증거라 할 수 있다.

예를 하나 들어보겠다. 하드보일드 소설의 핵심에는 오랫동안 여성 캐릭터들이 존재했다. 대개의 경우 팜 파탈이거나 사랑스러운 비서다. 하지만 여성들이 탐정이라는 핵심 역할을 맡을 때조차 그 소설들은 남성 작가에 의해, 혹은 남성 작가의 참여에 의해 집필되었다. 얼 스탠리 가드너는 A. A. 페어라는 가명으로 1939년에 여성 탐정 버사 쿨을 탄생시켰다. 드와이트 V. 밥콕은 해나 밴 도런을, 샘 머윈 주니어는 에이미 브루저를, 윌 아워슬러와 마거릿 스콧은 게일 갤러거를 1940년대에 등장시켰다. 그리고 아마도 가장 유명한 예로, 포레스트와 글로리아 피클링 부부는 '허니 웨스트 시리즈'를 1950년대에 썼다.

그러나 1970년대 말에서 1980년대 초 무렵, 마샤 멀러, 수 그래프턴과 새러 패러츠키, 어맨다 크로스, '코딜리아 그레이 시리즈'를 쓴 P. D. 제임스에 이르기까지 다수의 여성 소설가들이 등장했다. 그들은 하드보일드 미스터리 소설을 통해 폭력(특히 성폭력), 부당한 희생의 강요, 힘의 불균형, 젠더 갈등 등 여성에게 악영향을 끼치는 각종 사안들에 대해 목소리를 높였다. 그들은 미스터리 장르에서 확립된 전통에 대해 계속 의문을 제기하고 변화를 주고 전복을 꾀하고, 그 과정에서 여성소설의 새로운 유형을 만들어냈다. 미스터리 장르 역시 그들의 진지한 목표를 폄하하거나 그 결과에 어깃장을 놓지 않으며 여성 작가들을 포용했고, 이모든 과정은 매우 자연스럽게 이루어졌다. 수많은 작가들이, 심지어 스스로 미스터리 장르 바깥에서 글을 쓴다고 여기는 작가들마저 글쓰기에 미스터리적 요소를 도입하려는 것은 바로 이 때문이다. 동시에 이 책이 엄청나게 다양한 소설가들, 디킨스부터 뒤렌마트, 커포티부터 크럼리에 이르는 작가들을 수용할 수 있었던 이유이기도 하다.

이 책은 또한 미스터리—혹은, 당신이 원한다면 범죄소설이라 불러도 좋다—의 구성 요소에 관해 질문을 던진다(미스터리와 범죄소설이라는 용어는 일반적으로 상호교환 가능하다고 여겨진다. 하지만 '미스터리'가 그 형태 내의 다양성을 표현하기에 아마도 좀더 유연하며 정확한 용어 같다. 범죄는 기폭제로, 미스터리는 결과로 간주될 수도 있다). 장르란, 아름다움처럼 보는 이의 눈에 따라 달라진다. 하지만 범죄를 제거하고 난 뒤에도 파괴되지 않는 소설은 범죄소설이 아니며, 범죄 요소를 없앨 경우 무너져버리는 소설이 범죄소설이라는 공식은 꽤 유용하게 쓰일 수 있다. 엄청난 행운은 언제나 엄청난 범죄를 동반하듯, 수많은 위대한 소설들은 흥미롭게도 장르를 불문하고 그 핵심에 범죄를 품고 있다. 장르소설과 순문학(그 자체로 하나의 장르다. 물론 이견이 있을 수 있다) 사이의 경계는 몇몇 이들이 믿고 싶어 하는 것처럼 그렇게 선명하지만은 않다.

결국 미스터리 장르 자체를, 그리고 위대한 글을 쓰도록 허락하고 북돋고 그리하여 위대한 문학을 탄생시키는 미스터리 장르의 능력을 묵

살하는 이들은, 기본적으로 그 속물근성 때문이 아니라—물론 그 때문에도 비난받아야 하지만—소설의 본성과 그 안에서 장르가 점한 위치에 대한 근본적 몰이해 때문에 유죄 선고를 받아 마땅하다. 소설, 문학 혹은 다른 어떤 종류의 글이든 그 DNA에 장르를 무리하게 연결 지을 필요는 없다. 장르는 이미 현존하고 있다. 미스터리 소설은 형식이자 메커니즘이다. 그것은 누구나 사용할 수 있는 도구다. 나쁜 작가의 손에선 형편없는 소설이 나오겠지만, 위대한 작가들은 미스터리 장르를 통해 마법을 창조할 수 있다.

2012년 더블린에서
존 코널리와 디클런 버크

뒤팽 시리즈 *The Dupin Stories, 1841~44*

by 에드거 앨런 포

•

에드거 앨런 포Edgar Allan Poe(1809~49)는 미국의 소설가이자 시인, 편집자, 평론가이다. 미스터리 가득하고 상상력 풍부한, 그중 상당수는 명백히 고딕적이라할 분위기의 단편들로 유명하다. 그러나 미스터리 독자들 사이에선, 훈작사勳爵士 C. 오귀스트 뒤팽이라는 캐릭터를 등장시킨 세 편의 단편 덕분에 그의 명성이 오래도록 유지될 수 있었다. 포 자신은 이 단편들을 '논리적 추론담'이라 부른 바 있다. 지성적이면서 상상력이 풍부하고 명민하지만 괴짜인 뒤팽은, 이후 등장할 소설 속 탐정들의 본보기가 되었다. 그들 중에는 셜록 홈스도 있는데, 홈스가 등장하는 최초의 소설《주홍색 연구A Study in Scarlet》에서는 그가 뒤팽의 이름을 언급하는 장면이 나오기도 한다. 비록 뒤팽을 '아주 형편없는 친구'라고 묘사하긴 하지만.

J. 윌리스 마틴

18XX년 봄부터 여름 초반에 이르기까지 파리에서 지내면서, 나는 C. 오귀스트 뒤팽이라는 신사와 교분을 쌓게 되었다.

사립탐정이 경찰을 도와 살인 미스터리를 해결하는 이야기의 시초로 간주되는 단편은 이렇게 시작한다. 〈모르그 가의 살인The Murders in the Rue Morgue〉은 경찰을 당혹케 한 사건을 뒤팽이 해결한다는 내용의 세 편의 단편 중 첫 번째 작품이다. 범죄, 미스터리, 초자연적 소설을 쓴 이후세대 작가들에게 포의 중요성과 그가 끼친 영향은 어마어마하다. 다음 문단을 읽어보면, 뒤팽 대신 셜록 홈스나 푸아로가 등장하는 어떤 소설에서 발췌한 것처럼 보이기도 한다.

"제발 부탁이니 말해주게." 나는 소리쳤다. "여기서 내 영혼을 어떻게 헤아릴 수 있었는지, 만약 방법이란 게 있다면 어떤 방법이었는지 말해주게나."

뒤팽은 기꺼이 알려준다. 그의 분석 능력을 후원하는 친구는 그저 경이로워할 수밖에 없다.

〈모르그 가의 살인〉의 후속편인 〈마리 로제 미스터리The Mystery of Marie Roget〉는 다음과 같은 논평으로 시작한다. "(…) 절반쯤은 초자연적 사건으로 보이는 모호하고도 가슴 뛰는 가능성 앞에 때때로 겁먹지 않을 사람은, 심지어 가장 침착한 사색가들 중에서도 거의 없다고 봐야 한다." 한편 〈도둑맞은 편지The Purloined Letter〉에선 한 여성이 편지를 도둑맞고, 훔쳐간 이로부터 협박을 당한다. 뒤팽은 그 편지를 되찾는 데 협력해달라는 경찰의 요청을 받는다.

'뒤팽Dupin 시리즈'는 이 세 편의 이야기로 구성된다. 다른 자리에서 워낙 자주 분석되는 이야기들인 만큼, 이 글에서까지 뒤팽 시리즈를 조각조각 해체하진 않을 것이다. 내가 흥미롭게 느끼는 점은, 포가 자신의 얼터에고를 묘사하는 방식—다수의 학자들은 의심의 여지없이 뒤팽이 포의 얼터에고라는 데 동의한다—으로부터 추측할 수 있는 그의 성격이다. 뒤팽이 최초로 등장하는 순간 화자는 다음과 같이 그를 소개한다.

이 젊은 신사는 매우 훌륭한, 진실로 저명한 집안 출신이지만 뜻밖의 불운을 여러 차례 겪으면서 지금과 같은 빈곤에 처하게 되었다. 그의 고유한 에너지는 가난 아래 수그러들었고, 그는 세상 속으로 뛰어들어 활동한다거나 자신의 재산을 되찾으려는 노력을 포기했다. 채권자들의 호의 덕분에 유산 중 극히 일부가 여전히 그의 소유로 남아 있었다. 거기서 나오는 수입으로, 불필요한 곳에 돈을 탕진하지 않은 채 생활필수품만을 가까스로 충당하면서 엄격하게 절약하는 삶을 꾸려가고 있었다. 책이야말로 그의 유일한 사치품이었고, 파리에서 책은 아주 쉽게 구할 수 있었다.

이 설명은 〈모르그 가의 살인〉을 쓸 당시 포의 개인적인 상황에 대해 우리가 알고 있는 바와 부합한다. 화자는 계속 설명을 이어간다.

우리는 한참 논의한 끝에, 내가 이 도시에 머무는 동안 함께 지내기로 결정 내렸다. 나의 재정 형편이 그보다는 좀더 나은 편이었기 때문에, 내가 집세를 내고 가구를 들이기로 합의했다. 우리가 일부러 캐묻지는 않은 어떤 미신 때문에 오랫동안 버려졌던 고색창연하고 기괴한 저택이었는데, 우리 두 사람 모두 일상적인 정서가 기이하고 우울했기 때문에 그에 걸맞은 가구들을 들여놓았다.

포가 기술한 '일상적인 정서'는 평생토록 그 자신을 괴롭혔던 환희와 절망의 기분 상태를 일컫는 단어였을 것이다. 그가 조울증을 앓았다는 사후 진단 역시 그 주장을 뒷받침한다. 오늘날 살아 있었다면 포 역시 그런 진단에 동의했을 것이다. 그는 자신의 기분 상태가 주기적으로 변한다는 걸, 환희와 절망 사이를 오간다는 것을 알고 있었기 때문이다. 역시나 매우 침울한 성격이었던 시인 제임스 러셀 로웰James Russell Lowell에게 보낸 편지에서 포는 이렇게 썼다.

자네가 불평하던 '체질적 나태함'에 대해 깊은 공감을 느끼네. 나 역시 끊임없이 그 죄에 지배받고 있기 때문이지. 나는 발작적으로, 때로는 극도로 나태하고 때로는 놀랍도록 부지런하다네. 종류를 막론하고 정신적인 활동 자체가 고문처럼 느껴지는 때가 있고, 바이런의 '제단'이었던 '산과 삼림' 속에서 홀로 즐기는 교감 이외에는 어떤 것도 기쁨을 주지 못하는 때가 있어. 그렇게 되면 몇 달이고 여기저기 거닐며 꿈꾸듯 멍하니 시간을 보내고, 마침내 작품을 쓰고 싶다는 미친 듯한 열망에 사로잡혀 깨어난다네. 그리하여 내 병이 버텨주는 한 하루 종일 작품을 갈겨쓰고 밤새도록 퇴고하곤 하지.

조울증에 고통받는 이들이 흔히 그렇듯, 포의 사생활은 재앙 자체였다. 그는 무책임하고 불안정하며 통제 불가능하다고 평판이 나 있었다. 아래는 포가 대학 시절 진 도박 빚을 갚아주기를 거부했던 후견인 존 앨런에게 보낸 편지에서 발췌한 구절이다.

아이였을 때 제가 당신의 관용과 보호를 간청했던가요, 아니면 당신 자신이 자유의지에 의거하여 제게 도움을 주시겠다고 자원하셨던가요? 볼티모어의 점잖은 가문 사람이라면, 다른 지역 사람들도 마찬가지지만, 누구나 제 할아버지의 재산이 넉넉했고 그분이 손주 중에서 저를 가장 아끼셨다는 사실을 알고 있습니다(당신이 끼어들기 전까지 그분은 저의 친족 보호자셨지요). 하지만 당신이 그에게 썼고 지금은 우리 가족이 보관하고 있는 편지에서, 당신은 제 입양에 따르는 책임과 교양 교육을 약속했습니다. 그 때문에 할아버지는 제가 받아야 할 모든 보살핌을 당신에게 맡기고 물러나셨고요. 이런 상황에서 제가 당신에게 그 어떤 것도 기대할 권리가 없다는 말인가요?

포의 비난은 극단적으로 불공평했다. 존 앨런은 사실상 포에게 재정

지원을 아끼지 않았지만, 되풀이해 돈을 보내달라는 포의 간청 앞에 끝끝내 인내심을 잃은 것이었다. 결과적으로 이십대 초반 그는 후견인인 양아버지와 의절하게 되었다.

돈 관리에 무능하고 이후의 결과를 고려하지 않는 과소비 성향은 조울증의 특징이기도 하다(포가 슈퍼블루 포목점에서 옷감을 3야드어치 끊고 최고급 금박 단추 세트를 구입한 시기는, 그의 빚이 2천 파운드에 달했을 무렵임을 기억하자). 동시에 다른 모든 것을 제쳐두고서 어떤 작업 하나에만 집중하는 능력 역시 조울증의 특징이다. 그러나 이것은 조증 상태에서 포가 해낼 수 있던 성취의 극히 일부분에 불과하다. 포가 〈어셔 가의 몰락The Fall of the House of Usher〉에서 생생하게 묘사했던 명료한 비전과 고양된 감각은 그 병마 덕분에 얻은 축복이자 저주였다.

자기 병의 본질이라고 믿는 바에 대해 그는 다소 길게 설명했다. 그의 말에 따르자면 그것은 체질적으로 가문 대대로 전해 내려오는 사악한 병으로, 치료법을 찾는 것도 체념했다고 했다. 그는 다급하게, 예외 없이 곧 진정되는 단순한 신경 질환이라고 덧붙였다. 그 증상들은 부자연스러운 감각으로 수없이 발현된다고 했다. 그가 자세하게 묘사한 병마의 몇몇 증상들은 흥미롭기도 하고 당황스럽기도 했다. 하지만, 그가 사용한 용어들과 전반적인 묘사 방식은 진지하게 느껴졌다. 그는 병적인 과민함으로 몹시 고통스러워했다. 무미無味한 음식만을 가까스로 먹을 수 있었고, 정해진 종류의 옷감으로 만든 옷만 입을 수 있었다. 모든 꽃향기가 악취처럼 코를 찔렀고, 눈은 아주 희미한 빛줄기마저 견뎌내질 못했다. 현악기의 특정한 음 이외에는 모든 음들이 그에게 공포를 불러일으켰다.

그리고 다시 한번, 〈고자질하는 심장The Tell-Tale Heart〉의 한 대목을 보자.

'정말이다!' 나는 매우, 극도로 신경질적이었고 지금도 마찬가지다. 하지만 왜 내가 미쳤다고 단정 지으려 하는가? 이 병 때문에 내 감각은 파괴되거나 둔감해진 것이 아니라 더 날카로워졌다. 무엇보다도 청각이 예민해졌다. 나는 저 하늘 위와 땅속의 소리 전부를 들었다. 지옥에서 벌어지는 일들까지도 들을 수 있다.

조울증으로 고통받는 이들이 감각의 고조를 경험하는 시기는 며칠에서 몇 달씩 이어지며, 그다음에는 가볍게 시작하여 중증에까지 이르는 절망 상태로 접어들게 된다. 포의 절망은 매우 심각했고, 바로 그런 우울증의 시기 이후에 그는 이렇게 썼다.

나는 침대로 가서 절망으로 가득한 길고 끔찍한 밤이 샐 때까지 울었다. 동이 트는 즉시 일어나 춥고 얼얼한 공기를 헤치고 빠르게 걸으며 내 마음을 가라앉히려 필사적으로 노력했다. 하지만 그 어떤 것도 도움이 되지 않았다. 악마는 여전히 나를 괴롭히고 있었다. 끝내 아편제 2온스를 어렵게 입수했다. (…) 나는 정말로 아프다. 몸과 마음 전부가 심각하게, 아무런 희망이 보이지 않을 만큼 '아프기' 때문에, 사는 게 '불가능하다는' 생각이 든다. (…) 만약 계속된다면, 내 삶을 끝장내거나 어찌할 수 없을 정도의 미치광이 상태로 나를 몰아갈 이 무시무시한 불안을 끝장내지 않고는(…)

위 인용문에서 알 수 있듯, 포는 자가 투약을 위해 아편제 2온스를 가까스로 구했다고 언급했다. 약물을 대신할 또다른 선택지는 알코올이었다. 마약과 알코올 남용의 비율이 높아지는 건 조울증 환자들에게서 흔히 발견되는 현상이며, 그 고통은 때 이른 죽음으로 이어지곤 한다. 마약과 알코올의 조합은 포가 1849년 요절하게 된 원인으로 지목된다. "포가 글을 쓸 수 있었던 동력은 또한 그가 과음에 빠진 이유이기도 했다."
포의 전기를 쓴 어느 작가는 이렇게 말했다. "알코올과 문학은 정신의 안
전밸브였지만 결국엔 정신 자체를 갈가리 찢어버렸다."

J. 월리스 마틴J. Wallis Martin(세인트앤드루스 대학교 박사)은 에드
거 앨런 프레스의 출판 총책임자다. 그녀의 소설들은 세계 각국에서
출판되고 영화화되었다. 현재 영국의 브리스틀에 거주하고 있다.
www.wallis-martin.co.uk

황폐한 집 *Bleak House, 1853*

by 찰스 디킨스

•

찰스 디킨스Charles Dickens(1812~70)는 단편, 장편, 희곡, 논픽션과 저널리즘을 넘나드는 다작의 작가였다. 또한 틈틈이 잡지를 편집했고 동료 작가들과 협업했으며, 홍보 여행에 대한 계획을 다듬었고, 자식들 열 명을 키웠다. 아버지 존이 빚 때문에 마셜 시 감옥에 갇히는 걸 지켜봤던 어린 시절의 기억 때문에, 사회 정의를 위해 싸우는 투사 역할도 자청했다. 당시 아버지는 감옥에서 가족들과 함께 있을 수 있었지만, 찰스만은 예외였다. 그는 열두 살 나이에 워렌의 구두약 공장에서 일을 시작했고, 일요일에야 가족들을 만날 수 있었다. 찰스 디킨스의 첫 소설《픽윅 페이퍼스The Pickwick Papers》는 1936~37년에 걸쳐 연속 출간되었다. 그의 유작은 미완성 소설《에드윈 드루드의 비밀The Mystery of Edwin Drood》이다.

새러 패러츠키

디킨스는 장황한 작가다. 그의 소설은 종종 터무니없는 우연들에 기대어 전개된다. 한편 그는 내러티브와 스토리텔링에 대한 재능을 타고났다. 그는 또한 내게 가장 힘을 주는 작가이기도 하다. 어떤 독자가 편지를 보내 나를 맹렬하게 비난하면서 자신은 그저 즐기기 위해 소설을 읽을 뿐 거기서 사회문제를 읽고 싶지는 않다고 주장할 때, 나는 그저 생각한다. 으흠, 그런 말을 디킨스한테 해보시지.

세상에 존재하는 모든 범죄소설들이 갑자기 사라지고《황폐한 집》단 한 권만 남는다면, 그것은 사라진 장서들을 재구축하는 데 아주 좋은 출발점이 될 것이다.《황폐한 집》특유의 제멋대로 뻗어나가는 내러티브

속에서 존 그리샴John Grisham, 에드 맥베인Ed McBain, 앤 라이스Ann Rice, 퍼트리샤 하이스미스Patricia Highsmith의 맹아와 함께, 노스 부부Mr. & Mrs. North●의 흔적까지 찾아볼 수 있을 것이다.

《황폐한 집》은 거짓말과 비밀, 범죄와 부도덕에 관한 소설이다. 그 중심에는 유명한 잔다이스 대 잔다이스Jarndyce vs. Jarndyce 사건이 있다. 이 사건은 정의를 구현하기보다는 법적 지위를 공고히 하려는 법정 관계자들의 어마어마한 직책 남용을 폭로한 사건이었다. 디킨스는 또한 가난한 자들과 집 없는 자들을 학대하는 범죄, 인구 대다수를 문맹에다 굶주린 채로 내버려두는 범죄, 그리고 명백한 범죄까진 아니어도 종교의 이름으로 자행되는 위선적 행위들에 대해 깊이 파고든다. 그리고 거의 여담 같지만, 살인도 일어난다.

범죄 및 공포 장르의 모든 형태가 이 소설 속에 존재한다. 먼저 뱀파이어 소설로부터 시작해보자. 법정은 지나치게 야심만만한 뱀파이어들로 우글거리고, 그들은 종종 소송 당사자들의 생명을 지나칠 만큼 생생하게 빨아먹는다. 소송 당사자 중 한 명인 그리들리는 유언장 문제를 해결하기 위해 이십오 년간 계속된 소송의 압박 때문에 심장이 파열되어 죽는다. 디킨스는 또다른 소송 당사자인 젊은 리처드 카스톤의 생명을 갉아먹는 현실적 뱀파이어로 볼스라는 변호사를 창조했다. 리처드와 그의 사촌 에이다, 여주인공이자 화자인 에스터 서머슨은《황폐한 집》의 핵심 인물들이다. 에스터는 법정의 유혹에 굴복한 리처드 때문에 고독해진다. 그녀는 변호사 볼스를 만났을 때 움찔하는데, 그것은 건강하고 삶을 사랑하는 이라면 응당 보일 수밖에 없는 반응이다. 에스터는 볼스를 다음과 같이 묘사한다.

● 프랜시스 & 리처드 로크리지 부부가 창조해낸 탐정 부부 캐릭터.

혈색이 좋지 않았고, 꽉 다문 입술은 얼어붙은 것처럼 보였다. 얼굴 여기저기에 붉은색 발진이 났으며 키가 크고 야윈 남자였다. (…) 검은색으로 빼입었고, 검은색 장갑을 꼈으며, 턱 밑까지 단추를 꼭꼭 채웠다. 그에게서 가장 인상적인 부분이라면 생기가 다 빠져나간 듯한 태도였다……

유령과 상류층 여성들이 등장하는 고딕소설의 양식이 고귀한 데들록 가문에서 발견된다. 링컨셔에 위치한 이 가문의 영지에는 실제로 유령이 걸어다닌다. 유명한 미인이자 패션계의 명사 레이디 데들록이 감춘 비밀이 소설 속 사건을 추동한다. 그녀는 이를테면 조젯 헤이어Georgette Heyer나 메리 스튜어트Mary Stewart의 역사로맨스 소설에 더 잘 어울릴 법한 인물이다.

또한 《황폐한 집》은 법정과 변호사가 등장하는 대중소설이자, 살인범과 탐정이 등장하는 탐정소설이기도 하다. 이 소설의 데우스 엑스 마키나인 버켓 형사는 등장인물 중 누군가가 어떤 사람이나 문서를 찾아야하는 그 순간 때맞춰 모습을 드러내곤 한다.

버켓은 어디서나 바쁘게 움직인다. 그는 런던 지하세계의 많은 이들을 알고 있기 때문에 공격받을 수 있다는 두려움 없이도 슬럼가를 조사할 수 있다. 그는 일자리를 구하려고 여기저기 떠돌아다니는 '부랑자들' 중에서 목격자를 찾기 위해 거리를 돌아다닌다. 그는 한 치의 빈틈도 없이 잘 조직된 법조계 여기저기에 연줄을 갖고 있다.

버켓은 하숙집과 서기관 사무소를 기웃거리고, 법률 관계 저자와 법정 대서인代書人, 그들의 하인과 주변 사람들을 탐문한다. 그는 또한 데들록 가문처럼 부유하고 명망 높은 이들을 상대하는 영향력 있는 변호사 털킹혼도 잘 알고 있다. 바로 이 털킹혼이 살해당한다.

요즘 범죄소설에서라면, 털킹혼의 죽음은 소설 초반쯤 일어나고 살인자는 소설이 끝날 때쯤 밝혀질 것이다. 하지만《황폐한 집》은 털킹혼이 죽기까지 사 분의 삼 정도를 읽어야만 한다. 게다가 털킹혼이 살해당한다는 건 예상하기 어려운 사건이다. 일부 독자들에게는 고통스러울 만큼 모든 대화가 구체적으로 전달되는 이 소설에서, 살인사건만큼은 냉담하고 불충분하게 제시된다.

쥐 죽은 듯 고요한 밤이었다. (…) 런던의 이 버려진 지역조차 괴괴했다. (…) 저건 뭐지? 누군가 장총이나 권총을 쏜 건가? (…) 밤길을 걷던 이들은 흠칫 놀라 걸음을 멈추고 서로를 응시한다. (…) 다른 사람들도 무슨 소린가 살펴보기 위해 밖으로 나온다. (…) 근방에 있는 개들 전부가 잠에서 깨어 맹렬하게 짖기 시작한다. (…) 하지만 소동은 곧 끝난다.

몇 단락이 더 지난 다음에야, 다음 날 아침 그곳에 도착한 청소부들이 털킹혼의 시체를 발견한다. 하지만 그 장면조차 시체보다는 방에 걸린 로마 시대 벽화를 묘사하는 데 더 많은 구절을 할애한다.

디킨스가 탐정이나 경찰 업무에 신경을 안 쓴 게 아니다. 사실 그는 양쪽 모두에 비상한 관심을 갖고 있었다. 1842년 런던 경시청이 수사팀을 만들었을 때, 디킨스와 윌키 콜린스Wilkie Collins는 문자 그대로 사건들을 쫓아다녔다. 그들은 가장 선정적인 사건들이 발생한 지역을 따라 영국 방방곡곡을 여행했다. 그리하여 형사들과 친해졌고, 형사들은 두 작가가 탐문 과정에 동행할 수 있도록 허락했다. 두 사람은 대중의 관심을 모았던 범죄사건들을 어떻게 해결해야 할지 나름의 이론을 내세우며 신문과 잡지 기사를 써내려갔다.

디킨스는 자신이 발행하던 잡지《하우스홀드 워즈Household Words》에 수사팀을 이끌었던 찰스 필드에 관한 글을 몇 편 썼다. 버켓의 수사 방식,

변장술, 군중 속으로 녹아드는 능력, 추적하는 이들을 감시하는 방식 모두가 필드에 기반을 두고 쓴 것들이다.

주디스 플랜더스Judith Flanders가《살인의 발명The Invention of Murder》에서 지적했듯, 버켓은 필드의 신체적 특징도 공유한다.《하우스홀드 워즈》에서 디킨스는 ('윌드'라는 소심한 필명으로) 필드를 묘사할 때, "크고 촉촉하며 다 알고 있다는 표정의 눈과 (…) 살집 많은 집게손가락으로 자신의 이야기를 강조하는 버릇이 있었다. 그 집게손가락은 그의 눈이나 코와 나란한 위치에서 끊임없이 흔들리고 있었다"라고 썼다.

버켓이 털킹혼의 살인범을 궁지로 몰아넣을 때, 디킨스는 이렇게 묘사했다.

> 버켓 형사와 그의 뚱뚱한 집게손가락은 혼연일체 같았다. (…) 버켓 형사가 그 무엇도 주의를 돌릴 수 없는 흥미로운 사건에 맞닥뜨릴 때 (…) 그 뚱뚱한 손가락은 낯익은 악마처럼 아주 위엄 있게 모습을 드러내곤 했다. 버켓이 손가락을 귀 가까이 둘 때, 그것은 정보를 속삭인다. 손가락이 그의 입술 근처에 있을 때, 버켓은 비밀을 엄수하게 된다. 손가락이 그의 콧등을 문지를 때, 그의 후각도 예민해진다……

털킹혼의 살인범은 한때 레이디 데들록의 하녀였던 오르탕스라는 여인이다. 그녀는 소설에 등장할 때마다 야생동물처럼 묘사되는 사나운 성미의 프랑스 여인이다. 12장에서 오르탕스는 "완전히 길들여지지 않은 암늑대 그 자체"라고 설명된다. 54장에서 버켓 부인이 자신을 미행하고 있음을 알아채자, 그녀는 "호랑이처럼 헐떡"거리면서 "(버켓 부인을) 갈기갈기 찢어버리고 싶다고" 말한다.

디킨스는 1849년 남편과 함께 자신의 정부를 살해하여 유죄판결을 받은 스위스 여인 마리아 루(매닝)로부터 오르탕스라는 인물을 창조했다.《황폐한 집》에서 오르탕스가 저지른 범죄는 매닝 부부가 꾸민 범죄와는 동기부터 희생자의 성격까지 완전히 다르다. 하지만 버켓이 오르탕스를 체포할 때 격노한 그녀의 욕설과 그에게 덤벼들려 하는 행동은 마리아 매닝의 재판 기록물에서 그대로 가져온 것이다.

런던 경시청의 실제 형사인 조너선 위처와 찰스 필드는 인상적인 기억력으로 전 영국에 명성을 날렸다. 그들은 또한 사람들을 관찰함으로써 살아온 삶과 직업을 추리하는 능력으로 유명했다. 수많은 사건을 쫓아 런던의 가장 밑바닥 지역에 필드와 위처와 동행한 바 있는 디킨스는 그들의 분석 능력을 버켓에게도 그대로 부여했다.

내키지 않아 하는 목격자와 함께 톰-올-얼론스Tom-All-Alone's라고 알려진 빈민가로 향할 때, 버켓은 주변을 지나치는 몇몇 부랑자들의 특징을 추론해낸다. 버켓은 옷차림을 통해 벽돌 제조공인 남자들과 시골에서 갓 상경한 여자들을 구분해낸다. 셜록 홈스가 흙이나 필적, 옷차림에서 모을 수 있는 방대한 정보를 과시한 바 있지만, 홈스보다 이미 삼십 년 앞서 버켓과 필드는 그들 나름의 추리를 해냈던 것이다.

코난 도일Conan Doyle이나 도로시 세이어즈Dorothy Sayers 같은 후대 범죄소설 작가들은, 직업 경찰이 사건 해결을 위해 홈스나 피터 윔지 같은 탐정으로부터 끊임없이 도움을 받아야 하는 둔감한 하층 계급인 양 취급하게 되었다. 에드 맥베인의 87분서 형사들이라든가 레지널드 힐Reginald Hill의 디엘과 패스코 같은 경찰이 등장하는 20세기 후반에야 다시금 숙련된 형사들이 주인공이 될 수 있었다. 하지만 디킨스는 런던 경시청을 존중했고, 그들에게 마땅한 역할을 주었다.

에스터 서머슨은 디킨스가 그의 모든 여주인공들 중에서도 소리 높여 찬양하는 완벽한 가정의 천사이다 . 그러나《황폐한 집》의 다른 여성 캐릭터들 역시 열정적이고 공감 가득한 필치로 생생하게 묘사된다. 이 소설을 움직이는 동력으로, 비밀스런 죄악을 품은 레이디 데들록은 그녀의 하녀 오르탕스만큼이나 중요하고 뛰어난 캐릭터다. 법정을 오가는 사람들 중 미스 플라이트 역시 흥미진진한 인물이다. 그녀가 들고 다니는 새장 속의 새들에게는, 법정에서 청원자들이 느끼는 무력함의 양상에서 따온 이름이 각각 붙여졌다. 미스 플라이트는 그 새들 중 한 마리처럼 이야기 곳곳에서 팔랑거리며 날아다닌다. 그녀는 챈서리 법정에 홀린 사람으로만 그려지지 않으며, 에스터와 에이다에게 소송의 중독에 대해 설명해줄 수 있는 인물이기도 하다.

디킨스는 종교적 위선, 그리고 종교인 무리가 소위 타락한 여성이나 가난한 자들에게 가하는 처벌을 한껏 경멸하며 글을 썼다. 벽돌 제조공의 아내들인 제니와 리즈가 등장하는 부분에서는 여성에게 가해지는 폭력에 대한 연민을 담기도 했다. 제니와 리즈의 '주인'으로 불리는 남편들은 언제나 그들을 구타한다. 매 맞는 여인들이 종종 그러하듯 제니와 리즈 역시 남의 눈치를 보며 움직이고 더 큰 폭력을 어떻게 피할지 전전긍긍하지만, 동시에 같은 동네의 곤궁한 여인들과 아이들이 겪는 고통을 일부라도 덜어주고자 동분서주한다.

《황폐한 집》에서 털킹혼 살인사건은 소설의 핵심 사건도 아니고 디킨스가 묘사하는 가장 악랄한 범죄도 아니다. 따라서 이 살인사건은 소설의 중반을 한참 지나서야 발생하며, 그다지 요란스럽게 묘사되지도 않는다.

디킨스가 그야말로 맹수 같은 분노로 써내려간 죄악이 두 가지 있다. 하나는 챈서리 법정이다. 법정은 이 소설의 주요한 줄기다. 디킨스는 질질 끄는 소송에 연루된 수많은 사람들과 법정 관계자들을 통렬하면서도 재치 있게 서술한다.

소설에 묘사된 또 하나의 죄악은 19세기 영국에서 가난한 이들을 대하던 혐오스러운 무시의 풍조다. 디킨스는 벽돌 제조공들과 그들의 아내를, 또한 조연이지만 상당히 중요한 역할을 담당하는 캐릭터 조를 표현하면서 극심한 분노를 담아 맹렬하게 펜을 놀린다.

조에게는 성이 없고 자신의 출생이나 부모에 대한 기억도 없다. 그의 삶이란 오로지 매일 아침 일찍 궁상맞은 거처에서 나와 보행자들을 위해 건널목을 청소하는 일뿐이다. 사람들이 수고비를 건네주면 그 돈으로 밥을 사먹고, 그가 묵는 빈민가에서 하루치 방세를 낼 수 있다.

법정 대서인 스낵비는 가끔 그 소년에게 반 크라운을 쥐여주곤 한다. 버켓은 톰-올-얼론스에 조를 찾으러 갈 때 별로 내키지 않아 하는 스낵비를 끌고 간다. 그들은

거무튀튀하고 황폐한 거리를 걸어갔다. (…) 무너지기 일보 직전의 집들이 보였고, 그곳에서 하룻밤 잠을 청할 만큼 대담한 몇몇 부랑자들 때문에 건물의 퇴락은 더 빠르게 진척 중이었다. 밤만 되면 불행한 무리들이 무너져가는 이 집들을 차지했다. (…) 최근 톰-올-얼론스에선 붕괴 사고가 한 번, 자욱한 먼지구름이 한 번 생겼다. (…) 두 번 모두 집 한 채가 무너져내렸다. 이 사고들로 인해 신문에 한 단락짜리 기사가 실렸고, 병원 침대 몇 개가 채워졌다. (…) 술 취한 얼굴에 검은색 천을 덮어쓴 여자가, 그녀가 차지한 개집 비슷한 거처 마루의 넝마 더미에서 튀어나와서는 조가 어디에 있는지 알려주었다.

디킨스가 창조해낸 희극적 캐릭터 중에서도 손꼽을 만한 젤리비 부인은 아득히 먼 보리오불라가의 아프리카인들에게 도움의 손길을 내미느라 바빠서, 가족들에게 전혀 신경을 쓰지 않는다. 그녀의 시선은 머나

먼 곳을 향해 있다. 그녀는 언제나 아프리카만을 응시하고 자기 자신의 가족들이 점점 더러워지는 건 보지 못한다. 젤리비 부인과 그녀의 불운한 아이들, 그리고 남편은 소설 전체를 춤추듯 넘나들면서 이야기를 밝혔다가 어둡게 했다가 한다. 디킨스는 그녀가 조, 제니와 리즈를 모른 척한다는 점을 강조하기 위해 그녀의 '근시'를 지적한다.

조는 멀리 있거나 낯선 존재가 아니다. 그는 외국에서 자라난 야만인이 아니다. 그는 영국의 아들이다. 더럽고 못생기고 어떤 의미에서든 불유쾌하지만, 평범한 거리에서 마주칠 수 있는 평범한 존재. 영국의 쓰레기가 그를 더럽히고, 영국의 기생충이 그를 물어뜯는다. (…) 날 때부터 무식하고, 영국 땅에서 성장한 (…) 그의 불멸의 영혼은 필멸의 야수들보다 더 비천한 차원으로 가라앉았다. (…) 그는 (다른 사람들로부터) 몸을 사린다. 그는 주변 사람들과 동일한 질서에 속하지 않는다. (…) 그는 어떤 계층에도, 어떤 장소에도 속할 수 없다.

디킨스가 정밀하게 서술하는 죽음은, 부유하고 유명한 사무변호사가 아닌 조의 죽음이다. 그 죽음은 '투들스 가문과 두들스 가문'이라는 캐릭터로 형상화된 무관심한 사회가 조에게 저지른 범죄임을 디킨스는 세세하게 설명한다. 이 같은 범죄에 대한 작가의 뜨거운 분노야말로,《황량한 집》을 평범한 탐정소설이 아닌 영속적인 걸작으로 고양시킨다. 현대 미국이라는 황량한 집에서, 디킨스의 비전은 나를 지속적으로 이끌어주는 원동력이 된다.

새러 패러츠키Sara Paretsky는 에세이 작가이자 사립탐정 'V. I. 워쇼 스키V. I. Warshawski 시리즈'로 유명한 소설가다. '워쇼스키 시리즈' 는 범죄소설에서 여성을 다루는 방식에 큰 변화를 불러왔다. 패러츠 키는 영국 범죄소설작가협회로부터 카르티에 다이아몬드 대거 상을, 미국 미스터리작가협회로부터 에드거 그랜드 마스터 상을 받았으며, 잡지《미즈Ms》에서 '올해의 여성'으로 선정된 바 있다.

www.saraparetsky.com

두 도시 이야기 *A Tale of Two Cities, 1859*

by 찰스 디킨스

•

찰스 디킨스Charles Dickens(1812~70)는 단편, 장편, 희곡, 논픽션과 저널리즘을 넘나드는 다작의 작가였다. 또한 틈틈이 잡지를 편집했고 동료 작가들과 협업했으며, 홍보 여행에 대한 계획을 다듬었고, 자식들 열 명을 키웠다. 아버지 존이 빚 때문에 마셜 시 감옥에 갇히는 걸 지켜봤던 어린 시절의 기억 때문에, 사회 정의를 위해 싸우는 투사 역할도 자청했다. 당시 아버지는 감옥에서 가족들과 함께 있을 수 있었지만, 찰스만은 예외였다. 그는 열두 살 나이에 워렌의 구두약 공장에서 일을 시작했고, 일요일에야 가족들을 만날 수 있었다. 찰스 디킨스의 첫 소설《픽윅 페이퍼스The Pickwick Papers》는 1936~37년에 걸쳐 연속 출간되었다. 그의 유작은 미완성 소설《에드윈 드루드의 비밀The Mystery of Edwin Drood》이다.

리타 매 브라운

사람 살려! 살인이야! 경찰!

이거야말로 미스터리 소설을 요약하는 한 줄의 문구 아니겠는가? 어딘가에 핏자국과 시체가 있을 것이고, 살인범을 찾아내야만 한다.

'데임Dame' 애거서 크리스티Agatha Christie 이후, 미스터리 소설은 조밀한 플롯 중심의 픽션에 초점을 맞췄다. 독자들은 누가 X를 죽였는지, Y와 Z도 희생자가 되는지 알고 싶어 못 견딘다. 이상적인 미스터리 소설에 대한 서평에서 '책장이 순식간에 넘어간다'라는 문구가 자주 사용되는 건 그 때문이다.

데임 애거서의 플롯이 독창적이었던 반면, 그녀의 캐릭터들은 현실감 있고 생생한 인물보다는 전형적 인물들로 점철되었다. 그녀를 뒤이은 미스터리 작가들, 예컨대 P. D. 제임스P. D. James 같은 작가들이 생생하게 살아 숨쉬는 인물군을 창조하면서 어떤 면에서는 미스터리 소설을 장르 소설의 외곽 지역에서 이동시켰다.

내 생각에 미스터리 소설에는 제한선이 없다. 나 역시 미스터리라는 장르의 전통 내에서 글을 쓰고 있지만, 그 전통이라는 것에 대해 어느 정도 의혹을 품을 수 있다. 내가 가장 좋아하는 미스터리 소설은 1859년 출간된《두 도시 이야기》다.

독자 여러분 중 다수는 눈을 뗄 수 없는 찰스 디킨스의 이 소설을 읽었을 것이다. 디킨스의 젊은 시절에는 프랑스 혁명을 관통했던 이들이 살아 있었다. 게다가 독자 여러분도 알다시피, 올해는 그의 탄생 200주년을 기념하는 해다.* 매일매일 파티를 열 구실이 생긴 셈이다.

나는 왜, "최고의 시절이자 최악의 시절이었다"라는 문학 사상 최고의 첫 문장으로 시작하는 이 소설을 미스터리 소설로 분류하는 것일까?《두 도시 이야기》가 희곡과 문학의 역사상 가장 오래된 장치 중 하나인, 오해받은 정체성이라는 소재를 중심에 놓고 풀려나가기 때문이다. 정체성을 밝혀내라, 그럼 문제도 해결될 것이다.

이 같은 장치의 시초로 지목할 만한 작품들은 얼마든지 존재한다. 소포클레스(기원전 496~406)가 집필한 비극《오이디푸스 왕》은 이 장치로 매우 충격적인 효과를 불러일으켰고, 로마의 희곡 작가 플라우투스(기원전 254~184)는 코미디에 이를 활용했다. 셰익스피어는 플라우투스의 수법을 베꼈고, 두 작가 모두 현대에도 여전히 우리를 즐겁게 한다. 진정한 정체성에 얽힌 의혹을 풀어가는 이야기는, '누가 다섯 사람의 목을

---

* 이 책은 현지에서 2012년에 출간되었다.

정확히 똑같은 방식으로 참수한 다음 성 세바스찬 성당 계단에 그 머리들을 올려놓았는가'(미래의 미스터리 소설가들을 위한 플롯이 여기 있다)라는 미스터리를 해결하는 이야기만큼이나 탐정소설에 적합하다.

《두 도시 이야기》 출간 전까지, 희곡이나 소설은 주인공의 진짜 정체가 밝혀지면서 눈물이나 웃음을 유발하는 결말로 끝났다.《두 도시 이야기》는 주인공이 그의 가짜 정체성으로 인정받은 채 끝난다. 내가 아는 그 어떤 소설보다도 정서적으로 강한 인상을 주는 결말 중 하나다. 이제 독자는 스스로 설명되지 않은 채 남아 있는 미스터리를 맹렬하게 파헤쳐야 하는 것이다.

디킨스는 책장에서 튀어나와 우리의 마음과 기억에 파고드는 인물들을 창조했으며, 그에 걸맞은 무수한 칭송을 받았다. 일단《데이비드 코퍼필드David Copperfield》의 유라이어 힙을 만나고 난 다음에는 절대로 그를 잊어버릴 수 없으며, 두 번 다시 그와 만나지 않기를 소망하게 된다. 우리가 끌리는 인물들은 자주 우리 자신의 일면을 드러내기도 한다. 데이비드 코퍼필드와 올리버 트위스트 중 누굴 더 좋아하든지 간에, 우리 모두는 그들이 살아남기를 간절히 바라게 된다. 그리고《데이비드 코퍼필드》와《올리버 트위스트Oliver Twist》의 마지막 장을 덮으며, 이 두 소년들이 행복하게 잘 살기를 기원하게 된다.

《두 도시 이야기》에서 우리는 주인공이 행복하게 잘 살 수 없음을 아는 채로 마지막 장을 덮게 된다. 우리는 프랑스의 그 무시무시한 격변기에 살지 않음에 감사하며, 슬픔에 잠기고 고양된 채로 그 소설을 덮을 것이다.

많은 문학 평론가들이《두 도시 이야기》가 보수적인 소설이라고 주장한다. 글쎄, 미스터리 소설은 보수적인 장르다. 아, 물론 미스터리 소설의 주제는 성적 타락을 포함하고, 캐릭터들은 수류탄처럼 19금 욕설을 내던지며, 남주인공이든 여주인공이든 대개 크나큰 흠결을 가지고 있다. 언제나 실패라는 그림자가 드리워져 있다. 그들중 일부는 심지어 합법적인 반反영웅이기도 하다. 그럼에도 미스터리라는 문학 형식은 보수적이다. 긴 섹스 장면이 유행하고, 부패한 시체가 진이 빠질 정도로 장황하게 묘사되고, 십이 분마다 폭력이 등장한다는 점조차 그 보수적 형식을 바꿔놓을 수 없다(그나저나 영웅, 반영웅, 여성 영웅 중에 성적으로 무능한 사람이 있긴 했던가? 만일 있다면 좀 알려달라. 아주 참신한 캐릭터일 테니. 그들의 과거가 얼마나 끔찍했든, 현재가 얼마나 참혹하든 간에, 그들의 성생활은 놀랄 만큼 활발하다).

그래서 도대체, 미스터리 소설이란 무엇인가? 그 형식은 무엇인가? 답은 간단하다. 균형을 파괴하는 사건이 일어난다는 것. 그 파괴는 개인이든 가족이든, 어떤 협회나 그룹이든, 아니면 집단 전체든 어디에서나 발생할 수 있다. 불신과 폭력이 집단 전체를 어떻게 파멸시키는지에 관한 간결한 묘사야말로 데임 애거서의 위대한 재능 중 하나였다. 정말이지, 이야기가 진행될수록 독자는 어떤 의미에서든 그 집단의 일부가 되어간다. 누가 이 같은 악행을 저질렀거나 혹은 의뢰한 것인가? 처음엔 가장 그럴듯해 보이던 용의자의 혐의가 벗겨지고, 다른 용의자들이 그들의 비밀들과 함께 모습을 드러낸다. 하지만 대개는 그 개인들 중 누구도 범인이 아니다. 때때로 그 비밀은 메스껍고 때로는 짜릿하다. 이를테면 교구 목사가 각기 다른 세 마을에 아내를 세 명 두고 있었다. 알다시피 목사의 봉급만으로는 어림도 없는 일이다. 서서히, 우리의 탐정 혹은 추적자는 아무리 내키지 않은 일이라 하더라도 뒤엉킨 수수께끼를 풀어가기 시작한다.

이것이 문제다. 진실의 발견이 언제나 범인이 국가 정의의 심판을 받게 된다는 걸 의미하진 않는다. 하지만 그 진실을 찾음으로써 균형, 혹은 균형의 형태가 어떻게든 재구축된다. 존재는 다시 한번 질서 정연해진다. 그것이 바로 보수성이다. 미스터리의 결말에서 독자가 갈 곳을 잃고 허우적거리는 일은 결코 일어나지 않는다.

하지만 실제 삶에선 종종 그 반대의 결과가 펼쳐진다. 미스터리 소설이 그토록 대중적으로 큰 인기를 누리는 건 놀랄 일이 아니다.

디킨스로 돌아가자. 그의 기막힌 등장인물들에 대해 야단스럽게 울려퍼지는 찬미의 목소리는 당연하다. 디킨스가 이천 년간 이어온 관습을 거꾸로 뒤집었다는 점 또한 인정할 만하다. 진실은, 정체성은, 어떤 정의의 형태는 언제나 밝혀지고 만다는 관습 말이다.

디킨스는 정확히 그 반대의 이야기를 썼다.

그래서 나는《두 도시 이야기》를 가장 좋아하는 미스터리 소설로 꼽았다.

·

에미 상 후보에 올랐던 각본가이자 시인인 리타 매 브라운Rita Mae Brown은 베스트셀러《루비프루트 정글Rubyfruit Jungle》의 작가다. 회고록인《동물적 매력Animal Magnetism》과 '머피 부인Mrs. Murphy 시리즈' '시스터 제인의 여우사냥Sister Jane fox-hunting 시리즈', 매 그스 로저스를 주인공으로 하는 '개 미스터리Canine Mistery 시리즈' 등을 썼으며,《빙고Bingo》《하나가 된 여섯Six of One》《느슨한 입술 Loose Lips》등의 작품이 있다. 브라운은 미국 버지니아 주의 애프턴에서 고양이, 개, 말, 크고 붉은 여우들과 함께 살고 있다.
www.ritamaebrown.com

죽음의 편지 *The Dead Letter, 1867*

by 메타 풀러 빅터

•

메타 풀러 빅터Metta Fuller Victor(1831~85)는 '다임 노블dime novel'의 개척자이자 현대 대중시장 페이퍼백의 선구자일 뿐 아니라, 미국 미스터리 소설의 발전에도 크게 기여한 작가다. 그녀는 열세 살 때 일간지에 단편을 싣기 시작했고, 1851년에는 언니 프랜시스와 함께《극적이고 묘사적인 편린들이 담긴 감정과 상상력의 시 Poems of Sentiment and Imagination, with Dramatic and Descriptive Pieces》를 출간했다. 그리고 곧바로 같은 해 그녀의 첫 소설《상원의원의 아들The Senator's son》이 출간되었다. 그녀는 생전에 엄청난 인기를 누린 작가였으며, 잡지《홈Home》과《코스모폴리탄 아트 저널Cosmopolitan Art Journal》의 에디터로 여러 차례 활약하기도 했다.

카린 슬로터

첫 탐정 시리즈물(뉴욕 경찰청의 '에비니저 그라이스Ebenezer Gryce 시리즈')을 쓴 작가로 기록된 애나 캐서린 그린Anna Katharine Green을 비롯해, 당대 수많은 언어로 번역된 스릴러 시리즈의 창시자 E.D.E.N. 사우스워스 E.D.E.N. Southworth에 이르기까지 여러 위대한 여성 작가들이 역사 속에서 잊혔다. 하지만 그중 누구도 메타 풀러 빅터만큼 철저한 망각 속에 묻히지는 않았다. 빅터는 1867년《죽음의 편지》를 출간함으로써, 미국에서 남녀를 통틀어 첫 번째로 장편 탐정소설을 출간한 작가가 되었다. 문학사가들로부터 자주 무시되지만 빅터는 사실상 탐정소설의 흐름에서 정점에 서 있던 작가다. 문학사가들은 대개 최초의 미스터리 단편 작가로 에드거 앨런 포를 점 찍은 다음, 곧장 대실 해밋Dashiell Hammett으로 넘어가곤 한다. 마치 그사이 오십여 년 동안 출간된 미국 범죄소설들은 아예 존재하지 않았던 것처럼 말이다.

빅터는 실리 레지스터Seeley Regester라는 필명으로 글을 쓰면서, 에드거 앨런 포가 〈모르그 가의 살인〉에서 선구적으로 개척한 이중 내러티브를 발전시켰다. 그녀는 살인사건이라는 사실이 아니라 살인사건이 일깨운 공포에 더 집중하기 위해, 소설의 첫머리를 아예 탐정의 조사가 진행되는 도중으로 설정했다. 첫 페이지에서 우리는 신사계급 변호사이자 아마추어 탐정인 리처드 레드필드와 맞닥뜨린다. 그는 헨리 모어랜드 살인사건 조사 도중 막 발견한 단서 때문에 큰 충격에 휩싸여 있다. 이는 에드거 앨런 포의 공식으로부터 뚜렷한 결별을 선언하는 것이기도 하다. 탐정 레드필드는 사회적으로 고립되거나 냉정하리만치 이성적인 아웃사이더가 아니다. 그는 도덕심으로 충만한 인사이더다.《죽음의 편지》에서 발생한 범죄는 사회 전반에 공명을 일으킨다. 소설은 희생자와 가해자 양쪽의 가정과 가족을 고찰하며 진행된다. 독자는 도덕적으로 고양된 탐정에게 공감을 느끼며, 선악의 복잡성을 이해하게 되는 그의 정서적 여행에 기꺼이 동참한다.

《죽음의 편지》와 빅터의 두 번째 미스터리 《8의 형상The Figure Eight》 (1869)의 어마어마한 성공 덕분에, 다임 노블*의 창시자로 꼽히는 비들 앤드 애덤스 출판사는 1차 세계대전 이전 시기에 가장 성공적인 출판사 중 하나로 안착했다. 몰몬교 신자로 자식 아홉을 둔 빅터는 판타지부터 모험소설, 웨스턴소설에 이르기까지 거의 모든 장르에 걸쳐 백 편이 넘는 소설을 썼다. 동세대 작가였던 해리엇 비처 스토Harriet Beecher Stow처럼,

---

* 10센트로 살 수 있는 온갖 싸구려 장르소설들.

빅터는 노예제의 고통을 서술했던 확고한 노예제 폐지론자였다. 스토와 달리, 빅터는 가정폭력이나 일부다처제 같은 그 시대의 또다른 이슈들도 소설에 활용했다. 사실《죽음의 편지》는 빅터가 애호했던 장르 전부를 융합시킨 작품이기도 하다. 독자들에게 사회문제에 대한 비판을 제기함과 동시에, 미국 서부의 무법 지대를 관통하며 살인과 음모, 스릴로 충만한 짤막한 여행을 선사한다.

빅터 소설의 구조적 뼈대가 에드거 앨런 포의 소설과 사뭇 대조적인 양상을 보인다는 증거는 무수히 많다. 빅터의 소설은 즉각 클라이맥스로 내달리지 않는다. 대신 반전과 예상 밖의 비틀기, 의도적으로 방향을 바꾸는 전개를 통해 대단원을 길게 연장하고, 클라이맥스가 그만큼 흥미진진해지게끔 손질했다. 빅터는 범죄 사실들로만 글을 채우지 않았다. 그녀는 옷차림이나 예절에 대한 아주 미묘한 언급만으로도 상류층과 중산층을 구별함으로써 사회 관습을 탐구했다. 그녀는 세심한 세부사항으로 분위기와 풍경을 묘사하면서 작품 내에 확고한 리얼리티를 부여했다. 빅터의 소설 속 주인공들은 범죄에 냉소를 보내지 않는다. 그들은 가슴 깊이 상실과 비애를 느낀다. 이런저런 근거들을 보았을 때, 에드거 앨런 포가 아니라 빅터의 소설 공식이야말로 현대 범죄물이 좀더 가깝게 다가갈 수 있는 전통이라 여겨진다.

그렇다면, 대체 왜 빅터는 망각 속으로 사라져버렸나?

소설계—특히 범죄소설계—는 얼마나 큰 인기를 누렸든 간에 여성 작가들의 기여를 깎아내리는 경향이 있다. 사실, 대중적 인기야말로 수많은 여성 작가들의 작품을 깎아내리는 구실이 되었다. 문학사상 가장 뛰어난 서스펜스 작가 중 하나로 손꼽힐 만한 대프니 듀 모리에Daphne du Maurier가 당대에 많은 평론가로부터 '경박하다'고 비판받았던 것을 잊지 말자. 프랑스로 망명하다시피 했던 퍼트리샤 하이스미스는 심리적으로 뒤틀린 범죄와 모호하게 그린 캐릭터 때문에 미국 지식인들로부터 혹평을 면치 못했다. 이 두 여성 작가의 작품들은 영화로 각색되어 대성공을 거두고 오랜 생명력을 보장받았다. 그들은 후대 학자들로부터 재평가받고 있다. 그러나 어떤 면에서, 이같은 상업적 성공과 비평적 성공 사이의 간극은 여전히 현재진행형인 이슈다. 오늘날에도 여성이 쓴 범죄소설에 대한 서평에서 '장르를 초월한'이라는 문구는 거의 볼 수 없다. 여성은 심각한 범죄소설을 쓰는 것보다 독립적인 처녀들의 혈기 왕성한 모험담을 쓰는 게 더 어울리는 듯 보인다.

《죽음의 편지》초판 표지에 메타 풀러 빅터가 아닌 실리 레지스터라는 이름이 실린 건 그다지 이례적인 일이 아니었다. 가격이 50센트였다는 점이 이 책을 전형적인 '다임 노블'보다 몇 단계 높게 평가받게 해준 것도 아니다. 역사상 많은 여성들이 좀더 많은, 좀더 적절한 독자층을 만나고 싶다는 희망 때문에 필명으로 소설을 출간했다. 중성적이거나 남성적인 이름을 차용하면, 어느 정도는 지금도 마찬가지지만, 판매에 도움이 되는 위치를 점할 수 있다고 여겨졌다. '아이들의 친구'로 불렸던《작은 아씨들》의 루이자 메이 올콧Louisa May Alcott이 스릴러소설을 익명으로 출판한 건 다 이유가 있었다. 두말할 나위 없이 조지 엘리엇George Eliot(메리 앤 에반스Mary Ann Evans), 이자크 디네센Isak Dinesen(카렌 폰 블릭센Karen von Blixen)과 캐러 벨Currer Bell(샬럿 브론테Charlotte Brontë)은 J. K. 롤링J. K. Rowling과 P. D. 제임스와 J. A. 잰스J. A. Jance의 선배들이다.

그럴 만한 이유가 있다.

주요 문학상의 최종후보자 명단에 여성 작가들이 드물다는 점은 말할 것도 없고, 주요 서평난만 훑어보더라도 거기 실린 책들의 저자 성비에는 충격적인 차이가 존재한다. 범죄소설 작가들만 골라서 한번 쭉 파보면, 그 간극은 한층 더 확대된다. 이 책의 편집자들조차, 여성 작가에 대해 글을 쓸 수 있는 작가들—남성과 여성을 통틀어—을 찾는 데 큰 어려움을 겪었다. 여기 포함된 훌륭한 작가들이 일부러 관심을 두지 않았기 때문이 아니라, 우리의 문학사에서 상당히 큰 부분이 억압받거나 유실됐기 때문이다.

메타 폴러 빅터만큼 이 문제를 확연하게 드러낼 수 있는 작가도 또 없다. 여성들이 쓴 초창기 인기작들 상당수가 사라지거나 당대에 '칙릿' 비슷한 존재로 평가 절하되었지만, 장르 전체를 만들어낸 사람이 우리의 뇌리에서 사실상 삭제되었다는 건 충격적인 일이다.

이런 누락을 굳이 끄집어내 폭로할 때 발생하는 문제 중 하나는, 여성을 옹호하는 입장이 종종 남성에 반대하는 것으로 간주된다는 점이다. 불편한 문제는 그저 제쳐두는 것이 편리할 수도 있다. 하지만 모든 독자층 중에서도 범죄소설 독자들—사회의 수많은 불공평함들을 논하는 책들을 찾는 독자들—은 이런 허울 좋은 비난 너머를 볼 수 있어야 한다. 게다가 책 구매층의 80~85퍼센트에 달하는 대다수가 여성이라는 점도 지적할 필요가 있겠다. 그러므로 이 문제를 곧장 남성들의 발치에 갖다 놓는 것은 게으를 뿐만 아니라 잘못된 행위이다(그리고 범죄소설 시리즈의 기반을 닦은 애나 캐서린 그린이 여성주의 운동과 여성 참정권 양쪽 모두를 확고히 반대했다는 사실도 이 자리에서 밝혀야 하겠다). 수많은 여타의 문제에서처럼, 이 문제에서도 여성은 자기 자신에게 최악의 적수라는 사실이 입증된 바 있다.

범죄소설 장르를 사랑하는 독자들이 오랫동안 초창기의 거장들, 에드거 앨런 포와 레이먼드 챈들러Raymond Chandler와 앤서니 바우처Anthony Boucher와 그 밖의 작가들을 찬양하는 데 온 힘을 쏟아왔다는 사실에는 논쟁의 여지가 없다. 나는 이 자리에서, 우리가 그 어깨를 딛고 올라설 수 있었던 우리의 선배들 모두를 적극적으로 알려야만 한다고 주장하고 싶다. 빅터뿐 아니라 셜리 잭슨Shirley Jackson, 미리엄 앨런 디포드Miriam Allen DeFord, 헬렌 매키네스Helen MacInnes를 비롯하여 셀 수 없이 많은 선배들을 말이다. 우리 중 많은 이들에게 몇 시간이고 독서의 즐거움을 주었을 뿐 아니라 공동체와 소속감, 사명감까지 일깨웠던 이 장르의 근본을 진심으로 이해할 수 있게 만든 건 바로 우리 여성들이었다.

여성이든 남성이든 상관없이 모든 작가들은, 그토록 자주 게토화되었던 범죄소설 장르를 잘 만들어진 매력적인 캐릭터와 개연성 있는 이야기로 다듬어내기 위해 오래도록 노력해왔다. 포의 공식은 살인범을 잡기 위한 유일한 장치로 지성과 냉철한 시선만 있으면 되는 능수능란한 탐정을 필요로 했다. 빅터는 범죄자의 세계를 탐구하는 것—그 혹은 그녀의 가족, 이웃, 친분 관계—이야말로 범죄를 해결하는 최고의 방법이라고 믿었다. 그녀는 멋진 구식 살인사건에 사회적 발언을 결합시켰다. 빅터의 독창적인 내러티브 구조를 뒤이을 책임을 기꺼이 짊어진 건 여성 작가들만은 아니었다. 모 헤이더Mo Hayder, 데니즈 미나Denise Mina, 길리언 플린Gilian Flynn 같은 작가들이 범죄의 심리적 측면을 탐구하는 데 좀더 탁월한 기량을 발휘했다면, 마이클 코넬리Michael Connelly, 마크 빌링엄Mark Billingham, 리 차일드Lee Child 같은 남성 작가들의 작품에서는 생생하게 표현된 분위기, 다층적인 관계들, 강인한 여성 캐릭터 등 메타 풀러 빅터의 범죄소설과 유사한 지점을 발견할 수 있다.

•

카린 슬로터Karin Slaughter는 베스트셀러 1위를 차지한 적잖은 소설을 쓴 작가다. 도서관의 열정적인 지원자로서 '도서관을 구하라Save the Libraries' 캠페인(www.savethelibraries.com)을 진두지휘하며, 활력을 잃어가는 도서관들을 위한 기금 조성에 힘쓰고 있다. 그녀는 전자책으로 출간된 단편 〈나의 골칫거리Thorn in My Side〉의 인세 전부를 미국과 영국 도서관 시스템에 기부한 바 있다. 열두 번째 장편《범죄자Criminal》에서 슬로터는 1970년대 애틀랜타 경찰서의 인종 및 젠더 정치학을 철저하게 파헤침으로써 거대한 사회 변화가 일던 시기의 그녀의 조국과 고향에 관한 심오한 개인적 탐구의 결과물을 내놓았다.

www.karinslaughter.com

월장석 *The Moonstone, 1868*

by 윌키 콜린스

윌키 콜린스Wilkie Collins(1824~89)는 많은 작품을 남긴 영국의 작가다. 그는 생전 장편소설 서른 편을 비롯해 희곡과 단편, 에세이를 발표했다. 오늘날 그는 장편소설 《흰옷을 입은 여인The Woman in White》(1860)과 《월장석》으로 가장 잘 알려져 있다. T. S. 엘리엇T. S. Eliot은 《월장석》을 "포가 아닌 콜린스가 창조한 장르 내에서 최초의, 가장 긴, 최고의 현대 영국 탐정소설"이라 일컬었다. 콜린스는 생전 엄청난 유명세를 떨친 작가였음에도 불구하고 동시에 두 여인과 장기적인 관계를 유지할 수 있었다. 런던에서 그의 삶은 스스로 아내라 언명했던—하지만 정식 결혼은 하지 않은—캐럴라인 그레이브스, 그리고 더 젊은 마사 루드 사이를 오가며 이뤄졌다. 콜린스는 윌리엄 도슨이라는 가명으로 마사와의 사이에 자식을 셋 낳았다.

앤드루 테일러

1860년 6월 30일 토요일 이른 시간, 누군가 세 살짜리 아이 새빌 켄트Saville Kent의 목을 그었다. 로드힐 하우스 사건의 시작이었다. 이 끔찍한 실제 살인사건의 복잡하고 고통스러운 해결 과정은 빅토리아 시대 영국인들의 마음을 사로잡고 그들의 상상력을 공포로 가득 채웠다.

어떤 범죄는 실제 행위가 불러일으킨 공포와 즉각적인 결과를 훨씬 넘어서 더 깊고 어두운 공명을 일으킨다. 잭 더 리퍼Jack the Ripper라든가 리지 보든Lizzi Borden 사건, 보스턴 교살자the Boston Strangler와 십대 소년들에게 무참하게 살해당한 세 살 소년 제임스 벌저James Bulger를 떠올려보라. 이런 사건들은 너무나 충격적이기 때문에 대중문화 속으로 곧장 스며든다. 이런 사건들은 빈번히 사회 전반에 파문을 일으키고, 예상치 못했던 장소를 정화하는 변화를 촉발시킨다.

새빌 켄트 살인사건이 일으킨 파문은 궁극적으로 윌키 콜린스의《월장석》으로 이어졌고, 의도하지 않게도 소위 현대 범죄소설의 엄청나게 영향력 있는 변형을 탄생시켰다.

케이트 서머스케일Kate Summerscale이 켄트 살인사건을 파헤친 저서《위처 씨의 의혹The Suspicions of Mr. Whicher》(2008)에서 썼듯, 이 사건의 충격은 사회 변두리의 외딴 슬럼가에 사는 가난하고 타락한 이들 사이에서 벌어진 범죄라며 안전하게 머리 한켠에 밀쳐버릴 수 있는 종류가 아니었다는 데서 시작된다. 위대한 빅토리아 시대 독서 대중의 입장에서, 이 사건은 우리 같은 사람들People Like Us이 저지른 살인이었다. 큼직하고 튼튼한 시골 저택에서 벌어진 중산층의 범죄. 사건이 벌어진 초기부터, 소년을 죽인 자는 가족이나 하인들 중 한 명이라는 게 너무나 분명했다. 낙원에 문제가 생겼고, 그 낙원은 다시는 예전처럼 돌아갈 수 없을 것이었다.

윌키 콜린스는 상업적인 면에 눈이 밝고 기민한 작가였다. 그가 1860년대 후반에 구상하던 새로운 소설의 주제로 켄트 살인사건의 주요 요소들을 활용하기로 결심한 건 전혀 놀랄 일이 아니다. 그는 현재에 매우 충실하게 살았고, 그의 소설은 그를 둘러싼 세계의 급격한 변화를 반영하고 비평했다. 당시 콜린스는 인기 절정의 작가였다. 그는 아마도 그의 최고작일《흰옷을 입은 여인》이 일궈낸 어마어마한 비평적·상업적 성공과 함께 1860년대를 맞이했다. 그리고, 흠결 있는 걸작이자 거의 비슷한 정도의 인기를 누린《무명No Name》(1862)과《아마데일Armadale》(1866)이 그 뒤를 이었다.

《월장석》은 1868년에 출간되었다. 콜린스가 이 소설을 어떤 계획하에 집필했는지에 대해선 상당 부분이 알려져 있다. 그는 스스로 많은 부분 그 탄생에 기여했던 장르인 선정소설sensation novel로부터 의식적으로 벗어나려 했다. 그리하여 겉보기에는 기이하기 짝이 없는 일련의 사건들에 이성적인 해답을 제시하는 이야기를 썼다. 윌킨스 본인의 말에 따르면, 그의 초기 소설들은 '캐릭터에게 미치는 환경의 영향력을 추적'하려는 목적에서 쓴 것들이었다.《월장석》은 정확히 그 반대였다.

《월장석》은 살인사건을 중심으로 진행되는 작품은 아니지만, 로드힐 하우스 사건과의 유사성은 눈에 띄게 두드러진다.《월장석》의 핵심은 시골 저택에서 한정된 용의자들을 둘러싸고 벌어지는 미스터리다. 줄거리는 각기 다른 사람들이 작성한 내러티브의 연속으로 구성된다. 콜린스는《흰옷을 입은 여인》에서 복잡한 줄거리를 세심하게 조절하고 다채로운 캐릭터들의 내면을 드러내는 데 이 수법을 아주 효과적으로 사용한 바 있다. 이는 본질적으로 범죄 수사와 고전적인 탐정 이야기 양쪽 모두에서 쓰이는 기본 수법 중 하나이기도 하다. 조사자는 각 용의자들에게 사건에 대해 각자의 시점에서 이야기를 이끌어낸다. 그리고 각기 다른 버전의 설명들을 샅샅이 걸러내고 분류하고 재본 다음 결국 진실에 다다른다. 대부분의 탐정소설에서처럼《월장석》에서는 일종의 메타-조사가 소설 속 조사에 따라붙고, 그리하여 독자들 역시 탐정이 되어간다.

이 소설과 로드힐 하우스 사건의 또다른 유사성은 경찰의 반응이다. 실제 사건 당시, 완전히 당황한 지역 경찰은 런던 경시청에 새롭게 만들어진 형사부의 위처 경위에게 도움을 요청했다. 콜린스는 이 상황을 모방하여, 커프 경사의 형상으로 그 자신만의 위처를 창조했다.

새빌 켄트 사건의 극적인 긴장은 당대 구경꾼들을 홀렸고, 이후에도 영국의 범죄소설들에 기나긴 그림자, 때로는 악의적인 기운을 드리웠다. 형사는 형법이 정한 바에 따라 가장 사적인 공간들을 조사하고 신분 고하를 막론하고 용의자들을 심문할 수 있었지만, 계층상 엄연히 신사는 아니었다. 정의상, 형사는 더 아래쪽 계층에 속해 있었다. 신분 질서가 지배하는 영국 사회에서 사회 상위 계층에 속한 이들의 삶을 캐물을 수 있는 탐정의 자유는 대단히 불편한 것이었다. 하지만 실제 위처와 소설 속 커프는 그들을 비판하는 이들에게조차 깊은 인상을 남길 정도로 형사로서 대단한 평가를 받았다. 그들의 조사 방식은 대중을 매혹시켰고, 수수께끼에 대한 도전과 추적의 스릴 역시 그러했다. 윌키 콜린스 자신의 표현에 따르자면, 빅토리아 시대 영국은 '탐정 열풍'에 휩싸였다.

《월장석》에서 미스터리는 살인사건이 아니라 유명한 다이아몬드 절도사건을 중심으로 구성된다. 이 다이아몬드는 달이 차고 기욺에 따라 광택이 달라지기 때문에 월장석이라 불린다. 레이철 베린더의 사악한 삼촌은 인도의 사원에서 훔쳐온 월장석을 그녀에게 물려주었다. 그런데 레이철이 열여덟 살 생일을 맞은 밤 월장석이 도난당하는 사건이 발생한다. 하인들을 포함해 집 안에 있던 모두가 용의선상에 오른다. 방문객들, 한 무리의 인도 마술사들도 의혹을 피해갈 수 없다.

《월장석》이 인도인을 매우 호의적인 시선으로 그린다는 사실은 흥미롭다. 이 소설이 대영제국의 최절정기, 게다가 세포이 항쟁의 유혈 낭자한 진압 이후 불과 몇 년밖에 지나지 않았던 시기에 쓰였기 때문이다. 하지만 윌키 콜린스는 언제나 체제 전복적인 작가였다. 그의 작품은 그의 독자들도 때로 행했던 위선과 불평등을 공격했다. 그는 본능적으로 빅토리아의 시대 사회에서 상처받기 쉬운 이들을 옹호했다. 그러니까 타인종, 빈민, 하인과 여성 말이다(물론 콜린스 자신이 여성과 관련하여 전적으로 일관된 행보를 보이지 않았음은 인정해야 한다. 그는 한 번도 결혼하지 않았으나, 오랫동안 정부 두 명과 그에 딸린 가족들과 함께 런던의 각기 다른 두 군데에 있는 집에서 생활했다).

다이아몬드 도난사건을 조사하기 위해 지역 경찰이 소환되지만 그들은 사건을 다룰 능력이 없었다. 마침내 경험이 풍부하고 끈기 있고 총명하며 장미를 가꾸는 취미까지 있는 런던 경시청의 커프 경사가 등장한다(평론가이자 작가인 피터 애크로이드Peter Ackroyd에 따르면, 커프는 업무에 필요한 필수 장비로 돋보기를 사용한 최초의 탐정이기도 하다). 커프는 결단코 보잘것없는 사람이 아니다. 하지만 레이철의 사촌 프랭클린 블레이크는 아마추어 탐정으로서 경찰 수사와 병행하여 자신만의 수사를 시작한다. 콜린스는 여러 범죄소설을 특징짓는 요소, 아마추어와 프로의 이중 수사라는 견본을 제시한 셈이다.

공포와 불확실성이 안개처럼 소설에 스며든다. 콜린스는 수사 과정의 논리적 진행과 다층적인 내러티브 기법으로 확실성과 사실성의 환상을 불러일으킨다. 하지만 사실상 스토리라인은 불유쾌한 현실을 가감 없이 드러내는 리얼리즘과는 크게 관계없다. 그보다는 아편제 빛깔의 환각이《월장석》을 채색한다. 약물은 플롯에서만 중요하게 나타나는 것이 아니다. 콜린스 자신도 중년기부터 자주 그의 육체를 잠식했던 원인 불명의 고통을 가라앉히기 위해 점차 더 많은 양의 약물을 헛되이 자가 투여하곤 했다. 그의 작업은 한편으로 이성적이고 논리적이었지만, 다른 한편으로는 무의식에 대한 공포를 드러내며 그 사이에서 아슬아슬하게 균형을 취하던 포와 닮았다.

이처럼 순식간에 금방이라도 확 타오를 수 있는 요소들이 집합한 결과,《월장석》은 T. S. 엘리엇의 유명한 찬사처럼 '최초의, 가장 위대한 영국 탐정소설'이 되었다. 이처럼 꽤 광범위한 판단에 대해서는 이의를 제기할 수 있겠지만, 그렇다고 논박할 근거가 많은 것은 아니다. 윌키 콜린스는 매우 오랫동안 영국 범죄소설계를 지배했던, 황금기 고전 추리소설의 형식을 효과적으로 창조해냈기 때문이다. 에드거 앨런 포의 뒤팽 시리즈라는 전례가 없었다면 코난 도일이 셜록 홈스를 어떻게 만들어낼 수 있었을지 예측하기 어렵다. 마찬가지로 애거서 크리스티와 도로시 세이어즈와 그들의 동료들은 《월장석》의 사악한 광휘 아래에서 글을 쓸 수 있었다.

그러나 이 소설은 문학사에서 각주 이상의 존재감을 지닌다. 《월장석》은 첫 출간 이래 단 한 번도 절판된 적이 없다. 급진적이고 도전적이며 뛰어나게 재미있는, 당신이 아직까지 읽지 않았다면 이번에야말로 읽어볼 만한 그런 책이다. 그리고 이미 읽었다면, 재독의 즐거움에 기꺼이 몸을 맡기시길.

앤드루 테일러Andrew Taylor의 소설은 《타임스》가 지난 십 년간 가장 뛰어난 범죄소설 중 한 편으로 선정한 베스트셀러 《아메리칸 보이 The American Boy》를 비롯해 '로스Roth 3부작'(TV 영화 〈타락한 천사〉로 방영되기도 했다), '리드머스Lydmouth 시리즈', 《블리딩 하트 스퀘어Bleeding Heart Square》 《유령의 해부The Anatomy of Ghosts》 등이 있다. 그는 최근 CWA(범죄소설작가협회The Crime Writers' Association)가 주관하는 다이아몬드 대거 상과 스웨덴의 마르틴 베크 상을 수상했다. 그의 신작은 아직 제목이 결정되지 않았다. 그는 《스펙테이터Spectator》의 범죄소설 서평자이기도 하다.
www.andrew-taylor.co.uk

셜록 홈스의 모험 *The Adventures of Sherlock Holmes, 1892*

by 아서 코난 도일

•

아서 코난 도일 경Sir Arthur Conan Doyle(1859~1930)은 미스터리계의 중심인물
중 한 사람이었다. 스코틀랜드 에든버러에서 태어난 의사이자 작가인 그는, '상담
탐정' 셜록 홈스와 충실한 조수인 닥터 존 왓슨의 창조자로 유명하다. 하지만 그는
또한 상당수의 역사소설과,《잃어버린 세계The Lost World》로 잘 알려진 챌린저 교
수가 등장하는 일련의 모험담 시리즈도 집필했다. 한동안 마술사 해리 후디니Harry
Houdini와 교분을 쌓았으며, 말년에는 강신론에 심취했다. 아내 루이자와 아들 킹
슬리를 포함해 가까운 이들과 연이어 사별한 후 코난 도일은 무덤 너머의 존재를
증명하는 데 몰두했다.

린다 반스

  한밤중 같은 색깔의 커튼이었다. 커튼 테두리는 중서부의 밤하늘에
점점이 박혀 있는 별처럼 어둠 속에서 희미하게 빛나는 하얀색 매듭구슬
술 장식으로 무겁게 쳐져 있었다. 방의 폭은 10피트, 길이는 12피트였으
며, 좁은 트윈베드와 커다란 나무장, 다른 가구와 안 어울리는데다 서랍
을 여닫을 때 삐걱삐걱 큰 소리가 나는 책상이 놓여 있었다. 창문 중 하
나는 내 침대 머리맡에 바로 면해 있었고, 다른 창문은 침대 옆쪽에 있었
는데 둘 다 이상한 위치였고 크기도 작았다. 하지만 숨이 턱턱 막힐 정도
로 더운 여름밤이면 두 창으로 시원한 맞바람이 쳤다. 침대보는 밤하늘
같은 커튼 색깔과 짝을 이루었고, 침대마다 하나씩 놓인 베개는 남색 베

갯잇으로 덮여 있었다.

"커튼 좀 그만 만지작거리고 빨리 자라!"

그럴 수만 있다면 나도 잠들고 싶었다. 나는 커튼 테두리의 실로 짠 매듭들을 하나하나 세고 있었다. 종교적 관습, 제의, 이교도의 묵주. 옷장에는 괴물이 숨어 있고 침대 밑에는 악마가 있단 말이다. 방 건너편에서 여동생은 얼굴을 벽 쪽으로 돌린 채 평화롭게 잠들어 있었다. 동생의 침대는 안전한 피난처였다. 동생은 〈얼룩 띠의 비밀The Speckled Band〉을 읽지 않았다.

문이 쾅 닫혔다. 침묵이 메아리쳤다. 매듭구슬을 세던 나는 감춰지지 않는 소음들에 귀를 쫑긋 세웠다. 자물쇠가 딸깍 열리는 소리, 철컥거리는 쇳소리, 뱀이 스르륵 미끄러져가며 쉿쉿거리는 소리.

잠깐! 나직하지만 똑똑하게 들리는 저 소리는 휘파람인가?

이웃집의 버넌 베이커 씨는 건방진 스탠더드 푸들을 몇 마리 길렀다. 그가 집 밖으로 나와 푸들을 불러들이는 것일 수도 있다. 하지만 만약에, 저 휘파람을 분 것이 무고한 이웃이 아니라 스토크 모런 마을의 공포스러운 존재인 미치광이 의사 그림스비 로일롯이라면? 그가 "인도에서 가장 치명적인 독사"인 늪지의 살무사를 야간 포식으로부터 불러들이기 위해 휘파람을 부는 거라면? 한 치 앞도 안 보이는 어둠 속에서 내 심장은 드릴처럼 두방망이질 쳤다.

내 인생 최초의 미스터리 소설인 〈얼룩 띠의 비밀〉은 《셜록 홈스의 모험》에 수록된 이야기 열두 편 중 여덟 번째 작품이었다. 아마도 열 살 정도의 초등학생일 때 처음 읽은 걸로 기억한다. 어쩌면 열한 살이었을 지도 모른다. 지칠 줄 모르는 독자였던 나는 책을 번개처럼 순식간에 읽어치웠고, 학교 도서관 사서는 소설에 대한 내 욕구를 만족시키느라 동분서주했다. 내가 책 한 권을 끝내자마자 그녀는 서둘러 또다른 책을 나의 애타는 손에 급하게 떠안겨주었다. 나의 취향은 하이틴 로맨스물에서, 유명하거나 스캔들 한복판에 선 여인들의 전기물 쪽으로 바뀌었다. 나는 상류사회 결혼식을 다룬 책들, 나폴레옹의 연인 조제핀, 사랑의 도피, 플로렌스 나이팅게일에 관한 책을 읽었다.

그리고 나서 예기치 않게, 수업 시간에 〈얼룩 띠의 비밀〉을 다른 단편들보다 먼저 별개로 읽게 되었다. 일주일 동안 불면의 밤을 보낸 뒤, 나는 온전한 판본의 《셜록 홈스의 모험》 구입 신청서를 썼고 마침내 읽을 수 있게 되었다. 각각의 이야기가 작은 폭로였고, 뛰어나게 구축된 플롯과 캐릭터, 표현이 돋보였다. 나는 〈보헤미아 왕국 스캔들A Scandal in Bohemia〉부터 〈너도밤나무집The Adventure of the Copper Beeches〉까지 한번에 죽 읽어내려간 뒤 다시 첫 작품으로 돌아가 재독했다. 이번엔 중간중간 여러 번 멈추며 읽었다.

"내 삶은 진부한 일상사로부터 탈출하려는 하나의 기나긴 노력으로 점철되었네. 이런 작은 문젯거리들이 도움이 되곤 하지." 책의 두 번째 수록작 〈빨강 머리 연맹The Red-Headed League〉에서 신실한 왓슨은 셜록의 말을 옮겨 적는다. 다들 고만고만한 동네에서 성장한 아이가 셜록의 욕망에 공명하지 않을 수 있겠는가? "일상의 따분한 반복과 관습 너머에 있는 기이한 사건들에 대한 나의 사랑을 자네도 공유하고 있잖은가." 위대한 대가는 왓슨에게 말을 건넸고, 나는 나의 더 어린 자아가 열광하며 힘차게 고개를 끄덕이는 모습을 마음속에 그려보았다. "경찰 보고서를 읽다 보면 일상사만큼이나 기이한 것도 또 없어"라고 홈스는 〈신랑의 정체A Case of Identity〉에서 설명한다. 그리고 덧붙인다. "사소한 것이야말로 두말할 나위 없이 가장 중요한 문제라네." 셜록은 나의 평범한 주변 환경을 다른 각도에서 조망할 수 있도록, 그냥 보는 대신 관찰하도록, 듣는 대신 경청하도록, 평범함 속에서 특별한 것을 주목하도록 이끌었다.

"사람은 직업상 유용할 것 같은 지식 모두를 습득해야만 하네." 셜록은 〈다섯 개의 오렌지 씨앗 The Five Orange Pips〉에서 주장했다. 그리고 왓슨은 홈스가 "나의 한계"라고 기술한 바를 정직하게, 기꺼운 마음으로 요약해놓는다. "철학, 천문학, 정치학에 관한 지식은 0에 수렴한다고 했던 기억이 나는군. 식물학 지식은 경우에 따라 편차가 크고, 80킬로미터 이내의 지역에서 묻혀온 흙이라면 죄다 알아차릴 수 있는 지질학 지식이 있고. 화학 지식은 특출하고 해부학 지식은 체계적이지 못하며, 선정소설과 범죄 문헌에 관해서라면 겨룰 자가 없지. 바이올린 솜씨는 꽤 괜찮고, 복싱과 검술, 법학 분야에도 상당한 지식을 갖고 있고, 코카인과 담배를 탐닉하기도 해." 홈스의 특별한 지식 체계가 천편일률적인 커리큘럼에 꽁꽁 묶여 있던 책벌레 소녀에게 얼마나 큰 호기심을 불러일으키고 매혹적이었을지 상상해보라. 내가 선택 과목으로 펜싱을 고른 건 홈스의 부추김 때문이었다.

"아까랑 비슷한 문제인데, 어떤 바보 같은 건축업자가 환기구를 바깥 공기와 통하는 쪽으로 내지 않고 옆방으로 이어지도록 만든 걸까요." 내가 자던 그 방에도 안전망이 달려 있었는데, 내 생각에는 난방 배관이라기보다는 환기구에 가까운 장치였고, 원래는 작은 공부방이었지만 얼마 전에 태어난 남동생의 침실로 개조된 옆방으로 이어지는 듯 보였다. 물론 내 베갯머리에는 가짜 초인종 당김줄이 매달려 있지 않았다. 하지만 옆방으로 직통하는 데 필수적이고 아마도 치명적 경로인 환기구는 분명 내 눈앞에 실재했다. 내 침대는 바닥에 고정되어 있지도 않았지만, 이런 도발적인 추측이 떠오르지 않았다면 침대 위치를 옮길 생각도 하지 못했을 것이다.

아버지는 내가 당신을 의심한다는 걸 알고 있었는지도 모른다.

나는 여동생보다 불과 한두 살 더 많을 뿐이었고, 내 마음속에서 동생과 나는 쌍둥이 같았다. 〈얼룩 띠의 비밀〉의 헬렌과 줄리아 자매가 쌍둥이였듯 말이다. 내 생각에 아버지는 단 두 명의 아이만을 원했던 것 같았다. 완벽한 짝, 아들 하나와 딸 하나. 이제 어머니가 마침내 아들을 낳았고 나는 추가된 존재, 잉여의 존재가 되어버린 것이다. 열 살짜리 자아가 떠올릴 수 있는 한, 그 상황은 그림스비 로일롯이 상속받은 재산을 혼자 차지하려는 욕망만큼이나 나를 없애버리려는 동기로서 확실하고 강력한 것 같았다.

"의사가 엇나가기 시작한다면 일급 범죄자가 될 수 있어. 대담하고 지식도 갖췄으니까." 아버지는 의사는 아니었지만 총명한 엔지니어였다. 로일롯 박사처럼 배짱이 있고 똑똑했다. 로일롯 박사처럼, 아버지는 먼 나라를 여행했고 이국적인 기념품들을 잔뜩 갖고 돌아왔다. 나는 고요하고 위협적인 밤에, 여동생의 숨소리에도 귀를 기울였다.

잠들지 마. 자네의 생명이 달려 있는 문제니까.

정말 그렇다면? 그 이야기들이 내게 말을 걸었다. 정말 그렇다면? 이야기들은 연역적 추리의 영역으로 초대하듯, 관찰과 상상력을 이용해 영웅과 겨룰 수 있는 세계로 초대하듯 내게 속삭였다.

장편소설이 아니라 단편 모음집인《셜록 홈스의 모험》은, 엄밀히 말하자면《죽이는 책》이 정해놓은 범위 바깥에 있다. 그럼에도 불구하고 내가 이 책을 고른 까닭은, 규칙을 깨는 것이 재미있기 때문만이 아니라 미스터리 시리즈의 축소된 형태로서 빼어난 예라고 생각하기 때문이다. 단권 미스터리 소설은 내게 기쁨을 선사한다. 윌키 콜린스의《월장석》, 대프니 듀 모리에의《레베카Rebecca》, 대실 해밋의《그림자 없는 남자The Thin Man》를 나는 다른 사람들 못지않게 숭배한다. 하지만 내 마음속에서,

궁극의 즐거움은 미스터리 시리즈로부터 온다. 지속되는 시리즈는 한 권 짜리 이야기보다 더 많은 것을, 한 순간만을 엿보는 것보다 더 많은 즐거움을 약속한다. 사랑스럽고 친숙한 캐릭터들 간의 관계와 대화의 연속성 말이다. 시리즈의 영향력은 개중 특별한 한 권에 있는 게 아니라, 시리즈가 지속되는 동안 내내 누적되는 인상으로부터 비롯된다. 《셜록 홈스의 모험》은 탐정소설에서 내가 가장 사랑하는 측면을 집약한 소우주, 즉 캐릭터가 설계되고 발전하고 만개하는 과정을 경험할 기회를 독자에게 주는 연속된 이야기이다.

각각의 이야기에서 홈스라는 캐릭터의 또다른 측면이 광채를 발하고, 새로운 사실이 제공되고, 또다른 돌파구가 나타난다. 〈보헤미아 왕국 스캔들〉에선 '모호하고도 불확실하게 기억되는 여인인 고故 아이린 애들러'의 초상뿐 아니라 자신의 재능에 대한 셜록의 자신감, 홈스 역시 오류를 범하는 인간이었다는 사실, 그에게 패배를 안겨준 '그 여인'에 대한 홈스의 끝없는 존경심을 읽을 수 있다. 또한 실패 때문에 홈스가 멈춰 서지 않는다는 것도 알게 된다. 〈입술 삐뚤어진 사나이〉The Man With the Twisted Lip〉에선 "아예 모르고 지나치는 것보다 늦게라도 지혜를 구하는 게 더 낫지"라고 그는 말한다.

〈다섯 개의 오렌지 씨앗〉에서 의뢰인 존 오펜쇼가 숨을 거두자 홈스는 말한다. "이 사건은 이제 내게 사적인 문제가 되었네." 나의 영웅은 범인을 땅끝까지 찾아가 처단하겠다고 맹세한다. 이것은 성공적인 시리즈물의 전형적인 순간 중 하나다. 아마추어든 세상에서 제일 비정한 프로페셔널이든, 탐정은 사건에 개인적으로 연루될 수밖에 없다. 악마 같은 그림스비 로일롯 박사가 베이커 가로 불쑥 찾아와 "간섭하기 좋아하는 홈스, 참견꾼 홈스, 런던 경시청의 거들먹거리는 졸개 홈스"라고 조롱하는 순간, 홈스가 사건에 사적으로 얽혀들지 않고 배기겠는가? 게다가 로

일롯이 다음 순간 쇠 부지깽이를 구부러뜨리며 짐승 같은 완력과 금방이라도 폭력을 휘두를 듯한 기세를 과시하기까지 하는데 말이다.

미스터리 시리즈의 또다른 즐거움이라면, 주인공을 둘러싸고 반복적으로 등장하는 인물들의 존재다. 《셜록 홈스의 모험》에는 안타깝게도 마이크로프트 홈스 에피소드가 한 편도 포함되어 있지 않다. 대신 홈스를 한층 돋보이게 하는, 평범한 경찰의 대표적인 예라고 할 족제비 같은 인상의 레스트레이드 경감을 만날 수 있다. 또한 내레이터로서, 추종자로서, 공범으로서, 충실한 벗으로서 왓슨을 거듭 마주치게 된다.

"런던에서 가장 비천하고 불쾌한 골목조차 이토록 청명하고 아름다운 시골만큼 끔찍한 범죄 기록을 보유하고 있진 못할걸." 홈스는 〈너도밤나무집〉에서 말했다. 꼬마였던 나조차 그의 말이 사실임을 알 수 있었다. 우리 동네에서 범죄는 전혀 낯선 사건이 아니었기 때문이다. 그 몇 해 전, 우리 집 앞마당 잔디밭에서 시체가 발견된 적이 있다. 십대 소년이 예전 이웃이었던 경찰관이 쏜 총에 맞은 것이었다. 오늘날까지도 나는 그 사건의 진위를 알지 못한다("정보! 정보! 정보가 필요해! 진흙이 없다면 벽돌을 빚을 수도 없지 않나"). 하지만 나는 지금까지도 홈스라면 그 사건을 해결할 수 있었을 거라고 확신한다. 셜록은 표면 아래의 것을 볼 수 있기 때문이다. 그는 흔적을 읽어낸다. 그는 언제든 두려워할 이유가 충분하다는 것을 인지하고 있다.

탐정 시리즈는 두려움을, 죽음을 극복할 수 있다고 넌지시 암시한다. 탐정은 죽지 않기 때문이다. 홈스는 살아 있었고, 지금도 살아 있고, 앞으로도 살아 있을 것이다. 그는 라이헨바흐 폭포로부터, 죽음으로부터 귀환했다. 홈스는 불멸이고 끊임없이 번성하는 존재다. 배질 래스본, 니콜 윌리엄슨을 비롯한 영화 속 수많은 배우들이, 그리고 큰 사랑을 받았던 영국 TV 연속극에서 제러미 브렛이, 최근의 BBC TV 연속극 〈셜록〉에서 베네딕트 컴버배치가 홈스를 연기했다. 로리 R. 킹Laurie R. King의 '메리 러셀Mary Russel 시리즈'에서도 홈스는 여전히 활기가 넘친다. 다른 캐릭터들은 하나의 이야기를 지닐 테지만, 홈스는 너무나도 생생하여 영원히 지속될 삶을 살아간다.

유년기의 어두컴컴한 침실에서 한 달 동안 나는 옆에 긴 자를 감춰둔 채 잠들었다. 홈스가 끔찍한 독사를 뒤에서 내리쳤던 길고 가느다란 회초리의 빈약한 대체물이었다. 그러고 나서 공포는 열병처럼 갑자기 기세가 꺾였고, 왔을 때처럼 급작스럽게 잦아들었다.

·

미국 미시간 주 디트로이트에서 태어난 린다 반스Linda Barnes는 수상 경력이 있는 미스터리 작가다. 그녀는 보스턴을 배경으로 한 미스터리 시리즈들로 극찬받았다. 그중 하나는 배우를 겸업하는 사립탐정 마이클 스프래그Michale Spraggue가 주인공이며, 또 하나는 키가 155센티미터가량인 빨강 머리 탐정 칼로타 칼라일을 주인공으로 내세운다. '칼로타 칼라일Carlotta Carlyle 시리즈'의 최신작은 《악마와 함께 눕다Lie Down With the Devil》이다. 그녀는 매사추세츠 주 보스턴에 살고 있다.
www.lindabarnes.com

바스커빌 가문의 개 *The Hound of the Barskervilles, 1902*

by 아서 코난 도일

•

아서 코난 도일 경Sir Arthur Conan Doyle(1859~1930)은 미스터리계의 중심인물 중 한 사람이었다. 스코틀랜드 에든버러에서 태어난 의사이자 작가인 그는, '상담 탐정' 셜록 홈스와 충실한 조수인 닥터 존 왓슨의 창조자로 유명하다. 하지만 그는 또한 상당수의 역사소설과,《잃어버린 세계》로 잘 알려진 챌린저 교수가 등장하는 일련의 모험담 시리즈도 집필했다. 한동안 마술사 해리 후디니와 교분을 쌓았으며, 말년에는 강신론에 심취했다. 아내 루이자와 아들 킹슬리를 포함해 가까운 이들과 연이어 사별한 후 코난 도일은 무덤 너머의 존재를 증명하는 데 몰두했다.

캐럴 오코넬

아서 코난 도일은 자신이 창조한 상징적인 인물 셜록 홈스에 대해 쓰인 글들의 절반에라도 동의를 표했을까?

그게 중요한가?

전혀 그렇지 않다. 그건 보는 사람 마음대로이며, 당신 역시 홈스에 대한 글을 한 편 더 쓸 수도 있다. 셜록 홈스가 등장하는 단편은 쉰여섯 편이나 된다. 하지만 나라면, 홈스 이야기가 왜 결코 끝나지 않는지, 말이 끄는 마차를 타고 다니던 1887년경부터 21세기에 이르기까지―새로운 말을 타고―계속되는지를 이해하기 위한 책으로 도일의 중·장편 네 편 중 최고작인《바스커빌 가문의 개》를 추천하겠다.

이 소설은 탐정이 거주하는 런던의 베이커 가 하숙집에 떠도는 유독한 공기 같은 분위기로 충만하다. 내레이터 왓슨 박사가 묘사하듯, "그 방은 연기로 가득 차서 탁자 위의 램프 불빛조차 흐릿할 정도였다". 무슨 일인가 살펴보니, "독한 담배의 매캐한 냄새가 목구멍으로 파고들어서 나는 기침을 시작했다. 희뿌연 연기 너머로, 실내복을 입고 검은색 사기 파이프를 문 채 안락의자에 웅크리고 있는 홈스가 어슴푸레 보였다".

담배 피우는 사내는 니코틴과, 거기에 뒤따르는 카페인의 힘으로 활기를 띠고 있다. 바닥에는 그가 한 번도 가보지 못한 저 먼 곳의 지도가 마구 흐트러져 있다. 하지만 홈스는 '영혼으로' 그곳을 방문하고 그곳의 공기에 흠뻑 도취되어 있다. 그는 외떨어진 저택, 한밤중 황무지의 야생적인 풍경, 귀족 가문 바스커빌의 후손들을 물어 죽이는 임무를 띤 거대한 하운드 개에 얽힌 저주를 상상하고 있다.

1893년에 쓴 초기작 〈마지막 사건The Final Problem〉에서 코난 도일은 홈스를 라이헨바흐 폭포 아래로 던져버리면서 그 존재를 말소시켰다. 암시적으로 그를 죽여버린 것이다. 다음 순간, 코난 도일은 자신이 런던에서 가장 미움받는 존재가 되었음을 알아차렸다. 독자들의 격렬한 항의 때문에 도일은 결국 셜록 홈스를 귀환시킬 수밖에 없었다.*

여기서 조금씩 <u>으스스</u>해진다. 홈스는 창조주로부터 어떤 도움도 받지 않고 알아서 다시금 생명을 얻었다. 그는 도일의 이야기에 종속되지 않는다. 그는 살아 있는 존재다. 더 섬뜩한 건, 그가 결코 죽을 수 없다는

---

* 《바스커빌 가문의 개》는 홈스의 때 이른 죽음 후에 나온 첫 작품이다. 홈스의 부활과 귀환을 다룬 1903년 단편 〈빈집의 모험The Adventure of the Empty House〉보다 앞선 작품이기도 하다. 그러므로 짐작건대 《바스커빌 가문의 개》의 사건은 1893년 단편 〈마지막 사건〉 속 홈스의 사망 이전에 해결한 것이라고 정리할 수 있다. 〈마지막 사건〉을 다시 읽진 마시길. 그건 그냥…… 잊어버리자.

점이다. 현대의 시나리오 작가들, 희곡 작가들, 소설가들이 홈스의 연대기를 계속 써내려가고 있으며, 그들 중 누구도 감히 그를 죽일 엄두를 내지 못한다. 그들 모두 시끄러운 대중을 두려워한다. 그 흉악한 군중이란 바로 우리다. 셜록 홈스의 팬들.

그리하여 우리는 눈부시게―눈을 뜰 수 없을 만큼―창의적이며 지속적인 캐릭터를 갖게 되었다. 그는 비극적인 결함을 여럿 갖고 있다 (고대 그리스인들은 비극에서 하나의 결함만을 지정했지만). 그럼에도 불구하고, 1902년 5월 3일 《뉴욕 타임스》는 〈이중 탐정소설A Double-Barrelled Detective Story〉이라는 제목의 풍자문으로 도일의 소설을 놀려댄 마크 트웨인Mark Twain의 조롱에 맞서 이 책을 변호해야만 했다. 또다른 반박으로, 《타임스》는 《바스커빌 가문의 개》가 "구성, 진행, 결말에 이르기까지 훌륭한 작품"이라는 평을 고수했다. 그러자 G. K. 체스터턴G. K. Chesterton은 《데일리 뉴스》 서평난에서, 도일이 훨씬 존경받는 작가 에드거 앨런 포의 캐릭터인 뒤팽을 흉내 내어 홈스를 만들었으면서도 예전 작품에서 포를 비웃은 것을 지적하며 불평을 늘어놓았다(다른 평론가들은 '흉내'와 '영향'을 분명하게 구분지었다). 하지만 체스터턴은 셜록 홈스가 "문학의 비현실성으로부터 빠져나와 전설의 눈부신 현실성으로 걸어 들어갔다"고 덧붙였다. 여기서는 홈스가 도일보다 더 좋은 평가를 받은 셈이다.

이상하게 느껴진다고? 조금만 더 지켜보시라.

미국에서 이 책이 베스트셀러 목록에 오른 건, 독자들이 진실과 허구를 구분할 수 있는 분별력이 부족해서라는 평가를 받았다. 즉 셜록 홈스가 실제 인간, 소설 속 인물이 아니라 형체를 갖춘 인간이라는 미신의 발로라고 말이다. 제정신이 아닌 것 같다고? 흠, 실제 바스커빌 가문이 있다는 건 어떻게 생각하는가(그리고 아서 경은 그 가문의 저택을 자주 방문하는 사이였다).* 하운드 개 역시 민간전승에서라면 존재할 법하다고 생각할지도 모르겠다. 영국의 황무지 어느 곳에서나 이글이글거리는 시뻘건 눈의 거대하고 섬뜩한 개를 얼마든지 찾아낼 수 있다.* 이십칠 년 뒤 T. S. 엘리엇은 "확실한 사실은, 홈스가 그의 창조주보다 훨씬 더 현실적이라는 것이다"라며 이 광기에 동조하지 않았던가.

셜록 홈스의 충성스런 팬들인 셜로키언들은 회합 자리에서 아서 코난 도일 경의 이름을 언급하는 것조차 금지함으로써 이 기묘한 분위기를 한층 더 강화했다. 홈스는 그들에게 피와 살을 지닌 인간이기 때문에, 저자 도일의 이름을 언급하는 것은 그들의 믿음에 견딜 수 없는 모순을 불러왔다. 그리하여…… 그 빌어먹을 팬클럽에서 이 가련한 작가는 죽은 사람보다 더 못한 취급을, 아예 살았던 사람 취급도 받지 못하는 것이다. "아서 코난 도일 경이 동시대 가장 인상적인 작가들에 속하지 않는다는 주장에 대해서는 뭐라고 말을 못 하겠다"라고 T. S. 엘리엇 역시 말한 바 있기 때문에, 한층 기묘하게 느껴지는 사실이다.

---

* 바스커빌 가문의 저택 클라이로 코트Clyro Court는 수리된 다음 바스커빌 홀 호텔Baskerville Hall Hotel로 이름이 바뀌었다. 이 저택은《바스커빌 가문의 개》의 진정한 배경이라는 권리를 뽐내기 위해 비슷한 종류의 저택들과 다툼을 벌인 끝에 소설 속 저택과의 건축적·조경적 유사성으로 승리를 거머쥐었다. 하지만 도일이 묘사한 것 같은 14세기 고성은 아니다. 이 회색빛 석조 저택은 1839년에 건축되었다.

* 영국 작가 버트럼 플레처 로빈슨Bertram Fletcher Robinson은 지옥견 전설을 작가에게 이야기함으로써 이 소설에 영감을 불어넣은 공로자로 인정받는다. 이미 당시 영국의 민담이 악마 개의 유령들로 넘쳐나고 있었지만 말이다. 도일은 1902년 판 클로스 장정본에서 이 책에 대한 친구의 공로를 인정했다. 1901년 3월 골프 휴가 동안 로빈슨이 들려준 민담이 그해《스트랜드 매거진 Strand Magazine》8월호에 처음 실린 연재물로 활자화되었으니 집필에는 시간이 얼마 걸리지 않은 셈이다. 매회 긴박한 장면에서 끝나게 되는 연재 형식을 고려하면, 이 소설은 총 8회분 중 첫 이야기가 채 끝나기 전부터 아주 잘 짜인 플롯과 속도감을 유지하고 있다. 게다가 이 이야기들은 급박하게 쓴 티가 나지 않는다(연재물들은 이후에 고쳐 쓸 시간이 있긴 하지만 말이다). 다작하는 작가였던 도일은 이 기간에 다수의 단편들을 한꺼번에 휘갈겨 쓰고 있었다. 하지만 홈스 경전에 속하는 장편들은 훨씬 더 오랜 기간을 두고 띄엄띄엄 발표되었고, 그래서 완성되는 데까지 일 년 이상씩 걸린 것처럼 보이지만, 사실 도일은 육 개월도 채 안 되는 기간에 자신의 대표작을 완성한 셈이다.

세상을 떠날 때까지, 도일은 거인을 원했던 세상에서 그저 실물 크기의 인간으로서 취급당했다. 그는 허구의 인물과 경쟁할 수 없는 사람이었다.

도일이 안타깝게 여겨진다고?

홈스에 대해서 한번 생각해보자. 홈스의 창조주는 그를 살해하려 했다(가련한 인간 같으니). 홈스는 지독한 약물중독자였다(놀랄 일도 아니다). 그리고 치료가 필요한 우울증으로 고통받고 있었다. 아무도 꿰뚫어보지 못했던 미스터리로부터 훌륭한 해답을 이끌어낼 수 있는 뛰어난 두뇌를 가지고 있으면서도, 사건과 사건 사이 비는 시간에는 아무런 할 일이 없다는 권태에서 오는 우울증이었다.

셜록 홈스에게 동정을 느낄 수 있는 여지에는 또 어떤 것이 있을까? 그는 잘게 썬 살담배에 중독되어 있다. 무례하고 냉담하고 단정치 못하다. 요즘이라면 그는 소시오패스에 자폐증, 아스퍼거 증후군을 앓는다고 진단받겠지만, 이 자리에서 속류 심리학은 접어두기로 하자. 너무 안이하지 않은가.

천재의 곤경을 상상해보자. 평범한 지능의 인간을 상대하는 건 그에게 짐스러운 일이다. 이를테면 당신이 집에서 키우는 반려동물, 그러니까 기꺼이 당신과 대화를 나누려 하고 심지어 열성적인 강아지를 상대한다고 가정해보자. 하지만 결국 강아지와의 대화를 끝까지 이어갈 순 없을 것이다. 높은 지성이야말로 셜록 홈스의 가장 두드러진 장애다(학창 시절 나는 IQ 186인 친구를 알고 지냈는데, 그는 생각에 너무 깊이 몰두한 나머지 길을 걷다가 나무와 정면으로 부딪힌 적이 있고, 혼자서 건널목도 못 건널 것이라고 여겨졌다). 홈스는 사교 활동 따위는 안중에도 없고 범죄 행위에만 강박적으로 집중한다. 홈스가 무도회에 가는 건 도저히 상상할 수 없다. 구기 종목도, 종교 활동도 그에게는 필요 없다.

그의 지식 활동에도 빈틈이 있다. 기억을 담당하는 저장 공간에 한계가 있다는 실질적인 문제 때문일 것이다. 그는 신비로운 지식에 통달해 있지만, 수수께끼를 해결하는 데 도움이 되지 않는 것이라면 그 무엇도 배우려는 시도조차 하지 않는다. 그는 달걀 삶는 법 같은 건 모르고, 카펫을 뒤덮고 있는 쓰레기를 내다버려야 한다는 지적에도 무관심하다. 예의범절은 그의 일상에 부재한다. 예절 바른 거짓말은 아예 기대도 하지 말아야 한다.

홈스는 냉담한 사람이지만, 의도적으로 잔인하게 구는 건 아니다. 주변 사람들이 그가 자신들을 하급 생물체처럼 다루는 데 불쾌해할 때, 그가 이를 이해하지 못하는 것도 무리는 아니다. 홈스가 여성과 '관계를 진전시키기 위한 대화'를 진지하게 나누는 모습을 상상해보라. 괴로워지기 전에 그만두는 게 좋을 거다. 그리고 이것이야말로 우리가 홈스를 사랑하는 이유다. 그는 결코 우리를 사랑하지 않지만, 때때로 누군가의 장점을 기꺼이 존중할 것이다. 이것이야말로 믿고 따르려 노력할 만한 가치가 있는 게 아닐까. 우리는 은총을 목표로 나아가는 것이다.

그의 약점은 차고 넘친다. 홈스는 우울증을 한바탕 앓곤 한다. 그 때문에 침대에서 나와 의뢰인을 문가에서 맞아들이지도 못할 때도 있다. 뛰어난 사람조차 그런 것들을 관리해줄 이가 필요한 것이다.

이제 그의 동료인 닥터 존 왓슨을 만나볼 차례다.

가엾은 왓슨은 가끔 친구를 돋보이게 하는 존재 — 변변치 않은 작가가 주인공을 상대적으로 돋보이게 하기 위해 만들어낸 장치 — 취급을 당하곤 한다. 그리고 아서 코난 도일은 실제로 그럴 의도로 왓슨을 만들었다. 하지만 여기 작가들의 더러운 비밀이 있다. 작품에는 작가가 원래 의도했던 것보다 더 많은 것들이 나타날 수 있다는 것.

그러므로 작가라는 역겨운 자식들의 의도에 너무 얽매이는 대신, 홈스의 게임을 즐길 것을 권한다. 선량한 의사이자 전직 군인인 왓슨에 대해 밝혀진 사항들부터 살펴보자. 용감하다. 명예를 지킨다. 충성스럽다? 두말할 나위 없이 그렇고 말고. 그리고 이 모든 것들에 더해, 홈스와 짝패를 이루지 않는다면 왓슨은 문학적 캐릭터로서 결코 두드러지는 존재가 될 수 없다. 홈스 역시 왓슨이라는 존재가 없다면 사람 구실도 못하는 순간들이 있다. 바퀴 반쪽을 상상해보면 된다. 셜록 홈스, 지적이고 예의 차리지 않고 냉담한 사람. 하지만 바퀴 반쪽만으로는 아무 데로도 움직일 수 없다. 다른 반쪽이 누구냐고? 물론 존 왓슨이다. 사교적 관습에 익숙하고 연민을 느낄 수 있고 총을 가진 남자. 이제 바퀴는 완전해졌고, 그들은 함께 굴러갈 수 있다(이 생각에 확실한 근거를 얻고 싶다면, 〈탈색된 병사The Adventure of the Blanched Soldier〉와 〈사자의 갈기The Adventure of the Lion's Mane〉를 펼쳐 보시라. 왓슨이 등장하지 않는 이 작품들이 실패했음을 지적한 사람이 확실히 나뿐은 아니다).

《바스커빌 가문의 개》 앞부분에는, 베이커 가의 방문객이 셜록 홈스를 '유럽에서 둘째가는 전문가'라고 호칭하는 장면이 나온다. 이 칭찬은 받아들여지지 않고, 탐정은 그럼 첫째가는 전문가에게 상담을 받으라고 대꾸한다. 사건을 의뢰할 방문객이 자신의 의견을 철회하고 사과를 한 후에야 순위 문제는 결판이 난다. 홈스가 최고라고. 나르시시즘처럼 들린다고? 다수의 셜로키언 무리는 '그렇다'고 대답할 것이다. 하지만 내 입장에선 동의하기가 좀 망설여진다(반려동물의 비유로 잠깐 돌아가보자면, 당신의 개는 당신이 자만에 빠져 있다고 생각할까? 당신은 당신 개보다 스스로가 더 똑똑하다고 확신하지 않는가?).

정말로 허세에만 열중하는 나르시시스트라면 왓슨의 존경을 받지 못할 것이다. 홈스는 절대 그런 적이 없다. 그가 만신전에서 자신의 위치를 잘 알고 있다고 나는 확신한다. 홈스가 멋을 부리거나 찬사에 휘둘리는 인간이던가? 절대로 그렇지 않다. 그에게는 논리가 최우선이다. 그는 오직 팩트에 대해서만 까다로운 감식가다. 이 남자는 추론의 영역에서 가장 뛰어난 플레이어다. 스스로 직접 내린 판정이긴 하지만, 어쨌든 솔직한 논평이다.

《바스커빌 가문의 개》에서 홈스는 이전 이야기들로 구성된 역사를 가진 인물이다. 그는 코카인에 중독되어 있고, 최대의 적수를 무찔렀으며, 죽음조차 격파했다. 그는 완벽에 가까운 존재라는 뉘앙스를 풍기지만, 전적으로 완전한 건 아니다. 그는 단 한 번도 성적인 존재였던 적이 없는데, 사실 그럴 필요가 없기 때문이다. 대신 왓슨이 있다. 그는 여인들을 부지런히 따라다니고, 때로 그들 중 누군가와 결혼하기도 한다. 로맨스를 추구하는 이들은 저기로 가서 이보다 못한 다른 소설을 읽으면 된다. 남은 우리들은 게임에 대한 사랑, 이 남자에 대한 사랑에 푹 잠겨 있다. 이 남자는 두려움을 모른다. 책장을 계속 넘겨보라. 그가 지옥의 개를 찾기 위해, 푹푹 빠져드는 모래 늪이 있는 어두운 황무지를 가로지르는 모습을 목격하게 될 것이다.

홈스 이야기에서 이 정도면 충분하다고 느낀 적이 있던가? 그렇지 않다. 다행히도, 앞으로도 더 많은 홈스 이야기가 있다. 미래에 홈스 소설과 희곡을 쓰거나 영화를 찍게 될 이들에게 주의할 점에 대해 몇 마디 남기고 싶다. 이건 당신이 해야 하거나 하지 말아야 하는 문제가 아니다. 아무리 노력하더라도 당신은 홈스를 죽일 수 없다. 당신이 원한다면 시도는 해볼 수 있겠지만. 그는 당신과 당신의 모든 후손들보다도 더 오래 살아남을 것이다.

그는 절대 죽을 수 없는 존재다.

셜록 홈스여 영원하라.

• 캐럴 오코넬Carol O'connell이 쓰다 : 나는 화가로 성장했고, 순수미
술 분야에서 학위를 취득했으며 삶의 어느 지점에선가 잘못된 방향
으로 들어섰다. 그 후 배를 곯는 예술가의 전형으로 살다가 맨해튼 시
궁창에서 죽겠다는 야심이 꺾인 후 소설가가 되었다. 1994년 첫 소설
《맬러리의 신탁Mallory's Oracle》의 성공으로 돈을 빌리는 삶에서 벗
어났다. 나는 매일 글을 쓴다. 하지만 페이스북에는 결코 쓰지 않는
다. 웹사이트도, 트위터 계정도 없다. 나의 휴대전화에는 문자 차단
기능이 설정되어 있다. 나는 와인 한 병과 바꾸기로 하고 이 글을 썼
다. 그 와인이 악습의 공백을 충분히 채워줄 것이다.

암살자 *The Assassin, 1928*

by 리엄 오플래허티

•

아란 제도 이니시모어에서 태어난 리엄 오플래허티Liam O'Flaherty(1896~1984)는 2차 세계대전 당시 근위보병 제4연대 소속으로 서부전선에서 전투 중 부상을 당했고, 전쟁신경증으로도 고통받았다. 헌신적인 사회주의자였던 오플래허티는 영어와 게일어를 자유자재로 구사하는 문학가로 잘 알려져 있으며, 특히 뛰어난 단편소설 작가로 유명하다. 하지만 그는 장편 범죄소설《밀고자The Informer》(1925)로 제임스 테이트 블랙 기념 상을 수상하기도 했다. 존 포드가 감독한 동명 영화는 1935년 개봉했다.

디클런 버크

이런 소설이 있다고 해보자. 평화로운 일요일 아침, 암살자들이 그저 그런 정부 관료가 아니라 무려 법무부 장관을 목표물로 삼는다. 그들은 반동적 혁명분자들이다. 장관은 지금 미사에 참례하러 가는 길이다. 암살자들과 장관은 피로 맺어진 의형제들이었고, 세상에서 가장 강력한 제국을 교착 상태에 빠뜨릴 만큼 큰 싸움을 함께 치렀다. 하지만 이후 내전 기간에 분열을 겪으면서 철천지원수가 되어버렸다. 내전 당시 장관은 복수에 눈이 먼 암살자 동지들의 처형을 명령했고, 심지어 그중에는 장관의 결혼식 당시 들러리를 섰던 친구도 있었다.

문장 부호들을 치워놓고 보자면, 위의 이야기는 실제 사건과 매우 흡사하다. 1927년 7월 10일 일요일 아침, 당시 아일랜드 법무부 장관이었던 케빈 오히긴스Kevin O'Higgins는 영국과 아일랜드가 맺은 조약에 반대하는 IRA 자원병에게 암살당했다. 오히긴스는 1922~23년의 내전 당시 일흔 명이 넘는 IRA 포로들을 사형시켰고, 암살은 그에 대한 보복이었다. 당시 처형당한 포로 중에는 오히긴스의 결혼식에서 들러리를 섰던 로리 오코너Rory O'Connor도 포함되어 있었다.

중국인들이라면 이렇게 말하리라. 흥미로운 시대였지요.

여기저기 총이 널려 있던 1927년의 시대 상황, 피에 대한 충족되지 않는 갈망, 법무부 장관의 처형이 전략적으로 좋은 계획이라고 믿었던 근시안적 정신 상태를 고려해볼 때, 도대체 어떤 정신 나간 소설가가 이 무자비한 장관의 암살에 대해 심란한 살인범의 관점에서, 그것도 '암살범'이라는 제목의 소설로 글을 쓰겠는가?

앞으로 나오시죠, 리엄 오플래허티 씨.

오늘날 아일랜드에서 리엄 오플래허티는 가끔씩 장르소설에 손을 대곤 했던 중요한 문학가로 널리 알려져 있다. 자신의 범죄소설들을 논할 때 거만한 자세로 돌변하곤 했던 걸 떠올려본다면, 작가 자신도 저런 평가에 반대할 것 같진 않다. 하지만《암살자》이전에도 그는 범죄소설을 썼다.《선데이 타임스》에서 '이 분야의 배후 조종자'라고 평한 소설《밀고자》(1925)가 그것이다.《밀고자》에는 배신자 지포 놀런이 더블린 슬럼가의 샛길들을 허둥지둥 줄달음치며, 그에게 배반당한 동료보다 한 발짝이라도 더 앞서기 위해 필사적으로 애쓰는 모습이 그려져 있다.

《녹색 거리를 따라Down These Green Streets》(리버티스 프레스, 2011)의 저자인 루스 더들리 에드워즈Ruth Dudley Edwards는 에세이에 이렇게 썼다.

오플래허티는《밀고자》를 쓸 계획을 세웠다. "말하자면 교양 있는 이들을 위한 탐정 이야기가 될 것이며, 영화 기법을 문체에 차용할 것이다. 리얼리즘 소설의 외양을 완벽히 갖추되, 그 내용은 현실과 거의 아무런 접점이 없을 것이다. 선동적 웅변가가 관중을 쥐락펴락하고 그들의 감정을 갖고 노는 것처럼, 나 역시 독자들을 그렇게 다룰 것이다. 처음엔 괴물이라고 여겼던 어떤 캐릭터에게, 궁극적으로는 연민을 느끼도록 만들 것이다."

오플래허티의 이 같은 경멸적 어조는 범죄소설 독자들에게 그다지 사랑받을 만하진 않다. 《암살자》의 헌사는 '나의 빚쟁이들에게'인데, 오플래허티가 이 소설을 계획한 동기가 결코 고상한 것은 아니었음을 짐작게 한다.

그러나, 오플래허티의 동기와 의도가 뭐 그리 중요한가? 범죄소설에 대한 그의 경멸적 태도가 그가 창조한 이야기의 영향력마저 훼손시키는 건 아니지 않은가?

더 깊이 들어가보기 전, 《밀고자》와 《암살자》가 대실 해밋의 《붉은 수확Red Harvest》(1929)보다 앞서 출간되었다는 건 그리 중요한 문제가 아니라는 걸 짚어야 한다. 해밋의 성취는 찬사받아야 마땅하다. 그는 범죄소설에 암울한 진실의 측면을 부여했고, 그 안에 특별한 현실성을 그려냈다. 레이먼드 챈들러가 지적했듯 "낭비 없이 간결한 하드보일드" 방식으로, 살인사건을 베네치아풍의 꽃병 속에서 뽑아내어 뒷골목에 떨어뜨려놓은 사람이 바로 해밋이다.

(물론, 해밋과 캐럴 존 데일리Carroll John Daly를 비롯하여 《블랙 마스크Black Mask》의 소설가 짝패들은 1920년대 초반부터 짧고 날카로우며 잔혹한 스타일의 단편들을 꾸준히 발표했다. 오플래허티는 이곳저곳을 방랑하던 시기 미국에서 이 년간 지낸 적이 있다. 시시한 직업을 전전했고, 심지어 세계노동자연맹의 활동가로 일한 적도 있다. 그가 미국에 머무르는 동안 초창기 하드보일드 스타일을 습득하지 않았을까 상상해보는

것도 흥미진진하다.)

《암살자》의 주인공은 마이클 맥다라이다. 상선 대원으로 참전했다가 막 아일랜드에 돌아온 그는 전쟁신경증에 시달리고 있다. 이제 그는 기념비적인 '신성한 행위'를 통해 예전 동료들, 영국-아일랜드 조약에 반대하는 좌익 반체제 인사들을 결집시키기로 마음먹었다. 즉, '그 사람'이라고만 지칭되는 국가 권력의 상징을 암살함으로써 말이다.

《암살자》는 복수의 판타지이자 편집증적 스릴러이며, 자기혐오에 시달리는 킬러의 심리에 대한 탐구이자, 퍼트리샤 하이스미스 판의 《죄와 벌》을 읽는 것 같은 느낌을 자주 받게 되는 작품이다. 말 그대로 충격적일 만큼 불쾌하게 냉담하고, 때로는 터무니없을 만큼 상세하게 중언부언한다. 하지만 해밋이 1929년에 하드보일드 범죄소설의 시동을 걸었다는 공로를 인정받듯, 리엄 오플래허티 역시 그의 몫을 주장할 수 있다. 19세기에서 20세기로 넘어올 당시 범죄소설 장르에서 일종의 다리 역할을 했다는 점에서 그러하다. 요약하자면, 사회문제를 인식하고 있던 찰스 디킨스의 범죄소설 내러티브로부터 좀더 나아갔다고 할 수 있을 것이다.

그는 카펠 가에서 북쪽으로 방향을 틀었다. 이제 그는 슬럼가 한복판에 와 있었다. 그가 예민하게 의식하던 냄새가 한층 더 맹렬하고 메스껍게 다가왔다. 일반 시민들에게는 불유쾌하게 느껴지겠지만, 그에게는 달콤하고 도취될 것 같은 냄새였다. 그가 실행할 행위에 대한 입맛을 돋우는 냄새였다. 여기 존재하는 모든 것이 사회에 대한 마음속 사나운 증오를 불러일으켰다. 창백하고 굶주린 얼굴에 영양실조로 인한 소모열 홍조를 띤 맨발의 아이들, 쇠약한 겉모습에 질병의 뚜렷한 징후를 드러낸 채 비틀거리며 걷는 노인들, 길거리 여기저기 흩어진 내장 덩어리, 문은 떨어져나가고 창문은 부서진 집들, 어디에나 타락한 빈곤과 불행의 풍경이 몸서리쳐지게 쭉

이어져 있었다. 악취가 진동하는 대기는 질병의 징후로 가득했다.

그다음 키티라는 캐릭터가 셸번 호텔에 등장한다. 팜 파탈의 초기 버전이자, 종교를 혐오하는 맥다라가 창녀-성모의 뒤틀린 이분법적 해석을 끼워맞추는 불운한 대상이기도 하다. 셸번 호텔은 지금도 그렇지만 이미 그때부터 더블린 거리 곳곳에서 미친 듯이 날뛰는 군중에게서 달아난 부유층들의 안식처였다.

그녀는 라운지 안쪽을 돌아보았다. 어마어마하게 살찐 여자가 목과 어깨를 드러낸 채 안락의자에 편안히 기대어 앉아 있었다. 여자는 뚱뚱한 목과 축 늘어진 손에 보석을 주렁주렁 달고 있었다. 쿠션이 그녀의 발을 떠받쳤고, 턱 아래 살은 축 늘어져 있었다. 그녀는 불행해 보였다. 발이 쑤시거나 소화불량 때문에 아픈 듯했다. 어디가 아픈지 누가 알겠나. 하지만 키티는 그녀의 고통스러운 얼굴을 동정하지 않았다. 키티에게 그녀는 죄악과 폭식과 독재의 허용이라는 민중 타락의 상징 그 자체였다. 기생충! 갈기갈기 찢어서 절멸시켜야 할, 산 채로 불태워 마땅한 그런 존재.
굶주린 사람들의 이미지가 키티의 머릿속에 떠올랐고, 도끼와 해머를 한바탕 휘두른 다음 사람들이 이 호텔 안으로 쏟아져 들어오는 모습이 눈앞에 선했다.
반 시간이 흘렀다.

범죄소설이든 여타 장르의 소설이든,《암살자》처럼 지속적이고 숭고하기까지 한 분노, 세상이 돌아가는 방식에 대한 혐오를 드러내는 작품은 거의 없다.《암살자》는 딱히 시대와 문화에 질문을 던지거나 문제의 해결책을 제시하려고 시도하는 소설이 아니다. 그것은 야만스러운 외침이자 좌절에 찬 울부짖음, 무력에 호소하는 종류의 소설이다. 위대한 예술작품도 아니다. 정말이지 그 시대에만 나올 수 있던 산물이며, 시간이 흐르면서 빛이 바랜 소설이기도 하다.

그럼에도 불구하고, 당신에게 이 책을 읽으라고 권하고 싶다. 그 생생함과 훅 끼치는 화약 냄새, 연민과 분노의 미치도록 매혹적이며 정신병적인 혼재를 경험해봐야 한다. 당대 시공간의 살갗 아래에서 꿈틀거릴 뿐 아니라, 나아가 주먹을 꽉 쥔 채 맹렬하게 그 아래로 파고드는 스타일 때문에라도 추천한다.

일단 읽어보시길. 두 번 읽을 필요는 없겠지만.

디클런 버크Declan Burke는 《에잇볼 부기Eightball Boogie》(2003), 《빅 오Thr Big O》(2007)와 《앱솔루트 제로 쿨Absolute Zero Cool》 (2011)등을 쓴 작가다. 그는 《녹색 거리를 따라 : 21세기의 아일랜드 범죄소설》을 편집했으며, 아일랜드 범죄소설을 집중적으로 다루는 웹사이트 '범죄는 언제나 대가를 치른다Crime Always Pays'를 운영하고 있다. 최신작은 《학살자의 개Slaughter's Hound》(2013)이다. 버크는 위클로에서 아내와 딸과 함께 살고 있으며, 그의 집에서는 그가 고양이를 키우는 것도, 고양이가 그를 키우는 것도 용납되지 않는다.
crimealwayspays.blogspot.com

개자식 *The Bastard, 1929*

by 어스킨 콜드웰

·

장편소설 스무 편, 백오십 편이 넘는 단편소설, 그리고 논픽션 열두 편을 쓴 작가 어스킨 콜드웰Erskine Caldwell(1903~87)은《토바코 로드Tobacco Road》(1932)와《신의 작은 땅God's Little Acre》(1933)으로 잘 알려진 작가다. 남부 사람이면서도 인종을 불문하고 사회로부터 박탈당한 소외 계층에 대한 글을 쓰는 데 전념했던 콜드웰은 동료들로부터 계급과 문화를 배신한 이로 낙인찍혀 배척당했다. 그의 데뷔작인 중편《개자식》은 1929년 첫 출간 당시 검열 때문에 난항을 겪었다. 콜드웰 자신이 서점을 운영했던 미국 메인 주의 포틀랜드에서는 아예 출간이 금지되었다.

앨런 거스리

내가 한 서점 체인에서 근무하던 1990년대에, 운 좋게도 몇몇 범죄소설을 읽어볼 것을 권하던 직속 상사가 있었다. 그때까지 나는 순수문학을 주로 읽었고, 내가 뭘 놓치고 있는지 깨닫지 못했다. 다행히도 그는 알고 있었다. 그가 내게 추천한 소설은 필립 커Philip Kerr의《철학적 탐구A Philosophical Investigation》로, 비트겐슈타인이라고 명명된 난폭한 소시오패스에 관한 근미래 스릴러였다. 음, 나는 금세 푹 빠져버렸다. 나는 즉시 또다른 범죄소설을 집어들었다. 그리고 또다른 범죄소설을 집어들었다. 그순간부터 범죄소설은 나의 주된 문학적 양식이 되었다.

더 많이 읽을수록 나는 비정상 심리를 다루는 소설로 취향이 기울어진다는 걸 깨달았다. 오늘날까지 나는 독자를 불편하게 만드는 소설의 열렬한 팬이다. 나는 안전한 게임을 하지 않는 작가들, '공감할 수 없는' 캐릭터에게 목소리를 부여하는 작가들을 존경한다. 대개의 경우 그것은 독자에게 크나큰 불안을 안겨주는 손상된 영혼의 목소리다. 하지만 바로 그게 핵심이다. 폭력적인 사이코패스는 당연히 사람을 심란하게 만들 수밖에 없다.

범죄소설에 입문하고 몇 년이 지나 어스킨 콜드웰의 1929년 작인 중편《개자식》을 우연히 알게 됐다. 남부를 다룬 베스트셀러 소설《토바코 로드》와《신의 작은 땅》으로 유명한 콜드웰은 범죄소설 작가로 이름을 알리진 않았지만, 그의 작품들 전반에는 범죄자 유형의 인물들이 빼곡하게 들어차 있다. 데뷔작을 구상하면서 콜드웰은 범죄소설사를 통틀어 가장 극악하게 불쾌한 주인공 중 하나인 진 모건에 관한 소설을 쓰기로 결심했다.

《개자식》은 여기저기 떠돌아다니는 모건이라는 캐릭터에 의해 추동되는 소설이다. 모건은 창녀의 사생아다. 우리는 그가 새로운 마을에 흘러들어오고, 일자리를 구하고, 섹스를 하고, 일생의 사랑을 만나고, 결혼하는 과정을 지켜보게 된다. 그리고 마침내, 우리가 지금까지 마주쳤던 것 중 가장 소름 끼치는 방식으로 무심하게 폭력을 행하여 곤란한 상황을 해결하는 과정을 목도하게 된다.

진 모건은 누아르소설 속 반영웅의 최초 사례로서 자신의 위치를 굳건하게 주장할 만하다.

누아르소설을 정의 내리기란 상당히 어렵다. 많은 이들이 시도했지만 또 수없이 실패하곤 했다. 내 소견으로는, 누아르소설이란 범죄자를 주인공으로 내세우는 범죄소설이다(물론 누아르소설에도 탐정 주인공은 존재한다. 켄 브루언Ken Bruen의 잭 테일러라든가 레이 뱅크스Ray Banks의 칼 이네스는 가장 자주 인용되는 인물들이다. 하지만 칼 이네스는 원래 전과자였음을 기억하자). 그 주인공들은 대개의 경우 파멸을 피할 수 없다. 그들은 결코 영웅적이지 않다(누아르는 하드보일드와 종종 혼동되곤 하지만, 하드보일드 소설에서 탐정들은 자주 기사도적인 정신을 발휘한다). 그리고 그들은 뼛속까지 부패로 썩어들어간 세계에 거주한다.

진 모건은 그런 정의에 정확히 부합하는 인물이다. 그는 다수의 살인을 저지른 죄인이자 강간범이며 도둑이다. 그는 정신병이라는 불운한 운명에 사로잡혔다. 그보다 더 반영웅적일 수는 없을 것이다. 곤경에 처한 처녀는 구조의 대상이기보단 잠재적 표적으로 간주된다. 그리고 부패는 사회 각계각층에 만연해 있다(모건이 만취로 인해 감방에서 하룻밤을 보낼 때, 그 안의 억세게 운 없는 자들보다 교도소장이 훨씬 더 범죄자에 가까운 인물임이 드러난다).

최초의 누아르소설일 수 있다는 사실을 보건대 이 작품은 더 중요한 텍스트로 다뤄졌어야 마땅하다. 하지만 《개자식》은 제대로 인정받지 못했다. 뉴욕의 소규모 출판사인 헤론 프레스에서 처음 출간되자마자, 콜드웰이 살던 메인 주 포틀랜드의 지방 검사가 내린 판매 금지 조치를 포함하여 여러 차례 검열에 시달렸다. 결과적으로 출판사는 인세를 지불하길 거절했고, 콜드웰은 격분했다. 그리고 세월이 흐르자 작가 본인도 이 책을 무시하는 듯한 태도를 보였다. 1950년대 중반 《개자식》의 재판본에 쓴 서문에서 그는 이 작품을 "청춘 시절의 스토리텔링"이라고 기술함으로써 《개자식》을 미성숙하다고 여기는 속내를 드러냈다.

아마도 이런 이유에서였을 것이다. 데뷔 작품은 대개의 경우 미성숙할 수밖에 없고, 작가들은 대부분 자신의 초기작을 다시 읽고 싶어 하지 않는다. 작가가 자신만의 기법을 갈고닦고 고유의 목소리를 찾으며 성숙해지기까지는 시간이 필요하다. 《개자식》에서도 듬성듬성한 지점을 쉽게 찾을 수 있다. 주인공은 지나치게 과장되어 있다. 너무 많은 우연이 벌어지고, 닥치는 대로 벌어지는 폭력은 너무 과하다. 모건은 아내가 될 마이라와 그야말로 순식간에 사랑에 빠진다. 몇몇 대사는 하드보일드 용어집에서 따온 것처럼 읽힌다. 하지만 《개자식》에서 우리가 높이 사는 점은 짐 톰슨Jim Thompson이 《내 안의 살인마Killer Inside Me》에서 루 포드를, 호레이스 맥코이Horace McCoy가 《키스 투모로 굿바이Kiss Tomorrow Goodbye》에서 랠프 커터를 선보이기 훨씬 오래전에 일찌감치 일상적인 사이코패스에 대한 연구를 시도했다는 점이다. 콜드웰은 거기서 더 나아갔다. 진 모건이 사는 세계에는 신이 존재하지 않으며, 간담이 서늘할 정도로 냉담하고 잔혹한 그는 신의 부재로 외로워하지 않는다.

한번은 진이 감옥에서 하룻밤을 보낼 때 한 소녀가 수감된다. 간수가 그녀를 강간하고, 진에게도 똑같이 그 짓을 하라고 부추긴다. 진은 실행에 옮긴다. 또한 그녀의 금반지도 훔친다. 다음 날 정오에 풀려나자, 그는 "저녁 식사가 기다리는 집으로, 가는 내내 휘파람을 불면서" 떠난다.

또 한번은 진의 친구 존이 제재소에서 다른 노동자를 살해한다. 그 남자는 기계 속에 얽혀 들어가 죽었다. 진과 존은 시체의 입을 벌리고 물을 붓는다. 그리고 세로톱에 썰려 반쯤 잘린 배에서 튀어나온 창자 덩어리로부터 물방울이 뚝뚝 흘러내리는 걸 지켜보며 그저 재미있어 할 따름이다.

또다른 사건도 있다. 동료 일꾼 프로기는 진에게 자기 아내를 임신시켜달라고 부탁한다(부부는 아이를 원하지만, 프로기는 "임질 때문에 […] 제구실을 할 수 없어서" 과업을 수행할 수 없다). 하지만 막상 진과 그의 아내가 본격적으로 거사를 치르려 하자 마음을 바꾼다. 진은 프로기의 방해가 전혀 달갑지 않았기 때문에 그를 쏘아 죽인다. 프로기의 아내는 진에게 남편의 시체를 어찌했냐고 묻고, 진은 "계단 아래로 차버렸"으며, "아침에 시체를 묻을 구덩이를 파겠다"고 대답한다. 그녀는 그다지 고통스러워하는 것처럼 보이지 않는다. 그녀가 한 말이라곤 "오!"가 전부다. 그리고 진은 불을 끈 다음, 아무 일도 없었던 것처럼 다시금 그녀의 침대로 들어가 원래의 목적을 달성한다.

진의 세계에서 정상적인 사람은 오직 마이라뿐이다. 진은 그녀와 사랑에 빠지고, 결혼하고, 아이를 갖는다. 다른 책에서라면, 마이라와의 사랑은 진을 좀더 나은 인간으로 변화시켰을 것이다. 이 소설에서는 그렇지 않다. 진이 꿈에 그리던 이 여성이 모건 가문 사람이라는 게 우연히 밝혀진다. 명시되진 않지만, 두 사람이 혈연관계로 얽혀 있음이 암시된다. 아마도 사촌 관계쯤 될 것이다. 그들의 아이 리온은 장기간 병원에서 치료받아야 하는 상태로 태어난다. 처음에는 신체적 기형뿐이었지만, 조금 지나서는 정신적 문제 역시 분명해진다. 마침내 진은 결론을 내린다. "리온은 결코 회복되지 못할 것이다. (…) 스무 살이나 서른 살까지 설령 살아남는다 하더라도, 묶이지 않은 채로는 의자에 똑바로 앉아 있지도 못할 것이다." 의사들은 이에 동의한다.

마이라는 리온을 사랑하고, 의사들이 아들을 데려가 죽이지 않을까 걱정한다. 그것이 그녀의 가장 큰 두려움이다. "나는 그 애를 이 세상 무엇보다 사랑해. 당신은 빼고, 진." 하지만 마이라의 시선은 잘못된 방향을 향하고 있다. 그녀가 두려워해야 할 대상은 의사들이 아니다. 그야말로 진정한 개자식인 진은 아들을 공원으로 데리고 나가, 강가의 조용한 장소에서 익사시킨다.

진은 마이라가 고통받을 것임을 알기에 그녀를 위해 슬퍼한다. 그는 영원히 떠나기 전, 집 밖의 길가에 서서 창문에 비친 마이라의 그림자를 바라보며 "불쌍한 녀석"이라고 되풀이해 중얼거린다. 진은 영아 살해라는 마지막 행위가 일종의 친절을 베푼 것이라 믿는다. 그는 마이라 혼자서는 리온을 감당하지 못할 것임을 알고 있다. 자신이 결국엔 그녀를 떠날 것이기에, 뒤틀린 사고에 따르면 그는 마이라의 인생을 조금 더 편안하게 만들어준 것이다. "이제 마이라는 그놈 때문에 매순간 힘들어하지 않아도 돼. 그녀가 저 빌어먹을 공동주택에서 밤늦게까지 보살핀다 하더라도 어차피 그 불쌍한 놈은 죽었을 거야. 마이라는 영화를 보는 것도 다른 재미도 포기해야 했을 거고. 쌍, 난 해야 할 일을 한 거야."

마지막 문장에 희미하게 자기 의심의 기미가 엿보인다. 진이 마이라가 기다리는 집 블록을 맴도는 동안에는 구원의 가능성도 희미하게 비친다. 하지만 구원은 결코 실현되지 않는다. 진은 원래의 자신 그대로 남는다. 본질적인 반영웅이자, 마지막 순간까지 개자식으로.

•

앨런 거스리Allan Guthrie는 수상 경력이 있는 스코틀랜드의 범죄소설가다. 그의 데뷔작《양쪽으로 갈라진Two-Way Split》은 CWA 주관 데뷔 대거 상 최종후보 명단에 올랐으며, 식스톤스 상 '올해의 범죄소설 부문'을 수상했다. 다른 장편소설들로는《그녀에게 작별 키스를Kiss Her Goodbye》(에드거 상 후보),《하드 맨Hard Man》《야만의 밤Savage Night》과《감방Slammer》이 있다. 중편으로는《킬 클락Kill Clock》《엄마 죽이기Killing Mum》와 킨들 베스트셀러 톱텐에 이름을 올린《바이 바이 베이비Bye Bye Baby》세 편이 있다. 그는 디지털 출판사 블래스티드 히스의 공동 설립자이며, '제니 브라운 협회'의 저작권 대리인이기도 하다.
www.allanguthrie.co.uk

몰타의 매 *The Maltese Falcon, 1930*

by 대실 해밋

•

대실 해밋Dashiell Hammett(1894~1961)은 미국의 소설가이며 단편 작가, 정치 활동가였다. 메릴랜드 주에서 태어났으며, 다양한 직업을 거친 끝에 핀커턴 내셔널 탐정 사무소의 정보원으로 활동했다. 이 시절의 활동은 그의 소설 대다수에 많은 영감을 불어넣었다. 그는 현대 미국 미스터리 소설의 아버지로 널리 인정받고 있다. 1929년부터 1934년까지 오 년 동안 출간한 다섯 편의 장편은 미스터리 장르의 고전이다. 죽기 전까지 삼십 년 동안 희곡 작가 릴리언 헬먼Lillian Hellman과 관계를 가졌다. 정치적 신념으로 인한 수감의 후유증과 결핵으로 점점 쇠약해졌고, 평생에 걸친 과도한 흡연과 음주의 결과 폐암으로 사망했다.

마크 빌링엄

"검은 새에 대해 얘기 좀 해봅시다……"

나는 학교에서 셜록 홈스 소설을 읽었고, 《대부The Godfather》와 《죠스 Jaws》를 통해 대중소설의 세계를 발견했다. 하지만 존 휴스턴의 영화 〈몰타의 매〉를 보고, 해밋의 '위대한 소설 네 편'을 피카도어Picador 판으로 찾아 읽었을 때에야 모든 것이 아귀가 맞아 떨어지기 시작했다.

《몰타의 매》는 해밋 본인이 가장 좋아하는 책은 아니었지만, 거의 항상 미스터리 소설사상 가장 위대한 작품으로 선정되어왔다. 출간 후 여든두 해가 흐른 지금까지도 하드보일드의 물꼬를 튼 첫 작품으로서 《몰타의 매》가 가지는 중요성이라든가 레이먼드 챈들러와 로스 맥도널드

Ross Macdonald 등 후대 작가들에게 미친 영향력에는 이론의 여지가 없다. 나는 다만 《몰타의 매》의 영예가, 마땅히 장르 역사에서 차지하고 있는 그 지점을 훨씬 넘어선다고 주장하고 싶은 것이다.

간단하게 요약해보자. 중요한 소설일 뿐 아니라, 위대한 소설이다.

나는 언제나 '미스터리 소설'이라는 용어에 의구심을 제기해왔다. 영국 사람들이 '범죄소설crime fiction'이라고 부르는 종류의 소설을 미국에서는 관습적으로 '미스터리 소설mystery fiction'이라고 부른다. 이 장르에 속한 소설 중 20세기 중반부터 등장한 작품들을 살펴보면, 가장 위대한 '미스터리' 소설 대다수는 미스터리라는 정체성에 대해 전혀 신경 쓰고 있지 않다. 그 점을 고려해보자면 '미스터리'는 확실히 부적절한 용어라 할 수 있다. 요컨대, '수수께끼 풀이'라는 요소가 '미스터리' 장르에 속한 소설의 가장 중요한 특질이었던 시점 —물론 전형적인 '누가 범인인가whodunnit' 장르를 뜻한다 —에서 아주 멀리 떨어졌기 때문이다.

그러나 《몰타의 매》 자체는 내 생각에 미스터리 소설 유형과 가장 완벽하게 들어맞는 책이기도 하다. 세 번째 소설인 이 작품을 통해, 다른 무엇보다 주인공 샘 스페이드를 통해, 해밋은 누구보다도 먼저 그 유형을 창조했다. 그리고 이 비유를 한계점까지 잡아 늘려 말하자면, 《몰타의 매》가 일단 끝나자마자 그 빌어먹을 유형을 산산조각 내고 말았다.

이 책에서 핵심 미스터리는 특유의 복잡 미묘한 줄거리에 포함되지 않는다. 검은 매 자체는 문학사상 가장 유명한 맥거핀이며, 스페이드가 이 새를 찾아 헤매는 무리에 합류하는 건 원하는 결과를 얻기 위한 수단에 지나지 않는다. 그는 브리지드 오쇼네시, 캐스퍼 거트먼, 조엘 카이로와 어울리면서 매 조각상에 관심 있는 척하지만, 실상 제 파트너를 죽인 자를 찾아내 체포하겠다는 목적 하나로 그 셋이 서로 반목하도록 조종한다.

그렇지 않던가?

물론, 스페이드의 행동에 대해서는 최소한 하나 이상의 해석이 존재한다. 해밋은 독자들로 하여금 캐릭터의 의식 상태를 도식화하도록, 스페이드의 진짜 동기가 무엇인지 스스로 생각하도록 내버려두었다. 그럼으로써 살인자의 정체라든가 까마득한 과거에 만들어진 보물의 행방보다 훨씬 복잡하고 흡인력 있는 미스터리를 창조한 것이다.

독자 입장에선 그저 스페이드가 파트너 마일스 아처가 살해당한 장소를 둘러본 뒤 거리를 걸어갈 때, 혹은 브리지드 오쇼네시와 침대에서 뒹굴 때 무슨 생각을 하는지 추측할 수 있을 뿐이다. 독자는 스페이드가 하는 말과 겉보기에는 조용하고 엄밀한 그의 행위만 가지고 가설을 세워야 한다. 해밋은 광고업에 종사하던 초창기 시절, 그가 '감수 분열meiosis'이라고 불렀던 테크닉에 대해 이렇게 쓴 바 있다.

절제의 활용은 수사학적 요령이다. 속이는 게 아니라, 인상을 더 강렬하게 남기기 위한 것이다.

해밋은 '덜 쓰는 게 더 많은 효과를 낸다'는 교훈을 일찌감치 터득했고, 《몰타의 매》 전반에 그 지식을 활용하여 최고의 효과를 거두었다. 장편소설치고는 성격묘사가 매우 적게 사용되고 오로지 대사만을 통해 제시되는 편이다. 폭력 행위는 드물게 등장하고 그럼으로써 훨씬 큰 효과를 발휘한다. 그러니까 이야기가 진행되는 동안 세 건의 살인이 일어나는데, 그중 오직 한 건인 자코비 선장의 죽음만이 실제로 묘사된다. 인물들은 꽤 자주 총을 휘두르지만, 진짜 싸움은 대부분 그들의 술책을 통해 발생한다. 그들 모두 너무나 얻기 힘든 매 조각상에 자기 손을 얹기 위해 무슨 짓이든 기꺼이 저지를 수 있다. 그러나 가까스로 얻은 보물은—그것을 쫓는 인물들이 그렇듯—겉보기와 전혀 다른 존재로 판명된다.

　살인자와 배후 조종자 무리는 이보다 더 좋을 수 없는 인물들로 꾸려졌다. 거트먼, 카이로, 오쇼네시, 그리고 젊은 총잡이 윌머까지, 모두 해밋이 핀커턴 탐정 사무소 시절 일 관계로 알았던 이들을 기반으로 창조한 인물들이다. 오쇼네시는 예전 고객이었고, 윌머는 '꼬마 강도'라는 별명이 붙은 범죄자였고, 카이로는 위조범이었으며, 거트먼은 미심쩍은 독일 정보원이었다(거트먼이 패티 아버클Fatty Arbuckle*을 바탕으로 만들어진 인물이라는 의견도 많다. 해밋은 아버클이 강간사건에 연루되었을 때 그에 관련해 조사를 한 바 있다). 샘 스페이드만이 해밋의 상상만으로 만들어낸 인물이다.

　스페이드의 모델은 없다. 그는 꿈속의 남자다. 나와 함께 일했던 사립탐정들 대부분이 스스로 꿈꾸었을 모습, 그들이 자만심에 찬 순간에 스스로 근접해가는 목표로서 떠올렸을 법한 모습이 바로 스페이드다.

　많은 이들의 마음속에 전형적인 하드보일드 탐정으로 각인돼버렸지만, 해밋의 '꿈속의 남자'는 챈들러식 모험을 찾는 기사나 배우 험프리 보가트가 아니다.《몰타의 매》가 1941년 영화화되었을 때 분명 험프리 보가트는 아이콘으로 남을 만한 연기를 펼쳤지만, 감독 존 휴스턴이 원래 스페이드 역으로 조지 래프트를 염두에 두고 있었다는 사실을 잊으면 안 된다. 살인자를 주로 연기했던 배우 래프트는 보가트보다 확실히 훨씬 더 '금발의 악마'라는 원작 속 해밋의 묘사에 가까웠을 것이다. 휴스턴이 자신의 선택을 관철시켰더라면, 스페이드의 진짜 동기는 소설을 읽은 독자들만큼이나 영화 관객들에게도 확실하게 짐작할 수 없는 미묘한 인상

---

* 무성영화 시대 미국의 영화인.

으로 남지 않았을까 추측해볼 수 있다.

해밋은 썼다. "사립탐정이란 거칠고 속내를 알 수 없는 사람, 범죄자든 순진한 구경꾼이든 고객이든 그가 마주치는 누구보다도 뛰어난 사람이 되고 싶어 한다."

해밋은 플롯을 짜는 데 능수능란했지만 그보다 도덕적 모호함을 탐구하는 쪽에 훨씬 몰두했고, 샘 스페이드라는 캐릭터를 통해 최고의 성과를 거두었다. 해밋은 독자로 하여금 스페이드가 도덕적으로 타락했다고 믿게 만든다. 동료 아처가 살해당했다는 소식을 듣고도 무심하게 담배에 불을 붙이는 모습, 사무실 문에 걸린 아처의 명패를 치우는 모습, 게다가 아처의 아내와 저지른 불륜은, 스페이드가 (그리고 해밋이) 독자로 하여금 그렇게 믿게 하고 싶어 했던 것만큼 완전히 나쁜 남자는 아닐지도 모른다는 걸 훨씬 나중에야 밝히기 위한 장치이다.

"내가 겉보기만큼 비도덕적인 사람일 거라고 너무 확신하진 마시오……"

해밋의 의도적인 방향 이탈은 이런 목적으로 활용되었고, 거장다운 솜씨로 완수되었다. 소설 초반 이후 책장이 거의 다 넘어갈 때까지 마일스 아처 살인사건은 거의 언급되지 않는다. 스페이드는 매 조각상의 행방을 찾는 데 집중하는 듯 보이지만 실상 파트너의 살인범을 조사하고 있다. 마지막까지 그는 필요한 일이라면 뭐든 기꺼이 해치운다. 전형적인 팜 파탈 브리지드 오쇼네시와 침대에 뛰어드는 것도 여기 포함된다 (물론 그가 이 상황을 즐기지 않았다고는 말할 수 없을 것 같다). 오쇼네시에게 품을 수 있는 의구심에 대해서, 해밋은 소설에서 유일하게 완전히 상식적인 인물이라고 할 에피 페린을 활용해 명확한 통찰력처럼 보이는 것을 제시한다. 스페이드가 에피에게 브리지드를 어떻게 생각하냐고 묻자 에피는 대답한다. "난 그녀 편이에요." 독자는 에피의 의견을 완벽하게 신뢰하기 때문에 그 순간부터 브리지드를 믿게 된다.

　마찬가지로 독자는 스페이드가 묘사되는 모습, 대부분은 그 자신이 스스로를 드러내는 모습에 속아 넘어간다. 적어도, 우리는 스페이드가 아처의 아내 아이바와 불륜을 저질렀다는 걸 알면서부터는 스페이드에게 호감을 느낄 수 없도록 조종된다. 하지만 불륜 시기를 고려해보더라도 이를 도덕적 파탄의 징후라고까진 할 수 없다. 어딘지 수상쩍은 이미지를 계속 유지하려 애쓰면서, 스페이드는 거트먼에게 건네받은 1만 달러 중 1천 달러를 챙기기까지 한다. 거트먼의 사주로 자신이 마약에 취한 채 구타당한 걸 그냥 넘겨버릴 순 없기 때문에, 고통에 대한 적정선의 보상은 당연한 일이다. 스페이드가 최선을 다해 감추고 있던 본래 성격이 튀어나오는 순간들도 물론 존재한다. 특히 마약에 취한 거트먼의 딸을 깨어 있게 하기 위해 호텔 방 안에서 계속 끌고 다니며 걷게 하는 장면을 주목하자. 그녀는 사실상 스페이드의 명예로운 면모를 언뜻 보여주기 위한 목적으로만 활용되는 캐릭터이다.

　스페이드가 브리지드에게 들려주는 여담, 소위 '플릿크래프트 우화'에 관련해서는 이미 많은 얘기가 오갔다. 어쩌면 너무 지나친 해석이 이루어졌는지도 모른다. 타코마에서 실종된 부동산 중개업자 플릿크래프트 이야기에 관한 이 무수한 분석들에 한마디 더 얹어봤자 의미없는 일이다. 다만 이것만은 말해두고 싶다. 내게 플릿크래프트 우화는 스페이드의 실용적 세계관을 아주 간단하고 뛰어나게 보여주는 예시다. 우연이 지배하는 세계 속에서, '멍청이 노릇'을 하는 것의 유혹마저 뿌리친 채 스페이드는 맡은 바 일을 완수하기 위해 필요한 짓이라면 무엇이든 한다. 마침내 마일스 아처의 살인범을 공권력에게 넘길 때, 그는 후회하지도, 두 번 생각하지도 않는다. 대신, 틀림없이 사형실로 끌려가게 될 이 범인을 잡아 넘기는 게 왜 합당한 일인지 훌륭한 이유 일곱 가지를—무려 일곱 가지다―줄줄이 읊는다.

그중 가장 단순한 이유는 또한 가장 흥미로운 이유기도 하다. "어떤 남자의 파트너가 살해당했을 때, 그 남자는 뭔가 해야만 해."

작가 도로시 파커Dorothy Parker는 《몰타의 매》를 읽고 나서 몇 날 며칠을 스페이드에 푹 빠져서 '허우적거렸다'. 그러고 난 다음에는 필립 말로에게 더 심하게 반해버렸다(변덕스러운 알곤킨 족* 같으니라고). 분명한 사실은, 해밋이 창조한 새로운 종류의 소설에 등장하는 새로운 유형의 탐정이 즉각 상징적인 존재가 되어버렸다는 점이다. 만약 해밋이 계속해서 글을 썼다면, 이후 소설에서 스페이드를 다시금 등장시켰을지 아닐지에 관해 짐작해보는 것도 흥미진진하다. 나로 말하자면 해밋이 그런 유혹에 저항했을 거라고 믿는 쪽이다. 그 캐릭터는 목적을 달성했고, 해밋은― 심지어 그 시절에조차―시리즈의 주인공이 돌아올수록 기세가 약해질 수밖에 없다는 법칙을 인지할 만큼 충분히 상식 있는 사람이었다. 필립 말로의 경우 《빅 슬립The Big Sleep》에 등장했을 때보다 《기나긴 이별The Long Goodbye》에서 분명 덜 흥미로운 존재가 되었다. 해밋의 나빠진 건강이 몇몇 굉장한 미래의 작품들을 우리로부터 앗아갔을지언정, 우리는 해밋의 가장 유명한 주인공의 머릿속을 들여다볼 기회를 박탈당했다는 사실에 감사해야 한다.

해밋의 작품에 관한 토론이 완전해지려면, 산문 자체에 대해서도 충분한 찬사를 바쳐야만 한다. 챈들러가 훨씬 더 탁월한 스타일리스트로 추앙받고 있지만, 나는 그렇게 생각지 않는다. 여든 해가 넘게 지난 지금, 말로가 등장하는 소설들 대부분보다 《몰타의 매》가 월등히 뛰어나다는

---

* 도로시 파커는 1920년대 뉴욕에서 유명한 작가, 평론가, 배우 등이 포함된 '알곤킨 라운드 테이블 Algonquin Round Table' 사교 모임의 주요 인물이었다.

게 입증되었다고 생각한다. 특히 '희극적 요소'가 훨씬 암울하고 훨씬 절제되어 있다. 스페이드는 말로가 그랬듯 매 순간 재치 넘치는 말을 던지는 타입은 아니다. 하지만 브리지드와, 무엇보다도 거트먼과 나누는 군더더기 없고 능란한 대화 장면은, 리듬과 간결함에 관한 잘 짜인 마스터클래스와도 같다. 대서양 너머 런던 웨스트엔드 극장 무대에서 상연되는 풍속 희극들로부터 100만 킬로미터 떨어져 있다고는 믿기 어려운 대사들이 곳곳에서 튀어나온다. 해밋이 노엘 카워드Noel Coward의 작품을 읽어봤을지 여부를 상상해보는 건 꽤 솔깃한 일이다. 카워드의 희곡《사생활 Private Lives》은《몰타의 매》가 출간된 바로 그해 처음으로 무대에 올랐다. 총을 꺼내, 테니스 라켓과 프렌치 도어*를 날려버려……

지금 해밋의 소설을 읽으면서, 우리가 그에 대해 이미 알고 있는 바와 작품을 분리시키기란 쉽지 않다. 그의 좌파적 관점과 시민권의 대의에 대한 열정적 헌신은 소설에서도 명백하게 드러난다. 샘 스페이드는 두려워하지 않고 굴복하지도 않는다. 육체적으로는 스페이드에 비할 수 없이 약했지만, 해밋 역시 대부분의 삶에 걸쳐 국무부와 국세청과 조 매카시가 가하는 박해에 정면으로 맞서고 굴복하길 거부했다.

자신의 원칙을 지켰고, 늘 약자의 편에 섰으며, 타의 추종을 불허하는 스타일과 함께 새로운 종류의 대중소설을 창조한 해밋이야말로 비할 바 없이 특별하고 오래 기억될 작가다.

또다른 유형의 급진적 이야기꾼인 록밴드 클래시의 보컬 조 스트러머는 1978년 간염에서 회복될 당시 병원에 누워《몰타의 매》를 읽었다고 한다.

해밋은 또한 유일무이하게 쿨한 작가다.

● 양쪽으로 열 수 있는 유리문.

레이먼드 챈들러가 하드보일드 탐정소설에 스타일을 부여한 장본인일지는 모르지만, 챈들러가 그렇게 밀고 나갈 수 있었던 건 전적으로 해밋 덕분이었다.

마크 빌링엄Mark Billingham은 영국에서 가장 키가 크고 가장 많은 찬사를 받은 범죄소설가 중 하나다. 그의 '톰 손Tom Thorne 경위 시리즈'의 소설들은 식스톤스 상 '올해의 범죄소설' 부문을 두 번 수상했으며, CWA 주관 대거 상에 일곱 차례 후보로 올랐다. 빌링엄의 데뷔작《잠꾸러기Sleepyhead》는《선데이 타임스》에서 '지난 십 년을 결정지은 백 권의 책' 중 한 권으로 선정되었다. '톰 손 시리즈'의 TV 연속극에는 데이비드 모리시가 톰 손으로 등장했고, 독립 단행본인《어둠 속에서In the Dark》를 원작으로 한 또다른 연속극이 BBC에서 기획 중이다. 마크 빌링엄의 최신작은 '톰 손 시리즈'의《저 아래 뼈들 The Bones Beneath》(2014)이다.
www.markbillingham.com

유리 열쇠 *The Glass Key, 1931*

by 대실 해밋

•

대실 해밋Dashiell Hammett(1894~1961)은 미국의 소설가이며 단편 작가, 정치 활동가였다. 메릴랜드 주에서 태어났으며, 다양한 직업을 거친 끝에 핀커턴 내셔널 탐정 사무소의 정보원으로 활동했다. 이 시절의 활동은 그의 소설 대다수에 많은 영감을 불어넣었다. 그는 현대 미국 미스터리 소설의 아버지로 널리 인정받고 있다. 1929년부터 1934년까지 오 년 동안 출간한 다섯 편의 장편은 미스터리 장르의 고전이다. 죽기 전까지 삼십 년 동안 희곡 작가 릴리언 헬먼Lillian Hellman과 관계를 가졌다. 정치적 신념으로 인한 수감의 후유증과 결핵으로 점점 쇠약해졌고, 평생에 걸친 과도한 흡연과 음주의 결과 폐암으로 사망했다.

데이비드 피스

1931년 2월, 뉴욕. 대실 해밋은 서른여섯 살이었고 장편소설 세 권을 출간했다. 세 번째 소설《몰타의 매》는 '지금까지 쓰인 미국 탐정소설 중 최고 걸작'이라는 찬사를 받았고, 1930년 한 해에만 7쇄를 찍었다. 1931년 2월, 뉴욕. 대실 해밋은 성공 그 자체였다. 그는 오랫동안 성공을 기다려 왔고, 성공을 위해 연마했고, 성공을 위해 준비해왔다. 대실 해밋은 아내와 두 딸이 있는 캘리포니아를 떠나 뉴욕으로 건너왔다. 그는 호텔에 투숙했다. 그는 도시 전체를 떠들썩하게 만들었다. 그는 도시를 핏빛으로 물들였다. 명도가 조금씩 다른 핏빛이었다. 대실 해밋은 그 도시 최고의 인기인이었다.

1931년 2월, 뉴욕. 대실 해밋은 네 번째 소설을 끝내기 위해 고군분투했다. 게으름이 방해했다. 음주가 방해했다. 병마가 방해했다. 1931년 2월, 뉴욕. 대실 해밋은 게으름으로부터 벗어났고, 술을 끊었고, 병마를 이겨냈다. 1931년 2월, 뉴욕. 서른 시간 동안 내리 글을 쓴 끝에 대실 해밋은 네 번째 소설을 완성했다. 대실 해밋은 이 네 번째 소설이 그때까지 쓴 중 최고작이라고 믿었다. 네 번째 소설이야말로 자신이 쓸 수 있는 최고의 소설이라고 생각했다. 그 네 번째 소설이《유리 열쇠》다.

소설은 주사위를 굴리는 것으로 시작한다. 녹색 주사위가 녹색 테이블 위를 굴러간다. 3인칭 화자, 주관적인 목소리의 주인공 ─ 당신이 독서를 좋아한다면, 글쓰기를 좋아한다면 이건 꽤 중요한 문제다. 왜냐하면 이런 목소리는 아주 드물기 때문이다. 객관적이자 주관적인 목소리이기 때문이다. 작가의 천재성을 드러내주기 때문이다 ─ 은 네드 보몬트다. 네드 보몬트는 술을 마신다. 네드 보몬트는 도박을 한다. 네드 보몬트는 폴 매드빅을 위해 사람과 상황을 정리한다. 폴 매드빅은 정치인이다. 다른 모든 정치인들이 한결같이 그러하듯, 폴 매드빅도 부패했고 ─ 당신이 이 세계에 관심을 갖고 있다는 전제하에, 수사적인 진술이 아님을 분명히 해둔다. 이건 사실 그대로의 진술이다 ─ 이 점이 바로 이 소설 줄거리의 핵심이다. 정치인들은 부패했다. 정치는 부패 그 자체다. 정치인들은 범죄자다. 정치는 범죄 그 자체다. 강도질과 살인. 민주주의와 자본주의. 인간이 인간을 범한다. 인간이 인간을 죽인다. 인간이 인간을 먹어치운다. 자본주의가 인간을 탐욕스럽게 바꿔놓기 때문에, 자본주의가 인간을 이기적으로 만들기 때문에. 잔혹하고 허망하다. 미국에서 아니 어느 나라에서든. 그때나 지금이나. 1929년 주가 대폭락 이후, 2008년 주가 대폭락 이전. 1931년과 2012년. 둘 다 대선이 있던 해였다. 한 남자가 살해당한다. 그는 상원의원의 아들이다. 폴 매드빅이 주요 용의자로 떠오른다.

네드 보몬트는 폴 매드빅을 도울 수도, 방해할 수도 있다. 폴 매드빅은 상원의원의 딸을 원한다. 그의 야망과 경력을 위해. 네드 보몬트도 상원의원의 딸을 원한다. 하지만 야망이나 경력 때문이 아니다. 그에게는 어떤 야망도, 어떤 경력도 없다. 그리고 소설은 한 남자가 열린 문을 노려보는 것으로 끝난다.

《유리 열쇠》는 또한 우정에 관한 소설이기도 하다.《유리 열쇠》는 충성에 관한 소설이기도 하다. 우정과 충성. 부패에 직면하여, 범죄의 한복판에서. 우정과 충성은 경험과 시련을 통해, 증인과 증언을 통해 발현된다.《대실 해밋 : 어떤 인생Dashiell Hammett : A Life》에서 다이앤 존슨Diane Johnson은 이렇게 썼다. "원칙에 의거해 움직이는 고독한 남자, 불편한 속물근성 및 친구들의 비열한 동기와 야심을 알아차릴 수 있는 지능을 가졌기 때문에 고통스러워하는 결핵 보균자 네드 보몬트를 통해, 해밋은 그 자신과 가장 닮은 자화상을 그려냈다." 레이먼드 챈들러도 이에 동의했다. 〈심플 아트 오브 머더The Simple Art of Murder〉에서 그는《유리 열쇠》가 '한 남자의 친구에 대한 헌신의 기록'이라 지적했고, "대실 해밋은 절제되고 단순한 스타일로 하드보일드하게 쓰면서도, 최고의 작가들만이 해낼 수 있는 바를 지속적으로 성취했다. 그는 예전에 결코 쓰인 적 없는 것처럼 보이는 장면들을 창조해냈다"라며 황홀해했다.

1944년, 앙드레 지드는《유리 열쇠》를 찾아 헤매다 포기했다. 앙드레 말로가 지드에게《유리 열쇠》를 강력 추천했고, 지드는 간절하게 그 책을 읽고 싶어 했다. 지드는 해밋의 첫 소설《붉은 수확》에 대해 이런 논평을 남긴 적이 있다. "잔인함과 냉소, 공포가 담긴 마지막 한 단어까지 경이로운 성과물이다. 모든 캐릭터들이 타인을 속이려 노력하면서 지껄이는데, 진실이 그 기만적 언어의 안개를 뚫고 조금씩 형체를 드러낸다. 대실 해밋의 대사들은 정말이지 헤밍웨이가 구사한 최상급 언어 정도와 견줄 수 있다. 하지만 내가 굳이 해밋에 대해 이야기하는 건, 그의 이름이 언급되는 걸 거의 들어본 적이 없기 때문이다……"

1931년 2월 이후, 뉴욕을 떠난 대실 해밋은 또다른 책을 썼다.《그림자 없는 남자》. 하지만《그림자 없는 남자》의 후속작은 나오지 않았다. 게으름과 술에 취한 나날이었다. 병마의 나날이기도 했다. 그리고 전쟁이 터졌다. 그는 미 육군에서 병장으로 복무했다. 정치 활동이 이어졌다. 그는 미국공산당에 가입했다. 시민권회의Civil Rights Congress(이하 'CRC')의 의장이 되었다. 박해가 시작되었다. 시민권회의는 공산당의 위장 단체로 지목되었다. 해밋은 CRC의 보석금 자금을 대는 사람들의 명단을 털어 놓으라는 압박을 받았다. 해밋은 달아난 CRC 회원들의 소재를 추궁받았다. 그러나 해밋은 충실하고 좋은 벗이었다. 그는 밀고하길 거절했다. 사람들의 이름을 대기를 거절했다. 그는 수정헌법 5조에 근거해 증언을 거부했다. 해밋은 법정 모독죄로 수감되었다. 그는 웨스트버지니아 감방에서 여섯 달 동안 화장실을 청소했다. 석방된 후에도 박해는 이어졌다. 그는 이른바 '매카시 청문회'에 협력하기를 거부했다. 양차 세계대전 당시 미 육군으로 참전했던 그는 이제 비미국인으로 간주되었다. 해밋은 블랙리스트에 올랐다. 그는 일을 할 수가 없었다. 핍박이 이어졌고 가난이 찾아왔다. 국세청은 체납 세금 건으로 해밋을 끈질기게 괴롭혔다. 국세청은 해밋의 인세를 압류했다. 이제 절망뿐이었다. 글쓰기에 대한 절망, 글쓰기의 실패에 대한 절망. 세계에 대한 절망, 세계의 실패에 대한 절망. 절망과 실패. 침잠과 칩거. 대실이 자취를 감출 때까지, 해밋이 사라질 때까지……

그동안 왜 해밋이《그림자 없는 남자》이후 다른 소설을 쓰지 않았는지에 관해 수없이 질문을 받았다. 나도 모른다. 몇 가지 이유를 추측할 수 있을 뿐이다. 그는 새로운 종류의 작업을 시작하고 싶어 했다. 그는 오랜 세월 동안 아팠고, 점점 더 몸이 쇠약해졌다. 하지만 그는 홀로 분노에 차서 계속 작업했고, 작업 계획을 세웠다. 만일 내가 물어봤다 할지라도 그는 대답하지 않았을 것이다. 아마도 내가 캐묻지 않았기 때문에, 나는 그의 삶의 마지막 날까지 함께할 수 있었을 것이다……

릴리언 헬먼

홀로 분노에 차서, 대실은 세상을 증오했다. 홀로 분노에 차서, 대실은 세상을 사랑했다. 그래서 술을 마셨다. 홀로 분노에 차서. 세계를 파괴하기 위해, 술을 마셨다. 홀로 분노에 차서 세계를 구원하기 위해, 그는 술을 마셨다. 홀로 분노에 차서. 그는 술을 마셨다. 더이상 세상이 남아 있지 않을 때까지, 증오하거나 사랑하거나, 파괴하거나 구원할 세상이 남아 있지 않을 때까지. 홀로 분노에 차서. 대실이라는 존재가 사라질 때까지. 이제 그의 소설만이 남았다. 그러나 이 소설들은 얼마나 굉장한가. 그 소설들 중 최고작이며, 그 어떤 책보다도 우월하며, 모두가 최소한 한 번쯤은 반드시 읽어야 하는, 작가라면 한 달에 최소한 한 번쯤은 읽어야 하는 작품이 바로 《유리 열쇠》다.

•

데이비드 피스David Peace는 2003년 영국 문예지 《그란타Granta》가 선정한 영국 문단을 이끌 최고의 젊은 작가 중 한 명이다. 그의 '레드 라이딩Red Riding 4부작'은 2009년 3부작 TV 시리즈로 압축되어 채널4에서 방영되었다. 이후 그는 1984~85년에 발생한 광부들의 파업을 다룬 소설 《GB84》(2004)를 써서 2005년 제임스 테이트 블랙 기념 상을 수상했다. 피스는 곧이어 리즈 유나이티드 팀에서 딱 44일 동안 재임했던 불운한 감독 브라이언 클러프에 관한 소설 《망할 놈의 유나이티드The Damned Utd》(2006)를 집필했다.《도쿄 : 영년Tokyo Year Zero》(2007)과 《점령된 도시Occupied City》(2009)는 '도쿄 3부작'으로 기획된 시리즈의 일부다. 데이비드 피스는 현재 일본에 거주하고 있다.

그의 시체를 차지하다 *Have His Carcase, 1932*

by 도로시 L. 세이어즈

•

도로시 L. 세이어즈Dorothy L. Sayers(1893~1957)는 영국 옥스퍼드에서 태어났다. 그녀의 아버지는 옥스퍼드 크라이스트 처치 성당 학교의 교장이었다. 세이어즈는 옥스퍼드의 서머빌 칼리지에서 현대 언어와 중세 문학을 전공했고, 1923년 첫 소설《시체는 누구?Whose Body?》를 출간했다. 이 소설에서 그녀가 탄생시킨 불후의 창조물, 걱정 많고 단점도 많은 아마추어 탐정 피터 윔지 경이 처음 등장한다. 세이어즈는 미스터리 소설의 '황금 시대'에서 가장 중요한 작가 중 한 명이다. 그녀는 미스터리 장르의 경계를 시험하고 확장시켰으며, (인간과 신성 양쪽에서) 도덕과 정의의 문제, 학문적이고 문학적인 삶의 본질을 다루었다. 또한 피터 경의 연인 해리엇 베인을 충분히 활용함으로써 패러디와 사회 비판을 시도했다. 해리엇 베인은 도로시 세이어즈 자신처럼, 옥스퍼드의 학자이자 부유한 작가로 설정되어 있다. 미스터리 장르에 대한 세이어즈의 야심은 가혹한 비판을 야기했는데, 특히 기억해둘 만한 것은 미국의 평론가 에드먼드 윌슨Edmund Wilson이 1945년《뉴요커》에 쓴 에세이 〈누가 로저 애크로이드를 죽였는지 알게 뭐냐?Who Cares Who Killed Roger Ackroyd?〉를 꼽을 수 있다. 그는 여기서 세이어즈에게 혹평을 퍼부었다. "세이어즈는 그렇게 잘 쓰는 편이 아니다. 그녀가 대부분의 탐정소설 작가들보다 좀더 의식적으로 문학적인 글을 쓰기 때문에, 하위 문학 수준의 영역에서 관심을 끄는 것뿐이다." 이런 태도 때문에 윌슨에게는 미스터리 소설계에 친구가 거의 없었다. 독실한 영국 성공회교도였던 세이어즈는 말년에 단테의《신곡》번역에 전적으로 매달렸고, 죽는 순간까지 그 작업에 매진했다.

레베카 챈스

　　해리엇 베인은 대담하게 해안가 하이킹을 떠난다. "혼자만의 도보 여행 (…) 짧은 치마에 얇은 스웨터라는 실용적인 옷차림"으로 "문고판《트리스트럼 섄디Tristram Shandy》와 소형 카메라, 작은 구급용품함, 점심 식사용 샌드위치"를 챙겼다. 그녀는 우연히 (늘 그렇듯) 젊은 남자의 시체를 발견한다. 방금 전에 누군가 그의 목을 그었고, 벌어진 상처에서 피가 아직도 뚝뚝 떨어지고 있었다. 이 소식을 오랜 연락책인 《모닝 스타》의 살콤 하디―기자라면 당연히 그렇듯 "축축하게 젖은 보라색 눈동자"의 주정뱅이다―로부터 전해들은 피터 윔지 경은 자신의 다임러 승용차 '머들 부인'에 뛰어 올라타 조사하러 달려간다. 공작의 차남이자 그 자신이 소유한 재산도 엄청난 피터 경은 매우 뛰어난 아마추어 탐정이다. 그는 소설 《맹독Strong Poison》에서 살인 혐의를 받은 해리엇을 구해준 바 있고, 그 과정에서 그녀와 사랑에 빠졌으며, 이제 다시 한번 그녀를 구출하기 위해 질주한다. 이번에도 해리엇은 살인 용의자로 몰릴 가능성이 높기 때문이다.

《맹독》에서 해리엇은 소설 내내 철창 안에 갇혀 있었다. 이번에는 자유롭게 조사 과정을 도울 수 있다. 그리하여 《그의 시체를 차지하다》의 가장 큰 즐거움 중 하나는, 해리엇과 피터 경이 대실 해밋의 《그림자 없는 남자》의 주인공 닉과 노라처럼 서로 위트 넘치는 추파를 던지는 광경을 지켜보는 일이다. 탐정 업무의 일환으로 해리엇은 자신이 머무르던 해변 마을 윌버콤의 리스플렌던트 호텔에서 '직업 댄서'들과 친해져야만 하는데, 이에 대해 그들이 나누는 대화를 한번 보자.

"품위 있는 드레스를 한 벌 사야겠어요. 윌버콤에 그런 게 있을런지는 모르겠지만."

"흠, 그렇다면 와인색 드레스를 사도록 해요. 난 언제나 당신이 와인색으로 차려입는 걸 보고 싶었거든요. 꿀색 피부 사람에게 와인색은 잘 어울리죠. ('피부'라니 얼마나 흉한 단어인가요.) '달콤한 꿀색의 수련 꽃송이', 난 어떤 상황에든 적합한 인용구를 준비해두고 있지요. 그러면 나 스스로 생각할 필요가 없으니까."

"아우, 저 남자 정말!" 해리엇은 푸른색 견직으로 도배한 라운지에 혼자 남겨진 채 투덜거렸다. 그러다가 갑자기 계단을 내달려 밖으로 나와서 다임 러의 발판에 뛰어올랐다.

"포트요, 셰리요?" 그녀는 답을 요구했다.

"무슨 소리죠?" 윔지는 깜짝 놀랐다.

"드레스요—포트와인 색이요, 셰리주 색이요?"

"클라레가 좋겠군요." 윔지가 말했다. "샤토 마고 1893 정도의 색깔이요. 난 일이 년 차이 가지고 까다롭게 구는 사람은 아닙니다."

윔지는 모자를 살짝 들어 보인 다음 클러치 위로 발을 옮겼다.

난 이 단락을 읽을 때마다, 화이트 와인인 셰리주가 어떻게 '와인색' 의 범주에 들어갈 수 있는 건지 궁금했다. 하지만 그 질문은 제쳐두자. 이 런 종류의 거창한 농담 따먹기를 구사하는 건 보기보다 꽤 어렵다. 1930~ 40년대의 많은 작가들이 외관상 별다른 노력을 들이지 않는 것처럼 보 이는, 인용과 은유로 빼곡하게 들어찬 능수능란한 재담 장면을 시도했 지만, 세이어즈의 소설만이 그 도전을 성공적으로 완수했다. 그녀는 고 급 코미디—필사적으로 살인사건을 취재하려는 해리엇이 마주치는 지 역 주민들, 그녀의 스커트 뒤로 숨고 싶어 안달복달하는 불안한 도보 여 행자 등—와 유쾌한 사회 관찰, 신랄하기 짝이 없는 순간을 거리낌 없이 오갈 수 있었다. 소설의 중심이 되는 상당한 재산의 소유자인 미망인 웰 던 부인에 대해서, 해리엇은 처음엔 "짐승 같은 할망구"라고 생각한다. 하지만 이 같은 가혹하고 여성 혐오적인 판단은 곧 리스플렌던트 호텔 무도회장의 댄스 플로어에서 만난 가난뱅이 지골로와 고독한 부잣집 여 인들에 대한 연민 어린 묘사로 누그러진다. 직업 댄서 앙투안—"놀랍게 도 유대인이나 더러운 남아메리카 출신도 아니고, 중부 유럽 혼혈아도 아닌 프랑스인이었다"—은 해리엇이 가장 편안하게 마주할 수 있는 상대이며, 가여운 웰던 부인은 포식자라기보다는 희생자, 상처받기 쉽고 연약하며 손쉽게 등쳐먹을 수 있는 먹잇감으로 밝혀진다.

글 자체와 캐릭터가 안겨주는 상당한 즐거움에 더해, 《그의 시체를 차지하다》는 또한 꼼꼼한 조사를 동반한 작업을 하는 작가를 지켜보면서 독자가 얻는 쾌락에 관한 최상의 예시기도 하다. 즉, 그 같은 조사의 더없이 흥미로운 결과물이 우리 앞에 놓일 때, 독자로서는 극히 상세한 세부에 흠뻑 빠져들 수밖에 없는 것이다. 이를테면 《나인 테일러스The Nine Tailors》의 경우, 세이어즈는 우리에게 종鐘에 대한 연구 결과를 펼쳐 보인다. 《다섯 마리 붉은 청어The Five Red Herrings》에선 기차 시간표와 매표 체계를 설명하고, 《그의 시체를 차지하다》에선 조수 간만표와 짜증날 정도로 복잡한 비밀 암호 양쪽 모두를 탐정이 해독하게 한다.

게다가, 내 생각에 《그의 시체를 차지하다》는 《나인 테일러스》나 《다섯 마리 붉은 청어》보다 훨씬 더 균형 잡힌 소설이다. 세이어즈의 주요 작품들 중 해리엇 베인이 등장하는 탐정소설들을 독자들이 가장 좋아하는 데엔 이유가 있다. 해리엇 덕분에 피터 경은 좀더 인간다워진다. 그녀 앞에서 그는 취약점을 드러낸다. 덕분에 피터 경이 얼마나 더 많이 교육받았고 다른 모든 사람들에 비해 압도적으로 우월한가를 끊임없이 드러내려 하는 세이어즈의 충동이 상쇄될 수 있다. 이 소설에는 아주 영웅적이며 대담한 행동이 등장한다. 피터 경은 안장도 얹지 않은 말을 보통 구보로 달려 시체가 발견되었던 해변 모래밭을 지나가고 있었다. 이 암말은 정말 예상치 못한 순간에 그를 나가떨어지게 할 뻔한다. 물론 피터 경은 다임러를 몰 때에도 레이싱 선수처럼 커브 길을 멋지게 빠져나올 수 있고, 목을 부러뜨리지 않고도 분수 꼭대기에서 뛰어내릴 수 있으며, 교묘한 유도의 굳히기 자세로 적을 꼼짝 못하게 할 수 있는 사람이다. 그는 깜짝 놀라 날뛰는 암말보다 한 수 위의 상대다. 그러나 이처럼 멋진 모습도 해리엇이 프러포즈를 수락하게 하지는 못한다.

"의무 방기 여주인공 주변 맴도는 남주인공 되기 싫지만 결혼해주겠소"그
는 해리엇에게 전보를 친다. 그녀의 대답은 다음과 같다.

"행운 빌어요 새로운 진전 없음"

피터 경의 재산, 교육 수준, 매력, 귀족적 매너와 포도주 감정 능력
을 다 합치더라도 살 수 없는 게 있다는 사실은 두고두고 유익한 경험이
될 것이다. 해리엇을 얻고자 하는 피터의 여정은 친구 프레디 애버스넛
의 구혼 과정과 겹쳐진다. 프레디는 레이철 레비와 사랑에 빠지지만, 그
녀의 어머니는 기독교인과 유대인의 결합을 허락하지 않는다. 프레디는
창세기를 인용함으로써 레비 부인을 자기편으로 끌어들이고야 만다. 그
러니까 야곱처럼 '라헬(레이철)을 위해 칠 년을 봉사하였다'고 선언한 것
이다. 피터 경이 언제까지 해리엇을 오매불망 기다려야 할지는 불확실하
다. 그러나 그는 그녀가 마침내 청혼을 받아들이는 순간 해리엇이 그와
동등한 동반자 관계가 되리라는 것을 재차 강조한다. 그 동반자 관계가
구체화되기 시작하는 과정이야말로《그의 시체를 차지하다》에서 맛볼
수 있는 즐거움 중 하나다.

그러나 이 소설에서 추리의 과정이 여전히 가장 중요한 요소임을 잊
어선 안 된다. 피터 경과 해리엇 커플은《그의 시체를 차지하다》이후
《축제의 밤Gaudy Night》과《버스 운전사의 신혼여행Busman's Honeymoon》등
에 계속 등장한다. 소설이 계속될수록 그들의 관계는 점점 더 중요하게
다뤄지고, 적절한 순간 결혼에 이른다. 나로서는 두 주인공 사이의 성적
긴장보다 범죄 해결이 더 비중 있게 다뤄지는 평온한 시기—독자들이
보기에 그렇다는 뜻이다. 피터 경에게는 전혀 평화롭지 않다—를 배경
으로 하는 세이어즈 소설들이 몇 권 더 있었으면 싶긴 하다. 결국 그 작
품들은 무엇보다도 탐정소설인 것이다. 그리고 세이어즈는《그의 시체

를 차지하다》의 플롯을 구성하면서 최고의 예리함을 과시한다. 최상급 범죄소설들이 모두 그렇듯, 소설 내내 존재감을 과시하던 놀랍도록 단순한 의학 지식이 트릭으로 사용되는데, 독자들은 결코 그것을 알아차리지 못한다.

답은 (내가 갖고 있는 판본에선) 440쪽에 드러나고, 딱 4페이지 이후에 소설은 끝난다. 피터 경이 늘 주장하듯, '어떻게'를 알아내면 '누가' 그랬는지도 쉽게 풀리는 법이다. 세이어즈의 작품이 관례적으로 그러하듯, 살인범과 동기는 소설이 최소한 절반 정도 진행되면 명백해진다. 그녀의 소설은 살인을 저지른 범인을 잡아내는 것보다, 범인이 어떻게 살인을 저질렀는지를 알아내는 데 초점을 맞춘다. 또한 세이어즈 소설의 결말이 통상 그러하듯, 피터 경은 살인자에게 정의의 철퇴를 내리는 결정적인 역할을 한 것에 즉각, 아주 씁쓸하게 후회한다. 《그의 시체를 차지하다》의 마지막은 다음과 같다.

"어후, 빌어먹을, 끔찍하고 괴로운 유혈 낭자 익살극이었어요! (…) 원 세상에! 죽음의 왕은 복수에 대해선 당나귀 귀를 가진 모양이에요. (…) 빨리 이곳을 떠납시다. 짐 챙기고 당신 주소를 경찰한테 넘겨준 다음 시내로 가요. 난 아주 진절머리가 나요. (…) 우린 집으로 돌아가서, 피카딜리에서 저녁을 먹을 거요. 빌어먹을! (…) 난 언제나 해수욕장을 싫어했어요!"

독자는 이 구절에서 피터 경의 지나칠 정도로 교양 넘치는 감성 표출에, 특히 저녁 식사 계획에 덧붙여진 코멘트를 보면서 눈을 굴릴지도 모르겠다. 하지만 덜 귀족적이고 훨씬 현실적인 해리엇은, 그 살인자가 유죄판결을 받지 않는다면 또다시 살인을 저지를 것임을 이미 지적했고 그녀의 말은 전적으로 옳다. 혹자는 살인범 추적은 위트를 뽐내는 지적

게임에 그치지 않으며, 유죄판결을 받은 살인자들을 기다리는 건 사형이라는 실제적이고 끔찍한 결과임을 드러내려는 세이어즈의 소망에 박수를 보낼 수도 있다. 하지만 세이어즈가 피터 경에게 듬뿍 부여한 과민증은 좀 지루한 감이 있다. 그의 과장된 불안은 부분적으로 전쟁신경증 때문이겠으나, 전쟁터에서 피터 경의 당번병으로 근무했던 하인 번터의 경우, 주인과 똑같은 전쟁 경험을 거쳤음에도 불구하고 그런 증상을 겪지 않는다. 귀족의 신경은 짐작건대 노동계층의 신경보다 훨씬 섬세한 모양이다.

피터 경은 이처럼 감성적이고 지적인 특권층 탐정의 강력한 전형이며, 이후 변형된 후손들이 여럿 출현한다. 나이오 마시Ngaio Marsh의 탐정 로더릭 '핸섬' 앨린Roderick 'Handsome' Alleyn은 준남작의 아들이며 예술을 음미할 줄 안다. P. D. 제임스의 형사 애덤 댈글리시Adam Dalgliesh는 어둡고 음울한 시인이다. 엘리자베스 조지Elizabeth George의 토머스 린리Thomas Lynley 경위는 애셔턴 백작 8세다. 그들 모두 세이어즈로부터 비롯된 인물이며, 그 영웅들 옆에는 대개 둔감하고 충성심 깊은 노동자 계급 출신의 조수가 따라붙는다. 아첨의 최고 수준이 모방이라고들 하지만, 그들이 원형을 능가하는 경우는 거의 없다. 세이어즈의 경우에는 더더욱 그렇다. 세이어즈는 그녀의 장르 내에서 지배자로 군림하며, 그녀의 소설들은 문학적 인용을 풍부하게 곁들인 지혜롭고 명민하고 견줄 데 없는 작품들이다. 이 소설들은 거듭 재독할 가치가 있다.

"아무도 밟지 않은 모래밭은, 탐정소설 작가에게 최악의 본능을 불러일으킨다." 세이어즈는 《그의 시체를 차지하다》 첫머리에 이렇게 기술한 바 있다. "그곳에 들어가 여기저기 온통 발자국을 남기고 싶은 충동에 저항할 수 없는 것이다."

세이어즈의 소설이 더이상 깨끗한 모래밭이 아니라 할지라도, 독자들이 그 발자국들이 어디로 이어지는지 이미 알고 있음에도 불구하고, 그녀의 작품들을 읽으면서 느끼는 즐거움은 처음 읽었을 때만큼이나 엄청나며, 어쩌면 그 쾌락은 더 클 수도 있다. 모든 위대한 범죄소설들이 그러하듯, 독자는 처음엔 플롯에 이끌리고 그다음엔 글쓰기 자체와 캐릭터 때문에 책장을 덮지 못한다. 세이어즈는 양쪽 모두에서 대단히 풍요로운 만족을 제공한다.

●

레베카 챈스Rebecca Chance는 로렌 헨더슨Lauren Henderson의 필명이다. 이 책에 실린 또다른 에세이에서는 본명인 로런 헨더슨으로 애거서 크리스티의 《끝없는 밤》에 대해 썼다. 레베카 챈스라는 필명으로 범죄가 곁들여진 짜릿한 연애소설 《디바들Divas》《나쁜 소녀들Bad Girls》《나쁜 자매들Bad Sisters》《킬러 힐스Killer Heels》를 썼고, 2012년 연말에는 《나쁜 천사들Bad Angels》을 발표했다. 이 책들은 사이먼 앤드 슈스터 사에서 출간되었다.
www.rebeccachance.co.uk

신성한 테러 _The Holy Terror, 1932_
a.k.a. 세인트 대 런던 경시청 _The Saint versus Scotland Yard_

by 레슬리 채터리스

•

싱가포르에서 태어난 레슬리 찰스 보이어 인Leslie Charles Bowyer Yin(1907~93)은 전업 작가가 되기 전 주석 광부, 진주 채취 잠수부, 금 시굴자, 순회오락장 배우 등 갖가지 직업을 거쳤다. 첫 소설《엑스 에스콰이어X Esquire》(1927)가 출간될 당시 그는 케임브리지 킹스 칼리지의 학생이었다. 세 번째 소설이자 세인트라는 캐릭터 가 처음 등장하는 소설《타이거를 만나다Meet the Tiger》는 1928년 출간되었다. 채 터리스는 삼십오 년 동안 세인트를 주인공으로 한 단편, 중편, 장편소설을 썼고, 채 터리스의 감수 아래 고스트라이터들이 시리즈를 이어갔다. 1940년대에 채터리스 는 배질 래스본이 셜록 홈스로 등장하는 라디오 연속극의 각본을 썼다. 로저 무어 가 캐스팅된 TV 연속극 〈세인트〉가 1962년부터 1969년까지 방영되었고, 1970년 대 후반에는 이언 오길비가 새로운 세인트로 등장하는 연속극이 다시 제작되었다.

데이비드 다우닝

1960년대 TV 연속극을 먼저 본 다음 '세인트Saint 시리즈'의 초기작 들을 접한 독자들은 분명 충격을 받았을 것이다. 사실 사이먼 템플러 역 을 맡은 로저 무어의 연기라든가 스튜디오에서 그에게 준 시놉시스에는 세인트의 특징적 요소들이 모조리 알차게 삭제되어 있었기 때문에, 원작 까지 찾아본 독자들의 수는 매우 적었을 테지만. 소설 속 세인트는 유연 하면서도 격정적이며 부조리한 유머 감각을 갖췄다. 체격이 우람하지도 않고 초연한 태도로 건조하게 빈정거리는 버릇이 있다. 소설 속 세인트 는 무엇보다 반항적 인물이었지만, 저항의 기운이 넘쳐흐르는 1960년대 에 방영된 TV 연속극에선 어째선지 체제 전복적인 부분들이 삭제되어 있었다.

《신성한 테러》는 채터리스가 1928년부터 1963년 사이에 쓴 '세인트 시리즈' 서른네 권 중 여덟 번째 소설이다(이후 스무 해 동안 '협력 시도'하에 쓰인 소설 열여섯 편이 더 출간되었지만, 완성도가 들쭉날쭉하고 훨씬 조악했다). 열한 권이 장편소설이고, 열두 권은 중편 두세 편으로 구성되었으며 남은 열한 권―후기 아홉 권을 포함하여―은 단편 모음집이다.《신성한 테러》에는 중편 세 편, 즉 〈내국세 세무청The Inland Revenue〉〈밀리언 파운드 데이The Million Pound Day〉와 〈틸 씨의 우울한 여행The Melancholy Journey of Mr Teal〉이 포함되었다.

〈내국세 세무청〉에선 두 가지 이야기가 동시에 진행된다. 세인트는 폭발적 인기를 모은 모험소설을 탈고한 다음 세금 고지서를 받는다. 세금을 면제해달라던 그의 소명―자신이 사회에 이로운 기여를 하기 때문에 일종의 자선 단체로서 세금 면제를 받을 자격이 있다는 논리―은 받아들여지지 않았다. 누군가는 세금을 내야겠지, 라고 세인트는 인정하며 그 고지서를 벽난로 위 선반에 올려둔다. 그리고 그 세금을 대신 내줄 대상으로 선택된 자는 공갈범 스콜피언이다. 세인트는 최근 마약을 취급하는 클럽 사장을 수색하는 과정에서 스콜피언과 마주친 적이 있었다.

채터리스의 상상력이 돋보이는 몇몇 장치가 소설에 나타난다. 이를테면 진짜 전갈(스콜피언)이 포장된 우편물, 미수에 그친 생매장, 앉기만 하면 즉시 독가스에 질식하게 되는 안락의자가 깜짝 등장한다. 스콜피언의 진짜 정체는 교외 지역 해로에 사는 윌프레드 가니먼으로, 채터리스가 아주 즐겨 써먹는 악당의 유형을 잘 보여준다. 체계적으로 꼼꼼하고 감정에 흔들리지 않으며 완벽하게 냉혹한 인물. 가스에 대한 개인적 애호를 제쳐두더라도, 그는 마치 다하우 강제수용소를 총지휘한 히믈러의 '회사'에 대한 불길한 예언처럼 읽힌다. 그리고 두말할 필요 없이, 그는 애초 세인트에게 세금 납부를 강요했던 내국세 세무청의 세무 조사원으로 드러난다. 세인트는 가니먼의 사무실 책상을 집어던진 다음, 그를 틸 경감에게 넘긴다. 틸 경감은 영국을 배경으로 한 '세인트 시리즈' 대부분에 등장하는 퉁퉁하고 박복한 경찰이다.

틸은 다른 두 이야기에서 더 힘든 상황을 겪는다. 두 편 중 뭘 읽더라도 세인트가 법에 대해 어떤 태도를 취하는지는 너무나 분명하며, 그 때문에 형사는 힘들어한다. 세인트가 왜 그렇게 행동하는지에 대해서도 오해할 소지는 전혀 없다. 아주 가끔씩만 합법성을 띠는 개인적인 정의감과, 흥분을 향한 끝없는 열망 때문이다. 세인트는 모험의 과정 속에서 점점 더 부자가 되고 또 그만큼 더 좋은 사람이 되어가지만, 돈은 성공의 수단이지 종착지가 아니다.

〈밀리언 파운드 데이〉는 또다른 멋진 장치로 포문을 연다. 콘월에서부터 거의 밤새도록 운전해서 달려오던 세인트는 배싱스토크 외곽 정차 구역에 차를 세워두고 잠깐 눈을 붙인다. 그때 무시무시한 비명이 새벽을 찢는다. 몇 초 후 새벽안개 사이로 한 남자가 뛰쳐나와 우리의 주인공 팔에 안겨 무너져내린다. 뒤이어 곧장 "샅바만 걸친 거대한 흑인이 맨발로" 남자를 추격한다. "그의 우람하고 번들거리는 가슴팍"은 "엄청나게 거칠게 몰아쉬는 호흡에 따라 리드미컬하게" 움직인다. 물론 지독한 스테레오타입이지만, 당시 기준으로 보자면 사악한 편견까지는 아니다. 채터리스는 소설을 쓰기 이전에 (백인이 지배하는) 세계의 많은 부분을 목격했고, 동시대 소설가들 대부분보다는 항상 편견에 덜 사로잡혔던 것 같다. 〈내국세 세무청〉에서 그는 세인트가 쓰는 모험소설 속 남아메리카 출신 주인공에게 마리오라는 이름을 붙였고, 세인트가 "라틴계 멍청이"의 후손일 것이라 지껄이는 지독한 인종차별주의자의 편지를 삽입하기도 했다.

〈밀리언 파운드 데이〉는 언제나 그랬듯—하지만 전후 시대의 세인 트 시리즈는 좀더 영리해지는 한편 그만큼 덜 기억에 남는다—호사스러 운 줄거리와 여기저기 등장하는 근사한 농담들로 이뤄져 있다. 악당 쿠 젤라는 전형적인 채터리스 식의 최후를 맞이한다. 이야기 초반, 그는 신 경계에 작용하는 독약을 입힌 나무 조각이 꽂힌 장갑을 세인트에게 보 내어 암살을 시도한다. 그러자 세인트는 용수철로 작동하는 성냥갑 속에 그 나무 조각을 넣고는 악당이 성냥갑을 열도록 유도하는 식으로 되갚 음한다. 이건 절대로 자기방어가 아닌, 사형 집행이다. 세계대전 이전 세 인트가 홍겹게 즐기던 임무 중 하나인 것이다. 《마지막 영웅The Last Hero》 (a.k.a. 《세인트가 사건을 종결짓다The Saint Closes the Case》)에서 세인트는, 무시무 시한 무기를 발명한 과학자가 그 무기를 없애는 걸 거절하자 바로 쏴버 린다. 〈사형The Death Penalty〉에선 마약 중개상을 교수대로 보내기 위해 다 른 사람을 살해했다는 거짓 누명을 뒤집어씌우기도 한다. 《뉴욕의 세인 트The Saint in New York》에선, 갱스터 모리 우알리노 앞에 우뚝 서서 그를 죽 이러 왔다고 차분하게 선언한 다음 우알리노의 배부터 흉골까지 칼로 그 어버린다. 일반적인 할리우드 영웅의 행위라곤 할 수 없다.

이런저런 면에서 1930년대 소설 속 세인트가 1960년대 TV 드라마 판 세인트보다 훨씬 더 현대적인 것 같다. 그 시절 클린트 이스트우드가 스크린에서 맡았던 역할들과 체 게바라 사이를 횡단한다고 해야 할까. 〈멋진 전쟁The Wonderful War〉에서 세인트는 이후 게바라가 실패하고 말았 던 과업에 거의 성공하는 듯 보인다. 라틴아메리카의 어느 정부를 거의 단독으로 전복시켜버린 것이다.

〈밀리언 파운드 데이〉는 틸의 좌절로 끝난다. 그리고 복수를 향한 그 의 다짐은 세 번째 중편 〈틸 씨의 우울한 여행〉으로 이어지는 지점이 된 다. 〈틸 씨의 우울한 여행〉은 도둑맞은 다이아몬드에 관한 반쯤 희극적인 이야기다. 세인트는 다이아몬드를 훔친 원래 도둑들로부터 그것을 탈취하고 싶어 하는데, 이 이야기 속의 영웅은 평상시보다 더 미묘한 양상으로 그려진다. 사건 중반에 이르면 세인트는 지금껏 자신이 틸의 은행 계좌에 돈을 입금해왔다면서, 자신의 행동을 방해한다면 틸을 부패 혐의로 고발하여 경력을 파괴하겠노라고 위협한다. 여기까지 이르면 사실상 틸에 대해서는 미워할 점이 별로 없어진다. 세인트의 오랜 연인인 퍼트리샤 홀름마저 이런 식의 계략에 넌더리를 낸다.

세인트와 퍼트리샤는 시리즈 첫 권에서부터 만났고, 그녀는 이어지는 작품 스물다섯 편 대다수에 등장한다. 두 사람은 틀림없이 침대를 함께 쓰는 사이지만, 소설에서는 그 점이 절대 명시적으로 드러나지 않는다. 그녀는 윔지 경의 연인 해리엇 베인이나 로더릭 앨린의 연인 애거서 트로이, 혹은 앨런 그랜트의 연인 마사 할러드°처럼 상대방을 돋보이게 하는 예술적 장치로 활용되지 않는다. 범죄자들과 맞서는 상황에서 그녀는 매우 유용한 동반자다. 사실 퍼트리샤뿐이 아니다. 〈무법자 여인The Lawless Lady〉의 오드리 페런,《바다로 뛰어든 세인트The Saint Overboard》의 로레타 페이지,《그녀는 숙녀였다She Was A Lady》의 질 트리러니 모두 자신들의 힘과 용기, 재기만으로도 충분히 살아나갈 수 있는 여성들이다.《그녀는 숙녀였다》의 경우《세인트, 맞수를 만나다The Saint Meets His Match》라는 제목으로 재출간되기도 했다. 대조적으로 신경증 환자이거나 머리가 텅 빈 여성들의 수는 놀랄 만큼 적다.《틸 씨의 우울한 여행》 말미에 이르면, 세인트는 팻에게 그들의 미래에 대한 구상을 들려준다. "전 세계를 흥청망청 돌면서 완벽하게 근사한 미친 짓거리를 합시다. 거들먹거리고 허세 부리고 노래하면서 저 따분한 멍멍이들한테 인생을 끝내주게 사는 법을

° 조지핀 테이가 쓴 미스터리 시리즈의 남녀 주인공.

보여주자고요." 그녀는 환호하며 즉각 맞받아친다. "지금 얘기한 거 전부 다 하고 싶어요!"

세인트는 틸에게 승진을 보장할 만큼 어마어마하게 자세한 범죄 작전 정보가 적힌 노트를 건네면서 자신의 명예를 되찾는다. 《틸 씨의 우울한 여행》은 특유의 방식으로 끝맺는다. 세인트는 원래의 도둑을 따라잡고, 훔친 다이아몬드를 넣고 꿰맨 바지를 빼앗아 입는다. 그리고 여행길에서 만난 내숭 떠는 독신녀 러브듀의 트렁크에 도둑을 가두고, 트렁크 명찰에 틸의 이름을 기재한다. 팻과 함께 사라지기 전, 그는 틸을 러브듀에게 소개시킨다. "클로드 유스터스 틸 씨입니다. 북부 유서너시아 지역을 떠돌았던 그의 모험담을 들어보시죠……"

《신성한 테러》는 여러 면에서 전형적인 세인트 시리즈이지만, 적의 본질이라는 부분에서는 또 그렇지 않다. 세인트는 전통적인 유형의 범죄자들에 맞서 싸우고 온갖 누명과 바가지를 씌웠지만, 그 매력의 많은 부분은 법으로 해결할 수 없는 범죄자들을 기꺼이 상대했다는 데 있다. 이런 특출난 이야기에 대해서라면 언급하고 넘어가야 할 부분이다. 《패거리Boodle》(a.k.a.《세인트가 끼어들다The Saint Itervenes》)에 수록된 〈불면의 기사The Sleepless Knight〉는 《신성한 테러》 이후 이 년이 지난 1934년, 대공황 한복판에 딱 맞춰 출간되었다. 세인트 시리즈의 몇몇 이야기가 그러하듯 〈불면의 기사〉는 신문 기사를 읽는 세인트의 모습에서 시작된다. 기사에 따르면, 한 화물차 운전수가 자전거를 탄 사람을 치어 죽인 뒤 상해치사죄로 기소되었다. 운전수는 해고와 실업의 공포 때문에 사람이 견뎌낼 수 있는 한계를 초과한 노동 강도를 견뎌내며 회사 방침에 따랐다고 진술했다. 판사는 운전수에게 무죄를 선고하고, 피고석에 앉아 있어야 할 사람은 회사의 사장인 멜빈 플래저라고 판결 도중에 언급한다. 하지만 그 살찐 고양이는 불법은 전혀 저지르지 않았기 때문에 처벌 대상이 되지 못한다.

세인트의 생각은 좀 달랐다. 그는 멜빈 경을 납치해 모의 운전장치에 이틀 밤낮을 꼬박 묶어둔 채 운전을 강요하고, 가상의 자동차가 가상의 길 밖으로 이탈할 때마다 멜빈 경에게 매질을 가한다.

세인트 시리즈의 첫 책이 출간된 지 여든 해가 넘었다. 물론 이 시리즈는 세월의 무게에서 완전히 자유롭지 못하다. 하지만 날렵하게 구축된 플롯은, 그리고 세인트의 트레이드마크인 살기등등한 이상주의는 지금도 우리가 사는 세계와 놀라울 만치 밀착되어 있다. 재수 없는 상류사회 사람도, 범죄자도 결코 그때보다 덜 부패한 게 아니다. 게다가 현대엔 신성한 테러를 가할 수 있는 적의 수가 너무 많기 때문에, 쉽게 판단하기도 힘들다. 현대의 세인트는 틀림없이 알 카에다와 러시아 마피아를 향해 칼을 휘두르겠지만, 좀 이상한 투자 금융회사 간부를 상대할 시간도 있을 것이다.

．

데이비드 다우닝David Downing은 2차 세계대전 발발 전, 전시 중, 전쟁 후의 베를린을 배경으로 한 '스테이션Station 시리즈'를 쓴 작가다. 그 밖에도 《붉은 독수리The Red Eagles》를 비롯한 소설들, '팩션'(《모스크바 옵션The Moscow Option》《러시아 혁명, 1985Russian Revolution, 1985》), 전쟁사와 록음악, 영화, 축구의 역사에 관한 책 여러 권을 썼다. 런던 사람이지만 미국에도 거주했으며 유럽과 아시아, 라틴아메리카 여러 지역을 여행했다. 현재 1차 세계대전 발발 전, 전시 중, 전쟁 후를 배경으로 한 새로운 시리즈물을 집필 중이다.

패스트 원 *Fast One, 1933*

by 폴 케인

•

폴 케인Paul Cain은 조지 캐럴 심스George Carol Sims(1902~66)의 필명이다. 심스는 형사의 아들이었으며《블랙 마스크》잡지에 실린 열일곱 편의 단편과 매우 중요한 장편《패스트 원》을 쓴 작가다. 또한 1930년대 할리우드에서 피터 루릭Peter Ruric이라는 필명으로 각본가로서도 어느 정도 성공을 거두었다. 폴 케인의 단편집《일곱 학살자Seven Slayers》는 1950년에 출간되었다.

척 호건

레이먼드 챈들러가《패스트 원》을 두고 한 말은 유명하다. "극단적인 하드보일드적 태도에서 어떤 정점을 찍은 작품이다."

챈들러의 첫 탐정소설은 1933년 12월《블랙 마스크》에 실렸고, 그 전년도의《블랙 마스크》다섯 호에 걸쳐 연재된 폴 케인의 장편소설《패스트 원》이 같은 해에 출간되었다. 챈들러의 위 문장은 언제나 폴 케인에 대한 찬사로 인용되곤 하지만, 실패한 석유회사 중역이었다가 유망한 펄프 작가로 변신한 챈들러가 정신없이 질주하는 케인의 소설을 읽은 다음 '내가 할 게 남긴 했나?'라고 자문하는 모습을 어렵지 않게 상상할 수 있다.

《블랙 마스크》의 편집자 조셉 '캡' 쇼Joseph 'Cap' Shaw는 인기 작가들에게 단어당 3센트를 지불하면서 5센트짜리 단어를 쥐어짜도록 다그쳤다. 1932년에 대실 해밋의 자연주의 탐정소설이 《블랙 마스크》의 스타일을 애초의 상스러운 출발 이상의 것으로 규정하고 상승시키자, 쇼는 현명하게도 이 전직 핀커튼 탐정 사무소 출신 작가의 이미지에 《블랙 마스크》를 일치시키기로 선택했다. 이후 챈들러는 좌파 쪽으로 경도된 하드보일드 산문을 술 취한 낭만주의에 빠뜨렸다가, 결국에는 패러디의 막다른 골목에 떨궜다.

폴 케인(《포스트맨은 벨을 두 번 울린다The Postman Always Rings Twice》의 작가 제임스 M. 케인과 혼동하면 안 된다)은 하드보일드 장르의 대부 두 명을 잇는 잃어버린 고리 같은 존재다. 과도기적인 측면이 아니라, 전혀 다른 두 스타일을 연결하는 명백한 정류장 같은 존재라는 뜻이다. 케인은 미치광이 신봉자의 열정으로 해밋의 정신을 체득했고, 그것을 끝까지 밀어붙였다. 해밋이 독자들에게 그들이 원하는 것을 살짝 넘어서는 뭔가—이를테면 페이소스라든가 깊이—를 제공했다면, 케인은 대공황 시대 그의 독자들이 원하던 바로 그것을 열 배 이상으로 안겨주었다.

1933년 10월 29일, 《뉴욕 타임스》는 이 소설을 두고 '갱들이 미치다'라는 헤드라인하에 이런 서평을 실었다. "그야말로 엄청난 유혈 사태와 광기가 지칠 줄 모르고 등장하며, 살인과 악마 같은 짓거리들이 한결같이 요란하게 벌어진다." 사디즘과 불쾌감, 무정부주의도 빼놓을 수 없다.

펄프소설이 문학의 무의식이라면, 《패스트 원》은 무의식의 무의식이다.

켈스는 스프링 가 북쪽으로 걸어갔다. 5번 가에서 서쪽으로 틀었고, 두 블록을 걸은 다음 작은 담배 가게 안으로 들어갔다. 카운터 뒤의 땅딸막한 대머리 사내에게 고개를 끄덕여 보인 다음, 간유리로 덮인 문을 지나 넓고 텅 빈 밀실로 걸어 들어갔다.

첫 번째 단락을 요약해보자. 구두점이 거의 없고 불필요한 단어들은 죄다 사라진 특이한 문장들 사이로, 한 사내가 일하러 간다. 역사상 가장 매력 없는 서두라고? 내용 면에서는 그럴지도 모른다.

하지만 이 단락은 급박하다는 느낌을 즉각 불러일으키는 데 성공한다. 끊임없는 움직임은 《패스트 원》의 특징이자, 이 소설에서 얻을 수 있는 수많은 즐거움 중 하나다. 케인이 독자들을 끌어들이려고 어떠한 노력도 기울이지 않는다는 점에 유의하라. 여기에는 책 구매자와 타협하려는, 유혹하려는 시늉조차 없다. 사건과 주요 인물은 독자의 눈이 책장에 닿기도 전에 이미 움직이고 있었다. 당신은 《패스트 원》이라는 움직이는 전차에 홀쩍 뛰어올라, 정류장과 정류장 사이를 획획 지나치며 선로 마지막에서 기다리는 피할 수 없는 충돌을 향해 질주해가고 있는 것이다.

살인 누명을 쓴 남자가 두 갱스터 집단의 전쟁 사이에 갇혀버린다는 플롯은 해밋의 《붉은 수확》과 공유하는 부분들이 있다. 게리 켈스는 그저 혼자 있을 수 있는 것에 만족하던 중립적인 도박사지만, 적대적인 두 세력이 파멸해야만 진짜 자유를 얻을 수 있다는 사실을 깨닫는다. 그리하여 그는 '양쪽 사이를 오가는 이간질'을 벌이다가, 결국 이 야단법석을 스스로 떠안아야 목숨도 부지할 수 있다는 결론을 내린다.

《패스트 원》은 몽상적이고 초현실적이며, 배반과 배신과 매복이 넘쳐난다. 폭력은 끊이지 않고, 절묘한 책략은 광기로 방향을 급선회한다. 현대 독자가 《패스트 원》에서 실존주의를 읽어내는 건 필연적이다. 자신의 주인공처럼 폴 케인은 규칙을 파괴하고, 어떤 효과를 위해 단어들을 잘라먹고, 대사 앞에 마침표 대신 콜론을 사용함으로써 대사들을 더 강조했다. 다음 문장을 보라.

켈스가 중얼거렸다 : "흐음."

콜론은 독자를 멈추게 한다. 콜론은 대사에 각별한 정지 상태, 특별한 효과를 부여한다. 독자는 알아서 그 정지 상태로부터 재빨리 벗어나야 한다. 이 요철들은 속도의 일부, 억양의 일부가 되어간다. 스타카토 리듬은 독자를 최면 상태로 빠뜨리고, 이야기 속에서 벌어지는 사건들은 논리를 훌쩍 뛰어넘는데, 그때쯤 독자는 꿈꾸는 상태에 잠겨들며, 그 꿈은 죽음을 향한 자유낙하가 된다.

폴 케인의 유일한 장편소설《패스트 원》은 그 시대의 소위 '두 주먹으로 싸우는' 다른 작품들보다 훨씬 높은 위치를 점한다. 왜냐하면 케인은, 해밋과 쇼가 확립한 그 형식을 차용한 뒤 뭔가를 더했기 때문이다. 그는 그 장르를 곧장 밀고 나가 절벽 아래로 추락시켜버렸다.

그녀가 갑자기 핸들을 홱 돌렸다. 악문 이 사이로 비명이 터져나왔다.
켈스는 차가 미끄러지는 걸 느꼈다. 그는 바깥쪽, 그리고 앞쪽의 어둠을 보았다. 그들은 허공에 떠 있었고, 모로 누운 채 암흑 속으로 떨어졌다. 요란한 삐걱거림, 갈가리 뜯기는 소리, 충돌음이 들렸다. 추락. 어둠.

《패스트 원》은 이 미국적인 장르를 완벽하게 수용해 그것을 소멸시켰다.
아무도 이런 책을 쓸 엄두조차 내지 못했다.

•
척 호건Chuck Hogan은《추방된 악마Devils in Exile》와《도둑들의 왕 Prince of Thieves》등으로 격찬받으며《뉴욕 타임스》베스트셀러 목록에 이름을 올린 작가다.《도둑들의 왕》은 '범죄소설 분야에서 문학적으로 탁월한 작품'에 수여되는 해밋 상을 수상하기도 했다.《도둑들의 왕》은 〈타운The Town〉이라는 제목으로 영화화되었다.* 벤 애플렉이 감독 겸 주연을 맡았으며, 제러미 레너와 존 햄 등이 함께 출연했다. 또한 척 호건은 〈헬보이〉〈판의 미로〉〈퍼시픽 림〉등을 연출한 감독 기예르모 델 토로와 함께 베스트셀러《스트레인The Strain》 3부작을 공동 집필하기도 했다.《스트레인》은 29개 언어로 번역되어 세계적인 인기를 끌었다. 그의 논픽션 산문은《뉴욕 타임스》와 《ESPN 매거진》에 실렸으며, 매년 발행되는《최고의 미국 미스터리 모음집》에 단편소설이 두 번 수록된 바 있다.

• 국내에서는 소설도《타운》이라는 제목으로 출간되었다.

포스트맨은 벨을 두 번 울린다

The Postman Always Rings Twice, 1934

by 제임스M.케인

•

하드보일드 소설을 창조한 작가 3인방으로는 대실 해밋과 레이먼드 챈들러, 그리고 제임스 M. 케인James M. Cain(1892~1977)이 거론된다. 케인은 작가로서 명성을 쌓기 전 저널리스트로 경력을 시작했다.《포스트맨은 벨을 두 번 울린다》,《밀드레드 피어스Mildred Pierce》(1941),《이중배상Double Indemnity》(1943, 원래 1936년《리버티 매거진Liberty Magazine》에 연재되었다) 등 초기 소설들은 경제적 산문과 핍진한 대사, 모호한 도덕관으로 유명했다. 아마도 그 모호한 도덕관 때문에 레이먼드 챈들러는 케인에 대해 "기름때 낀 작업복을 입은 프루스트, 분필 조각을 들고 아무도 보지 않는 틈을 타 목책 옆에 선 더러운 꼬마"라고 험담했을 것이다. 오랜 기간 유실되었던 케인의 소설《칵테일 웨이트리스The Cocktail Waitress》는 2012년 하드케이스 크라임 사에서 출간되었다.

조셉 핀더

제임스 M. 케인은 자신이 왜 '하드보일드' 작가로 분류되곤 하는지 결코 이해하지 못했다. "무슨 말들을 하는 건지 모르겠군요. 난 그저 사람들이 말하는 방식대로 글을 쓰려 노력하는 겁니다." 그는 여기서 대사가 아니라 스타일, 서술 방식을 말하는 것이다. 첫 소설《포스트맨은 벨을 두 번 울린다》는 1934년 출간되었는데, 바로 그 스타일—꾸밈없이 말하기, 일상적인 구어, 속어, 뭐든 당신이 원하는 대로 불러도 좋다—이 대단히 남달랐기 때문에 즉시 범죄소설의 방향을 바꿔버렸다.

당신이 아직《포스트맨은 벨을 두 번 울린다》를 읽지 않았다면, 아니면 읽었지만 한동안 잊고 있었다면, 이제 이 소설에 그런 스타일이 얼마나 잘 어울리는지 깨닫고 깜짝 놀랄 차례다. 산문은 날렵하고 경제적이며, 장식이나 가식 따윈 완벽하게 배제되어 있다. 소설 전체가 본모습을 드러내는 고백록처럼 읽힌다. 대학교 학장이자 교수였으며 늘 아들의 문법을 수정하던 아버지 밑에서 성장한 케인은 어린 시절 함께 어울리던 벽돌공 아이크로부터 가장 큰 문학적 영향을 받았다고 공언했다. 케인은 귀가 예민했고, 평범한 사내들이 말하는 방식에 매혹되어 있다. 저널리스트이자 편집자로서 꽤 괜찮은 성공을 거둔 마흔 살의 케인은 캘리포니아로 건너가 각본가로 변신했지만, 일은 잘 풀리지 않았다. 하지만 그곳에서 그는 행운이라 할 변화와 맞닥뜨린다. 지금까지 익숙하던 방식과는 다른, 평범한 사내들의 대화 스타일을 발견한 것이다. 즉 "고등학교를 다녔고, 문장을 완결 지을 줄 알고, 적절한 문법을 구사할 줄" 아는 "서부의 거친 남자들" 말이다. 갑자기 케인은 그의 목소리를, 아니 적어도 글을 쓸 때 그가 간절히 원했던 목소리를 발견한 것이다. 남을 깔보거나 예술가인 척하지 않는, 의식적으로 똑똑한 척하려는 기미 따윈 없는 목소리, 그것은 꽃무늬 같은 대화가 아니라 일상적인 입의 대화였다. 케인의 소설에는 "엔젤 케이크 조각 위에 올라앉은 독거미만큼이나 사람 눈에 띄지 않는" 인물은 없다(이 구절은 레이먼드 챈들러가 《안녕 내 사랑Farewell, My Lovely》에서 무스 멀로이를 인상적으로 묘사하는 부분에서 인용했다).

또한 케인이 사랑해마지 않던 또 하나의 창조물로 혁신적인 글쓰기 형식인 '왼끝 맞추기'가 있다. 《포스트맨은 벨을 두 번 울린다》의 많은 페이지는 오로지 대사로만 이뤄진다. '그는 말했다' '그녀는 말했다' 등의 어구가 포함되지 않는다. 케인은 지루하고 반복적인 규정 어구들 대부분을 빼버렸다. 작가가 제대로 쓰기만 한다면, 독자는 누가 말하고 있는지를 금방 알아차릴 수 있으니까. 케인이 없었다면 엘모어 레너드Elmore

Leonard나 로버트 B. 파커Robert B. Parker 같은 후대 작가들이 나오기는 더 힘들었을 것이다.

《포스트맨은 벨을 두 번 울린다》에서 캘리포니아 남부의 무직 떠돌이 프랭크 체임버스는 코라 파파다키스와 사랑에, 최소한 욕정에 빠져든다. 코라는 주유소 겸 도로변 간이식당을 운영하는 그리스계 미국인과 결혼한, 무자비하고 야심만만한 아이오와 출신 여자다. 프랭크와 코라는 코라의 남편 닉을 살해한 뒤 사고사처럼 보이게 할 음모를 꾸민다.

소설은 그 유명한 첫 문장에서부터 독자를 격납고 바깥으로 발사시켜버린다. "그들은 정오 무렵 건초 트럭에서 나를 집어던져버렸다."

거기서부터 속력은 올라가기 시작한다.

이 소설은 100쪽도 채 되지 않는다. 케인은 초고 8만 단어를 끊임없이 다듬어서 마침내 군살 없고 팽팽한 3만 5천 단어로 완성할 때까지, 이야기의 본질만 남을 때까지 정제하는 데 모든 노력을 기울였다. 출판업자 앨프리드 A. 크노프Alfred A. Knopf는 처음엔 원고가 너무 짧다며 팽개쳐버렸다. 그는 케인의 계약서에 최소한 4만 단어짜리 소설을 써야 한다고 명기되어 있음을 지적했다. 하지만 사실 이는 핑계에 지나지 않았다. 크노프는 이 소설의 '거칠고 즉흥적인 스타일'을 싫어했다. 그의 아내 블랜치와, 케인의 정신적 지주이자 친구인 저널리스트 월터 립먼Walter Lippmann이 적잖은 압력을 가한 다음에야 소설은 겨우 출간될 수 있었다.

케인은 할리우드에서 실패한 각본가였다. 하지만 영화 계약사와 노예 계약을 맺었던 시기가 완전히 허송세월만은 아니었다. 그는 그곳에서 속도를 조절하다가 박차를 가하는 법, 이야기를 구축하는 과정에서 '대수학'이라 불리곤 하는 요소를 배울 수 있었다("대수학이 알맞게 쓰인다면 서스펜스는 저절로 발생한다." 케인은 말한 바 있다. "당신의 유일한 평론가는 시간이다. 당신의 대수학이 옳았다면, 진행 단계가 논리적으로 들어맞으면서도 여전히 놀라움을 준다면, 그 소설은 오래도록 살아남을 수 있다").

동료 각본가는 케인에게 '러브 랙Love Rack'이라 불리는 내러티브 기법에 대해 언급한 적이 있다. 이 단어에 딱 맞는 정의가 내려진 적은 없지만, 대충 주인공들이 서로 사랑에 빠지는 순간을 자각하는 극적 상황을 뜻하는 것으로 짐작된다. 어느 날 케인에겐 문득 영감이 떠올랐다. 이야기 전체를 '러브 랙'으로 만들지 못할 건 뭐람? 살인 역시 러브스토리일 수 있다는 걸, 그리고 살인을 저지르고 난 다음에야 그런 비밀을 간직한 채 함께 살아갈 수 없다는 걸 깨달아버린 '멍청한 커플'에게 무슨 일이 일어날까?

이 소설은 1920년대에 일어난 유명한 사건, 코르셋 세일즈맨이었던 연인과 공모해 부유한 남편을 살해한 여인의 재판에서도 영감을 받았다. 그 여인은 남편의 죽음이 살인강도의 짓처럼 보이게끔 꾸며 보험금을 노렸고, 종국에는 남자친구까지 없애려고 했다. 《포스트맨은 벨을 두 번 울린다》는 즉각 어마어마한 베스트셀러가 되었다. 보스턴과 캐나다에서 판금되었고, 섹스와 폭력의 기묘한 혼합, 선정적인 분위기로 악명을 떨쳤다. 심지어 팔십여 년이 지난 지금에 와서 보아도 이 소설은 여전히 강렬하다. 프랭크가 코라를 처음 만났을 때, "그녀는 엄청난 미인은 아니었지만, 특유의 샐쭉한 분위기를 지니고 있었다. 그리고 그 입술은 내가 짓이겨버리고 싶을 만큼 톡 튀어나와 있었다". 두 사람이 키스할 때, "나는 이빨로 그녀의 입술을 사정없이 깨물었고, 내 입속으로 피가 뿜어져나오는 걸 느낄 수 있었다". 남편을 살해한 뒤 교통사고인 양 꾸며대느라 정신없을 때, 코라는 프랭크에게 자신의 블라우스를 찢으라고 명령한다. "날 찢어! 찢어발기라고!" 그녀는 말한다.

나는 찢었다. 그녀의 블라우스 속으로 손을 거칠게 밀어넣어 확 잡아뜯었다. 그녀의 몸이 목부터 배까지 활짝 드러났다. (…) 나는 손을 뒤로 뺐다가 그녀의 눈가를 있는 힘껏 때렸다. 그녀가 쓰러졌다. 그녀가 바로 내 발치에 주저앉아 있었다. 그녀의 눈은 번쩍였고, 경련하는 가슴은 단단하게 바싹 추켜세워져 있었다. 다름 아닌 바로 나를 향해서.

우리는 도덕관념이라곤 찾아볼 수 없는, 살인까지 저지른 건달의 머릿속을 들여다보고 있다. 그리고 어느샌가 그가 성공하길 응원하게 된다. 호감이 가는 등장인물은 전혀 없다. 모든 것이 추진력, 내러티브의 가속도, 결말의 우아한 아이러니에 달려 있다.

《포스트맨은 벨을 두 번 울린다》는 알베르 카뮈의 실존주의 소설 《이방인》에 영향을 미쳤다. 그리고 하나의 온전한 장르를 탄생시켰다. 소설과 영화 양쪽 모두에서의 누아르를. 그리고 수많은 모방작을 낳았다. 이 소설은 랜덤하우스 모던 라이브러리 선정 최고의 소설 백 편에 들어간 오직 두 편의 범죄스릴러 중 하나이기도 하다(나머지 하나는 대실 해밋의 《몰타의 매》다). 그러나 가장 인상적인 것은, 팔십 년이라는 세월이 흘렀음에도 불구하고, 제임스 케인의 날렵하고 교묘한 첫 장편소설이 여전히 읽힌다는 사실이다. 이 소설은 여전히 스릴을 안겨주고, 여전히 마음을 사로잡는다. 케인은 자신의 대수학을 적절하게 사용했다.

•

조셉 핀더Joseph Finder는 《뉴욕 타임스》 베스트셀러 목록에 장편소설을 열 편이나 올린 작가다. 사설 스파이인 '닉 헬러Nick Heller 시리즈'의 두 번째 소설 《묻혀버린 비밀Buried Secrets》, '최고의 스릴러' 상 수상작 《살인자의 본능Killer Instinct》, 해리슨 포드, 앰버 허드, 리엄 헴스워스 주연으로 영화화된 《파라노이아Paranoia》 등이 그 작품들이다. 《퍼블리셔스 위클리》는 핀더의 첫 소설 《모스크바 클럽Moscow Club》이 역사상 최고의 스파이소설 열 편에 들어간다면서 격찬을 퍼부었다. 그는 예일 대학교를 최우등으로 졸업했으며, 하버드의 러시아 리서치 센터에서 대학원 과정을 이수했다. 아내와 십대 딸, 신경증에 걸린 골든리트리버 한 마리와 함께 보스턴에 살고 있다.
www.josephfinder.com

오리엔트 특급 살인 *Murder on the Orient Express, 1934*
a.k.a. 칼레행 객차의 살인 *Murder on the Calais Coach*

by 애거서 크리스티

•

미스터리 소설의 '황금시대'에서 맞수가 없는 여성 원로 애거서 크리스티Agatha Christie(1890~1976)는 엄청난 다작의 작가이기도 하다. 그녀는 장편 미스터리와 단편 모음집 팔십 권, 희곡 열아홉 편을 썼다. 역사상 가장 많이 읽힌 소설가로 기네스북에 오른 그녀의 책 판매 부수는 성경과 윌리엄 셰익스피어에 이어 세 번째를 차지하고 있다. 크리스티의 가장 유명한 캐릭터는 에르퀼 푸아로와 미스 마플이며, 그녀의 희곡《쥐덫The Mousetrap》은 1952년 처음 무대에 오른 이래 2012년까지 2만 4천 회 넘는 상연 기록을 세웠다. 그녀는 메리 웨스트매콧Mary Westmacott이라는 필명으로도 글을 썼다. 애거서 크리스티는 미국 미스터리작가협회에서 수여하는 그랜드 마스터 상의 첫 수상자였으며, 1971년에 영국 왕실로부터 데임 작위를 받았다.

켈리 스탠리

애거서 크리스티는 역사상 최고의 베스트셀러 미스터리 작가일 뿐 아니라, 장르를 막론하고 가장 큰 성공을 거둔 작가 중 한 명이다. 그녀의 작품들은 지난 세기 오랜 기간에 걸쳐 군림했으며 21세기에도 여전히 대중적으로 널리 읽힌다. 그녀의 가장 유명한 주인공인 전직 형사 벨기에인 탐정 에르퀼 푸아로와 나이 든 독신녀 제인 마플은 크리스티 자신만큼이나 대중문화에 견고하게 뿌리내렸다. 그리고 크리스티 본인도 전통적인 미스터리와 전통적인 (여성) 미스터리 작가의 이미지를 거의 결정짓다시피 했다.

그런데 논란의 여지가 없는 '범죄의 여왕' 크리스티는 그 경이로운 성공 때문에 곧잘 평가 절하되거나 편견의 대상이 된다. 혁신적인 작가로서의 면모는 자주 간과되고, 마치 살인사건이 폭신한 슬리퍼와 십자말풀이 퀴즈에 지나지 않는 듯 쉽사리 '아늑한cozy' 작가로 취급되곤 한다.

최소한 내가 아는 범위 내에서라도 이 같은 편견을 바로잡고 싶다. 나로 말하자면 챈들러, 해밋, 케인이라는 고전 하드보일드와 누아르 전통을 모델로 삼고, 거기에 더해 누아르 영화들로부터도 많은 영향을 받아 대단히 터프한 여성 사립탐정을 만들었다. 그러나 크리스티 역시 내 작업에 놀랄 만큼 강력한 영감을 제공했다.

나는 모든 걸 다 읽었다. 크리스티의 장·단편소설과 로맨스소설—메리 웨스트매콧이라는 필명으로 쓴—부터 자서전까지 모든 작품들을. 소녀 탐정 낸시 드루가 나를 범죄소설 장르에 입문시켰고 셜록 홈스가 나를 양육했지만, 내게 처음으로 어두운 현실을 보여준 건 레이먼드 챈들러나 대실 해밋이 아닌, 다름 아닌 애거서 크리스티였다.

그녀의 온화한 이미지와는 달리, 크리스티가 쓴 소설들에서는 정신의학이 막 발달하기 시작하던 초창기, 범죄 행위의 심란하면서도 매혹적인 윤곽을 묘사했던 여성의 모습이 발견된다. 오늘날 스릴러에서 유행하는 살인범 화자를 이미 등장시키고, 악에 대해서 쓸 수 있으며 그것을 악이라 부를 수 있는, 악이 런던의 비열한 거리에만이 아니라 세인트메리미드의 자갈길에도 얼마든지 도사리고 있음을 알고 있는 여성 말이다.

심리학을 다루는 크리스티의 솜씨는 나를 사로잡았다. 그녀의 최고 작들은 밀실 미스터리의 바로크적인 독창성과 빼어난 심리학적 서스펜스의 조합 그 자체다. 에르퀼 푸아로의 '작은 회색 뇌세포'는 추론할 때뿐 아니라 심리 치료에도 능숙하며…… 백발의 제인 마플로 말할 것 같으면, 쉬지 않고 뜨개질을 하는 이 유쾌한 독신녀는 시간이 멈춘 듯한 조그마한 마을 주민들의 프로파일링에 기반해 인간 행위에 대한 광대한 지식을 피력한다. 그녀는 어떤 일에도 눈 하나 깜짝하지 않는다.

좀더 분발하라고, 클라리스 스털링.

빅토리아 시대 중산층 가정에서 제대로 교육받으며 성장한 애거서는 심리학에 대한 개인적인 흥미를 대담무쌍하고 한계를 모르며 이전엔 아무도 시도조차 하지 않았던 반전과 결합시켰다. 그녀의 플롯은 대범하다. 사실 좀 지나칠 정도다. 어떤 이야기들은 스스로의 메타 텍스트성에 한껏 도취되어, 독자가 결코 뛰어넘을 수 없는 수준의 수수께끼이며 작가임을 위세 좋게 내세우며 도전하는 것처럼 보이기까지 한다.

인정한다. 그녀는 깜짝 결말에 의존했고, 몇몇 해답은 아예 가능한 것처럼 보이지도 않는다. 내가 가장 좋아하는 범죄소설 작가이며 개인적으로 가장 큰 영향을 받은 레이먼드 챈들러의 노여움이 크리스티로 향했던 것도 이해할 만하다. 에세이 〈심플 아트 오브 머더〉에서 챈들러는 크리스티와 《오리엔트 특급 살인》을 특별히 꼬집어 말하며 영국의 전통적인 미스터리 소설을 비난한 바 있다.

챈들러는 《오리엔트 특급 살인》의 결말을 '멍청이'만이 예측할 수 있는 결말이라고 썼다. 그리고 크리스티와 그 부류 작가들이 이보다는 더 좋은 플롯을 지어내야 한다고 주장하며, 마침내 그들 모두를 비난하는 결론에 이른다. "면밀한 검토를 거친 뒤에도 효력이 유지되는 소설이 어딘가에는 존재할 것이다. 설령 내가 47쪽을 다시 들춰보며 두 번째 정원사가 대회에서 입상한 바 있는 귀한 티로즈 베고니아를 정확히 몇 시에 심었는지 재차 기억해내야만 하더라도, 그런 책은 즐겁게 읽을 수 있을 것이다……"

물론 그는 핵심을 짚었다. 하드보일드 소설에도 전통 미스터리만큼이나 수많은 비유와 억지로 끼워맞춘 장치들이 존재하지만(그리고 챈들러

본인은 플롯 구축에 치명적인 약점을 보였다), 챈들러가 가장 혐오했던 부분은 배경이다. 그에게 살인사건은 뒷골목에서 벌어져야 마땅한 것이었다. 크리스티의 경우 주립 도서관, 아르데코 풍의 아파트, 호화 여객선, 기차 일등칸에서 살인사건이 터졌다. 그 자신 영국에서 성장했던 챈들러는 해밋이나 헤밍웨이 같은 현실적인 스타일을 선호했지만, 아이러니하게도 그가 하드보일드 장르에 가장 광대하게 기여한 바는 시니컬하고 세상만사에 지친 로맨티시즘을 사립탐정에 부여했다는 점이다. 로맨티시즘이야말로 그의 가장 뛰어난 영국인 동료들이 쓴 범죄소설에 면면히 흐르고 있지 않은가. 크리스티도 당연히 그 안에 포함된다.

《오리엔트 특급 살인》은 1934년에 처음 출간되었고, 챈들러가 쓴 에세이 〈심플 아트 오브 머더〉가 단행본으로 출간된 것은 십육 년이나 더 지나서였다. 해밋은 1934년 마지막 소설 《그림자 없는 남자》를 썼고, 챈들러의 첫 소설 《빅 슬립》이 안목 있는 서점 진열대에 죽 세워진 건 그로부터 오 년 후의 일이다.

그러니까, 대체 왜 《오리엔트 특급 살인》이었을까? 왜 챈들러는 공격의 대상으로 그 책을 콕 집어 언급했으며, 왜 나는 그 책을 크리스티의 최고 걸작이라고 여기는 걸까?

우선, 문학은 그것이 발표된 시대와 맥락 내에서 평가받아야 할 필요가 있다. 챈들러와 크리스티 모두 맹목적인 모방자들을 거느렸고, 수없이 패러디의 대상이 되었다. 하지만 챈들러가 사립탐정과 낭만적인 방랑 기사를 시적으로 결합시킨 최초의 탐정소설 작가였던 것처럼, 크리스티 역시 종종 전형적인 플롯의 전환을 뛰어넘어 끝까지 밀어붙인 해답과 수수께끼를 최초로 착상해낸 작가였다.

챈들러가 그 유명한 에세이를 쓰던 시절, 깜짝 결말에 대한 크리스티의 애호는 우중충한 사무실의 사립탐정이라는 설정만큼이나 널리 알려지고 모방되었다. 그래서 챈들러는《오리엔트 특급 살인》을 가장 지독한 해악의 근원으로 지목한 것이다. 상류층이 노니는 이국적인 배경, 폭설로 운행을 멈춘 기차에 갇힌 수많은 등장인물들, 살인사건의 절묘한 해결. 결말—아직 이 책이나 1974년에 근사하게 화면으로 옮겨진 영화를 접하지 못한 이들을 위해 여기에 세세히 적진 않겠다—은 누구도 예상치 못한 것이었다.《애크로이드 살인사건The Murder of Roger Ackroyd》(1926)에서처럼, 애거서는 '규칙'을 파괴해버리는 긴 이야기를 자아냈다.

그러나《오리엔트 특급 살인》은 단순한 논리적 문제의 범주를 훌쩍 뛰어넘는다. 그것은 미적분 문제를 풀 때처럼 극도로 집중해 답을 산출해야 하는 암호와도 같다. 나는 이 책을 열두 살 무렵에 처음 읽고 이후로 수없이 재독했다. 어릴 땐 그 충격적인 결말을 온전히 즐길 수 있었다. 하지만 몇 번이고 다시 읽고 난 다음엔, 멋진 해결로부터 느끼는 지적이고 문학적인 즐거움보다 정의와 법과 범죄 행위에 대해 크리스티가 제기한 개념들이 더 오래 여운을 남겼다.

제임스 M. 케인의 대표작《포스트맨은 벨을 두 번 울린다》와 같은 해 출간된《오리엔트 특급 살인》은 더 어두운 세계를, 에르퀼 푸아로 같은 사립탐정마저 타협할 수 있는 어떤 도덕적 진실성을 드러내어 보여주었다.

그녀의 걸작 중 일부는, 예컨대 1939년 작《그리고 아무도 없었다And Then There Were None》도 역시 죄책감과 순진함, 독선과 자기 회의에 관한 매혹적인 심리적 초상을 보여준다. 당신이 이 두 소설을 연달아 읽는다면, 크리스티가《오리엔트 특급 살인》과 비슷한 상황을 어떻게 풀어가는지, 그리고 심지어 더 어둡고 누아르적인 결론에 어떻게 도달하는지 깨닫게 될 것이다. 물론 1939년에는 전쟁의 바람이 데본의 황무지에까지 불어 닥쳤고,《오리엔트 특급 살인》에서 제기했던 죄책감과 범죄, 심판과 처벌에 관한 개념은 탐정 푸아로가 등장하지 않는《그리고 아무도 없었다》에서 좀 다른 결론으로 이어질 수밖에 없었다.

크리스티의 소설에서 내가 가장 좋아하는 주된 모티프 중 하나는 가면과 가장무도회에 대한 애착이다. 이 테마는 초기작—예를 들어 신비한 사내 할리 퀸이 등장하는 기이한 단편들—에서부터 상당히 복잡 미묘하게 사용되는데,《오리엔트 특급 살인》에서도 빼어나게 활용된다.

아마도 가장 알아보기 힘든 가면은 이 뛰어난 작가가 평론가 진영 내에서 걸쳐야 했던 가면이 아니었을까. 그녀는 상업적으로 너무 커다란 성공을 거두었기 때문에 진지하게 평가받지 못했고, 그 걸작들에 스며든 어둠—아이부터 통통하고 붉은 뺨을 한 할머니까지 세상 모든 사람들의 내면에 잠재한 악에 대해 그녀가 쓰게 만들었던 어둠, 진짜 고통과 진짜 범죄와 진짜 죽음의 어둠—은 두꺼운 모직 담요를 둘러쓴 대중의 상상력에 가려졌으며 묽은 홍찻잔에 잠겨버렸다.

이 '아늑한' 가면이야말로 크리스티에게 가장 막대한 피해를 끼쳤다. 혼동하지 마시길. 애거서 크리스티는 그녀 이전의 수많은 빅토리아 시대 작가들처럼, 하드보일드한 '데임'이었다.

•

켈리 스탠리Kelli Stanley는 대실 해밋의 소설 속 배경인 미국 샌프란시스코에 산다. 그녀는 '미란다 코비Miranda Corbie 시리즈'를 집필했는데 그중 첫 번째 소설《용의 도시City of Dragons》는 최고의 역사 미스터리 소설에 수여되는 매커비티 상을 수상했고, 로스앤젤레스 타임스 도서상과 새이머스 상, 브루스 알렉산더 상, 리뷰어스 초이스 상의 최종후보에 올랐다. 시리즈 두 번째 소설은《비밀의 도시City of Secrets》이며, 세 번째 소설은《유령의 도시City of Ghosts》다. 미란다 코비가 등장하는 단편 〈어린이날Children's Day〉은 국제 스릴러작가협회에서 출간하는 선집《최초의 스릴First Thrills》에 수록되었으며, 또다른 단편 〈스크랩북Memory Book〉은 맥밀란 사에서 출간하는 전자 소설로 읽을 수 있다. 현재 켈리는 고대 로마를 배경으로 한 두 번째 시리즈를 쓰고 있으며, 그중 최근작은《저주를 부르는 자The Curse-Maker》이다. 켈리 스탠리의 데뷔작《기나긴 밤에 잠들다Nox Dormienda》는 브루스 알렉산더 상을 수상했다.

www.kellistanley.com

레베카 *Rebecca, 1938*

by 대프니 듀 모리에

•

대프니 듀 모리에Daphne du Maurier(1907~89)는 영국의 소설가이자 극작가이다. 그녀는 인생의 대부분을 보낸 콘월 지역을 수많은 소설의 배경으로 삼았으며, 가장 잘 알려진 소설《레베카》도 예외가 아니다. 연극계와 예술계에 명성을 떨친 가문에서 태어나 은둔자로 살아간 듀 모리에의 작품은 여러 영화들에 영감을 제공했다. 니컬라스 뢰그의 〈지금 보면 안 돼Don't Look Back Now〉와 앨프리드 히치콕의 〈새 The Birds〉가 대표적인 작품들이다.

미네트 월터스

1938년에 첫 출간된 이래,《레베카》는 대프니 듀 모리에의 작품 중 가장 오랫동안 사랑받고 기억되는 소설로 자리 잡았다.《레베카》는 한 번도 절판된 적이 없으며 텔레비전과 라디오, 연극 무대에서 수없이 각색되었고, 1940년에는 아카데미 상을 거머쥔 뛰어난 누아르 영화로 만들어졌다. 이 영화는 앨프리드 히치콕이 연출했으며, 로런스 올리비에와 조앤 폰테인이 주연을 맡았다.

《레베카》는 소설 내내 이름이 밝혀지지 않는 수줍은 젊은 여인이 상처한 맥심 드 윈터의 두 번째 부인이 되는 것으로 시작한다. 그들의 결혼은 서둘러서 다소 은밀하게 진행되고, 새 신부는 곧 남편이 여전히 전 부인을 잊지 못했음을 깨닫는다. 마침내 콘월에 있는 남편의 저택 맨덜리에 도착했을 때, 그녀는 전 부인 레베카의 죽음 이후로 저택이 전혀 달라지지 않았다는 사실을 알게 된다. 죽은 여인의 기억은 도처에 떠돌고, 대체물에 지나지 않는 소심한 새 신부와의 고통스러운 대비가 강조된다. 레베카는 새 신부와 모든 면에서 정반대다. 아름다웠고 위트가 넘쳤으며 세련된 그녀는 사랑과 존경을 받았다. 드 윈터의 두 번째 부인은 남편만큼이나 레베카에게 점점 더 사로잡힌다.

출간 당시 《레베카》는 고딕로맨스 소설로 홍보되었다. "서스펜스의 분위기가 가득한 격렬한 러브스토리……" 이 소설의 핵심인 야비하고 소소한 살인사건에 대한 암시는 전혀 없었다. 정말로 이 살인은 할리우드에서 상당히 충격적으로 받아들여져서 영화 각색 과정에 완벽하게 삭제되었다. 1930년부터 1968년까지 영화에 도덕적 검열을 적용했던 완고한 '영화제작규정Motion Picture Production Code' 때문에 히치콕은 레베카의 죽음을 사고사로 바꿔야 했다. 남편이 아내를 증오했다는 건 극 설정상 받아들여지지만, 아내의 심장을 쏴버린 다음 처벌받지 않고 풀려난다는 건 도저히 용인될 수 없었다.

《레베카》의 홍보문구에서 사용되었던 온건한 표현들을 보건대, 출판업자들 역시 듀 모리에의 줄거리에 다소 불편해했던 것 같다. 《레베카》를 '격렬한 러브스토리'로 묘사하는 건, 두 번째 부인이 될 주인공에게 맥심이 품게 되는 예기치 않은 애정이 전 부인에 대한 혐오 때문에 가려지고 묻혀버린다는 사실을 무시하는 처사다. 레베카는 소설의 모든 페이지에 유령처럼 떠돈다. 그녀의 존재는 소설 속의 어떤 등장인물들—화자인 두 번째 부인을 포함해서—보다 더 강력하다. 레베카가 죽은 경위를 독자가 알게 되는 순간에야 맥심의 죄책감 섞인 집착이 온전히 설명된다.

페미니스트 평자들은 두 명의 드 윈터 부인에 대한 듀 모리에의 묘사—자신감 넘치는 외향적 인간인 첫 번째 드 윈터 부인과 자기 회의에 빠진 내향적 인간인 두 번째 드 윈터 부인—로부터 작가 자신의 이중성을 밝혀내고자 시도했다. 하지만 나는 듀 모리에와 가장 닮은 등장인물은 오히려 맥심이 아닐까 추측한다. 그는 상류층의 가장假裝과 계략을 싫어하는, 단순한 취향의 내성적인 사람이다. 그는 자신의 집 맨덜리와 고향 콘월의 아름다운 풍광에 굉장한 애착을 품고 있다. 그는 자신의 가문에 자부심을 가지고 있으며, 그 명예를 지키기 위해 해야 할 일을 하는 사람이다.

듀 모리에 역시 그런 특징을 분명히 드러낸다. 자신이 오랫동안 살았던 콘월 지역을 배경으로 다수의 소설을 썼고, 처녀적 성과 결혼 이후의 남편 성—남편은 중장 프레드릭 '보이' 브라우닝 경, 제1공수사단 지휘관이었다—을 자랑스러워했다. 나는 그녀가 레베카에 대해서도 무척 애착을 느꼈을 거라 확신한다. 대부분의 작가들은 흠결 있고 뒤틀린 등장인물을 선호하기 때문이다. 또한 이름 없는 주인공, 두 번째 드 윈터 부인—남편이 과거의 죄로부터 달아날 수 있도록 돕기 위해 냉정한 숙고를 시작하는—에게도 마찬가지였을 거라고 생각한다. 하지만 듀 모리에의 위트와 유머는 맥심에게서 가장 잘 드러난다. 짐작건대 그녀는 완전범죄를 저지른 살인자의 관점을 취하면서 짓궂은 즐거움을 느꼈을 것이다.

《레베카》의 교묘한 설정은 화자의 순진함에서 비롯된다. 두 번째 드 윈터 부인은 맥심이 왜 레베카의 기억에 그토록 사로잡힐 수밖에 없는지 설명할 수 있는 단 하나의 세부사항을 알지 못하기 때문에, 레베카에 대해서 오해할 수밖에 없다. 살인사건의 진상이 밝혀지기까지, 화자에게나 독자에게나 맥심이 레베카를 열렬히 사랑한다는 사실은 당연하게 느껴진다. 왜 아니겠는가? 레베카는 완벽한 아내이자, 맨덜리 저택의 완벽한 여주인이었는데.

화자는 또한 과도한 상상력의 희생양이기도 하다. 그 상상력 때문에, 레베카가 이곳저곳에 남겨둔 유품으로부터 그럴싸한 망상을 빚어내는 것이다. 소설이 진행되는 내내 그녀는 레베카의 그림자 안에 갇혀 있으며, 여전히 살아 있는 듯한 그 라이벌과 어떤 면에서든 경쟁할 수가 없다. 레베카의 시신이 발견되기 몇 시간 전, 맥심으로부터 죽은 여인의 실상을 듣고 나서야 그녀는 자신의 생각을 표현하기 시작한다.

《레베카》는 어떤 층위에서도 읽힐 수 있다. 듀 모리에의 산문과 뛰어난 플롯 장악력 덕분에 《레베카》는 위대한 고전으로 꼽혀도 손색이 없다. 하지만 책장이 획획 넘어가는 서스펜스야말로 출간 당시 걷잡을 수 없이 폭발적인 인기를 누린 이유이자, 완벽한 심리스릴러로서의 위상을 확고하게 굳혀주는 요소이다. 대프니 듀 모리에를 로맨틱한 작가로 보는 입장에서도, 나이 든 맥심과 젊은 두 번째 아내 사이에서 '제인 에어' 스타일로 전개되는 사랑은 매우 만족스럽다. 범죄소설 애호가에게는, 희생자의 목소리가 페이지마다 크게 울려퍼지며 소설 속 다른 인물들뿐 아니라 독자의 마음까지 쥐락펴락하는 몇 안 되는 살인 이야기로 읽힐 것이다.

레베카라는 인물에 대한 나의 관점은, 아마 듀 모리에가 의도했던 바 그대로 대단히 양가적이다. 그녀는 본질적으로 사이코패스다. 잔혹하고 남을 조종하는 능력이 뛰어나며, 성적으로 대담하고 이기적이고 타인의 감정에 아무런 관심이 없다. 하지만 그녀가 죽음의 순간을 맞닥뜨렸을 때의 용기, 그녀가 좋아했던 소수의 사람들에게서 이끌어낸 충성심에 대해서는 존중할 수밖에 없다. 그중 가장 인상적인 등장인물은 맨덜리의 가정부 댄버스 부인이다. 댄버스 부인은 질투에 사로잡힌 연인처럼 레베카의 흔적을 보존한다.

《레베카》에서 세 명의 주인공을 다루는 솜씨를 보면, 아직 막 발달 단계에 불과했던 심리학을 작가가 깊이 이해하고 있다는 사실을 알 수 있다. 그녀의 예술적 기교는 무지에서 앎으로 불안하게 나아가는 이름 없는 화자의 여정과, 레베카의 본성이 천천히 드러나는 방식에서 발휘된다. 듀 모리에는 인간의 약점에 대해, 그리고 그 약점을 캐릭터들에게 적용하는 데 타고난 이해도와 능력을 갖고 있었던 듯하다. 그 결과, 1938년 작품임에도 오늘날까지 현실적이고 타당하게 받아들여지는, 특색 있고 복합적인 인물이 창조될 수 있었다.

《레베카》는 아주 드물게 뛰어난 살인 이야기다. 심리스릴러가 다다를 수 있는 경지를 보여주는, 그리고 다다라야만 하는 표본 그 자체다.

•

미네트 월터스Minette Walters는 1992년 이래 장편소설 열두 편을 쓴 작가다. 심리스릴러의 전문가이며, 시리즈 형식의 등장인물은 절대로 피한다. 그녀는 에드거 상, CWA 주관 골드 대거 상을 비롯해 모든 주류 미스터리 상을 휩쓸었으며, 그녀의 작품들은 35개가 넘는 언어로 번역되었다. 월터스의 소설 다수는 제2의 고향인 도싯 지역을 배경으로 하고 있으며, 몇몇 작품은 TV 방송용으로 각색되었다.
www.minettewalters.co.uk

브라이턴 록 *Brighton Rock, 1938*

by 그레이엄 그린

그레이엄 그린Graham Greene(1904~91)은 자신이 쓴 서스펜스 소설과 미스터리 소설을 '오락용'으로 취급했던 작가로 유명하다. 혹은 악명 높다. 경력 말기에 이르러 그는 과거의 구분을 철회했다. 1929년 첫 소설《내부의 남자The Man Within》를 발표한 이래《브라이턴 록》,《권력과 영광The Power and the Glory》(1940),《사건의 핵심The Heart of the Matter》(1948),《제3의 사나이The Third Man》(1949),《아바나의 친구Our Man in Havana》(1958) 등을 통해 20세기 영국의 가장 뛰어난 작가로 이름을 떨쳤다. 1948년《사건의 핵심》으로 제임스 테이트 블랙 기념상을 수상했으며, 1986년 영제국 훈위動位를 받았다.

피터 제임스

그레이엄 그린의《브라이턴 록》은, 간단히 말해 내 인생을 바꾼 책이다. 브라이턴에 살던 소년 시절, 열네 살의 나는 이 책을 처음 읽고 내려놓으면서 작가가 되겠다고 결심했다. 언젠가 나도 브라이턴을 배경으로 한 소설을 써보겠노라고, 그것이《브라이턴 록》의 십 분의 일만큼이라도 다다를 수 있다면 좋겠다고…… 나의 '로이 그레이스Roy Grace 시리즈' 중 한 권인《데드 라이크 유Dead Like You》에 스파이서Spicer＊라는 악당을 집어넣은 건 조심스러운 오마주였다.

● 《브라이턴 록》에서 주인공 핑키에게 살해당하는 갱스터의 이름.

나는 아주 어릴 때부터 코난 도일이나 애거서 크리스티의 범죄소설에 중독되어 있었다. 《브라이턴 록》을 읽기 전까지는, 영국의 범죄소설은 복잡한 수수께끼를 해결할 수 있는 가장 독창적인 방식들을 보여주기 위한 것이며, 그 이상은 거의 없다고 생각했다. 시체는 일찍 발견된다. 대개의 경우 첫째 장에서 사건이 벌어지고, 영웅적인 탐정이 범인을 찾아나선 다음 범인과 대결 끝에 성공적으로 체포하는 과정이 나머지 내용이다. 그레이엄 그린은 그런 규정집을 창문 바깥으로 내던져버렸다. 내가 읽은 범죄스릴러 중 악당의 내면을 다루고, 또 악당을 주인공으로 내세운 최초의 소설이 《브라이턴 록》이었다. 그 책은 정말이지 새로운 경지를 열어젖혔고, 내가 '로이 그레이스 시리즈'를 쓸 때 어마어마한 영향력을 미쳤다.

　　첫 줄에서부터 나는 매혹되었다. 문학사상 독자의 주의를 가장 사로잡는 첫 문장 중 하나라고 확신한다. "헤일은 브라이턴에 도착하기 세 시간 전부터, 그들이 자신을 죽이려 한다는 걸 알고 있었다." 이 문장을 읽고 나면 그 누구도 책을 내려놓을 수 없을 것이다. 《브라이턴 록》은 첫 문장이 얼마나 중요한지를 일깨워주었다. 새 소설을 시작할 때마다 그 첫 문장을 떠올리면, 그만큼 독자의 집중력을 잡아끌 수 있는 문장을 쓰려고 노력하게 된다. 첫 문장뿐이 아니다. 《브라이턴 록》의 마지막 문장 역시 그만큼 강렬하고, 통렬하게 영리하며 지극히 어두운 힘을 가지고 있다. 독자는 책을 덮으면서 등골이 오싹해지고 상상력이 급상승하는 듯한 기분에 젖어들게 된다.

　　그린은 브라이턴 앤드 호브 지역의 어두운 분위기를 정말이지 생생하게 포착했고, 그의 문체는 여러 면에서 오늘날까지도 발표 당시만큼 유의미하게 다가온다. 그곳에서 성장하던 십대 시절, 나는 모든 거리와 통로마다 침투해 있는 범죄의 저류를 두려워했다. 이름을 듣기만 해도 몸서리가 쳐지는 범죄 집단들이 있었다. 아주 오랫동안 사람들을 갈취하고 점점 더 심하게 폭력과 온갖 무기를 휘두르고 무슨 짓을 해도 처벌받지 않고 빠져나왔기 때문에 브라이턴에서는 모두 그들을 무서워했다. 1930년대의 경찰들이란, 그레이엄 그린이 그린 냉정하고 똑똑한 사내들과는 아무 상관 없는 듯 무기력하게만 보였다.

《브라이턴 록》은 믿을 수 없을 만큼 긴장감 넘치는 스릴러 그 이상의 소설이다. 이 책은 종교적 신념과 사랑, 명예라는 거대한 주제를 탐색한다. 리처드 애튼버러가 핑키 역을 맡은 1947년 작 영화마저 원작의 가치를 깎아먹기보다는 보완물로 작용할 만큼 훌륭한, 얼마 안 되는 특별한 소설이기도 하다.

이 소설의 등장인물들은 놀랄 만큼 인간적이고, 심각한 결함을 가진 비극적인 이들이다. 이야기는 악당들과 두 여성, 수다스럽고 행실이 단정치 못하지만 마음은 따뜻한 아이다와 소박하지만 열정적인 로즈의 시점에서 진행된다. "옷을 입는 동안 '주기도문'과 '성모송'을 재빨리 암송하려 했지만 그녀는 다시 한번 기억해냈다. (…) 이제 와서 기도가 무슨 소용일까? 그녀는 이미 그런 것들과 관계를 끊었다. 그녀는 어느 편에 설지 선택했다. 신이 그를 지옥으로 떨어뜨린다면, 그녀도 함께 떨어뜨려야 할 것이다."

내 생각에 핑키는 문학사상 위대한 악당들의 목록에 충분히 이름을 올릴 수 있는 대단한 캐릭터다. 나이 많고 노련한 사내들로부터 갱단의 지배권을 빼앗아올 기회를 노리는 십대 갱 핑키는 교활하고 비열하고 무자비한 살인범이다. 그러나 소년에게는 도저히 떨쳐버릴 수 없는 한 가지가 있으니, 그것은 가톨릭 신앙으로부터 영원한 지옥행을 선고받지 않을까 하는 두려움이다. 당신은 그를 역겨워하면서도 홀린 듯 그에게 사로잡히게 될 것이며, 심지어 때로는 연민마저 느낄지도 모른다.

그레이엄 그린의 모든 책을 통틀어 내가 진심으로 좋아했던 점은, 그가 인물을 묘사하는 방식이다. 단 몇 개의 문장만으로 독자는 그 인물을 속속들이 알고 있고 어디선가 만난 것 같은 느낌을 받게 된다. 모든 소설을 매혹적으로 만드는 단 하나의 요소를 꼽으라면, 작가가 창조해낸 인물이다. 충분히 몰입할 수 있는 인물이라면, 그가 300쪽짜리 전화번호부를 소리 내어 읽기만 하더라도 독자는 책을 덮지 않을 것이다. 그레이엄 그린은 이 점에서 위대한 거장이다. 몇 번의 붓놀림만으로도, 독자는 길거리를 걸어 내려오는 그 인물을 알아볼 것 같은 느낌에 사로잡힌다. 결점도 있지만 생기가 넘치는 아이다를 보라.

　삶은 놋쇠로 만든 침대 기둥에 내리쬐는 햇빛, 루비 포트와인, 예전에 도와줬던 이방인이 그 구역을 지나칠 때 세차게 뛰는 심장 박동이었다. (…) 죽음에 충격받은 그녀에게, 삶은 너무나도 중요해졌다.

　내게는 그레이엄 그린이 손에 잡힐 듯 생생하게 묘사한 장소 감각 역시 큰 선물이었다. 심지어 그는 브라이턴 토박이도 아니었다. 나는 '로이 그레이스 시리즈'를 쓰면서 그 감각을 언제나 염두에 두었다. 브라이턴 앤드 호브라는 지역은 내 소설에서 로이 그레이스와 그의 동료들만큼이나 중요한 캐릭터였다. 나는 세계 곳곳의 가장 활력 넘치는 도시들은 보이지 않는 깊은 곳에 범죄의 어두운 저류를 숨기고 있다는 지론을 고수해왔다. 영국에는 유쾌한 해변 휴양지들이 수없이 많지만, 세계적으로 상징적인 지위를 가진 곳은 딱 한 곳, 브라이턴뿐이다. 칠십 년 동안 '영국 범죄의 수도'라는 달갑지 않은 별명으로 축복받은, 혹은 저주받은 곳. 그레이엄 그린은 브라이턴을 범죄의 지도에 새겨놓았다. 나는 그 위치를 유지하기 위해서 최선을 다하는 중이다……

•

피터 제임스Peter James는 영국의 남부 해안 도시 브라이턴을 배경으로 한 경찰소설 '로이 그레이스 시리즈'로 잘 알려진 작가다. 시리즈 첫 번째 소설 《데드 심플Dead Simple》은 2005년 출간되었으며, 최신작은 《죽어버려라What You Dead》(2014)이다. 제임스는 1981년 시리즈에 포함되지 않는 독립적인 소설 《데드 레터 드랍Dead Letter Drop》으로 데뷔했으며, 단편집을 포함하여 2013년까지 스물여섯 권의 책을 출간했다. 피터 제임스는 2005년 독일에서 '최고의 범죄소설가'로 선정되며 크리미 블리츠 상을 받았고, 2006년에는 폴라 상을 수상했다. 2011년 ITV3 범죄스릴러 상에서도 '올해의 범죄소설' 부문을 수상했다.

www.peterjames.com

요리사가 너무 많다 *Too Many Cooks, 1938*

by 렉스 스타우트

•

렉스 스타우트Rex Stout(1886~1975)는 1929년 첫 소설《인간의 이해력은 신과 같다How Like a God》를 발표하기 이전, 십오 년 이상 다양한 잡지에 연재 기사를 썼다. 1934년 정치스릴러《대통령 실종되다The President Vanishes》를 쓴 다음, 같은 해 '네로 울프Nero Wolfe 시리즈'의 첫 번째 이야기《독사Fer-de-Lance》를 발표했다. '네로 울프 시리즈' 전권에는 울프의 조수 아치 굿윈이 화자로 등장한다. 스타우트는 왕성한 창작력으로 장편소설, 중편, 시리즈에 포함되지 않는 소설 그리고 마흔일곱 편으로 이루어진 '네로 울프 시리즈'를 생산했다. 1959년《아버지 찾기The Father Hunt》로 CWA 주관 실버 대거 상을 받았으며, 2000년 바우처콘Bouchercon•에서 '네로 울프 전집'을 '금세기 최고의 미스터리 시리즈'로 뽑기도 했다. 1959년에 렉스 스타우트는 미국 미스터리작가협회가 주는 그랜드 마스터 상을 받았다.

알린 헌트

　　작가로서 글을 쓰는 동안, 렉스 스타우트는 세계적으로 잘 알려진 탐정 네로 울프와 그의 조수 아치 굿윈을 주인공으로 한 이야기를 마흔 편 이상 썼다.《요리사가 너무 많다》는 시리즈의 다섯 번째 장편소설이며, 1938년 처음 출간되었다.

　　네로 울프는 마흔여섯 살이며, 곱슬거리는 갈색 머리에 거대한 체격을 가진 남자다. 아치에 따르면 1톤의 칠 분의 일쯤 된다고 한다(다른 책에서는 300파운드쯤은 거뜬히 넘을 것이라고도 썼다). 변덕스럽고 말이 많으며, 대

• 유명한 미스터리 작가이자 평론가인 앤서니 바우처를 기리는 국제 미스터리 컨벤션.

개의 경우 절대로 뜻을 굽히지 않는—배고플 때라든가, 여성이 눈물로 협박할 때를 제외한다면—네로 울프는 의뢰인이 끊이지 않는 탐정이자 대식가, 난초 애호가, 집 밖으로 거의 나가는 일이 없는 사람이다. 자신의 프라이버시와 일상적 규칙을 놀랍도록 뻔뻔하게 고수하기 때문에, 이 위대한 탐정이 임무를 어떻게든 완수한다는 건 기적에 가깝다. 가계를 운영하는 데 필요한 돈의 액수가 어마어마하지 않았다면, 그가 일반 대중의 변덕에 휘둘려야 하는 과업을 맡기나 했을지 의심스럽다. 일단 사건 의뢰를 받아들이고 난 다음에도 그는 자신의 고객들에 대한 경멸을 별로 참지 않고 표출한다. 네로는 때때로 매우 까다롭고 짜증을 잘 내지만, 일에 전념할 때에는 매우 충실하고 꾸준한 사람이기도 하다. 그리고 천재다. 게으른 천재지만, 어쨌든 천재는 천재다.

네로의 조수이자 그를 돋보이게 하는 조연인 아치 굿윈은 뉴욕 웨스트 35번 가의 고급스러운 적갈색 사암 저택에서 네로와 함께 산다. 그는 삼십대 초반에 잘생기고 당당한 호남으로, 위트가 넘치고 춤도 잘 추며 다재다능한 준수한 청년이다. 단, 그에게 예의 바르게 대하기만 한다면. '네로 울프 시리즈'는 모두 아치의 시점에서 쓰였기 때문에, 이 시리즈의 진정한 중심은 네로가 아니라 아치인가 하는 생각마저 든다. 특히 그가 훨씬 똑똑한 상사의 명령에 따라 대부분 이유도 모른 채 심장이 터질 듯이 뛰어다니고 때로는 그 과정에서 엄청난 위기까지 겪는 것을 보면 말이다.

네로 울프와 아치 굿윈의 복잡 미묘한 관계를 설명해두어야만 할 것 같다. 시리즈 중 한 편에서 네로는 아치에게 이렇게 말한 적이 있다. "너는 고집불통이고 나는 권위적인 인간이지. 우리가 서로를 참아내는 건 영원히 지속되는 기적이라고 할 수 있어." 하지만 이런 추리의 음양 관계야말로 이 시리즈의 심장이다. 아치가 없다면 네로는 제 기능을 할 수 없고,

네로가 없다면 아치는 혼란스러워 어쩔 줄 모르는 쓸모없는 존재였을 것이다. 두 사람의 언쟁과 불꽃 튀는 말싸움은 그들의 상호 존중을, 아니 감히 말하건대 상호 애정을 무너뜨리지 못한다.

나는 '네로 울프 시리즈' 모두를 어마어마하게 좋아하지만, 두 가지 이유에서 《요리사가 너무 많다》를 골랐다. 첫째, 철도 공포증이 있으며 지독하게도 여행을 싫어하는 위대한 네로가 특별한 사정 때문에 어쩔 수 없이 자택을 떠나 웨스트버지니아로 기차 여행을 한다. 둘째, 언제나처럼 짜증 잘 내고 고집스런 네로가 엄청난 두뇌를 작동시키려면, 결국 총에 맞아 부상까지 입는 상황이 펼쳐져야 한다.

《요리사가 너무 많다》는 초조하고 불안한 아치 굿윈이 담배를 피우며 기차역 플랫폼을 서성거리는 장면으로 시작한다. 그는 다음과 같이 설명한다.

> 담배에 불을 붙였다. 담배 한 대로 곤두선 신경을 좀 가라앉힌 다음엔 수영복만 달랑 입고 맨손으로 쿠푸 왕의 피라미드를 이집트로부터 엠파이어스테이트 빌딩 꼭대기로 옮길 수도 있을 것 같은 기분이었다. 방금 전까지 겪은 일을 생각하면 정말 그렇다.

그러고 나서, 우리는 네로가 웨스트버지니아의 캐너와 스파에서 열리는 '레 캥즈 매트르Les Quinze Maîtres('15인의 마스터', 명성 있는 요리사 집단을 뜻한다)'의 정기모임에 참석해 기조연설을 해달라는 초대를 받아들였음을 알게 된다.

역시 모임에 참석하기 위해 가는 동행인은 네로의 오랜 벗이자 마찬가지로 몬테네그로 출신인 요리사 마르코 부치치, 그리고 네로가 필사적으로 알아내고 싶어 하는 소시지 레시피를 오랫동안 비밀로 간직해온 요리사 제롬 베런이다. 아치는 여행 내내 대부분의 시간을 제롬의 젊고 아름다운 딸 베런 양을 곁눈질하면서 보낸다.

요리사 필립 라스지오는 이 그룹 내에서 의심스러운 평판 때문에 격렬한 비난을 받는다. 그는 한때 마르코의 부인이었던 여인과 결혼했고, 역시 캐너와의 모임의 참석자다. 이 공인받은 미식가들이 모인 자리에서 다양한 소스의 재료를 알아맞히는 '친목' 경연대회를 열자고 제안한 사람도 라스지오다. 불행하게도, 최고급 요리의 성찬이 펼쳐지는 가운데 라스지오는 등 깊숙이 칼에 찔린 시체로 발견된다. 경찰이 소환되고, 모두가 용의자다.

네로는 시체에 무관심하다. 그가 바라는 건 오로지 뉴욕으로 돌아가는 것뿐이다. 아니면 최소한, 누군가가 창문 너머로 그에게 총을 쏘기 직전까지는 그런 열망뿐이었을 것이다. 하지만 본인이 총상을 입은 뒤에야, 냉혹한 살인 앞에서도 꼼짝 않던 적개심과 자존심에 시동이 걸린다. 이제 네로는 범인의 정체를 밝혀내기 위해 무시무시한 집중력을 발휘하며 즐거워한다.

《요리사가 너무 많다》에 사용된 언어에 대해 조금 더 덧붙여야 할 것 같다. 이 소설은 1938년 작이고, 그 시기는 미국 현대사의 격변기였다. 소설 속 몇 군데에 묘사되는 태도는 현대 독자들에게 큰 충격일 수도 있겠다. 스파의 종업원들은 대부분 아프리카계 미국인들이다. 그들은 지역 경찰과 몇몇 등장인물들에게 노골적으로 인종차별을 받는다. 흑인들은 '깜둥이'를 뜻하는 온갖 모욕적인 단어들로 불린다. 요리사들 중 한 명의 아내는 중국계 미국인인데, 그녀 역시 하찮게 취급당한다.

렉스 스타우트가 동시대에 널리 용인되던 각종 태도를 드러내기를 피하지 않았음에도 불구하고, 다행스럽게도 네로는 한자리에 모인 스파 종업원들과 대화할 때 좀 다른 방식을 선택한다. 그들 중 일부는 네로가 사생활을 침범한다며 노골적으로 적개심을 표했는데도 말이다.

제가 흑인을 상대한 경험이 제한적이라고 말할 때의 의미는 그런 겁니다. 저는 흑인인 미국인을 말하고 있습니다. 수년 전 저는 이집트와 아라비아, 알제리에서 피부색이 어두운 사람들과 어떤 일을 함께 한 적이 있습니다만, 물론 그건 지금 여러분과는 아무 상관 없습니다. 여러분은 미국인이죠. 저는 이곳에서 태어나지 않았기 때문에, 여러분이 저보다 훨씬 온전한 미국인입니다. 이곳은 여러분의 조국입니다. 제가 이곳에서 살 수 있게 된 건 여러분과 여러분의 형제들, 흑인과 백인 모두의 덕분입니다. 저는 그것에 대해 감사를 드리고 싶습니다.

품위와 존중을 담아 종업원들을 설득함으로써 그는 솔직한 대화의 물꼬를 튼다. 그리고 궁극적으로 이 대화를 통해 살인자의 정체를 밝혀내는 데 꼭 필요한 단서를 얻는다.

《요리사가 너무 많다》는 '누가 범인인가' 장르의 최상급 작품이다. 언어 구사는 풍성하고, 세부는 흥미진진하면서도 속도감을 잃지 않는다. 네로가 진실로 향하는 우회로는 뻔하지 않고 지루할 틈도 없다.

마지막으로 경고 하나만 해두겠다. 배고플 때 절대 이 책을 읽지 마시길. 네로가 대식가이기 때문에, 렉스 스타우트의 이 시리즈 대부분은 음식에 관한 감미로운 묘사들로 넘쳐난다. 《요리사가 너무 많다》도 예외가 아니다. 내 말을 믿어도 좋다. 오로지 요동치는 굶주린 위장만이 이 재미있는 책으로부터 당신을 떼어낼 이유가 될 테니까.

알린 헌트Arlene Hunt는 범죄소설 일곱 편을 썼다. 그중 다섯 편은 퀵
K 수사대의 2인조 존 퀴글리와 세라 케니를 주인공으로 한 인기 시리
즈다. 헌트는 포트노이 출판사의 공동대표이기도 하다. 그녀는 오 년간
바르셀로나에 거주했고 지금은 더블린에 산다. 그녀의 소설들은 3개국
어로 번역되었다. 《선택받은 자The Chosen》는 미국을 배경으로 한
시리즈에서 독립된 소설로, 2011년 11월 TV3 방송국에서 '이달의 책'
으로 선정된 바 있다. 2008년 작《저류Undertow》는 아일랜드 도서상
'최고 범죄소설' 부문 최종후보까지 올랐다. 알린은《녹색 거리를 따
라》와《떠난 자들을 위한 레퀴엠Requiems for the Departed》《희망의
은사Silver Threads of Hope》 등의 선집에도 참여했다.
www.arlenehunt.com

고독한 사냥꾼 *Rogue Male, 1939*

by 제프리 하우스홀드

●

서른 편에 달하는 장편소설과 단편집 일곱 권을 쓴 작가인 제프리 하우스홀드
Geoffery Household(1900~88)는 옥스퍼드에서 영문학 학사 과정을 마쳤으며, 2차
세계대전 당시 영국군 정보요원으로 활동했다. 성인과 청소년을 위한 소설을 폭넓
게 썼으며, 가장 잘 알려진 작품은 스릴러《고독한 사냥꾼》이다. 이 작품은 1941년
프리츠 랑 감독의〈인간사냥Manhunt〉, 1976년 피터 오툴 주연의〈고독한 사냥꾼〉
으로 두 번 영화화되었다.

샬레인 해리스

모두가 반드시 읽어야 할 소설을 꼽을 때, 나라면 제프리 하우스홀드
의 소설 세 편 중 아무거나 하나를 집어들 것이다. 하우스홀드는 그 정도
로 좋은 작가이며, 그의 소설은 그가 서술한 당대 사회 구조의 변화와 세
월의 흐름을 이겨내고 여전히 새롭게 다가온다. 이 글에서《난쟁이들의
춤Dance of the Dwarves》과《그림자 속의 관찰자Watcher in the Shadows》를 선택했
더라도 마찬가지로 좋은 추천작이 되었을 것이다. 두 작품 모두 서스펜
스가 넘치고 무시무시하다. 하지만《고독한 사냥꾼》이야말로 미스터리
와 스릴러 장르를 진지하게 대하는 독자 모두에게 필수적인 선택지다.

1939년, 제프리 하우스홀드는 이후 쏟아져나올 무수한 책들에 본보

기가 될 작품을 출간했다. 하우스홀드의 이름 없는 주인공은 분명 유명한 상류층 영국인이다. 이름을 듣기만 해도 대부분이 알아차릴 수 있는 사람이다. 그는 뛰어난 사냥꾼이며 명사수다. 그리고 그는 최악의 실수를 저지른다.

간결하고 군더더기 없는 기술을 통해, 하우스홀드는 그야말로 이야기를 술술 풀어나간다. 주인공은 한 독재자—이름은 명시되지 않지만, 분명 히틀러다—가 자신의 고향 집 테라스에 서 있을 때 라이플을 겨냥하던 중 경비대에게 체포된다. 우리의 영국인 주인공은 경비원의 날카로운 본능을 과소평가했고, 이 판단 착오 때문에 억류되고 만다.

심문 내내 영국인은 독재자에게 총을 쏠 수 있을 만큼 가까이 갈 수 있을지 재미 삼아 한번 시도해봤을 뿐이라는 주장을 고수한다. 우리의 주인공은 고문당하지만, 극심한 부상과 이동 수단의 제약을 극복하며 가까스로 탈출에 성공한다. 그는 조국 영국으로 돌아온다. 그리고 서서히, 그의 삶을 다시 예전처럼 포장하여 재구축할 수 없음을 깨닫는다. 조국은 그를 받아들일 생각이 없다. 주인공의 행동을 승인했음을 암묵적으로 인정하는 꼴이 되기 때문이다. 그리고 독재자의 비밀 요원들이 맹렬하게 추적해 들어온다.

영국인은 추적자들뿐 아니라 세상 사람 모두로부터 숨어야만 한다고 결론내린다. 그리하여 그가 잘 알고 무척 사랑하는 시골로 고통스러운 여행을 떠난다. 우리는 그 여행의 진짜 이유를 훨씬 나중에야 알게 될 것이다. 거기서 그는 굴을 판다. 말 그대로 땅에 커다란 구멍을 파고, 추적이 잦아들 때까지 그곳에서 버티기로 한다. 그는 런던에서 한 사람을 살해해야만 했지만, 더이상은 누구도 죽일 생각이 없다.

하지만 그는 여전히, 그 자신만큼이나 뛰어난 사냥꾼에게 쫓기고 있다. 퀴브 스미스 소령이라 자처하는 가짜 영국인에게.

《고독한 사냥꾼》에는 대체 어디서부터 시작하면 좋을지 모를 만큼 흥미진진한 지점들이 많다. 우선, 주인공의 캐릭터부터. 그는 남자 중의 남자다. 말을 많이 하는 편이 아니며, 삶의 지저분한 측면에 대해 감정을 잘 드러내지 않는다. 그는 자명한 지성을 갖고 있음에도 불구하고 진정한 동기와 감정에 대해 스스로도 좀처럼 인정하지 못한다. 그는 야외 활동을 좋아하고, 사격을 즐기며, 영국의 시골과 영국인에 대해 잘 알고 있다. 그는 세심한 관찰자이기 때문에 면밀한 정보에 입각해 결정을 내린다. 그는 옳고 그름에 대하여, 계급의 의무에 대하여 매우 강하게 의식하고 있다. 그는 전략가다.

이 자리에서 비슷한 성격을 공유하는 스파이, 비밀 요원과 액션 영웅들을 모두 언급하자면 정말 기나긴 목록이 될 것이다. 퀼러*, 제이슨 본, 그리고 프레데릭 포사이드Frederick Forsyth의 두말할 나위 없이 유명한 소설《자칼의 날The Day Of The Jackal》의 자칼과 클로드 르벨 총경이라는 기이한 콤비까지. 스파게티 웨스턴 영화들에서 클린트 이스트우드가 연기한 무명의 방랑자 역시 한꺼풀 벗기고 나면 하우스홀드의 고독한 사냥꾼의 혈족이라고 볼 수 있다.

말수가 적은 대신 숙고하는 주인공이 대다수 독자들의 마음속 신경줄을 강력하게 건드린다는 건 확실하다. 왜 아니겠는가? 그는 위험하고 용감하고 지략이 있으며, 면밀하게 정보를 모을 줄 아는 건장한 남자다. 결코 고갈되지 않을 듯한 온갖 실용적 지식과 고통을 이겨내는 강인한 신체를 갖춘.

그러나 정서적으로는 그리 잘 훈련받은 것 같지 않다.《고독한 사냥

● 영국 소설가 엘스턴 트레버Elleston Trevor가 쓴 스릴러 시리즈의 주인공. 1965년 발표한 소설《퀼러의 메모The Quiller Memorandum》가 가장 유명하다.

꾼》에서 가장 흥미진진한 부분은 말미에 등장한다. 주인공은 언제나 몸에 지니고 다니는 일기장에, 독재자를 향해 방아쇠를 당기려고 했었다는 고백을 토로한다. 그저 총을 쏠 수 있을 만큼 독재자에게 가까이 갈 수 있을지 궁금했기 때문에 그 뒤를 쫓았다고 스스로에게 거짓말할 수도 있었다. 암살을 실행에 옮길 의도가 전혀 없었다고 포획자들에게 거짓말할 수도 있었다. 하지만 그중 어느 것도 진실이 아니다.

그렇다면, 왜 그랬을까? 영국에서 추격자들을 피해 숨을 곳을 찾아 헤맬 때, 그는 연인을 잃은 터였다. 그는 조금씩, 독자들에게 과거를 털어놓는다. 독재자의 어떤 정책 때문에 그의 연인이 총살당했다. 연인에 대해 처음 언급할 때 그는 진실로 그녀를 사랑했다는 걸 부인한다. 하지만 내면의 진실과 그 자신의 동기에 점점 더 접근해 들어가면서, 그는 자신을 심각하게 기만해왔음을 인정하게 된다. 직접 파내려간 땅굴에 갇힌 채 바깥에는 적들이 진을 치고 있는 끔찍한 상황에서, 주인공은 점점 내면으로 침잠해 들어갈 수밖에 없다.

하지만 이 모든 진실이 밝혀진 이후에도, 그의 마지막 행동을 부추기게 되는 충격은 약혼녀의 죽음이 아니다. 그것은 고양이 아스모데우스의 죽음이다. 주인공은 굴에 숨어 있는 와중에 친해진 길고양이에게 그 이름을 붙여주었다. 적이 아스모데우스를 쏘아 죽이고 무신경하게 그 시체를 굴속에 집어던졌을 때, 고통받는 영웅은 마치 감전된 듯한 전율을 느낀다. 아스모데우스의 죽음을 통해 그는 삶을 되찾게 된다. 아스모데우스의 시체는 살해자에게 응징을 가하는 이유가 된다. 격분과 죄책감에 휩싸인 주인공은 그 살해자, 가짜 소령 퀴브 스미스에게 보복을 할 계획을 세울 힘을 얻는다.

동물에게 총을 쏘아 죽이는 행위로 인해 주인공의 개인적인 도덕률이 작동한다. 고양이는 그와 친구가 되었고, (어떤 면에서는) 그에게 길들

여겼다. 주인공은 고양이가 퀴브 스미스에게 접근하게 된 건 자기 잘못이라고 자책한다. 꼼짝 않는 사람은 먹을 걸 준다고 고양이에게 가르친 게 주인공이었기 때문이다. 만일 아스모데우스가 죽지 않았다면《고독한 사냥꾼》이 어떤 식으로 방향을 틀었을지 상상해보는 것도 재미있는 일이다.

까마득하게 오래전에 쓰인 이 뛰어난 소설은, 발표 당시 거둔 엄청난 성공 이후로 액션 영웅에 관한 청사진을 명백하게 제시했다. 현대 독자들에게《고독한 사냥꾼》의 어떤 부분들이 친숙하게 느껴진다면, 그건 팽팽한 긴장이 넘치는 이 작품이 후대 작가들에게 어떤 식으로 글을 써야 하는지 한 수 가르쳐주었기 때문이다.

·

《뉴욕 타임스》 베스트셀러 목록에 이름을 올린 소설가 샬레인 해리스Charlaine Harris는 탐욕스런 독서가다. 이 선집에 들어갈 책을 고르느라 그녀는 힘겨운 고민의 시간을 보냈다. 그녀의 최신작은 '수키 스택하우스Sookie Stackhouse 시리즈'의 열세 번째이자 마지막 책《영원한 죽음Dead Ever After》이다. 그녀는 또한 친구 토니 L. P. 켈너Tony L. P. Kelner와 함께 선집 다섯 권을 편집했다. 2012년 선집은《생명체를 위한 사과An Apple for the Creature》였다. 2014년에는 크리스토퍼 골든Christopher Golden과 함께 쓴 3부작 그래픽노블《묘지의 소녀Cemetery Girl》제1권이 출간되었다.
www.charlaineharris.com

안녕 내 사랑 *Farewell, My Lovely, 1940*

by 레이먼드 챈들러

•

레이먼드 챈들러Raymond Chandler(1888~1959)는 다소 늦은 나이인 44세에,《블랙 마스크》등의 '펄프' 잡지에 단편을 실으면서 범죄소설 작가의 길에 입문했다. 사립탐정 필립 말로가 주인공으로 등장하는 첫 장편소설《빅 슬립The Big Sleep》은 1939년 출간되었다. 챈들러는 총 일곱 편의 장편소설을 썼는데, 모두 필립 말로의 이야기다. 챈들러는 할리우드에서 각본가로도 활동했다. 빌리 와일더 감독이 영화화한 제임스 M. 케인의《이중배상》(1943)을 각색했고, 앨프리드 히치콕 감독이 영화화한 퍼트리샤 하이스미스의《낯선 승객Strangers on A Train》각색 작업에도 참여했다. 〈블루 달리아The Blue Dahlia〉(1946)는 챈들러의 창작 각본으로 만들어진 유일한 영화다. 이 작품은 〈이중배상〉(1944)과 마찬가지로 아카데미 상 후보에 올랐다. 챈들러의 마지막 소설《플레이백Playback》은 1958년 출간되었다. 1944년《애틀랜틱 먼슬리Atlantic Monthly》에 처음 실렸던 그의 에세이 〈심플 아트 오브 머더〉는 이후 범죄소설 비평에서 어마어마한 영향을 미친 글로 평가받는다.

조 R. 랜스데일

특이하게 들릴지도 모르겠지만 나는 SF를 경유하여 탐정소설을 진지하게 파고들기 시작했고, 그러다가 레이먼드 챈들러와《안녕 내 사랑》을 접하게 되었다.

이 이야기는 좀 이따가 다시 하겠다.

나의 성장기는 만화책과 슈퍼히어로물로 점철되었다. 1950년대 말에 이르러선, 아직 어렸음에도 불구하고 성인용 소설들도 폭넓게 건드리기 시작했다. 포와 셜록 홈스와 그 비슷한 범죄 및 탐정소설들 몇 권을 처음 읽었는데 마음에 들었다. 하지만 내가 진짜 원했던 건《몰타의 매》나《이중배상》《포스트맨은 벨을 두 번 올린다》《빅 슬립》유의 소설이었다. 다만 그 책들의 존재를 그때까진 몰랐을 뿐이었다. 당시 그런 스타일은 소설이 아니라 당대의 신흥 강자로 떠오른 텔레비전에서 방영하는 영화들을 통해서만 접할 수 있었다. 나는 그 영화 속 인물들을 무척 좋아했다. 그림자와 터프가이, 끼이익 요란한 소리를 내는 타이어, 총격전, 담배 연기, 내시조차 질질 울게 만들 끝내주게 섹시한 금발 미녀들.

어렸기 때문에, 누가 뭘 썼는지를 확인해보지도 않았다. 그건 조금 나중에 찾아올 순서였다. 하지만 나는 그 영화들을 사랑했고, SF를 사랑했고, 1970년대 초반에는 키스 로머Keith Laumer라는 SF 작가의 1인칭 소설에 푹 빠져 있었다. 그의 3인칭 소설들에는 냉담했다. 나는 언제나 1인칭 화법을 훨씬 선호했다. 내가 에드거 라이스 버로스Edgar Rice Burroughs의 '화성의 존 카터Jonh Carter of Mars 시리즈'에 심취하지 않았다면 어땠을까? 버로스, 그리고 마크 트웨인의《허클베리 핀》은 내게 특별하고 심오한 인상을 남겼다. 그건 거의 상처 같았다. 나를 가장 깊게 베었던 칼날은 1인칭 화법이었다. 주요 등장인물의 마음 상태를 보다 수월하게 느낄 수 있었고, 그들이 벌이는 사건들을 좀더 쉽게 배우고 경험할 수 있었다. 나중에 접한《앵무새 죽이기To Kill a Mockingbird》도 비슷하게 다가왔다. 그 외에도 수많은 책들이 있다.

3인칭 소설도 읽었고 여러 편을 좋아했지만, 그럼에도 불구하고 언제나 내게 마법과도 같았던 건 '예전에 실제로 있었던 얘긴데' 식의 화법, 혹은 그 친척뻘 화법인 '내가 들었던 얘긴데 말이야'로 시작하는 이야기였다.

키스 로머는 무척 아름다운 1인칭 소설을 썼다.《기억의 추적A Trace of Memory》이라든가《악마 떼A Plague of Demons》등에서 나타나는 간결하고 경쾌한 스타일은 어린 시절 넋을 놓고 봤던 옛날 영화들을 연상시켰다. 그 무렵 나는 그 영화들 다수에 소설 원작이 있다는 사실을 깨닫게 되었지만, 그중 한 권도 읽은 적이 없었다. 나는 키스 로머가 가장 좋아했던 작가가 레이먼드 챈들러라는 사실도, 로머가 챈들러의 문체에 강하게 영향받았다는 사실도 전혀 알지 못했다.

당시 로머는 범죄소설을 한 편 썼다. 나는 그 소설을 페이퍼백으로 읽었는데, 제목은 《가망 없음Fat Chance》이었다. 이 소설은 영화로도 만들어졌다. 영화 제목이 원작 그대로였던 것 같진 않다. 마이클 케인이 주연을 맡았는데, 한참 세월이 지난 뒤 보았던 그 영화는 그다지 인상적이지 않았다. 하지만 원작 소설만은 나를 완전히 기절시켰다. 소설 속 인물들은 내가 현실에서 접하는 사람들처럼, 기가 막힌 직유와 비유를 들어가며 대화했다. 우리 아버지의 경우, 노년까지 읽고 쓸 줄을 몰랐기 때문에 새로운 정보를 신문이나 만화, 아주 간단한 이야기에서 얻는 것으로 만족했다. 그런 우리 아버지가 딱 로머의 소설 속 인물처럼 말했다. 그는 재치 넘치는 격언과 경탄스러운 경구들을 줄줄이 읊었다. 이런 이야기꾼의 재능은 세대를 거쳐 전달되는 것인지도 모르겠다는 생각이 든다. 그러니까 아버지에게서 나에게로.

어쨌든 《가망 없음》은 친숙하게 느껴졌다. 캐릭터들이 실제로 존재하는 사람들처럼 느껴졌다. 《가망 없음》은 일종의 패러디물이었지만 당시에 나는 그 사실을 알지 못했다. 그 책에서 가장 중요한 부분은 사립탐정 조 쇼(명백하게도 《블랙 마스크》의 유명한 편집자의 이름을 따온 것이다), 그리고 그 책을 헌정한 사람의 이름이었다.

로머는 《가망 없음》을 레이먼드 챈들러에게 바쳤다.

그 이름은 내 머릿속에서 어떤 희미한 기억을 떠올렸다. 어디서 접했는지는 가물가물했지만, 어쨌든 들어본 이름이긴 했다. 《가망 없음》이 오래전 사라진 작가의 기억에 바치는 소설이고 내가 그 소설을 즐겁게 읽었다면, 레이먼드 챈들러라는 작가가 대체 뭘 썼는지 한번 확인해볼 만한 기회였다.

그때 뭔가 특별한 기운, 이를테면 마법이 떠돌고 있었던 것 같다. 대학 구내서점 회전 진열대 사이로 갑자기 페이퍼백 한 권이 불쑥 모습을 드러냈기 때문이다. 레이먼드 챈들러의 《빅 슬립》. 와, 로머가 자기 책을 헌정한 그 작가 아니야? 나는 《빅 슬립》을 집어들었고, 읽었고, 완전히 사로잡혔다.

그 시절은 지금과 달랐다. 인터넷에 접속하여 이것저것 뒤져보면서 작가 이름으로 모든 작품들을 검색할 수가 없었다. 그 책들을 직접 찾아나서야만 했다. 하지만 이 경우에는 그리 어렵지 않았다. 챈들러의 책은 여기저기서 튀어나왔다. 바야흐로 어떤 르네상스가 진행 중이었지만 나는 깨닫지 못했다.

《안녕 내 사랑》을 발견했다고만 해도 충분할 것이다. 이후 챈들러의 다른 소설들도 찾아 읽었지만, 《안녕 내 사랑》을 읽고서 나는 평범한 신도에서 가장 열성적인 광신도로 거듭났다. 몇 년 동안 나는 맹목적으로 챈들러를 모방했다. 그의 소설 덕분에 나는 또다른 뛰어난 탐정소설과 미스터리 소설의 창작자들을 알게 되었다. 무수한 작가들을 발견했고, 그들과 사랑에 빠졌다. 대실 해밋, 제임스 M. 케인, 또다른 유수의 범죄소설가들. 하지만 챈들러, 아아 챈들러야말로, 누구보다도 가장 훌륭했다. 단지 이야기와 캐릭터 때문만이 아니었다. 그 언어, 여성스러운 긴 다리 한쪽을 계기판에 올려놓고 다른쪽 다리로 액셀러레이터를 꽉 밟고 있는 나체 모델을 태운 스포츠카처럼, 온통 반질반질하고 근사하게 잘 빠진 언어 말이다. 나는 그의 글쓰기 방식에, 필립 말로라는 인물 자체에 여러 면에서 기이할 만큼 동족 의식을 느꼈다. 나는 말로가 옛날 서부극 드라마 〈총을 들어라─길을 떠나자Have Gun─Will Travel〉의 주제가가 울려퍼지는 가운데 야만의 땅을 헤매는 기사라고 상상하곤 했다.

그러는 가운데 나는 챈들러를 모방해서 쓴 작품들을 투고하기 시작했다. 〈셋 업Set Up〉이라는 제목의 원고를 《마이크 셰인 미스터리 매거진Mike Shayne Mystery Magazine》에 보냈던 기억이 난다. 나는 모든 면에서 챈들러의 미스터리가 가진 그 감각을 포착하려 애썼다. 챈들러는 모든 것이 딱딱 정확하게 들어맞는 미스터리를 쓰지 않았다고 비판받았지만, 바로 그 점이 나를 뒤흔들었다. 챈들러는 마지막 페이지가 찢어졌다는 걸 알고도 읽게 되는 미스터리 소설을 쓰고 싶다고 말한 적이 있다. 그는 바로 그런 소설을 썼다. 미스터리 소설을 끝까지 읽게 하는 건 수수께끼뿐만이 아니라 캐릭터와 언어다.

나의 단편 〈셋 업〉은 의도적이지 않았지만 챈들러의 패러디물로 용인될 수 있는 선을 넘어버렸고, 편집자도 바로 그렇게 지적했다. 하지만 그는 이 소설이 괜찮은 편이라면서 다른 작품들을 보여달라고 했다. 나는 그 이야기를 수정해서 다시 보냈고, 그는 훨씬 나아졌다고 답했다. 나는 〈셋 업〉의 수정 원고를 자꾸 보내면서 그를 고문했고, 마침내 그는 "이 원고를 읽을 때마다 점점 더 싫어진다"라고 선언했다.

이윽고 나는 몇몇 원고를 샘에게 팔 수 있었다. 챈들러의 소설을 무한히 재독하면서, 그의 방식을 이해하려 애쓴 끝에 얻은 결실이었다. 그 방식이라 함은, 사람들이 대화하는 장면에서 가능한 한 최고의 장면과 대사를 만들어내고, 미스터리와 서스펜스의 분위기를 끝까지 유지하는 것이다. 마지막에 이르러 모든 장치들이 완벽하게 들어맞지 않는다 하더라도 그건 중요하지 않다. 중요한 건 장면이며, 좋은 장면들을 충분히 만들어냈다면 독자들은 무엇이든 용서할 준비가 되어 있기 때문이다.

챈들러가 그 모든 것을 이뤄낸 단 한 편의 소설이 있다면, 바로 《안녕 내 사랑》이다. 이 작품 속 미스터리는 어떤 면에선 설득력이 떨어진다. 그러나 챈들러의 산문이 안겨주는 즐거움, 굉장한 스타일과 패턴, 강력하고 위트 있는 대사, 대단한 묘사가 합쳐지면서, 응접실에서 죽어간 사람들에 얽힌 수수께끼가 마지막 순간 십자말풀이처럼 전부 해결되는 수천 개의 미스터리보다 우위를 점하게 된다. 《안녕 내 사랑》에서 챈들러의 주인공 말로는 살인과 부패의 어두운 세계를, 비천한 태생의 아름다운 여인이 부유한 삶을 놓치지 않으려 필사적으로 노력하는 세계를 통과한다. 죄악과 거짓말은 과거에서 그 연원을 찾을 수 있으며, 이는 후대 하드보일드 작가들이 가장 자주 사용하는 테마가 되었다. 그 무리 중 가장 두드러진 예가 로스 맥도널드다.

《안녕 내 사랑》은 말 그대로 내 인생을 바꿔놓았다. 그 이후로도 계속 SF를 즐겨 읽긴 했다. 하지만 이 경이로운 범죄소설은, 당시 내가 주로 읽었던 더 유치한 종류의 SF로부터 실제 사람들이 플롯상 필요한 동기 때문이 아니라 실제적인 이유로 실제 행위를 저지르는 세계의 독서로 나를 이끌었다. 챈들러가 훌륭한 에세이 〈심플 아트 오브 머더〉에서 썼듯, 범죄를 실제로 저지르는 사람들에게 범죄를 되돌려주는 소설 말이다. 그의 작품은 시적인 용기와 의지이며, 구겨진 슈트와 흉하게 주름진 페도라, 고깃국물 얼룩이 남아 있는 넥타이로부터 배어나오는 마법이다. 내가 실제로 알거나 예전에 알았던 것 같은 사람들에 관한 이야기다. 내가 아는 사람들은 시골 출신이며 챈들러의 사람들은 도시인이지만, 그들은 모두 같은 동기를 갖고 있다. 이치를 거슬러 꿈이 맹렬하게 추동하는 욕구와 욕망, 힘과 약점을 공유하고 있는 것이다. 그들은 아름다운 노을처럼 보이는 지평선을 향해 전속력으로 질주하지만, 결국 끝을 알 수 없을 정도로 거대하고 깊은 오물 구덩이에서 날름거리는 유혹적인 불꽃 속으로, 부적절한 야망과 절망의 자그마한 싸구려 지옥으로 추락하고 만다.

챈들러의 모든 소설들은 이런저런 방식으로 나를 감화시켰지만, 《안녕 내 사랑》이야말로 챈들러의 최고작이라 믿어 의심치 않는다. 훨씬 더 큰 찬사를 받은 《기나긴 이별》조차 《안녕 내 사랑》이 안겨줬던 즐거움을 낚아채진 못했다. 《안녕 내 사랑》을 읽으면서 나는 어떤 위대한 진실을 흘끗 엿볼 수 있었고 내 손아귀에 그것을 잡아둔 거나 다름없다고 생각했지만, 사실은 그렇지 못했다. 《안녕 내 사랑》은 신화였기 때문이다. 신화는 느낄 순 있지만 온전히 이해할 수 없는 진실이다. 신화는 우리의 희망과 꿈을 가둬둔 채 자물쇠를 채워버린 집과도 같다.

그리고 챈들러는 내게 그 열쇠를 주었다.

．

조 R. 랜스데일Joe R. Lansdale은 미스터리/범죄소설, 모험소설, 웨스턴소설, 공포소설에 이르기까지 다양한 장르에 걸친 소설을 사십 편 이상 썼다. 그는 에드거 상(2000년, 《밑바닥The Bottoms》), 북리스트 편집자상, 아메리칸 미스터리 상, 호러 크리틱스 상, '어둠 속의 저격' 국제 범죄소설가협회상, 크리틱스 초이스 상 등 수많은 상을 휩쓸고, 또한 브램 스토커 상을 여덟 차례 수상했다. 랜스데일은 미스터리/범죄소설 쪽에서는 '햅과 레너드Hap and Leonard 시리즈'로 가장 잘 알려져 있다. 이 시리즈는 현재까지 열 편이 출간되었다. 조 R. 랜스데일은 무술 명예의 전당 회원이기도 하다.
www.joerlansdale.com

행오버 스퀘어 *Hangover Square, 1941*

by 패트릭 해밀턴

·

패트릭 해밀턴Patrick Hamilton(1904~62)은 영국의 소설가이며 극작가다. 그는 가난하고 혜택받지 못한 이들에 본능적으로 공감하며 글을 썼다. 그 자신의 성장 과정에서 겪은 고통이 큰 이유를 차지했다(그의 부모는 모두 출간 경력이 있는 작가들이었지만, 그가 물려받을 재산을 아버지가 탕진해버렸기 때문에 해밀턴은 15세 나이에 정규 교육을 포기해야 했다). 그는 배우겸 극장 매니저, 속기사를 전전했고, 마침내 1925년 첫 소설《월요일 아침Monday Morning》을 펴냈다. 그는 이른 나이에 술독에 빠졌고—'자동차가 휘발유를 들이켜는 것처럼 위스키를 열망'했다—음주로 인한 장기부전으로 사망했다.

로라 윌슨

작가 J. B. 프리슬리J. B. Priestley는 패트릭 해밀턴에 대해 "특별한 개성, (…) 엄청나게 상처받기 쉽고 순수한 작가, 수수께끼 같은 악의 어둠 속에서 출몰한 증오의 작가"라고 묘사한 바 있다. 생전 어마어마한 인기를 누렸지만—특히 그의 1929년 작 희곡《로프Rope》(앨프리드 히치콕이 1948년 영화화했다)와 1938년 작《가스등Gaslight》(서롤드 디킨슨이 1940년에, 조지 쿠커가 1944년에 영화화했다)은 대단한 성공을 거두었다—해밀턴은 사후 한참 동안 많은 이들에게 잊힌 존재였다. 기이할 만큼 현대 영국 문학사에서 그 존재가 말살되었고, 최근에 와서야 진작 그랬어야 마땅한 주목을 받고 있다.

말년에 해밀턴은 자신의 작품에 대해 이렇게 말했다. "내 시대의 '어두운' 사회사를 보여주고자 노력했다. 1920년대와 30년대에 관한 '밝은' 초상은 너무 많기 때문에, 나는 그 그림의 다른 쪽을 드러내려 노력했다." 그가 다뤘던 세계는 협소할지도 모른다. 그럼에도 불구하고, 예를 들어 레이먼드 챈들러가 묘사했던 세계보다 더 협소하진 않다. 하지만 챈들러와는 다르게, 해밀턴이 묘사한 세계는 그가 일생의 대부분을 실제로 살았던 세계다. 그의 관찰력은 세심하고 생생하며, 분위기와 긴장감을 조성하는 능력은 타의 추종을 불허한다. 또한 그의 소설은 고통스럽게 우울한 코미디(《스팀슨 씨와 고스 씨Mr. Stimpson and Mr. Gorse》《고독의 노예들 The Slaves of Solitude》)부터 《행오버 스퀘어》 같은 고전적인 살인 이야기까지 폭넓게 걸쳐 있다.

1929년, 해밀턴은 '하늘 아래 2만 개의 거리Twenty Thousand Streets Under the Sky 3부작'의 첫 번째 이야기《미드나이트 벨The Midnight Bell》을 썼다. 나머지 두 편은 1932년 작《쾌락의 포위The Siege of Pleasure》와 1934년 작《시멘트 평원The Plains of Cement》이다. 등장인물들은 표면적으로 유쾌하게 술을 퍼마시지만 실제로는 고독하게 방황하며, 끝없는 짝사랑과 자기기만과 모두 수포로 돌아가고 말 덧없는 계략에서 헤어나오지 못한다. 해밀턴의 소설 대부분은 술집이나 음울한 호텔, 하숙집처럼 사람들이 다분히 우연 때문에 내팽개쳐진 황량한 공간들에서 벌어진다. 프리슬리는《행오버 스퀘어》 서문에서 쓰기를, "우리 시대의 어떤 영국 소설가도 해밀턴만큼 자족적인 진부함, 따분함, 술집에서 이뤄지는 순전히 백치 같은 대화를 잘 포착하지 못했다".

해밀턴의 소설 속 환경은 그 자신의 삶을 반영했다. 그는 대부분의 시간을 술집에서 혹은 매춘부들을 쫓아다니며 보냈다(알코올중독 때문에 그는 고작 58세의 나이로 사망하고 말았다). 이를테면 '하늘 아래 2만 개의 거리'에서 바텐더 밥이 짝사랑하는 변덕스러운 매춘부 제니 메이플의 실제 모델은 해밀턴이 사랑했던 릴리 코널리다. 여러 면에서《행오버 스퀘어》는《미드나이트 벨》을 고쳐 쓴 작품이자, 해밀턴의 작품 중 가장 긴장감 넘치고 강렬한 소설이다. 평론가 제임스 애거트James Agate로부터 '혼탁한 걸작'('혼탁하다'라는 말은 퀴퀴하고 답답한 분위기를 의미한다)이라고 찬사받은《행오버 스퀘어》는, 전쟁을 앞둔 국가의 전前종말론적 시각과 열병에 관한 특별한 연구이기도 하다. 목적 없이 헤매는 어리석은 조지 하비 본은 얼스 코트의 "하숙집이라고 부르기에는 민망한 큰 집"에 살면서 급속도로 줄어드는 유산에 의존해 하루하루 살아간다. 그는 아름답고 냉담한 네타 롱던을 갈망한다. 그는 "단지 가까이 있다는 것만으로도 비참한 기쁨"을 느끼며 네타의 아파트 주변을 맴돌고, 그녀에게 전화하기에 제일 좋은 시간이 언제일지 고민한다. 긍정적인 신호를 찾기 위해 그녀가 말하는 단어를 하나하나 분석하고, 그녀의 친구들로부터 끊임없이 모욕당하는 것도 참아낸다. 그가 편안하게 느끼는 유일한 순간은, 따뜻한 잠자리를 찾아 그의 방으로 오는 하숙집 고양이를 대할 때뿐이다.

네타는 매춘부는 아니지만 실패한 여배우다. 해밀턴은 그녀가 어떤 인물인지 그려내기 위해 대단히 공을 들였다. 해밀턴의 묘사에 따르면 그녀는 "자기 자신에게만 몰두한 채 음울하고 무감각하게 물탱크 안에 둥둥 떠다니는 것 같은 존재, 자신의 목표를 향해 앞으로만 열심히 움직이거나 자기 동기를 완전히 의식하지 못한 채 옆으로 방향을 홱 틀어버리는 존재"다. 매사에 초연한—날씨뿐 아니라, 함께 어울려다니는 패거리 중 한 명인 피터가 술 취한 그녀를 매번 강간한다는 사실에조차—그녀는 극단 단장의 정부(요즘 말로 하자면 WAG[Wives And Girlfriends], 즉 남성 유명 인사의 아내 혹은 여자친구로서 세간의 주목을 받는 인물을 지칭하는 영국 삼류 언론 용어의 1930년대 버전이다)가 되겠다는 은밀한 야심을 품고 있으며, 언제 어디서나 본에게 욕설을 퍼붓고 돈을 뜯어내며 그를 질질 끌고 다닌다.

소설은 1938년 크리스마스 다음 날에 시작한다. 즉 뮌헨 협정 두 달 후가 배경이다. 조국이 가차 없이 전쟁을 향해 질주하고 있다는 임박한 파국의 감각에 대칭되어, 캐릭터들 역시 폭력적인 클라이맥스를 향해 거침없이 달려가고 있다는 사실이 처음부터 선명하게 제시된다. 본은 기억 상실에 시달리고 있다. 만취하지 않았을 때, 즉 우울증과 수치심과 회한이 뒤범벅된 상태—그것이 바로《행오버 스퀘어》자체다—에 머무르지 않을 때 말이다. 그의 무의식은, 의식이 앓고 있는 열병에서 해방되기 위해 네타를 죽여버리겠다는 생각에 사로잡혀 있다. 정말이지 세련되지 못한 설정이지만—해밀턴의 전기 작가 션 프렌치Sean French는 이를 "의학적 상태라기보다는 문학적 기제"라고 설명했다—강박의 자기최면적 본질을 묘사하기 위한 매우 효과적인 수단이기도 하다.

본은 뮌헨 협정을 '협잡'이라고 여기지만, 네타와 피터는 파시스트에 동조하고 네빌 체임벌린 수상의 유화 정책을 열렬하게 지지한다. 사후약방문식의 서술이긴 한데(이 소설은 1941년 3월에 완성되었다), 1938년경의 여론 일반이 체임벌린에게 우호적이었다는 걸 알고는 있지만 그럼에도 불구하고 다수의 영국 시민들이 네타처럼 많이 나가진 않았다고 믿고 싶다. 그녀는 "자기 자신조차 인정하려 들지 않았지만" 히틀러가 성적으로 매력적이라고 느낀다. 그녀는 또한 피터가 한 번은 정치 모임에서의 폭력 행위로, 또 한 번은 보행자의 죽음을 초래한 음주 운전 사고로 감옥에 두 번 다녀왔다는 사실에도 매혹되어 있다. 해밀턴의 소설에서 차와 관련된 이들은 언제나 수상쩍다. 해밀턴 자신이 1932년에 차 사고로 나가 떨어져 목숨이 위험할 정도로 부상당한 적이 있었다.《행오버 스퀘어》속 네타의 아파트가 해밀턴이 실제로 사고를 당했던 얼스 코트 로드의 범위 내에 있다는 설정은 우연의 일치가 아닐 것이다.

해밀턴은 어린 시절 대부분을 영국 남부 해안 호브Hove 지역에서 보냈고, 소설에선 좀더 유명한 이웃 동네 브라이턴을 종종 배경으로 차용했다. '고스Gorse 3부작'의 첫 번째 소설《서쪽 부두The West Pier》(1951)는 그레이엄 그린으로부터 "브라이턴에 관한 최고의 소설"이라는 격찬을 받았다. 해밀턴에게 브라이턴은 탈출구이자 정서적·성적 만족을 제공하겠다는 약속의 장소―그러나 실현된 적이 없는―이다.《미드나이트 벨》에서 브라이턴으로 가려던 밥의 계획은 실패하고, 제니 메이플은 역에서 그를 만나지 못한다.《행오버 스퀘어》에서 네타는 자기 주변을 맴돌던 두 남자들과 함께 엉망으로 취한 채 나타나서 본의 기회를 망쳐버린다. 끔찍한 소동 끝에 호텔에서 쫓겨난 다음, 네타와 남자들은 본에게 호텔 청구서를 남기고는 런던으로 돌아간다. 이 사건으로 인해 마침내 본의 의식은 분노로 가득 차 각성한다. "그는 [네타를] 때려눕히고 어떤 식으로든 육체적 손상을 가하고 싶었다." 본은 그녀로부터 어느 정도 거리를 두면서 자신의 삶을 분리시키려 노력도 해보았지만, 그의 자아와 본능이 합쳐지면서 마침내 치명적인 결말을 불러온다.

나는《행오버 스퀘어》를 십대 초반에 처음 읽었다. 십대다운 흑백논리로 책을 읽으며, 불신과 매혹이 뒤엉킨 채 책장을 넘겼다. 영웅은 어디 있지? 나는 왜 조지 하비 본에게 엄청 짜증이 나면서도 동시에 무척이나 연민을 느끼는 걸까? 네타와 피터는 어떻게 이토록 괴물 같고 눈알이 튀어나올 정도로 끔찍할까? 나는 왜 그들에게 어떤 일이 일어날지 이토록 마음이 쓰이는 것일까? 끔찍한 결과를 초래하게 될 것이 뻔한데도 왜 모두들 계속 만취하는 걸까? 작가는 어떻게 이토록 자신의 캐릭터들을 경멸하면서도 헌신적이고 열정적으로 쓸 수 있을까?

어른이 되고 나서 십대 시절 나를 사로잡았던 것의 대다수―책, 음악, 예술, 사람들―에 당황스러울 정도로 실망했기 때문에, 이십 년이 지

나 이 책을 다시 펼쳤을 때는 약간 두려웠다. 하지만《행오버 스퀘어》는
몇 안 되는 예외 중 하나였다. 아주 간단하게 말해, 이 소설은 영국 누아
르의 걸작이다.

•

로라 윌슨Laure Wilson의 범죄소설은 많은 호평을 받으며 문학상과
탄탄한 팬층의 사랑을 동시에 휩쓸었다. '스트래턴 경위D.I. Stratton
시리즈' 첫 권《스트래턴의 전쟁Stratton's War》은 최고의 역사 미스터
리 소설에 주어지는 CWA 주관 엘리스 피터스 상을 수상했다. 그녀의
다섯 번째 소설《연인The Lover》은 프랑스에서 제정된 유럽 범죄소
설상을 수상했으며, 그녀의 소설 중 두 권은 CWA 주관 골드 대거 상
최종후보에 올랐다. 최신작《폭동The Riot》은 퀴커스 출판사에서 출
간되었다. 그녀는《가디언》의 범죄소설 서평자로도 활동 중이다.
www.laura-wilson.co.uk

사랑의 멋진 위조 *Love's Lovely Counterfeit, 1942*

제임스 M. 케인

•

하드보일드 소설을 창조한 작가 3인방으로는 대실 해밋과 레이먼드 챈들러, 그리고
제임스 M. 케인James M. Cain(1892~1977)이 거론된다. 케인은 작가로서 명성을
쌓기 전 저널리스트로 경력을 시작했다. 《포스트맨은 벨을 두 번 울린다》(1934),
《밀드레드 피어스Mildred Pierce》(1941), 《이중배상Double Indemnity》(1943, 원래
1936년 《리버티 매거진Liberty Magazine》에 연재되었다) 등 초기 소설들은 경제적
산문과 핍진한 대사, 모호한 도덕관으로 유명했다. 아마도 그 모호한 도덕관 때문
에 레이먼드 챈들러는 케인에 대해 "기름때 낀 작업복을 입은 프루스트, 분필을 들
고 아무도 보지 않을 때 목책 앞에 선 더러운 꼬마"라고 험담했을 것이다. 오랜 기
간 유실되었던 케인의 소설 《칵테일 웨이트리스The Cocktail Waitress》는 2012년 하
드케이스 크라임 사에서 출간되었다.

로라 립먼

저널리스트라면 어떤 이야기들이 너무 근사하기 때문에 확인도 안
하게 될 때가 있다. 믿을 만한 지인이 최근 내게 알려주길, 영화 〈밀러스
크로싱Miller's Crossing〉의 등장인물 이름들이 제임스 M. 케인의 다소 모호
한 범죄소설 《사랑의 멋진 위조》에서 따온 것이라고 했다. 나는 코언 형
제의 그 이례적인 갱스터 영화가 대실 해밋의 《유리 열쇠》와 《붉은 수
확》에 기반해 만든 것이라고 알고 있었지만, 이 새로운 정보를 반가운
마음으로 접수했다. 그리고 마침내, 내 인생의 가장 멋진 책으로 손꼽곤
했던 케인의 소설을 다시 펼쳐들어 확인해보았다.

아아, 나의 정보원이 틀렸다. 《사랑의 멋진 위조》의 플롯과 배경이

코언 형제에게 어느 정도 영향을 미쳤을 순 있겠다. 소설과 영화 모두에 캐스퍼라는 인물이 등장하지만, 맡은 역할이 맞아떨어지진 않는다. 영화에는 덴마크 사람이 등장하는데, 소설에는 스웨덴 사람이 등장한다. 덴마크 사람이 자신의 정체성을 밝히지 않은 게이이자 사디스틱한 인물인데 반해, 스웨덴 사람은 아내의 정신적 불륜을 맞닥뜨린 순진한 정치인이다. 앞서 말한 것처럼, 너무 근사하면 확인을 안 하게 되는 법이다. 그래도 그 정보 덕분에, 케인의 최고작 중 하나라고 믿어왔던 이 소설을 다시금 집어들 수 있어서 기쁘게 생각한다.

케인의 소설 전부를 읽진 못했다. 그런 사람이 있긴 할까? 케인의 전기 작가 로이 후프스Roy Hoopes와 몇몇 광팬들만이, 어느 출판업자의 계산에 따르면 2012년 발간된 미공개 작품까지 포함한 열여덟 편을 완독하지 않았을까 감히 추측해본다(이 숫자를 못박기는 어려운데, 케인의 장편과 단편을 묶은 모음집들이 워낙 많기 때문이다). 가장 널리 즐겨 읽히는 케인의 작품 목록은 여섯 편 내외가 되지 않을까 한다. 이 중《포스트맨은 벨을 두 번 울린다》는 논쟁의 여지가 없는 걸작이다. 하지만 그 작품이 케인의 첫 소설로서 새로움의 충격, 충격 자체라는 유리한 고지를 선점했다는 것도 인정해야 한다(그 문장, "나를 찢어!").《사랑의 멋진 위조》는 파멸로 치닫는 뜨거운 열정 때문에 사건이 터지는 게 아니라는 점에서 내겐 훨씬 흥미롭다. 이 소설은 한 남자가 다른 한 남자를 배신했다는 사소한 문제에서 출발한다. 팜 파탈은 소설의 마지막 장에 이르기까지 등장하지 않으며, 사실 그렇게까지 무자비한 냉혈 미녀도 아니다. 단지 부적절한 순간에 도로 경계석을 시끄럽게 긁어대는, 도벽이 있는 여자일 뿐이다.

이름이 명시되지 않은 미국 중서부 지역 어느 도시를 배경으로 한 《사랑의 멋진 위조》는 세상이 어떻게 돌아가는지 제대로 아는 사람이 쓴 소설이다. 핀볼머신 영업장, 스포츠 도박장, 정치인 유세, 그리고 인간의 마음. 케인은 나와 마찬가지로 볼티모어의 몇몇 신문사에서 기자로 일했고, 세부사항을 정확하게 전달하는 것에 신념을 품고 있었다. 보험 업무든, 이류 도시에 위치한 일급 호텔의 외관이나 콜로라투라 소프라노의 기질에 대해서든 말이다. 당신이 불법 비디오 포커 사업을 꾸리고 있다면, 《사랑의 멋진 위조》는 그 사업에 대한 안내문으로도 활용될 수 있을 것이다.

케인은 그 자신의 여성 캐릭터들처럼, 약점 있는 남자에게 약한 경향이 있다. 《사랑의 멋진 위조》의 주인공 벤 그레이스는 "말 못할 불만으로 가득했다. 그중엔 베니라는 별명에 느끼는 분노도 있다. 이건 사소한 일이다. 그중엔 총격에 대한 혐오도 있다. 이건 매우 중요한 문제다". 그는 보스의 자리를 노린다. 하지만 막상 그 일에 성공하고 나니 그는 자신이 업신여기던 사내보다 그리 나을 게 없다. 그는 방 안에 모인 사람들 중 자신이 가장 똑똑하다고 생각한다. 그는 적들에게 사기를 칠 만큼 영리하지만, 그로 인해 자신을 죽음으로 몰아넣는 결과를 초래한다. 그의 죽음은 책의 초반에 등장하는 사건, 감당 안 되는 일을 저지른 소년이 살해당하는 사건과 공명하고, 그럼으로써 소설 전체가 고요하게 완벽한 원을 그린다. 나는 케인의 몇몇 작품들만 되풀이해 읽었다. 《포스트맨은 벨을 두 번 울린다》 《이중배상》 《밀드레드 피어스》. 하지만 《사랑의 멋진 위조》야말로 되풀이해서 나를 놀래키는 작품이다.

로라 립먼Laura Lippman은 제임스 M. 케인처럼 공식 민주당원이며, 술을 좋아한다.
www.lauralippman.com

가르 가 120번지 *120 Rue De La Gare, 1943*

by 레오 말레

•

레오 말레Léo Malet(1909~96)는 프랑스의 미스터리 소설가이자 시인이다. 1930년
대 프랑스의 초현실주의 운동에 몸담았으며, 화가 르네 마그리트와 작가이자 시인
인 앙드레 브르통과도 우정을 나누었다. 파이프 담배를 피우는 파리의 탐정 네스토
르 뷔르마Nestor Burma를 주인공으로 한 소설 시리즈로 유명하다.

캐러 블랙

　　1990년대, 캘리포니아 주 코르테 마데라에서 '북 패시지' 서점의 글
쓰기 학회에 참석했을 때(나는 어떤 이야기를 구상 중이었는데, 그게 글로 쓸 만한
가치가 있는지 마음을 정하지 못하는 상태였다), 내 눈은 영어판 진열대에 꽂힌
작은 페이퍼백에 쏠렸다. 표지는 매력적인 흑백사진, 물기에 번들거리는
한밤중의 자갈길을 담고 있었다. 제목은 《가르 가 120번지》, 작가 이름
은 레오 말레였다. 나는 자석처럼 그 제목과 사진에 이끌렸다. 프랑스의
모든 도시, 아니 모든 마을의 기차역 근처에는 '가르 가'●라는 이름의 거

● 프랑스어 'gare'는 '역'이라는 뜻이다.

리가 있다. 이게 무슨 뜻일까? 틀림없이 파리에서 벌어지는 사건을 다뤘을 거야, 라고 생각하며 나는 호기심에 사로잡혔다……

그 서점에서 발견한 팬 브리티시 판본은 오래전에 절판되었다. 말레의 나머지 책들을 찾기 위해선 희귀서적 전문 온라인 서점인 '에이브북스Abebooks'와 파리 센 강변의 헌책 판매대들을 뒤져야 했지만, 이제 나는 레오 말레의 책을 거의 다 소장하고 있다. 나의 범죄소설 인생을 열어젖혔다는 점에서 말레는 내 원망을 받아야 한다.《가르 가 120번지》를 처음 마주친 이래 나는 '진짜' 가르 가 120번지를 찾아 순례의 길을 수없이 나섰다. 유명한 저수지에서의 클라이맥스가 벌어진 몽수리 공원을 보기 위해 어린 아들과 함께 여행길에 올랐다. 몇 년에 걸쳐 오스테를리츠 역 근처의 어두운 지하도를 꼼꼼히 뜯어보았고, 1940년대 풍경을 간직한 옛 거리들을 찾아다녔다. 말레가 또다른 범죄 장면에 활용했던 나시옹 광장에서 열리는 축제도 방문했으며, 말레의 탐정 네스토르 뷔르마가 걸었던 바로 그 좁은 거리들을 똑같이 따라 걸었다.

말레의 첫 소설《가르 가 120번지》는 나에게, 또 세상 사람들에게 네스토르 뷔르마를 처음 소개했다. 또한 뷔르마의 총명한 비서 '미녀' 엘렌과, 뷔르마에게 자주 도움을 주는 시경 수사과 국장 플로리몽, 그리고 빅투아르 광장 근처에 있는 뷔르마의 그 유명한 '피아트 뤽스Fiat Lux' 탐정 사무실도 소개했다.

작가 레오 말레처럼 탐정 네스토르 뷔르마도 독일군의 전쟁 포로였다가 1940년대에 전쟁이 끝나기 앞서 풀려났다. 네스토르는 1939년에 떠나왔던 곳 대신 독일에 점령된 파리로 돌아가기로 한다. 독일군은 어디에나 존재하고, 범죄 역시 마찬가지다. 사소하거나 엄청난 절도, 복수 행위, 감정에 얽힌 온갖 사건들이 제멋대로 날뛰며 상황을 악화시킨다.

여기까지는 네스토르가 앞으로 직접 목격하게 될 배경과 상황이다.

전쟁 포로였던 자들을 태운 기차가 파리로 향하던 중, 그는 잠시 다리를 뻗기 위해 리옹 역 플랫폼에 내린다.《가르 가 120번지》는 이렇게 시작한다. "우리는 리옹에 도착했다. 정확하게는 리옹 페라슈 역. 시계는 2시를 가리키고 있었고, 나는 입안 가득 쓴맛을 느끼고 있었다." 네스토르 뷔르마는 살면서 남자들이 숱하게 죽어나가는 것을 보았기 때문에, 그 역에서 이름 모를 군인이 '가르 가 120번지'라고 내뱉으며 죽어갈 때 크게 동요하진 않았다. 네스토르가 기차에 다시 탑승하지 않는다면 파리행 역시 며칠 동안 미뤄지게 되고, 그의 교통 자유이용권은 몇 시간 내로 말소된다. 딜레마에 빠진 네스토르는 망설인다. 마침내, 살인사건에 휘말리고 싶지 않고 파리로 돌아갈 기회를 놓치는 게 싫었던 네스토르는 기차에 다시 뛰어오른다. 그러나 동료였던 이가 아까의 군인과 똑같은 문구를 헐떡거리며 내뱉고는 죽어가는 광경에 맞닥뜨린다. 뷔르마의 흥미―그리고 분노―가 뜨겁게 달아오르기 시작한다. 파이프를 꺼내어 물 차례다. 그는 이 무시무시한 주소의 비밀을 알아내어 살인자를 단숨에 잡아야겠다고 생각한다. 파리에 가서 좀더 본격적으로 파헤치겠다는 맹세와 함께, 이제 시작이다!

나는 첫 페이지부터 매료되었다. 쩍쩍 갈라진 기차 좌석 가죽의 감촉을 느낄 수 있었고, 지친 전쟁 포로들이 집으로 돌아가는 길에 담배꽁초를 나눠 피우는 광경을 눈앞에 그려볼 수 있었다. 요란하게 울려퍼지는 기차 경적과 바퀴가 철로 위를 달리며 쩔겅거리는 소리가 귀에 들리는 듯했고, 독일군에 점령된 프랑스 곳곳에서 눈에 띄지 않게 퍼져나가는 자포자기의 불온한 기운도 느낄 수 있었다.

《가르 가 120번지》는 어떤 면에서 매우 현대적으로 읽히는 작품이다. 나는 그에 대해 분석해보려고 몇 번이나 시도했으나 지금은 포기한 상태다. 아마도 말레가 재치 넘치는 탐정의 시선을 빌려 고통의 시대를 보편적으로 그려나간 방식 때문인 것 같다. 사건의 속도는 빠르고 사냥은 소설 첫 페이지부터 곧장 시작되지만, 그 안에는 인간 본성에 대한 뷔르마의 아이러니컬하고 비꼬는 듯한 통찰력과 심리학적 깊이가 있다. 인간의 허약함, 상실의 본질, 구원으로 향하는 길 모두가 프랑스인 특유의 어깨를 으쓱하는 몸짓과 함께 펼쳐진다.

　'전투적인 탐정le détective de choc'이라 불렸던 '네스토르 뷔르마 시리즈'를 쓴 작가 레오 말레는《가르 가 120번지》를 1940년대에 집필했다. 그는 아나키스트로 활동한 바 있으며, 몽마르트르에서 카바레 가수로도 일했고, 1930년대 파리에선 초현실주의 운동의 일원이었던 시인이자 애연가였다. 레오 말레의 책은 오늘날까지 프랑스에서 꾸준히 읽히고 있으며, 매그레 반장의 창조자인 조르주 심농Georges Simenon의 소설보다 더 큰 인기를 누린다고 할 수 있다(매그레의 경우와 마찬가지로 뷔르마 미스터리도 오랜 세월에 걸쳐 몇 차례 TV 연속극으로 만들어졌다). 네스토르 뷔르마는 다른 나라에서 매그레보다 좀 덜 알려졌지만, 프랑스에서만큼은 말레의 작품이 '방드 데시네bande dessinée(만화)'를 통해 새로운 세대의 독자층을 지속적으로 끌어들이고 있다. 유명한 만화가 자크 타르디Jacques Tardi는 말레의 소설 중 스물여덟 편 이상의 그림을 그렸고, 규모에 상관없이 프랑스 내의 모든 서점들은 타르디 버전의 말레 소설들을 판매한다. 시리즈 전체에 걸쳐 네스토르의 조사 과정을 따라가다 보면 파리의 모든 구區를 샅샅이 살피게 되고, 그 지역들은 소설의 캐릭터가 되어간다. 파리 자체가 캐릭터가 되었다고도 할 수 있다. 지금이 아닌 다른 시간대, 상실의 시대의 파리에 국한되지만.

　말레가 애초에 계획했던 방대한 탐정소설 시리즈 '파리의 새로운 미스터리Les Nouveaux Mystères de Paris'(외젠 쉬Eugène Sue가 19세기에 쓴《파리의 미스터리Les Mystères de Paris》를 의도적으로 상기시키는)를 완성시키지 못한 건 슬픈 일이다. 원래 계획대로라면 파리의 20개 구를 하나씩 배경으로 하는 소설들로 전체 시리즈가 완성되어야 했다. 그는 가까스로 열다섯 편까지는 썼지만, 이후에는 포기했다. 그의 말에 따르면, 어쨌든 파리는 변했으니까……

말레가 보여주는 파리에는 아주 실감나는 장소 감각과, 작가가 대변인으로 내세운 탐정이 프랑스인의 정체성을 공격적으로 설파하는 신랄함이 동시에 깃들어 있다. 프랑스의 범죄소설은 미국 하드보일드 유파의 영향을 크게 받았지만, 말레는 거기에 아이러니한 에너지와 뚜렷한 프랑스적 목소리를 가미했다. 뷔르마는 신랄하고 거침없이 조롱하는 탐정이지만, 살인사건과 미스터리와 부패 너머로 우리는 이 '전투적인 탐정'의 진정한 심장을 느낄 수 있다.

추신 : 나의 범죄소설 인생을 열어줘서 고마워요, 레오 말레 씨, 그리고 네스토르 씨에게도.

미국 일리노이 주 시카고에서 태어난 캐러 블랙Cara Black은 미스터리 소설 '에메 르뒤크Aimée Leduc 시리즈'로 잘 알려진 소설가다.《렁텐 루주의 살인Murder at the Lanterne Rouge》에 이어지는 최신작《몽파르나스의 살인Murder below Montparnasse》이 2013년 3월에 출간되었다. 그녀는 샌프란시스코에 거주한다.
www.carablack.com

움직이는 장난감 가게 *The Moving Toyshop, 1946*

by 에드먼드 크리스핀

•

에드먼드 크리스핀Edmund Crispin은 로버트 브루스 몽고메리Robert Bruce Montgomery(1921~78)의 필명이다. 옥스퍼드 대학교를 졸업한 몽고메리는 처음엔 작곡가로 대중에게 알려지기 시작했다. 가장 유명한 작품으로는 〈옥스퍼드 레퀴엠 An Oxford Requiem〉(1951년 초연)이 있으며, 영국의 코미디 영화 시리즈 '캐리 온 Carry On'의 오리지널 주제곡을 포함한 다수의 삽입곡을 작곡했다. 몽고메리는 자신의 필명 에드먼드 크리스핀을 마이클 이네스Michael Innes의 소설에서 따왔고, 그 필명으로 가상의 옥스퍼드 대학교 영문학 교수 저베이스 펜이 등장하는 소설 아홉 편을 썼다. 1944년부터 1952년까지 여덟 편이 출간되었지만, 개인적인 상황 때문에 아홉 번째이자 마지막 작품 《달과의 접촉The Glimpses of the Moon》은 1977년에야 발표할 수 있었다. 단편 모음집은 그가 사망하기 직전인 1978년에 나왔다. 또다른 선집 《펜 컨트리Fen Country》는 사후인 1979년 출간되었다.

루스 더들리 에드워즈

내가 무척이나 존경하는 진지한 범죄소설은 셀 수 없이 많지만, 독자에게 웃음을 안겨주는 소설이 폄하될 수밖에 없다고 여기는 속물성에 대해서 나는 단호하게 거부의 뜻을 표명하는 바다. 그래서 이 자리에선 에드먼드 크리스핀이라는 필명으로 글을 썼던 브루스 몽고메리에게 자그마한 헌사를 바치고자 한다. 그는 너무 일찍 죽었지만, 달콤하고 맛있는 간식들을 우리에게 남겨주었다.

크리스핀의 소설을 처음 읽었을 때는 십대 초반이었다. 황금시대 탐정소설에 대해 범죄문학적 취향을 들이기 시작하던 무렵이었다. 마저리 앨링엄Margery Allingham, 존 딕슨 카John Dickson Carr, G. K. 체스터턴, 애거서 크리스티, 로널드 녹스Ronald Knox, 나이오 마시, 조지핀 테이 등등의 작가들을 모두 게걸스럽게 먹어치웠다. 심지어는 그 무신경한 프리먼 윌스 크로프츠Freeman Wills Crofts에 대해서도 어느 정도 애정을 키워나갈 정도였다. 물론 철도 시간표에 흥미를 느끼기는 좀처럼 쉽지 않았지만. 그 모든 작가들을 즐겁게 읽고 존경했으나, 그중에서도 최초로 완벽하게 사랑에 빠진 작가는 마이클 이네스였고 그다음이 에드먼드 크리스핀이었다. 그들은 정말 아름답게 글을 썼고 나를 웃겼기 때문이다.

나의 독서 식단의 일정 부분은 어머니가 제공한 온갖 교양 넘치는 난센스물이었다. 스티븐 리콕Stephen Leacock, 제임스 서버James Thurber, P. G. 우드하우스P. G. Wodehouse 같은 유머 작가들은 아무리 읽어도 싫증이 나지 않았다. 그리고 학문의 세계에서 성장한 까닭에 나는 다소 고색창연한 지식과, 젠체하는 영국 대학교와 그 교수들을 놀려먹는 재미를 모두 좋아했다. 마이클 이네스는 범죄와 재미의 환상적인 조합을 선사했지만, 크리스핀의 미치광이 같은 영혼의 즐거움joie d'esprit이야말로 나를 황홀하게 만들었다. 정말이지, 여기서 신성한 건 아무것도 없다. 오랜 시간이 지나 나는 좌파 운동가이자 출판업자였으며 자신의 정치적 신념을 무섭도록 진지하게 실천에 옮긴 빅터 골란츠Victor Gollancz(1893~1967)에 대한 전기를 쓰게 되었다. 크리스핀은 세 번째 소설이자 내가 이 자리에서 가장 좋아하는 책으로 정말 힘들게 선택한 작품인《움직이는 장난감 가게》에서 골란츠를 놀려먹고 싶은 유혹을 이겨내지 못했다. 도로 분기점에서 운전수는 어떤 길을 골라야 할까? "왼쪽으로 가자," 소설 중간에 캐도건이 이렇게 제안한다. "어쨌든 골란츠가 이 책을 출판하는 사람이니까."

크리스핀은 존 딕슨 카의 밀실 미스터리를 무척 좋아했다.《움직이는 장난감 가게》는 딕슨 카에게 바치는, 복잡하게 뒤엉키고 말도 안 되게 독창적이며 훌륭한 헌사다. 하지만 내가 크리스핀을 좋아하는 건 플롯 때문이 아니다. 글쓰기 곳곳에서 선명하게 드러나는 위트와 지성, 유쾌함, 품위 때문이다. 《움직이는 장난감 가게》는 크리스핀의 친구인 시인 필립 라킨Philip Larkin에게 헌정되었는데, 아마도 이 소설에서 쉬지 않고 시인들을 놀려대기 때문이 아닌가 한다. 언제나처럼 옥스퍼드 영문학 교수 저베이스 펜이 탐정으로 등장하지만, 소설 속 사건의 중심 인물은 시인 리처드 캐도건이다.

시인들이 왜 "딱히 그 무엇과도 닮지 않았는가"를 한 아가씨에게 설명하면서 캐도건은 이런 예를 든다. "워즈워스는 강력한 신념을 품고 있는 말을 닮았죠. 체스터턴은 그야말로 뚱뚱하고 쾌활한 폴스타프 같은 외모고요. 휘트먼은 골드러시 시대의 탐광자처럼 힘센 털북숭이에요." 어떤 종류의 남자든 시인이 될 수 있다고 그는 아가씨를 설득한다. "워즈워스처럼 자만심에 넘치거나 하디처럼 겸손해도 괜찮아요. 바이런처럼 돈이 많거나 프랜시스 톰슨처럼 가난해도 되고요. 윌리엄 쿠퍼처럼 경건하거나 토머스 커루처럼 이교도적이어도 상관없어요. 당신이 뭘 믿는지 그건 전혀 중요하지 않습니다. 셸리는 태양 아래의 온갖 미친 생각들을 다 믿었죠. 키츠는 마음에서 우러나오는 애정의 경건함 외에는 그 어떤 것도 믿지 않았지요."

크리스핀의 묘사에는 아주 근사한 명쾌함이 깃들어 있다. 예를 들어 캐도건은 "마르고 날카로운 외모에, 거만해 보이는 눈썹과 냉정해 보이는 짙은 색 눈을 가졌다. 도덕적으로 엄격한 칼뱅파 같은 겉모습 때문에 그의 성격을 착각하기 쉽다. 하지만 사실 그는 온화하고 까다롭지 않으며 로맨틱한 사람이다". 경찰은 "살날이 그리 많이 남지 않은 이들을 대하는 것처럼 더할 나위 없이 친절했다".

다른 이들이라면 사용하려 들지 못할 단어들의 선택도 무척 마음에 든다. 펜은 "굉장한 모자"를 쓰고 "무진장 자그마하고 빨간, 요란한 소리를 내는 낡은 스포츠카"를 운전한다. 펜이 근무하는 세인트 크리스토퍼 칼리지 건물에 들어선 캐도건은 "무질서하기 짝이 없는 온갖 문화 활동의 흔적이 어지럽게 남아 있는 게시판을 노려보는 학부생들을 지나쳤다. 오른쪽에는 관리인 사무실이 있었는데, 관리인은 마치 중세의 요새에 갇혀 마법에 걸린 공주 같은 자세로 열린 창문에 기대 있었다".

우리라고 '철퇴와 홀' 커플처럼 끔찍한 존재와 마주치지 않으리라는 법이 있을까? "옥스퍼드 정중앙에 넓고 흉물스러운 호텔이 버티고 있었다. 그곳에서는 원시시대 이래 고안된 거의 모든 건축양식들이 부끄러운 기색 하나 없이 전부 구현되고 있었다. 이 선천적으로 불리한 조건에 맞서, 호텔은 가정적이고 안락한 분위기를 당당하게 뿜어내려고 분투했다. 호텔의 바는 18세기 고딕 양식을 대표하는 스트로베리 힐Strawberry Hill의 표본이었다."

교회 안에서 "세균처럼 외떨어져 개인 좌석에 앉은 학장은 기분이 나빴다". 캐도건과 펜이 구애하는 아가씨는 "알토 파트에 속해 있었는데, 영국 해협의 안개에 갇힌 선박처럼 뚱하게 콧방귀나 뀌고 있었다. 세계 전역의 알토들이 그러하듯이".

마이클 이네스의 캐릭터들은 독자에게 스스로의 무식을 절감하게 하는 지식과 모호함의 게임을 즐기곤 했다. 하지만 크리스핀의 캐릭터들에게서 그런 문화적 속물성을 찾아볼 순 없다. 나는 펜의 '소설 속 혐오스러운 등장인물' 게임을 정말 좋아한다. 각자 어떤 캐릭터를 생각할 시간이 오 초씩 주어지고, 참여자 양쪽 모두가 그 선택에 동의해야 한다. 차례를 세 번 놓치면 진다. 또한 그 캐릭터들은 원래 독자들의 공감을 얻기 위해 만들어졌을 이들이라는 조건이 붙는다.

"제자리, 준비, 땅," 펜이 말했다.

"그 지독한 수다쟁이들,《헛소동》의 비어트리스와 베네딕."

"좋아. 채털리 부인과 그 사냥터 관리인 친구."

"좋아.《선녀여왕》의 브리토마트."

"좋아. 도스토옙스키의 거의 모든 등장인물들."

"좋아. 음—어—"

"잡았다!" 승리감에 찬 펜이 소리쳤다. "자네 차례를 놓쳤어.《오만과 편견》에서 남자 뒤꽁무니를 쫓아다니는 그 저속하고 쬐그만 깍쟁이 여자들이 있지."

벽장 안에 갇혔을 땐 그들은 "도저히 읽을 수 없는 책" 게임을 벌인다. 개인적으로《율리시즈》가 포함되어 기뻤다.

소설은 코미디와 모험담을 거치며 위대한 인간성에 대한 숙고에 이른다. 캐도건은 어느 타인들이 특정한 죽음을 "의도적인 학살, 그 무엇과도 바꿀 수 없는 열정과 욕망과 애정과 의지의 결합체를 폭력적으로 꺾어버린 행위, 상상도 할 수 없는 무한한 어둠 속으로 밀어붙이는 행위가 아니라 (…) 안락사"라고 여기는 것에 격노한다. 어떤 악당이 총을 쏘면, "이 고의적이고 무의미한 행위는 펜에게 영웅주의나 감상주의나 정당한 분노나 심지어 본능적인 혐오감도 아닌 다른 무언가를 불러일으켰다. (…) 그것은 정의와 균형에 대한 일종의 기계적인 감각이었다. 본능 깊이 자리한 낭비에 대한 반발감 말이다".

크리스핀은 1944년부터 1952년 사이 여덟 편의 소설을 쓰며 주로 영화음악 작곡가로서 삶을 꾸려나갔다. 알코올중독이 그를 추락시켰다. 차기작이자 마지막 작품이었던 실망스러운 소설은 1977년에야 겨우 출간되었고, 그는 이듬해 56세의 나이로 사망했다. 하지만 전성기 시절 그가 쓴 작품들은 순수한 즐거움 그 자체다. A. L. 케네디A. L. Kennedy는《움직이는 장난감 가게》를 두고 "영국 범죄소설사에서 제대로 발견되지 못한 보물 중 하나"라면서 "크리스핀의 스토리텔링은 지적이고 인간적이며 진실로 놀랍다. 그리고 미칠 듯이 재미있다"라고 썼다. 그녀의 말은 백 퍼센트 옳다.

●

루스 더들리 에드워즈Ruth Dudley Edwards는 교사이자 마케팅 간부, 공무원을 거쳐 역사가이자 저널리스트, 방송인, 수상 경력이 있는 전기 작가로 활동 중이다. 그녀의 풍자적인 범죄소설("기막히게 유쾌하고 우상 파괴적이다"라는 평가를 받았다)들이 다루는 대상은 공무원, 신사 전용 클럽, 케임브리지 대학, 상원의사당, 영국국교회, 출판업, 문학상, 정치적으로 올바른 미국인들을 아우른다. 2008년 그녀는《미국인 살해Murdering Americans》로 크라임페스트 마지막 웃음상을 받았다. 2012년 가을에, 개념미술을 도마에 올린《황제 죽이기Killing the Emperors》를 출간했다.
www.ruthdudleyedwards.com

고독한 곳에 *In a Lonely Place, 1947*

by 도로시 B. 휴스

•

도로시 B. 휴스Dorothy B. Hughes(1904~93)는 시집《어두운 확신Dark Certainty》
(1933)을 발표하며 시인으로 작가 경력을 시작했다. 그녀의 첫 미스터리 소설《그
토록 푸른 구슬The So Blue Marble》은 1940년 출간되었다. 오늘날 시인이자 평론
가, 소설가로서 휴스의 이름이 유명해진 건 1940년대 중반 연달아 발표한 소설 세
편 때문이다.《분홍 말 타기Ride the Pink Horse》(1946),《진홍색 제국The Scarlet
Imperial》(a.k.a.《킬러에게 키스를Kiss for a Killer》[1946]),《고독한 곳에》가 그것들
이다. 휴스는 1940년부터 쭉《로스앤젤레스 타임스》와《뉴욕 헤럴드 트리뷴》을 포
함한 다수의 매체에 범죄/미스터리 소설 서평을 썼고, 1951년에는 에드거 상의 미
스터리 평론 부문을 수상하기도 했다. 1978년에는 얼 스탠리 가드너의 전기를 썼
고, 미국 범죄작가협회로부터 그랜드 마스터로 선정되었다.

메건 애버트

    도로시 B. 휴스의《고독한 곳에》는 당신이 아직 읽지 못한 소설 중
가장 거대한 영향력을 행사하는 작품일 것이다. 20세기 중반, 심란하고
도 극도로 예리한 이 누아르는 이후 무수한 연쇄살인범 소설을 양산했지
만, 내가 보기엔 나머지 작품들 모두《고독한 곳에》에는 절대 미치지 못
한다. 아마도 이 작품의 가장 위대한 점은 감탄스러울 만큼 정확하게 현
실을 묘사했다는 점일 것이다. 브렛 이스턴 엘리스Bret Easton Ellis의《아메
리칸 사이코American Psycho》와 달리 선정주의의 부패한 악취 따윈 결코 찾
아볼 수 없고, 흉악하면서도 마음을 사로잡는 짐 톰슨의《내 안의 살인
마》같은 허무주의도 존재하지 않는다. 브렛 이스턴 엘리스나 짐 톰슨

모두 자신이 창조한 살인마를 과도하게 즐기거나 자신과 동일시했기 때문에, 휴스의 통렬한 날카로움을 갖추질 못했다(애초부터 그런 날카로움을 염두에 두지도 않았고). 그러나 휴스는 독자의 눈에 '농염한 붉은색 베일'을 드리우기보다는 그 이면을 꿰뚫어보고자 했다.

나는 '꿰뚫어보다'라는 단어를 가벼운 의미로 사용하지 않았다. 휴스는 여전히 살아 숨쉬는 살인마 주인공을 부검 탁자 위로 끌어올린 다음, 그가 우리에게 내보이고 싶어 하지 않았던 모든 것을 공개한다. 그를 범죄로 이끈 것은 하나의 근원으로부터 갈라져 나온 두 개의 혈관, 즉 남성성에 관한 신경증과 성적 공포. 휴스는 명백하게, 그저 살인마 한 명의 이야기를 들려주는 것 이상을 시도했다. 그녀의 해부 작업을 통해,《고독한 곳에》는 2차 세계대전 이후의 미국에서 존재하던 젠더 간의 트러블과 성적 편집증에 대해 그 어떤 미국 소설보다도 많은 것을 들려준다. 그리고 그녀는 첫 페이지부터, 주인공인 살인범의 이름을 통해 우리에게 자신의 의도를 암시한다. 딕스 스틸Dix Steel.*

우리는 거의 첫 페이지부터, 잘생기고 말쑥한 스틸이 살인마라는 걸 눈치챌 수 있다. 또한 그가 2차 세계대전 참전용사이며, 군대 보직 중 가장 근사한 위치인 전투기 조종사였다는 점도 알게 된다. 하지만 지금의 그는 목표도, 직업도 없다. 그러나 당장은 수상쩍은 가족 신탁금과 사기 도박 솜씨 덕분에 로스앤젤레스에서 꽤 잘살고 있는 것처럼 보인다. 영광스러운 전쟁의 나날은 사라지고, 딕스는 "전속력으로 비행하던 기억을 대신할 만한 것을 아무것도 찾지 못했다". 그는 "힘과 굉장한 흥분과 자유의 그 느낌"에 근접하는 무언가를 갈망한다. 전쟁 와중에 그는 "몸에 잘 맞는 맞춤 제복, 반짝반짝 윤을 낸 구두를 신었다. 자동차도 필요 없

---

* 남성의 성기dick와 강철steel을 이용한 작명.

었다. 더 멋진 걸 갖고 있었으니까. 날렵하고 강력한 전투기. 이름 뒤에는 존대하는 호칭이 붙었다". 무엇보다도 "아프리카든 인도든, 영국이나 오스트레일리아나 미국이나, 전 세계 어디에서나 원하는 여자를 골라잡을 수 있었다. 세상이 그의 것이었다". 그 힘을 상실했다는 것은 치명적이다. 과거의 힘을 최대한 빨리 되찾으려고—하지만 그 상실에 대한 보복으로는 너무 많이 나간 선택이었다—그는 버스 정류장에, 어두워진 거리에, 가장 고독한 곳에 홀로 있는 가장 어리고 순진한 여자들을 희생양으로 삼으며 스스로를 위로했다.

분명한 것은, 딕스가 희생양을 좇는 사냥꾼임에도 불구하고, 여성의 꿰뚫어보는 시선에 관찰당하고 '투과되며' 필연적으로 정체가 들통난다는 생각 때문에 근본적인 두려움과 노여움을 느낀다는 것이다. 되풀이하여 그는 여자들을 "참견꾼(들)"이며 "빌어먹을 염탐꾼 계집들"이라 칭하고, 그중 한 여인의 눈에 대해 "불안하다, 그 눈은 너무나 영리하다. 마치 남자의 가면 아래 무엇이 있는지 볼 수 있다는 듯하다"고 묘사한 바 있다. 하지만 문자 그대로 사람의 몸을 관통하는 행위인 그의 죄가 똑똑한 여성의 강렬한 응시와 비등하다고 할 수는 없다. 그리고 휴스는 우리에게 두 명의 영리한 여성을 소개한다. 딕스가 스스로 사랑한다고 믿는 아름다운 이웃 로렐, 그리고 딕스의 공군 시절 친구 브루브의 아내 실비아. 브루브는 현재 로스앤젤레스 수사국의 형사로 일하고 있지만, 아내에 비하자면 탐색 능력이 확연히 떨어진다.

다른 누아르소설이라면 로렐이나 실비아 둘 다 딕스를 옴짝달싹 못하게 옭아매고 함정에 빠뜨리는 팜 파탈로 그렸을 것이다. 딕스는 특히 실비아에 대해 "그의 겉모습 아래로 파고드는" 것 같다고 느끼며 그녀를 무시무시한 위협으로 간주한다. 그는 실비아가 "그의 자아 이면에 뭐가 있는지 들춰볼 하등의 권리가 없다. 그녀는 그가 일반적으로 받아들여지는 방식, 즉 평범한 청년이자 유쾌한 친구로 그를 인정했어야만 했다"라고 설명한다. 실비아가 딕스를 수상쩍게 여기며 의심하기 오래전부터―또는 적어도 우리가 그렇게 생각하기 전부터―딕스는 실비아를 불편하게 여겼다. 그녀는 그가 진짜 어떤 사람인지, 그리고 겉보기와 어떻게 다른 사람인지 눈치챘다. 그는 모든 면에서 남의 것을 도용해왔다. 잘 차려입은 의상부터 끌고 다니는 차까지 말이다. 이 "염탐꾼 계집들"만 아니라면, 딕스는 거짓말로부터 벗어나고 더 큰 환멸을 피할 수 있었을 것이다. 그는 포위당했다고 느낀다. 심지어 도시를 가로지르며 방심한 여성들을 포박하는 바로 그 순간에도. 여성을 지배하는 자신의 힘을 과시하려 할수록 그는 점점 더 무력감을 느낀다. 그리고 그는 무력감을 느낄수록 자신의 힘을 과시하려 든다.

1940년대 누아르, 특히 팜 파탈의 급증에 관해 일반적으로 용인되는―그리고 궁극적 해답이라 할―이론은, 그것이 젠더 간의 불안정과 귀향 군인들이 맞닥뜨린 상황에서 발생했다는 것이다. 그 결과 어떻게 손써볼 수 없는 세상과 대면한 홀로인 남자들, 특히 여성들의 손아귀에서 무력해지는 상황을 가장 큰 위협으로 느끼는 남자들에 관한 암울한 소설과 영화가 유행했다. 남성들은 여성의 위협을 막아내지 못한다면 어수룩한 봉이 되거나 멍청이 취급을 받을까 두려워하고 혹은 챈들러, 해밋, 미키 스필레인Mikey Spillane의 작품에서처럼 복수 행위로 자신의 힘을 재증명해 보이고자 한다. 스필레인의 탐정 마이크 해머 역시 2차 세계대전 참전용사이며, 지극히 무심하게 여자들을 살해한다. 물론 여자들은 더 근본적인 무력감의 징후일 뿐이다. 해머는 보통 사람이라기보다는 민담에나 등장할 법한 인물이다. 그러니까 뉴욕 도시의 깡패들이나 공산주의라는 '붉은 위협', 아니면 자신의 그 어떤 적이라도 혼자 때려눕히는 만화 속 복수의 화신 말이다. 분명히, 지나치게 흥분한 그의 마음 상태는 딕스 스틸이나 셀 수 없이 많은 연쇄살인마 주인공의 상태와 놀랄 만큼 비슷하다. 해머가 소파에 앉은 채 "내가 하고 싶은 일들을 상상하고, 만약 보는 사람이 없다면 수단과 방법을 가리지 않고 그 일을 저지르고 싶다고 몽상하는" 장면을 보라. 그는 "이 방 안에 [적들의] 내장을 흩뿌리고" 그들에게 "단단히 맛을 보여주기"까지 단념하지 않겠노라 맹세한다. 그는 "신선한 시체들"을 소망한다.

《고독한 곳에》에서 우리가 목도하는 것 역시, 여전히 진행 중인 전후의 성적 공포를 놀랄 만큼 신랄하게 예지하는 분석이다. 아마 이 소설이 출간된 해인 1947년만큼 그 공포를 뚜렷하게 확인시켜주는 해도 없을 것이다. 그해 '블랙 달리아 사건'이 터졌다. 성폭력과 실종된 여인과 미해결 범죄와 만연한 혼란이 차곡차곡 쌓여 있던 로스앤젤레스의 외피를 발기발기 찢어낸 사건 말이다. 그리고 물론 《고독한 곳에》의 배경도 로스앤젤레스다. 미 대륙의 끝, 더이상 도망칠 곳이 없다. 당신은 갈 데까지 간 것이다.

휴스는 딕스가 전쟁 때문에 살인광으로 바뀐 게 아니라는 점을 분명히 강조한다. 오히려 전쟁은 그가 고향에서 누리지 못했던 모든 것을 제공했다. 지위, 힘, 권력. 하지만 딕스는 곤경에 처하는 순간 귀향 군인이 느끼는 최악의 두려움을 드러낸다. 그들이 떠나왔던 세계는 더이상 존재하지 않는다. 경제적 기회, 영광, 청춘의 순수함, 모든 것이 사라졌다.

그리고 무엇보다도, 그들이 알고 있던 여성들의 위치가 달라졌다는 점이 가장 강렬하게 다가왔을 것이다. 여성들은 부엌을 벗어나 노동자의 지위로 옮아갔으며, 그리고 예전에는 남자들이 전부 차지했던 일자리마저 점유하고 있다. 게다가 남자들이 전쟁터에 나가 있는 동안 그녀들이 또 무슨 짓을 저질렀을지, 침대로 누굴 끌어들였을지 알게 뭔가? 딕스는 '냉미녀' 로렐에게 사랑을 느끼기 시작하자마자, 자신이 끔찍한 곤경에 처했다고 느낀다. "여자들은 다 똑같다. 사기꾼이고, 거짓말쟁이고, 매춘부다." 그는 주장한다. "경건해 보이는 이들조차 사기 치고 거짓말하고 몸을 팔 기회만 노리고 있는 것이다. 그는 거듭해서 그 사실을 증명해 보일 것이다. 그들 중 정직한 이라곤 없다." 딕스가 여자들을 찌르는 매 순간이 그 증거다.

2차 세계대전 이후의 악의와 성적 공포로 충만한《고독한 곳에》는, 문화의 어떤 측면을 강조하는 장치로 연쇄살인범의 자만심을(자만심이라고 하기에는 좀 무엇하지만) 활용한다. 그 측면이란 연쇄살인의 병리학과는 별 관련이 없다. 대신 전후 미국의 젠더와 관련된 섹슈얼한 갈등, 그리고 그 갈등을 반영하는 하드보일드 장르에 관련된 모든 사항을 뜻한다. 그 시대 다른 누아르소설들이 이 같은 현상을 대부분 무의식적으로 구현하거나 예증하거나 탐구하는 동안, 휴스는 그것을 면밀하게 관찰했다. 그것도 너무나 냉정하게. 휴스의 소설을 읽고 난 독자는 소위 팜 파탈을, 여성의 악의라 일컬어지는 것을, 그리고 그 악의를 짓눌러 없애버리고자 하는 누아르 영웅들의 급박한 욕구를 새롭고 빈틈없는 시선으로 지켜보게 될 것이다. 험프리 보가트와 글로리아 그레이엄이 주연을 맡은《고독한 곳에》의 근사한 영화 버전은 꽤 다르게 흘러간다. 여러 면에서 휴스의 복잡다단한 사회 평론을 포용하고 있음에도 불구하고, 감독 니컬러스 레이는 딕스와 로렐의 저주받은 로맨스에 보다 낭만적인 광택을 부여하려는 유혹을 이기지 못했다. 휴스의 소설에서는 낭만주의라든가, 스릴의 유혹에 지고 마는 기미는 조금도 찾아볼 수 없다. 이 소설은 음험하고도 냉혹한 걸작이자, 온기라든가 빛 한 줄기조차 완벽하게 제거해버린, 마지막까지 인정사정없이 내리꽂는 걸작이다.

메건 애버트Megan Abbott은 에드거 상 수상 작가다. 《퀸 핀Queen Pin》《당신을 위한 노래The Song Is You》《다이 어 리틀Die a Little》 《깊이 묻어줘Bury Me Deep》《순수의 끝The End of Everything》 등을 썼으며, 최신작은 2014년 작 《열기The Fever》이다. 애버트는 《뉴욕 타임스》《살롱》《로스앤젤레스 타임스 매거진》《디트로이트 누아르》 《로스앤젤레스 리뷰 오브 북스》《LA 누아르》《베스트 크라임 앤드 미 스터리 스토리스 오브 더 이어》《스피드 크로니클》에 글을 기고했다. 그녀는 또한 논픽션 《거리는 내 것이었다 : 하드보일드 소설과 영화 속 백인 남성성The Street Was Mine : White Masculinity in Hardboiled Fiction and Film Noir》을 썼으며, 여성 작가 범죄소설 선집 《죽여주는 여자A Hell of a Woman》를 편집했다.
www.meganabbott.com

판사에게 보내는 편지 *Lettre à Mon Juge, 1947*

by 조르주 심농

•

시대를 통틀어 가장 왕성한 작품 활동을 한 작가 중 한 명인 벨기에의 조르주 심농 Georges Simenon(1903~89)은 장편소설 수백 편과 중편 백오십 편, 그 밖에도 여러 가명으로 펄프소설 수십 편을 집필했다. 저널리스트였던 그는 벨기에의 리에주에서 경험한 지저분한 밤의 유흥생활로부터 초기작들의 소재를 얻었고, 매그레 반장 Inspector Maigret을 주인공으로 한 탐정소설 시리즈의 작가로 명성을 떨쳤다. 매그레 이야기는 1931년 처음 등장하며 1972년을 마지막으로 사라졌다. 심농은 심리미스터리 소설 혹은 '독한 소설romans durs'로 일컬어지는 작품들로도 찬사를 받는다. 1966년 미국 미스터리작가협회가 수여하는 그랜드 마스터 상을 받았다.

존 반빌

    조르주 심농은 20세기 거장 소설가 중 한 명이다. 몇몇 사람들은 나의 주장이 놀랍다고 생각할지도 모르겠다. 심농은 '단순히' 범죄소설 작가, 널리 사랑받은 탐정의 창조자이자 펄프소설 작가 정도로만 평가받는 게 보통이기 때문이다. 그는 또한 엄청난 애주가여서 하루에 레드 와인을 서너 병씩 해치우곤 했다. 또한 전통적인 의미에서의 음란증 환자였다. 친구인 영화감독 페데리코 펠리니에게 털어놓은 바에 따르면 여성 일 만 명과 잠자리를 했다는 것이다. 하지만 심농의 아내는 이 허풍 섞인 과장을 일소에 부치면서, 실제로는 천이백 명쯤 될 거라고 했다.

    심농이 본명과 수많은 필명으로 써내려간 책들의 수도 논란의 여지가 있다. 아마 팔백 권 정도라고 보는 게 맞을 것이다. 그는 아무리 봐도 불가능한 속도로, 일주일이나 열흘에 장편소설을 하나씩 해치우곤 했다. 이 수많은 책들 중 걸작으로 꼽히는 스무 편 정도는, 프랑스 동시대 작가들만 예로 들더라도 카뮈나 사르트르, 지드의 작품과 겨룰 수 있거나 심지어 뛰어넘을 수 있는 작품들이다.

심농은 아내에게 꼼짝 못하는 침착한 성격의 매그레 반장을 주인공으로 한 범죄소설 시리즈와, 그 자신이 '독한 소설'이라 불렀던 《더러운 눈La Neige Était Sale》《몽드 씨 사라지다Le Fuite de Monsieur Monde》《집 안의 이방인들Les Inconnus dans la Maison》《지나가는 기차를 본 남자L'Homme Qui Regardait Passer les Trains》《판사에게 보내는 편지》사이에 뚜렷한 구분을 지었다. 이 '독한 소설'들과 또다른 몇몇 작품들은 지난 몇 년 동안 뉴욕 리뷰 북스 출판사에서 근사한 페이퍼백으로 재발행되었다. 심농의 좀더 어두운 작품에 입문하는 독자에게 《판사에게 보내는 편지》는 출발 지점으로 좋은 선택이다. 물론, 《더러운 눈》과 《집 안의 이방인들》도 절대 놓치면 안되는 작품들이다.

내가 아는 한 《판사에게 보내는 편지》는 심농의 소설 중에서 드물게 1인칭 화자가 등장하는 작품이다. 이 소설의 음침함을 고려할 때 베케트식으로 소위 '최종-인칭last-person' 화자라고 칭해도 좋겠다는 생각이 든다. 심농의 소설에서 자주 등장하는 설정처럼, 《판사에게 보내는 편지》의 주인공은 나무랄 데 없는 인생을 죽 살아오다가 자유와 성취감을 위해 필사적이고도 불가피한 재앙 같은 변화를 겪게 되는 중년 남자다. 샤를 알라부안은 프랑스 서쪽 방데 지역의 라로슈쉬르용이라는 작고 지루한 도시에서 비교적 성공적인 가정의로 살았다. 그의 첫 아내, 남 앞에 나서지 않는 성격의 잔은 아이를 낳던 중 숨을 거두었고, 샤를 알라부안은 브리지 파티에서 만난 과부 아르망드와 재혼한다. 그녀는 아름답고 유능하고 무섭도록 냉정한 침착성을 갖추었으며, 매끄럽고 저항하기 힘든 결단력으로 샤를과 함께 살기에 이른다. 아르망드는 헌신적인 어머니와 함께 큰 고민 없이 자족적으로 살아왔던 알라부안의 집을 손아귀에 넣고, 눈에 보이지는 않지만 매우 엄격한 원칙에 따라 지체 없이 그의 삶을 재조정한다. 불운한 샤를의 말에 따르면, "그녀가 확고한 의지로 나를 움직였기 때문에 나는 굴복했습니다".

제목 그대로 이 소설은, 살인죄로 기소된 알라부안이 재판을 받기 전 그로부터 증언을 받아야 하는 수사판사에게 보내는 편지 형식으로 이루어졌다. 샤를은 아르망드에 대해 이렇게 쓴다. "존경하는 판사님, 판사님이 꼭 이해해주셨으면 하는 점이 있습니다. 아르망드는 세상에서 가장 자연스러운 태도로 우리집에 들어섰고 똑같이 자연스러운 태도로 눌러앉았다는 겁니다." 심농의 (당연히도 항상 남성인) 주인공들이 겪는 일반적인 곤경이다. 그들은 아내를 사랑하지 않지만 그녀에게 휘둘리며, 탈출을 갈망한다.

심농 특유의 은유가 있다. 거의 모두 행동의 제약을 심각하게 받고 있는 그의 영웅들(이런 호칭이 적당한지 모르겠지만)이, 어느 순간 결혼생활이라는 아기자기한 강철 새장 바깥의 삶을 흘끗 엿본 적이 있었다는 것이다. 샤를의 경우, 비 오는 날 밤 캉에 있는 어느 철도역 카페에서 실비아라는 소녀와 마주쳤던 기억이 있다. "이십 년 동안," 그는 유감스러워하며 생각에 잠겼다. "나는 스스로 의식하지도 못한 채로 실비아를 찾아다녔던 거야."

강철 고리로 아르망드에게 매인 그는 또 한번 망루에 올라가본다. 그의 욕망은 재차 응답받는다. 캉을 다시 찾았을 때 이번엔 다른 기차역에서, 역시나 축축하게 젖은 밤, 그는 마르틴이라는 소녀를 만난다. 심농은 특유의 대가다운 간결함으로 그 장면을 이렇게 묘사한다. "마르틴이 원하는 대로 나는 그녀와 춤을 추었습니다. 그녀의 목덜미를 보게 됐어요. 아주 가까이에서 그 새하얀, 너무나 창백해서 푸른 핏줄이 들여다보이는 피부와, 덩굴모양으로 조그맣게 엉켜 있는 젖은 머리카락을 봤습니다." 이번에야말로 그는 소녀를 떠나지 않겠다고 결심한다. 그는 라로슈쉬르용의 집으로 그녀를 데리고 온다. 아르망드에게는 진찰 조수가 필요하다는 말로 둘러댄다. 결과는, 예상할 수 있다시피 재앙 그 자체다.

《롤리타Lolita》는《판사에게 보내는 편지》보다 팔 년 뒤인 1955년에 출간되었다. 두 작품은 깜짝 놀랄 만큼 닮은 구석이 많다. 둘 다 살인죄로 기소돼 재판을 기다리는 1인칭 화자가 등장한다. 마르틴은 롤리타와 크게 다르지 않은 어린 소녀이며,《롤리타》도 그랬다시피 화자의 과거에는 잃어버린 사랑의 대상이 선행한다. 금발인 아르망드의 경우, 롤리타의 불운한 어머니 샬럿 헤이즈보다 아주 조금이나마 더 자제심이 있고 더 지배력이 강한 과부다. 험버트 험버트는 샬럿을 두고 "마를레네 디트리히를 살짝 닮은 것 같기도 한 여자"라고 묘사한다. 두 화자의 목소리에는 직접적이며 친숙한 듯 낯선 공명이 울려퍼진다. 예를 들어 험버트의 경우, "당신은 나를 조롱할 수도 있고 법정에서 끌어내라고 위협할 수도 있지만, 나는 재갈이 물리고 반쯤 목 졸리기 직전까지 가련한 진실을 소리 높여 외칠 것이다. 그럼 세상 사람들은 내가 나의 롤리타를 얼마만큼 사랑하는지 알게 될 것이다……", 알라부안의 경우, "판사님, 나는 그녀를 사랑했습니다. 목이 쉴 때까지 몇 번이고 소리쳐 말하고 싶습니다".

분명하게 인식했든 아니든 간에, 심농은—그 나름대로 풀어낸 절대적으로 비非바그너적인 이 정사情死 이야기에서—사랑이라기보다 강박관념에 대해 썼다. 그건《롤리타》의 나보코프도 마찬가지였다. 알라부안의 입장에선, 가엾은 마르틴은 그의 미치광이 같은 열망 바깥에서 혼자 생존할 수 없는 존재였다. 그녀는 자신의 과거를 지우기 위해서 죽어야만 했다. 왜냐하면 그 과거는 그의 통제 바깥의 영역이기 때문이다. 스스로도 감정에 휘둘리고 폭력적인 남자였던 조르주 심농은 인간의, 특히 남성의 내면 깊은 곳을 관찰했고, 그 어둠 속에서 들썩거리고 몸부림치는 어떤 흐릿하고 소름 끼치는 형상들로부터 얼굴을 돌리지 않았다. 《판사에게 보내는 편지》는 더욱 깊은 내면으로부터 끌어올려 가장 명확한 용어들로 기술한 작품이며, 심농의 최고 걸작 중 한 편이다.

　　　　　·

존 반빌John Banville의 소설 다수가 맨부커 상, 제임스 테이트 블랙 기념상, 가디언 소설상을 수상했다. 그는 또한 프란츠 카프카 상을 수상했으며, 벤자민 블랙Benjamin Black이라는 필명으로 범죄소설 여섯 편을 출간했다. 최신작은 《검은 눈의 금발 여인The Black-eyed Blonde》이다.
www.benjaminblackbooks.com

내가 심판한다 *I, The Jury, 1947*

by 미키 스필레인

•

아일랜드 출신 아버지와 스코틀랜드 출신 어머니를 둔 미키 스필레인Mickey Spillane(1918~2006)은 미국 뉴욕 시 브루클린에서 태어났다. 그는 상업적으로 대단히 성공했으나 비평적으로 크게 오해받은 미스터리 소설가 중 한 명이다. 2차 세계대전 당시 미국 공군에서 근무했으며, 소설로 넘어오기 전 만화책 작가로 경력을 쌓았다. 첫 소설 《내가 심판한다》는 십구 일 만에 쓰였다고 알려졌다. (당시 기준에 따르면) 비교적 높은 수위의 섹스와 폭력 묘사, 상대적으로 단순한 구조의 줄거리는 평론가들의 비난을 받았고, 또한 어마어마한 판매고를 올린 이유이기도 했다. "나에겐 팬이 없어요." 그는 한 인터뷰에서 이렇게 말했다. "대신 뭘 얻어는지 아시오? 손님들. 그리고 손님들이야말로 친구지."

맥스 앨런 콜린스

나를 알고 내 작품에 익숙한 이들이라면, 미키 스필레인의 《내가 심판한다》를 추천하는 에세이를 쓰겠노라고 계약한 사실에 별로 놀라지 않을 것이다. 그럼에도 불구하고 나는 스필레인의 '마이크 해머Mike Hammer 시리즈' 중 무엇을 고를지 굉장히 오래 고민했고, 결국 쉬운 길을 선택해 그냥 첫 번째 소설을 추천하기로 결정했다.

미스터리 이외의 장르를 살펴보더라도, 미키 스필레인처럼 인기 많고 유명하고 큰 영향을 미쳤음에도 불구하고 그토록 광범위한, 심지어 히스테릭한 비평적 난타를 받았던 작가는 또 없을 것이다. 하지만 그의 첫 소설 《내가 심판한다》는 언젠가부터 20세기 최고의 미스터리 소설 목록을 뽑을 때 꼬박꼬박 이름을 올리고 있다. 아마도 마지못한 선택이겠지만, 어쨌든 목록에 들어가긴 한다.

사소한 아이러니. 《내가 심판한다》는—마지막의 충격적인 스트립 쇼 장면은 별도로 치자면—수년 동안 문학사상 가장 많이 팔린 소설 목록 수위首位를 차지했던 일련의 작품들(해머가 등장하지 않는 스릴러 《기나긴 기다림The Long Wait》[1951]까지 포함해서), 즉 마이크 해머 시리즈의 초기 여섯 편 중 가장 덜 전형적인 작품이다. 지금 나는 미스터리 소설의 베스트셀러 목록이 아니라 소설 전반의 베스트셀러 목록을 말하는 것이다. 무슨 말이 더 필요한가. 그리고 1980년대까지 그 인기는 이어졌다.

1970년 이후에 태어난 사람에게 스필레인이 얼마나 거대한 존재였는지 설명하기는 쉽지 않다. 그 소설들의 성적 묘사가 장르소설가와 주류 문학을 하는 소설가 양쪽 모두에게 문을 열어젖혔다는 것도 설명하기 쉽지 않다. 스필레인의 영향력 덕분에 대중소설과 영화와 TV 드라마 전반에 걸쳐 허용된 폭력의 수위가 비슷하게 올라갔다는 것 역시 지적해야 한다. 제임스 본드와 샤프트*는 스필레인과 해머가 없었다면 등장할 수 없었을 것이다. 스필레인과 해머 이래로 더티 해리와 잭 바우어와 그 외의 모든 터프가이들의 핏속에는 자경단의 DNA가 흐르고 있다.

스필레인과 해머는 20세기 그 어떤 장르의 어떤 작가나 캐릭터보다도—그 어떤 주류 문학 작가와 작품보다도—더 많이 대중문화를 바꿔버렸다.

그러므로 그 모든 세월이 흐른 뒤, 《내가 심판한다》가 대실 해밋보다는 오히려 애거서 크리스티 계열의 복잡한 플롯을 갖춘 아주 표준적

---

* 1971년 개봉한 동명 영화의 주인공. 흑인 영웅 샤프트의 폭력적인 모험담을 다루며 큰 인기를 모았다.

인 사립탐정 미스터리처럼 느껴진다는 건 좀 놀랍다. 그럼에도 불구하고 《내가 심판한다》가 표준적인 장편 미스터리와 구별되는 지점이라면, 고 함치며 미치광이처럼 날뛰는 해머의 모습, 극단적인 폭력이 난무하는 액션 신, 여전히 자극적인(이보다 적절한 단어는 없다) 성적 묘사다.

하지만 《내가 심판한다》도 후속작들—《내 총이 빠르다My Gun is Quick》(1950), 《복수는 나의 것Vengeance is Mine!》(1950), 《어느 외로운 밤One Lonely Night》(1951), 《빅 킬The Big Kill》(1951), 그리고 《키스 미 데들리Kiss Me, Deadly》—에 비하면 그리 과도하게 느껴지지 않는다. 감정, 섹스, 폭력이 라는 주요 요소가 강도를 높여감에 따라 해머 역시 좀더 불안정해지고 심지어 정신적으로 문제가 생긴다.

《어느 외로운 밤》을 보면, 스필레인에게 쏟아진 비난이 큰 타격이었음을 알 수 있다. 정치적으로 보수적이었던 스필레인은 매카시가 진보주의자들에게 가했던 것과 똑같은 종류의 마녀사냥으로 고통받았다. 차이점이라면 스필레인은 심리학자 프레더릭 웨덤Frederic Wertham 등의 좌파들에게 공격받았다는 것이다. 우리는 그 시대의 히스테리에서 우파들도 자유롭지 않았다는 점을 자주 잊는다. 스필레인의 걸작이라고 할 수 있을 《어느 외로운 밤》에는, 마이크 해머가 공개 법정에서 그를 미치광이 살인마라고 비난하는 권력층과 맞붙는 장면이 등장한다. 해머의 창조자가 받았던 문학적·사회적 비판에 대한 분명하고도 대담한 응답이었다. 참고로 말하면, 해머는 악을 소탕하기 위해 신이 자신을 지구에 보냈다고 믿는다. 익숙한 사립탐정 미스터리는 아니지만, 근사하게 미친 작품이다.

스필레인은 타고난 이야기꾼이고 선천적인 누아르의 시인이었지만, 동시에 그런 식으로 비난받으리라곤 상상도 못했던 블루칼라 출신 사나이기도 하다. 그는 전쟁 전에 만화책 분야의 전업 작가가 되었고, 《캡틴 아메리카Captain America》《서브마리너Sub-Mariner》《휴먼 토치Human Torch》 등에 참여했다. 그는 소년 시절 우상이었던 작가 캐럴 존 데일리의 주인공 레이스 윌리엄스(유명한 펄프 잡지 《블랙 마스크》의 스타였다)에게 영감받은 매우 터프한 사립탐정 캐릭터를 만들었다. 처음엔 마이크 랜서라는 이름을 붙였다가 나중에 마이크 데인저Mike Danger로 바꾸었다. 그는 전쟁 직후 '마이크 데인저 시리즈'를 팔아보려 노력했지만 성과를 거두지 못했다. 대신 1945년 해머로 이름을 바꾼 주인공이 등장하는 소설을 썼다. 그게 《내가 심판한다》였다.

《내가 심판한다》에서, 해머는 살해당한 친구 잭 윌리엄스(레이스 윌리엄스를 연상시키는 이름이다)의 시체를 놓고, 살인자가 누구로 밝혀지든 반드시 찾아내 죽여버리겠노라 맹세한다. 윌리엄스는 태평양 연안의 정글에서 해머를 보호하다가 팔 하나를 잃은 바 있다. 스필레인이 성공을 거둔 이유는 대개 섹스와 폭력과 연결되지만, 해머가 참전용사들과 맺고 있는 관계 역시 그만큼 중요하게 다뤄져야 한다. 스스로도 퇴역 군인 출신인 마이크 해머가 처음 맡게 된 사건은 참호 속에서 평범한 군인이 지켰던 충성심에 의해 추동된다. 그 충성심은 여성에 대한 사랑을 능가할 정도다.

해머는 성적으로 쉽게 흥분하는 인물이지만, 소설 속에서 한동안 사랑스러운 비서 벨다를 건드리진 않는다. 시리즈가 진행되고 나서야 벨다는 그의 하나뿐인 사랑이 된다. 그는 비교적 쉽게 사랑에 빠지는 낭만적인 인물이며, 그 성격 때문에 《내가 심판한다》 안의 모든 멜로드라마의 핵심에는 비극이 존재한다. 그의 형사 친구는 살인 수사과의 팻 체임버스 반장이다(스필레인은 어린 시절 유행했던 '팻과 마이크' 농담 시리즈를 장난스럽게 환기시킨다). 해머는 재빨리 가능한 용의자 목록을 작성한다. 살인사건 직전에 잭의 집에서 열린 파티에 왔던 손님들이다. 애거서 크리스티 스타일의 설정 때문에 해머는 아주 부유한 저택부터 어두운 뒷골목까지 부지런히 누빈다. 여타의 해머 소설들보단 좀 짧은 편인《내가 심판한다》는 속도감 있는 터프가이 1인칭 화법에 힘입어 빠르게 질주한다. 이런 글쓰기 테크닉은 쉬워 보이지만 이걸 제대로 사용하는 사람은 얼마 되지 않는다.

불꽃이 터져야 불길이 타오르게 마련.《내가 심판한다》는 스필레인의 경력뿐 아니라 대중문화의 전환에도 불을 붙인 불꽃이 되었다. 거기에는 출판계의 어마어마한 변화도 포함된다.《내가 심판한다》가 하드커버로 처음 출간되었을 때 세상을 불길에 휩싸이게 할 정도의 반응이 일어난 건 아니었고, 서평들은 대부분 경멸조로 쓰였다. 하지만 해머가 그의 트레이드마크인 45구경을 벌거벗은 금발 미녀에게 들이대는 도발적인 표지의 페이퍼백이 등장하자, 대폭발이 일어났다.《내가 심판한다》하드커버의 실망스러운 판매고 때문에 스필레인의 두 번째 소설을 거절했던 출판업자 더튼은 갑자기 더 많은 소설을, 그것도 당장 내놓으라고 요구하기 시작했다.

스필레인의 소설 페이퍼백들이 워낙 인기 있었기 때문에, 골드 메달 북스 출판사는 비슷하게 섹시하고 폭력적인 범죄소설들을 사상 최초로 페이퍼백으로만 출간하기 시작했다. 사실상 골드 메달의 초기 출간작들 전부는, 그리고 스필레인의 유행을 뒤좇은 다른 페이퍼백 출판사들이 내놓은 책들은, 마이크 해머를 흉내 낸 사립탐정 소설이거나 제임스 M. 케인의《포스트맨은 벨을 두 번 울린다》와《이중배상》을 모방한 후끈하고 섹시한 삼각관계 소설들이었다.

하드보일드의 축제를 시작한 작가로 해밋과 챈들러를 꼽는 그 모든 평가에도 불구하고─나 역시 그들을 다른 남녀들만큼이나 숭배하지만─가장 커다란 영향력을 미친 작가는 어쨌든 스필레인과 케인이다.

미키 스필레인은 제임스 M. 케인을 전혀 신경 쓰지 않았다고 한다.

그는 난 "유치장에 갇힌 녀석들이 쓴 소설을 좋아하지 않는다"라고 말한 바 있다.

상관없다. 케인 역시 미키의 소설을 별로 좋아하지 않았을 거라고 생각한다. 중요한 건, 독자들이 그 두 사람을 모두 좋아한다는 점이다.

몇백만 명의 독자들이.

당신이 아직 마이크 해머를 접하지 못했거나 예전에 한번 읽은 다음 오랫동안 손을 놓고 있었다면,《내가 심판한다》는 좋은 출발점이다. 그리고 마이크 해머 미스터리의 어마어마한 첫 번째 라운드였던 초기 여섯 편을 출간 순서에 따라 전부 읽으라고 강력하게 권하고 싶다. 그 책들을 마치고 나면, 1960년대에 주로 집필되었고 스필레인의 말년에 몇 권 더 나온 후기작들까지 읽고 싶어질 것이다. 사후에 나온 '마이크 해머 시리즈'도 있다. 미완성작이지만 충분히 가치 있는 원고인데, 콜린스라는 사내, 그러니까 내가 맡아서 작업했다.

마이크 해머는 터프한 사립탐정의 정수로 남아 있다. 1947년《내가 심판한다》가 출간되었을 때 챈들러와 렉스 스타우트도 여전히 작품 활동을 하고 있었지만, 사립탐정 소설은 점점 고갈되어가고 있었다. 특히 라디오 연속극은 그 장르를 자기 패러디화해버렸다. 로버트 B. 파커*처럼 미키 스필레인은 사립탐정 장르에 새로운 활기를 불어넣었고, 결과적으로 수많은 작가들이 이 장르의 게임에 참여할 수 있게 되었다. 예를 들어 1950년대 말과 1960년대 초 TV 연속극에 사립탐정이 범람했던 것은 전적으로 스필레인과 해머의 인기 때문이다. 인기 TV 연속극 〈피터 건 Peter Gunn〉의 두 형사를 보면, 기성품 양복 차림의 성마른 마이크 해머를

● 사립탐정 '스펜서Spenser 시리즈'로 유명한 미스터리 소설가.

브룩스 브라더스 양복 차림의 침착한 버전으로 바꿔놓은 인물들이다. 이들은 곧장 제임스 본드로 이어진다.

그렇다. 이 모든 것이 《내가 심판한다》라는 짧은 소설에서 시작되었다. 당신도 아마 이 작품을 좋아할 것이다. 별로 마음에 들지 않았다 하더라도, 최소한 화염을 일으킨 그 불꽃의 시작은 목격한 셈이다.

•

맥스 앨런 콜린스Max Allan Collins는 소설과 그래픽노블, 에세이를 넘나드는 작가이며 송라이터, 평론가, 영화감독이기도 하다. 그는 소설과 논픽션 양쪽 모두에서 찬사받았다. 특히 그의 그래픽노블 《로드 투 퍼디션Road to Perdition》은 샘 멘디스가 연출하고 톰 행크스가 주연을 맡아 호평받은 동명 영화의 원작이다.
www.maxallancollins.com

블랙우드 홀의 유령 *The Ghost of Blackwood Hall, 1948*

by 캐럴린 킨

•

캐럴린 킨Carolyn Keene은 1930년 이래 미스터리 소설 '낸시 드루Nancy Drew 시리
즈'를 쓴 작가들이 공통적으로 사용했던 필명이다. '낸시 드루 시리즈'는 미국의 북
패키징 회사*스트레이트메이어 신디케이트에서 처음 발간되기 시작했다. 스트레
이트메이어 신디케이트는 '하디 보이스의 모험The adventures of Hardy Boys 시리
즈'와 '밥시 쌍둥이Bobbsey Twins 시리즈' 등 어린이 소설에서 두각을 보였다. 밀드
레드 워트 벤슨Mildred Wirt Benson(1905~2002)은 낸시 드루의 초기 시리즈 대부
분을 쓴 작가로 알려져 있으며,《블랙우드 홀의 유령》도 그녀의 작품이다.

리자 마르클룬드

인생을 통틀어 지금까지 책을 몇천 권 읽었을 것이다. 하지만 그중
무엇도 이 책만큼 내게 중요하진 않다. '낸시 드루 시리즈' 제25권, 캐럴
린 킨의《블랙우드 홀의 유령》은 내게 책 읽는 법을 알려주었다. 나는 그
책을 글자 하나씩, 단어 하나씩 읽어 내려갔고, 마법이 펼쳐졌다. 그때까
지 나는 고향 스웨덴 북부 지역의 울창한 북극권 숲 외에는 다른 세계를
본 적이 없었다. 하지만 이 책을 통해 완전히 새로운 세계의 문이 활짝

• 출판사에서 원고 집필, 자료 조사, 편집, 일러스트 작업 등 실질적인 제작 과정을 외주로 맡기는
회사를 뜻함.

열렸다. 나는 낸시 드루가 살고 있는 리버 하이츠에 가고 싶었다. 나도 푸른색 스포츠카를 몰고 싶었다. 나는 미국인이 되고 싶었다.

　주인공 낸시—알 수 없는 이유로 스웨덴에서는 키티라고 불렸다—는 또한 나를 가로막는 장애물은 오로지 지리적 문제에 불과하다는 믿음을 굳혀주었다. 낸시는 뭐든지 할 수 있었다. 도둑 잡기부터 펑크 난 타이어를 갈아 끼우는 것까지. 그렇다면 내가 못할 게 뭐람? 낸시와 친구 베스, 조지는 일을 바로잡기 위해 남자들을 필요로 하지 않았다. 그들은 스스로에게 의지했고, 자신들의 방식으로 미스터리를 해결했다. 수많은 저명한 여성 인사들이 낸시 드루를 역할 모델이자 페미니스트 아이콘으로 꼽았고, 나도 그에 완벽하게 동의한다. 내 소설의 주인공인 안니카 벵트손도 낸시의 여러 측면을 공유한다.

　이 아동용 미스터리와 현대 범죄소설의 성인물 미스터리는 많은 공통점을 갖고 있는데, 가장 주요한 점은 지리적 경계를 뛰어넘는 확산이다. '낸시 드루 시리즈'는 25개 언어로 번역되었고(숫자는 달라질 수 있다), 스칸디나비아 반도와 서유럽 지역에서 즉각적인 성공을 거두었으며, 최근에는 에스토니아에도 소개되었다. 대조적으로 라틴아메리카와 아시아에서 출간된 낸시 드루 미스터리는 그만큼의 반응을 얻지 못했다.

　이 통계는 현재의 폭력적인 대중소설에 관한 나 자신의 경험과도 일치한다. 범죄소설 독자층과 작가층이 넓고 두터운 것은 역사가 오래되고 안정된 민주주의 국가에서만 발견할 수 있는 현상이다. 한번은 부에노스아이레스의 서점 주인에게 범죄소설 코너가 어디 있냐고 물었더니 그는 이렇게 대답했다. "없습니다. 우리는 그런 소설을 읽지 않아요." 아르헨티나의 베스트셀러 목록은 그의 말을 확인시켜준다. 그 목록은 모든 장르를 아우른다. 로맨스, 정치인의 전기, 초자연 현상을 다룬 소설, 공포소설, 심지어 포르노까지. 하지만 범죄소설은 없다.

나는 아프리카에서도 오랜 시간을 보냈다. 케냐인 친구들에게 내가 범죄사건에 대한 소설을 쓴다고 얘기했을 때 그들은 묘한 표정으로 나를 보더니 물었다. "왜?" 가공의 범죄와 폭력을 즐기기 위해서는 언론의 자유, 법과 질서, 희망과 번영이라는 조건이 필요하다. 무수한 아르헨티나인들은 여전히 한밤중에 문을 쾅 열어젖히고 들이닥치는 군대에 대한 기억을 간직하고 있다. 그런 곳에서는 코지 미스터리 따위가 필요 없다. 그리고 케냐는 소말리아에 바로 인접한 나라다. 어떤 상상 속 위법행위도 상대적으로 황량하고 지루하게 느껴질 수밖에 없다. 실재하는 사건에 너무 가깝게 붙어 있다면, 개인을 죽이는 행위에 탐닉하려는 오락적 욕구는 축소될 수밖에 없다.

나 역시 비슷한 경험을 몇 년 전에 겪었다. 스웨덴 외교부 장관 안나 린드Anna Lindh가 2003년 9월 11일 스톡홀름의 한 백화점에서 살해당했다. 그녀는 나와 무척 친한 사이였다. 그녀의 죽음을 알리는 전화를 받았을 때 내가 질렀던 비명 소리가 아직도 귓가에 선하다.

이후 삼 년 동안 나는 미스터리와 살인에 관한 소설을 쓰지 못했다. 대신, 공포에 질리고 상처받은 여자들이라는 주제에 온전히 집중했다. 스웨덴에서 가정폭력을 견디지 못하고 미국으로 망명 신청을 한 여성에 관한 논픽션을 썼다. 살해당한 여성에 대한 TV 다큐멘터리 시리즈 각본을 썼다. 젠더에 관한 연대기와 신문 기사, 책을 썼다.

이 연결 고리를 인지하게 된 건 시간이 훨씬 더 많이 지난 다음이었다. 안나의 죽음 때문에 나는 범죄소설을 쓰겠다는 생각조차 떠올릴 수 없었고, 그 상태로 오랜 시간이 흘렀다.

범죄소설이 반응을 얻으려면, 한 인간의 죽음이 혼란과 아수라장을 불러일으켜야만 한다. 그렇지 않으면 대체 왜 군이 범죄소설을 읽겠는가? 사회가 하얗고 밝게 보일수록, 범죄는 더 어둡고 까맣게 모습을 드러낸다. 대조가 있어야만 드라마가 성립한다. 우리 시대 미국과 영국, 스칸디나비아 반도에서 범죄소설이 그토록 큰 인기와 성공을 누리는 이유는 그 때문이라고 생각한다. 지구상에서 그보다 더 잘살고 역사가 오래됐으며 안정적인 민주주의 국가가 또 있겠는가? 미국, 자유의 땅이자 용감한 이들의 고향. 영국, 제국의 유산. 스칸디나비아 반도, 요람에서 무덤까지 국민을 보살피는 복지 시스템이 갖춰진 곳. 사회와 범죄 행위의 대조가 더 날카롭고, 배신이 더 강력하고, 실패가 더 뼈아프게 다가올 수 있는 나라가 또 있을까?

요즘 나는 다시 험악한 소설 쓰기로 돌아갔다. 안나 린드를 기념하는 기금 모집 위원회의 구성원으로서 그녀에 대한 기억을 간직한 채. 그리고 그녀의 기억을 떠올릴 때마다, 가상의 사건들이 터지는 장소인 리버 하이츠를 자주 방문하게 된다.

나는 미국인이 되지 않았다. 대신 미국인인 딸이 하나 있다.

그리고 내 차는 실제로 푸른색 스포츠카다.

리자 마르클룬드Liza Marklund는 1962년, 북극권에 가까운 스웨덴의 작은 마을 폴마르크에서 태어났다. 그녀는 작가이자 저널리스트, 칼럼니스트, 출판업자이자 유니세프의 친선대사다. 1995년에 데뷔한 이래 장편소설 열한 편과 논픽션 두 편을 썼다. 세계적인 베스트셀러 《엽서 살인범들The Postcard Killers》을 제임스 패터슨과 함께 썼고, 이 책을 통해 《뉴욕 타임스》 베스트셀러 1위에 이름을 올린 두 번째 스웨덴 작가가 되었다. 대담한 기자 안니카 벵트손이 주인공으로 등장하는 그녀의 범죄소설 시리즈는 지금까지 30개 언어로 번역되었으며 천삼백 만 부 이상이 팔려나갔다. 최신작은 《뤼클리가 거리Lyckliga Gatan》이다.
www.lizamarklund.com

프랜차이즈 저택 사건 *The Franchise Affair, 1948*

by 조지핀 테이

•

조지핀 테이Josephine Tey는 스코틀랜드의 소설가이자 극작가 엘리자베스 매킨토시Elizabeth Mackintosh(1896~1952)의 필명 중 하나다. 매킨토시는 런던 경시청의 앨런 그랜트 경감을 주인공으로 한 일련의 소설들로 명성을 떨쳤다. 그중 가장 유명한 작품은《시간의 딸The Daughter of Time》(1951)일 것이다. 이 작품에서 매킨토시는 자신이 열중하던 것 두 가지, 역사와 미스터리를 결합시켰다. 병상에 누운 그랜트 경감은 15세기 말 리처드 3세가 조카들, 즉 '런던탑의 왕자들'로 알려진 에드워드 4세의 아들들의 살해에 책임이 있는지 여부를 탐구한다. 그랜트는《프랜차이즈 저택 사건》에도 짧게 등장한다.

루이즈 페니

　내 인생을 통틀어 가장 좋아하는 탐정소설로 꼽게 된 작품을 실제로 읽게 되기까지는 터무니없이 오랜 시간이 걸렸다. 실로 당황스러운 이유 때문이다.

　나는 조지핀 테이의 모든 소설을, 단 한 권을 제외하고 전부 읽었고 그 작품들 모두를 마음 깊이 사랑했다. 예외로 꼽는 작품이라면《시간의 딸》인데, 나는 그 작품을 마음 깊이 사랑할 뿐만 아니라 긴장감, 역사, 범죄, 호기심을 그토록 멋지게 결합한 데 대해 머리 조아려 숭배한다. 그 책은 두말할 나위 없는 걸작이다(실제로 영국 범죄소설가협회에서는《시간의 딸》을 역사상 최고의 범죄소설로 꼽았고, 그 선택은 옳다). 하지만 전혀 읽을 생각조차 들지 않았던 테이의 책이 단 한 권 있었다. 나의 책꽂이에 꽂혀 있었지만, 펼쳐보진 않았다. 뒤표지에 적힌 줄거리조차 읽지 않았다.

이 작품을 그토록 완강하게 피했던 이유가 뭘까?

제목이었다. 아이고 세상에, 정말이다. 제목 때문이다.

그 제목은《프랜차이즈 저택 사건》이었다.

이 소설이 맥도널드나 데어리퀸 프랜차이즈에서 벌어지는 미스터리일 리 없다는 건 알고 있었지만, 어쩌면……이라는 의혹을 완전히 떨쳐내진 못했었다.

펭귄 출판사의 녹색 책등에, 간단명료하고 대담한 서체로 제목이 박힌 그 책을 어쩌다가 드디어 집어들게 되었는지는 모르겠다. 지루해서였을지도, 호기심 때문이었을지도, 아니면 나의 옹졸함에 짜증 난 더 높은 분의 뜻이었는지도 모르겠다.

조지핀 테이의 다른 작품들처럼,《프랜차이즈 저택 사건》은 얇은 책이다. 요즘 기준에서 보면 중편보다 조금 더 긴 정도다. 그리고 테이의 다른 작품들처럼, 모든 단어가 완벽하게 자리 잡힌 보석처럼 빛난다. 그녀의 산문은 명쾌하고 수정같이 투명하며, 페이지 위에서 예리하고 다면적인 프리즘처럼 빛난다. 그 명료한 단어들로 그녀는 마찬가지로 다면적인 캐릭터들을 창출해낸다. 하지만 내가 테이의 작품에서 가장 높이 평가하는 점은, 그 모호함이다. 독자로서 나는 누가 진실을 말하는지, 누가 선인이고 누가 악인인지 확신하지 못한다. 어떤 캐릭터들을 믿고는 싶은데, 거기에도 언제나 한 조각의 의혹이 남아 있다.

불편하다.

불편함은《프랜차이즈 저택 사건》에서 가장 먼저 느낀 감정이다. 그 감정은 점점 커져가는 매혹과 두려움 속에 이 책을 읽어나가는 내내 나를 꼼짝달싹 못하게 붙들었다.

나는 '두렵다'라는 단어를 썼는데, 칼을 휘두르는 사이코패스라든가 희생자를 고문하는 연쇄살인범이 등장한다는 뜻이 아니다. 이 작품에는 사람 시체를 파먹는 귀신이나 뱀파이어, 닫힌 문 뒤에서 발광하는 살인범 같은 건 존재하지 않는다.

유령이 있긴 있다. 깨어나 형태를 갖추며《프랜차이즈 저택 사건》의 페이지를 거닐기 시작하는 과거가 그것이다. 그 유령들은 기억과 관념과 공포를 먹고산다.

이 책에 대해 조금 더 말해보겠다. 많이는 아니고—당신에게 스포일러하고 싶진 않으니까.

배경은 켄터키프라이드치킨 체인점이다…… 아니, 농담이다. 배경은 2차 세계대전 직후 영국의 한 마을이다. 이 지역의 변호사 로버트 블레어가 등장한다. 재미는 없지만 편안한 느낌을 주는 중년 남성이다. 어느 날 그는 만난 적 없는 낯선 여인으로부터 전화 한 통을 받는다. 매리언 샤프는 그에게 도움을 요청한다. 그녀와 나이 든 어머니 두 사람은 이 마을에 이사 온 지 얼마 안 되었다. 불과 몇 달 전 프랜차이즈 저택에 들어왔다고 한다.

이 지역 사람들, 그리고 이 여성들의 삶에서는 힘든 시기이다. 이 작은 영국 마을의 거주자들은 폐쇄적이고 낯선 이들에게 관심을 보이지 않으며, 특히나 그들만큼 은둔하며 사는 늙은 어머니와 중년의 딸에게는 더욱 그렇다.

블레어는 매리언 샤프로부터 특이하고도 당황스러운 이야기를 듣는다. 샤프 모녀가 여학생을 유괴한 죄목으로 기소되었다는 이야기를. 런던 경시청에서 온 남자를 포함한 경찰들이 프랜차이즈 저택에서 조사 중이라고 한다. 모녀는 유괴당했다는 여학생을 만난 적이 없다고 주장한다. 그 소녀는 모녀가 자신을 며칠 동안이나 감금했고, 가까스로 탈출했노라고 주장한다. 소녀는 그 증거로, 자신이 갇혀 있던 방을 포함한 프랜차이즈 저택의 전체 내부를 상세하게 묘사한다.

그리고 그녀가 말한 세부사항들은 모두 정확하다.

로버트 블레어는 내키지 않는 기사 역할을 떠맡아, 진실을 찾아내고 좀처럼 도움을 주고자 노력하지 않는 소박하고 무뚝뚝한 모녀의 무죄를 입증하려 한다. 하지만 사건을 파헤칠수록, 의심은 깊어져만 간다.

더이상은 말하지 않겠다. 다만, 탐정소설의 걸작이자 인간 본성을 다룬 걸작을 읽기까지 내가 허비한 시간만큼 오래 꾸물거리지 말라고 애걸하고 싶을 뿐이다. 최고의 범죄소설들이 그렇듯,《프랜차이즈 저택 사건》또한 범죄라기보다는 그에 연루된 사람들의 이야기다. 그리고《시간의 딸》처럼《프랜차이즈 저택 사건》도 실제 사건에 기반을 두고 있다. 18세기의 엘리자베스 캐닝Elizabeth Canning 사건 말이다.

조지핀 테이는 스코틀랜드 작가 엘리자베스 매킨토시의 필명이다. 그녀의 또다른 필명으로는 고든 대비엇Gordon Daviot이 있다. 우리 모두에게 유감스럽게도(그녀 자신은 물론이고), 엘리자베스 매킨토시는 1952년 비교적 젊은 나이인 56세에 사망했다. 조지핀 테이라는 이름으로는 장편 미스터리 소설을 여덟 편 남겼다. 무척 근사한 그 여덟 편은 나에게 영감을 불어넣었고, 덜어내야 더 많은 것을 담아낼 수 있음을 알려주었다. 또한 공포를 암시하는 편이 자세한 묘사보다 훨씬 더 강력하다는 것 역시 가르쳐주었다.

루이즈 페니Louise Penny는 퀘벡을 배경으로 한 범죄소설 '아르망 가마슈Armand Gamache 시리즈'의 작가다. 그녀의 책들은《뉴욕 타임스》와《런던 타임스》를 포함해 세계적인 베스트셀러 목록에 이름을 올렸다. 그녀는 브리티시 대거 상과 캐나다의 아서 엘리스 상, 미국의 앤서니 상, 배리 상, 매커비티 상, 네로 상을 수상했다. 또한 모두가 갈망하는 애거서 상을 사 년 연속으로 수상한 역사상 유일한 작가이기도 하다. 그녀의 책들은 25개 언어로 번역되었다. 루이즈는 현재 남편 마이클과 개와 함께 퀘벡에 거주한다.

www.louisepenny.com

리틀 시스터 *The Little Sister, 1949*

by 레이먼드 챈들러

•

레이먼드 챈들러Raymond Chandler(1888~1959)는 다소 늦은 나이인 44세에,《블랙 마스크》등의 '펄프' 잡지에 단편을 실으면서 범죄소설 작가의 길에 입문했다. 사립탐정 필립 말로가 주인공으로 등장하는 첫 장편소설《빅 슬립The Big Sleep》은 1939년 출간되었다. 챈들러는 총 일곱 편의 장편소설을 썼는데, 모두 필립 말로의 이야기다. 챈들러는 할리우드에서 각본가로도 활동했다. 빌리 와일더 감독이 영화화한 제임스 M. 케인의《이중배상》(1943)을 각색했고, 앨프리드 히치콕 감독이 영화화한 퍼트리샤 하이스미스의《낯선 승객Strangers On A Train》각색 작업에도 참여했다. 〈블루 달리아The Blue Dahlia〉(1946)는 챈들러의 창작 각본으로 만들어진 유일한 영화다. 이 작품은 〈이중배상〉(1944)과 마찬가지로 아카데미 상 후보에 올랐다. 챈들러의 마지막 소설《플레이백Playback》은 1958년 출간되었다. 1944년《애틀랜틱 먼슬리Atlantic Monthly》에 처음 실렸던 그의 에세이〈심플 아트 오브 머더〉는 이후 범죄소설 비평에서 어마어마한 영향을 미친 글로 평가받는다.

마이클 코넬리

영화가 끝나고 불이 켜졌을 무렵, 나는 어두운 극장 안에 있었다. 나는 혼자 학생회관에 영화를 보러 왔다. 월요일 밤, 정확하게는 '1달러 내고 영화 보는 밤'이었다. 나는 열아홉 살이었고, 로버트 올트먼 감독이 레이먼드 챈들러의 소설을 영화화한 1973년 작 〈기나긴 이별The Long Good-bye〉를 막 보고 난 참이었다. 월요일 밤의 영화 상영이 끝나고 나면 대개 영화과 학생이나 대학원생 조교가 주도하는 토론이 이어졌다. 그날 밤의 토론회는 대단히 활발하게 이뤄졌는데, 관객 중 일부는 그 영화를 싫어했고 일부는 좋아했기 때문이다. 나로 말할 것 같으면 후자 쪽이었다. 현대 로스앤젤레스를 묘사하는 방식에 푹 빠져들었고, 무엇보다도 사립탐정 필립 말로를 연기한 엘리엇 굴드의 냉소적이고 빈정대는 태도에 반했기 때문이다.

토론을 들으면서, 나는 어떤 이들이 이 영화를 싫어하는 이유가 무엇인지 금방 깨달았다. 그들은 원작 소설을 먼저 읽었고, 영화에서 그 고전을 스스럼없이 바꿔버린 지점들에 격렬하게 반대했던 것이다. 영화 속 필립 말로는, 절대 깨뜨릴 수 없는 명예의 규칙을 고수하는 타락 기사처럼 묘사되는 소설 속 말로가 아니라, 복수와 살인을 위한 규칙을 따르는 남자로 등장한다.

그 당시 나는 범죄소설과 영화, TV 연속극의 열렬한 소비자였다. 하지만 레이먼드 챈들러의 책은 단 한 권도 읽지 않았다. 나는 오로지 동시대 이야기에만 흥미가 있었다. 세계를 지금의 모습 그대로 알고 싶었고, 더이상 존재하지 않는 지나간 세계에 관한 옛이야기에는 관심이 없었다. 챈들러는 1940년대와 50년대에 속한 작가다. 나는 그 시대가 궁금하지 않았다.

하지만 나는 영화 〈기나긴 이별〉를 보고 말았다. 그 영화, 그리고 뒤이은 토론회 덕분에 나는 화요일 아침 서점으로 달려갔다. 그리고 영화 개봉에 맞춰 출간된《기나긴 이별》페이퍼백을 샀다. 표지에는 고양이와 함께 한 엘리엇 굴드의 말로 사진이 실려 있었다(고양이는 영화에만 등장하고 책에는 존재하지 않는 캐릭터다!).

나는 서둘러 다른 두 명과 함께 쓰는 방으로 돌아와서 책을 읽기 시작했다. 그로부터 이어진 마흔여덟 시간은 내 인생을 바꿔놓았다. 영화에서 책으로, 그리고 또다른 책들로 이어졌다. 나는 하루 만에《기나긴 이별》을 완독했고, 수요일 아침 다시 서점으로 달려가 거기 있던 챈들러의 모든 책들을 구입했다.

그때부터 나는 수업에 들어가지 않고 소설을 읽고 또 읽었다.

그때부터 나는 앞으로의 인생행로를 포함한 많은 것들에 대해 생각을 바꿨다.

그때부터 나는 작가가 되겠노라 결심했다. 그냥 소설가가 아니라 범죄에 대해, 법의 양극단 혹은 그 중간에 있는 사람들에 관한 하드보일드한 이야기를 쓰는 소설가 말이다.

챈들러는 그의 책을 통해 내 생각이 잘못됐음을 일깨워줬다. 나는 소설이 시간을 초월할 수 있음을 배웠다. 1940년대를 말하는 1940년대 소설이 1970년대에도, 1990년대에도, 심지어 새로운 세기의 시작에도 어떤 의미를 가질 수 있다. 챈들러는 시간의 흐름을 견뎌냈고, 오직 그 점에 예술의 의미가 존재한다.

이 글은 가장 좋아하는 책에 관해 써야 한다. 음, 가장 좋아하는 작가는 이미 명약관화하게 밝혔다. 그리고 레이먼드 챈들러의 소설 단 한 권을 고르라면, 나는 《리틀 시스터》를 선택할 것이다. 물론, 나를 범죄소설계에 입문시킨 《기나긴 이별》은 향수 어린 애호품이다. 하지만 무인도에 들고 갈 책은 《리틀 시스터》여야만 한다. 그 책은 내가 어딜 가든 뒷주머니에 꽂아넣고 싶은 그런 책이다.

이 글을 쓰는 시점은, 《리틀 시스터》 전체를 다시 한번 읽은 지 몇 년이 지난 다음이다. 또한 부분적으로 읽으며 기억을 떠올려본 것도 일 년 정도 이전의 일이다. 그러므로 나는 이 소설의 줄거리를 자세하게 서술하는 데 애를 먹고 있다. 《리틀 시스터》는 여러 면에서 단순하게 '탐색Quest'의 이야기다. 캔자스 주 맨해튼 출신인 오파메이 퀘스트Quest는 사라진 오빠 오린을 찾기 위해 필립 말로를 고용한다. 말로는 그 사건을 받아들이고, 영화계 스타들이 사는 남부 캘리포니아 지역을 가로지르며 전혀 믿음이 가지 않는 경찰들과 살인사건을 계속 마주친다. 아주 상세하게 설명하진 않았지만, 이 정도만 알아두면 될 것이다.

하지만 줄거리는 내가 이 책을 가장 좋아하는 작품으로 고른 이유가 아니며, 왜 최고의 범죄소설들을 모은 이 책에 언급될 가치가 명확한지에 대한 근거도 되지 못한다. 《리틀 시스터》는 최상의 레이먼드 챈들러이며, 그의 냉소와 풍자에 있어 최고를 보여준다. 캐릭터와 공간의 본질을 가장 적절하게, 다이아몬드처럼 예리한 기교로 포착한 지점은 소설의 13장이다.

그렇다. 나는 지금 한 장에 대해 말하려는 것이다. 정확하게는 딱 4페이지다. 최소한 내가 집필실에 꽂아둔 빈티지 크라임/블랙 리저드 보급판 기준으로는 그렇다. 지금 무슨 생각하고 있는지 다 안다. 집필실에 꽂아놨다고? 아까는 몇 년 동안 그 책을 읽지도 않았다고 바로 위에서 털어놓지 않았던가? 그래, 맞다. 하지만 13장만큼은 자주 재독한다. 경외감을 느끼기 위해 읽는다. 영감받기 위해 읽는다. 내가 가장 좋아하는 작가가 쓴 가장 좋아하는 소설 속 가장 좋아하는 문단이기 때문에 읽는다. 그 4페이지 속에서, 챈들러는 독자와 작가들에게 시대를 뛰어넘는 글을 쓴다는 게 무엇인지 알려준다. 예술을 창조한다는 게 무엇인지 알려준다.

나는 선셋 대로를 타고 동쪽으로 차를 몰았지만 집으로 가진 않았다……

13장은 이렇게 시작한다. 이 장 전체는 소설의 줄거리나 말로가 불편하게 느끼는, 그 자신의 표현에 따르면 '인간답지 않다고' 여겨지는 살인사건과도 별 관련이 없다. 그저 로스앤젤레스 안팎을 드라이브하는 내용이다. 자신의 행동과 맡고 있는 사건에 좌절하고 스스로 인간답지 못하다고 느끼며, 말로는 자신이 사는 도시 주변을 운전하면서 독자들을 그 여정에 동참시킨다. 그가 1949년의 로스앤젤레스를 묘사하는 방식은 오늘날의 로스앤젤레스는 물론이고 어느 시대의 어느 도시에라도, 위급한 상황에 우리가 무기력하고 이용만 당했다는 느낌을 떨치지 못할 때 적용될 수 있다.

겉으로 보이는 바처럼 일이 돌아가지 않는다는 것, 낡아빠지긴 했어도 언제나 믿을 만한 내 예감에 따르자면 손이 가는 대로 게임을 했다가는 엉뚱한 사람이 돈을 몽땅 잃게 된다는 것, 지금 내가 아는 건 그게 전부야. 내가 상관할 일인가? 글쎄, 그럼 내가 상관해야 하는 일은 뭐지? 내가 알긴 하나? 알았던 적이 있긴 한가? 거기까지 들어가진 말자. 오늘 밤 넌 인간답지 않아, 말로. 어쩌면 과거에도 그런 적이 없었고, 앞으로도 그렇지 않을 수도 있어. 난 사립탐정 면허증을 발급받은 심령체 같은 존재인지도 몰라. 어쩌면 항상 잘못된 일이 벌어지고 바로잡히는 법이 없는 이 냉혹하고 흐릿한 세상에서 우리 모두가 이런 상태인지도 몰라.

작가의 임무는 연결 짓고, 심장과 영혼 사이의 어두운 주름 속으로 다가가고, 독자로 하여금 자기도 알지 못하는 사이 '그래, 무슨 말인지 알겠어'라며 고개를 끄덕거리게 만드는 것이다. 공유되는 경험. 독자가 경찰이나 사립탐정이나 영화 스타가 아니라도 상관없다. 당신이 인간이라면, 그 연결 지점은 바로 거기에 있다. 위대한 작가는 그 연결 지점을 당신 속에서 발견하고, 그것을 자신의 언어로 이끌어내는 능력이 있다.
챈들러가 바로 그런 작가다. 냉소적인 동시에 희망을 잃지 않는다. 그는 그 일을 확실하게 해냈고, 바로 그 속에서 챈들러의 언어들은 세월을 건너뛴다. 칠십오 년 전 그가 타자기로 기록했던 그 단어들이 의미하던 바는, 지금도 여전히 유효하다.

로스앤젤레스로 들어서기 전 그 도시의 냄새를 맡았다. 너무 오랫동안 달혀 있었던 거실에서 나는 것처럼 퀴퀴하고 오래된 냄새였다. 하지만 유색 조명은 당신을 속여 넘길 수 있다. 그 조명은 근사했다. 네온 조명을 발명한 사람의 기념비를 세워야 하지 않을까. 15층 높이의, 단단한 대리석 기념비로. 진정 무에서 유를 창조한 남자 아니던가.

나는 레이먼드 챈들러의 신봉자다. 나는 13장을 배우는 학생이다. 나는 새 작품에 착수할 때마다 그 부분을 읽는다. 13장은 거장으로부터 듣는 격려의 말이고, 더 높은 차원에서 진행 중인 게임을 내게 일깨워준다. 우리는 사건을 조사 중인 탐정에 대해, 혹은 탐정을 움직이는 사건에 대해 글을 쓸 수 있다. 범죄소설의 틀을 활용하여 우리가 사는 세계에 대해 더 광범위한 이야기를 할 수 있다. 그리고 운이 좋다면, 거장의 가르침을 잘 터득한다면, 당신의 책을 읽으면서 스스로 미처 깨닫지 못하는 사이 머리를 끄덕이는 독자들을 얻을 수 있을 것이다.

•

마이클 코넬리Michael Conelly는 이십 년 동안 장편소설 스물다섯 편을 썼다. 그의 최신작은 《불타는 방Burning Room》(2014)이다. 그는 오랫동안 이어지고 있는 '형사 해리 보슈Harry Bosch 시리즈'와 보다 최근에 등장한 '링컨 차를 타는 변호사 미키 할러Mickey Haller 시리즈'의 작가다. 또한 그가 성장한 미국 사우스 플로리다와, 십 년 동안 살았으며 소설의 배경으로 줄곧 활용하고 있는 로스앤젤레스의 신문사들에서 법정사건과 범죄에 대한 기사를 썼던 전직 기자이기도 하다. 현재 그는 플로리다 주의 탐파에 거주 중이다.
www.michaelconnelly.com

브랫 패러의 비밀 *Brat Farrar, 1949*

by 조지핀 테이

조지핀 테이Josephine Tey는 스코틀랜드의 소설가이자 극작가 엘리자베스 매킨토시Elizabeth Mackintosh(1896~1952)의 필명 중 하나다. 매킨토시는 런던 경시청의 앨런 그랜트 경감을 주인공으로 한 일련의 소설들로 명성을 떨쳤다. 그중 가장 유명한 작품은 《시간의 딸The Daughter of Time》(1951)일 것이다. 이 작품에서 매킨토시는 자신이 열중하던 것 두 가지, 역사와 미스터리를 결합시켰다. 병상에 누운 그랜트 경감은 15세기 말 리처드 3세가 조카들, 즉 '런던탑의 왕자들'로 알려진 에드워드 4세의 아들들의 살해에 책임이 있는지 여부를 탐구한다. 그랜트는 《프랜차이즈 저택 사건》에도 짧게 등장한다.

마거릿 마론

"산문으로 쓴 책은 쇼에 내보내기 위해 키우는 개와도 같다. 나는 그 개를 판 돈으로 내 고양이를 부양한다." 로버트 그레이브스, 시에 영혼을 바친 이의 말이다.

고든 대비엇이라는 필명으로 역사 희곡을 썼던 스코틀랜드 작가 엘리자베스 매킨토시도 조지핀 테이라는 필명으로 쓴 범죄소설에 대해 비슷한 감정을 느끼지 않았을까 싶다. 범죄소설은 그녀가 전시 판매용으로 키우는 개였고, 그녀의 '고양이'인 희곡보다 열등한 존재였다. 그 희곡은 당대에는 비교적 성공을 거뒀으나 지금에 와서는 그중 하나라도 무대에 오르는지 여부를 알 수 없다. 정말이지 그 작품들이 오늘날 기억되는 유일한 이유라면, 영국을 대표하는 배우 존 길거드 경이 그중 한 편의 연극에서 처음으로 거둔 대중적인 성공이 그의 경력에 포함되었기 때문이 아닐까 한다.

그러나 그녀의 범죄소설은 모두 아직도 팔리고 있다. 중년 여성 미스터리 작가들 누구에게라도 그 여덟 편의 제목을 대라고 한다면 열에 아홉은 완벽하게 읊을 수 있을 것이다. 《줄을 선 남자The Man in the Queue》 《촛불에 1실링A Shilling for Candles》《미스 핌 태도를 정하다Miss Pym Disposes》 《프랜차이즈 저택 사건》《브랫 패러의 비밀》《사랑하되 현명해져라To Love and Be Wise》《시간의 딸》《노래하는 모래The Singing Sands》.

전 세대 여성 작가들의 역할 모델이 도로시 L. 세이어즈와 애거서 크리스티였다면, 우리 시대 작가들의 역할 모델은 조지핀 테이다. 그녀는 세이어즈처럼 의식적으로 박식함을 과시하지 않았고(《시간의 딸》이 개중에는 학술적인 편이다), 그녀의 줄거리는 크리스티처럼 복잡하게 뒤얽히고 설득력 없는 결론을 내는 쪽으로 가지 않았다. 그럼에도 불구하고 그녀의 소설들은 그 두 유명 작가들이 쓴 어떤 작품보다도 깊은 만족을 준다. 조지핀 테이의 산문 스타일은 단순하고 직접적이지만—'여러분, 저는 아무것도 속이지 않습니다'—그녀의 캐릭터들은 페이지에서 살아 숨쉬고 온전히 통합된 인간의 면모를 드러낸다. 각 소설이 옹호자들을 거느리고 있겠지만, 개인적으로 내가 꼽는 최고작은 《프랜차이즈 저택 사건》(루이즈 페니가 이 책에 글을 썼다)과 《브랫 패러의 비밀》이다. 이 두 권이야말로, 다른 책들이 전부 마땅찮을 때면 머리를 식히기 위해 되풀이해 읽는 작품이다.

짧은 내용 소개 : 브랫 패러는 영국인 고아 소년이다. 십대 초반 미국으로 건너가 우연히 목장에서 일하면서 말에 대해 깊은 애정을 느낀다. 몇 년 뒤 목장에서 석유가 발견되자, 그는 퇴직금을 받고 딱히 뭘 해야

할지 모르는 상태로 영국에 돌아온다. 그리고 영국의 한 거리에서 초라한 배우 앨릭 로딩과 마주치고, 로딩은 브랫을 사이먼 애시비로 착각한 채 말을 건다. 사이먼은 애시비 가문의 재산과 그에 딸린 종마 사육장을 곧 상속받게 될 청년이다. 팔 년 전, 사이먼의 쌍둥이 형 패트릭 애시비는 열세 살 나이로 죽었다. 패트릭은 부모님의 죽음을 극복하지 못한 채 물에 빠져 자살한 것으로 알려졌다. 시체는 발견되지 않았다.

애시비 농장 이웃에서 성장한 로딩은 그 가족과 매우 친밀한 사이였고, 이제 사이먼의 상속에서 한몫 챙길 기회를 포착했다. 그는 브랫 패러를 잘 다듬어, 살아 돌아와 자신의 정당한 위치를 주장할 수 있는 쌍둥이 형으로 내세우고 싶어 한다. 브랫은 경우 있는 청년이고 그 일에 연루되길 꺼리지만, 이 거래에서 말이 차지하는 비중을 알고 나선 동참하기로 한다. 로딩은 타고난 선생이고, 브랫은 학습 능력이 빠른 제자다. 그는 모두를 속여 넘길 수 있게 된다. 사이먼을 제외하고.

애시비 가문의 구성원은 다음과 같다. 매력적이며 타산적인 청년 사이먼은 처음부터 진짜 패트릭이 죽었음을 주장한다. 조금 더 어린 여동생 엘리너는 상반된 감정으로 '패트릭'의 귀환을 환영한다. 열 살짜리 쌍둥이 루스와 제인, 그리고 죽은 남동생의 아이들을 맡아 키우며 종마 사육장을 지켜온 뛰어난 기수인 비 고모도 있다. 각 인물은 빠르고 간략하게 묘사되지만, 그 솜씨가 워낙 훌륭하여 우리는 이들을 총체적으로 살펴볼 수 있다. 우리는 곧 그들의 강점과 약점, 그들이 좋아하는 것과 싫어하는 것을 알아챌 수 있다.

그리고 인간뿐 아니라, 테이의 동물들 역시 개성을 갖고 있다.

말을 살펴보자. 말은 각 주인의 성격과 조응한다. 사이먼의 말 팀버는 오만하고 허영심이 강하며 누군가를 없애버릴 기회를 호시탐탐 엿본다. 제인의 포포스터는 늙은 흰색 조랑말로, "대단히 고집이 세고 호기심이 무궁무진하다". 이십 년 가까이 셀 수 없이 많은 새끼를 낳은 레지나가 있고, 비 고모의 말 셰브런이 있다. "장애물 넘기를 좋아하는 셰브런은 긴장하는 기색 없이 자신감 있게 울타리를 넘어섰다. 셰브런의 콧노래가 들리는 것 같았다."

브랫은 품위 있고 호감 가는 청년이며 "소속감을 주는 장소"와 진짜 가족을 갈망했다. 그리하여 우리는 브랫이 패트릭에 대해 모두가 간직하고 있는 아름다운 기억을 이용하는 거짓말쟁이에 강탈자라는 사실을, 공동체의 조직 속으로 교묘하게 파고들려는 그의 시도를 알면서도, 위기일발의 순간마다 저도 모르게 브랫을 응원하게 된다. 그러나 점차 우리는 브랫이 치명적인 위험에 빠졌고, 어린 나이에 죽은 패트릭의 뒤를 따르게 될 아슬아슬한 순간에 맞닥뜨렸다는 사실도 알게 된다.

테이의 소설이 주는 즐거움 중 일부는, 그녀가 모든 면에서 공정한 게임을 벌인다는 사실이다. 우리는 테이의 주인공들이 보는 것을 똑같이 보고, 그들의 대화를 들을 수 있고, 심지어 그들의 생각마저 공유한다. 깜짝 결말과 역설적인 비틀기는 테이가 의도하는 바가 아니다. 대신, 우리는 모든 사실이 온전히 만족스러운 방식으로 드러날 때까지 이야기가 천천히 풀려나가는 과정을 즐기면 된다.

테이는 처음부터 나의 역할 모델이었다. 그녀는 내가 매번 숙독하는 유일한 작가이며, 주인공과 공간을 생생하게 되살려냄으로써 모든 수수께끼가 풀린 뒤에도 계속 읽고 싶게 만드는 기술을 정확하게 배우기 위해 거듭 재독하는 작가다. 난 매우 느리게 쓰는 타입의 작가로, 테이가 소설 중 몇 편은 여섯 주도 안 되는 기간에 후딱 썼다는 사실을 알았을 때 절망했다. 그녀는 자신의 미스터리 소설을 두고 "연간 뜨개질 행사"라고 불렀다. 희곡과 희곡 사이 빈 시간에 손을 놀리지 않기 위한 방편이라는 뜻이다.

앞으로도, 테이가 생전에 그 뜨개질에 집중하며 희곡은 싹 다 잊어버렸으면 좋았을 거라는 바람을 놓긴 힘들 것 같다.

●

마거릿 마론Margaret Maron은 시스터스 인 크라임Sisters in Crime, 미국 범죄작가협회, 미국 미스터리작가협회의 회장을 역임했다. 여러 주요 미스터리 상을 휩쓸었으며, 그녀의 '판사 데보라 놋Judge Deborah Knott 시리즈'는 현대 남부 문학에 대한 여러 강의에서 꼭 읽어야 할 도서 목록에 포함된다. 2008년 그녀는 미국 노스캐롤라이나 주 사람들에게 가장 큰 영예인 노스캐롤라이나 문학상을 받았다. 그녀의 첫 번째 시리즈는 NYPD의 시그리드 하랄드Sigrid Harald 부서장을 주인공으로 뉴욕 예술계의 사건들을 파헤치는 내용이며, 현재 전자책으로도 구입할 수 있다.

www.margaretmaron.com

낯선 승객 *Strangers on a Train, 1950*

by 퍼트리샤 하이스미스

·

퍼트리샤 하이스미스Patricia Highsmith(1921~95)는 스무 편이 넘는 장편소설과 수많은 단편을 쓴 문제투성이 작가였다. 출생 당시의 이름은 메리 퍼트리샤 플랭먼이며, 의붓아버지 스탠리 하이스미스로부터 성을 새롭게 물려받았다. 그녀는 의붓아버지와 어머니 양쪽 모두와 복잡 미묘한 관계를 맺었는데, 특히 어머니에게 자신을 낙태하려고 했던 과거에 대해 비난을 퍼부었다. 그녀는 어머니 메리가 죽고 나서 겨우 몇 년 후에 사망했다. 퍼트리샤 하이스미스의 첫 소설은 《낯선 승객》이지만, 도덕심이라곤 찾아볼 수 없는 사기꾼이자 살인자인 톰 리플리를 주인공으로 한 장편소설 다섯 편으로 가장 널리 알려졌다. 그녀의 뛰어난 재능은 독자로 하여금 캐릭터들의 가장 소름 끼치는 면조차 공감할 수 있게 만드는 능력, 즉 독자가 자기 영혼의 보다 어두운 구석을 마주할 수 있게끔 몰아붙이는 능력이었다.

에이드리언 매킨티

1981년 여름, 나는 종말이 곧 닥쳐올 것 같던 북아일랜드의 벨파스트 중앙도서관에서 퍼트리샤 하이스미스의 소설을 처음 읽었다. 당시는 단식 투쟁의 시대였다. 폭탄이 거의 매일 터졌고, 밤마다 폭동이 도시를 휩쓸었다. 하지만 어쨌든 도서관은 문을 계속 열어두었다. 기꺼이 남을 돕고자 하는 사서들은 범죄소설에 미쳐 있는 열세 살짜리 남자아이가 소설가의 꿈을 키울 수 있도록 독려했다. 그들 생각으로는 그것이야말로 이 수상쩍은 장르에서 가장 높은 성취를 이룰 수 있는 방법이었던 것이다.

긴장감이 넘치는 뛰어난 리플리 시리즈의 장단편을 다 읽은 다음,

나는 하이스미스의 예전 작품들을 찾아보기 시작했다. 어떤 이유에서인지 하이스미스의 두 번째 소설이자 레즈비언 장르의 고전인《소금의 값 The Price of Salt》은 대출이 안 되는 별도 서가에 꽂혀 있었다. 하지만 그녀의 첫 소설《낯선 승객》은 크레셋 프레스에서 출판된 멋진 초판본으로 쉽게 찾아 읽을 수 있었다. 나는 즉시 이 소설의 핍진성과, 거짓말과 죄책감의 불쾌한 본성에 대한 깔끔한 해부에 사로잡혀버렸다. 그 이후로 나는 내내 이 소설의 팬이었다.

퍼트리샤 하이스미스는 1921년 텍사스에서 태어났지만, 어린 시절의 대부분을 어머니와 화가인 의붓아버지 스탠리 하이스미스와 함께 맨해튼에서 보냈다. 그녀는 뉴욕 예술계 변방의 가난한 보헤미안 스타일의 환경에서 성장했다. 조숙한 아이였던 그녀는 소설과 과학, 예술사와 심리학 관련 책들을 게걸스럽게 읽어대기 시작했다. 그녀는 언제나 자신이 작가가 될 것임을 확신했고, 바너드 칼리지에 입학한 후에는 문학과 작문 수업을 들었다.

책과 관련된 그녀의 첫 직업은, 펄프 잡지와 만화를 주로 펴내던 출판업자 네드 파인스 아래에서 연재만화 대본을 쓰는 작가였다. 이후에는 포셋 코믹스로 자리를 옮겨 골든 애로Golden Arrow와 캡틴 미드나잇Captain Midnight 같은 유명한 캐릭터들의 초기작 대본을 작업했다.

트루먼 커포티의 제안에 따라, 그녀는 뉴욕 사라토가 스프링스에 위치한 예술가들의 안식처인 '야도Yaddo'에서《낯선 승객》을 집필하기 시작했다. 첫 소설로 세상 사람들을 깜짝 놀라게 해주겠다는 야심과 함께, 그녀는 이 소설로 미국판《죄와 벌》을 쓰고자 시도했다. 그녀는 도스토옙스키를 존경하고 질투하는 한편, 알베르 카뮈와 장 폴 사르트르라는 프리즘을 거쳐 다소 냉소적으로 읽곤 했다. 도스토옙스키가 타락한 남자는 신의 무한한 사랑을 통해 구원받을 수 있다고 믿은 반면, 그녀는 그런 가능성을 조금도 염두에 두지 않았다. 하이스미스의 모든 작품은 카뮈의 《이방인》의 뫼르소처럼, 지루한 부르주아 사회의 대다수 구성원을 넘어서려는 아웃사이더들로 넘쳐흐른다.

《낯선 승객》은 건축가 가이 헤인스와 타락한 명문가 자제 찰스 브루노가 텍사스의 가상 도시 멧카프로 향하는 풀먼 기차 칸에서 마주치는 것으로 시작한다. 브루노는 처음부터 느끼하고 불쾌한 인상이다. 가이가 조금만 덜 피곤했다면, 같이 저녁 식사라도 하자는 브루노의 청을 충분히 거절하고도 남았을 것이다.

브루노는 가이가 아내 미리엄과의 이혼 문제 때문에 골치를 썩이고 있다는 사실을 알게 된다. 가이는 새 연인 앤과의 행복을 꿈꾸지만 아내가 버티고 있다. 게다가 아내의 저속함은 유서 깊은 뉴욕 건축사무소에서 일하는 그의 전도유망한 경력에도 걸림돌이 되고 있다. 긴장이 풀린 순간, 가이는 미리엄이 없어져준다면 그의 많은 문제들도 순식간에 해결될 것이라 인정하고 만다. 브루노 역시 누군가의 죽음을 원하고 있다. 악착같이 돈을 긁어모으는 브루노의 아버지는 선량한 어머니에게 불륜 문제로 고통을 안겨주기까지 한다. 상대방을 위해 살인을 대신 저질러준다면 어떨까? 대신 이득을 보는 당사자는 살인 당일에 빈틈없는 알리바이를 만들면 완벽하지 않겠냐고, 브루노는 제안한다. 가이는 혐오감을 느끼고, 기차에서 내리는 순간 그 제안과 브루노를 모두 잊어버린다.

가이에게는 불행한 일이지만, 브루노는 외골수의 사이코패스이며 자신과 가이가 암묵적 합의를 이뤘다고 굳게 믿는다. 기회가 생기자마자 그는 멧카프행 기차에 오르고, 유원지로 향하는 미리엄을 뒤쫓아 그녀가 혼자 있을 때 목 졸라 죽인다.

뒤이은 몇 주 몇 달 동안 브루노는 가이를 계속 따라다니며 합의를 실행하라고 종용하기 시작한다. 그는 가이의 사무실에, 다양한 사교 모임 자리에, 심지어 그의 집에 나타나 가족끼리 알고 지내는 사이로 행세하기까지 한다. 어서 아버지를 죽여주지 않는다면, 가이가 미리엄의 죽음에 연루되었음을 경찰에게 털어놓겠다고 브루노는 협박한다.

애초부터 강인하지 못한 가이는 흐트러지기 시작하고, 어디서든 브루노를 보게 되고 그의 목소리를 듣게 되며 심지어 환각까지 보게 된다. 제정신을 지키기 위해 그는 마침내 브루노의 아버지를 죽인다. 한동안 상황은 나아진 것처럼 보이지만 탐정 아서 제라드가 사건을 담당하고, 브루노의 어리석고 불필요하며 지나치게 잦은 거짓말을 샅샅이 분석하기 시작한다.

하이스미스의 작품에는 슈펭글러적인 역사철학관이 스며들어 있다. 《낯선 승객》에서 롱아일랜드 거주자들은, 서구인 전반이 그러하듯 응석받이에 타락하고 부패한 존재들이다. 브루노는 아버지를 증오하기 때문에 살인을 저지른 게 아니다. 살인은(혹은 또다른 폭력적인 행위라도) 20세기와 더불어 진행된 치명적인 권태를 없애기 위한 방편이다. 그는 양심의 가책이나 후회 같은 건 전혀 느끼지 않는다.

하지만 가이는 죄책감과 수치심으로 병들어간다. 광기를 버텨낼 수 없을 지경에 이르자, 그는 멧카프에 사는 미리엄의 남자친구 오언을 찾아가 그녀의 죽음에 자기가 한 역할을 고백하고자 한다. 소심한 촌뜨기인 오언은 가이의 고백에 별 관심을 보이지 않으며, 지난 일은 흘러가게 두자고 말한다. 오언 역시 미리엄이 점점 귀찮아지고 있었던 터라 그녀의 죽음을 기뻐하고 있었다. 경악한 가이는 오언에게 두들겨 맞지도 못할 것이라는 사실을 깨닫는다. 사실상 그에게는 어떤 종류의 면죄부나 속죄도 불가능하다.

퍼트리샤 하이스미스는 간결하면서도 조용하게 강력한 산문으로 언뜻 보기엔 단순한 이야기를 들려준다. 그녀는 히스테릭한 표현이나 과장법을 피하고, 유독한 악취를 풍기는 벽돌을 한 장 한 장 쌓아올려 가이를 회한의 감옥 속에 가둔다. 이 이야기는 스스로의 연약함과 목적 없는 권태로 타락하는 두 결점투성이 남자들에 관한, 개연성 넘치며 놀라운 캐릭터 연구 그 자체다. 가이와 브루노는 같은 동전의 양면 같은 존재들이며, 이 작품은 현대소설 대다수의 경향을 예고하고 있다. 모순과 진정성이 뒤섞인 환멸의 세계에선 믿고 따를 만한 대의나 믿음 같은 건 존재하지 않는다. 우리를 굽어보는 신도 없으며, 살인을 저지르고도 무사히 도망칠 수 있다면, 이승에서든 내세에서든 그에 따른 별다른 결과도 없다.

　무시당하는 꼬마였던 퍼트리샤 하이스미스는 상당히 심술궂고 차가운 젊은이로 성장했고, 중년 즈음에 이르렀을 때 그녀의 염세주의는 완벽하게 반유대주의와 편집증으로 발전했다. 그녀는 사실상, 자신의 니체적인 얼터 에고였던 톰 리플리의 매력적이지 않은 버전이었다. 동료를 살해할 때 리플리는 가이와 심지어 어떤 면에서는 브루노까지 사로잡았던 꺼림칙한 감정 같은 건 전혀 느끼지 않는다. 바로 이 점 때문에라도, 나는 《낯선 승객》이 하이스미스의 최고작이라고 생각한다. 그녀가 성공하고 자신감에 가득 찰수록, 그녀의 소설에서 인간성은 증발되어 사라진다. 우리 중 대부분은 어떤 일에도 흔들리지 않고 냉담한 톰 리플리처럼 살 순 없지만, 우리 모두는 자신이 가련한 가이 헤인스를 살인으로 내몰았던 비겁함과 허위의 심연으로 빠져들 수 있다는 걸 잘 알고 있다.

에이드리언 매킨티Adrian McKinty는 북아일랜드의 캐릭퍼거스에서 나고 자랐다. 1990년대 초반 뉴욕으로 옮겨와 바 종업원, 도로 보수반 및 건설 현장 인부로 일했다. 2001년 그는 콜로라도 주 덴버로 가서 고등학생들에게 영어를 가르쳤다. 그의 첫 소설《나는 죽어도 싸다Dead I Well May Be》는 2004년 이언 플레밍 스틸 대거 상 최종후보에 올랐다. 2010년 작《5만 달러Fifty Grand》는 스파인팅글러 상을 받았고, 그 해의 영국 범죄소설을 선정하는 식스톤스 상 최종후보에 올랐다. 그의 최신작은《태양은 신The Sun is God》이다.

adrianmckinty.blogspot.com

연기 속의 호랑이 *The Tiger in the Smoke, 1952*

by 마저리 앨링엄

.

마저리 앨링엄Margery Allingham(1904~66)은 글을 쓸 때 부과되는 규율과 틀거리 때문에 미스터리 소설이 '감옥이자 피난처'라고 말한 바 있다. 그녀는 탐정 앨버트 캠피언Albert Campion을 창조했다. 귀족적이지만 겸손한 이 탐정은 사십여 년의 세월 동안《미스터리 마일Mystery Mile》에서의 '바보 같은' 모습에서 어마어마한 지성을 갖춘 남자로 점점 발전해나간다. 그를 돕는 조력자들로는 전직 범죄자 마거스폰타인 러그와 견실하고 믿음직스러운 경찰 스태니슬러스 오츠, 레이디 아만다 피톤이 있다. 이중 레이디 아만다는 나중에 캠피언과 결혼한다. 앨링엄의 미스터리 소설 공식은 외관상으로는 단순하다. '살인, 미스터리, 수사, 그리고 만족할 수 있는 결론.' 하지만 그 공식을 글로 옮기는 솜씨는 완벽하며,《연기 속의 호랑이》는 그 대표 격인 작품이다.

필 릭먼

영국 범죄소설의 부활은 안개 속 칼날의 희미한 반짝거림과 함께 찾아왔다. 칼로 예술하는 사이코 잭 하복이, 전쟁에 지친 런던의 잔해와 배급 식량 사이로 온전히 모습을 드러낸 것이다.

잭은 그 시대의 산물이지만, 동시에 놀랄 만큼 현대적인 인물이기도 하다. 지금의 우리는 그 사실을 알고 있지만,《연기 속의 호랑이》가 출간되었을 당시의 독자 다수는 깨닫지 못했다. 누구인지 뻔히 보이는 살인범이 잔혹한 연쇄 범죄를 저지른다—이게 대체 무슨 미스터리야?

오랜 시간이 지난 뒤, 지금은 찾기 힘든 동명의 흑백영화가 만들어지고 나서도 한참 뒤에 나는 처음으로《연기 속의 호랑이》를 읽게 되었다. 내 나이 열세 살 때였다. 커버도 씌우지 않은 낡아빠진 오래된 진녹색 양장본 소설을 도서관에서 빌려왔던 게 기억난다. 엄마가 깨끗한 소파에 올려놓지 말라고 잔소리할 만큼 너덜너덜한 책이었다. 아마 의회에서 보낸 폐기물 운반차에 실리게 될 때까지 그 책을 마지막으로 대출한 사람이 나였을 것이다.

나는 《연기 속의 호랑이》가 그때까지 읽은 최고의 걸작이라고 믿었다. 숨이 턱턱 막힐 것 같은……그 분위기.

1904년 플리트 가Fleet Street의 저널리스트와 작가 가문에서 태어난 마저리 앨링엄은, 범죄소설의 소위 '황금기'를 극복하고 더 나아간 첫 번째 작가로 꼽혀야 할 것이다.

그녀가 만들어낸 주인공은 앨버트 캠피언이다. 겉으로는 상류층 명칭이지만, 범죄사건 수사와 국가 안보의 세계에 예상치 못한 인맥을 지닌 남자. 1989년과 1990년 BBC 방송국에서 마저리 앨링엄의 소설 여덟 편을 드라마화하여 방영했을 때는 피터 데이비슨이 캠피언을 맡아 연기했었다. 고전적인 시골 저택 미스터리풍의 드라마였고, 캠피언은 애스터 마틴의 유명한 브랜드인 '라곤다' 자동차를 모는 호리호리하고 안경 긴 남자로 등장했다.

그때 주목할 만했던 사실은, 하나의 결정적인 누락이었다.

그들은 《연기 속의 호랑이》를 제외시켰다.

앨버트 캠피언은 2차 세계대전 이후를 배경으로 하는 《연기 속의 호랑이》에도 등장한다. 냉철한 중년의 캠피언은 가족이 얽힌 모종의 이유로 인해 잭 하복의 추적 과정에 곁다리로 참여하게 된다. 잭 하복은 웜우드 스크럽스 교도소에서 달아나 런던을 가로지르며 여기저기 칼에 찔린 피투성이 희생자들을 꼬리처럼 뒤에 남긴다. 하복은 "태곳적 악의 냄새, 열병의 악취처럼 매캐하고 강력한 냄새"를 일깨우는 "드물게 진정으로 사악한 사내"다. 캠피언이 "어린 앨버트가 무턱대고 싸움에 뛰어드는 시절은 이제 영원히 끝났다. 하복은 경찰이 잡아야 한다"고 언급하는 순간, 우리는 범죄소설 속 추적의 세계에서 무언가 근본적으로 달라졌음을 짐작할 수 있다.

그리고 앨링엄은 새로운 종류의 경찰이 등장하는 새 시대를 맞아들였다. 그 옛날의 무기력하고 멍청한 레스트레이드('셜록 홈스 시리즈'의 캐릭터)와 잽스 경감('에르퀼 푸아로 시리즈'의 캐릭터)은 사라지고 없다. 범죄 수사부의 형사 찰리 루크가 여기 등장한다. 젊고 날카로우며 지적이고 헌신적이고 투지까지 넘치는, 캠피언이 소리 없이 무대를 청소할 때 책임을 떠맡는 새로운 경찰이자 용감한 남자다. 루크는 잭 하복의 정확한 거울 이미지는 아니지만, 책을 읽다 보면 자연스럽게 그런 생각이 떠오른다.

이 소설이 오래도록 기억에 남을 수 있는 실질적인 힘은 늙은 목사 애브릴로부터 나온다. 런던의 아늑하고 자그마한 공동체의 원로인 애브릴 또한 수십 년 동안 미스터리 소설에서 모습을 드러내던 교구목사들의 이미지에서 완벽하게 벗어난다. 지혜로운 애브릴은 한밤중 교회에서 맞닥뜨린 하복의 속내를 밝혀내는 데 성공한다. 이는 명백하게 엑소시즘을 연상시킨다.

하지만 이 잊을 수 없는 캐릭터들 중 누구도 《연기 속의 호랑이》에서 중심 역할을 하지는 못한다. 제목에 나오는 연기는 두 가지 의미가 있다. 런던을 뜻하는 유명한 속어인 '거대한 연기Big Smoke', 그리고 그중에서도 가장 유독하다고 알려진 11월의 안개다. 소설 두 번째 문장에서부터, 안개가 이 소설의 가장 핵심적인 매개체임이 분명해진다. "안개는 얼음물에 흠뻑 적신 진한 황색 담요 같았다."

앨링엄은 여기서 멈추지 않는다. 그럴 리가. 안개는 "더러운 침대보"이자 "기름때에 전 휘장"이고 "식어가는 재의 냄새"를 풍긴다. 잭 하복이 자신의 것이라 믿어 의심치 않는 보물을 찾아 헤매며 살인 행각을 벌일 때, 안개는 그의 가장 좋은 친구가 된다. 그 보물은 원래 애브릴 목사의 딸 메그를 위한 것이었다. 그녀의 남편은 전쟁에서 죽었다. 아니, 정말 전쟁 때문에 죽었을까?

하복을 또다른 현대판 잭 더 리퍼로 설정하는 건 쉬운 선택이었겠지만, 앨링엄은 그에게 일종의 실체와 인간성, 살인을 저지르는 이유를 부여한다. 그것은 노동계급 출신 참전군인들 사이에 만연한 전후의 분위기와 연결된다. 모든 게 끝났다는 위안은 분노와 환멸로 변해간다. 그러나 함께 어울려 다니던 불구의 참전군인 무리와 하복을 가르는 지점은, 하복 스스로 '행운의 과학'이라고 부르는, 자신이 불사신이라는 느낌이 원동력이 되는 어두운 격노다. 독자들에게 극단적인 폭력의 이미지를 단 한 장면도 보여주지 않은 채, 앨링엄은 한니발 렉터조차 무력한 허풍쟁이로 만들어버리는 살인범을 창조해냈다.

기존 독자들 중에는 우아한 상류층 여성 소설가가 '타락하고 더러워지는' 것을 보며 살짝 경악했을 이들도 분명 있었을 것이다. 하지만 앨링엄은 이런 범죄소설을 쓰는 걸 분명히 좋아했고, 찰리 루크와는 거의 사랑에 빠지다시피 했던 것 같다. 그런 흥분이 그녀의 산문을 점화시킨다. 독자는 독일군의 V2 폭탄이 터지면서 내리닫이 창문 한쪽이 날카로운 '비명'과 함께 산산조각나고, "거리의 절반 정도가 기절하는 아가씨처럼 아주 느리게 내려앉았다" 같은 근사한 묘사도 접할 수 있다.

소설에는 포용적인 분위기가 자주 등장하지만, 절대 멜로드라마로 흐르진 않는다. 앨링엄은 손에 땀을 쥐게 하는 고전적인 클리프행어 수법조차 거부한다. 심리적 손상이 육체에 미치는 영향을 설명해야 한다고, 그걸 나중으로 미룰 여유가 없다고 믿었기 때문이다.

그녀는 뛰어난 영화감독처럼 빛과 질감을 능란하게 활용한다. 런던의 흐린 풍경을 통과한 다음, 소설의 클라이맥스는 모든 것이 눈부시게 선명한 겨울날 오후의 프랑스 해변가에서 일어난다. 극도의 긴장감과 기이한 비애로 가득한 이 장면에서, 잭 하복은 일출을 맞이한 뱀파이어처럼 차츰 무너지며 마침내 그의 보물을 찾아내고야 만다.

예상할 수 있다시피,《연기 속의 호랑이》는 군데군데 세대 차이를 드러낸다. 탐정이나 형사에게 계속 '딕dick'*이라는 호칭이 사용되고, 누군가는 "난 수다쟁이는 아니지만 꼰대 영감도 아니다"라고 말하고, 어떤 등장인물의 본명은 조니 캐시Johnny Cash로 밝혀진다. 하지만 그 이빨은 아직도 뭉툭해지지 않았고, 잡아채는 힘도 느슨해지지 않았다. 마지막 장에는 유쾌한 안도감도, 미해결 사안을 봉합하는 공식도 찾아볼 수 없다. '서재에-모든 용의자를-불러모으는' 시대의 종말에 다가가는 마지막 문장은 간결하고 냉엄하며, 전적으로 만족스럽다.

이 글을 쓰기 위해《연기 속의 호랑이》를 새로 구하려 했지만, 유통되는 판본이 하나도 없다는 사실을 깨달았다. 또다른 걸작이 절판된 상황에 봉착한 것이다.

이것이야말로 범죄가 아닌가.

필 릭먼Phil Rickman은 영국의 소설가로, 1991년에 첫 소설《캔들나이트Candlenight》를 발표했다. 평론가들은 그에게 차세대 영국 공포소설의 거장이라는 격찬을 퍼부었고, 이후 발표한 소설 네 편은 그 평판에 더한층 힘을 실어주었다. 1998년《천사들의 와인The Wine of Angels》을 발표하며 범죄사건과 초자연 현상을 뒤섞은 긴 시리즈의

---

* 탐정, 형사 외에 '남성의 성기'를 뜻하기도 한다.

출발을 알렸다. 시리즈의 주인공은 영국국교회 목사이자 엑소시스트 메릴리 왓킨스Merrily Watkins다. 이 시리즈는 지금까지 열두 편이 출간되었으며, 최신작은《건초의 마법사The Magus of Hay》(2013)이다. 릭먼은 또한 윌 킹덤Will Kingdom과 톰 매들리Thom Madley라는 필명으로도 글을 쓴다. 2010년에 새로운 역사물 '존 디John Dee 시리즈'를 예고하는 소설《아발론의 뼈The Bones of Avalon》를 발표했다.
www.philrickman.co.uk

나의 천사는 검은 날개를 가졌다
Black Wings Has My Angel, 1953

a.k.a. 원 포 더 머니*One for the Money*

by 엘리엇 체이즈

•

루이스 엘리엇 체이즈Louise Elliott Chaze(1915~90)는 미국 루이지애나 주 출신 작가이자 저널리스트이며, 경력 후반기에는 주로 미시시피에서《해티스버그 아메리칸Hattiesburg American》지의 지역 담당 편집자로 근무했다. 그는 부드러운 조롱조로, 자신이 소설을 쓰려는 것은 자아와 돈 문제의 결합 때문이라고 언급한 바 있다. 그는 미스터리 소설과 미스터리가 아닌 소설을 총 열 편 발표했다.《인동덩굴 속 호랑이Tiger in the Honeysuckle》(1965)는 미국 시민권 투쟁을 배경으로 한다. 체이즈는 또한《코스모폴리탄》과《뉴요커》등 대부분의 유력 잡지들에 단편과 칼럼을 기고했다.

빌 프론지니

나는 1950년대와 60년대 페이퍼백으로 출간된 범죄소설들에 크나큰 경외심을 품으며 성장했다. 포셋 골드메달, 델, 에이본, 라이언 등의 출판사들은 전후 삼십 년 동안 미국 사회에서 성공을 보장받아왔던 펄프 소설의 공식과 더불어 삶의 양식과 도덕성의 변화, 새롭게 발견된 교양을 페이퍼백 시장에 그대로 적용시켰다. '비열한 거리의 삶에선 무슨 일이든 벌어진다'라는 방침은 작가를 끌어들이는 방식에도 작동했다. W. R. 버넷W. R. Burnett, 코넬 울리치Cornell Woolrich, 색스 로머Sax Rohmer, 체스터 하임스Chester Himes, 토머스 B. 듀이Thomas B. Dewey, 웨이드 밀러Wade Miller처럼 하드커버 소설 시장에서 인정받은 작가들뿐 아니라, 다수의 전직 펄프 작가들과 이 분야에서 경력을 쌓아가던 재능 있는 신진 작가들도 몰려들었다. 에반 헌터Evan Hunter(에드 맥베인), 존 D. 맥도널드John D. MacDonald, 짐 톰슨, 데이비드 구디스David Goodis, 찰스 윌리엄스Charles Williams, 데이 킨Day Keene, 브루노 피셔Bruno Fischer, 해리 휘팅턴Harry Whittington, 길 브루어Gil Brewer, 스티븐 말로Stephen Marlowe, 로렌스 블록Lawrence Block, 도널드 웨스트레이크Donald Westlake 등이 그들이다.

이런저런 작가들은 페이퍼백 시장에서 자그마한 컬트적 성공을 거둔 고전들을 양산했다. 특히 짐 톰슨의《내 안의 살인마》, 존 D. 맥도널드의《저주받은 자들The Damned》, 데이비드 구디스의《상실의 거리Street of the Lost》, 찰스 윌리엄스의《지옥은 분노하지 않는다Hell Hath No Fury》(a.k.a.《핫 스팟The Hot Spot》), 길 브루어의《킬러가 활보한다A Killer Is Loose》등이 그랬다. 하지만 내 생각에는, 전업 신문기자이며 소설은 남는 시간에 썼던 엘리엇 체이즈의 '한 방'인《나의 천사는 검은 날개를 가졌다》—체이즈는 이 작품 이후 열여섯 해 동안 다른 범죄소설을 쓰지 않았다—야말로 골드메달 북스 출간작 중 최고작일 뿐 아니라, 페이퍼백 누아르소설을 통틀어《내 안의 살인마》에 버금가는 걸작이다.

《나의 천사는 검은 날개를 가졌다》가 처음 등장한 건 1953년 4월이다. 그 시대 흔하게 볼 수 있었던 야한 페이퍼백 표지에, 전형적으로 선정적인 홍보문구가 적혀 있었다. "그녀는 성녀의 얼굴과 지폐로 만들어진 심장을 갖고 있다." 뒤표지의 짤막한 광고문구 역시 신파적이긴 마찬가지다.

눈앞에서 그렇게 날려버리다니, 다 내 잘못이다.
나는 정말 조심스럽게 계획했었다.
버지니아를 만나기 전까진.

버지니아와 10만 달러는 함께 갈 수 없는 운명이었다.

당신도 그녀를 본다면 날 이해할 것이다. 미켈란젤로가 그린 듯한 얼굴, 《보그》 모델들이나 걸칠 듯한 옷, 타블로이드 1면에서 오려낸 것 같은 과거. 나는 머리 좋은 녀석이었다. 일 년 동안 한 방을 기다려왔다. 무장한 차, 죽은 경비원, 빳빳한 돈뭉치…… 그리고 탈주.

그런데 한 시간 동안 돈을 주고 샀던 버지니아가—영원토록 내 곁에 머무르게 되었다.

뭐 엄청나게 끌리는 문구는 아니다. 인정한다. 하지만 이토록 쥐어짜서 가까스로 요약한 광고문구는, 어쨌든 간에 어차피 소설 자체의 힘과 강렬함, 캐릭터가 발전해나가면서 드러내는 어두운 내면의 깊이, 사회에 대한 냉랭한 비판, 마지막 페이지에서 드러나는 존재론적인 야만성을 전혀 포착하지 못했다. 체이즈에 관한 짤막한 회고담—《옥스퍼드 아메리칸Oxford American》(2000)에 실린—에서, 소설가 배리 기퍼드Barry Gifford는 《나의 천사는 검은 날개를 가졌다》를 "놀랄 만큼 잘 쓰였고, 그저 우연히 (혹은 우회적으로) 범죄에 대해 쓴 문학적 소설"이라고 평했다. 하지만 이런 칭찬조차 충분하지 않다. 《나의 천사는 검은 날개를 가졌다》는 일상적인 기분 전환용으로 후딱 읽는 책이 아닌, 체험해야 하는 책이다. 뛰어난 소설이 모두 그렇듯 이 작품도 끊임없이 독자에게 압박을 가하며, 다른 누아르소설들이 가볍게 톡톡 치는 정도라면 망치로 내리치는 듯한 충격을 전달한다.

《나의 천사는 검은 날개를 가졌다》는 두 명의 캐릭터로 진행되는 이야기다. 화자는 감옥에서 탈출한 재소자 팀 선블레이드다(본명이 아니다. 소설에서 본명은 밝혀지지 않으며, 선블레이드는 '바깥 냄새가 나는 이름'이기 때문에 탈옥 이후에 고른 가명이다). 그는 법망을 피해 남부의 아차파얄라 강 인근 유정 굴착 작업단에 끼어 거친 일을 하면서 몸을 숨기고 있다. 지방 모텔에서 쉬던 중 그는 마침내 버지니아를 만나게 된다. 숨막히는 금발, 보라색 눈동자의 값비싼 콜걸 버지니아 역시 도망치는 중이다. 두 사람 모두타락한 인생이며 돈과 욕정과 내면의 악마에게 시달리고 있지만, 자신들의 운명을 어떻게든 움직여나갈 수 있다고 자신한다. 두 사람이 의기투합하여 서로의 허기를 채워주게 되자, 둘은 그들 자신에 대해 품고 있던환상을 완전히 박살 내고 상호 파괴의 행로로 서로를 몰아치는 강력한힘을 가지게 된다.

둘 중 좀더 복잡한 인물은 선블레이드다. 누아르소설에 등장하는 여자들이 그렇듯 버지니아가 음흉하고 부끄러움을 모르는 악녀라면, 선블레이드는 간헐적으로나마 괜찮은 삶을 살아왔고 지금도 자신의 어두운면모에 맞서 싸우는 양심을 간직하고 있다. 패배할 것이 뻔한 현재진행형의 전투. 맥스 앨런 콜린스가《천하루의 밤1001 Midnights》에 수록한 서평에서 말했듯, "체이즈의 반영웅은 너무나 복잡해서 도덕관념이 없다는식으로만 묘사해버리기는 힘들다. 비도덕적인 개인이라면 대수롭지 않게 떨쳐버리겠지만, 그는 자신의 부도덕한 행위에 줄곧 사로잡혀 있다".

이야기는 미시시피의 산간벽지에서 뉴올리언스로, 선블레이드의 작은 고향 마을로, 덴버로, 그리고 마침내 콜로라도 로키 산맥 깊숙이로 재빠르게 이동한다. 중심 사건은 무장한 차를 타고 벌이는 대담한 강도사건이다. 선블레이드가 꼼꼼하게 계획했고, 버지니아의 도움을 받아 실행에 옮겼다. 하지만 역시 핵심은 선블레이드와 버지니아의 서로를 좀먹어들어가는 관계에 있다. 그들의 충동은 피할 수 없이 충격적인 누아르적결말로 향하고, 콜린스의 말처럼 "그들은 심지어 더 깊고 어두운 충동을뚫고 나아간다. 버려진 갱도를 들여다보는 것처럼, 죽음 자체인 어둠 속을 응시하는 것처럼".

《나의 천사는 검은 날개를 가졌다》는 매우 훌륭한 작품이지만, 1953년 출판되었을 때 상업적으로나 비평적으로나 성공을 거두지 못했다. 1950년대 초반 골드메달 북스의 많은 소설들은 판매고가 각각 50만 부까지 수직 상승했고, 길 브루어의 《프렌치 가 13번지13 French Street》 같은 몇몇 소설들은 100만 부를 넘기기도 했다. 하지만 체이즈의 소설 판매량은 그저그랬고 신문이나 잡지 서평란에서도 주목받지 못했다. 《원 포마이 머니One for My Money》라는 제목의 페이퍼백으로 버클리 출판사에서 1962년 재출간되었고, 1985년엔 영국의 로버트 헤일 출판사에서 《원 포더 머니One for the Money》라는 조금 다른 제목으로 하드커버로 나왔지만, 두 판본 모두 골드메달 판보다도 발행 부수가 적었으며 더 적게 팔렸다. 《나의 천사는 검은 날개를 가졌다》가 마땅히 그래야 할 만큼 널리 주목을 모으기 시작한 것은 미국과 영국에서 재발간 시리즈가 나오기 시작하면서, 그러니까 거의 반세기가 지나서였다.

엘리엇 체이즈의 삶과 경력을 잠깐 살펴보자.
체이즈의 직업은 전통적인 신문기자였다. 그는 진주만 전쟁 이전에 잠시 AP 통신 뉴올리언스 지부에서 일하며 저널리즘 경력을 시작했고, 2차 세계대전에서 낙하산부대원으로 근무한 이후부터는 한동안 AP의 덴버 사무실에 근무했으며, 이후 미시시피 남쪽으로 옮겨가 《해티스버그 아메리칸》에서 이십 년 동안 기자이자 칼럼니스트로 근무하며 관련 상을 받기도 했고, 또다시 십 년 동안 같은 신문의 지역 편집자로 일했다.
남는 시간에는 《뉴요커》《라이프》《레드북Redbook》《콜리어스Collier's》《코스모폴리탄》을 비롯한 유수의 잡지들에 칼럼과 단편을 기고했다. 그리고 아주 드물게 장편소설도 썼다. 한 인터뷰에서 그는 소설을 쓰게 된 동기가 무엇이냐는 질문에 이렇게 답한 적이 있다. "딱 부러지게 꼬집어

말할 수 있을지 모르겠는데, 아마도 수학에 대한 공포와 자아, 거기에 돈
문제가 깔려 있다고 해둡시다. 근본적으로 나에게는 거들먹거리고 싶어
하는 단순한 욕망이 있는 거 같소. 글을 종이에 인쇄해서 자랑하고 싶었
달까."

　　그의 문학적 소설로는 먼저《스테인리스 스틸 기모노The Stainless Steel
Kimono》(1947)가 있다. 일군의 미국 낙하산부대원들이 전후 일본에서 겪
는 이야기를 다룬 이 소설은 나름대로 베스트셀러였고, 헤밍웨이가 "가
장 좋아하는 소설"이라 공언하기도 했다.《골드 태그The Gold Tag》(1950)는
그의 다른 소설들이 그러하듯 신문사를 배경으로 하고 있으며 자전적인
내용을 많이 담고 있다. 범죄소설이 아닌 작품 중 최고작이라고 할 수 있
을《인동덩굴 속 호랑이》는 남부에서 그가 직접 목격했던 시민권 운동의
격동을 노련하고 폭발력 있게 다뤘다. 또한 해티스버그에 있을 당시 자
신의 가족사를 냉소적으로 유쾌하게 기술한 에세이 선집《두 개의 지붕
과 문 앞의 뱀 한 마리Two Roofs and a Snake on the Door》(1963)도 있다.

　　체이즈의 두 번째 범죄소설《웨터마크Wettermark》(1969)는,《나의 천사
는 검은 날개를 가졌다》처럼, 배리 기퍼드의 표현을 다시 한번 빌리자면
범죄를 우회적으로 다루고 있는 문학적 작품이다.《웨터마크》의 고요하
면서도 냉소적인 분위기도 전작에 근접할 만큼 뛰어나다. 배경은 미시
시피의 작은 마을 캐서린이다(해티스버그를 살짝 위장한 곳이다). 소설 제목
과 똑같은 이름의 주인공은 지역 신문사에서 기자로 일하며 힘겹게 살아
가고 있다. 웨터마크는 희비극적인 인물인데, 비극 쪽에 좀더 초점이 맞
춰져 있다. 지치고 돈에 쪼들리고 알코올중독에서 가까스로 빠져나왔으
며, 월급 때문에 억지로 회사를 다닌다. 소설가가 되겠다는 예전의 야심
은 거절과 무관심 앞에 산산조각난 지 오래다. 그는 우연히 은행털이에
성공하는 강도를 목격하는데, 그때부터 그의 마음속에 어떤 씨앗이 자라

난다. "흘끗 본 지폐 뭉치"가 그를 둘러싼 환경과 내면의 악마로 인해 자꾸만 커져가고, 그는 결국 교활한 강도 계획을 구상하기에 이른다. 소설은 재미있다가 슬프다가 비통하다가 신랄하다가, 결국에는 《나의 천사는 검은 날개를 가졌다》만큼이나 어둡고 가차 없이 끝난다.

　인생 말년에, 신문사에서 은퇴한 후 체이즈는 색다르고 요란하게 야한(가끔은 순전히 외설적이기까지 한), 그리고 자주 음침한 유머가 나오는 미스터리 소설 세 권을 더 쓴다. 《캐서린 콜》(이 시리즈에서 가상의 도시 캐서린은 미시시피에서 앨라배마로 위치를 옮겼다)의 지역 편집자이자 사람은 좋은데 약간 어리바리한 키엘 세인트 제임스가 등장한다. 크리스털 번트는 쉽게 달아오르는 사진작가이자 키엘의 연인이고, 수사과의 집요한 오슨 볼스 반장도 등장한다. 볼스는 도마뱀을 연상시키는 끔찍한 녹색 폴리에스테르 양복을 즐겨 입으며, 남부 지방의 거칠고도 느끼한 사투리와 완벽한 표준 영어를 번갈아 구사한다.

　《굿바이, 골리앗Goodbye, Goliath》(1983), 《미스터 예스터데이Mr. Yesterday》(1984), 《리틀 데이비드Little David》(1985) 등 '세인트 제임스St. James 모험담' 세 편은 비평가들의 열광적인 호응을 이끌어냈지만, 《웨터마크》와 《나의 천사는 검은 날개를 가졌다》의 경우처럼 출간 이후 순식간에 잊혔고, 부당하게도 망각 속에 머물렀다. 이 세 편 중 최고작은 《미스터 예스터데이》다. 나이 든 괴짜 독신녀 두 명이 살해당한다. 한 명은 추락사, 또 한 명은 아주 기이하게 칼에 찔린 채로 죽었다. 이 두 살인의 동기, 그리고 칼에 찔린 살인에 사용된 방식은 정말이지 문자 그대로 가장 괴상하고 난폭하고 창의적이고, 미스터리 소설사상 고안된 방식 중 가장 대담하다(그리고 완벽하게 말이 된다).

　《나의 천사는 검은 날개를 가졌다》와 다른 소설들이 입증하듯, 체이즈는 뛰어난 산문 스타일리스트이며 재능 넘치는 이야기꾼이다. 그는,

특히 후기 소설들에 두드러지는데, 위트와 통찰력을 갖췄고 향수를 자아내는 동시에 불경하다. 《천사는 검은 날개를 가졌다》와 《워터마크》만이 진짜 누아르소설이지만, 나머지 장편소설들에도 누아르적 요소는 강력하게 깃들어 있다. 코넬 울리치나 짐 톰슨, 데이비드 구디스처럼 체이즈는 인간 영혼의 깊이와 어둠의 범위를 아는 작가였다. 그 어둠이 지배력을 쥐게 될 때 무슨 일이 벌어질 수 있고 또 실제로 벌어지는지 정확히 알고 한 치의 어긋남 없이 묘사할 줄 아는 작가였다.

•

거의 반세기에 걸친 작가 경력을 통틀어, 빌 프론지니Bill Pronzini는 장편소설 일흔다섯 편과 논픽션 네 편, 삼백오십 편의 단편과 칼럼, 에세이를 썼다. 2008년에 미국 미스터리작가협회의 최고 영예에 해당하는 그랜드 마스터 상을 받았다. 미국 탐정소설작가협회에서 수여하는 셰이머스 상의 '최고의 작품' 부문을 두 번 거머쥐었고, 평생 공로상까지 받았다. 《눈에 갇히다Snowbound》(1988)로 프랑스의 추리문학상을 수상했다. 《낯선 이의 황무지A Wasteland of Strangers》는 1997년 해밋 상에, 《조던 와이즈의 죄The Crimes of Jordan Wise》는 2006년 국제 범죄소설작가협회상에 후보로 올랐다. 가장 최근에 발표한 작품은 유명한 '이름 없는 탐정Nameless Detective 시리즈'의 제43권 《이방인들Strangers》(포지 출판사, 2014)이다.

빅 히트 *The Big Heat, 1953*

by 윌리엄 P. 맥기번

•

윌리엄 P. 맥기번William P. McGivern(1922∼82)은 평생 동안 스무 편이 넘는 장편
소설을 썼고, 그중 일부는 빌 피터스Bill Peters라는 필명으로 출간했다. 그는 미국
필라델피아에서 경찰 출입 기자로 일했으며, 1960년 로스앤젤레스로 건너와 TV
연속극과 영화 대본을 썼다. 그의 소설 다수는 영화화되어 인기를 모았고, 그중 가
장 유명한 작품은《빅 히트》다. 그의 아내 모린 데일리Maureen Daly는 청소년소설
장르의 시초로 꼽히는《열일곱 번째 여름Seventeenth Summer》을 썼다. 이 작품은
17세 소녀의 첫사랑을 다뤘으며 1942년 출간되었다.

에디 멀러

영화사상 가장 악랄한 장면 중 하나. 새디스틱한 악당 빈스 스톤(리
마빈)은 애인 데비 마시(글로리아 그레이엄)가 쉴 새 없이 신경을 긁어대는
것에 진저리를 치며, 펄펄 끓는 포트 속 커피를 그녀의 얼굴에 끼얹어버
린다. 그럼으로써 그녀는 나머지 짧은 인생 동안 화상 입은 얼굴로 살아
가야만 한다.

고전 범죄영화의 팬이라면 모두가 이 장면을 알고 있다. 잊을 수 없
는 이 장면의 결과, 묘한 매력의 글로리아 그레이엄은 영화 나머지 분량
에서 얼굴의 절반을 붕대로 감추고 등장한다. 오십팔 년 전 개봉한 이래,
〈빅 히트〉(1953)에 관한 모든 평론들은 이 장면을 빼놓지 않고 언급한다.

혹은, 이 장면의 충격적인 효과를 온전히 '작가주의' 감독 프리츠 랑의 공으로 돌린다.

"망할 년," 스톤이 다시 한번 소리 질렀다. 그는 주변을 거칠게 둘러보다 탁자 위 김이 펄펄 나는 커피포트를 발견했다. 두 번 생각할 것 없이, 그렇게 행동하려는 의식조차 없이 그의 손이 움직였다. 그는 포트를 들어올려 델 것같이 뜨거운 커피를 그녀의 얼굴에 끼얹었다.

데비가 비명을 지르며 비틀비틀 뒷걸음질 쳤고, 양손으로 얼굴을 마구 더듬었다. 의자에 부딪혀 바닥에 넘어진 그녀의 몸은 발작적으로 굽어지며 경련을 일으켰다. 황금빛 샌들을 신은 그녀의 발이 허공을 미친 듯이 휘저으며 버둥거렸다. 그러다가 돌연 비명이 멈췄다. 그녀에게서 나는 유일한 소리는, 섬뜩하게 쉭쉭거리는 소음뿐이었다. 울다가 지칠 대로 지쳐 훌쩍거리기만 하는 아이의 소리 같았다.

프리츠 랑이 이 문장을 쓴 게 아니다. 이것은 윌리엄 P. 맥기번이 쓴 문단이다. 필라델피아의 전직 범죄사건 전문 기자였으며 1940년대에 각종 단편들을 쓰다가 1953년 《빅 히트》로 비로소 무명에서 벗어난 작가 말이다. 동명 영화의 성공 이후 할리우드는 즉각 맥기번의 소설들을 잡아채 스크린으로 옮겼고 꽤 괜찮은, 가끔은 대단한 범죄영화들을 뽑아냈다. 그 제목들을 열거해보자면 〈살인의 보호막Shield for Murder〉(1954), 〈사악한 경찰Rogue Cop〉(1954), 〈프리스코 베이의 지옥Hell on Frisco Bay〉(1955), 〈내일에 맞서Odds against Tomorrow〉(1959) 등등이 있다. 《빅 히트》를 각색하는 과정에서, 또다른 전직 범죄 전문 기자였던 각본가 시드니 뵘Sydney Boehm은 소설을 거의 바꾸질 않았다. 그럴 필요가 없었다. 이 소설은 완벽한 구조와 생생하고 효과적으로 묘사된 캐릭터들을 갖추고 있기 때문이다. 프리츠 랑의 공을 무시하는 건 아니지만, 이 강력한 이야기(와 훌륭한 캐스팅)라면 그 어떤 할리우드 감독이라도 연출을 맡아 잘 만든 영화를 내놓을 수 있었을 것이다.

맥기번 본인은 훨씬 너그러웠다. 그는 한참 뒤 이렇게 회고했다. "내 소설이 고전이라곤 생각하지 않지만, 프리츠 랑의 영화는 충분히 그런 대접을 받을 수 있다고 본다. 내 이야기는 그저 현대의 우화이며, 우리 모두가 즐겨 공상하는 판타지이기도 하다. 시스템으로부터 가장 잔혹한 방식으로 상처받은 남자가 있다…… 그는 응전하고, 이긴다. 단지 육체적인 승리뿐 아니라, 지능적이며 정서적인 카타르시스를 끌어낸다."

《빅 히트》는 이상적이고 고지식한 형사 데이브 배니언의 이야기다. 그는 동료의 자살이 살인이 아닐까 의심한다. 상관들이 그의 조사를 방해하자, 그는 경찰 내부로부터 부패의 냄새를 맡는다. 죽은 경찰의 연인이었던 루시 캐러웨이가 배니언에게 연락하여, 은유적 의미에서의 시체들이 묻혀 있는 곳이 어디인지 아리송한 암시를 준다. 배니언은 그녀를 찾아가지만 루시는 이미 물리적인 시체가 되어 있다. 추적을 그만두라는 명령을 거부하며, 보수도 제대로 받지 못하던 과로한 풋내기 경찰은 루시의 살인을 계속 조사하다가 그 지역의 폭력배 보스 마이크 래가나에게까지 이른다. 배니언은 상류층의 삶을 향유하는 이 갱스터에게 '불벼락'을 내리겠노라고 공언한다. 그에 대한 보복으로, 래가나는 아주 전통적인 방식을 선택한다. 배니언의 차에 폭탄을 설치한 것이다. 그 결과 배니언이 아닌 그의 사랑하는 아내 케이트가 숨을 거둔다.

여기서부터《빅 히트》는 1950년대 초반의 가혹한 영역으로 사정없이 돌진해 들어간다. 배니언은 아내의 죽음에 복수하겠노라 결심하며 자경단이 된다. 그는 경찰 배지를 반납하지만, 38구경 군용 리볼버는 내놓지 않는다. "이 총은 내 거야." 그는 으르렁거린다. 나는 1998년에 쓴 책

《어두운 도시 : 필름 누아르의 잃어버린 세계Dark City : The Lost World of Film Noir》에서도, 이 경찰과 폭력배의 파란만장한 연대기가 순식간에 도시 웨스턴으로 바뀐다고 지적한 바 있다.

> 전투 준비 완료.《빅 히트》는 콘크리트 변경 지대로 질주해 들어간다. 세단형 승용차를 타고 최후의 결전을 벌이는 이들, 끝없이 포커를 치며 시간을 죽이는 도둑들, 경찰들이 못 본 척하는 사이 그 지역을 집어삼키는 폭력배 거물. 결정적으로, 선량한 마음씨를 지닌 창녀가 등장한다.

나는 장르를 넘나드는 유사성을 찾는 과정에서 게으르게도 이 영화의 위대함을 전부 시드니 뵘과 프리츠 랑에게 돌리는 우를 범했다. 통탄을 금치 못할 실수다. 원작 소설을 읽지 않았던 것이다. 그때 읽었더라면, 윌리엄 P. 맥기번이야말로 이 이야기의 신선함과 힘을 창조한 장본인임을 깨달았을 텐데. 이 작품을 '프리츠 랑의 〈빅 히트〉'라고 부르는 사람은 그 '작가주의'를 둘러싼 숭배의 물결에 어리석게 굴복한 거나 마찬가지다(메아 쿨파, 내 탓이로소이다).

〈빅 히트〉의 힘은 온전히 윌리엄 맥기번에게서 나온다. 그는 마침 나 자신이 매우 잘 알고 있는 세계, 즉 대도시의 범죄에 대해 썼다. 1940년대 초반 그는 편집자 레이먼드 파머 밑에서 무차별하게 혹사당하면서《어메이징 스토리스Amazing Stories》에 염가의 SF 단편을 팔아치우며 하루하루 간신히 벌어먹고 있었다. 1943년에서 46년 사이에는 미 육군에 입대했고 병장 자리에 올랐으며, 폭탄 맞은 탱크 안에서 유독가스로부터 동료들을 구출한 공을 인정받아 훈장을 받았다. 제대한 후, 그는 잠시 영국의 버밍엄 대학에 입학하여 머릿속에 고급 교육을 우겨넣으려 했다. 그러나 대학교는 불필요했다. 그에게 진짜 교육을 제공한 건 뒤이은 이 년간의 시간이었다.《필라델피아 이브닝 불레틴Philadelphia Evening Bulletin》지에서 경찰 출입 기자로 일하게 된 것이었다. 사실상《빅 히트》는 이 신문의 지역 편집자였던 얼 셀비에게 헌정된 작품이다.《빅 히트》는 맥기번이 도시 외곽을 돌던 첫해에 다뤘던, 자살한 시 공무원이 남긴 쪽지를 통해 시 차원의 부패가 폭로된 사건을 모티프로 삼았다. 1952년 로마에 머무는 동안, 맥기번은 삼 주 동안 몰아쳐서 마침내《빅 히트》를 완성했다.

감정에 흔들리지 않는 맥기번의 기자다운 산문이야말로《빅 히트》의 가장 큰 장점이다. 캐릭터들은 때때로 고함치고 미친 듯이 난동을 부리며 정의감이 가득한 독백을 쏟아내지만, 맥기번의 서술은 흔들림 없이 재빨리, 날카롭게 포착한 디테일을 전달하고 거의 낭비하는 단어 없이 이어진다. 당신이 영화 버전을 봤다면, 배니언의 아내(말런 브랜도의 누나 조슬린 브랜도가 연기한다)가 원래 남편을 노렸던 차량 폭발 사고로 사망하는 숨막히는 장면을 틀림없이 기억할 것이다. 맥기번이 소설에서 어떻게 썼는지 살펴보자.

배니언의 차는 집 앞 나무 그늘 아래 서 있었다. 차에서 연기가 피어올랐고 차체 앞부분은 엄청난 주먹에 일격을 당한 것처럼 납작해져 있었다. 그는 공포로 심장이 쪼그라든 채 계단을 단숨에 뛰어내려가 차 옆으로 달려갔다. 온통 구겨지고 찌그러진 앞문은 아무리 잡아당겨도 열리지 않았다. 배니언은 거칠게 케이트를 부르며 주먹으로 유리창을 깨트렸다. 손잡이를 잡아당기며 열어보려 하다가 절망적인 힘을 끌어모아 결국 문을 비틀어 차체에서 떼어내 던져버렸다. 유리 조각이 그의 손을 파고든다는 걸 아예 느끼지도 못했고, 신경도 쓰지 않았다.

이 문단은 영화에서 정확하게 시각화된다. 사실상, 각본 전체가 소설에서 말 그대로 옮겨오다시피 한 것이다. 각본가 시드니 뵘은 자신의 역할을 수행했지만, 컬럼비아 영화사에서 내민 수표를 현금화했을 때, 근본적으로는 돈을 훔치는 거나 마찬가지였다. 1954년 미국 미스터리작가협회에서 주관하는 에드거 상의 '최고의 영화' 부문에서 〈빅 히트〉가 선정되었을 때 상을 받은 사람이 맥기번이었다는 건 당연한 일이다. 미국 미스터리작가협회에서 영화의 각본가가 아닌 원작 소설가에게 상을 준 건 그게 마지막이었다. 외관상 맥기번과 뵘 사이에 불화는 없었다. 뵘은 맥기번의 소설을 두 편 더 각색하는 작업에 재빨리 투입되었다.《사악한 경찰》이 MGM에서,《가장 어두운 시간The Darkest Hour》이 재규어 프로덕션에서 제작되었다. 후자는 앨런 래드가 주연을 맡았고, 〈프리스코 베이의 지옥〉으로 제목이 바뀌었다.

　맥기번의 소설이 즉각 영화화될 수 있었던 이유는, 과거사를 첨가할 필요가 없는 인상적인 캐릭터들을 창조하는 그의 능력 때문이다. 해밋의 유산을 가장 잘 계승한 예로서, 맥기번의 캐릭터들은 직접 행동하는 방식으로 표현되지만 절대 1차원적 인물로 느껴지진 않는다.《몰타의 매》처럼《빅 히트》는 완벽하게 캐릭터들로 추동되는 드라마이며, 인상적인 속도감을 유지하지만 놀랍게도 액션 자체는 매우 적다. 복수심에 불타는 경찰 배니언을 연기한 배우 글렌 포드의 연기는 소설과 완벽하게 부합하지만, 소설 속 배니언이 좀더 복잡하며 그에 대한 맥기번의 태도 역시 다소 모호하다. 스크린 속 배니언은 악당에게 괴롭힘을 당하는 다정한 가장으로 등장하지만, 소설에선 처음부터 자신의 대의를 믿는 십자군처럼 묘사된다. 그는 교구 목사에게 의지하고, 조언과 위안을 찾기 위해 철학 서적을 읽으며 책장 모서리를 여기저기 잔뜩 접는다(십자가의 성 요한, 이마누엘 칸트, 바뤼흐 스피노자, 조지 산타야나 등등이 언급된다). 소설 속 배니언은 세계에 근본적인 질서가 있고, 인간의 타고난 본성은 선하다는 것을 굳게 믿는다. 아내의 죽음 이후 복수를 위한 광적인 추구는 고통스러운 도덕적 투쟁으로 묘사된다. 그는 세계에 근본적인 질서가 있지만, 타고난 선한 본성과는 아무 상관 없다는 걸 깨닫는다.

이야기 후반부에 매우 강렬한 장면이 등장한다. 영화에선 좀더 음울하게 묘사되는데, 배니언이 자살한 경찰의 타산적인 아내를 만나는 장면이다. 그는 그녀가 죽은 남편의 유서를 이용해 경찰과 악당 양쪽 모두로부터 현금을 챙겼다는 걸 알게 된다. 유서는 래가나가 경찰 관료들에게 뇌물을 제공했다는 사실을 밝히고 있다. 그녀는 눈에 흙이 들어가기 전까지 유서를 내놓지 않을 것이다. 배니언은 그녀를 죽여야 한다고 생각한다.

이게 마지막일 거다, 그와 복수 사이에 가로놓인 최후의 유일한 장애물인 그녀를 바라보면서 베니언은 생각했다. 총성이 울려퍼지고, 바보 같은 몸짓으로 말없이 굳어 있는 이 여자의 시체만 남으면, 그는 총을 치우고 경찰을 부를 수 있다. 일은 그렇게 끝날 것이다. (…) 방아쇠만 당기면 되는데, 그러면 공이가 앞쪽으로 딸각 움직이면서 강철 탄피 총알이 나머지를 알아서 처리할 텐데, 이 부드럽고 향긋한 냄새를 풍기는 새디스트 여편네를 끝장내줄 텐데, 그리고 스톤과 래가나, 그의 아내를 죽이고 이 도시를 자신들의 거대하고 혹독한 지배력 안에 가둬버린 그 깡패들도 매듭지어줄 텐데.

물론 배니언은 인간성을 저버리지 않고, 디어리 부인을 살려준다. 영화에도 나오지만, 소설에서 디어리 부인을 죽여버리는 건, 학대를 일삼던 남자친구에게 복수하고 '괜찮은 남자'인 경찰 배니언을 도우려는 데비다. 하지만 소설과 영화의 결정적 차이점을 살펴보면, 맥기번이 우선적으로 고려하는 부분이 카타르시스를 중시하는 할리우드의 전형적인 시나리오 작법과는 다소 어울리지 않았음을 알 수 있다.

영화에서 데비는 무시로 일관하는 디어리 부인에게 갑작스레 연락을 취한다. 빔의 시나리오는, 데비가 모피 코트 주머니에서 38구경 권총을 꺼내 쏴버리기 직전에 "밍크 모피 아래서 우리는 자매잖아요"라는 근사한 대사를 끼워넣는다. 아주 굉장한, 글로리아 그레이엄과 재닛 놀런이 완벽하게 연기하는 장면이다. 이 장면이 주는 흥분의 전율은 대단히 만족스럽다.

하지만 맥기번은 소설에서 다른 방향을 선택했다. 그는 살인 장면을 보여주지 않고, 전화로 전달한다.

그는 목소리의 주인공이 누군지 알아챘다. "그래요. 지금 어디죠?"

"당신을 그만 귀찮게 하기로 마음먹었어요," 그녀가 말했다. "당신은 좋은 사람이고, 나는 골칫거리였죠." 그러면서 그녀가 작게 웃었다. 조금 이상하게 들리는 웃음이었다. "당신은 결국 완벽하게 터프하진 못했어요. 하지만 상관없어요. 당신은 그렇게 좀 부드러운 쪽이 더 어울려요."

"당신 괜찮아요?" 그가 물었다.

"그럼요, 난 아무렇지도 않아요."

"어디 있어요?"

"아, 내가 말 안 했던가요? 나 디어리 부인 집에 있어요, 배니언."

배니언이 털썩 주저앉았다. "미쳤어요? 대체 거기서 뭘 하고 있는 겁니까?"

"뭔가를 증명해 보였죠." 그녀가 다시 부드럽게 웃었다. "내가 터프가이라는 걸 증명했다고요."

"당장 거기서 나와요, 데비."

"아뇨, 난 여기 있을 거예요."

배니언은 배 속이 갑작스레 싸늘해지는 걸 느끼며 망설였다. "디어리 부인은 어딨죠, 데비?"

"죽었어요, 배니언."

맥기번은 응징이 안겨주는 대리 만족을 억누른다. 대신 배니언 자신만의 단호한 싸움이 순진했던 한 여성을 살인자로, 그의 쓰디쓴 복수의 도구로 돌변시켰다는 사실에 대한 배니언의 소름 끼치는 자각을 드러낼 뿐이다.

영화 속 데비는, 배니언과 전 남자친구 빈스 스톤 사이의 십자포화 총싸움이 벌어지는 클라이맥스에서 숨을 거두기 직전, 뜨거운 커피를 스톤의 얼굴에 부어버리는 복수를 감행한다. 하지만 소설에서 터프걸 데비는 허물어진다. 살날이 얼마 남지 않았다는 걸 깨달은 그녀는 총구를 자신에게 들이댄다. 스톤을 죽이고 경찰을 타락시킨 래가나의 죄를 만천하에 공개함으로써 배니언은 목표한 바를 이뤘지만, 데비가 죽은 뒤 병원을 떠나면서 그는 승리에 너무 많은 대가를 치렀다는 사실을 절감한다.

그는 일이 분 정도 우두커니 서서 이 도시의 새벽 풍경과 소음을 음미했다. 그리고 담배에 불을 붙인 다음, 손님을 기다리는 택시를 향해 손짓을 했다. 무언가 이날 아침에 끝장났다는 걸 그는 알았다. 이제 그는 증오가 아닌 슬픔으로 다시 시작해야만 한다.

최악은 아니었잖아, 그는 생각했다.

맥기번의 이 획기적인 소설은 도덕적 긍지가 높았던 영웅의 승리로 끝나지만, 당연히도 그 배후에는 또한 영광으로부터의 급작스런 추락을 감내하는 고통이 존재한다. 추락한 영웅은 맥기번이 가장 즐겨 다루는 테마가 된다. 1951년 작《살인의 보호막》의 주인공 바니 놀런은 마권업자를 죽이고 2만 5천 달러를 현금으로 훔친, 자기만 옳다고 믿는 경찰이다(마권업자가 교외의 여가 산업이라는 초라한 꿈을 위해 준비한 자금이었다). 결국 (별로 놀랄 일도 아니지만) 집요한 신문 기자와 배짱 두둑한 여급의 활약으로 그는 파멸하고 만다.《사악한 경찰》의 전반부는 부패한 형사 마이크 카모디가 역시 경찰인 순진한 남동생 에디를 폭력조직으로부터 보호하려는 노력으로 채워진다. 카모디 자신은 폭력조직의 뇌물로 사치스런 삶을 유지하면서 말이다. 그리고 후반부는 에디가 결국 살해당한 다음 카모디가 폭력조직에게 복수를 꾀하는 이야기다.《가장 어두운 시간》《부둣가 경찰Waterfront Cop》로 재출간되었다)에서 불명예를 뒤집어쓴 경찰 스티브 레트닉은 살인죄로 복역을 마치고 출소한 다음, 그에게 누명을 씌운 조직에게 죗값을 치르게 하기 위해 추적을 시작한다.《내일에 맞서》에서도 추락한 경찰이 등장한다. 그의 이름은 데이브 버크이며, 보잘 것 없는 퇴직 연금에 분개하여 작은 마을의 은행을 털려는 계획을 세운다. 물론 결과는 파멸로 끝난다.

맥기번은 자신의 작품을 관통하는 이런 맥락을 두고 "내키는 대로 저지르려는 충동"이라고 표현한 바 있다. 얼마 안 되는 인터뷰 중 하나에서 그는 고백했다. "우리 사회가 안겨주는 좌절감 때문에 사람들은 법을 자기 손으로 집행하려는 강력한 욕구를 가지게 된다. 그렇게 내키는 대로 저지르고 싶은 충동에도 불구하고, 그런 충동은 결코 좋은 결과를 가져오지 못한다는 것을 나는 소설 속에 확실하게 드러내려고 노력했다."

맥기번이 빠져들었던 유일한 충동이라면, 텔레비전 방송 대본을 쓰는 작업이었다. 그는 1960년대와 70년대에 엄청나게 많은 연속극을 작업했다. 〈버지니아 사람들The Virginian〉 〈벤 케이시Ben Casey〉 〈오하라 : 미국 재무부O'Hara : U.S. Treasury〉 〈코작Kojak〉 등등. 1975년 그는 영화 〈브래니건Brannigan〉의 오리지널 각본을 크리스토퍼 트럼보(유명한 각본가 달턴 트럼보의 아들)와 함께 썼다. 여기서 존 웨인이 연기하는 아일랜드계 미국인 형사는 도주한 폭력배를 찾아 재판정에 세우기 위해 영국으로 파견된다. 이는 클린트 이스트우드의 〈더티 해리Dirty Harry〉가 어마어마한 성공을 거둔 이후 1970년대에 쏟아져나온 폭력적인 자경단-경찰 영화 중 한 편 이었다. 〈더티 해리〉의 해리 캘러핸은《빅 히트》의 데이브 배니언의 직계 후손이다. 배니언은 미국 범죄소설사상 처음으로 경찰 배지를 집어던지고 자경단식 정의를 내세우며 복수로 치닫는 경찰이 아니었던가. 맥기번은 배니언, 더티 해리, 브래니건을 통해 공식적으로 한 바퀴 돌아 제자리로 온 셈이다.

윌리엄 P. 맥기번이 데이비드 구디스나 짐 톰슨, 찰스 윌리퍼드, 라이오넬 화이트 같은 1950년대 동료 작가들만큼의 유산을 남기지 못했다는 건 안타까운 일이다. 맥기번은 그 작가들만큼 스타일을 갖춘 산문 작가가 아니었을지도 모르지만, 그의 작품은 언제나 믿음직스럽고 완벽하게 재미있다. 맥기번의 소설을 기반으로 한 영화들이 누리는 영광을,《빅 히트》와 더불어 그의 또다른 소설들도 누려야 마땅하다.

에디 멀러Eddie Muller는 2002년 첫 소설 《디스턴스The Distance》를 출간하고 미국 탐정소설협회에서 주관하는 셰이머스 상의 '최고의 데뷔작' 부문을 수상했다. 《어두운 도시 : 누아르 영화의 잃어버린 세계》등 누아르 영화에 관한 저서들과 DVD 코멘터리 수십 편 덕분에 그는 '누아르의 차르'가 되었다. 멀러는 미국에서 가장 큰 규모의 누아르 회고전 '누아르의 도시 : 샌프란시스코 누아르 영화제NOIR CITY : The San Francisco Film Noir Festival'를 기획하고 주최한다. '미국의 누아르 영화 유산' 대표작을 복원하고 보존하기 위한 기금을 마련하는 '누아르 영화 재단'의 설립자이자 회장이기도 하다.
www.eddiemuller.com

사형 집행인들 _The Executioners, 1958_
a.k.a. 케이프 피어 _Cape Fear_

by 존 D. 맥도널드

•

하버드 대학교를 졸업한 존 D. 맥도널드John D. McDonald(1916~86)는 2차 세계
대전 당시 OSS(Office of Strategic Service, 전략사무국, CIA의 전신)에 근무했고, 중
령 지위에까지 올랐다. 오백 편이 넘는 단편소설을 썼던 맥도널드의 첫 장편소설
은 《황동 컵케이크The Brass Cupcake》(1950)다. 맥도널드는 SF도 썼지만, 《사형 집
행인들》과 《어느 월요일 우리는 그들 전부를 죽였다One Monday We Killed Them
All》(1961) 두 편이야말로 탁월한 범죄소설가로서 그의 위치를 입증해 보인 작품들
이다. 그의 '트래비스 맥기Travis McGee 시리즈' 제1권은 《푸른 작별The Deep Blue
Good-By》(1964)이며, 시리즈 마지막이자 제21권은 《외로운 은빛 비The Lonely
Silver Rain》(1985)다. 맥도널드는 1972년 미국 미스터리작가협회로부터 그랜드 마
스터 상을 받았다.

제프리 디버

색깔들.

1960년대, 하드보일드 범죄소설을 향한 나의 열정은 한창 무르익고
있었다. 다른 무수한 독자들처럼 나 역시 같은 주인공이 계속 등장하는
시리즈물을 선호했다.

내가 가장 사랑하는 시리즈 중 하나는 문구와 책을 함께 파는 가게
들 선반에서 쉽게 찾을 수 있었다. 나는 용돈과 잔디 깎기 수입의 대부분
을 그곳에 바쳤다. 그 책들을 못 보고 지나칠 수는 없었다. 그 색깔 덕분
에, 제목에 들어간 색깔과 책표지 색깔 덕분에.

《청록색 비가The Turquoise Lament》《분홍색 악몽Nightmare in Pink》《밝은

오렌지색 수의Bright Orange for the Shroud》《푸른 작별》…… 전부 합쳐서 스무 권이 넘는다.

물론, 내가 말하는 시리즈는 존 D. 맥도널드의 '트래비스 맥기 시리즈'다.

이 시리즈의 대부분은 플로리다 주를 배경으로 하며, 그곳을 매력적이면서도 무시무시하게 그려낸다. '행잉 채드 스테이트Hanging Chad State'●의 실제 모습이 그렇다기보다는 맥도널드의 필력 덕택이다. 맥기 시리즈는 순수한 즐거움 그 자체라 할 수 있다. 유별나고, 이국적이고, 통찰력이 뛰어나고, 속도감 있고, 독자들을 첫 권부터 매혹시켜 붙들어놓을 온갖 장르소설적 디테일이 충만한 소설들이다(내 소설 속 어떤 등장인물이 허드슨 강 선상가옥에 산다는 설정을 쓴 적이 있다. 물론, 트래비스 맥기의 주거용 보트 '버스티드 플러시The Busted Flush'에 대한 오마주다).

나는 맥기 시리즈의 우수함과 중요성에 대해 확실히 말할 수 있지만, 이 자리에서 그걸 일일이 설명하진 않겠다(하지만 '푸른색'에서 시작해 '은빛'까지 시리즈 전권을 다 읽으라고 재촉하지 않을 수는 없다. 이 시리즈는 당신을 실망시키지 않을 것이다). 또한 지나가는 말로라도, 범죄소설, SF, 논픽션을 죄다 아우르는 다양한 장르에 걸친 맥도널드의 경이로운 집필 능력과 그 수많은 장편과 단편들의 수에 대해서 더이상 언급하지 않겠다.

이 자리에서 내가 집중하려는 맥도널드의 작품은, 시리즈가 아닌 독립된 소설 중 한 편이다. 사실 맥도널드는 시리즈보다 독립 단행본을 훨씬 많이 쓰지 않았던가.

● 투표할 때 유권자의 펀치카드에 구멍이 완전히 뚫려야 하는데 종잇조각이 떨어져 나가지 않고 붙어 있을 때 그것을 유효표로 간주해야 하는지 논쟁이 발생한다. 앨 고어와 조지 부시가 후보로 나온, 2000년 미국 대통령 선거 당시 플로리다 주 투표에서 이 같은 '행잉 채드'를 무효표로 판단했기 때문에 고어가 패배한 사실을 가리킨다.

나 역시 시리즈물과 독립 단행본 양쪽 모두를 집필했다. 솔직히 말하자면, 나로서는 시리즈에서 독립된 쪽을 선호한다. 왜냐하면 나는 언제나 독자를 위해 글을 쓴다는 기본 전제에 충실하고자 하는데, 독립된 작품을 쓸 때만큼은 그 경계를 넘어 나 자신의 즐거움을 추구할 수 있기 때문이다. 예를 들어 나는 진심으로 1인칭 소설을 쓰고 싶었다. 특정 시점을 유지하면서도 내가 매우 좋아하는 뒤틀기와 반전을 잘 결합시키는, 크나큰 도전을 넘어서야 하겠지만. '링컨 라임Lincoln Rhyme 시리즈'와 '캐스린 댄스Kathryn Dance 시리즈'에선 항상 3인칭 시점을 취해야만 하기 때문에, 그 시리즈에서는 단 한 권이라도 1인칭 시점이 허용되지 않았다. 1인칭 시점은 독립된 작품에서만 가능했다.

양쪽 모두를 오가는 작가 중 내가 존경하는 이는 바바라 바인Barbara Vine이다. 그녀는 독립된 작품에서 근사한 심리스릴러를 추구했다. 루스 렌들Ruth Rendell이라는 이름으로 집필한 '웩스퍼드 경감Inspector Wexford 시리즈'와는 매우 다른 소설들이었다. 또는, 에반 헌터의 멋진 단행본 소설 《블랙보드 정글Blackboard Jungle》은 그의 필명 에드 맥베인으로 쓴 '87분서 87th Precinct 시리즈'를 가뿐히 넘어서며, 그 시리즈만큼이나 즐겁게 읽을 수 있다고 장담한다.

내가 가장 좋아하는 존 D. 맥도널드의 독립 단행본 소설은 《사형 집행인들》이다. 1957년 처음 출간되었고, 나중에는 두 번 영화화되었을 때의 제목인 《케이프 피어》로 재출간된 작품 말이다. 이 글에서는 작가가 붙인 제목으로 언급할 것이다.

이야기는 아주 단순하다. 소설이 시작되기 몇 년 전, 우리의 주인공 샘 보든은 술 취한 군인 맥스 캐디가 휴가 중에 소녀를 강간하려는 시도를 막은 적이 있다. 샘은 법정에서 증언도 했다. 캐디는 종신형을 선고받았지만 십사 년 복역 끝에 출소했고, 보든 일가가 살고 있는 작은 마을로 찾아와 복수를 시도한다. 그의 목적은 보든과 그의 아내 캐럴, 세 아이들을 죽이는 것이다. 이들 중 일부든 전부든 특별한 순서가 정해져 있는 것도 아니다. 그에게는 정교한 음모나 계획 같은 것도 없다. 묶어놓고 말로 학대할 생각도 없고, 복잡하기 짝이 없는 도구도 갖고 있지 않다. 총과 독약 정도, 필요하다면 맨손으로 덤벼들 것이다. 그는 온전히 비도덕적이고 자신감에 차 있으며, 물리적으로 매우 위험한 존재다.

맥도널드는 차례로 끔찍한 장면을 내보인다. 캐디와 보든 가족, 또다른 캐릭터들 사이의 대립, 그리고 캐디가 시야에 포착되지 않고서 저지른 게 분명한 범죄들. 독약으로 살해한 동물, 아이를 정확하게 겨냥한 총알, 내부 장치를 조작한 차…… 우리가 캐디를 보지 못할 때, 하지만 그가 어딘가 숨어 있다는 걸 알고 있을 때가 가장 안절부절 못하게 되는 순간이다.

미치광이의 공격이 되풀이되면서 그들의 인생이 산산조각나자, 샘과 캐럴 부부 그리고 경찰은 어른거리는 비극을 어떻게 막을 수 있을지 헛된 고민을 계속한다. 그러나 캐디는 체포나 또다른 방식으로 그를 막아보려는 모든 노력을 노련하게 압도하면서, 그가 대단히 두뇌 회전이 빠른 영리한 인간임을 증명해 보일 뿐이다. 보든 가족은 처음엔 법과 법원의 도움을 요청하지만, 각기 다른 이유로 실패한다. 보든 가족은 캐디로부터 달아나려 시도하고, 결국엔—공격이 점점 더 대담해지고 흉포해지면서—이 위협으로부터 해방되기 위해 덜 합법적인 해결책을 강구한다.

이 얇은 책(페이퍼백으로 210페이지 정도 된다)은 가족과 경찰과 캐디 사이의 피할 수 없는 충돌을 기록한다.

그렇다면, 나는 《사형 집행인들》의 어떤 점에 그토록 끌리는 걸까?

첫째, 단순하게 일직선으로 죽죽 뻗어가는 이야기 자체가 좋다. 샘은 몇 년 전 범죄를 막기 위해 옳은 일을 했다. 이제 그의 선행이 그를 사로잡는 악몽으로, 문자 그대로 보복으로 돌아온다. 그는 사랑하는 가족을 지켜야만 한다. 나는 대위법적인 서브플롯과 예상치 못한 비틀기로 꽉꽉 채우는 스릴러를 쓰는 걸 좋아하지만, 그럴 때마다 지나치게 나가지 않도록 늘 조심해야 한다. 최근의 어떤 범죄소설 시리즈―이걸 어떻게 말해야 하나?―에는, 신화 속의 불을 내뿜는 생명체를 문신으로 새긴 여주인공이 등장한다(제목은 말하지 않겠다). 이 시리즈의 걷잡을 수 없는 인기에 시비를 걸 생각은 없지만, 최소한 시리즈 1권의 줄거리가 불필요하게 무겁고 복잡하다고 느꼈다는 점은 말해두고 싶다.

《사형 집행인들》은 그렇지 않다. 선량한 가족을 추락시키려 위협하는 먹구름이 출몰했다는 첫 번째 조짐에서부터, 우리는 실제적으로 아주 뚜렷한 결론(칭찬할 만하게도, 도덕적으로는 덜 명료하지만)을 향해 **빠르고 죽죽 뻗어나가는** 이야기에 몸을 맡길 수 있다.

그러나 단순하고 직선적으로 내달리는 이야기 자체가 소설에서 칭찬받아야 하는 특질은 아니다. 이처럼 군더더기 없는 접근 방식은, 기량이 떨어지는 작가에게서는 지루해지거나 피상적으로 그칠 우려가 있다. 하지만 맥도널드는 자신이 하는 바를 잘 알고 있다. 그는 현란한 기교로 밀고 나갈 게 아니라면―복잡하게 뒤얽힌 비틀기, 이중성, 오인된 정체성, 서브플롯의 상호 연결, 기타 등등―독자가 이야기 속으로 빠져들 수 있는 무언가를 제공해야만 한다는 점을 잘 알고 있다. 작가는 말 그대로 페이지마다 독자가 '다음엔 무슨 일이 터지는 거지?'라며 궁금하게 만들어야만 한다. 나는 미키 스필레인의 금언을 마음 깊이 새기고 있다. 사람들은 책을 중간까지만 읽으려는 게 아니다. 그들은 끝을 보기 위해 읽는다. 이 말의 뜻 : 작가에게는 첫 장면부터 독자의 목을 틀어쥔 채 마지막 페이지까지 끌고 갈 수 있도록 필요한 건 뭐든지 다 할 책임이 있다. 앉은자리에서 한 번에 다 읽으면 가장 좋고.

충격과 반전 사이에는 분명한 차이가 있다. 충격은, 독자가 혼동할 수 있는 사실들을 작가가 의도적으로 깔아둔 다음 독자들이 믿었던 바와 매우 다른 진실이 막판에 밝혀질 때 찾아온다. 그리고 반전은, 단순히 진행되어가던 캐릭터의 행동에 변화를 일으키는 예상치 못한 사건이나 폭로를 의미한다. 반전은 특별한 장치 없이도 가능하다.

《사형 집행인들》에서 위에 설명한 바와 같은 충격은, 있다 하더라도 아주 조금만 들어가 있다. 맥도널드는 여러 가지 반전을 활용하며 이야기가 계속 진행될 수 있도록 조작하는 노련한 솜씨를 보여준다. 우리는 계속 조마조마하게, 주인공들이 다음번엔 어떤 난관에 부딪히게 될지 궁금해하며 지켜보게 된다.

다음으로, 이 소설의 매력을 평가하면서 스타일리스트로서 맥도널드의 자질을 언급하고 싶다. 자의식에 집착하거나 혼란스러워하지 않고, 아이디어를 직조해 그것을 완벽하게 보완하는 단어들로 쌓아올리는 드문 재능 말이다.

긴장감 넘치면서 핵을 정확하게 맞추는 그의 산문 중 몇몇 예를 들어보겠다. 아래는 샘 보든이 맥스 캐디를 죽지 않을 정도로 때려줄 사람을 고용한 뒤 집에 돌아왔을 때의 문장이다.

캐럴이 잠든 다음 그는 조용히 침대를 빠져나와 침대 창문 근처의 의자로 갔다. 소리 내지 않게 주의하면서 블라인드를 올린 다음 담배에 불을 붙이고, 은빛으로 보이는 길과 돌담 쪽을 내다보았다. 밤은 텅 비어 있었다. 말할 수 없이 소중하지만, 장차 말썽의 소지가 될지도 모를 그의 인질 네 명은 깊이 잠들어 있었다. 지구는 돌고, 별들은 높이 떠 있었다. 이 모든 것이, 그는 중얼거렸다. 현실이다. 밤, 지구, 별, 잠든 가족…… 이천 년 전이었다면 그는 마을 회의에서 원로들과 함께 앉아 그가 처한 위험을 설명하고 마을 전체의 도움을 받을 수 있었을 것이다. 그랬다면 약탈자는 돌에 맞아 죽었을 것이다. 그러니까 이 행위는 법을 보완해주는 장치다. 그러므로 옳다. 하지만 침대로 돌아오고 난 다음에도, 그는 여전히 자신의 이성적 판단을 온전히 받아들일 수 없었다.

또다른 예는 캐디가 짧은 수감형을 선고받은 다음 보든 가족이 집으로 돌아오는 장면이다. 캐디는 십구 일 후에 풀려날 것이다. 기나긴 드라이브를 마치고 걸어 나오는 보든 가의 막내에 대한 코믹한 묘사가 집 안으로 들어가면서 약간 불편한 분위기로, 결국 절망으로 바뀌는 걸 눈여겨보시라.

그들은 네 시경 도착했다. 잠에 취한 버키가 겨우 일어나 비틀비틀 주정뱅이처럼 집 쪽으로 걸어갔다. 하늘은 캄캄하고 낮았으며, 빠르게 움직이는 구름은 느릅나무 꼭대기 바로 위에 걸친 것처럼 보였다. 거세게 부는 바람은 눅눅했다. 바람 때문에 창문이 덜컹거렸다. 집은 텅 비어 있는 느낌이었다. 여섯 시 무렵 폭우가 쏟아지자, 샘은 승합차를 후진시켜 진입로 쪽에 세워놓았다. 빗물이 여행으로 쌓인 먼지를 씻어낼 것이다.
7월은 빠르게 지나갔다. 십구 일이라는 기간이 영원히 지속될 순 없었다.

나는, 스타일이란 많은 작가들이 달달 외워 판에 박힌 듯 풀어내는 일상적인 묘사를 어떻게 직조하느냐에서 선명하게 드러난다고 생각한다. 맥도널드는 그의 재능을 페이지마다 쏟아낸다. 내가 특별히 좋아하는 문단을 소개하겠다.

그는 다 마신 캔을 호수 속으로 집어던졌고, 캔이 허공을 날아가 잔물결 위에서 반짝거리다가 바람에 밀려가는 걸 지켜보았다. 그는 낸시가 '스위트 수' 호의 선미로 매끄럽게 올라가 음악 선율처럼 사랑스럽게, 깔끔하게 다이빙하는 걸 지켜보았다.

그리고 또 하나,

딱 적당하게 거칠고, 충분히 기민해 보이는 남자였다.

마지막으로 이 문단을 인용하지 않을 수 없다. 가족을 캐디로부터 보호하기 위해 사격 연습을 한 다음 샘이 아내와 조우하는 장면이다. 손안의 '어슴푸레한 빛'은 총에 햇빛이 반사된 것을 뜻한다.

그는 아내에게 키스했고, 선 채로 그녀를 품에 안았다. 그는 그녀의 어깨 너머를 내려다보았고, 자기 오른손에 쥐고 있는 어슴푸레한 빛이 어울리지 않는다고 생각했다. 그는 손목을 약간 비틀어 그 무기가 아내의 연푸른색 블라우스에 닿지 않게 하고 있었다. 총 너머로, 하얀색 과녁과 연필로 그린 심장과 다섯 개의 검은 구멍이 보였다.

이 소설의 매력을 열거하는 마지막 항목으로서,《사형 집행인들》속에서 살아 숨쉬는 인물들과 함께 시간을 보내며 내가 얼마나 큰 기쁨을 누렸는지 말해두고 싶다. 물론 이 소설의 핵심은, 어디서나 볼 수 있는 평범한 보든 가족, 부모와 세 아이들이다. 맥스 캐디의 영리함과 악의도 끔찍한 재해처럼 사람 마음을 사로잡는다. 심지어 부차적인 캐릭터들마저도 매력적이다. 다수의 경찰들, 사립탐정들, 법률 사무소의 동료들, 가족의 친구들, 지역 주민들—매력적이거나 짜증 나거나 수상쩍거나, 모두

다채로운 개성을 갖고 있다—까지 우리의 주의를 즉각적으로 집중시킨다. 맥도널드가 멋진 솜씨로 그들을 종이 위에서 일으켰으며, 심지어 그들 중 누구라도 다음 희생자가 될 수 있다는 사실을 우리가 잊지 않도록 못 박았기 때문이다. 이 중에 진부한 캐릭터는 없다. 그들은 마음을 고쳐먹는다. 그들은 똑똑하게 굴거나 멍청하게 군다. 그들은 잘못 짚거나 허를 찌른다. 그들은 우연히 성공한다. 그리고 선의를 갖고 있음에도 불구하고, 그들은 일을 망쳐버린다.

소설 속에서 그들의 역할이 무엇이든 간에, 맥도널드는 우리가 그 사람들을 알게 되고 이해하고 그들의 머릿속과 마음까지 들여다보길 원한다. 그는 절대 서두르지 않는다. 예를 들어 맥도널드는 캐럴과 샘이 어떻게 만나서 연인이 되었는지 다소 길게 설명한다. 회상 부분에는 어떤 극적인 사건 진행도 없지만, 아주 잘 읽힌다. 너무 길지도 않다. 맥도널드는 저기 어딘가 미치광이가 어슬렁거린다는 사실을 (우리만큼) 잘 알고 있다. 하지만 제기랄, 우리는 회상 장면을 읽고 나선 보든 부부를 더한층 좋아하게 된다. 그리고 다음 순간, 캐디가 접근하면 손에 땀을 쥐고 조마조마한 심정으로 지켜보게 되는 것이다.

하지만 이 추억담 때문에 우리는 좀 기만적인 면도 보게 된다. 세상에, 샘과 캐럴만큼 명민하게 쉬지 않고 농담을 주고받는 기혼자 커플이 실제로 있기나 한가? 그들의 아이들도 어떤 면에선 나이에 비해 좀 조숙하고, 또다른 순간엔 지나치게 순진하다.

캐럴이 부상당하는 장면에 대해서도 할 말이 있다. 캐디가 조작한 차를 탄 캐럴은 사고 후 신경쇠약에 걸려 정서적으로 무너지는데, (남성) 의사는 생색내는 태도로 진정제를 처방해준다. 물론《사형 집행인들》은 다른 시대 작품이다. 그때는 여성 혐오가 딱히 튀어 보이지 않거나 당연시되던 '미친놈들Mad Men'의 시대였다. 하지만 이런 취급(의사와 작가 양쪽 모두)에 대해 내가 말하고 싶은 것은, 이후 맥도널드가 자신에게 보다 깊은 뜻이 있었음을 밝힌다는 점이다. 사실상 이 소설의 주제를 전달하는 목소리는 샘이 아니라 캐럴이다.

마지막 장면에서 샘은 서툴게나마 캐디 사건의 여파에 대한 느낌을 정리해보려 애쓴다. "내가 엄청나게 살아 있다는 느낌이 들어." 진심 어린 말이지만 뭔가 약하다. 그러나 캐럴은 이번에 겪은 불행을 통해 자신이 어떻게 근본적으로 변화했는지 설명하면서, 재앙에 대해 좀더 정확하고 통찰력 있는 답변을 들려준다.

세상에는 여러 어둠의 존재들이 돌아다녀요. 캐디도 그중 하나였죠. 커브 길의 얼음 조각도 그중 하나고, 세균도 그런 존재예요. 내가 배운 건 이런 자그마한 사실이에요. 전 세계에는 지금 이 순간, 바로 이 순간에도 사람들이 죽어가거나, 가슴이 무너지거나, 부상을 입고 있어요. 그런 불행을 겪으면서 그들은 완벽한 불신의 감정을 품게 되죠. 나는 그럴 수 없어요. 그건 옳은 일이 아니에요…… 아마도 나는 좀더 강해지고 용감해진 것 같아요. 그걸 느낄 수 있어요. 왜냐하면 우리가 가진 모든 게, 사건과 우연이 정교하게 얽힌 세계 속에서 균형 잡혀 있다는 걸 알았기 때문이에요.

맞아요, 캐럴.
내 말이 그 말입니다, 존.
마지막으로 영화 버전에 대해 한마디 덧붙이고 싶다. 그 영화들은 맥도널드의 소설을 실제 이미지로 보여주었기 때문이다. 첫 번째 영화는 1962년(감독은 J. 리 톰슨이었다)에, 두 번째 영화는 1991년(마틴 스코세이지가 연출을 맡았다)에 개봉했다. 두 편 모두 악당을 최상급으로 묘사한다. 1962년 작에선 로버트 미첨이, 1991년 작에선 로버트 드 니로가 캐디 역을 맡았다. 샘 보든은 각각 그레고리 펙과 닉 놀티가 연기했다. 두 편 모두 서스펜스로 넘쳐나고, 좋은 연기와 기술적 완성도를 보여주었다. 또한 소설을 영화화할 때 기대할 법한 변화들도 추가했다(예를 들어 소설 속 보든 부부의 아이들은 세 명이다. 하지만 영화는 두 편 모두 딸 한 명만 있는 걸로 처리함으로써 이야기를 간소화했다).

1962년의 영화는 책의 줄거리를 거의 그대로 따라간다. 샘 보든은 소녀를 강간하려는 캐디를 물리적으로 막는다. 도덕적으로 문제될 게 없고 사실상 그리 특별할 것 없는 선택이다. 술에 취한 채 인사불성이었던 캐디는 현장에서 체포된다. 샘은 재판에서 증언하고, 캐디를 감옥에 보낸다.

하지만 스코세이지 영화에선 과거가 조금 달라진다. 샘 보든은 강간 사건으로 재판을 받게 된 캐디의 국선 변호인이고, 고의적으로 증거를 조작해 그의 유죄를 확실하게 만든다. 캐디는 나중에 이 사실을 알고 복수를 맹세한다. 스코세이지는 또한 믿음직한 남편이자 사랑받는 아버지였던 소설 속 보든을, 장차 캐디에게 희생되는 여성과 불륜 관계인 것으로 바꿔놓았다.

물론 이 두 영화 모두 그럴싸한 변주이지만, 결과적으로는 등장인물과 나의, 그리고 궁극적으로는 이야기 자체와 나의 연결고리에 흠집을 냈다. 훼손된 영웅과 부당하게 취급당한 악당은 그 자체로 타당한 주제가 될 수 있고, 범죄물에 복잡성을 더해줄 수 있다. 하지만 맥도널드는, 최소한 이 소설에선, 독자들이 선과 악의 단순한 충돌에 이끌린다는 사실을 알고 있었다.

또한 맥도널드는 단순성이 피상성과 같지 않음을 확인시켜줄 만큼 재능 있는 작가였다. 《사형 집행인들》은 대체 이 강력한 악당을 어떻게 처리해야 할지 모르기 때문에 불안하고 혼란스러운 사람들에 관한 풍성한 이야기다. 일가족을 파괴하겠다는 맥스 캐디의 목표는 아주 간단하다. 캐디 외의 모든 캐릭터들—다시 말해, 나머지 우리들—이, 조심스럽게 둘러친 안전망 안에 머무르면서 캐디 같은 존재들에 올바르게 대응하는 것이 훨씬 더 어려운 문제다. 맥도널드는 그런 대응 자체가 어쩌면 가능하지 않을지도 모른다는 사실을 명시한다. 단 하나의 진실한 답은, 현장에서 악과 마주하는 것이다.

•

전직 저널리스트이며 포크 가수이자 변호사였던 제프리 디버Jeffery Deaver는 세계 최고의 베스트셀러 작가다. 그의 소설은 150여 개국에 팔렸고 25개 언어로 번역되었다. 장편소설 스물아홉 편 , 단편소설집 두 권, 논픽션 법률서를 쓴 그는 전 세계의 수많은 문학상을 받았거나 그 상들의 최종후보에 올랐다. 《남겨진 자들The Bodies Left Behind》은 국제 스릴러작가협회에서 '올해의 책'으로 선정되었고, '링컨 라임 시리즈' 중 《브로큰 윈도The Broken Window》 역시 같은 상의 후보로 지명되었다. CWA 주관 스틸 대거 상과 쇼트 스토리 대거 상을 수상했고, 네로 울프 상뿐 아니라 엘러리 퀸 리더스 상에서 선정하는 '올해 최고의 단편소설'에 세 번 선정되었다. 미국 미스터리작가협회가 주관하는 에드거 상, 앤서니 상, 검슈 상에 일곱 번 후보로 올랐다. 최근에는 ITV3 범죄스릴러 상에서 '최고의 해외 작가' 최종후보에 오른 바 있다.

그의 최신작은 '제임스 본드 시리즈'의 《카르트 블랑슈Carte Blanche》, 그리고 독립된 작품인 《10월의 리스트The October List》, '링컨 라임 시리즈'의 《피부 수집가Skin Collector》이다. 그의 소설 《소녀의 무덤 A Maiden's Grave》은 제임스 가너와 말리 매틀린 주연으로 HBO 방송국에서 TV 영화로 만들어졌고, 《본 컬렉터The Bone Collector》는 유니버설 픽처스가 제작하고 덴절 워싱턴과 앤젤리나 졸리가 주연으로 출연한 영화로 만들어졌다. 그리고 소문대로, 그는 자신이 무척 좋아하는 연속극 〈세상이 돌아갈 때As the World Turns〉에 부패한 기자 역으로 출연한 적이 있다.

미국 시카고 외곽에서 태어났고, 미주리 대학에서 저널리즘 학사 학위를, 포덤 대학에서 법학 학사 학위를 받았다.

www.jefferydeaver.com

약속 *Das Versprechen, 1958*

by 프리드리히 뒤렌마트

•

높은 평가를 받은 극작가이자 에세이스트인 프리드리히 뒤렌마트Friedrich Durren-matt(1921~90)는 범죄소설도 썼다. 뒤렌마트의 희곡이 일반적으로 부조리극에서 영향받았다고 알려진 반면, 그의 탐정소설들은 독자가 장르와 맺는 관계에 대해 계속 추궁하는 가차 없는 리얼리즘이라고 봐야 한다. '탐정소설에 바치는 레퀴엠'이라는 부제가 붙은 《약속》은 은퇴한 살인 담당 형사의 1인칭 시점으로, 8세 소녀를 죽인 살인범을 찾아내겠다고 그 어머니에게 한 약속을 이행하는 과정을 기술한 소설이다. 이 작품은 2001년에 숀 펜 감독, 잭 니컬슨 주연의 동명 영화로도 만들어졌다. 뒤렌마트는 또한 대단히 시니컬한 '형사 베를락Hans Barlach 시리즈'로도 잘 알려져 있는데, 시리즈의 첫 권은 1950년 출간된 중편 《재판하는 사람과 집행하는 사람Der Richter und sein Henker》이다.

엘리사베타 부치아렐리

《약속》은 스위스에서 1958년 처음 출간되었다. 스위스의 극작가이자 화가, 소설가인 프리드리히 뒤렌마트가 썼으며, 내가 첫 누아르 범죄소설 줄거리를 구상할 때 다른 어떤 소설보다도 더 많은 영감을 받은 책이기도 하다. 주인공은 냉정한 성품이지만 일에 대해서는 집요할 만큼 헌신하는 형사 마태인데, 그는 엄청나게 복잡한 사건을 조사하게 된다. 여덟 살짜리 금발머리 소녀가 취리히 근교 마겐도르프라는 마을 외곽 숲에서 살해된 천인공노할 범죄가 발생한다. 시체를 발견한 혐오스러운 외양의 행상인이 범인으로 지목된다. 그의 옷에는 소녀의 핏자국이 남아 있고, 소녀처럼 그에게도 초콜릿이 묻어 있다. 또한 그는 살인 무기로 간주될 수 있는 다양한 종류의 면도날을 파는 이다.

자백한 다음 행상인 남자는 스스로 목을 매달아 죽어버린다. 동기와 목적이 맞아떨어지는 듯했기에 모든 관계자들은 사건이 종결되었다고 여긴다. 그러나 법과 질서의 수호자이면서도 탐정소설보다는 누아르 미스터리에 더 잘 어울리는 반反영웅적 성격의 마태는 예외다. 그는 냉정하고 머리 회전이 빠르며, 자기 확신에 가득 차 있고 겉으로 보기에 악덕이라곤 없는 듯하다. 고집스럽고 가만있지 못하는 성격에 고뇌에 찬 인물이기도 하다. 더 나쁜 건, 진실의 흔적을 더듬는 그의 격정적인 시도가 칭찬할 만한 장점이 아니라 가장 심각한 부적응의 징표가 되어간다는 점이다.

소녀의 가족이 겪는 비극에, 그리고 고통을 인내하면서도 그것에 몹시 괴로워하는 그들의 태도에 마음이 크게 흔들린 마태는 진짜 살인자를 찾아내고 말겠다고 맹세한다. 궁극적으로 이것은 그의 삶을 뿌리째 바꿔놓는 약속이 된다. 희생자 어머니의 말처럼, 그것은 그 자신의 영혼을 두고 한 약속이다. 또한 단순히 형사로서의 의무를 넘어서는 약속이다. 처음에는 추론에 따른 이성적인 문제 제기였던 그 약속은, 점차 목표와 그 목표로 이어지는 길 사이에 삶이 던져놓은 정당한 의심과 장애물과의 전투로 심화된다. 동료들은 마태의 조사를 돕는 것을 차례로 포기하고, 마침내 마태는 자기 나름의 방식으로 처리해야겠다고 결심하며 경찰 직위를 포기한다. 그는 살인범을 찾을 수 있는 유일한 가능성이 덫을 놓는 것뿐이라고 확신한다.

무엇이 그가 그렇게 결심하도록 만들었을까? '어린아이의 어리석음'이라고 표현할 수도 있을 것이다. 아이들과 매일같이 접촉하는 사람이라면 누구나 익숙할, 유별난 불안의 감각 말이다. 희생자 소녀가 그린 그림에는 검은 모자를 쓴 거대한 남자가 어린아이에게 작은 고슴도치를 내

미는 모습이 묘사되어 있다. 크고 어두운 색 차가 그림 한 귀퉁이에 보인다. 마태는 그것이 살인범의 모습이라고 믿어 의심치 않는다. 그를 잡기 위해선 어부의 참을성이 요구된다. 무한한 인내력과, 올바른 장소와 적당한 미끼를 고를 수 있는 능력. 전직 형사는 취리히와 그리종 주 사이의 한 주유소를 발견하고, 미치광이를 유혹할 만한, 희생자와 닮은 소녀를 그곳에 배치한다. 그리고 그것이 유일한 삶의 목적인 것마냥 그곳에서 끈질기게 기다린다. 기다림은 몹시 고통스럽고 신경을 곤두세워야 하는 작업이다. 마침내 대단원에 이르렀을 때, 이 사건의 잔혹성(혹은 혼돈의 잔혹성)으로 인해, 궁극적인 목표였던 범인 체포는 아이러니컬하게도 마태의 손에서 미끄러져 나간다.

《약속》은 심각하고 불안한 소설이다. 폐쇄적이며 폭력적이고, 풍자와 맹렬한 비판으로 가득하다. 페이지마다 자신이 살고 있는 사회에 대한 작가의 비판이 선명하게 방출된다. 하지만 냉전 시대의 스위스에만 비판을 국한시키는 게 아니라, 경제 및 사회 문제에 대해 재확인하려는 노력으로 이어진다. 또한 만족스러운 해결책에 좀처럼 도달하지 못하는, 이성적 확신으로만 구축된 세계 전체를 비판한다. 뒤렌마트 자신이 지적하듯, "인간이 세심하게 계획을 세울수록 우연에 지배될 확률이 더 높아진다".

하지만《약속》은 또한 문학이 추구하는 본질에 관한 작품이기도 하다. 단서에만 의지해 만들어지고, 작가가 끊임없이 독자에게 도전하는 플롯이 가지는 취약함에 대한 소설, 팩트란 수학적 법칙을 따르는 게 아니기 때문에 겉으로 보이는 모습이 거짓일 수 있다는 사실을 모순의 가능성 없이 천명하는 소설인 것이다. 정반대로, 팩트는 불합리의 스펙터클에 지배당하는 존재의 혼란에 더 잘 반응한다.

'탐정소설에 바치는 레퀴엠'(이탈리아 출판본에는 이런 부제가 붙어 있다)

으로 규정되는 동시에 여전히 범죄소설로 여겨지는《약속》의 위대함은, 클리셰로부터 벗어나려는 작가의 결단력에서 온다. 뒤렌마트는 (대문자 T로 시작하는) 진실Truth이 조사를 거쳐 어떻게 폭로되는지 보여준다. 인간의 운명을 장악하는 것은 이성이 아니라 혼돈이다. 이 소설은 또한 근본적인 진실을 추구하려는 노력을 거의 하지 않은 채 단순히 범인을 잡았다는 데 만족하고 마는 불완전한 사법제도에도 비판을 가한다.

범죄소설은 뒤렌마트의 손을 거치며 삶과 인간의 마음, 플롯의 본질에 대해 숙고하게끔 하는 효과적인 장치가 된다. 스릴러의 직관과 단서들로 솜씨 좋게 조율된《약속》은, 사건을 장악하고 있다는 인간의 착각에도 불구하고, 사실상 인간이 사건에 지배되는 경우가 더 잦음을 설파한다.

뒤렌마트에 따르면, 이야기는 언제나 부차적인 목적에 충실하다(혹은 충실해야 한다). 단지 엔터테인먼트에, 이런 종류의 내러티브가 누리는 엄청난 인기 뒤에 종종 도사리고 있는 관음증의 기회를 제공하는 것에, 현재 상황을 예전처럼 복구하는 데 초점을 맞추며 거짓되고 영속적인 해피엔딩을 약속하는 이야기에 만족해서는 안 된다는 것이다. 아니, 이야기는 무엇보다도 악의 정체를 드러내는 데 매진해야 한다. 불쾌함과 냉소주의, 무관심, 고약함과 일상의 좀스러움으로 이뤄진, 인간을 괴롭히는 완벽하게 평범한 악.

《약속》을 읽은 후 나는 수많은 친구와 지인들에게 그들이 약속을 한 적이 있는지, 그렇다면 어떤 약속이었고 그 결과가 어땠는지 질문했다. 약속이라는 행위의 중요성에 대한 강박을 통해, 나는 그것의 진정한 본질을 발견할 수 있었다. 목숨을 걸면서까지 신의를 지키고 충실하려는, 행동에 책임을 져야 한다는, 그 어떤 사람이나 존재에도 굴하지 않고 진상을 규명하려고 하는 태도의 불가피함 말이다.

아무것도 중요하게 여겨지지 않고 철회가 하나의 기술이 되어버린 지금 같은 시대에는, 약속을 지킨다는 행위가 구닥다리로 보일지도 모르겠다. 그것이야말로 뒤렌마트의 이 '작은' 이야기, 지속적인 숙고와 사려 깊은 분석의 기반을 제공하는 이 소설이 정당하게 고전으로 간주되어야 하는 이유이다.

《약속》은 참혹하고 감정을 자극하는, 열정적이고 필사적인 소설이며, 단순한 위안이나 확실한 결말에 집착하지 않고 (어떤 장르든) 좋은 책을 읽는 것이 무기력한 정신의 해독제라는 깨달음을 유지시켜주는 소설이다. 마지막으로, 이 책은 올바른 대답을 주는 게 아니라 올바른 질문을 던지는 소설이다.

.

엘리사베타 부치아렐리Elisabetta Bucciarelli는 이탈리아 밀라노에서 태어났다. 연극과 영화, 텔레비전 대본을 써왔고 미스터리/범죄 소설가로서는 밀라노를 배경으로 한 '형사 마리아 돌로레스 베르가니Maria Dolores Vergani 시리즈'로 알려져 있다. 시리즈 첫 책은《해피 아워Happy Hour》(2005)이다. 후속작들은 다음과 같다.《잘못된 쪽에서Dalla Parte del Torto》(2007),《명품 여자Femmina de Luxe》(2008),《당신을 용서한다Ho ti Perdono》(2009),《나는 믿고 싶다Ti Voglio Credere》(2010),《버려진 시체들Corpi di Scarto》(2011),《스트레이트 투 더 하트Dritto Al Cuore》(2011). 부치아렐리가 각본을 맡은 단편영화〈사랑받는 마티Amati Matti〉(1996)는 53회 베니스 국제 영화제에서 '특별 언급'되었다.
www.elisabettabucciarelli.it

더 신 *The Scene, 1960*

by 클래런스 쿠퍼 주니어

•

클래런스 쿠퍼 주니어Clarence Cooper, Jr(1934~78)의 삶은 짧고 비극적이었다. 그는 불과 26세에 첫 소설 《더 신》을 썼고, 소설 제목과 같은 이름의 '더 신'에 모여든 헤로인중독자들의 라이프스타일에 대한 묘사와 대담한 내러티브로 찬사를 받았다. 소설 속 '더 신'은 이름을 밝히지 않은 도시의, 그 안에 있는 모든 것을 판매하는 공간이다. 불행히도 그 자신이 헤로인중독자였던 쿠퍼는 서평들이 실릴 무렵 이미 감옥에 들어갔고, 주요 출판업자들은 그에게서 손을 뗐다. 결국 뒤이은 소설들은 싸구려 펄프소설 버전으로나 나올 수 있었다. 그는 악명 높은 '렉싱턴 나르코틱스 팜Narcotics Farm in Lexington'을 배경으로 한, 중독자들의 위험하고 실험적인 러브스토리인 마지막 소설 《더 팜The Farm》(1967)을 쓰며 엄청난 노력을 들였다. 그러나 이 소설은 그 자체의 대담함과 탁월함보다는 작가 자신의 몰락으로 평가받았다. 무일푼에 머물 곳조차 없었던 쿠퍼는 뉴욕 23번 가 YMCA에서 숨을 거두었다.

개리 필립스

〈킬러들The Killers〉(1946), 〈우회로Detour〉(1945), 〈이중배상〉(1944) 같은 음울한 범죄영화들은 불길한 예감으로 시작한다. 회상을 통해 이야기가 풀려나오면서 수면 아래 흐르던 어두운 기운이 드러나는 것이다. 〈이중배상〉의 반영웅 월터 네프는 총상으로 죽어간다. 〈킬러들〉의 스웨덴인은 불교 신자처럼 그의 피할 수 없는 종말을 기다릴 뿐이다. 〈우회로〉의 앨 로버츠는 식당 테이블에 앉아 주크박스에서 흘러나오는 노래를 듣고 있다. 모든 것이 엉망이 되기 전, 그와 여자친구의 주제가와도 같았던 노래다.

고故 클래런스 쿠퍼 주니어가 범죄영화의 팬이었는지는 모르겠지만 그의 소설《더 신》역시 살인과 회상으로 시작하는데, 거기에는 엄연한 불길함이 깃들어 있다.

《더 신》의 초반에 루디 블랙이 등장한다. 그는 젊고 야심만만하며 인정사정 보지 않고, 주머니를 불리는 데만 신경 쓴다. 서로 잡아먹고 잡아먹히는 그 도시에선, 살아남기 위해 힘이 필요하다. '더 신'은 어느 이름 모를 도시의 어느 지역 이름인데, 틀림없이 쿠퍼의 고향 디트로이트의 한 지역을 모델로 했을 것이다. 쿠퍼는 그 지역을 이렇게 묘사한다.

더 신의 모든 것—조명, 창녀들, 차에서 벌어지는 온갖 속임수, 77번 가와 메이플 가의 모퉁이 레코드숍에서 흘러나오는 흥청망청한 재즈—이 포주이자 마약 밀매인 루디를 등 떠밀었다. 이런 것 말고는 다른 분위기를 알지도 못하면서, 루디는 자신이 이방인인 것처럼, 안정된 기반도 목표도 없는 인간처럼 느껴졌다.

《더 신》은 1960년 랜덤하우스의 자회사였던 크라운 출판사에서 처음 출간되었다.《뉴욕 헤럴드 트리뷴》은 "넬슨 올그런Nelson Algren의《황금 팔을 가진 사나이The Man With the Golden》조차 이 소설처럼 맹렬한 긴장감으로 불타오르지는 못했다"고 썼다. 1960년대 후반 강림하게 되는 게토 문학Ghetto Lit의 대부들로는 도널드 고인스Donald Goines와 아이스버그 슬림 Iceberg Slim이라는 이름으로 알려진 로버트 벡Robert Beck(그의 삶은 아이스-T로 알려진 갱스터래퍼 트레이시 메로우에게 영향을 미쳤다. 그는 아이스-T라는 자신 특유의 태도와 예명을 그 포주로부터 차용했다)을 꼽을 수 있을 텐데, 쿠퍼도 이들처럼 쓰라린 자전적 체험으로부터 글의 소재를 찾았다.

《더 신》의 주인공 루디 블랙처럼 도널드 고인스는 마약 상용자였고 삼류 포주였다. 돌돌 만 마리화나를 피우며 아이스버그 슬림의 극화된 자서전《포주 : 내 인생의 이야기Pimp : The Story of My Life》를 읽을 당시, 고인스는 여전히 교도소에서 초기작 두 권을 한꺼번에 집필 중이었다. 쿠퍼도 아이오나 교도소에서 이 년 복역했었고, 1960년《더 신》과《조직The Syndicate》이 연달아 출간될 당시에는 다시 교도소에 들어가 있었다.

고인스와 벡처럼 쿠퍼도 헤로인중독자였다. 때때로 마약을 끊으려 노력했음에도 불구하고, 그는 자신의 불운한 캐릭터들처럼 마약의 영향력에서 결코 도망치지 못했다. 하지만 그는《더 신》을 써내려가면서 아주 냉정하게 거리감을 두고 자신의 상황을 바라볼 수 있었다. 그가 헤로인의 매력과 저주에 대해 기술해 보일 때, 그 진정성은 고통스러울 정도다.《더 신》에는 다양한 등장인물들이 나오는데, 쿠퍼는 그들의 관점을 오가며 서술한다. 가게에서 물건을 훔쳐 되파는 여자아이, 마약 초범, 혼자 아이를 키우며 마약을 팔지만 스스로는 약을 건드리지도 않는 '블랙 버샤', 흑인 경찰 두 명. 이 경찰들로 말할 것 같으면, 땍땍거리며 말하는 냉소적인 베테랑 맨스 데이비스와 대학 교육을 받은 이상주의자 버질 패터슨이다. 중독자들이 '롤러스Rollers'라고 부르는 이 경찰들은, 힘없는 약쟁이들은 슬쩍 건드리기만 하고, '더 맨'과 그 머리 위에 군림하는 '빅 보이'를 불시에 발칵 뒤집어놓는다. 쿠퍼는 별로 힘들이지 않고 이런 인물들의 시점을 자유롭게 오간다. 영화적인 방식으로, 그는 장면이 완벽하게 펼쳐지기 전에 컷을 외친다. 그리고 빠르게 내달리며, 때로는 '물건'을 애타게 찾아 헤매는 소설 속 중독자들 중 한 명만큼 초조하게 사건을 진행시킨다.

쿠퍼의 소설은 시민권 운동이 급성장하던 시기에 함께 발표되었다.《더 신》이 출간되기 몇 년 전인 1955~56년에 몽고메리 버스 보이콧 운동*이 벌어졌다. 그 운동은 큰 성공을 거두었고, 더 나아가 동등한 권리를 요구하는 열기를 북돋웠다. 미국의 흑인 시민운동이 불러일으킨 영감은 이미 랠프 엘리슨Ralph Ellison의 1952년 작 소설《보이지 않는 인간Invisible Man》에서 그 전조를 보인 바 있었고, 1959년 브로드웨이에서 상연된 로레인 한스베리Lorraine Hansberry의 희곡《양지의 건포도A Raisin in the Sun》에서 확고해졌다. 물론, 인종차별이 어떻게 인간을 갉아먹는지에 대해선 일종의 사회정치적 범죄소설인 리처드 라이트Richard Wright의《미국의 아들Native Son》등에 연대순으로 정리되어 있다. 하지만《더 신》이 출간되던 무렵의 흑인 지식인 계층은, 병뚜껑에 담을 양만큼의 물건이라도 얻기 위해 서로 속고 속이던 약쟁이들이 우글거리는 어두운 지하세계로 향하는 무자비한 내리막길을 보여준 이 소설에 대해서 어떻게 생각했을까? 그것은 흑인에게 희망을 주는 문학이 아니었다. 쿠퍼는《에보니Ebony》* 에 소개되지 않았고, 내 생각에 인종적 자의식을 띤 예술계 및 문학계 사람들 사이에서 그리 많이 거론되는 작가는 아니었다. 어번 리그The Urban League*도 그들의 연간 모임에 쿠퍼를 초청해 연설을 부탁하진 않았을 것이다.

《더 신》이 주목을 받기 시작했을 때 쿠퍼가 다시 감옥에 들어간 건 결코 좋은 상황이 아니었다. W. W. 노튼의 자회사였던 올드스쿨 북스 출간본의 서문에 따르면, 쿠퍼는 수감 기간에 감옥 내 밴드에서 베이스를 연주하고《마리화나Weed》와《다크 메신저The Dark Messenger》등의 소설을 맹렬하게 썼다. 이 소설들은《더 신》만큼 주류의 호응을 얻지 못했고, 당

---

* 앨라배마 주 몽고메리의 버스 보이콧 운동은, 백인 승객에게 버스 좌석을 양보하길 거절했던 흑인 여성 로자 파크스가 체포되면서 비롯되었다. 미국 대법원은 결국, 버스에서 흑인과 백인의 좌석을 분리한 앨라배마 주의 법이 헌법에 위배된다는 판결을 내렸다.

• 1945년 창간된 잡지. 흑인 유명 인사와 정치인 등에 관한 기사를 지속적으로 실으면서 성공한 미국 흑인들의 삶을 조명했다.

• 미국의 흑인들을 비롯한 소수 집단에게 지원금을 주는 게 아니라 자립할 기회를 제공하자는 취지에서 설립된 단체.

시 이류 출판사로 평가받던 리전시에서 출간되었다.

　로버트 벡과 도널드 고인스 역시 야쿠자스럽게―이 표현은 하층계급으로서의 비뚤어진 명예심을 뜻한다―주류가 아닌 할러웨이 하우스 출판사에서 책을 냈다는 것도 주목할 만하다. 할러웨이는 LA에 기반한 출판사로서, 이 회사의 백인 소유주들은《나이트Knight》나《아담Adam》같은 에로틱한 남성잡지 시장을 공략해왔었다. 그들은 초기에《아돌프 아이히만의 심판The Trial of Adolf Eichmann》같은 단행본도 출간했지만, 곧 고인스의《대디 쿨Daddy Cool》과 벡의《에어타이트 윌리와 나Airtight Willie & Me》등을 펴내면서 '흑인의 경험을 다루는 출판업자'로서 자리를 잡았다.《대디 쿨》은 올드스쿨 북스에서 재출간되었고,《에어타이트 윌리와 나》는 랩음악 전문 음반사 캐시 머니에서 차린 캐시 머니 컨텐트 출판사에서 최근에 다시 출간되었다.

　당시로 돌아가보자면, 할러웨이 하우스의 페이퍼백들을 주요 서점에서 찾아볼 순 없었다. 십 대 시절 나는 로스앤젤레스에서 내가 살던 동네인 사우스 센트럴에 있는 스리프티 드럭스토어에서 그 책을 구매했다. 요즘엔 당시 출간된 리전시나 할러웨이 하우스 페이퍼백 초판본들이 적당한 가격에 거래되고 있다.

　올드스쿨 북스가《더 신》을 재출간한 1996년은 게토 문학의 폭발이 정점에 달하던 시기였다. 게토 문학 소설들은 처음엔 대개 자비출판되었고, 비속어를 남발하며 마약 경험과 극복의 과정을 쏟아대는 갱스터 랩의 감수성을 반영했다. 쿠퍼와 마찬가지로 잊혀졌던, 지하세계 미학을 대표하는 흑인 작가들, 예컨대 허버트 시먼스Herbert Simmons와 로널드 딘 파Ronald Dean Pharr의 작품들도 올드스쿨에서 재출간되었다. 하지만 이 작가들은 게토 문학 카테고리에 완전히 들어맞진 않았다. 1980년대 후반부터 새로이 부각된 흑인 작가들의 범죄 및 미스터리 소설 유파에도 포함시키기 애매했다.

쿠퍼는 1978년 맨해튼 23번 가 YMCA에 방을 얻어 지내던 중 마약 과용으로 사망했다. 그의 마지막 책《더 팜》은 1967년에 출간되었다가 훗날 크라운 출판사에서 재출간되었다. 분명 이것이 그가 완성한 마지막 작품이다. 토니 오닐은《가디언》의 출판 블로그에 쓴 쿠퍼에 대한 글에서, "쿠퍼는 보호시설에 대해《뻐꾸기 둥지 위로 날아간 새One Flew Over the Cuckoo's Nest》만큼 야심차고 복잡한 소설을 썼다"고 평했다. 또한《뉴요커》서평에서는 쿠퍼의《더 신》이 윌리엄 S. 버로스의 작품에 긍정적으로 비견되어온 작품이라고 적었다.

당신이 금단 증상에 시달린다면, 제대로 된 범죄소설을 한 방 맞고 싶다면《더 신》을 읽어라. 루디 블랙의 표현을 바꿔 말하자면, 이 책은 크리스마스에 물건 1온스를 정맥에 주사하는 느낌을 줄 것이다.

•

정비공과 사서의 아들로 태어난 개리 필립스Gary Phillips는, 온갖 협잡과 불법 행위에 관한 소설을 쓰는 한편 빈민지역 활동가, 조합 조직가, 정치활동위원회 주 담당자로 활동하는 동시에 개집 배달 일을 한다. 체스터 하임스 상을 수상했으며, 그토록 많은 시간이 흘렀음에도 불구하고 포커 실력에 진척이 없다는 사실을 슬퍼한다. 그는《죽이는 책》에 실릴 이 에세이의 대가로 받을 위스키를 음미하면서 좀 비싼 시가 몇 대를 피우고, 세상에 대해 투덜거릴 것이다.
www.gdphillips.com

내 무덤의 이방인 *A Stranger in My Grave, 1960*

by 마거릿 밀러

•

마거릿 밀러Margaret Millar(1915~94)의 처녀적 성은 스텀이다. 캐나다 온타리오 주에서 태어나 동료 작가인 케네스 밀러Kenneth Millar와 결혼해 샌타바버라로 이 주했다. 케네스 밀러는 필명 로스 맥도널드Ross Macdonald로 활동했다. 사후에는 그의 명성이 마거릿 밀러를 덮어버린 감이 있지만, 그들의 작가 경력 초기에는 정 반대였다. 마거릿 밀러는 《내 안의 야수Beast in View》로 1956년 에드거 상 '최고 의 장편' 부문을 수상했다. 남편은 작가로 활동하는 동안 그 상을 한 번도 타지 못 했다. 마거릿 밀러의 소설은 사회학적으로 야심 차며 심리학적으로 통렬하다. 특히 집 안에 틀어박혀 있는 여성의 삶에 대한 단호하면서도 공감 어린 분석이 그녀의 장점이다.

디클런 휴스

마거릿 밀러는 20세기 가장 위대한 여성 범죄소설가이다. 그녀는 흉 하게 망가진 염세주의를 제외한 퍼트리샤 하이스미스의 심리적 예리함 을 갖추고 있다. 그녀의 매혹적인 줄거리는 기술적 구조라는 면에서 황 금기의 범죄소설 여왕들이 쓴 작품들과 어깨를 나란히 할 수 있지만, 전 후 캘리포니아 사람들의 성격을 묘사할 때의 깊이와 미묘함, 그리고 계 급과 인종 및 성별에 따른 태도를 꼼꼼하게 서술하는 솜씨는 '황금기'의 걸출한 여작가들조차 무색해질 정도다. 그녀는 하드보일드 소설가는 아 니었다. 그러나 《내 무덤의 이방인》에서 아이들이 공포에 질려 울고 있 는 가운데 후아니타 가르시아가 십자가로 문 널빤지를 산산조각으로 부쉬버리는 장면은 간담이 서늘해질 정도다. 그녀는 코지 미스터리를 쓰진 않았지만, 그녀의 산문은 우아하고 스토리텔링 기법은 능수능란하고 자신감에 차 있고 믿음직스럽다. 그녀는 위트와 다소 자극적인 재미와 비꼬는 유머 감각으로 부자와 빈자를 똑같이 서술했다. 지루하거나 그저 그런 문장은 쓰지 않았다. 그녀에게는 신경쇠약 직전에 내몰린 여성들에 대한 특별한 이해력과, 정상과 소위 광기라고 하는 것 사이의 혼란스러운 그늘진 모서리를 포착하는 능력이 있었다. 그녀는 뭔가를 갈망하는 로맨틱한 남자들을 솜씨 있게 다뤘고, 자신과 같은 여성들의 허영과 자기기만에 대해서도 톡 쏘는 듯한 신랄한 태도를 견지했다. 동일한 탐정이 나오는 시리즈물을 거의 쓰지 않았고, 속내를 자각하거나 드러내놓고 수긍하기보다는 행동을 통해 좀더 암시적으로 표현되는 캐릭터들을 자주 내세웠다. 그리하여 그녀는 적어도, 현재 우리가 '가정 서스펜스'라고 부르는 하위 장르의 원조가 되었다. 그녀는 루스 렌들, 미네트 월터스, 로라 립먼, 소피 해나Sophie Hannah 등 그 숲속의 어두운 공터에서 힘겹게 나아가고 있는 수많은 작가들의 작품에 (본인들이 의식하든 아니든) 지대한 영향력을 미쳤다. 제인 오스틴Jane Austen이 1940년대 남부 캘리포니아에 도착했다면, 그녀가《노생거 사원Northanger Abbey》에서 모방한 바 있는 고딕 전통에 익숙해지고 프로이트를 좀 읽고 나서 범죄소설에 손을 댔다면, 틀림없이 마거릿 밀러의 작품과 닮은 소설을 썼을 것이다. 얼마나 근사했겠는가!

《내 안의 야수》에 나오는 교환수 묘사를 보자.

그녀는 여윈 금발 여자였다. 손은 경련을 일으키고, 창백한 얼굴은 팽팽히 긴장되어 있었다. 귀에 붙은 검은색 거머리처럼 보이는 이어폰이 너무 많은 피를 빨아먹은 듯했다.

같은 소설 속, 조금 더 나이가 많은 자만심 강한 여자를 보자.

두 번째 잔을 마시고 나자 그녀의 안색이 돌아오면서, 인형 머리에 박힌 푸른색 유리구슬처럼 눈이 빛났다.

동일 인물이 젊은 어머니였던 시절에 대한 또다른 묘사다.

버나 클라보와의 대화에서, 버나는 쉼없이 '나-나한테-나의'로 시작하는 수다를 떨었다. 두 아이들 모두 거의 입을 열지 않았다. 만일 뭔가 말을 했다면, 그러면 못 쓴다고 주의를 들었을 것이다. 그들은 교도소장의 식탁에 앉은 모범수 같았다.

물론, 《얼마나 천사 같은지How Like an Angel》의 그 유명한 구절은, 고백과 폭로라는 클라이맥스의 순간에 관한 교활한 암시로서 어떤 탐정소설의 권두에라도 갖다 붙일 만하다.

대부분의 대화는 목격자를 앉혀둔 채 진행되는 독백에 불과하다.

나는 《내 무덤의 이방인》이 밀러의 걸작이라고 생각하지만, 《내 안의 야수》 《치명적 공기An Air That Kills》 《엿듣는 벽The Listening Walls》 《얼마나 천사 같은지》 등 작가 원숙기에 쏟아져나온 최상급 작품들의 특별히 풍요로운 단층에 속한 작품이기도 하다.

공포의 시간이 시작되었다. 적막과 어둠이 공포를 아주 자연스러운 감정으로 만드는 한밤중이 아니라, 2월 첫째 주의 화창하고도 소란스런 아침 시간이었다.

소설 초반부터 구축되는 긴장감은 밀러 작품의 특징이다. "눈 색깔과 잘 어울리는 연푸른색 가운을 입은, 희미한 흔적만 남은 미소를 띤 아름다운 흑발의 젊은 여인" 데이지의 아침 식탁에서부터 고딕적인 두려움의 분위기가 피어올라 지체 없이 집 안 구석구석에 스며든다. "그녀의 미소는 아무것도 의미하지 않았다. 그건 일종의 습관이었다. 그녀는 아침에 립스틱을 바르며 미소를 걸치고, 밤에 세수하면서 미소를 지워버렸다." 데이지는 남편 짐과 함께 테이블에 앉아 있다. 짐은 그녀가 병자나 아기라도 되는 양 신문 기사를 소리 내어 읽어주고 있다. 전날 밤의 꿈 때문에 불현듯 공포에 질린 그녀가 경련을 일으킨다. 짐은 우유를 건네며 건강을 잘 돌보라고 당부한다.

아니, 그러기엔 너무 늦었지, 그녀는 생각했다. 우유와 비타민과 운동과 신선한 공기와 수면은 절대 죽음의 해독제가 될 수 없어.

나중에 밀러는 애초《내 무덤의 이방인》을 쓰게 된 두 줄짜리 아이디어를 밝힌 바 있다. 한 여성이 묘지를 방문해 화강암 비석에 새겨진 자신의 이름, 생일, 사망일을 보는 꿈을 꾼다. 사망일은 지금보다 사 년 전이다. 자, 여러분도 여기서부터 각자 생각을 풀어보시길 바란다.

소위 '하이 콘셉트 피치'*에 뒤따르는 실망스러운 작품에 대한 우려는 다행히도 불필요하다.《내 무덤의 이방인》의 이야기는 조직적이고 자연스럽게 진행되며, 남편 로스 맥도널드의 소설만큼 복잡다단하다. 데

---

* 상업영화 제작을 목적으로 쉽고 간결하게 내용을 전달하는 홍보 프레젠테이션.

이지가 자신의 죽음과 혼동하는 어떤 사건에서 겪은 트라우마의 영향은 조금씩 닥쳐오고, 낚싯줄 매듭처럼 단단하게 조이는 성과 인종에 얽힌 상처, 생존에의 투쟁이 점점 숨막히게 풀려나온다. 마지막 페이지에 이르면, 이야기는 짜릿하고 믿을 수 없을 만큼 감동적인 방식으로 마무리된다.

앞서 나는 마거릿 밀러의 남편에 대해 살짝 언급한 바 있다. 밀러는 로스 맥도널드로 더 잘 알려진 케네스 밀러와 결혼했는데, 마침 그 역시 20세기 가장 위대한 남성 범죄소설가 중 한 명이다. 캘리포니아가 매력 없다고 생각한 두 명의 캐나다 사람(한 명은 캐나다에서 태어났고, 한 명은 캐나다에서 자랐다), 두 장르소설의 거장. 그 집에서 가끔 문을 쾅쾅 닫는 소리가 울려퍼졌다는 얘기가 있는 것도 이상한 일이 아니다. 작가로서의 그들의 성공, 그리고 서로의 동반자로서 그들이 느낀 의심할 바 없는 행복은 딸 린다 때문에 종종 흔들렸다. 짧고 비극적인 삶을 살았던 '방황하는 소녀' 린다는 부부의 소설 속에서 놀랄 만큼 솔직한 존재감을 드러내고, 때로는 소설이 그녀의 운명을 예견한 것처럼 보이기도 한다.

이 글을 쓰고 있는 지금, 마거릿 밀러의 책들은 미국에서 절판된 상태다. 이 위대한 미국 소설가의 평판을 구출해야 할 시급한 시점이다. 그녀는 최근에 다시 조명된 리처드 예이츠Richard Yates●나 던 파월Dawn Powell● 처럼 재출간과 재평가의 기회를 누려야 마땅하다. 그렇다, 그녀는 그 정도로 좋은 작가다.

● 《레볼루셔너리 로드》《부활절 퍼레이드》 등을 쓴 소설가.
● 《그녀는 아름답게 걷는다》《댄스 나이트》《돌아라, 마법의 바퀴야》 등을 쓴 소설가.

디클런 휴스Declan Hughes는 '사설탐정 에드 로이Ed Loy 시리즈'의 작가다. 《잘못된 피The Wrong Kind of Blood》《피의 색깔The Color of Blood》《피의 값The Price of Blood》《죽은 이들의 목소리All the Dead Voices》《잃어버린 소녀들의 도시City of Lost Girls》 등을 썼다. 그의 소설들은 에드거 상, 셰이머스 상, 매커비티 상, 식스톤스 올드 페큘리어 상, CWA 주관 대거 상 후보에 올랐다. 《잘못된 피》는 셰이머스 상 '최고의 사립탐정 데뷔작' 부문, 그리고 프랑스의 르 푸앵 상의 '유럽 최고의 범죄소설' 부문을 수상했다. 디클런은 또한 수상 경력이 있는 극작가이며, 러프 매직 시어터 컴퍼니Rough Magic Theatre Company의 공동 설립자이자 전 예술감독이기도 하다. 그가 쓴 희곡으로는 《불을 찾아서Digging for Fire》《2만 달러Twenty Grand》《전율Shiver》 등이 있다.

www.declanhughes.com

한밤의 비명 *A Night for Screaming, 1960*

by 해리 휘팅턴

•

'다산의 작가'라는 표현은 해리 휘팅턴Harry Whittington(1915~80)을 두고 만들어졌을 것이다. 그는 다채로운 필명으로 장편소설을 백칠십 편 이상 썼다. 어느 시기에는 십이 년간 여든다섯 편을 쏟아내기도 했다. '펄프의 제왕'이라고 불리는 휘팅턴의 소설 제목들은 《먼지 속의 욕망Desire in the Dust》(1956), 《산간벽지의 떠돌이Backwoods Tramp》(1959), 《그 마을을 벌거벗겨라Strip the Town Naked》(1960), 《신은 등을 돌렸다God's Back Was Turn》(1960), 《색정증 환자 코라Cora Is Nympho》(1963) 등등, 감탄스러울 정도로 솔직하다. 그의 소설을 출판했던 스타크하우스 출판사의 표현대로 그는 '적나라하고 경쾌한 누아르'의 속도감과 플롯 짜는 솜씨로 높이 평가받았다. 말년에는 애슐리 카터Ashley Carter라는 필명으로 남부 역사소설 시리즈를 집필했다.

빌 크라이더

1950년대는 펄프 잡지의 종말을 목도했다. 그것들은 한때 재미를 톡톡히 보았지만 1960년에 이르러 유명한 잡지 한 줌만이 살아남았다. 그 빈 자리를 차지한 건 요약된 읽을거리를 제공하거나 남자들의 모험을 다루는 잡지들이었다. 하지만 펄프의 원래 위치를 가장 크게 점유한 것은, 잡지 연재용이 아니라 처음부터 이 시장을 노리고 쓴 오리지널 페이퍼백 소설들이었다. 1950년의 골드메달 북스에서 시작하여 오리지널 페이퍼백 소설 시장은 폭발적으로 성장했다. 골드메달의 첫 출간작들 중 대부분의 작품은 수십만 권을 찍었고, 다수의 페이퍼백 소설가들은 백만 부 이상을 팔았다. 존 D. 맥도널드나 로렌스 블록, 도널드 웨스트레이크 등은 하드커버 시장에서도 성공을 이뤘지만, 이쪽 분야에 특화된 대다수의 작가들은 페이퍼백 시장에서만 작품 대부분을 출간했고 하드커버로는 명성을 누리지 못했다. 심지어 좋은 평판을 얻어야 마땅한 작가의 경우에도 그랬다. 짐 톰슨과 데이비드 구디스도 생전에는 전혀 주목을 받지 못했다가 최근에 와서야 전면에 등장했다. 그러나 다른 작가들은 여전히 무명으로 남아 있다. 그중 최고의 작가이자 거의 오십 년간 내가 특별한 애정을 쏟아온 한 명은 해리 휘팅턴이다. 그리고 그의 작품 중 내가 가장 좋아하는 소설은《한밤의 비명》이다.

휘팅턴은 다른 상황도 잘 쓰는 편이지만, 최고의 솜씨는 역시 주인공 사내(혹은 드물게 여자)를 탈출조차 불가능해 보이는 지독한 상황에 몰아넣을 때 온전히 발휘된다. 게다가 최악의 상황처럼 보였던 사건들은 시간이 지나면서 점점 더 악화된다. 그리고 더 끔찍해지고, 시간이 또 흘러도 여전히 좋아질 기미가 안 보인다. 불운과 불운이 계속 쌓이는 상황 자체가 새로울 게 없다는 건 나도 안다. 호메로스의《오디세이아》이래 무수한 작가들이 그런 상황을 제시했다. 하지만 휘팅턴은 진짜 전문가다. 그는 쏟아내는 작품마다 그런 상황을 성공적으로 그려냈다. 그래도 《한밤의 비명》보다 더 뛰어난 작품은 없다.

이 소설의 1인칭 화자는 미치 워커다. 전직 경찰인 그는 세상 물정을 훤히 꿰뚫고 있지만, 가장 터프한 남자에게도 골칫거리는 있는 법이다. 그는 누명을 쓰고 살인죄로 기소된 몸이다. 불행하게도 워커의 무죄를 믿는 사람은 그 자신뿐이기 때문에 그는 도주해야 한다. 소설이 시작되면, 그는 캔자스 주의 작은 마을에 머무르고 있다. 워커 같은 사람이 머무를 거라고는 아무도 생각할 수 없는 장소다. 적어도, 프레드 파머가 그곳에 나타나 그를 거의 찾아낼 뻔한 순간까지 워커는 그렇게 믿었다. 파머는 워커의 예전 동료로, 아주 뛰어난 형사다. 또한 워커를 발견하는 즉시 기꺼이 총을 쏠 인간이다. 사실 워커는 파머가 자신이 죽은 걸 보면 행복해하지 않을까 의심한다.

파머에게서 벗어나기 위해 워커는 그레이트 플레인스 엠파이어 농장에서 일하기로 계약한다. 안전하게 몸을 숨길 수 있고, 일당으로 1달러씩 받으며 누구도 아무 질문도 하지 않을 거대한 사업체다. 그러나 그곳에는 일꾼들만 있는 게 아니다. 일꾼 중 다수는 지역 교도소의 죄수들이다. 그들은 일당을 받지 못한다.

농장은 숨기에 적당한 장소일 수도 있지만, 그렇다고 낙원도 아니다. 감독관들은 잔혹하고, 노동 강도와 거주 환경은 사슬로 묶인 죄수의 삶보다 나을 게 없다. 그럼에도 불구하고 파머의 눈을 피해 숨어 있다고 확신하는 한, 워커는 끔찍한 환경을 참아낼 수 있다.

농장 주인은 바트 카셀이다. 그는 지역의 유지기도 하다. 그는 워커를 마음에 들어하면서, 농장에서 더 좋은 조건의 일자리로 옮길 수 있는 기회를 여러 가지 제시한다. 카셀은 미치가 큰돈을 벌 수 있을 만한 또다른 계획도 갖고 있다. 그 밖에도, 카셀에게는 심각한 의처증에 시달릴 만큼 아름다운 아내가 있다. 그녀 이브는 남편만큼이나 워커를 좋아하는 것 같다. 물론 방식은 다르지만. 그녀도 자기만의 문제를 산더미만큼 안고 있고, 워커에게 또다른 흥미로운 제안들을 던진다.

이 시점에서 독자는 '예전에 이런 책을 읽어본 것 같은데?'라고 자문할지도 모른다. 단언컨대 그렇지 않다. 아마 제임스 M. 케인이나 1950년대 다른 페이퍼백 작가들의 소설에서 비슷한 설정을 읽었을 수 있지만, 이런 식의 이야기는 못 봤을 거라고 장담할 수 있다. 이 책이 출간된 지 오십 년 이상이 흘렀는데도, 휘팅턴은 익숙한 소재들로 지금까지도 신선하고 새롭게 느껴지는 이야기를 만들어냈다.

부분적 이유는 플롯 덕분이다. 휘팅턴은 자신의 강연을 기반으로 한 에세이 〈이봐, 난 플롯을 만들 줄 안다고Baby, I Could Plot〉를 쓴 적이 있다. 이 제목에 대해서라면,《한밤의 비명》같은 소설에서 되풀이해 입증해 보였듯, 그는 그저 사실대로 말한 것뿐이다. 지극히 평범해 보이는 설정 이지만, 최소한 이 소설에서는 맨 마지막 장에 도달하기 전까지 몇 번이 나 목을 죄는 듯한 예상 밖의 전개를 겪어야 한다. 그중 서너 가지는 마 지막 60페이지에 쏟아져나온다. 마지막 페이지까지 읽고 나면 낡은 행주 처럼 쥐어짜인 기분이 들 것이다.

이 점 하나는 말해두겠다. 마지막 페이지까지 순식간에 읽을 수 있 다고. 이 책을 펼쳐드는 순간 공항에서 번거로운 절차를 겪지 않고 제트 기에 탑승하는 거나 마찬가지다. 한번 시작하면, 목적지에 도달할 때까 지 절대 내릴 수 없다.

휘팅턴의 또다른 미덕이라면 캐릭터 구축이다. 그는 슈퍼맨을 등장 시키지 않는다. 캐릭터들에게 뻔하고 쉬운 상황을 주지도 않는다. 미치 워커는 전직 경찰이지만, 평범한 사람들처럼 실수를 저지른다.《한밤의 비명》의 여정 동안 적어도 한 번 이상은 실수한다. 칼에 베이면, 피도 흘 린다. 결국엔 모든 상황이 어떻게 돌아간 건지 깨닫게 되지만, 우리 중 대 부분이 그렇듯 그 각성은 시간이 한참 지나서야 찾아온다. 사소한 캐릭 터들도 살아 숨쉬듯 생생하게 그려진다. 소설 1장에 등장하는 웨이트리 스는 엑스트라에 불과하지만, 다른 캐릭터들처럼 그 페이지에서 실제로 걸어 나올 것만 같다.

마지막으로, 이 책에는 감정이 있다. 휘팅턴은 자기 인물들의 피부 속까지 파고들어, 페이지마다 그들의 땀이 뚝뚝 떨어지도록 묘사한다. 그들의 공포와 고통은 책 표지에서부터 번쩍거리며 타오르고, 소설을 읽 는 동안 독자 역시 책 속에서 그들의 고통을 함께 경험하는 느낌을 받게 된다.

해리 휘팅턴은 위대한 미국 소설가인 척한 적이 없다. 그는 페이퍼백 제왕의 위치에 만족했고, 독자들에게 몇 시간짜리 자극적인 엔터테인먼트를 제공하면서 캐릭터들과 함께 고통받고 승리를 경험할 수 있는 소설, 읽는 동안 손안에서 생생하게 살아 숨쉬는 소설을 쓰는 걸 즐거워했다. 그처럼 제대로 된 흥분을 줄 수 있는 작가는 거의 없다.《한밤의 비명》은 그런 엔터테인먼트의 살아 있는 표본이다.

•

빌 크라이더Bill Crider는 오십 편이 넘는 장편소설과 수많은 단편을 쓴 작가다. 그는 1987년《죽기엔 너무 늦었다Too Late to Die》로 앤서니 상 '최고의 데뷔작' 부문을 수상했다. 그와 아내 주디 크라이더는 2002년 공동 집필한 단편 〈초콜릿 무스Chocolate Moose〉로 앤서니 상 '최고의 단편' 부문에 선정되었다. 하드보일드 단편 선집《죽음이 코앞에 닥쳐오다Damn Near Dead》(버스티드 플러시 출판사)에 수록된 〈크랭크드Cranked〉로 에드거 상 후보에 오르기도 했다. 그의 최신작은《예술적인 죽음과 반쯤 사랑에 빠져Half in Love with Artful Death》(세인트 마틴스 출판사)이다.
www.billcrider.com
billcrider.blogspot.com

여자 사냥꾼 *The Woman Chaser, 1960*

by 찰스 윌리퍼드

．

찰스 윌리퍼드Charles Willeford(1919~88)는 시와 산문, 평론에 걸쳐 수많은 작품을 썼지만, 미스터리 팬들에게는 마이애미 경찰서를 배경으로 한 '형사 호크 모즐리Hoke Moseley 시리즈' 네 편으로 가장 잘 알려져 있다. 시리즈 중 한 권인《마이애미 블루스Miami Blues》는 조지 아미티지 감독의 영화로도 성공을 거두었다. 말년에 쓴 그 시리즈 덕분에 생애 처음으로 대중적 찬사를 짧게 경험했으나, 마지막 모즐리 소설을 탈고하고 얼마 안 돼 심장마비로 숨을 거두었다. 윌리퍼드는 캐릭터 구축에 특히 뛰어났으며, 남성과 남성적 섹슈얼리티에 대한 특별한 통찰력이 있었다. 그의 신조는 다음과 같다. "진실을 얘기하고자 한다면, 사람들은 블랙 유머를 쓴다고 비난할 것이다……"

스콧 필립스

1. 자수성가한 남자

어릴 때 부모님을 잃은 찰스 윌리퍼드는 십대 초반 할머니 댁에서 가출했다. 할머니가 더이상 자신을 돌볼 여유가 없다는 걸 알았기 때문이다. 대공황기의 대부분을 화물 열차에서 보낸 뒤, 그는 군에 입대해 2차 세계대전 당시 독일군 최후의 대반격이 펼쳐졌던 1944년 벌지 전투에서 탱크 지휘관으로 활약했다. 전쟁이 끝난 뒤에는 미 공군에 복무하면서 글쓰기를 스스로 터득했다(그의 최고작 중 두 권은 회고록인《나는 거리를 찾아다녔다 I Was Looking for a Street》와《어느 군인에 관하여Something About a Soldier》이다. 두 권 모두 자기 연민은 한 조각도 찾아볼 수 없는, 날카로운 시선을 견지하는 냉소적인 자기 관찰 기록이다).

그는 그 어느 위대한 작가 못지않게 자수성가한 사람이다. 자수성가한 남자는 미국 신화에서 아주 중요한 클리셰다. 하지만 윌리퍼드는 마크 트웨인이나 H. L. 멩켄H. L. Mencken, 앰브로스 비어스Ambrose Bierce 이후의 여타 작가들이 그랬듯, 아메리칸 드림의 진정한 본질에 속지 않았다. 그의 반영웅들은 사기를 치고 싸움을 벌이고 거짓말하고 그들 방식대로 유혹하며, 페어플레이 정신 따위는 가볍게 무시한다. 노먼 록웰Norman Rockwell*이 결코 화폭에 담지 않았던 전후 미국의 풍경이다. 그 야만스러운 곰 사냥이 벌어지는 구덩이를 들여다봤다면 프랭크 카프라*는 공포에 질려 바지를 적셨을 것이다. 윌리퍼드는 그런 풍경이 재미있다고 생각했다.

2. 리처드 허드슨, 자수성가한 예술가

《여자 사냥꾼》이 출간되고 오랜 세월이 흐른 후, 윌리퍼드는 돈 때문에 후딱 해치워버린 소설이라며 자신의 작품을 평가 절하했지만, 나는 그가 별생각 없이 경솔하게 내뱉은 거라고 믿는다. 《여자 사냥꾼》은 그의 최고작들이 지닌 특징을 전부 갖추고 있으며 아주 신나게 읽히는 책이다. 더 중요한 점은, 이 소설은 윌리퍼드가 아주 진지하고 중요하게 생각했던 초기작들을 환기시키는 작품이기도 하다는 것이다. 《여자 사냥꾼》은 그의 첫 출간작 《캘리포니아의 제사장 High Priest of California》*의 주인공 러셀 핵스비와 놀랄 만큼 닮은 화자를 등장시킨다. 《여자 사냥꾼》이 《캘리포니아의 제사장》 속편으로 간주될 수 있다는 의견들도 있다. 두

● 미국의 건전하고 이상적인 모습을 주로 그렸던 화가.
● 선하고 용감한 보통 미국인들을 주로 등장시켰던 유명 영화감독.

인물 모두 아무 감정 없이 능수능란하게 유혹하는 경지에 이른 차가운 냉소주의자들로, 인간 본성에 대한 암울한 시선을 드러내고 분명하게 확인시켜주는 자동차 세일즈맨들이다. 또한 예술적 야심과 재능의 문제도 공유한다.

윌리퍼드의 주인공들 다수는 아무에게도 배우지 않고 스스로 터득한, 불가해한 예술적 재능을 은밀하게 품고 있다.《투계꾼Cockfighter》의 말 없는 화자 프랭크 맨스필드는 단 일 분도 배운 적이 없지만 무대에서 기타를 환상적으로 연주할 수 있다.《타오르는 오렌지색 이단The Burnt Orange Heresy》의 예술 평론가 자크 피게라스는 놀랍게도 자신이 그림을 그릴 수 있다는 사실을 발견한다.《캘리포니아의 제사장》에서 핵스비는 그저 재미 삼아《율리시스》다시 쓰기 작업을 시도한다.《여자 사냥꾼》에서 허드슨은 발레리나 출신 어머니와 함께 즉흥적으로, 그러나 뛰어난 솜씨로 파드되pas de deux*를 춘다. 1999년 감독 로빈슨 데버가 소설에 아주 충실하게 옮긴 영화에서, 이 장면의 메스꺼운 근친상간적 분위기는 훨씬 민망하게 묘사된다(다소 소름 끼치는 이 분위기에서 한술 더 뜨듯이, 허드슨은 의붓아버지의 딸이며 성적으로 대담한 십대 소녀 베키의 첫 섹스 상대가 된다. 허드슨의 입장에서는 그 꼬마에게 호의를 베풀었다는 식이다).

하지만 춤은 허드슨이 열정을 바치는 대상의 2순위밖에 되지 못한

---

* 엄밀히 말해《캘리포니아의 제사장》은 윌리퍼드의 첫 장편소설이 아니다. W. 프랭클린 샌더스 W. Franklin Sanders라는 작가와 공저한《댈러스에서 나를 데리고 가줘Deliver Me from Dallas》가 첫 작품이다. 샌더스는 이 소설을 마음대로 바꿔서《우위Whip Hand》라는 제목으로 1961년에 출간했다. 윌리퍼드에게 이 사실을 알리거나 허락을 받지 않은 채, 게다가 끔찍하게도 윌리퍼드의 이름을 책표지에서 빼버린 채 말이다. 데니스 맥밀란 출판사는 2001년 원본 소설을 다시 출간했다. 이 소설에서 가장 인상적인 것은 결핍된 지점들이다. 윌리퍼드의 확신에 차고 냉소적이며 태평스러운 어조는《캘리포니아의 제사장》에 이르러서야 완결된 형태로, 뽐내는 듯한 자신감과 함께 등장한다.
● 주역 발레리나와 상대역이 추는 춤.

다. 중고차 돈벌이에 지친 그는, 위대한 예술작품을 창조하고 싶다는 필사적인 욕망을 깨닫게 된다. 하지만 어떤 예술을 할 것인가? 그가 생각할 수 있는 유일한 장르로 그 범위를 좁히기까지는 그리 오랜 시간이 걸리지 않는다. "그림, 조각, 음악, 건축, 소설 쓰기—이런 식의 예술은 견습 기간만 몇 년씩 걸리지…… 하지만 난 영화 각본을 쓰고 연출할 줄 안다고!"

3. 빼앗긴 남자

월리퍼드가 이 소설에 처음 붙인 제목은 '감독The Director'이었다. 소설 속에서 허드슨이 여러 사람과 무심하게 섹스를 나누긴 하지만, 출판업자가 붙인 '여자 사냥꾼'은 그야말로 유인상술이라는 생각밖에 들지 않는다. 리처드 허드슨은 여자 꽁무니를 쫓지 않는다. 그럴 필요가 없기 때문이다. 자꾸 찾아오는 의붓여동생도 그는 단호하게 거부한다. 실패한 영화감독이지만 허드슨과 영화사를 이어주는 유일한 끈인 의붓아버지 레오가 알게 될까 두렵기 때문이다. 영화 촬영이 시작되자 그는 주연배우의 아내를 연기하는 여배우와 놀아나고, 동시에 단순히 도전 욕구 때문에 예쁘고 순결한 비서 로라를 유혹하는 데 전념한다.

그가 관리해야 하는 차 매장이 엉망진창이 되는 동안(별생각 없는 심술로, 그는 푹푹 찌는 로스앤젤레스의 7월 중순에 세일즈맨들에게 산타 복장을 입으라고 명한다) 리처드는 자신의 영화를 만든다. 아이를 죽이고 경찰들과 벌판을 횡단하며 추격전을 벌이게 되는 트럭 운전사가 주인공인 파괴적이고 음울한 누아르 영화다. 운전사는 마침내 성난 깡패에게 맞아 죽으면서, 그가 그토록 경멸하던 교외의 삶을 벗어나게 된다.

허드슨이 이 영화를 묘사하는 말에 귀 기울여보면, 나름대로 저예산의 걸작이 될 수 있을 것 같다. 그리고 거기에 문제가 있었다. 일단 극장용 장편으로는 너무 짧았다. 고작 육십삼 분짜리였기 때문이다. 영화사는 이십 분 이상을 더 늘려야 한다고 요구했다. 허드슨은 '이 영화는 그 자체로 완벽하다'고 저항하지만, 돈줄을 쥔 사람들은 예술가의 곤경에 일말의 동정심도 보이지 않은 채 그의 손아귀에서 영화를 낚아채 던져 버린다. 이에 대한 허드슨의 복수는 부적절한 듯하면서도 근사하기 짝이 없다. 구체적인 내용이 뭔지는 직접 책을 읽으면서 확인하라.

좀더 싸구려 버전이긴 하지만, 여기 또다른 아이러니가 있다. 데버의 근사한 영화 버전은 컬러로 촬영되었지만, 아름답고 명암이 뚜렷한 흑백 프린트로 현상되었다. 이 영화는 해변의 예술영화 극장에서 짧게 상영된 다음 케이블 TV로 직행했는데, 케이블 방송사에선 컬러 버전으로 틀어 야 한다고 주장했다. 게다가 몇몇 중요한 장면들, 그러니까 로라가 임신 했다고 고백하자 허드슨이 그녀의 배를 주먹으로 치는 장면 등을 잘라내 야 한다고도 주장했다.* 마치 리처드 허드슨이 그러했듯 데버도 강력하 게 저항했지만, 이제 이 영화에 대한 그의 역할은 끝났다는 통보만 받았 다고 한다(내가 들은 얘기가 틀릴 수도 있기 때문에, 혹시 그렇다면 장본인이 수정해 주길 바란다). 어쨌든 영화는 가위질당한 컬러 버전으로 케이블 TV에 방 영되었다. DVD로도 나오지 않았다. 이 얼마나 수치스러운 일인가.

4. 윌리퍼드라면 진저리를 쳤을, 예술과 상업에 관한 서투른 논의

필립 K. 딕처럼 윌리퍼드는 창조력이 절정일 때 죽었다. 그 무렵 그 의 소설들은 마침내 더 많은 독자 대중의 주목을 받기 시작했는데 말이 다. 위에서도 언급했다시피 그는 일생 동안 엄청나게 많은 일을 이룩했

---

* 제작사와 가까운 사이였던 친구 덕분에, 편집되지 않은 흑백 버전 영화를 비디오테이프로 볼 수 있었다. 임신한 애인을 때리는 그 순간에 도달했을 때 나는 아내에게 "저런 남자 진짜 싫지?"라고 물었다. "아니야," 아내가 열띤 목소리로 답했다. "난 그를 이해할 수 있어." 이게 바로 윌리퍼드의 주인공이 보여주는 힘이다.

고, 그의 소설을 열광적으로 추종하는 우리 모두로서는 월리퍼드가 글쓰기 이외의 분야에 에너지를 쏟았다는 사실이 불합리하다고 느낄 수밖에 없다. 하지만 그는 소설이 팔리지 않는 시기를 오래 견뎌야 했다. 빠른 시간 안에 한몫 잡을 궁리만 하던 페이퍼백 출판사들과 제목을 멋대로 바꿔버리는 편집자와 골치 아픈 에이전트들을 십 년 넘게 겪어야 했던 좌절의 시기에 따른 결과물이 바로《여자 사냥꾼》인지도 모른다. 소설가가 자신의 작품에 대해 완벽한 지배력을 행사하는 건 흔한 일이다. 그러나 영화는 육십삼 분보다 길어야 하고, 주연배우가 임신한 애인의 배를 때리는 장면도 나오면 안 되고, 요즘의 젊은이들은―맙소사―컬러 영화를 좋아하기 때문에 흑백으로 촬영하면 안 된다는 등의 헛소리를 자꾸 되풀이하는 세력은 사실상 언제나 존재한다. 내가 월리퍼드를 대변할 순 없지만, 감히 그럴 수도 없지만, 나는《여자 사냥꾼》이 문학과 예술의 사원에서 판을 벌린 환전상들을 겨눈 깜찍한 가운뎃손가락이라고 믿어 의심치 않는다.

빨리 읽으시라.

•

스콧 필립스Scott Phillips는 한때는 꽤 그럴듯해 보였던 이유로, 그러나 지금은 더이상 정확하게 뭐였는지 기억나지 않는 이유로 미국 미주리 주의 세인트루이스에 거주한다. 그는《얼음 추수The Ice Harvest》를 포함한 타락한 책 여러 권을 썼다.《얼음 추수》는 해럴드 래미스에 의해 동명의 영화로 만들어진 바 있다. 최근작은 장편소설《홉 앨리Hop Alley》와 단편선집《럼, 비역질, 가짜 속눈썹Rum, Sodomy, and False Eyelashes》이다.
www.scottphillipsauthor.com

한낮의 빛 *The Light of Day, 1962*
a.k.a. 톱카피*Topkapi*

by 에릭 앰블러

•

에릭 앰블러Eric Ambler(1909~98)는 첫 출간작《어두운 변경The Dark Frontier》(1936)을 통해, 적나라하고 과격한 리얼리즘을 스파이소설에 부여한 인물로 평가받는다.《디미트리오스의 관The Mask of Dimitrios》(1939),《공포로의 여행Journey into Fear》(1940)과《한낮의 빛》등의 작품으로 잘 알려져 있다. 이 중《한낮의 빛》은 에드거 상 '최고의 장편' 부문을 수상했다. 앰블러는 또한《무기의 길Passage of Arms》(1959)과《레반트 사람The Levanter》(1972)으로 골드 대거 상을 두 번 받았다. 그는 미국 미스터리작가협회에서 그랜드 마스터 칭호를, 엘리자베스 여왕에게는 영제국 4등 훈위動位를 받았다. 각본가로도 뛰어났던 앰블러는〈타이타닉호의 비극A Night To Remember〉(1958),〈10월의 남자The October Man〉(1947),〈잔인한 바다The Cruel Sea〉(1953) 등의 시나리오를 집필했다. 1985년 출간된 그의 자서전《여기 눕다Here Lies》는 표지의 타이포그래피 배치 때문에 '여기 에릭 앰블러 묻히다Here Lies Eric Ambler'로 읽힌다.

M.C. 비턴

"결국 일이 이렇게 되고 말았다. 터키 경찰한테 체포되지 않았다면 그리스 경찰이 나를 덮쳤겠지."

포주이자 포르노 제작자이며 도둑인 아서 압델 심슨의 모험은 위와 같은 1인칭 내레이션으로 시작한다. 그는 이집트인 어머니와 영국인 하사관 아버지 사이에서 태어났다. 아서는 아버지가 뇌까리던 삶의 지혜를 즐겨 인용하는데, 이를테면 "거지 같은 일은 두뇌 회전을 빠르게 해주지" 같은 것이다. 그는 문학사상 가장 매혹적인 반영웅 중 한 명일 것이다. 앰블러의 글쓰기에서 경이로운 면이라면, 분명 전혀 좋아할 수 없는 주인공인데도 독자들은 그가 어떻게든 성공하길 응원하게 된다는 점이다.

이야기는 아서가 미스터 하퍼라는 그럴싸한 표적을 아테네 공항에서 발견하면서 시작한다. 아서는 그에게 '미스터 하퍼를 태울 차가 바깥에 기다리고 있다'고 적은 명함을 건넨다. 고급스러운 그랑드 브르타뉴 호텔로 향하는 길에 아서는 가이드로서의 역할을 수행한다. 그날 저녁 아서는 레스토랑과 클럽을 차례로 방문한 다음 미스터 하퍼를 사창가에 떨구어놓고 호텔로 재빨리 돌아간다. 그리고 위조 열쇠로 하퍼의 방에 잠입해, 여행자 수표를 분실할 경우를 대비해 보관하는 수표 번호가 적힌 영수증들을 챙기려 한다. 그 번호들로 자기 이름의 수표를 재발행하려는 계획이다.

그는 하퍼에게 들킨다. 하퍼는 아서에게 어떤 일 하나를 맡아주지 않는다면 그리스 경찰에게 넘기겠다고 협박한다. 일의 내용인즉슨 리무진을 이스탄불까지 운전하는 것인데, 터키 국경에서 검문 도중 차 문을 열자 그 안에는 무기가 가득하다. 아서가 빠져나갈 수 있는 유일한 방법은, 무기를 옮기는 하퍼의 계획이 무엇인지 알아내서 터키 경찰에게 몰래 알려주는 것뿐이다.

앰블러는 존 르 카레John Le Carré와 그레이엄 그린에게 영감을 준 작가로 알려졌다. 그는 신사적인 탐정의 세계와 스파이소설을 분리시켰다. 이 소설은 〈톱카피〉라는 영화로도 만들어졌는데, 피터 유스티노프가 아서를 연기했다.

아서는 영국 여권을 간절하게 원한다. 그에게는 이집트 여권밖에 없는데 그나마도 갱신하질 않아 사용할 수 없다. 아버지가 영국인이며 학교도 영국에서 다녔지만, 아서는 영국에서 저지른 범죄 기록 때문에 여권을 발급받을 수 없다. 기가 막히게 재미있고 책장이 술술 넘어가는 이 소설에서, 앰블러는 국적 없는 사람의 딜레마에 강조점을 찍는다.

앰블러는 틀림없이 이스탄불을 사랑했다. 그는 오래된 파크 호텔에 대해 좋은 추억을 간직하고 있었다. 지금은 불타서 무너졌지만, 그 호텔은 절벽 옆에 지어졌기 때문에 접수대 쪽으로 들어간 다음 방까지 승강기를 타고 내려가야만 하는 지구상 유일한 호텔이었다.

《한낮의 빛》은 1962년 출간된 작품이지만, 지금까지도 그 신선한 재미는 사라지지 않았다.

•

M. C. 비턴M. C. Beaton이 쓰다 : 나는 애거서 레이즌과 해미시 맥베스를 주인공으로 한 미스터리 시리즈들을 썼다. '해미시 맥베스Hamish Macbeth 시리즈'의 최신작은《물총새의 죽음Death of a Kingfisher》이다. 나는 글래스고의 존 스미스 & 선스 서점에서 소설 판매원으로 처음 일을 시작했고, 《데일리 메일》에 연극 평론도 썼다. 그 뒤《스코티시 필드Scottish Field》에서 패션 에디터로, 《스코티시 데일리 익스프레스Scottish Daily Express》에서 범죄 담당 기자로 일했으며, 런던의 플리트 가로 와서《데일리 익스프레스Daily Express》에서 수석 여성 기자로 근무했다. 저널리스트이자 작가인 해리 스콧 기븐스Harry Scott Gibbons와 결혼한 뒤에는 뉴욕으로 이사해 잠깐 동안 루퍼트 머독의《스타》지에서 일했다. 그리고 역사로맨스 소설을 백 편 넘게 쓴 다음에야 탐정소설로 분야를 바꾸었다. '애거서 레이즌Agatha Raisin 시리즈'의 새 책 제목은《영국인의 피The Blood of an English》다.
www.mcbeaton.com / www.agatharaisin.com

그녀의 얼굴을 가려라 _Cover Her Face, 1962_

by P.D. 제임스

•

필리스 도로시 제임스 화이트P. D. James White(1920~2014)는 장편소설을 스무 편 이상 펴낸 수상 경력이 화려한 영국 작가다. 미스터리 '애덤 댈글리시Adam Dalgliesh 시리즈'와 '코딜리아 그레이Cordelia Gray 시리즈', 디스토피아 소설《칠드런 오브 멘The Children of Men》(1992), 그리고 미스터리 장르에 관한 연구서《탐정소설을 말하다Talking about Detective Fiction》(2009)를 포함한 다수의 논픽션을 썼다. 그녀는 보수당 지지자로서 당대 귀족의 호칭인 '홀랜드 파크의 여자 남작Baroness James of Holland Park'을 받았다.

데보라 크롬비

《그녀의 얼굴을 가려라》는 P. D. 제임스의 첫 탐정소설이며 1962년 출간되었다. 내가 이 책과 처음으로 마주친 건 아마도 십 년 전쯤, 1970년대 무렵이다. 일찍부터 영국 탐정소설을 편애해왔던 나는 그전까지 소위 '황금기'에 집필된 수많은 작품들을 읽으며 취향을 공고히 했다. 애거서 크리스티, 마저리 앨링엄, 나이오 마시, 조지핀 테이, 그리고 특히 도로시 L. 세이어즈에 이르기까지.

제임스가 메트로폴리탄 경찰서의 애덤 댈글리시 경감을 주인공으로 한 성공적인 시리즈와 사립탐정 코딜리아 그레이가 등장하는 두 편의 소설까지 계속 펴내는 동안, 나는《그녀의 얼굴을 가려라》를 최소한 한

번은 재독했다고 생각한다. 나는 스스로 탐정소설계에 발을 담그려 하고 있던 1980년대 후반에 분명《그녀의 얼굴을 가려라》를 주의 깊게 재독했다. 그러므로 이십 년 이상의 시간적 공백을 건너뛴 다음 이 에세이를 쓰기 위해《그녀의 얼굴을 가려라》를 다시 한번 펼친다는 사실에 매우 큰 기대감을 품고 있었다.

나 자신이 영국의 탐정소설가로서《그녀의 얼굴을 가려라》를 고른 이유는, 이 책이 영국의 경전들 중 분수령으로 꼽을 수 있는 작품이라고 기억하고 있었기 때문이다. 양차 대전 사이에 발전했던 영국의 탐정소설들이 1960년대에 이르면 살짝 뻣뻣해지는 관습에 빠졌는데, 이 작품이 그로부터 벗어나 현대성의 영역으로 도약했다고 믿었기 때문이다.

후기의 제임스 소설 대부분이 그러하듯, 이 소설은 시체의 발견에서 출발하지 않는다. 대신 배경과 등장인물의 세부 묘사를 꼼꼼하게 구축하고, 희생자에 대해 특별히 주의를 집중시키면서 시작한다.

에식스 지역 가상의 마을 채드플리트에 위치한 중세 영주의 저택에 거주하는 맥시 일가는 새 하녀로 미혼모 샐리 주프를 채용한다. 샐리는 집안일을 돕고 임종이 임박한 병자 사이면 맥시를 간병하기 위한 목적으로 고용되었다. 이 집의 또다른 식구들로는 엘리너 맥시 부인, 그녀의 아들이자 런던 병원의 의사 스티븐, 과부인 딸 데보라 리스코, 하녀 마사 불리태프트, 훈장을 받은 전쟁영웅이자 데보라의 친구인 펠릭스 헌, 가족의 친구이자 스티븐 맥시와 연인 사이인 간호사 캐서린 바워스가 있다.

교회의 연중 행사가 있는 저녁, 샐리 주프는 스티븐 맥시가 자신에게 구혼했다고 가족들에게 밝힌다. 다음 날 아침, 샐리는 방에서 목 졸린 시체로 발견된다. 방문은 안쪽에서 잠겨 있다.

그때에 이르러서야 우리의 주인공 형사가 등장한다. 애덤 댈글리시 경감은 아마추어 딜레탕트가 아닌 숙련된 경찰이다. 몇몇 황금기 탐정들의 직업이 경찰이긴 했다. 그중 가장 주목할 예는 나이오 마시의 주인공인 로더릭 앨린일 것이다. 하지만 그들은 귀족이었으며, 어떤 의미에서 재미 삼아 범죄를 해결하는 차원에 머무르는 미화된 아마추어였다.

하지만 애덤 댈글리시는 매우 지적이고 잘 교육받았으며 명확한 논리를 갖춘 인물이다(또한 키가 크고 가무잡잡하며 잘생겼다. 어쩌면 제인 오스틴의 미스터 다아시를 염두에 둔 설정일지도 모른다). 그는 '신사'가 아니다. 또한 제임스의 데뷔작인 이 소설에서, 살인은 가볍게 다뤄지지 않는다. 이는 황금기 미스터리들 대부분이 취한 '누가 범인인가' 구조와의 결별이며, 사실상 그 희생자는 퍼즐의 촉매 역할에만 그치지도 않는다. 샐리 주프는 결코 좋아하기 힘든 인물이지만 현실적이고 복잡다단한 젊은 여성이었고, 소설이 진행되며 밝혀지는 것처럼 그녀의 행동이야말로 자기 자신의 죽음으로 이어진 상황을 만든 원인이었다. 그리고 마침내 살인자가 밝혀지는 순간, 우리는 결코 범죄를 용납할 순 없을지언정 그 인물에 대해서는 공감할 수 있다.

여기까지가 내가 기억하는 전부였다. 그리고 어떤 면으로는 이 소설이 획기적으로 현대적인 작품이라고 생각했던 원인이기도 하다.

그런데《그녀의 얼굴을 가려라》를 이번에 다시 읽으면서 내가 놀란 또다른 지점들이 있다. 나는 이 소설이 이전 세대 작가들에게 얼마만큼 의지했는지 잊고 있었다.《그녀의 얼굴을 가려라》는 모든 의미에서 시골-저택 미스터리다. 등장인물들은 저택의 가족 구성원뿐 아니라 마을의 의사, 목사, 지역 자선행사를 운영하는 여성(이 경우에는 미혼모를 위한 집을 짓는 목적이다), 그리고 물론, 살해당한 하녀를 아우른다.

계급 격차는 신속하고 적나라하게 묘사된다. 하지만 등장인물들이 스스로의 편견을 인지하지 못한다 하더라도, 작가 자신은 잘 알고 있다. 최소한, 자신에게 합당한 위치에 머물 것을 거부한 하녀는 부분적으로 자신의 죽음에 원인을 제공한 셈이다. 등장인물들에 대한 제임스의 날렵하고 때때로 통렬한 묘사에서는 이미 작가로서 확고한 그녀의 솜씨가 느껴진다.

이 데뷔작을 과거의 맥락에서 떼어놓고 보기는 나의 애초 예상보다 훨씬 더 어려웠다. 나는 이 소설의 배경이 대충 뭉개져 있다는 사실을 깨닫고 놀랐다. 이 사건이 에식스 지방의 어느 마을에서 벌어진다는 건 알 수 있고, 사건이 터지는 저택은 그 자체로 웅장한 존재감을 과시하지만, 책 전반적으로는 제임스의 이후 소설들에서 우리가 쉽게 찾아낼 수 있는 장소에 대한 세밀한 감각이 결핍되어 있다.

그리고 댈글리시, 현대의 픽션 속 영국 경찰의 원형 같은 그에게도 문제는 있다. 이 첫 소설에서 우리는 댈글리시에 대해 알게 되는 바가 거의 없다! 경험도 많이 쌓았고 능숙한 업무 처리 때문에 이른 나이에 경감이 되었다는 것 정도를 알 수 있을 뿐이다. 그리고 오래전 아내와 배 속의 아이를 잃었다는 얘기도 듣는다. 하지만 그가 시를 쓴다는 점이나, 한 사람의 인간으로서 얼마나 고독한지에 대해서는 알지 못한다. 소설 내내 댈글리시는 다른 캐릭터들의 시선을 통해서만 제시된다. 진실을 추구하는 데 가차 없고, 자신의 목적에 부합할 때는 충분히 공감과 연민을 보여줄 수 있고, 그 자신의 권위에 익숙한 남자. 하지만 그가 사고의 과정을 경사 조지 마틴에게 털어놓지 않기 때문에, 독자로서는 그의 추리에 접근하기가 어렵다. 미스터리의 해답에 도달하는 그의 모습은(이 대단원은 서재와 같은 역할을 하는 저택 업무실에서 펼쳐진다) 다소 전지적 신의 관점처럼 여겨진다. 소설의 진짜 마지막 페이지쯤에 이르러서야, 그 아름답게 쓰인 종결부에 이르러서야 우리는 댈글리시가 실수할 수 있는 인간이며 상처를 받는 존재임을 처음으로 짐작하게 된다. 하지만 오해하진 마시길, 제임스는 독자에게 공정한 게임을 제시하니까. 모든 단서들은 책 속에 있고, 이번에 이십여 년 만에 책장을 다시 펼쳤는데도 불구하고 거의 모든 단서들의 디테일이 기억났다는 건, 바로 그 칭찬받을 만한 해결 과정 덕분이었다.

지금까지도 제임스를 여타의 작가들과 단연 구분 짓는 산문 자체 역시 꼽지 않을 수 없다. 이를테면 소설의 정말 마지막 부분인 애덤 댈글리시가 마팅게일 저택을 떠나는 장면의 묘사처럼, 대부분 아주 간단함에도 그 묘사가 불러일으키는 힘은 항상 감동적이다.

너도밤나무는 이제 황금색으로 물들었지만, 황혼이 그 색깔을 죄다 빨아들인 것처럼 보였다. 첫 낙엽이 타이어 아래쪽에서 바스락거리며 부서졌다. 저택은 그가 처음으로 맞닥뜨렸을 때의 모습 그대로 같았지만, 지금은 낙조 속에서 좀더 회색으로, 약간 사악한 인상이었다.

P. D. 제임스의 노련한 언어 구사와 단호한 캐릭터 연구의 깊이가 결합하면서,《그녀의 얼굴을 가려라》는 양차 대전 사이의 흥미진진하면서도 뛰어난 장인의 솜씨로 완성된 '누가 범인인가' 미스터리와(도로시 L. 세이어즈의 '피터 윔지 시리즈'는 예외로 두자), 점차 현대적으로 진화한 영국 탐정 이야기 사이에 다리 역할을 수행한다. 즉, 영국 탐정 이야기가 오늘날 문학의 최고 지위를 획득한 현대적 탐정소설로 육화하는 과정에서 어떻게 진화했는지를 보여주는 예라는 뜻이다.

《뉴욕 타임스》베스트셀러 목록에 이름을 올린 데보라 크롬비Deborah Crombie는 영국을 배경으로 한 범죄소설을 쓰는 미국 텍사스 주출신 작가다. 경정 던컨 킨케이드Duncan Kincaid와 형사 젬마 제임스Gemma James를 주인공으로 한 시리즈로 유명하다. 그녀는 이 시리즈로 수많은 상을 휩쓸었고, 에드거 상, 매커비티 상, 애거서 상 후보에 올랐으며, 10개국 이상에 번역되어 국제적인 찬사를 받았다. 크롬비는 텍사스와 영국을 오가며 남편과 독일 셰퍼드, 고양이와 함께 텍사스 북부에 살고 있다. 최신작은 2012년 2월 출간된 《어둠 속에 살다To Dwell in Darkness》(윌리엄 머로우 출판사)이며, 열여섯 번째 킨케이드/제임스 소설을 작업 중이다.

www.deborahcrombie.com

저주받은 자와 파괴된 자

The Damned and the Destroyed, 1962

by 케네스 오비스

●

케네스 오비스Kenneth Orvis는 케네스 르미외Kenneth Lemieux(1923~)의 필명이다. 르미외는 프로 하키선수에서 범죄소설가로 전업한 드문 경력을 가진 작가다. 그의 작품으로는 《저주받은 자와 파괴된 자》, 《어둠 없는 밤Night Without Darkness》(1965), 《최후 심판의 목록Doomsday List》(1974) 등이 있다. 1985년에는 논픽션 《테이블 위와 아래에서 : 알코올중독자의 해부Over and Under the Table : The Anatomy of an Alcoholic》를 썼다.

리 차일드

1969년 봄, 나는 벨몬트 출판사의 60센트짜리 페이퍼백 《저주받은 자와 파괴된 자》를 가상의 3인조 록밴드 '카발리에스The Kavaliers'에 관한 또다른 펄프소설과 함께 샀다(사십삼 년 전 특정한 날에 구입한 책을 어떻게 기억하느냐고, 좀 이상하다고 생각할지도 모르겠다. 그렇다면 당신은 작가가 아니다).

하지만 내가 60센트를 전부 지불하진 않았을 것이다. 내가 살던 지역이 영국 버밍엄이기 때문이다. 아마 3실링보단 덜 내고 샀을 것이다. 내가 정확하게 떠올릴 수 없는 건 구입한 장소다. 버밍엄에는 책이 빽빽하게 들어찬 대규모 서점들이 몇 개 있었는데, 그중 어디에서도 미국에서 직수입된 책을 팔진 않았던 것 같다. 특히나 이런 펄프 서적들이라면. 아마도 레코드 가게가 아니었을까 싶다. 당시는 버진 레코드사(소규모 레코드 가게 체인으로 시작된) 이전의 시대였지만, 여기저기서 출몰하는 힙한 선구자들이 있긴 했다. 그들은 미국의 레코드 음반과 마약 관련 물품들을 직수입해 팔았다. 그리고 이 소설 역시 그런 품목에 부합하는 경우다.

《저주받은 자와 파괴된 자》의 표지는 조야함의 승리라고 할 만한다. 표지 아래쪽에 있는 제목은 말라붙은 피 같은 검붉은색 바탕 위에 흰색 소문자로 적혀 있었고, 위쪽에는 유화 아니면 파스텔화가 그려져 있었다. 그림 왼쪽에는 젊은 여성의 얼굴이 있었다. 눈꺼풀이 무겁게 내려오고, 머리카락이 헝클어지고, 붉은 입술이 벌어진 여자다. 그 뒤쪽과 오른쪽에는 난교가 벌어지고 있었다. 상의를 벗은 여성—독자의 시선 앞에 등을 돌리고 있다—이 있고, 몇몇 커플이 키스를 나누고 있었다. 왼쪽의 젊은 여자는 분명 마약에 취해 멍한 상태처럼 보였다. 그리고 제목 위에는 홍보문구가 한 줄 적혀 있었는데, "그녀는 아름답고 젊고 금발이었으며 약쟁이였다⋯⋯ 나는 그녀를 도와야만 했다!"였다. 제목 아래쪽에 한 줄이 더 적혀 있었다. "마약중독의 지옥에서 펼쳐지는 무자비한 이야기."

1969년 당시, 딱 내 취향이었다.

하지만 이 소설을 표지만 보고 판단하면 안 되는 거였다. 그 안의 내용은 홍보문구와 상당히 달랐다. 결코 실망했다는 뜻이 아니다. 사실 그 반대다. 《저주받은 자와 파괴된 자》는 내용이 꽉 차 있는 일급 스릴러다(하지만 편집이 형편없었다. 나는 아직도 두 번째 페이지의 철자가 기억난다. actually 대신에 actaully라고 적혀 있었다).

첫 번째 충격 : 배경이 미국이 아닌 캐나다, 1960년대에 막 접어든 몬트리올이었다(판권 날짜가 1962년이었던 걸로 기억한다). 소설 도입부에서 짧은 대화를 통해 수많은 정보가 순식간에 쏟아진다. 시 정부가 막 교체됐고, '몬트리올의 악덕을 신속히 얼음 위로 치워버리자'라는 구호를 외치

는 반 범죄 캠페인이 막 시작되었다. 그리고 우리의 주인공 사립탐정 맥스웰 덴트가 등장한다. 그 세대 남자들이라면 대개 그렇듯, 덴트도 퇴역 군인이며 확실하게 믿을 수 있는 존재다. 조금 뻣뻣한 남자긴 하지만. 그리고 딸 문제로 골치를 썩이는 부유한 남자가 그에게 전화를 건다. 아주 레이먼드 챈들러적이다. 그 딸은 헤로인중독자이며, 마약을 사기 위해 가문에 전해 내려오는 반지를 들고 도망쳤다는 것이다. 어마어마하게 비쌀 뿐 아니라 눈에 아주 쉽게 띄는 모양의 반지라고 했다.

이제 우리도 주인공과 함께 달릴 차례다.

이후 덴트의 임무는 사랑스러운 헬렌 애슈턴을 구출하고, 헬렌만큼이나 예쁜 언니 손과 뜨거운 밤을 보내고, 반지를 되찾아오고, 마침내 배후의 거물을 급습함으로써 헬렌처럼 가혹한 마약중독의 지옥에 빠져드는 소녀가 다시는 없도록 방지하는 데까지 줄줄이 이어진다. 소설 속 마약 거래 묘사는 이제 다소 구식이겠지만, 그 외에는 흠잡을 데가 없다. 정말이다. 1960년대에 스릴러가 어떠했는지를 보여준 작품이며, 사실 그 이후로 그리 많은 게 달라지지도 않았다.

•

리 차일드Lee Child는 1995년 그라나다 텔레비전 방송국에서 해고당한 뒤 스릴러를 쓰기 시작했다. 그의 데뷔작은 《추적자Killing Floor》(1997)이며, 이후 이곳저곳 떠돌아다니는 전직 군인 잭 리처Jack Reacher가 주인공인 시리즈를 계속 쓰게 된다. '잭 리처 시리즈'는 매커비티 상과 앤서니 상을 수상했다. 지금까지 총 열아홉 편이 출간되었으며, 최신작은 《사적인 문제Personal》(2014)이다. 2011년 차일드는 《61시간61hours》으로 식스톤스 올드 페큘리어 상 '올해의 범죄소설' 부문에 선정되었다. 2009년에는 미국 미스터리작가협회 회장으로 선출되었다. 그의 소설 《원 샷One Shot》(2005)이 2013년 영화 〈잭 리처 Jack Reacher〉로 만들어져 개봉했다. 크리스토퍼 매쿼리가 감독을, 톰 크루즈가 주연을 맡았다.

사냥꾼 *The Hunter, 1962*
a.k.a. 포인트 블랭크/페이백 *Point Blank/Payback*
by 리처드 스타크

•

리처드 스타크Richard Stark는 도널드 웨스트레이크(1933~2008)의 수많은 필명 중 하나다. 대부분 미스터리 장르에 집중된 수많은 장·단편소설을 썼으며, 유죄판결을 받은 사기꾼들 대부분보다도 더 많은 가명을 사용했다. 젊은 시절부터 글쓰기에 집중했고, 1950년대 말 앨런 마셜Alan Marshall이라는 필명으로 소프트 포르노 소설을 쓰기 시작했다. 1960년에 마침내 본명으로 첫 소설《용병들The Mercenaries》을 발표했다. 각기 다른 세 개 부문에서 에드거 상을 수상했고, 수많은 작품들이 영화화되었다. 대표적인 예로 1962년 작《사냥꾼》은 세 차례 영화화되었는데, 존 부어먼이 연출하고 리 마빈이 주연을 맡은 1967년 작〈포인트 블랭크Point Blank〉, 임영동이 연출하고 주윤발이 출연한〈협도고비俠盜高飛〉(1992), 브라이언 헬걸런드가 연출하고 멜 깁슨이 주연을 맡은〈페이백Payback〉(1999)이 그것들이다.

F. 폴 윌슨

배우 리 마빈의 팬으로서, 영화〈포인트 블랭크〉를 안 볼 수는 없었다. 게다가 당시 작가가 되겠다는 야심에 불타던 터라(1967년 얘기다), 나는 각본가의 이름을 언제나 주시하고 있었다.〈포인트 블랭크〉의 각본가는 세 명이었는데, '리처드 스타크의《사냥꾼》을 기반으로 했다'라는 문구가 눈에 띄었다.

아니 대체 리처드 스타크가 누구길래 이 사람 소설이 영화로 만들어진 거지?

나는 당장 뛰어나가 영화와 연계 상품으로 나온 출간본을 찾아냈다. 당시 나는 리처드 스타크가 도널드 웨스트레이크의 필명인 걸 몰랐고,

만약 알았다 하더라도 신경 쓰지 않았을 것이다. 웨스트레이크는 그때 비교적 신인 작가였기 때문이다. 나는 50센트를 주고 책을 사서 곧바로 읽기 시작했다.

우아! 나는 〈포인트 블랭크〉가 엄청나게 현실적이고 폭력적이라고 생각했는데, 소설에 비하면 영화는 애들 재롱 수준이었다. 주인공 파커는 반영웅 중에서도 '반'자를 특별히 강조해야 할 인물이다. 파커의 성은 대체 뭘까? 아니, 파커가 성인가? 우리는 알 수 없다. 그는 가명을 쓰고 있는데, 그의 아내와 친구들 대부분은 그저 파커라고만 부른다. 그 스스로도 자신을 파커라고만 칭한다.

1960년대 초를 배경으로(1962년 출간작이다) 한 《사냥꾼》은 이렇게 시작한다.

풋풋한 인상의 청년이 셰비(셰보레의 애칭)에 태워주겠다고 제안했지만, 파커는 꺼지라고 대꾸했다.

그는 맨해튼을 향해 조지 워싱턴 다리를 걸어서 건너가는 중이다. 땡전 한 푼 없이, 몸에 맞지 않는 옷을 걸치고, 어깨에는 소령 계급장을 달고 있는 빼빼 마른 남자, 그에게는 어떤 목적이 있다. 우리는 아직 그게 무엇인지 모른다. 그날이 저물 때까지, 그는 사기를 쳐서 새로운 양복과 호텔 방, 현금 800달러를 얻는다. 지하철 개찰구를 미끄러지듯 빠져나가고, "정체를 감추고 있던 엉덩이 큰 동성애자"로부터 10센트를 얻고, 저녁을 먹으러 들어간 식당 웨이트리스에게 이유 없이 잔인하게 굴고, 면허증을 위조하고, 몇몇 불쌍한 개새끼들의 은행 계좌를 싹 턴다. 이 모든 것이 1장에 벌어진 일이다.

좋아…… 이 인간은 나쁜 놈이 맞겠지? 그럼 착한 사람은 언제 나오나?

기대 안 하는 편이 좋다.

2장은 파커가 아름다운 금발 여인을 후려치고 마루에 쓰러진 그녀를 내려다보는 장면으로 시작한다.

이 장면 자체의 충격도 충격이거니와, 초보 작가였던 나는 그 간결한 전환에 깜짝 놀랐다. 한 페이지를 넘기면 그 사이에 일어난 사건들이 몇 문장으로 설명된다. 하지만 스타크는 파커의 호텔부터 아파트까지, 아파트에 들어서는 것부터 (가장 중요한) 구타 장면까지의 여정을 일일이 적지 않는다. 대신 거두절미하고 독자를 사건 한복판에 툭 떨어뜨린다.

금발 미인은 파커의 아내 린이다. 그녀가 어떤 강도사건 이후 그를 배신했고, 그를 위태로운 상황에 내버려둔 다음 강도 무리 중 하나였던 멀 레스닉과 달아났다는 사실이 밝혀진다.

> "난 창녀가 아니야, 파커," 그녀가 말했다. "당신도 알 거야."
> "창녀는 아니지만, 대신 내 몸을 팔았지."

이제 파커의 목적이 무엇인지 드러난다. 멀 레스닉의 목에 손을 감고 숨이 끊어질 때까지 조르는 것이다.

다음 날 아침 그는 린이 약을 과다 복용하고 죽었다는 걸 알게 된다. 그가 느끼는 유일한 감정은 그 시체를 처리해야 한다는 사실에 대한 짜증뿐이다. 그는 시체 옆에서 술을 마시고 TV를 보며 하루를 보낸다. 그동안 그의 아내는 '린'이 아니라 '그녀'라고만 불린다. 그는 모든 연결고리를 끊어버렸다. 다시 밤이 찾아오고, 그는 린의 시체를 센트럴 파크에 갖다 버린다. 멀이 그녀의 사진을 신문에서 발견하는 것을 원치 않았기에, 그는 누가 알아볼 수 없도록 그녀의 얼굴을 마구 그어버린다.

어휴.

그가 멀을 찾아다니는 과정에서, 우리는 과거에 파커와 멀의 무리가 남아메리카의 혁명가 십수 명을 살해했다는 사실을 알게 된다. 혁명가들은 미국으로 건너와 9만 달러어치 총을 사려고 했었다. 또한 파커는 멀을 죽이고 그의 몫까지 챙기려 계획했는데(놀랐지!), 오히려 멀이 린을 낚아챈 다음 그녀에게 남편을 쏘라고 강요했다. 멀과 린은 죽어가는 파커를 내버려두고 그 집에 불을 질렀다.

당연히 파커는 죽지 않았다. 그는 불길에 휩싸인 집에서 가까스로 빠져나왔다. 본격적으로 복수에 나서기 전, 그는 부랑죄로 감옥 신세도 졌다. 마침내 그는 간수를 죽이고 탈출한 다음 뉴욕으로 건너온 것이다.

이야기는 멀에게로 건너뛴다. 그는 현재 아웃핏이라는 회사('범죄 조직'이라고 읽으면 된다)의 관리직에 올랐다. 그는 예전에 임무를 엉망으로 망친 적이 있지만, 그 빚을 만회하기 위해 예의 총기 밀수에서 나온 수익을 이용했다. 이제 그는 편안하다…… 어떤 터프가이가 자신을 찾아다니며 뒤를 캐고 있다는 소식을 듣기 전까진. 누굴까? 린의 실종 소식을 듣자마자 그는 터프가이가 파커임을, 지옥에서 살아 돌아온 그 사내임을 알아차린다.

몇 차례 쫓고 쫓기는 게임을 벌인 끝에, 파커는 멀을 붙잡고 그의 목에 손을 두른다…… 하지만 잠깐. 돈은 어디 있지? 멀이 그 돈을 아웃핏에 바쳤다는 사실과 멀로부터 아웃핏의 몇몇 사람들 이름까지 듣고 나서 파커는 그의 목을 조른다.

이게 끝이냐고? 천만에. 파커는 멀을 죽이는 걸론 충분하지 않다고 생각한다. 9만 달러의 절반은 원래 그의 몫이었고, 그는 돈을 돌려받고 싶다. 그러려면 그는 아웃핏과 대결해야만 한다. 뭐, 안 될 거 있나?

이제 상황은 조금 초현실적으로, 그러면서도 진정 흥미진진하게 흐른다. 그때까지 벌어진 모든 일들은 채무를 해결하는 데에서 비롯되었다. 린과 멀은 파커에게 빚을 졌다. 그 외에 죽어나간 사람들은 과정상 벌어진 사고일 뿐이다. 이제 파커의 관점에서 보자면, 아웃핏은 그에게 빚을 졌다. 그리고 채무는 반드시 이행되어야 한다. 그가 아웃핏의 거물 중 한 명에게 역설하듯, 아주 간단한 문제다.

만화에선 이런 곳을 갱단이라 부르지. 깡패와 사기꾼들은 아웃핏이라는 이름을 붙였지. 당신은 조직이라고 하겠지. 그런 말장난은 당신들이나 실컷 재미 보면 돼. 난 당신들이 스스로를 적십자회라고 불러도 상관없어. 당신들은 나한테 4만 5천 달러를 빚졌고, 좋든 싫든 그걸 갚기만 하면 돼.

소설 전체에 걸쳐 파커는 그 자신에 대해선 꼭 필요한 사항만 밝힌다. 하지만 그가 깡패 조직을 대상으로 행동을 개시할 때, 우리는 그 내면을 슬쩍 엿볼 수 있게 된다. 그때까지 그의 삶이라는 건 호화로운 리조트 호텔에 머무르며 일 년에 한두 번 큰 건의 강도로 돈을 벌어들이는 식이었다. 그 정형화된 방식이 린의 배신 때문에 어그러졌고, 이제 그는 빚을 받아낸다는 새로운 돈벌이 방식에 착수했다. 그 4만 5천 달러만 있으면 그는 다시 예전의 삶으로 돌아갈 수 있다. 이것이 그의 진정한 목적이다. 예전의 삶을 되찾는 것.

아직 《사냥꾼》을 접하지 않은 독자들을 위해 결말을 누설하진 않겠다. 다만 소설의 결말은 지금까지 영화화된 버전들과 다르다는 것 정도만 말해두겠다. 사실상 소설의 마지막 장은 사족에 가깝다고 생각한다.

몇 년 뒤 나는 《사냥꾼》이 단발성 책으로 기획되었지만, 웨스트레이크/스타크의 편집자가 결말을 조금 수정해서 파커 시리즈가 더 나올 수 있는 여지를 주면 어떻겠냐고 제의했다는 걸 알게 됐다. 원래 판본에선 파커가 살해당했을까? 감옥에 갔을까? 슬프게도, 도널드 웨스트레이크는 답을 주지 않고 숨을 거두었다.

하지만, 파커의 어떤 점이 장편 스물네 편과 영화 여덟 편이 나올 만큼 대중을 매혹시킨 걸까? (그중 〈포인트 블랭크〉 〈협도고비〉 〈페이백〉 세 편의 영화가 《사냥꾼》을 기반으로 만들어졌다. 이 중 어느 것도 진짜 파커의 모습을 담지 못했다. 할리우드는 파커에게 공감할 수 있는 면모를 덧붙이지 않고는 못 배겼다. 하지만 브라이언 헬걸런드의 〈페이백 : 스트레이트 업 : 감독판Payback : Straight Up : The Director's Cut〉은 원작에 근접한 편이다. 그리고 헬걸런드는 바로 그 이유로 영화사에서 해고되었다.) 파커는 그 자신을 제외한 타인의 삶이나 자유, 행복의 추구 따위를 전혀 존중하지 않는다. 그는 아무 가책 없이 훔치고 살인을 저지르는 소시오패스다. 규칙이나 명예도 중요한 문제가 아니다. 심지어 그의 동료 강도들에 대해서도 마찬가지다. 앞서 그의 계획을 이미 봤듯이, 멀을 죽이고 그의 몫까지 챙기려던 게 파커다.

하지만 《사냥꾼》에서 그는 분명 부당한 취급을 받았기 때문에(말하자면 아주 조금), 우리는 어느새 그를 응원하게 된다. 어쩌면 파커의 외골수적인 성격과 가차 없는 효율성이 우리를 매혹시키는 것인지도 모른다.

《사냥꾼》을 정신없이 읽은 다음 내가 그런 책들을 가능한 한 더 많이 읽고 싶어 안달복달하고, 직접 찾아 나섰던 기억이 생생하다. 이 글을 쓰기 위해 《사냥꾼》을 다시 읽었을 땐, 1962년이라는 배경의 몇 가지 요소들이 웃음 짓게 했다. 커피 한 잔에 10센트였고, 로스트비프 샌드위치에 지불하는 85센트가 엄청난 사치로 간주되는 것, 멀이 미드타운 호텔의 스위트룸을 잡으면서 32달러나 '펑펑' 쓴다는 묘사 등등.

그리고 예전엔 미처 몰랐던 걸림돌에 몇 번 주춤거리기도 했다. 스타일 면에서 이 소설은 수동태의 범람을 압도할 만큼 딱딱하고 무뚝뚝하다. 아무리 불신을 유보하려 해도, 멀이 위협했다고는 하지만 린이 파커를 배신하는 건 납득이 가질 않는다. 또한 이 소설은 군데군데 붙여넣은 흔적이 있는데, 이를테면 멀이 매춘부와 노골적으로 놀아나는 장면에서 그 점이 두드러진다. 아웃핏의 호텔에 파커가 은밀하게 잠입해 독자가 이미 알고 있는 사실, 멀이 도망치고 없다는 걸 발견하는 장면도 그렇다. 파커의 정교한 침투 계획이 대결로 곧장 이어지지 않는다는 것을 미리 알려주어, 그 시퀀스로부터 모든 기대감을 앗아가버리기만 한 것이다.

이런 내용은 작가가 그린 거대한 그림에 비견하면 사소한 투덜거림일 뿐이다. 작가는 제대로 된 믿을 만한 사람이 단 한 명도 포함되지 않은 조연들과 함께, 서슴없이 살인을 저지르는 소시오패스 주인공을 창조하는 어마어마한 위험을 무릅썼다. 그리고 그것이 통하게끔 만들었다.

《사냥꾼》. 그 시대에 독보적으로 튀어나온, 폭력적이고 배배 꼬이고 후세에 자주 모방된 절묘한 역작 범죄소설이다.

•

F. 폴 윌슨F. Paul Wilson은 《뉴욕 타임스》 베스트셀러 목록에 이름을 올린 작가로, 스토커 상, 잉크팟 상, 포지 상과 프로메테우스 상을 수상했다. 장편소설 마흔다섯 편은 SF, 호러, 어드벤처, 의학 스릴러, 그 사이에 걸친 모든 분야들을 아우른다. 연극과 영화, 인터랙티브 미디어 각본도 썼다. 그의 작품들은 24개 언어로 번역되었다. 최근작은 도시 용병 리페어맨 잭Repairman Jack을 주인공으로 한 스릴러 시리즈물 《피어 시티Fear City》다. 14세 시절의 잭을 주인공으로 한 청소년용 3부작의 최종권 《잭 : 비밀스러운 복수Jack : Secret Vengeance》도 출간되었다. 폴은 미국 뉴저지 주 저지 쇼어에 살고 있다.
www.repairmanjack.com

버터보다 총 *Gun Before Butter, 1963*
a.k.a. 충성의 질문 *Question of Loyalty*

by 니컬러스 프릴링

•

니컬러스 프릴링Nicolas Freeling(1927~2003)은 암스테르담에서 체포되었을 때 그의 시리즈물 주인공인 형사 판데르 팔크를 처음 구상했다. 전직 요리사인 프릴링은 판데르 팔크가 등장하는 장편소설을 열한 편 썼고, 그 첫 책이 1962년 출간된《암스테르담의 사랑Love in Amsterdam》이다. 1972년 프릴링이 판데르 팔크를 제거한 이후 낸 소설 두 편에는 형사의 아내였던 아를레터가 등장한다. 프릴링은 이후 '앙리카스탕Henri Castang 시리즈'를 썼고, 그 첫 책이 1974년 출간된《다이아몬드 드레싱Dressing of Diamond》이다. 프릴링은 반자전으로 여겨지는 요리와 관련된 책들도 여러 권 발표했다.《비 오는 나라의 왕The King of the Rainy Country》(1966)으로 에드거 상을 받은 프릴링은 또한 프랑스 추리문학상과 CWA 주관 골드 대거 상 수상자이기도 하다.

제이슨 굿윈

1972년 니컬러스 프릴링이 시리즈의 열한 번째 책 중반에서 주인공 탐정 판데르 팔크를 무심하게 없애버렸을 때, 그의 작가 경력에 중대한 차질이 빚어졌다. 팬들은 격노했고, 프랑스와 스웨덴 출판업자들은 시리즈 출간을 중단하겠다고 선언했다. 하지만 프릴링은 판데르 팔크를 부활시키기를 거절했다. 판데르 팔크의 아내 아를레터가 한동안 그 자리를 대신했고, 시리즈와 무관한 독립된 스릴러들도 꾸준히 나왔으며, 그러는 사이사이에 프릴링은 자신의 다음 시리즈 주인공인 앙리 카스탕을 창조해냈다. 그러나 앙리 카스탕은 독자들에게 판데르 팔크 같은 설득력을 발휘하지 못했다. 어쩌면 카스탕은 조르주 심농의 영역에 너무 가까이 있었는지도 모른다. 그 영역은 판데르 팔크에게도 영향력을 행사했지만, 판데르 팔크는 결코 자신만의 고유한 빛을 잃지 않았었다.

기묘하면서도 멋진 제목을 한 《버터보다 총》은 '판데르 팔크 시리즈' 의 세 번째 책이며, 시리즈 두 번째 소설 《고양이 때문Because of the Cats》과 함께 1963년 출간되었다. 암스테르담에서 브뤼셀로 이어지는 유럽 지역 을 배경으로, 대단히 관습적인 네덜란드 경찰에 속한 비관습적인 경찰 판 데르 팔크의 이야기다. 감정에 흔들리지 않고 인간 본성에 관한 호기심에 이끌려, 매번 조금씩 선을 넘으며 판데르 팔크는 사건 속으로 천천히 파 고든다. 그는 마치 털실을 죽 잡아당기는 것처럼 꼬인 디테일을 하나씩 풀어간다. 그는 조사하는 남녀 모두에게 주의를 기울이고, 때로는—《버 터보다 총》에서처럼—어느 순간 범법자를 풀어주기까지 한다.

프릴링 그 자신도 전혀 관습적이지 않은 작가다. 런던에서 태어나 사우샘프턴에서, 그리고 전쟁 와중에는 아일랜드 자유국*에서 성장했으 며, 이후 유럽 전역을 유유자적 떠돌아다니다가 요리사가 되었다. 암스 테르담에 머물던 시절, 그는 주방에서 음식을 훔치다 체포되어 감옥신세 를 진 적이 있다. 그때 자신을 조사한 경찰에게 매력을 느낀 프릴링은, 감 옥에서 제공되는 비누 포장지에 경찰 주인공이 등장하는 자신의 첫 소설 《암스테르담의 사랑》을 써내려갔다.

그는 애거서 크리스티와 그 시대 작가들을 거부하고 레이먼드 챈들 러를 추종하던 세대에 속한다. 작가들은 현실보다 다른 작가들에게 더 강하게 반응하는 법인데, 프릴링은 챈들러에게 동조하며 플롯이 가장 우 선시되는 범죄소설 형태에 반기를 들었다. 프릴링은 답답하다는 듯 질문

---

* 1922년부터 1937년까지 성립된 대영제국 자치령으로서의 국가. 1936년 새 헌법이 공포되면서 영국 왕권으로부터 독립한 아일랜드 공화국이 되었다.

한다. 대체 누가 애크로이드를 죽였는지 알 게 뭐야? 오랜 시간이 지난 뒤 그는 이렇게 썼다.

> 탐정소설을 위해 고안된 그 모든 끔찍한 '규칙들'을 지키다 보면, 인물들이 플롯을 따라가느라 마분지로 만든 인형처럼 이리저리 줏대 없이 흔들리는 상황을 결코 피할 수 없다. 교회에서 바지를 내리는 등 외설적이라 여겨지는 캐릭터에겐 고의적으로 죽음의 선고가 내려졌고, 신성한 크리스티는 독자가 메시지를 느낄 때까지 그곳에 버티고 서 있었다.

《버터보다 총》에서는 시골 저택 대신 북부유럽 지역들과 마주하게 된다. 네덜란드, 프랑스어권 플랑드르French Flanders,* 베네룩스 3국, 독일의 뒤셀도르프. 프릴링은 해외를 여행하는 영국인이 아니라, 어쩌다 영어로 글을 쓰게 된 유럽인이었다. 배경은 물론, 캐릭터에 초점을 맞춘 채 천천히 불타오르는 극적 전개까지, 프릴링의 소설들은 어스킨 칠더스Erskine Childers*의 1912년 작 스릴러《사막의 수수께끼The Riddle of the Sands》가 확립한 전통에 속해 있다. 우연히도, 칠더스는 프릴링의 어머니와 사촌지간이다.

또다른 선명한 비교의 대상은 조르주 심농이다. 하지만 프릴링은 (칠더스처럼) 동시대 사건에 훨씬 관심이 많았다. 심농은 전쟁에 대해 그리 많이 언급하지 않았다. 사실 그는 동조자에 가까웠다. 하지만 프릴링의 책 속에서, 전쟁에 관한 기억과 타협과 상실은 배경에 내내 도사리고 있다. 판데르 팔크는 네덜란드 사회의 예의 바른 표면 아래 감춰져 있던 오

---

* 18세기 말까지 프랑스와 벨기에의 일부 영토에 걸쳐 있던 국가.
* 1870~1922, 아일랜드 자유국 시절 활약한 유명 작가이자 정치인.

래된 상처들을 캐낸다. 그리고 새로운 적대감이 발생하지 않도록 만들어진 합의들을 씁쓸하게 즐기며 응시한다. 그의 이야기는 완전히 그 동시대의 이야기다. 그리고 모든 최고의 소설들이 그렇듯, 시대를 초월한다.

프릴링이 플롯에 신경 쓰지 않겠노라 공언했음에도 불구하고,《버터보다 총》에는 그에 대한 요소들이 아주 풍성하다. 이 소설의 플롯은 이야기가 다루는 캐릭터와 장소들을 드러내는 과정을 거의 보이지 않을 정도로 교묘하게 뒷받침하는, 대놓고 설치된 구조물이 아니라 아주 정교한 금세공 같은 작업이다. 이를테면《버터보다 총》에서 판데르 팔크가 애정을 품는 대상은 뤼시너 엥겔베르트인데, 그녀가 함께 어울려 다니는 네덜란드 게으름뱅이들과 몇몇 이탈리아 남자들 사이에 싸움이 벌어진다. 판데르 팔크는 그녀를 처음 본 순간을 기억한다. 저명한 지휘자였던 그녀의 아버지가 차 사고로 죽을 때였다. 그녀는 처음엔 판데르 팔크에게 쌀쌀맞게 굴지만, 그의 음악 지식 앞에 조금씩 누그러든다.(판데르 팔크는 생각한다. 그녀 아버지의 여성 편력이 '그 음악에 미세한 거짓과 불성실의 기미를 부여했었지'.)

적의로 인해 뤼시너는 별 의미 없는 비행들을 저지른다. 이를테면 가게에서 손님들에게 거스름돈을 덜 주는 식이다. 그녀는 경고를 받아들이기를 거부하고, 판데르 팔크가 마지못해 그녀를 고발하자 징역형을 살게 된다. 그녀는 이후 상속 받은 재산을 유럽 여행으로 탕진하고 프랑스로 가서 일자리를 찾는다. 그녀는 돈을 원하지 않는 부잣집 딸이다. 그녀가 원하는 건 '진짜'인 무언가다. 판데르 팔크가 암스테르담의 작은 집에서 일어난 신원 불명 남자의 살인사건에 주의를 쏟고 있는 잠시 동안 그녀는 판데르 팔크의 삶에서 벗어난다. 그 사건에는 용의자 대신 몇몇 특이 사항만 남겨졌다. '시민의식이 투철한' 네덜란드의 거리에 비뚤어진 각도로 주차된 차, 집 분위기에 어울리지 않게 훌륭한 그림, 사냥터 오두

막집으로 연결되는 통로……

판데르 팔크가 참을성 있게 시체의 신원을 파악하는 작업에 착수하면서, 사랑의 속삭임이었던 이야기는 경찰소설로 바뀌기 시작한다. 소설 전반에 걸쳐 프릴링의 어조는 은밀하고 정확하고 즉각적이다. 정치 경찰이 연루된다. 판데르 팔크는 그들을 영리하게 피해 돌아간다. 죽은 남자는 버터 밀수범 스탐으로 밝혀진다. 판데르 팔크의 상관들은 여기서 사건을 끝내는 걸 다행스러워하는 눈치다. 스탐은 수상쩍은 사업에 연루된 라이벌에게 살해당했다. 놀랄 일이 아니다. 그러나 판데르 팔크는 이미 너무 많이 알아버렸기 때문에—독자들도 마찬가지고—이 상태로 그냥 내버려두지 못한다. 그는 조사를 계속 진행한다.

후에 그는 노변 정비소에서 주유 직원 겸 정비공으로 일하는 뤼시너를 알아본다. 마침내 그녀는, 자신의 과거를 털어놓기로 동의한다.

"당신도 알다시피 난 무척 행복했어요. 그 사실을 알고 있는 누군가가 있었으면 했어요. 여기엔 당신밖에 없으니, 이제는 말할 수 있을 거 같아요."

뤼시너는 사실 우리에게 직접 털어놓진 않는다. 프릴링이 대신 서술한다. 그는 뤼시너의 과거 전반을, 일자리를 어떻게 얻었는지, 어떤 남자를 만나고 사랑에 빠진 후 순결을 버리게 되었는지 등의 세세한 사연을 찬찬히 훑는다. 느리게, 그렇지만 심리학적으로 정교하게 구축되는 살인의 과정은 프릴링이 흥미 있어 하는 주제다. 범죄 자체는 너무 빨리 지나가버리기 때문에—여러 권 뒤에 판데르 팔크 자신의 죽음이 그렇듯—그걸 알아차리려면 다시 그 장으로 돌아가야 할 정도다. 뤼시너는 흠잡을 데 없이 진짜 같은, 탁월한 솜씨로 성격이 묘사된 인물이다.《여자를 증오한 남자들Män Som Hatar Kvinnor》의 주인공 리스베트처럼 주체적이지만, 그보다 훨씬 더 현실감 있다. 그건 그렇고, 프릴링은 다른 작가들보다 섹스를 훨씬 잘 다루는 작가인데, 이 소설에는 별로 많이 나오지 않는다.

아를레터가 대구와 바다장어만을 넣어 끓인, 하지만 기가 막히게 소스를 곁들인 부야베스(생선 수프)가 저녁 식사로 나왔다. 그녀가 가장 잘 만드는 요리 중 하나였다. 그는 게걸스럽게 먹어치웠고, 그런 다음에는 〈피델리오〉 음반을 축음기에 올려놓았다.
"난 이 부분이 정말 좋아," 피차로가 등장하면서 사악한 노래를 부르기 시작할 때 아를레터가 말했다.

나는 프릴링이 만드는 수플레를 먹어보고 싶다. 틀림없이 글 쓸 때처럼 아주 날렵한 손놀림으로 음식을 만들었을 것이다.

제이슨 굿윈Jason Goodwin은 19세기 이스탄불을 배경으로 환관 야심이 탐정으로 등장하는 범죄소설 네 편을 썼다. 첫 번째 작품은 2007년 에드거 상 '최고의 장편' 부문을 수상한《환관 탐정 미스터 야심 : 예니체리 부대의 음모The Janissary Tree》(2006)다. 뒤이어《뱀의 돌The Snake Stone》(2007),《벨리니 카드The Bellini Card》(2008),《사악한 눈An Evil Eye》(2011)이 출간되었다. 굿윈은 논픽션도 집필했다.《걸어서 골든혼까지On Foot to the Golden Horn》는 폴란드에서 터키까지의 도보 여행을 기록한 책이며, 1993년 존 르웰린 라이스 상과 메일 온 선데이 상을 수상했다. 그가 쓴 오스만 제국의 역사서로는《지평선의 군주Lords Of The Horizons》(1999)가 있다.
www.jasongoodwin.info

추운 나라에서 돌아온 스파이

The Spy Who Came in from the Cold, 1963

by 존 르 카레

•

존 르 카레John Le Carré는 1950년대와 1960년대 영국 정보부에서 근무했던 데이비드 콘웰David Cornwell(1931~)의 필명이다. 1961년 첫 장편《죽은 자에게 걸려온 전화Call for the Dead》를 썼고, 이 년 뒤 집필한《추운 나라에서 돌아온 스파이》로 에드거 상 '최고의 장편' 부문을 수상했다. 그는 지금까지 장편소설 스물두 편을 썼다.《팅커, 테일러, 솔저, 스파이Tinker, Tailor, Soldier, Spy》(1974),《고결한 학생The Honourable Schoolboy》(1977),《스마일리의 사람들Smiley's People》(1979) 등으로 이뤄진 '카를라Karla 3부작'을 포함,《거울 나라의 전쟁The Looking Glass War》(1965),《파나마의 재단사The Tailor of Panama》(1996),《콘스탄트 가드너The Constant Gardener》(2001) 등의 작품이 있다. 최신작은《우리 같은 배신자Our Kind of Traitor》(2010)이다.

엘머 멘도사

내 이름은 앨릭 리머스다. 그게 중요한지 아닌지는 아무 관심 없다. 나는 비탄에 젖은 개자식이며, 스파이의 고귀한 소명에 헌신했던 부서진 퍼즐의 한 조각이다. 1963년 이래로 나는 철의 장막 양쪽 모두에 살았다. 리즈는 따뜻한 아침 식사와 저녁 식사를 차려주며 내게 키스를 퍼부었다. 나는 그녀를 나의 임무로부터 떼어놓아야 한다고 굳게 마음먹었다. 하지만 마음은 무자비한 사냥꾼이며, 그 마음이 내 것인지, 그녀의 것인지, 아니면 지구의 공전 궤도를 바꿔버릴 수도 있는 양쪽 모두의 것인지 모르겠다. 삶은 불가능한 순간으로 가득 차 있고, 종국에는 사랑이 불쑥 출현하여 모든 것을 망쳐놓을 것이다. 커피와 코냑.

내 이름은 사실 엘머다. 하지만 나는 리머스이며, 때때로 스마일리, 때로는 존 르 카레이기도 하다. 내가 겹겹이 싸인 양파 껍질을 떠올릴 때, 필터 없는 담배를 피울 때, 그리고 위스키 잔을 너무 많이 비웠을 때.

1969년, 내 앞에 어떤 생이 기다리고 있을지 진지하게 고민하게 만든 열아홉 가지 사건이 발생했다. 닐 암스트롱이 울퉁불퉁한 달 표면에 발을 내디뎠다. 내가 일곱 번이나 되풀이해 봤던 영화 〈미드나이트 카우보이〉가 아카데미 작품상을 받았다. LSD를 마지막으로 복용했다. 멕시코시티로 이사했다. 소설만 읽는다는 이유로 공산당 점조직에서 쫓겨났다. 록스타 재니스 조플린을 사랑하게 됐다. 그 유명한 〈애비 로드〉 앨범이 발매되었다. 우드스톡 록페스티벌이 열렸다. 도어스의 음악이 멕시코시티의 술집에서 흘러나왔다. 지하철이 최초로 개통되었다. 짧게 머리를 깎은 건장한 체코인이 장학금을 제시하며 나를 유혹했는데, 한 달 후 한 CIA 요원이 그를 제지했고 나는 겁을 잔뜩 먹었다. 그리고 11월 말에 존 르 카레의 굉장한 소설 《추운 나라에서 돌아온 스파이》를 정신없이 읽었다. 이 소설은 스페인어로 1964년 출간되었다.

1968년 체포된 정치범들을 석방하라는 요구가 거리마다 울려퍼졌고 대통령은 사임했다. 내 상상력은 거침없이 날뛰었다. 나는 자전거를 탄 카를 리메크가 앨릭 리머스 앞에서 총에 맞아 죽는 장면을 그려보았다. 액션으로 가득 찬 스파이의 삶과 냉전의 격동기, 철의 장막과 비밀 정보원들에 관한 몽상에 젖었다. '감독관'의 부성애 어린 원조조차 막지 못했던 리머스의 자기 파멸의 여정을 따라 몇 시간이고 함께 고통을 느꼈다. 그의 고립, 가난, 도서관에서의 업무에 공감했고, 리즈 골드(정말 아무 매력 없는 여자)를, 리머스의 병을, 가게 주인과의 싸움에 대해 상상했다. 불한당들 같으니, 그런 것들은 다 똑같다. 가끔 흠씬 두들겨 맞아야 마땅한 종자들. 왜 그런 사소한 범법 행위로 그 남자를 감옥에 보내야 한단 말인가? 나는 리먼이 강하고 자신감 넘치고 지성적이며 다른 사람을 굳이 신경 쓰지 않는 터프한 남자라고 상상했다. 리즈만 빼고. 그녀는 빼빼마른 별 볼일 없는 노처녀가 분명하고, 리머스에게 로네츠의 〈내 연인이 되어줘Be My Baby〉 같은 걸 틀어주면서 성가시게 굴었을 것이다.

다시 리머스 : 뭐라고? 넌 그걸 안 좋아해? 아주 첫 경험에 겁먹은 망할 계집애 같은 놈이구먼. 조용히 해, 앨릭, 이 아즈텍 신들의 묘약이나 마셔봐요. 신? 그런 건 네 할머니한테나 가서 얘기해라. 뭐야 테킬라잖아, 다시는 나한테 그런 맛대가리 없는 거 마시라고 하지 마, 미국 놈들은 좋아할지도 모르겠군, 걔들은 아무거나 다 마시니까. 그리고 넌 리즈에 대해 왜 그따위로 말하는 거지? 리즈를 만나보기나 했어? 난 뼈에 살이 붙은 게 좋아요, 들어갈 데 들어가고 나올 데 나온 타입이 좋다고요. 그리고 난 질질 짜는 여자는 딱 질색이에요. 닥쳐, 누구도 그녀에 대해 그런 식으로 말하면 안 돼, 너는 물론이고 다른 누구라도. 내가 가게 주인 얼굴을 어떻게 박살냈는지 봤지. 그 포드라는 가게 주인은 얼간이였어. 맞아요. 그리고 당신은 사냥꾼 오두막에서 경호원도 죽였죠. 인생에는 그렇게 나를 화나게 하는 것들이 정말 많은 것 같아요. 스파이의 본질은 뭔가요? 별 볼일 없는 사람이 되는 거. 잘생겼거나 똑똑하기 때문에 스파이 제안을 받는 거 아닌가요? 난 그런 생각을 해봤는데. 아냐, 스파이는 존재하지 않는 사람이야, 기억도, 친구도, 집도, 네가 요즘 듣는 이상한 노래에 달아오르는 빼빼 마른 여자도 없어야 돼. 이봐요, 비틀스에 대해 좀 점잖게 말하시죠. 자, 스카치나 한 잔 더 따라주고 날 좀 내버려둬. 난 할 일이 있어. 행복해지고 싶다면, 그 담을 넘지 마세요. 뭐라고? 그럼 여기서 영원히 있으라는 거냐? 미쳤구나. 앞으로는 어떻게 할 건데요? 상관 안 해. 술이나 더 줘.

가장 가까운 친구와 나는 군대식 기숙사에 살고 있었는데, 어느 날 밤 우리는 남의 머리통을 깨버리고 싶어 안달이 난 몇몇 깡패들과 마주쳤다. "뭘 보냐, 새끼들아?" 우리는 기름진 저녁 식사를 하러 가던 중이었지만, 부모님이 보내준 그 몇 페소를 빼앗은 말썽꾼들에게 혼쭐이 나고 다시 돌아올 수밖에 없었다. 그때쯤 나는 앨릭 리머스가 분노하여 일을 그만두고 싶다고 느끼는 장면을 읽고 있었다. 나는 그가 추적자를 따돌리고 애시에게 혐오감을 느끼고 죽음의 천사에게 저항하는 모습을 보았다. 뭔가가 이 미친놈을 몰아가고 있군, 나는 그렇게 추측했다. 샘 키버가 등장해 앨릭의 망명을 주선하는 걸 보고도 나는 놀라지 않았다. 당연히 그렇겠지. 영국이 앨릭을 원하지 않는다면 그는 자신의 과거를 돈 몇 푼 받고 팔 수도 있지, 아무렴. 가짜 여권과 이름 변조, 공중전화기와 연기의 현기증 나는 세계가 펼쳐졌다. 나는 그가 네덜란드에서 피터스와 나누는 대화, 그리고 동베를린으로 건너갈 때의 태도를 무척 좋아했다. 나는 또한 그들이 언제나 뭔가를 먹고 있다는 사실도 마음에 들었다.

나는 처음부터 피들러를 믿지 않았다. 피터스의 심문 도중, 이것이 작전의 일부라는 게 분명해졌고, 피들러는 리머스가 자백한 모든 내용을 하나하나 되풀이하도록 강요했다. 이 같은 미묘함이 기이해 보였다. 그가 리머스에 대해 뭔가 거리끼는 게 있는 건가? 대체 왜 리머스를 이런 식으로 대접하는 거지? 그리고 문트를 무너뜨리는 작전이 조금씩 진행될수록, 피들러가 심지어 앨릭보다도 문트를 훨씬 더 미워하는 것처럼 보였다. 짜릿한 흥분 때문에 나는 거의 죽을 지경이었지만, 그 시점에서 잠을 조금 자두기 위해 책을 덮어야 했다. 내가 다니는 학교 규정상 나는 새벽 6시에 기상해야만 했다.

꿈속에서 리머스는 치명상을 입은 채로 문을 열고 들어왔다. 세상에, 피들러 짓인가요? 맞죠? 나쁜 새끼 같으니. 신경 쓰지 마, 너 혹시 리즈를 봤나?

앨릭, 그 여자는 잊어버려요. 엉덩이도 없고 가슴도 없고, 뭐 그런 여자가 다 있어요? 난 도서관에 가야 돼, 거기에 나한테 필요한 열쇠가 있어. 좋아요, 하지만 먼저 내가 적십자사로 데려다줄게요. 당신은 지금 정말 끔찍한 상태예요. 아니야, 영국인 병원으로 데려다주는 편이 더 좋아. 그쪽이 더 믿을 만해. 우리는 나가서 택시를 탔다. 여전히 검은색 차 한 대가 택시를 바싹 뒤쫓아 오고 있었다. 멍한 채로 나는 택시 운전사에게 차를 돌리라고 말했는데, 그는 차가운 미소를 지으며 반짝거리는 금니를 드러냈다. 나는 소스라쳐 깨어났다. 6시 전까지 겨우 세 쪽밖에 더 못 읽었다.

법정에서의 사문회가 열리기 전, 문트와 피들러의 전면전이 펼쳐지며 앨릭이 이거야말로 자신의 스파이 인생 중 가장 복잡하게 꼬인 계략이라고 말하는 장면이 있다. 이 얼마나 미친놈들인가. 피들러와 문트 사이의 싸움은 해결된다. 선과 악이 또다시 싸우고, 리머스는 거대한 퍼즐의 한 조각에 불과했다. 리즈, 피터스, 키버, 카르덴, 그리고 다른 모든 사람들도 마찬가지였다. 이 시점에서 나는 존 르 카레가 아니라 리머스였다. 대단원은 정말 대단했다. 나는 그렇게 되리라고 예견하기는커녕 상상조차 하지 못했다. 그 순간, 르 카레는 소설과 자신의 거리감을 유지한다. 그는 오케스트라가 연주할 음악을 작곡하는 사람이며 세계의 창조자 데미우르고스였고, 우리로 하여금 움직이는 공에서 시선을 떼지 못하게 만드는 천재다. 또한 자기 방어적 그림자이고, 연민을 느낄 줄 아는 동시에 가혹한 요구를 계속 밀어붙이는, 아이콘과도 같은 작가이다. 걸작을 쓴다는 건 오직 단 한 번 계시를 받는 것과도 같으며, 그나마 너무나 발생할 여지가 적어서 붙들기도 힘든 기회다.

리즈는 무슨 팬티를 입고 있던가요, 리머스? 브라질 사람들이 최근에 비키니를 발명했거든요. 네 혓바닥을 뽑아줄까, 엘머 멘도사. 어떻게 감히 그딴

식으로 말할 수 있지, 이 망할 주정뱅이 얼간아. 멍청이 같으니, 난 브란덴부르크 문 이쪽 편에 머무르지 않을 거야. 너는 있고 싶다면 훔볼트 대학에 등록해라. 거기서 아주 형편없는 학생이 되겠지. 노벨상 수상자(전부 스무 명이야) 사진이나 바라보거나, 운터덴린덴 로를 걸어 다니면서 시간을 죽이겠지. 그거 알아요? 이제 됐어요. 더이상 그런 헛소리를 참고 들어줄 수가 없네요. 난 멍청이가 아니에요. 아니라고? 뭐 어쨌든 상관없어. 올해 미국 사람 닐 암스트롱이 달에 착륙한 거 알아요? 안 믿어. 하지만 어쨌든 그들 중 누군가는 갔겠지, 정말 다들 미쳤어. 비틀스는 곧 해산할 거고 레드 제플린이라는 하드록 밴드가 등장해 역사를 바꿀 거예요. 그만해, 거짓말하면 귀싸대기를 날려줄 테니까. 지금은 1969년이라고요. 이 약쟁이 같으니, 더이상 네 헛소리를 듣지 않겠다. 당신이 여기 계속 머무른다면, 다음 세기까지 살아남는다면 뭐가 달라지나요, 앨릭 리머스 씨, 추운 나라에서 돌아온 스파이 양반? 요 지저분한 꼬맹이, 후회하게 만들어주지. 나랑 싸우고 싶나? 제정신이 아닌 양반, 담이나 넘어요. 그리고 그 빼빼 마른 애인도 데리고 가요. 난 기다리고 있을테니까.

엘머 멘도사Élmer Mendoza는 멕시코의 아우토노마 데 시날로아 대학 문학교수이며, 콜레히오 데 시날로아 인문예술위원회 및 멕시코 스페인어 아카데미 회원이다. 1978년부터 1995년까지 단편소설집 다섯 권과 에세이집 두 권을 펴냈다. 1999년 첫 장편소설《고독한 살인자Un Asesino Solitario》가 출간되었고, 이후 장편소설 여섯 권을 더 썼으며, 그중 두 편은 경찰 에드가르 '레프티' 멘디에타가 주인공으로 등장한다. 멘도사는《은빛 탄환Balas de Plata》으로 2007년 투스케츠 상을 수상했다. 그는 멕시코 북부 지역 범죄문학의 거두로 인정받고 있으며, 멕시코 범죄세계에서 사용되는 속어를 문학 용어로 활용하는 데 가장 숙련된 작가로 꼽힌다. 또한 마약 거래가 멕시코 사회에 끼치는 영향을 탐구하는 하위 장르 '나르코쿨투라narcocultura'의 전문가이기도 하다.

10 플러스 1 *Ten Plus One, 1963*

by 에드 맥베인

.

에드 맥베인Ed McBain(1926~2005)은 미국의 소설가이자 각본가이다. 뉴욕에서 태어났으며 본명은 살바토레 롬비노Salvatore Lombino다. 2차 세계대전 당시 해군에서 복무했다. 1952년 에반 헌터Evan Hunter로 개명한 그는 장편소설 《블랙보드 정글Blackboard Jungle》(1954)을 발표하고, 대프니 듀 모리에의 단편 〈새〉를 앨프리드 히치콕이 영화화할 때 각색을 맡으면서 명성을 얻기 시작했다. 동시대 많은 장르 작가들처럼 그는 다양한 필명을 사용하며 SF와 포르노소설을 썼지만, 에드 맥베인이라는 이름으로 쓴 작품들을 통해 미스터리 독자들의 애정 어린 숭배를 받는 작가가 되었다. 1956년 '87분서87th Precinct 시리즈'의 첫 번째 책 《경찰 혐오자Cop Hater》를 쓰면서, 그전까지 에반 헌터라는 이름으로 쓴 작품들과 이 새로운 미스터리 소설을 구분 짓기 위해 맥베인이라는 이름을 처음 사용했다. 뉴욕을 모델로 한 가상의 도시 아이솔라의 형사 팀에 초점을 맞춘, '87분서 시리즈'는 사실상 현대의 경찰소설을 창조했지만 정작 맥베인 자신은 그 용어를 깎아내렸다. "경찰소설이라니." 맥베인의 1995년 작 소설 《로맨스Romance》의 한 등장인물이 불평한다. "심지어 미스터리라고 할 수도 없어. 그건 그냥 경찰에 관한 소설일 뿐이야. 푸른색 제복이나 사복을 입은 남자와 여자, 그들의 아내들, 여자친구들, 남자친구들, 연인들, 아이들, 코감기, 위통, 생리 주기가 나오는 소설이라고."

디언 마이어

나는 1976년 돈스 북스 익스체인지 서점에서 70센트를 주고 이 책을 샀다. 열여덟 살 때의 일이다. 팬 출판사에서 나온 페이퍼백이었고, 지금은 거의 낱장이 떨어져나갈 지경이 됐다. 의자에 묶인 저격용 소총 사진이 책 표지를 장식하고 있다. 그렇게 나는 '87분서 미스터리'라는 전설을 만났다.

내 평생을 통틀어 가장 좋아하는 범죄소설이다.

맥베인의 소설들은 처음 출간된 이래 1억 부 이상이 팔렸고, 나는 그 소설 전부를 사랑한다. 본명은 살바토레 앨버트 롬비노, 그는 '87분서 시리즈'를 쉰다섯 편 썼고, '매슈 호프Matthew Hope 시리즈'를 열세 편 썼으며, 법적으로 취득한 새 이름 에반 헌터로 시리즈에 묶이지 않는 여러 편의 소설과 시나리오 몇 편을 썼다. 그가 담당한 시나리오 중 가장 유명한 작품은 아무래도 앨프리드 히치콕의 영화 〈새〉일 것이다.

이 글을 쓰기 시작할 때까지 내가 왜 그토록 《10 플러스 1》을 아끼는지 제대로 찬찬히 생각해본 적이 없었다. 사랑하는 책을 샅샅이 분해하고 분석해야 하는지에 대해서도 확신이 안 섰다. 그러다가 자칫 정신을 잃을 정도로 몰두하고 사로잡히고 매혹되는 독서의 경험, 그 온전한 기쁨을 망쳐버리는 건 아닐까?

걱정할 필요가 없었다.

우선, 여기에는 '만세, 만세, 여기 모인 우리 패거리들Hail, Hail, the Gang's All Here'이 있기 때문이다(언제나 매력 넘치는 맥베인의 제목들 중 시리즈 제25권의 제목을 인용하자면). 다시 말해 너무나도 인간적이고 결점투성이에 매혹적인 인물들이 등장한다. 형사 스티븐 루이스 카렐라, 마이어 마이어('불타는 유대인'), 그리고 버트 클링, 사무직 미스콜로, 번스 부서장, 트위들덤과 트위들디 쌍둥이 같은 살인과의 재수 없는 형사 짝패 모노건과 먼로.

그리고 맥베인의 목소리도 있다. 냉소적이고 빈정거리며 위트 넘치는 3인칭 전지적 화자의 목소리야말로 맥베인의 책을 완벽한 특별함으로 돋보이게 한다.(내가 작가로서 에드 맥베인을 가장 존경하는 지점이 바로 여기다. 경력 초기에 비슷한 스타일을 시도해봤지만, 내가 그만큼 재능이 있지도 똑똑하지도 못하다는 사실을 인정하지 않을 수 없었다.) "봄에 죽는 건 허락되지 않는다." 그는 이렇게 썼다. "그에 관한 법도 있다ㅡ형법 5006조, 봄의 사망 건."

또한 포스트모던한 자기 반영과 자기 패러디, 자기 지시적 태도가 있다. 이 같은 글쓰기가 유행하기 오래전부터, 그는《10 플러스 1》의 등장인물 중 한 명에게 '살바토레 팔럼보'라는 이름을 붙인 다음 '강단 있는 조그만 사내'라고 묘사하거나, 범죄소설의 본질에 대한 생각을 등장인물의 입을 빌려 전달하곤 했다.

이 모든 것이 어떤 활기를 가미한다. 맥베인은 진심으로 글쓰기를 즐겼고, 인간 존재와 이 멋진 세상에, 특히 가상의 도시 '아이솔라'에 유쾌하게 매혹된 것처럼 보인다(아이솔라는 '섬island'의 이탈리아어다. 하지만 실제 모델은 그가 태어나고 거의 평생 살았던 뉴욕이다). 나는 맥베인이 인종의 용광로라는 이 도시의 전체 개념을 무척 마음에 들어했기 때문에, 덜 중요한 인물들과 직업을 다양하게 배치함으로써 뉴욕을 반영한 게 아닐까 생각했다. 특히 맥베인이 무척 재미있게 그려낸《10 플러스 1》의 개그 작가 데이비드 아서 코언과, 이 인물을 위해 그가 직접 쓴 개그 대본 몇 편에서 그 점이 확실하게 드러난다.

그러나 이 모든 것을 넘어서는 완벽한 플롯, 심화된 미스터리(저격자는 왜 스물세 해 전 대학에서 공연된 연극에 참여한 배우들을 죽이는 걸까?), 형사에게 가해지는 압박이 거세질수록 점점 더 올라가는 서스펜스가 있다. 독자를 헛갈리게 만드는 단서들, 어떤 용의자, 그리고 오판으로 판명 난 결론과 같은, 범죄소설의 모든 요소들이 이 소설의 최상급 내러티브 속에 지상점*들처럼 자리하고 있는 것이다.

.

남아프리카공화국의 범죄소설가 디언 마이어Deon Meyer는 저널리스트, 광고 카피라이터, 인터넷 매니저, 브랜드 전략가 등의 직업을

● 항공기의 비행경로를 규정하기 위한 지리적 위치.

거쳤다. 그는 남아프리카공화국 공용어인 아프리칸스어로 장편소설 아홉 편과 단편소설집 두 권을 썼다. 그의 책은 25개 언어로 번역되었다. 프랑스의 추리문학상, 독일 스릴러 상, 스웨덴의 마르틴 베크 상, 미국의 베리 상 등을 수상했다. 케이프타운 근교에서 아내 애니타와 네 아이와 함께 살고 있으며, 남아프리카와 모차르트, 오토바이, 요리를 사랑한다. 남아프리카의 럭비 팀인 프리 스테이트 치타스와 스프링복의 열렬한 팬이기도 하다.

www.deonmeyer.com

소름 *The Chill, 1963*

by 로스 맥도널드

•

로스 맥도널드Ross Macdonald는 미국의 미스터리 작가 케네스 밀러(1915~83)의 필명이다. 1949년과 1976년 사이에 쓰인, 사립탐정 루 아처를 주인공으로 한 미스터리 시리즈로 명성이 높다. 루 아처라는 이름은 대실 해밋의 《몰타의 매》에서 주인공 샘 스페이드의 죽은 동료 마일스 아처로부터 부분적으로 따온 이름이다. '루 아처Lew Archer 시리즈'는 남부 캘리포니아의 샌타바버라가 모델인 가상의 공간 샌타테레사를 배경으로, 심리스릴러와 '누가 범인인가'라는 고전적 미스터리를 결합한 작품들이다. 이 시리즈를 일컬어 각본가 윌리엄 골드먼은 "미국인이 쓴 탐정소설 시리즈 중 최고"라고 격찬한 바 있다.

존 코널리

작가들은 축적의 산물이다. 우리는 우리가 읽고 좋아했던 작가들의 아이들이라는 의미다. 때때로 그들의 그림자가 너무 거대하기 때문에 그 아래에서 탈출하는 데 수년이 걸리기도 한다. 그것도 실제로 우리가 그들로부터 달아날 수 있다는 전제하에서 하는 말이지만.

그러므로 내게 영향을 주고 나를 만든 작가들의 이름을 제시해보자면, 말로 다할 수 없이 중요한 영향을 미친 미국의 미스터리 소설가 두명을 꼽아야 한다. 그들이 없었다면 나는 글쓰기를 시작하지도 못했을 것이다. 그중 한 명은 제임스 리 버크James Lee Burke다. 내 판단에 따르면 그는 미스터리 장르 내에서, 살아 있는 작가 중 가장 위대한 인물이다. 또한 명은 오래전에 사망한 로스 맥도널드다(맥도널드가 살아 있었다면, 그가 내게 영향력을 행사한다는 사실을 아주 요란스럽게 자랑할 만한 일은 아니라고 생각할 것 같다. 나는 그 사실을 기꺼이 받아들인다. 마찬가지로 짐 버크가 혹시라도, 서둘러 갈 길을 가려다 내 쪽을 돌아보고 점잖게 고개를 끄덕여 보인다면, 그리고 그의 얼굴에 살짝 곤혹스러운 표정이 떠올라 있다면, 나는 그 의미를 눈치채겠지만 절대 그에게 섭섭해하지 않을 것이다).

버크는 미스터리 소설의 언어가 최상의 순문학 언어를 지향할 수 있음을, 미스터리 소설과 순문학 사이에는 정말이지 어떤 차이점도 없다는 것을 알려주었다. 장르소설은 장르에 속한다는 이유만으로 문학의 가련한 친척 취급을 당할 필요가 없다. 장르소설이 질이 나쁘다면 그것은 오직 작가의 글 쓰는 솜씨 자체가 나쁘기 때문이며, 그 소설이 지향하는 바 자체가 너무나 보잘것없어서 그저 단순한 근육 자랑에 그치는 정도이기 때문이다. 문학에는 오직 좋은 글쓰기와 나쁜 글쓰기만이 존재한다.

한편 맥도널드는 미스터리 장르 내에서 연민과 공감을 접목시킨 최초의 위대한 시인이자 사립탐정 루 아처를 창조한 작가다. 아처는 타인의 고통에 기꺼이 귀 기울이며 그로부터 차마 얼굴을 돌리지 못하는 사람이다. 그가 등장하는 마지막 소설 《푸른 망치 The Blue Hammer》(1976)를 보면, 아처는 거의 예수의 형상을 띠고 있다. 아처는 인간들의 무거운 짐을 나눠 질 줄 아는 사람으로 규정되는 존재이고, 그 능력을 통해 그들을 고통으로부터 어느 정도 해방시키며 자신을 위해서도 모종의 구원을 찾아간다.

맥도널드 혹은 본명으로 부르자면 케네스 밀러는 흥미롭고도 혼란스러운 인물이다. 그는 캘리포니아에서 태어나 캐나다에서 성장했다. 그의 아버지가 가족을 저버린 후, 그는 어머니와 함께 디킨스 소설 속 인물처럼 떠돌아다니며 생활했다. 젊은 시절 한때 불량배였지만, 운 좋게도 성인기는 감옥에서 보내지 않을 수 있었다. 이 같은 그의 유년기 배경은, 성장하며 자아를 형성해나가는 시기에 있는 청소년들이 마주한 문제에 대한 통찰력을 키워주었다. 그의 소설들에는 혼란을 겪는 아이들, 맥도널드의 아버지가 그랬듯 아예 자신들을 저버렸거나 혹은 실망시킨 부모의 형상을 찾아다니는, 혹은 부모의 망령에 사로잡힌 아이들이 곳곳에 흩뿌려져 등장한다.

　맥도널드는 1938년 마거릿 스텀과 결혼했다(마거릿 밀러도 스스로의 능력을 입증해 보인 뛰어난 미스터리 소설가였으며, 이 책 다른 부분에서 디클런 휴스가 그녀에 대한 해설을 맡았다). 때로 어렵고도 골치 아픈 결혼생활을 겪은 두 사람에게는 딸이 하나 있었다. 이름은 린다였다. 1956년, 린다 밀러는 술에 취한 채 운전을 하다가 멕시코인 소년을 숨지게 했다. 차로 어찌나 세게 들이받았는지, 린다는 소년을 주차되어 있던 다른 차 앞 유리창까지 날려버렸다. 변호인단의 충고에 따라, 맥도널드와 린다 모두 증언을 거부했다(린다는 재판 전에 진정제를 잔뜩 먹어야 했다). 겁에 질린 부모의 당연한 반응이라고도 할 수 있겠지만, 맥도널드 입장에서는 도덕적으로 비겁한 행위였다. 맥도널드 소설의 특징을 고려해볼 때, 그리고 그 소설들이 보여준 아이들에 대한 강렬한 공감에 비춰볼 때, 나는 맥도널드가 재판 당시 자신의 행동에 대해 상당히 수치스러워하며 돌이켜보지 않았을까 하는 생각을 떨칠 수가 없다. 자신의 딸을 보호하기 위해 노력한 것은 당연한 행동이지만, 그런 선택을 함으로써 그는 그 사건에 연루된 또다른 아이, 죽은 소년에 대해 눈감은 것이다. 나는 맥도널드가 그 소년의 이미지를 얼마나 자주 강박적으로 떠올렸을지 궁금하다.

　삼 년 뒤, 린다는 대학교 기숙사에서 사라졌다. 대대적인 경찰력이 동원됐고, 맥도널드는 딸의 안전한 귀환을 보장받기 위해 미디어에 아첨할 수밖에 없었다. 그녀는 마침내 네바다 주 리노에서 발견되었고, 정신과 치료를 받아야 한다는 판단이 내려졌다. 그녀는 나중에 결혼했고 아들 제임스를 낳았다. 1970년 그녀는 '뇌에 생긴 질환'으로 사망했고, 제임스도 마약 과용으로 뒤이어 숨을 거두었다. 다행히 그때는 맥도널드도 이미 무덤에 들어간 뒤였다.

이 모든 일들은, 맥도널드의 작품과 그의 실제 삶을 구분하기 어렵기 때문에 중요하다. 맥도널드는 자신의 소설을 통해 스스로의 어려움으로부터 어떤 심리적 거리감을 유지할 수 있었지만, 그가 아처를 개인적 경험을 굴절시키는 수단으로 사용하고 있다는 느낌이 언제나 강하게 맴돈다(글쓰기 강의를 할 때—사실 이런 경우는 아주 드물다. 내 자신이 글쓰기 과정에 대해, 최소한 내 소설에 관련해서조차 아주 잘 파악하고 있다고는 확신할 수 없기 때문이다—나는 청자들에게 소설은 환경을 반영하는 게 아니라 굴절시키는 것임을 알리려 노력한다. 소설은 인간의 경험을 반영하고, 우리로 하여금 그 망가진 구성 요소를 살펴서 새롭고 낯선 방식으로 점검할 기회를 제공한다. 그리고 나의 이론이 사실이라면 루아처 같은 주인공은 물론, 솔직히 고백하자면 나의 주인공 찰리 파커도 프리즘으로 기능할 것이다).

그리고 맥도널드는 소설 속에서 설교했던 바를 실행에 옮겼다. 그는 환경 운동에 헌신했다. 환경 운동이 지금처럼 유행하기 훨씬 오래전부터, 《언더그라운드 맨The Underground Man》(1971)과 《잠자는 미녀Sleeping Beauty》(1973) 등을 포함한 그의 후기 소설들에서 인간과 환경 사이의 관계는 중요한 테마로 다뤄졌다. 그리고 열렬한 미스터리 팬이자 맥도널드를 특별히 숭앙했던 싱어송라이터 워런 제본Warren Zevon도 빼놓을 수 없다. 제본은 자신의 우상을 실제로는 한 번밖에 만나지 못했지만, 그가 마약 과용으로 스스로의 생명줄을 끊어가는 위기에 처했을 때 그의 앞에 나타나 단호하게 개입한 사람이 바로 맥도널드였다. 맥도널드의 배려에 감사하여, 제본은 1980년 발표한 앨범 〈댄싱 스쿨에서의 불운의 연속Bad

Luck Streak in Dancing School〉에 '케네스 밀러, 나의 최고의 장인에게'라는 헌사를 붙였다. 제본은 맥도널드가 찾아왔던 순간을 기리며 소설《재판관들The Doomsters》(1958)에 등장하는 아처의 대사 중 일부를 고스란히 인용했다. "당신 자신이 겪을 불편과 가늠할 수 없는 타인의 고통 사이에서 결단을 내려야만 하는 순간들이 있는데, 그게 지금이야." 세월이 흘러, 제본은 "맥도널드는 정말 그렇게 생각했죠. 확실합니다. 그는 정말 그런 사람입니다"라고 언급했다.

　루 아처가 등장하는 첫 장편소설은 1949년 출간된《움직이는 표적The Moving Target》이다. 맥도널드가 처음엔 미스터리 소설을 돈벌이 수단으로, 가족의 불화에 대한 좀더 문학적인 작품을 쓰기 위한 준비 단계 정도로 여겼음을 말해두는 게 공평한 처사일 것이다. 아처를 주인공으로 한 소설들이 자신의 가장 주된 관심사인 가족 내 갈등이라는 주제를 파고들 수 있는 기회임을, 자신에게 지속적인 명성을 안겨줄 바로 그 작품들임을 맥도널드가 깨닫게 된 건 1959년 작《갤턴 사건The Galton Case》때부터가 아니었을까 싶다.

　어떤 것이 맥도널드의 최고작이냐에 관한 의견은 분분하다. 자주 불려나오는 건《갤턴 사건》인데, 내 의견으로는 지나치게 어렵고 너무 복잡한 소설이다. 맥도널드의 글쓰기에서 중대한 전환점이긴 하지만, 그의 가장 완성도 높은 작품에 비해 우아함이 결여되어 있다. 내 기준으로는 《소름》이야말로 맥도널드를 왕좌에 앉힐 수 있는 작품, 그의 주된 관심사의 본질을 제시하면서도 미스터리 장르사상 가장 근사한 엔딩을 지닌 매끈하고 완벽에 가까운 스릴러로 기능하는 작품이다.

　맥도널드는《소름》이 '지금까지 쓴 중 가장 소름 끼치는 플롯'으로 이루어졌다고 언급했다.《소름》은 여러 면에서 분노에 차 있고, 익숙하면서도 기묘하게 낯설며 본질적으로는 고딕적인 소설, 맥도널드가 당시 경험하던 불행을 쏟아부은 소설이다. 가장 친했던 친구의 이혼, 시인 새뮤얼 컬리지Samuel Coleridge에 대해 자신이 집필한 책이 출판되지 못한 것, 학계에 대한 불만, 레이먼드 챈들러의 무시로 받은 상처. 사실 어떤 면에서 이 소설은 챈들러에 대한 음흉하고도 기나긴 빈정거림으로 읽힐 수도 있다.

챈들러의 존재는 맥도널드가 살아 있던 시절과 정확하게 같은 방식으로, 사후에까지도 맥도널드의 평가에 모호한 그림자를 드리운다. 나이가 더 많은 챈들러는 분명 맥도널드를 라이벌로 의식했고, 가능한 순간마다 더 젊은 작가 맥도널드를 하찮게 취급하는 데 최선을 다했다. 챈들러가 훨씬 오래전 해밋을 의지하며 그랬던 것처럼, 맥도널드 역시 챈들러를 의지하며 새로운 특징을 만들어내고 미스터리 장르가 전진하도록 이끄는 진보의 일부였다. 하지만 챈들러는 그걸 깨닫지 못했다. 챈들러가 죽고 난 후, 맥도널드는 챈들러가 자신을 비방했던 편지의 존재를 알게 되었다. 그중 하나는 평론가 제임스 샌도에게 보내는 편지였고,《레이먼드 챈들러가 말하다Raymond Chandler Speaking》에 수록되었다. 거기서 챈들러는 맥도널드가 "문학적 내시 같은 놈"이며 그의 표현력이 "허세"에 지나지 않는다고 깎아내렸다. 챈들러의 혹평은 맥도널드에 대한 평론들에서 거의 자동적인 평가 기준이 되어버린 경향이 있다. 맥도널드의 글쓰기에서 보이는 과묵한 침착함이라든가, 별 볼일 없는 미스터리 작가들이 때때로 작업물의 허점을 억지로 가리기 위해 사용하는 과도하게 문학적으로 혹은 스타일리시하게 주의를 산란시키는 장치들에 대한 그의 불신 같은 것들 말이다.

챈들러가 맥도널드의 작품과 맥도널드를 향한 비평적 찬사 양쪽 모두에 위협을 느끼지 않았더라면 그토록 통렬한 독설을 퍼붓진 않았을 것이다. 맥도널드는 나중에 챈들러가 "비극의 통합"에 부족했으며 "부분이 전체보다 더 위대하다는 양, 좋은 플롯은 좋은 장면을 만들기 위한 수단이라고 생각"했음을 지적하면서 나름대로 멋진 반격을 날렸다.

결론적으로, 나는 맥도널드가 둘 중 더 뛰어난 작가이며 더 훌륭한 플롯을 썼다는 점을 주장하고 싶다. 챈들러는 플롯에 다소 무계획적으로 접근했고, 그가 플롯보다는 캐릭터에 훨씬 관심을 쏟았다는 전제하에 그런 단점이 일반적으로 얼버무려지는 경향이 있는데, 이는 플롯과 캐릭터 사이의 관계가 양자택일이 아니라는 사실을 무시하는 처사다. 플롯과 캐릭터가 모두 적절하게 다뤄진다면, 플롯은 캐릭터로부터 자연스럽게 흘러나온다. 또는, 맥도널드의 말을 빌려보자. "나는 플롯이 의미를 전달하는 수단이라고 본다."

《소름》에 작가가 원래 붙였던 제목은, W. B. 예이츠의 시 〈학생들 중에서Among School Children〉의 한 구절에서 따온 '엉망이 된 그림자들A Mess of Shadows'이었다. 《소름》의 구조와 이미지 일부는 새뮤얼 컬리지의 시 〈늙은 선원의 노래The Rime of the Ancient Mariner〉에서 차용했다. 이 시는 해방과 구조를 간절히 원하는 주인공이 들려주는 슬픈 이야기로 구성되어 있다. 안개로 휩싸인 환경, 새의 죽음. 《소름》에선 알바트로스가 아닌 비둘기가 등장하지만, 소설 초반 루 아처가 만나는 사진사가 카메라를 "알바트로스처럼" 목에 매달고 있다는 묘사가 나오면서 그 새도 슬쩍 등장한다.

맥도널드의 다른 모든 소설들처럼, 《소름》은 현재를 사로잡는 과거에 관한 작품이다. 아처가 호프먼 부인에게 말하듯, "역사는 언제나 현재와 연관되어 있다". 우리는 과거 행위들의 반향을 되풀이해 목격한다. 고드윈 박사의 목소리는 "과거의 유령이 속삭이는 것"처럼 들리고, 아처는 자신의 모습을 흘끗 바라보며 "과거의 피투성이 시간대에 포박당한 현재에서 걸어 나온 귀신" 같다고 생각한다. 그리고 또다른 멋진 이미지가 있다. 아처는 딜레이니 부인이 던진 질문이 "이미 끊어져버린 줄이 매달린 낚싯바늘처럼 내 마음속에" 걸려 있다고 묘사한다.

　앞서 나는《소름》이 "거의 완벽하다"고 썼다. 맥도널드가 이 소설을 쓸 당시 몇몇 부분에서 실수를 저질렀음을 암시하는 것 같겠지만, 나는 그게 실수라곤 생각하지 않는다. 그 불완전함은—아니, '복잡합'이라고 표현하는 게 더 맞겠다. 문자판에 들어가는 기본적 요건 이상을 구현하려는 시계 제조공의 기술에 적용될 수 있는 단어 말이다—의도적이다. 감상성에 대한 그의 철저한 거부와 작가로서의 의지를 보여주는 증거라고 보아야 한다.《소름》의 초반, 사라진 신부를 찾는 새신랑 앨릭스 킨케이드는 맥도널드의 혼란스러운 청춘 중 한 명이며, 이전 세대의 행위 때문에 더럽혀진 존재다. 어떤 면에선 비열한 사내지만, 앨릭스에게 크나큰 동정심을 느끼지 않기란 어렵다. 대조적으로, 맥도널드는 소설에서 가장 매혹적인 캐릭터 중 한 명을 깜짝 놀랄 만큼 초반에 죽여버린다. 거의 신화 속 인물처럼 보이는 그 여성의 이미지는 소설 곳곳에 나타나 악몽과 같은 힘을 발휘한다.

　단언하는데, 맥도널드는 미스터리 장르가 출현한 이래 위대한 심리학적 미스터리를 쓴 최초의 작가다. 챈들러가 사회학적 해명을 시도하는 동안 맥도널드는 가족 간의 역학 안으로 파고들었고, 특히 아이들에게 가해진 악행과, 아버지의(혹은 어머니의) 죗값을 대신 치르게 되는 아들(혹은 딸)에 주의를 집중시켰다. 이런 면에서《소름》은 맥도널드 소설 중 오이디푸스적 공포를 드러내는 계열로 분류된다. 맥도널드는 정신분석 요법을 처음 접했던 때를 결정적 순간이라고 묘사했으며, 어떤 면에서 그의 소설을 프로이트적 명상이 연장된 시리즈물로도 볼 수 있을 것이다.

　그리고 루 아처가 있다. 아처는 가장 수수께끼 같은 탐정 중 한 사람이다. 시리즈 전반에 걸쳐 우리는 그의 과거에 대해 거의 알아내지 못한다. 그가 한 번 결혼했었고 그 결혼이 그에게 고독과 혼란의 기억만 남겼다는 사실 외에는. 우리는 현대 탐정들에게 상투적 요소가 되어버린 그의 삶의 일상적 디테일을 아주 조금만 건너다볼 수 있다. 귀여운 조수도 없고, 개도 없고, 오페라나 스피드카에 대한 별난 취향도 갖고 있지 않다. 맥도널드는 그런 요소들이 아처의 존재라는 극의 핵심으로부터 주의를 분산시킬 뿐이라는 소신을 갖고 있었다. 아처는 대단히 도덕적인 존재이며, 무한에 가까운 동정심과 공감 능력을 갖고 있다. 그는 챈들러의 필립 말로처럼 터프하지도 시니컬하지도 않다.《잔혹한 해변The Barbarous Coast》(1956)에서 아처는 말한다. "문제는 아무 보답을 바라지 않으면서 사람들을 사랑하고 그들을 위해 일하는 것이었다." 오십 년도 훨씬 전에 이 소설이 쓰였을 때보다 오히려 지금에 이르러 더욱 특별하게 여겨지는 목표가 아닌가. 여러 면에서, 아처가 살고 있는 사회는 그에게 어울리지 않는다. 물론 그는 스스로를 그런 식으로 생각해본 적이 없지만. 아처는 자기중심적인 사람이 아니다. 대신 그의 관심은 타인들을 향해 있다. 그는 그들의 행동을 이해하고 그들에게 가해진 불행을 되돌려놓으려 노력한다. 냉소주의를 리얼리즘으로 오해하고 감상성을 진짜 감정과 혼동하는 평론가들과 작가들이 아처의 타고난 선한 본성에 적개심을 드러냈던 건 어쩌면 당연한 결과다.

맥도널드는 1983년 알츠하이머병으로 사망했다. 톰 놀런Tom Nolan의 훌륭한 전기에는 매우 감동적인 순간이 등장한다. 정신이 붕괴된 맥도널드는, 타이프라이터를 치려고 애썼지만 '부서진broken'이라는 단어만 되풀이해 두드릴 수 있었다.《소름》을 읽으시길, 그리고 나서 맥도널드의 다른 책들도 찾아보시길. 우리는 그런 작가를 또 만날 수 없을 테니까.

존 코널리John Connolly는 1968년 더블린에서 태어났다. 《잃어버린 것들의 책The Book of Lost Things》《언더베리의 마녀들Nocturnes》을 비롯해 청소년 대상의 '새뮤얼 존슨Samuel Johnson 시리즈', 그리고 미스터리 '찰리 파커Charlie Parker 시리즈' 등 장편소설 열여섯 편을 썼다. '찰리 파커 시리즈'의 최신작은 《겨울 늑대The Wolf in Winter》다. 다른 모든 작가들처럼, 그 역시 새롭게 발견되기를 기다리는 중이다.

www.johnconnollybooks.com

인구 1280명 *Pop. 1280, 1964*

by 짐 톰슨

•

소설가 제프리 오브라이언Geoffrey O'Brien이 '싸구려 도스토옙스키'라는 별명을 붙였던 작가 짐 톰슨Jim Thompson(1906~77)은 일생 동안 서른 편 이상의 장편소설을 출간했다. 앤서니 바우처가《뉴욕 타임스》에 실은 대단히 호의적인 서평을 비롯한 초기의 비평적 찬사에도 불구하고, 톰슨의 재능은 제대로 알려지지 않은 채 묻혔다. 그는 1942년《이제 지상으로Now and on Earth》로 데뷔했으며,《내 안의 살인마》(1952),《야만의 밤Savage Night》(1953),《끔찍한 여자A Hell of a Woman》(1954),《게터웨이The Getaway》(1958),《그리프터스The Grifters》(1963) 등의 작품으로 잘 알려져 있다. 이 모든 소설들에서 그는 인간 심리의 가장 어둡고 메스꺼운 심연을 단호하게 탐구하겠다는 일생의 목표를 집약했다. 스티븐 킹은 그에 대해 "그는 스스로를 다그쳐 모든 것을 보았고, 스스로를 다그쳐 써내려갔고, 스스로를 다그쳐 책으로 펴냈다"고 단언하기도 했다. 톰슨의 작품들은 영화로 자주 각색되었으며, 특히 프랑스 감독들이 선호했다.《내 안의 살인마》는 1976년에 이어 2010년에도 영화화되었는데, 마이클 윈터보텀이 연출을, 케이시 애플렉이 주연을 맡았다.

요 네스뵈

실베스터 스탤론 주연의 영화〈캅 랜드Cop Land〉(1997)에 이런 장면이 있다. 마을의 인구수를 보여주는 표지판이 스치듯 지날 때 '인구 1280명'이라고 적힌 글자가 보인다. 불과 일이 초 만에 후딱 지나가는 장면으로 영화 전체에서 그리 큰 비중을 차지하지도 않는다.

나는 그 장면이 나올 때 극장 안을 둘러보며 귀를 기울였다. 아무 반응이 없었다. 전혀. 왜냐하면 당시는 1997년이었고, '인구 1280명'이라는 문구는 선택받은 소수에게만 의미를 가지는 메시지였기 때문이다. 펄프 문학의 가장 깊은 밑바닥까지 뛰어들어, 브렛 이스턴 앨리스가《아메리칸 사이코》를 쓰기 사십여 년 전에 이미 1인칭으로 미국의 사이코패스를 묘사한 천재 짐 톰슨을 발견한 소수에게만 제공되는 보너스랄까.

개인적으로 나는 그렇게까지 깊게 파고들지 않아도 됐다. 친구 에스펜을 통해 전혀 힘들이지 않고 짐 톰슨을 알게 됐기 때문이다. 그는 "옛날 거지만, 좋은 책이야"라며 톰슨의 소설을 권했다. '인구 1280명'이라는 제목이 적혀 있는 표지는 꽤 좋은 인상을 주었지만, 거기 그려진 보안관은 그리 흥미로워 보이진 않았다. 아마 짐 톰슨을 발견할 수 있는 건 그런 식으로만이 아니었나 싶다. 그는 사람들이 주로 오가는 고속도로를 벗어나 문학적 속물성의 좁은 샛길을 찾아낸 누군가가, 그러니까 내 친구 에스펜 같은 사람이 권해야만 비로소 접할 수 있는 그런 작가인 것이다.

짐 톰슨은 베스트셀러 목록에 이름을 올리지도 못했고, 진지한 문학 간행물에서도 거의 언급되지 않는 작가다. 그는 고향에서 자랑스럽게 내세우는 이름도 아니고, 컬트적인 현상이 되지도 못했다. 짐 톰슨은 1977년에 사망했지만, 그때쯤에는 이미 어떤 의미에선 오래전부터 죽어 있던 상태였다. 말년에 이르러선 고만고만한 범죄소설가로 낙인찍히고 실패했다는 평가를 받았다. 그는 독자들이 원하는 바를 충분히 제공하겠다는 하나의 목표로 나쁜 책을 써 갈기면서 충분히 즐길 수도 있었다. 그럼으로써 월세와 병원비와 술을 마음껏 사들일 돈을 충분히 벌 수도 있었다. 하지만 그 자신이 그런 가능성을 파괴해버렸다. 자신의 재능과 진짜 팬들을 배신했고, 다시금 진지한 평가를 받을 수도 있었을 가능성을 없던 일로 만들어버렸다. 짐 톰슨의 장례식에 가야 할 이유가 있는 사람들은 그리 많지 않았다. 그리고 실제로 예상보다도 더 적은 이들만이 장례식에 나타났는데, 그의 사망 소식을 전하는 기사에 인쇄 문제로 오자가 났기 때문이었다. 짐 톰슨의 소설 마지막 장 같은 상황이었다.

그리고 1984년, 블랙 리저드 프레스에서 짐 톰슨의 책을 다시 출간하기 시작했다. 에스펜에게 받았던《인구 1280명》이 바로 그 출판사 판본이었다.

나는 읽었다. 눈을 떴다. 그리고 이해했다.

그다음 톰슨의 나머지 소설들을 찾아 읽기 시작했다. 한 줄 한 줄 한 장 한 장 정독하는 대신, 그의 걸작이자 가장 중요한 책들을 골라 읽었다. 알갱이와 쭉정이를 구분해야 할 필요성을 재빨리 깨쳤기 때문이다. 걸작에서, 짐 톰슨은 정말 환상적이었다. 최악의 작품들에서, 그는 놀랄 만큼 나빴다. 어떻게《야만의 밤》과《끔찍한 여자》와《그리프터스》를 쓴 작가가《표절The Rip-Off》 같은 소설을 쓸 수가 있을까?(짐 톰슨이 노르웨이에서 소수에게만 주목을 받았다는 점을 고려해볼 때, 이 특이한 책이 노르웨이어로 출간되었다는 건 믿을 수 없을 지경이다. 하지만 만약 한 작가의 생산물이 질적인 면에서 얼마나 큰 차이를 보일 수 있는지 확인하고 싶다면《표절》을 읽고 나머지 책들과 비교해보시라!)

그 대답은, 짐 톰슨이 필사적으로 술에 매달렸고 그로 인한 질병으로 건강이 계속 악화되었다는 점에서 찾을 수 있다. 양쪽이 타들어가는 촛불이었기에—나는 지금 되는대로 말해보는 것이다. 짐 톰슨도 이런 부실한 은유를 자제하지 않았기 때문이다—그토록 환하게 불타오를 수 있었던 것이다. 너무나도 밝게, 사실상 1952년에서 1954년까지, 그중에서도 딱 팔 개월 동안, 그는 자신의 최근작들이 포함된 장편소설 열두 편을 썼다. 그렇게 창조성이 분출했던 시기 이후로 작품과 작품 사이의 간격과 그 편차는 점점 더 벌어지게 된 반면, 과도한 음주와 병원 입원 기간 사이의 간극은 점점 짧아졌다. 톰슨이 1964년에 쓴《인구 1280명》은 그의 마지막 걸작이었다. 그는 다시금 나쁜 보안관(닉 코리)을 주인공으로 등장시켰다. 1952년《내 안의 살인마》로 세간에 소개한 루 포드 같은 인물이었다.

그 이후, 모든 것이 끝장났다. 계속 창조성을 유지했다면 레이먼드 챈들러나 대실 해밋이 될 수도 있었을 짐 톰슨이 제대로 시도를 해보기도 전에, 쇠락은 시작됐다. 그러나 죽음의 병상에서 그는 아내에게 이렇게 말했다. "기다려봐, 내가 죽고 십 년 안에 유명해질 테니까." 이런 주장에 대해 보안관 닉 코리의 대사로 응답해야 할 것 같다. "당신이 잘못했다고 말하진 않겠지만, 당신이 옳았다고도 말 못하겠어."

하지만 내게 짐 톰슨은 여전히 가장 위대한 범죄소설가로 남아 있다. 그리하여 나는 에스펜이 내게 《인구 1280명》을 건네면서 했던 말을 독자 여러분에게 그대로 들려드리고자 한다. "부럽다, 아직 이 책을 안 읽었다니."

•

요 네스뵈Jo Nesbø는 형사 해리 홀레가 등장하는 범죄소설 시리즈로 잘 알려진 노르웨이의 소설가다. 1997년 《박쥐Flaggermusmannen》로 데뷔하여, 2003년 작 《악마의 별Marekors》이 영미권에 2005년 처음 번역 소개되었다. 해리 홀레 시리즈는 총 아홉 편이며, 최신작은 《경찰Politi》(2013)이다. 시리즈에 속하지 않은 독립적인 작품 《헤드헌터Hodejegerne》가 영화화되어 2012년 개봉했다. 네스뵈는 스칸디나비아에서 많은 문학상을 수상했으며, 《레드브레스트Rødstrupe》는 2004년 '노르웨이 역사상 최고의 범죄소설'로 선정된 바 있다.

로제안나 *Roseanna, 1965*

by 마이 셰발 & 페르 발뢰

마이 셰발Maj Sjöwall(1935~)과 페르 발뢰Per Wahlöö(1926~75)는 스웨덴의 작가 커플이다. 연인이자 직업적 파트너였던 두 사람은 현대 스칸디나비아 범죄소설의 대부와 대모로서, 스톡홀름의 국립 살인사건 수사반의 형사(나중엔 경위로 승진한다) 마르틴 베크를 주인공으로 한 열 편의 소설 시리즈로 전 세계 수많은 미스터리 작가들에게 세대를 거듭하여 영감을 주고 있다. 때때로 느리게 진행되고, 자주 위트가 넘치며 부드럽고, 언제나 읽는 이들의 마음을 사로잡는 '마르틴 베크Martin Beck 시리즈'는 미스터리 장르의 틀로 스웨덴 사회를 포착하고 사회주의자의 목소리로 거침없는 비판을 쏟아낸다. "사람들이 범죄소설을 즐겨 읽으니, 그 스토리를 통해 복지국가 스웨덴이라는 공식적인 이미지 아래 빈곤과 범죄와 잔혹성의 또다른 층위가 있다는 사실을 드러낼 수 있다고 생각했다." 셰발이 2009년 영국《가디언》과의 인터뷰에서 한 말이다. 이 의도는《밀레니엄》3부작을 쓴 고 스티그 라르손Stieg Larsson에게서 동일하게 공명하고 있다. "우리는 스웨덴이 향하고 있는 곳이 어떤 모습인지 보여주고 싶었다. 그곳은 자본주의적이고 냉혹하며 비인간적인 사회, 부자들은 더 부유해지고, 가난한 자는 더더욱 빈곤의 나락으로 떨어지는 사회다." 셰발과 발뢰는 열 권의 책을 쓰기로 계획했고, 각 장을 번갈아 집필하며 정말로 딱 열 권만 썼다. 발뢰는 시리즈 마지막 권《테러리스트Terroristerna》의 출간 직후 사망했다.

추 샤오롱

　　내가 마이 셰발과 페르 발뢰의《로제안나》와 처음 마주친 건 세인트루이스 시립도서관 책 장터에서였다. 오래되고 아주 낡은 책으로 25센트짜리 꼬리표가 붙어 있었고, 같은 저자의 다른 책들 몇 권과 함께 놓여 있었다. 1990년대 중반이었던 걸로 기억하는데, 당시 나는 중국에서 미국으로 유학을 왔고, 비교문학으로 박사논문을 쓰느라 고심하고 있었다.

추리소설을 꽤 즐겨 읽었음에도 불구하고 이 스웨덴 작가들의 이름은 들어본 적이 없었다. 우선 중국에서 추리소설은 금지된 과일이었고, 미국에선 슈퍼마켓 진열대에 놓인 상품 같은 존재였기 때문이다. 논문을 쓰느라 처음 들어보는 온갖 역사주의자와 해체주의자들의 용어로 머리가 복잡해져 있던 내게《로제안나》가 꼭 필요한 휴식을 줄 수 있겠다는 생각이 들었다.

하지만 이 책은 거의 상상도 못했던 충격을 안겨주었다. 줄거리 때문만은 아니었다. 강간당한 젊은 여성의 벌거벗은 시체가 스웨덴 호수 밑바닥에서 떠오른다. 그녀의 국적과 신상 정보는 경찰에서도 알 길이 없고, 해당 지역에는 실종 신고가 들어와 있지 않고, 그녀의 신체적 특징과 맞아 떨어지는 인물이 실종자 명단에 있는 것도 아니다. 스톡홀름의 살인사건 수사반 형사 마르틴 베크와 동료들은 길고 꾸준한 조사를 시작한다. 수많은 사람들을 인터뷰하고, 거짓된 방향과 단서들을 더듬어가는 기나긴 노력과 꼼꼼한 조사 과정 속에서 죽은 여인뿐 아니라 사이코패스 살인범의 초상이 서서히 드러난다.

《로제안나》가 충격으로 다가왔던 이유는, 범죄 이야기가 이런 식으로도 서술될 수 있다는 깨달음 때문이었다. 주인공은 몇 년 전부터 내가 읽었던 미스터리 장르의 다른 영웅들과는 판이했다. 셜록 홈스나 에르퀼 푸아로와 달리, 마르틴 베크 형사는 거의 반영웅처럼 읽힌다. 그는 대단히 열심히 일하고 성실한 형사이며, 꾸준한 노력을 기울일 뿐 아니라 어느 정도는 행운도 따라주어서 마침내 사건을 해결하게 된다. 그는 과거의 '그랜드 마스터' 탐정들처럼 대단히 명석하거나 믿을 수 없는 논리적 추론 능력을 갖고 있지 않다. 그가 소속된 경찰서의 업무는 느리고 때때로 매우 지루하며, 되풀이되는 헛다리 짚기도 감수해야 한다.

《로제안나》는 그럼에도 불구하고 내 마음을 사로잡았다. 조사 과정

뿐 아니라, 인간적 비극이 벌어지는 사회적·정치적·문화적 상황을 현실적인 파노라마로 재현한다는 점에서 더욱 매력적이었다. 등장인물들은 균형이 잡혔고 현실적이고 충분히 성숙하다. 그들은 미스터리를 상연하기 위해 단순하게 고안된 편리한 무대 도구 같은 존재가 아니다. 심지어 소설 초반에 희생된 상태로 등장한 로제안나조차, 수사 과정에서 소름 끼치는 세부와 심리적 깊이를 드러내며 생명력을 얻는다. 가족사와 경찰 업무에 얽힌 문제들 사이를 침울하게 오가며 행복하진 않지만 그렇다고 쉽게 굴복하지도 않는 형사 마르틴 베크, 그리고 각자의 개인사가 풀려나오면서 그 안에서 또다른 드라마를 펼치는 동료들은 살인사건에 힘껏 맞서 싸우고, 그 음모의 긴 줄기를 따라 끈기 있게 나아간다.

내게 《로제안나》는 몰랐던 사실에 눈뜨게 해준 각성제였다. 당시에 중국에서는 코난 도일이라든가 애거서 크리스티처럼 제한된 몇몇 작가들의 작품들만 번역되었고, 나는 그 작품들을 통해 이미 미스터리 장르에 대한 어떤 고정관념을 품고 있었다. 《로제안나》는 내 생각을 전복시켰고, 나아가 범죄소설의 지평을 놀랍게 확장시켰으며, 새로운 가능성의 세계를 제시했다.

물론 나는 시리즈의 나머지 책들도 허겁지겁 완독했다. 그리고 더이상 도서관 책 장터에서 25센트를 주고 구입하지도 않았다. 각 권이 단독으로도 대단히 매력적이고 읽기 즐거운 작품이며, 캐릭터뿐만 아니라 플롯 역시 독자를 사로잡는 굉장한 시리즈라는 점을 두 번 세 번 강조해도 모자란다. 하지만 내게는, 아마 그 무엇보다도 이 시리즈가 근사하게 구현된 경찰 범죄소설이라는 점뿐 아니라 놀라운 통찰력과 생생한 디테일로 충만한, 사회학적인 접근 방식이라는 점에서 최상급인 소설이라는 사실이 가장 중요하다.

당연히 나는 마이 셰발과 페르 발뢰에 대해 알아보았다. 그들은 '이

데올로기라는 부분에서는 점점 더 빈약해지고 도덕성면에서는 의심스러운, 소위 복지국가 부르주아 사회의 배를 갈라서 들여다보는 수술용 메스로서의 범죄소설'을 쓰겠다는 목표로 '마르틴 베크 시리즈'를 쓰기 시작했다. 명확하게 규정된 사회주의자의 관점에서, 그들은 자본주의 사회의 불평등과 불공정함, 범죄를 드러내 보이고, 경찰소설의 형태를 빌려 사회악에 대해 역동적인 비평을 가한다.

　몇 년 뒤 나는 현대 중국 사회의 전환기에 관한 첫 소설을 쓰기 시작했다. 도중에 몇몇 구조적인 문제점들에 봉착했지만, 그때마다《로제안나》와 다른 마르틴 베크 소설들이 나를 구원해주었다. 이 두 스웨덴 작가들의 영향을 받아 나 역시 범죄소설이라는 형태를 선택하게 되었고, 첸 형사라는 인물이 현대 중국의 문제점을 면밀히 조사하면서 사건들을 하나하나 힘겹게 해결해 나아가는 시리즈를 집필했다. 세인트루이스 시립도서관에서《로제안나》를 처음 집어들었을 때에는 상상도 하지 못했던 일이다.

•

중국 작가 추 샤오롱裘小龍은 T. S. 엘리엇에 관한 저서를 쓰면서 자료 조사차 1988년 처음 미국을 방문했다. 천안문 사태 이후 체제 전복을 꾀했던 학생들을 위한 기금 마련 활동을 한 것으로 기소 상태였던 추 샤오롱은, 중국 공산당의 박해 때문에 고향으로 돌아갈 수 없는 상황이 되었다. 현재 미주리 주 세인트루이스에 거주 중이며, 범죄/미스터리 소설 여섯 편을 집필했다. 여섯 편 모두 시를 읊는 형사 반장 첸 카오가 주인공이다. 2000년에 발표한 첫 소설《붉은 여주인공의 죽음Death of a Red Heroine》이 앤서니 상 '최고의 데뷔작' 부문을 수상했다. 최신작은《상하이 탈출Shanghai Redemption》이다. 그는 또한 시집《중국을 둘러싼 선Lines around China》(2003)도 발표한 바 있다.

인 콜드 블러드 *In Cold Blood, 1966*

by 트루먼 커포티

•

본명이 트루먼 스트렉퍼스 퍼슨스인 트루먼 커포티Truman Capote(1924~84)는 미국 루이지애나 주 뉴올리언스에서 태어났다. 부모의 이혼으로 친척 집에 맡겨져 불안정한 어린 시절을 보냈다. 쿠바 태생의 조셉 커포티와 재혼한 어머니와 다시 함께 살게 됐을 때 새아버지 조셉 커포티는 어린 트루먼을 아들로 키우면서 성을 물려주었다. 커포티는 11세부터 글을 쓰기 시작했고, 이십대 초반 이미 단편 작가로서 명성을 얻기 시작했으며, 1948년 첫 장편소설《다른 목소리, 다른 방Other Voices, Other Rooms》을 출간했다. 그의 가장 유명한 책《인 콜드 블러드》는 1959년 11월 16일자《뉴욕 타임스》에 실린, 캔자스 주의 클러터 일가 살인사건에 관한 짧은 기사로부터 영감을 받아 쓴 책이다. 친구이자 동료 작가 하퍼 리Harper Lee와 함께 그곳을 방문한 커포티는 범죄 수사 과정과 이후 상황에 대해 매우 긴 조사를 시작했다. 1965년 연재물 형태로 발표된 이 글은 이듬해 초반 단행본으로 출판되었다. 커포티는《인 콜드 블러드》를 '논픽션 소설'이라 불렀고, 왜곡과 날조에 대한 비판 앞에서도 자신이 쓴 내용의 진실성을 끝까지 주장했다.

조셉 웜보

가장 좋아하는 범죄소설이 무엇이냐는 질문 앞에 트루먼 커포티의《인 콜드 블러드》이상의 책을 고르기란 너무나 어렵다. 물론 나는 이 획기적인 책이 정확하게는 소설이 아니고, 커포티 자신의 표현을 빌리면 '논픽션 소설'임을 알고 있다. 그럼에도 불구하고, 이 굉장한 책이 1966년 당시에 우리가 읽고 깨달았던 것보다 더욱더 소설에 가까움을 입증하는 수많은 글이 쓰였고 두 편의 영화가 만들어졌다. 이제 우리 모두 트루먼 커포티가 이야기 속 등장인물들을 재창조하는 작업에, 특히 살인범 페리 스미스에게 사로잡혔고, 그 결과적 사실과 소설 사이의 경계가 흐릿해졌다는 걸 알고 있다. 하지만 이것이 소설이든 아니면 소설 스타일로 집필된 르포르타주이든, 《인 콜드 블러드》는 범죄와 그 이후의 결과에 관한 잊을 수 없는 걸작이다.

범죄 자체는 끔찍했다. 1959년 11월, 시시한 범죄자인 두 젊은이가 캔자스 주 작은 시골 마을 홀컴에 사는 농부 허브 클러터의 집을 침입해 돈을 훔치고자 했다. 홀컴의 집을 떠나기 전, 페리 스미스와 딕 히콕은 허브 클러터의 아내와 십대 자녀 두 명을 엽총으로 쏘아 죽였다. 결박되어 있었기 때문에 아무 손도 쓸 수 없었던 허브 클러터는 목이 칼로 베인 후 얼굴 앞에서 연속 발사된 기관총에 맞아 사망했다. 오 년 후 두 살인범은 교수형을 당했다.

《인 콜드 블러드》는 사건 자체에 감도는 유령 같은 공포나 누가 범죄를 저질렀는지를 찾는 조사 과정보다, 범죄자의 마음과 동기를 심리적으로 탐구하는 여정에 초점을 맞추고 있다. 도스토옙스키의 《죄와 벌》이후로 이만큼 심도 있는 책이 쓰인 적이 없었다. 하지만 커포티는 훨씬 더 나아가, 클러터 일가와 여타의 등장인물 모두에게 생생한 생명력을 부여했다. 또한 조용한 중서부 지역의 시골 마을 홀컴은 그 자체가 캐릭터로 작동함으로써, 독자들로 하여금 범죄와 도무지 어울리지 않을 법한 장소에서 벌어진 참극으로부터 더 강렬한 공포심을 느끼게 했다.

나는 이 책이 출간되었을 당시 LAPD(로스앤젤레스 경찰국) 경찰로 일하면서 로스앤젤레스 소재 칼 주립 대학원에서 영문학 수업을 듣고 있었다. 로스앤젤레스 거리에서 경험한 바를 글로 옮기겠다는 나의 은밀한 야망을 실현시키려면, 커포티의 글쓰기로부터 큰 배움을 얻을 수 있겠다는 생각이 들었다. 나는 커포티가 텔레비전 쇼에 등장해 자신이 '사진 같은 기억력'을 가지고 있기 때문에, 캔자스 주 홀컴의 수많은 이들을 인터뷰할 당시 노트에 받아 적을 필요가 없었다고 장담하는 걸 지켜보았다. 좀 혼란스러웠다. 경찰 업무상 희생자거나 목격자거나 범인인 이들을 수없이 인터뷰해야 하는데, 나에게는 총집에 꽂힌 권총보다 공책과 연필이 훨씬 더 중요했기 때문이다. 연필과 종이를 대체할 만큼 충분히 '사진 같은 기억력'을 가진 사람은 형사든 아니든 간에 한 번도 만난 적이 없었다.

1971년으로 돌아가보자. 그때 나는 '소설 쓰는 경찰'이었다. 《새로운 백부장The New Centurions》이 순식간에 베스트셀러가 되었고, 곧 영화화되었다. 언론의 관심이 쏠리는 탓에 형사 업무에 집중하는 게 거의 불가능했지만, 그래도 나는 이십 년은 더 LAPD에 머무를 생각이었다. 아직 뉴욕에 스튜디오가 있었던 〈투나잇 쇼〉에서 범죄를 주제로 한 대담에 출연해줄 수 있겠느냐는 제안이 왔다. 당연히 출판사는 대단히 흥분했고 나도 동의했다.

그때 쇼에는 클러터 일가 살인사건을 담당했던 캔자스 주 수사관 앨빈 듀이와 트루먼 커포티가 출연했다. 커포티와 듀이는 친구였고, 트루먼은 자신보다 나이가 많은 듀이를 '패피Pappy'라고 불렀다. 그때 나는 너무 떨었기 때문에 진행자 자니 카슨에게 뭐라고 말했는지 하나도 기억나지 않는데, 다만 광고가 나가는 휴식 시간에 그 나이 많은 보안관이 젊은 경찰이던 나에게 한 말은 절대 잊을 수 없다. 그는 낮은 목소리로 속삭였다. "트루먼은 페리 스미스와 사랑에 빠졌어. 하지만 난 아니지. 트루먼은 마지막에 내가 스미스에게 동정심을 보인 것처럼 묘사했지만, 사실 나더러 교수형 집행자의 자리에 서라고 했다면 난 눈썹 하나 까딱하지 않고 그 살인마의 목에 밧줄을 감았을 거야."

생각했던 것보다 훨씬 더 《인 콜드 블러드》가 소설에 가깝다는 걸 개인적으로 깨달은 건 그때가 처음이었다. 하지만 발간 당시부터, 등장인물과 사건에 대한 커포티의 묘사에 의문을 제기한 이들이 있었다. 주인공을 비양심적인 소시오패스가 아니라 후회하고 구원받기를 간절히 원하는 죄인으로 바꿔놓기 위해, 커포티가 교수대 옆에서 페리 스미스가 남긴 통렬한 사과의 말을 지어냈다는 소문이 계속 돌았다. 다른 목격자들에 따르면, 스미스는 계단을 오르기 전에 아무 말도 하지 않았다고 한다.

내가 카메라 앞에 앉아 있는 동안 아내 디는 휴게실에서 트루먼 커포티와 수다를 떨며 멋진 시간을 보냈다. 그는 촬영이 끝난 다음 우리 부부에게 한잔 사겠다며 클럽 21로 데려갔고, 우리가 캘리포니아로 돌아간 다음엔 팜스프링스의 자택으로 놀러오라고 초대했다. 그 사막의 집을 방문한 건 작가로서 나의 경력에 중대한 경험이었다.

팜스프링스의 여름날은 섭씨 46도를 웃도는 엄청난 열기로 푹푹 찌는 바람에 대기가 금방이라도 펑 터질 것만 같았다. 트루먼의 가정부는 나이 많은 매력적인 흑인 여성이었다. 그녀는 예전에 뉴욕의 코튼 클럽 댄서였다고 했다. 나는 트루먼의 오랜 파트너이자 《인 콜드 블러드》의 헌사에 작가 하퍼 리와 함께 이름이 오른 잭 던피를 볼 수 있지 않을까 기대했다. 하지만 팜스프링스에 있던 또다른 손님은 뉴욕 게이 나이트클럽의 몸 좋은 바텐더였다.

우리가 수영장 근처에 자리를 잡고 수다를 떨기 시작하자마자, 갓 짜낸 오렌지주스와 순도 높은 보드카로 만든 스크루드라이버가 제공되었다. 정확하게는 나 혼자 수영장 근처에 앉아 있었다. 디가 스크루드라이버를 두 잔째 홀짝거린 다음, 양해를 구하면서 화장실의 위치를 묻고는 자리를 떴기 때문이다. 나중에 디가 말해준 바에 따르면, 화장실에서 천장이 마구 빙빙 도는 것 같았고 금방이라도 기절할 것 같은 느낌이었다고 했다. 그녀는 실제로 바닥에 드러누워 빨리 정신이 들길 바라며 차가운 타일에 볼을 댔다고 했다. 몇 분 뒤 간신히 몸을 일으켜 가장 가까운 복도로 비틀거리며 걸어 나갔지만, 그곳은 집주인이 쓰는 침실이었다. 거기서 그녀는 침대에 쓰러졌다고 했다.

십 분쯤 지났을 때 트루먼이 자리에서 일어서더니 "디를 찾아봐야겠어"라고 말했다.

디는 그다음의 상황을 이렇게 설명했다. 트루먼이 침실에 들어오더니 그 인상적인, 끽끽거리는 낮은 혀짤배기 목소리로 "마음 놓고 계속 푹 자요, 디, 허니"라고 말했다고 한다.

그리고 그녀는 잠들었다. 트루먼은 수영장 쪽으로 돌아와선 술과 찌는 듯한 사막의 더위 때문에 종종 이런 일이 벌어진다고 설명했다.

아내가 몸이 안 좋아 누워 있고 가정부는 집으로 돌아갔을 때, 나는 꽤 충분한 알코올을 섭취한 끝에 몇 년 동안 머릿속을 떠나지 않던 범죄 이야기를 트루먼 커포티에게 털어놓을 기회를 잡았다. 1963년 3월 할리우드 거리에서 LAPD 경찰 두 명이 납치당한 사건이었다. 그 사건은 경찰 중 한 명인 이언 캠벨이 로스앤젤레스 북쪽으로 한 시간 반 정도 가야 하는 외딴 양파 농장에서 살해당하는 것으로 끝났다. 트루먼 커포티의 책에서처럼, 이 사건을 저지른 이들은 시시한 젊은 범죄자 두 명으로 그중 한 명의 이름은 스미스였다. 나로서는 사건의 이후 일이 사건 자체보다 훨씬 더 흥미롭게 느껴졌다. 나는 트루먼에게 이 모두를 털어놓았다.

살아남은 경찰 칼 헤팅거는 초연하게 출석 조사에 모습을 드러내, 방 안을 가득 채운 경찰들에게 그가 어떻게 무기를 버리게 되었는지 설명해야 했다. 파트너 이언 캠벨의 등에 권총이 겨눠진 상황이었고, 칼이 총을 버렸기 때문에 이언은 목숨을 잃게 되었다. 칼 헤팅거는 대단히 꼼꼼하고 정직한 경찰이었는데, 곧 가게에서 물건을 훔치는 등 이해할 수 없는 일련의 일들을 저지르기 시작했다. 사소한 범죄는 점점 걷잡을 수 없이 무모해져 결국 그는 체포됐고, 일개 도둑의 신분으로 LAPD를 사직해야만 했다.

나는 칼 헤팅거를 경찰 행정국 인근에서 가끔 본 적이 있었고, 파트너의 죽음에 대한 죄책감에 휩싸인 것 때문에 스스로 처벌을 갈망한 게 아닐까 생각했다. 해고당하고 불명예를 뒤집어쓴 이후에는 그의 절도 충동이 처음 찾아왔을 때처럼 순식간에 사라졌기 때문이다. 내게는 헤팅거가 외상 후 스트레스 장애의 전형적인 경우로 보였다. 물론 당시는 베트남 전쟁이 끼친 영향을 일반 대중이 잘 알고 이해하기 전이었으며, 심지어 법을 집행하는 쪽에서도 잘 모르던 시절이었다.

마침내 나는 트루먼에게 《인 콜드 블러드》를 읽고 난 다음, 이 LAPD 경찰사건에 대해 논픽션 소설을 쓸 수 있게 된다면 희생자를 절대 망각의 세계로 떠내려 보내지 않겠다고 자신에게 맹세했음을 고백했다. 《인 콜드 블러드》의 마지막에 이르면 트루먼은 죽은 낸시 클러터의 학교 친구를 다시 등장시킨다. 그녀는 예쁘고 젊은 처녀로 성장했고, 트루먼은 그녀를 통해 낸시가 살아 있었다면 이런 모습이었을 거라고 독자들에게 상기시킨다. 나 역시 어떻게든 살해당한 경찰을 다시 불러오고 싶었다. 그는 스코틀랜드 혈통이었고, 의사의 아들이었으며, 열렬한 백파이프 애호가였다. 이언 캠벨의 홀어머니 크리시, 그의 딸, 그리고 애절한 백파이프 선율에 대한 이언의 사랑을 한 장면에 담고 싶다고 생각했다.

갑자기 나는 시계를 보고는 디가 잠든 지, 그리고 나 혼자 떠든 지 거의 한 시간이 넘었음을 깨닫고 당황했다. 나는 트루먼의 시간을 독차지한 것에 대해 사과했고, 그는 고개를 저으면서 내가 평생 간직할 말을 해주었다.

"내가 그 이야기를 쓸 수 있다면 좋겠군."

트루먼 커포티의 입술에서 흘러나온 그 말을 들었을 때, 나는 그 책을 쓸 수 있을 거라고 확신했다. 나는 비번일 때 그 사건에 관련된 사람들 육십여 명을 인터뷰하기 시작했다. 수감된 살인자들을 만나고, 수천

장에 달하는 법정 기록물을 읽고, 수많은 증거물들을 검토했다. 그리고 LAPD로부터 육 개월간 휴가를 얻어 글을 쓰기 시작했다. 나는 그야말로 맹렬한 에너지로 충만했다. 부분적으로는 트루먼 커포티와의 대화 덕분이었다. 그리하여 프로젝트를 삼 개월 만에 완성했고, 이듬해 다시 경찰 일에 복귀했다.

아내와 나는 트루먼을 몇 번 더 만났고, 그는 그때마다 우정 어린 친절로 우리를 맞아주었다. 하지만 의사의 처방전이 필요한 약물의 과용과 술이 그에게 나쁜 영향을 미치고 있음은 명백했다. 《양파 농장The Onion Field》이 출간될 당시, 이 거장이 관대하게도 책 표지에 실을 추천사를 제공했다는 사실에 나는 짜릿한 흥분을 느꼈다.

아내 입장에선, 자신이 그날 기절한 게 절대 팜스프링스의 더위와 스크루드라이버 때문이 아니라고 한다. 그녀는 트루먼 커포티가 '젊고 귀여운 경찰'과 단둘이 있고 싶었기 때문에 '그녀의 술에 약을 몰래 탔다'고 확신한다. 그러고 나서 자부심을 감추지 않고 급히 덧붙이는 것이다. "하지만 괜찮아, 난 트루먼 커포티의 침대에서 잔 유일한 여자일 테니까."

.

조셉 웜보Joseph Wambaugh는 로스앤젤레스 경찰서에서 경사로 근무하던 1971년부터 소설과 논픽션을 오가며 스물한 권의 책을 썼다. **www.josephwambaugh.net**

끝없는 밤 *Endless Night, 1967*

by 애거서 크리스티

•

미스터리 소설의 '황금시대'에서 맞수가 없는 여성 원로 애거서 크리스티Agatha Christie(1890~1976)는 엄청난 다작의 작가이기도 하다. 그녀는 장편 미스터리와 단편 모음집 팔십 권, 희곡 열아홉 편을 썼다. 역사상 가장 많이 읽힌 소설가로 기네스북에 오른 그녀의 책 판매 부수는 성경과 윌리엄 셰익스피어에 이어 세 번째를 차지하고 있다. 크리스티의 가장 유명한 캐릭터는 에르퀼 푸아로와 미스 마플이며, 그녀의 희곡《쥐덫The Mousetrap》은 1952년 처음 무대에 오른 이래 2012년까지 2만 4천 회 넘는 상연 기록을 세웠다. 그녀는 메리 웨스트매콧Mary Westmacott이라는 필명으로도 글을 썼다. 애거서 크리스티는 미국 미스터리작가협회에서 수여하는 그랜드 마스터 상의 첫 수상자였으며, 1971년에 영국 왕실로부터 데임 작위를 받았다.

로렌 헨더슨

《끝없는 밤》은 애거서 크리스티의 덜 유명한 소설 중 한 편이다. 에르퀼 푸아로나 미스 마플도 없고, 이국적인 이집트 풍광이나 목가적인 영국 시골 마을도 없다. 그저 가난뱅이 젊은이 마이클 로저스가 등장해 미국인 상속녀를 만나고, 유명한 괴짜 건축가에게 '집시의 땅'이라 불리는 토지에 자신을 위한 집 설계를 의뢰하고 싶다는 꿈을 털어놓는다. 두 남녀는 사랑에 빠지고, 새 집에 정착하고, 끊이지 않는 불쾌한 사건들로 괴로워하다가 결국 당연하게도 비극적 결말을 맞게 된다. 화자는 마이클이다. 크리스티가 1인칭 화자를 내세운 매우 드문 경우다. 하지만 마이클이《애크로이드 살인사건》의 닥터 셰퍼드,《움직이는 손가락The Moving

Finger》의 제리 버튼,《창백한 말The Pale Horse》의 마크 이스터브룩과 1인칭 화자라는 것 이외에 공통점을 가지고 있던가?

《끝없는 밤》은 자제력과, 불필요한 군더더기에 기대지 않겠다는 의지라는 크리스티의 위대한 능력을 보여주는 전형적인 예시와도 같은 작품이다. 이 책의 등장인물 수는 적고 배경도 제한되어 있다. '2인치짜리 상아' 위에 작품을 써내려갔다고 비유되었던 제인 오스틴처럼 크리스티의 플롯은 빽빽하고, 아주 정교하게 기름칠한 기계장치처럼 작동한다. 또한 이야기를 거듭 비틀다가 결국 의미가 사라지고 이야기가 스스로의 방향을 무시하며 모든 것이 뒤집히고 결국 아무것도 중요해지지 않는 지경에 이르는, 광기의 정점까지 플롯과 등장인물을 밀어붙이는 한물간 현대 스릴러의 유행과 아주 신선한 대조를 이루기도 한다. 그러나 크리스티는 현기증 나는 굵직한 한 번의 반전만을 스스로에게 허락할 만큼 숙련된 작가다. 완벽하게 능숙한 손길로 그녀는 마치 발밑에서 양탄자가 스르륵 밀려나는 것처럼 숨이 턱 막히는 상태에 독자를 빠뜨린다.

크리스티는 단서를 제시하는 데 공정하다.《타임스 리터러리 서플먼트Times Literary Supplement》는 1943년 작《움직이는 손가락》에 대해 이렇게 썼다. "누구라도 반쯤 뜬 눈 한쪽만으로도 (작가가 숨겨놓은) 비밀을 읽어낼 수 있어야 한다─만일 나머지 한쪽 눈과 반쯤 뜬 눈이 다른 단서에 현혹된다 하더라도." 끊임없이 다시 읽어도《끝없는 밤》의 플롯은 빛이 바래지 않는다. 크리스티는 절대로 속이지 않는다. 그녀의 다른 소설들,《백주의 악마Evil Under the Sun》나《나일 강의 죽음Death on the Nile》등은 완벽하게 시간을 맞추는, 지나치게 교묘해야 하는 안무와도 같은 플롯이기 때문에 실생활에선 정확히 실현시키기가 거의 불가능하다. 하지만《끝없는 밤》에서 독자를 속이는 단순함에는 섬 사이를 황급하게 오간다거나, 나일 강의 호화 여객 범선이라든가, 번개 같은 속도로 옷을 갈아입는 등의 트릭이 존재하지 않는다. 결과적으로, 독자의 뇌리에 불신이 남을 수 없다. 그게 정말로 가능한 것인가, 실제로 그런 일을 저지르는 것은 불가능하지 않은가, 와 같은 앨프리드 히치콕의 '냉장고 대화'*를 나눌 필요가 없는 것이다.

크리스티는 간결하게 쓴다. 《끝없는 밤》은 200쪽에 불과하다. 믿을 수 없게도, 이 소설 속에서 네 명이 죽고 또다른 두 명이 어떻게 살해되었는지가 설명된다. 겨우 7만 단어 정도밖에 안 되는 분량 안에 이 정도 이야기를 밀어넣는 게 터무니없을 것 같지만, 크리스티는 200쪽 안에 그걸 해냈다. 다른 작가라면 두 배 분량으로도 불가능했을 것이다. 똑같은 이야기를 쓰더라도, 단락과 페이지와 정교하게 묘사된 챕터들을 차곡차곡 축적하면서 독자의 눈을 속이려는 단어 뭉텅이로 깔아뭉개려고 했을 것이다. 크리스티는 그럴 필요가 없다. 그녀의 경제적이고 단순한 단어들은 탁월하게 효과적이다. "사람들은 인생에서 정말 중요한 순간을 알아차리지 못한다. 너무 늦어버린 다음에야 깨닫게 된다." 마이클은 아내 엘리가 기타를 치며 노래하는 모습을 바라보며 혼잣말을 한다. 그리고 사건이 모두 끝난 다음 뒤늦은 깨달음을 얻고 나서도, 범인이 누구인지 밝혀지고 나서도 이 문장은 최소한 두 가지 다른 의미로 해석될 수 있다.

크리스티는 미묘하게 쓴다. 《끝없는 밤》은 짧지만, 화자 마이클이 우리에게 이야기를 들려주는 속도에 맞춰 계산된 속도로 느리게 진행된다. 긴장감이 크레셴도로 조금씩조금씩 쌓아올려지면서 크리스티가 수수께끼의 해답을 펼쳐놓기 전까지, 우리는 안단테의 내러티브에 끌려다니게

● 히치콕의 영화 〈현기증〉이 개봉했을 당시 관객들이 영화를 다 보고 난 다음에도 집에 돌아가 냉장고의 간식을 꺼내 먹으며 확실하게 이해가 가지 않는 부분에 대해 계속 대화한 것을 일컫는 말.

된다. 범인이 공개되는 순간은 독자에게 완벽한 놀라움을 선사할 뿐 아니라, 우리가 그것을 믿는 것에 도전하게끔 한다. 한 장 반 정도의 공간에서 크리스티는 두 가지 단서를 꺼내든다. 그중 두 번째가 첫 번째보다 더 선명하게 잘 드러나며, 점점 더 거세지는 강조법과 화음이 공명하고, 마침내 세 번째 단서와 함께 마무리된다. 악의 없이 시작된 한 단락이, 지금까지 독자들이 당연하게 받아들였던 거의 모든 것을 완전히 뒤집는 결론으로 끝나는 것이다. 독자들은 그 장면에서 숨이 막힌 채 멍하니 있을 수밖에 없다.

　크리스티는 최소한의 폭력으로도 우리를 뼛속까지 공포로 떨게 할 줄 안다.《잠자는 살인Sleeping Murder》《살인은 쉽다Murder Is Easy》《마지막으로 죽음이 오다Death Comes As the End》《복수의 여신Nemesis》 등에서 진범이 밝혀지는 순간은 진심으로 소름이 돋는다. 그들은 최근 유행하는 사이코패스 연쇄살인마의 지하실에 감금된 매력 넘치는 젊은 여성들의 끔찍한 고문 장면보다 더욱더, 깊이 독자들의 기억에 남는다.《살인은 쉽다》에도 연쇄살인범이 등장한다는 언급이 스포일러가 되지는 않는다. 이 사실은 소설 초반부터 아주 분명하게 명시되어 있다. 하지만 위에 언급한 소설 네 편 모두에서 살인범들은 다음 희생자의 목을 향해 팔을 뻗고 손을 내밀면서 살인의 의도를 드러낸다. 그게 전부다. 피도 없고, 내장 적출 장면도 없으며, 뾰족한 고문 도구나 사악하게 배열된 칼들이 등장하는 장면도 없다. 그저 살인마의 모습이 드러나는 장면을 기억하는 것만으로도 온몸을 떨게 된다. 배신이야말로, 낯선 이가 아니라 잘 알고 심지어 믿었던 이가 나의 생명을 영원히 앗아갈지도 모른다는 현실이야말로 무서운 것이다.

　크리스티는 통렬하다. 그녀는《끝없는 밤》 출간 당시《더 타임스》와의 인터뷰에서 이 책을 "정말로 심각한 비극"이라고 언급한 바 있다. 화자 마이클의 목소리는 유쾌하고 행복하며 낙관적이지만, 우리는 소설 첫 장에서부터 내러티브 위를 떠도는 암운을 느낄 수 있다. 우리의 마음은 희생되는 인물뿐 아니라 살인마 때문에도 어느 정도 아픔을 느낀다. 크리스티는 구식의 속물 같은 도덕적 규범을 강요한다고 여겨지곤 하는 작가지만, 또한 살인자/들에 대해 독자의 공감을 불러일으키는 데 아주 능숙하다.《나일 강의 죽음》이나《목사관의 살인The Murder at the Vicarage》을 떠올려보라. 그리고 크리스티는 자신이 저지르지 않은 죄에 뒤얽힌 결백한 이들을 결코 가볍게 흘려보내지 않는다.《서재의 시체The Body in the Library》에서 살인 누명을 뒤집어쓴 남편이 심리적으로 붕괴되어 가는 과정을 조마조마하게 근심하는 돌리 밴트리에게 동정심을 느끼게 되는 건 당연하다.《누명Ordeal by Innocence》은 예전의 범죄가 새롭게 발굴되면서 아가일 가족 구성원 전부가 그때처럼 용의자로 의심받게 되어 고통스러워 하는 과정을 중심부에 온전히 배치한다.

크리스티는 고딕적 분위기를 자아내는 데에도 천부적이다.《복수의 여신》에서 살인범은 베리티의 시체에 집착하고,《핼러윈 파티Hallowe'en Party》의 마지막에 준비된 바로크적 희생 장면, 그리고《끝없는 밤》에서의 정원과 집에 대한 강박을 생각해보자. 모두가 20세기 중반의 가정 내 고딕domestic gothic 부활에 관한 뛰어난 예시다. 그 같은 유형의 가장 유명한 실례는 물론 대프니 듀 모리에의《레베카》다.《레베카》의 맨덜리 저택처럼《끝없는 밤》도 집시의 땅과 꿈의 집에 대한 마이클의 욕망, 또한 그 욕망을 공유했던 아내 엘리를 둘러싸고 벌어진다. "나는 원했다." 마이클은 말한다. "다시 한번 그 두 개의 단어, 나에게 아주 특별한 의미를 지니는 단어—나는 원한다, 나는 원한다—나는 근사한 여인과 멋진 것들로 가득한…… 근사한 집을 원했다. 나의 소유물인 멋진 것들로."《끝없는 밤》의 제목을 따온 윌리엄 블레이크의 시는 엘리가 마이클에게 불러주는 노래 속에 등장하며, 고딕적 테마를 한층 두드러지게 한다.

매일 밤, 매일 아침
누군가는 불행하게 태어나고……
누군가는 달콤한 기쁨으로 태어나고
누군가는 끝없는 밤으로 태어나고.

당연히, 마지막 한 방이 있다. 소설 마지막에 이르면, 독자는 첫 페이지로 돌아가 이 책을 다시 한번 읽게 된다. 그리고 크리스티가 당신을 옭아매기 위해 얼마나 영리하게 그물을 짜내려갔는지를 깨닫게 된다. 그런 식으로 《끝없는 밤》은 말 그대로 끝없는, 영원히 자신의 꼬리를 집어삼키는 신화 속 괴물 우로보로스 같은 존재가 된다. 하지만 그 같은 꼼꼼한 읽기는 거의 모든 크리스티의 소설들에 마찬가지로 적용된다. 대단원까지 우선 읽은 다음, 다시금 몇 번이고 찬찬히 읽는다면 크리스티가 당신을 정원 오솔길로 어떻게 인도했는지를 음미하는 순수한 즐거움을 느낄 수 있을 것이다. 마이클이 소설의 시작과 끝에 되풀이한 문구를 인용해보겠다.

끝은 새로운 시작이다—사람들은 항상 그렇게 말한다. 하지만 그게 정확히 무슨 뜻일까? 그리고 나의 이야기는 정확히 어디서부터 시작되어야 할까? 노력해서 생각해내야만 한다……

•

로렌 헨더슨Lauren Henderson은 영국 런던에서 태어나 케임브리지 대학교에서 영문학을 공부했다. 소설을 쓰기 전 신문과 잡지의 기자로 일하다가 1995년 데뷔작이자 '샘 존스Sam Jones 시리즈'의 첫 책인 《죽은 백인 여자Dead White Female》를 출간했다. '샘 존스 시리즈' 뿐 아니라 청소년 범죄소설과 로맨틱 코미디, 논픽션 《제인 오스틴의 연애론Jane Austen's Guite to Dating》도 썼다. 로렌은 영국 범죄소설계의 도로시 파커이자 베티 붑이라 불린다.

www.laurenhenderson.net

스킨 딥 *Skin Deep, 1968*
a.k.a. 유리벽 개미 둥지 *The Glass-Sided Ants' Nest*

by 피터 디킨슨

•

소설가이자 시인인 피터 맬컴 드 브리색 디킨슨Peter Malcolm de Brissac Dickin-son(1927~)은 로디지아 북부(현재의 잠비아)의 리빙스턴에서 태어났고, 이튼과 케임브리지에서 공부했다. 그는 십칠 년 동안 잡지《펀치Punch》의 편집자이자 평론가로 활동했고, 성인과 청소년 독자를 오가며 방대한 양의 글을 썼다. CWA 주관 골드 대거 상을 두 번 수상했으며, 청소년소설로 가디언 상과 휘트브레드 상을 받았다.

로리 R. 킹

피터 디킨슨 같은 작가를 추천할 때 들 수밖에 없는 고민. 대체 어디서부터 시작해야 할까? 침팬지 언어의 인류학적 연구, 이란과 이라크 접경의 습지대에 살던 마시Marsh 아랍인들, 테러리즘, 영웅 만들기에 관한 소설《독약의 신탁The Poison Oracle》? 유쾌하게 별나고 너무나도 그럴듯한 영국 왕실 가문에 관한 대체 역사물《왕과 익살꾼King and Joker》? 정치와 계급, 로맨스를 긴장감 넘치면서 사려 깊게 그려낸 역사소설《20년대의 어느 여름A Summer in the Twenties》? 부유한 사람들과 부유하지 않은 사람들, 순진한 사람들과 부패한 사람들, 과거와 현재, 시간의 흐름과 중단을 그리는, 역사와 정치에 관한 또다른 시각의 소설《마지막 하우스파티The

Last Houseparty》? 작가의 표현을 빌리자면 '바로크적 패러디' 소설인《오래전 영국의 핍쇼The Old English Peep Show(영웅들의 자부심A Pride of Heroes)》는 어떨까? 이 소설에선 다 허물어진 시골의 호화 저택을 (고양잇과와 인류 양쪽 모두에 속하는) 사자들이 지키고 있다.* 아프리카와 젠더 간의 전쟁, 현재와 과거에 대한 새로운 직조(어떤 남모를 힘을 갖고 있는 것처럼 보이는 중년 저널리스트의 눈에 비춰지는), 그리고 곁에 아무도 없는 것처럼 보이는 그의 싱싱하고 젊은 엄마에 관한 이야기《테푸가Tefuga》는? 유명 배우가 느릿느릿 내키지 않게 발견하게 되는 죄책감, 그리고 제대로 인식하지 못한 희생을 용인했을 때의 위험성을 인식하는 과정을 담은《완벽한 교수대Perfect Gallows》도 빼놓을 수 없다.

독보적으로 재능 넘치는 이 작가의 성인용 소설 중 아무거나 집어들어 읽다 보면 당신은 현재의 이곳과는 또다른 세계, 보석 같은 세계를 발견하게 될 것이다. 그 세계에는 삶을 뛰어넘는 캐릭터들, 생생한 공간 감각, 이 세계가 실제로 어떻게 작동하는지에 관한 감탄스러운 시각이 깃들어 있다. 게다가 그 소설들은 입안에서 음미할 수 있는 언어로 쓰였고, 더없이 만족스럽고 빈틈없이 구축된 미스터리로 포장되어 있다. 그것은 지적 퍼즐로서의 미스터리, 인간 본성의 깊이를 측량하는 탐구로서의 미스테리움mysterium*이다.(그는 무척 즐겁게 읽을 수 있는 청소년소설도 여러 편 썼는데, 범죄보다는 판타지 쪽에 좀더 가깝다.)

다채롭고 잊을 수 없는 디킨슨의 작업물은 처음부터 수많은 이들의 주목을 받으며 화려하게 등장했다. 첫 소설 두 편이 CWA 주관 골드 대거상을 연달아 수상한 것이다(디킨슨 외에 이 년 연속 골드 대거 상을 수상한 작가

---

* Lion에는 사자 외에 영웅이라는 뜻이 있다(등장인물들은 2차 대전 퇴역군인이다).
* 라틴어로 '미스터리'를 뜻한다.

로는 루스 렌들이 유일하다. 그중 한 번은 바바라 바인이라는 필명으로 낸 작품으로 받은 것이다). 그의 소설들은 단어 수로만 따지면 짧은 편에 속한다. 물론 소설 자체의 힘은 매우 오래 간다. 자신이 원하는 것만 쓰겠다는 진지한 고집의 결과, 그 소설 중 다수가 현재는 절판 상태다. 베스트셀러 목록은 우리가 예전에 들어봤던 것과 닮은 이야기들이 주로 차지하게 마련이니까.

독자로서 나는 피터 디킨슨을 진심으로 흠모한다. 그의 플롯과 언어가 예기치 않은 방향으로 흘러가는 방식, 풍부한 내적 독백, 범죄소설을 쓰면서도 유머와 비극과 부조리를 후추 뿌리듯이 적재적소에 멋지게 가미하는 방식을 흠모한다. 그는 《펀치》의 전前 편집자에게 기대할 수 있는 모든 것을 갖추고 있다. 그러나 작가로서 디킨슨은 내게 순수한 절망의 근원이다. 심지어 '그 사람은 대체 어떻게 한 거지?' 게임을 해봐도 소용이 없다. 그의 소설을 부분별로 조각내고, 순식간에 피어오르는 불꽃같은 유머의 리듬을 발견하고, 글쓰기의 페이스를 연구하고, 한 단락이 무려 한 장을 넘길 때도 속사포 같은 대사들과 함께 매끄럽게 흘러가는 문장들을 살피고, 때때로—정말 드물게—그가 어떤 효과를 위해 전혀 예상치 못했던 단어를 신랄하게, 심지어 어색하기까지 한 단어를 의도적으로 사용하는가를 주목하며 연구해도 별 소용이 없다.

불타버린 허브 냄새가 뒤섞인 공기는 축축했고, 그 연무 사이로 자가 제작한 양초들이 노랗게yellowly 빛을 발했다.

(노랗게? 내가 저 단어를 썼더라면 담당 편집자와 기나긴 전쟁을 치러야 했을 것이다. 편집자는 그 단어를 지워버림으로써 올바로 처신할 것이고, 디킨슨은 그 단어를 그 자리에 삽입함으로써 올바로 처신했다.

바로 여기서 나의 절망이 연원하는 것이다.)

앞서 말했다시피, 심지어 그의 책을 조각조각 분해해보아도 나는 경이로움과 좌절감에 휩싸이게 된다. 나는 결코 이런 식으로 쓸 수 없을 텐데, 이런 식으로 쓴 소설이 분명 존재하는 것이다.

하지만 이 에세이의 요점은 기술적 문제들을 하나하나 설명하는 것이 아니다. 나의 목표는 피터에게 찬사를 퍼붓는 것이지, 그를 분석 속에 묻어버리는 것이 아니다. 그러므로 나는 단순히 이렇게만 말할 것이다. 범죄소설에서 우리는 여타의 소설을 읽을 때와 똑같은 장점들을 찾는다. 나와 공명할 수 있는 인물, 이야기, 아이디어, 그리고 그 이야기를 들려주는 언어의 매력.

디킨슨의 등장인물부터 먼저 말해보겠다. 《스킨 딥》(《유리벽 개미 둥지》라는 제목으로도 알려져 있다)의 오프닝에서, 런던 경시청의 경정 제임스 피블은 살인사건을 조사하기 위해 런던 거리를 가로지르고 있다. 그는 경찰차를 모는 순경에게 속도를 늦춰달라고 말하고는, 즉시 저 사람이 자신을 어떻게 생각할지에 대해 전전긍긍하기 시작한다. 그러니까 런던 경시청이라는 물속에선 상대적으로 큰 물고기인 자신에 대해서 말이다.

조그만 피라미 같은 요즘 세대들은 피블 경정, 은퇴할 날만 남아 있는 나이 많고 아무 매력 없고 머리도 희끗희끗해져가는 이 사람에 대해서 뭐라고 생각할까? 괴상한 사건들을 맡아서 척척 처리하는 그에 대한 자자한 명성에 얼마나 많은 행운이 섞여 들어갔는지 알고는 있을까? 어쩌면……
자기 내면의 정글을 너무 열심히 헤매고 다니다가, 피블은 구렁에 빠지고 말았다.

무엇보다, 범죄소설 시리즈의 반영웅을 명명할 때 피블Pibble만큼 기막히게 완벽한 이름이 또 있을까? 이 이름을 듣는 순간 머릿속에 영국의 작가이자 화가인 에드워드 리어Edward Lear의 넌센스 시 〈발가락 없는 포블 Pobble Who Has No Toes〉의 메아리가 울려퍼지는 건 우연이 아니다. 여기서 포블은 발가락을 물고기(혹은 인어?) 때문에 전부 잃은 사람(혹은 사람이 아닌 생물?)이다. 런던 경시청의 괴짜 천재 제임스 피블은 정말로 좀 바보 같은 마법 비슷한 것의 영향을 받았고, 그 결과 셜록 홈스와 버스터 키튼*을 오갈 수 있는 능력을 갖고 있다. 심지어 악당이 그를 계단 아래로 밀어버리더라도 그는 마음속으로 냉정하게 단서들에 집중한다.

피블은 난처한 실수나 바보 같은 행동들을 수시로 저지르지만, 그렇다고 해서 어릿광대가 아니다. 영웅주의가 두려움 없음이라는 특징으로 정의되지 않고 두려움에도 불구하고 꾸준히 밀고 나아가는 것을 뜻한다면, 피블은 분명 강력한 영웅이다. 성격이 온화하고 타인에게 사과하는 것이 몸에 배어 있는 그에게는 사건 해결을 향해 고집을 꺾지 않고 느릿느릿 나아가는 것 외에는 다른 선택이 없다. 그 해결이 윤리적으로 나쁘고 재난을 불러올 확률이 높다는 걸 알고 있을 때에도 마찬가지다. 제임스 피블에게 공포는 일상적인 마음 상태다. 실제적 위협(세계 먹이는 한 방, 바늘, 사람을 잡아먹는 사자) 때문이라기보다 심신을 피로하게 하는 온갖 신경증 때문이다. 자신감 있는 성인 남자를 부들부들 떠는 다섯 살 아이로 퇴행시키는 심리적 맹공격에 맞서, 그는 고집스럽게 제 갈 길을 간다. 피블은 감히 접근할 수 없는 여성의 면전에서 혼란스러워하거나 부끄러워하는 남자다. 성격은 나쁘지만 편안함을 주는 아내에게 전화를 걸어 갈 빗살이니 커튼이니 유명세의 변덕스러움에 대해 온순하게 보고하는 남자이기도 하다.

---

* 무성영화 시대 슬랩스틱과 아크로바틱을 오가며 코미디의 새 지평을 연 아이콘 격인 감독이자 배우.

자신감 있는 성인 남자 앞에 뜻밖의 존재—피블의 초능력을 약화시킬 수 있는 크립토나이트 같은 존재—가 출현하는 건 필연적이다.

사과 한마디 없이, [케인은] 의자 위에 큰 대자로 뻗었다. 덮개가 찢어지고 부서지기 일보 직전이긴 했지만, 방 안에 있는 유일한 의자였다. (…) 그는 몇몇 친구들과 함께 이 세계를 주무르는 사람처럼 보였다. 피블은 이 거만한 게으름뱅이 앞에서 복종하는 자세로 서 있느니, 차라리 책상 끄트머리에 엉덩이를 걸치고 앉아 비참함을 덜 느끼는 쪽을 택하겠다고 마음먹었다.

갑작스레 등장한 일생의 적수 앞에서 손에 모자를 들고 서 있기보다 책상 끄트머리에 간신히 엉덩이를 걸치고 앉는 쪽이, 피블에게는 자존심을 지킬 수 있는 최선의 방식인 것이다.

피블이 이 무시무시한 적수의 아내와 부엌에서 대화를 나누고 예기치 않은 질문을 던지는 장면 역시 복잡하기는 마찬가지다. 몇 줄만으로도 디킨슨은 케인 부인의 성격과 피블 자신의 결혼생활에 대해 선명한 그림을 그려 보이고, 그 안에 한두 가지 단서를 슬그머니 끼워넣는다.

"팔걸이의자에 앉아 계세요. 제가 덮치진 않을 테니까."
케인 부인이 요리하는 방식을 살펴볼 여지는 거의 없겠는걸, 피블은 생각했다. 그녀는 가스 불에 우유 주전자를 올려놓고, 테이블에 머그 잔, 스푼, 차, 네스카페, 우유, 설탕, 찻주전자, 비스킷을 차리기까지 거의 한 걸음도 움직이지 않았다. 아내가 어쩔 줄 몰라 하며 상차림과 아무 관련 없는 찬장들 주변에서 부산을 떠는 모습에 익숙한 피블은, 케인 부인의 능란함에 매혹되었다. 그녀는 적당한 그릇을 찬장에서 꺼낼 때에도 그쪽으로 눈길 한 번 줄 필요가 없었다.

[피블의 질문이 가져온] 효과는 정원에서 열린 축제에 쏟아진 우박과도 같았다. 재잘거리던 목소리와 양산들이 일제히 피할 곳을 찾아 허둥지둥 몰려가는 풍경. 지금까지는 할머니의 깃털 모자를 쓴 소녀처럼 보였던 자그마한 케인 부인의 얼굴이 파리해지고 의혹에 가득 찼다.

'재잘거리던 목소리와 양산들'이라는 매력적인 언어 구사에서 보듯, 디킨슨의 압축적이고 노련하고 능숙한 글쓰기 스타일은 186쪽짜리 책에 대학원 과정 전체를 몰아넣었다고 해도 과언이 아니다. 그의 언어 사용은 가장 현학적인 소설에서도 거의 성공한 적 없는 정확성과 풍성한 소리의 질감을 특징으로 한다. 그런 스타일은 피블이라는 이름의 형사에 관한 이야기 속에서 너무도 적절하게 자기 비하적인 태도로 제시된다.

저녁 식사 자리에는 흘러나온 심령체 같은 소스에 잠긴 비참하고 맛없는 생선과 고독한 침묵뿐이었다.

혹은 피블이 뉴기니 스타일로 그려진 어떤 그림들과 마주쳤을 때 그것은 "천진난만하지만 유치하진 않다"고 표현된다.

물고기를 꿀꺽 삼킨 왜가리 그림이었다. 중산모와 우산, 푸른색의 가는 세로줄무늬 양복 차림인 유럽 사업가의 그림이었다. 그의 지갑과 식도를 한꺼번에 볼 수 있었다. 피블은 기쁨에 겨워 웃음을 터뜨릴 뻔했다.

거대한 빅토리아조 저택의 장대하고 드높은 파사드와 절벽 오르기에 관한 토론에선 다음과 같은 표현이 사용된다.

피블은 그가 팔다리를 쫙 벌린 채 화려하게 장식된 건물 앞면을 서둘러 기어 올라가는 모습을 상상해보았다. 차디찬 신경줄의 중심이 손바닥의 생명선을 향해 경련을 일으켰다.

혹은 살인 도구로 사용된 목재 올빼미를 묘사할 땐 다음과 같다.

올빼미 오른쪽 귀 뒤로 말라붙은 약간의 핏자국과 흰색 머리카락 몇 올이 보였다. 어떤 악당이 어두워지기까지 기다렸다가, 이 나무 올빼미로 한 인간을 사납게 후려친 것 같았다.

우리 소설가들 중 몇몇은, 인간을 사납게 후려칠 수 있는 도구로 나무 올빼미를 떠올릴 수 있게 된다면 우리 신체의 일부를 기꺼이 갖다 바칠 용의가 있을 것이다.

디킨슨 소설의 세 번째 특징은 플롯이다. 그가 쓴 플롯은 신문 헤드라인처럼 비현실적으로 들릴지도 모른다(소설은 일반적으로 삶보다 훨씬 더 현실적이어야 한다고 요구받는다). 하지만 구조상으로 디킨슨의 줄거리들은 가장 주의력 깊은 독자들조차 만족시킬 수 있을 만큼 치밀하다. 그의 소설에는 조절 능력이 사라진 것처럼 보이는(대체 어떻게 한 거지?) 순간이 있다. 줄거리가 점점 늘어지고 두서없이 진행되는 것 같다가, 이야기를 지탱하는 힘에 아주 작은 변화가 나타나자마자 모든 상황이 갑작스레 제자리를 찾아 아귀가 딱딱 맞아떨어지고 바람을 맞은 돛처럼 팽팽해진다.

복잡한 캐릭터들, 만족스러운 언어, 잘 짜인 플롯. 그렇다, 이 모든 것이 다 있다. 하지만 디킨슨의 소설이 무엇보다 탁월한 지점을 딱 하나만 지적한다면, 그 핵심에 '타자성'에 대한 형언할 수 없는 감각이 있음을 말해야 할 것이다.

(1960년대에 쓰인) 《스킨 딥》은 석기 시대의 (아마도 식인 습관을 갖고 있었을) 뉴기니의 '쿠' 부족을 등장시킨다. 2차 세계대전이 끝나갈 무렵 일본군의 습격에서 살아남은 이 중년 남녀들은 이제 런던의 거대하고 오래된 하숙집에 거주한다. 그곳에서 그들은 조국의 일부를 부활시켰다. 오랫동안 그들은 도시의 후미진 구석에서 나이 들어가면서도 자신들의 방식을 지켜왔다. 그 집단의 한 명, 즉 일본군의 공격 이래로 부족의 일원이 된 한 인류학자 덕분에 삶의 관습 대부분을 보존할 수 있었던 것이다.

이상하다고? 그렇다. 하지만 그뿐만이 아니다. 그 인류학자는 영국인 여성 이브 쿠 박사다. 거의 이십 년 전 다른 사람들과 함께 정글 속으로 달아날 수밖에 없었던 그녀는 상징적으로 남성의 정체성을 떠맡게 되었고, 상징은 현실이 되었다. 그리하여 쿠 부족 사람인 남편조차 그녀를 남성으로 지칭한다. "이브는 잠깐 산책하러 나갔어요. 그는 지금 화가 났거든요."

그렇다, 부족의 눈으로 보자면 그들은 게이 부부다.

하지만 이 게이/이성애자 남성/여성 인류학자/부족의 (여성인) 남성은 등장인물 중 한 명일 뿐이며, 그/그녀의 위치는 이 소설 속 사소한 수수께끼 중 하나에 불과하다. 부족의 가장 젊은 멤버는 링고 스타처럼 되기 위해 무당의 북잡이 역할을 자청한다. (소설 속 이야기가 전혀 두서없진 않다는 점을 밝혀두는데, 그중 하나로) 지역 범죄 조직까지 끌어들이는 곁다리 서브플롯도 한 축에 버티고 있다. 과거부터 이어진 오랜 사랑이 있다. 뉴기니 사람들을 보호해주는 빅토리아조 건물의 특이한 건축도 중요하게 등장한다("취향이나 부 양쪽 모두, 이 타고난 끔찍함을 무찌를 수가 없어"). 그리고 또……

《스킨 딥》에는 부분의 총합보다 훨씬 더 많은 이야기들이 있다.

피블 경정과 그의 창조자 모두 자신만의 길을 간다. 분노한 스토리텔링의 투석기와 활로 공격당하면서도, 그들의 기민한 총명함은 처음부터 슬쩍 곁길로 비껴나가는 기이함을 겨냥하고 있었다. 둘 중 한 명이라도 세상 사람들이 중요하게 여기는 소위 상 제도(소설 속 주인공에게는 미래 홍보 차원에서, 그리고 피와 살을 가진 현실 속 작가에게는 베스트셀러 목록을 위해)에 초점을 맞춰 좀더 분명한 입장을 고수했다면, 양쪽 모두 자기 이름을 딴 거대한 건물 정도는 가질 수 있었을 것이다. 하지만 그 대신, 인내심 있는 독자는 대단히 특별한 누군가를 만났다는 잊을 수 없는 기억을 선물 받는다. 그리고 그 만남을 통해, 정신의 필수불가결한 어떤 부분이 영원히 새롭게 구축된다.

그리고 그 독자는, 피터 디킨슨의 세계의 영원한 국민이 되는 것이다.

•

로리 R. 킹Laurie R. King은 이십 년이 넘는 시간 동안 많은 책을 출간하고 많은 문학상을 받았다. 그녀는 스무 편 이상의 장편소설을 출간했는데, 그중 가장 큰 인기를 끌고 대단한 사랑을 받은 작품은 셜록 홈즈의 조수로 일하다가 그의 아내가 되는 메리 러셀이 주인공으로 등장하는 '메리 러셀Mary Russel 시리즈'다. 이 시리즈의 최신작은 《그림자의 의상Garment of Shadows》이다. 그녀는 현재 미국샌프란시스코 만 근처에 거주하고 있다.
www.laurieking.com

작별의 표정 *The Goodbye Look, 1969*

by 로스 맥도널드

•

로스 맥도널드Ross Macdonald는 미국의 미스터리 작가 케네스 밀러(1915~83)의 필명이다. 1949년과 1976년 사이에 쓰인, 사립탐정 루 아처를 주인공으로 한 미스터리 시리즈로 명성이 높다. 루 아처라는 이름은 대실 해밋의《몰타의 매》에서 주인공 샘 스페이드의 죽은 동료 마일스 아처로부터 부분적으로 따온 이름이다. 남부 캘리포니아의 샌타바버라가 모델인 가상의 공간 샌타테레사를 배경으로, 심리스릴러와 '누가 범인인가'라는 고전적 미스터리를 결합한 작품들이다. 이 시리즈를 일컬어 각본가 윌리엄 골드먼은 '미국인이 쓴 탐정소설 시리즈 중 최고'라고 격찬한 바 있다.

린우드 바클레이

밴텀 출판사에서 출간한 로스 맥도널드의 페이퍼백 표지에 쓰인 서체가 아니었다면, 나는 맥도널드를 영영 몰랐을지도 모른다. 그랬더라면, 내 인생에서 가장 중요한 사건 중 하나였음을 깨닫게 된 그 일은 결코 일어나지 않았을 수도 있다.

1970년 여름, 나는 15세였다. 페이퍼백 전용 철제 회전 진열대가 놓인 온타리오 주 밥케이건의 IGA 잡화점은 내가 자주 가는 동네 서점이었다. 밥케이건은 카워사 호수 지역의 중심부에 위치한 휴양지 마을로, 본토박이 거주민은 1천 2백 명 정도였고 당시에는 서점이 없었다. 나는 그곳 잡화점에서 포셋 출판사에서 출간한 도널드 해밀턴Donald Hamilton의

'맷 헬름Matt Helm 시리즈'와 렉스 스타우트의 '네로 울프 시리즈'의 신간, 재출간된 에르퀼 푸아로나 미스 마플 소설을 구입하곤 했다.

1970년의 그날, 내 시선은《작별의 표정》에 못 박혔다. 표지에는 '루아처 시리즈 최신작'이라는 문구가 박혀 있었고, '미국인이 쓴 탐정소설 시리즈 중 최고'라는《뉴욕 타임스 북 리뷰》에서 인용한 홍보문구로 봐선 엄청 좋은 책임에 틀림없었다(《뉴욕 타임스 북 리뷰》의 1면에 실린 윌리엄 골드먼의 리뷰에서 인용한 문구였다).

소설 제목과 작가 이름은 입체적인 굵은 서체로 적혀 있었다. 그래서 그 굵직한 글자들이 페이지에서 튀어오르는 것처럼 보였는데, 내 눈에는 두 해 전 종영한 TV 스파이 드라마 〈첩보원 0011The Man from U.N.C.L.E.〉 오프닝에 사용된 서체와 거의 똑같아 보였다. 사실대로 말하자면 나는 그 드라마에 완전히 사로잡혀 있었기 때문에, 당시 내가 쓴 70쪽짜리 중편 중 일고여덟 편 정도는 그 드라마 주인공들을 모델로 한 것이었다. 열두세 살 무렵, 나는 중편소설 표지에 그와 똑같은 서체로 제목을 작성하는 데 몇 시간씩 보내곤 했다.

그러므로, 이런 서체를 사용한 책이라면 당연히 멋진 소설일 수밖에 없지 않겠는가?

과연 그랬다.

나는《작별의 표정》을 정신없이 읽어치웠다. 그 책을 끝내자마자, 내가 구할 수 있는 모든 루 아처의 소설들을 보는 족족 사들였다.《인스턴트 에너미The Instant Enemy》《희생자를 찾아라Find a Victim》《갤턴 사건》《위철리 가의 여인The Wycherly Woman》등등.

이 소설들에는 뭔가 다른 점이 있었다. 뭔가가 계속 진행되고 있었다. 애거서 크리스티와 렉스 스타우트, 도널드 해밀턴만큼 좋았는데―정말이지 그들은 매우 훌륭한 작가들인데도―그들의 주인공이 죄인을 찾아내려는 노력은 집 안에서 벌어지는 게임과 다름없었다. 그러니까 카드 팩에서 스페이드 에이스를 꺼내며 의기양양하게 '여기 당신 카드가 있지!'라고 외치는 행위의 문학적 등가물이라고 해야 할까.

그래! 와우! 멋진 트릭이었어!

그리고 당신은 그 책을 옆으로 던진 다음 곧장 잊고는 또다른 추리소설을 꺼내들게 된다. 하지만 루 아처가 살인범을 찾아내는 순간은 다른 의미였다. 맥도널드의 소설 속 폭력적인 죽음은 더 확장된 맥락에서 제시되기 때문이다. 살인은 환경의 산물이다. 폭력은 제대로 작동하지 않는 가족 관계와 부패한 부와 권력으로부터 자라난다. 본질적 의미가 사라진 물질주의적 세계가 점점 더 확장하면서, 그 안에서 의미를 찾으려던 고립된 청춘은 표류하다가 비극적 결과를 맞는다.

이 사람들은 심각하게 망가졌다. 아마도 어떤 면에서 나는 무의식적으로 그들과 나를 동일시하고 있었다. 나는 16세에 아버지를 잃었고, 지배적인 성격의 어머니는 내 삶의 모든 측면에 간섭하고 싶어 했으며, 나의 형은 환청을 들었다. 여기, 루 아처의 이야기에는 나보다 훨씬 더 많은 문제를 가진 사람들이 있었다.

어떻게 사랑하지 않을 수 있겠는가?

《작별의 표정》의 핵심에는, 그리고 모든 루 아처 시리즈에는 가족의 비밀이 숨겨져 있고, 그 비밀은 잡초마냥 어떻게든 돌파구를 찾아 빛 속에 모습을 드러내고야 만다. 그리고 그 정화의 빛을 발하는 이가 바로 사건을 조사하는 루 아처이다.

이 에세이를 쓰기 전, 나는 1962년 처음 출간된 맥도널드의 소설《얼룩말무늬 영구차The Zebra-Striped Hearse》를 다시 읽었다. 1970년대 중반에 접했던 이후 오랜만에 집어들었는데, 이 책의 아름다움은 여전했다. 루 아처는 맥도널드가 되풀이해 다뤘던 주제를 네 단어로 압축한다. "과거는 현재를 이해하는 열쇠다." 그리고 이렇게 말한다. "청춘에 길을 떠나 살인자가 되는 사람들이 있다. 똑같이 청춘에 길을 떠나 희생자가 되는 사람들이 있다. 두 길이 교차할 때, 지독한 범죄가 발생한다."

로스 맥도널드―케네스 밀러의 필명이다―는 내가 십대 후반과 이십대 초반을 거치며 의문의 여지없이 지구상에서 가장 좋아하는 작가가 되었다. 그러므로 피터버러의 트렌트 대학교를 졸업할 무렵, 나는 당시 진척 사항이 없는 영문학 학위를 따기 위해 힘든 시간을 보내고 있었는데, 문학사의 아이콘 격인 캐릭터로서 사립탐정의 진화 과정을 주제로 논문을 쓰는 건 괜찮은 생각처럼 보였다. 나는 뒤팽에서 시작했고, 홈스와 샘 스페이드, 말로를 거쳐 가장 뛰어난 모범이라 생각하는 인물에 다다랐다. 바로 아처였다.

자료 조사를 시작할 때, 작가 본인에게 연락을 못해볼 건 또 뭐냐는 생각이 들었다. 그리하여 로스 맥도널드의 하드커버 출판업자였던 크노프 출판사로 편지를 보내 로스 맥도널드에게 몇 가지 질문을 던졌다. 몇 주 뒤 놀랍게도 작고 잘 알아볼 수 없는 밀러의 손 글씨로 작성된 답장을 받을 수 있었다. 그는 자신에 관해 쓰인 몇몇 글, 예를 들어 《뉴스위크》의 표제 기사 등을 추천해주면서, 자신이 청소년기를 보낸 온타리오에 사는 이로부터 연락을 받아 기쁘다고 썼다.

그래서 나는 입에 담지 못할 일을 저질렀다.

탐정소설을 한 편 쓴 게 있었는데, 그걸 그에게 보내도 되느냐고 물은 것이다. 오늘날 나는 그것이 얼마나 형용할 길 없는 민폐인지 알고 있다. 대체 그때 나는 무슨 생각을 했던 걸까? 《뉴욕 타임스》 베스트셀러 목록을 쥐락펴락하던 작가, 폴 뉴먼 주연의 흥행 영화 〈하퍼Harper〉의 원작소설 《움직이는 표적》을 쓴 작가가 아닌가. 일 년에 소설을 한 편씩 꼬박꼬박 내는 계약을 맺은 사람이 아닌가. 그런 사람이 캐나다의 스무 살짜리 애송이의 원고를 읽어주겠다고 허락할 리가 있겠는가.

그런데 케네스 밀러는 그러겠다고 했다.

나는 그에게 원고를 보냈다. 그는 답장을 보냈다. 편지는 이렇게 시작한다. "자네의 소설을 읽을 수 있어서 기뻤네. 그리고 그걸 다 읽었을 때에는 기쁨이 더 커졌네. 전도유망한 작품이고, 정확하게는 유망한 것 그 이상이네. 다른 작품들과 구별되는 개성이 있어."

그런 다음 비평을 해주었다. 이 소설은 서브플롯이 필요하고, "너무 빠르며, 너무 듬성듬성하다". 맞다, 정말이지 옳은 말이었다. 나는 그 원고를 확실하게 개선할 수 있었다. 중요한 건, 케네스 밀러가 내 소설을 읽어주었다는 것이었다.

우리는 몇 년 동안 계속 연락을 주고받았다. 하루는 이런 연락이 왔다. "5월 2일 피터버러를 방문할 예정인데, 자네를 잠깐이라도 만날 수 있다면 좋겠군." 당시 나는 가업을 이어 휴양지의 방갈로와 이동식 주택 주차장을 운영하고 있었고, 전화벨이 울렸을 때 막 쓰레기 청소를 마친 참이었다. 전화를 건 사람은 밀러였다. 그는 나더러 그와 사모님, 그러니까 또다른 미스터리 작가인 마거릿 밀러와 함께 저녁 식사를 하겠느냐고 물었다. 그들은 오토나비 강 근처에 사는 친척의 아름답고 유서 깊은 저택에 머무르고 있는 참이었다. 트렌트 대학교에서 남쪽으로 1마일만 더 가면 되는 곳이었다.

나는 기꺼이 참석했다.

그날 밤에 있었던 일 전부, 케네스 밀러와 내가 나눈 이야기를 여러분과 공유할 수 있다면 좋겠다. 그 순간의 흥분이 너무나 어마어마했기 때문에 세부적인 사항들의 일부는 아예 뇌리에서 지워졌다. 하지만 그의 인터뷰 기사가 실렸던 포르노 잡지 《갤러리Gallery》 한 부를 전할 수 있었다는 건 얘기할 수 있다. 밀러는 그 기사를 보지 못했고, 얼굴이 약간

빨개지더니 양해를 구하면서, 친척들이나 아내가 우연히라도 볼 수 없도록 그 잡지를 가방 한구석에 깊숙이 찔러넣었다.

나는 그를 차에 모시고 트렌트 대학교를 한 바퀴 돌며 구경시켜주었다. 우리는 트렌트 대학교의 절반과 나머지 절반을 연결하면서 오토나비 강을 가로지르는 페리언 다리에 잠깐 멈춰 섰다. 마거릿의 친척 중 한 명을 기리며 명명된 다리였다.

저녁 식사 자리에서 나는《언더그라운드 맨》의 도입부, 어치에게 땅콩을 먹이는 소년을 아처가 돕는 도입부 장면을 얼마나 사랑하는지 말을 꺼냈다. "자네를 위해서라도 그런 작품을 하나 더 쓰겠네." 아처가 농담했다.

내가 떠날 시간이 되어 밀러가 배웅하러 나왔을 때를 기억한다. 그는 좀 혼란스러워 보였고, 현관 대신 옷장 문을 열었다(이후 그는 소설을 딱 한 편 더 썼고 칠 년 뒤 알츠하이머병으로 사망했다).

그 일이 실제로 일어난 게 아니라고 생각했던 것도 기억한다.

소설가 로스 맥도널드는 내게 범죄소설의 관습이 즐거움 이상을 제공할 수 있음을 예증해 보였다. 그 관습은 깨우침을 주고, 우리가 사는 세계에 대한 통찰력을 주고, 우리로 하여금 생각할 기회를 준다는 문학의 목표에 기여할 수 있다.

인간 케네스 밀러는 친절함과 관대함을 내게 베풀었으며, 소설가가 되려는 목표에 계속 매진하도록 자신감을 심어주었다. 그는 이동식 주택 주차장에서 일하는 젊은이가 뭔가를 성취할 수 있다고 믿도록 격려했다. 그가 없었다면 그 목표가 불가능하다며 지레 포기했을지도 모르겠다.

어떤 작가도 내게 직업적으로, 혹은 개인적으로 그보다 더 큰 영향을 미치진 못했다.

군이 떠올리지 않아도 될 내용이지만, 그날 밤의 사소한 디테일을 하

나 더 쓰겠다. 나의 서재 책꽂이에는 밀러의 소설《잠자는 미녀》의 하드
커버판이 있는데, 그날 저녁 나는 사인을 받기 위해 그 책을 들고 갔었다.

그는 재킷 주머니에서 펜을 꺼내 이렇게 썼다.

"피터버러, 온타리오, 1976년 5월 1일, 린우드에게, 언젠가 나를 뛰
어넘을 것이라 기대하고 있습니다. 진심을 전하며, 케네스 밀러(로스 맥도
널드)."

•

《토론토 스타》의 전 칼럼니스트 린우드 바클레이Linwood Barclay는
열 편 이상의 장편소설을 썼다. 그의 소설《이별 없는 아침No Time
for Goodbye》은 영화화가 준비 중이다. 최근작으로는《창문 두드리
는 소리A Top on the Window》《안전하지 않은 집No Safe Home》이
있다. 그는 결혼했고, 장성한 두 자녀가 있으며, 캐나다의 토론토 인
근에 거주하고 있다.
www.linwoodbarclay.com

페이드아웃 *Fadeout, 1970*

by 조셉 핸슨

•

조셉 핸슨Joseph Hansen(1923~2004)은 미국의 소설가이자 시인이며, 자신의 성
적 정체성을 공표한 게이 주인공을 등장시킴으로써 하드보일드 미스터리를 혁신
시킨 장본인이다. 보험 조사관 데이브 브랜드스테터는 핸슨의 수많은 작품들 중 열
두 편짜리 시리즈의 주인공이다. 핸슨 본인은 '게이'보다 '호모섹슈얼'이라는 표현
을 더 선호한, 게이 인권 운동에 활발하게 참여한 활동가였다. 그의 주인공 브랜드
스테터는 자신의 정체성을 고민하지 않는 자족적인 캐릭터다. 핸슨은 이렇게 말한
바 있다. "나는 농담처럼 미국 소설의 전통에서 진정한 하드보일드 캐릭터를 데려
와 호모섹슈얼이라는 정체성을 덧입혔다. 그는 착하고 좋은 남자이며, 일도 아주
잘할 것이다." 이는 핸슨 자신에 대한 설명도 될 수 있다. 핸슨은 레즈비언 아티스트
제인 밴크로프트와 오십일 년간 행복한 결혼생활을 했으며, 그들의 딸 바버라는 이
후 남성으로 성전환했고 이름도 대니얼 제임스 핸슨으로 바꾸었다.

마샤 멀러

때는 1970년대 초반이었다. 1940년대와 50년대, 60년대를 대표하는
'3인의 거장' 때문에 사립탐정이 등장하는 범죄소설에 대한 나의 관심이
불붙었다. 대실 해밋, 레이먼드 챈들러, 로스 맥도널드. 남성, 터프하고,
타협하지 않으며, 과거나 사생활이 대부분 밝혀지지 않았고, 위험하고
낯선 지역에서 잘못된 일을 바로잡고 정의를 실현하는 남성들. 이 용감
한 남자들이 진실을 밝히고 정의를 집행하며 미지의 어두운 영역을 뚫고
나아가는 모습이 부러웠다. 하지만 여전히 나는 그들의 이야기에서 뭔가
빠진 고리가 있음을 의식했다. 말하자면, 사생활과 배경 말이다.

그리고 1970년대 초반, 우연히 조셉 핸슨의 '데이브 브랜드스테터

Dave Brandstetter 시리즈' 중 한 권인《페이드아웃》을 발견했다. 나는 그 주인공 때문에 깜짝 놀랐다. 호모섹슈얼이라는 성 정체성을 공표한 그는 사망보험금 지급 요청을 다루는 보험 조사관으로, 자신이 담당하는 사건 및 성적 취향과는 별개로 자기 나름의 인생을 살고 있다.

데이브의 아버지 칼 브랜드스테터는 데이브가 일하는 회사 머달리언 라이프의 소유주다. 그는 이미 마흔 줄에 접어든 아들이 '그 [호모섹슈얼의] 삶에서 벗어나'길 바라지만, 사실 아버지 자신도 평범한 삶의 귀감이 되진 못한다. 육십대 초반인 아버지는 이미 아홉 번 결혼했기 때문이다. 시리즈의 시작 부분에서 데이브는 이십 년간 관계를 지속했던 파트너 로드 플레밍의 죽음을 애도하고 있다. 로드는 여섯 주 전 암으로 숨을 거두었다. 애도의 기간 중 대부분 데이브는 자살을 생각하지만, 결국엔 삶을 선택한다. 불행히도, 새로운 미래를 건설하려는 그의 시도는 혼란스러운 직업적·개인적 상황으로 좌절되곤 한다.

데이브의 인생에서 이십여 년의 기간을 아우르는 이 열두 편짜리 시리즈물에는, 현대의 삶과 관련된 다양한 주제들을 포괄하는 현실적이고도 다채로운 인물들이 여럿 등장한다. 이를테면 부패한 정치(《페이드아웃》, 1970), 편협한 선입견(《모두가 두려워한 남자The Man Everybody Was Afraid of》, 1978), 포르노그래피(《도색영화Skinflick》, 1979), 도시의 쇠퇴(《나이트워크Night-work》, 1984), AIDS(《이른 매장Early Graves》, 1987), 그리고 백인 우월주의 운동(《오늘 아침 묻힌 소년The Boy Who Was Buried This Morning》, 1990) 등등이 그 주제들이다.

'브랜드스테터 시리즈'에서 주제는 매우 중요하다. 핸슨은 한 인터뷰에서, 작품을 이용해 세상의 해악에 대한 분노와 고통을 표현한다고 인정한 바 있다. 하지만 우리 독자들이 그 소설들을 되풀이해 읽게 되는 근본적인 이유는 캐릭터들 때문이다. 특히 데이브, 타인에게 깊이 공감하는 남자, 자신에게 주어진 사건들의 진실을 파헤치는 일에 때때로 강박적이리만치 헌신하는 이 남자 말이다.

어떤 평론가들은 이 시리즈에서 데이브가 맡는 사건이 대부분 호모섹슈얼과 그들의 문제에 얽혀 있다는 것이 단점으로 작용한다고 지적하기도 한다. 이 평론은 물론 어떤 면에선 타당하지만, 데이브가 게이라는 바로 그 점 때문에 일반적인 다른 조사관들보다 호모섹슈얼과 관련된 숨은 사실들을 좀더 손쉽게 알아차릴 수 있는 것이다. 모든 탐정은 사건 해결을 위해 세상에 존재하는 모든 지식을 끌어모으려 하는데, 대부분이 이성애자라는 성 정체성을 가진 세계 속에서 게이 남성은 더 광범위한 지식을 가지고 있지 않겠는가.

시리즈의 마지막 소설《노인들의 나라 A Country of Old Men》(1991)는 데이브 브랜드스테터의 인생 마지막 장이 되도록 의도한 작품으로, 데이브의 오랜 친구들을 전부 불러모으고 예전에 즐겨 찾던 곳들을 다시 한번 방문하는 내용으로 전체적인 조망을 꾀한다. 이야기는 옛 친구 매지 던스턴이 데이브를 방문하며 은퇴생활로부터 그를 끌어내면서 시작된다. 매지는 어느 날 아침 집 근처 해변을 산책하다가 야생 인간처럼 보이는 소년을 만난 적이 있는데, 그녀는 소년이 들려준 납치와 폭력, 살인에 얽힌 희한한 이야기 이면의 진실을 함께 찾아보지 않겠느냐고 데이브에게 제안한다.

거의 일흔 살이 다 된 데이브는 예전에도 은퇴를 철회하라는 유혹을, 그것도 너무 자주 받았다는 걸 인정한다. 이제 그는 다시 한번, 진실과 정의를 위해 헌신하고 싶다는 흔들림 없는 마음에 압도된다. 현재의 동반자인 TV 뉴스 진행자 세실 해리스가 제발 개입하지 말라며 간청하고 육체가 전보다 훨씬 쇠약해졌음에도 불구하고, 그는 언제나 그랬듯 자신을 이끄는 열정을 느끼며 다시 사건에 뛰어든다. 하지만 조사 과정은 전과 달리 수월하지 않다. 육체적 제약과 나이에 따른 기력의 쇠함이 그를 방해한다. 그래도 데이브는 무심하고 효율적으로 LA의 팝음악 신과 그 속의 여러 괴이한 인물들 사이를 누비고 다닌다.

결과는 1990년대 그 자체인 생생한 로스앤젤레스 초상화의 탄생이다. 부패했지만 기이하게 순진했던, 새로운 세기를 향해 확신 없이 전진해 나아가던, 이전의 스테레오타입과 새로운 방향 사이에서 갈피를 못 잡던 시대. 그러나 데이브는 지난 시대의 진화 과정을 지켜보았고 이해하는 사람이다. 또한《페이드아웃》의 어느 페이지를 펼치더라도 예전과 똑같이 사려 깊고 공감할 줄 알며 감정이 풍부한 남자로 남아 있다.

핸슨은 당시 막 주류 문화로 부상하려던 게이 문학에 편승해 데이브를 그럴싸한 캐릭터로 만들 생각은 없었다. 그보다는, 그저 호모섹슈얼 정체성을 가진 설득력 있는 개인을 만들어내고 싶어 했다(핸슨은 '게이'보다 '호모섹슈얼'이라는 단어를 더 선호했다). 핸슨은 호모섹슈얼에 관해 쓰인 거의 모든 글이 왜곡되어 있으며, 그 "잘못을 바로잡기" 위해 소설을 썼다는 말을 한 적이 있다. 그리고 그는 분위기와 캐릭터를 지적으로 활용하면서 그 목적을 더없이 즐겁게 성취해냈다.

《노인들의 나라》를 살펴보자. 로럴 캐년에 위치한 데이브의 집 거실 난로에는 메스키트 통나무가 타닥거리며 타고 있다. 간이 취사장에서 갓 뽑아온 허브 냄새가 떠돈다. 할리우드에 있는 맥스 로마노 식당의 향미이다. 되풀이해 등장하는 등장인물들은 대개 터무니없는 활약을 한다. 미치광이 예술가 코박스, 식당 주인 맥스 로마노, 연인과 결코 지속적인 관계를 맺지 못하는 레즈비언 매지 던스탠, 칼 브랜드스테터의 아홉 번째 아내이자 데이브의 장성한 딸이라고 해도 될 만큼 젊은 여자지만 꼭 필요한 순간 데이브에게 대놓고 쓴소리를 할 정도로 충분히 성숙한 어맨다, 풋내기 흑인 뉴스 진행자이자 데이브의 마지막—그리고 어쩌면 가장 진실한—연인이 되는 세실 해리스. 이 모든 사람들이 결합되어 데이브 브랜드스테터의 세계를 창조한다. 독자들이 그 안에 들어가 함께하고 계속 머물러 있고 싶다는 마음이 드는 그런 세계를.

조셉 핸슨은 기본적으로 브랜드스테터를 주인공으로 한 소설들을 통해 이름이 알려졌지만, 《뉴요커》에 시를 처음 발표한 1952년 초부터 시뿐 아니라 아주 노골적인 주류 성애소설, 고딕소설 두 편, 다양한 에세이에 이르기까지 다방면에 걸쳐 작품 활동을 하고 있었다. 그 외에도 그는 수많은 워크숍에서 가르쳤고 1960년대 라디오 쇼 〈호모섹슈얼리티 투데이Homosexuality Today〉를 맡아 진행했으며, 할리우드의 첫 게이 프라이드 퍼레이드를 조직하는 데에도 기여했다. '브랜드스테터 시리즈' 말고도 그는 전직 보안관 대리로서 현재는 말 농장을 운영하는 또다른 사립탐정 핵 보해넌Hack Bohannon을 주인공으로 한 시리즈도 집필했다.

핸슨은 1943년 제인 뱅크로프트와 결혼했고, 그 결혼생활은 1994년 그녀가 숨을 거둘 때까지 지속되었다. 그리고 핸슨은 십 년 뒤에 사망했다. 레즈비언와 게이의 결혼이라는 복잡한 조합에 대해 그는 이렇게 말한 바 있다. "내 여생을 함께 보내고 싶었던 굉장한 사람이 여기 있었다. 세상 사람들이 얼마나 기묘하다고 생각하든지 간에, 이렇게 함께한 삶은 옳았다."

그렇다, 세상은 변한다. 그리고 조셉 핸슨은 작품을 통해, 게이와 이성애자 독자 모두에게 동일하게 높은 수준의 오락거리를 꾸준히 선사함으로써 그 변화에 대한 많은 관심을 이끌어냈다.

마샤 멀러Marcia Muller는 남편 빌 프론지니와 협업한 세 편을 포함
해서 서른다섯 편 이상의 장편소설을 썼다. 친구들이 부르는 부부의
애칭인 '멀지니스Mulzinis' 팀은 단편 선집을 열 권 이상 함께 편집했
고, 문이 바람에 닫히지 않게 받치는 도어스탑으로 활용할 수 있는 무
게 5파운드짜리 범죄소설 장르에 대한 논픽션도 공동으로 집필했다.
2005년 멀러는 미국 미스터리작가협회가 수여하는 가장 큰 영예인
그랜드 마스터 칭호를 받았다. 남편인 프론지니도 2008년 같은 영예
를 받았다. 두 사람은 그랜드 마스터 칭호를 공유하는 유일한 생존 커
플이다(로스 맥도널드와 마거릿 밀러가 비슷한 영광을 누렸다). 이들
부부는 미국 캘리포니아의 소노마 카운티에서 책과 고양이들로 꽉
찬 집에 거주한다. 멀러의 '샤론 매콘Sharon McCone 시리즈'의 최신
작은《밤의 수색자The Night Searcher》이며 2014년 그랜드 센트럴 출
판사에서 출간되었다.
www.marciamuller.com

에디 코일의 친구들 *The Friends of Eddie Coyle, 1970*

by 조지 V. 히긴스

•

가끔 '보스턴의 발자크'라 불리는 조지 V. 히긴스George V. Higgins(1939~99)는 ―
그는 디킨스와의 비교를 더 기꺼워했을 테지만― 변호사이자 학자, 칼럼니스트, 작
가였다. 그는 미국 매사추세츠 주 검찰총장 사무실의 조직범죄 부서에서 지방검사
로 근무한 후 개인 사무실을 열었다. 조직폭력배와 하층민의 삶에 대한 깊은 관심
은 이후 그들을 주인공으로 한 소설 속 묘사에 특별한 신랄함을 부여해주었다. 불
행하게도, 히긴스는 첫 소설《에디 코일의 친구들》이 최고작이라는 사실에 저주받
은 듯했다. 수많은 작품들을 썼음에도 불구하고, 그는 에디의 그늘에서 벗어나기
위해 끊임없이 노력해야 했다. 그의 1990년 작《글쓰기에 관하여On Writing》는 좌
절에 빠지는 순간을 작가가 어떤 방식으로 극복하는지에 관한 정직한 기록으로, 출
판 경험이 없는 사람보다는 한 권이라도 자신의 책을 출판해본 경험이 있는 이에게
훨씬 유익한 책이다.

엘모어 레너드

1972년 겨울, 당시 나의 에이전트였던 할리우드의 H. N. 스완슨이
전화를 걸어와 최근 나온《에디 코일의 친구들》이라는 소설을 읽어봤는
지 물었다. 제목도 들어본 적이 없다고 했더니 그는 "이거 딱 자네 취향
이야. 지금 한 자라도 더 쓰기 전에 튀어나가서 사 보라고"라고 대꾸했
다. 스와니는 영화계의 거물이었고, F. 스콧 피츠제럴드와 레이먼드 챈들
러, 제임스 M. 케인의 에이전트로 일한 경력이 있었다. 나는 그가 지시한
대로 책을 사고, 첫 장을 펼쳐 읽기 시작했다. "26세인 재키 브라운은 웃
음기라곤 찾아볼 수 없는 얼굴로, 총을 몇 자루 구할 수 있다고 했다." 나
는 앉은자리에서 책을 다 읽은 다음에야 비로소 풀려난 기분이 들었다.

당신도 마찬가지일 거다.

리뷰는 찬사 일색이었다. 《뉴욕 타임스》의 조 맥기니스는 조지 히긴스가 "진짜 범죄의 세계, 김빠진 맥주 냄새가 나는 그 세계, 자신들이 살아나가기 위해 해야 할 일을 해치우는 창백하고 굶주리고 보잘것없는 남자들의 세계에 대해 통렬하기 그지없는 시각을 보여준다"고 썼다. 《뉴스위크》의 월터 클레먼스는 "스릴러라기보다는(물론 정말 빼어난 스릴러이기도 하지만) 놀랍도록 특화된 풍속소설"이라고 썼다. 《뉴요커》의 리뷰는 첫 문단에서부터 은행 강도 지미 스캘리시와 아티 밸런트로포, 총기 매매자 재키 브라운, 예의 주시해야 할 인물인 바텐더 딜런, 마약 거래상 T-맨, 데이브 폴리 등 코일의 친구들 이름을 읊었다(코일은 스스로를 "보스턴의 지하세계에서 헤엄치는 작은 물고기"라고 칭한다). 그들은 소설 그 자체이다. 그들은 먹고사는 방식으로 스스로를 드러낼 뿐 아니라 대화하고 소리 내는 방식을 통해 산문의 스타일과 태도를 확립한다.

내게 이 책은 하나의 계시였다.

당시 나는 뭔가를 쓰고 있었는데, 등장인물들의 목소리를 상대적으로 평온하고 절제된 어조로 유지하면서 대화를 통해 줄거리를 이어나가려 안간힘을 쓰고 있었다. 내가 조지 히긴스로부터 배운 점은, 힘을 빼라는 거였다. 정말 글다운 글을 쓰고 있다는 인상을 주려고 애쓰거나, 거친 대화의 리듬이나 외설의 활용에 대해 잘 알고 있다는 인상을 주려고 그렇게 힘들일 필요가 없다는 것이다. 무엇보다 조지 히긴스는 시간을 낭비하지 않고, 캐릭터들이 어디에 있다거나 외모가 어떤지 등 장면 전체를 세세하게 설계하지 않고 곧장 파고드는 법을 알려주었다. 말하자면, 독자를 즉각 낚으라는 뜻이다. 나는 또한 범죄자들이 평범한 사람처럼 보일 수 있다는 것, 우리 일반인들과 똑같은 관심사를 가지고 있다는 사실도 깨달았다.

조지 히긴스는 이 모든 바를 스스로 깨우쳤다. 그는 보스턴 대학교에서 영문학을 전공했다. 나 역시 또다른 예수회 계열 학교인 디트로이트 대학교에서 똑같은 전공을 선택했다. 히긴스는 그 뒤 자신의 말에 따르면 "소설 쓰는 법을 배우기 위해" 스탠퍼드로 진학했지만, "소설 쓰는 법은 가르칠 수가 없는 건데, 그때는 그 사실을 알지 못했다". 나는 쉐보레 광고문구를 쓰는 일을 하기 위해 학교를 그만두었고, 마찬가지로 글쓰기에 필요한 아무것도 배우지 못했다. 히긴스는 AP 통신에서 원고를 고쳐 쓰는 정리 기자로 입사하면서, '배변 훈련과도 같았던' 올바른 방향으로 한 걸음 내디뎠다. 그는 보스턴 대학교로 돌아와 법학 학위를 땄고, 검사 시보로 일하게 되었으며 그 일을 아주 좋아했다. 직장에서 그는 다양한 군상의 사람들을 만났고, 그들은 곧 히긴스의 소설 속 인물이 되었다.

하지만 출판에 이르는 길은 험난했다. 스탠퍼드 대학교에서 《에디 코일의 친구들》에 이르기까지 히긴스는 장편소설을 열 편 정도 썼지만, 출판사가 아예 관심을 보이지 않거나 거절하는 상황을 줄곧 겪었다. 아마도 현대를 배경으로 한 나의 첫 소설 《빅 바운스The Big Bounce》가 출판사와 영화 프로듀서들에게 전부 합해 여덟 번 거절당했던 것과 같은 이유가 아니었을까 싶다. 편집자들은 《빅 바운스》를 두고 '우울덩어리'라고 부르며 공감 가는 캐릭터가 전무하다고 했다. 그리고 삼십 년이 지난 후에도 나는 정확히 똑같은 종류의 소설을 쓰고 있다. 히긴스의 당시 에이전트는 《에디 코일의 친구들》의 초고를 읽고 나서, 이 소설은 도저히 판매가 불가능하다면서 연락을 끊었다. 지금 말한 사례가, 계속 이어지는 거절 편지에 낙심한 초보 작가들에게 어떤 자극제가 될 수 있으면 좋겠다. 당신이 뭘 쓰고 있는지 분명히 알고 있다고 생각한다면, 출판사들이 그걸 따라잡고 이해할 수 있을 때까지 시간을 줘야 한다.

처음에 히긴스와 나는 우리의 작품들에 공통적으로 붙은 꼬리표를 견뎌내야만 했다. 평론가들은 우리를 레이먼드 챈들러의 재림이라고 불렀다. 토론토에서 열린 하버프런트 독서 축제에서 처음 만났을 때, 조지와 나는 우리 중 누구도 범죄소설의 해밋-챈들러 계에 속하지 않았다는 사실에 동의했다. 예를 들어《에디 코일의 친구들》에 대한 내 의견은— 나는 지금까지 역사상 최고의 범죄소설로《에디 코일의 친구들》을 셀 수 없이 꼽은 바 있다—조지의 소설 때문에《몰타의 매》는 '낸시 드루 시리즈'처럼 귀엽게 읽힐 지경이라는 것이다. 이야기를 들려주는 우리의 공통된 방식이라면, 그 세계 사람들이 실제로 대화하는 것처럼 있는 그대로의 현실에, 배경지식을 기반으로 한 핍진성에 근거를 둔다는 점이다. 우리는 또한 플롯에 대해 너무 신경 써서는 안 되고, 이야기가 진행되는 지점에서 지나치게 가슴 졸일 필요가 없다는 데에도 동의했다. 대신, 어떤 일이 펼쳐지는지 보여줄 인물들에게 더 집중하는 편이 더 좋다.

《에디 코일의 친구들》출간 오 년 후《뉴욕 타임스》에 내 책 중 한 권에 대한 리뷰가 실렸는데, 내가 "자주 기존의 형식에서 벗어나지 못한다. 히긴스 같은 스타일로 괴상하고 외설적인 시로 저속한 아리아"를 쓴다고 했다. 모방을 통해 배운다는 건 바로 이런 거다.

히긴스는 보스턴의 발자크라고 불렸고, 나는 디트로이트의 디킨스라는 별명이 붙었다. 우리는 그에 대해서 대화를 나눈 적이 없는데, 나로서는 조지가 그 두운법을 맞춘 꼬리표에 대해 어떻게 생각했는지 알 길이 없다. 궁금한 건, 만일 내가 시카고에 살았다면 '시카고의 누구'가 되었을까 하는 점이다.

조지 V. 히긴스는 1999년 11월 6일, 예순 번째 생일을 며칠 앞두고 사망했다. 지난 이십여 년 동안 그의 이름과 나의 이름은 언론에서 자주 함께—대개의 경우 같은 문장 내에서—약 백칠십팔 번 정도 호명되었다. 나로서는 영광스런 일이다.

첨언:

십이 년 전인 2000년에 이 글, 즉 페이퍼백으로 출간된 《에디 코일의 친구들》의 서문을 썼을 당시 조지 V. 히긴스에 대해 말한 내용 이외의 것을 더 쓰기란 힘들다. 나로서는 그때 《에디 코일의 친구들》에 대해 느낀 바가 무엇이든지 간에, 지금 이 소설이 내게 흥미로운 작품이라는 바를 말할 수 있을 뿐이다. 《에디 코일의 친구들》보다 더 좋은 작품을 쓰는 건 힘들다. 이 소설은 축복이자 저주다. 당신은 자신이 읽는 이 소설이 걸작임을 알아차리는 동시에 그것을 넘어서고 싶어질 것이다. (엘모어 레너드, 2012년 1월)

●

동료들로부터 '작가들이 사랑하는 작가'로 불리는, 상업적으로나 비평적으로 큰 사랑을 받은 엘모어 '더치' 레너드Elmore 'Dutch' Leonard는 장편소설 마흔여섯 편을 쓴 작가다. 원래 웨스턴소설을 썼으며, 데뷔작은 1953년에 발표한 《바운티 헌터스The Bounty Hunters》다. 그는 1969년부터 《빅 바운스》를 필두로 범죄소설을 쓰기 시작했다(《밀주 전쟁The Moonshine War》도 같은 해 출간되었다). 마지막 작품은 《레일런Raylan》이다. 그는 2013년 사망했다. 엘모어 레너드의 별명 '더치'는 고등학교 때 급우가 붙여줬는데, 당시 워싱턴 세네이터스 야구팀의 투수 에밀 '더치' 레너드로부터 따온 것이다.
www.elmoreleonard.com

스팀 피그 *The Steam Pig, 1971*

by 제임스 매클루어

•

제임스 매클루어James McClure(1939~2006)는 남아프리카공화국 출신 저널리스트이자 소설가로, 작가 자신의 고향을 배경으로 한 '크레이머와 존디Kramer and Zondi 시리즈'로 유명하다. 리버풀과 샌디에이고에서 근무하는 경찰에 관한 그의 멋진 논픽션 두 권도 추천한다. 트롬프 크레이머는 아프리카에서 태어난 백인 경찰 부서장이고, 미키 존디는 줄루족 출신 경사다. 두 사람이 주인공으로 등장하는 이 시리즈는 매클루어가 남아프리카공화국 동부의 나탈 주에서 기자로 일했을 당시의 경험을 바탕으로 한, 아파르트헤이트 시대의 현실에 관한 능청스러우면서도 열정적인 보고서다. 가족을 끔찍이 아끼는 남자였던 매클루어는 자신이 쓴 기사 때문에 경찰의 감시를 받게 되자 결국 1965년 남아프리카공화국을 떠나 영국으로 이주했다. 그는 1974년 언론계를 떠나 전업 작가가 되려 했지만, 그의 마음은 언제나 신문을 향해 있었다. 그는 신문사 사무실의 동지애를 그리워했고, 아주 짧게 장의사 노릇을 하다가 다시 전직으로 돌아왔다. 그리고 《옥스퍼드 메일Oxford Mail》의 편집자로 일을 재개하고 은퇴할 때까지 그곳을 떠나지 않았다. 은퇴 후 다시금 소설 준비에 착수했지만, 결국 미완성 장편만을 남기고 사망했다.

마이크 니콜

1971년 제임스 매클루어의 《스팀 피그》가 출간됐을 당시 《뉴욕 타임스 북 리뷰》에 실린 평에 따르면, 《스팀 피그》는 "신장 부위에 강타를 날리는 듯하다"는 반응을 얻었다. 최소한 남아프리카공화국 바깥에서는 그랬다. 국내 반응은 덜 호들갑스러웠다. 매클루어의 소설은 제대로 된 서평을 받지 못했고, 그나마도 아주 짧게만 언급되었다. 물론 소규모의 좌파 성향 독자들이 《스팀 피그》를 낚아채 읽기 시작했지만, 그 외에 매클루어의 작품에 대한 제대로 된 평가는 이루어지지 않았고, 심지어 제대로 읽히지도 못했다.

그러나 《스팀 피그》는 아주 특별한 소설이다. 남아프리카공화국의 소설계에 이 같은 작품은 일찍이 등장한 적이 없다. 물론 1950년대 후반 영국적 전통의 범위 내에서 미스터리 소설들이 띄엄띄엄 출간되고 비슷한 시기 《드럼Drum》이라는 제호의 잡지에 사립탐정이 등장하는 몇몇 단편이 실리기도 했지만, 《스팀 피그》처럼 적나라하고 냉소적이고 매섭고 아이러니컬한 소설은 존재하지 않았다.

1970년대 초반 영어로 쓰인 남아프리카공화국의 문학은 대개 나딘 고디머Nadine Gordimer의 소설 속 후기 부르주아 세계 정도를 다뤘다. 범죄소설은 관심의 대상이 되지 못했고, 그 이유를 짐작하는 건 어렵지 않다.

범죄를 해결하는 경찰이 등장하는 소설은 국가 차원의 독재를 강화하는 것으로 독해될 수 있다. 이 시기는 아파르트헤이트가 맹위를 떨치던 시기다. 국가가 혼란에 질서를 가져온다면, 고문이나 실종, 죽음은 말할 것도 없고 착취와 분리, 학대를 용인하는 법으로 강화되어온 인종 차별을 기반으로 한 국가에 대해 작가는 무슨 이야기를 할 수 있겠는가? 진보적이고 자존감 있는 작가라면 경찰소설을 집필함으로써 경찰 편을 드는 행동 따윈 하지 않을 것이다. 경찰은 적이었다. 그들은 국민들을 침공하는 군대였다.

매클루어도 아마 여기에 동의했겠지만, 그는 좀 다른 전략을 갖고 있었다. 매클루어는 남아공에서 태어났고, 지금은 콰줄루/나탈 지역으로 알려진 더반과 피터마리츠버그에서 기자로 활동하다가, 1965년에 영국으로 이민을 갔다. 그때까지 가혹한 아파르트헤이트는 맹위를 떨치고 있었다. 저항 운동은 금지되었고, 그 지도자들은 로벤 섬의 감옥에 투옥되거나 추방당했다. 보안부서는 두려운 현실이었다. 한번 구속되면 변호인도 접견하지 못한 채 백팔십 일 동안 억류될 수도 있었다.

이런 상황을 배경으로 쓰인 《스팀 피그》는, 영안실 침상에 누워 있는 아름다운 소녀를 찬탄의 시선으로 바라보는 장의사의 모습으로 시작한다.

그녀를 좀 보시오. 시인이라면 이렇게 말했을 것이다. 아름다운 것은 영원한 기쁨일지니.
완벽한 몸매와 뼈는 아직 몇 년은 더 거뜬히 보기 좋은 형태를 유지할 수 있었을 것이다. 그 배꼽, 앙증맞게 오목한 배꼽이 특히 훌륭했다.
팽팽하고 새하얀 피부를 바라봐도 오싹한 느낌을 전혀 받지 못했다. 그는 손가락 끝으로 그녀의 풍성한 검은 머리카락을 황홀하게 더듬었다. 발가락도 그렇지만 그녀의 손가락은 예쁘게 모양내어 잘 다듬어져 있었다. 그 어떤 흔적이나 흠집도 보이지 않았다.

이 장면, 그리고 이를 전달하는 어조는 남아공 문학에서 낯선 것이었다. 하지만 이 장면은 심란하고 좀 위태롭게까지 느껴지는 묘사로만 끝나지 않는다. 아니, 그다음 장면에선 어떤 혼동이 발생해 소녀가 아닌 다른 이의 시체가 소각로에 들어가게 된다. 이 실수 때문에, 애초에 심장마비로 사인이 판명났던 소녀는 부검대에 오르게 된다. 그리고 맙소사, 매우 소름 끼치는 무기로 살해당했음이 밝혀진다. 날카로운 자전거 바퀴살이 그녀의 겨드랑이 아래를 파고들어가 심장을 찌른 것이다.
그녀의 시신을 검사한 병리학자에 따르면, 이 살인 도구는 참으로 기이한 것이다. "자전거 바퀴살같이 가느다랗고 뾰족한 걸 빼내고 나면 그 상처가 저절로 아물지, 무슨 말인지 알겠어? 근육과 폐와 피부조직 층층이 전부 아물게 된다고." 굳이 찾지 않는 이상 상처를 발견할 수 없게 되는 것이다. 그러므로 소녀의 사인을 '심장마비'로 결론 내린 일반의를 비난할 순 없다. 특히나 그녀에게는 심장 관련 질환이 있었기 때문이다.

이 살인사건 때문에 트롬프 크레이머 부서장과 그의 조력자 미키 존디 경사가 등장한다. 서로를 동료로 기꺼이 인정할 뿐 아니라 굉장한 팀워크를 보여주는 백인과 흑인. 그 자체만으로도 문자 그대로나 비유적 의미에서나 평범하지 않은 것이었다. 실제로 크레이머 스스로가 다른 백인 동료가 아닌 존디를 팀 동료로 선택했다. 백인 동료들은 이해하지 못했다. 왜 백인이 굳이 흑인을 파트너로 골랐을까? 짐작조차 할 수 없는 일이다. 진실은 이러하다. 크레이머는 매우 호감 가는 사람이긴 하지만, 존디만큼 똑똑하진 않다. 존디는 조사 과정 내내 제2바이올린 같은 보조 역할을 수행하지만, 모든 단서들을 합쳐 해결해내는 건 존디다.

옆방의 용의자가 비명을 질렀다. 쉬지 않고 계속 지르는 건 아니었지만, 불규칙적인 간격이 오히려 집중을 더 방해했다. 그러고는 타이프라이터가 먹통이 돼버렸다. 보고서를 제때 맞춰 끝내지 못할 것이다. 듀 플레시스 대령이 보고서 제출 시간을 4시로 못 박았는데, 지금은 이미 3시 55분이며 아직도 한 페이지는 더 써야 한다. "당신이나 알아서 잘 해보시죠, 대령 각하." 트롬프 크레이머 부서장은 큰 소리로 소리쳤다. 살인 전담 부서 사무실에 남아 있던 건 그 혼자뿐이었다.

고문받는 죄수의 비명이 불러일으키는 공포가 고장 난 타이프라이터와 크레이머의 짜증이 어우러진 유머러스함과 병치되는 광경이야말로 매클루어의 전복적 전략 중 일부이다. 이 소설 전체에 걸친 그의 의도는 국가의 아파르트헤이트 정책을 놀리고 조롱하는 것이다. 그리하여 아파르트헤이트 시대를 배경으로 한 소설에서, 크레이머는 고문실과 나란히 붙어 있는 경찰서 사무실에 앉은 모습으로 등장하게 된다.

반면 존디는 살해당한 여인의 방 소파에서 잠든 그의 '보스'를 깜짝 놀래키면서 모습을 드러낸다. 흥미롭게도, 존디는 크레이머를 부를 때 남아공 특유의 아프리칸스어로 발음한 '바스'가 아니라 '보스'라고 정확히 부른다. 이는 존디의 복종적 위치를 드러내면서도 굴절의 법칙에 의거하여 빈정대는 풍자의 효과도 자아낸다.

"펠트로 만든 중절모를 쓰고 최신 유행을 따르는 양복 차림"의 말쑥한 멋쟁이 존디는 즉시 살해당한 여인의 사진부터 검토하기 시작한다.

존디는 입가에 미소를 띤 채 미스 르 루의 브로마이드 이미지를 음흉하고 꼼꼼하게 훑었다. 이미 시신이라 하더라도 백인 여성은 원초적인 정욕으로부터 법적으로 보호받는 존재였다.
"지금 나를 곤란에 빠뜨리려는 거지?"
존디는 크레이머의 말에 대꾸하지 않았다. 사진들은 선명하게 촬영되었고 전문적인 솜씨로 인화되었지만, 조명이 너무 비스듬하게 설치되어 있어서 미스 르 루의 멋진 곡선들이 어딘지 좀 잘못돼 보였다. 그렇지만 존디는 봉투를 크레이머에게 건네기 전 인정한다는 표시로 고개를 끄덕여 보였다.
"멋진 여자네요, 아들을 많이 낳을 수 있었을 텐데." 그가 말했다.
"자네는 맨날 그런 생각밖에 못 하나?" 크레이머가 물었고, 두 사람은 동시에 웃음을 터뜨렸다. 존디는 구제 불능으로 골반에 집착하는 편이었다.

크레이머와 존디 사이의 다정하면서도 다소 과장되게 희극적인 관계 설정은 당시로서는 그 자체로만으로도 선동적이었다. 하지만 매클루어는 존디에게 크레이머만큼의 존재감과 권위를 부여하진 않았기 때문에, 결과적으로 보스는 크레이머이다.
이런 2인조의 배치는 거의 사반세기 동안 남아공에 없었다가(하나의 예외인 웨슬 에버존Wessel Ebersohn *이 있긴 하지만), 세월이 흘러 2000년대 중반에 들어서면서 서서히 다시 수면 위로 떠오르고 있다. 마치 매클루어가 범죄와 맞서 싸우는 주인공들이 각기 다른 집단 출신인 지역 범죄소설 컨벤션을 개최하기라도 한 것 같다. 아니면 매클루어는 그저 괜찮은 구상을 운 좋게 떠올렸을 뿐일 수도 있다. 결국 재치 넘치는 입담을 주고받는 2인조는 문학에서 상투적인 인물들 아닌가(셰익스피어 희곡의 단역들을 재창조해낸 톰 스토파드의 희곡 주인공 로젠크란츠와 길덴스턴, 사무엘 베케트의 블라디미르와 에스트라공이 그렇다). 매클루어가 남들보다 앞서 만들어낸 주인공들은 그들과 유사한 이점을 누리고 있는 것뿐인지도 모른다.

하지만 2인조 구도 외에도, 매클루어는 또한 아이러니와 유머를 결합한 스타일, 공적 영역과 사적 영역 모두에 침투한 부패에 대한 깊은 관심이라는 문학적 유산도 남겼다. 예를 들어 《스팀 피그》는 백인 사업가와 지역 정치가들 사이의 음탕한 밀월 관계를, 공갈 협박을, 폭력배들의 영역 싸움을, 국가의 정치 제도뿐 아니라 가장 취약한 부분까지 곳곳에 스며든 일상적 악의와 폭력을 다룬다. 이 요소들 또한 최근 범죄 장르의 기반을 쌓아올리고 있는 남아공의 범죄 작가들에게 상속되었다.

《스팀 피그》는 아파르트헤이트 정권에서 금서가 되진 않았다. 아마도 검열관들은 '깜둥이' '유색인' '짱께' 등의 비하적 단어들이 작가가 현재 상황을 묵인하고 있음을 입증한다고 생각했는지도 모른다. 크레이머가 존디를 친근하게 부르는 호칭인 '건방진 깜둥이 새끼'가 백인 보스를 위해 일하고, 그 백인 보스가 사건을 '해결'한다는 과정이 분리 정책 국가에 잘 들어맞았는지도 모른다. 사실상 '크레이머와 존디 시리즈'에 속한 여덟 권 중 판금된 책은 감옥 제도를 비판한 《일요일의 사형집행인The Sunday Hangman》 한 권뿐이다. 나머지 일곱 권의 풍자는 남아공 사람들이

• 현재까지 활발하게 활동 중인 1940년생의 남아공 범죄스릴러 작가.

제대로 알아차리지 못했다.

남아공 이외 지역에서는 그렇지 않았다.

작가 킹슬리 에이미스Kingsley Amis는 매클루어를 두고 이렇게 썼다(매클루어는 2006년 6월 영국 옥스퍼드에서 사망했다). "[그는] 액션과 글의 리듬, 짜릿한 흥분 같은 문학의 고전적 요소들뿐 아니라 더 많은 감각과 통찰력, 감정, 남아프리카공화국에서는 이러저러한 상황이 펼쳐지고 있다는 더 많은 정보, 더 많은 위트와 독창성, 더 탁월한 장인의 솜씨, 더 많은 예술적 기교를 우리에게 선사했다. 일요판 신문들 (그리고 온갖 주간지와 일간지도 포함해) 한 달치에서 장황하면서도 존경심이 듬뿍 담긴 서평들로 찬양받는 종류의 작가들이 보여주는 것보다 더 뛰어나게 말이다." 《워싱턴 포스트》의 서평자는 《스팀 피그》에 대해 "아파르트헤이트 사회의 증오와 질병을 폭로하는 이미지"라고 썼고, 《뉴욕 타임스》는 "이런 식의 강렬한 충격을 안겨줄 수 있는 몇 안 되는 데뷔작"이라고 평했다.

다행히도 뉴욕의 소호 프레스는 최근 매클루어의 작품들을 다시 출간함으로써 그의 작품에 생명 연장의 기회를 제공했다. 정말이지 다행스러운 일이 아닐 수 없는데, 남아공의 출판사들은 그 소설 속의 논쟁적인 언어 사용 때문에 감히 출간할 엄두를 내지 못하고 있기 때문이다. 하지만 이상하게도 출판사는 표지에 1971년 판본에서 긁어온 것처럼 보이는 홍보문구를 사용했다. "남아프리카공화국의 아파르트헤이트 시대를 배경으로 하며 수상 경력이 있는, 제임스 매클루어의 미스터리 시리즈 그 첫 번째 책. 아름다운 금발 소녀가 자전거 바퀴살에 심장이 찔려 사망한다. 이는 반투Bantu 폭력조직의 서명과도 같은 방식이다. 백인 부서장 크레이머와 반투족 조수 존디 경사는 누가, 왜 그녀를 죽였는지 알아내기 위해 나선다." 마크 트웨인의 소설 속 어휘들, 특히 '니그로(깜둥이)'라는 단어의 잦은 사용 때문에 고통받는 나라에 사는 편집자는 '반투'라는 단어에서 뭔가 꺼림칙한 느낌을 받지 않았을까? 아마도 받지 않은 모양이다.° 1971년 골드 대거 상을 받은《스팀 피그》는 오늘날에도 그 논쟁적인 생명력을 이어나가고 있다. 결말이 소극farce이라기엔 다소 경계에 치우쳐 있지만, 꽤 신나는 소설이기도 하다. 그리고 불공정한 언어 사용에도 불구하고, 이 소설은 남아프리카공화국 범죄소설의 시금석으로 영원히 기려질 것이다.

●

마이크 니콜Mike Nicol은 소설가, 저널리스트, 편집자로 활동하고 있으며 인터넷에서 창의적 글쓰기 강의도 하고 있다. 작가로서의 삶은 1979년 작은 시집《기념품들 사이에서Among the Souvenirs》의 출간으로 시작되었다. 다수의 장편소설과, 넬슨 만델라의 짤막한 전기를 포함한 논픽션 작품들을 집필했다. '복수 3부작'인《페이백Payback》《킬러 컨트리Killer Country》《블랙 하트Black Heart》의 출간과 함께 범죄소설을 쓰는 작업에 몰두하고 있다. 최신작은《경찰과 강도Of Cops & Robbers》이다.
mikenicol.bookslive.co.za

● '반투'는 반투어를 사용하는 남아프리카공화국 부족을 일컫는 말이다. 아파르트헤이트를 도입했던 남아공의 독재 정권 국민당이 인종 구별을 위한 단어로 사용했기 때문에, 20세기 중반부터 이 단어는 매우 모욕적인 뜻을 담게 되었다.

죽은 자의 댄스홀 *Dance Hall of the Dead, 1973*

by 토니 힐러먼

•

토니 힐러먼Tony Hillerman(1925~2008)은 동세대 미스터리 작가들로부터 가장 존경받는 작가 중 한 명이다. 2차 세계대전에 참전해 훈장을 수여받았고, 퇴역 후에 저널리스트로 활동했다. 앨버커키의 뉴멕시코 대학교에서 저널리즘을 가르치면서 소설을 쓰기 시작했다. 그에게 명성을 안겨준 '나바호Navajo 부족 경찰 미스터리 시리즈'에는 나바호족 경찰 조 리폰과 짐 치가 주인공으로 등장한다. 《죽은 자의 댄스홀》은 1974년 에드거 상 '최고의 장편' 부문을 수상했다.

윌리엄 켄트 크루거

어떤 문학 장르에서건, 다른 이들도 지나갈 수 있게끔 문을 열어젖힌 최초의 사람이 위대한 작가로 불릴 수 있다. 내게는 토니 힐러먼이 그런 작가다.

나는 내가 살고 있는 미네소타 주에 대한, 그리고 아니시나벡Anishi-naabeg 사람들 — 오지브웨Ojibwe라는 명칭으로도 알려진 — 과 백인들이 북아메리카 대륙에 처음 발을 내딛기 훨씬 오래전부터 오대호 주변에 터전을 일궜던 이들의 문화에 대한 소설을 쓴다. 넓은 의미에서 이것은 힐러먼 덕분이다. 그가 삼십 년 전 작가 생활을 처음 시작하며 나바호 문화를 중요하게 활용한 첫 원고에 가해진 초기의 비평들을 극복했기 때문이다.

그리하여 그는 수백만 독자들이 거의 알지 못했던 세계를 새롭게 접할 계기를 마련했다.

토니 힐러먼은 누구인가? 저널리스트, 대학 교수, 아마추어 인류학자, 고고학자, 민족학자, 그리고 2008년 숨을 거두기 전까지 서른 권 이상 책을 쓴 작가다. 작품 중 일부는 논픽션이지만, 그는 '나바호 부족 경찰 미스터리 시리즈' 열여덟 편으로 가장 잘 알려져 있다. 미국 남서쪽의 포 코너스 지역을 배경으로 한 이 미스터리 시리즈에는 두 명의 나바호 경찰, 조 리폰과 나중에 합류한 짐 치가 주인공으로 등장한다.

힐러먼에 대해 더 설명하기 전에, 그의 작품과 나의 연결고리에 대해 쓰도록 하겠다.

이 에세이를 쓰는 현재 시점에, 나는 코크 오코너가 등장하는 미스터리 시리즈 열한편을 썼다. 코크 오코너는 아일랜드인과 오지브웨 혈통이 섞인 남자다. 나는 1992년《아이언 호수Iron Lake》로 이 시리즈를 시작했다. 당시 마흔 살을 갓 넘겼던 나는 그때까지 미스터리 소설을 읽은 적이 없었다.

나의 아버지는 고등학교 영어 선생님이다. 아버지는 자식들에게 정전이라 공인된 문학작품만을 읽히며 키웠다. 나는 알렉상드르 뒤마, 로버트 루이스 스티븐슨, H. G. 웰스, 잭 런던, 쥘 베른을 맛보면서 성장했다. 아서 코난 도일의 소설을 읽긴 했지만, 그건 도일이 나름 고전 작가로 여겨지기 때문이었다. 나는 도일의 소설을 장르소설로서가 아니라 문학으로 읽었다. 하디 보이스? 낸시 드루? 그런 소설은 건드리지도 않았다. 하지만 마흔 살이 될 때까지 위대한 미국 소설을 쓰겠다는 노력이 성공하지 못하자, 나는 장르가 무엇이든 일단 출판될 수 있는 작품을 써야겠다고 결심했다. 사람들이 주로 뭘 읽는지 살펴보니, 대개의 경우 미스터리 소설이었다. 그래서 나는 미스터리 소설을 쓰려면 이 장르를 좀 알아야겠다는 생각으로 읽어보기 시작했다. 믿을 수 없는 행운이라면, 토니 힐러먼으로 독서를 시작했다는 점이다.

처음 읽은 토니 힐러먼의 소설은 《죽은 자의 댄스홀》이었다. 아이콘 격인 나바호 경찰 주인공 조 리폰이 등장하는 시리즈의 두 번째 작품이다. 무엇보다도 가장 먼저 내가 발견한 것은, 좋은 소설을 쓰는 노련한 작가로서의 힐러먼이었다. 그는 고전소설 작가라면 응당 그래야 한다고 생각하는 모든 특질을 갖춘 사람이다. 그의 캐릭터들은 뇌리에 오래 남는다. 그의 언어는 힘이 있다. 물리적이며 심리적인 디테일에 대한 관찰력은 정확하고 강력하다. 그의 무대는 온전히 감각적이다. 그리고 이 모든 장점에 더해, 그는 독자들에게 이국적이면서도 동시에 기이하게 친숙하며 매혹적으로 인간적인 문화에 대한 깊은 시선을 제공한다. 책을 덮을 때쯤 나는 힐러먼에, 그리고 장르로서의 미스터리에 돌이킬 수 없이 푹 빠지고 말았다.

조 리폰 부서장은 힐러먼의 데뷔작 《축복의 길The Blessing Way》—어찌 됐든 백인 주인공을 중심에 둔 이야기—에 조연으로 처음 등장했다. 힐러먼이 그 원고를 에이전트에게 보냈을 때 담당자는 솔직히 별로 좋지 않다며, 인디언 이야기는 다 없애라는 유명한 충고를 던졌다. 힐러먼은 이에 완전히 수긍하지 못했고, 하퍼스 앤드 로우 출판사의 유명한 미스터리 편집자 존 칸에게 연락하여 혹시 원고를 봐줄 수 있을지 의향을 타진했다. 한 문장짜리 답신이 돌아왔다. 보내세요. 그녀는 원고를 읽었고, 좋아했고, 출판에 동의했다. 약간의 편집이 필요하다는 조건은 있었다. 이 작품은 평단과 판매 양쪽 면에서 좋은 결과를 냈고, 에드거 상 '최고의 데뷔작' 부문에 후보로 올랐다.

힐러먼의 두 번째 소설 《벽에 붙은 파리The Fly on the Wall》는 남서부를 배경으로 하지 않았고, 나바호도 전혀 다루지 않았고, 《축복의 길》만큼 판매에 호조를 보이지도 못했다. 그는 이 원고를 집필할 당시, 나중에 인정했다시피 "나바호 인디언 보호구역과 나바호 부족 경찰 조 리폰으로 돌아가길 갈망했다".

《죽은 자의 댄스홀》에서 리폰은 온전히 스포트라이트를 받게 되고, 이야기는 그를 중심으로 돌아간다. 힐러먼의 시리즈에 익숙하지 않은 독자에게, 혹은 서가에 힐러먼의 소설을 단 한 권만 꽂고자 하는 수집가에게 내가 추천할 수 있는 책이 바로 이것이다. 왜냐고? 리폰이 등장하는 첫 소설은 아니지만, 힐러먼 소설의 가장 핵심적인 특징들이 한데 모인 시리즈의 첫 작품이자, 소설 속의 모든 요소들로 인해 시리즈가 미국 미스터리 역사에서 중요한 작품으로, 더 나아가 미스터리 장르의 걸작들과 어깨를 나란히 하는 작품으로 자리할 수 있도록 한 첫 작품이기 때문이다.

간단히 요약하자면 《죽은 자의 댄스홀》은 각각 주니족과 나바호족인 두 인디언 소년의 실종사건을 다룬다. 소년들이 마지막으로 목격된 장소에는 비현실적으로 많은 양의 피가 흩뿌려져 있었기 때문에, 수사관들은 살인사건이 저질러졌을 거라는 의혹을 품는다. 리폰은 이 조사에 참여하게 된 몇몇 법집행관들 중 한 명일 뿐이었다. 첫 등장에서부터 그의 독특한 인간적 면모는 뚜렷하게 드러난다. 그는 별종이다. 나바호족 출신, '북쪽' 사람인 동시에 이 세계에 속한 사람. 그는 대학을 졸업했고, 나바호족의 삶의 방식과 '혼조honzho'라고 불리는 조화의 중요성, 나바호족이 강조하듯 아름답게 살아야 할 필요성에 대한 감각을 유지하면서도, 더 넓고 더 정교한 세계 역시 잘 이해한다. 그는 나바호족의 감수성으로 그렇게 되어야만 한다고 믿는 세계와 현실 세계 사이에서 균형을 잡으려고 노력하고 인내의 중요성에 대한 나바호족 특유의 이해력과 유머 감각, 조사관으로서 잘 훈련받은 정신력으로 그 균형을 성취해낸다.

백인 법집행관들과 용의자들은 시골뜨기 경찰에다 인디언 출신이라며 자주 리폰을 과소평가한다. 《죽은 자의 댄스홀》에서 그는 살인사건을 담당하는 FBI 특수요원에게 몇 번이고 무시당하지만 그것에 대해 그다지 신경 쓰지 않는다. 주변 사람들의 몰이해 덕분에, 그는 자신이 가장 잘하는 일을 자유롭게 밀고 나갈 수 있다. 즉 미국 남서부의 황폐하면서도 아름다운 풍광에 자리 잡은 다채로운 문화에 대한 인내력과 이해력을 바탕으로 살인사건을 조사하는 일 말이다.

다양한 목적으로 풍광을 활용하는 것이야말로 힐러먼이 가장 뛰어나게 재능을 발휘한 부분이다. 여기 하나의 예가 있다. 리폰이 사라진 나바호 소년을 찾아다니면서 이 지역의 특성과 그 필연적 결과에 대해 숙고하는 장면이다.

그는 아름다움을, 구름이 만들어내는 무늬진 그림자를, 붉은 절벽을, 이 메마른 지역 곳곳에 가을이 만들어낸 푸른색과 황금색, 회색 물결을 바라보았다. 하지만 곧 북풍이 마지막 남은 잎사귀 몇 개마저 쓸어가버린 다음 차가운 하룻밤이 지나면, 이 풍경은 온통 흰색으로 바뀔 것이다. 이곳 어딘가에 숨어 있다면, 조지 바울렉스는 곤경에 처하고 말 것이다. 그는 눈이 올 때까진 어렵지 않게 살아남을 수 있다. 말라붙은 산딸기나 식용 뿌리, 토끼도 있으며, 나바호족 소년이라면 어디서 그 먹거리들을 찾을 수 있는지 알고 있다. 하지만 어느 날, 영원할 것 같던 산속의 가을 햇빛이 끝장나는 때가 온다. 극지방에서 불어오는 눈보라가 캐나다 서부에서 튀어나와 로키산맥 서쪽을 타고 하강한다. 이곳의 고도는 해수면으로부터 1마일 반 정도는 되며, 아침엔 이미 단단한 서리가 내리고 있었다. 이 계절의 첫 강풍과 함께 아침 기온은 영하로 급강하할 터였다. 눈보라 속에서 음식을 구하는 건 불가능하다. 그 첫날부터 조지 바울렉스는 굶주릴 것이다. 체력이 떨어질 것이고, 얼어 죽을 것이다.

힐러먼은 이 간략한 설명문으로 캐릭터까지 한꺼번에 솜씨 있게 성공적으로 다룬다. 독자들을 위해 그는 종종 어떤 주변적 캐릭터를, 혹은 진짜 정체가 아직 밝혀지지 않은 캐릭터를 정형화된 속기법처럼 가장 두드러지는 특징 일부를 활용해 그려내곤 한다. 모카신 자국만을 남기며 범행 대상을 찾아다니는 수수께끼 같은 자는 '모카신을 신은 남자'로 지칭되고, 때로는 더 단순하게 '모카신'으로만 불린다. 정보를 제공하는 젊은 나바호족 부부 중 여자는 '젊은 아내'로 짧게 명명된다.

좋은 작가라면 누구든 이런 성취를 해낼 수 있을 것이다. 하지만 힐러먼을 다른 작가들과 구별시키는 재능 중 하나는, 이야기의 속도감을 확연히 늦추지 않고도 미스터리 소설 줄거리에 아메리카 원주민 문화에 대한 감성적 접근을 녹여 넣었다는 점이다. 그는 대개 나바호족, 주니족, 푸에블로족, 혹은 우테족의 문화와 영성의 뉘앙스를 이야기의 필수적인 요소로 만듦으로써 인상적인 성공을 일궈낸다. 조 리폰이 소년의 실종을 둘러싼 온갖 불가해한 요소들에 대해 깊이 생각하며 어떤 패턴을 읽어내려 노력할 때, 그는 지혜롭기 그지없었던 할아버지가 남긴 가르침의 기억 속으로 빠져든다.

"쇠똥구리가 움직일 때, 무언가가 그 쇠똥구리를 움직이게 만들었다는 걸 명심해라. 그 움직임이 참새의 비행에 영향을 미치고, 그리하여 까마귀는 하늘로부터 날아 내려오는 독수리를 피해 방향을 틀고, 독수리의 뻣뻣한 날개가 바람 종족의 의지를 굽혔다는 것을, 그리고 이 모든 상황이 너와 내게 영향을 미친다는 것을, 프레리도그 털 속의 벼룩 한 마리와 미루나무 잎사귀에도 영향을 미친다는 것을 명심하거라." 호스틴 나시비티는 말했다.

그것이 그날 가르침의 핵심이었다. 자연의 상호 의존. 모든 원인에는 결과가 따른다. 모든 행위에는 반응이 뒤따른다. 모든 것에는 이유가 있다. 모든 것에는 하나의 패턴이 있고, 그 패턴 속에는 조화의 아름다움이 있다. 그러므로 사람은 악을 이해하고 그 원인을 읽어냄으로써 악과 함께 사는 법을 배우게 된다. 그리하여 사람은 행운이 따른다면 언제나 '아름답게 사는 법'을, 그 정형화된 양식을 언제나 찾아내고 발견해야 한다는 것을 천천히 체계적으로 배우게 된다.

힐러먼의 소설은 엄청나게 복잡하거나 경이롭지는 않다. 그 이야기들은 어떤 배경이든, 원주민이든 백인이든 간에 그 안에서 살아가는 사람들로부터 자연스럽게, 거의 단순하게 발생한다. 힐러먼은 초현실적 힘이 개입된 것처럼 보이는 이야기를 매우 자주 들려주지만, 결국 마지막에 이르면 리폰은 그 범죄 이면에 숨겨진 진정한 손이 피와 살을 가진 인간의 것임을 밝혀낸다. 《죽은 자의 댄스홀》도 예외가 아니다. 마지막 결론은 예상치 못한 놀라움이긴 했지만, 이 소설의 핵심에 있는 종족 문화의 비밀스러운 본질을 아주 충실하게 지키고 있다.

작품 세계에 가장 큰 영향을 미친 사람에 대해 질문받을 때마다 나는 언제나 힐러먼을 언급한다. 똑같은 질문을 받았을 때, 힐러먼은 오스트레일리아의 작가 아서 W. 업필드Arthur W. Upfield를 지목했다. 업필드는 애버리지니 혈통이 섞인 형사 나폴레온 보나파르트를 창조한 작가다. "업필드는, 그리고 그 외 여러 훌륭한 미스터리 작가들은 민족지학과 지리학이 어떻게 플롯에 활용되어, 낡아버린 문학 형식을 풍요롭게 살찌울 수 있는지 내게 알려주었다." 힐러먼은 이렇게 썼다.

태양 아래 새로운 것이 없다는 말이 있다. 하지만 위대한 작가는 이 말이 완벽하게 잘못되었음을 입증해 보인다. 힐러먼은 나에게, 또 나와 비슷한 다른 이들에게 문을 열어 보였고, 우리로 하여금 범죄와 함께 또 다른 문화를 조사할 수 있는 가능성을 풀어주었다. 그 결과 독특한 문화적 유산을 존중하며 전달하는 가운데 충분히 매혹적인 이야기가 나올 수 있다고 나는 믿어 의심치 않는다. 이것이야말로 힐러먼이 훌륭하게 이뤄낸 바이며, 우리 역시 지속적으로 노력하는 바다.

윌리엄 켄트 크루거William Kent Krueger는 《뉴욕 타임스》 베스트셀러 목록에 이름을 올린 '코크 오코너Cork O'Connor 미스터리 시리즈'의 작가다. 미국 스탠퍼드 대학교에서 짧게 수학한 후 현실 세계를 경험하기 위해 학교를 떠났다. 이후 이십 년 동안 벌목과 건축 현장 일을 하면서 프리랜스 저널리스트로 꾸준히 글을 썼고, 미네소타 대학교에서 아동 발달 연구자로 일하면서 그곳에 정착했다. 최근에는 전업 작가로 소설 집필에 전념하고 있다. 마음을 다해 사랑하는 세인트폴에 거주하며, 소설은 언제나 집 근처 작고 귀여운 카페에서 집필한다. 시리즈의 열다섯 번째 책 《윈디고 섬Windigo Island》은 2014년에 발행되었다.
www.williamkentkrueger.com

대디 쿨 *Daddy Cool, 1974*

by 도널드 고인스

·

도널드 고인스Donald Goines(1937~74)는 미국 미시건의 잭슨 교도소에 수감 중일 때부터 글쓰기를 시작했다. 아이스버그 슬림의 책에 자극받은 고인스—알 C. 클라크Al C. Clark라는 필명으로도 집필했다—는 사 년 동안 장편소설 열여섯 편을 쓰는 기염을 토했다. 《마약상용자Deopefiend》(1971), 《사생아Whoreson》(1972), 《흑인 갱스터Black Gangster》(1972)와 《대디 쿨》 등, 고인스의 소설들은 도심 내 아프리카계 미국인의 빈민가 경험에 관한 이야기들이다. 표준 영어와 아프리카계 미국인들의 도시 방언을 뒤섞는 스타일은 엄청난 찬사를 받았으며 아이스-T와 RZA, 투팍 샤커 등의 랩 뮤지션들에게 큰 영향을 미쳤다.

켄 브루언

누아르는 그 의미가 거의 상실해가는 지점에서 급작스레 돌연변이를 일으키곤 했다. 내가 맞닥뜨린 가장 최근의 추가 요소라면, 진지하게 말하건데,

힙합 누아르다.

안 될 거 있나?

애들한테 독서할 마음만 들게 한다면, 나는 기꺼이 거기에 한 표 던지겠다. 단, 그 가능하지 않을 것 같은 개념을 처음 만들어낸 이가 누아르의 고속도로에서 마땅한 찬사를 받는다는 조건하에.

도널드 고인스.

미스터리에서 가장 사랑받는 산물이라면 단연코 청부살인업자다. 그 중요한 요소를 놓치기는 어렵다. 즉각적인 매혹, 기성품 같은 플롯에 암살자까지 더해진다면, 어떤 반전이든 덧붙일 수 있게 된다. 하지만 이 범주 안에서 궁극적인 시험대를 통과할 수 있는 작품은 거의 없다.

시간이라는 시험대.

《대디 쿨》은 1974년 처음 출간되었고, 2003년 최고로 힙한 올드 스쿨 출판사에서 재출간되었다. 올드 스쿨의 책들은 흑인 도시 문학의 토대를 다졌으며, 《대디 쿨》은 래퍼들의 성경이 되었다. 전 세계적으로 잘 알려진 랩음악들을 듣다 보면, 거의 전부 고인스의 소설에서 가져온 것처럼 들린다.

이 소설의 줄거리는 아주 직설적이다. 래리 잭슨은 무자비하게 효율적인 청부살인업자다. 그의 트레이드마크는 칼이며, 사랑해 마지않는 딸에게 어느 정도까지는 그 무기를 쓰는 기술을 알려주었다. 그는 자신의 본업을 위장하기 위해 내기 당구장을 운영한다.

닥쳐올 비극의 씨앗은 이미 초반부터, 잭슨의 의붓아들들이 숫자 알아맞히기 노름에서 장난질을 칠 때부터 뿌려져 있다.

최근 들어 흑인 문화와 랩음악의 영향력에 대한 연구가 활발해지면서, 학계에서도 고인스가 다뤘던 테마에 대한 논쟁에 가담하기 시작했다.

터무니없는 실력 행사가 시작된다는 신호다.

고인스에게 꼬리표를 붙이는 건 진정한 왜곡이다.

'흑인 셰익스피어'라니.

그리고 상황은 점점 더 나빠진다.

학계 사람들을 여물통 앞에 끌어다주면 오물만 얻게 될 뿐이다. 그들은 《대디 쿨》을 논하면서 《햄릿》을 참조 사항으로 언급한다.

조이스가 무덤에서 웃어댈 일이다.

고인스는 감옥을 수차례 들락거리던 중《몬테크리스토 백작》을 읽게 됐는데, (비록 좀 다른 식의 표현이긴 하지만) 그 영향력은 상당히 분명해 보인다.《대디 쿨》은 여러 면에서 독특하다. 특히 이 소설은 그래픽노블로 재창조가 가능한 극소수의 소설 중 한 편이기도 하다.

고인스는 상대적으로 잘사는 집안 출신이었지만, 도저히 끊지 못한 헤로인중독 때문에라도 포주나 마약 거래상, 사기꾼, 주류 밀매자들과 있을 때 가장 편안해했다. 그는 미시간 주 교도소에 수감 중일 때 처음으로 글을 쓰기 시작했다. 디트로이트식 대화의 위대한 거장 엘모어 레너드처럼 처음엔 웨스턴소설을 썼다. 하지만 로버트 벡, 별칭 아이스버그 슬림을 발견하면서 고인스는 미스터리 소설로 방향을 전환했다.

그는 일반 영어와 흑인 이웃들의 방언을 뒤섞으며 자신만의 스타일을 완성했다.

감옥에서 석방된 뒤, 고인스는 사실혼 관계의 아내와 함께 로스앤젤레스의 와츠 지구로 이사했다. 지리적 변화가 생활방식을 바꾸는 데 도움이 될 거라 믿었기 때문이다.

그렇진 않았다.

그는 아침엔 글을 썼고, 오후엔 마약 주사를 꽂았다. 그리고 경악스럽게도 사 년 동안 열여섯 편의 소설을 완성했다. 그는 빈민가의 속어가 혼합된 글을 변증법적 형태로 걸르며 기교를 세련되게 다듬었다. 그의 필명 알 C. 클라크는 도널드 고인스로 교체되었다.

"그는 진짜 이야기꾼이다. 그의 책을 읽기 시작하면 당신은 (…) 바로 그 장소에 있게 된다."

스타 래퍼 DMX는 이렇게 말했다. 그 역시 수감 기간에 고인스의 소설을 처음 읽게 되었고, 고인스의 소설《혼자 죽지 않는다Never Die Alone》를 스크린으로 옮긴 2004년 영화에선 주인공 역을 맡는 멋진 반전을 보여주기도 했다.

사 년 동안 쓴 어마어마한 소설들의 양을 볼 때, 고인스는 소설 한 편을 한 달 안에 끝내는 식으로 달렸을 것이다. 이처럼 과열된 글쓰기 속도는《대디 쿨》의 가치를 하락시켰을 수도 있겠지만, 오히려 차디찬 킬러의 초상에 긴장감을 더해줬다.

대디 쿨은 사람을 죽이기 전에 담배에 불을 붙이는 트레이드마크적인 행동, 아무런 감정의 동요가 없는 그 냉정함 때문에 두려움과 존경을 한 몸에 받는다. 그는 살인을 저지르면서 절대 서두르지 않는데, 이처럼 흥분의 흔적이 전혀 보이지 않기 때문에《대디 쿨》이 집필된 속도를 믿기가 도무지 어렵다.

대디 쿨이 유일하게 진심으로 사랑하는 사람은 딸뿐이며, 그는 딸이 사귀는 포주에 대해 경고를 하려고 노력한다. 하지만 포주가 그녀를 잔인하게 버리는 불행한 상황이 터지면서, 이제 이야기는 복수를 향해 질주한다.

"(…) 우리가 자신의 소설에 관심 있는지 알고 싶어 하면서, 그의 눈동자는 그야말로 뜨겁게 빛나고 있었다."

흑인 문학을 중점적으로 다루던 전설적인 할러웨이 하우스 출판사의 벤틀리 모리스는 회상했다.

고인스는 두 가지 꿈을 가지고 있었다. 소설, 그리고 영화.

스파이크 리의 촬영감독 출신인 어니스트 디커슨이《혼자 죽지 않는다》를 원작으로 한 영화를 연출하게 됐을 때, 그는 처음엔 이 소설이 영화화하기엔 너무 어둡고 음산하다고 생각했다.

하지만 고인스의 가장 큰 유산은 그 누구보다 래퍼들에게 상속되었다.

AZ부터

RZA를 거쳐

투팍에 이르기까지.

그리고 스스로를 도니 고인스Donny Goines라고 부르며 도널드 고인스로부터 영향 받았음을 인정한 래퍼도 있다. 투팍 샤커는 가사에서 고인스를

"나의 아버지 같은 존재"

라고 일컫기도 했다.

와츠로 이사 간 다음 고인스는 점점 더 정치적으로 변했고, 흑인 빈민가의 혼란을 인종 전쟁과 비교하기 시작했다.

그와 사실혼 관계였던 아내는 백인 두 명이 쏜 총에 맞아 죽었다. 이 살인사건 뒤에 숨은 진짜 동기에 대한 논란은 여전히 진행 중이다. 끔찍하게 잘못되어버린 마약 거래에 얽힌 싸움이었는지,

아니면

고인스가 소설 속에서 자신들을 묘사하는 방식에 불만을 품었고, 연방수사관들이 그 소설과 등장인물을 현실 속 인물들을 추적하는 지도처럼 활용한다고 믿었던 흑인 갱스터들의 증가하는 불만이 원인이었는지.

《대디 쿨》은 체스터 하임스의 소설들과 자주 비교되지만, 하임스의 소설 속에 선명한 코미디적 요소는 고인스의 스타일이 아니다. 고인스의 목표는 그런 사치를 부리기엔 너무나 치명적이었다. 월터 모슬리Walter Mosley 같은 주류 미스터리 작가들의 작품들에는 고인스에게 빚진 바가 뚜렷하게 보인다.

고인스의 명성은 그의 삶과 죽음으로부터 자기 나름의 핏빛 시나리오를 완성해낸 래퍼들을 통해 지속되고 있다. 고인스 같은 작가들을 통해 흑인들의 도심 속 실존의 일상적인 유산이 냉엄한 예술로, 빈민가 지옥살이의 삭막한 기소장으로 변환될 수 있었다.

켄 브루언Ken Bruen은 아일랜드 서부의 골웨이에서 태어났다. 트리
니티 칼리지에서 형이상학으로 박사 학위를 받았고, 이십오 년 동안
세계 곳곳에서 학생들을 가르쳤다. 브라질의 감옥에서 짧은 구류 생
활을 마친 후 런던으로 왔다. 런던은 그의 초기 소설의 배경이 됐다.
그는 골웨이를 배경으로 사립탐정 잭 테일러가 등장하는 미스터리
시리즈로 유명하다. 이 시리즈의 첫 소설은 《보안 요원The Guards》
(2001) 이다. 이 시리즈로 브루언은 셰이머스 상, 매커비티 상과 배
리 상을 받았다. 《런던 대로London Boulevard》는 2010년에, 《블리츠
Blitz》는 2011년에 같은 제목으로 영화화되었다. 브루언의 최신작은
'잭 테일러Jack Taylor 시리즈'의 열 번째 소설 《연옥Purgatory》(2013)
이다.

www.kenbruen.com

잘못된 사건 *The Wrong Case, 1975*

by 제임스 크럼리

•

제임스 크럼리James Crumley(1939~2008)는 지난 반세기 동안 가장 큰 영향력을 미친 범죄소설가 중 하나다. 레이 브래드버리Ray Bradbury의 '탐정 크럼리Detective Crumley 시리즈'는 그의 이름을 따온 것이며, 크럼리의 소설《라스트 굿 키스The Last Good Kiss》(1978)의 첫 문장은 범죄소설사상 최고의 도입부로 종종 언급된다. 1969년《보조를 맞추는 사람One to Count Cadence》으로 데뷔한 이래, '밀로 밀로드라고비치Milo Milodragovitch 시리즈'와 'C. W. 셔그루C. W. Sughrue 시리즈'로 유명해졌다(이 두 캐릭터는 1996년《보더스네이크스Bordersnakes》에 함께 등장한다). 크럼리는 1994년《멕시칸 트리 덕The Mexican Tree Duck》(1993)으로 대실 해밋 상을 수상했다.

데이비드 코벗

나는 범죄소설에 늦게 입문했다. 잘난 척하는 여타의 수많은 공부벌레들처럼, 나 역시 내가 읽지 않은 것을 하찮게 취급하는 데 전혀 거리낌을 느끼지 않았다. 하지만 내 심장을 부서뜨리고 코피가 줄줄 흐르게 하기 위해 버클리 대학교의 언어학 장학금을 포기하고 상아탑 밖으로 스스로 뛰쳐나올 만큼의 균형 감각은 갖고 있었다.

첫 번째 경유지는 극장이었다. 나는 해럴드 핀터Harold Pinter를 통해 악의를, 아서 밀러Arthur Miller와 테너시 윌리엄스Tennesse Williams와 에드워드 올비Edward Albee를 통해 감정싸움이란 무엇인지 다시금 정의 내리게 되었다. 나는 열심히 배웠고, 금방이라도 무너질 것 같은 내 오만함의 사다리 아래쪽으로 계속 내려가면서, 무모한 삶의 순수한 산물에 좀더 가까워지고 있었다.

그다음은 친구로부터의 제안에서 비롯되었다. 그는 사립탐정 일을 제의하면서 "네가 글을 쓰고 싶다면, 이 직업만큼 소재를 풍부하게 제공해주는 것이 있겠어?"라고 했다. 내 평생 들어본 가장 절제된 표현이라 할 만했다. 멍청이가 아니고는 거절할 수 없는 제안이었다. 나보다 더한 멍청이가 아니고서는.

나는 이 일이 마음에 들었고, 꽤 잘 해냈다. 사람들은 학교에서 배울 수 없는 방식으로 내게 말을 걸어왔고, 덕분에 파렴치한 내막에 접근하고자 하는 갈급한 갈망을 달랠 수 있었다. 내게 있는지조차 미처 깨닫지 못한 갈망이었다.

일이 년간 탐정으로 일한 뒤, 나는 마침내 범죄소설에선 대체 이 모든 성가신 일들이 어떻게 쓰였는지 읽어보기로 마음먹었다. 나는 챈들러의 《기나긴 이별》을 골랐다. 완전히 끌렸다고는 말 못하겠지만, 결국 어쨌든 이해했다. 이것이 범죄소설이라면, 좀 장황하긴 하지만 어쨌든 내가 속한 세계에 대해 이야기하고 있었다. 절반 정도는 꽤 정확했다. 나머지 절반이 번지수를 잘못 찾았다는 이유로 무시해버리기엔, 존중할 만한 지점이 더 많았다.

챈들러로부터 시작하여 나는 한동안 범죄소설의 지도 위를 헤맸다. 제임스 M. 케인부터 짐 톰슨, 제롬 차린Jerome Charyn, 마이클 코넬리, 제임스 리 버크까지, 딱히 목표도 없이, 무조건적 충동은 자제하면서 미스터리의 복도를 하염없이 거닐었다.

어떻게, 혹은 언제 제임스 크럼리의 소설을 우연히 맞닥뜨린 건지 잘 기억나지 않는다. 어쨌든 나는 읽었다. 그리고 모든 것이 차갑게 얼어붙었다. 독자로서 정말 손에 꼽을 만큼만 느껴본, '바로 이거야'라는 기이하고 아찔한 감각이 달려들었다.

크럼리의 글쓰기 자체는 분명히 챈들러를 연상시킨다. 어떤 망령에 사로잡힌 허세 부리는 남자, 위트 있는 터프가이가 주인공이라면 그럴 수밖에 없다. 하지만 또한 톰 맥구언Tom McGuane과 윌리엄 키트리지William Kittredge의 영향력도 느껴진다. 맥구언과 키트리지 둘 다 서부에서 산다는 것의 의미에 대해 내 관념을 확장시켜준 작가다. 거칠고도 아름다운 그 지역에, 그 역사의 잔혹함과 그 광선의 청명함에, 공유지를 사유화하려는 법령에 대한 그 지역 주민들의 경멸에, 세련된 복잡함은 숨겨져야 한다는 생각에 어울리는 언어를 창조한 작가들이기도 하다.

크럼리는 위트와 공감과 기술과 언어에 대한 장악력을 통해 '단순한' 범죄소설은 존재하지 않는다는 걸 깨우쳐주었다. 위대한 글과 그렇지 않은 글이 있을 뿐이다. 그리고 나는 크럼리의 소설이 어느 쪽에 속하는지 알고 있다.

동료 범죄소설가들 대다수가 《라스트 굿 키스》를 가장 먼저 집어들었겠지만, 그때 나는 《잘못된 사건》을 먼저 골랐다. 그리하여 C. W. 셔그루보다 밀로 밀로드라고비치를 먼저 만나게 되었다. 순서가 바뀌었더라도 내 선호도가 바뀌었을 것 같진 않지만, 어쨌든 나는 밀로에게서 부지불식간에 나와 유사한 영혼을 발견했다.

크럼리는 물론, 전반적으로 잘해낸다. 전화회사 내부자에게 사소한 뇌물을 찔러주고, 일을 빨리 진행시키기 위해 목격자에게 서투른 거짓말을 하고, 모든 사립탐정들이 늦든 빠르든 의뢰인에게 내지르는 말, "당신은 무슨 일이 일어났는지 확인하기 위해 나를 고용한 거지, 당신을 믿어달라고 고용한 게 아니잖소"도 등장한다.

하지만 수많은 사립탐정 소설가들처럼, 크럼리 또한 바깥 사람들에게 그토록 흔히 비웃음당했던 과도한 마초 성향에 빠져들곤 했다. 예를 들어 가상의 사립탐정이 목격자가 말 많은 펑크족—그러니까 가죽옷에 보라색 아이섀도를 칠한—이라는 이유로 그 집의 기둥을 아예 무너뜨려 집 정면 전체가 폭삭 내려앉은 경우라면, 그는 결코 밀로처럼 감옥에서 몇 시간만 보내진 않을 것이다. 그는 아주 제대로 된 형량을 살아야 할 것이고 탐정 자격증도 뺏길 것이다.

하지만 크럼리가 그런 장면과 나머지 이야기를 다룰 땐, 그 모든 소란스런 허풍과 남들을 괴롭히면서 뻐기는 행위 등은 전부 충분히 용서될 만하게 보일 뿐만 아니라, 진실하며 심지어 꼭 필요한 행위로 변한다. 그는 독자를 안절부절못하게 하는 어조로, 음흉한 아이러니와 가슴을 찢는 듯한 자포자기의 심정이 뒤섞인 어조로, 그리고 기묘한 결점이 있는 남자들이 선을 위한 투쟁 속에서 불가해하고 성난 진실을 밝혀내려 우스꽝스러운 일을 저지른다는 것을 십분 이해한다는 어조로 이야기를 끌고 나아간다.

이미 산산조각 난 내 가톨릭 신앙의 관점에서 크럼리의 세계를 읽노라면, 치명적인 죄와 과분한 용서 사이에서 투쟁하는 천사들을 발견하게 된다. 수치심과 죄책감이 모든 기억과 모든 대화에 따라붙어 그림자를 드리우곤 한다. 너무 많은 주정뱅이들이 책장마다 튀어나오기 때문만은 아니다. 주정뱅이들은 '우리 본성의 나약함'을 전적으로 받아들이는 태도를 표방하며 코러스를 구성한다. 마치 무덤이 모든 것을 깔끔하게 해결해주기 이전에 가톨릭 의식이 죄를 사해주듯.

크럼리의 소설에서 술에 취하는 행위는 각 개인이 견뎌내야 하고 결국엔 그를 옭아매는 바와 맺어야 하는 불안정한 휴전을 뜻한다. 그리고 모든 주정뱅이들은 그 자신만의 방식으로 부서지고 회복한다.

리 차일드는 '심장에 총알이 박힌 영웅', 그러니까 가속도를 받아 앞으로 앞으로 질주하는 주인공이 고통이나 상실의 유령에게 자꾸만 붙들리며 고통받는 상황을 비웃었다. 경찰이나 변호사, 살인청부업자, 그리고 사립탐정들은, 결국 그냥 그게 자기 일이니까 하는 것이 아니던가?

인정한다. 나 역시 내 소설 속 자아의 비뚤어진 동기를 쓸 때마다 자주 움찔한다. 그 인물들은 적대적인 시스템으로부터 경쟁하여 얻은 결실을 음미하는 일도 없고, 잘 완수한 일에 대한 자부심, 제대로 보수를 받지 못할 거라는 걱정이라든가 타인에게 부적절한 존재라고 여겨지는 데 대해 공포 따위는 느끼지 못하는 것처럼 보인다. 게임을 시작하는데 그런 이유 따위는 필요없으니까. 나한테는 그런 방식이 잘 맞는다.

하지만 크럼리의 경우, 작가적인 트릭보다 훨씬 더 현명한 속내가 있다. 밀로의 심장에 박힌 총알은 덜 중요한 인간들을 얼마든지 불행한 결말로 이끈다. 그리고 그가 어깨에 걸머진 유령은 단순한 짐 더미가 아니라 바로 그 자신이다.

밀로가 열 살쯤 됐을 때 그의 부모는 다시 한번 지독하게 끔찍한 싸움을 시작했고, 아버지는 레밍턴 30구경 산탄총을 가져와 휘두르다가 실수로 노리쇠가 열린 채로 방아쇠를 당겨 자신의 얼굴을 날려버렸다.

밀로의 어머니는 냉혹한 하피* 같은 여자였고, 이름을 댈 수 있는 모든 주정뱅이들의 내장까지 탈탈 털었다. 너무 구구절절 설명하는 것 같지만, 반향을 불러일으키는 또다른 설정이다. 그러나 그녀는 그 주정뱅이들 중 누구도 그녀의 사랑스런 죽은 남편만큼 더 벗겨먹진 않았다. 그녀는 죽은 남편의 옷을 전부 구세군에 갖다 버렸다. 밀로는 그 옷들을 사간 부랑자들을 추적해 죄다 다시 사들인 다음, 모두 불태우며 슬픔과 자비의 의식을 치렀다. 그러면서 그는 예상했던 것보다 좀더 많은 사실을 깨닫게 된다.

---

* 여자의 머리와 몸, 새의 날개와 발을 가진 신화 속 괴물.

나는 그들 역시 인간이며, 기회가 많은 삶을 살았다는 것을, 그들 모두가 구걸로 생계를 유지하는 건 아니라는 걸 알게 됐다. 그들은 아직도 꿈을 갖고 있었고, 그 꿈과 거짓말로 그나마 삶을 유지할 수 있었다. 나의 어머니와 다르게 그들은 정직한 주정뱅이였고, 그렇게 자주 수치스러운 짓을 저지르지도 않았다. 술에 취했거나 제정신일 때나, 가끔 기묘한 순간에 그들은 자신들이 누구이며 어떤 존재인지를 깨달았다. 그들은 그 기나긴 찰나동안 세계를 응시했고, 그것만으로는 부족하다는 걸 알았다. 그들이 개별적인 얼굴과 역사를 갖게 되는 순간부터, 나는 그들을 제대로 볼 수 있었다. 바에 앉아 있는 그들, 일을 하고 있는 그들. 많은 이들이 실제로 일을 했다. 그 옛날 무시받던 아일랜드인들처럼 열심히 삽질을 했다. 그리고 내가 그들을 바라볼수록, 나는 점점 더 멀쩡한 시민들보다 그들이 좋아졌다. 그리고 나는 이 한심한 좌우명에 담긴 반항심을 이해했다. "난 알코올중독자가 아니야, 잭. 나는 그 빌어먹을 모임에 나가지 않을 거야." 그들은 자신들의 구원을 위해 군대(구세군)를 필요로 하지 않았다.

십 년 뒤 한국 전쟁에 참전한 그는 자신이 전투를 피하기 위해 상상할 수 있는 모든 짓을 다하는 사이, 어머니가 값비싼 재활원에 입소해 목에 나일론 스타킹을 감고 자살했다는 사실을 알았다. 무자비한 운명에 관련된 가족의 특별한 유전이라도 있는 건지 아들이 궁금해하도록 내버려둔 채.

다른 어떤 작가보다도, 크럼리는 내게 정의란 고통에 대한 치료가 아니라 술과 같은 위안책일 뿐임을 일깨워줬다. 그리고 우리는 정의로부터 달아날 수 없다는 것도. 헬렌 더피가 밀로의 사무실에 들어서서 자기 오빠를 찾아달라고 부탁할 때, 그는 다만 모험을 떠나는 흥분뿐 아니라 가랑이 사이에서 경련을 느낀다. 동시에 아이러니컬하게도 양심의 가책까지 느낀다. 그녀는 밀로가 지금껏 만났던 사람 중 가장 아름답고 혼란스러운 여인이다. "희망과 신뢰와 가족과 사랑을 굳건히 믿고, 어떤 행운의 도움도 없이 살아남은 강인한 여인." 그녀는 어쩌면 밀로에게 새로운 기회를 줄 수 있을지도 모른다. 부활과 정화의 기회. 그는 그렇게 생각한다. 자신이 그녀에게 욕정을 품는 바로 그 순간에, 그리고 그녀가 그에게 거짓말을 하고, 심지어 그녀를 용서하거나 용서할 것인가 안 할 것인가 하는 선택지밖에 남지 않을 때까지 그녀가 계속 거짓말을 하는 바로 그 순간에도.

죄책감과 위로, 범죄와 위안, 통찰력과 맹목 사이에서 쉼 없이 벌어지는 전투는 매 순간 밀로를 두 갈래로 찢어놓을 듯 위협한다. 그리고 이 시소의 압박이야말로 그 어떤 외부 사건보다 더 그가 행동에 박차를 가하게끔 만든다. 또한 밀로가 차갑지만 비판적이지는 않은 시선으로 인간의 본성을 평가할 수 있게끔 해주는 요인이기도 하다.

이를테면 에이머스 스위프트를 보자. 시체로부터 풍겨 나오는 방부제의 악취를 떨쳐내기 위해 밀수품인 쿠바 산 담배를 피워대는 뚱뚱하고 쾌활한 병리학자에게서, 밀로는 죽어가는 사람보다 죽은 시체에 승부를 걸기로 결심한 남자를 발견한다.

젊은 남자들과 어울리는 교수 부인의 사건에서는 예전에 다루었던 이혼사건들에 신물이 나 털고 나올 때 무슨 생각을 했었는지를 떠올린다. 즉, 또다른 죽은 결혼의 표지를 엿보게 되는 것이다. "키가 훤칠하게 큰 그녀는 짙은 황금색 광채에 둘러싸인 채 서 있었다. 긴 머리카락을 축축한 공기 중에 늘어뜨린 채, 그녀의 강인한 손은 다 해진 가운에 달린 끈으로 허리를 꽉 졸라매던 중이었다."

생기 없는 세계마저 상실해버린 무언가에 대해 이야기한다. 모텔 주차장에 투둑투둑 내리던 빗방울이 고인 작은 웅덩이의 수면 위로 바람이 잔물결을 일으키고, 거기에 조명이 다채롭게 반사될 때, 그는 캄캄한 바다 저 밑에서 불빛만 깜빡이는 도시를 상상한다.

하지만 가장 솔직하고 강력한 디테일은 언제나 밀로 자신의 부서진 영혼에서 비롯된다. 두 단락에 걸쳐 우리는 밀로가 이혼사건들의 뻔뻔스럽고 지리멸렬한 조사 과정을 기술하는 것을 보게 된다. 모텔의 야간 직원을 매수해 방에 도청장치를 설치하고, 사회 통념에 어긋난 밀회는 결국 카메라 플래시 속에, "깜짝 놀란 얼굴과 허둥지둥 숨는 몸뚱이들이 그 섬광의 폭발 속에 응결되면서" 끝장난다. 그리고 예전에 관능적인 바텐더 본다 케이로부터 제안받은 초대를 수락할 것인지 생각하며 밀로가 트럭 안에서 기다리는 장면이 등장한다. 본다 케이는 "빅 머디 서쪽 지역에서 가장 크고 멋들어지게 자리 잡은 가슴을 가진 여자, (…) 이 도시에서 가장 편안한 하룻밤 상대, 갓 구운 빵처럼 따스하고 강아지처럼 사랑스러운 여자다". 그는 본다를 집에 데리고 가는 광경을 상상한다. 그들은 "아침 식사를 함께 하고, 잠깐 마리화나를 피우고, 시냇가에서 뾰족한 가문비나무 잎사귀의 부드러운 움직임 소리에 위로받으며 잠들고, 나이 든 두 퇴역 용사처럼 서로 잔잔한 따뜻함을 맛보며, 사랑과 실패의 최전선에서 뭉개진 신경을 다독일" 수도 있을 것이다. 하지만 그녀는 바에서 다른 남자와 함께 걸어 나오고, 밀로는 혼자 집으로 돌아간다.

이 모든 것들은 물론 너무나 감상적인 넋두리거나 끔찍하게 슬픈 상황일 수 있다. 밀로의 교활하고도 야만스러운, 팔스타프 같은 위트가 없었다면 말이다. 거기서 터져나오는 웃음은 위안과 위로를 주는 술처럼, 혹은 곧 닥쳐올 끔찍한 상황이 보내는 윙크처럼 느껴진다.

《잘못된 사건》을 읽으면서, 나는 탐정 일을 할 때 그토록 조급하게 굴었던 게 단순히 경쟁심이나 지당한 격려 때문만이 아니었음을 깨달았다. 그것은 수치심과 쓰라림의 어두운 우물로부터 기인한 것이었다. 밀로처럼 나 역시 사람들이 "어쨌건 그들은 죄를 지었고, 어쨌든 나는 법의 편에 있다"는 이유로 내게 말을 하게끔 다그쳐야 한다고 생각했다.

하지만 그 반대도 역시 성립한다. 나는 죄를 지었고, 그들은 법의 편에 있었다.

•

데이비드 코벳David Corbett은 《악마의 빨강 머리The Devil's Red-head》《10센트짜리 일Done for a Dime》(《뉴욕 타임즈》 선정 '주목할 만한 책'), 《내가 달리고 있다는 걸 그들도 알아?Do They Know I'm Running?》(2011년 스파인팅글러 상 '최고의 장편-주목할 만한 작가' 부문 수상) 등 장편소설 네 편을 썼다. 데이비드의 단편과 시는 수많은 잡지와 선집에 실렸으며, 그중 두 편이 각각 2009년과 2011년 '최고의 미국 미스터리 소설'에 선정되었다. 2012년 5월에 미스터리어스 프레스/오픈 로드 미디어에서 그의 초기 장편 두 권과 단편집을 재출간했고, 2013년 초 펭귄 출판사에서 성격을 묘사하는 기법에 관한 그의 저서 《성격의 기술The Art of Character》을 출간했다.
www.davidcorbett.com

우드스톡행 마지막 버스 Last Bus to Woodstock, 1975

by 콜린 덱스터

•

콜린 덱스터Colin Dexter(1930~)는 영국의 옥스퍼드 지역 경찰 수사부의 모스 경위를 주인공으로 한 시리즈를 쓴 작가이다. 모스 경위는 바그너와 정통 에일, 암호 십자말풀이 퀴즈의 애호가이며, 믿음직한 동료 루이스 경사를 정신없이 헛갈리게 만들어 놀리는 걸 좋아한다. 1975년《우드스톡행 마지막 버스》에서 처음 등장한 모스는 1999년 마지막 작품《회한의 날The Remorseful Day》까지 시리즈 총 열두 편에서 주인공으로 등장했다. 덱스터는 2000년 영제국 훈위를 받았고, 작가로서의 경력 내내 다채로운 범죄작가협회들로부터 온갖 훈장을 받았다. 1997년엔 범죄작가협회로부터 평생 공로를 기리는 카르티에 다이아몬드 대거 상을 받았다. 존 소가 주연을 맡은 TV 시리즈 〈모스 경위〉는 1987년부터 2000년까지 서른세 편의 에피소드를 방영했다. 콜린 덱스터는 거의 모든 에피소드에 카메오로 출연했고, 1993년에는 대사가 있는 역을 맡기도 했다.

폴 찰스

　내가 가장 좋아하는 책 중 하나인《우드스톡행 마지막 버스》를 어떻게 읽게 되었는지 똑똑히 기억한다.

　나는 운 좋게 같이 작업할 수 있었던 어떤 송라이터들과 함께 이탈리아에서 장기간 투어 중이었다. 이런 식의 투어를 떠날 때면 고향 친구들이 시간을 때울 만한 오락거리들을 소포로 자주 부쳐주곤 했다. 그중에는 영국의 TV 드라마 비디오테이프도 포함되어 있었다. 그래서 해외를 투어 버스로 여행하면서도 방영분을 계속 챙겨볼 수 있었다. 그 비디오테이프 중에는 TV 시리즈 〈모스 경위〉의 초기 에피소드도 포함되어 있었다. 마침내 그 녹화 방송을 볼 짬을 냈을 때, 광고를 포함하여 두 시간이 기분 좋게 흘러갔다.

한 에피소드의 초반부에 이런 장면이 있었다. 모스와 신실한 동료 루이스가 시체를 검사하고 범죄 현장을 살펴본 다음 옥스퍼드셔 시골길을 따라 돌아가던 길에, 옥수수밭 옆에 잠깐 차를 세운다. 그 장면은 온통 색채로 충만했다. 옥수수의 노란색, 나무의 녹색, 하늘의 푸른색, 그리고 적갈색 재규어까지, 색채가 불러일으키는 힘은 강렬하고 감정을 자극했다. 모스와 루이스는 카메라를 등진 채 그저 그곳에 서서 풍경을 응시할 뿐이다. 최면을 거는 듯한 배링턴 펠룽의 테마곡만이 흐를 뿐 대사가 없다는 점을 고려해보면 꽤 길게 촬영한 장면이다. 평온하고, 비교적 조용하고, 움직이는 것이라곤 존재하지 않았다. 음, 옥수수와 덤불을 게으르게 스쳐가는 부드러운 산들바람은 있었는지도 모른다. 이 장면은 모스와 루이스, 그리고 시청자들로 하여금 삶의 상실을 반추하고 이제까지 밝혀진 바를 숙고하게끔 하려는 의도로 촬영된 것이 분명했다. 텔레비전 드라마로는 굉장히 용감한 시도라고 생각했고, 이런 참신한 접근을 실제로 도입한 사람이 원작 소설가인지, 아니면 드라마 연출자인지 알고 싶다는 호기심이 일었다.

바로 그다음 날, 나는 밀라노의 서점에 가서 영어 서적만 모아둔 진열대를 살펴보았다. 다행히도 모스 시리즈 두 권,《우드스톡행 마지막 버스》와《제리코의 죽음The Dead of Jericho》이 있었다. 저자는 콜린 덱스터였다. 책을 읽고 난 다음 TV 드라마의 그 장면이 연출자의 아이디어였다는 걸 확인했지만, 드라마의 분위기 자체는 두말할 나위 없이 소설가의 공이라는 것도 발견했다.

1973년 콜린 덱스터는 사십대 중반이었고, 고전문학 석사학위 소지자였으며, 옥스퍼드 지역 시험 채점 위원회의 선임 비서로 일하고 있었고, 십자말풀이 퀴즈의 국내 챔피언이었다. 아이들을 데리고 웨일스로 떠난 어느 휴가, 비가 종일 내리던 날이었다. 시간을 보낼 거리를 찾던 덱스터는 머물고 있던 게스트하우스에서 범죄소설 두 권을 발견했다(무슨 소설이었는지에 대해서 그는 언제나 조심스럽게 함구했다). 내가 이것보단 더 잘 쓰겠다는 생각이 퍼뜩 떠올랐고, 그는 실제로 쓰기 시작했다. 종이 위에 처음 적은 문장은 이것이었다.

"조금만 더 기다려보자." 진청색 바지와 가벼운 여름용 겉옷을 입은 소녀가 말했다. "다음번 차가 분명히 곧 올 거야."

옥스퍼드로 돌아온 콜린 덱스터는 소설을 완성했고, 타이핑을 마친 다음 콜린스 출판사로 보냈다. 콜린스는 계열사 골란츠에서 펴내던 노란색 커버의 탐정소설 시리즈로 유명했던 당대 최고의 범죄소설 출판사였다. 다섯 달이 지나도 아무 대답이 없자 덱스터는 골란츠에 다시 문의했고, 자신이 보낸 원고가 유일한 원본이니 '부디' 돌려달라고 부탁했다. 골란츠 측에선 기나긴 비평을 첨부하여 원고를 돌려보냈고, 요는 시험 답안지를 채점하는 원래 직업을 포기하지 말라는 것이었다.

그다음 덱스터는 맥밀란 출판사의 선임 편집자 로드 하딩 펜스허스트에게 원고를 보냈다. 로드 하딩은 독감 때문에 막 퇴근하려던 참이었고, 그 원고를 집에 가지고 돌아와 곧장 침대에 누워 읽기 시작했다. 밤새 원고를 독파한 그는, 다음 날 바로 덱스터에게 연락을 취해 《우드스톡행 마지막 버스》를 원고 그대로 즉각 출간하고 싶다고 얘기했다.

《우드스톡행 마지막 버스》(1988년 TV판 두 번째 시리즈의 마지막 에피소드로 비로소 방영됐다)에서, 진청색 바지와 가벼운 여름용 겉옷을 입은 소녀 실비아 케이는 블랙 프린스 선술집의 주차장에서 시체로 발견된다. 모스와 루이스가 조사를 맡은 첫 사건이다.

실비아 케이는 우드스톡으로 가는 버스를 타려 하고 있다. 실비아와 또다른 소녀는 서두르는 것 처럼 보인다. 두 사람은 원래 알던 사이일 수도 있고 아닐 수도 있다. 각자 약속이 있는데, 그중 하나는 은밀한 만남이고 다른 하나는 그렇지 않다. 두 사람은 정류장에서 버스를 기다리던 한 여인에게 다음 버스 도착 시간을 묻고, 히치하이킹을 시도하기로 결심한다. 그리고 한 명은 주차장에서 시체로 발견되고 또 한 명은 발견되지 않는다. 모스와 루이스는 살아남은 소녀의 신원을 파악하는 것으로 조사를 시작하고, 곧 채털리 부인의 연인마저 부끄러워할 불법적인 애정 행각과 수많은 용의자가 속속들이 밝혀진다.

한번 꼽아보자. 대학 강사 버나드 크로서, 그의 아내 마거릿, 버나드와 마거릿의 친구 피터 뉴러브, 실비아와 함께 일했던 제니퍼 콜비(두 사람은 서로의 존재를 알았을 수도, 몰랐을 수도 있다), 제니퍼와 실비아의 상사 미스터 파머. 그러니까 포르노 중독자인 실비아의 '남자친구' 존 샌더스를 만나기도 전에 이미 이 같은 인물들이 쏟아져나온다. 모스와 루이스는 수상쩍은 편지를 몇 통 받고, 모스는 편지들의 정확한 디테일을 하나하나 분석하며 실컷 즐긴다. 진짜 자살, 펑크 난 타이어, 방전된 배터리, 룸메이트(제니퍼 콜비의 룸메이트인 간호사 수 위도우슨을 지칭하는 것이다), 그리고 한 명도 아닌 두 명이 진실해 보이는 자백을 한다.

모스는 대책 없이 사랑에 빠지지만, 이번 사건에서도 이 가련한 남자의 사랑은 헛되이 끝나버린다. 그와 루이스는 쏟아지는 가짜 단서들을 쫓아다니고, 모스는 몇 번이고 "루이스, 자넨 천재야!"라며 버럭 소리를 지른다. 이런 상황에서 루이스는 자기가 무슨 말을 했기에 모스의 미궁 같은 상상력에 불을 댕겼는지 전혀 알 수 없어 어안이 벙벙할 뿐이다.

덱스터는 바그너와 시인 A. E. 하우스먼A.E. Houseman의 작품에 대한 열정과 십자말풀이 퀴즈를 향한 사랑을 그대로 모스에게 물려주었다. 덱스터는 첫 소설부터 모스를 통해 극히 세심하고 위트 넘치는 기교가 마음껏 발휘된 영어를 작정하고 사용한다.

"그렇습니다, 목격자요, 경위님. 메이블 자면 부인이라고 합니다. 부인이 살해당한 소녀를 봤었다고 합니다……"
"그러니까, 나중에 살해당한 그 소녀를 봤다는 뜻이겠지." 모스가 끼어들었다.

추리 과정을 루이스에게 설명하는 모스의 말을 옮겨보자. "그 사람들은 쉬운 길만 잘 고른다면 실내용 슬리퍼를 신고도 아이거 빙벽을 기어 올라갈 수 있다고 말한다니까."

초기 소설에서 루이스는 웨일스 출신에 중년이고, 모스보다 몇 살 더 많으며 머리가 벗어지고 과체중인 인물로 묘사된다. TV 드라마에선 (그리고 드라마 방영 이후 나온 소설들에서도) 모스보다 몇 살 더 어린 조르디* 이고 머리숱이 많으며 한결 날씬하다. 드라마 이전에 출간된 소설에서 그들이 타고 다녔던 차 란치아는, 영상으로 봤을 때 훨씬 더 눈을 현혹시키는 적갈색 재규어 XJ6 Mk Ⅱ(등록번호 248 RPA)로 바뀌었다. 텔레비전 방영 당시, 모스를 연기한 배우 존 소는 (듣자하니) 지저분한 장소를 선호하는 모스의 취향과 욕정으로 가득한 사랑놀이의 수위를 낮춰야 한다고 주장했다.

TV 시리즈에 얽혀 있는 주요 3인방—콜린 덱스터, 테드 차일즈와 존 소—모두가 각자의 분야에서 동시에 창조력의 절정을 맛보았던 것으로 보인다. 덱스터는 뛰어나게 그려낸 캐릭터와 영리한 플롯을 제공

• 영국 북부 타인 강 근처 타인사이드 출신 사람을 지칭한다.

했다. 제작 감독 테드 차일즈는 용감하고도 창의적인 아이디어를 발휘해 TV 황금 시간대의 귀중한 두 시간을 이 드라마에 할애했고, 몇 명의 각본가와 연출자를 교대로 활용해 서른세 편짜리 에피소드를 계속 참신하게 유지해야 한다는 입장을 고수했다. 마지막으로 배우 존 소는 모스 역을 위해 평생을 기다려왔던 것처럼 열연했다. 정말이지, 드라마를 보고 나서 뒤늦게 하는 말이지만, 이 드라마는 도저히 실패할 수가 없는 작품이었다. TV 드라마 〈모스 경위〉가 대대적인 성공을 거둔 덕분에, 영국 탐정소설들과 특히 콜린 덱스터의 소설들은 출판과 방송계의 주류로 급부상할 수 있었다. 그 결과, 언제나 성으로만 불리던 모스의 이름이 밝혀지는《죽음이 내 곁에Death is Now My Neighbour》와《회한의 날》등 모스 시리즈 마지막 두 권은 영국 내 모든 전국 방송 매체에서 아주 상세하게 다뤄졌다. TV와 라디오 뉴스 등에서 이 제목들이 매우 자주 언급되었다는 건 두말할 필요도 없다. 두 권 모두 오랫동안 베스트셀러 목록에서 군림했다.

작가로서 콜린 덱스터는 텅 빈 종이나 컴퓨터 화면 앞에서 고통받은 적이 없다(물론 나는 그가 펜과 잉크 이외의 수단으로 글을 썼을 거라고는 생각하지 않는다). 그의 말을 빌리자면, "전능한 분이 귓가에 속삭여줄 때까지 기다리면 안 된다". 덱스터의 논리에 따르면 이렇다. 일단 페이지에 두 사람을 등장시키면, 그들 사이에 대화가 시작되고 장면이나 이야기 전체의 출발점을 갖게 된다. 그는 최초의 결과가 끔찍할 수도 있다고 인정했지만, 페이지에 일단 뭔가를 써내려가야만 최소한 좀더 낫게 다듬을 수 있는 기회도 생긴다는 것이 주장의 핵심이다.

덱스터의 소설은 본질적으로 퍼즐이다. 덱스터는 병리학 검사실을 드나들지 않고 혼자서 수사하는 탐정을 보면 마치 사전 없이 십자말풀이 퀴즈를 내는 사람 같아서 불안해진다고 언급한 적이 있다. 덱스터는 단서를 수없이 흩뿌리거나, 세상만사에 지친 모스를 완전히 잘못된 방향으로 인도하거나, 그의 머리를 아름다운 여성 쪽으로 돌리는 것에 대해 전혀 두려워하지 않는다. 덱스터는 자신의 소설에 현실 속 삶의 행복과 유머와 슬픔과 비참함이 스며들게 한다. 루이스는 사건을 독자적으로 해결할 수 있을 만큼 똑똑하지도 자신감에 찬 인물도 아니지만, 동시에 모스를 완벽하게 돋보이게 하는 짝패이자 귀중한 공명판 역할을 담당한다. 비록 대부분의 경우 일방적인 대화로 귀결되긴 하지만.

세상에는 위대한 범죄소설가들이 몇몇 존재하지만, 덱스터만큼—또는 마이클 코넬리만큼—실제 삶의 만화경 같은 양상을 유능하게 포착한 작가는 거의 찾아보기 힘들다. 디테일을 잡아채는 감식안, 인간 본성에 대한 이해력, 그리고 독자를 이야기 한복판으로 곧장 끌어들이는 대화에 예민하게 반응하는 귀. 그는 독자가 낚였다고 알아차리기도 전에 이미 그렇게 옴짝달싹 못하게 붙들어놓는다. 또한 그는 술술 잘 읽히는 글로 쪽수를 채우려 한다. 책장을 촘촘하게 채운 글자의 물리적 밀도를 대화 장면으로 풀어주는 것도 좋아한다. 각 장은 짧고 산뜻하게 구분되며, 책 전체가 전반적으로 금방 읽히는 편이다. 그의 트레이드마크인 비틀기와 반전, 거짓 단서들이 함께 뒤엉키다 말미에 이르러 대단히 강렬한 한 방으로 터지기 전까지 미처 의식도 못한 채 소설 읽기에 푹 빠지는 건 대단히 즐거운 체험이다.

《죽이는 책》같은 선집의 경우, 글쓴이는 균형 잡힌 시각과 어느 정도 비판적인 관점을 가져야 한다고 생각한다. 주의 깊게 곰곰이 따져봤을 때 내가 가장 비판적으로 내세울 수 있는 지점은, 유감스럽게도 콜린 덱스터가 고전의 반열에 오른 이 모스 미스터리를 고작 열세 편만, 그리고 모스가 등장하는 단편집 한 권만을 발표해 우리를 아쉽게 했다는 점이다. 물론, 그 책들을 다시 읽을 구실을 준 것만으로도 이 선집의 편집자들에게 대단히 감사드린다. 나는 이 책들이 시간의 시험대에서 완벽하게 살아남았다는 점을 독자 여러분께 기쁜 마음으로 전할 수 있다.

•

폴 찰스Paul Charles는 북아일랜드의 시골에서 나고 자랐다. 그는 '크리스티 케네디Christy Kennedy 경위 시리즈'로 호평받았다. 그의 가장 최신작은 또다른 시리즈인 '매커스커McCusker 시리즈'의 첫 편인 《사이프러스 거리 아래로Down on Cyprus Avenue》이다. 그는 또한 음악과 관련한 소설 몇 권을 썼는데, 《첫 번째 진정한 신봉자First of the True Believers》(2002) 같은 경우 비틀스를 배경으로 삼았으며, 《마지막 춤The Last Dance》(2012)은 1950년대 후반에서 60년대 초반을 휩쓸었던 전설적인 아일랜드 쇼밴드* 신을 소재로 삼았다. 1960년대를 실제로 살았을 뿐 아니라 그 시대를 생생하게 기억한다는 점이 그의 특별한 장점이다.
www.paulcharlesbooks.com

––––––––

• 인기 있는 대중가요를 커버하는 밴드.

서부 해안의 블루스 *Le Petit Bleu De La Côte Ouest, 1976*

by 장 파트리크 망셰트

•

도널드 웨스트레이크와 로스 토머스Ross Thomas 등을 포함한 미국 작가들의 범죄
소설을 프랑스어로 번역한 장 파트리크 망셰트Jean-Patrick Manchette(1942~95)
는 짧막하고 폭력적인 범죄소설을 직접 집필했던 프랑스 작가다. 운동권 학생이자
《라 부아 코뮤니스트La Voix Communiste》의 기고자였던 그는 프랑스 탐정소설의
전통을 좀더 긴밀하게 정치적이고 사회적인 방향으로 바꾼 네오 폴라néo-polar*를
주도한 장본인으로 평가받는다. 그는 한 에세이에서 이렇게 썼다. "민주주의자들만
파시즘을 비평하도록 내버려두면 안 되는 것처럼, 바보 천치에게 민주주의의 비평
을 맡길 순 없다."

제임스 샐리스

　당신의 아이들과 심약한 이들에게 미리 경고하시길. 이건 고기다. 이
건 연골이다. 이건 뼈다.

　단순한 오락거리를 넘어선 무언가에 대해 얘기해보자면, 예술은 충
격과 인식의 영역이다. 어떤 그림, 시, 책과 음악은 어떻게든 우리 핏속으
로 섞여들어 DNA에 칭칭 감겨든다. 처음 조우하는 순간부터, 그것은 우
리의 일부가 된다. 모차르트의 호른 협주곡들과 블루스, 좀더 시간이 지
나 케이준 음악*을 들었을 때, 혹은 우연찮게 기욤 아폴리네르와 블레즈

---

* '폴라polar'는 프랑스어로 범죄 장르 전반에 속하는 소설을 뜻한다.

상드라르Blaise Cendrars, 레몽 크노Raymond Queneau의 작품 첫 줄에 눈길이 머물렀을 때 내가 느꼈던 바가 정확히 그런 감정이었다.

인터뷰에서라든가 강연 자리에서 만난 독자들에게 범죄소설에 몸담게 된 계기가 무엇이냐는 질문을 받을 때마다, 나는 범죄소설이 나에게 어떤 의미인지 설명하곤 했다. 그것은 처음《몰타의 매》를 펼친 그 순간부터 나의 지적 여정에서 정말 중요한 부분, 놀랄 만큼 친숙한 부분이었다고. 그런 다음 미스터리 소설이 도시 문학에서 필수불가결한 요소임을 신나게 지껄이다가, 미국에선 소설가가 폭력을 준비할 필요가 없다는 취지의 너새니얼 웨스트Nathanael West의 말을 들려준다거나, 미국인들은 살인을 통해 민주주의로 향해왔다는 D. H. 로렌스의 의견을 인용하다가, 뛰어난 사냥개처럼 요점으로 곧장 돌진했다.

요즘 들어 그 개가 노리는 숲속의 사냥감은 장 파트리크 망셰트인 경우가 잦다.

나는 각 시대가 동시대의 자기 이미지와 더 깊은 내면의 욕구와 불안에 특별히 잘 어울리는 어떤 형태를, 뚜렷하게 도드라지는 대중적 목소리를 더듬어 찾는 게 아닌가 생각한다. 빅토리아 시대 영국에는 '페니 드레드폴스(싸구려 주간지)'가 있었고, 평온했던 1950년대 미국에는 리처드 매드슨Richard Matheson, 데이비드 구디스, 짐 톰슨 같은 작가들이 쓴 페이퍼백 전용 소설이라는 지하세계가 존재했다. 제프리 오브라이언Geoffrey O'Brien이《하드보일드 아메리카 : 페이퍼백의 선정적인 나날들Hard-boiled America : The Lurid Years of Paperbacks》에서 썼듯, "이 소설들과 표지 일러스트들은 제인 파월Jane Powell*, 〈아버지가 제일 잘 알아Father Knows Best〉,* 우유나 반조리 저녁 식사나 캘리포니아 여행을 광고하는 잡지 속 건강하고

---

* 루이지애나 지역을 기반으로 한 음악으로, 컨트리 음악에 큰 영향을 미쳤다.

미소 띤 얼굴들의 광채 너머 삶의 비열한 구석구석에 대해 이야기했다".

그러다가, 나는 스릴러가—시동이 걸린 거대한 엔진으로 우리의 왜소한 삶과 은신처 너머로 끝없이 질주하고, 책장마다 잠정적 리얼리티가 파열하고, 수직적이라기보다 수평적 추진력을 가진—우리 시대를 규정짓거나 그에 걸맞은 역할을 다하지 못한다는 생각에 점점 더 이르게 되었다.

물론 프랑스는 일찌감치 미국의 범죄소설을 받아들여 그 장르에 문학적 특징을 부여했고, 일반적으로 '누아르'라 통칭하게 된 작품들을 그 세계에 쏟아냈다. 대실 해밋, 레이먼드 챈들러, 체스터 하임스의 작품들과 함께, 그들을 추종하는 프랑스 작가들의 범죄소설이 갈리마르 출판사의 '세리 누아르La Série Noire 시리즈'로 출간되었다. 호레이스 맥코이라든가 W. R. 버넷W. R. Burnett을 포함하여 미국에서 잊힌 작가들이 프랑스에서는 명성을 떨쳤다. 프랑스 스릴러는 '폴라'라고 불린다. 그리고 프랑스에서 '폴라'의 대부이자 마법사는 바로 장 파트릭 망셰트다.

망셰트는 여러 면에서 본질적으로 프랑스인이다. 스타일리시하게 빛을 발하는 산문의 외피, 객관주의적 방법론, 추상 관념을 형상화하기 위해 '저급의' 예술 형식을 택하는 태도 등에서 말이다. 바로 이 점이 망셰트의 소설 중 세 권이 영어로 번역되었는데도 거의 읽히지 않은 것처럼 보이고 미국에선 그가 사실상 미지의 작가로 남아 있는 이유를 말해줄 것이다. 유럽에서 그는 거대한 존재다. 망셰트는 경찰소설의 수렁에, 그리고 피갈 광장 유흥가의 천박한 삶에 대한 화려한 이야기에 함몰되어

- 1950년대 큰 인기를 끌었던 라디오 쇼와 동명의 TV 드라마. 이상적이고 건전한 중산층 가족의 삶, 행복한 50년대를 묘사한 코미디.
- 1940~50년대 MGM 뮤지컬 영화를 휩쓸었던 스타. 귀엽고 친근한 외모에 뛰어난 노래 실력을 갖춰 '미국의 연인'으로 불렸다.

가던 프랑스 범죄소설을 구조해낸 인물로 평가받는다.

바하마에서 열린 한 학회에서, 멕시코 작가 파코 타이보Paco Taibo와 베란다에 선 채로 망셰트에 대해 한참 동안 주고받았던 대화를 생생하게 기억한다. 범죄소설과 관련된 유력 인사들, 편집자와 평론가, 작가들이 어마어마하게 많이 모인 자리였지만, 그중 망셰트에 대해 아는 사람은 거의 없었다. 그래서 그들과 이야기를 나눌 때마다 파코와 나는 망셰트에 대한 대화를 처음부터 다시 시작할 수밖에 없었다.

망셰트는 이렇게 주장했다. "범죄소설은 우리 시대 가장 위대한 도덕 문학이다." 그리고 그는 자신의 말을 입증해 보였다.

망셰트에게, 그리고 세대를 거듭해 그의 뒤를 이었던 작가들에게 범죄소설은 단순한 재미의 추구가 아니었다. 그것은 사회의 실패를 벌거벗기고 외관과 기만과 조작의 베일을 찢어버림으로써, 탐욕과 폭력이야말로 사회를 추동하는 진정한 원동력임을 만천하에 드러낼 수 있는 수단에 더 가까웠다.

기 드보르Guy Debord의 상황주의®를 옹호하는 극좌파에서 출발한 망셰트는 끊임없이 자본주의 사회에 날카로운 상처를 남기고 스펙터클에만 몰두하는 미디어를 고발하려 했다. 그는 이 세계를 폭력단들—좌파건, 테러리스트건 혹은 경찰과 정치가처럼 사회적으로 용인된 대리인이건—이 끈질기게 서로 경쟁하는, 혹은 고립된 개인들로 이루어진 소규모 집단이 삶의 표류물에 필사적으로 매달리는 거대한 시장으로 간주했다. 그는 스탕달, 보들레르 등과 같은 순문학 작가들을 인용하거나 넌지

• 20세기 초반 마르크시즘과 아방가르드 운동을 사상적 기반으로 삼은 이념으로, 상황을 매개로 일상성을 파괴하고 해방시키며 스펙터클에 수반되는 고립을 무효화하려는 전략으로 특징지어진다.

시 언급하거나 패러디하면서 자신의 작품 속으로 끌어들였고, 음악과 회화와 철학을 끈질기게 시사示唆했으며, 저속함과 고귀함을 병치시켰고, 그와 동시에 일상 묘사를 중단시키고 급작스레 끼어드는 극단적 폭력 장면을 통해, 널리 용인되고 명백히 가시적이고 무고해 보이는 부르주아 존재 전체에 질문을 던졌다.

"그는 클로로포름에 마취된 문학계와 프랑스 스릴러계에 전기 충격과도 같은 존재였다." 문학 평론가 장 프랑수아 제로Jean-Francois Géraut는 말했다('와'를 썼다는 것에 유의하라). 또다른 곳에서는, "망셰트는 도저히 능가할 수 없는 형식적 완결성에 도달했다"고도 주장했다.

사실상 망셰트의 작가 경력은 불과 십일 년 남짓밖에 되지 않는다. 1971년부터 1982년까지 갈리마르에서 열 권의 소설이 출간되었다. 이후 그는 로스 토머스, 도널드 웨스트레이크와 앨런 무어Alan Moore 등을 번역했고, 영화와 TV 드라마 각본을 썼고, 편집자이자 영화 평론가, 스릴러와 범죄소설 전문 에세이스트로 활동했다. 1989년 이후 췌장에 종양이 생겼고 그 치료와 합병증 때문에 움직이는 게 불가능해졌다. 그는 1995년 파리에서 폐암으로 53세에 사망했다.

《서부 해안의 블루스》 첫 장부터, 사실 망셰트의 어느 소설 어떤 부분을 펼치더라도 마찬가지지만, 당신은 거장의 손아귀에 붙들렸음을 곧바로 깨닫게 될 것이다. 안전하고 예측 가능하다고 생각하며 요금을 지불했지만 점점 더 속수무책으로 요동치며 미친 듯이 급속도로 질주하는 놀이기구 같은 손아귀에.

그리고 때때로, 예전에 일어났던 일이 현재진행형의 사건이기도 하다. 조르주 제르포는 파리 외곽순환도로를 따라 운전 중이다. 그는 포르트 디브리에 진입했다. 새벽 2시 반 아니면 3시 15분경이었다. (…) 그는 '포 로지즈' 버번위스키를 다섯 잔 마셨다. 그리고 약 세 시간 전 강력한 진정제 두 알을 삼켰다. 술과 약이 섞여들면서, 졸립기는커녕 극도의 행복감에 빠져들었다. 하지만 그 행복감은 언제라도 분노로, 또는 모호한 일종의 체호프적인 감정이나 본질적으로 쓰디쓴 멜랑콜리로, 아주 단호하지도 흥미진진하지도 않은 감정으로 바뀔 가능성이 있었다.

조르주 제르포는 아직 마흔 전이다. 그의 차는 철회색 메르세데스다. 적갈색 가죽 의자 덮개는 차 내부의 부품들과 잘 어울렸다. 조르주 제르포의 내면으로 말할 것 같으면, 침울하고 혼란스러웠다. (…) 스피커 두 개 중 하나는 계기판 아래쪽에, 또 하나는 뒷유리창 데크에 놓여 있었다. 테이프 플레이어에서는 웨스트코스트 재즈가 조용히 흘러나오고 있었다. (…)

사그라지는 반사음이 울려퍼지는 가운데 다른 무엇도 아닌 바로 이 음악에 귀를 기울이며 조르주가 외곽순환도로를 질주하는 이유는, 가장 먼저 사회적 생산관계 내 그가 점한 위치에서 찾아야 한다. 그가 작년에 최소한 두 명의 남자를 죽였다는 건 그리 밀접한 관련이 없었다. 현재 진행되고 있는 사건은, 과거에도 때때로 일어나곤 했다.

망셰트와 함께 있으면 누구도 안전하지 않다. 이 책에서도 우리는 금방 평정심과 균형을 잃고 이야기의 어디쯤에 와 있는지 자주 확신할 수 없게 된다. 그러니까 쉽게 말해서, 우리가 읽는 글이 과거의 회상인지 아니면 몽상인지, 혹은 어떤 의미에서 영원한 반복 속에 갇힌 건지 알 수 없는 것이다.

조르주는 크게 다친 남자를 돕기 위해 잠깐 차를 세우고, 곧 그는 남자를 공격한 이들의 주목을 받게 된다. 그들은 이제 조르주를 습격한다. 그는 처음엔 두 사건 사이의 관계를 파악하지 못한 채 한 발 비켜서서 그들을 무시하다가 거의 목숨을 잃을 뻔한다. 표준적인 스릴러 플롯, 쫓기는 자가 쫓는 자가 된다. 이 세계의 혼돈과 야만스러움, 그리고 우회적인 희극을 망셰트가 교묘하게 소설 속으로 포섭하는 모습을 지켜보는 것은 참으로 경이로운 일이다.

여기《엎드린 총잡이The Prone Gunman》의 첫 단락을 소개한다.

겨울의 어두운 날이었다. 얼어붙을 것 같은 찬바람이 북극에서 곧장 내려와 아일랜드 해를 질주하여 리버풀을 휩쓸고, 체셔 평야를 무섭게 쓸고 간 다음(고양이들은 굴뚝 속에서 울부짖는 바람 소리에 덜덜 떨리는 귀를 납작 접었다), 자그마한 베드퍼드 승합차의 닫힌 창문 틈새로 들어와 안에 앉아 있는 남자의 눈가에까지 닿았다. 남자는 눈도 깜빡이지 않았다.

그는 키가 컸지만 덩치가 위압적이진 않았다. 평온한 표정, 푸른 눈에 갈색 머리였고 (…) 레드필드 사의 소음기가 부착된 오트지스 자동권총이 무릎에 놓여 있었다.

또다른 표준적이고 전형적인 플롯, 모든 걸 포기하고 싶어진 청부살인업자. 다시 한번, 그런 플롯의 단단한 중심 위에서 망셰트의 이야기가 어떻게 다양한 방식으로 비틀리고 반전을 거듭하는지, 표면상 순전히 객관적으로만 보이던 장면에 얼마나 많은 무게가 실렸는지 지켜보는 즐거움이 있다. 사건은 빠르게 진행된다. 거의 휙 스쳐 지나가듯 보일 정도다. 그다음엔, 고통스러울 만치 천천히 움직인다. 토막 난 문장들이 숨차게 이어진다. 격렬한 언어가 도처에 포진해 있고, 때때로 주문처럼 들릴 지경이다.

우리도 바로 거기, 벌거벗겨진 채 있다. 망셰트와 함께 우리는 파리의 외곽순환도로를 거듭하여 질주한다. 우리는 평온하다. 우리는 무릎에 자동권총을 올려두었다. 권총의 무게는 역사의 무게다. 연골이 여기 있다. 그리고 뼈도, 불빛 아래 반짝거리고 있다.

장 파트리크 망셰트는 진지한 독서를 요하는, 날씬한 근육질의 작품들을 썼다. 과장과 끊임없는 과대 선전의 시대, 우리 시대에 그 책들은 실제보다 훨씬 더 단순해 보이는 흔치 않은 품위와 우아함을 유지한다. 또한 글자로 말하는 것보다 훨씬 많은 바를 의미한다.

그것들은 우아하다.

．

뉴올리언스를 배경으로 한 '루 그리핀Lew Griffin 시리즈'와 《드라이브Drive》(2005)—니콜라스 빈딩 레픈 감독이 영화화하여 격찬받은 바 있는—로 잘 알려진 제임스 샐리스James Sallis(1944~)는 지금까지 장편소설 열다섯 편과 백 편 이상의 단편과 여러 권의 시집을 출간했고, 레몽 크노의 소설 《결코 도래하지 않을Saint-Glinglin》을 번역했다. 또한 음악에 관한 책 세 권과 모든 종류의 문학작품에 관한 평론을 썼다. 한때 런던의 기념비적인 SF 잡지 《뉴 월드New Worlds》의 편집자였으며(본인의 표현으로는 '아주아주 먼 옛날에'), 현재 《판타지 앤드 SF 매거진The Magazine of Fantasy and Science Fiction》에 정기적으로 도서 칼럼을 기고한다.

고양이는 만지지 마 *Touch Not the Cat, 1976*

by 메리 스튜어트

•

메리 스튜어트Mary Stewart(1916~)는 고딕 요소가 가미된 로맨틱 서스펜스 소설들과, 아서 왕 시대를 배경으로 한 다섯 편짜리 시리즈로 유명한 작가다. 1970년부터 1995년 사이에 출간된 이 책들은 역사소설과 판타지소설 사이의 경계를 흐리게 했다. 시리즈의 첫 세 권인 《수정 동굴The Crystal Cave》《공허한 언덕The Hollow Hills》《최후의 마법The Last Enchantment》은 통칭 '멀린Merlin 3부작'으로 불린다.

M. J. 로즈

4월의 마지막 밤 연인이 내게로 왔다. 그가 전해준 메시지와 경고 때문에 나는 그가 있는 고향으로 돌아오게 되었다.

메리 스튜어트의 《고양이는 만지지 마》는 이렇게 시작한다. 위의 문장은 정체불명의 연인이 스물두 살 처녀 브라이어니 애슐리에게 텔레파시로 전달한 메시지다. 브라이어니는 그가 누구인지 아직 모르지만, 언젠가는 정체를 드러낼 것으로 믿고 있다. 그녀는 아버지가 죽기 전날 이 경고를 받는다. 아버지는 집에서 멀리 떨어진 곳에서 의문의 자동차 사고로 숨을 거둔다. 결과적으로 그녀 가족의 소유였던 애슐리 저택은 신탁을 통해 사촌 에머리에게 상속된다.

뒤이어 진행되는 이야기는 그야말로 고딕 장르의 관례에 충실하게 진행된다. 줄거리를 요약한 책 표지 문구처럼, 모든 사건은 상속에서 시작된다.

처음에 브라이어니는 저택에 수반되는 책임을 상속받지 않았다는 것에 안도했다. 그녀는 애슐리 가문의 진정한 유산을 이미 물려받았다. 그 '재능' 말이다. 삼백 년 전 그 재능은 '예지력'으로 불렸고, 그녀의 조상은 말뚝에 묶인 채 화형당했다. 오늘날 브라이어니는 그 재능을 텔레파시라 부르고, 적어도 애슐리 가문의 사촌 중 한 명에게도 이 재능이 있음을 눈치챘다. 수년 동안 이어진 기이한 텔레파시 대화 덕분에, 브라이어니는 애슐리 가문의 사촌이야말로 '유령 연인'이 아닐까 추측하게 됐다. 이 연인과의 친밀한 관계는 모든 면에서 완벽하다. 육체적 접촉이 없다는 점 하나만 제외한다면.

아버지의 죽음 이후 혼자가 된 브라이어니는 비밀의 연인이 누구인지, 또 아버지가 죽어가면서 남긴 마지막 메시지, 고양이를 언급한 그 말의 의미가 무엇인지 알아내기 위해 노력한다. 애슐리 가문 사람들이 수세기 동안 불법적인 밀회의 장소로 이용했던 정원의 정자에 새겨진, 가문의 문장 속 동물을 뜻하는 걸까? 아니면 에머리를 유혹하려는 미국인 여성을 암시하는 걸까?

출판사 보도자료는 이렇게 설명한다. "관목 생울타리로 둘러싸인, 한번 들어가면 빠져나올 수 없을 만큼 복잡한 것으로 악명 높은 미로 중앙에 정자가 있다. 브라이어니는 그 미로를 잘 알고 있다. 하지만 그 미로가 그녀의 삶과 유령 연인의 삶 양쪽에서 얼마나 무시무시하게 중요한 역할을 할지는 미처 짐작하지 못했다."

가문의 황폐한 소유지, 위험, 의문의 죽음, 도둑질, 예로부터 전해내려온 로미오와 줄리엣풍의 이야기. 이 모든 것이 《고양이는 만지지 마》에 포함되어 있고, 나는 이 작품을 통해 결과적으로 가장 좋아하게 된 장르에 입문했다. 하지만 왜 이 소설이냐고? 포, 크리스티, 해밋, 하이스미스, 챈들러, 그 외의 훌륭한 미스터리 작가들보다 스튜어트의 책이 나의 뇌리에 더 강하게 남은 이유가 뭐냐고?

엘런 모어스Ellen Moers는 1976년의 저서 《문학적 여성들Literary Women》에서, '여성적 고딕Female Gothic'이라는 용어를 고안했다. 그녀는 고딕적 글쓰기를 이렇게 설명했다. "작가의 분명한 의도, 즉 독자를 겁에 질리게 하겠다는 목적에 따라 판타지가 리얼리티보다, 기이한 것이 일상적인 것보다, 초자연적인 것이 자연 그대로의 것보다 절대적인 우위를 점한다. 고딕적 글쓰기는 영혼 깊숙이 침잠하여 공포와 연민으로 정화시키는 게 아니라(비극이 그런 역할을 수행한다) 육체 자체에, 분비선에, 근육에, 표피에, 혈액 순환 시스템에 직접적으로 힘을 행사함으로써, 두려움에 대한 생리적 반응을 빠르게 자극하고 빠르게 가라앉히는 쪽에 가깝다."

그처럼 더 깊은 차원에서 내게 와 닿은 것은 사실 고딕 장르다. 내 책장에 꽂힌 책들 중 페이지 귀퉁이가 가장 많이 접힌 건 대프니 듀 모리에의 《레베카》, 제인 오스틴의 《노생거 사원》, 메리 셸리의 《프랑켄슈타인》, 샬럿 브론테의 《제인 에어》 등이다. 분명히, 초자연적 요소는 강력한 정서를 환기시키고 특별한 분위기를 자아낸다. 가족의 저주, 유언장, 상속, 광기, 유령, 뱀파이어는 무시무시하다. 하지만 더 매혹적이고 두려운 건 이 작품들에서 다루는 주인공들의 심리묘사다.

나를 강하게 끌어당긴 요소가 바로 그것이다.

18세기 후반 이래, 여성 고딕 작가들은 오솔길과 큰 동굴을 지나 특별한 분위기가 감도는 건물과 정원으로 향하는 여주인공의 여정을, 유년의 순수함에서 성적 성숙으로 나아가는 과정의 은유로 즐겨 활용했다. 거대한 방과 둥근 탑이 갖춰진 성이나 저택은 주인공들의 풍요롭고도 성적 매력이 넘치며 복잡 미묘한 내면적 삶의 은유로 기능했다.

상속을 둘러싼 미스터리는 우리 자신의 미스터리이기도 하다. 저택을 상속 받거나 그 상속권을 요구하거나 보존하려는 젊은 여성들에 관한 이야기는, 사실상 자기 자신을 올바로 바라보고 성적으로 독립된 주체로 거듭나는 젊은 여성의 이야기인 것이다.

앤 윌리엄스Anne Williams는《어둠의 예술 : 고딕의 시학Art of Darkness : A Poetics of Gothic》에서 이렇게 썼다. "젠더와 고딕 장르 간의 친밀한 관련성은 가부장제하의 사회적 합의, 특히 결혼 제도 내에서 여성들이 경험하는 공포와 분노를 드러낸다." 두려움, 불안, 그리고 해결과 안도. 이 같은 정서적 반응은 강력하다. 우리가 독서를 끝냈을 때, 작가가 자신의 임무를 제대로 완수했다면—스튜어트의 경우는 썩 훌륭하게 해냈다—우리는 정서적으로 매우 만족스러운 상태를 느낀다. 뛰어난 고딕소설의 책장에서 독자가 경험하는 롤러코스터 같은 짜릿함을 성적 각성과 연결 짓지 않고 설명하기란 대단히 어렵다.

그토록 많은 젊은 여성들이 고딕 장르와 관계를 맺고 거기에 이끌리는 것은 이런 이유에서다.

중세 건축물에서 이름을 따온 이 장르의 전통은 18세기로 거슬러 올라간다. 그리고 정말이지, 고딕 미스터리는 그 핵심에 강력한 건물을 위치시킨다. 때때로 그 건물들은 은유이고 또다른 순간에는 거울로 작용한다.《고양이는 만지지 마》의 경우 스튜어트는 양쪽 모두를 활용한다.

하지만《고양이는 만지지 마》를 처음 읽었을 때, 혹은 스튜어트가 쓴 또다른 훌륭한 서스펜스 소설들을 읽을 때 이런 것들을 생각하진 않았다. 나는 이 소설이 고딕소설이거나 스릴러, 미스터리, 로맨스인지 구별 지어 생각하지도 않았다. 메리 스튜어트는 웹사이트에서 자신의 작품을 카테고리화하는 것을 언제나 주저했다고 밝혔다. "나는 그저 소설을 쓴다고, 사건이 빠르게 진행되며 독자들을 즐겁게 하는 소설들을 쓴다고 말하고 싶다. 내 생각에, 소설에는 그저 두 종류만 있을 뿐이다. 잘 못 쓴 소설과 잘 쓴 소설. 그 이외의 카테고리를 찾아내는 건 불가능하다. (…) 내가 그저 소설을 쓴다고 말하면 안 되는 걸까? '스토리텔러'는 유서 깊고 명예로운 타이틀인데, 나는 그 용어에 대한 권리를 주장하고 싶을 따름이다."

나 역시 독자로서든 작가로서든 소설들을 어떤 카테고리에 밀어넣는 것을 꺼림칙하게 생각해왔다. 나는 그것이 얼마나 뛰어난 소설인지만을 염두에 두기 때문이다. 내게 죽이는 책이란 나를 즐겁고 짜릿하게 만드는 책이며, 읽는 동안엔 완전히 사로잡히고 다 읽은 뒤엔 만족을 느끼는 책이다.

그리고 《고양이는 만지지 마》는 이 모든 것을 충족시켰다.

•

M. J. 로즈M. J. Rose는 《잃어버린 향기의 책The Book of Lost Fragrances》을 포함한 세계적 베스트셀러 열두 권과, 마케팅에 관한 논픽션 세 권을 쓴 작가다. 로즈는 시러큐스 대학교를 졸업한 뒤 1980년대를 광고계에서 보냈다. 그녀가 제작한 광고 중 한 편은 뉴욕 현대미술관에 소장되었다. 2005년에는 작가들을 위한 최초의 마케팅 회사 Authorbuzz.com을 창립했다. TV 연속극 〈과거의 삶Past Life〉은 그녀의 '환생을 믿는 사람The Reincarnationist 시리즈'를 기반으로 한 것이다. 그녀는 국제 스릴러작가협회 설립 위원 중 한 명이자, Peroozal.com과 BookTrib.com의 공동 설립자이기도 하다. 로즈는 뮤지션이자 작곡가인 남편 더그 스코필드, 사진에 자주 등장하는 버르장머리 없는 개 윙카와 함께 미국 코네티컷 주에 산다.
www.mjrose.com

커터와 본 *Cutter and Bone, 1976*

by 뉴턴 손버그

•

뉴턴 손버그Newton Thornburg(1929~2011)는 1976년에 펴낸 걸작《커터와 본》
으로 가장 잘 알려진 미국의 소설가다.《커터와 본》은 재미있으면서도 분노와 절망
을 동시에 구현하는 소설이며, 1981년에는 〈커터스 웨이Cutter's Way〉라는 제목으
로 영화화되었다. 손버그는 나중에 이 영화에 대해 '그저 그렇다'며 불공정하고 부
정확하게 평가 절하한 바 있지만 말이다. 2005년 영국의 저널리스트 밥 콘웰과의
인터뷰에서 손버그는 자신이 '순수한' 범죄소설가라고 여겨본 적이 한 번도 없다
고 말했다. "당신이 《커터와 본》을 어떤 식으로 생각하든지 간에, 그건 스트레이트
한 소설이다. 강렬한 캐릭터 설정, 단순한 플롯. 나는 사립탐정이 나오는 공식화된
소설 종류를 좋아하지 않는다. 나는 범죄소설을 좋아하지만, 프로 범죄자가 아니라
평범한 사람들에 대한 범죄소설을 좋아한다." 손버그는 이십 년 동안 소설을 썼고
대부분의 작품들이 중판을 거듭하고 영화화가 확정되었지만, 그 자신의 사생활은
불운으로 점철되었다. 그의 아내가 1986년 서른세 살로 죽었고, 아들은 알코올중독
으로 숨을 거두었으며, 그 자신은 1998년 발작으로 좌반신이 마비되어 물리적으로
글을 쓸 수 없는 상황이 되었다. 그는 시애틀의 퇴직자 전용 아파트에서 생을 마감
했고, 그의 죽음은 거의 주목받지 못했다.

조지 펠레카노스

　영화를 볼 때마다 나는 언제나 원작 소설까지 찾아보게 된다. 십대
시절 나는 영화광이었고 상대적으로 독서에 대한 열정은 좀 덜했다. 그
러다가 대학교에서 만난 영문학 교수님이 나의 스위치를 눌러 범죄소설
계로 입문하게 했다. 그리하여 로버트 클라우스의 영화 〈호박색보다 어
두운Darker Than Amber〉을 보고 존 D. 맥도널드의 '트래비스 맥기 시리즈'를
읽었다. 〈포인트 블랭크〉와 〈아웃핏The Outfit〉을 보고는 도널드 웨스트레
이크가 리처드 스타크라는 필명으로 쓴 '파커Parker 시리즈'를 읽었다. 올

루 그로스바드의 영화 〈진실한 고백True Confessions〉을 관람한 뒤에는 당연히 존 그레고리 던의 뛰어난 동명 소설을 읽어야 한다는 확신이 들었다. 이반 파세르의 영화 〈커터와 본〉의 경우도 마찬가지였다. 나는 1981년 〈커터와 본〉이 짧게 스크린에 걸려 있을 무렵 워싱턴 DC의 예술영화관에서 관람했다. 영화가 워낙 강렬한 인상을 남겨서 소설도 당연히 읽어야 한다고 생각했다. 하지만 쉽지 않았다. 구 년이 지난 다음에야 나는 블루 머더에서 출간한 판본의 중고 페이퍼백을 벼룩시장에서 구할 수 있었다. 찾아 헤매느라 소비한 시간이 전혀 아깝지 않은 책이었다.

영화 〈커터와 본〉은 아주 특별한 네오 누아르 캐릭터 연구서 같았다. 특히 잘생긴 플레이보이/포스트 히피 본의 태도를 탁월하게 연기한 제프 브리지스, 커터를 연기하는 매서운 존 허드, 불운한 모를 연기한 리사 이콘의 충격적인 변신이 인상적이었다. 배급사 유나이티드 아티스츠는 이 영화를 한동안 그냥 묻어뒀고, 스튜디오 내 체제 개편이 지나간 다음에는 적절한 배급에 실패했다. 그리고 영화가 호의적인 비평과 영화제 수상 등의 성과를 얻기 시작했을 때에야 뒤늦게 이 영화의 가치를 깨달았다. 수녀부들은 제목을 〈커터스 웨이Cutter's Way〉로 교체했다. 관객들이 혹시라도 〈커터와 본〉이라는 제목을 '자르는 사람과 뼈'라는 문자 그대로 해석하여 외과 의사들의 코믹 버디 영화로 오해할지도 모른다는 지레짐작 때문이었다. 〈커터와 본〉은 너무 박한 평가를 받은 영화가 아니라 너무 짧게 상영된 최상급 영화라고 부르는 게 옳다. 극장과 대중의 관심에서 지나치게 빨리 사라졌기 때문이다. 뉴턴 손버그의 소설 역시 비슷한 운명을 감내해야 했다.

더 낮은 수준의 작품들은 여전히 서점에서 팔리고 있는데, 이처럼 획기적인 소설들은 왜 종종 대중의 레이더망에 포착되지 못하고 사라질까? 제임스 크럼리의 《라스트 굿 키스》라든가 켐 넌Kem Nunn의 《태평 더 소스Tapping the Source》, 1970년대 초중반 엘모어 레너드가 쓴 모든 소설들이 그랬듯, 뉴턴 손버그의 《커터와 본》은 1976년 처음 출간되었을 당시부터 전통적인 범죄소설의 토대에 도전하는 듯 보였다.

《뉴욕 타임스》는 《커터와 본》의 첫 서평을 게재할 때, 장르의 게토로부터 이 책을 구해내보려는 노력을 기울여 《커터와 본》이 "세련되고 중요한 한 방"이며 "지난 십 년간 등장한 비슷한 종류의 소설 중 최고"라고 호평했다. 하지만 《LA 타임스》는 좀더 전형적이고 뻔하게, "로스 맥도널드 계열에서 등장한 최상급 작품"이라고 썼다. 흐음, '최상급'이라는 표현 자체는 옳지만, 샌타바버라가 배경이라는 것 말고는 로스 맥도널드의 '루 아처 시리즈'와 연관성을 찾아볼 수 없다. 맥도널드와 그의 탐정은 더 어린 세대들을 '낚아채지' 못했다. '루 아처 시리즈' 전반에 걸쳐 지속되는 것은, 잘 알려져 있다시피 당혹과 좌절의 연속이다. 반면 손버그는 《커터와 본》에서 젊은이들을 낚아챌 뿐 아니라 그들을 엄벌한다.

리처드 본은 한때 광고회사 중역이었지만 지금은 지골로에 놈팡이일 뿐이다. 소설에서 그가 등장하는 첫 장면은, 막 돈벌이 한판을 끝내고 여성용 레밍턴 면도기로 수염을 밀고 있는 모습이다. 본이 지금까지 사랑에 빠진 건 두세 번뿐이다. 청소년기에 한 번, 전 부인과 짧게 한 번. 최근의 사랑은, 가장 친한 친구 커터와 동거 중인 지독한 애주가에 마약광인 모다. 커터는 미국의 주류 문학에 등장하는 이들 중 가장 시니컬한 주인공으로 꼽혀야 할 것 같다. 그는 베트남 전쟁 참전 당시 클레이모어 지뢰를 밟았고, 이제 플라스틱과 강철로 복원된 다리를 끌며 지팡이를 짚고 다닌다. 손버그는 소설 전체에 걸쳐, 있는 그대로 간결하게 정확한 스타카토를 찍는 특유의 산문 스타일로, 커터의 신체에 남아 있는 것들을 묘사한다.

그로테스크의 축복을 받은 남자의 외모란 이런 거다. '누더기 앤' 인형을 연상시키는 빨간 고수머리는 숱이 점점 줄고 있다. 야생 매 같은 얼굴에는 너무 잦은 성형수술이 남긴 반흔 조직이 번들거린다. 눈알이 빠진 자리엔 검은 안대가 자리 잡았고, 사시사철 아파치 원주민 춤꾼처럼 딱 달라붙는 검은색 바지와 검은색 터틀넥 스웨터를 입었다. 왼쪽 소매의 팔꿈치 아래는 매듭지어져 있다. 핀으로 꽂거나 꿰맨 것이 아니라, 매듭이 지어져 있다. 그꼴은 마치 보라는 듯이, 당신에게 내던진 모욕처럼 확 시선을 잡아끌고 만다.

어느 늦은 밤, 술 취한 본은 잠깐 신세를 지고 있는 커터의 집으로 돌아가던 길에 골목 쓰레기통 속으로 시체를 던져넣는 건장한 중년 남자의 실루엣을 목격한다. 희생자는 가출한 어린 창녀였고, 머리가 부서졌으며 입안과 얼굴에 정액이 흩뿌려져 있었다. 다음 날 본은 신문에 난 어떤 사진을 응시한다. 그리고 그 사진 속 인물, 그러니까 재계의 거물인 남자가 어젯밤의 살인범인 것 같다고 —어디까지나 추측이라고— 커터에게 무심코 말해버린다.

이제 소설의 나머지 부분에선 이 살인 행위와 그들 자신의 망가진 삶을 어떻게든 파악해보려는 두 사람의 노력이 이어지지만, 깔끔한 해결책 같은 건 기대할 수 없다. 살인사건이 '해결'될 수 있다는 개념은 애초부터 미스터리 소설의 '거대한 기만'이다. 작가는 그 같은 개념을 멍청이 같은 소리라며 공격한다. 한번쯤은 어떤 작가가 독자를 가르치려 들지 않을 수도, 악몽 때문에 깨어난 아이를 달래듯 꿈나라로 돌아가라고 부드럽게 노래 불러주는 쪽을 선택하지 않을 수도 있다. 손버그는 꾸밈없이, 그 악몽은 진짜라고 우리에게 들려준다.

그러므로 《커터와 본》은 퍼즐을 푸는 미스터리가 아니다. 아름답게 묘사된 러브스토리지만, 또한 사랑의 만개보다는 사랑의 죽음을 다룬다. 이 소설이 궁극적으로 관심을 쏟는 대상은 베트남 전쟁의 결과로 드러난 미국의 곪아가는 상처다. 《커터와 본》은 베트남 전쟁 당시에 집필된, 베트남전을 배경으로 한 소설이다. 사후의 깨달음이라는 특권의 도움 없이도 인상적으로 현명한 시각을 보여주며, 만성적으로 취해 있거나 숙취에 시달리는 듯하고 불구이며 전쟁의 충격에서 헤어나오지 못하면서도 '더 좋은 날'을 고대하는 국가를 묘사한다. 그 '더 좋은 날'은—당신이 소망하는 바를 조심하라—레이건과 대처의 모습으로 도래할 것이다. 손버그는 베트남전 자체를 구체적으로 숙고하진 않지만, 그와 관련한 근사한 독백을 커터에게 부여했다. 미군의 미라이 학살사건, 네이팜탄을 맞고 울부짖는 벌거벗은 아이 등이 찍힌 유명한 《라이프》지 사진들의 공포와 그 진정한 의미에 대해 커터는 일장 연설을 늘어놓는다.

나는 그 사진들을 정말 열심히 들여다봤어. 그 사진들을 통해 교육을 받았다고. 그리고 내가 뭘 생각했는지 알아? 세 가지 반응이 가능해, 리치, 딱 세 가지. 첫째 반응은 단순해. 난 미국을 증오한다. 하지만 사진들을 좀더 뚫어지게 들여다보면 다음 단계로 넘어가게 돼. 신은 없다. 하지만 할 수 있는 한 최선을 다해 그 사진들을 살펴본 끝에 결국엔 무슨 말이 나오는지 알아? '배가 고프군'.

그야말로 비할 수 없이 뛰어난 문장이지만, 손버그는 여기서 그치지 않았다. 오히려 커터와 본이 용의자와 대면하기 위해 미국 중부 오자크 Ozark[●] 지역을 통과하는 책의 마지막 삼 분의 일에 이르면, 작가는 정말로

● 아칸소 주와 캔자스 주, 미주리 주, 오클라호마 주에 걸쳐 있는 오자크 산맥을 뜻한다.

불타오르기 시작한다. 독자 역시 편집증 환자의 열에 들뜬 꿈처럼 읽히는 클라이맥스로 돌진하게 된다. 장담하는데, 이 소설의 마지막 몇 페이지는 당신을 완전히 들었다 놨다 할 것이다. 충격적인 동시에 나무랄 데 없는 결말까지.

《커터와 본》을 처음 읽었을 때만 한 강도로 나의 세계를 뒤흔든 책은 거의 없다고 할 수 있다. 1990년에 구입했던 원래의 페이퍼백은 나와 함께 몇 번이나 다른 대륙을 넘나들었다. 마침내 나는 유럽의 기차에서 만난 동료 여행자의 손에 그 책을 건네주었다. 그 무렵엔《커터와 본》의 영향력이 이미 나의 무의식에 속속들이 침투했었다. 1994년 나는 펄프/누아르스릴러《슈독Shoedog》을 출간했다. 그 소설의 고립된 떠돌이 주인공과 갑작스레 암전되는 엔딩은 손버그의 걸작으로부터 받은 영감의 결과다.

수많은 작가들이 자신들을 신전에 입성시킬 단 한 권의 책을 쓰기 위해 노력하며 창조력을 소진한다. 하지만 진실을 말하자면, 그에 성공하는 작가는 극히 드물다. 뉴턴 손버그는《커터와 본》으로 성공했다. 그것도 엄청나게.

·

조지 펠레카노스George Pelecanos는 소설 열여덟 편을 쓴 소설가이며, HBO의 〈더 와이어The Wire〉〈퍼시픽The Pacific〉〈트레메Treme〉 시리즈의 작가 겸 프로듀서이다. 그는 머리숱이 많고 타는 듯한 푸른 눈을 가졌으며, 배우 스티브 매퀸이 〈블리트Bullitt〉에서 몰았던 차를 모델로 한 머스탱 한정판을 몬다. 또한 기혼이며, 교외의 집에서 세 아이와 개 두 마리를 키운다. 독립적인 소설가의 '악동' 신화는 이제 그만.
www.hachettebookgroup.com/features/georgepelecanos

메인 *The Main, 1976*

by 트리베니언

로드니 휘태커Rodney Whitaker(1931~2005)는 미국 뉴욕 태생의 영화학자이자 소
설가다. 본명으로는 논픽션을 쓰고 다양한 필명으로 소설을 썼다. 광대한 정보를 제
공하는 가이드북《동시대 작가들Contemporary Authors》조차, "그가 또다른 이름
들로 얼마나 많은 책을 썼는지 알아내기란 힘들다"고 유감스럽게 결론 내릴 수밖
에 없었다. 그중 가장 유명한 필명 트리베니언Trevanian으로 쓴 작품으로는《아이거
빙벽The Eiger Sanction》(1972),《메인The Main》《시부미Shibumi》(1979) 등이 있
다. 미스터리 소설가 돈 윈슬로Don Winslow는《시부미》에서 출발한 작품《사토리
Satori》(2011)를 쓰기도 했다. 트리베니언의 작품들은 수백만 권씩 팔렸으며, 이는
그가 캐릭터 설정과 묘사력에 뛰어난 솜씨를 지녔으며 정형화된 틀을 피하려 한 덕
분이다.

존 맥퍼트리지

몬트리올을 상징하는 깃발은 이 도시의 터전을 만들어낸 네 민족의
상징물로 구성됐다. 프랑스의 백합, 영국의 장미, 스코틀랜드의 엉겅퀴,
그리고 아일랜드의 토끼풀(유럽인들이 캐나다에 도착하기 이전 이미 터를 잡고
있던 원주민의 상징물은 빠져 있다).

세월이 흐르며 몬트리올이라는 하나의 도시는 두 개의 고립된 영역
으로 나뉜다. 프랑스인과 영국인의 영역. 여기서 영국과 스코틀랜드와
아일랜드를 따로 구분하진 않는다.

몬트리올의 문학은 이 같은 분리를 반영한다. 하나의 언어로 쓰인
작품이 다른 언어로 번역되는 일은 극히 드물다. 몬트리올의 영어권 시

민들이 가브리엘 루아Gabrielle Roy의《싸구려 행복Bonheur d'Occasion》이나 로크 카리에Roch Carrier의《하키 스웨터Les Enfants du Bonhomme dans la Lune》정도는 읽었을지도 모른다. 하지만 그뿐이다. 대부분의 프랑스어권 시민들은…… 음, 잘 모르겠다. 가장 유명한 영어권 캐나다 소설들 중 한 권은 휴 매클레넌Hugh MacLennan의《두 개의 고립된 영역Two Solitudes》(1945)이다. 이 책은 이듬해 스페인어, 네덜란드어, 스웨덴어, 독일어, 그 외의 몇몇 언어들로 번역되었지만, 스무 해가 지나도록 프랑스어로는 번역되지 않았다.

몬트리올에는 물리적인 분리도 존재한다. 프랑스계 시민들은 이 섬의 동쪽 지역에 주로 거주하고, 대부분의 영국계 시민들은 서쪽에 거주한다. 그 가운데를 관통하는 세인트로렌스 거리/생로랑 거리는 주로 '메인'이라는 명칭으로 알려졌다.

한 권의 책에 두 개의 고립된 영역을 함께 불러모으려는 노력을 실현시키기 위해, 외부자의 시선이 필요했다는 건 별로 놀랍지 않다. 그리고 미국인 로드니 휘태커, 필명 트리베니언이 범죄소설을 통해 그 임무를 완수했다. 각기 다른 사회적 배경을 가진 캐릭터들이 상호작용하도록 설정하는 데 살인사건 조사를 하는 것보다 더 좋은 방법이 있을까?

《메인》은 1970년대에 쓰였다.《두 개의 고립된 영역》을 읽은 전후 세대로부터 몇십 년이 지나 이제 새로운 세대가 등장했으며, 고립의 장벽이 조금씩 허물어지기 시작할 무렵이다. 몬트리올의 영국계와 프랑스계 사이의 벽, 세대 간의 벽, 심지어 옳고 그름 사이의 벽까지도. 배경은 11월 말, 소설 속 등장인물이 '돼지 같은 날씨'라고 부르는 우울한 시기다. 일찍 해가 지고 춥지만 눈은 아직 내리지 않는, 별로 재미있는 일도 없는 시기. 시대의 종말처럼 느껴지는 시기다.

주인공 역시 아주 우울하고 구슬픈 인물이다. 라푸앙트 경위는 스물다섯 해 전 세상을 떠난 사랑하는 아내를 여전히 애도하고 있는 홀아비다. 그는 아내와 살던 그 아파트에, 아무것도 바꾸지 않은 채 그대로 살고 있다. 여러 번 진급했지만, 그는 여전히 메인 거리를 왔다갔다하는 순찰 경찰의 습관을 고수한다.《메인》1장에서 라푸앙트는 친구들과 함께 카드놀이를 한다. 강제수용소 생존자 무아셰, 최근에 상처한 다비드, 그리고 신도들을 잃었다고 생각하는 마르탱 신부까지. 그날 무아셰는 카드를 치는 대신 범죄와 죄 사이의 차이점에 대해 기나긴 토론을 시작한다.

아, 그리고 우리는 초반에, 시체와 맞닥뜨리기도 전에(이건 어쨌거나 살인 미스터리 소설 아닌가) 라푸앙트 경위가 수술로도 완치가 안 되는 심장병을 앓고 있으며 올겨울을 넘기지 못할 거라는 사실도 알게 된다.

마침내 시체가 등장하는데, 그 정체는 정말로 좋아하기 힘든 남자다. 범죄자이며 불법 이민자로 추정되는 젊은이인데, 이탈리아에서 뉴욕으로 가는 경유지로 몬트리올을 택한 것으로 보인다. 그는 메인 거리에서 지나치게 어린 여자들에게 (지나치게 공격적인) 성적 능력을 과시하는 것으로 악명을 떨쳤다. 그러니까 그를 살해한 건 죄라기보다는 분명 범죄 쪽에 가까울 것이다. 이 사건은 라푸앙트의 '구역'에서 벌어졌다. 애초에 사건을 배정받았던 살인사건 담당 경찰이 라푸앙트에게 조사 전권과 함께 사건을 인계한다. 라푸앙트는 또한 그 다른 경찰의 '존'도 떠맡게 된다. '존'은 그 경찰 아래서 업무를 배우는 젊은 영국계 수습형사의 별명이다. 이 같은 조치를 통해, 라푸앙트는 〈더티 해리〉의 좌파 버전이라고 할 만한 관점을 자세히 설파할 수 있게 된다. 그렇다. 정치적으로 올바르고 범죄자들의 '인권'에 대해 과도하게 걱정하는 정치가와 경찰 고위 간부들 때문에 경찰 일을 제대로 하는 게 불가능해졌다. 하지만 라푸앙트의 진짜 문제는 바로 그런 사람들 때문에 그가 항상 생각하고 염려하는 메인 거리 주민들, 즉 정치가들과 정치적 야심이 대단한 라푸앙트의 상관들에게 아무런 관심의 대상이 되지 못하는 가난한 주민들을 제대로 보호하기 힘들다는 점이다. 한편 존의 실제 이름은 거트먼, 대학 교육을 받은 영국계 캐나디언으로, 책을 통해 얻은 지식을 맹신하는 경향이 있는 인물이다. 그래도 라푸앙트와 거트먼은 좋은 팀이 된다.

등장인물 한 명은 스스로에 대해 "내러티브만 있는 곳에서 철학을 찾아다닌다"고 묘사하는데, 이 말은 《메인》 자체의 훌륭한 요약이기도 하다. 내러티브보다 철학이 더 많이 깃들어 있으며, 그 때문에 정말 뛰어난 작품이 될 수 있었다.

그리고 그 배경. 미스터리 소설에서 배경이 하나의 캐릭터로 기능한다고 말하는 건 어느 정도 클리셰적인 발언이 되었지만, 이 소설에서 몬트리올이, 적어도 생로랑 거리가 주요 등장인물이라는 점에는 의심의 여지가 없다. 《메인》에서 몬트리올과 생로랑 거리는 지극히 훌륭하게 포착된다. 소설 속에서 논의되는 시대인 1970년대 초반 역시 주요 등장인물로 기능한다. 이 세계의 수많은 다른 지역들에서처럼, 1960년대 후반과 1970년대 초반의 몬트리올에는 어마어마한 격변이 일어나고 있었고, 모든 사회 구조가 문제 제기의 대상이 되었다. 퀘벡에서 가장 주요한 이슈는 물론 프랑스계 캐나디언들의 민족주의의 발현이었다. 이는 '조용한 혁명Quiet Revolution'[*]이라 불렸다. 캐나다에서 그런 엄청난 갈등의 시대에 범죄소설이 거의 쓰이지 않았다는 건 좀 놀라운데, 《메인》은 바로 그 갈등을 정면으로 다루었다. 사실상, 이 소설에서의 살인 미스터리는 어학원에까지 미친다. 양쪽 언어를 모두 구사하는 젊은 여성이 그 어학원을 운영한다.

---

* 종교와 교육, 사회복지 제도 등 다각도의 개혁이 성공적으로 실시되었으며, 프랑스인들이 주축이 된 퀘벡 독립 운동으로까지 이어졌다.

트리베니언으로서의 로드니 휘태커는《아이거 빙벽》과《루 빙벽The Loo Sanction》《시부미》같은 스파이 소설의 저자로 유명하다. 휘태커는《아이거 빙벽》을 일종의 패러디로 기획했지만 평론가들이 그렇게 보지 않았던 점에 대해 무척 실망했다고 한다.《메인》역시 패러디물처럼 읽히기도 한다. 미스터리 소설의 모든 클리셰가 여기 존재하지만, 그럼에도 불구하고 진지한 목적으로 활용된다.

《메인》이 시리즈물의 한 편이었다면, 라푸앙트 경위는 미스터리 역사상 최고의 탐정 중 하나로 유명세를 누렸을 거라고 믿어 의심치 않는다. 그러나 현실로 돌아오면 라푸앙트가 등장하는 소설은《메인》한 권이고, 그 한 권이야말로 읽을 가치가 충분하다.

존 맥퍼트리지John McFetridge는 캐나다 몬트리올의 남부 해안에 있는 그린필드 파크에서 나고 자랐으며, 현재 살고 있는 토론토로 이주하기 전까지 메인 거리에서 많은 시간을 보냈다.《더티 스위트Dirty Sweet》《여기가 그 어디도 아니라는 걸 모두 알고 있다Everybody Knows This Is Nowhere》《스왑Swap》《주사위 굴리기Tumblin' Dice》 등의 작품을 썼다. 최근작은 1970년의 몬트리올에서 벌어지는 이야기를 다룬《검은 바위Black Rock》(2014)이다.
johnmcfetridge.blogspot.com

애니멀 팩토리 *The Animal Factory, 1977*

by 에드워드 벙커

•

에드워드 벙커Edward Bunker(1933~2005)는 미국의 소설가이자 각본가, 배우이며, 특히 인생의 절반 정도는 범죄자로도 살았다. 회고록《죄수의 교육Education of a Felon》(2000)에 따르면 그는 역대 샌쿠엔틴 교도소 수감자들 중 가장 어렸으며, 너무나 거침없고 겁이 없었기 때문에 동료들로부터 미친놈의 경계선에 있는 꼬마로 평가받았다고 한다. 사형수였던 작가 캐릴 체스먼Caryl Chessman과의 조우를 통해, 벙커는 수감 기간 중 자신의 이야기를 글로 쓰기 시작했다. 거의 이십 년이 지나서야 가까스로 출간된 그 책의 제목은《그보다 흉포한 야수는 없다No Beast So Fierce》였다. 소설을 쓰고 이후에는 연기까지 겸하면서, 벙커는 은행을 털거나 마약 거래에 의존하지 않고도 먹고살 수 있는 돈을 벌게 되었다. 배우로서 그는 쿠엔틴 타란티노의 〈저수지의 개들Reservoir Dogs〉의 불운한 '미스터 블루' 역으로 크게 사랑받았다.

옌스 라피두스

　오늘날 범죄소설은 조사자의 입장에서 서술된다. 그것은 살인과 악랄한 냉혈한, 계획적인 범죄 행위에 대한 이야기다. 우리는 대개 형사나 사립탐정이 진실을 추적하는 과정을 따라가게 된다. 가끔 범죄자의 시선을 통해 세상을 바라볼 때도 있긴 하다. 너무 많이 비틀린 냉혹한 범죄자의 심리 상태를, 이에 접근 가능한 내부자의 관점에서 기술한 내용을 접할 수 있는 것이다. 주류 범죄소설의 결말은 전부 비슷하다. 살인 미스터리는 해결되고, 가해자가 밝혀지며 체포된다.

　하지만 이런 음모가 전부 해결된 이후에는 무슨 일이 벌어질까? 현재의 평온함을 되찾고 난 다음에는 어떤 일이 생길까? 희생자는, 그리고 가해자는 어떤 일을 겪게 될까?

　이 같은 질문들에 대한 대답은 좀처럼 주어진 적이 없다. 하지만《애니멀 팩토리》에서 에드워드 벙커는 수많은 범죄소설이 멈추는 그 지점에서 시작한다. 그는 위의 마지막 질문에 대한 답을 시도한다. 범죄를 저지른 이에게는 그다음 무슨 일이 생길까, 그리고 범죄자는 사회에서 어떻게 다뤄지는가?

　벙커의 관점이 엄청나게 혁명적이진 않을지도 모른다. 하지만 그는 독자들에게 과도한 짐을 지우지 않고도 자신의 의견을 농축시켜 이야기 전반에 매끄럽게 스며들게 한다.

　그런 관점에서,《애니멀 팩토리》는 의심의 여지 없이 교도소 생활에 관한 가장 위대한 소설 중 한 편으로 꼽힐 수 있다. 그리고 서구 세계, 특히 미국의 교도소 시스템에 대한 예리한 비평이기도 하다.

　더 나아가, 궁극적으로 벙커의 극사실주의는 인간에 대한 우리 자신의 시각에 대한 것이다.

　《애니멀 팩토리》는 론 데커가 '만灣의 바스티유' 샌쿠엔틴 교도소에서 일 년 동안 겪는, 혹은 겪었을 것으로 여겨지는 삶을 따라간다. 론은 마리화나와 관련된 사소한 죄를 저질렀지만 불합리하게 긴 형량을 선고받았다. 그는 지적이고 평화주의적인 천성을 갖고 있으며, 그 전에는 수감된 적이 없다. 곧 그는 갱단의 리더 얼 코펀, 동물원의 호랑이보다도 오랜 시간을 철창 뒤에서 보낸 흉터투성이 전과 3범을 만난다. 다른 말로 하자면, 얼은 〈쇼생크 탈출The Shawshank Redemption〉의 다정한 '내 친구 엘리스'의 정반대 인물이다. 론은 신참이라는 신분에 더해 잘생겼다는 점 때문에 샌쿠엔틴 내에서 심각한 상황에 휘말릴 수도 있다.

　론과 얼은 친구가 된다. 딱 적절한 시점에. 다른 수감자 세 명이 론을 감방 안에 유인해서 강간하려는 계획을 세우는데, 얼이 그 음모를 폭로한 다음 그들에게 자기 나름의 방식으로 따로 얘기하고, 세 명은 곧 론에게 신경을 끄게 된다.

론과 얼의 우정은 점점 깊어지고, 두 사람 다 놀랄 만큼 가족 같은 관계로 발전한다. 얼은 론에게 수감자들의 자체적 도덕률과 교도소 관리들의 규칙 사이의 좁디좁은 선 위에서 균형을 지키는 법을 알려준다. 그 둘은 완전히 다른 체계로 굴러간다. 수감자 자체 도덕률을 어기면, 그건 죽음을 뜻한다. 교도소 관리들이 세운 규칙을 깨뜨리면, 철창 뒤에서 더 오랜 시간을 보내게 된다는 걸 뜻한다. 샌쿠엔틴에서 그것은 다만 조금 더 시간이 걸릴 뿐이지 죽음이나 마찬가지다. 동시에 론은, 얼의 보호에 치러야 할 최종적인 대가가 무엇일지 곰곰 생각하기 시작한다.

벙커는 제인 오스틴이 19세기 상류층의 삶을 다루는 것과 같은 엄밀한 정확성으로 감옥에서의 처세를 묘사한다. 여기는 갈등을 오직 폭력으로만 해결하고, 교도소 간부들이 고의적으로 구조적인 인종차별을 부추기는 세계다. 언제나 주변은 자칫 위험한 상황으로 번질 수 있는 소음과 혼란으로 가득하다.

벙커의 언어는 무자비하고도 대단히 실용적이며 신뢰할 수 있는데, 작가 자신이 상당히 오랜 시간 동안 청소년 구금 센터와 교도소에서 지냈기 때문에 가능했을 것이다. 그러나 그 사실만으로 누구나 같은 경험을 하면 이렇게 쓸 수 있다고 자동적으로 결론을 내릴 순 없다. 벙커는 글을 쓸 수 있었다. 자신을 표현하는 데 상대적으로 단순한 방식을 선택했다 할지라도, 그 언어는 그가 겪은 삶의 현장과 시대를 반영한다. 덧붙여서, 그는 자신의 내러티브를 완벽하게 뒷받침할 시대적 디테일에 통달한 사람이다.

최근 수십 년간, 범죄자와 범죄의 영역을 다루는 소설과 영화가 쏟아져 나왔다. 그 작품들의 어떤 묘사는 가끔 범죄를 낭만화하고 범죄성을 하나의 라이프스타일로 받아들이는 것처럼 보인다. 벙커는 절대로 그런 함정에 빠지지 않는다. 거지 같은 상황이 거의 모든 페이지에서 출몰하고, 샌쿠엔틴에서의 삶보다 더 끔찍한 생활을 상상하는 건 불가능하다. 9시에 출근해 5시에 퇴근하는 사회, 중산층, 평범한 시민들에 대해 죄수들이 느끼는 일종의 부러움도 범죄 묘사와 병행하여 묘사된다. 사회 내부 구성원이 되지 못했다는 고통이, 증오를 통해 스스로를 드러내는 방어 메커니즘을 작동시키는 것 같다.

마침내 론과 얼은 절묘하게 계획한 루트로 교도소를 탈출할 계획을 세운다. 이 자리에서 그들의 탈출 성공 여부를 누설하진 않겠지만 교도소의 시스템이 그들을 변화시켰음을, 자유의 개념에 대한 시각을 근본적으로 개조시켰음을 조심스럽게 말해두고 싶다.

알렉산드르 솔제니친Alexander Solzhenitsyn이 구소련 강제노동수용소에서 경험한 바를 토대로 한 서사시적 소설 《이반 데니소비치의 하루》와 《애니멀 팩토리》를 비교할 수도 있을까? 두 작품은 각기 다른 시스템과 수감 제도, 다른 생존의 방식을 반영한다. 순수하게 문학적인 차원에서는 다른 게임을 벌이고 있겠지만, 두 작가 모두 감금의 디테일에 대해 경탄스러운 감각을 갖고 있고, 인간성을 파괴하려는 목적으로 구성된 제도 내에서 인간의 존엄성을 유지하려는 개인의 투쟁을 다루었다.

《애니멀 팩토리》는 삼십오 년 전 출간되었다. 하지만 스웨덴에서 변호사로 일하는 입장에서 나는 이 작품의 메시지가 여전히 매우 큰 의미를 가진다고 믿는다. 스웨덴과 미국 양쪽의 감옥 모두 지난 수십 년간 빠른 속도로 포화 상태에 이르렀다. 그 담장은 점점 더 높아지고, 분위기는 점점 더 냉담해지고 있다. 죄수들에게 관심을 가질 이유는 전무하다고 해도 과언이 아니다.

벙커는 샌쿠엔틴에 수감된 이들이 사회 복귀에 성공할 가능성에 대해 "트라피스트 수도원*에 집어넣은 다음 이슬람교도로 개종시키려는 노력" 같은 것이라 썼다. 서구의 교도소(그리고 내가 알기로 나머지 세계에서도 대동소이하다)는 과거에도 그랬고 현재도 여전히 공장이다. 우리 모두가, 애초에 교도소 안으로 내던져진 이들이 수감 생활을 겪으며 결국 훨씬 더 위험한 범죄자로 생산되는 과정에 통달했다. 우리는 젊은이들을 비난하고 모멸감을 안겨주는 일에 더 능숙해졌다. 이런 부정적인 태도는 오늘날 가공할 만한 속도로 진행되고 있다. 우리는 그들만의 세계에서 살도록 강요받는, 사회의 나머지 부분에는 아예 접근이 불가능해지게 된 이들을 만들어내는 공정을 아주 능률적으로 진행시킨다.

《애니멀 팩토리》는 우리 대다수가 반드시 의무적으로 읽어야 하는 책이다. 하지만 그중에서도 특히 거친 수단을 사용해야 더 나은 세상을 만들 수 있다고 믿는 이들에게 권하고 싶다.

•

엔스 라피두스Jens Lapidus는 스웨덴의 범죄 전문 변호사다. 그는 《이지 머니Snabba Cash》(2006)로 범죄소설가가 되었으며, 이후 《좆까지마Aldrig Fucka Up》(2008), 《라이프 디럭스Livet Deluxe》(2011) 두 권을 더 썼다. 이 세 소설은 '스톡홀름 누아르Stockholm Noir 3부작'을 구성한다. 《이지 머니》의 영어 번역본은 2012년 출간되었으며, 스웨덴에서 다니엘 에스피노사 감독에 의해 2010년 영화화됐다.

• 침묵과 기도, 노동을 중시하는 엄격한 수도회.

진실한 고백 *True Confessions, 1977*

by 존 그레고리 던

•

존 그레고리 던John Gregory Dunne(1932~2003)은 미국의 소설가이며 저널리스트, 각본가다. 그가 사망한 이듬해 아내 존 디디온Joan Didion이 남편을 애도하며 쓴 회고록《상실The Year of Magical Thinking》에 밀려, 던의 명성은 부분적으로 퇴색했다고도 할 수 있다. 그의 가장 유명한 소설은《진실한 고백》이다. 미결로 남은 1947년 블랙 달리아 사건을 느슨하게 기반으로 한 이 소설은 권력과 부패, 가톨릭 신앙에 대해 탐구하는 작품이다. 로버트 듀발과 로버트 드니로가 주연을 맡은 동명의 영화로도 만들어졌다. 던과 디디온은 1971년 알 파치노의 첫 주연작〈백색 공포 The Panic in Needle Park〉에서처럼〈진실한 고백〉에서도 시나리오를 공동 집필했다. 던은 할리우드에서 겪은 불운에 대해 신랄하게 토로하는 회고록《괴물 : 영화계의 식객으로 살기Monster : Living Off the Big Screen》를 쓰기도 했다.

S. J. 로잔

유대인 민담 중 이런 이야기가 있다. 죽은 것처럼 보였지만 되살아난 랍비가 있다. 기력을 차린 뒤 그는, 사실 죽었던 게 맞으며 사후 세계를 살짝 엿볼 기회를 허락받았다고 털어놓았다. 호기심에 불타오르는 제자들이 주위에 모여들었다.

"말씀해주십시오, 랍비여. 사후에는 젊은 시절의 죄로 처벌받습니까?"
"젊은 날 저지른 죄로는 처벌받지 않는다네." 그가 대답했다.
"그렇다면 다시 묻겠습니다. 욕정의 죄는 처벌받습니까?"
"욕정의 죄는 처벌받지 않았네."

"법을 어긴 죄는요?"

"법을 어긴 것에 대한 처벌도 없었네. 오직 단 하나의 죄만이 사후에 용서받지 못했지."

"랍비여, 그것이 무엇입니까?"

"가짜 신앙심이네."

나는 존 그레고리 던의 《진실한 고백》을 읽기 전까지 이 민담을 들어본 적이 없었다. 나는 브롱크스에 거주하며 여름 방학 동안 로어 맨해튼에서 아르바이트를 하던 대학생이었다. 일은 따분하기 짝이 없었고, 더 끔찍한 건 고용주가 아버지라는 사실이었다. 유일한 장점이라면, 일터까지 한 시간씩 걸리는 지하철 통근 시간에 책을 마음껏 읽을 수 있다는 점이었다. 그해 여름 일주일에 한 권씩 책을 읽었는데, 그중 《진실한 고백》이야말로 나를 완전히 압도해버린 유일한 책이며 지금까지도 기억하는 유일한 책이다. 작가가 되고 싶다는 어렴풋한 열망이 범죄소설 작가라는 뚜렷한 야심으로 확실해진 계기를 제공한 책이기도 하다.

《진실한 고백》은 무엇보다 아무런 희망 없이 타협적인 삶 속으로 밀려들어간 남녀들에 관한 소설이다. 대부분의 사람들은 시간 앞에 양보했던 작은 일들이—누군가는 더 큰 선을 성취하기 위해, 누군가는 편의를 위해, 누군가는 부패한 이득을 위해—그들의 영혼을 어떻게 타락시키는지 감지하지 못한다. 또는, 그 사실을 스스로 인정하고 싶어 하지 않는다. 또는, 그게 중요하다고 생각하지 않는다. 《진실한 고백》은 1960년대에 시작되어 끝나지만, 내용의 대부분은 1947년 로스앤젤레스, 바로 그 특별한 로스앤젤레스에 할애한다. 저속하고 시니컬한 누아르 속 로스앤젤레스. 《진실한 고백》의 매혹적인 지점 중 하나는, 누아르의 배경을 지녔지만 누아르의 감수성은 아니라는 점이다. 일반적으로 누아르는, 그리 착하다고 할 수 없는 남자 혹은 여자가 뭔가 좋은 것을 단 한 번이라도 손에 넣기 위해 애쓰지만, 그 앞에 일어났던 모든 사건들 때문에 결국 실패하는 것으로 귀결되는 이야기다. 《진실한 고백》은 좀 다르다. 사람들이 매일 조금씩 도덕적 범위를 줄여나가다가 마침내 도덕 자체가 거의 존재하지 않게 되어버렸다는, 그 깨달음이 전부인 이야기다.

나는 위에 '거의 존재하지 않게'라고 썼다. 하지만 결국, 완벽한 소멸은 아니다. 등장인물 대부분은 일생 내내 살아온 것만큼 타협적인 죽음을 맞는다. 모두가 자연사거나 자살이다. 어떤 캐릭터도 총에 맞거나 칼에 찔리거나 다리 위에서 등 떠밀려 죽지 않는다. 이 책의 중심에 놓인 살인은 실제로는 등장인물 중 아무도 알지 못하는 누군가의 무작위적인 살인이다. "그녀를 소녀라고 부르기도 어색하지, 라고 톰 스펠러시는 생각했다. 그녀는 헤드라인에 불과했어. 당신의 누이가 아니기 때문에 기삿거리로 이용되는 누군가, 당신이 사정하며 절정을 맛볼 누군가였지."

《진실한 고백》의 주축에는 두 형제가 있다. LAPD의 살인사건 담당 부서장인 톰 스펠러시와, 주교 자리까지 출세 가도를 달렸고 대주교 관구에서의 돈줄로 알려진, 추기경으로 직행하려는 야심에 불타는 데스먼드. 이야기가 진행되면서 두 사람은 각자 어떤 삶을 걸어왔는지 깨닫게 되는 중요한 순간과 마주친다.

먼저 톰의 경우, "그는 많은 것들에 대해 더이상 확신할 수 없게 되었다. 하지만 한 가지만은 확실했다. 그는 아주 뛰어난 경찰이었다. 언제나 정직한 건 아니었지만, 언제나 철두철미하게 일을 했다".

데스의 경우, "그는 정기적으로 고해성사를 들을 의무는 없었지만, 도움을 주는 걸 즐겼다. 그럼으로써 자신이 한결 신부답다고 느낄 수 있었다".

시간이 흘러 개인적인 위기의 순간이 닥쳤을 때, 두 사람은 각자 선택을 내린다. 한 사람은 부적절한 방식으로 위기에 맞선다. 그는 지금까지 살아온 것처럼 자신의 영혼을 짓누르는 것 외에 다른 방식을 택하길 거부한다. 또 한 사람은 그가 애초에 꿈꿨던 이상적인 자아상을 회복하려 한다.

던의 글은 독자의 눈을 능수능란하게 사로잡는다. 단순하고 솔직하게, 수많은 터프가이 소설가들의 부자연스러운 태도를 버리고, 하지만 설득력 있고 꾸밈없는 스타일로, 때때로 숨막히는 반전을 활용하지만, 적시적소만을 택한다. 이를테면 수년 동안 알고 지냈고 잠자리도 함께한 등장인물 두 명은, 공통의 지인들 중에서 누가 누구랑 잤는지, 그것으로 무엇을 얻었는지 이상을 넘어서는 대화를 나눈 적이 없다. "광대한 무관심에 둘러싸인 관계의 시궁창이었다." 또는, 적막한 교구의 주민들에 대해서 이렇게 묘사한다. "예전에 새긴 문신이 전부 희미해진 노인들, 머리망을 쓴 그들의 아내, 이젠 좀처럼 전화를 걸지 않는 그들의 자녀."

소설은 남들과 어울리기 좋아하는 늙은 사내 톰 스펠러시의 1인칭 시점으로 전개된다. 그는 터프하지만 그렇게 유별나지 않은 아일랜드 가톨릭 노동자 계층의 삶에 대해 사무적인 어조로 장황하게 이야기한다. 그가 입을 여는 첫 문장, "그 어떤 회전목마도 더이상 작동하지 않는 것 같다". 이건 그저 지나가는 말처럼, 시간의 흐름으로 발생한 변화를 지적하는 것처럼 보인다. 그는 등장인물 대부분이 현재 어떤 모습으로 살아가는지 알려준다. 그리고 이야기는 과거로, 3인칭 화자의 시점으로 바뀐다. 이 목소리의 거리감이나 전지적 시점에 대해 우리가 착각할 일은 없고, 결과적으로 신뢰성에 대해서도 의심할 일이 없다. 3인칭 전지적 화자의 첫 문장은 "톰 스펠러시가 훗날 기억해낸 것은……"으로 시작한다. 화자는 이야기를 풀어가는 내내, 등장인물들의 성과 이름을 세심하고 정확하게 꼬박꼬박 붙여서 언급한다. 인물들은 각자의 머릿속에서 어느 정도 상대방에 대한 생각을 늘어놓지만, 화자 덕분에 우리는 등장인물로부터 거리감을 유지하면서 그로부터 발생하는 패턴을 더 확실하게 관찰할 수 있다.

이 이야기에는 악의 중심, 악마와 계약을 맺은 잭 암스테르담이라는 인물이 있다. 그는 톰과 데스 스펠러시의 부패한 영혼 뒤편에서 어른거리는 모호한 형상이다. 잭 암스테르담이 거의 모습을 드러내지 않으며, 딱 두 번만 그림자 속으로부터 목소리를 낸다는 사실이 중요하다. 기꺼이 영혼을 팔고자 하는 사람은 언제든 구매자를 찾을 수 있노라고 작가는 단언하는 듯하다.

회전목마 역시 우연히 나온 단어가 아니었다. 회전목마는 판타지이자 겉치레로 영위되는 삶을 뜻한다. 톰이나 데스, 그 밖의 어떤 인물들을 위해서도 회전목마는 더이상 돌아가지 않는다. 이 책의 가장 결정적인 순간이자 두 갈래로 진행되던 이야기가 교차되는 지점은 바로 놀이공원에서 벌어진다. 톰 스펠러시는 데스의 상관인 추기경을 만난다. 추기경은 두 형제가 대단히 닮았다는 사실에 주목한다. 어떤 점에선, 그게 핵심이다. 그들은 똑같다. 우리 모두, 본질적인 부분에서 똑같다. 우리 모두 어떤 선택들을 내려야만 하고, 도덕의 교차로에 다다르게 된다. 데스먼드 스펠러시는 말한다. "신부라면 사제직을 수행하는 동안 언젠가는 그런 시험을 겪길 은근히 기대하지. 그리고 당연히 그 선택이 영웅적이길 바라고. 넌 아직도 너의 신을 믿어? 총살 집행대의 사령관 같은 신이라면…… 그런 시험이 목캔디 비슷한 거라고 말하겠지. 쉽게 삼켜버릴 수 있다고." 인물들이 직면하게 되는 시험은, 그러나 목캔디처럼 만만하지 않다. 그렇게 명확하지도 않다. 결연하게 맞설 총살 집행대도 없으며, 제거해야 할 범죄 조직의 제왕도 없다. 그건 너무 과한 요구다. 그들이, 그리고 우리가 매일 마주하는 것은 사소한 선택이며 쉬운 타협이다. 모두가-그렇게-하는, 어찌됐든-별로-중요하지 않은, 어찌어찌-그냥-살아가는, 선의에서-내린-결정은 종국엔 차곡차곡 축적되어 우리의 모습을 구축하고 우리를 결정짓는다.

살인사건 담당 부서에서 근무하던 톰 스펠러시는 범죄를 저지르지 않았지만 명예를 원하는, 혹은 처벌받고 싶어 하는, 혹은 자백을 통해 자신들이 욕망하는 바를 얻길 바라는 이들이 거짓말을 늘어놓는 걸 수없이 지나쳤다. 데스먼드 스펠러시는 주말마다 고해성사를 쳤지만("죄의 경중을 눈금으로 매기는 것이야말로 그의 직업의 필수 요소였다"), 그 내용이 고해성사하는 이가 실제로 저지른 죄의 근처에도 못 미친다는 걸 알고 있었다. 이들 중 누구도 진실한 고백을 하지 않는다. 책의 결말에 이를 때까지, 형제를 포함하여 그 누구도 큰 소리로든 혹은 은밀하게 마음속으로든 제대로 된 고백을 털어놓지 않는다. 이 모든 가짜 신앙심은 결국 처벌받는다.

•

평생 뉴욕을 떠난 적이 없는 S. J. 로잔S. J. Rozan은 장편소설 열세 편과 단편집 세 권을 발표했다. 그녀는 에드거 상, 셰이머스 상, 앤서니 상, 네로 상, 매커비티 상과 일본에서 주는 몰타의 매 상을 받았다. 로잔은 수많은 팬 컨벤션의 초대 손님으로 참여했고, 2003년에는 다보스의 세계경제포럼에서 초대 연사로 나섰다. 그녀는 미국 미스터리 작가협회 위원회와 시스터스 인 크라임에서 활동하며, 미국 사립탐정작가협회의 회장도 역임했다. 글쓰기 워크숍과 강의를 폭넓게 진행하는 그녀의 최신작은 《고스트 히어로Ghost Hero》다.
www.sjrozan.net

활자 잔혹극 *A Judgement in Stone, 1977*

by 루스 렌들

•

루스 렌들Ruth Rendell(1930~)은 영국 미스터리 소설의 여왕 중 한 명으로 꼽힌
다. 스무 편이 넘는 '웩스퍼드 경감Chief Inspector Wexford 시리즈'로 가장 잘 알려
진 루스 렌들은 그 외 시리즈와 무관한 장편소설도 서른 편 이상 집필했다. 그중 다
수가 바바라 바인이라는 필명으로 쓴 심리 서스펜스물이다. 상원의 노동당 종신귀
족으로 '베이버 여남작' 작위를 수여받았다.

피터 로빈슨

"유니스 파치먼은 글을 읽거나 쓸 줄 몰랐기 때문에 커버데일 일가
를 죽였다." 범죄소설 사상 가장 호기심을 자극하는 첫 문장 중 하나다.
살인범의 이름과 동기를 밝히는 데에서 그치는 게 아니라, 루스 렌들은
나아가 독자에게 유니스가 범죄 행위로부터 평생 힘겹게 피해왔던 타인
의 주목과 악명 외에는 아무것도 얻지 못했음을 알려준다. 유니스 자신
은 미친 게 아니며, 그녀의 공범 조앤 스미스가 미치광이라는 사실도 밝
힌다. 1장이 끝나기 전, 우리는 그 집에서 살고 있는 커버데일 일가가 총
네 명이라는 사실도 알게 된다. 아버지 조지, 어머니 재클린은 재혼한 커
플이다. 조지의 딸 멜린다와 재클린의 아들 가일스까지, 네 명 모두 십오

분 만에 그 집에서 총에 맞아 숨졌다.《활자 잔혹극》은 '누가 범인인가'라는 전통적 구조를 뒤집은 첫 범죄소설이 아니지만—프랜시스 아일즈 Francis Iles가 이미 1931년에《살의Malice Aforethought》로 해냈다—그런 소설 중 틀림없이 가장 소름 끼치는 사례라고 할 수 있다.

이어지는 챕터들을 통해, 우리는 커버데일 일가에 대해 좀더 자세한 정보를 얻을 수 있다. 루스 렌들은 등장인물의 성격, 인물들 사이의 관계를 간결하게 그려내는 데 대단히 뛰어난 솜씨를 발휘한다. 어떤 면에선 그들이 고상한 척하는 중상류층 속물이라는 사실이 분명해지는 가운데, 그들의 또다른 면도 금방 발견할 수 있다. 우리는 그들의 꿈과 숨겨진 두려움, 판타지에 대해 잘 알게 된다. 우리는 커버데일 일가에 대해 마음을 쓰지 않도록 스스로를 단속해야 한다. 왜냐하면 그들이 가까운 시일 안에 피투성이 종말을 맞이하게 될 거라는 걸 이미 알고 있기 때문에, 그들에게 신경 쓸 하등의 이유가 없다. 하지만 그런 실리적인 판단에도 불구하고, 우리는 자꾸 그들을 눈여겨본다.

유니스를 대하는 커버데일 일가 사람들의 각기 다른 태도 또한 흥미진진하다. 예를 들어 딸 멜린다의 경우, 모두가 평등하다고 믿는 젊고 이상주의적인 대학생이며 유니스가 가족 구성원 중 한 명으로 대접받길 바란다. 아들 가일스는 유니스의 존재조차 알아차리지 못한다. 그는《바가바드 기타》를 읽느라 늘 바쁘다. 아침 식탁에선 마멀레이드 병에 그 책을 받쳐놓고 읽으며, 멜린다가 혈연을 나눈 누나는 아니긴 하지만 그녀를 등장시키는 근친상간의 은밀한 몽상에 빠져 있다. 조지는 아내가 이 넓은 집을 꾸려가는 걸 도와줄 사람이 있다는 사실에 다행스러워할 뿐이고, 재클린 자신은 유니스가 의무를 충실히 다해주기만 한다면 그녀가 뭘 어떻게 생각하는지 아무 관심도 없다. 유니스의 경우, 그녀는 일종의 공허하고 편협한 시야로 커버데일 일가를 바라보며 어리둥절해한다. 그녀는 종교 광신자 조앤 스미스를 만나 자신의 비밀을 들키고, 피투성이 결말로 이어지는 감응성 정신병에 서서히 감염된다.

배경은 W. H. 오든W. H. Auden이 에세이 〈죄 많은 목사관The Guilty Vicar-age〉에서 '웅장하고 근사한 장소'로 명명한 그런 장소다. 가장 가까운 마을이라고 해봤자 2마일은 떨어져 있는 웅장한 시골 저택으로, 화가 존 컨스터블이 그린 것 같은 영국 전원의 숨막히는 경치로 둘러싸여 있다. 이 목가적인 풍경에 유니스가 들어선다. 그녀는 추천서를 위조했고, 소설 초반에 일찌감치 알려지다시피 사소한 협박사건을 저지른 전적이 있다. 또한 아버지를 돌보다가 너무 큰 짐이 되어버리자 목을 졸라 살해하기도 했다. 그녀에게 살인은 단순한 문제를 쉽게 해결하는 방책이다. 유니스의 가장 큰 문제는 문맹이라는 비밀을 숨기는 것이다.

이야기는 전지적 화자 시점으로 진행된다. 화자는 모든 등장인물의 미래에 어떤 일이 일어날지 정확하게 알고 있으며, 그들의 마음속 생각을 자유롭게 왔다갔다 들여다볼 수 있고, 그들의 생각과 희망과 꿈을 우리에게 누설하며, 단 하나의 결론으로 향하는 일련의 결정들을 죽 보여준다. 피할 수 없는 운명에 대한 무표정하고 사무적인 감각이 존재한다. 일상적인 것들이 불길해진다. 첫 번째 거짓말 이후, 사소하고 순진한 첫 번째 기만 행위 이후, 우연과 운명과 선택이 뒤섞이며 행로는 결정된다. 돌아갈 길은 없다. 선택 가능한 결과가 점점 더 제한되며 차마 상상하기 힘들 정도로 더욱더 끔찍해짐에도 불구하고.

《활자 잔혹극》은 문맹에 대한 이야기만이 아니다. 계급과 사람들 사이의 간극을, 그리고 우리 스스로가 신뢰하며 권한을 줬던 누군가에 대해서 얼마만큼 무지할 수 있는지를 다룬다. 커버데일 일가는 사람이라면 누구나 책을 읽고, 예술작품이나 오페라 등 문화를 즐길 줄 알며, 적어도 주변에서 어떤 형태로든 문화를 즐기도록 격려받았을 것이라고 믿어 의

심치 않는다. 반면 유니스는 평생 음악이라곤 한 곡도 들어본 적이 없다. 유일하게 아는 건 아버지가 휘파람으로 불던 찬송가뿐이며, 프랑스 할스 Frans Hals의 〈웃고 있는 기사〉와 다 빈치의 〈모나리자〉 복제본 말고는 회화 작품을 본 적도 없고, 무엇보다 글자를 아예 읽을 줄 모른다. 유니스에게는 상상력이 없기 때문에, 공감할 수 있는 능력도 없다. 그녀의 세계는 텔레비전과 집안일과 뜨개질과 초콜릿바 주위만을 맴돈다.

그리고 문맹이라는 비밀을 지키는 것, 그렇다, 무엇보다 그게 가장 중요했다.

루스 렌들의 소설은 언제나 유럽 감독들의 카메라에서 더 훌륭하게 표현되었다. 《활자 잔혹극》도 예외가 아니다. 1995년 프랑스의 클로드 샤브롤 감독은 《활자 잔혹극》으로 걸작을 완성했다. 이 영화의 제목은 〈의식La Cérémonie〉이며, 이자벨 위페르와 상드린 보네르가 주연을 맡았다. 당연한 얘기지만, 소설을 영화나 TV 드라마로 각색하는 과정에서 많은 것이 달라진다. 〈의식〉은 프랑스에서 제도적으로 가장 중요한 존재인 부르주아를 공격하고 계급투쟁에 마르크스적 관점을 더했지만, 날카롭게 벼려진 심리묘사를 손상시키긴 않았다. 영화는 소설의 정수를 온전하게 지켜내고, 샤브롤은 렌들처럼 감응성 정신병의 어둡고도 악의적인 진행 과정에 강렬한 흥미를 보인다.

영화와 소설의 가장 중요한 차이점이라면, 샤브롤이 영화 시작 부분에 아무런 정보를 주지 않는다는 점일 것이다. 대신 그는 연속되는 사건들을 미스터리로, 심리스릴러의 형식으로 천천히 풀어나간다. 우리는 유니스의 어디가 그렇게 이상한 건지 갈피를 잡을 수 없다(영화에선 소피라는 이름으로 등장한다). 이야기가 진행되면서 서서히 조금씩 알아나갈 수밖에 없고, 그러다가 마침내 문맹의 비밀이 발각된다. 그녀가 누군가를 죽일 거라고는 상상도 할 수 없지만, 그녀가 조앤 스미스(영화에선 잔이라는 이름으로 불린다)와 마주치고 나면, 우연이라고 생각했던 것이 불가피한 운명으로 보이기 시작한다.

일반적으로 범죄소설에 대해 평을 쓸 때면, 독자에게 중요한 사항을 누설하는 스포일러에 대해 우려할 수밖에 없다. 하지만 《활자 잔혹극》의 결말은 화자가 이미 초반에 들려준 그대로다. 우리가 이미 그들의 단점을 알고 있음에도 불구하고 자꾸 신경을 쓰게 되었던, 텔레비전에서 틀어주는 〈돈 조반니〉를 보던 커버데일 일가 전원을 유니스 파치먼과 조앤 스미스가 총으로 쏘아 죽인다.

"하지만," 화자는 1장 마지막쯤에 우리에게 말을 건다. "이 사건 자체보다 훨씬 많은 것들이 여기 담겨 있다." 《활자 잔혹극》이, 그리고 '웩스퍼드 경감 시리즈'가 아닌 루스 렌들의 소설 전반이 가지고 있는 가장 큰 힘 중 하나는, 범죄소설의 가장 주요한 관심사가 살인자의 정체성이라든가 동기일 필요가 없음을 알려준다는 점이다. 무슨 일이 일어날지, 어떤 이유로 일어나는지 이미 다 알고 있음에도 불구하고 계속 책장을 넘겨보게끔 밀어붙인다는 게 루스 렌들의 힘이다.

나는 레이먼드 챈들러나 조르주 심농, 셰발과 발뢰의 소설을 읽으면서 처음으로 범죄소설에 관심을 기울이게 되었다. 루스 렌들은 내가 어른이 되어 처음으로 읽은 영국 범죄소설가 중 하나였으며, 《활자 잔혹극》은 내가 최초로 읽은 렌들의 책 가운데 하나다. 이 책을 읽고 나는 렌들의 다른 책들을 찾아 나섰다. 《어둠의 호수The Lake of Darkness》 《내 눈에는 악마가A Demon in My View》 《살아 있는 육체Live Flesh》 등을 읽었고, 그것들 모두가 오늘날까지 내가 가장 좋아하는 작품들로 굳건하게 자리를 지키고 있다.

피터 로빈슨Peter Robinson은 영국 요크셔에서 태어났다. 문학상을 수상한 베스트셀러 '앨런 뱅크스 경감Detective Chief Inspector Alan Banks 시리즈'는 그의 고향을 배경으로 하고 있다. 이 시리즈는 스티븐 톰킨슨이 뱅크스로 출연한 TV 연속극으로도 큰 인기를 모았다. 로빈슨은 요크셔와 캐나다를 오가며 지낸다.

www.inspectorbanks.com

라스트 굿 키스 *The Last Good Kiss, 1978*

제임스 크럼리

•

제임스 크럼리James Crumley(1939~2008)는 지난 반세기 동안 가장 큰 영향력을 미친 범죄소설가 중 하나다. 레이 브래드버리Ray Bradbury의 '탐정 크럼리Detective Crumley 시리즈'는 그의 이름에서 따온 것이며, 크럼리의 소설 《라스트 굿 키스》의 첫 문장은 범죄소설사상 최고의 도입부로 종종 언급된다. 1969년 《보조를 맞추는 사람One to Count Cadence》(1969)으로 데뷔했으며, '밀로 밀로드라고비치Milo Milodragovitch 시리즈'와 'C. W. 셔그루C. W. Sughrue 시리즈'로 잘 알려졌다(이 두 캐릭터는 1996년 《보더스네이크스Bordersnakes》에 함께 등장한다). 1994년에 《멕시칸 트리 덕The Mexican Tree Duck》(1993)으로 대실 해밋 상을 수상했다.

데니스 루헤인

스테이시 : 크면 뭐할 거야?

C. W. : 나이 먹을 거야.

제임스 크럼리의 걸작 《라스트 굿 키스》의 핵심은 사립탐정 C. W. 셔그루다. 그는 초반에 두 가지 사건을 맡게 된다. 먼저 매번 되풀이되는 알코올중독의 진창에서 소설가 에이브럼 트래헌을 구해내 집으로 돌려보내는 임무가 있다. 1장의 첫 문장을 보면, 이 임무는 표면적으로는 해결된 것처럼 보인다. 셔그루는 2장이 끝나갈 무렵 두 번째 사건을 받아들인다. 캘리포니아 주 소노마 출신의 여인 베티 수 플라워스가 십 년 전 샌프란시스코에서 실종되었는데, 그녀의 생사 여부를 조사해달라는 의

뢰다. 거기서부터 미국 서부를 정처 없이 횡단하는 여정이 시작된다. 조력자들—이라고 부를 수 있다면—이 함께하는데, 새로운 술친구 트래헌이 가끔, 그리고 모두가 좋아하지만 떠맡으려 하진 않는 불도그가 가끔 도움을 준다.

《라스트 굿 키스》는 소속감을 추구하는 과정과 버려진 것들에 관한 소설이다. 방랑벽과 음주와 미국의 도로가 안겨주는 스릴에 대한 소설이다. 글쓰기와 매춘에 대한 소설이다. 너무나 특징이 없고 평범해 보여서 당신 옆으로 의자를 끌어다 앉고는 술을 한잔 사겠다며 미소 지을 것 같은 악에 대한 소설이다. 《라스트 굿 키스》는 십중팔구 범죄소설사상 가장 근사하다고 꼽힐 첫 문장으로 시작한다. "드디어 에이브럼 트래헌을 따라잡았을 때, 그는 캘리포니아 주 소노마 외곽의 금방이라도 무너질 것 같은 싸구려 술집에서, 주정뱅이 불도그 파이어볼 로버츠와 함께 맥주를 마시고 있었다. 멋진 봄날 오후의 정수를 들이켜듯이." 그리고 소설의 결말은 주인공이 악당에게 보복하는 역사상 가장 창의적인 방식을 보여준다. 이 시작과 결말 사이에, 소설은 1970년대 미국에 관한 빈틈없는 보고서로서 진행된다. 이 소설은 또한 여자를 파악하는 데 항상 실패하는 남자들에 관한 신랄한 관찰기이기도 하다. 레이먼드 챈들러의 《기나긴 이별》과 잭 케루악의 《길 위에서On the Road》 두 작품에 대한 오마주이자 찬가이면서, (하지만 한편으로는 나름대로의 자긍심을 지닌 야수 같다) 두 작품 속 예술가의 신경질적인 기질에 대한 비판이기도 하다. 그리고 1960년대의 이상주의가 끝나고 그 뒤에 남은 검은 잿더미와 상실감에 관한 소설이다. 하지만 무엇보다도 중요한 건, 이 책은 집이라는 공동체에 대한 갈망을 다룬다. 실질적인 장소로서의 집이 아니라—물론 그 장소도 포함되긴 하지만—우리가 도달하려 노력하지만 실제로는 좀처럼 가 닿지 못하는 이상으로서의 집 말이다.

"바보들만이 영웅을 꿈꾸지."

표면상의 줄거리만 보자면 C. W.가 에이브럼 트래헌을 간신히 찾아 낸 소노마의 형편없는 술집만큼이나 엉망으로 보인다(나는 '보인다'라고 썼 다. 이 소설의 단 한 줄이든 어떤 사건이든 우연히 사용된 건 결단코 없다. 내 말 믿어도 좋다). C. W.는 미국 서부 몬태나 주 메리웨더에 자리 잡은 삼류 사립탐정 이다. 그는 술을 들이켜면서도 그럭저럭 일상을 유지하고, 구제 불능으로 로맨틱한 남자이며(그 자신은 이 사실을 전혀 깨닫지 못하고 있지만), 1960년대 의 종말로 상처받은 남자이기도 하다. 1970년대 후반 "플라워 칠드런(히 피)은 (…) 맛이 가거나 상업적으로 변질되거나 중산층에 편입되었"다는 사실을 끌어안은 채 더듬더듬 힘겹게 삶을 꾸려가고 있다. C. W.는 알고 있다. "당신이 설사 집에 있다 하더라도, 집으로 돌아갈 수 없다. 어디든 다 똑같아졌고, 달려 돌아갈 곳은 없다."

하지만 C. W.는 시도해본다. 트래헌의 차갑고도 섹시한 전 부인 캐 서린의 요청으로 그를 찾아 나선 C. W.는 몬태나부터 와이오밍, 오리건, 유타 북부, 아이다호 남부, 네바다 사막, 리노, 샌프란시스코, 그리고 마 침내 소노마에 이르기까지 기나긴 여정을 힘겹게 헤매 다닌다. 트래헌을 술집에서 끌어내려는 C. W.의 노력이 싸움박질로 번지는 장면은, 누군 가 발에 총알을 맞지 않았더라면 그야말로 엄청 웃겼을 것이다. 싸움이 끝나고 C. W.는 술집 주인 로지 플라워스에게 그녀의 딸 베티 수를 찾 아달라는 의뢰를 받는다. 베티 수는 십 년 전, 샌프란시스코에서 남자친 구의 차가 정지 신호에 멈춰 서 있을 때 차에서 내려 뒤도 돌아보지 않고 어디론가 가버린 이후 자취를 감췄다고 한다. C. W.는 로지를 돕기로 하 지만, 가장 큰 이유는 그녀가 다른 선택의 여지를 주지 않았기 때문이다. 게다가 로지는 여행길 동반자로 반갑지 않은 짐을 떠안기기까지 했다— 경탄스러운 불도그 파이어볼 로버츠의 등장이다.

"집에 갈 때 이 쓸모없는 불도그도 데려가요."

C. W.는 전혀 깨닫지 못하지만, 파이어볼 로버츠는 그의 도플갱어 같은 존재다. 지독하게 충성심이 강하고, 느리지만 완강하며, 미국 서부 전체만큼이나 넓은 마음씨를 갖고 있다. 엄청나게 불쾌한 사물처럼 혹은 행운의 편지처럼, 모두가 받자마자 기겁해서 옆 사람에게 떠넘기는 이 개야말로 소설 속에 나오는 최고의 생명체라는 것이《라스트 굿 키스》의 아이러니 중 하나다.

C. W.가 베티 수를 추적하는 과정에서 가끔은 트래헌이 돕기도 한다. 아직까지 그는 꽤 유쾌한 술친구이자 동반자로서 자기 역할을 해내고 있다. 그들은 우드스톡의 희망과 '사랑과 평화'를 부르짖던 세대가 바닥을 치고 맨슨*의 공포와 워터게이트 스캔들의 쓰라린 실망이 대신 자리를 잡자 샌프란시스코 언덕 아래로 미끄러져 추락한 인간쓰레기들과 포르노그래피, 마약중독, 마피아로 득시글거리는 지하세계로 들어선다.

C. W.는 충성스럽고 너그러우며, 살짝 맛이 간 그 자신의 방식대로나마 무한히 희망을 믿는 남자다. 하지만 사람들은 파이어볼 로버츠와 마찬가지로 그 역시 받아들이지 않고 여기저기 떠넘겨버린다. 트래헌의 현재 부인 멜린다도 비슷한 상황에 처해 있다. 이 소설 속에서 괜찮은 사람들은 다들 너무 품위를 지키는 게 문제다. 그들이 정신을 차리고 보니 어느새 자기 잇속만 챙기는 실용주의자들과 자기 연민에 뒤범벅이 된 괴물들이 옆에서 함께 헤엄치고 있는데, 이 상황에서 괜찮은 사람들은 쉽게 살아남지 못한다. 소설 속 악당들은 대부분 자신이 크게 비난받을 게

---

* 범죄자 찰스 맨슨은 샌프란시스코 히피들의 중심지에서 세력을 다지며 교주 행세를 했다. 그를 따르는 패거리들, 즉 '맨슨 패밀리'는 1969년 배우 샤론 테이트를 살해하는 등 잔혹한 연쇄살인 행각을 벌였다.

없는 삶을 산다고 생각한다. 그들이 저지른 대학살은 사전에 계획된 것이 아니라, 어떤 사안에 대한 반응으로서의 행위이자 부수적인 결과였을 뿐이다. 그들은 나쁜 짓을 하고 싶지 않았다. 그저 불편한 감정을 계속 느끼기보다 제거하는 쪽을 선호했을 뿐이다. 그들은 스콧 피츠제럴드의 《위대한 개츠비》에 등장하는 괴물들처럼 '무심한 사람들'이다. C. W.가 뇌물을 거절하자 그중 한 명이 경고한다. "당신이 받아들인다면 모든 것이 정말 쉬워지겠지만, 거절한다면 대단히 끔찍해질 거요." 다음과 같이 요약할 수도 있다. 우리가 원하는 바를 행하라, 그러지 않으면 우리는 네 평생 넘치도록 후회만 하게 만들어줄 수밖에 없으니까.

"나를 사랑한다고 생각하는 거죠? (…) 당신은 날 알지도 못해요. (…) 마음 써주는 건 정말 고맙지만, 나에 대해 아무것도 모른다고요."

C. W.는 언제나 그가 만나는 여자들에 대해 제대로 파악하지 못한다. 부분적으로는 그 이유 때문에 상황은 점점 더 악화된다. 예를 들어 멜린다 트래헌은 C. W.를 만날 때마다 다른 사람처럼 보인다. 그는 최소한 두 번은 멜린다를 아예 알아보지도 못한다. 소설 후반부에 이르러선 그녀가 아름답다는 사실을 비로소 깨닫고 화들짝 놀라기까지 한다. 베티 수 플라워스의 경우 그는 사진을 통해 그녀의 얼굴을 알고 있다고 생각했지만, 불행히도 그 사진은 포르노그래피 필름의 원본이었을 뿐이고, 베티 수는 그의 앞에서 모습을 계속 바꿔나간다. 캐서린 트래헌은 바로 그의 눈앞에서, 조명에 따라 혹은 요일에 따라 계속 다른 외모로 변한다. 미스터리 장르는 남성의 정력에 대한 이상과, 마찬가지로 여성의 의존적 성격에 꿋꿋하게 집착해왔다고들 말한다 (뭐, 매우 자주 그렇게 '정의 내려졌다'). 이 와중에 《라스트 굿 키스》는 남성의 심리에 대해, 권력 강화와 자기연민으로 가득 채워진 그 연료 탱크에 대

해 배짱 좋게 체제 전복적인 공격을 시도한다. C. W.가 접하게 된 인간성을 말살하는 포르노그래피의 세계는, 자기가 쑤셔박는 여자를 사랑하려 하지만 결국 사랑하는 여자에게 쑤셔박고 마는, 남자의 가망 없고 모순적인 욕구로부터 자라난 결과물이다. 그리고 남자들은 그런 감정을 느끼게 하는 여자들을 감상적으로 다루거나, 대상화하거나, 가끔은 처벌한다. C. W.가 말한 것과 마찬가지다. "많은 남자들이 그러하듯, 트래헌과 나는 (그녀) 같은 여자를 어떻게 다뤄야 할지 전혀 몰랐다. 우리는 그 신실한 여인을 향한 제멋대로의 욕정과 욕망, 너무나 원초적이고 강렬하여 마치 신체 작용만큼이나 선천적이고 유전적이며 조절 불가능한 것 같은 욕망에 사로잡혀 있었고. (⋯) 우리는 위스키를 나눠 마셨고, 나는 얼마나 오랜 세월 동안 남자들이 독한 술을 나눠 마시며 서로의 바보짓을 용서했을지 궁금해졌다."

《라스트 굿 키스》는 경이로운 작품이기도 하다. 결말에 이르면, 최후의 희생자 두 명이 한밤중 수영장 안에서 둥둥 떠다니는 시체로 발견된다. 문학사상 가장 절묘하고도 소름 끼치는 죽음의 장면이다. 그리고 대부분의 캐릭터들은 그들이 마지막으로 나누었던 멋진 키스를 떠올리려면, 어느 시인이 탄식했듯 수년 전까지 거슬러 올라가야 한다는 사실을 깨닫는다. 무심한 악당들은 선한 남녀를 하찮은 존재처럼 내버린 다음 그들의 거대한 무심함 속으로 퇴각한다. 하지만 그런 결말에조차 여전히 용서의 여지가 남아 있다. 이 작품의 영웅적 핵심이라 할 수 있는 패배한 남녀들에게도, 희망은 여전히 존재한다. 희망. 고동치는 심장. 머나먼 집을 향한 약속.

데니스 루헤인Dennis Lehane은 굉장히 많은 소설을 썼는데, 그중에서 그 자신이 좋아하는 작품은 《미스틱 리버Mystic River》와 《운명의 날The Given Day》, 그리고 2012년 10월 미국의 윌리엄 머로 출판사와 영국과 아일랜드의 리틀, 브라운 출판사에서 각각 출간된 갱스터 소설 《리브 바이 나이트Live By Night》다. 그는 여덟 살 꼬마였을 때부터 갱스터소설을 쓰고 싶어 했고, 이제 그 희망은 이루어졌다. 다음번엔 뭘 해야지만 그가 얼마나 얼간이 같은지를 감출 수 있을지 고민 중이다. 아마도 행글라이딩을 하면서 종이접기에 도전할지도 모르겠다. 그때까지 그는 미국 보스턴과 플로리다 주 세인트피터즈버그에서 아내와 두 딸, 사악한 비글, 사랑스럽지만 극도로 허세 부리는 잉글리시 불도그 말론 브랜도와 함께 살고 있을 것이다.

www.dennislehane.com

남쪽 바다 *Los Mares Del Sur, 1979*

by 마누엘 바스케스 몬탈반

●

마누엘 바스케스 몬탈반Manuel Vázquez Montalbán(1939~2003)이 쓴 범죄소설
의 주인공인, 스페인 바르셀로나에 사는 미식가 탐정 페페 카르발로는 1972년《나
는 케네디를 죽였다Yo Maté a Kennedy》에 처음 등장했다. 지금까지 몬탈반의 장
편소설 아홉 편이 영어로 번역되었고, 그중 가장 최근 작품은《내 인생의 남자El
Hombre de Mi Vida》다. 카탈루냐의 마누엘 바스케스 몬탈반 국제 저널리즘 상으
로 그 이름이 기려지고 있으며, 또한 이탈리아 소설가 안드레아 카밀레리Andrea
Camilleri는 자신의 탐정에게 살보 몬탈바노라는 이름을 붙임으로써 몬탈반에 대해
경의를 표했다.

레오나르도 파두라

　　마누엘 바스케스 몬탈반의 소설을 처음 접하게 된 친애하는 독자 여
러분은, 그대들이 아주 유리한 지점에서 시작한다는 걸 알아둘 필요가
있다. 이 거장이야말로 범죄소설의 세계로 들어서는 가능한 최선의 입구
다. 내 개인적 경험에 바탕해 말씀드리는 바다. 마누엘 바스케스 몬탈반
과 나의 첫 만남은 충격이자 트라우마로 남았기 때문이다.

　　1987년, 나는 영원히 끝나지 않을 것 같던 일 년간의 앙골라 체류를
마치고 막 쿠바로 돌아온 참이었다. 나는 쿠바 국외 거주자 커뮤니티의
주간지 에디터로 일하러 앙골라에 가 있었다. 그 한 해 동안─나의 조국
으로부터 떨어져, 거의 시간의 경계선을 넘어선 기분으로, 대부분 공포

에 질려 살면서—나는 전쟁 중인 외국에서 혼자 살고 있다는 멜랑콜리에 젖은 채 구할 수 있는 혹은 선물받은 책을 닥치는 대로 읽을 수밖에 없었다. 쿠바로 돌아왔을 때, 소설가 알레호 카르펜티에르Alejo Carpentier를 비롯한 쿠바 작가들의 문학 세계를 홍보하려는 목적으로 건립된 연구 조사 센터가 매력적인 공공 대출 도서관을 열었다는 걸 알고 매우 기뻤다. 그곳은 쿠바 바깥 세계에서 출간된 책들을 전부 갖추고 있었다. 그 새로운 도서관은 (사람들 말로는) 가브리엘 가르시아 마르케스의 자금에, 그가 연관을 맺고 있는 스페인 출판업자들로부터의 기부금을 더하여 건립된 것이었다.

앙골라와 쿠바에서만 살아봤기 때문에, 나는 오직 그 나라들에서 출간된 책들만 읽을 수 있었다. 스페인이나 멕시코에서 인쇄된 책들도 이 나라에는 수입되지 않았다. 단, 구소련에서 편집한 그 끔찍한 저널《진보Progress》를 제외하면 말이다. 그 저널은 '퇴보Regression'라 불려야 마땅했다. 나는 그 도서관 덕분에 드디어 고어 비달Gore Vidal, 커트 보니것Kurt Vonnegut뿐 아니라《벌거벗은 자와 죽은 자The Naked and the Dead》이후의 노먼 메일러Norman Mailer, 그리고 최신 작가로는 마리오 바르가스 요사Mario Vargas Llosa, 그 외 수많은 작가들의 소설을 게걸스럽게 독파할 수 있었다. 그중 스페인 스릴러 작가 마누엘 바스케스 몬탈반도 포함되어 있었다.

스페인에 탐정소설가가 있다는 걸 알았을 때, 나의 첫 반응은 호기심과 의혹이었다. 스페인 범죄 작가라고? 내 범죄소설 독서 경험은—독자로서, 그다음엔 혹독하고 무자비한 평론가로서—다른 모든 평범한 쿠바인들처럼 앵글로색슨과 프랑스의 고전 전통에 기반하고 있었다. 그다음 단계는 '쿠바의 혁명적인 탐정소설'(대부분 '소설'이라 할 수가 없는)이라 불린 작품들과 구소련 지역에서 배출된 스파이소설들(율리안 세묘노프Yulian Semyonov, 블라디미르 보고몰로프Vladimir Osipovich Bogomolov)은 십중팔구 실망스러웠다. 근래에는 좀더 다양한 책들이 도서관 장서로 꽂히게 되었는데, 이를테면 이탈리아의 레오나르도 시아시아Leonardo Sciascia라든가, 아르헨티나의 고전으로 꼽히는 로돌포 왈스Rodolfo Walsh의 《대학살 작전 Operación Massacre》(트루먼 커포티의 《인 콜드 블러드》보다 앞서 '논픽션 소설'로 쓰인 작품.《인 콜드 블러드》도 쿠바에서 출판되었다), 마리오 푸조Mario Puzo의 《대부》 등 이 외에도 몇 권 더 있다.

문학적 관심이라기보다는 인류학적 호기심에 끌려, 나는 소위 스페인 범죄소설가의 작품 중 도서관에 유일하게 비치된 소설을 대출했다. 제목은 《스파El Balneario》였으며, 1986년 스페인의 플라네타 출판사에서 발간된 작품이었다. 그렇게 트라우마로 남은 첫 만남이 시작되었다.

《스파》는 마누엘 바스케스 몬탈반의 '탐정 페페 카르발로Pepe Carvalho 시리즈' 중 여덟 번째 작품이다. 페페 카르발로, 공산당원 경력이 있는 전직 CIA 요원, 카탈루냐인, 스페인 북서부 해안 지역인 갈리시아 출신. 소설의 배경은 스페인 남부의 마르벨라에 있는 한 리조트다. 카르발로는 오래전 카탈루냐 사업가 이시드로 플라나스가 추천한 디톡스 치료를 위해 이 리조트를 방문했다. 카르발로(처음 읽는 터라 나에게 전혀 친숙하지 않은 인물이었다)는 독일 전문가가 운영하는 의료 기관에 두 주 동안 머무르면서 엄격한 다이어트와 끝없는 관장을 견뎌내며, 원래는 상상을 초월하게 과도한 미식과 술에 온전히 바쳐진 것처럼 보였던 그의 육체를 벌주고 정화한다. 원래 살고 있는 바르셀로나로부터 꽤 멀리 떨어진 이 리조트에서 카르발로는 독일 제3제국 시대와 현재를 오가며, 갱생 의지가 없는 몇몇 파시스트들까지 포함된 어떤 사건을 조사하게 된다. 그리고 그는 미스터리를 해결한다.

이 책을 읽고서 실망스러웠다고는 말 못하겠다. 잘 쓰인 작품이었고, 작가가 확신을 갖고 기술했으며, 멋지게 구조화된 모험담과 최상급의 탐정소설들에서나 찾아볼 수 있는 언어 구사력이 눈에 띄었다. 하지만 그 이상은 없었다. 이 소설에서 페페 카르발로는 먹지도 않고 화이트 화인을 마시지도 않는다. 그는 매춘부인 여자친구와 다투지도 않고, 바르셀로나의 친구들과 수다를 떨거나 동네를 탐문하며 돌아다니지도 않고, 프랑코 독재하의 과거와 민주주의로의 전환을 겪고 있는 바르셀로나의 층위를 오가지도 않는다. 심지어 화롯가를 좀더 따뜻하게 덥히기 위해 서재에서 책 몇 권을 꺼내와 불태우지도 않는다.

이 소설을 선택의 여지 없이 읽은 다음(이건 사실 선택이라 할 수 없었다. 작가의 다른 책은 아예 구비되어 있지도 않았으니까), 몬탈반의 세계에 처음 입문한 독자였던 나의 시선에는 카르발로나 몬탈반 둘 다 이해하기 쉽지 않고 심지어 좀 잘못되거나 비뚤어진 인물로 비쳤다. 당시의 짧은 소견으로 괜찮은 작가지만 그다지 특별하진 않다고 평가한 다음, 나는 더이상 지체하지 않고 이 작가와 탐정 주인공을 뇌리에서 지워버렸다.

다행스럽게도 일 년 조금 지난 뒤 나는 스페인을 처음 방문할 기회를 갖게 되었다. 아스투리아스의 히혼에서 처음 열리게 된 세마나 네그라 축제*에 (기자로서) 참석 초청을 받은 덕분이었다. 축제가 시작되기 전 며칠 여유가 있었는데, 그때 멕시코 작가 파코 이그나시오 타이보Paco Ignacio Taibo가 마드리드의 한 책 노점상에서 (1백 페세타짜리) 소설책을 사줬다. 이 소설이 내가 이제부터 가능한 모든 칭찬을 동원해서 추천할 작품으로, 바로《남쪽 바다》다. 물론 문제의 작가 마누엘 바스케스 몬탈반이 쓴 작품이다. 그는 (내가 알게 된 바에 따르면) 스페인 범죄소설의 위대한 권위자이자 거장이고 보물이며 ─부가적으로는─ 동시대의 가장 저항적이고 활발한 지성인 중 한 명으로 꼽혔다.

---

* '검은 주말'이라는 뜻으로, 범죄소설을 집중적으로 다루는 문학 축제다. 1988년에 처음 시작되었다.

세마나 네그라가 열리는 기간에, 나는 기자로서의 본분에 맞게 재빨리 대담함을 발휘해 마누엘 바스케스 몬탈반을 인터뷰하는 엄청난 행운을 누렸다. 그는 이 근사한 축제에 참석차 며칠 방문한 참이었다. 물론 인터뷰에서 그의 작품을 조명할 수는 없었다. 대화의 본질은 전적으로 나를, 그리고 내 기사를 통해 스페인 탐정소설의 기원과 특징에 대해 쿠바의 독자들을 계몽시키는 데 있었다. 작가의 의견을 코앞에서 직접 듣는 흥미진진한 경험 끝에 나는 중요한 사항을 깨달았다. 그러니까 이 스페인 탐정소설가는 확실히, 뛰어난 지성과 전설적인 불같은 성미를 갖고 있다는 것이었다.

쿠바로 돌아온 1988년 여름, 나는 《남쪽 바다》를 읽었다. 이 소설은 구 년 전 명망 있는 프레미오 플라네타Premio Planeta 상을 수상했다. 《남쪽 바다》를 《스파》 전에 읽음으로써 이 작가의 문학 세계에 제대로 입문해 탐구할 수 있는 정보를 얻었어야 했다. 몬탈반의 《남쪽 바다》를 읽으면서 받은 충격은 너무나 극심했기 때문에, 나는 숨을 헐떡거리며 입안이 바싹 마른 채, 놀라운 확신과 함께 가까스로 책에서 빠져나왔다. 내가 만약 탐정소설을 쓴다면, 이 스페인 작가가 《남쪽 바다》를 쓴 바로 그 방식으로 쓸 것이라는 확신. 내가 정말 그 소설을 쓰고 탐정을 만들어낸다면 그것은 바로 카르발로, 《남쪽 바다》의 책장을 자유롭게 넘나드는 시니컬한 회의주의자이며, 바르셀로나의 거리들을, 그의 시대가 역사와 인간성에 그리는 궤적을 샅샅이 되짚어 살피는 이 인물처럼 활기가 넘치는 탐정이어야 한다는 확신이 들었다.

이 소설과의 조우는 애초의 트라우마를 완벽하게 치료해주었고, 이제 바스케스 몬탈반의 소설에 대한 고질적인 의존병이 시작됐다. 당시 나의 사정으로는 그런 사치를 부리기가 어려웠음에도 불구하고 스페인에 갈 기회만 생기면 몬탈반의 탐정소설과 그 외 다른 작품들도 모조리

사들였다. 또한 그 작가와 사적으로도 친밀해지려는 노력을 기울이게 되었다. 우리가 주고받은 연락은 차차 특별한 우정으로 자라났다. '마놀로'(나중에 내가 친근하게 불렀던 호칭이다)의 모든 것이 특별했기 때문이다. 심지어 2003년 그의 죽음마저 그랬다. 너무나도 뜬금없지만, 그가 죽은 장소는 방콕 공항이었다. 그는 소설 중 한 편의 배경으로 방콕을 활용한 적이 있었다. 우리는 수년에 걸쳐 바르셀로나와 아바나에서 몇 번 만났는데, 마침 나의 소설이 스페인에서 처음 출간되었을 때(1997년 작《마스크 Mascaras》, 영어 제목은《붉은 아바나Havana Red》였다) 나는 몬탈반에게 행사에 와 달라고 초청했다. 한편 그는 아바나를 잘 이해하기 위해 가장 복잡한 골목골목을 도는 경로로 내게 가이드를 해달라고 부탁하기도 했다. 당시 그는 교황 요한 바오로 2세의 쿠바 방문을 앞두고 '그리고 신은 아바나에 들어섰다Y Dios Entró en La Habana'라는 제목의 기나긴 관찰기가 될 글을 쓰기 위해 쿠바를 조사하던 참이었다.

지금까지 많은 얘기를 했지만, 이제 소설에 대해 설명할 때가 된 것 같다. ……내 생각에, 여기 실린 다른 모든 작품들이 그러하듯《남쪽 바다》가 잘 짜인 줄거리에 만족스럽게 제시되는 미스터리가 갖춰진, 누구나 이 장르의 최고작에 기대할 법한 최상급 미스터리 소설이라는 사실 자체는 틀림없다. 하지만 또한《남쪽 바다》는 무엇보다도 최상급의 소설이다. 그리고 장르가 탐정소설이라는 사실은 오직 그 중요성과 영향력을 갑절로 증가시킬 따름이다.

마누엘 바스케스 몬탈반과 그의 소설《문신Tatuaje》(1974, 페페 카르발로가 등장하는 두 번째 작품) 이전까지, 스페인의 탐정소설은 고유의 정체성을 거의 만들어내지 못했다고 할 수 있다. 1920년대, 그리고 좀더 시간이 지나 1950년대 이후(스페인 내전이 끝난 뒤 더욱 엄혹해진 전후의 나날들)에 몇몇 작가들이 탐정소설 장르에서 약간의 성공을 거두었지만, 스페인 범죄소설 유파라고 할 만한 것을 창조하거나 하다못해 다른 이들이 찾아내고 추적할 만한 특별한 경로를 만드는 데까지도 능력이 미치지는 못했다. 몬탈반이라는 작가가 새롭게 등장하고 나서야 두 가지 목표가 모두 충족되었다. 스페인어로 집필된 미스터리 장르의 국가적 정체성이 성립됐고, 어떤 미학적 노선이 또다른 뛰어난 작가들을 그와 함께 묶을 수 있는 계기로 재빨리 자리매김한 것이다. 안드레우 마르틴Andreu Martín, 후안 마드리드Juan Madrid, 프란시스코 곤살레스 레데스마Francisco González Ledesma 등이 거기 포함된다.

몬탈반의 뛰어난 문학적 특징은《문신》과《간부의 고독La Soledad del Manager》(1977)에서 이미 고스란히 드러나지만,《남쪽 바다》에서는 미학적으로나 관념적으로 다다를 수 있는 가장 높은 차원에 도달했다.《남쪽 바다》는 부유한 카탈루냐 사업가가 일 년 간 숨어 있던 은신처에서 시체로 발견되며 시작한다. 바스케스 몬탈반은 독재자 프란시스코 프랑코의 죽음 이후 새로운 민주주의가 수립되는 기간에, 망설이고 위협당하고 스스로에게 충격받는 스페인 사회의 면면을 암울하게 해부해나간다.

실종되었다가 살해당한 사업가 스튜어트 페드렐에 대해 각기 다른 시각을 보여주는 다양한 인물들을 만나고 다니는 카르발로를 통해, 작가는 활기찬 사회의 수많은 면모를, 여전히 진행 중인 역사적 순간의 한 장면을, 그 이데올로기적 논쟁과 기회주의와 정치·경제적인 좌절과 민주주의를 추구하는 현재와 프랑코 시대의 과거 등을 차근차근 펼쳐 보인다. 바르셀로나는 역사가 깊고 매력이 넘치는 공간들인 라스 람블라스Las Ramblas 거리와 항구 지역, 차이나타운을 거쳐 가장 하층 계급들이 사는 동네부터 한없이 환한 부르주아의 살롱까지 다양하게 변신한다. 이 도시는 적절한 배경 이상의 존재감을 가진다. 새로운 가능성으로 변화되고 있는, 하지만 지난 시대 독재 자본주의의 무거운 족쇄를 여전히 떨치지 못하는 세계의 지도로서 기능한다. 그러는 동안, 희망을 품지 않는 환멸에 찬 이론가 카르발로는 그의 인품과 공포와 열정을 적절히 이용해, 정치적 좌절을 이해하고 미식과 술이 주는 기쁨을 탐식하는 감각적 향연의 통로를 열어 보인다.

이 모든 것들을 통해, 그리고 활력 넘치는 언어를 포함해 다른 모든 장점들을 통해《남쪽 바다》는 범죄소설의 미학적 기준을 세웠다. 하지만 또한 무엇보다 질문을 던지고 심지어 몇몇 답을 제시하는 가능성을 보여주는 신랄한 사회소설을 쓰려던 작가의 의도에도 충분히 부합한다. 작가의 이데올로기적 명쾌함을 고려해볼 때 그런 의도가 실패할 가능성은 아예 존재하지 않는다!

《남쪽 바다》에 푹 빠졌다가 가까스로 헤어 나오자마자,《문신》과《간부의 고독》《중앙 위원회 살인사건Asesinato en el Comité Central》(1981),《방콕의 새들Los Pájaros de Bangkok》(1983),《알렉산드리아의 장미La Rosa De Alejandría》(1984)에 몰입하여 읽어치우자마자 다시《스파》를 읽어야만 했다는 건 전혀 우연이 아니다. 작가의 작품을 통해 탐정소설의 새로운 가능성을 떨리는 가슴으로 발견하고 몇 개월 후, 일간지 기자로서의 힘겨운 삶을 육 년간 경험한 다음에야 나 자신의 소설을 시작할 수 있는 시간을 냈을 때, 나를 이 모험의 길로 인도한 나침반의 한 극이 마누엘 바스케스 몬탈반과 그의 불손한 탐정 페페 카르발로에게서 발견했던 어떤 계시였다는 것도 단순히 운만은 아니다. 또다른 나침반의 극은 물론 레이먼드 챈들러와 필립 말로의 흔적이었다. 이 양쪽 모두를 통해, 탐정소설은 내가 열망하던 가능성을 제시해주었다. 그것들은 단순하면서도 지적인 서스펜스 미스터리를 창조해냄으로써, 개인과 세대를 거듭하며 등장하는 환경, 개인성, 사회적 트라우마, 투쟁을 드러낼 수 있는 문학적 시도로서 작용했다.

친애하는 독자여, 이미 눈치챘겠지만,《남쪽 바다》는 이 모든 이유 때문에 단순한 소설 이상의 존재라고 단언할 수 있다. 이 책은 대실 해밋이 영어로 쓴《유리 열쇠》에 비견할 수 있는 스페인어권 작품이다. 다만 챈들러가 에세이에서 썼듯 그의 스승 해밋이 그 유명한 베네치아풍 꽃병을 거리로 내던졌다면, 우리의 거장 마누엘 바스케스 몬탈반은 그 바늘이 대문자 L로 시작하는 '문학'을 가리키는 나침반을 건네준 것이다. 나를 비롯한 다른 작가들이 안내문으로 기꺼이 사용하게 될, 그 솜씨가 좋건 나쁘건 간에 언어로 살인을 저지르는 어려운 과업을 시도할 때 기꺼이 사용하게 될 나침반을. 그것은 탐정소설을 쓰는 고도의 기술이다─그것도 스페인어로 말이다.

언제나 안주하지 않고 명쾌했던 작가 마놀로가 방콕의 하늘이든 아니면 다른 어떤 곳에 있든지 간에 내 말에 동의해주길 바란다. 물론 그는 틀림없이 바르셀로나 차이나타운의 물질적인 천국에 있는 걸 더 좋아했겠지만. 가장 즐겨 찾던 레스토랑 '카사 레오폴도'의 관능적인 향미가 손에 잡힐 듯한 그 차이나타운의 거리 말이다.

•

쿠바의 작가 레오나르도 파두라 푸엔테스Leonardo Padura Fuentes는 아바나를 배경으로 형사 마리오 콘데Mario Conde가 등장하는 4부작 '사계절Las Cuatro Estaciones 시리즈'로 잘 알려졌다. 이 시리즈의 첫 번째 작품《완료된 과거Pasado Perfecto(a.k.a. 아바나 블루)》는 1991년 출간되었다. 네 번째 작품《가을 풍경Paisaje de Otoño(a.k.a. 아바나 블랙)》은 1998년 국제 범죄작가협회 라틴아메리카 지부에서 수여하는 해밋 상을 받았다. 파두라는 장편소설을 총 아홉 편 썼고, 최근 작은《개를 사랑한 남자El Hombre que Amaba a los Perros》다.

의치 *Prótesis, 1980*

안드레우 마르틴

·

1949년 스페인 바르셀로나에서 태어난 안드레우 마르틴Andreu Martín은 열다섯 편 이상의 범죄소설을 썼다. 1979년 데뷔와 동시에 장편 세 편을 연달아 발표했고, 1980년 《의치》를 발표했다. 마르틴은 또한 어린이책과 만화, 영화와 연극과 TV용 각본도 활발하게 작업했다. 그는 상당수의 유럽 문학상을 수상했다. 그중에는 범죄 문학상, 독일 스릴러 상, 알파7상 등이 있다.

크리스티나 파야라스

해골의 미소보다 더 사악한 건 존재하지 않는다. 보는 이를 겁에 질리게 만드는, 일그러지고 냉엄하고 무표정하며 언제까지나 바뀌지 않을 미소 말이다. 꽉 앙다문 이는 쾅 닫힌 다음 희생물을 그 안에 가둔 채 절대 내보내지 않는 덫이다. 기쁨이라곤 전혀 느껴지지 않는 웃음, 강요된 미소, 고통과 협박과 잔혹함이 깃든 미소이다. 당신에게 해를, 그것도 엄청난 위해를 가하기 전 당신의 친구인 척 구는 사형집행인이 소리 없이 띤 웃음이다. 재밌는 일이라곤 일어나지 않고 웃을 거리가 있는 것도 아닌데, 하지만 곧 — 그렇다, 조만간에 — 그럴 만한 일을 생각하면서……

《의치》의 도입부

독자의 양해를 구하건대, 내가 '누아르'라는 용어에 초점을 맞춰 이야기하면서 위키피디아에 의존하고 있다는 사실을 밝혀두고 싶다. 단지 독자의 흥미를 끌기 위해서만이 아니라, 위키디피아야말로 우리 시대의 새로운 준緊 신성으로 등극했기 때문이다. "이 용어(누아르)는 미스터리 해결이 주 목표가 아닌 탐정소설의 유형과 연관된다. 그 안에서 벌어지는 갈등은 대개 상당히 폭력적이다. 선인과 악인의 경계는 흐릿하며, 주요 캐릭터들 대부분이 진실을 추구하는 과정에서 길을 잃거나 패배하고, 진실을 깨닫더라도 흘끗 보는 수준에 지나지 않는다." 여기에 나 자신만의 어두운 세계의 압인, 그것을 위해서라면 내가 살인이라도 서슴지 않을(도덕적 판단은 사양한다) 이 장르의 본질을 덧붙이고 싶다. 즉, 좋은 누아르는 아기 요람 속의 벌레, 벌거벗은 여인을 덮고 있는 침대 시트 위의 쥐 한 마리, 발가락 살과 발톱 사이에 끼워놓은 불붙이지 않은 성냥과도 같다.

좋은 누아르는, 그것을 읽는 당신에게 상처를 입힌다.

좋은 누아르는, 정직한 시민이라 자부하는 당신이 사이코패스와 함께 살아가는 공간을 묘사한다.

좋은 누아르는, 당신이 묻어버렸거나 굴복하면 안 된다고 배워온 내면의 썩어 문드러진 부분을 직면하도록 강요한다.

좋은 누아르는, 그것을 읽으면서 순수함을 일부 상실할 수밖에 없다.

안드레우 마르틴의 걸작 《의치》가 바로 그런 소설이다. 당신을 상처 입히고, 당신 안의 야수를 끄집어 내보이고, 당신의 순수를 파괴하는 소설. 《의치》에선 그 무엇도 선하지 않으며—그런데 악한 존재라는 것이 과연 있긴 한가?—쟁취해야 할 무언가도 없다. 모두가 패배할 운명이고, 실제로도 패배한다. 《의치》는 당신을 완전히 벌거벗기고, 무자비하게 파멸시키는 억압의 기제로 옴짝달싹 못하게 못 박는다. 부도덕함과 재치의 해부도이자, 경찰과 범죄자인 두 주인공이 서로에게 집착하고 함께 죽음의 춤을 추면서 서로를 지옥으로 이끄는 소설이다.

《의치》는 스페인 소설사상 가장 고통스럽고 폭력적인 작품이기도 하다. 아마 노벨 문학상 수상자 카밀로 호세 셀라Camilo José Cela의 고전 《파스쿠알 두아르테 가족La Familia de Pascual Duarte》(1942) 정도만이 어깨를 나란히 할 수 있을 것이다. 나는《의치》를 처음 읽은 순간을 기억한다. 그 공포심. 짐 톰슨의《인구 1280명》과 어스킨 콜드웰의《토바코 로드》에서 맹렬하게 고동치던, 무덤에서 기어 나온 고통스러운 산물이 내 손에 들려 있었다. 그리고 그것은 1980년에 출간된 스페인 소설이었다.

1980년 : 바르셀로나에선 마누엘 바스케스 몬탈반(1939년생)이 이미 탐정 카르발로 시리즈의 초기작《나는 케네디를 죽였다》(1972),《문신》(1974), 그리고《간부의 고독》(1977)을 발표했다. 그리고 후안 마르세Juan Marsé(1933년생)는《내가 추락했다고 그들이 얘기한다면Si Te Dicen Que Caí》(1973)으로 자신도 모르는 사이 고전의 반열에 올랐다. 그리고 에두아르도 멘도사Eduardo Mendoza(1943년생)는《사볼타 사건의 진실La Verdad Sobre El Caso Savolta》(1975)로 자기만의 길을 개척했다. 십 년이 채 안 되는 기간에 이 세 작가가 토대를 닦았고, 훨씬 젊은 안드레우 마르틴은 그들 누구보다도 강력하고 거침없으며 놀라운 (그리고 아마도 그런 이유들 때문에 대중적 인기를 덜 누린) 작품으로 자신만의 몫을 확보했다. 그 작품이 바로《의치》다. 앞의 세 작가들은 우울한 패배자들과 부두의 복장도착자와 살구색 스타킹을 몇 번이고 수선해서 신는 여자들로 바르셀로나를 묘사했다. 그것은 선한 경찰관이 아예 등장할 수 없는, 부패하지 않은 판사를 상상조차 하기 힘든 프랑코 시대의 시커멓게 물든 바르셀로나다. 여전히 승자는 통치하는 이들이며, 패자는 나머지 모든 사람들이다.

"마누엘 바스케스 몬탈반이 《문신》을 썼기 때문에 나는 작가가 될 수 있었다." 마르틴은 인터뷰에서 이렇게 말한 적이 있다(《엘 파이스El País》, 2011년 2월 3일자). 아마 그 말이 맞을 것이다. 하지만 안드레우 마르틴은 독자에게 악을 보여주기 위해 형사와 범죄자, 승자와 패자, 순수와 타락 사이의 경계를 아예 폭파시켜버렸다. 타인의 고통을 열망하는 마음, 사십 년간의 침묵에서 비롯된 비도덕성, 지하실과 굶주림의 악취가 거기에 있다.

시대 : 1970년대 후반. 스페인에서는 마침내 프랑코가 죽었다. 그는 내전에서 승리한 이래 사십 년 동안 나라를 억압했던 가톨릭-파시스트 독재자였다. 가장 폭넓은 의미에서, 인구의 다수를 차지하는 가난하고 길들여지고 순종적인 중산층은 다음과 같은 무리들에게 둘러싸인 채 살아왔다. a) 소수의 극좌파 분파들, b) 파시스트 정권 덕분에 부유해진 파시스트 핵심 그룹, c) 수십 년간의 군사독재와 개혁 정책에 지칠 대로 지쳐버린 채 교외 지역에 드문드문 자리 잡은 프롤레타리아, d) 국내 이주가 남긴 유물인 교외 지역의 극빈층 아이들, 불안정과 폭력의 산물. 바르셀로나, 마드리드, 빌바오 등의 도시 변두리에 산업 발달로 인해 마구 지어진 극빈층 동네의 그늘 속에서 끔찍한 분노가 성장했다.

스페인은 서유럽의 변칙적 존재다. 바르셀로나 교외에는 네모난 싸구려 건물들로 이루어진 동네들이 만들어졌고, 스페인의 가난한 지역에서 몰려든 이들은 공장에서 근무를 마치고 동네로 돌아와 애초부터 배제된 집단들, 특히 로마에서 온 이민자 이웃들과 공존했다.

뒤죽박죽 부풀어올라 터지기 직전의 이 잡탕 속에서 성장한 아이들은 아직 미성년이다. 엘 미게, 엘 차바, 엘 마루호, 이 아이들의 우두머리 격인 엘 카차스, 그리고 엘 카차스를 따라다니는 소녀 라 네나가 있다.

팬티를 입지 않는 라 네나는 손가락을 더이상 빨지 않게 된 무렵부터 이미 자신이 창녀가 될 것임을 알았다고 한다.(그렇다고 누가 신경이나 쓰겠는가?)

사건의 전말은 이렇다. 어느 날 밤 그들은 르노 12로 드라이브 중이던 커플을 납치해, 항구에서 멀리 떨어진 곳에서 예수상이 양팔을 활짝 펴고 도시를 내려다보는 티비다보 산꼭대기로 끌고 올라간다. 원래 계획은 여자를 강간하고 남자를 구타하는 것이다. 누가 최악인지 경쟁하고, 내면의 짐승을 자유롭게 풀어놓고, 훔칠 수 있는 건 뭐든지 훔치고, 그들을 숨막히게 하는 폭력에 대한 욕구를 해소한 다음 도망치는 것이다. 그러나 거기서부터 일이 꼬인다. 그것도 아주 심하게. 엘 가예고, 피에 굶주린 그 경찰이 등장한 것이다.

엘 가예고 : "엘 가예고는 항상 아주 좋은 경찰이었다. 그는 군대에서 나오자마자 소시알(국립 경찰)에 합류했다. 장담하는데, 경쟁자가 없었다. 그는 굳건한 남자였고, 누구와도 겨룰 수 있는 배짱이 있는 남자였다. 세상의 친구, 아주 좋은 동료일 수 있지만, 그러나 만약 그가 열 받아 싸움을 걸어온다면 당신을 보호할 수 있는 방법이라곤 없다. 그리고 그는 많은 이들을 보내버렸다. 아주 많은 이들을. 아나키스트들은 수류탄과 온갖 것들을 투척했지만 엘 가예고는 아무런 반응을 보이지 않았고, 정말 독하게, 매섭게, 철저하게 카르멜회 수녀원 부지에서 그 세 명의 쓰레기들과 한바탕 총질을 한 끝에 모두 죽여버리고 (…) 그 아수라장에서 걸어나왔다. (…) 어느 날 밤 그는 이 멍청한 놈을 멈춰 세웠고, 정말이지, 우리끼리만 하는 얘긴데, 무슨 일이 벌어졌냐면, 그가 그놈의 얼굴을 뭉개버렸다는 거다. 내가 무슨 말을 하는지 알겠는가……! 그날 그 소년은 체포됐고, 그 녀석은 아마도…… 난 모르겠다. 열다섯, 열여섯 살쯤?…… 그냥 날 좀 내버려둬, 제발."

그 소동이 벌어진 다음, 엘 미게는 엘 카차스, 그의 친구이자 우두머리를 찾아와 눈알이 튀어나와 덜렁거리는 얼굴을 보여준다. 거기서 흘러나오는 점액질은 빛 아래에서라면 어두운 붉은색이었을 테지만, 거기선 그저 새카맸다. 그곳은 이미 감옥이었다.

엘 미게 : "미겔 바르가스 레이노소는 의치를 소독하는 코레가탭스 알약과 함께 자기 해골의 얼어붙은 웃음을 물잔에 담아두었다. 그는 몇 시간이고 꼼짝 않고 그것을 노려보았다. 매일 밤 그것을 잇몸에서 떼어낼 때부터 다시 원래대로 입속에 집어넣을 때까지. 그는 치켜올라간 고양이 같고 불유쾌한 눈꼬리로 그것을 응시했다. 그러면서 규칙적으로 코로 숨을 쉬었다. 어쩌면 정상보다 좀더 빠른 속도로. 그는 밤을 꼬박 새며 해골의 웃음을 흘겨보았고, 까마득하게 오랜 시간이 흘렀다고 생각했다."

이 두 명이 《의치》의 주인공이자 주춧돌이다. 엘 가예고와 엘 미게. 살바도르 가예고와 미겔 바르가스 페르크 레이노소.

이 소설은 엘 가예고가 미게의 얼굴을 망가뜨리고, 미게가 감옥에 들어가 남자들에게 오럴 섹스를 해주기 시작한 팔 년 후의 시점에서 시작된다. 소년은 엄청난 고통 속에서 의식이 혼미해진 채 오로지 복수를 위해 살아남았다. 엘 가예고는 극단적인 폭력으로 가능했던 남성다움의 감각을 잃어버린 다음엔 아예 삶을 포기한 채 지냈다. 두 사람은 다시 만나게끔 되어 있었다. 그들은 다시 만나야만 했다. 그들은 이 재회를 위해, 이 재회를 거쳐야만 살아가게 된다. 그리고 우리 독자들은, 순전히 폭력적인 피조물로서의 남자를 그린 이 이야기에 몰두한다. 피비린내 나는 순수의 상실. 인정할 수 없는, 생각조차 떠올리기 불가능한 뒤틀린 호모섹슈얼리티. 사회, 그러니까 스페인 사회의 고통스런 회복을 위해서는, 민주주의를 건설하기 위해서는 구시대의 이런 인물들을 역사의 뒤안길로 밀어넣어야 한다. 그들은 골칫거리이고, 갱생할 수 없는 인간들이기 때문이다.

《의치》는 안드레우 마르틴의 (매우 성공적인) 작가 경력에 의심의 여지 없이 어떤 인장을 남겼고, 너무도 끊임없이 언급되어 골칫거리처럼 여겨질 정도에 이르렀다. 이제 이 작품에 대한 안드레우 마르틴 본인의 말을 두 문단 인용하면서 마치도록 하겠다.

《의치》에는 제도에 대한 저항을 시도하는 사춘기적 요소가 포함되어 있다.《의치》를 쓰던 그 무렵에는 많은 것들이 산산조각 났다. 이후 안드레우 마르틴은 성장했고, 이제 나이가 든 나는 더이상《의치》같은 작품을 쓸 수 없다. 폭력은 영웅적인 것이 아니며, 그 무엇에도 해결책이 될 수 없다.

《엘 파이스》, 2011년 2월 3일자

십대 시절(예컨대 글쓰기 같은 것에서 고독한 즐거움을 느끼는 나이)의 나에게는 지하세계가 아주 매혹적이었다. 더러운 거리, 어디에나 있는 폭력배들의 위협, 거리 모퉁이와 술집 출입구마다 서 있던 창녀들, 셸 게임* 협잡꾼들, 항상 아무런 할 일도 없는 듯 보이던 사내들의 갈망하는 눈길. 그런 지하세계가 사춘기 소년을 매혹시키는 건 당연한 일이었다. 지하세계는 어른들이 만들어놓은 법(미지의 세계, 위협적이고 두려운 세계)에 대한 저항을 상징했다. 그 법을 깨뜨리는 건 자기 주장이었고, 우리가 어릴 적 어른들이 주입했던 생각이나 느낌과는 완전히 다른 발견을 감각할 수 있는 경험이었다. 나의 아버지(아나키스트이자 죄인이자 선동가였던) 역시 차이나타운에

• 콩이나 아주 작은 공 위에 그릇 혹은 상자를 덮어씌운 다음, 공이 들어 있지 않은 나머지 그릇 혹은 상자들의 위치를 여러 번 바꾸고 그중 어디에 공이 들어 있는지 맞히는 게임.

대한 내 취향을 북돋웠던 것 같다.

《〈의치〉를 돌아본다》, 2010년 5월

·

크리스티나 파야라스Cristina Fallarás는 스페인 바르셀로나의 저널
리스트이자 작가다. 그녀는 《엘 문도El Mundo》《카데나 세르Cadena
SER》, 스페인 국영 라디오, 《엘 페리오디코 데 카탈루냐El Periódico
de Cataluña》, 안테나3 데 텔레비시온Antena3 de Televisión, 쿠아트로
텔레비시온Cuatro de Televisión, 콤라디오COMRàdio, 라디오 텔레비
시온 델 프린시파도 데 아스투리아스Radio Televisión del Principado
de Asturias 등의 매체에서 저널리스트로 활동했다. 그녀는 거리 인터
뷰 편집자, 기자, 라디오 및 텔레비전 작가, 칼럼니스트, 작가, 섹션 책
임자, 편집부국장 등을 거쳤다. 일간지 《ADN》의 공동 설립자이며 부
회장으로 근무하면서 동시에 디자인 및 기사에 기여하고 있다. 또한
온라인 신문 《팍투알Factual》의 공동 설립자이기도 하다. 최근에는
Sigueleyendo.es 사이트의 편집과 의견 지면을 담당하며 출판과 미디
어 분야의 커뮤니케이션 컨설턴트로 활약하는 한편, 《엘 문도》의 '그
녀들Ellas' 섹션 블로그를 운영 중이다. 그녀는 장편소설 다섯 편을 쓴
작가기도 하다. 《그리하여 시인 과달루페는 죽었다Así Murió el Poeta
Guadalupe》(2009)는 국제 해밋 상의 최종후보까지 올랐다. 《사라진
소녀들Las Niñas Perdidas》(2011)은 L'H 콘피덴시알 데 노벨라 네그
라 상과, 히혼의 세마나 네그라 축제에서 디렉터스 상을 수상했다. 여
러 선집에서 그녀의 단편들을 읽을 수 있으며, 아카식 북스에서 출간
된 《바르셀로나 누아르Barcelona Noir》에 〈흉터의 이야기The Story of
a Scar〉가 수록되어 있다.

초가을 *Early Autumn, 1981*

by 로버트 B. 파커

•

미국 매사추세츠 주에서 나고 자란 로버트 B. 파커Robert B. Parker(1932~2010)는 한국전 당시 미 육군에 복무했다. 그의 첫 소설이자 보스턴의 사립탐정 스펜서가 등장하는 시리즈 제1권《갓울프의 원고The Godwulf Manuscript》는 1973년 출간되었다. 장편소설을 예순 편 이상 쓴 파커는 '스펜서Spenser 시리즈' 외에도 제스 스톤, 서니 랜덜, 콜 & 히치 등을 주인공으로 한 다수의 시리즈물을 집필했다. 1976년《약속의 땅Promised Land》이 에드거 상 '최고의 장편' 부문을 수상했다. 파커는 또한 레이먼드 챈들러의 주인공 필립 말로가 등장하는 작품 두 편《푸들 스프링스Poodle Springs》(1989)와《어쩌면 꿈Perchance to Dream》(1991)을 쓰기도 했다. 2002년 미국 미스터리작가협회로부터 그랜드 마스터 상을 받았다.

콜린 베이트먼

젊은 시절 당신은 위대한 작가가 되겠다는 환상을 품고 고전을 연구하지만—내 경우엔《캐치 22》《길 위에서》《호밀밭의 파수꾼》이었다—결코 그런 책들을 쓸 수 없다는 걸 깨닫게 된다. 왜냐하면 그 책들은 이미 존재하기 때문이다.

또한 문학적 성취에 대한 찬사를 열망하며 소위 '위대한 미국 소설'을 쓰고 싶어 하면서도—비록 미국과 멀리 떨어진 북아일랜드에 살고 있지만—당신이 진심으로 즐겨 읽는 책은 펄프소설이라는 사실 때문에 자아분열을 겪는다. 펄프소설이 사람들에게 아무런 문학적 존중을 받지 못한다는 걸 알고 있지만 당신은 그 장르를 사랑하며, 책장을 계속 넘기며 읽을 수밖에 없다. 그리고 그 소설들만큼이나 그 작가들도 사랑한다. 단어 수만큼 돈을 받기 때문에 작가들이 돈을 위해 수백만 단어들을 쏟아내는 방식도 마음에 든다. 소설 한 권을 완성하기 위해 오 년이라는 시간을 낭비할 일도 없다. 맙소사, 절대 아니다. 섹스와 위스키를 즐길 휴식시간을 포함해 길어봐야 다섯 주면 된다.

1990년 나는 작은 도시의 지역 신문 기자였으며, 출간에 실패한 단편소설 한 무더기를 쌓아놓고 있었다. 소설을 쓰겠다는 야심도 그만큼 뜨거웠으나, 소재가 바로 내 코앞에 있었는데도 소설을 어떻게, 무엇에 대해 써야 할지 전혀 갈피를 잡지 못하고 있었다. 당시의 여자친구가 로버트 B. 파커의 '스펜서 시리즈'의 첫 권인 《갓울프의 원고》를 읽어보라고 강권했고, 나는 그 책을 홀린 듯 독파했다.

장기간 활동한 작가를 처음 읽기 시작할 때의 최대 장점이라면, 전작 목록이 이미 준비되어 있다는 점이다. 다음 책이 나올 때까지 일 년 이상을 기다릴 필요가 없다. 나는 《신이여, 그 아이를 구하소서God Save the Child》와 《모털 스테이크Mortal Stakes》《약속의 땅》《레이철 월리스를 찾아서Looking for Rachel Wallace》와 그 외 소설들을 순조롭게 차례로 읽어나갔다. 나중에 결혼한 뒤—다른 여자친구였다—우리 부부는 매년 미국에서 휴가를 보냈다. 그리고 미국에 도착하자마자 내가 가장 먼저 하는 일은 제일 가까운 서점으로 달려가 파커의 다른 소설들을 사들이는 것이었다. 그의 소설은 미국 바깥에서 큰 인기를 누리진 않았지만, 미국에는 언제나 그의 신간이 출간되어 있었기 때문이다. 그는 다른 펄프소설 작가들처럼 다작을 하는 작가였으며, 스펜서와 서니 랜덜, 제스 스톤이 등장하는 시리즈는 계속 진행 중이었다. 또한 미스터리 소설을 쓸 때처럼 눈부시게 아름답고 간결한 스타일의 웨스턴소설도 집필했다.

파커가 쓴 책에는 질척거리는 요소라곤 없다. 기나긴 묘사라든가 세세한 배경 설명은 일체 존재하지 않는다. 자기 성찰은 있지만, 독자가 그 안에 빠져 허우적거릴 만큼 깊이 들어가진 않는다. 문장은 짧고, 대화는 재치 넘치고 영리하고, 등장인물과 배경은 친숙하다. 마치 챈들러 타입의 소설을 건네받고 이렇게 써보라는 말을 듣고서, 모든 구질구질한 과잉을 걷어내고 길이를 절반으로 뚝 자르되 좀더 따뜻하게, 그리고 곧죽어도 보스턴 출신 남자답게 배경을 그곳으로 결정하고, 학구적인 타입이니까 좀더 고급스런 요소를 집어넣고, 또한 한국 전쟁에서의 보병 경험을 살려 주인공 스펜서를 매우 건장한 남자로 설정한 것 같다. 그리하여 스펜서는 사내다운 힘과 지성을 모두 갖춘 탐정이 된 것이다.

아일랜드 혈통의 스펜서는 보스턴에 사는 사립탐정이다. 탐정이라는 직업과 유전자에 따라붙는 모든 편견을 당연히 겪었지만, 그의 연인 수전은 유대인이며 가장 친한 친구 호크는 흑인이다. 게다가 입양한 아들 폴은 게이다. 스펜서는 다툼을 주먹으로 해결하지만, 발레를 보러 가는 걸 꺼리는 사람도 아니다. 부시밀스 증류소에서 만들어낸 위스키를 한번에 들이켜곤 하는 스펜서 덕분에, 나 역시 기네스의 고향에서 프리미엄 라벨이 붙은 맥주가 유행하기 오래전부터 그쪽에 관심을 갖게 됐다. 하지만 스펜서가 가장 풍부한 묘사력을 동원하는 부분은 용의자들이 입고 있는 의상과, 그가 수전을 위해 만드는 요리다. 그에게는 규율과 목표물이 있고, 그 규율에 따라 살며 목표물에 대한 추적을 멈추지 않는다. 그는 우리가 되고 싶어 하는 종류의 인간이다. 터프하지만 공정하고, 재미있으며 나이 먹지 않는다. 정기적으로 미인과 끝내주는 섹스를 나누지만, 자신의 동반자에 대한 애정도 식지 않는다.

그는 이 바닥에서 대부분의 규칙이 이미 결정된 시기에 등장했지만, 파커와 스펜서는 단 두 권의 책만으로 자신들만의 위치를 확보했다.《레이철 월리스를 찾아서》(1980)와 내가 가장 좋아하는 작품인《초가을》두 권이다. 전자는 젠더의 정치학을 파고들며, 후자는 부모의 불화가 남긴 상처가 아이들에게 어떤 영향을 미치는지 다룬다. 《초가을》에서 스펜서는 폴 지아코민이라는 소년을 보호하는 임무를 맡는데, 폴은 양육권 전쟁에 휘말려 유괴당한 전적이 있다. 소설은 사건을 해결하는 데 초점을 맞추지 않는다. 문자 그대로, 그리고 은유적으로 아이를 구하는 것이 핵심이다. 스펜서는 구닥다리 방식과 인문학을 결합한 태도로 아이에게 접근한다. 부모가 모두 똑같이 악의에 차 있다는 걸 깨닫고 그는 폴을 납치하다시피 한다. 학대받은 불쌍하고 나약하고 게으른 소년과 함께 캠핑을 떠나고, 권투와 체중 늘리는 법을 가르치고, 말 그대로 소년과 가정을 만든다. 또한 소년을 갤러리에 데려가고 독서의 즐거움을 일깨워준다. 이는 소년을 남자답게 키우려는 뜻이라기보다는, 삶에 대해 가르치고 실제 세계의 어른이 어떤 역할을 하는지 알려주는 것에 가깝다. 《초가을》은 우리가 익숙해져 있던 방식의 범죄소설이 아니었다. 그렇다, 파커는 여전히 기존에 확립된 방식을 사용했지만, 그것을 멋대로 주물러 영원히 변화시켜버렸다.

파커는 해밋과 챈들러, 맥도널드의 시대와 현대 범죄소설을 잇는 교량 역할을 했다고 평가받지만, 사실 그 이상의 역할을 담당했다. 교량이었다는 평가는 파커 자신이 목적지가 되진 못했다는 걸 의미하기 때문이다. 반대로, 그는 확실한 지점을 성취했다. 사립탐정 소설의 문제는, 그 자체로 이미 패러디가 되어버렸다는 점이었다. 웨스턴 장르가 〈불타는 안장Blazing Saddles〉(1974)* 이후로 영원히 돌이킬 수 없이 망가졌듯이, 〈카사블랑카여, 다시 한번Play It Again, Sam〉(1972),* 〈죽은 자는 격자무늬 옷을

- 코미디 영화의 대가 멜 브룩스가 연출한 웨스턴 패러디물.
- 신경쇠약에 걸린 영화 평론가 우디 앨런의 얼터에고로 험프리 보가트가 등장한다.

입지 않는다Dead Men Don't Wear Plaid〉(1982)* 등의 작품 때문에 사립탐정 장르를 예전처럼 즐기는 건 불가능해졌다.

하지만 어찌됐든 파커는 그 클리셰들을 받아들여 다듬었다. 파커는 독자들에게 여자들과 멍청이, 난투극과 수많은 시체들을 부지런히 제공함과 동시에 사립탐정에게 따스한 성품과 양심, 자의식을 부여했다. 또한 특정 장소에 최적화된 사립탐정의 새로운 면모도 보여준다. '스펜서 시리즈'에서는 스펜서 자신만큼이나 보스턴이 하나의 캐릭터로 활약한다. 그 결과 미국 내에서 그 나름의 스펜서가 없는 주는 존재하지 않고, 전 세계 모든 나라의 경우에도 이는 마찬가지다.

'스펜서 시리즈'를 읽었을 때 나는 갑자기 나의 이야기가 바로 눈앞에서 기다리고 있다는 걸 명징하게 깨달았다. 아일랜드는 테러리스트들로 삼십 년 동안 고통받아왔지만 아무도 이를 쿨하고 냉소적이고 비꼬는 시선으로, 짤막짤막한 농담과 빠르게 전환되는 장면과 더 짧은 문장으로 표현하려 시도하지 않았던 것이다.

마침내 첫 소설《잭과 이혼하기Divorcing Jack》를 쓰기 시작했을 때 스펜서는 내 주인공의 모델이었고, 나는 파커에게서 스타일을 모방하고자 했다. 심지어 주요 인물 중 한 명에게 파커라는 이름을 붙이기도 했다. 물론 아주 금방 죽여버리긴 했지만. 아, 물론 스타일적인 면을 이야기하는 게 아니다. 파커의 소설은 여전히 나를 사로잡고 있으며, 스무 편 이상 소설을 썼음에도 불구하고 나는 여전히 스펜서와 파커를 좇는 버릇을 의식하곤 한다. 돌이켜보면 그건 모방이었을 수도 있다. 지금에 와서는, 찬사를 바치는 행동이었다고 믿고 싶다.

---

* 스티브 마틴이 주연을 맡은 누아르 패러디물.

북아일랜드 뱅고어에서 태어난 콜린 베이트먼Colin Bateman은 저널리스트로 일하다가 1994년 《잭과 이혼하기》를 발표했다. 이 소설은 베티 트래스크 상을 수상했고, 뒤이어 영화로도 만들어졌다. 왕성한 활동을 펼치는 베이트먼은 성인용 장편소설을 스물한 편 썼고, 아이들과 청소년용으로 책을 여덟 권 더 썼으며, TV와 연극과 오페라 대본도 작업했다. 2001년부터 2007년까지 방영된 TV 연속극 〈머피의 법칙Murphy's Law〉의 메인 작가로도 활동했다. 《잭 러셀의 날The Day of the Jack Russell》은 2009년 라스트 래프 상의 '코믹 범죄소설' 부문에 선정되었다.

colinbateman.com

고리키 공원 *Gorky Park, 1981*

마틴 크루즈 스미스

•

마틴 크루즈 스미스Martin Cruz Smith(1942~)는 1939년 만국박람회에서 만난 재즈 뮤지션과 나이트클럽 가수 사이에서 태어났다. 전직 저널리스트였고, 이후 사십여 년 동안 수많은 책을 집필했다. 다른 작품들도 있지만 러시아 수사관 아르카디 렌코Arkady Renko(작가는 그를 두고 '진실을 말하는 사람'이자 '부정직한 사회에 사는 정직한 남자'라고 표현한다)가 등장하는 미스터리 소설 시리즈로 호평받았는데, 그 첫 작품이《고리키 공원》이다. 이후 아르카디 렌코가 등장하는 소설이 일곱 편 더 출간되었으며, 그중 최신작은《타티아나Tatiana》(2013)이다.

장 크리스토프 그랑제

탐정소설을 읽을 때 대개 우리는 가장 먼저 스토리에 빠져든다. 소설이 뛰어나다면, 그다음엔 캐릭터들에게서 감동적이고 놀랍거나 흥분시키는 면모를 찾아낸다. 소설이 그 이상이라면, 우리는 특별한 분위기에, 배경에, 세상을 바라보는 관점에 녹아들게 된다. 그리고 만일 그 소설이 완벽한 성공작이라면, 진정한 미학적 스릴을 안겨주는 독창적인 스타일, 남다른 표현력에서 즐거움을 만끽할 수 있다.

《고리키 공원》은 앞서 언급한 즐거움 전부를 제공한다. 단, 그 순서는 거꾸로다. 우리는 가장 먼저 위대한 예술가의 징표인 숨막히는 스타일과 맞닥뜨린다. 그다음에는 얼음으로 뒤덮인 모스크바의 안개 속에서 매혹적인 캐릭터들, 끔찍한 시스템의 손아귀에 붙들린 채 투쟁하는 남녀를 만나게 된다(배경이 1980년대임을 기억하자). 조금씩 조금씩 우리는 생태계와 주변 환경을, 거리의 건물들을, 소비에트 독재의 광기를, 러시아 전통의 깊이를 탐색하면서 소설 속 도시와 시골 지역을 파악하게 된다…… 그리고 종국엔 절대로 실망시키지 않을, 마지막 페이지의 마지막 줄까지 우리를 단단히 붙들어 맬 이야기에 완벽하게 사로잡혔음을 깨닫고야 만다.

이쯤 되면 우리 손에 걸작이 입수됐다는 걸 알 수 있다. 스릴러 작가로서 나는《고리키 공원》이야말로 스릴러 장르의 정수라고 생각하며, 가능한 최선의 방식으로 쓰인 가능한 최선의 이야기라고 장담한다.

이 소설을 어떻게 읽게 되었는지부터 시작해보자. 당시 나는 서른 살이었고, 프리랜서 기자로 일하고 있었다. 아내와 나는 작은 언론 에이전시를 시작했다. 우리 각자는 사진기자와 짝을 이뤘고, 우리가 쓴 기사들을 전 세계 각지의 잡지들에 팔았다. 1991~92년 겨울, 아내 비르지니는 전 세계 가장 위대한 범죄소설가들(제임스 엘로이, 엘모어 레너드, 허버트 리버맨Herbert Liebermann 등)의 초상 시리즈를 시작하게 됐다. 출판사들의 도움으로 이 작가들을 전부 모았을 때, 그중에는 마틴 크루즈 스미스도 있었다. 아내도 나도 이 작가에 대해 알지 못했기 때문에, 내가 도움이 될까 싶어 그의 책 몇 권을 읽겠다고 자청했다. 나는《고리키 공원》부터 시작했다.

마침 한겨울이었고, 나는 메콩 강의 수원을 취재하려 중국으로 향하던 중 소설을 펼쳐들었다. 비행기에 앉은 채 이 책이 미래의 내 경력을 결정짓게 될 것을 깨달았던 기억이 난다. 정확히 이 소설의 어떤 면이 나를 가장 흥분시키는지 미처 알지 못한 채 책장을 계속 넘겼다. 플롯, 심리, 스타일—모든 것이 그저 완벽했고, 모든 것이 감탄스럽게 절묘했다.

일반적으로는 탐정소설의 줄거리를 너무 많이 누설하면 안 된다. 결혼식을 앞둔 신부가 벌거벗고 교회에 도착하는 거나 마찬가지다. 그러나 이 경우엔, 도저히 입을 다물고 있지 못하겠다. 이 소설의 플롯은 너무나도 훌륭하다.

모스크바 고리키 공원에서 훼손된 시체 세 구가 발견된다. 시체들의 발에는 전부 스케이트가 신겨 있다. 민병대원이 큰 나무 뒤에 숨어 소변을 누려다가 이 시체들을 발견한다. 내가 기억하기엔 사내의 오줌이 얼음을 녹여 그 아래 시체들을 드러나게 했던 것 같은데, 확신할 순 없다. 분명하게 말할 수 있는 건, 소설 전반에 걸쳐 눈과 추위와 범죄 사이에 긴밀한 결탁 관계가 있다는 점이다. 소비에트 사회의 무자비한 특질 또한 그 결탁의 일부다. 마지막에, 이 음모는 점점 더 확장되어 끝없는 숲속에서 길을 잃어버린 사냥꾼에게까지 미친다……

이건 쉽게 넘겨버릴 연결고리가 아니다. 살인의 동기가 동물에서 비롯되었음이 곧 밝혀지기 때문이다. 희생자 세 명(남자 둘, 여자 하나)은 서방 세계로 넘어가려 했는데, 그때 소비에트의 대단히 귀중한 자원인 흑담비 한 쌍의 밀반출을 시도했다.

범죄소설가들은 언제나 창의적인 수수께끼와 특별한 해결책을 간절하게 원한다. 마틴 크루즈 스미스는 흑담비로 우리 모두를 입 다물게 만들었다. 특별한 동시에 완벽하게 논리적인 동기다. 광대한 제국에—초강대국이지만, 그 안의 사람들은 가장 엄혹하고 비참한 상황에서 살아간다—보물이 있다. 이 작은 생명체의, 값을 매길 수 없는 유전자가 미국으로 건너간다면, 미국에서 성황리에 모피를 수출하게 될지도 모른다.

영화가 성공하려면 악당이 성공해야 한다는 앨프리드 히치콕의 금언을 우리는 기억하고 있다. 《고리키 공원》의 악당은 굉장하다. 미국인 사업가 존 오스본은 사악하고 시니컬하고 전지적인 인물이다. 거의 초자연적 존재인 그는 러시아인인 동시에 미국인이다. 그는 양 국가의 가장 어두운 특질들만을 추출해낸 존재다. 태생적으로 잔혹하고, 차디찬 자본주의에 사로잡힌 시베리아 사람이며, 본능적인 동시에 완벽하게 부도덕하다.

그의 적수는 반영웅 아르카디 렌코다. 렌코는 통치자와 상관, 예정된 미래의 경력, 심지어 가족(그는 스탈린 시대의 위대한 장군의 아들이다)이라는 해류를 거슬러 헤엄쳐야 하는 주변부의 말단 경찰이다. 그의 무기력한 겉모습 아래에는 강직한 의지와 고독한 영웅의 호전성이 깃들어 있다.《고리키 공원》의 또다른 훌륭한 장점이 바로 이 부분이다. 죄지은 자들은 체포되지 않을뿐더러, 아무도 그들을 제지하려 들지 않는다. 소비에트 사회에 범죄는 존재하지 않는다. 존재하면 안 되기 때문이다. 아르카디는 그의 조사를 좌지우지하려는 사람들 모두와 맞서 싸워야만 한다.

나는 언제나 탐정소설이 어른들을 위한 동화라고, 적대적인 환경에서 용과 싸우는 기사가 등장하는 이야기라고 생각했다. 여기 그 임무에 필요한 모든 요소들이 갖춰진 소설이 있다. 아르카디는 영웅이며 사무라이다. 다른 모든 사무라이들처럼 그는 자신의 주군—이 경우에는 자신의 조국—에 충성을 맹세했다. 이것이야말로《고리키 공원》의 가장 심오한 차원 중 하나다. 렌코 주변에는 서구 세계에서 살고 싶다고 꿈꾸는 러시아인들뿐이다. 그는 그들과 다르다. 그는 조국을 사랑한다. 러시아라는 '적대적 환경'은 그의 내부에, 마치 질병처럼 뿌리내렸다.

좋은 스릴러에는 항상 독자가 잠깐 멈춰 서서 고급 문학의 신선한 기운을 만끽할 수 있는 고지대 같은 지점들이 있다.《고리키 공원》은 그런 지점들로 충만한 작품인데, 이를테면 내가 가장 좋아하는 장면은 다음과 같다. 렌코가 목욕탕에서 판사와 장군과 편치 않은 대화를 나눈다. 뜨겁고 증기가 꽉 차 있는 이곳에서, 사람들은 '조약돌만큼 알갱이가 큰'

캐비어를 계란에 얹어 먹고 얼음을 채운 보드카를 마신다. 또다른 장면은, 렌코가 폐허가 된 교회에서 가장 친한 친구를 만나는 부분이다. 비에 흠뻑 젖은 채, 천사 벽화가 퇴색한 나머지 거의 벽과 구별할 수 없을 지경인 교회의 상징적인 배경막 앞에서, 렌코는 동료의 배신을 깨닫는다……

《고리키 공원》은 사건을 조사하는 과정에서 여러 차례 독창적인 아이디어를 활용한다. 예를 들어 렌코가 희생자 세 명의 신분을 알아내기 위해 얼굴 피부가 뜯겨나간 머리들을 복안 전문가(러시아의 전문 분야였다)에게 가져가는 것. 컴퓨터나 전문 소프트웨어가 없던 시절이다. 복안을 담당할 인류학자(그는 난쟁이다)의 작업 도구는 왁스와 석고 반죽, 구식 계측기뿐이다. 이 기이한 조각상들이 점차 희생자들의 모습을 갖춰가는 과정이 소설 전체를 아우른다.

또다른 걸출한 아이디어 : 아르카디는 살인마가 총을 어디에 버렸을지 자문해본다. 틀림없이 강에 버렸을 텐데, 딱 하나의 문제가 있다. 살인 세 건이 일어났을 당시에는 이미 모든 것이 꽁꽁 얼어붙어 있었을 거라는 것. 하지만 렌코는 절대로 얼지 않는 지점을 한 군데 알고 있다. 펄펄 끓을 듯이 뜨거운 공장 폐기물이 강으로 배출되는 지점이다. 그는 그 지역을 수색하고, 무기를 찾아낸다…… 최고다!

마지막으로《고리키 공원》의 즐거움을 하나 더 꼽는다면, 저자의 풍자적 관점이다. 마틴 크루즈 스미스는 소비에트의 시스템을 비판하지 않는다. 그는 다만 음울하게 농담을 던질 뿐이고, 그것은 훨씬 효과적으로 작동한다. 이를테면 '열렬한 지지자의 길Route of Enthusiasts'이 강제 노동수용소로 죄수를 실어 나르는 길이라고 지적한다든가, 보드카를 '허구한 날 인상되는 액체 세금'이라고 정의하는 부분이 그렇다.

《고리키 공원》은 정치적인 소설이 아니다. 그 이상의 책이라고 할 수 있다. 인간적인 책이며, 보편적이고 깊은 감동을 주는 이야기, 내밀한 고독으로 움츠러든 남자의 어두운 충동과 사냥꾼들에 관한 이야기다. 그리고 《고리키 공원》은 시작했던 바로 그 지점에서 끝난다. 눈뚝 속에서. 하지만 이번에 그 눈은 미국의 눈이다. 둘 중 어느 쪽이든 인간은 언제나 홀로 벌거벗은 상태다.

그리고, 그는 차갑다.

•

파리에서 태어난 장 크리스토프 그랑제Jean-Christophe Grangé는 저널리스트에서 소설가로 변신한 이력을 가졌다. 장편소설을 총 열 편 쓴 그는 1994년 《황새Le Vol des Cigognes》로 데뷔했다. 최근작은 《비수Kaïken》(2012)다. 《크림슨 리버Les Rivières Pourpres》(1998)로 가장 잘 알려졌으며, 이는 동명의 영화로 2000년 제작되었다. 마티외 카소비츠가 연출을, 장 르노와 뱅상 카셀이 주연을 맡았으며 장 크리스토프 그랑제가 직접 각색을 담당했다.
www.jc-grange.com

A는 알리바이 *A is for Alibi, 1982*

by 수 그래프턴

•

미국 켄터키 주에서 태어난 수 그래프턴Sue Grafton(1940~)은 사립탐정 킨지 밀
혼이 등장하는 '알파벳 시리즈'로 신기원을 이룬 작가다. 그녀는 어린아이들이 알
파벳 순서에 꼭 맞추어 소름 끼치는 결말을 맞는 에드워드 고리Edward Gorey의
《평 하고 산산조각 난 꼬마들The Gashlycrumb Tinies》로부터 어느 정도 영감을 받
았다고 밝힌 바 있다. 그래프턴은 자신이 죽고 난 다음 자녀들이 이 시리즈를 영화
화하도록 판권을 넘긴다면 무덤에서 벌떡 일어나 돌아오겠노라 위협하기도 했다.
이 시리즈에서 캘리포니아 주 샌타바버라를 '샌타테레사'로 표기한 것은, 처음으로
그 지명으로 새로이 도시를 상상해내며 자기 작품 세계를 만들어간 로스 맥도널드
에 대한 경의의 표현이기도 하다.

멕 가디너

킨지 밀혼이 《A는 알리바이》*의 첫 페이지에서 걸어 나온 순간부터,
그녀는 도저히 무시할 수 없는 존재감을 과시했다. 수 그래프턴의 '알파
벳 시리즈' 첫 소설인 이 작품은 처음부터 곧바로 돌직구를 던진다.

내 이름은 킨지 밀혼이다. 캘리포니아 주 자격증을 받은 사립탐정이다. 서
른두 살이고, 두 번 이혼했고, 아이는 없다. 그저께 나는 누군가를 죽였고,
그 사실이 마음을 아주 무겁게 짓누른다.

• 국내에서는 《여형사 K》로 출간되었다.

매력적인 서두와 함께, 킨지는 오래 지났을 뿐 아니라 벌써 종결된 살인사건 수사로 우리를 끌어들인다. 경찰은 이미 살인범을 잡았다. 법원에선 판결을 내렸다. 그들은 범인을 감옥으로 보냈고, 정의가 실현되었노라 단언했다.

그리고 팔 년이 흐른 뒤 그녀는 가석방된다. 그녀는 킨지의 사무실로 걸어 들어와 자신은 무죄이며, 진짜 살인범을 찾고 싶다고 말한다.

희생자 로런스 파이프는 피도 눈물도 없는 이혼 전문 변호사이자 만성적인 바람둥이였다. 누군가 그를 독살해서 죽여버리기 전까지는. 젊은 아내 니키가 용의자로 몰려 유죄판결을 받았다. 킨지는 이 의뢰를 내키지 않게 받아들인다. 니키가 무죄를 주장함에도 불구하고, 킨지는 의혹을 완전히 떨쳐내지 못한다.

팔 년 전 사건의 흔적은 재처럼 차갑게 식어버렸다. 킨지가 그 자취를 좇기 시작할 때, 경찰이 불쑥 등장해 나쁜 소식을 알려준다. 로런스 파이프는 팔 년 전에 살해당한 유일한 사람이 아니었다. 로런스 파이프가 죽은 뒤 얼마 안 되어 그의 회계사도 정확히 같은 방식으로 사망했다는 것이다. 그 젊은 여인의 죽음 때문에 아무도 체포되지 않았지만, 경찰은 남편과 불륜 관계였던 회계사 역시 니키가 독살했을 거라고 믿는다.

누군가 협죽도를 가루로 빻은 다음 알러지 약과 바꿔놓았고, 로런스 파이프는 그 약을 먹은 다음 고통스럽게 죽어갔다. 살인자의 정체를 밝혀줄 목격자도, 자백도, 법의학적 증거도 없었다. 차가운 금발 미인인 그의 젊은 아내만이 수단과 동기와 기회를 모두 갖추었다.

그래도 킨지는 사건 조사를 밀어붙인다. 진실을 추구하는 과정에서 여러 다양한 용의자들이 등장한다. 로런스가 배신한 다음 냉정하게 버린 전 부인 그웬은 애견 미용실을 꾸리며 생계를 유지하고 있다. 로런스의 무능한 법률 비서도 있다. "부적절한 행위에 최적화된 입"을 가진 그녀는 현재 라스베이거스에서 블랙잭 게임 딜러로 일한다. 살해당한 젊은 회계사의 부모도 있다. 그들은 딸의 죽음이 준 충격에서 헤어나오지 못했다. 그리고 파이프의 법적 파트너인 찰리 스코소니가 있다. 죽은 동료에게 변함없이 충실한 그는 킨지에게 압도적인 매력으로 다가온다. 킨지는 조사 과정에서 결국 위험에 빠지고, 살인범과 돌이킬 수 없이 맞서게 된다.

《A는 알리바이》는 고전적인 '누가 범인인가' 공식을 쇄신하고 깊이를 더하며 유머를 적절하게 가미한다. 이 소설은 인도적이고 따뜻하며, 자의식이 깃들어 있다. 고급 미스터리 소설도 존재할 수 있음을 증명할 뿐 아니라, 미스터리의 기준 자체를 아예 높여버렸다.

치밀하게 잘 짜이고 생생하고 설득력 있는 줄거리에는 반전과 여러 건의 살인, 여주인공이 선의로 저지르는 불법 가택 침입 등이 등장한다. 섹스도 있다. 회한과 총싸움도 있다. 다종다양한 이웃 캐릭터들이 등장하는데, 이후 시리즈 전반에 걸쳐 사랑받게 되는 이들이다. 그리고 사건의 핵심에 킨지가 있다. 그녀는 이것저것 뒤져보고, 일을 망치고, 가까스로 실패를 면하거나 거의 목숨까지 잃을 뻔한 위기를 넘긴다. 의뢰인을 위해, 그리고 범죄로 상처받은 이들 모두를 위해 그녀가 진실을 추구하기 때문이다.

킨지는 서재에 용의자들을 모아놓고 살인범을 지목한 다음—아하!—손을 깨끗이 씻고 사건을 툭툭 털어버린 채 아무렇지도 않게 걸어 나오는 탐정이 아니다. 그녀는 사건 깊숙이 빠져든다. 좋든 나쁘든 그녀는 관여하게 된다. 킨지는 곧장 사건에 말려들어 꼼짝하지 못할 만큼 궁지에 빠진다. 살인범이 잡히지 않은 채 활보하고 있음을, 누군가 자신이 과거에 저지른 죄악을 필사적으로 지워내고 있음을 킨지가 알아차리는 순간, 서스펜스는 고조된다.

이 소설은 능숙한 직업인인 주인공의 매력적인 목소리에 근거한, 불편한 현실에서 눈을 돌리지 않는 진실성을 가지고 있다. 하지만 하드보일드하지는 않다. 때때로 통렬하다. 로런스 파이프가 첫 결혼에서 얻은 아이들은 아버지가 없다는 사실 때문에 굉장히 고통받았다. 니키가 수감되면서 그녀의 어린 아들은 고아나 다름없는 처지가 되었다. 선천적 청각장애인인 아이는 니키가 유죄판결을 받자마자 기숙학교로 좌천되다시피 보내졌다. 이제 어머니와 다시 함께 지낼 수 있게 되었지만, 아이가 고립된 채 돌아갈 집 없이 성장했다는 사실은 변하지 않는다. 니키가 억울하게 누명을 뒤집어썼다는 사실을 킨지가 확신하게 되자, 이 가족 전체가 겪어야 했던 부당한 상황은 갈수록 날카롭게 그 모습을 드러낸다. 그런 이유로 킨지는 더욱 열성적으로 진실을 알아내고자 한다.

소설은 전반적으로 깔끔하고 팽팽하다. 죽음, 섹스, 배신뿐 아니라 라스베이거스와 로스앤젤레스, 솔턴 호수에 대한 선명한 묘사까지, 페이퍼백 기준으로 214쪽에 빼곡하게 들어차 있다. 게다가 킨지가 사랑스럽고도 예리하게 포착하는 "시에라마드레 산맥과 태평양 사이에 기가 막히게 자리 잡은, 비굴한 부자들을 위한 안식처"인 남부 캘리포니아의 그림 같은 도시 샌타테레사(그래프턴의 연고지 샌타바버라의 허구화된 버전)도 빼놓을 수 없다.

이야기는 사립탐정의 규범에 견고하게 들어맞는다. 동시에, 사립탐정 장르를 전혀 새로운 영역으로 끌어올렸다. 킨지는 사립탐정의 표준 모델을 받아들이면서도 그녀만의 방식으로 뒤틀고 구부린다. 그녀는 좁은 원룸에 거주하는데, 트레일러가 "그녀의 취향에는 너무 복잡한 공간이기" 때문이다. 그녀는 매일 3마일씩 달리면서, 달리는 매 순간 진저리를 친다. 그녀의 관찰력에는 풍자와 자기 비하가 섞여 있다. 킨지는 유쾌하고, 우리는 그녀를 좋아한다.

《A는 알리바이》는 확고한 미스터리인 동시에 범죄소설 장르에 전혀 새로운 조사관들의 진입로를 개척했다. 바로 여성들 말이다.

요즘에 와서는 소설이나 영화나 TV 연속극에서 공격적인 여주인공들을 자주 접할 수 있고 아무도 그에 대해 눈 하나 깜짝하지 않는다. 영화 〈솔트Salt〉의 전사 앤젤리나 졸리는 우리가 이미 알고 있고 기꺼이 받아들인 여성상의 좀더 센 버전이다. 영화 〈킥애스Kick-Ass〉는 소녀 슈퍼히어로를 극의 중심에 둔다. 그러나 불과 얼마 전까지만 해도 상황은 지금 같지 않았다.《A는 알리바이》가 그것을 가능하게 했다.

1982년 이 소설이 출간되었을 때, 혈기 왕성하고 예리하고 기지가 넘치고 상처받기도 쉬운 킨지 밀혼은 전적으로 새로운 유형의 등장인물이었다. 완전히 전문적이면서도 완고하고 인간적이며, 자신의 별난 구석에 대해 스스럼이 없다. 손톱 다듬는 가위로 머리카락을 직접 자르고, 튼튼한 천으로 지은 검은 단벌 드레스를 갖고 있다. 킨지는 이 드레스를 입고 파티와 장례식, 결혼식 모두에 참석하는데, 그 와중에 드레스가 구겨지거나 흠뻑 젖기도 한다. 그녀가 다치진 않지만 어쨌든 그 옷에 불이 붙을 때도 있다. 킨지는 사립탐정 장르에 정말이지 완벽하게 들어맞는다. 예전부터 언제나 그 자리를 지키고 있었던 것처럼.

킨지는 나의 넋을 쏙 빼놓았다. '킨지 시리즈'를 통해 나는 예전에는 남성 사립탐정에게만 한정되어 있던 업무를 온전히 성숙한 방식으로 해결하는 젊은 여성을, 자신감과 불확실성과 매력과 인간적 결함이 있는 솔직함으로 삶과 이야기를 이끌어가는 젊은 여성을 발견할 수 있었다. 22구경 총을 소지한 킨지는 매력적인 외톨이다. 그녀는 굳세고 독립적이지만, 소설을 읽다 보면 어떤 부분에 이르러선 그녀를 안아주고 코코아 한 잔을 타주고 싶어진다. 그녀는 굴하지 않고 스스로를 지키는 사람이다.

무엇보다도, 킨지는 자신이 전혀 공격적이라고 생각하지 않는다. 그녀는 맞붙어 싸우기보다 냉소적으로 치고 빠지는 편이다. 하지만 막다른 구석에 몰리면, 주저 않고 주먹을 날려 빠져나올 것이다.

그리고 소설은 갑자기 방향을 바꾼다. 다른 쪽으로 돌진하며 고속도로를 따라 쏜살같이 질주한다. 우리는 킨지 바로 옆에 앉아, 날카로운 이와 가십을 낚아채는 갈고리 더듬이를 가진 취중의 바람둥이 사교계 유명인사를 빤히 응시하면서 그 여정에 함께한다. 어머니도 아버지도 없이, 낙원에 있지만 홀로인 킨지는 우리의 마음을 아프게 한다. 킨지는 평범한 여성, 숙련되고 똑똑하고 우리와 비슷한 여성이기 때문에 우리는 그녀를 응원하게 된다.

《A는 알리바이》는 요란법석을 떨지 않으면서 미스터리 장르의 정수를 능청스레 포착해 새로운 방향으로 끌고 나아갔다. 수 그래프턴의 의도는 아니었을지 모르지만, 그녀는 이론의 여지 없이 성공했다. 그리고 나는 마지막 장을 덮으면서 생각했다. 이거야. 이런 소설이 가능하구나. 이런 소설을 읽고 싶었어. 이런 소설을 쓰고 싶어. 이런 세계가 존재하는 거야. 그리고 그래프턴이 내 눈앞에 그 세계를 구축한 거고. 킨지 밀혼은 우리에게 길을 보여주고 있어. 이제 어떻게든 헤치고 나아가, 나만의 영역을 새로 만들 차례야. 미스터리 소설과 우리의 상상력은 그 새로운 영역을 포용할 만큼 충분히 넓어.

킨지는 개척자다. 영역을 개척해야만 했기 때문이다. 하지만 그녀는 그 목적을 이루기 위해 등장한 게 아니다. 그녀는 자신이 할 바를 수행하고, 자신이 찾아낸 세계를 승인하는 동시에 그에 맞서 투쟁한다. 1982년에 그녀는 홀로 일어섰다. 이 젊은 미국 여성은 사람들이 여전히 그녀를 부인할지도 모른다는 가능성을, 그리고 그녀 자신을 직시해야 했다. 킨지는 스스로를 위해, 그리고 의뢰인을 위해 세상에 맞서 싸웠다. 킨지의 이야기를 읽는 우리 모두에게 그녀는 친구이자 영웅이다.

멕 가디너Meg Gardiner는 '에반 딜레이니Evan Delaney 시리즈'와 '조 베켓Jo Beckett 시리즈', 시리즈와 상관없는 스릴러 《랜섬 리버 Ransom River》 등 장편소설 열 편을 썼다. 그중 《차이나 레이크China Lake》는 2009년 에드거 상 '최고의 오리지널 페이퍼백' 부문을 수상했고, 《더러운 비밀 클럽The Dirty Secrets Club》은 RT 리뷰어스 초이스 상에서 '올해의 형사소설'로 , 또 아마존닷컴에서 '2008년 스릴러 톱10' 중 한 권으로 선정되었다. 가디너는 미국 로스앤젤레스에서 법 관련 직무를 수행했으며, 샌타바버라의 캘리포니아 대학교에서 교편을 잡았다. 현재 그녀는 영국 런던 인근에 거주한다.
www.meggardiner.com

사계 *Different Seasons, 1982*

by 스티븐 킹

•

스티븐 에드윈 킹Stephen Edwin King(1947~)은 한마디로 전 세계를 통틀어 가장 성공한 소설가 중 한 명이다. 미국 메인 주 포틀랜드에서 태어난 그는 아직 아기일 무렵 부모가 이혼한 뒤 어머니와 함께 살았다. 이후 오로노에 있는 메인 대학교에서 문학 학사로 졸업했다. 1967년에 첫 단편소설을 출판사에 팔았고, 1974년에 첫 장편소설《캐리Carrie》를 출간했다. 이후 단편집과 논픽션을 포함하여 일흔 권 이상의 책을 썼고, 미스터리와 호러, 판타지 등 다양한 장르에 걸쳐 고르게 호평받으며 수많은 상을 거머쥐었다. 그중에는 미국 문학에 특별하게 기여한 공로를 인정받아 수여된 전미도서상 평생공로상도 포함되어 있다. 그는 여전히 메인 주에 산다.

폴 클리브

　스티븐 킹에 관한 사실 하나. 그는 호러소설 작가다. 모두가 그 사실을 가장 먼저 떠올릴 것이다. 나 역시도 그랬다. 스티븐 킹에 관한 또다른 사실 하나. 그의 책 다수는 미스터리나 범죄를 포함하고 있다.《미저리 Misery》가 호러물이라기보다는 범죄소설에 가깝다는 점을 상기하자. 거기에는 어떤 초자연적 요소도 등장하지 않으며, 다만 도끼를 든 채 극도로 흥분해 맛이 가버린 여인이 있을 뿐이다.《캐슬록의 비밀Needful Things》은 마을 전체가 스스로를 공격하게끔 조작하는 한 남자에 관한 이야기다. 이야기를 끌어가는 동력은 틀림없이 공포지만, 캐슬록 마을 주민들이 저지른 실제 범죄도 한몫을 담당한다.《자루 속의 뼈Bag of Bones》《시너

Thinner》《저주받은 천사Firestarter》에서도 범죄와 미스터리는 도처에 등장한다. 심지어 감옥에 들어가게 된 무고한 남자에 관한 판타지《그린 마일 Green Mile》조차 두 소녀의 살인이라는 배경을 깔고 있다. 무엇보다 분명한 것은, 킹의 소설이 온갖 미친 짓을 은폐하기 위해 무슨 일이든 저지르는 선한 이들로 가득하다는 사실이다.

나는 언제나 호러소설가가 되고 싶었다. 킹 때문에 수많은 사람들이 그런 꿈을 품었을 것이다. 그런데 이상하게도, 내가 범죄소설에 입문하게 된 건 스티븐 킹 덕분이었다. 당시에는 그 사실을 깨닫지 못했지만. 나는 십대 후반에 오직 그의 소설만 읽었다. 첫 번째 소설이《애완동물 공동묘지Pet Sematary》였고, 그다음이《캐슬록의 비밀》, 그다음이《살렘스 롯 Salem's Lot》, 그다음이《스탠드The Stand》였다. 아주 유리한 입장에서 출발했다고 할 수 있겠다.《사계》를 구입한 건 킹의 소설을 일고여덟 권 정도 읽었을 무렵이었다. 네 가지 다른 세계(혹은 계절)를 배경으로 한 중편 네편으로 구성된 책이었으며, 이 각각의 계절 속에서 킹이 독자를 어디로 이끌어갈지에 대해선 짐작도 할 수 없었다(그런데 킹의 어떤 소설이든, 내용을 예측할 수가 있긴 하던가?).

《사계》는 전혀 내가 기대했던 장르가 아니었다. 나는 점심시간에 서점에 가서, 언제나 그랬듯 열심히 일해서 번 돈 약간을 내놓고 언제나 그랬듯 호러소설을 사고 있다고 생각했다. 그런데 막상 읽어보니, 전혀 호러라고 할 수 없는 이야기들도 섞인 책이라는 걸 깨달았다. 하지만 내 돈으로 구입한 그 책은 아주 오랫동안 나를 사로잡았고, 처음 읽고 거의 이십 년이 지난 지금도 나의 내면에는 이야기 일부가 머물러 있다.

《사계》는〈리타 헤이워드와 쇼생크 탈출Rita Hayworth and the Shawshank Redemption〉로 시작한다. 많은 사람들이 이 이야기를 알고 있다. 지금 IMDB(Internet Movie Database) 사이트에 들어가면, 영화〈쇼생크 탈출〉이

〈대부〉와 함께 역대 최고 작품으로 꼽힌 걸 볼 수 있을 것이다. 어떤 이들은 이 사실을 잊고 있는 것 같다. 그러니까 관객들이 뽑은 영화 1위가 스티븐 킹의 이야기라는 사실 말이다. 나는 1993년, 영화가 만들어지기 이전에 〈리타 헤이워드와 쇼생크 탈출〉을 읽었다. 한 남자가 감옥에 간다. 그는 아내를 쏘아 죽였다는 누명을 뒤집어쓴 채 유죄판결을 받았다. 그에게 유리한 정황이라곤 아무것도 없다. 지독한 불운 때문에 감옥까지 갔지만, 일단 수감되고 나선 더 나쁜 일들이 계속 일어난다. 그리하여 오랜 기간에 걸쳐 그는 탈옥을 계획한다……

이야기 절반까지 왔을 때까지 나는 뱀파이어나 유령이 등장하길 기다렸다. 끝까지 나오지 않았다. 그들은 코빼기도 비추지 않았다. 그런데 시체들이 거리에 우글거리지 않는다는 것 때문에 실망하기에는 〈리타 헤이워드와 쇼생크 탈출〉이 지나치게 좋았다. 나는 이 이야기를 완독한 다음 두 번째 이야기, 〈우등생Apt Pupil〉으로 넘어갔다. 나이 많은 이웃이 나치 전범이라는 사실을 알게 된 십대 소년의 이야기다. 경찰에 가는 대신 소년은 계속 이웃을 방문하며 그의 과거를 캐묻는다. 곧 소년은 탈선을 시작하고, 온갖 음침한 행각을 벌이게 된다. 여기에도 뱀파이어, 유령, 에일리언은 나오지 않았다. 물론 끔찍한horrible 이야기였지만, 호러물은 아니었다.

세 번째 이야기는 〈스탠 바이 미The Body〉다(아마 대부분 독자들은 1986년 영화 〈스탠 바이 미Stand By Me〉로 기억하고 있을 것이다). 아이들 네 명이 실종된 소년의 시체가 어딘가에 버려졌다는 풍문을 접한다. 킹의 놀라운 필력을 과시하는 어두운 이야기지만, 이번에도 마찬가지로 늑대인간이나 레프러콘*, 생명을 다시 얻은 시체 같은 건 등장하지 않는다.

---

* 아일랜드 민담에 등장하는, 노인의 얼굴을 한 작은 요정.

마지막 중편은 〈호흡법The Breathing Method〉이다. 이쯤 왔을 때 나는 아예 호러물을 기대하지도 않았는데, 의외로 이 작품이 호러물이었다. 곧 출산을 앞둔 여성이 병원으로 향하던 길에 사고에 얽혀들어 목이 잘려 나간다. 그녀는 아이의 생명줄을 놓지 않겠다는 일념으로, 머리가 몸에서 몇 미터 정도 떨어져나갔음에도 불구하고 어떻게든 살아 있기 위해 필사적으로 노력한다.

《사계》에 수록된 네 편의 이야기는 각각 다른 효과를 불러일으킨다. 〈호흡법〉은 대단히 감동적이다. 주인공은 죽음 이후에도 배 속의 아이가 태어날 때까지 어떻게든 육체가 기능하도록 한다. 〈스탠 바이 미〉는 음침하면서도 부드럽다. 네 소년이 성장하는 이야기, 우리 모두 그중 일부였던 것처럼 느낄 수 있는 이야기다. 〈우등생〉은 매혹적이다. 독자를 강렬하게 소설 속으로 끌어들이고, 독자 자신의 거주 지역에는 과연 어떤 사람이 살고 있을지 의문을 품게끔 한다. 그리고 〈리타 헤이워드와 쇼생크 탈출〉에는 이 모든 것이 전부 들어가 있다. 부드럽고, 매혹적이고, 감동적이며 동시에 강력하다. 대단히 강력하다. 아마도 내가 가장 좋아하는 킹의 작품일 것이다. 영원히 당신의 마음속에 함께할 그런 이야기다. 책 속으로 들어가 주인공 남자를 꺼내주고, 무죄를 입증할 수 있도록 돕고, 감옥에서 풀려나올 수 있도록 돕고 싶어지게 만드는 이야기다. 믿기지 않을 정도로 좋은 책에 실린, 믿을 수 없게 좋은 이야기다.

《사계》는 호러로 마무리되지만, 내가 가장 즐겁게 읽은 범죄 및 미스터리 책이기도 하다. 킹은 아무도 눈치채지 못한 사이 교묘하게 범죄 영역으로 미끄러져 들어갔고, 나는 그게 너무 좋았다. 킹 덕분에 나는 독서 취향을 확장시킬 수 있었고(그렇다, 이제는 호러물에 더해 범죄소설도 읽는다), 호러소설의 왕King(의도적인 말장난은 아니다) 덕분에 나는 호러소설가의 길에서 벗어나 범죄소설이라는 방향으로 접어들게 되었다.

폴 클리브Paul Cleave는 뉴질랜드에서 태어났고, 기억할 수 있는 가장 오래전부터 소설가가 되고 싶어 했다. 첫 책《청소부The Cleaner》는 완성한 지 육 년 후인 2006년에 출간했다. 이 책은 뉴질랜드 소설사상 최대 베스트셀러 중 하나로 알려져 있다. 이후 장편소설 다섯 편을 더 썼고, 최근작은《딱 오 분Five Minutes Alone》이다. 현재 영국 런던에서 살고 있는데, 이민국 사람들이 그의 위치를 알아낼 때까지 버틸 계획이다.

www.paulcleave.co.nz

제한 보상 *Indemnity Only, 1982*

by 새러 패러츠키

•

새러 패러츠키Sara Paretsky(1947~)는 현대 미스터리 소설의 개척자로 꼽히는 작가다. 그녀는 하드보일드 소설의 전통적 남성상을 변환시키고 재창작하여 여성 탐정의 선구자, 이제는 아이콘의 위치에 등극한 V. I. 워쇼스키를 탄생시켰다. 패러츠키는 대부분의 작품에서 워쇼스키를 주인공으로 등장시켰다. 그녀의 소설은 스릴러의 관습과 사회에 대한 영민한 비평을 결합시켰다. 2012년은 워쇼스키가 소설에서 처음 모습을 드러낸 지 30주년이 되는 해이기도 하다.

드리다 세이 미첼

1982년《제한 보상》이 출간되었을 때, 위대한 새러 패러츠키가 자신이 보석 같은 걸작을 썼다는 사실을 자각했을지 궁금하다. 기나긴 사립탐정 목록에서도 우리의 기억 속에 가장 오랫동안 남게 된 저 혈기 왕성한 탐정─하루에 125달러, 가외비용은 따로 책정하는─V. I. 워쇼스키, 빅토리아 이피게니아, 가장 가깝고 친한 사람들에겐 그저 '빅'으로 불리는 그 탐정을 급작스럽게 선보였을 때 말이다.

'워쇼스키Warshawski 시리즈'의 이 첫 번째 책이야말로 언제까지고 내가 가장 좋아하는 범죄소설 중 하나로 남을 것이다. 이야기의 핵심부에 '새로운' 여성이 있다는 바로 그 이유 때문에. 물론, 예전에도 사립탐정

소설에는 많은 여성들이 등장했다. 하지만 빅 같은 사람은 없었다. 돌이켜보건대 V. I.가 내 마음 깊은 곳을 여러모로 건드린 것은, 내가 앞으로 저런 모습으로 성장하고 싶다고 꿈꿨던 바로 그 여성상을 그녀가 구현하고 있었기 때문이다. 그녀는 생기 넘치고, 젊고, 입이 거칠며, 싱크대에 산더미같이 쌓인 접시들에 전혀 신경 쓰지 않고, 무엇보다 장난으로라도 남자 탐정 흉내를 내지 않았다. 어떤 등장인물은 다소 조롱조로 그녀를 '필립 말로'라고 부르지만, 그건 잘못된 생각이다. V. I.는 여성이라는 정체성에 충분히 만족하는 사람이니까. 처음부터 어떤 고객이 여자의 몸으로 일을 잘 해낼 수 있겠냐며 그녀의 능력에 의구심을 표할 때, 그녀는 이 지구상의 모든 여자들을 대표해 있는 그대로 대답한다. "일이 버거워 보인다면, 어떻게든 해결할 수 있는 방법을 찾아보겠어요. 아니면 일단 달려들어보는 거죠." V. I.는 남자들에게, 그녀가 수사를 포기하기보다는 최악의 상황에서라도 드잡이할 것임을 되풀이해 입증해 보여야 한다.

21세기라는 현시점에서 돌이켜보자면, 페미니스트 V. I.는 엄청나게 대단해 보이지 않을지도 모른다. 그러나 1980년대 초반만 해도 여성들은 지금까지와 다른 역할, 다른 태도를 향해 조금씩 망설이며 나아가고 있었다. 새러 패러츠키는 여성들에게 바로 그 역할과 태도를 제시했다. 그녀는 머리로 들이받아버리고, 쿵푸로 일격을 가하고, 손바닥을 이용해 갈비뼈를 부러뜨릴 수 있다. 한 등장인물의 말을 빌리자면, V. I.는 '건방진 가라데 전문가'다. 그러면서도 상대방을 재치 있게 조롱하거나 냉소적으로 응답해야 하는 순간에도 아주 능란하게 대처한다.

"당신이 탐정이라고 믿느니 내가 발레 댄서라고 하는 게 더 그럴싸하겠군."
"그러는 당신이 타이즈와 튀튀를 입은 걸 보고 싶은걸."

하지만 패러츠키는 분명히 V. I.를 허울뿐인 터프 '레이디' 신출내기로 그리지 않았다. 《제한 보상》에는 V. I.와 비슷하게 독립적인 여성들이 상당수 등장한다. 이를테면 V. I.의 친구 로티라든가, '싫다'라는 대답을 받아들이지 못하는 사내들을 밀어내는 빨강머리 아가씨들이 그들이다.

V. I.는 고통이라곤 느끼지 못하는 슈퍼우먼도 아니다. 매 순간 되풀이해 그녀가 등장인물과 어떤 관계를 맺을 때마다, 우리는 그녀의 내면에서 우러나오는 감정을 투명하게 관찰할 수 있는 순간을 맞는다. 예를 들어 그녀가 생기발랄한 여대생 게일과 잠시 이야기를 나눌 때, 게일의 온몸에서 뿜어져나오는 순진무구한 친화력 앞에서 V. I.는 자신이 나이 먹었음을 실감하며 게일을 속여야만 한다는 사실 때문에 양심의 가책을 느낀다. V. I.는 아버지와도 문제가 좀 있다. 아버지가 기대했던 자신의 근사한 미래를 떠올릴 때면 그녀의 활짝 웃는 얼굴은 쓰라린 표정으로 바뀐다. 모두가 (적어도 외관상으로는) 0사이즈인 이 시대에는, 맛있게 음식을 음미하는 캐릭터에 대해 읽는 건 (흐음) '군침' 도는 일이다.

주인공이 강력한 악의 축에 대항하는 힘없는 사람들을 위해 전면에 나서서 싸우고, 정치가 맨얼굴을 드러내고, 작가가 '신경 쓰고' 있다는 걸 보여주려는 차원에서 사회 정의를 대충 접착테이프로 발라두듯 다루지 않은 소설을 읽은 건 《제한 보상》이 처음이었다. 흑인이라는 것, 노동계급 지역에서 성장한다는 것, 그것은 내 가슴에 와 닿는 문젯거리를 넘어 지금의 나라는 성인을 형성한 뼈대와도 같다.

《제한 보상》의 핵심에 놓인 범죄는 내가 전혀 보게 되리라고 생각지 못했던 세계를 보여주었기 때문에 시선을 뗄 수 없이 흥미진진했다. 설정은 단순하다. 한 아버지가 V. I.에게 아들의 실종된 여자친구를 찾아달라고 의뢰한다. 하지만 V. I.는 여자 대신에 부엌 식탁 위에 널브러진 부패한 시체를 발견한다. 아니, 그것은 문제의 여자친구가 아니라 의뢰인

아들의 시체다. 그리고 죽은 아들의 연인은 여전히 실종 상태다…… 거기서부터 소설은 정말로 달아오르기 시작한다. 그리고 나선 노조의 세계로―그 이름도 찬란한 국제 금속연마공조합―, 보험 회사와 갱단의 세계로 나를 이끌었다. 원래 힘없는 이를 보호해야 하는 그 세계 사람들은 대신 손쉽게 한몫 잡기 위해 그를 이용한다.

《제한 보상》은 새로운 영역을 개척한 만큼이나 고전 누아르소설의 전통에도 크게 빚지고 있다. 도시는 한 번도 그냥 도시였던 적이 없다. 도시는 그것을 창조한 이들의 삶과 함께 더불어 살아가며 숨쉬는 장소다. 우리는《제한 보상》첫 페이지부터, "쉬지 않고 움직이며, 숨을 쉬려 애쓰는" 시카고라는 도시와 마주친다. V. I.의 폴란드와 아일랜드 혈통은 이 도시에 질감을 더하는 다문화의 벽화를 그려나간다. 빛과 그림자, 어둠을 사용하는 솜씨는 놀랍게 빼어나다. 우리는 V. I.와 함께 여기저기 작은 불꽃들이 피어오르고, 물 위로 붉고 푸른 신호등 불빛이 무수히 흐르고, 어느 방의 불이 꺼지면 즉각 또다른 방에서 알전구 하나가 똑딱 빛을 발하는 도시를 가로지른다. 내가 레이먼드 챈들러의 소설을 처음 읽었을 때를 기억한다. 나는 단순하면서도 효과적인 문장을 구사해 건물들의 이미지를 구축하고 전달하는 그 방식에 사로잡혔다. 새러 패러츠키는 그 전통을 이어받았다. 시카고의 어둠침침한 맹점들을 묘사하는 건 오히려 너무 쉬웠을 것이다. 하지만 그녀는 쉬운 길을 택하는 대신, 강렬한 시각적 이미지들을 선택했다. 마호가니 목재로 만든 편자 모양의 바bar와 티파니 램프가 있는 술집에서부터, 우아한 연철 철책으로 둘러싼 칙칙한 붉은 벽돌의 위풍당당한 저택을 지나, 스트립쇼와 유치장의 비밀스러운 세계까지. 그 이미지들 전반에는 자신이 사는 도시에 대한 V. I.의 사랑과 진심이 환하게 빛난다.

《제한 보상》은 나 같은 여성 작가들에게 글쓰기에 대한 전망을 활짝 열어젖혔다. 또한 여성이 나이 먹은 마녀라든가 하이힐을 신고 또각또각 오만하게 걷는 요부가 아니더라도 소설 속 주인공이 될 수 있음을 일깨 워주었다. 등장인물 중 하나는 V. I.에게 행복한 가정주부가 될 수도 있었을 거라고 말하고, 또다른 사람은 그녀가《보그》지 커버를 장식할 일은 없을 거라고 말한다. 두 사람 모두 틀렸다. 닫힌 문이 열리는 순간이 왔을 때, V. I.와 새러 패러츠키 모두 자기의 자리를 지켰으니까.

자칭 완벽한 참견쟁이인 드리다 세이 미첼Dreda Say Mitchell은 소설 가이며 방송인, 저널리스트이자 교육 문제 컨설턴트로 활동하고 있다. 미첼은 장편소설을 다섯 편 썼다. 데뷔작《러닝 핫Running Hot》은 2005년 최고의 범죄소설 데뷔작으로 선정되어 CWA 주관 존 크리시 메모리얼 대거 상을 받았다. 그녀는 BBC 텔레비전의〈뉴스나이트〉〈리뷰 쇼〉, 캐나다 텔레비전의〈선 뉴스 라이브〉등에 출연했고, BBC 라디오4의〈오픈 북〉프로그램을 진행했다. 2011년에는 유럽 최대 규모의 범죄소설 페스티벌인 해러게이트 범죄소설 페스티벌에서 의장직을 맡았다. 교육을 통해 노동계급 아이들의 가능성을 키워주려는 작업에 헌신하는 그녀의 열정은 인생을 바꿀 영감을 주고 있다고 평가받는다.
www.dredamitchell.co.uk

라브라바 *LaBrava, 1983*

by 엘모어 레너드

•

가장 위대한 미국 범죄소설가로 손꼽히는 엘모어 레너드Elmore Leonard(1925~2013)는 1953년 《바운티 헌터스The Bounty Hunters》로 데뷔했다. 그는 1969년 첫 범죄소설 《빅 바운스The Big Bounce》를 쓸 때까지 웨스턴소설만 쓰던 작가였다. 이후 범죄소설을 서른 편 이상 썼고, 《라브라바》로 에드거 상을 수상했다. 수많은 작품들 중 《겟 쇼티Get Shorty》(1990), 《럼 펀치Rum Punch》(1992), 《표적Out of Sight》(1996) 등이 영화화되었다. 그는 자신이 쓴 시리즈의 주인공인 레일런 기븐스가 등장하는 TV 연속극 〈저스티파이드Justified〉의 대본을 공동으로 집필하기도 했다. 1992년 미국 미스터리작가협회로부터 그랜드 마스터 상을 받았고, 2008년 미국 문학에 크게 기여한 바를 인정받아 F. 스콧 피츠제럴드 문학상을 받았다.

제임스 W. 홀

사반세기 전, 나는 성인이 된 후 대부분의 시간을 보낸 직장인 대학교에서 범죄소설 강의를 시작하기로 마음먹었다. 플로리다를 배경으로 한 범죄소설에 초점을 맞추었고, 존 D. 맥도널드의 영리하고 터프하며 잘 알려진 '트래비스 맥기 시리즈'부터 더글러스 페어번Douglas Fairbairn의 덜 알려진 작품까지 아울렀다. 페어번의 스릴러 《스트리트 8Street 8》은 마이애미에서 새롭게 번영을 누리는 쿠바 이주민들이 사는 지역을 배경으로 하며, 나름의 현실적인 플로리다 범죄소설을 쓰고 싶어 하던 젊은 시절 내게 많은 영감을 준 작품이다.(대학교에서 강의할 때 누릴 수 있는 근사한 장점 중 하나는, 직업과 취미를 융합시킬 수 있다는 부분이다.)

그 오래전 수업에서 골랐던 책 중에는 엘모어 레너드의 《라브라바》도 포함되어 있었다. 1983년에 출간된 《라브라바》는 마이애미 해변을 무대로 삼았는데, 그중에서도 현란한 네온사인과 아르 데코*, 패셔니스타, 늦은 밤까지 붐비는 클럽가로 명성을 떨친 그 마이애미가 출현하기 이전 시기의 사우스 비치가 중심 배경이다. 《라브라바》가 출간된 이듬해에 문화의 지각변동을 불러온 TV 시리즈 〈마이애미 바이스Miami Vice〉가 첫 선을 보였다. 나는 '문화의 지각변동'이라는 표현을 제한된 의미에서 썼다. 왜냐하면 〈마이애미 바이스〉는 힙하고 최고로 트렌디한 풍경이 사우스 비치에 이미 펼쳐져 있다는 환상을 심어줌으로써 마이애미의 풍경을 근본적으로 바꿔놨기 때문이다. 원래는 그렇지 않았다.

하지만 이 한 편의 TV 드라마는 모든 것을 변화시킬 참이었다.

살짝 손을 보고 네온사인으로 뒤덮은 아르 데코 풍 호텔 두세 군데에만 카메라를 고정시키고, 촬영과 녹음이 동시에 가능한 실물 크기의 스튜디오라는 마법을 거침으로써 TV 방송국 직원들은 엄청나게 쿨해보이는 상상 속 낙원의 이미지를 선사했다. 매혹된 관광객들이 물밀듯이 그 지역으로 몰려들었고, 그 엄청난 수에 힘입어 사우스 비치는 기나긴 부활의 과정을 시작하게 된 것이다.

〈마이애미 바이스〉가 처음 방영될 무렵 실제로 그곳에 존재했던 풍경은 《라브라바》에 사진 같은 정밀함과 절제된 리얼리즘으로 포착되어 있다. 카스트로의 감옥에서 막 석방된 오합지졸 마리엘리토Marielito* 중 다수는 사우스 비치의 허물어져가는 동네를 어슬렁거리며 배회했다. 초현실적이기까지 한 문화적 충돌 속에서 그들은 시간당 혹은 주당으로 방

- 1920~40년대에 유행한 호사스런 장식 예술.
- 1980년 쿠바의 마리엘 항구에서 미국으로 향하는 배를 탔던 대규모 이주민들.

을 빌려주는 황폐한 2층짜리 호텔 앞마당의 알루미늄 접이의자에 몸을 반쯤 파묻고 있는 유대계 노파 대다수와 섞이게 되었다(그리고 당연하게도 그들을 괴롭혔다).

사진으로 찍은 듯 정확한 이 묘사는 우연이 아니다. 사진 촬영이야말로 이 소설에서 벌어지는 사건들의 추동력이기 때문이다. 조 라브라바는 전직 비밀 정부 요원이었지만 지금은 다이앤 아버스Diane Arbus 스타일의 사진작가이자 아티스트로 새로운 정체성을 만들어가고 있다. 그가 찍는 사진들의 주제 역시 아버스처럼 거리의 사람들이다. 기형의 육신을 가진 사람, 사기꾼, 창녀, 아무런 목적지도 없는 슬픈 낙오자들. 다소 포스트모던한 방식으로, 조가 선택한 예술의 형태가 엘모어 레너드의 소설과 대단히 닮았다는 점을 지적할 필요가 있다. 똑같은 주제, 똑같이 꾸밈없는 스타일, 극사실적인 기형인들의 나열마저도 똑같다.

조 라브라바는 지켜본다. 그는 거리를 걸어 다니고, 빈곤하고 무능력한 이들과 자연스럽게 어울리며 찰칵찰칵, 스냅사진으로 그들을 기념한다. 비밀 요원으로 훈련받았던 과거가 아주 유리하게 작용한다. 그는 이 초라한 거리의 사람들에 쉽게 섞여들어, 훔친 휠체어를 수레로 활용하는 사기꾼부터 나이 먹어가는 은막의 스타이자 조의 연인들 중 하나가 되기도 하는 진 쇼에 이르기까지 거의 누구와도 친밀한 유대를 맺을 수 있다. 오션 드라이브의 호텔 일 층 방에서 조가 현상하는 흑백사진들은, 예전에 진 쇼가 출연했던 오래도록 사랑받는 고전 흑백영화처럼 기이하게 예스럽고 기교를 부리지 않는 것들이다.

사실 그 오래전에 《라브라바》를 가르치면서, 나는 되풀이해 등장하는 흑백 이미지의 사용에 탄복했다. 모든 페이지마다 흑백 이미지에 관련된 단어, 혹은 흑백 이미지들이 줄줄이 등장했다. 문학 교수라면 으레 그러듯, 나는 이 점을 지적하면서 그 의미에 대해 어떻게 생각하는지 학생들에게 물었다. 우리는 선한 자white-hatted와 악한 자black-hatted 사이의 갈등이라는 명백한 연관을 먼저 떠올렸다. 번쩍거리는 네온과 현란한 열대 색채와 도덕적 모호함이 난무하는 현재보다, 훨씬 단순했고 소박했던 이전 시대의 상징이라는 해석도 나왔다. 혹은 더욱 진실한 존재 양식을 향한 일종의 향수 어린 반향이 아닐까 하는 의견도 있었다.

엘모어 레너드가 가장 즐겨 다루는 주제를 꼽는다면, 그중 하나는 틀림없이 진실성과 피상성의 비교일 것이다. 진정한 영웅이 거짓 영웅에 맞선다. 딱 필요한 말만 하는 겸손한 카우보이는 어쩔 수 없이, 싸우고 싶어 안달난 듯 무장한 상스러운 떠버리보다 더 빨리 총을 뽑아 그를 처단해야 한다. 어니스트 헤밍웨이는 레너드가 마음속에 품은 모델 중 한 사람이다. 레너드는 전혀 부끄러워하는 기색 없이 이 사실을 인정했고, 분명 파파 헤밍웨이에게서 함축적인 산문부터 간결하지만 뜻이 분명한 대화에 이르기까지 많은 걸 배웠을 것이다.

헤밍웨이는 쿨한 태도란 엄청난 압박하에서도 우아하게 행동하는 것이라고 정의했다. 엘모어 레너드 역시 쿨한 태도에 사로잡혀 있었다. 두 작가 모두 가치를 인정받는 궁극의 시험대는 진정성이라고 여겼고, 《태양은 다시 떠오른다The Sun Also Rises》의 제이크 반스만큼이나 《라브라바》의 조 라브라바를 규정짓는 건 헛소리를 하지 않는 진실함이었다. 라브라바(황소라든가 투우사 등을 바로 떠올리게 하는 이 이름에서부터 헤밍웨이의 메아리가 울려퍼지지 않는가)는 대통령을 보호했던 남자지만, 지금의 새로운 정체성 안에서는 겸손하고 남들 앞에 나서지 않는 존재로 조용히 살아간다. 작은 아파트에 거주하고, 총 대신 카메라를 들고, 조심스럽게 경계하는 태도가 몸에 밴 남자. 그의 가장 뛰어난 재능은 타인의 이목을 끌지 않는 것이다.

오래전의 그 문학 수업에서, 나는 학계의 현미경을 《라브라바》에 들이대며 이런 사실들을 발견했었다. 그리고 학기가 끝난 다음 열정에 들뜬 소년 팬과 같은 심정으로 엘모어 레너드에게 편지를 써버렸다. 나는 편지에서 그의 소설이 일급 엔터테인먼트일 뿐 아니라, '문학적 검토의 과정을 거쳐 그 우수함이 판명되었다'고 알려주었다. 그리고 이번에 밝혀진 몇몇 문학적 테크닉에 대해 충고하면서, 다른 무엇보다도 그가 '이미지 패턴'을 사용하는 방식에 찬탄을 금할 수 없었다고도 썼다.

그 무렵의 나는 소설을 발표한 적이 없었고, '더치' 레너드[*]는 물론 작가들 중 아무도 만난 일이 없었다. 엘모어 레너드와 교분을 나누는 행운을 누리게 된 건 훨씬 나중의 일이다. 그러니까 편지를 쓸 당시의 나는 아무것도 아니었다. 엔터테인먼트로 한껏 즐기며 사랑했던 책이 학문적 연구 대상으로도 충분히 유용하다는 사실을 발견하고는 무척 기뻐했던 대학 교수에 불과했다.

자자, 그런데 미스터 레너드가 내 편지에 답장을 보내주었다. 품위 있고 간결한 편지였다. 그는 학생들이 《라브라바》를 즐겁게 읽었다는 사실에 기쁘다면서, 이번에 내가 발견한 '이미지 패턴'에 대해 알려주어 감사하다고 썼다. 하지만 그 자신은 내 수업에서 좋은 성적을 받을 수 없었을 것 같다면서, '이미지 패턴'이 정확히 무엇인지 잘 이해를 못 하겠다고도 했다.

아, 그렇지, 레너드의 트레이드마크는 그 건조한 재치 아니던가.

오랜 시간 뒤, 내 소설들이 출간된 다음 나는 더치를 개인적으로 알게 됐다. 도서관이라든가 독서 모임에서 하는 강연 소재로, 그의 표현을 빌리자면 '웃기는 편지들'을 자주 써먹었다는 사실도 알게 됐다. 짐작할

• 이 별명의 유래는 앞서 실린, 엘모어 레너드가 조지 V. 히긴스의 《에디 코일의 친구들》에 대해 쓴 글에 나와 있다.

수 있다시피, 나의 '이미지 패턴' 팬레터도 그 강연의 예시로 포함되어 있었다. 그는 '이미지 패턴' 얘기를 할 때마다 청중들이 박장대소했다고 말해주었다. 잘난 척하는 교수가, 작가가 의도하지도 않았던 의미와 테크닉을 발견했다고 자랑스러워하는 편지 말이다.

레너드는 저서 《글쓰기의 열 가지 규칙10 Rules for Writing》에서 유명한 경고를 남긴 바 있다. '글로 쓴' 것처럼 들리는 문장은 죄다 없애버리라는 것이다. 문학적 테크닉이 가득 들어찬 지식인이 아니라, 꾸밈 없고 자연스러운 작가로 간주되길 원하는 이로서는 당연한 태도라고 할 수 있다. 좋다, 그의 그런 자세를 인정하겠다. 어찌 됐든 그건 내 소설이 아니라 그의 작품이니까. 그는 자신이 어느 지점에서 하찮은 학계 인물보다 훨씬 더 뛰어날 수 있는지 잘 알고 있다.

하지만 빌어먹을! 입이 근질거려서 더는 못 참겠다. 《라브라바》에는 정말 미쳐버리게 많은 흑백 이미지들이 등장한다. 그게 죄다 우연이었다고는 죽어도 못 믿겠다.

•

제임스 W. 홀James W. Hall은 장편소설 열일곱 편과 몇몇 시집 및 단편과 에세이들을 쓴 작가다. 최근작은 20세기에 가장 많이 팔린 베스트셀러들과 그들의 공통점 열 가지 이상을 검토한 《베스트셀러는 어떻게 만들어지는가Hit Lit》(2012)와 《거대한 종말The Big Finish》(2014)이다.
www.jameswhall.com

태핑 더 소스 *Tapping the Source, 1984*

by 켐 넌

•

서퍼이자 소설가 켐 넌Kem Nunn(1948~)은 데뷔작《태핑 더 소스》에서 '서프 누아르surf-noir'라는 하위 장르를 발명한 것으로 알려져 있다.《태핑 더 소스》는 전미 도서상 '최고의 데뷔작' 부문 후보에 오른 바 있다. 넌은 곧이어 서프 누아르소설을 네 편 더 발표했고, 그중 마지막인《티후아나 해협Tijuana Straits》(2004)은 LA 타임스 도서상 미스터리/스릴러 부문을 수상했다. 데이비드 밀치David Milch와 함께 캘리포니아의 서핑 커뮤니티를 배경으로 한 HBO 제작 드라마〈신시내티에서 온 존 John from Cincinnati〉대본을 집필하기도 했다.

데니즈 해밀턴

초창기부터 캘리포니아 남부는 미대륙에 황홀하지만 불가능한 꿈을 팔았던 도시 사기꾼들의 땅이었다.

눈에는 달러 마크를 띄우고 손안에는 세분화된 계획을 틀어쥔 채, 시 행정 담당자들과 개발업자들은 그 지역의 영광을 팔아먹고 다녔다. 습하지 않고 몸에 좋은 공기, 향기로운 오렌지나무 군락, 꼭대기에 눈이 쌓인 산맥, 일 년 내내 내리쬐는 햇살, 그리고 주택 소유권까지.

그리고 미국 전역에서 그들이 몰려들었다. 부활을 갈망하는, 자신의 다른 모습을 보여주고자 하는, 할리우드의 명성을 탐하는, 장엄한 태평양 해변에서 즐겁게 노닥거리려는 이들이 캘리포니아로 왔다. 언젠가 존

디디온이 표현한 대로, 우리는 대륙으로부터 달아나고 있었다.

바로 이 황금색 바닷가에서, 살랑살랑 흔들리는 야자수와 비키니 차림의 소녀들과 서핑을 즐기는 신과도 같은 구릿빛 피부의 남자들이 보드 가장자리에 발가락을 걸친 채 너무나 쉽게 집채만 한 파도를 타는 광경이 펼쳐지는 이곳에서 남부 캘리포니아의 꿈은 극치를 맛보았다. 희디흰 백사장에 나른하게 드러누워 있다가, 핏빛 태양이 수평선 너머로 가라앉으면 바다가 바로 보이는 집 데크 위에서 칵테일을 홀짝거릴 수도 있다.

그렇다, 이것은 그림엽서에 등장하는 완벽한 낙원이다. 그리고 우리의 꿈의 공장은 '서핑 USA'의 라이프스타일을 전 세계에 전파했다.

사기꾼들은 끝나지 않는 여름의 신화를 영구화하는 데 몰두했지만, 천만다행으로 우리에게는 그에 문제를 제기하는 예술가들이 있다. 그들은 베일을 걷어올려, LA의 불빛이 그 황량한 위안에 던지는 그림자를 노출시켰다.

그리고 그런 흐름이 서프 누아르에 도달했을 때 켐 넌보다 그것을 더 잘해낸 작가는 없었다.

넌의 첫 책《태핑 더 소스》는 대단히 훌륭한 범죄소설일 뿐 아니라, 1984년 전미도서상의 최종후보에 오르기까지 했다. 잃어버린 순수를 성찰하는《태핑 더 소스》는 해변 문화와 기만적으로 눈을 현혹시키는 악의 표면, 실종된 누나를 찾아다니는 십대 소년의 이야기를 깊이 파고든다. 넌의 천재성은 남부 캘리포니아의 가장 유명하며 쾌락지상주의적인 서핑 명소—오렌지카운티의 헌팅턴 비치—를 문학적 누아르소설의 배경으로 삼았고, 그런 다음 그 낙원을 거꾸로 뒤집어 보였다는 데 있다.

넌의 소설에서 마을에 도착하는 낯선 이는 아이크 터커다. 순진한 17세 소년, 동부 캘리포니아의 고지대 사막에서 달아난 소년. 그는 누나 엘런을 찾아 이 서핑의 도시에 도착했다. 엘런은 이 년 전 히치하이킹으로 집을 떠났고, 시간이 좀 지나 이곳에 모습을 드러냈다고 알려져 있다. 하지만 그 누구도 그녀에 대해 입을 열려고 하지 않고, 모호하고 불길한 경고의 말을 던지며 그를 낙담시킬 뿐이다. 대부분의 추적자(와 사립탐정)와 마찬가지로, 아이크는 현실에 존재하지 않을지도 모르는 신기루를 좇는 상처입은 기사다. 그는 수년 전 부모님이 그와 누나 엘런을 버린 이유를, 성적으로 학대하는 삼촌과 광신자 할머니가 도사리고 있는 사막 지대의 고약한 집에 오갈 데 없는 자신들을 두고 사라진 이유를 알지 못한다. 어린 시절 수수께끼 같고 섹시하며 문제투성이였던 엘런은 아이크의 유일한 친구이자 같은 편이었다. 소년이 누나를 찾아낼 수만 있다면, 그는 두 사람 모두를 구원해 다시 한번 일체감을 누릴 수 있을 것이다.

《태핑 더 소스》에서 묘사되는 헌팅턴 비치, 즉 연금 수급자, 서퍼, 마약중독자, 바이커, 도망자, 게으름뱅이들이 잡다하게 뒤섞인 채 살아가던 나른한 시골 해변 마을은 더이상 존재하지 않는다. 넌이 이 소설을 집필할 때조차, 한때 비치 거리에 줄지어 서 있던 지저분한 싸구려 식당과 서핑용품 가게, 낡아빠진 모텔들은 이미 불도저로 죄다 밀린 후였다. 개발업자들은 이 해변의 땅을 사들여 호화로운 리조트를 짓고 있었다.

《태핑 더 소스》는 캘리포니아 자체만큼이나 오래된 이야기다. 샌타바버라부터 샌디에이고까지 죽 이어지는 해변 소도시들의 블루칼라 거주민들, 건달 서퍼들, 부부가 경영하는 자그마한 가게들은 치솟는 월세 비용과 재개발의 압력에 짓눌린다. 이야기는 거기서부터 시작된다. 여러 면에서 《태핑 더 소스》는, 태평스럽기만 했던 남부 캘리포니아 해변의 라이프스타일이 손을 뻗으면 바로 닿는 데 있었을 뿐 아니라 남에게 뺏길 수 없는 권리와도 같았던 전후 시대 전체의 종결부와도 같은 이야기인 것이다.

하지만 넌의 소설에는 어떤 향수도 없다. 그저 강철 같은 하드보일드 감수성과, 인간성의 종말을 음울하게 받아들이는 자세가 있을 뿐이다. 그리고 해변과 서핑에 관해 당신이 읽을 수 있는 가장 근사한 글쓰기가 있을 뿐이다. 이 문단을 한번 음미해보라.

아침에 절벽 끄트머리 근처를 죽 산책하며 그는 크나큰 즐거움을 만끽했다. 저 아래쪽으로 매끄러운 유리 같은 대양이 넘실거렸고, 얼굴에 와 닿는 공기는 고요하면서도 뜨거웠지만 바다로부터 올라온 소금기 어린 촉촉한 기운이 부드럽게 녹아들어 있었다.

처음에 아이크는 과시적으로 파도를 타보려 시도하지만, 물속으로 고꾸라지고 지역 주민들과 카리스마 넘치는 금발 서퍼가 이끄는 서슬 퍼런 무리에게 비웃음당하며 놀림거리가 된다.

어느 날 아침, 좀 다른 일이 벌어졌다. 아이크는 거대한 바깥쪽 파도로부터 흰색 포말의 벽 안으로 진입했다. 파도가 그의 보드를 잡아챘고, 보드는 그 흐름을 타고 수면을 미끄러지듯 움직였다. 아이크는 똑바로 일어났다. 그는 평소보다 조금 빠르게 움직이고 있었지만, 속도가 빠를 때 좀더 몸의 균형을 잡기가 쉽다는 걸 알았다. 벽이 밀려오는 속도가 조금씩 느려졌고, 모양이 바뀌기 시작했다. 아이크는 파도를 향해 몸을 기울였고, 보드는 그의 발 아래에서 유연하게 방향을 틀었다. 파도의 벽이 그의 머리를 넘어설 정도까지 치솟았고, 유리처럼 매끄러운 그 벽은 온통 흰색 줄무늬가 새겨진 것 같았다. 그는 눈높이를 파도에 맞추었다. (…) 그는 파도를 타고 가로질렀다. 파도 벽이 순식간에 솟아오르더니 그를 내던지려는 듯했다. 파도를 쪼개야 하는 보드의 둥근 모서리가 물에 짓눌리고 그는 고꾸라졌다. (…) 그는 멈추고 싶었고 소리를 지르고 싶었고, 팔을 높이 들어올려 신호를 보내고 싶었다. 그제야 그는 아까 교각 아래쪽에 모여 있던 서퍼들이 왜 폭소를 터뜨리고 소리를 질러댔는지 이유를 알 수 있었다. 그는 파도 한복판에 완전히 잠겨버린 것이었다.

곧 잃어버리게 될 이 낙원에는 뱀이 도사리고 있다. 이름은 하운드 애덤스다. 잘생긴 금발 청년, 패거리들과 함께 파도를 지배하는 서핑의 신. 바닷가 근처와 물속에서 느긋하게 빈둥거리며 며칠을 보낸 후, 하운드와 그의 친구들은 술과 마약과 예쁘고 나긋나긋한 소녀들로 소문난 파티를 연다.

처음에 아이크는 동경의 눈초리로 흘끗흘끗 훔쳐보는 방관자였다. 하운드 애덤스가 마약에 취한 파티 현장에서 찍곤 한다는 홈메이드 무비에 대한 흉흉한 소문을 들었기 때문에 조금 겁도 먹는다. 그리고 엘런의 실종에 대해, 애덤스가 스스로 입밖에 낸 것 이상을 알고 있다는 느낌을 받는다.

하지만 애덤스와 패거리들의 매력은 파도만큼이나 쉼 없이 사람을 끌어당긴다. 아이크는 오로지 사라진 누나의 행방을 찾기 위해 하운드의 세계로 침투하는 것이라 스스로를 정당화하지만, 곧 그 라이프스타일에 매혹되고 파우스트적인 거래에 동의하고 만다.

그리고 그럼으로써, 누나 엘런을 찾아다니는 시늉마저 깨끗하게 그만둔다.

여전히 오래된 항구의 그늘 속에서 새벽 순찰을 돌면서 아침을 보낸다. 집에 돌아와 아침 식사를 하고 다시 침대로 기어들지만, 이번엔 미셸의 침대다. 이후엔 가게로 돌아가거나 해변으로 내려간다. 하운드 애덤스의 약을 주머니에 두둑하게 챙기고 소녀들을 눈으로 바쁘게 더듬으며, 뜨거운 모

래사장에서 코카인을 코 가득 흡입한다. 아이크는 하운드 애덤스가 밤새
도록 파티를 벌인 다음 날 낮에 종일 서핑을 즐기는 에너지를 어떻게 끌어
내는지 알게 되었다.

(…) 빨강 머리와의 그날 밤 이후, 아이크는 소녀들과 잠자리를 함께하지
않으려 했다. 그저 파티에 데려올 만한 불쌍하고 바보 같은 계집애들을 모
집하는 데 집중하려 했다. 그리고 그는 뭔가 더 있을 거라고, 심지어 마법
과도 같은 무언가가 있을 거라고 생각하는 자신을 비웃었다. 그는 그 마법
을 다시금 불러오길 소망하면서도, 그것이 존재할 거라고 여전히 믿고 싶
어 하는 스스로를 조롱했다.

이 문장을 통해, 넌은 고요한 해변 소도시의 이면에 놓인 어둠의 끈
적거리는 핵심을 꿰뚫는다. 아이크의 친구이자 바이커인 프레스턴은 샌
타바버라 인근 해안의 서핑 명소(실제 장소를 모델로 한)로 아이크를 데려간
다. 둘은 그곳에서 며칠 동안 자연 그대로의 상태, 인류가 타락하기 이전
의 낙원과도 같은 그 바닷가에서 서핑과 캠핑을 즐긴다. 하지만 그곳에
조차 그늘은 있다. 캘리포니아 최고의 서핑 명소인 그곳은 부유한 은둔
자의 사유지 안에 있고, 그는 하운드 애덤스와 은밀하고 어두운 관계를
맺고 있다. 그곳에는 위협적인 안전 요원들, 이교도적 제의, 막대한 부와
엄격하게 보호받는 사생활이 결합되어야만 추구할 수 있는 방탕이 존재
한다. 아이크의 여자친구 미셸이 점점 더 하운드 애덤스의 어두운 영향
권 안으로 이끌릴 때, 넌은 소름 끼치는 클라이맥스를 향한 판돈을 점점
더 높인다.

그러나 독자를 가장 사로잡는 것은 미스터리 자체의 해결이 아니다.
남부 캘리포니아 해안에 대한 가슴 아프도록 아름다운 묘사, 죄 사함을
위한 소년의 여정, 아무리 노력하더라도 어떤 비밀은 따라붙는 기억을

떨쳐내지 못한다는 사실을 다 지쳐 힘겹게 인정하게 되는 과정이다. 하지만 그 여정을 따라가다 보면, 바라건대 우리는 무언가를 배울 것이다.

캠 넌은《태핑 더 소스》를 통해, 지난 팔십여 년 동안 인간 본연의 어두운 물결이 지닌 견인력을 이해하고 해변의 은유적 가능성을 탐구한, 그리하여 신성한 존재로 경배받은 LA 범죄소설가들의 반열에 합류하게 되었다. 레이먼드 챈들러, 로스 맥도널드, 호레이스 맥코이, 리 브래킷Lee Brackett과 도로시 B. 휴스 같은 작가들에게 남부 캘리포니아 해변은 화려한 매혹과는 거리가 멀었다. 그곳은 꿈이 소멸하게 되는, 고독과 자포자기의 기운이 감도는 장소다.

캠 넌이《태핑 더 소스》를 집필할 무렵, 해변은 이미 부유하고 아름다운 이들의 판타지를 실현시키는 놀이터로 탈바꿈하고 있었다. 하지만 초기 작가들이 황금빛 해안을 소설의 배경으로 활용하던 것과 달리, 캠 넌은 그 해안을 살아 숨쉬는 중심 캐릭터로, 햇빛에 잘 그을린 금발의 팜 파탈, 이중적인 궁극의 팜 파탈로 그려낸 최초의 작가다.

넌의 세계에서 '영원히 끝나지 않을 여름'은 예전처럼 굉장해 보이지 않는다.

때때로 그건 오히려 저주에 가까워 보인다.

•

데니즈 해밀턴Denise Hamilton은 미국 로스앤젤레스 토박이로, 에드거 상과 크리시 대거 상의 최종후보 명단에 이름을 올린 범죄소설들을 쓴 작가다. 그녀는 에드거 상을 수상한 두 권짜리 선집《로스앤젤레스 누아르Los Angeles Noir》를 편집하기도 했다.
www.denisehamilton.com

더크 젠틀리의 성스러운 탐정 사무소

Dirk Gently's Holistic Detective Agency, 1987

by 더글러스 애덤스

•

더글러스 애덤스Douglas Adams(1952~2001)는 '갈수록 점점 더 희한해지는 3부
작'《은하수를 여행하는 히치하이커를 위한 안내서The Hitchhiker's Guide to the
Galaxy》(1979)로 알려진 다섯 권짜리의 유머러스한 SF소설로 가장 유명한 작가다.
《은하수를 여행하는 히치하이커를 위한 안내서》는 1978년 처음 전파를 탄 동명의
BBC 라디오 연속극에서 출발한 작품이다. 애덤스는 또한 괴짜 사립탐정 더크 젠
틀리를 등장시킨 탐정소설《더크 젠틀리의 성스러운 탐정 사무소》와 속편《영혼의
길고 암울한 티타임The Long Dark Tea-Time of the Soul》(1988)을 썼다. 본질적으
로 사립탐정 하위 장르의 패러디인《더크 젠틀리의 성스러운 탐정 사무소》를 두고
작가 본인은 '진흙과 음악, 양자역학을 중심에 둔 일종의 유령-호러-탐정-시간 여
행-로맨틱-코미디-서사시'라고 표현한 바 있다.

크리스토퍼 브룩마이어

　　소설, 그것도 범죄소설을 다 읽고 난 다음 엄지로 책장들을 휘리릭
뒤로 넘겨보며 몇몇 디테일과 놓쳤던 사항들을 점검하고 확인하는 건 자
주 있는 일이다. 독서를 마친 다음 즉시 첫 페이지로 돌아가 소설 전체를
다시 한번 완독하는 건 덜 자주 있는 일이다. 이 같은 더 드문 독서는 일
종의 그림자 책을 발견함으로써 보상받는다. 여기서 말하는 그림자 책
은, 이미 한 번 통독을 거쳤기 때문에 숨겨진 평행-책이라는 보물을 알
아볼 만큼 충분한 정보를 갖춘 독자들을 집중적으로 겨냥한 또다른 소설
을 뜻한다.

　　《더크 젠틀리의 성스러운 탐정 사무소》를 읽은(그리고 틀림없이 재독했

을) 독자들이라면 내가 무슨 말을 하는지 이해할 것이다. 이 소설은 매우 복잡하고 정교한 플롯으로 이뤄져 있고, 그 모두를 온전히 감상하기 위해선 반드시 재독해야 할 만큼 탁월한 순간들로 빼곡한 책이다. 하지만 그게 전부가 아니다. 이 소설은 재독할 때 완전히 다르게 읽히고, 다시 읽는 독자들을 명백하게 겨냥한 농담과 소견들이 별도로 준비되어 있다. 탐정소설이라는 장르가 넓게 보아 미스터리와 해결이라는 과정을 다룬다는 사실을 고려할 때,《더크 젠틀리의 성스러운 탐정 사무소》는 상당히 대담한 시도를 했다. 그렇다고 해서 미스터리 소설로서 완성도가 떨어진다는 뜻은 절대 아니다.

장담하건대, 위대한 범죄소설을 읽을 때의 즐거움은 명백하게 이질적인 사건과 캐릭터와 단서들을 내보이면서 독자로 하여금 그것들이 어떻게 연결될 수 있는지를 숙고하게끔 한다는 데 있다. 서로 너무나도 다른 존재로 보일수록, 겉으로 보기엔 그저 무작위로 배치된 존재처럼 보일수록, 탐정이 어떻게든 그 맥락들을 한데 모으는 과정을 지켜보는 가운데 이야기는 점점 더 흥미진진해지고 만족감은 더욱 커진다.《더크 젠틀리의 성스러운 탐정 사무소》에선 이질적이고 제멋대로 상관없어 보이는 요소들의 신천지가 펼쳐진다고 말하는 게 맞을 것이다. '모든 사물의 근본적인 상호 연결'을 예증해 보이고자 안달인 탐정만이 그 해결책을 찾을 수 있다. 외관상 동기를 짐작할 수 없는 소프트웨어 회사 사장 살인 사건, 느닷없이 위층 화장실에 나타난 살아 있는 말馬 때문에 심각한 근심에 휩싸인 교수, 기하학 법칙에 전혀 들어맞지도 않게 계단 중간에 꽉 끼어버린 소파 때문에 죄책감을 느끼는 젊은 컴퓨터 천재. 이런 것들만으로도 미스터리를 끌어내는 데는 충분하다. 하지만 이런 전제들이 따라붙는다면 어떨까. 그 교수가 몇 세기를 걸쳐 살아온 인물이라면, 컴퓨터 천재가 귀신에 홀려 고통받고 있다면, 설상가상 누군가가 새뮤얼 테일러 콜리지의 시 〈쿠빌라이 칸Kubla Khan〉의 '전적으로 기이하기 짝이 없는 2부'—콜리지가 미완성으로 남겨둔 시의 한 부분—를 읽는다는 언급이 등장하면, 당신은 모스가 고투하던 그 영역에 들어섰음을 깨닫게 된다.•

일반적인 범죄소설에서 자주 보는 산전수전 다 겪고 세상사에 지쳐버린 전형적인 베테랑 탐정들이 더글러스 애덤스 소설의 살인 현장, 여기서는 소프트웨어 회사의 사장이었던 고든 웨이의 시신을 굽어보는 모습으로 등장하는 장면을 상상해보는 건 언제나 재미있다. 고든 웨이는 주유소 앞에 세워놨던 그의 메르세데스 뒤편 트렁크에서 불쑥 튀어나온 산탄총에 맞아 죽었다.

"어떻게 생각하십니까, 선생님?"

"흠, 너무나도 분명해 보이는데, 그렇지 않은가? 그는 다른 차원에서 건너온 전자수도사에게 당한 거야. 이 수도사는 먼 은하계에서 사십억 년 동안 죽어 있었던 어떤 남자의 유령에 씌어 있었고, 그가 무사히 고향으로 돌아가 우리 행성에 생명의 진화가 시작될 사건을 막도록 도와줄 타임머신을 찾고 있었어."

"그렇군요, 선생님. 교과서적으로 완벽합니다."

이 이야기는 애덤스가 각본을 썼던 TV 시리즈 〈닥터 후Doctor Who〉의 '샤다Shada' 에피소드에 기원을 두고 있다. '샤다' 편은 1979~80년 시즌에 있었던 BBC 파업 때문에 완성되지 못한 바 있다. 애덤스는 애초의

• 새뮤얼 모스는 아내가 병들었을 때 먼 곳에 있었기 때문에, 아프다는 소식을 듣고 집에 돌아왔을 땐 이미 아내의 매장이 끝난 다음이었다. 이후 그는 빠른 원거리 통신 수단을 개발하겠다는 일념으로 모스 부호 개발에 일조하게 되었다. 이 글에서는 시공간을 초월한 인물들이 여럿 등장한다는 점에서 모스를 언급한 것으로 여겨진다.

아이디어를 가지고 재작업하면서, 처음에 썼을 때 염두에 두었던 SF/호러 혼합물보다 훨씬 더 기발한 방향으로 그것을 발전시켰다. 그렇긴 하지만, 이 소설에는 정말로 소름 끼치는 순간들이 몇 차례 등장한다. 응석받이로 성장한 출판업자 마이클 웬튼 웍스가 귀신 들린 장면이 특히 그러하다. 이 등장인물에 대한 애덤스의 묘사는, 겉보기에는 아무에게도 해를 끼칠 것 같지 않은 수많은 개인들의 차분한 외관 아래 숨어 있는 것이 무엇인지 오랫동안 고민했던 내게 경고가 되었다. "그는 원하는 걸 손에 넣을 수 있는 상황에서는 부드럽고 무르고 소처럼 순하게 보이는, 위험한 부류 중 한 명이었다. (…) 부드럽고 무른 부분들을 전부 헤집고 나가 밀어붙여야만 그 전까지는 드러나지 않았던 부분들을 보게 된다. 부드럽고 무른 부분들이 잘 감춰왔던 일면 말이다."

그러나 애덤스가 처음의 아이디어를 재창조하면서 부여한 가장 중요한 요소는 제목과 동일한 이름을 가진 주인공, 이견의 여지없는 스타 더크 젠틀리다. 더크 젠틀리는 탐정 계보에서 독특한 위치를 성취해냈다. "전체적인 상황이 너무 분명했기 때문에, 내가 해결 방안을 놓치게 된 유일한 이유는 그것이 완벽하게 불가능하다는 아주 사소한 사항뿐이었어. 셜록 홈스는 불가능한 요소들을 하나하나 제거하고 남는 것이야말로, 도무지 그럴 법해 보이지 않더라도 해답일 수밖에 없다고 말했었지. 하지만 나는 불가능을 없애버리고 싶지 않아."

더크 젠틀리는 대단히 뛰어난 캐릭터다. 유쾌하게 짜증나고, 부주의하다 싶을 정도로 주변 상황에 동요하지 않고, 부당하리만치 상처 입었으면서도 대책 없이 낙천적인 인물, 이전에도 존재한 적 없고 이후에도 존재하지 않을 법한 탐정이다. 애덤스는 글쓰기를 엄청나게 싫어했던 걸로 악명이 높은데, 강제로 글을 끝내도록 편집자가 말 그대로 그를 호텔 방에 감금한 적도 있다. 하지만 그가 더크 젠틀리에 대해 쓸 때 진심으로 즐거워했다는 것을 이 소설에서 느낄 수 있다. 아이디어가 흘러넘치고, 농담은 재기로 번득이며, 젠틀리와 함께 등장하는 장면에서는 다른 캐릭터들도 갑자기 더 흥미진진해진다.

《더크 젠틀리의 성스러운 탐정 사무소》는 수년 동안 거듭해서 자꾸 읽게 되는 책이다. 매번 새로운 점을 발견했다고는 말 못하겠다. 그 정도로 너무 자주 읽었기 때문이다. 하지만 근사한 여타의 범죄소설들처럼, 그리고 다수의 위대한 코미디 공식처럼, 이 소설을 구상한 천재성과 문자로 옮겨진 당당하고 화려한 방식은 되풀이해 음미하는 것이 가능하다.

당신이 《더크 젠틀리의 성스러운 탐정 사무소》를 아직 한 번도 읽지 않았다면, 이번에야말로 이 책을 집어들 시간이다. 이 책을 처음 읽게 될 당신을 내가 진심으로 부러워한다는 것만 알아두시라. 그리고 꼭 두 번 읽으시라.

.

크리스토퍼 브룩마이어Christopher Brookmyre는 1968년 스코틀랜드 글래스고에서 태어나 글래스고 대학교에서 공부했다. 첫 장편소설을 쓰기 전에는 런던과 에든버러에서 교열 담당자로 일했다. 브룩마이어의 첫 작품 《굉장히 추한 어느 날 아침Quite Ugly One Morning》(1996)은 그해 최고의 데뷔작으로 선정되어 퍼스트 블러드 상을 받았다. 이후 소설을 열네 편 집필했으며, 셜록 상을 두 차례, 2006년에는 코믹소설에 수여되는 볼링어 에브리맨 우드하우스 상을 받았다. 2005년에 글래스고 대학교 졸업생 중 '올해의 인물'로 선정되었고, 2007년에 글렌피디치 스피릿 오브 스코틀랜드 상 소설 부문을 수상했다. 하지만 세인트미렌 풋볼 팀의 시즌 정기권 소지자인 한 그에게 와인과 장미의 황홀한 나날이 이어질 수는 없다.
www.brookmyre.co.uk

양들의 침묵 *The Silence of the Lambs, 1988*

토머스 해리스

•

토머스 해리스Thomas Harris(1940~)는 미국의 소설가이며 각본가다. 그는 크게 두 가지 이유로 오랫동안 기억될 작가의 반열에 올랐다. 우선《레드 드래건Red Dragon》(1981)과《양들의 침묵》단 두 편으로, 연쇄살인범 소설을 세련되게 탈바꿈시켜 미스터리 소설 내 독립된 하위 장르로 굳건히 자리를 잡게끔 했다. 위의 두 작품은 아마 필적할 만한 경쟁작을 찾기 어려울 것이다. 또한 이 소설들 때문에 카니발리즘, 즉 식인 행위가 안목 있는 대식가의 정교하고 세련된 라이프스타일처럼 보이게끔 되었다. 한니발 렉터는 식인을 즐기는 정신과의사이며, 그가 등장하는 소설 네 편을 거치며 소설 속 주변부에서 중심부로 조금씩 자리를 옮겨왔다. 위의 두 편에 비해 이후 작품들은 다소 빛이 바랬다는 의견들이 있지만, 어쨌든 렉터는 대중소설 속 가장 위대한 괴물 중 하나이다. 토머스 해리스는 미디어에 거의 모습을 드러내지 않으며, 극도로 공들여 힘들게 글을 쓰는 것으로 정평이 나 있다. 그는 삼십칠 년 동안 책을 딱 다섯 권 펴냈다.

캐시 라이크스

"우리는 왜 과도한 소망을 품게 될까, 클라리스?" 좋은 작품을 읽고 나면 그걸 나 자신만의 것으로 만들고 싶어진다.

책을 쓴다는 건 추방이나 마찬가지다. 다 끝내고 나면 텅 비어버리고, 아이디어는 고갈되며 영감은 흔적 없이 사라진다.

책을 읽는다는 건 폭식이나 마찬가지다. 캐릭터는 우리 마음속을 누빈다. 우리는 그들에 대해 곰곰이 생각하고, 그들 중 몇몇의 현명함과 다른 몇몇의 어리석음에 깊은 인상을 받는다. 위험을 경고해주고 싶어지고, 단서들을 가리켜 알려주고 싶어진다. 그런 경험 이후엔, 책을 읽을 때 픽션과 현실 사이에 경계선을 그으려고 계속 노력해야 할지도 모른다.

토머스 해리스가《양들의 침묵》에서 창조한 등장인물들은 책장을 덮은 뒤에도 아주 오랫동안 나의 뇌리에 맴돌았다. 그의 이야기는 흥미를 불러일으키는 동시에 마음을 어지럽혔다.《양들의 침묵》을 읽고 수년이 지난 다음에야 나는 첫 소설을 쓰기 시작했지만, 이 소설은 작가로서의 내게 큰 영향을 미친 인상적인 순간으로 남아 있다.

《양들의 침묵》은 클라리스 스털링을 소개하면서 시작한다. 그녀는 FBI 행동과학부 국장인 잭 크로퍼드의 후배로, 여성들을 굶겨 죽인 다음 가죽을 벗기는 연쇄살인마 '버팔로 빌' 추적을 돕는 역할로 발탁된다. 빌의 심리를 통찰할 단서를 얻기 위해, 크로퍼드는 스털링에게 닥터 한니발 렉터를 인터뷰하도록 지시한다. 인육을 먹는 연쇄살인범 렉터는 현재 수감 중이다. 렉터는 스털링을 만나는 것에 동의하지만, 자신이 그녀의 과거에 대해 질문하면 반드시 답을 해야 한다는 조건을 내건다.

1988년 출간되었을 당시《양들의 침묵》은 획기적인 이정표이자 기준이 되었다.

이 책이 이정표가 된 것은, 토머스 해리스가 지루하고 무척이나 힘들고 전혀 매력적이지 않은 법의학의 모든 리얼리티를, 그리고 그 작업을 해내기 위해 특별하게 훈련받은 직업인들의 모든 양태를 아주 정확히 그려냈기 때문이다.《양들의 침묵》을 읽을 당시, 나는 내가 밝힐 수 있는 것보다 더 오랜 시간 동안 법의학 연구실과 범죄 현장에서 일하고 있던 참이었다. 해리스의 방법론적 묘사는 대단히 사실적이었다.

크로퍼드는 사이코패스의 특징을 분석하는 작업에 끈질긴 노력을 기울이면서, 폭력적인 범죄자의 체포에 기여할 수 있다는 희망을 놓지 않는다. 스털링은 범죄 흔적의 본을 뜨고 시체를 검사한다. 스미소니언 박물관의 곤충학자 필처와 로든은 시체의 목구멍에서 끄집어낸 나방의 번데기를 조사한다.

해리스는 한때 범죄 전문 기자로 일한 경력이 있다. 그 경험 덕분에 FBI의 관료 체제와 경찰의 수사 과정, FBI 실습생이 직면하는 도전에 대해 상세한 설명이 가능했다. 해리스는 어려운 과제에 대한 준비를 철저히 했다. 버팔로 빌은 실존했던 '포식자'들을 모델로 했다. 에드 게인은 희생자들의 피부를 뒤집어쓰고 거울 앞에서 과시하듯 스스로를 비춰보곤 했고, 게리 마이클 하이드닉은 희생자들을 지하실에 감금했고, 테드 번디는 가짜 깁스로 동정심을 유발해 희생자들을 꾀어들였다.

크로퍼드와 스털링, 렉터가 베스트셀러 목록의 주인공으로 등극한 이후 법의학은 대중적으로 인기 있는 소재가 되었고, 잭 더 리퍼 이후 오랫동안 뜸했던 연쇄살인마에 대한 매혹이 부활했다.

또한 해리스가 강한 여성을 주인공으로 내세웠다는 점에서 《양들의 침묵》은 하나의 기준점이 되었다. '코지' 미스터리나 '누가 범인인가' 미스터리 이외의 분야에선 여주인공을 거의 찾기 힘든 시대였다. 스털링은 이 소설 속에서 인간성의 지주 역할이자, 살인과 광기와 인간 타락의 뒤틀린 세계로 독자를 진입시키는 입구이기도 하다. 스털링이라는 캐릭터는 강하고 똑똑하고 집요하며 헤어스타일에 별로 신경 쓰지 않는 미래의 여성 주인공들이 등장할 토대를 마련했다.

내 소설 속 주인공인 법의학 인류학자 닥터 템퍼런스 브레넌처럼, 스털링은 남자들의 세계에 속한 여성이다. 그녀는 FBI에서 받은 훈련 덕분에 정신적·육체적 강인함, 기민함과 수사 테크닉에 관한 지식과 같은, 직업적 효율을 위한 비밀 경찰관의 자질을 갖추게 되었다. 스털링은 주로 남성들과 더불어 일하지만, 토머스 해리스는 성공을 위해서 굳이 남자들에 맞춰 여성성을 바꿔야 한다고 주장하지 않는다. 그녀의 여성적 성향은 때때로 다른 요원들이 알아차리지 못하는 어떤 정보들을 주목하는 데 도움이 된다. 스털링은 버팔로 빌에게 희생된 여자들의 부풀어오른 시신 중 하나를 검사하던 중, 남성 요원들은 보지 못했던 디테일인 반짝반짝 윤이 나는 손톱과 색 바랜 윗입술을 발견한다.

렉터는 동료 죄수의 자살을 부추겼는데, 짐작건대 그가 스털링을 괴롭혔기 때문일 것이다. 크로퍼드가 그 사실을 스털링에게 알려줄 때, 그녀는 "거기에 대해 어떻게 생각해야 할지 잘 모르겠습니다"라고 대답한다. 크로퍼드는 "거기에 대해 특별한 감정을 느낄 필요는 없네"라고 대꾸한다. 크로퍼드에게 답은 이미 한니발의 진술 속 정황 설명에 들어 있다. 스털링은 감정에서 또다른 의미들을 찾으려 한다. 감정과 본능을 좇음으로써, 그녀는 결국 버팔로 빌에게 다다를 수 있게 된다.

해리스는 남성성과 여성성을 뒤섞어 남성 독자와 여성 독자 모두에게 매력적인 캐릭터를 창조했다. 여성들은 FBI라는 남성적 세계에서 남자들의 성적 대상이 아닌 동료로서 남자 요원들과 함께 일하며 분투하는 스털링에게 공감하고, 남성들은 버팔로 빌을 추적하는 스털링의 방법론과 전문적인 접근, 그에게 맞서는 용기에 공감한다.

결말 부분에 이르러 스털링은 소녀의 목숨을 구하고 악당을 처치한 후 명예롭게 졸업한다. 그녀는 남성 중심적인 FBI의 전통적 방법론에 자신의 여성적 본능을 결합시키면서 맡은 임무를 성공시켰다. 내 소설의 경우에는 주인공에게 훨씬 더 많은 유머 감각을 선사함으로써 여성 주인공이 맞닥뜨리는 갈등을 누그러뜨렸지만.

《양들의 침묵》은 강렬한 등장인물들과 흥미로운 배경, 심장을 조이는 줄거리라는 전통적 방식이라는 면에서도 기준점이 될 수 있다. 인간의 마음이 어떻게 작동하는가에 대한 해리스의 탐사는 예리한 통찰력으로 빛난다. 소설 속 주요 인물들은 매혹적이면서도 단점을 감추지 않는 이들로 썩 훌륭하게 그려졌다. 그 인물들의 관점이 자주 불안하게 동요하더라도, 독자는 그들의 눈을 통해 세계를 볼 수밖에 없다.

렉터와 스털링의 첫 번째 인터뷰 장면에서, 렉터는 스털링의 값나가는 가방과 저렴한 구두, 웨스트버지니아 억양을 감추려는 말투, 자신 있어 보이려는 노력을 하나하나 평가한다. 그는 스털링의 모순에 이끌린다. 초라한 배경의 흔적을 지우려고 필사적으로 노력할 때조차 그녀는 정직하고 열심히 일하는 가족을 자랑스럽게 여긴다. 이를테면 아버지의 모자에서 핏물을 닦아내는 어머니의 모습 같은, 섬광처럼 떠오르는 기억들이 소설 전반적으로 그녀의 결단력을 뒷받침한다.

하지만 그런 배경은 스털링의 불안정한 측면의 기원이기도 하다. 똑똑하고 고등 교육을 받았으며 의욕이 넘치지만, 그녀는 삼촌의 농장에서 양들이 떼죽음당하는 걸 막지 못했다는 어린 시절의 기억 때문에 고통받는다. 주변 사람들과 언제나 적당히 거리를 두고 혼자서 자신의 의혹과 투쟁을 벌이는 것에 익숙했던 스털링은, 점차 그 같은 거리두기가 스스로를 제한시킬 뿐임을, 고립이 편안함을 제공하거나 고통을 경감시키는 데 거의 소용없음을 깨닫기 시작한다.

스털링의 맞수인 닥터 한니발 렉터 역시 비슷하게 복잡한 면을 갖춘 인물로 그려진다. 렉터는 역설 그 자체다. 정중하고 교양 넘치는 신사인 동시에 자기도취에 빠져 타락한, 이루 형언할 수 없는 악마이기도 하다.

정신의학을 연마한 렉터는 인간 본성에 대해 오싹한 통찰력을 갖고 있다. 그는 스털링을 조롱한다. "방으로 돌아가 목걸이 줄에 구슬을 하나씩 끼우다가,● 그게 얼마나 조잡한 싸구려처럼 보이는지 뒤늦게 알아차린 다음에야 당신의 못생기고 조그마한 심장이 쿵 내려앉겠지." 하지만

● 1980년대 말에 소녀들이 금목걸이 줄을 사서, 각기 다른 사이즈와 색깔의 구슬이나 펜던트, 참 등을 끼워넣어 자기만의 목걸이를 만드는 게 유행했다. 저렴하게 멋을 내는 방법으로 여겨졌던 이 목걸이 만들기는, 소녀에서 여성으로 성장하는 것의 은유로도 사용되었다.

렉터 그 자신에게는 인간성 자체가 존재하지 않는다. "나는 그저 취미로 교회가 무너지는 장면들을 수집해. 최근에 시칠리아에서 성당이 붕괴했던 거 알고 있나? 정말 근사했지! 특별 미사가 집전되는 중에 건물이 예순다섯 명의 노파들 위로 와르르 주저앉은 거야."

《레드 드래건》에서 주인공과 대립하는 역할로 처음 등장했던 렉터는,《양들의 침묵》에서 주인공과 맞수 사이를 바쁘게 오간다. 그는 클라리스가 연쇄살인범을 잡을 수 있도록 돕지만, 또한 탈옥하기 위해 죄 없는 이들을 희생시킨다. 해리스의 글솜씨 때문에 때때로 우리는 진심으로 렉터의 승리를 기원하게 되고, 다소 내키지 않는 마음으로 그의 탈옥을 기뻐하게 된다. 한니발 렉터가 바깥 세상 어딘가에 있다는 걸 생각만 해도 몸서리가 쳐지는 걸 막을 도리는 없지만.

또한 토머스 해리스는 장면 묘사에 거장의 솜씨를 발휘한다. 그의 장면 묘사는 '보여줘라, 말하지 말고'라는 법칙을 따른다. 스털링은 희생자의 집에서 다음과 같은 광경을 목도한다. "방 안 곳곳에 사람의 허리 높이까지 상자들이 잔뜩 쌓여 있었고, 그 사이로 사람이 다닐 수 있는 길이 겨우 뚫려 있었다. 램프 갓과 병뚜껑, 피크닉 바구니들,《리더스 다이제스트》와《내셔널 지오그래픽》과월호들, 두껍고 낡은 테니스 라켓, 침대보, 다트판 포장 상자, 쥐 오줌 냄새가 지독한 1950년대풍 격자무늬 섬유질 자동차 시트커버 등이 판지 상자마다 꽉꽉 채워져 있었다." 집주인은 곧 이사 갈 것이라 집이 정신없다고 변명하지만, 스털링은 "창가 쪽 물건들이 햇빛에 색이 바랬고, 오랫동안 그 자리에 쌓여 있던 종이 상자들이 세월의 흐름에 울퉁불퉁 찌그러졌"음에 주목한다. 명시적 단어는 사용되지 않았지만, 독자들은 병적으로 물건을 쌓아두는 신경증의 낌새를 맡고 볼 수 있다.

심리적 암연을 탐구하는 소설에서, 해리스는 문자 그대로 독자를 지하실로 안내함으로써 초점을 확실하게 강조한다. 스털링은 렉터가 갇힌 지하 감옥으로 걸어 내려가고, 그녀의 발소리는 어둠에 묻혀 잘 보이지 않는 수감자들 사이로 울려퍼진다. 제임 검은 끔찍한 지하실에서 버팔로 빌로 변신하고, 그의 다음 희생자는 우물 바닥에서 울부짖는다. 마지막에서 두 번째로 싸우는 장면에서 스털링은 칠흑 같은 어둠 속에서 아무것도 보이지 않아 두 팔을 마구 휘젓는다.

이 물리적 배경은 해리스가 묘사하는 무시무시한 심리적 초상과 한데 섞인다. 1989년, 템퍼런스 브레넌이 아직 세상에 등장하지 않았을 때였지만, 나는 이미 법의학 관련 작업을 통해 잔혹하게 살해당한 이와의 접촉이 불러일으키는 차가운 공포를 잘 알고 있었다. 그러나 그런 경험을 했더라도, 한니발 '더 카니발'이 불러일으키는 두려움에 아무렇지도 않을 만큼 준비되어 있진 않았다. "한번은 인구 조사원이 나를 인구 한 명으로 수량화하려 했지. 나는 그의 간을 누에콩에 곁들여서, 아마로네 레드 와인 한 병과 함께 씹어 삼켰어"라고 한니발이 느릿느릿 말할 때, 독자는 그야말로 진정한 악의 현존에 한 대 얻어맞은 듯한 기분을 느끼게 된다. 스털링은 렉터로부터 물리적으로 안전을 보장받는 위치에 있지만 결코 안전하지 않다. 렉터가 불러일으키는 공포는 정신적 풍경에서 비롯되는 것이며, 스털링은 모든 면에서 렉터가 손만 뻗으면 닿을 수 있는 곳에 있다. 사자가 작은 연못가의 가젤을 찬찬히 뜯어보듯 렉터는 스털링을 살펴본다. 렉터는 그녀를 상처 입힐 수 있고, 정신분석의 커다란 발톱 사이에 끼운 채 슬슬 가지고 놀 수도 있으며, 심지어 그녀를 집어삼킬 수도 있다.

미스터리와 스릴러 사이의 차이점은 위험 요소에 있다. 《양들의 침묵》에서 해리스는 극심한 두려움이라는 유망 품종을 키웠다. 에드거 앨런 포의 고딕소설처럼, 공포의 중심은 우리를 끈질기게 쫓는 유령이 깃든 내면으로 향한다. 도망갈 길이라곤 없다. 우리의 기억 속에 선명하게 화인을 남긴 양들의 울부짖음, 그 공포는 어디든 우리와 함께 움직이기 때문이다. 주인공들은 연쇄살인범을 추적하지만, 더 포괄적인 의미에서 탐색의 목적은 내면의 악령을 침묵시키는 데 있다.

무엇보다도 토머스 해리스는 플롯의 거장이다. 그는 우리의 마음을 완전히 사로잡아버리는 이야기를 끊임없이 자아낸다. 사이코패스는 젊은 여성을 납치하고 살해한다. FBI는 젊은 여성 요원을 감옥에 갇힌 또 다른 연쇄살인범에게 보내 인터뷰를 진행시킨다. 그녀는 이것이 정보를 모으는 과정이라고 생각하지만, 실상 이는 그들의 사냥감을 이해하기 위한 과정이다. 그 죄수, 엄청난 두뇌의 소유자에 언제든 인육을 먹을 준비가 되어 있는 흉포한 죄수는 요원 자신의 삶에 대한 사적인 세부사항을 공유한다는 조건으로 돕는다. 그녀는 동의한다. 그리고 인터뷰하는 이와 인터뷰 대상의 뒤틀린 관계 때문에, 요원은 자기 안의 심리적 악령을 들여다보게 된다.

그러나 이것은 표면적 줄거리일 뿐, 이 소설의 진짜 주제는 상호간의 필요다.

렉터는 자유를 향한 열망에 따라 움직인다. 그는 FBI의 풋내기 실습생 스털링에게서 그 기회를 엿보고, 냉정한 잔혹함을 발휘해 자신의 목표를 끝까지 쫓는다.

스털링은 남들보다 뛰어나고 싶다는 욕망에 따라 움직인다. 과거의 기억 때문에, 그녀는 아버지의 명예를 지키고자 노력한다. 과거로부터 도망쳐 나오면서, 이제 그녀는 스스로의 명예를 위해 분투한다.

렉터는 진짜 요원이 되기 위한 감식력이라는 혹할 만한 제안을 그녀 눈앞에 흔들고, 스털링은 그것을 덥석 받아 문다. 쇠창살을 통해 미치광이 박사와 실습생은 분석가와 환자, 선생과 제자, 아버지와 딸이 되지만,

그러면서도 항상 고양이와 쥐 게임을 벌인다. 그들 각자의 탐색은 두 사람을 단단히 묶어주고, 이제는 서로를 이용하지 않으면 둘 중 아무도 성공할 수 없다.

결말에 이르러 등장인물들은 갈등을 해소한다. 살인범은 붙잡히고, 광인은 탈출하고, 실습생은 승진하고, 이야기는 끝난다. 그들에게 있어, 양들이 드디어 조용해진 것이다. 하지만 해리스의 대가다운 캐릭터 창출 능력, 소름 끼치는 묘사로 가득한 산문, 매혹적인 스토리텔링은 독자들을 여전히 목마른 상태로 남겨둔다.

나는 해리스의 세심한 캐릭터 묘사와 긴장감 넘치는 플롯 전개가 스릴러소설의 기준이 되었으며, 그가 창조한 클라리스 스털링은 여성 주인공의 새로운 유형을 보여주는 이정표가 되었다고 생각한다. 그의 글쓰기는 내 소설에 엄청난 영향을 끼쳤다.

·

캐시 라이크스Kathy Reichs는 노스캐롤라이나 대학교의 인류학 교수다. 법의학 인류학자로서 그녀는 유엔 르완다 국제형사재판소에서 증언한 바 있다. 법의학 인류학자 템퍼런스 '템프' 브레넌을 등장시킨 시리즈의 첫 작품 《이미 사망했음Déjà Dead》(1997)은 1997년 아서 엘리스 상 '최고의 데뷔작' 부문을 수상했다. 이후 라이크스는 '템프 브레넌Tempe Brennan 시리즈'를 열일곱 편 더 썼다. 시리즈의 최신작은 《뼈는 거짓말하지 않는다Bones Never Lie》(2014)다. 라이크스는 TV 시리즈 〈본스Bones〉를 제작하기도 했다. 〈본스〉에는 소설 속 닥터 템퍼런스 브레넌을 느슨하게 모델로 한 법의학 인류학자 브레넌이 등장하는데, 그녀가 부업으로 쓰는 범죄소설 주인공의 이름은 캐시 라이크스다.
www.kathyreichs.com

독소 충격 *Toxic Shock, 1988*
a.k.a. 블러드 샷 *Blood Shot*

by 새러 패러츠키

•

새러 패러츠키Sara Paretsky(1947~)는 현대 미스터리 소설의 개척자로 꼽히는 작가다. 그녀는 하드보일드 소설의 전통적 남성상을 변환시키고 재창작하여 여성 탐정의 선구자, 이제는 아이콘의 위치에 등극한 V. I. 워쇼스키를 탄생시켰다. 패러츠키는 대부분의 작품에서 워쇼스키를 주인공으로 등장시켰다. 그녀의 소설은 스릴러의 관습과 사회에 대한 영민한 비평을 결합시켰다. 2012년은 워쇼스키가 소설에서 처음 모습을 드러낸 지 30주년이 되는 해이기도 하다.

N. J. 쿠퍼

범죄소설의 원동력은 언제나 격렬한 분노였다. 여성들이 범죄소설 장르를 그토록 좋아하는 이유 중 하나는, 여러 세대에 걸쳐 여성들이 분노의 적절한 배출구를 거의 찾지 못했으며 범죄소설이 바로 그 이상적인 배출구 역할을 해왔기 때문이다. 예로부터 여성들은 아프거나 불행한 건 괜찮지만, 화를 내면 안 됐기 때문이다. 폭력적인 느낌은 무조건 꿀꺽 삼켜 삭이거나 우리 스스로가 단호하게 거부해야만 했다. 우리는 우리 자신이 실제로 어떤 기분을 느끼든 언제나 점잖고 친절하고 너그러우며, 남들에게 도움을 주는 존재로 간주되었다. 그리고 마치 우리의 조상 이브처럼, 모든 것이 너 때문이라는 말을 수없이 되풀이해 들어야만 했다. 어떤 일이 일어나든, 일이 잘못되거나 제대로 실행되지 않으면 그것은 여성의 책임이라고들 했다. 출판사에서 일하던 시절, 나는 서문에 "모든 살인사건은 여성의 잘못이다. 심지어 어린 소녀들조차 남자에게 추파를 던질 수 있다"라고 쓰는 게 사회적으로 용인된다고 생각하는 범죄 논픽션 저자의 책을 담당한 적이 있다. 그 문장을 왜 빼야 하는지 설명했을 때, 그는 어리둥절한 표정이었고 심지어 상처받은 눈치였다.

수녀원 부속학교에서 교육받은 탓에, 이 모든 헛소리는 내게 너무나도 효과적으로 주입되었다. 새러 패러츠키의 소설을 발견하기 전까지 나는 내가 얼마나 분노에 가득 차 있는지조차 깨닫지 못하고 있었다. 패러츠키의 소설을 읽으면서, 내가 이해받을 뿐 아니라 모든 면에서 무죄판결을 받았다는 느낌을 받았다. 나는 그녀의 소설을 읽으며 무척 흥분했고, 하룻밤 사이에 한숨도 자지 않고 세 권을 잇달아 완독해버렸다. 그 이전에도 이후로도 어떤 소설에 그처럼 강렬한 반응을 보인 적이 없었다. 그 소설 세 권은《살인의 순서Killing Orders》《쓰디쓴 약Bitter Medicine》, 그리고《독소 충격》이다. 세 편 모두 패러츠키의 사립탐정 빅토리아 이피게니아 워쇼스키, V. I.로 불리는 쪽을 선호하는 그녀가 등장한다.

워쇼스키는 거의 모든 사적 권리의 주장을 거부한다. 그녀는 가족들이 딸에게 가사 노동을 시킬 권리가 있다는 견해나, 여성들이 어떤 상대와 섹스해야 하는지 혹은 원치 않는 임신을 어떻게 처리할 것인지 사회가 간섭할 권리가 있다는 견해를 견디지 못한다. 그녀는 어떤 종류의 의무에도 얽매이길 거부한다. 그녀는 순수한 격분의 화신이다. 그녀가 열받으면, 열받게 한 당사자가 아무리 자애로운 존재로 알려졌더라도 불쾌한 감정을 대놓고 말해버린다. 위협당할 때면 스스로를 보호하기 위한 행동을 취한다. 육체적으로 건드리면, 육체적으로 되갚아준다. 사실상 이 모든 것을 완전히 이성적으로 고려해볼 때, 남성이든 여성이든 제

아무리 강건하고 잘 훈련받은 그 어떤 인간 존재도 끝없는 두부 강타에서부터 방화, 물에 빠뜨려 죽이려는 시도, 셀 수 없는 격투에 이르기까지, 매번 V. I.가 겪는 고통에서 살아남을 수는 없을 거라고 생각한다. 하지만 그런 건 중요하지 않다. V. I. 워쇼스키가 아무도 자신을 건드리지 못하게 한다는 게 중요하다. 나는 바로 그 점 때문에 워쇼스키를 사랑했고, 지금도 여전히 사랑한다.

그녀는 전통적인 여성의 미덕 따위는 하나도 갖추고 있지 않다. 그녀는 원하는 곳에서 원하는 상대와 사랑을 나누고, 그다음엔 작별 인사를 던진다. 요리할 줄은 알지만, 극히 드물게만 한다. 그녀가 옷을 벗은 자리엔 옷이 허물처럼 널려 있고, 아파트를 청소한다거나 빨래를 돌리는 일도 거의 없다. 그녀는 언어를 순화해야 한다는 의무감도 느끼지 않는다. 분통을 터뜨리는 게 그녀의 몫이지만, 그중 대부분은 타인들, 즉 그녀가 최선을 다하는 의뢰인들을 대신해 폭발시키는 분노이기도 하다.

《독소 충격》의 의뢰인은 워쇼스키보다 열한 살 어린, 오래전 그녀가 베이비시터 일을 하던 시절 끝없이 신경을 긁었대던 캐럴라인 지아크다. 캐럴라인은 V. I.에게 진짜 아버지가 누구인지 찾아달라고 의뢰한다. 캐럴라인의 죽어가는 어머니는 아버지를 절대로 찾지 말라고 신신당부해왔지만. 조사 과정에서 V. I.는 아주 다른 성격의 미스터리에 얽혀들고, 산업공해와 취약한 처지의 노동자들에 대한 기업들의 기만과 조작을 파헤치게 된다. 하지만 그중에서도 V. I.가 가장 큰 관심을 집중시키는 건, 캐럴라인의 어머니에게 가해진 잔혹한 처벌에 관련된 부분이다.

육체적으로 위해하지는 않지만 정서적으로 학대하는 가정에서 성장한 루이자 지아크와 그녀의 언니는, 변기 바닥과 싱크대를 문질러 닦는 일을 비롯해 온갖 무의미한 가사 의무를 떠맡았다. 폭력적인 아버지에게 아무런 토를 달지 않고 순종하고, 소아성애자 삼촌을 즐겁게 해주는 것도 그들의 의무였다. 삼촌은 루이자가 열다섯 살 때 그녀를 임신시킨다. 경건한 부모는 가족의 명예를 보호하고 '그녀의 수치'를 숨기기 위해 루이자를 쫓아낸다. 그들은 삼촌이 루이자를 강간하고 임신시킨 것이 오로지 그녀의 잘못이라고 확신한다. 또한 그들은 딸 스스로가 가족의 도덕적 지위를 손상시키길 택했기 때문에, 딸과 손주와의 의절이 어떤 면에서 손상된 지위를 원래대로 복구시킨다고 믿어 의심치 않는다.

여성과 섹스를 둘러싼 끔찍한 이중적 사고, 즉 여성이 섹스를 하지 못한다면 불감증 환자거나 미치광이이고, 섹스 중에 쾌락을 느낀다면 창녀라는 사고를 포함해, 위의 줄거리는 수십 년 동안 여성 범죄소설가들을 격노케 한 상황을 압축한 것이나 다름없다. 그리고 많은 문화권에서 루이자 같은 강간 희생자는 비난의 대상이 된다. 존 스미스Joan Smith는 자신의 첫 범죄소설《남성적 결말A Masculine Ending》(1987)에서 이 같은 이중적 사고를 조금 더 가벼운 방식으로 다룬 바 있다. 그녀의 소설에서 학자 로레타 로슨은 파리에서 페미니스트 편집진들과 모임을 가진 뒤 레스토랑에서 혼자 식사를 한다. 낯선 이가 그녀를 유혹하려 노력하지만, 그녀가 제안을 거절하자 그는 '창녀'라고 욕설을 퍼붓는다.

여성의 육체적 순결에 대한 이 같은 태도에는, 패러츠키나 스미스보다 반세기 앞서 글을 썼던 도로시 L. 세이어즈 역시 강한 불쾌감을 표했다. 물론 세이어즈의《축제의 밤》(1935)은 이제 와선 큰 인기를 끌지 못하는 작품이다. 게다가 메스꺼운 익명의 욕설과 학대 때문에 대학생이 자살을 시도하게 된 사건의 용의자로, 옥스퍼드 슈루즈베리 칼리지의 부유한 교수들과 낮은 급여를 받는 하인들을 대립시키는 줄거리 때문에 많은 비판을 받기도 했다.

소설이 진행되면서, 상스럽고 성적 의도가 확실한 그림과 함께 중상모략을 늘어놓은 익명의 편지를 쓴 이는 틀림없이 좌절감으로 미쳐버린

학계의 누군가일 것이라는 추정이 굳어진다. 세이어즈는 소설 속 탐정이자 미스터리 소설가인 해리엇 베인의 마음속에 이 같은 의혹이 생겨나기까지 상당 분량을 할애한다.

어처구니없을 정도로 부유하고 터무니없게 귀족적인 피터 윔지 경에게 열렬한 구애를 받는 해리엇 베인은, 그녀가 교수들을 의심하게 된 것이 무척 당황스럽다고 그에게 털어놓는다. 피터는 그녀의 두려움을 다음과 같이 요약해 설명한다. "당신이 독신으로 살겠다고 거의 마음을 굳혔기 때문에 저 무서운 이들과 함께 기꺼이 수도원 생활을 즐기겠노라 원하지 않았던가요? (…) 당신은 무엇을 두려워하는 거죠? 순결을 지키는 삶의 가장 큰 위험은, 강요된 선택과 결핍된 마음이죠. 외부와 단절된 상태에서 홀로 윙윙 날갯짓하는 에너지는 결국 키메라*를 낳습니다. 하지만 당신은 전혀 위험하지 않아요. 영원한 평온을 다지고자 한다면, 감정을 따르는 삶보다 이성을 따르는 삶 속에서 그 평온을 훨씬 더 쉽사리 찾을 수 있을 거예요." 피터 윔지가 판타지 속 남자인 건 귀족 선조들과 어마어마한 재산 때문만은 아니다.

우리는 세이어즈의 두려움, 그녀의 분노, 완벽한 남자를 꿈꾸는 그녀의 이상으로부터 먼 길을 왔다. 하지만 범죄소설은 여전히 여성과 섹스를 둘러싼 이중적 사고를 파헤치는 데 활용되고 있다. 어떤 남자들이 성적으로 자극적인 여성들을 죽이거나 혹은 처벌하게끔 이끌리는 이유를 알아내는 데도 역시 범죄소설은 유용하다.

연쇄살인범이 등장하는 소설을 쓰는 몇몇 여성 작가들은, 여성에 가해지는 폭력을 관음증적으로 묘사하면서 여성 독자들이 원하는 바를 표현할 뿐이라고 정당화한다. 하지만 또다른 작가들은 아주 다른 스타일로

---

* 사자의 머리, 염소의 몸통, 뱀의 꼬리를 가진 신화 속 괴물.

살인을 다루고, 희생자가 아니며 그리고 희생자가 되도록 가만있지만은 않을 여자들의 분노를 탐구하는 쪽을 택했다. 내 생각에는, 새러 패러츠키만큼 그 격노의 감정을 실감나게 써내려간 작가는 아무도 없었다.

•

N. J. 쿠퍼N. J. Cooper는 전업 작가로 방향을 선회하기 전까지 출판계에서 일했다. 그녀가 집필 중인 범죄소설 시리즈의 주인공은 법의학 심리학자 닥터 캐런 테일러이며, 주된 배경은 쿠퍼가 어린 시절 휴가를 보내곤 했던 영국의 아일오브와이트 주다. 영국에서 가장 화창한 지역으로 유명한 아일오브와이트는 심각한 범죄의 어둠과 불행을 표현하기에 이상적인 배경이다. 이 시리즈의 첫 네 권은《탈출구가 없다No Escape》《라이프블러드Lifeblood》《악마의 얼굴Face of the Devil》, 그리고 2012년 여름에 출간된《마음속 복수Vengeance in Mind》다.
www.natashacooper.co.uk

소유 *Possession, 1990*

by A. S. 바이어트

•

영국의 셰필드에서 태어나고 자란 데임 앤토니어 수잔 더피Antonia Susan Duffy (1936~)는 호평받는 소설가이자 시인인 A. S. 바이어트A. S. Byatt로 더 잘 알려져 있다. 첫 소설 《태양의 그림자The Shadow of the Sun》(1964) 이후, 그녀는 작가이자 편집자로서 거의 서른 권 이상의 책을 출간했다. 이 목록에는 소설뿐 아니라 아이리스 머독Iris Murdoch, 조지 엘리엇George Eliot, 윌리엄 워즈워스William Wordsworth, 새뮤얼 테일러 콜리지 등에 관한 연구서들도 포함된다. 세간에 따르면 역시 소설가인 여동생 마거릿 드래블Margaret Drabble이 자신의 책에서 어머니를 묘사한 부분, 그리고 플롯의 중요한 요소로 가문에 내려오는 티 세트를 활용했다는 점 때문에 바이어트와 사이가 매우 나빠졌다고 한다.

에린 하트

　　A. S. 바이어트의 《소유》에 대한 나의 열렬한 사랑은 그 제목에서부터 시작되었다. 바이어트의 회상에 의하면, 영국 도서관에서 저명한 콜리지 전문가 캐슬린 코번을 얼핏 목격했을 때 《소유》라는 제목이 떠올랐다고 한다. 코번이 카드 목록 주변을 맴도는 걸 바라보면서 바이어트는 연구자와 주제 사이의 관계에 대해 궁금해하기 시작했고, '콜리지가 코번을 사로잡은 걸까, 코번이 콜리지를 사로잡은 걸까?'라는 질문을 떠올렸다고 한다. 그 질문 덕분에, 바이어트는 살아 있는 자와 죽은 자의 마음 간에 유령 같은 연결고리를 소환해내는 소설을 구상하기 시작했다. '소유possession'라는 단어의 아름다움이라면, 다양한 의미들로 충만하다는 점

을 꼽을 수 있다. 소설 일부의 배경이 되는 시대에 완벽하게 들어맞는, 악마적이고 경제적이며 성적인 의미들이 모두 그 한 단어에 함축되어 있다. 19세기 중반은 강신술 열풍이 몰아닥쳤고, 여성이 독립적 주체가 아닌 아버지나 남편이 소유한 동산動産 취급을 받던 시대이기도 하다. 물론, '소유'의 성적 의미에는 그 어떤 저속한 설명도 필요 없을 것이다. 소설이 진행되면서 이 다채롭고 풍미 가득한 의미들은 하나하나 천천히 부각된다.

어떤 이유에서 나는 오랫동안 빅토리아 시대의 은밀한 애호가였다. 아마도 내가 찰스 디킨스를 통해 문학을 최초로 경험했기 때문일 수도 있고, 혹은 부조화와 모순으로 충만한, 섹스에 대한 혐오와 매혹이 동시적으로 뒤엉킨 전형적 사례라 할 시대이기 때문일 수도 있다. 또한, 빅토리아 시대 사람들이 내면에서 치열하게 맞서 싸우던 원초적 충동을 억누르는 하나의 방식으로 동화와 민담에 매혹되었다는 데에도 흥미를 느낀다.

《소유》는 틀림없이 문학에 얽힌 미스터리적 요소를 다루고 있다. 하지만 그것이 진짜 범죄소설로도 기능할 수 있을까? 나는 그렇다고 주장하고 싶다.

설명의 일부는 A. S. 바이어트 자신의 입에서 나온다. 그녀는 《소유》를 쓰기 시작했을 때 예술에서의 쾌락원칙에 대해 생각했다고 한다. 즉, 모든 예술은 정치적 교화나 도덕적 교훈이 아니라 근본적으로 기쁨을 주기 위해 존재한다는 것. 범죄소설은 그 쾌락원칙을 다른 어떤 장르보다 훨씬 더 많이, 매우 충실하게 구현한다. 범죄의 세계를 근사하게 직조하는 그 모든 계획의 목표는 전적으로 독자에게 책장을 획획 넘기는 만족감을 주기 위함이다.

살인 미스터리 《장미의 이름The Name of the Rose》을 쓰고서 "사실은 수도사를 죽이고 싶어서"라고 인정했던 동료 학자 움베르토 에코로부터 바이어트가 어느 정도 영감받은 것은 우연이 아니다. 그녀는 또한 마저리 앨링엄의 탐정소설과 조젯 헤이어의 로맨스소설을 게걸스럽게 탐닉했던 사춘기 시절 독서의 즐거움을 되살려, 그 같은 소설들이 공유하는 줄거리와 이야기, 그리고 내러티브적 발견의 기쁨을 이해하려 시도했다. 《소유》에서 그녀는 고급문학과 대중문학을 결합시키려 했고, 전 세계에 걸쳐 가장 큰 즐거움을 안겨주는 탐정소설, 서간체소설, 실화소설, 고딕 대중소설, 로맨스, 동화, 전기 등의 장르들을 패러디했다.

《소유》를 왜 사랑하는지 다른 이들에게 알리고자 애쓸 때마다, 나는 언제나 이 소설이 모든 요소를 조금씩 다 갖추고 있음을 지적한다. 주인공으로는 두 커플이 등장한다. 먼저 현재 시점에서 만나게 되는 학자 롤런드 미첼과 모드 베일리가 있다. 런던 도서관에서 연구 작업을 하던 중, 롤런드는 어떤 책 안쪽에 깊숙이 꽂혀 있는 종잇조각을 발견한다. 그 종이에는, 행복한 결혼생활을 영위했던 것으로 알려진 1850년대의 대문호 랜돌프 헨리 애시와, 동시대 문인 중 좀 덜 알려진 최초의 페미니스트(이자 아마도 레즈비언) 시인 크리스타벨 라모트 사이에 지금까지 알려지지 않았던 친분이 있었다고 암시적으로 적혀 있다. 롤런드는 라모트 전문가인 모드를 만나 이 사실을 의논하고, 두 사람은 시인들 사이의 비밀스러운 관계의 진위 여부를 파헤치려 한다.

아마추어 탐정 노릇을 하면서 롤런드와 모드는 허물어져가는 라모트 가족 영지를 방문하고, 백오십 년 전 랜돌프와 크리스타벨 커플이 남몰래 방문했던 해변과 폭포를 차례로 거친다. 과거를 파헤치고 금지된 열정의 증거를 하나씩 발견하면서 두 문학 탐정 사이에도 과거와 평행한 애정이 생겨나는 것은 물론이다. 힌트와 단서와 숨겨진 의미들이 넘쳐난다. 사회 통념에 어긋나는 만남의 기념품들, 비밀 편지들, 양쪽 모두 억누르고 어떻게든 반응했던 사랑의 흔적들이 있다. 그리하여 먼지투성이에 곰팡이가 들끓는 도서관들을(정말이지 도서관엔 곰팡이가 많다!) 돌며 파헤치던 롤런드와 모드는 포착하기 어려운 단서들을 찾아 시골 지역으로 수수께끼 같은 모험을 떠나고, 마침내 무덤가에서 삽질을 하기까지 이른다.

서브플롯은 애시의 문서들(시인의 사망 이후 아내가 감춘)을 찾아내기 위한 엎치락뒤치락을 중심으로 돌아가고, 거기에 음모와 속임수, 심지어 소소한 도굴까지 곁들여지며 부가적인 층위를 더한다. 조연 인물로는 롤런드의 최대 라이벌인 퍼거스 울프와 모티머 크로퍼가 등장하는데, 바이어트는 학계에서의 서로 잡아먹고 잡아먹히는 현실을 날카롭게 찌르듯 기리기 위해 학자로서의 자신의 배경을 살뜰하게 활용한다. 이 부분을 실화소설의 영역이라고도 칭할 수 있을 텐데, 그녀만큼 이 과업에 들뜬 마음으로 신나게 달려들었던 작가가 또 있을지는 장담 못하겠다.

어떤 독자들은《소유》에 실린 시는 건너뛰고 플롯 자체만 따라가기도 한다. 하지만 그 시들을 읽지 않는다면 중대한 실수를 저지르는 것이라 힘주어 말하고 싶다. 바이어트는 소설에 포함되는 시까진 쓰지 않겠다고 결심했고, 실제로 에즈라 파운드의 몇몇 초기 시편을 끼워넣을 생각을 하고 있었다. 그 시들이 실제로 로버트 브라우닝 같은 시인들의 작품과 대단히 닮았고, 소설 속 인물들이 살던 시기의 스타일과 잘 어울릴 것이라 여겼기 때문이다. 하지만 시인 D. J. 인라이트D. J. Enright가 한 충고 "말도 안 되는 소리―직접 쓰라고"를 받아들여, 바이어트는 빅토리아 시대의 분위기를 물씬 풍기는 시들을 한 편 한 편 지어 책에 수록하는 과업을 수행했다. 더욱 흥미진진한 것은, 바이어트가 그 시들을 어떻게 썼는지 기억이 전혀 나지 않는다고 주장한다는 것이다. 그녀는 그 시들이 펜에서 저절로 흘러나온 것 같다고, 마치……홀린 것possessed 같았다고 회상한다. 열성적인 수수께끼 애호가에게 이 시들은 그저 소설의 형태와 분위기에 양식적으로 중요한 요소에 머무르지 않는다. 미스터리와 본질적으로 맞닿은 단서들을 포함하고 있다는 점에서《소유》의 시들을 읽는 건 대단한 기쁨이다. 수없이 재독할 때마다 새로운 요소가 발견되는 책들의 반열에《소유》를 포함시키는 근거로서, 이 시들을 꼽고 싶다.

•

에린 하트Erin Hart는 미국에서 나고 자랐지만, '병리학자 노라 개빈 Nora Gavin과 고고학자 코맥 매과이어Cormac Maguire 미스터리 시리즈'의 배경으로 아일랜드를 선택했다. 그녀는 평생 아일랜드의 역사와 문화에 매혹되었고, 수 세기 만에 고적한 아일랜드 늪지대에서 발견되었지만 지리적 특성으로 머리가 완벽하게 보존되었다는 아름다운 빨강 머리 소녀의 슬픈 실화에 영감을 받기도 했다. 에린과 그녀의 남편이자 아일랜드의 버튼 아코디언* 거장 패디 오브라이언은 미네소타 주에 살며 아일랜드로 자주 여행을 떠난다. 에린의 최신작은 《킬로언의 책The Book of Killowen》이다.
www.erinhart.com

• 건반 대신 버튼이 배열된 아코디언을 뜻한다.

법의관 *Postmortem, 1990*

퍼트리샤 콘웰

•

퍼트리샤 콘웰Patricia Cornwell(1956~)은 미국의 플로리다 주 마이애미에서 태어
났고, 노스캐롤라이나 주의《샬럿 옵서버》지 기자로 경력을 시작했다. 범죄 전문
기자로 활약하다가, 이후 버지니아 주 상급 법의국에서 테크니컬 라이터* 일을 시
작했고 그다음엔 컴퓨터 애널리스트로 자리를 옮겼다. 그리고 그곳에서 오랫동안
사랑받을 시리즈의 주인공, 법의관 닥터 케이 스카페타의 기반을 쌓게 된다.《법의
관》은 '스카페타Scarpetta 시리즈'의 첫 책으로, 출간된 그해의 미스터리 상들을 휩
쓸었다. 미스터리계 하위 장르로 자리를 굳힌, 살인사건 조사 과정이 살아 있는 자
의 심문보다 시체의 면밀한 검사로 이뤄지는 장르에 기여한 가장 중요한 초기작—
가장 중요한 작품이라고 할 사람도 있을 것이다—중 한 편이다.

캐스린 폭스

　뛰어난 책들은 매우 많은 공통점을 갖고 있다. 뛰어난 책들은 정서
적으로 강하게 자극하고, 많은 정보를 전달하고, 진지한 고찰을 통해 독
자에게 어마어마한 영향력을 미친다. 극의 전개가 매끄럽고 다층적이며,
호감 가는 캐릭터와 매력적인 스토리 또한 필수적이다.

　더 중요한 사실은, 뛰어난 책들은 적절한 시점에 나타난다는 것이다.
일반적으로는 세계적 맥락에서 그러하지만, 처음 책장을 펼쳤을 때 우리
가 삶의 행로에서 어디쯤 와 있는가 하는 것도 중요하다. 이야기가 진행

● 첨단기술처럼 일반인이 이해하기 힘든 복잡한 주제를 알기 쉽게 풀어 쓰는 전문 저술가.

되면서 등장인물이 보여주는 변화와 함께, 그 독서 경험에 의해 나 자신도 돌이킬 수 없이 바뀌기를 바라는 것이다.

《앵무새 죽이기》와 《인 콜드 블러드》가 고등학생 시절에 특별히 두드러지는 위치를 차지한 건 놀랄 일이 아니다. 하지만 의문의 여지없이 내 삶을 변화시킨 단 한 권의 책을 꼽으라면 퍼트리샤 콘웰의 《법의관》이다. 1990년 처음 출간된 콘웰의 데뷔작은 에드거 상, 존 크리시 대거 상, 앤서니 상, 매커비티 상, 프랑스의 모험소설상 등을 포함해 수많은 문학상을 휩쓸면서, 세계적으로 비평적 찬사까지 거머쥔 국제적 베스트셀러가 되었다. 법의학이 이야기의 중심에 놓인 이 소설은, 이후 대중문화에서 법의학 혁명이라고까지 불리게 되는 이 학문의 인기를 예고했다.

《법의관》이 출간된 시기에는 남성 작가들이 여전히 범죄 및 스릴러 소설 목록을 점령하고 있었고, 그들의 주인공 역시 대다수가 남성이었다. 범죄소설 속 여성은 아내나 비서, 요부, 희생자 등 판에 박힌 조연으로만 등장했다. 《법의관》의 주인공은 닥터 케이 스카페타, 소설 속 최고의 병리학자라 불러도 이상하지 않을 인물이다. 이후 열일곱 편에 걸쳐, '스카페타 시리즈'는 출판사상 가장 성공한 시리즈 중 하나로 기록된다.

버지니아 주 리치먼드의 어느 황량한 밤, 법의학자 케이의 고통스러운 악몽은 새벽 2시 33분 경찰의 호출 전화로 방해받는다. 그날 밤 연쇄살인범이 네 번째 여성 희생자를 잔인하게 강간한 뒤 살해했다는 것이다. 희생자의 집 바깥에서 스카페타는 먹이를 찾는 야수 같은 언론의 집중포화를 받는다. 집 안에 들어간 그녀는 살인사건 조사에서 매우 중요한 초기 두세 시간 동안의 단서들을 찾는다.

범죄는 소설이 시작되기 전에 저질러졌고, 우리는 불필요한 폭력에 노출될 필요가 없다. 우리는 오직 스카페타의 눈을 통해 희생자 로리 피터슨의 삶과 죽음에 대한 정보를 얻는다. 평범한 집 안을 둘러보는 스카페타가 의학 저널이라든가 바이올린과 악보대와 같은 개인적인 세부사항들을 눈여겨볼 때, 로리 피터슨은 자기 나름대로 하나의 생생한 캐릭터가 되어간다. 우리는 로리의 삶을 보게 된다. 그리고 스카페타는 살아 있는 환자를 대할 때와 똑같은 존중심으로 로리의 시체를 대한다. 언론과 변호사와 경찰이 샅샅이 과거를 뒤져 로리의 삶의 모든 면모가 드러나리라는 것을 알기에, 케이 스카페타는 희생자의 절대적 옹호자가 된다. 살인 자체에 대해 조금씩 더 알게 되면서 독자들의 마음까지 동요하지만, 스카페타의 조사에 감정이 섞여들어가 망쳐질 일은 없다. 희생자는, 단어 뜻 그대로, 죄가 없다.

콘웰은 1인칭 시점으로 《법의관》을 집필하는 현명한 선택을 했다. 사실 1인칭 시점은 정보들을 얼마만큼 독자에게 전달할 것이냐를 제한하는 측면이 있기 때문에 어떤 작가에게라도 도전적인 작업이다. 독자는 오직 스카페타가 보고 듣는 것만을 공유할 수 있을 뿐이다. 다른 말로 설명하자면, 1인칭 시점은 가장 내밀한 시점이기도 하다. 스카페타의 동기와 반응과 그녀가 맞닥뜨린 도전을 깊이 이해할 수 있게 되는 것이다.

증거에 따르면, 살인범은 잠겨 있지 않았던 욕실 창문을 통해 집 안으로 침입했다. 창문을 잠그지 않았다는 이 단순한 실수가, 충만한 삶과 끔찍한 죽음 사이를 가르는 분기점이 된 것이다. 우리 중 한 명, 우리가 사랑하는 누군가가 로리 피터슨일 수도 있었다. 우리가 그렇게 생각하고자 한다면, 더이상 이 장면으로부터 스스로를 분리시킬 수가 없다.

나로서는 이 소설의 서두가 예외적으로 소름 끼쳤는데, 로리 피터슨이 나 자신과 놀랄 만큼 닮은 구석이 많았기 때문이다. 나의 집에도 로리가 읽던 바로 그 의학 저널이 놓여 있고 악보대와 악기도 굴러다닌다. 유일한 차이라면, 나는 바이올린이 아니라 하프를 연주했다는 정도다.

이 시점에서, 나는 독서를 잠깐 중단하고 집 안 곳곳의 자물쇠를 확인해야 했다. 평자들과 독자들이 서술한 바에 따르면, 나만 그랬던 것은 아니었다. 콘웰이 불러일으킨 본능적인 반응은 매우 강력했기 때문에, 우리는 케이 스카페타의 말을 믿을 수밖에 없는 것이다.

로리 피터슨이 어떤 면에서든 자기 죽음에 원인을 제공했다면, 수사 관련자들은 좀더 편하게 잠을 청할 수 있었을 것이다. 여기서 피트 마리노 경사가 등장한다. 살인사건 조사를 책임지는 이 남자와 스카페타 사이에는 확실한 반감과 어느 정도의 불신이 존재한다. 경사는 즉시 로리의 남편을 가장 유력한 용의자로 단정짓지만, 스카페타는 의구심을 떨치지 못한다.

이는 앞으로 시리즈가 진행되는 동안 복잡하게 발전하게 될 우정의 시작이다. 법의국장으로서 스카페타는 마리노와 협업을 해야 한다. 그녀 자신의 표현을 빌리자면, 그는 "선택할 수만 있다면 피하고 싶은 종류의 경찰이다. (…) 정력적인 오십대 남성인 그의 얼굴은 풍상의 흔적을 보여준다. 회색으로 새어가는 머리카락의 긴 가닥들을 한쪽으로 가르마를 타서, 대머리가 되어가는 정수리 위로 빗어 넘겼다. 키가 최소 182센티미터는 되어 보이고, 수십 년 동안 버번위스키와 맥주를 마셔대서 배가 불룩 튀어나왔다".

스카페타가 조직적 통제를 통해 작업에 임하는 데 반해, 마리노는 눈치 없고 상스러우며 불쾌하고 지저분한 사내다. 그는 교육받은 사람들에게 적개심을 품고 있으며, 로리 피터슨의 남편이 섹스와 폭력, 동성애를 포함한 테너시 윌리엄스의 작품 속 주제로 논문을 쓰고 있다는 사실을 근거로 그가 변태임에 틀림없다고 결론 내린다. 스카페타는 이 형사의 근시안적인 행태가 조사 과정을 위기에 몰아넣을지도 모른다고 근심한다.

FBI 프로파일러 벤튼 웨슬리를 만난 자리에서, 그녀는 마리노가 노동계급 출신임을 곰곰이 생각하면서 공감할 여지가 전혀 없다고 결론 내린다. "그 남자의 인생에서 유일한 이점이라면 덩치가 큰 백인이라는 거죠. 그래서 그는 총과 배지를 들고 다니면서 스스로 더 크고 더 백인인양 구는 거예요." 스카페타와 마리노 사이의 긴장은 드라마를 더욱 고조시키지만, 결국 형사는 겉으로 보이는 이미지와 달리 훨씬 유능하고 세상 물정에 밝다는 사실을 입증해 보인다.

스카페타는 남성이 지배하는 의학계에서 일하며, 여성 동료의 지원을 경험해본 적이 한 번도 없다. 의대 시절에는 그녀의 동급생 중에 여학생이 네 명밖에 없었고, 그중 한 명은 결국 자퇴하고 또다른 한 명은 신경쇠약이라고 알려진 증세로 고통받았다. 이제 스카페타는 경찰, 변호사, 정치가 등이 우글거리는, 테스토스테론이 더한층 가열하게 불붙는 세계에 들어섰다. 영향력 있는 자들의 우정과 결속적 관계에서 배제된 그녀는 직업적으로 대단히 상처받기 쉬운 위치에 있다.

이는 '스카페타 시리즈' 전반에 걸쳐 되풀이해 제기되는 주제다. 《법의관》 초반에 스카페타는 이렇게 말한다. "고독은 가장 잔인한 형태의 처벌이다. 내가 남자가 아니기 때문에 인간 이하의 존재로 여겨질 수 있다는 생각 자체를 하지 못했다. (…) 살아남는 게 유일한 희망이었고, 성공하는 게 유일한 복수였다." 일에 대한 그녀의 헌신이 결혼생활을 파탄내고 그녀가 아이를 갖지 않게 된 이유가 되지는 않았을까 하는 추측도 가능하다.

스카페타의 가장 흥미로운 측면 하나는, 그녀가 무자비하지 않으면서도 명백히 야망을 갖고 있다는 사실이다. 그녀는 자기 영역에서 아웃사이더 취급을 당하면서도 인간성과 품위를 잃지 않는다.

그녀는 정의를 위한 진정한 십자군 같은 존재다.

사생활 면에서, 스카페타는 가족과의 관계에서도 분투한다. 《법의

관》에서는 열 살짜리 조카 루시가 그녀를 찾아온다. 케이의 여동생이 낳은 유일한 딸인 루시는 거절당하고 버림받는 것에 익숙한 소녀다. 아버지는 아이가 두 살 때 죽었고, 자기도취에 빠진 어머니는 재혼을 준비하면서 언니더러 그 소식을 딸에게 전하라고 떠맡긴다. 루시는 엄청나게 지능이 높은 영재일지도 모르지만, 현실적인 삶의 문제를 다루는 정서적인 성숙함은 아직 모자라다. 스카페타는 루시의 변덕스러운 행동과 마구잡이식 애정 앞에서 난항을 겪는다.

시리즈가 지속되면서 루시는 성장하고, FBI 요원이 되며 25세 나이에 백만장자가 되어 컴퓨터, 헬리콥터, 엄청난 스피드를 낼 수 있는 차와 오토바이에 흠뻑 빠진다. 그녀는 몇몇 사람과 오랫동안 사귀는데, 그중 하나는 그녀와 가까운 이들에게 수년 동안 악영향을 미친 소시오패스이기도 하다. 스카페타 역시 시리즈를 거듭하며 사랑과 이별을 경험하지만, 직업과 과학 기술에 대한 그녀의 집중력은 여전하다. 사건을 해결하는 것은 언제나 세부사항을 놓치지 않는 스카페타의 꼼꼼한 주의력이다.

스카페타가 처음 플로피디스크를 컴퓨터에 넣어 데이터베이스 작업을 하고, DNA 정보가 아닌 혈액형으로 용의자들에 대해 논하던 이래 벌써 이십 년 이상이 지났다는 게 믿기지 않는다. 콘웰이 데뷔작을 집필하던 무렵, DNA는 극소수의 범죄사건 수사에만 사용되었다. 또한 그때는 테크놀로지의 발달로 경찰의 활동과 범죄자 재판이 극적으로 막 변화하려는 시기이기도 했다. 몇 년 안 지나서는 법의학과 과학 수사에 힘입어 발전되고 특화된 범죄 수사팀들이 더 많이 나타났다.

내가 처음《법의관》을 읽은 건 의과대학원 시험을 치르고 로열 오스트레일리언 칼리지에서 가정의 과정 장학금을 받기로 했을 무렵이었다. 마침 성범죄 희생자들을 조사하고 치료하기 위해 법의학 수업도 듣고 있었다.《법의관》은 언제나 희생자를 염두에 두는 강인한 여주인공을 처음으로 접한 책이다. 법의학에 초점을 맞춘 것 자체도 매혹적이었지만, 흥미진진한 줄거리가 아니었다면 그 역시 강의처럼 읽혔을 것이다. 하지만 《법의관》은 서스펜스로 가득한 매우 잘 쓴 이야기였고, 나는 하룻밤을 꼬박 새워 다 읽고 말았다. 이 정도면 언제나 수면 부족인 의사가 바칠 수 있는 궁극의 찬사가 아닌가.

고등학생 때부터 범죄소설을 쓰고 싶었지만, 현실적인 범죄소설에 누가 관심을 가질까 하는 생각에 주저하고 있었다. 《법의관》은 내가 열정적으로 관심을 바치는 대상에 대해 글을 쓸 수 있다고 격려해주었다. 그 대상은 법의학, 그리고 범죄의 파문 같은 영향력이었다.

퍼트리샤 콘웰의 성공은 나 같은 작가들에게 출판의 기회를 열어주었고, 캐시 라이크스와 린다 페어스타인Linda Fairstein, 제프리 디버, 테스 게릿슨Tess Gerritsen 같은 작가들이 이 장르를 풍성하게 일궜다. 그들 모두는 특별한 재능과 통찰력과 경험을 지속적으로 작품에 채워넣고 있고, 문학계는 이로 인해 훨씬 풍요로워졌다.

.

오스트레일리아의 소설가 캐스린 폭스Kathryn Fox는 법의학을 전공한 의사다. 그녀의 데뷔작 《악의Malicious Intent》(2005)는 닥터 애냐 크라이튼이 처음 등장한 작품이기도 하다. 이후 이어진 '애냐 크라이튼Dr. Anya Crichton 시리즈'에는 《동의는 없다Without Consent》(2006), 《블러드 본Blood Born》(2009), 《데스마스크Death Mask》(2010) 등이 있다. 최근에 캐스린은 벽촌 지역 아이들에게 책을 보내 글을 읽고 쓰는 능력을 진작시키기 위한 '삶을 위한 독서' 프로젝트를 시작했다. 캐시 라이크스, 린다 페어스타인, 로빈 버셀Robin Burcell과 함께, 여성에 대한 가정폭력에 반대하는 캠페인도 펼치고 있다.
www.kathrynfox.com

나는 도라 수아레스였다 *I Was Dora Suarez, 1990*

by 데릭 레이먼드

•

데릭 레이먼드Derek Raymond(1931~94)는 영국의 범죄소설가 로버트 쿡Robert Cook의 필명이다. 그는 부유한 직물사업가의 아들로 태어났으나, 해병대 복무를 마친 뒤 특권적 태생에 안주하길 거부하고 유럽과 미국을 떠돌아다녔다. 그는 하층을 지향함으로써 얻을 수 있는 가능성을 지속적으로 탐구하고자 했다. 범죄에도 잠깐 손을 대기도 한 삶의 방식 덕분에 하층민의 생활을 직접 경험할 수 있었고, 결국 그것에 대해 글을 쓰기로 결심했다. 그 경험으로 인해 레이먼드의 명성은 지금까지 지속되고 있으며 그의 '팩토리Factory 시리즈'는 영국 누아르 전통의 초석으로 평가받는다.

이언 랜킨

이 이야기들의 절반이라도 사실이라면……

그가 쓴 소설을 말하는 게 아니다. 그의 인생 말이다.

그는 심지어 애초에 데릭 레이먼드도 아니었다. 그의 본명은 로버트 쿡, 부유한 사업가의 아들로 태어났다. 이튼에서 퇴학당한 다음 해군 복무를 마치고 파리로 슬쩍 빠져나가, 윌리엄 버로스와 앨런 긴즈버그 등과 어울려 지냈다. 맨해튼으로 옮겨가 상속녀와 결혼했다. 결혼생활은 오래 지속되지 않았고, 유럽에 돌아와 예술품 밀수에 손댔던 것으로 보인다. 스페인에선 잠깐 감옥신세도 졌다. 런던으로 돌아와 로빈 쿡이라는 이름으로 《상류사회The Crust on Its Uppers》를 출간했다. 때는 1960년대 초반, 그의 거리 인생은 계속 굴러갔다. 다시 결혼했고, 잠깐 소호 생활을 즐겼다(굳이 알고 싶다면, 악덕과 도박을 뜻한다). 한동안 이탈리아에 머물다가 런던으로 돌아가 세 번째 결혼을 했고 택시 운전사로 지냈다. 이후 프랑스로 다시 가서 포도밭에서 일하고 지붕 이는 일에도 종사했다. 다시 런던, 그리고 네 번째 결혼, 네 번째 이혼이 이어졌다. 그는 택시 운전 일을 재개했고, 데릭 레이먼드(소호의 스트립클럽 '레이먼드 레뷰바'가 떠오르는 이름이다)라는 이름으로 다른 소설을 쓰기 시작했다. 제목은 《그는 눈을 뜬 채 죽었다He Died With His Eyes Open》(1984)였고, 이름 없는 런던의 형사가 주인공으로 등장하는 '팩토리 시리즈'의 첫 책이었다. 이 책은 프랑스에서 꽤 인기를 끌었고, 뒤이은 《휴가를 떠난 악마의 집The Devil's Home On Leave》과 함께 영화로도 만들어졌다. 1986년에 《죽은 자가 사는 법How the Dead Live》이, 1990년에 《나는 도라 수아레스였다》가 출간되었다. 《나는 도라 수아레스였다》는 다른 어떤 작품보다도 더 많이 피 칠갑된 문을 열어젖혔다. 레이먼드의 편집자가 이 소설 원고를 읽은 다음 토했다는 게 정말일까? 사실이든 아니든, 이 소설은 대단히 본능에 충실하고 사람들에게 충격과 혐오를 안겨주는 글이다. 일단 다 읽고 나면 결코 평화로워질 수 없는 이야기다. 당신이 끝까지 읽을 수 있다는 조건하에 말이다.

레이먼드는 그다음 결혼까지 끝나버린 뒤 '팩토리 시리즈'의 다섯 번째 책이자 마지막 작품인 《똑바로 선 시체Dead Man Upright》(1993)를 썼다. 그리고 일 년 뒤 63세를 일기로 숨을 거두었다.

테런스 블래커Terence Blacker의 책 제목인 '당신은 내가 산 것처럼 살 수 없고 이렇게 끝장날 수도 없다You Cannot Live as I Have Lived and Not End Up Like This'를 떠올리게 된다. 블래커는 또다른 악명 높은 문학계 인물인 윌리엄 도널드슨William Donaldson에 대해 썼지만 말이다. 데릭 레이먼드 역시 그 자체로 음울한 피카레스크 소설 한 편이 너끈히 나올 만한 삶을 살았다.

내가 그를 처음 만났던 때를 기억한다. 채링 크로스 로드에 위치한 맥심 제이커보스키Maxim Jakubowski의 머더 원Murder One 서점에서 열린 파티에 서였다. 그런 자리에서 매번 보게 되는 작가들, 마이크 리플리Mike Ripley, 마크 팀린Mark Timlin, 그리고 아마도 데니스 댄크스Denise Danks도 와 있었던 것 같다. 마이클 딥딘Michael Dibdin과 필립 커가 참석했는지는 잘 기억나지 않는다. 그들 모두 '젊은 피'로 불리던 무리 중 일부긴 했다. 나는 당시 프랑스에 살고 있었고 심야 TV 쇼에서 레이먼드(팀린은 그를 '쿠키 보이'라고 불렀다)를 본 적이 있었다. 트레이드마크인 베레를 쓴 그는 유창한 프랑스어로 그 어떤 주제에 대해서도 얘기할 수 있었다.

실제로 본 그는 키가 크고 야위었으며 손에서 와인 잔을 떼어놓질 않았다. 그렇다, 베레도 쓰고 있었다. 그의 눈은 희부연데도 사람들을 꿰뚫어보는 것 같았는데—나는 롤링 스톤스의 키스 리처즈를 떠올렸다—사람들이 이제껏 본 적 없고 앞으로도 그러지 못할 세계를 본 것 같은 그런 눈이었다.

그럼에도 불구하고 그는 매력적이었다. 그는 자신의 책에다 '행운을 빌며'와 '친애하는'이라는 말과 함께 내게 서명을 해주었다. 그 책은 《나는 도라 수아레스였다》였다. 이미 《타임스》에서 "형이상학적 강렬함이 동시대 작가들이 아닌 자코비언Jacohean● 시대의 작가들을 연상시킨다. 레이먼드보다 피부 아래 해골에 더 집착하는 작가는 또 없을 것이다"라는 서평을 받은 책이었다.

앞선 '팩토리' 소설은 또다른 매체에서 '완벽하고도 끔찍한 악에 대

● 스코틀랜드의 제임스 6세로부터 영국의 제임스 1세까지 이어지는 1567~1625년 무렵의 시기를 뜻한다. 셰익스피어, 벤 존슨, 존 웹스터, 존 던 등 뛰어난 문학가들이 여럿 활약했던 시기이기도 하다.

한 탐구'라는 평가를 받았다. 그러니 당신은 눈치챌 수 있을 것이다. 우리가 에르퀼 푸아로와 〈독 그린의 딕슨Dixon of Dock Green〉*으로부터 정말 멀리 떨어진 곳에 있다는 것을. 레이먼드의 산문은 간결하고 신랄하며 모난 곳투성이다. 그의 문체는 영어가 제2외국어였던 작가 조지프 콘래드Joseph Conrad와 닮은 듯한데, 이처럼 뾰족뾰족 모난 산문은 극히 공포스럽고 혼란스럽고 산산조각 흩어져 있는 이야기 자체와 더없이 잘 어울린다. 이 무명의 형사는 '원인 불명 죽음' 부서에서 수행하는 끔찍한 업무로 우리를 이끈다. 이 경찰서는 런던의 폴란드 스트리트 W1에 위치한 경찰서, 통칭 '팩토리'로 알려진 곳을 모델로 삼았다. 화자는 자신의 일을 좋아한다고 말한다. 왜냐하면 "내 발치에서 걸리적거리는 열정 넘치는 멍청이들한테 방해받지 않고, 대부분 내가 정한 규칙에 따라서 일을 할 수 있기 때문이다". 그리하여 그는 미국 소설 속의 사립탐정처럼—심지어 총도 갖고 다닌다—직무를 수행한다. 하지만 마음대로 이용할 수 있는 경찰 자료들을 필요로 하기 때문에 경찰 직함을 달고 있다. 그는 정치적 공정함이나 서류 작성 따위로 방해받지 않는 세계에서 군림한다. 용의자는 경찰 손아귀에서 마음대로 주무를 수 있고, 규칙은 편의에 따라 어기면 그만이다.

《나는 도라 수아레스였다》에서 레이먼드는 뒤틀린 마조히스트와 살인청부업자의 내면에 헬파이어 클럽Hellfire Club*의 메스꺼운 현대 버전을 덧붙인다. 그리고 도라라는 인물이 등장한다. 도라는 소설 첫 장면에

- 1955년부터 1976년까지 BBC에서 방영된 연속극. 사려 깊고 인간적인 경찰 조지 딕슨이 주인공으로 등장하여 상식과 인간성에 대한 이해로 각종 사소한 범죄를 해결하는 모습을 보여준다.
- '네가 원하는 걸 하라'는 기치를 내걸고 기존의 윤리 규범을 부정하며 쾌락주의와 종교로부터의 자유를 추구함으로써 온갖 스캔들을 일으킨, 18세기 영국 귀족들과 사회 지도층 일군이 조직한 비밀 결사체들을 통칭하는 말. 온갖 사디스틱한 행위가 펼쳐졌다고 알려져 있지만 부풀려진 소문일 공산이 크다.

이미 죽어 있지만, 일기장을 통해 느릿느릿 고통스럽게 자신이 어떤 사람이었는지 밝힌다. 짧지만 대단히 뛰어나게 짜인 소설로서, 뭉크의 〈절규〉에 대응할 수 있는 영국 범죄소설이라 부르고 싶다. 독자가 결코 완전히 탈출할 수 없는, 너무나도 생생한 악몽이다.

레이먼드는 왜 더 잘 알려지지 못했고 더 널리 읽히지 않는 걸까? 그는 프랑스 탐정소설 팬들에게는 아이콘으로 여겨지고, 미국과 영국에도 그를 숭배하는 작가들이 있다고 들었다. 아마도 그의 비전이 보편적으로 읽히기에는 지나치게 황량했거나, 아니면 그가 쓴 범죄소설이 영국의 기준으로 받아들여지거나 용인될 수 있는 선에서 너무 많이 나아갔기 때문일 것이다. 어쨌든 이 소설에는 독자들의 주의력을 흐트러뜨리는 잘못된 단서나 용의자나 반전이 거의 없다. 그 대신 레이먼드는 형사의 영혼이 점점 더 심하게 망가져가는 가운데 판결과 응징을 향해 직선으로 쭉 뻗어가는 과정을 기록할 뿐이다.

1997년으로 돌아가보면,《워터스톤 범죄소설 가이드Waterstone's Guide to Crime Fiction》는 데릭 레이먼드를 두고 '마음을 산란하게 만드는 재능'을 가졌으며 '강인한 천성과, 정직함과 야만성에 대한 애정을 지닌 이들에게 마땅히 추천할 만한 작가'라는 적확한 평가를 내렸다. 그 희부옇고 꿰뚫어보는 듯한 눈은 엑스레이와도 같았다. 그 눈은 일상적 실존의 표면 아래 도사린 공포를 보았다. '팩토리 시리즈'는 소설이지만, 또한 타인에게 공감하지 못하는 세계 속 무심한 잔혹성의 최전선에서 쓴 기록물이기도 하다.

·

이언 랜킨Ian Rankin은 스코틀랜드의 에든버러에 살며, 존 레버스 경위DI John Rebus가 등장하는 시리즈로 잘 알려져 있다. 그는 런던과 프랑스, 스코틀랜드를 오가며 살았으며, 예전의 데릭 레이먼드처럼 포도밭에서 일한 바 있다. 데릭 레이먼드와 달리 그는 결혼을 한 번만 했다.

www.ianrankin.net

도살장의 춤 *A Dance at the Slaughterhouse, 1991*

by 로렌스 블록

•

'매튜 스커더Matt Scudder 시리즈'와 '버니 로던바Bernie Rhodenbarr 시리즈'로 잘 알려진 로렌스 블록Lawrence Block(1938~)은 예순 편이 넘는 장편소설과 백 편이 넘는 단편소설을 썼다. 글쓰기에 관한 책도 다섯 권 발표했는데, 그중 최신작은《덧붙임Afterthoughts》(2011)이다. 1950년대에 필명으로 페이퍼백 포르노소설을 쓰는 것으로 경력을 시작했고, 본명으로 쓴 데뷔작은 1957년의 단편 〈너는 지지 않아You Can't Lose〉였다. 장·단편 작품들로 셀 수 없이 많은 문학상을 수상했는데, 미국 미스터리작가협회의 그랜드 마스터 상(1994)과 미국 사립탐정작가협회의 평생공로 상(2002)도 거기에 포함된다.

앨리슨 게일린

"내가 그를 어떻게 아는지 생각이 안 납니다."

매튜 스커더,《도살장의 춤》* 중에서

중년 남성과 십대 소년이 함께 앉아 권투 경기를 본다. 별로 닮진 않았지만 아마 부자지간일 것 같다. 어느 순간 남자는 소년의 머리카락을 헝클어뜨린다. 단순하고 애정이 담긴 몸짓이다. 하지만 이 순간은 또다른 관객, 사립탐정 매튜 스커더의 뇌리에 깊이 각인된다. 그는 전에도 이

• 국내에서는《백정들의 미사》로 출간되었다.

몸짓을 본 적이 있었다. 어디서였더라?

우리 모두 이처럼 스쳐 지나가는 데자뷔의 순간을 경험한 적이 있다. 하지만 결코 잊을 수 없는 로렌스 블록의 에드거 상 수상작에서처럼, 흑요석처럼 시커먼 영역으로 들어서는 체험일 경우는 드물다.《도살장의 춤》이 왜 비위가 약한 이들이라면 피해야 할 책인지 힌트를 주겠다. 스커더는 낯선 남자의 몸짓을 몇 달 전 친구의 부탁으로 진행했던 수사 과정에서 목격했다는 걸 기억해낸다.

그는 스너프 필름에서 그 장면을 봤었다.

작가에겐 쉽지 않은 도전이다. 스너프 필름, 질 나쁜 B무비 나부랭이, 도시 전설. 로렌스 블록만큼 능숙한 작가가 아니라면, 이런 장치는 소재 착취에 불과하거나 정도가 지나치거나 터무니없는 사건일 경우가 허다하다. 하지만 블록의 소설에선, 소름 끼친다. 그리고 진짜다.

이후, 스커더는 빼돌려둔 스너프 필름을 여자친구―영리하고 마음이 따뜻한 매춘부 일레인 마델―와 함께 다시 한번 돌려본다. 그녀는 처음엔 신경질적으로 농담을 던지지만, 가장 단순하고도 적나라한 용어로 묘사되는 장면들이 스크린에서 진행되자 아예 입을 다물어버린다. 이건 소설을 덮고 나서도 당신을 끈질기게 쫓아다니며 괴롭히게 될 장면이다. 이 커플이 목격하는 무시무시한 사건 때문만이 아니라, 그에 대한 일레인의 반응 때문에 그렇다. 스커더가 영화 절반쯤에서 정지 버튼을 눌렀을 때, 이미 세상 풍파를 다 겪은 이 여자는 거의 육체적인 고통을 느끼고 있었다.

"양팔을 움츠려 옆구리를 세게 누른 채, 그녀는 가벼운 경련을 일으키고 있었다." 스커더는 독자에게 알려준다. "나는 '더이상 보고 싶지 않은 것 같군' 하고 말했다. 그녀는 즉각 대답하지 않은 채, 그저 소파에 앉아 계속 숨을 들이마시고 내쉴 뿐이었다. 그러다가 물었다. '저거, 진짜

지?'"

이는 그야말로 순수가 상실되는 순간이며, 우리 역시 그녀와 함께 타락한다. 일레인이 침대로 도망친 뒤 스커더는 물러서지 않겠다는 기세로 영화를 끝까지 보며 우리에게 그 내용을 묘사한다. 일레인과 달리 우리는 그 방을 떠날 수 없다. 우리는 시선을 돌릴 수 없다. 영화에 대한 이 소름 끼치는 정보 때문에, 우리는 결코 예전으로 돌아갈 수 없다.

스커더처럼 우리 역시 스너프 필름을 끝까지 지켜봐야만 하고, 그러게 된다. 권투 경기장에서 봤던 그 남자가 스너프 필름에서 또다른 소년을 성적으로 고문하고 살해하는 가면의 남자와 동일 인물이라는 확신이 들자, 스커더는 남자와 여성 공범을 찾아내는 일에 착수한다. 남자가 무척 다정하고 편안하게 대하는 듯 보이던 경기장의 소년이 똑같은 운명을 맞이하기 전에 막아야 한다. 그러기 위해 이 천성적으로 도덕적인 전직 경찰은 뉴욕의 상류사회와 하류사회 양쪽의 가장 어두운 구석들로 이어지는 미로에 들어선다.

블록의 세계에서 악은 계급간의 경계에 따라 구별되지 않는다. 스커더가 이름 모를 소년을 구하기 위한 여정에서 접촉하는 온갖 좀도둑, 마약 밀매자, 거리의 사기꾼들은 모두 멋진 유머 감각이든 타고난 신실함이든 강인한 생존 의지든 감탄스러운 면모를 보여준다. 반면 지역 내에서 꽤 이름이 알려진 부유한 홀아비의 경우, 그는 비겁함의 표본이라 할 진저리나게 소름 끼치는 인물로 판명된다.

스커더와 이 홀아비의 조우, 그리고 그가 들려주는 무시무시한 이야기는 《도살장의 춤》이 전하는 사회적 충격 중 하나다. 하지만 진정으로 독자들의 마음에 공감을 불러일으키는 것은, 하나같이 풍요롭고 다층적으로 묘사된 캐릭터들이다. 그리고 가장 강력하게 독자에게 호소하는 등장인물은 다름 아닌 매튜 스커더다.

스커더는 예전에 비극적인 잘못들을 저질렀고, 지금은 재활 중인 알코올중독자다. 그는 로렌스 블록의 시리즈가 진행되면서 성장하고 변화했으며, 이제 그의 모든 행동은 자제력으로 특징지어진다. 자신감 있고 느긋해 보이지만, 그는 본능과 자주 치열한 전쟁을 벌인다. 정의가 실현되어야만 한다는 강력한 욕망, 술을 마시고 싶다는 강력한 욕망…… 혹은 그저 강력한 욕망. 소설의 배경이며 루돌프 줄리아니*가 시장으로 부임하기 이전의 거칠기 짝이 없는 뉴욕처럼, 스커더는 섬세한 동시에 야비하다. 자제력이 강하고 멀쩡해 보이는 외관 아래로는 분노와 열정과 과잉과 감정이입이 격렬한 전투를 벌이고 있다.

인간이라는 존재는 대부분 모순 덩어리이며, 스커더 역시 인간일 따름이다. 수많은 약점을 지녔지만 그는 어떤 희생을 감수하고라도 선을 행하려 한다. 스커더의 성격 중 가장 마음 아픈 면은, 그 자신의 한계에서 발생하는 좌절감이다. 예컨대 수사가 끝나가던 무렵 그가 금주 모임에 참석해 고백하는, 가슴이 찢어질 듯 솔직한 순간. "하루 종일 술을 마시고 싶었습니다." 그는 말을 잇는다. "아무것도 할 수 없는 상황인데도, 뭐라도 할 수 있어야만 할 것 같은 기분입니다. (…) 저는 알코올중독자고 모든 것이 더할 나위 없이 완벽하길 바라지만, 한 번도 그런 적이 없습니다."

정말이지, 스커더 자신이 속한 세계는 우리가 생각할 수 있는 것 이상으로 완벽과는 거리가 멀다. 모골이 송연해지는 클라이맥스에 이르렀을 때, 그는 살아 숨쉬는 최악의 괴물과 대면해야 하는 악몽에 갇힌다. 수사를 통해 그는 진실에 다가가지만, 그 진실은 추악하다. 질문은 여전히 그대로다. 이 상황에서 그는 어떤 행동을 취해야 하는가? 스커더는 자제

---

* 그가 1994년부터 2001년까지 뉴욕 시장으로 재직하는 동안 뉴욕의 범죄율은 현저하게 감소했다.

력을 발휘하여 한발 물러서서, 정의가 자기 방식대로 삐걱거리는 바퀴를 굴리도록 기다릴 것인가, 아니면 언젠가 결국 저항하지 못하고 알코올에 무릎 꿇었던 그 순간처럼 분노와 증오에 스스로를 내맡길 것인가?

여기서 누설하진 않겠다. 다만《도살장의 춤》의 결말은 지금까지 어떤 책에서 접한 것보다 가장 만족스러운 끝맺음이었다는 점만 말해둔다. 그리고 이 소설 자체도, 모든 연민과 잔혹함, 악랄함, 가슴이 미어지는 모순까지 전부 포함해, 언제까지나 내 마음속에 남아 있을 것이다.

생각해보라, 모든 것은 바로 그 단순한 몸짓에서 시작되었다.

.

《USA 투데이》베스트셀러 목록에 이름을 올린 작가 앨리슨 게일린 Alison Gaylin은 에드거 상 후보에 오른《눈을 가려라Hide Your Eyes》로 작가의 길에 발을 내디뎠다. 그녀의 소설들은 미국, 영국, 프랑스, 독일, 노르웨이, 네덜란드와 일본 등에 번역 출간되었다.《그리고 그녀는And She Was》은 완벽한 기억력이라는 축복이자 저주를 받은 사립탐정 브레너 스펙터를 주인공으로 하는 새로운 시리즈의 첫 책이다. 최신작《나와 함께 있어줘Stay With Me》는 2014년에 출간되었다. 노스웨스턴 대학교와 콜롬비아 언론 대학원을 졸업했으며, 현재 남편과 딸과 함께 미국 뉴욕 주 북부에 거주한다.
www.alisongaylin.com

블랙 에코 *The Black Echo, 1992*

by 마이클 코넬리

•

마이클 코넬리Michael Connelly(1956~)는 비평적 찬사를 한몸에 받는 가장 유명한 미국 미스터리 작가 중 한 사람이다. 그는 장편소설 스물여섯 편을 썼고 그중에는 LAPD 경찰 해리 보슈와 '링컨 차를 타는 변호사' 미키 할러가 각각 주인공으로 등장하는 시리즈들이 포함된다. 할러와 보슈가 배다른 형제임이 밝혀지면서 2008년 이후로 두 시리즈는 연결되었다. '할러Haller 시리즈'의 첫 책 《링컨 차를 타는 변호사 The Lincoln Lawyer》(2005)는 매슈 매코너헤이 주연으로 영화화되었다. 코넬리는 또한 잭 매커보이를 주인공으로 한, 시리즈에서 독립된 소설도 세 권 썼는데 이 중 가장 유명한 작품은 《시인The Poet》(1996)이다. 기자 시절 사건일지를 모은 《범죄의 탄생Crime Beat》(2006)을 출간하기도 했다. 1994년 당시 대통령이었던 빌 클린턴이 코넬리의 네 번째 책 《콘크리트 블론드The Concrete Blonde》(1994)를 옆구리에 끼고 있는 모습이 카메라에 찍히면서 작가 경력이 급상승한 바 있다.

존 코널리

초기의 캘리포니아 범죄소설가 중, 논의의 여지없이 위대한 작가로 불리는 네 사람이 있다. 대실 해밋, 레이먼드 챈들러, 제임스 M. 케인, 로스 맥도널드가 그들이다. 이 작가들을 이어주는 공통점이라면, 엄격하게 말해 그들 중 아무도 캘리포니아 토박이가 아니라는 사실이다.

챈들러는 일리노이 주 시카고에서 태어나 유년 시절을 네브래스카에서 보냈다. 그는 런던의 덜위치 대학교에서 고전 인문학 교육을 받았고(동창으로는 작가 P. G. 우드하우스와 탐험가 어니스트 섀클턴 경이 있다) 아일랜드의 워터퍼드에서 여름을 났다. 마침내 1913년 로스앤젤레스에 도착했을 때, 그는 스물다섯 살이었다. 또한 그는 거의 오십 년간 영국 국적을 유지했다. 로스 맥도널드는 1915년 캘리포니아 로스가토스에서 태어나긴 했지만, 캐나다에서 성장기를 보냈고 1950년대에야 미국으로 돌아왔다. 해밋과 케인은 둘 다 메릴랜드에서 태어났다. 그곳은 지리적으로나 문화적으로, 또 사회적으로 캘리포니아와 가장 거리가 멀다.

하지만 (최소한 범위를 미스터리 장르로 한정 지었을 때) 캘리포니아의 픽션화된 풍경을 탐색하려면, 해밋이 집필을 시작한 1920년대부터 맥도널드의 작품 활동이 끝난 1970년대까지, 우리는 이 작가들을 능률적으로 활용할 수 있을 것이다. 물론 그들은 아웃사이더였다. 또한 원주민이 아니면서 캘리포니아 주에 사는 사람들은 모두 아웃사이더라고 할 수 있다. 캘리포니아는 절망에 지친 이들이 찾는 장소다. 캘리포니아는 여로의 마지막에 위치한 장소다. 비트 세대의 시인 루 웰치Lew Welch가 〈타말파이스 산이 부르는 노래The Song Mt. Tamalpais Sings〉에서 "여기가 마지막 장소, 더 이상 갈 곳이 없네"라고 쓴 대로다. 미스터리 소설의 탐정 역시 아웃사이더다. 태어날 때부터, 혹은 외모 때문에, 개인적 기벽이나 인종, 젠더 때문에 아웃사이더다. 하지만 특히 그 탐정이 도덕적 주인공이고 정직한 존재라면, 그 어디보다도 캘리포니아를 배경으로 한 범죄소설에서 그는 가장 고독한 아웃사이더일 것이다.

초창기 사립탐정물의 걸작들이 이곳의 토양에서 배태된 건 전혀 우연이 아니다. 캘리포니아는 길고 비열한 부패의 역사를 지니고 있기 때문이다. 1899년 스탠퍼드 대학교의 창립자 데이비드 스타 조던David Starr Jordan은 에세이 〈캘리포니아와 캘리포니아 사람들California and Californians〉에서 이 주의 정치적 상황에 대해 한탄을 금치 못했다. 갱단 두목들이 로스앤젤레스와 샌프란시스코를 지배하고, 토지 용도는 정해진 기준 없이 제멋대로 바뀌며, 주 정부는 철도회사인 서던 퍼시픽 운송회사의 꼭두각시나 다름없었다. 어느 정도냐면, 철도 위원회가 서던 퍼시픽의 '글짓기

사무실'이라고 불릴 정도였다. 조던은 변화의 가능성이 희박하다고 봤으며, 캘리포니아 사람들은 이런 전망에 딱히 실망하지 않았다. 2012년 일리노이 대학교에서 실시한 연구에 따르면, 로스앤젤레스 광역권이 미국 전체에서 가장 부패한 지역 2위를 차지했다. 1976년 이래 직무상 부당취득, 뇌물, 이해관계 충돌, 선거 관련 범죄 등에 대한 연방정부의 유죄선고가 1,275건이었다.(일리노이 대학교 입장에선 좀 당황스러웠겠지만 부패한 지역 1위로는 유죄선고가 1,531건에 달했던 시카고가 선정되었다. 아직 대답이 밝혀지지 않은 질문을 섣불리 던지지 않는 데는 그럴 만한 이유가 있다.)

하나의 주가 건설되기까지의 과정 자체가 부패했다면, 그 지역이 부유하고 부도덕한 인간들에 의해 매수되었다면, 가난하고 힘없는 이들은 누구에게 기댈 수 있겠는가? 이미 그들이 처한 상황보다 더 크나큰 희생을 치러야 한다는 걸 깨달았을 때 말이다. 경찰은 아니다. 경찰은 주 정부의 군대 역할만 할 따름이고, 그들이 바치는 충성은 정의나, 심지어 법도 아닌, 오직 경찰을 장악한 이들만을 향해 있다. 경찰이 실제로 부패하진 않았다 하더라도 그들은 만연한 악을 제대로 다룰 능력이 없다. 그들이 움직이는 시스템은 거대한 임무를 직접 맡기에는 부적절하다. 혹은 그들이 완고하게 얽혀 있는 적법성이라는 틀은 너무 융통성이 없거나 둔감해 적절하게 작동하지 않는다.

미스터리 소설이 우리에게 제시하는 대답은 사립탐정이라는 형태로 구체화된다. 사립탐정은 서부극 영웅의 후손이기도 하다. 법이 부패를 제대로 쓸어버릴 수 없거나 쓸어버릴 의지가 없을 때 부패한 마을을 깨끗이 청소할 수 있는 총잡이.(해밋의 《붉은 수확》 역시 본질적으로 서부극이라 할 수 있다. 무명의 탐정은 두 라이벌 갱단을 반목시킨 다음, 그들이 서로를 완전히 박멸하도록 부추긴다. 웨스턴소설이 사립탐정 소설로 변형되어 스며든 지점이라고 논평할 수 있다.) 그리하여 우리는 챈들러의 필립 말로, 맥도널드가 만들어낸 공감의 화신 또는 예수 같은 형상의 루 아처, 해밋의 복수의 천사 콘티넨털 옵과 같은 편력 기사들을 만나게 된다. 아웃사이더가 우글거리는 이 캘리포니아에서조차 그들은 모두 아웃사이더이다. 하지만 그들은 상대적으로 때가 덜 묻은 이들이고, 그들의 관심사는 법이 아니라 정의다.

지금까지의 설명은 마이클 코넬리를 일정한 맥락에 놓기 위해 거쳐 온 것이다. 코넬리 역시 캘리포니아에선 아웃사이더다. 그는 필라델피아에서 태어났고 12세에 플로리다로 이사해 성장했으며, 31세였던 1987년에 로스앤젤레스로 옮겨가《로스앤젤레스 타임스》에서 범죄 전문 기자로 일하기 시작했다. 1992년 그는 LAPD의 강력반 형사 히에로니머스 '해리' 보슈가 주인공으로 등장하는 첫 소설《블랙 에코》를 썼다. 보슈는 지금까지 코넬리의 가장 상징적인 창조물로 굳건히 자리를 지키고 있다. 경찰임에도 불구하고 보슈는 아웃사이더이다. 그는 형사 배지를 들고 다니긴 하지만 자기 분과에서 밀려났다. 우리가《블랙 에코》를 통해 처음 만나는 보슈는, 용의자를 쏜 일 때문에 로스앤젤레스 경찰국의 강도살인분과에서 할리우드 경찰서의 살인사건 전담 팀으로 좌천된다. 시리즈가 진행되면서 다양한 형사들과 팀을 이뤄 활동하지만 그는 언제나 고독한 인물로 남아 있다. 상관과는 노골적으로 반목하는 대립 관계를 유지한다. 한번은 한동안 LAPD를 그만두고 사립탐정이 되기까지 한다. 하지만 그 시기를 다룬《로스트 라이트Lost Light》(2003)와《시인의 계곡The Narrows》(2004)은 어딘지 묘하게 만족스럽지 못한 작품이었다. 아웃사이더라는 보슈의 상황은 그가 명목상으로나마 LAPD의 일원으로 있을 때 그 제도와 반목하면서 가장 강렬하게 드러난다. 그는 제지당할 때 가장 뛰어난 실력을 보인다.

다른 모든 최고의 탐정들처럼 어쨌든 보슈의 사생활은 엉망진창이지만, 그는 상당수 여성들과 잠자리를 함께하면서 스스로를 위안한다.

전직 FBI 요원이자 전직 경찰인 엘리노어 위시와의 결혼생활도 이혼으로 끝난다. 엘리노어는《블랙 에코》에서 역시 처음 모습을 드러냈고, 후속작들에서 그녀 자신의 사연도 계속 이어진다. 보슈에게는 딸 매디와 의붓형제 미키 할러가 있다. 할러는 코넬리의 '링컨 차를 타는 변호사 시리즈'의 주인공이기도 하다.

　바로 직전의 문단을 다시 읽어보면서, 이건 코넬리의 글 복제품에 가깝지 않은가라는 생각이 떠올랐다. 코넬리의 소설을 읽기 시작했을 때 나는 그의 스타일에, 혹은 스타일의 의식적인 부재에 약간 당혹스러웠다. 나는 서정적이고 시적이며 은유의 귀재인 소설가 제임스 리 버크에게 아주 많이 영향을 받았다. 언어 사용이라는 면에서는 제임스 리 버크에게 견줄 만한 미스터리 작가는 없을 것이다. 반면 코넬리의 산문 스타일은 저널리즘의 그것과 가깝다. 퓰리처 상 후보 경력이 있는 기자 출신이라는 배경을 생각해본다면 그리 놀랄 일은 아니다. 코넬리는 겉치레를 피하는 편이고, 이는 대부분의 신문 기자들에게 주어지는 편집에 관련한 칙령을 연상시킨다. 기사를 쓰던 중에 특별히 멋진 표현이 떠올랐다면, 지워버려라. 소통과 설명이라는 기사의 기본 목표에 부합되지 않으니까. 코넬리가 글을 잘 못 쓴다는 뜻이 절대로 아니다. 그는 글을 매우 잘 쓰지만(그리고 물론 다른 작가들처럼 코넬리 역시 때때로 과장된 표현을 쓰려는 유혹에 굴복하고 만다) 대부분 의도적으로 꾸밈없는 스타일을 더 선호해서, 어찌 보면 이 작가를 소설이 아니라 토론장에서 만난다면 더 어울린다고 느낄지도 모르겠다. 그의 산문은 사람의 주의를 확 끌어당기지 않는다. 이는 캐릭터와 사건을 섬세하게 구축해가는 데 주의 깊게 사용되어야 하는 도구다.

　나도 저널리즘에 몸담았던 적이 있다. 다수의 기자들처럼, 나 역시 글을 써서 돈을 벌 수 있는 직업이기 때문에 그 길을 택했다. 하지만 저널리즘에는 엄격한 규율이 있었고, 그것이 때로 숨막힐 듯 답답하게 여겨졌다. 소설을 쓸 때 나는 신문사에서 허락되지 않았던 자유를 느꼈다. 난 첫 소설을 쓰면서 신문사에서 스타일의 족쇄로 느꼈던 요소들을 죄다 버렸다. 반면 코넬리는 기자로서 배웠던 것을 소설 쓰기에 적용시키는 또다른 길을 택했다.

코넬리의 모든 기술적 양상은 이미《블랙 에코》에서부터 명백하게 드러난다. 처음 출간된 소설치고《블랙 에코》는 놀랄 만큼의 완성도를 보여준다. 분명 미스터리 소설 장르에서 가장 뛰어난 데뷔작 중 하나다. 에드거 상 '최고의 데뷔작' 부문을 수상한 것이 전혀 놀랍지 않다.《블랙 에코》에서, 보슈는 베트남전에서 '땅굴쥐'—베트콩의 땅굴 기지를 사냥하는 역할—로 복무했던 군인이다. 경찰이 된 그는 땅굴쥐로 함께 활약했던 전우 빌리 메도우스의 죽음에 얽혀들고, 그의 죽음이 도시의 지하터널을 이용한 은행 강도와 연결되어 있을지도 모른다고 의심하게 된다. 보슈는 FBI—앞서 언급했던 엘리노어 위시—와 팀을 이뤄 강도들을 잡으러 나선다.

《블랙 에코》는 실제 사건을 기반으로 쓴 작품이다. 2002년 코넬리를 인터뷰했을 때 나는 다음과 같은 이야기를 들었다.

정말 기이한 일이었다. 인생 최초로 LA에 도착한 그 날, 나의 첫 소설에 영감을 준 그 은행 강도사건이 터졌다. 로스앤젤레스는 기본적으로 사막이며, 홍수를 대비하여 도시 아래쪽에 600마일이나 되는 빗물 터널이 설치되어 있다. LA 거리 곳곳을 운전하고 다니듯이 LA 지하 터널에서도 운전하고 다닐 수 있다.

어떤 강도 무리가 작은 4륜 오토바이 혼다 ATV를 타고—최소한 네 명은 태울 수 있다고 봤겠지—터널 중 하나를 골라 3마일을 달려 은행 아래 150피트 지점에 도착했다. 그들은 금고 바로 아래쪽에 터널을 파기 시작했고, 주

말을 틈타 은행에 침입해 모든 안전 금고들을 싹 털고는 자취를 감췄다. 그들은 잡히지 않았다. 체포에 성공할 수도 있었을 가장 큰 기회는 그로부터 일 년 뒤에 왔다. 터널을 조사하던 LA 공공사업 노동자 한 명이 터널 벽에 붙어 있는 합판을 발견한 것이다. 합판은 콘크리트처럼 보이게 페인트 칠이 되어 있었다. 그는 합판을 치웠고 또다른 터널을 발견했다. 강도들이 돌아왔고, LA를 다시 충격에 빠뜨릴 새로운 은행털이용 땅굴을 파고 있었던 것이다. 이 터널은 윌셔 은행을 목표로 했고, 경찰은 강도들이 계속 땅굴을 파게 내버려두다가 매복 끝에 체포할지 아니면 터널을 메워버릴지 선택의 기로에 놓였다. 윌셔는 주요 도로에 위치했기 때문에, 새로운 터널로 인해 도로가 함몰될 수도 있는 상황이었다. 결국 안전이 우선시되었고, 터널은 메워졌다. 강도들은 그 상황을 지켜보고는 포기했을 것이다.

이런 멋진 행운에 힘입어 성공적인 경력을 쌓을 수도 있지만, 수많은 다른 작가들은 전도유망한 소재와 마주치더라도 어설프게 망치고 말았을 것이다. 하지만 코넬리는 애초에 재능이 있었다. 이는 흔히 생각하기보다 훨씬 더 예외적인 경우이다. 제임스 리 버크는 '데이브 로비쇼 시리즈'의 첫 책《네온 레인The Neon Rain》(1987)보다는 두 번째 책《천국의 죄수들Heaven's Prisoners》(1988)로 본연의 모습을 드러내기 시작했다. 로스 맥도널드의 초기작들은 레이먼드 챈들러를 지나치게 따라한 흔적이 역력했고 말이다. 한편 챈들러 그 자신은—마이클 코넬리는 이 책에 실린 글에서 챈들러에 대해 썼다—장편소설을 쓸 때 틀에 박힌 듯 초기 단편을 재활용하곤 했다.《안녕 내 사랑》(1940)과 비교해보면,《빅 슬립》(1939)에서 서로 다른 이질적인 이야기들이 접합되어 있다는 게 보다 분명하게 드러난다. 그의 여섯 번째 소설《기나긴 이별》(1953)은 예전의 아이디어를 고쳐 쓴 흔적이 없는 작품이며, 내 생각에는 챈들러의 가장 완성도 높은 작품이 아닌가 한다.

하지만 코넬리는 첫 작품《블랙 에코》에서부터 온전하게 자신만의 특징을 형성해 보였다. 그는 이후 열다섯 편의 소설을 통해, 직업적 임무와 사적 임무 양쪽을 수행하는 보슈의 행로를 죽 따라갔다. 보슈는 불완전하고 불공평한 세계에서 어느 정도 정의를 구현하고, 그 안에서 자신이 어떤 위치를 점하는지를 궁극적으로 깨닫게 된다. 이 시리즈 중《라스트 코요테The Last Coyote》(1995)나《앤젤스 플라이트Angels Flight》(1999) 같은 작품들은《블랙 에코》보다 훨씬 더 우월하고 뛰어나다고 여겨지지만, 그렇다고 해서 데뷔작에서 코넬리가 이뤄낸 성취가 축소되는 것은 아니다. 오히려 그가 데뷔작에서 기준치를 얼마나 높이 세웠는지를 잘 보여줄 뿐이다. 이 기준은 코넬리 자신뿐 아니라 그 발자취를 따라온 후대 작가들에게도 적용된다.

마지막으로 한마디 : 동세대 작가들로부터 작품만큼이나 인품으로도 존경받는 작가를 본다는 건 드문 일이다. 마이클 코넬리는 바로 그런 예외적 작가 중 한 사람이다. 그는 이른바 다른 사람들을 위해 엘리베이터를 내려 보내는 타입이다. 수많은 동료 작가들은 그의 지원으로 큰 도움을 받아왔다. '보슈 시리즈'는 미스터리계의 근사한 보물 중 하나다. 작가 본인도 역시 마찬가지다.

·

존 코널리John Connolly는 1968년 아일랜드의 더블린에서 태어났다. 《잃어버린 것들의 책》《언더베리의 마녀들》을 비롯해, 청소년을 대상으로 한 '새뮤얼 존슨 시리즈', 미스터리 '찰리 파커 시리즈' 등 장편 소설 열여섯 편을 썼다. '찰리 파커 시리즈'의 최신작은《겨울의 늑대 The Wolf in Winter》다. 다른 모든 작가들처럼, 그 역시 새롭게 발견되기를 기다리는 중이다.
www.johnconnollybooks.com

스밀라의 눈에 대한 감각

Frøken Smillas Fornemmelse For Sne, 1992

by 페터 회

•

페터 회Peter Høeg(1957~)는 1992년《스밀라의 눈에 대한 감각》을 발표한 즉시 비평적 찬사와 세계적인 인기를 끈 소설가다. 이 책은 SF 요소가 섞인 스릴러이자 사회 내 개인의 위치에 대한 탐구이기도 하다. 페터 회가 이후 다른 스릴러를 쓰지 않았음에도 불구하고,《스밀라의 눈에 대한 감각》은 스칸디나비아 범죄소설 뉴웨이브의 전신 중 하나로 여겨진다.

마이클 로보섬

리스베트 살란데르(스티그 라르손의 주인공)와 해리 홀레(요 네스뵈의 주인공)와 쿠르트 발란데르(헨닝 망켈의 주인공)가 스칸디나비아 반도의 눈 속에 출현하기 훨씬 오래전, 또다른 거인이 먼저 얼음에서 걸어 나왔다. 그녀의 이름은 스밀라 카비아크 야스페르센이지만 그저 스밀라로, 눈에 대한 감각과 잊을 수 없는 목소리를 가진 여주인공으로 더 잘 알려졌다.

범죄소설에는 심장을 멎게 하는 등장인물이 있고, 심장을 찢는 듯한 등장인물도 있다. 그러나 양쪽 모두를 아우르면서 결과적으로 다른 작가들과 평론가와 독자들의 상상력을 자극하는 인물은 아주 드물게 등장한다. 스밀라가 바로 그런 캐릭터다. 그녀는 두 세계 사이에 갇혀버린 고독한 인물이다. 코펜하겐의 저명한 의사인 아버지 쪽의 부유한 특권층 세계, 그리고 스밀라가 십대이던 시절 먼저 숨을 거둔 이누이트 족 어머니와 함께 살던 유년기, 찢어지게 가난했지만 자유로웠던 그린란드의 기억.

어떤 이들이 교회의 축복에 느끼는 것 같은 감정을 나는 고독에서 발견한다. 고독은 내게 은총의 빛이다. 나는 언제나 스스로에게 자비를 베푼다고 인식하면서 내 방문을 닫곤 한다.

코펜하겐의 아파트 단지에 사는 스밀라는 여섯 살 소년 이사야와 친해진다. 그린란드 출신의 이사야는 아이를 본체만체하는 알코올중독자 어머니와 함께 살며, 우정에 굶주려 있다. 삶의 잔해에 집착하고 남들에게 비밀을 털어놓지 않는 두 사람은 기이한 짝을 이룬다.

이 모든 것들은 이사야가 눈이 수북하게 쌓인 아파트 단지의 지붕에서 추락사하면서 끝장난다. 소년의 시신이 채 식기도 전에 경찰은 사고사라고 선언해버린다. 스밀라는 동의하지 않는다. 그녀는 이사야에게 고소공포증이 있다는 걸 알고 있었고, 더 중요한 것은 그녀가 눈 위에 찍힌 그의 발자국을 '읽을' 수 있다는 사실이다. 그는 미끄러져 떨어진 게 아니라 죽음의 위협을 피해 달아나다가 추락한 것이다.

이사야의 다리가 몸 아래 깔려 있었다. 얼굴은 눈 속에 파묻히고 두 손은 머리를 감싸고 있었다. 마치 그의 주변을 환하게 밝히는 작은 스포트라이트를 피하려는 듯, 혹은 눈의 창문 너머로 땅속 깊은 곳의 무언가를 들여다보려는 듯한 자세였다.

스밀라는 눈의 모든 형태에 대해 거의 직관적으로 이해한다. 그 '느낌'은 본능적이고도 강력하다. 경찰이 자신의 말을 믿으려 하지 않자 그녀는 병리학자와 경찰, 세금 사정관과 은퇴한 회계사에게 질문을 퍼부으며 독자적으로 조사를 시작하고, 결국 수십 년에 걸친 거대한 음모를 파악하게 된다. 소년의 죽음을 통해 스밀라의 삶에도 목표 의식이 생겨나고, 그것은 그녀 자신의 자아를 탐구하는 계기로 이어진다.

1992년 덴마크에서 출간된 《스밀라의 눈에 대한 감각》은 일 년 후 영어로 번역되었고, 범죄소설 독자들과 전혀 뜻밖의 문학 독자들에게까지 주목을 받았다. 이 소설은 1992년 CWA 주관 실버 대거 상을 수상했고, 《뉴욕 타임스》 베스트셀러 목록에 스물여섯 주간 머물렀다. 원제는 '미스 스밀라의 눈에 대한 느낌'에 가깝지만, 영어 제목은 '스밀라의 눈에 대한 감각'으로 조금 수정되었고, 《타임》 《피플》 《엔터테인먼트 위클리》에서 '올해 최고의 소설'로 선정되었다. 현재까지 전 세계 판매 부수는 거의 사천만 부에 달하는 것으로 추산된다.

다른 모든 위대한 범죄소설들처럼 《스밀라의 눈에 대한 감각》은 미스터리의 범위를 훌쩍 벗어난다. 미스터리의 표면 아래 페터 회는 더 심오한 문화적 쟁점들, 특히 덴마크의 독특한 식민 이후 역사와, 개인과 사회 사이에 존재하는 관계에 관심을 기울인다. 고등 교육을 받고 부유한 아버지를 가졌음에도 불구하고 스밀라는 자신이 덴마크나 그린란드 어느 쪽에도 속하지 않는다고 느낀다. 그녀는 국적 없이 떠돌아다니고, 균열된 두 세계, 부유하고 질서 정연한 세계와 혼란스럽고 아름다운 세계 사이에 갇힌 존재다.

액션과 서스펜스와 모순, 미스터리로 충만한 이 작품에도 반박하기 힘든 단점들이 분명 있다. 부정적인 반응 중 대부분은 수많은 질문에 답을 제시하지 않은 채 SF 영역으로 넘어가버리는 소설의 결말부에 초점을 맞춘다. 하지만 유머와 기억할 만한 묘사로 가득한 이 소설의 탁월함에 대해서는 아무도 트집 잡을 수 없다.

스밀라가 아래층에 사는 정비공에 대해 묘사하는 문단을 예로 들어보자.

그는 곰처럼 체구가 떡 벌어졌고, 머리를 똑바로 세운다면 대단히 인상적인 모습이었을 것이다. 하지만 그는 키가 너무 커서 미안해하는 것처럼, 아니면 이 세계의 문지방에 부딪히는 걸 피하려는 듯 머리를 숙이고 있다.
나는 그를 좋아한다. 나는 패배자들에게 약하다. 부적격자, 외국인, 학급 내 뚱뚱한 소년, 아무도 함께 춤추고 싶어 하지 않는 사람들. 나의 심장은 그들을 위해 뛴다. 어떤 면에서는 나 역시 영원히 그들 중 한 명일 것이라는 사실을 알고 있기 때문일 것이다.

스밀라는 층계참에서 이사야와 처음 마주친다. 그녀는 책을 한 권들고 있었고, 소년은 자신에게 책을 읽어달라고 요구한다.

숲속 요정처럼 생겼다고도 할 수 있겠다. 하지만 소년은 더러웠고 팬티만 달랑 입고 있었으며 땀으로 온몸이 번들거렸다. 그래서 보는 이에 따라 물개 새끼를 닮았다고 생각할 수도 있다.
"꺼져," 나는 대답했다.
"애들을 안 좋아해요?"
"난 애들을 잡아먹어."
소년은 물러섰다.

리스베트 살란데르가 등장하기 전까지, 나는 이보다 더 강렬하거나 흥미로운 여주인공이 스칸디나비아 소설에서 출현할 수 있을지 의구심을 품었다. 터프하고 신랄하며 상처받기 쉽고, 거침없고 지적이며 냉소적이면서도 마음 아프게 만드는 스밀라는 코펜하겐의 얼음 덮인 거리에서 출발해 쇄빙선에 올라타 북극권 끄트머리까지 소설을 끌어간다.

스밀라에게 얼음은 마음 깊숙이, 정서적으로 아주 중요하다. 얼음은 그린란드 혈통에 그녀를 연결시켜줄 뿐 아니라, 세상 속에 깃들게 하고 '완벽한 우주'에 정신적으로 이어준다. 인간은 눈송이의 수학적 프랙탈*은 이해할 수 있지만, 아름답고 위력적이고 잔인하고 무자비한 자연을 지배할 순 없다.

이 작품은 익숙한 공식을 따르는 탐정소설도, 단서가 천천히 모습을 드러내며 속도와 긴장감을 차근차근 더해가는 테크노스릴러도 아니다. 마틴 크루즈 스미스의 《고리키 공원》도 아니고, 고전적인 '누가 범인인가' 유의 소설도 아니다. 이 작품은 이 모든 장르들을 가로지르며, 장르 사이의 경계를 무너뜨린다.

내가 가장 좋아하는 단락에는 스밀라의 자기성찰, 사랑과 상실과 추방에 관해 숙고하는 부분이 포함된다. 나는 이 소설의 클라이맥스가 문제를 제대로 해결하거나 뚜렷한 결론에 도달하지 않는 안티 클라이맥스라는 것에 신경 쓰지 않는다. 그건 중요하지 않다. 이면에 놓인 미스터리는 내게 스밀라와 시간을 함께하고 그녀의 세계관에 귀 기울이기 위한 구실에 지나지 않는다.

페터 회는 덴마크에서 순문학 작가로 여겨지며, 그가 쓴 장편 네 권은 모두 각기 아주 성격이 다르다. 나는 때때로 《스밀라의 눈에 대한 감각》의 성공이 그에게는 당혹스럽지 않았을까 궁금하다. 그는 '대중적 인

---

* 부분이 전체를 닮는 자기유사성.

기를 얻었고', 이는 순문학 독자들과 작가들 사이에서 용서받을 수 없는 죄이기 때문이다. 나는 페터 회의 이후 작품들을 읽어봤다. 누가 봐도 명백한 작가적 재능이 돋보이는 복합적이고 포스트모던한 작품들이었지만, 《스밀라의 눈에 대한 감각》만큼 매혹적이진 않았다. 그건 중요하지 않다. 그는 스밀라를 창조했고, 순문학이 재미있으면서 동시에 예술적일 수 있음을 입증해 보였으니까.

오직 몇 권의 책만이 내게 작가를 꿈꾸게 했고, 《스밀라의 눈에 대한 감각》이 바로 그중 하나다. 나는 때때로 이 책을 다시 펼쳐들고, 비밀을 파헤치며 그 언어에 경탄한다. 이 책은 완벽하지 않고 비관습적이지만, 나는 스밀라를 진심으로 사랑하고 그녀와 함께 나이 들고 싶다.

•

마이클 로보섬Michael Robotham은 전직 기자이자 고스트라이터였다. 그가 쓴 심리스릴러 소설들은 22개 언어로 번역 출간되었다. 스탈린의 히틀러 파일을 공개하고, 거품 목욕을 하는 재키 콜린스를 인터뷰하고, 조지 마이클의 신경을 곤두서게 만들었던 사건들이 그의 기자 경력의 정점이었다. 마이클 로보섬은 시드니의 북부 해변에 주로 모습을 드러낸다. 그곳에서 그는 아내와 십대 딸 세 명의 사치스러운 삶에 돈줄 노릇을 하느라 '비참한 중이층中二層'(전망이 좋은 방이다)에 틀어박혀 단어들과 씨름을 벌이고 있다.
www.michaelrobotham.com

철학적 탐구 *A Philosophical Investigation, 1992*

by 필립 커

．

필립 커Philip Kerr(1956~)는 사치 앤드 사치에서 광고 카피라이터로 일하다가 1989년 첫 소설《3월의 제비꽃March Violets》으로 소설가의 길에 들어섰다. 1936년 독일에서 활동하는 전직 경찰이자 사립탐정 베르니 군터를 등장시킨 '베를린Berlin 3부작'의 첫 책이기도 했다. '베를린 3부작'을 완성한 뒤 베르니 군터가 등장하는 소설 일곱 편이 더 출간되었고, 그중 최신작은《숨쉬지 않는 남자A Man Without Breath》(2013)다. 커는 또한 시리즈에 포함되지 않는 장편소설을 아홉 편 썼고, P. B. 커라는 필명으로 청소년을 위한 책 일곱 권을 집필하기도 했다. 2009년 커는 '베르니 군터Bernie Gunther 시리즈'의《죽은 자가 살아나지 않는다면If The Dead Rise Not》으로 엘리스 피터스 역사소설상을 수상했다.

폴 존스턴

스포일러 조심. 이 글에는 철학이 포함되어 있음.

필립 커는 하드보일드 소설을 특이하게 해석한 '베르니 군터 시리즈'로 잘 알려졌다. 군터는 1930년대 베를린의 살인사건 전담 형사로 출발해 사립탐정으로서 아르헨티나나 쿠바처럼 머나먼 곳까지 날아가 활약을 계속한다. 지금까지 이 시리즈는 열 편이 발표되었다. 재미있는 점은, 필립 커는 1989년과 1991년에 발표한 '베를린 3부작(《3월의 제비꽃》《창백한 범죄자The Pale Criminal》《독일 레퀴엠A German Requiem》)'으로 군터 시리즈를 끝내려 했던 것 같다는 사실이다. 그러나 그는 2006년 하반기에 《원 프롬 디 아더The One From the Other》로 군터를 다시 복귀시켜 엄청난 비평적·대중적 찬사를 받았다. 하지만 궁극적으로 우리의 베르니는 그저 또 하나의 탐정일 뿐이다. 1992년에 커는 범죄소설 장르에서 더없이 독창적인 방식을 시도했다.

이 시점에서 모종의 이해관계를 먼저 고백해야겠다. 필립 커와 나는 에든버러에서 같은 학교를 다녔다. 일 년 선후배 관계였지만 학교의 정통 청교도적 분위기에 따라 우리는 서로에 대해 전혀 모르고 지냈다. 나는 이 사실을 2000년 에든버러 국제도서전에서 그와 함께 어떤 행사를 맡게 되었을 때 비로소 알게 되었다. 그 시점의 커는 여전히 할리우드에서 엄청난 돈을 지불받고 하이 콘셉트 스릴러를 쓰고 있었다. 결국 그의 소설이 실제로 영화화되지는 않았지만 말이다. 행사 무대에서 그는 다른 범죄 작가들이 보수적이고 지루하다고 논평하면서 매우 신랄하게 비판했는데, 당시 나의 에이전트는 그가 나를 깎아내리는 것이라 생각해 그를 거의 때릴 뻔했다. 하지만 그 발언은 아주 특별한 이 범죄 작가를 이해하는 실마리를 제공한다. 커는 뛰어난 기교로 범죄 장르를 다루는 법을 잘 알고 있었지만, 그 가치에 대해서는 다소 양가적인 태도를 취했다. 이제부터 필립 커가 '베를린 3부작' 이후 즉각 집필에 돌입했던 소설에 관해 말할 차례인데, 내 설명을 들으면서 위의 이야기를 염두에 두시길.

《철학적 탐구》의 배경은 2013년이다. 집필 당시보다 삼십 년 이후의 미래를 상정한 작품이기 때문에, 기술적으로 자연스럽게는 SF, 다소 어색하게는 '범죄소설과 SF의 크로스오버'라는 명칭으로 분류된다. 커가 상상한 미래 세계는 비교적 테크놀로지가 발달한 사회지만, '오락적인' 혹은 할리우드식 살인이라는 명칭이 붙은 범죄로 골치를 썩이고 있다. 유럽 공동체에서 일 년 동안 성범죄 후 살인이 무려 4천 건 저질러지고 있는 것이다. 연쇄살인범은 너무 흔하기 때문에, 경찰들은 시체를 두고 자신이 선호하는 살인마—해크니 해머러Hackney Hammerer나 립스틱 맨

Lipstick Man 등—의 작품이라며 권리를 주장할 정도다. 런던 경시청의 이 사도라 '제이크' 제이코비치 경감은 남성 동료들보다 훨씬 사려 깊은 경찰이다. 그녀는 케임브리지 대학교에서 자연과학 학위를 받았고 유럽 수사국의 법의학 심리학자로 일한 경력이 있다. 그녀는 또한 남성을 증오한다. 이는 여성 살인 전담 팀 수장으로서 어쩔 수 없는 결과이며, 아버지의 학대로 인한 유산이기도 하다. 하지만 이번에 그녀가 신경을 곤두세우는 사건의 피해자들은 여성이 아니다. 롬브로소 킬러Lombroso Killer•는 남성만을 노리며, 마구잡이로 희생자를 고르지도 않는다.

필립 커의 소설 초반 50쪽 정도는 상호텍스트적 언급이 넘쳐나게 포진해 있기 때문에 독자들은 따라잡으려 상당한 노력을 기울여야 한다. 첫 단락에 등장하는 희생자 메리 울노스Mary Woolnoth와 그녀의 시체가 발견된 마일리Mylae 선박 회사의 경우, 모두 T. S. 엘리엇의 시 〈황무지〉 1부에 등장하는 단어들이다.《철학적 탐구》앞에는 2개의 제사題詞가 실렸는데, 두 번째 제사는 T. S. 엘리엇의 〈J. 앨프리드 프루프록의 연가The Love Song of J. Alfred Prufrock〉에서 인용한 것이다. 이로써 엘리엇은 이 소설의 배후에 있는 세 인물 중 하나로 자리한다. 첫 번째 제사의 출처는 루트비히 비트겐슈타인의《철학적 탐구》로, 그는 이 책 배후의 두 번째 인물이다. 중요하게 다뤄진 세 번째 인물은 조지 오웰이다. 이 소설에서는 살인사건에 대한 오웰의 저작들이 언급되는데,《1984》에 등장하는 '체스트넛 트리 카페'는《철학적 탐구》에서도 제이크가 자주 가는 주요 장소로 등장한다. 지금까지만 해도 충분히 혼란스럽겠지만, 소설의 기술적 측면에 대한 이야기는 아직 꺼내지도 않았다.

소설 속 황폐하고 위험한 런던의 묘사에 전제된 오웰의 유령 같은

• 19세기 말 범죄인류학을 창시한 세자르 롬브로소에서 따온 이름이다.

존재감이 과거 회고적인 미래를 암시하지만, 어쨌거나 과학기술은 계속 진보해왔다. 일반 시민들에게는 별 영향을 미치지 못했지만 말이다. 제이크의 수사는, 신경에 억제 유전자가 없는 남성들을 가려내어 그들이 살인마가 되는 걸 예방하는 복잡한 롬브로소 프로그램에까지 가 닿는다. 해당 남성들은 코드명을 부여받고 자기 상태에 대한 정보를 제공받으며, 그들이 살인사건과 연결되었을 가능성이 있을 때에만 조사를 받는다. 하지만 생각해보시길, 여기는 디스토피아다. 제이크의 적수, 코드명 비트겐슈타인은 롬브로소 프로그램의 아카이브에 침투해 동료 소시오패스들의 신상정보를 빼낸다. 그리고 차례대로 그들을 처형한다.

《철학적 탐구》는 코드명 비트겐슈타인의 사고 흐름에 상당 분량을 할애하기 때문에 우리는 그에 대해 많은 것을 알게 된다. 그의 사고를 통해 중요한 질문이 여럿 제기된다. 살인의 윤리에 대해서만이 아니라—연쇄살인범이 될 확률이 높은 이들을 제거하는 것이 과연 정당화될 수 있는가?—삶 일반에 대한, 그리고 글쓰기에 대한 질문들이다. 살인자 비트겐슈타인이 주장하듯 경험에 의거하지 않는다면 아무것도 알 수 없다고 했을 때, 범죄소설은 신빙성 있는 제안이라 할 수 있을까? 그는 데카르트를 패러디하려는 유혹을 이기지 못한다. "나는 죽인다, 고로 존재한다." 그런데 범죄소설가들 역시 독자들을 만족시키기 위해 살인을 저지른다(대개는 종이 위에서만이지만). 우리는 왜 그토록 소설 속 죽음에 집착하는지 스스로 숙고해야 하지 않을까? 어쩌면 아마추어 살인자인 우리는 실제 철학자 비트겐슈타인의 금언(소설에 인용되어 있다)에 좀더 귀를 기울여야 할지도 모른다. "말할 수 없는 것에 대해서는 침묵해야 한다."

이런 요소들 때문에 《철학적 탐구》가 대단히 어렵고 딱딱한 책처럼 들릴지도 모르겠다. 많은 부분에서 딱딱하게 느껴지는 소설이긴 하지만, 동시에 유머러스한 부분도 산재했다. 괴짜 중 괴짜로 알려진 철학자의 이름이 붙은 살인자가 디킨스, 버트런드 러셀, 소크라테스 같은 코드명의 희생자들을 제거한다는 설정의 유혹에 누가 저항할 수 있겠는가? 또한 철학 교수도 등장하는데, 그는 가외 시간에—놀랍지도 않지만—추리소설을 쓴다.

하지만 이 소설의 진정한 힘은 제이크와 살인마 사이의 상호작용에서 비롯된다. 요즘이야 남성 작가들이 여성 경찰을 등장시키는 게 흔해졌지만, 1992년에는 매우 드문 일이었다. 커는 자신의 주인공으로 쉽지 않은 모험을 걸었고, 그 도전에서 대체적으로 만족스러운 결과를 얻었다. 제이크는 자기주장이 강하고 똑똑하고 터프하지만, 때로는 감동적일 만큼 공감 능력을 보여준다. 우선은 그녀가 다뤄야 하는 여성 희생자들에게, 그리고 결국에는 살인자 비트겐슈타인에게도. 죽음이 임박한 비트겐슈타인에게 그녀가 다가가는 장면은 우리의 마음을 움직이며, 대단히 지성적인 이 소설에 강렬하게 정서적 무게를 더한다. 게다가 이 장면에는 부분적으로 T. S. 엘리엇의 시에서 끌어온, 뇌리에서 쉽게 지워지지 않는 시적 함의도 깃들어 있어 갈망과 상실의 감정을 수놓는다. 그리고 마지막으로, 오웰적인 비유의 사용이 암시하는바, 필립 커는 예리하고 풍자적인 의제를 지녔다.

대체로 《철학적 탐구》는 풍요로운 성찰을 제공한다. 이것은 비단 (가짜-)지식인들만을 위한 소설이 아니다. 읽어보시라, 당신도 혹 빠져들 것이다.

•

폴 존스턴Paul Johnston은 스코틀랜드 에든버러에서 태어났지만, 오랫동안 그리스에서 지냈다. 그는 세 개의 범죄소설 시리즈를 쓴 작가다. 우선 자기 고향의 미래 모습을 배경으로 한 '쾌인트 달림플Quint

Dalrymple 시리즈'(이중 《신체의 정치학Body Politic》이 CWA 주관 존 크리시 메모리얼 대거 상 수상)가 있다. 두 번째는 그리스와 스코틀랜드 혈통이 섞인 실종 수색 전문가 '알렉스 마브로스Alex Mavros 시리즈'(《최후의 붉은 죽음The Last Red Death》으로 셜록 상 '최고의 탐정소설' 부문 수상)다. 세 번째 시리즈에 이르러 존스턴은 더이상 참지 못하고 미친 짓을 저질렀다. 범죄소설가 매트 웰스를 하드보일드 복수극에 내몰린 주인공으로 만든 것이다.(《죽음의 리스트The Death List》 등). 그의 최신작은 '마브로스 시리즈'의 일곱 번째 이야기인 《백해The White Sea》이다.

www.paul-johnston.co.uk

주류밀매업자의 딸 *Bootlegger's Daughter, 1992*

by 마거릿 마론

•

마거릿 마론Margaret Maron은 미국 노스캐롤라이나 주의 담배 농장에서 태어났고, 그 뒤 이탈리아와 뉴욕에서 지내다가 가족과 함께 살기 위해 그 농장으로 돌아왔다. 그녀는 예술계를 배경으로 한 미스터리 'NYPD 부서장 시그리드 하랄드 Sigrid Harald 시리즈'를 선보이며 작가의 길에 들어섰다. 이후 자신의 고향을 모델로 한 시리즈, 즉 지방 법원 판사이자 '주류밀매업자의 딸'이 주인공인 '데보라 노트 Deborah Knott 시리즈'를 집필했다. '데보라 노트 시리즈'는 총 장편소설 열여덟 편으로 이어졌고, 최신작은 《지명된 딸들Designated Daughters》이다.

줄리아 스펜서 플레밍

1999년의 일이다. 나는 훌륭한 미스터리 소설을 어떻게 써야 하는지 알아내려 몰두하고 있었다. 당시 나는 SF 한 편을 절반쯤 완성했고(클리셰투성이의 새로울 것 없는 원고였다), 글쓰기 워크숍에서 플롯과 캐릭터는 잘 구성되었는데 세계관 구축이 엉터리니 죄다 버리는 편이 낫겠다는 강력한 권고를 받고 집에 돌아온 길이었다.

나는 원고를 응시하며 그 권고를 곰곰 곱씹었다. 어디까지가 건질 만한 부분이고 어디까지가 쓰레기일까. 그러다가 한 가지 사실이 불현듯 분명해졌다. 나는 스페이스 오페라를 쓰고 있던 게 아니었다. 정말 의도한 바가 아니었지만, 미스터리 소설을 쓰고 있었다.

그렇다면 문제가 뭐냐고? 나는 그때까지 미스터리 소설을 진지하게 읽지 않았다는 것이다. 미스터리가 어떤 식으로 작동하는지, 내가 어떤 종류의 미스터리를 좋아하는지, 어떤 미스터리가 **훌륭**하다고 평가받는지 전혀 알지 못했다. 그래서 지역 도서관을 찾아가 에드거 상, 앤서니 상, 애거서 상을 수상했거나 그 후보에 올랐던 미스터리 소설들을 눈에 띄는 대로 전부 대출했다.

《주류밀매업자의 딸》이 내 손에 들어오게 된 경위는 그러했다. 《주류밀매업자의 딸》이 1992년 출간되었을 때 마거릿 마론은 이미 노련한 중견작가로, 고독하고 대인관계가 서툰 뉴욕 경찰 시그리드 하랄드를 주인공으로 한 시리즈 여덟 권을 발표한 상태였다. 하지만 마론은 고향 노스캐롤라이나에서의 현실적인 삶을 반영하는 소설을 쓰고 싶었고, 새로운 주인공을 만들어 새로운 방향으로 나아가기로 결심했다.

삼십대 초반의 변호사 데보라 노트는 나고 자란 (가공의) 콜튼 카운티에서 계속 살고 있다. 열두 남매의 막내이자 유일한 딸 데보라는 때로는 위안이 되지만 때로는 질식할 것 같은 끈끈한 가족 관계 내에서 분투한다. 어마어마한 존재감을 내뿜는 그녀의 연로한 아버지는 그 지역에서 제일 부유한 지주 중 한 명으로, 과거 가장 성공한 주류밀매업자로서 짜릿한 세월을 보낸 인물이다. 데보라는 법조계 동료들의 모호한 인종주의와 성차별을 헤쳐나가야만 한다. 또한 자신의 성장 배경인 남부 침례교와 대학 교육을 받은 사람 특유의 냉소주의 간의 갈등에도 고민이 많다.

데보라는 그 이전에도 이후에도 쏟아져나온, 범죄와의 전쟁을 벌이는 변호사 무리 중 한 명이 되었을 수도 있다. 하지만 그녀에게는 좀더 흥미로운 운명이 배정되어 있다. 소설 초반, 그녀는 법정에서 출두를 기다리던 중 한 판사가 흑인에게 그의 가장 큰 죄목이 '시건방짐'이라며 책을 집어던지는 광경을 목격한다. '굿 올드 보이good old boy'* 체제에 진절머리가 난 데보라는 선거위원회 사무소에 박차고 들어가 지방법원 판사 선거 후보로 등록한다. 이후 소설은 선거 유세를 다니는 데보라를 좇는다. 그녀는 닭튀김 식사 자리에서 연설하고, 지역 교회를 돌면서 사람들과 악수하고, 도움을 주려는 가족들의 선의를 막느라 정신이 없다.

그 와중에 데보라는 친구의 딸로부터 열여덟 해 전에 죽은 어머니의 미스터리를 조사해달라는 의뢰를 받는다. 뛰어난 범죄소설이라면 으레 그렇듯, 《주류밀매업자의 딸》에는 두 갈래의 대립 요소들이 칡덩굴처럼 서로 긴밀하게 얽혀든다. 1990년과 1972년, 옛 남부와 현재의 남부, 흑인 공동체와 백인 공동체.

《주류밀매업자의 딸》이 출간되기 십여 년 전부터 범죄소설에는 여성 주인공이 봇물 터지듯 등장했다. 여성 경찰, 여성 사립탐정, 여성 취재기자 등은 (데보라 노트의 선배 격인 시그리드 하랄드처럼) 고독한 괴짜, 전문 직업인, 터프한 여자로 제시되는 경향을 보였다. 또는, 거꾸로 그들은 미스 마플의 업데이트된 후손이기도 했다. 촛대로 사람을 내려친 사건이나 이국적인 독살사건을 기웃거리는, 전통적으로 여성에게 어울리는 직업을 가진 여성 말이다.

데보라 노트는 달랐다. 그리고 그녀가 등장하는 소설의 유형 역시 달랐다. 《주류밀매업자의 딸》은 하드보일드 소설이나 전통적인 코지 미스터리가 아니라, 내가 '뉴 트래디셔널'이라고 부르는 소설의 초창기 예다(나는 방금 이 신조어를 구상해냈다. '미디엄 보일드medium-boiled'* 라는 단어는 형편없는 아침 식사처럼 들리기 때문이다). 폭력은 소설에서 직접적으로 묘사되

---

* 지연, 학연 등의 친밀한 사회적 관계를 바탕으로 끈끈한 유대를 과시하는 남성들의 공동체를 다소 부정적으로 일컫는 말. 주로 미국 남부 지역 남자들을 대상으로 사용한다.
* 코지 미스터리보다 좀더 박진감 있지만 완벽하게 터프하진 않은 미스터리 소설을 일컫는 단어.

지 않지만, 그 영향력은 오랫동안 가혹하게 지속된다. 배경은 작은 마을이지만, 범죄는 현실적인 동시대 사회문제에서 비롯된다. 아마추어 탐정은 실제 경찰의 업무를 대체한다기보다는 약간 도움을 덧붙이는 정도에 그친다. 주인공의 사생활은 소설에서 가장 생생하게 묘사되는 부분이며, 사건의 정서적이고 심리적인 공명판으로 제시된다. 오늘날에는 이런 유의 범죄소설이 독자들에게 매우 친숙하게 느껴지겠지만,《주류밀매업자의 딸》출간 당시인 1992년에는 상당히 새로운 시도였다.

한편 특정한 장소를 극의 중심에 두는 범죄소설은 지금도 그렇지만 그때도 그리 신선하진 않았다. 하지만《주류밀매업자의 딸》은 장소 중심적 미스터리를 통틀어 가장 뛰어난 예 중 하나로 꼽힌다(이미 눈치챘겠지만 나는 방금 또 신조어를 발표했다). 제대로 표현되지 않는다면 장면과 배경은 그저 '쇼윈도 장식'에 그칠 공산이 크다. 예쁘지만 책의 실제 사건과는 별 관련이 없다는 뜻이다. 하지만 제대로 그려지기만 한다면, 범죄의 본질과 주인공의 성격, 위험 요소와 동기, 독자의 주의를 다른 곳으로 돌리려는 허위 단서들 모두가 배경에서 자연스럽게 흘러나온다. 실제 우리의 삶에서처럼 역사, 경제, 날씨, 지형 등의 요소들은 문화를 형성하고, 마침내 그것들은 그 이야기 속에 살고 있는 인물들을 형성한다.《주류밀매업자의 딸》을 읽다 보면 봄날 대기 중의 곤충들이 조용하게 윙윙거리는 소리에 귀 기울이고, 바비큐와 아이스티의 맛을 음미하고, 버려진 담배 저장고에서 풍겨나오는 구수한 냄새를 맡게 된다. 하지만 마론의 진정한 성취는 노스캐롤라이나 동부 지역을 생생하게 그려냈다는 것이 아니다. 전 세계 어디에서도 일어날 수 없는, 오직 그곳에서만 가능한 이야기를 썼다는 점이다. 공간 감각을 창조하는 데 미스터리 소설계의 장인으로 손꼽히는 토니 힐러먼의 소설들처럼, 마론의 소설 속 그 무엇도 배경과 외떨어져 존재하지 않는다.

배경이 이야기에서 본질적 위치를 점하기 때문에,《주류밀매업자의 딸》은 ('데보라 노트 시리즈'의 다른 책들처럼) 인종 문제와 호모포비아, 담배 산업, 개발, 이민 노동자, 부패한 정부, 환경 파괴 등이 얽힌 '새로운 남부 New South'●의 문제와 근심거리에 가장 주요하게 초점을 맞춘다. 마론은 이 모든 이슈에 관해 다룬다. 골치 아픈 문제들은 그녀의 작품에 무게와 중량감을 더하고, 데보라의 가족이 보여주는 경쾌함과 이별과 재회를 되풀이하는 데보라의 애정사의 톡톡 튀는 재미가 이를 적절하게 상쇄한다.

당연한 말이지만, 당신에게《주류밀매업자의 딸》을 건네주며 꼭 읽으라고 부추길 때 나는 이 모든 것을 떠벌리진 않을 것이다. 그저 '근사한 책이야' '데보라 노트는 안 읽고는 배길 수가 없다고' '한번 읽어봐. 정말 좋아할 거야' 정도만 말할 것이다. 그리고 당신에게 달콤한 아이스티를 담은 큰 유리잔을 안겨주며 해먹 쪽을 가리킬 것이다. 당신은 기나긴 오후 내내 해먹에 누워 부드럽게 흔들리면서, 콜튼 카운티와 사랑에 빠지게 될 것이다. 한참 전 내가 그랬듯이.

●

줄리아 스펜서 플레밍Julia Spencer-Fleming은 미국의 메인 주에 주로 거주하지만, 그녀의 가장 유명한 미스터리 시리즈는 뉴욕 북부의 마을 밀러스 킬을 배경으로 한다. 성공회 목사 클레어 퍼거슨이 결코 흔하지 않은 유형의 주인공으로 등장하며, 경찰서장인 러스 밴 앨스타인이 그 옆을 지킨다. 이 시리즈의 첫 책인《황량한 한겨울에In the Bleak Midwinter》는 2002년 출간되었을 때 그해 주요 미스터리 상을 거의 전부 석권했다.
www.juliaspencerfleming.com

● 남북전쟁 이후의 남부를 뜻한다. 노예제도가 성행하던 기존의 남부와 구별하는 의미에서 사용하는 단어다.

클라커스 *Clockers, 1992*

by 리처드 프라이스

•

소설가이자 각본가 리처드 프라이스Richard Price(1949~)는 미국의 뉴욕 브롱크스에서 태어났다. 1974년 출간된 첫 소설 《방랑자들The Wanderers》은, 미국 대도시에서 경험하는 현실을 있는 그대로 드러낸 스타일로 명성을 얻었다. 그는 장편소설을 총 아홉 편 썼는데, 《백인들The Whites》(2015)이 가장 최근작이다. 그는 각본가로서도 왕성한 활동을 펼쳐 영화 〈컬러 오브 머니Color of Money〉(1986)의 각본으로 오스카 상 후보에 오른 바 있다. 최근에는 획기적인 TV 시리즈 〈더 와이어The Wire〉(2002~08)의 각본을 썼다. 1999년에 미국 예술·문학아카데미에서 수여하는 상을 받았다.

가 앤서니 헤이우드

아버지가 1996년 돌아가시기 직전의 몇 해 동안, 나는 당신이 가장 좋아하는 마약의 주요 공급책이었다. 그 마약은 문학이었다. 당신은 언제나 열렬한 소설 독자였다. 내가 성장한 집 곳곳에는 어디에나 아버지가 수집한 엄청나게 다양한 종류의 페이퍼백 소설들이 잔뜩 굴러다녔다. 나는 그 소설들을 통해 독서에 맛을 들였고, 그다음엔 나의 진로를 글쓰기로 결정했다. 하지만 아버지의 노년에, 건축 업무에서 은퇴한 노인이 할 수 있는 건 그야말로 오직 독서뿐이었다.

아버지가 가장 열렬한 애정을 쏟은 대상은 SF였지만—아이작 아시모프Isaac Asimov, 로버트 하인라인Robert A. Heinlein, 할란 엘리슨Harlan Ellison—

나 자신은 결국 SF 대신 미스터리/범죄소설을 선택하게 됐다. 그리하여 우리의 역할이 뒤바뀌었을 때 아버지는 읽을거리를 제공하는 중개자 역할을 요구했고, 특히 로버트 B. 파커와 로렌스 블록, 마이클 코넬리 등의 작품에 호의를 보이며 미스터리 장르에 정착하게 되었다. 아버지는 내가 넘기는 모든 책을 대부분 즐겁게 읽는 편이었지만, 당신의 기준은 터무니없을 정도로 높았다. 나의 아버지 잭 우드워드 헤이우드는 천성적으로 아주 까다로운 평론가인데다, 그 전까지 당신이 읽었던 극소수의 범죄소설은 레이먼드 챈들러와 존 D. 맥도널드처럼 이쪽 분야에서 가장 존경받는 작가들의 작품이었기 때문이다. 아버지로부터 별 세 개 반 이상의 평가를 끌어내는 책은 극히 드물었다.

아버지는 내게서 건네받은 소설을 수백 권 읽었다. 내가 최고 중에서도 최고작이라고 여겼던—지금도 그렇게 생각하지만—동시대 저자들의 작품이 대부분이었다. 로버트 크레이스Robert Crais, T. 제퍼슨 파커T. Jefferson Parker, 제임스 리 버크, 수 그래프턴, 엘모어 레너드, 에드 맥베인, 마틴 크루즈 스미스……

그리고 그중 단 한 권의 책이 아버지를 완전히 날려버렸다. 바로 리처드 프라이스의《클라커스》였다.

"이 사람은 진짜배기구만." 어떻게 보셨느냐고 내가 묻자 나온 당신의 대답이었다. 입을 연다 하더라도 꼭 필요한 말만 하는 과묵한 아버지로부터 나온 그 대답은, 그야말로 격찬이라고 할 수 있다.

희한한 일이지만 나는 그때까지《클라커스》를 읽지 않았다. 펼쳐들고 좀 읽다가 멈춘 상태였는데, 대체 왜 그랬는지는 나도 알 수 없는 노릇이다. 하지만 어쨌든 아버지가 '진짜배기'라고 할 정도라면—그때까지 읽어보시라고 드린 그 어떤 책보다 좋았다는 뜻인데—다시 한번 읽어볼 가치는 충분히 있겠다 싶었다. 그래서 나는《클라커스》를 집어들었다.

정말이지 잘한 일이었다.

뉴저지의 흑인 밀매업자가 자기 구역으로 관리하던 변두리 저소득
층 주택 단지에서 살인사건이 일어난다. 밀매업자는 환멸에 찬 백인 경
찰과 함께 그 사건을 조사하게 된다. 《클라커스》는 그 유명한 스위스 시
계처럼 한 치의 오차 없이 들어맞으며, 믿을 수 없는 깊이와 질감을 갖춘
도시 범죄물이다. 작가의 관점에서 이 소설을 읽으면서 나는 프라이스가
전시하는 기법의 어마어마한 다채로움에 즉시 압도되고 말았다. 최고 속
도로 내달리는 이야기 전개, 살아 숨쉬는 등장인물들, 가짜라곤 단 한 줄
도 존재하지 않는 대사. 특히 대사 얘기는 전혀 과장이 아니다. 《클라커
스》에서 프라이스의 인물들이 말하는 대사 하나하나, 단어 하나하나는
모두 진짜처럼 들린다. 모든 단어가.

어떤 작가든 스타일을 자신의 성배로 삼고 그것을 찾아 헤맨다. 자
신이 쓴 모든 작품 위에 놓인, 그 작품이 그 자신의 것임을, 다른 누구도
아닌 그만의 것임을 확인시켜주는 표식을 간절히 추구하는 것이다. 하지
만 스타일은 양날의 검이다. 균형 감각을 갖추지 못한 채 잘못된 방식으
로 과용하다 보면 그것은 표식이 아니라 얼룩이, 독자가 계속 앞으로 나
아가는 과정을 방해하는 장애물이 되어버린다.

프라이스가 《클라커스》에서 과시하는 스타일은 진짜 같은 확실성
과 경제적 표현의 인상적인 혼합체. 그 효과는 오직 책을 다 읽고 난
다음 돌이켜볼 때에야 명백하게 느껴진다. 책을 읽는 동안에 작가 프라
이스는 완벽하게 모습을 감춘다. 벽 위에 붙어 있는 파리만큼이나 읽고
있는 소설과 상관없는 존재처럼 여겨지는 것이다. 모든 요소가 전혀 노
력을 기울이지 않고 사용된 듯 보이기 때문에, 그의 간결한 산문의 힘은
그야말로 부지불식간에 스며든다. 하지만 물론 절대 노력 없이 쓰인 것

이 아니다.

프라이스 소설의 주인공, 마약 밀매업자 '클라커' 스트라이크는 좋아하기 힘든 인물이다. 또다른 주인공이자 더더욱 좋아하기 어려운 인물로코 클라인은 삶에 지친 경찰로, 그와 스트라이크의 공통 구역에서 벌어진 살인사건을 무의미하게 받아들이며 성의 없이 해결하려 한다. 프라이스는 단지 독자들이 등장인물에게 더 쉽게 애정을 갖게 하기 위해 두 남자가 표상하는 차갑고 힘겨운 진실을 희석시키지 않는다.

십대 마약 밀매업자 스트라이크에게 코카인은, 맥도널드가 햄버거를 취급하듯 다뤄야 할 상품일 뿐이다. 그는 심지어 자기처럼 법에 저촉되는 삶을 살지 않는 화이트칼라 회사원들의 대표적 질병인 궤양으로 고생하는데, 그 때문에 싸구려 초콜렛 음료 '유후'에 중독되었다. 한편 로코는 명백한 인종차별주의자에 부끄러운 줄 모르고 간통을 저지르는 남자, '필요하다면 수단 방법을 가리지 말고'라는 모토의 가상 포스터 주인공에 어울릴 만한 남자다. 그는 무엇에 충격받거나 감동받기에는 세상의 너무 많은 것을 보아버렸다.

작가가 보여주는 것 이상으로 스트라이크나 로코가 좀더 연민을 가질 수 있는 인물이길, 좀더 감정이 살아 있는 인물이길 독자가 조마조마하게 기다리게 된다는 점은 《클라커스》가 지닌 어마어마한 매력의 일부를 이룬다. 덜 능숙한 작가의 손에서였다면, 이토록 냉담하고 교활한 주인공들이 이토록 가혹하고 아무 목적 없어 보이는 매일의 현실을 헤치고 나아가는 모습은 독자의 인내심을 시험했을 것이다. 사고를 당한 이들이 모두 죽은 거나 마찬가지라면, 누가 차 사고에서 살아남을지 신경이 쓰이겠는가? 하지만 프라이스는 등장인물 각자에게 딱 충분한 만큼의 인간성을, 그의 유감스러운 미래를 위한 딱 필요한 만큼의 희망만을, 그리하여 그를 완벽하게 포기할 수 없을 정도로만 빌려줄 뿐이다. 이 작품은 어떤 숙명에 으레 따라붙는 안전망 따위는 존재하지 않는 누아르다. 프라이스는 어떻게 결론이 날지 아무 약속도 하지 않는다. 독자는 그가 만들어놓은 세계에서는 실현 가능성이 없어 보이는 해피엔딩을 기다려볼 뿐이다.

코카인 거래의 계층적 서열에서 기를 쓰고 상승하려는 스트라이크와 살인사건을 조사하던 로코가 필연적으로 마주치는 지점에서, 우리는 이 두 남자만큼이나 나름대로 매력적인 인생을 사는 이들을 차례로 소개받는다. 스트라이크의 고용주이자 멘토 로드니는 월스트리트의 CEO만큼이나 교육받은 복잡한 인물이다. 하지만 세상 사람들의 관점에서 그는 동네 구멍가게 뒤편에 자리 잡은 하찮은 장사치 정도로만 보일 뿐이다. 다른 책에서라면, 스트라이크가 관리하는 밀매업자들은 푸탄(방석), 더 워드(하느님 말씀), 피넛(땅콩) 같은 깜찍한 이름이 붙은 평면적인 덤으로 취급되었을지도 모른다. 하지만 프라이스는 모든 등장인물들에게 각각 선명한 동기와 성격을 부여했다. 비슷하게, 로코의 동료와 경찰 패거리—파트너 마질리, 영화 배역 때문에 로코에게 코치를 받는 거만한 배우 션 투이, 로코의 아내 패티 등—는 이런 종류의 소설에 등장하는 일반적인 캐릭터 스케치보다 훨씬 더 깊이 있게 묘사된다.

《클라커스》같은 책—현대 미국의 슬럼가 소굴에서 살다 죽음을 맞는 흑인들이 주로 등장하는 이야기를 중년 백인 남성 화자가 들려주는 소설—에 대한 회의적인 독자의 첫 반응이라면 이런 게 아닐까. 대체 이 남자가 그런 삶에 대해 뭘 알겠어? 과거에도 수없이 이런 시도를 문학적으로 승화해보려고 한 작가들이 있었지만 대개는 성공을 거두지 못했다. 하지만《클라커스》를 열 페이지 정도 읽다 보면, 프라이스가 자신이 쓰고자 하는 주제에 대해 모든 것을 꿰뚫고 있다는 게 확연하게 분명해진다.

그야말로 모든 것을.

프라이스는 자신의 등장인물들과 그들이 사는 세계에 대해 속속들이 알고 있다. 사실, 그가 어떤 식으로 사전 조사를 했는지 궁금하지 않을 도리가 없다. 뉴저지의 코카인 매매 장소에서 육 개월간 먹고 잤을까? 나머지 육 개월 동안에는 뉴어크 경찰서 대기실에 도사리고 앉아 주워들은 모든 대화를 받아 적고? 스트라이크가 관여하는 마약 거래의 온갖 일상적 세부사항들부터 로코 같은 경찰이 매 시간 경험하면서 가까스로 헤쳐 나가야 하는 법적 난국과 도덕적 타협까지, 프라이스는 그 모든 것을 누군가에게 들어서 알게 된 게 아니라 직접 경험을 통해 깊이 알고 있는 것처럼 보인다.

《클라커스》는 소설이 아니라 퓰리처 상을 받을 만한 저널리즘처럼 읽힌다. 그것은 우리 모두가 언제나 쓰고 싶어 하는 종류의 소설이다. 거대하고, 넓게 확장되고, 도저히 잊히지 않는 소설.

아버지가 옳았다. 리처드 프라이스는 진짜배기다.

가 앤서니 헤이우드Gar Anthony Haywood는 셰이머스 상과 앤서니 상을 수상한 소설가로, 지금까지 범죄소설 열두 편과 수많은 단편을 집필했다. 그는 아프리카계 미국인 사립탐정 애런 거너를 주인공으로 한 미스터리 여섯 편과, 아마추어 탐정 조 & 도티 루더밀크가 등장하는 미스터리 두 편, 시리즈와 무관한 독립적인 스릴러 네 편을 썼다.
www.garanthonyhaywood.com

긴다리파리 *The Long-Legged Fly, 1992*

by 제임스 샐리스

•

뉴올리언스를 배경으로 한 '루 그리핀Lew Griffin 시리즈'와《드라이브Drive》(2005)
—니콜라스 빈딩 레픈 감독이 영화화하여 격찬받은 바 있는—로 잘 알려진 제임스
샐리스James Sallis(1944~)는 지금까지 장편소설 열다섯 편과 백 편 이상의 단편과
여러 권의 시집을 출간했고, 레몽 크노의 소설《결코 도래하지 않을Saint-Glinglin》
을 번역했다. 또한 음악에 관한 책 세 권과 모든 종류의 문학작품에 관한 평론을 썼
다. 한때 런던의 기념비적인 SF 잡지《뉴 월드New Worlds》의 편집자였으며(본인
의 표현으로는 '아주아주 먼 옛날에'), 현재《판타지 앤드 SF 매거진The Magazine of
Fantasy and Science Fiction》에 정기적으로 도서 칼럼을 기고한다.
www.jamessallis.com

새러 그랜

제임스 샐리스의 '곤충' 탐정소설 시리즈 첫 권인《긴다리파리》는 아
주 좋은 의미에서 탐정소설을 해체한 작품이다. 1964년부터 1990년까지
뉴올리언스의 사립탐정 루 그리핀의 여정이 펼쳐지는 가운데 우화와 짧
고 예리한 삽화들이 연속적으로 이어지는 이 시리즈에서, 샐리스는 탐정
소설의 가장 기본적인 요소들을 낱낱이 분해하고 재조립한다. 그것은 탐
정소설이 지금까지 이뤄온 바와 미래에 나아갈 방향 모두를 제시하는 마
법이자 연금술이다.

샐리스의 사립탐정 루 그리핀은 하드보일드 장르의 전형적인 '거친
남자'를 체현한 인물이다. 그는 거칠고, 술을 좋아하고, 기이할 정도로 여

성들이 매력을 느끼는 남자다. 그는 영리하고, 현명하고, 마음 한구석에 구멍이 나 있다. 그 휑한 고통은 여러 날 동안 지속되곤 한다. 그의 옆에는 언제나 그가 조사 중인 인물이나 의뢰인이 있지만, 또한 언제나 변함없이 혼자이기도 하다. 게다가 현실적 삶의 힘겨운 문제를 어떻게든 해결해야 한다.

그의 아버지가 사망한다. 그의 로맨틱한 연애는 피어났다가 져버린다. 시간이 흐른다. 그는 뉴올리언스의 아프리카계 미국인이며, 그 사실은 인종 문제에 대해 손쉬운 해답을 기대할 수 없다는 뜻이다. 그리핀은 전형적인 탐정이자, 실재하는, 살아 숨쉬는 사람이다. 간편한 해결책이라곤 전무한 미스터리로 가득한 루의 삶은 복잡하고 다채롭다. 그는 장르를 구현하며 동시에 확장시키는 존재다.

루 자신이 친숙하면서도 낯선 느낌을 주듯이, 작가가 루에게 해결하게 만드는—혹은 해결하지 못하는—미스터리 역시 마찬가지다. 그의 캐릭터와 사건들은 탐정물의 장르적 특성에 정확하게 부합하는 한편, 그 장르의 본질이 정확히 무엇인지 우리를 새롭게 일깨운다. 실종된 소녀를 둘러싼 사건은 인간성과 정체성에 대한 숙고가 되어간다. 소녀는 발견되지만, 사건은 완벽하게 해결되지 못한다. 누아르 영화 속 한 장면처럼 한밤중에 걸려온 전화는 루에게 사건에서 손 떼라고 경고하는데, 루는 그 전화가 어디서 걸려왔는지 그리고 왜 그런 경고를 한 건지 모르겠다고 실토한다. 또다른 소녀의 실종사건은(실종된 소녀들은 빼어난 맥거핀 역할을 수행하는 동시에, 탐정소설에서 생생한 상징적 보상으로 작동하는 아주 소중한 존재다) 사랑에 관한 탐구로 바뀐다.

샐리스는 알고 있다. 우리는 미스터리 소설에서 소녀를 찾게 되리라고 기대하지 않는다. 소녀를 간신히 찾고 나면 또다른 소녀가 바로 눈앞에서 사라진다. 소녀들은 언제나 실종된다. 우리는 미스터리 소설에서 그에 대한 대답이 아니라, 질문을 찾게 된다. 왜 사람들은 사라지는가? 우리가 미스터리를 해결할 때 무엇을 해결하는 것인가? 탐정은 과연 뭘 알고 있을까? 우리는 왜 그토록 탐정의 머릿속에 매혹되는가? 샐리스에 게는 모든 미스터리 소설들이 중심에 두고 공전하는 이 핵심적 수수께끼 들을 발굴하는 재능이 있다. "너무나도 자발적인 행위처럼 보인다. 하지 만 그녀가 스스로를 통제하는 게 정말 가능했을까? 아니면 그렇게 하도 록 내몰린 걸까?" "사람이 침몰하기 시작하는 계기는 무엇일까? 그 기나 긴 추락은 처음부터 그의(혹은 그녀의) 내면에, 혹은 어쩌면 우리 모두의 내면에 잠재되어 있었던 걸까. 아니면 그 사람 스스로가 초래한 걸까. 살 면서, 시간이 지날수록 자연스럽게 자신의 얼굴과 삶과 인생의 이야기를 만들어가는 것처럼, 그가 그렇게 살도록 계속 내버려두는 무언가를 점점 키워온 건 아닐까."

《긴다리파리》는 내가 왜 미스터리 소설을 사랑하는지, 왜 미스터리 가 우리 시대의 중심적 메타포가 되었는지를 이해할 실마리를 제공했다. '누가 범인인가'가 궁금한 게 아니다. 물론 그 자체가 엄청난 재미를 안 겨줄 수 있고, 내가 재미 지향형 인간이라는 사실을 부인하진 않겠다. 하 지만 종국에 미스터리 소설은 실존의 근본적 상태를 반영해 우리에게 내 보인다. 우리는 우리가 여기서 대체 뭘 하는지 알지 못한다(최소한 우리 중 대부분은). 넓게 보자면 우리가 왜 여기에 있는지, 그리고 어느 특정한 하 루에 우리가 하고 있는 일에 대해서도 전혀 알지 못한다. 우리는 왜 살아 있는 걸까? 우리는 왜 우리를 사랑하지 않는 이들을 사랑하는 걸까? 우 리는 왜 가끔 다른 존재가 되고 싶어 하는 걸까? 우리는 서로에게 어떤 빚을 지게 되고, 그 채무를 어떤 방식으로 갚게 되는가? 러시아워 무렵에 샌타모니카에서 실버레이크까지 갈 수 있는 최상의 경로는 어디일까? 미스터리 소설은 우리가 이런 질문들을 나름대로 받아들일 수 있게끔 도와준다. 답을 준다는 뜻이 아니라, 이토록 많은 빌어먹을 의문들을 품고 살아야 하는 우리 삶의 조건에 대해 좀 덜 외롭게 느끼고, 또한 언젠가는 우리 자신만의 해답을 찾게 되리라는 희망을 가질 수 있다는 의미에서.

서점에서 루는 다음과 같은 시를 발견한다. 내용인즉슨, 고통을 암호화하는 법을 배워야만 한다는 것이다. 데이비드 런디David Lunde의 시 〈흥미로운 신호 / 아주 따분한 영화An Interesting Signal / A Very Dull Movie〉에 등장하는 구절이다.

내 영혼이 시들어가는 게 느껴진다. 은유는 서로 다른 사물들 사이에 연결 관계를 만들어낸다. 도움을 원한다면, 먼저 고통을 암호화하라.

물론 작가들은 매일 이 작업을 수행한다. 자신들이 만들어낸 사립탐정에게도 이 작업을 시킨다. 작가는 자신의 고통을 암호화한다. 이 경우에는 탐정, 의뢰인, 사건이라는 잘 알려진 암호가 있다. 작가의 고통을 있는 그대로 전달한다면 독자는 그것을 원하지 않을 것이며, 똑같은 실수를 저지르지 말라는 작가의 간절한 절규와 눈물과 탄원을 이해하지 못할 것이다. 정체성과 미스터리와 시간과 인간성에 대한, 아무런 형식을 부여하지 않은 기나긴 고함 소리를 누군들 원하겠는가?

대신에, 샐리스는 그의 신호를 암호화했다. 즐겁게 읽을 수 있는 암호, 하지만 동시에 고통의 신호에 반응하는 독자의 가장 내밀한 감각기관을 건드리는 암호로. 그럼으로써 독자는 귀 기울여 듣게 되고, 독자 자신의 신호를 암호화하여 응답할 수 있다.

1971년 미국의 뉴욕 브룩클린에서 태어난 새러 그랜Sara Gran은《더 가까이 와Come Closer》(2003)와《도프Dope》(2006)를 쓴 작가다. 전업 작가로 나서기 전 그랜은 주로 책과 관련된 직장들을 거쳤다. '셰익스피어 앤드 컴퍼니' '더 스트랜드' '하우징 워크스' 등 맨해튼에 위치한 서점들에서 일했고, 자신이 직접 중고책과 희귀본을 취급하는 서점을 운영하기도 했다. 그녀의 최신작은 '영리한 괴짜' 사립탐정 클레어 드윗이 등장하는《클레어 드윗과 보헤미안 하이웨이Claire DeWitt & the Bohemian Highway》다.

www.saragran.com

비밀의 계절 *The Secret History, 1992*

by 도나 타트

•

미국의 미시시피 주 그린우드에서 출생한 도나 타트Donna Tartt(1963~)는 《비밀의 계절》과 《작은 친구The Little Friend》(2002), 《오색방울새The Goldfinch》(2013) 세 편의 장편소설을 쓴 작가다. 그녀는 13세에 시를 발표했고, 미시시피 대학교와 버몬트의 베닝턴 칼리지를 다녔다. 베닝컨 칼리지 재학 시절 소개팅으로 브렛 이스턴 엘리스라는 글 쓰는 또래 남학생을 만났다. 《아메리칸 사이코》의 바로 그 작가를. "나는 글을 빨리 쓰지 못한다." 그녀도 인정했다. "내가 일 년에 한 권씩, 소설의 질을 변함없이 유지하면서 쓸 수 있다면 행복하겠지. 하지만 그 소설을 좋아할 팬들이 있을 것 같지가 않다……"

타나 프렌치

《비밀의 계절》이 출간되었을 때 나는 열아홉 살이었고 대학 시절을 절반 정도 보낸 참이었다. 나는 이 책을 비행기 안에서 펼쳐들었고 대서양을 가로지르는 와중에 눈을 떼지 않고 계속 읽어나갔으며, 다소 어지러운 상태로 비행기에서 내렸다. 집에 가서도 시차의 피로를 이겨내며 마지막까지 전부 읽었다. 책을 다 읽고 난 뒤 느꼈던, 다시는 《비밀의 계절》을 처음으로 펼쳐들 수 없다는 순전한 상실감을 아직도 기억한다.

《비밀의 계절》은 버몬트의 작은 칼리지를 다니는, 서로 아주 끈끈하게 연결되어 있는 고전학과 학생들을 중심으로 펼쳐진다. 지적이고 오만하지만 그만큼 불안정한 리처드 페이펀은 속세와 멀리 떨어진 이 고상한 세계에 처음 발을 들이고는 낯설어하면서도 도취된다. 그는 자신이 고전학과 학생들의 그룹에 천천히 진입하고 있다는 사실에 흥분한다. 하지만 점차, 그는 애초에 자신을 매혹시켰던 강렬함과 무자비함이 생각했던 것보다 훨씬 더 심각한 상태로 치닫고 있음을 깨닫게 된다. 여섯 학생들 사이의 복잡한 관계망은 다섯 명이 나머지 한 명을 살해하는 데 이르기까지—이건 스포일러가 아니니 전혀 우려하지 마시라—점점 더 강박적으로 숨막힐 듯 죄어온다. 그리고 이 살인은 그들 모두의 삶을 바꿔놓는다.

이 책은 전혀 미스터리 소설로 홍보되지 않았다. 순문학 작품으로 소개되었다. 《비밀의 계절》이 양쪽 다 아니라고 주장한다면 터무니없이 들리겠지만, 지겹고 태만한 구별 짓기에 반대되는 예로서 《비밀의 계절》은 최고의 논거로 꼽힐 만하다.

《비밀의 계절》은 의문의 여지 없이 순문학이다. 이 소설은 거대한 주제들, 그러니까 자아를 없애고자 하는 인간의 거친 욕구, 무한한 무언가에 녹아들어가면서 자신의 한계를 제거해버리려는 시도, 그런 욕구를 배출시킬 여지를 주지 않는 초-이성적이고 초-개인적인 사회 속에 갇혀버렸을 때 욕구가 어떻게 야만적으로 뒤틀리고 파괴적으로 바뀔 수 있는지, 단 하나의 사소한 선택이 촉발시키는 인과응보의 멈출 수 없는 행진과 사건의 거대하고 예측 불가능한 연쇄 고리 등을 탐구한다. 플롯이 캐릭터를 추동한다기보다 캐릭터가 플롯을 움직여나간다. 이런 이야기는 다른 그룹의 인간들에게는 결코 발생할 수 없다. 그리고 이 책을 읽는 독자 역시 그 그룹의 일원이라는 느낌마저 받게 될 정도로, 그들의 가장 섬세한 심리적 뉘앙스까지 놀라운 심도로 파헤쳐진다. 그들 사이에 형성된 친밀감의 일부는 모든 일이 잘되어갈 때는 고양되다가, 상황이 위험해지면 수상쩍은 범죄 행위의 일부가 되고, 결국 모든 것이 붕괴한 다음에는 완전히 사라지고 만다. 이것을 묘사하는 글 자체도 숨이 막힐 만큼 뛰어나다. 맹렬하고 박식하면서 완벽하게 아름답고, 독자들이 싫증을 느낄 겨를을 주지 않을 만큼 풍요롭다.

하지만《비밀의 계절》은 또한 미스터리이기도 하다. 관습적 의미와는 다르다.《비밀의 계절》은 '누가 범인인가'라는 수수께끼와는 전혀 상관이 없다. 1장 첫 페이지부터 누가 누구를 죽였는지 바로 드러나기 때문이다. 이 책의 처음 절반은 살인의 이유를 드러내고, 나머지 절반은 살인으로 빚어진 결과가 어떤지, 살인자들 각자는 그 혹은 그녀가 원래 그렇게 되었어야 할 미래상으로부터 어떻게 다른 존재가 되었고 어떻게 다른 세계에서 살게 되었는지를 추적한다. 그러므로 살인범이 누구일지 추적하는 기존의 서스펜스 같은 건 존재하지 않는다. 하지만 나는《비밀의 계절》의 모든 페이지를 집어삼킬 듯이 뚫어지게 읽으면서 필사적으로 답을 찾고자 노력했다. 그리고 최후의 답이 밝혀지는 순간,《비밀의 계절》만큼 숨막히고 목덜미가 쭈뼛했던 책도 또 없다.

그것이 내가《비밀의 계절》을 사랑하는 중요한 이유 중 하나이다. 이 책이 규칙을 파괴했다는 점 말이다. 모든 관습에 가장 만족스럽게 잘 들어맞기 때문에 근사한 책들이 존재한다. 그것들은 갈고 닦은 규칙의 최정점에 올라선, 장르의 완벽한 모범이다. 애거서 크리스티의《잠자는 살인》이나《애크로이드 살인사건》같은 작품들 말이다. 장르의 경계를 최대한 확장시켰기 때문에 근사한 미스터리 소설도 있다. 조지핀 테이의《프랜차이즈 저택 사건》, 퍼트리샤 하이스미스의《재능 있는 리플리》, P. D. 제임스의《결백한 피Innocent Blood》등이 그렇다. 이 작품들은 내가 가장 사랑하는 미스터리 소설들이고,《비밀의 계절》역시 그중 하나다. 여기에도 물론 살인사건을 둘러싼 수수께끼가 있지만, 이 소설은 범인을 밝혀내는 것이 진짜 미스터리라는 관습을 따르지 않는다.《비밀의 계절》의 진정한 미스터리는 더 깊숙이, 인간 내면에 숨겨진 장소에 묻혀 있다. 살인이 왜 일어났는가, 그리고 연루된 모든 이들은 어떤 결과를 맞이하는가.

아직까지도 사람들은 장르소설이라면 판에 박힌 공식을 따르는 수준 떨어지는 싸구려 오락거리라고 무조건 깎아내리고, 순문학이라면 제대로 된 줄거리가 없고 온갖 근심 걱정을 짊어지고 자기 생각에만 함몰된 소설로 모욕하는 경향이 있다. 나는 일찌감치 그런 편견의 어리석음을 알고 있었지만,《비밀의 계절》은 마음을 완전히 사로잡는 줄거리와 복잡다단한 등장인물들, 거대한 주제와 아름다운 글쓰기가 서로 배타적인 요소들이 아님을 분명하게 일깨워줬다. 작가들은 독자들에게 'A 혹은 B'가 아니라 'A 그리고 B'를 전달할 수 있는 것이다. 이 책은 순문학과 미스터리의 관습을 차용하여 완전히 뒤집은 다음 함께 꿰매 붙임으로써, 쉽게 알아볼 수 있지만 완전히 새롭게 변형된 존재를 탄생시켰다.

내가《비밀의 계절》을 사랑하는 이유가 또 있다. 아니, 정확히 말하자면, 수많은 이유들 중 하나를 또 꼽아보겠다.《비밀의 계절》은 예전에는 미스터리에 포착되지 못했던 무언가를 거머쥐는 데 성공했다. 딱 대학생 무렵의 그 나이대에서만 겪을 수 있는, 그룹 내 우정의 복잡한 관계와 역학 관계 말이다. 여섯 명 내지 여덟 명 정도의 친구들 그룹 내에서 우정의 농도는 제각각이다. 문학부터 가장 내밀한 두려움에 이르기까지 그들은 모든 주제를 넘나들며 몇 시간이고 뜨거운 대화를 지속할 수 있다. 술에 진탕 취하고 춤을 추면서 밤새도록 깨어 있을 수 있고, 아무에게나 아무 의미 없는 농담을 주고받으며 바보같이 함께 웃음을 터뜨리고, 그중 일부는 키스를 나누거나 잠자리를 함께하거나 서로에게 홀딱 반해버리거나 상대방에게 상처를 입힌다. 그들은 살아가면서 느낄 수 있는 가장 강렬한 정서의 일부를 공유함으로써, 그룹 내 구성원 모두를 지탱해주는 섬세하고도 복잡 미묘한 균형을 맞춘다. 내가 속했던 그룹에서도 각자의 연인들과 만났다 헤어지기를 되풀이했다. 하지만 당시 내가 사랑했던 남자 덕분에 느낀 순수한 에너지와 섬광처럼 터져나왔던 아드레날린조차, 친구들을 통해 느꼈던 제대로 맞는 곳에 와 있다는 소속감에는 절대 미치지 못했다.

《비밀의 계절》에서 또래의 대학생 친구들로 구성된 그룹 구성원들은 모두 극단까지 내달린다. 사적 세계 안에서 집단적인 통합이 이루어져 바깥 세계는 현존하지 않는 것처럼 느껴질 정도다. 바깥 세계는 말 그대로 등장인물들의 사적 세계의 필요성에 따라 조작되거나 파괴될 수 있는 존재로만 여겨질 정도로 그 그룹의 응집력은 강력하다. 어떤 특별한 그룹에 소속되어 있다는 감각은 단단하게 응결된 형태로 합치된다. 그것은 궁극의 배타적 집단이다. 엘리트 중의 엘리트들이 모인 그룹, 가뜩이나 배타적인 칼리지 내에서도 다른 학생들은 접근하기 쉽지 않은 고전어학과 소규모 그룹. 표어와 축약어와 집단 내부에서만 통하는 농담의 '비밀 언어'는 실제로 비밀스러운 언어로 바뀐다. 외부인 앞에서 이야기해야 할 때에는 자신들만 알아들을 수 있는 고대 그리스어를 사용한다. 황홀감으로 고양된 신비로운 감각, 상상도 하지 못했던 신세계가 존재 속으로 미끄러져 들어오는 듯한, 주위의 모든 것을 유혹하는 듯한 감각.

그 시절엔 삶이 온통 마법과도 같았다는 점을 빼고 난다면 뭘 얘기할 수 있을지 모르겠다. 상징과 우연, 예감, 조짐으로 촘촘하게 얽힌 그물과도 같은 나날들. 모든 것이 어쨌든 서로 맞물려 돌아갔다. 교활하면서도 자애로운 신의 섭리가 점차 모습을 드러낼 때, 나는 엄청난 발견을 코앞에 두고 전율을 느꼈다. 마치 어느 날 아침엔가 모든 것─나의 미래, 나의 과거, 나의 삶 전체─이 한꺼번에 밀어닥친다면, 침대에서 벼락같이 벌떡 일어나 자세를 바로 하고 오! 오! 오! 외치게 될 것처럼.

이런 소속감은 각자 맡은 역할과 함께, 현실적이고 구체적인 무언가로 점점 확고하게 굳어진다. 구성원들의 우정을 규정짓는 시작 단계의 모든 감각들은, 불순물을 계속 제거하고 증류시키며 구체적 형태로 완성된다.

그 우정은 강력하고, 모든 강력한 존재들이 그러하듯 우정 역시 위험하게 변질될 수 있다. 우리 대부분에게 일어난 최악의 상황은 기이하게 상처 입은 마음이었다. 하지만《비밀의 계절》속 등장인물들에게 그 위험은 다른 모든 것들만큼 구체적이다. 사적 세계는 살인 미스터리의 완벽한 배경으로 다양하게 변주된다. 밀실 미스터리는 이 장르의 주요 산물이 아니던가. 그리고 용의자들과 희생자 사이의 관계가 격렬하고 뜨거울수록 미스터리도 훨씬 강력해진다. 수많은 살인 미스터리는 가족들 사이에서, 직장에서, 감정이 집중되는 모든 종류의 온실 같은 세계에서 벌어진다. 하지만 내가 아는 한《비밀의 계절》이 나오기까지 어떤 작품도 이런 종류의 우정과 살인 미스터리를 연결 짓지는 않았다.

그때 이후로, 다수의 작가들이 우정이 치명적인 위험으로 바뀔 때 어떤 사건이 터질 수 있는지 파헤쳤다. 루시 화이트하우스Lucie Whitehouse는《한밤중의 집The House at Midnight》에서, 이언 콜드웰Ian Caldwell과 더스틴 토머슨Dustin Thomason은《4의 규칙The Rule of Four》에서, 에린 켈리Erin Kelly는《포이즌 트리The Poison Tree》에서 그 문제를 다뤘다. 그리고 나는《닮음The Likeness》을 썼다. 내 소설에서는, 일군의 대학원생들이 과거를 지워버린 다음 더블린 외곽의 낡아빠진 오래된 집에 모여 살면서 다 같이 빛나는 새 삶을 만들어낼 수 있다고 믿는다. 그들 중 한 명이 살해당하고, 그녀가 자신이 말해왔던 대로의 사람이 아니라는 것이 밝혀질 때까지. 하지만《비밀의 계절》이 최초의 작품이다. 이 책은 우정을 둘러싼 미스터리의 세계를 처음으로 제시했고, 그것이 충분히 중요하고 아름답고 소설화할 만한 가치가 있는 세계이며, 살인의 배경으로서 충분히 불가사의하고 위험하다는 걸 입증해 보였다.

내게《비밀의 계절》은 미스터리의 영역을 재규정한 작품이다. 내가 소설을 쓰기 시작한 것은《비밀의 계절》을 처음 읽고 십 년이 좀 지나서 였는데, 그때 나는 그 책이 내 안에 재창조한 미스터리의 풍경 안에서 글을 썼다. 나는 장르의 관습을 자질이나 범위의 한계, 혹은 규칙이 아닌 출발 지점으로 받아들이고, 누가 죽였는지가 아니라 왜 죽였는지에 대한, 그리고 그것이 의미하는 바가 중요한 책을 쓰고자 했다. 내가 제대로 해냈다면 전적으로—확신하건대 아마 내 세대의 많은 미스터리 작가들도 그럴 테지만—도나 타트에게 빚진 덕분이라고 말해야 한다.

．

타나 프렌치Tana French의 첫 소설《살인의 숲In the Woods》은 2007년 출간 당시 에드거 상 '최고의 데뷔작' 부문을 포함한 주요 미스터리 소설상을 휩쓸었다. 그녀는 이후 장편소설 세 편을 출간했고, 그중 최신작은《비밀 장소The Secret Place》다.
www.tanafrench.com

살인…과거와 현재 *Murder…Now and Then, 1993*

by 질 맥가운

•

스코틀랜드 작가 질 맥가운Jill McGown(1947~2007)은 학생 시절, '모스 경감 시리즈'를 쓰기 전의 콜린 덱스터에게 라틴어를 배웠다. 맥가운은 영국 철강조합에서 정리 해고된 다음 첫 소설《완벽한 맞수A Perfect Match》를 썼다. 1983년 출간된 이 작품에는 대니 로이드 경감과 주디 힐 경사가 주인공으로 등장한다. 이 시리즈는 총 열세 편의 장편소설들로 이어진다. 그녀는 또한 독립적인 장편소설 다섯 편을 썼다. 그중 첫 번째는 1985년 출간된《죄의 기록Record of Sin》이며, 마지막 작품은 엘리자베스 채플린Elizabeth Chaplin이라는 필명으로 쓴 1992년 작《불길한 미래Hostage to Fortune》다. 질 맥가운의 사망 후 발 맥더미드는《가디언》에 쓴 부고 기사에서, 그녀를 "범죄소설 장르를 현대 세계 안으로 확실하게 이동시킨 작가 세대의 한 명"으로 묘사했다.

소피 해나

어떤 소설 플롯의 정확한 세부사항을 잊은 지 오래더라도, 그 소설을 읽을 때의 느낌만은 기억한다. 1994년에 질 맥가운의《살인…과거와 현재》를 처음 읽었을 때, 그 결말은 내게 결코 잊을 수 없는 영향을 미쳤다. 먼저 온몸에 소름이 돋았고, 곧장 기이하고도 몽롱하고 심란한, 간담이 서늘하게 오싹한 느낌이 찾아들었다. 결말로 이르는 가닥가닥이 이음새조차 찾을 수 없도록 매끈하고 멋지게 전체 소설을 직조해나간 터라, 이 이야기의 결말이 아예 처음부터 결정되어 있었다는 것, 요란스럽게 드러내지 않으면서도 이미 소설 전반에 스며들어 존재감을 표출하고 있었다는 사실을 뒤늦게 깨달았기 때문이다. 이건 또다른 여러 결말이 가능한 종류의 소설이 아니었다. 정사각형이 중간 지점에서 삼각형으로 바뀔 수는 없지 않은가.

과거와 현재가 평행하게 진행되는 《살인…과거와 현재》의 구조에서 흠결이라곤 찾아볼 수 없다. 플롯과 등장인물, 대화 장면, 내러티브의 안배 등 모든 요소들이, 소설 전체의 체계를 조금도 흩뜨리지 않고 제자리를 지킨다. 나는 이것이야말로 진정한 걸작의 표식이라고 굳게 믿는다. '이 소설/이야기/시/노래가 다르게 만들어질 가능성은 절대로 존재하지 않는다'는 느낌을 받게 된다는 뜻이다. 이러한 예술작품이 풀려나가는 방식에는 일종의 원형적인 필연성이 존재한다. 질 맥가운은 범죄소설 분야의 예술가이며, 독자들로 하여금 그녀가 그려낸 그림들의 사소한 디테일에 하나하나 집중하도록 요구하는 작가라는 사실에는 의심의 여지가 없다.

맥가운의 모든 책은 구조적으로 완벽하다. 글을 쓰기 위해 그중 단한 권만 골라야 한다는 게 힘들 지경이었다. 나는 합리적이고 실증적인 이유로 《살인…과거와 현재》를 선택했다. 이 소설은 (위에 언급한 바와 같은 이유로) 나만의 개인적인 파문의 리히터 규모*에 있어 가장 멀리까지 파문을 일으켰기 때문이다. 지금도 나는 탐정소설이나 스릴러를 읽을 때 그런 깨달음의 파문을 갈망한다. 내가 보고 싶은 것, 그리고 꽤 훌륭한 범죄소설에서조차 정말 너무나 자주 부재하는 그것은, 더이상 개선할 필요가 없을 정도로 완벽한 형태다. 너무나도 조직적으로 잘 짜여 있고 계획된 바에 충실하게 구현된 동시에, 더이상 축소하거나 그 어떤 정의로 국한하는 게 불가능한 구조, 도대체 인간이 하늘의 조력 없이 이 모든 것을 전부 짜 맞추는 게 가능한지 의문이 떠오르는 구조 말이다.

---

* 지진의 세기를 나타내는 척도.

《살인…과거와 현재》의 줄거리는 말로 설명하면 그리 특별히 대단해 보일 것이 없을 것이다. 스탠스필드 마을(질 맥가운이 2007년 사망할 때까지 살았던 영국 중부 노샘프턴셔의 코비 마을이 모델이다)의 소규모 지역 공장이 개관하는 날, 공장주인 빅터 홀리오크가 살해당한다. 개관식 손님 중 한 명이었던 로이드 경감은, 모인 사람들 중 과거에 본 적이 있는 누군가의 얼굴을 인지한다. 하지만 언제 어디서 그 사람을 봤는지는 기억해내지 못한다. 곧 로이드와 그의 동료—이자 배우자인—주디 힐 경사는 홀리오크 살인사건과 열세 해 전 또다른 살인 사이의 연관을 감지한다. 과거와 현재를 병행하는 줄거리는, 도저히 짐작도 하지 못했던 결론에 이르기까지 훌륭하게 이어진다.

이런 홍보문구만으로는 《살인…과거와 현재》가 평범한 소설처럼 들릴지도 모르겠지만, 절대로 그렇지 않다. 맥가운의 소설에서 범죄 그 자체는 딱히 유별나거나 사람들을 현혹시킬 만큼 매혹적인 사건이 아니다. 마법은 이야기가 꼬였다가 깜짝 놀랄 방향으로 풀려나가고, 문학적 만화경처럼 매혹적이고 예상치 못했던 사건 속 사건을 이끌어내는 방식에 존재한다. 작가 본인이나 그녀의 탐정들이 자신의 상당한 재능에 살짝 쑥스러워하는 듯, 이 모든 것은 평온하고도 효율적으로 작용한다. 《살인…과거와 현재》는 이야기가 어떤 식으로 진행될 수 있는지, 이야기 안에 얼마나 많은 촉수가 뻗어 있을 수 있고 그들 사이에 얼마나 많은 수렴 지점이 생겨날 수 있는지에 대한 독자들의 인식을 확장시키는, 뛰어나고 야심 만만하고 복잡한 미로와도 같은 책이다.

바로크적인 줄거리와는 대조적이게도 주인공인 로이드 경감과 주디 힐 경사는 상대적으로 보통 사람에 가깝다. 그들은 따스한 성품에 호감이 가는 인물이며, 직업 정신이 투철하고 능률적이다. 너무 지루해 보이지 않기 위한 단점과 기벽도 물론 설정되어 있지만, 그들의 최고 장점이라면—특히 여러 소설 속 탐정들의 오만함을 고려하고, 그들이 이야기 자체보다 자신이 어떤 인물인지가 중요하다고 생각한다는 걸 생각한다면—애정 전선이나 유명세, 승진의 가능성 속에 있을 때가 아니라 한 땀 한 땀 풀어나가는 범죄에 골몰하고 있을 때 가장 흥미로운 인물임을 끊임없이 입증해 보인다는 사실이다. 매일 겪는 일상사야말로 그들의 기본적인 특징이다. 그들은 자신들이 어떤 인물인지 그 현실적 부면을 요란떨지 않고 표현하고, 그것이야말로 정신 건강의 표지다. 또한 두 사람은 사건들이 끊임없이 시험을 걸어올지라도 균형 감각을 유지하기 위해 노력한다.

그들이 살고 일하는 스탠스필드는 아름답거나 강렬하게 인상적이진 않다. 다른 모든 요소들을 절제하는 대신, 스포트라이트는 두 주인공이 골머리를 썩이는 복잡하고 헷갈리는 수수께끼에 온전히 바쳐진다. 두 주인공은 복잡하게 얽힌 미스터리에 주의력을 완벽하게 집중할 수 있을 만큼 충분히 안정적이다. 각 장마다 항목별로 줄줄이 훑어야 하는 번거로운 음악이나 위스키 수집 취미도 없고, 그 두 사람이 과장된 개인적 기벽으로 잔뜩 치장된 인물들이 아니기 때문이다. 독자로서 나는, 주의력을 흐트러뜨리지 않은 채 독자와 함께 동등하게 미스터리 해결을 위해 머리를 싸매는 탐정들을 매우 높이 평가한다.

맥가운은 플롯이 우선이라는 전제하에 캐릭터 만들기에 접근한다. 결과적으로 로이드와 힐은 겸손하고 으스대며 나서지 않는 인물로 남아 있게 된다. 이것은 우리가 너무 자주 잊어버리는 진실을 일깨운다. 예측 불가능한 줄거리 없이는, 캐릭터만으로 미스터리 해결에 필요한 조건들을 충분히 끌어모을 수 없다는 사실. 맥가운은 존재감이 과장된 캐릭터를 교묘하게 피해간다. 그녀는 드라마 속 어떤 배우도, 전혀 관계 없어 보이던 다양한 인물들이 예기치 못한 방식으로 예측 불가능한 요소의 혼합체를 창조해가면서 각자의 필요성과 우선순위에 따라 서로 충돌할 때 발생하는 상황만큼 매력적일 수 없다는 걸 본능적으로 이해하고 있다. 그녀의 소설 속 누구도, 심지어 시리즈의 주인공 형사들조차 창조적인 상상력의 해변에 존재하는 유일한 조약돌이 될 수 없는 것이다. 그녀는 등장인물 각각에게 공정하고 세심하게 균형을 맞추며 그들이 자기만의 차례를 가질 수 있도록 작가로서 시간을 잘 배분한다. 누구도 현실을 넘어설 수 없다고, 그녀의 소설은 우리에게 거듭 일깨운다. 기묘한 일상이 무한 순열을 이루는 플롯 속에서 우리 모두는 연약하며 그리 중요하지 않은 존재가 된다.

어떤 작가의 작품이 띠는 풍미를, 그 작가가 쓰지 않은 단어들로 전달하는 건 불가능에 가깝다. 그러니까 당신은 질 맥가운이 아주 특별한 재능을 지닌 작가라는 내 말을 그냥 믿어야 한다. 그녀의 소설들은 최상급 스위스 시계처럼 정확하고 영리하게 짜였고, 더 중요한 것은 다른 어떤 작가들의 작품과도 전혀 다르다는 점이다. 만일 당신이 나처럼 구조에 미친 듯이 몰두하는 타입의 독자라면, 범죄소설의 수수께끼적 측면을 중요하게 생각한다면, 그냥 맥가운을 믿고 읽어라. 그녀가 그토록 과소평가되었다는 건 범죄에 가까운 일이다. 이제는 그녀의 소설들이 절판되기까지 했지만, 그녀는 플롯 구성에서 애거서 크리스티의 왕좌에 앉을 만한 정당한 후계자다.

•

소피 해나Sophie Hannah는 베스트셀러 심리스릴러를 일곱 편 쓴 작가다. 가장 최근작은 《명백한 실수The Telling Error》(2014)이다. 그녀의 소설은 25개국에서 출간되었고, 이중 두 작품은 ITV1에서 드라마로 제작되어 〈민감한 사건Case Sensitive〉이라는 제목으로 방영되었다. 시인으로서도 다양한 상을 수상한 소피 해나는 베스트셀러 시집을 출간하기도 했다. 2007년에는 시집 《초급 비관주의Pessimism For Beginners》로 T. S. 엘리엇 상 최종후보까지 올랐다(카카넷 출판사 펴냄).
www.sophiehannah.com

심플 플랜 *A Simple Plan, 1993*

by 스콧 스미스

•

스콧 스미스Scott Smith(1965~)는《심플 플랜》과《폐허The Ruins》(2006) 단 두 편
의 장편소설을 썼다.《폐허》는 멕시코에서 마야인들의 건축물 폐허에 갇혀버린 젊
은 여행객들에 관한 공포소설이다. 스미스는 두 소설을 모두 직접 영화로 각색했
고, 그중〈심플 플랜〉의 시나리오로 아카데미상 후보에 오른 바 있다. 그는 "절대로
완성될 것처럼 보이지 않는 기나긴 소설로부터 탈출"하기 위해 시나리오 작업에 몰
두했다고 털어놨다. 이는《심플 플랜》과《폐허》사이에 작업했던, 1,000페이지까지
쓴 다음 결국 포기하고 말았던 어떤 소설을 두고 한 말이다.

마이클 코리타

　범죄 작가들로 가득 찬 방에서 '최고의 데뷔작'이 무엇이냐는 화제
를 꺼내보자. 거기서 가장 먼저 언급될 제목 중 하나는 분명 스콧 스미스
의《심플 플랜》일 것이다. 그저 위대한 범죄소설이 무엇이냐는 화제에
도 틀림없이《심플 플랜》은 또다시 우선적으로 불려나올 것이다. 그런데
《심플 플랜》을 읽고 나서, 이런 소설이 작가가 처음 집필하고 바로 출간
된 책이라는 사실을 알게 되면 이미 딱 벌린 입이 조금 더 벌어질 수밖에
없을 것이다.

　《심플 플랜》의 초반 설정은 제목과 썩 잘 어울린다. 화자인 행크 미
첼, 그의 형 제이콥, 그리고 루(제이콥의 친구이자 행크의 숙적, 그리고 이 책에서

가장 매력적으로 묘사된 인물 중 하나. 충분히 짜증 날 만큼 어리석고, 충분히 두려워해야 할 만큼 교활하다)는 눈으로 뒤덮인 오하이오의 숲에서 추락한 경비행기를 발견한다. 비행기 안에는 돈 가방이 있다. 현금 440만 달러.

제이콥과 루는 돈 가방을 바로 챙기고 싶어 한다. 행크는 신고해야 하지 않을까 생각한다. 그들은 말다툼을 벌인다. 제이콥은 주장한다. 이건 도둑질이 아니라 잃어버린 보물을 발견한 거나 마찬가지라고.

"그의 말에는 분명 설득력이 있었다. 나도 인정한다. 하지만 동시에, 우리가 뭔가 간과하는 것 같기도 했다." 까마귀가 독수리처럼 숲속에 도사리고 있고, 어둠이 세 남자 주위로 드리워지고, 작가가 근사하게 전달하는 황홀한 고딕적 징조로 인해 고조된 분위기와 함께, 범죄소설사상 가장 근사하게 절제된 표현으로 꼽힐 만한 위의 문장이 등장한다.

너무나 간단하지 않은가? 돈을 들고 튄다. 다만 그들은 튀진 않을 것이다, 뻔히 들키고 말 테니까. 그러므로 돈을 들고 기다린다…… 옳은 일을 하거나, 아무에게도 해가 되지 않을 아주 조금 나쁜 짓을 하기 위해.

《심플 플랜》의 플롯은 널리 호평받았고 마땅히 그래야만 한다. 하지만 나는 이 소설의 더 뛰어난 천재성은, 스미스가 주인공 행크의 목소리를 전달하는 방식에 있다는 점을 지적하고 싶다. 소설 초반부, 행크는 호감이 가고 친근하고 합리적인 사람으로 보인다. 너무나도 합리적이다.

행크는 전형적인 서스펜스 소설의 주인공이 아니다. 군인의 전투 기술도, 경찰이라는 배경도, 영웅의 자질 같은 것도 전혀 갖고 있지 않다. 아니, 그저 중서부 지역 작은 마을의 사료 가게의 회계원일 뿐이다. 그에게는 임신한 아내와 말썽 많은 형이 있고, 돌아가신 부모님과 잃어버린 가족 농장이 그를 무겁게 짓누르고 있다. 이 정도는 우리도 잘 알고 공감할 수 있는 문제들이다. 이 남자는 우리 중 하나다. 그는 우리의 목소리를 대변한다.

그리고 행크의 첫 번째 결정 또한—돈을 육 개월 동안 보관하고, 그 동안 아무도 돈을 찾으러 오지 않으면 세 명이서 나눠 갖자는—아주 신 중하고, 짜증 날 만큼 합리적이기 때문에 우리 스스로 그 결정을 내리는 모습을 상상해볼 수 있을 정도다. "내 계획은 (…) 정보를 더 얻을 때까지 는 결정을 미루자는 거였다. 나는 한 발짝을 내디뎠지만, 돌이킬 수 없는 걸음은 아니었다."

그것뿐이다! 치명적일지도 모를 결정을 연기하는 것. 두려워할 게 뭐 있을까? 행크는 모든 각도에서 곰곰이 따져보았다. 그는 어떤 악영향으 로부터도 해를 입을 일이 없을 것이다. 그의 간단한 계획에 위험은 없다.

바로 그날 밤, 애초의 약속이 깨진 순간까지는. 다음 날, 첫 번째 살 인이 벌어져 있다. 돌이킬 수 없는 걸음이 아니라고 자신했건만, 끔찍한 한 걸음은 이미 시작됐다. 문자 그대로, 미끄러운 비탈길 밑 눈 더미 아래 에 도사린 핏물과 함께. 행크의 캐릭터 역시 생각지도 못한 방향으로 변 하면서 새로운 국면을 맞이한다. 그의 이성적인 외관은 소스라치게 놀랄 만한 악의의 순간에 부서져내린다. 그러고는 다시 합리적으로 스스로를 가다듬는다. 어쨌든, 행크는 첫 번째 살인을 저지르게 된 실수의 장본인 이 아니다. 실수했던 건 그의 형이며, 행크는 그저 형을 보호하려던 것뿐 이다. 제아무리 마음이 불편해지는 상황이라도, 우리 모두 이해할 수 있 다. 친형을 구하기 위해서 못할 일이 뭐 있겠는가?

그리고 여기서부터 스미스는 진정한 악의 탐구를 시작하며, 순식간 에 속도를 최고조로 올린다.《심플 플랜》의 줄거리는 점점 더 악화되는 도덕적 타협을 뛰어나게 묘사하는 장면의 연속으로 이루어져 있다. 행크 의 현명한 판단과 건전한 성격은 한 번 뒤틀리고, 문제들이 연이어 터져 나오고, 인물들은 다시 한번 타협하고, 조금 더, 해악을 막기 위해, 그리 고……

이 모든 사건을 뚫고, 신중한 이성의 목소리가 울려퍼진다. 우리 중 누구라도 그럴 법한 걱정스러운 목소리.

"물론, 다른 길도 있었다." 올바른 선택, 명백해 보이는 선택으로부터 시선을 회피하며, 더 어두운 도덕적 근거를 끌어들이며 행크는 말한다. "이미 예정된 일이었고, 벌써 반쯤은 걸어온 길이다. 나에게는 제이콥을 구하고 돈을 지킬 힘이 있었다. 그리고 결국, 그거야말로 내가 그 일을 저지른 이유다. 가능해 보였기 때문에, 내가 잡히지 않을 것 같았기 때문이다. 내가 돈을 챙긴 이유도 그것이었고, 뒤이은 모든 일을 저지른 것도 같은 이유에서다. 하나의 잘못을 저지름으로써, 나는 모든 것을 바로잡을 수 있다고 생각했다."

나는 신문 헤드라인으로 매일 이 구절을 내세울 수도 있지 않을까, 이 구절에 정말 잘 어울리는 기사들이 그렇지 않은 기사들보다 훨씬 많지 않을까 자주 생각한다. 이 구절은 우리가 너무나 자주 궁금해하는 바로 그 지점에 대한 답이기도 하다. 대체 왜 그 많은 사람들이 그런 짓을 저질렀을까?

가능해 보였기 때문에, 내가 잡히지 않을 것 같았기 때문이다.

돈—이 돈이야말로 《심플 플랜》의 무자비한 속도와 드라마의 가장 중요한 부분이다—을 지키겠다는 행크의 결심에 얽힌 문젯거리들은 점점 그를 옥죄는 올가미가 된다. 하지만 더 놀라운 트릭은, 소설이 진행되면서 우리 화자의 내면에서 솟아오른다. 모든 나쁜 선택에도 불구하고, 우리는 행크를 응원하게 된다. 그의 선택은 우리가 수용할 수 있는 방식으로—어쩌면 한두 번 정도는 눈살을 찌푸렸겠지만—정당화되고 합리화되고 설명될 수 있기 때문이다. 그리고 우리는 행크를 걱정한다. 이 범죄에 연루된 그의 동료들은 둘 다 너무 멍청하고 위험하다. 걱정스러운 2인조 제이콥과 루에게는 행크의 실용주의와 성숙함과 위험의 가능성에 대한 감각이 결여되어 있다. 그리고 행크의 교활함 역시.

행크가 이런 멍청이들과 함께 난관에 봉착했다는 건 참 안타까운 일이라고 생각하게 된다. 하지만 소설이 정말로 본색을 드러내는 순간, 바로 그 순간 당신은 누가 누구를 옭아매고 있는 건지 비로소 의문을 품게 된다.

신화의 메아리, 성경에 가까운 정서가 이 소설에 도덕적 무게감을 배가시킨다. 《심플 플랜》의 이 같은 특징은 다수의 서스펜스 소설에 결여되어 있다. 때때로 이 소설은 '창세기'에서 대단히 많은 부분을 끌어온 것처럼 보인다. 제이콥은 잃어버린 가족 농장을 되찾는 용도로 돈을 사용하고 싶다면서, 오래된 농업 매뉴얼을 절망적으로 뒤적거리며 지혜를 구한다. 서로를 지켜주겠다고 약속했던 형제는 급기야 서로의 적수로 돌변한다. 소설의 첫 번째 이기적인 선택, 그 첫 번째 죄에서부터 흘러나오는 수많은 골칫거리 때문에 인물들은 곧 가망 없는 궁지에 빠진다. 이 과정에서 스미스는 기억에 오래 남을 만한 장치들을 차례차례 고안해낸다. 그중 내가 가장 좋아하는 장치는 갓 태어난 행크의 딸에게 제이콥이 선물하는 곰 인형이다. 인형의 배에 태엽을 감으면 부드러운 자장가가 흘러나온다. 예상할 수 있겠지만 이 인형은 행크의 딸이 가장 좋아하는 장난감이다. 형제간의 관계가 악화될 때마다 태엽이 감기고 멜로디가 울려 퍼지면서 소설의 페이지에 유령처럼 깃든다.

이후 대학살이 절정에 달한 다음, 우리에게서 슬그머니 빠져나온 합리의 화신 행크는 공포의 화신 행크로 변신한다(우리는 한때 그를 너무나도 잘 이해했기 때문에 이 변신이 더더욱 소름 끼치게 다가온다). 행크는 텅 빈 주류 판매점에서 초조하게 서성거리다가, 라디오 설교자의 시끄러운 외침이 흘러나오는 가운데 점원의 시체를 지나친다.

"선을 행할 수 있으면서 행하지 않은 죄와 나쁜 짓인 줄 알면서 저지르는 죄 사이에 (…) 무슨 차이가 있습니까?" 아마도 어쩌면 과거의 모든 일을 바로잡아줄지도 모르는 또다른 죄를 행크가 저지르는 동안, 설교자는 묻는다.

"오하이오, 미시건, 인디애나, 일리노이, 켄터키, 웨스트버지니아, 펜실베이니아를 통틀어 집에서 혹은 차를 운전하면서 라디오를 듣는 사람들이 수백 명, 어쩌면 수천 명 정도 있겠지." 행크는 라디오 설교자에 대해 생각한다. "바로 이 남자의 목소리를 통해 그들 각자가 서로에게 연결된다. 그리고 그들 모두가 나와 이어져 있다."

그는 라디오를 끄고 피범벅 난장판을 묵묵히 청소한다. "설교자의 목소리가 사라지자, 건물에는 불길한 침묵이 내려앉았다. 내가 일으키는 모든 소음은 식료품 선반에 부딪혀 메아리쳤고, 설치류가 내는 소리처럼 은밀하게 울려퍼졌다."

소설의 이 시점에서 아홉 명이 죽었다. 행크는 간단한 계획을 세웠던 합리적인 남자에서 혐오스런 인간상으로 변해버렸고, 우리는 그가 어떤 처벌 혹은 보상을 받게 될지, 우리가 지금까지 본 이 모든 난리통, 그가 흘리게 한 모든 피로부터 뭔가를 얻게 될지 아니면 고통받게 될지 궁금해진다.

스미스는 다음과 같은 구절로 시작하는 아름다운 단문으로 그 답을 준다. "나는 네 시간 걸려 그 일을 마쳤다."

무슨 일이냐고? 독자 여러분이 직접 찾아 읽어보실 수 있도록 이 자리에서 밝히지 않겠다. 하지만 처음 이 소설을 읽다가 저 문장이 등장했을 때, 절망적인 웃음을 터뜨린 동시에 고개를 절레절레 흔들었던 걸 기억한다. 피에 담뿍 젖은 소설의 이 웅장한 결말은 당신이 좀처럼 접해보지 못했을 뻔뻔한 자신감의 실현이자, 완벽한 선택의 완벽한 구현이자, 인정하건대 이 데뷔작이 좀 미쳤다는 걸 입증하는 증거이기도 하다. 스미스는 이 이야기를 한 치의 빈틈없이 치밀하게 설계했기 때문에, 어떤 부분이 삐걱거리며 거슬리더라도 어떻게든 그 자체로 자연스러워 보인다. 또한 작가는 반전과 전환이 일어날 때마다 우리가 처음엔 행크를 이해했다는 사실을 상기시키면서, 기꺼이 행크의 행동을 지지하며 지켜보겠다고 자처했던 그 족쇄에서 우리를 해방시켜주지 않는다.

소설의 마지막, 행크는 자신이 종종 억지로라도 울기 위해 어떤 기억들, 특히 잃어버린 가족 농장을―삐거덕거리는 풍차, 무너져내린 헛간을―바라보던 형의 이미지를 떠올린다고 설명한다. "그리고 내 눈에 눈물이 흘러내리면, 나는 인간적인 느낌을 받는다. 지금까지 내가 저질렀던 일들 때문에 그렇게는 보이지 않겠지만, 나 역시 다른 이들과 똑같은 인간이라는 느낌을."

《심플 플랜》의 책장을 숨 가쁘게 넘기도록 만드는 본질적인 공포가 바로 여기 있다. 《심플 플랜》은 비난받아 마땅한 일을 저지른 남자가 우리와 그리 크게 다르지 않다는, 친애하는 독자여, 정말이지 크게 다르지 않다는 자각에 이르도록 거장의 솜씨로 구축한 소설이다.

스미스는 데뷔 이래 이십 년 동안 《심플 플랜》에 이어 오직 한 권을 더 발표했을 뿐이다. 두 번째 작품 《폐허》는 삭막하고 치명적인 공포물이다. 참을성이라곤 없는 독자 입장에선 그가 돌아와주길 애타게 열망하고 있지만, 그는 《심플 플랜》만으로도 이미 위대한 서스펜스 소설가의 계보에 자기 자리를 마련했고, 이미 그 자리가 확보된 마당에 그가 굳이 다른 소설을 써야 할 필요성은 사실 없다고 본다.

·

마이클 코리타Michael Koryta는 '링컨 페리Lincoln Perry 시리즈'의 작가다. 시리즈 첫 작품 《오늘 밤 안녕을Tonight I Said Goodbye》은

2004년 출간되어 그해 미국 탐정소설작가협회가 선정한 '최고의 데뷔작' 부문과, 그레이트 레이크스 북 상 '최고의 미스터리' 부문을 수상했다. 그는 또한 시리즈에 속하지 않는 장편소설 여섯 편도 썼다. 《밤을 탐하다Envy The Night》(2008)는 로스앤젤레스 타임스 북 상 '최고의 미스터리/스릴러' 부문을, 《숨은 강So Cold the River》(2010)과 《사이프러스 하우스The Cypress House》(2011), 《산등성이The Ridge》(2011)는 모두 《뉴욕 타임스》 '주목할 만한 책'에 선정되었다. 최신작은 《내가 죽기를 바랐던 사람들Those Who Wish Me Dead》(2014)이다.
www.michaelkoryta.com

댄 리노와 라임하우스 골렘

Dan Leno and the Limehouse Golem, 1994

a.k.a. 엘리자베스 크리의 재판 *The Trial of Elizabeth Cree*

by 피터 애크로이드

•

피터 애크로이드Peter Ackroyd(1949~)는 영국의 소설가이자 시인, 전기 작가, 평
론가다. 그는 런던이라는 도시의 역사와 문화에—"런던의 힘, 런던의 장엄함, 런던
의 어두움, 런던의 그림자"—특별한 열정을 보여왔고, 그 결과 현존하는 가장 위대
한 연대기 사가 중 한 명이 되었다. 애크로이드는 집요한 연구로 역사 속 실제 인물
들의 삶을 복원해 허구의 상황 혹은 상상 속에서 새롭게 조립한 상황에 등장시킨
다. 작가 오스카 와일드, 시인 토머스 채터턴Thomas Chatterton, 건축가 니컬러스
호크스무어Nicholas Hawksmoor, 영국의 주술사 존 디John Dee 등이 그 목록에 포
함된다. 애크로이드는 이렇게 말했다. "런던이라는 도시의 본질을 탐구하는 내 작
업의 근사한 점이라면, 훨씬 더 학구적이고 전문적인 역사학자들이 간과했던 디테
일의 선명한 광채를 알아차릴 수 있다는 점이다."

바버라 네이들

나는 되풀이해 거듭 읽고 싶어지는 소설들을 사랑한다. 또 한편으로
는 그 책들 때문에 신간들을 살펴볼 기회가 줄어들어 짜증스럽기도 하
다. 말이 나왔으니 말이지, 인간의 평균적인 수명은 전 세계 훌륭한 문학
작품들의 일부라도 음미할 수 있을 만큼 길지 않으니까. 이 책,《댄 리노
와 라임하우스 골렘》은 그중에도 악질이라고 할 수 있다. 매년 이 책은
나를 불러들여, 나 자신의 과거와도 직결되어 있는 매혹적인 미스터리로
애태우고 들볶는다.

《댄 리노와 라임하우스 골렘》은 1880년대 런던, 즉 잭 더 리퍼가 활동을 시작하기 직전, 뮤직 홀 가수 엘리자베스 크리의 성공과 뒤이은 몰락을 다루고 있다. 소설은 엘리자베스 크리가 남편 존을 살해한 혐의로 사형당하는 장면으로 시작하며, 그 사건을 재연한 공연이 무대에 오르는 것으로 끝난다. 동시에 골렘이라 불리는 연쇄살인범이 런던 특유의 안개와 가로등 불빛 가득한 거리를 헤맨다. 아편으로 얼룩진 환상과 낯선 동유럽 지역에서 몰려온 짙은 색 눈의 이방인들에 대한 공포가 분위기를 한층 고조시킨다. 넋을 빼놓을 정도로 황홀한 동시에 내게 무척 친숙한 풍경이다.

나의 조부모님 자체가 1880년대의 산물이었다. 1960년대, 꼬마였던 내가 살던 동네 바로 옆 이스트엔드에 살았던 그들은 그 시절에도 20세기 초 에드워드 7세 시대의 양식을 고수했던 기이한 커플이었다. 조부모님 댁에선 전기 대신 가스등을 사용했고, 할머니는 구식 화덕에서 요리했다. 그 화덕이 지금까지 있었다면 어마어마하게 유행을 탔을지도 모르겠다. 그들이 주고받는 대화는 항상 사라져버린 옛 시절에 관한 것이었다. 조부모님 댁에서 많은 시간을 보낸 덕에, 나의 유년기는 녹색이 감도는 안개와 연극과도 같았던 장례식, 살인사건, 빈곤에 대한 이야기로 물들어 있다. 집 곳곳에는 가스등에 씌우는 그물이라든가 우아한 도자기, 가까운 이의 죽음을 애도하는 장신구 같은 유물들이 놓여 있었다. 내가 과거 런던에서 벌어진 유혈 낭자한 살인사건들에 이끌린 건 당연한 결과다. 하지만《댄 리노와 라임하우스 골렘》은 그걸 넘어서, 성인이 되어 심리학을 전공으로 선택했던 나에게도 충분히 호소력을 갖는 작품이다.

'골렘'이라는 이름으로 알려진 살인범이 소설의 1인칭 화자이지만, 그의 정체는 결코 밝혀지지 않는다. 그 시대의 저명인사 세 명이 골렘으로 의심받는다. 사회주의의 아버지 칼 마르크스, 작가 조지 기싱George

Gissing, 뮤직 홀 스타이자 이른바 '지구상에서 제일 웃긴 남자'로 알려진 댄 리노. 리노는 또한 소설 속에서 엘리자베스 크리의 무대 경력을 끌어 올리는 데 중요한 역할을 담당한다. 용의자 세 명이 서로의 정체를 모른 채 대영박물관 열람실에서 가끔 스쳤다는 사실이 더욱 호기심을 자극한다. 게다가 이야기가 진행되는 사이에, 그들 모두 유명한 '아편 중독자' 토머스 드 퀸시가 쓴,《예술 분과로서의 살인On Murder Considered as One of the Fine Arts》(1827)이라는 의미심장한(혹은 아닐 수도) 제목의 에세이를 읽는다. 이 에세이는 '래드클리프 하이웨이 살인사건'이라 명명된 1811년의 유명한 사건을 바탕으로 쓰였다. 존 윌리엄스라는 사내가 마Marr 가족을 잔혹하게 살해했고, 체포된 뒤 감옥에서 목매달아 자살했으며, 사람들은 그의 심장에 말뚝을 박고 시체를 묻었다. 엄청나게 악랄한 빅토리아 시대의 성찬이라 할 수 있다!

골렘이라는 별명이 붙은 연쇄살인마는 그 시대에 만연했던 편견을 표출하는 중요한 인물이다. 골렘은 이방인의 탄압으로부터 유대인 공동체를 보호하기 위해 16세기 프라하에서 처음 창조되었다고 기록된 전설 속 생명체다. 이제 런던으로 위치를 옮긴 골렘은, 유대교가 구현하던 '타자성'의 본질적 위험을 상징하는 공포의 형상으로 기독교 사회에 등장한다. 예상대로 유대인인 칼 마르크스가 살인범으로 의심받고, 영원한 아웃사이더 기싱과 리노 또한 의심을 받는다. 알코올중독자 창녀와 동거했던 기싱이나 연극계에 몸담은 리노는 주류 사회 바깥의 인물이다. 유대인 악당이라는 개념에 집중하면서,《댄 리노와 라임하우스 골렘》은 잭더 리퍼 살인사건이 마각을 드러낼 무렵 옛 이스트엔드 지역을 사로잡았던 광기에 대해 예언적·허구적 경고를 보낸다. 실제로 잭 더 리퍼로 의심받았던 초기 용의자들 다수가 유대인이었으며, 의미심장하게 유대인을 언급한 낙서가 여기저기 벽마다 눈에 띄었다('유대인은 모든 사태에 책임이 있다'). 경찰은 공동체 간에 소요가 일어나는 것을 막기 위해 이 낙서들을 지워버렸다. 나는 실제 역사적 세계로부터 온 이 같은 반향을 즐겼고, 골렘과 다른 캐릭터들이 살인의 본질과 도덕성에 대해 숙고하는 장치로 드 퀸시의 에세이를 사용한 방식도 무척 좋았다.

이 어둡고 거무스름한 소설을 사로잡는 또다른 미스터리는 바로 남편을 독살한 엘리자베스 크리다. 그녀는 골렘의 희생자들 다수와 인연이 닿아 있었다. 전직 매춘부였던 엘리자베스는 댄 리노의 극단에서 배우로 활약했으며, 연극 〈리틀 빅터의 딸〉에선 소녀로, 〈형〉에선 남자로 등장했다. 전직을 감추려는 노력과 남성과 여성의 정체성 사이를 오가는 현재 직업은 소설이 진행될수록 점점 뚜렷해지는 엘리자베스의 편집증에 원인을 제공한다. 빅토리아 시대 '피투성이 살인사건'에 오마주를 바치는 데 더해 《댄 리노와 라임하우스 골렘》은 잽싸게 모습을 바꾸고 때로 속임수까지 써야 하는 정체성, 때로는 사람들을 공격하고 상처 입히거나 죽음으로 몰아가는 정체성의 개념에 관한 소설이기도 하다.

관찰과 추측을 요하는 흥미로운 인물들 역시 이 소설에서 맛볼 수 있는 큰 기쁨 중 하나다. 나는 특히 엘리자베스 크리를 죽인 후 머리부터 발끝까지 그녀의 옷으로 차려입은 처형 집행자를 좋아한다. 누군들 이 집행인의 도착적 행위에 대해 헤아려보지 않았겠는가? 애크로이드는 국가의 승인을 받았다 하더라도 누군가를 죽이는 일을 업으로 삼은 사람이 '정상'일 리 없다는 현대 독자들의 추정과 유희를 벌이는 걸까?

새로운 독서 세계로부터 나를 자꾸 떼놓는 책이긴 하지만, 그렇다 하더라도 나는 매년 《댄 리노와 라임하우스 골렘》을 재독하지 않을 도리가 없다. 이 소설은 너무나 많은 것을 안겨주기 때문이다. 되풀이해 읽을 때마다 새로운 사실들을 발견할 수 있고, 그것은 조부모님 댁에 있던 가스등, 어두운 색조의 성인과 천사 그림들, 잭 더 리퍼가 버린 시체들이 어린 탐정인 나를 기다리며 숨겨져 있던 무시무시한 지하 석탄고에 대한 추억만큼이나 나의 일부가 되어버렸다.

•

회색 눈의 런던 토박이 바버라 네이들Barbara Nadel은 혼돈의 한복판에서 살아가며 글을 쓴다. 믿기 어렵겠지만 그녀는 결혼했고 멋진 아들도 낳았다. 이스탄불을 배경으로 수사관 이크멘의 활약을 그린 범죄소설 시리즈의 작가이며, 이 시리즈의 최신작은 《시체의 수Body Count》이다. 또한 런던을 배경으로 한 또다른 시리즈의 신작 《유독한 땅Poisoned Ground》도 출간되었다. 영국인 탐정과 그의 짝패 방글라데시인이 일하는 런던 동부의 사립탐정 사무소를 중심으로 사건이 벌어진다. 바버라는 고양이와 채소 주스, 런던 시내를 이리저리 거니는 것을 좋아한다.
www.internationalcrimeauthors.com

이스트 사이드의 남자 *The Alienist, 1994*

by 칼렙 카

•

칼렙 카Caleb Carr(1955~)는 소설가이자 각본가, 군 역사가다. 특히 19세기 후반에 각별한 열정을 품고 이를 자신의 소설에 녹여냈다. 그중《이스트 사이드의 남자》와 속편《어둠의 천사The Angel of Darkness》(1997)가 가장 유명하다. 카는 뉴욕 로어 이스트 사이드의 거친 환경에서 성장했다. 거리에서 벌어지는, 그리고 가족 내에서 일어난 폭력이 그런 행동들에 대한 통찰력을 주었다고 그는 말한다. 그의 아버지인 저널리스트 루시엔 카Lucien Carr는 열아홉 살에 원치 않는 성적 접근을 시도하던 남자를 찔러 죽였다. 친구였던 작가 잭 케루악이 시체 치우는 일을 도와주었다. 칼렙 카는 뉴욕의 렌슬러 카운티 인근 미저리 산맥에 거주한다. 그의 고독은 연애로 상쇄되는데, 한참 나이 어린 여성과의 연애를 선호한다는 걸 솔직히 고백했다. "나는 세계를 암울하게 바라보고, 특히 인간성에 대해서는 더욱 그러하다." 그는 2005년《뉴욕 타임스》에서 말했다. "수년 동안 부인하려 애썼지만, 나는 대단히 염세적인 사람이다. 그 때문에 산에서 혼자 살고 있다."

레지 네이들슨

1896년, 뉴욕은 전환점을 맞이하여 변화의 기운으로 들끓는 도시였다. 몇 년 전 첫 번째 영화 감상실movie parlour이 문을 열었던 바로 그 도시 뉴욕에서, 근대 세계가 태어나고 있었다. 자동차가 처음으로 모습을 드러냈고, 이미 곳곳에서 교통 정체가 시작되었다. 노면전차와 케이블카, 뉴욕 고유의 대중교통 시스템인 고가철도 외에도 말이 끄는 갖가지 마차들이 수천 대씩 도시 곳곳을 위태롭게 질주했다.

독자들이 급증함에 따라 악랄한 신문 전쟁 역시 한창 물이 오르고 있었다. 어떤 스캔들이든지 간에 타블로이드 신문에 재빨리 실릴 눈요깃거리로 활용됐다. 도시 구조에는 부패가 속속들이 스며들어 있었다. 부패한 경찰, 부패한 정치가, 모두가 뇌물 받을 기회만 노렸다.

또한 쇼 비즈니스를 통한 평등주의가 시작된 시대이기도 하다. 유행의 첨단을 달리는 델모니코 레스토랑에서, 밴더빌트 부인*과 19세기 말 가장 유명한 여배우 릴리언 러셀을 동시에 발견할 수 있었다. 어떤 것이라도 팔 수 있었다. 여성과 아이들, 섹스, 코카인과 마취제 클로랄, 벤젠 같은 환각제. 뉴욕의 거대한 항구와 무역 및 증권 거래소에서 막대한 부를 거둬들이는 이들이 맨해튼을 이 나라의 재정적 수도로 키웠다. 수백만 명의 이민자들이 물밀듯 몰려왔다. 아일랜드인, 이탈리아인, 유대인, 중국인과 카리브해 연안 사람들이 일자리를 찾아 항구와 시장, 의류 공장을 가득 메웠다. 이 도시는 지구상에서 가장 인구 밀도가 높은 지역이었다. 엄청난 부와 지독한 가난이 공존했고, 뿌리 깊은 정치적 부패가 점점 혼란을 야기하고, 외국인 혐오가 만연하면서 과열된 분위기를 창출했다. 폭발 직전의 도시, 도심 속 화산 가장자리에서 춤추는 사람들.

이 모든 요소들이 《이스트 사이드의 남자》를 근사한 작품으로 완성한다. 이 소설은 19세기 말이라는 시기의 뒷목을 핏대가 불거질 만큼 꽉 틀어쥐고, 거친 숨을 몰아쉬고 발길질하며 페이지마다 끌고 다닌다. 1994년 처음 출간되었을 때, 칼렙 카의 소름 끼치는 스릴러는 맨해튼 섬 자체를 가장 훌륭한 캐릭터로 변모시켰다. 하지만 이 책은 또한 여장하고 화장을 한 어린 남창들을 죽여버리는 연쇄살인범에 관한 이야기기도 하다.

시각적으로 매우 세세하게 묘사된 살인 장면은 끔찍하다. 어쩌면 지나치게 끔찍하다. 그리고 살인이 되풀이될 때마다 폭력의 강도도 증가

---

* 19세기 말 미국의 '철도왕'으로 불린 거부 코넬리어스 밴더빌트의 부인이자 사교계 명사인 앨리스 클레이풀 귄Alice Claypoole Gwynne을 말한다.

한다. 칼렙 카는 독자에게 살인의 모든 디테일을 감추지 않는다. 하지만 대부분의 경우, 경찰은 거의 관심을 기울이지 않는다. 또 한 명의 '외국인' 소년이 살해됐든 말든 무슨 차이가 있을까? 누가 신경이나 쓰겠어? 그러나 잠깐, 너무나도 부패한 이 경찰로부터 독자들은 썩은 내를 맡을 수 있다.

화자는 존 쉴러 무어이며, 이야기는 수수께끼 같은 범죄가 벌어진 지 이십 년 이상이 흐른 뒤 시어도어 루스벨트의 장례식장에서 시작된다. 우리는 무어와 루스벨트가 하버드 대학생 시절 처음 만난 이후 절친한 벗이었다는 사실을 알게 된다. 학창 시절 그들은 또한 라즐로 크라이즐러 박사와도 우정을 나누었다. 범죄가 벌어질 무렵, 루스벨트는 시정 개혁의 한복판에 서 있던 뉴욕의 경찰청장 자리에 오른다. 그가 20세기의 첫 미국 대통령으로 선출되기 몇 년 전의 일이다. 무어는《뉴욕 타임스》의 범죄 담당 기자이며, 크라이즐러는 전설적인 '정신과의사alienist'● 로서 산 자와 죽은 자 양쪽 모두를 조사하는 사건 현장에 호출된다.

칼렙 카가 소설 초반에 지적하듯, 19세기에 정신질환을 앓는 이들은 나머지 사회 구성원들뿐 아니라 그들 자신의 진정한 본성으로부터도 "'소외되었다alienated'고 여겨졌다. 그리하여 정신병리학을 연구하는 이들은 '소외된 사람들을 다루는 자'로 불렸다."(소설에선 심리학적 조사 방식에 대한 토론이 수없이 등장한다. 하버드에서 이 삼총사를 가르쳤던 실용주의자 윌리엄 제임스가 자주 거론된다. 또한 그 무렵은 지그문트 프로이트의 새로운 개념이 막 발흥하려던 시점이기도 하다.)

또다른 등장인물로 새러 하워드가 있다. 어떤 양갓집 규수도—실상

● 한국에는 '이스트 사이드의 남자'라는 제목으로 소개되었지만, 이 책의 원제는 '정신과의사'인 'The Alienist'이다.

은 그 어떤 여자도—감히 생각할 수 없었던, 수사관이 되겠다는 계획에 열중한 젊은 여성이다. 물론 미국에서 여성 참정권 운동이 전진을 시작하기까지는 그리 오래 걸리지 않을 테지만 말이다.

남자 세 명과 함께 하워드도 연쇄살인범 수사 과정에 착수한다. 부패한 경찰을 피하기 위해 그녀와 남자들은, 별난 조연들 한 무리와 함께 브로드웨이 808번지에 독립적인 수사본부를 차린다. 여기선 그레이스 교회(소설가 이디스 워튼이 세례를 받았던 곳이다)를 내려다볼 수 있다. 그들이 식사하며 휴식을 즐기는 곳은 대개 브로드웨이와 11번 가에 맞닿은 오래된 세인트데니스 호텔의 유쾌한 야외 레스토랑이다. 이 모든 건물들은 지금도 예전 모습 그대로 남아 있긴 하지만, 브로드웨이 808번지는 고급 콘도로 용도가 바뀌었고, 세인트데니스 호텔은 정신과의사와 요가 강사로 꽉 들어차 있다.

전직 살인마, 매춘부, 사회 상류층 인사 등등 소설 속 등장인물은 그 시대에 대해 많은 것을 드러낸다. 실존 인물들도 상당히 그럴듯하게 나온다. 진보 성향 저널리스트 링컨 스테픈스Lincoln Steffens, 슬럼가를 촬영한 사진들로 주택과 보건법 개선을 이끌어내는 성과를 올린 사진가 제이컵 리스Jacob Riis, 델모니코 레스토랑에서 소설 주인공들에게(그리고 나머지 사람들에게) 굴과 바다거북 수프를 대접하는 찰리 델모니코Charlie Delmonico 등이 여기 포함된다.

크라이즐러 박사는 사악한 살인범을 추적하는 과업 도중에 동료들에게 호사스러운 성찬을 대접하는 걸 즐기는 듯하다. 농어 에귀예트aiguillette 는 부드러운 모르네이 소스와 함께 제공되고, 뒤이어 양의 등심과 건포도 젤리를 곁들인 들오리 요리, 푸아그라 아스픽 약간이 줄줄이 등장한다. 그리고 와인에 재운 배를 기름에 튀긴 다음 설탕 가루와 살구 소스를 잔뜩 끼얹은 식후 디저트가 나온다. 모든 요리에는 어울리는 와인이 곁들여진다! 크라이즐러는 최상의 업무 성과를 내기 위해선 훌륭한 요리가 필수적이라고 확신하는 것 같다. 혹은, 그저 칼렙 카 자신의 취향이 고스란히 반영된 건지도 모른다. 어느 쪽이든 나는 그저 좋을 따름이다.

흥미롭게도, 이 소설이 출간되었을 당시 몇몇 평론가들은 역사적 세부사항의 범람, 법의학 방식에 대한 토론, 수 페이지에 걸친 지역 역사의 서술, 심지어 호화로운 식사 장면까지 걸고넘어지며 불평했다. 카는 소설가일 뿐 아니라 역사가이며, 그 덕분에 뉴욕이라는 도시를 강렬하게 환기시키는 작업물이 나올 수 있었고, 바로 그 점이야말로 이 소설을 그토록 특별하고 매혹적으로 만들어주고, 연대기순으로 묘사된 도시 풍경의 많은 부분을 이루는 요소인데 말이다.

화자 무어가 워싱턴 스퀘어 노스의 숙모 댁에서 일어나, 안락한 상류층의 보루와도 같은 이 저택에서 아침 식사를 하는 장면에서는 신선한 복숭아 냄새가 풍겨나오는 것 같다. 창문이 없고 물론 환기도 되지 않는 방방마다 숨도 못 쉴 정도로 사람들이 꽉꽉 들어찬 로어 이스트 사이드의 형언할 수 없는 빈민가 공동주택으로부터는 악취를 맡을 수 있다. 나의 아버지는 1903년 그 동네에서 태어났다. 소설이 다룬 시간대에서 얼마 되지 않은 시점이다.

당시는 대규모 이민의 시대이기도 했다. 입국 심사소가 설치된 엘리스 아일랜드는 1892년부터 업무를 시작했고, 수백만 명이 쏟아져 들어왔다. 그중 대부분은 뉴욕에 정착했고, 지구상 최악의 주거 환경을 견딜 수밖에 없었다.

나는 쿠퍼 스퀘어와 바워리를 지나갈 때마다 칼렙 카가 묘사한 어마어마한 노숙자 무리와 범죄자 그리고 경찰을 떠올리지 않을 수 없다. 카의 도시에는 물론 메트로폴리탄에서의 오페라 공연과 극장 나들이가 포함되어 있지만, 기본적으로는 살기가 가득하다. 이 소설의 진정한 공포를 체현하는 게 살인 자체라고 보긴 힘들다. 오히려 매춘부들이 손님을 맞아들이는 지저분한 방의 생생한 느낌이나 빈민가의 악취 같은 생활 환경이 공포심을 자극한다.

소설 속 살인사건—그리고 살인마의 정체—은 줄거리를 따라 책을 읽는 독자들을 충분히 만족시킬 것이다. 등장인물들은 임무를 완수한다. 그럼에도 불구하고 나에게 훨씬 더 중요한 것은, 마음을 사로잡는 어마어마한 변화의 순간에 놓여 있던 뉴욕이라는 도시에 대해 이 소설이 묘사하는 방식이다.

사람들은 뉴욕을 젊은 도시, 현재와 미래를 상징하는 도시, 고층건물과 돈과 펜트하우스와 금융회사의 도시라고 생각하곤 한다. 하지만 당신이 잠시 모퉁이를 돌아보거나 건물 옥상에 올라가 내려다볼 시간을 낼수 있다면, 1890년대에서야 제 역할을 하기 시작했던 완벽하게 19세기적인 도시를 보게 될 것이다. 지하철이 구축되기 시작했고, 윌리엄스버그 다리도 건설 중이었으며, 케이블카가 브루클린 다리 위를 오가며 뉴욕과 브루클린을 이어주었다. 이 같은 공학기술의 위업—다리와 터널, 지하철과 기차역—은 런던 기차역만큼이나 빅토리아 시대 상상력의 일부가 되었다.

《이스트 사이드의 남자》에서 살인은 대부분 물가에서 벌어진다. 새로 만들어질 윌리엄스버그 다리의 건설 부지에서, 배터리 공원과 이스트강 근처의 클린턴 성에서. 맨해튼은 섬이다. 뉴욕은 군도다. 카는 이 도시를 속속들이 알고 있다.

이 시대의 위대한 건축물 중 하나는 급수장이다. 소설에서 소름 끼치는 마지막 사건이 행해지는 장소이기도 하다. 급수장은 지금은 도서관이 들어선 42번 가에 있었다. 거대한 건물이었다. 꼭대기에 작은 원형 탑과 관제탑까지 갖췄으며, 그 주위를 둘러싼 드높은 벽은 어디서나 눈에 띄었다. 사람들은 그 벽을 따라 거닐었다. 이 급수장은 많은 작가들의 상상력을 자극했으며, 그중에는 E. L. 닥터로E. L. Doctorow의 멋진 작품《수도사업The Waterworks》도 있다.

《이스트 사이드의 남자》를 다시 읽은 다음, 나는 이웃들에 대해 더 많은 생각을 하게 되었다. 내가 꼭대기층에서 살고 있는 이 건물은 1881년에 건축되었고, 지금은 소호라고 알려진 동네에 위치해 있다. 관광객들은 소호에 몰려와 루이비통 매장을 흘끔거리고, 4달러짜리 아이스크림을 사 먹으며 몇 블록 더 걸어가서 블리커 스트리트에 위치한 멀버리 매장으로 향한다. 카의 기술에 따르면 이 지역은 "공동주택과 매음굴, 콘서트 홀, 술집, 도박장이 뒤엉킨 정글의 한복판"이었다. 또한 카에 따르면, 잔혹 무도한 로마 시대 서커스에 비견할 만한 카니발적 분위기가 이곳의 정서였다고 한다.

맨해튼 섬처럼 작고 조밀한 공간은 계속 진행되는 고고학적 발굴 작업과도 같다. 그저 맨해튼 곳곳을 오르내리다보면 점점 더 많은 것이 쌓이고, 더 깊이 들여다보게 되고, 이 겹겹이 쌓인 층들을 한 꺼풀씩 벗겨내거나 또다른 존재로 변형시키게 될 것이다. 모두가 변화에 대해 불평하지만, 이 도시에는 오로지 변화밖에 없다. 그것을 받아들이는 데 실패한다면, 19세기의 어느 예언자처럼 남을 수밖에 없다. 그는 감당할 수 없이 어마어마한 양의 말똥으로 인한 환경 재앙으로 도시가 곧 사라져버릴 거라고 선언했고,《이스트 사이드의 남자》에서 말이 끄는 마차 수천 대가 도시 곳곳을 누볐던 걸 보면 사실 맞는 말이었다.

레지 네이들슨Reggie Nadelson은 미국 뉴욕의 맨해튼 시내에서 나고 자랐으며 지금도 여전히 그곳에 살고 있다. 때때로 뉴욕을 떠나 다른 곳을 방문할 때도 있다. 런던과 파리, 북부 캘리포니아 지역에서 거주한 적이 있다. 저널리스트로서 런던과 뉴욕의 신문 및 잡지사에서 일했고, 현재는《트래블 앤드 레저》의 여행 필자로 활동하고 있다. 그녀의 책《록스타 동지Comrade Rockstar》(1991)는 톰 행크스에게 영화 판권이 팔렸고, 영화화 계획이 진행 중이다. 네이들슨의 미스터리 '아티 코헨Artie Cohen 시리즈'의 아홉 번째 소설《블러드 카운트Blood Count》는 할렘을 배경으로 하며 2011년 출간되었다. 그녀의 책 다수가 뉴욕을 배경으로 하는데, 뉴욕 이외의 지역에 대해선 잘 알지 못하기 때문이다. 영화를 무척 사랑하고, 몇몇 BBC 다큐멘터리 작업에 참여했다. 곧 출간될 소설《맨해튼'62 Manhattan'62》에선 아일랜드인이며 아이리시 위스키를 무척이나 즐기는 새로운 주인공 패트릭 아서 존 디클런 윈이 등장한다.

www.reggienadelson.com

미소 지은 남자 *Mannen Som Log, 1994*

by 헨닝 망켈

•

헨닝 망켈Henning Mankell(1948~)은 위스타드를 무대로 활동하는 범죄수사관 쿠르트 발란데르Kurt Wallander 시리즈로 잘 알려진 스웨덴 작가다. '쿠르트 발란데르 시리즈'는 장편소설 아홉 편과 중편 모음집《피라미드Pyramiden》로 이루어져 있다. '쿠르트 발란데르 시리즈'의 첫 소설《얼굴 없는 살인자들Mördare utan Ansikte》은 1991년 출간되었고, 마지막 소설《불안한 남자Den orolige mannen》는 2009년 출간되었다. 다작의 작가인 망켈은《케네디의 뇌Kennedys hjärna》(2005) 와《빨간 리본Kinesen》(2007)을 비롯한 독립 장편소설들, 1977년 쓴 데뷔작《광인 Vettvillingen》을 비롯한 열두 권의 순문학 작품, 아이들과 청소년을 위한 시리즈 두 개 등을 집필했다. 그는 또한 마흔 편 이상의 희곡과 다수의 TV 방송용 각색 작업을 담당했다. 망켈이 거머쥔 수많은 상 중에는 1992년《얼굴 없는 살인자들》로 수상한 글래스키 상, 1995년《탈선Villospår》으로 수상한 CWA 주관 골드 대거 상이 있다.

앤 클리브스

    헨닝 망켈은 내가 읽은 최초의 스칸디나비아 범죄소설가다. 스티그 라르손이나 요 네스뵈가 베스트셀러 작가가 되기 오래전부터 그의 작품들은 대부분 영어로 번역되었고 쉽게 구할 수 있었다. 물론 마이 셰발 & 페르 발뢰가 망켈보다 앞서 소개되었지만, 망켈은 이젠 클리셰로 비웃음 거리가 된 북유럽의 침울한 분위기를 하나의 풍조로 확립하고 대중적 인기를 확산시킨 공로가 있는 주류 작가다. 그의 주인공 쿠르트 발란데르는 인간적 단점이 많은 수사관의 전통을 잇는다. 발란데르는 이혼 경력이 있고, 걱정이 많고, 직감력이 뛰어나다. 그는 과음하고, 사회 제도에 분노하며 저항하지만, 믿을 수 있다는 평가를 넘어 고결하다고까지 할 수 있는 남자다. 그의 동료들, 안 브리트 회글룬드, 스베드베리, 마틴손과 더불어 병리학자 뉘베리, 검사 아케손, 그리고 비에르크 서장 모두가 설득력 있는 인물들로 제대로 그려졌다. 나는 무엇보다 동료들 간의 긴장감과 사소한 직업적 질투 같은 상호작용을 즐겁게 읽었다. 대학을 갓 졸업한 인기 만점의 여성 수사관 안 브리트와 발란데르 사이의 관계는 특히 강렬하다. 망켈의 시리즈 배경은 스웨덴 남부 스카네의 모래언덕과 평평한 농지로, 이곳은 농부들과 전통적 사업가들이 모여 사는 작은 도시다. 망켈은 범죄소설 번역물에 대한 취향을 길러주었고, 망켈을 접한 이후로 나는 번역된 해외 미스터리 소설들을 열심히 읽어댔다. 대부분 로리 톰슨이 번역한 망켈의 소설들은 명확하고 지나친 장식 없이 차분하다.

《미소 지은 남자》는 망켈의 가장 유명한 작품은 아니다. 골드 대거상을 수상한 《탈선》이 아마도 그의 가장 유명한 작품일 것이다. 《탈선》은 밝은 노란색 유채꽃밭 주변을 달리던 소녀가 자기 몸에 불을 붙이는 유명한 첫 장면으로 시작한다. 기억에 두고두고 남는 장면이다. 케네스 브래너가 TV 연속극 〈발란데르〉의 첫 회 첫 장면으로 그 장면을 골랐기 때문만은 아니다. 하지만 나는 《미소 지은 남자》야말로 망켈의 걸작이라고 생각한다. 그의 작품 중 단 한 권만 길이 남아야 한다면, 《미소 지은 남자》는 당신이 쿠르트 발란데르와 그 창조자에 대해 알고 싶은 모든 점을 가르쳐줄 것이다.

어떤 의미에서 《미소 지은 남자》의 줄거리는 다소 터무니없다. 거대 기업을 둘러싸고 제기되는 미치광이 같은 음모론, 장기 매매, 고딕적인 분위기의 성과 무자비한 갑부가 등장한다. 미스터리도 없고, 놀라운 결말도 없다. 소설의 대부분은 쿠르트 발란데르의 시점으로 진행되지만, 초반 몇 페이지에서는 첫 번째 희생자 구스타프 토르스텐손의 머릿속을 들여다볼 수 있는 기회가 제공된다. 구스타프 토르스텐손은 그의 근심을 독자들과 공유하고, 그가 왜 죽음을 맞을 수밖에 없는지 알려준다. 살인에 책임을 져야 하는 당사자들에게는 어떠한 심리적 깊이도 부여되지 않는다. 우리는 그들의 개인적 배경이나 관계망에 대해 아무것도 알지 못한다. 하지만 이 소설은 매혹적이었다. 나는 이 책을 집어들고 앉은 자리에서 거의 단숨에 완독했다. 그림자로 뒤덮인 자본주의적 악의 형상을 알아야 하기 때문이 아니라, 과거에 사로잡혀 내면으로 파고드는 발란데르와 함께 시간을 좀더 보내고 싶었고, 그의 승리를 목도하고 싶었기 때문이다.

《미소 지은 남자》의 초반부에서 시각적으로 묘사되는 장면들은 특히 뛰어나다. 나이 든 변호사 토르스텐손은 안개 낀 시골길을 주의 깊게 천천히 운전 중이다. 그는 막 면담을 마치고 돌아오는 길이며, 머릿속은 문젯거리들로 가득하다. 사기 사건이 벌어졌지만, 그는 그 사실을 알면서도 보고하지 않았기 때문에 관련자가 되고 말았다. 직접적으로 죄를 저지른 건 아니지만 못 본 척했다. 그는 뒤따를 결과에 대해 불안해하며 미행당하고 있지 않은지 근심한다. 하지만 그를 쫓는 헤드라이트는 없다. 그때 갑자기 도로 중앙에 의자가 보인다. 왕좌처럼 버티고 있는 그 의자가 그의 진로를 막아선다. 의자 위에는 사람 크기의 인형이 놓여져 있다. 소설의 출발점으로, 그리고 독자들을 훅 끌어들이기에 아주 적절한 전개다.

우리는 발란데르를 덴마크의 어느 해변에서 처음 보게 된다. 그는 병가 중이다. 《미소 지은 남자》의 전작에서 그는 공무 집행 중에 한 남자를 죽였고, 이후 술과 자기혐오로 스스로를 학대하며 무너져내렸다. 해변에서의 휴가는 일종의 회복을 위한 시간이 된다. 느닷없이 방문객이 찾아온다. 구스타프의 아들인 스텐 토르스텐손은 아버지처럼 변호사다.

그와 발란데르는 아주 가까운 사이는 아니지만 함께 일한 적이 있고, 그는 발란데르의 도움을 필요로 한다. 아버지의 죽음은 차 사고로 추정되지만—노인이 안개 속에서 너무 빨리 차를 몰았다고—그는 납득할 수 없다. 그는 발란데르가 이 사건을 좀더 면밀하게 검토해주길 바라지만 형사는 거절한다. 발란데르는 경찰직을 떠나기로 거의 마음을 굳힌 참이다. 하지만 그가 위스타드로 돌아왔을 때, 스텐 역시 죽었다는 사실을 알게 된다. 강도가 쏜 총에 맞은 것으로 보인다. 발란데르는 다시금 일에 착수하기로 마음먹는다. 그는 원래 자리로 돌아가 살인사건 조사팀을 이끈다.

1990년대 초반에 쓰인 소설이지만,《미소 지은 남자》의 중심 내용은 매우 동시대적으로 느껴진다. 세계화의 위험성과 대기업의 탐욕, 사기사건에 대해 한 개인에게 책임을 묻는 게 불가능할 정도로 복잡다단한 금융망이 등장한다. 우리는 스웨덴이 유토피아라고, 모두가 타인에게 충분한 연민의 감정을 품고 있으며, 국민을 위한 복지제도가 잘 정비된 국가라고 생각하곤 한다. 하지만 망켈은 자주 옛날의 이상을 애도한다. 그는 이제 균열되고 자기 자신밖에 모르며 관용을 베풀지 않는 공동체를 묘사한다. 발란데르의 적, 소설 제목과 동일하게 웃고 있는 그 남자는 연민이라든가 도덕성이 철저하게 제거된 존재다. 그의 이름은 하르데르베리다. 스카네의 파룬홀름 성에 근거지를 구축한 비즈니스 제국의 수장. 성은 참으로 적절한 배경이다. 망켈은 하르데르베리를 "중세 왕자의 권력과 다르지 않은 힘을 쥔 남자"라고 묘사한다.

발란데르는 자신의 아버지로부터 그림을 사들이던 미술품 딜러들과 하르데르베리를 연결시킨다. 발란데르의 아버지는 시리즈에 되풀이해 등장하는 인물 중 하나다. 그는 화를 잘 내고 예측 불가능하며, 약간의 치매 증세로 고통받는다. 젊은 시절 아버지는 예술과 미술품 딜러가 빚어내는 저속한 풍경에 속이 뒤틀리곤 했다. 어린 쿠르트는 딜러들을 '실크 옷을 입은 기사들'이라고 불렀는데, 그림을 구입할 때마다 미국산 승용차를 탄 채 실크 양복을 차려입은 모습으로 등장했기 때문이다. 어린 시절 쿠르트는 그 남자들에게, 그들의 돈과 그들의 스타일에 매료되었지만, 아버지가 너무나 분명하게 그들을 경멸하면서도 그들의 비위를 맞추는 모습은 싫어했다.

소설의 절정은 멜로드라마적이고 현실에선 있을 법하지 않은 상황이다. 발란데르는 경비를 뚫고 성에 잠입하며, 하르데르베리의 경호원들을 제압하고, 하르데르베리가 개인 전용기를 타고 도망치려던 바로 그 순간에 맞춰 저지하고, 본인 역시 탈출에 성공한다. 하지만 망켈의 작품들에서 플롯은 가장 덜 중요한 요소다. 우리는 쿠르트 발란데르와 그의 팀, 정의에 대한 그의 이상에 관심을 집중하기 때문에, 다소 비현실적으로 보이는 이야기 전개에 몸을 싣고 따라갈 수 있다.

발란데르는 《불안한 남자》에서 마지막으로 등장한다. 우리는 그를 그리워하겠지만, 결코 잊진 않을 것이다.

앤 클리브스 Ann Cleeves는 영국 노스 데본에서 성장했고, 전업 작가가 되기 전 새 관측소의 요리사, 해안 경비대 보조, 보호감찰관, 독자 개발 담당자로 일했다. 그녀는 전통적인 범죄물 시리즈를 두 개 썼다. 하나는 셰틀랜드가, 또 하나는 노섬벌랜드가 배경이다. 셰틀랜드가 배경인 시리즈의 첫 책은 《검은 까마귀 Raven Black》이며, 그녀는 이 작품으로 CWA 주관 던컨 로리 대거 상을 수상했다. 노섬벌랜드 배경의 시리즈는 배우 브렌다 블레신이 주인공 베라 스탠호프로 등장하는 ITV 연속극으로 각색되었다. 앤 클리브스의 최신작은 《희박한 공기 Thin Air》이다.
www.anncleeves.com

아메리칸 타블로이드 _American Tabloid, 1995_

by 제임스 엘로이

．

리 얼 '제임스' 엘로이Lee Earle 'James' Ellroy(1948~)는 현대 범죄소설계의 아이콘
적 존재 중 하나로, 그 자신의 표현을 빌리자면 범죄소설의 '악마 개'다. 미국 로스
앤젤레스에서 태어난 그의 삶과 작업은 어머니 제네바 힐리커 엘로이가 1958년 살
해된 사건의 영향에서 벗어나지 못했다. 미결로 남은 이 사건은 엘로이의 논픽션
《내 어둠의 근원My Dark Places》에서 철저하게 파헤쳐진다. 그의 소설은 대단히 촘
촘하게 짜였고, 절망적으로 도덕을 추구하며, 최근에는 전보 문구같이 짤막하고 일
체의 꾸밈이 없는 산문으로 쓰인다. 이 논쟁적인 스타일에 대해 한 평론가는 최근
의 엘로이 작품들을 읽는 건 600쪽에 걸쳐 작은 망치로 머리를 연타당하는 경험과
같다고 기술했다.

스튜어트 네빌

"미국이 순수했던 적은 단 한 번도 없다." 제임스 엘로이의 《아메리
칸 타블로이드》 서문은 이렇게 시작한다. 그는 600쪽에 조금 못 미치는
소설을 통해 그 사실을 입증해 보인다.

'언더월드 USAunderworld USA 3부작'의 첫 책 《아메리칸 타블로이드》
에는 존 F. 케네디가 권력을 쥐고 급부상하며, 대통령으로서 천 일을 지
내고 마침내 암살당하기까지 그 주변을 맴도는 세 남자가 주인공으로 등
장한다. 이 악당들은 공모와 음모와 부패의 세계의 궤도를 도는 위성이
다. FBI 요원 켐퍼 보이드는 한때 부를 누렸던 왕조의 자손이며, 잭과 바
비 케네디 형제의 후광 속에 머무르고 싶다는 허영과 탐욕에 이끌린다.

보이드의 FBI 동료 워드 리텔은 본래 연약한 남자지만, 자신이 그렇지 않다는 것을 입증하기 위해 기꺼이 영혼을 팔아치우려 한다. 덩치가 산만 한 피트 본듀런트는 하워드 휴스Howard Hughes●와 지미 호파Jimmy Hoffa●에게 고용된 악랄한 폭력배다. 그는 한몫 챙기려 눈이 벌개졌고, 그 돈을 얻기 위해 피를 쏟는 것도 마다하지 않는다.

소용돌이에 휘말린 표류목처럼, 세 사람은 JFK의 대통령 선거 운동이라는 진원지로 끌려들어간다. 그들은 피델 카스트로라는 공동의 적을 상정함으로써 CIA와 폭력조직, 그리고 쿠바의 추방자들을 집결시켜 지지 세력을 끌어모은다. 공산주의 지도자 피델 카스트로는 마이애미로부터 단 몇 마일 떨어진 곳에서 권력을 틀어쥐고 있다. 이 기만적이고 재수없는 인간은 아바나 카지노를 국유화함으로써 원래 그 카지노를 쥐락펴락하던 '아웃핏Outfit', 즉 시카고의 마피아 조직을 엿 먹였다. 또한 이 무자비한 독재자는 쿠바 국민을 고문하고 사형시켰다. 모두들 '배드 백 잭Bad-Back Jack', 즉 JFK야말로 '수염The Beard', 즉 카스트로를 쓰러뜨릴 장본인이라고 확신했다. 그리고 케네디가 그 임무를 제대로 해내지 못하자, 운명의 길은 댈러스로 향한다.

《아메리칸 타블로이드》에서 제임스 엘로이는 다이아몬드처럼 예리한 시선을 2차 세계대전 이후의 로스앤젤레스에서 거두어, 미국 전체와 그 외부 세계로 옮김으로써 자신의 화폭을 확장시켰다.《블랙 달리아》와 《L. A. 컨피덴셜L. A. Confidential》과《화이트 재즈White Jazz》에서 익히 보았던 냉혹하면서도 예술적인 기교가 이 책에서 폭발하며, 미국 역사에서 중요한 오 년을 훼손시킨다. 독자에게 분명히 느껴질 정도로 신이 난 엘로이

● 영화와 비행기에 미쳐 있고 강박증에 빠져 있던 미국의 백만장자.
● 노조의 힘을 키우기 위해 타협과 폭력을 마다하지 않았던 전설적인 노동 운동가.

는 케네디 일가를, 특히 그 가부장이었던 조셉 P. 케네디를 진창으로 끌고 들어간다. 그 와중에 우리는 역사적 인물들이 줄줄이 등장하는 경탄스러운 군상과 맞닥뜨린다. J. 에드거 후버, 하워드 휴스, 지미 호파, 잭 루비Jack Ruby,● 산토 트라피칸테Santo Trafficante, Jr.,● 샘 지안카나Sam Giancana,● 카를로스 마르첼로Carlos Marcello● 등등. 에바 가드너, 프랭크 시나트라와 메릴린 먼로 등의 배우들도 모습을 드러낸다. 이 이야기는 스케일 자체가 경외심을 불러일으키며, 플롯을 구성하고 캐릭터들을 발전시켜나가는 과정은 거의 초인적인 업적이라 할 수 있다.

스파이소설 작가 존 르 카레처럼, 계속 뒤틀고 뒤집히는 엘로이의 이야기를 따라가는 것은 비밥 재즈를 듣는 것과도 유사하다. 모든 멜로디와 코드와 비트를 따라가려고 하면 어지럽고 방향감각만 상실할 뿐이다. 대신, 한걸음 뒤로 물러서서 더 큰 그림을 보아야 한다. 매직 아이 그림을 들여다보며 3차원 이미지를 찾아낼 때처럼 말이다. 하지만 제임스 엘로이의 소설을 읽을 때 가장 큰 장벽은 복잡성이 아니다. 그럴 의지가 있는가, 다시 말해 작가의 뒤를 따라 그 어두운 길을 갈 자신이 있는가가 가장 큰 장벽이다.

나는 《아메리칸 타블로이드》를 십 년도 더 전에 처음 읽었다. 당시 나는 가장 좋아하는 작가로 엘로이를 염두에 두고 있었다. 《아메리칸 타블로이드》는 그런 내 마음을 확실하게 굳히게 된 계기였다. 무엇보다도 내게, 숙련된 작가라면 고귀하다고 할 수 없는 인물들에게 독자가 공감하게끔 이끌어가면서도 그 심연을 지속적으로 탐구할 수 있음을 일깨워

● 댈러스의 나이트클럽 주인으로, 후에 케네디를 암살한 리 하비 오스왈드를 암살했다.
● 미국의 가장 유명한 마피아 보스 중 하나. 주로 플로리다와 쿠바에서 조직 범죄를 저질렀다.
● '시카고 아웃핏'을 이끌었던 마피아 보스.
● 뉴올리언스를 본거지로 삼았던 마피아 보스.

준 책이었다. 지금 내가 쓴 단어들을 눈여겨봐달라. 동정이 아니라, 공감이다. 엘로이는 영혼이 가 닿을 수 있는 가장 어두운 장소까지 당신을 이끌고 간다. 그리고 인간이라는 존재가 잔혹하게 뒤틀릴 수 있는 한계를 눈 한 번 깜빡이지 못하고 응시하도록, 마음을 새카맣게 그을려버리는 그 이미지들을 간직하도록 강요한다. 그리고 그는, 당신이 기꺼운 마음으로 그 여행을 받아들이게 할 만큼의 능력과 용기를 가지고 있다. 그것이야말로 내가 《아메리칸 타블로이드》에서 배운 핵심이다. 당신이 절대로 만나고 싶지 않았던 종류의 사람들과 함께, 절대로 원치 않았던 장소로 가게 되는 원동력은 바로 작가의 용기인 것이다. 또한 그 과정에서, 작가는 인간의 어떤 본성에 대해 알려줄 수 있게 된다.

그 같은 용기의 예를 하나 들어보겠다. 세상에서 통용되는 도덕이 아주 혐오스러울 때, 대부분의 작가는 주인공을 그 진창으로부터 멀찍이 떨어뜨려놓는다. 인종차별과 동성애자 혐오, 여성 혐오가 현재의 주류적인 질서라고 한다면, 주인공은 어쨌든 동료들보다 좀더 계몽된 존재처럼 등장한다. 제임스 엘로이는 그쪽을 택하지 않았다. 그의 세 주인공들 모두 그들을 둘러싼 사람들만큼이나 편견과 증오에 절어 있다. 자칭 범죄소설계의 '악마 개'라고 공언하는 엘로이는 정치적 공정성 따윈 신경도 쓰지 않는다. 주인공들의 세계관은 소설 속 케네디 제국이 구축될 수 있었던 바탕인 재력만큼이나 썩어 문드러졌다. 소설 속에서 우리의 주인공들은 살인을 저지르고, 헤로인을 팔고, 자유 세계 지도자의 암살을 모의한다. 어찌 우리가 그들이 비천한 편견을 벗어난 존재이기를 기대할 수 있겠는가? 엘로이의 소설을 읽기 시작할 때, 당신은 등장인물이 대체 어디까지 추락할 수 있는지 지켜보겠노라며 악마와 계약을 맺은 거나 다름없다. 갈 데까지 갈 배짱이 없다면, 책을 덮고 책장에 다시 꽂아두는 편이 나을 것이다.

나 자신에게, 그리고 나의 글쓰기에 가장 강력한 영향력을 행사한 것은 바로 그 온전하게 두려움 없는 태도다. 엘로이로부터 배운 가장 중요한 점은, 나의 캐릭터들로 하여금 나 자신이나 독자들이 편안하게 용인하는 지점을 훌쩍 뛰어넘어 더 멀리 더 깊이 심연으로 파고들게 해야 한다는 의지다. 어떤 장면의 수위를 좀 낮추고 싶어질 때마다, 캐릭터에게 인위적인 연민의 특질을 부여하고 싶어질 때마다, 혹은 그저 겁먹고 그만두고 싶어질 때마다 나는 《아메리칸 타블로이드》를 떠올린다.

엘로이의 미국에선 최하층민인 거리의 깡패들부터 나라 전체를 통틀어 가장 높은 빌딩을 소유한 사람에 이르기까지 모두가 손톱 밑에 핏자국을 묻히고 있다. 그토록 음산하고 냉소적인 관점은 《아메리칸 타블로이드》의 속편 《차디찬 6천 달러The Cold Six Thousand》에서도 지속된다. 하지만 '언더월드 USA 3부작'의 마지막 작품 《피의 방랑자Blood's A Rover》에 이르러 이 연대기의 도덕적 핵심은 분명해진다. 권력에 눈이 멀어버린 인간과 사회가 치러야 하는 비싼 대가. 전체적으로 봤을 때, 이 3부작은 미국 문학계의 획기적인 지표로 간주되어야만 한다. 그 정치적인 주제들에 엘로이의 선견지명이 작용했음은 시간이 흐를수록 점점 더 확실해지고 있다. 하지만 《아메리칸 타블로이드》는 그저 가장 기본적인 특징만으로도 존중받아 마땅하다. 자신이 속한 판의 꼭대기에 올라앉은 작가가 쓴, 뛰어난 핏빛 스릴러라는.

·

북아일랜드의 작가 스튜어트 네빌Stuart Neville의 데뷔작 《벨파스트의 유령The Ghosts of Belfast》(a.k.a. 《열두 명Twelve》)은 2010년 로스앤젤레스 타임스 미스터리/스릴러 상과 스파인팅글러 상 '뉴 보이스' 부문, 미스터리 평론가 상 '최고의 해외 소설' 부문과 해외 누아르소설 그랑프리를 수상했다. 또한 딜리스 상과 앤서니 상, 배리 상,

매커비티 상에도 후보로 올랐다. 그의 두 번째 소설《결탁Collusion》
(2010) 또한 로스앤젤레스 타임스 미스터리/스릴러 상의 최종후보
에 올랐다. 최신작은《최후의 침묵The Final Silence》(2014)이다.
www.stuartneville.com

거대한 파열 *The Big Blowdown, 1996*

조지 펠레카노스

•

조지 펠레카노스George Pelecanos(1957~)의 소설은 대부분 워싱턴 DC를 배경으로, 1930년대(《거대한 파열》)부터 현재(《더 컷The Cut》[2011])에 이르는 시간대에 걸쳐 있다. 데뷔작《발포 공격A Firing Offense》(1992)은 '닉 스테파노스Nick Stefanos 3부작'의 첫 책이다. 이 시리즈에서 파생된 또다른 시리즈 'DC 4중주'는 《거대한 파열》로 시작해《수치스러운 악마Shame the Devil》(2000)로 끝난다. 'DC 4중주'가 끝난 다음 이어지는 시리즈에는 사립탐정 데릭 스트레인지와 테리 퀸이 등장하며,《살인자에게 정의는 없다Right as Rain》(2001)로 시작한다. 펠레카노스의 최신작《진정한 정체What It Was》(2012)는 이 시리즈의 프리퀄이다. 펠레카노스는 또한 TV 시리즈 〈더 와이어〉(2002~08)의 공동 프로듀서 겸 작가로 활약했다. 그는 이 시리즈로 에드거 상, 에미 상, 미국 작가조합상을 수상했다. HBO의 또다른 연속극 〈트레메Treme〉(2010~13)의 공동 프로듀서이자 작가이기도 했다.

디클런 버크

이것은 방황하는 아버지의 이야기다……

《거대한 파열》은 조지 펠레카노스의 다섯 번째 소설이다. 펠레카노스는 이미《발포 공격》,《닉의 여행Nick's Trip》(1993),《망자들이 가는 강을 따라Down by the River Where the Dead Men Go》(1995) 등 '닉 스테파노스 3부작'과 시리즈에 포함되지 않는 장편소설《슈독》까지의 전작들을 통해 독특하고 개성 있는 작가, 데니스 루헤인, 로라 립먼, 제임스 샐리스 등의 동시대 작가들과 함께 현대 미국 범죄소설계의 최고 작가 중 한 명으로 자리를 굳혔다.

그리스 이민자 1세대이자, 고대 스파르타인의 후손인 부모에게서 태어난 펠레카노스는 미국의 문화와 사회 전반을 바라보는 아웃사이더의 통찰력을 작품 곳곳에 쏟아부었다. 그중에서도 그는 특히 워싱턴 DC의 도심 내 암흑가를 집중적으로 다룬다.

당연한 말이지만 나는 이 모든 것을 현재 시점에서 명료하고 정확하게 기술하고자 한다. 처음 조지 펠레카노스를 알게 된 건, 아일랜드 골웨이의 불결한 학생용 아파트 부엌에서 우연히 읽게 된 어느 잡지 기사 덕분이었다. 그 글을 읽은 건 그저 끔찍하기 짝이 없는 숙취를 떨치기 위해서였다. 당시 미국 동시대 범죄소설에 대해 내가 알고 있던 바는, 엘모어 레너드와 제임스 엘로이 정도를 제외한다면, 레이먼드 챈들러와 제임스 M. 케인, 짐 톰슨 같은 반신반인 작가들을 뚜렷한 목적도 없이 흐릿하게 모방한 몇몇 작품들뿐이었다.

어쨌든 그 잡지는—내 기억으로는《언컷Uncut》이었던 것 같다—조지 펠레카노스가 기가 막히게 훌륭한 작가라는 찬사를 퍼부었다. 그래서 나름대로 안목 있는 독자라고 자부하던 나는, 펠레카노스의 최신작《킹 서커맨King Suckerman》부터 시작해보기로 했다.

때는 1997년이었다. 내가 정말 취향 좋은 독자였다면, 다음에 뭘 읽을지 결정하기 위해 잡지의 도움을 받을 필요도 없었을 것이다. 나는 대학을 졸업한 지 얼마 되지 않았고, 바에서 일하면서 부업으로 월간지에 글을 기고하고 있었다. 당시 한 권짜리 소설, 그리스의 섬들을 배경으로 한 범죄소설을 쓰긴 했다. 하지만 그 소설에선 잔인한 살인이 단 한 건 짧은 세 챕터에 걸쳐 벌어졌을 뿐이고, 나머지 부분은 세 남자들이 그 죽음에 뒤따르는 사건들에 연루되지 않으려 노력하는 과정에 집중됐다. 점잖은 표현을 사용하자면, 범죄소설의 리듬과 속도 조절에 대한 감각을 좀더 키워야 한다는 충고를 들었을 법한 습작이었다.

거두절미하고, 나는《킹 서커맨》을 읽었다.

쾅……

지난 세월 동안 내 일부가 되어버린 모든 위대한 인물들—레이먼드 챈들러, 레너드 코엔, 픽시스The Pixies,* 제임스 엘로이, 롤러스케이트 스키니Rollerskate Skinny,* 엘모어 레너드—처럼, 조지 펠레카노스에 대한 나의 첫 반응은 '이래도 되는 건지 미처 몰랐지'였다.

자극적인 이야기였다. 멋진 고전적 스타일의 복수와 구원의 이야기가, 책장마다 엄청난 음량으로 쿵쿵거리며 울려퍼지는 레트로 펑크 배경 음악과 함께 대단히 쿨하고 매력적으로 펼쳐졌다.

당연한 수순으로 나는 전작《거대한 파열》도 찾아 읽었다.

《거대한 파열》에는 모든 것이 다 있었다.《킹 서커맨》이 약속했던 모든 재미가 전부 갖춰져 있었고, 1930년대와 40년대라는 시대적 배경은 보너스였다.

머리가 녹아버리는 것 같은 소설이었다. 특히나 글을 쓰겠다는 야심에 불타는 독자에게는.

물론, 나는 완전히 요점을 놓쳤다. 이런 부분들을 측정하기란 대단히 어렵지만, 어쨌든 지금의 나는 예전의 내가 요점을 전적으로 잘못 파악했다는 걸 인정할 수 있다. 당연한 얘기지만 이십대 중반의 독서와 사십대 중반의 독서에는 상당한 시각차가 존재한다.

처음 읽었을 때,《거대한 파열》의 주인공 피트 케러스는 쿨한 사내였다. 예리하고, 유행의 첨단을 달리고, 아주 인상적으로 옷을 차려입었다. 피트 케러스는 어딜 걸어 들어가더라도 거기 있는 사람들 중에 가장 멋진 사내였다. 피트 케러스는 너무나 쿨했기 때문에 해군에 입대해 태평

---

* 1980년대 말에서 90년대 초에 활동한 미국의 얼터너티브록 밴드.
* 1990년대에 큰 인기를 모았던 아일랜드의 밴드.

양 전쟁에 참전했고, 심지어 최초로 일본인 병사를 죽이기에 앞서 망설이기까지 하는 품위를 보여준다.

피트 케러스가 시야에 들어온 첫 번째 사내에게 가까스로 방아쇠를 당기기까지는 십 분이나 걸렸다. 사내는 케러스의 부대 소속 해군 한 명을 죽인 저격수였다……

피트 케러스. 어떻게 그를 좋아하지 않을 수 있단 말인가?

음, 이십 년 뒤 똑같은 책을 재독하면서 느낀 점은, 피트 케러스가 자기 자신을 좀 지나치다 싶을 만큼 좋아한다는 것이다. 피트 케러스는 피트 케러스의 신화를 굳게 믿고, 자신만의 무언가를 해낼 수 있다고 생각하고, 그의 조롱을 싫어하는 이들을 향해 무례한 조롱을 보낸다. 그러던 피트 케러스는 어두운 골목을 걷다가, 납을 댄 야구 방망이가 밤하늘 어디에선가 자신의 머리 위로 떨어지는 걸 멍하니 바라본다. 갑자기 피트 케러스는, 결코 예전의 그가 생각했던 것만큼 쿨한 사람일 수 없게 된다.

피트 케러스는 별안간 절름거리며 시시한 직업을 찾아다니는, 머리가 세어버린 조로한 청년이 된다. 그는 어린 아들과 발목이 점점 굵어지는 아내까지 거느린다.

그는 나쁜 남자가 아니다. 그저 유별나게 좋은 남자가 아닐 뿐이다. 먹고살기 위해 거리의 무자비한 규칙에 따라 존엄이라든가 구원은 거의 기대할 수 없는 소위 비극적인 돈벌이로 간신히 입에 풀칠할 때조차, 피트 케러스는 자신이 대단히 중요한 문제 바깥으로 밀려났다고 생각한다. 그는 자신의 근본적인 실패에 대해 곰곰이 숙고한다.

케러스는 거실 안락의자에 앉아 생각에 잠겼다. 이제 뭘 해야 하지?…… 난

이 따위 돈벌이에 적합한 유형이 아냐. 어떤 사람들은 조직원들과 함께 느긋하게 시간을 보내며 그 일에 익숙해지고 심지어 그 일을 좋아하게 되지. 하지만 난 그렇게 생겨먹지 않았어. 내가 농담하는 것 같나? 그 일은 정말, 나에게 맞지 않아.

뭐가 빠진 걸까?

아버지다. 정확히 말하자면, 복수형으로 아버지들.

《거대한 파열》의 도입부에서부터 우리는 젊은 피트 케러스가 아버지와 전혀 교류하지 않는다는 사실을 알게 된다. 폭력적인 인종차별주의자였던 그의 아버지는 어머니를 상습적으로 구타했고, 아들이 너무 왜소하고 남자답지 못하다고 여겼다. 한편 조연 중 한 명인 마이크 플로렉은 실종된 누이를 찾아 워싱턴 DC로 온다. 그는 어린 나이에도 불구하고 이미 집안의 가장 역할을 해낸다. 피트 케러스 자신은 나쁜 아버지가 되었고, 어린 아들을 내버려둔 채 다른 여자들의 침대에 들락거리는 남자가 된다. 소설 종결부에 이르면, 피트가 점점 이끌리는 유사-아버지는 퉁명스러운 식당 주인인 닉 스테파노스다. 닉 스테파노스는 그리스로 돌아가버린 아들이 자신의 책임을 다하지 않은 채 어린 손자를 늙은 할아버지에게 떠맡겼다고 불평한다.

이것은 비뚤어진 시나리오다.《거대한 파열》에서 우리가 만나게 되는 이민자들—대부분 그리스인이지만 이탈리아인, 폴란드인, 아일랜드인도 있다—은 민족적 기원으로 스스로의 정체성을 강하게 규정하지만, 또한 새로운 세계의 도덕적 관점 앞에서 길을 잃고, 어깨에 손을 얹고 보살펴주며 인도해줄 누군가를 기다리며 비틀거린다.

그리고 피트 케러스는 나쁜 아버지가 할 수 있는 최선의 일은 아이의 앞길에서 사라져주는 것임을 깨닫는다(이것은 아래층 아기 침대에서 자는 어린 딸을 키우는 사십대 중반의 내가 이 책을 다시 읽으면서 피트 케러스가 정말 쿨하다고 느끼는 이유이기도 하다). 특히 그 깨달음을 실행에 옮기는 과정이 궁극적 자기희생을 감수하는 것이라면, 성장하는 아들의 어깨 위에 희미하고 유령 같은 손만을 남기는 것이라면.

삶은 지속된다. 처음 《거대한 파열》을 읽고 난 뒤 이십 년이 흘렀고, 나는 운 좋게도 범죄소설 몇 권을 출간할 수 있었다. 또한 나의 주 업무가 소설 서평과 작가 인터뷰를 포함해 책과 영화 주변에 맞춰져 있다는 것도 큰 행운이라고 생각한다.

몇 달 전 조지 펠레카노스의 신작 《진정한 정체》 출간에 맞춰 그를 인터뷰했다. 대화 도중 나는 《진정한 정체》의 거의 끝부분에 대해, 어떤 캐릭터가 참전 경험을 얘기하는 부분에 대해 질문했다.

본은 담배에 불을 붙이고는 스트레인지 앞으로 라이터를 밀었다. 스트레인지는 지포 라이터 표면에 새겨진 '오키나와'라는 글자를 볼 수 있었다. "처음 사람을 죽인 게 그 섬에서였어. 그 사람을 보고, 마침내 M1 방아쇠를 쥐어짜듯 당기기까지 십오 분이나 걸렸어. 하지만 난 해냈지……"

이 이야기의 어떤 점이 그토록 중요하기에 십오 년이라는 세월을 두고 《거대한 파열》에 이어 《진정한 정체》에서도 다시 언급하며 강조했는지, 묻지 않을 수 없었다.

펠레카노스가 말했다. "알다시피, 《거대한 파열》은 내게 매우 중요한 책입니다. 참전 이전까지의 피트 케러스는 나의 아버지가 모델입니다. 그는 [워싱턴] 차이나타운의 지독한 슬럼가에서 살았습니다. 가난하기 짝이 없는 이민자들 전부가 그곳에 모여들었고, 아버지는 결국 태평양 전쟁에 참전해 해군으로 싸웠습니다. 귀국했을 때 그는 아버지이자 남편이 되었고, 먹고살기 위해 열심히 일했습니다. 여기가 실제 아버지와 소설 캐릭터가 갈라지는 지점인데, 나는 아버지에게 젊은 시절 마땅히 받았어야 할 몫을 선사하고 싶었습니다. 그렇습니다. 그런 의미에서 이 책은 내게 매우 중요합니다. 많은 사람들이 이 책에 대해 모르고 있지만, 내가 가장 아끼는 책 중 하나입니다."

1930년대를 무대로 펼쳐지는《거대한 파열》부터《진정한 정체》에 이르기까지, 그리고 그 자신이 프로듀서이자 작가로 참여한 TV 시리즈〈더 와이어〉(2002~08)와〈트레메〉(2010~13)까지, 조지 펠레카노스의 최고작들은 아버지 없는 아들들에 관한 명확하면서도 감상에 빠지지 않는 연민으로 특징지을 수 있다. 이민자의 공감이라고도 할 수 있겠다.

나는 아버지에게 마땅히 받아야 할 당신의 몫을 선사하고 싶었다……

"그저 이야기지." 데릭 스트레인지는《진정한 정체》의 종결부에 이르러 닉 스테파노스에게 말한다.

"이건 그냥 이야기야." 닉 스테파노스는《거대한 파열》의 말미에 친구 코스타에게 말한다.

맞는 말이다. 하지만 그렇게 따지자면, 모든 이야기는 그저 이야기일 뿐이다. 당신이 무슨 이야기를 하든지 간에, 그것을 어떻게, 누구에게 들려주느냐가 관건이다.

《거대한 파열》을 충분히 꼼꼼하게 읽는다면, 이 범죄소설은 기어코 당신을 울리고야 말 것이다. 그런 종류의 소설은 많지 않다.

•

디클런 버크Declan Burke는《에잇볼 부기Eightball Boogie》(2003),《빅 오Thr Big O》(2007)와《앱솔루트 제로 쿨Absolute Zero Cool》

(2011)등을 쓴 작가다. 그는《녹색 거리를 따라 : 21세기의 아일랜드 범죄소설》을 편집했으며, 아일랜드 범죄소설을 집중적으로 다루는 웹사이트 '범죄는 언제나 대가를 치른다Crime Always Pays'를 운영하고 있다. 최신작은《학살자의 개Slaughter's Hound》(2013)이다. 버크는 위클로에서 아내와 딸과 함께 살고 있으며, 그의 집에서는 그가 고양이를 키우는 것도, 고양이가 그를 키우는 것도 용납되지 않는다.
crimealwayspays.blogspot.com

마을의 범죄 *A Crime in the Neighborhood, 1997*

by 수잰 번

.

수잰 번Suzanne Berne(1961~)은 데뷔작《마을의 범죄》로 오렌지 상을 수상했다.
《마을의 범죄》는 열 살짜리 소녀를 화자로 내세워 워터게이트 사건이 터졌을 무
렵 벌어진 어린이 살인사건을 다룬다. 번은 웰즐리 대학교와 하버드 대학교의 강단
에 섰고, 현재 보스턴 칼리지에서 영어과 부교수로 재직 중이다. 그녀의 소설은 가
정 내에서 벌어지는 심리적 갈등을 집중적으로 다룬다. 《마을의 범죄》 외에도 번은
《완벽한 준비A Perfect Arrangement》(2001), 《테이블의 유령The Ghost at the Table》
(2006), 《실종된 루실Missing Lucile》(2010)을 집필했다.

토머스 H. 쿡

　　나는 언제나 범죄소설에 대한 최선의 설명은 단순히 '범죄가 발생하
는 소설'이어야 한다고 생각해왔다. 물론 이는 대단히 넓은 그물을 던지
는 셈이다. 범죄가 포함되지 않은, 범죄와 전혀 관련되지 않은 소설은 거
의 없기 때문이다. 도스토옙스키가 범죄가 포함되지 않은 소설을 몇 편
이나 썼던가? 똑같은 물음을 토머스 하디, 그리고 당연히 디킨스에게도
던질 수 있다. 더 큰 문제는, 다수의 범죄소설 작가가 어떤 문학에든 훨씬
흥미를 더해주게 마련인 캐릭터나 분위기를 작품 속에 그다지 많이 포함
시키지 않게 되었다는 점이다. 또한 그들은 유기적 전개에 대한 감각도
갖다버린 것처럼 보인다. 그럼에도 불구하고 나는 앞으로도 계속 소위

'문학적' 범죄소설에 대해 여기저기서 떠들어대고, 전채 요리, 주 요리, 후식이라는 정통 코스를 밟으며 독자들에게 소설의 성찬을 베푸는 범죄소설에게 경의를 바칠 것이다.

수잰 번의《마을의 범죄》는 범죄가 발생하는 소설일 뿐 아니라, 통합적인 독서 체험을 선사하는 모든 요소가 범죄소설의 서스펜스와 대단히 아름답게 결합된 작품이다.

《마을의 범죄》에서는 두 가지 범죄가 발생한다. 첫째는 어린 소년이 살해당하는 사건이다. 이 소설이 보여주는 냉혹하고 무자비한 현실 감각에 걸맞게, 희생자는 아주 비열한 꼬마 악당이다. 아이가 밉살스러워질 수 있는 모든 방법의 최고 자리를 석권할 만큼 밉살스러운, 친부모를 제외한다면 마을 사람 누구도 그 부재를 안타까워하지 않을 아이다. 하지만 그 꼬마 보이드 엘리슨의 죽음은 그때까지만 해도 확고하다고 여겨졌던 마을의 안전에 대한 믿음을 배반하며 사람들의 삶을 뒤흔들어놓는다. 수잰 번은 이렇게 썼다. "실수야말로 진정 삶이 비롯되는 지점이다." 그리고 보이드 살인사건은 이후 열세 살의 소녀 화자, 조숙하고 예민해 몽상에 자주 잠기는 마샤가 저지르는 심각한 실수의 전조가 된다.

뭔가 엄청나게 잘못된 일이 곧 일어날 거라는 느낌이《마을의 범죄》전체에 만연해 있다. 이 책을 읽으면, 화창한 풀밭에 앉아 저 먼 수평선에서부터 흔들림 없는 속도로 무시무시하게 접근해오는 뇌우의 검은 선을 지켜보는 것 같은 기분이 든다. 마샤가 살인사건 조사에 빠져들고, 셜록 홈스라면 이렇게 했을 거라고 추측하는 나름의 방식으로 다양한 디테일들을 수집하는 과정을 독자는 속수무책으로 지켜볼 수밖에 없다. 독자들도 알다시피, 마샤는 셜록 홈스가 아니다. 오히려 마샤는 성인이 되기 직전의 문턱에서 불안하게 흔들리는 소녀이며, '다른 여자'와 야반도주한 아버지에게 버림받은 어머니와 형제들과 함께 살고 있다. 아버지의 상실은《마을의 범죄》에서 또다른 두려움의 층위을 형성한다. 행위에는 결과가 뒤따르고, 대개의 경우 그 결과는 예상 밖의 것이다. 아버지가 없다는 마샤의 상실감은 소녀의 인생에 아주 위태로운 불균형을 만들어낸다. 안정적 기반을 상실한 사람은 그것을 되찾으려다가 오히려 끔찍한 뭔가를 움켜쥘 수도 있다.

살인사건은 아버지에게 버림받은 소녀의 극적 환상과 타고난 호기심에 불을 댕기고, 마샤는 새로운 이웃인 독신남 미스터 그린을 가장 먼저 주목하기 시작한다. "그는 발그레한 분홍빛 얼굴에, 실제로는 내가 아는 누구와도 닮지 않았지만 어디선가 본 것 같은, 특별한 개성이 없는 땅딸막한 남자였다. 그가 머리를 숙였을 때 나는 그의 윗머리가 하트 모양으로 벗어지고 있다는 걸 알아차렸다."

무표정하게 정확한 묘사다. 하지만 결코 유별나다고 할 수 없는 그린 씨의 이런 외모에, 마샤 입장에선 처음엔 으스스하게, 그다음엔 사악하게, 마침내는 살기등등하게 여겨지는 외모와 행동거지의 특징들이 덧붙여지면서 묘사는 점점 더 무시무시해진다. 독자는 마샤가 세일럼의 광기를 떠올리게 하는 소녀로 변해가는 모습을 무기력하게 지켜볼 수밖에 없다.* 하지만 여기에서 표면 위로 떠오르는 히스테리는 존재하지 않는다. 내면에서 조용하게 벌어지는 변화, 바로 그 점 때문에 이야기는 더욱 공포스러워진다.

《마을의 범죄》가 보이드 엘리슨 살해사건과 그것이 이웃집 소녀에게 미친 영향만 다뤘다면 잘 짜인 스릴러 소품 이상은 되지 못했을 것이다. 이 책이 기억에 남게 된 것은 작은 이야기와 거대한 주제의 완벽한

---

* 17세기 말 미국 매사추세츠 주 세일럼 마을에서 벌어진 마녀 광풍을 배경으로 아서 밀러는 희곡 《시련》을 썼다. 《시련》의 주인공은 영악한 소녀 애비게일이다.

조합 덕분이다. 소설 속 이웃이 한 강도사건에 대해 하는 말을 들어보자. "이 침입은 크나큰 재앙으로 바뀌게 될 거야. 때때로 사건은 그렇게 작게 시작되어 통제할 수 없을 지경에 이르지. 그게 일이 벌어지는 순서야. 지저분한 잘못이 범죄로 바뀌기까지는 그리 오래 걸리지 않을걸."

이 같은 간결한 통찰력에서 출발하여, 수잰 번은 가슴 아프고 진정성 가득한 사회 비평의 영역에 자신의 소설을 구축한다. 그리고 이를 통해 보이드 엘리슨 살해사건 자체보다 이후에 마을에서 벌어지는 훨씬 전면적이고 본질적인 범죄를 상세하게 논한다. 번은 요란한 철학적 설교 없이도 이를 해낸다. 어느 시점에 이르러 마을 사람들은 자경단을 꾸리지만 아무도 마샤의 집에 도움이나 지원을 청하러 찾아오지 않는다. "누구도 우리 집 문을 두드리지 않았다. 아버지가 더이상 여기 살지 않는다는 걸 알아차린 것 같다."

정말이지 《마을의 범죄》에는 사라진 아버지의 이미지가 아주 광범위하게 어른거린다. 그리고 그 영향력은 우발적인 아동 실종보다 훨씬 더 처참하고 엄청난 결과를 불러온다. 소설의 배경이기도 한 워터게이트 사건이 벌어진 시대부터 이혼율은 급증했고 그에 따라 아버지 없는 가구의 수 역시 지속적으로 늘어났다.

수잰 번은 화자 마샤의 목소리에 무리하게 힘을 준다거나 우리를 조롱하지 않고도 이 모든 요소들을 연결시킨다.

혼란스러운 마음으로, 나는 아버지가 우리를 떠난 사건과 보이드 엘리슨 살해사건을 연결시키기 시작했다. 심지어 워터게이트 사건 무렵 일어났던 일은 무엇이든 그 사건과 연결시켰다. 당시에는 제대로 설명할 수 없었지만, 나는 아버지의 이탈이 우리 가정 내의 질서뿐 아니라 마을의 질서에도, 더 나아가 우리 나라에도 크나큰 충격을 가했다고 믿었다. 그 시절엔 우리 마을이 우리 나라나 마찬가지였기 때문이다.

《마을의 범죄》가 대단히 생생하고 유려하게 예증하듯, 소설이 진정성 있게 무언가를 담아내기 위해 젠체하거나 자의식에 가득할 필요는 없다.《마을의 범죄》는 주제를 천명할 때조차, 내러티브의 서스펜스를 침해하거나 주인공 마샤에게 맞춰진 초점을 흐리지 않는다. 마을에서 벌어지는 두 번째 범죄는 바로 사회적 분열이었고, 마샤는 마침내 그에 대해 조용하면서도 파괴력 있는 외침을 던진다. "몇 년이 지난 뒤 우리가 드문드문 만나기 시작했을 때, 나는 아버지에게 그날 밤에 대해 이야기했다. 마을의 다른 아버지들이 거리에 모여들어 팔짱을 낀 채 수런거릴 때 나와 쌍둥이는 포치에 앉아 지켜보기만 했다고 털어났다. '우리는 무서웠어요. 우리는 아빠가 필요했어요. (…) 하지만 아빠 없었어요.'"

《마을의 범죄》는 이야기를 앞으로 나아가게 하는 범죄 자체에서 벗어나지 않는다. 그러나 다른 많은 범죄소설가들이 그랬듯 눈이 핑핑 돌아갈 정도로 질주하는 '액션'을 유지하기 위해 캐릭터와 분위기, 잠시 숨 돌릴 틈을 주는 멋진 구절 등과 같은 문학적 측면을 거세하고자 하는 유혹에 굴하지도 않는다. 나는 그 자체로 훌륭한 작품인 동시에 훌륭한 '범죄소설'의 전범을 보여주는《마을의 범죄》가 널리 읽혀야 한다고 믿는다.

·

토머스 H. 쿡Thomas H. Cook은 장편소설 스물여섯 편과 논픽션 두 편을 썼다. 그는 에드거 상의 각기 다른 다섯 개 부문에 일곱 차례 후보로 오른 끝에《채텀 스쿨 어페어The Chatham School Affair》로 1996년 에드거 상 '최우수 소설' 부문을 수상했다.《붉은 낙엽Red Leaves》

이 배리 상을 수상한 것을 비롯해 여러 작품들이 스트랜드 상, 해밋 상, 매커비티 상과 앤서니 상, CWA 주관 실버 대거 상, 프랑스 추리 문학상 등에 후보로 올랐다. 그는 스웨덴 추리아카데미에서 선정하는 마르틴 베크 상을 두 번 받은 유일한 작가다.

아웃 *Out, 1997*

by 기리노 나쓰오

•

기리노 나쓰오桐野夏生(1951~)는 일본 작가 하시오카 마리코橋岡まり子의 필명이다. 그녀는 장·단편소설과 에세이를 지속적으로 써왔지만,《아웃》이 2003년 영어로 번역되어 국제적인 인지도를 얻게 되었다. 그녀의 책은 여성과 힘의 문제, 혹은 힘 없는 여성들의 문제를 자주 다룬다. "나는 일본 사회가 무력한 여성들을 착취하고 있다고 느낀다."《아웃》의 영어 번역판 출간 직후 가진 인터뷰에서 그녀가 한 말이다. 그녀는 스스로를 "일반적인 기준으로 분류할 수 없는 일종의 '일탈'"같은 존재라고 규정했다. "'작가'로서 나는 미스터리 장르로 데뷔했다. 하지만 사실, 나는 미스터리 소설을 그렇게까지 좋아하진 않는다. 글을 쓸 때 나의 주된 동력은 '인간관계의 구조를 관찰'하는 것이다. 사람들을 연결하는 선은 아주 튼튼할 수도 있고, 어딘가 뒤틀려 있을 수도 있고, 끊어질 듯 약하거나, 우연한 만남을 통해 꼬여버릴 수도 있다. 모든 스토리텔링은 이에 관한 작업이 아닐까?"

다이앤 웨이 리앙

《아웃》은 도쿄 교외 지역의 도시락 공장에서 야간조로 일하는 네 여성들에 관한 이야기다. 마흔세 살 마사코는 남들과 어울리는 걸 즐기지 않는다. 요시에는 대학에 진학할 나이가 된 아이들이 있는 과부다. 야요이는 두 어린 아들을 키우는 예쁘고 젊은 여자다. 과체중의 구니코는 사치스럽고 늘 빚에 허덕인다. 그들은 함께 일한다는 것 외에는 어떤 공통점도 없어 보인다. 하지만 그들 중 한 명이 우발적으로 살인을 저지르면서, 나머지 인물들은 그녀의 공범이 된다.

이야기는 평소와 다르지 않은 어느 밤에 시작된다. 네 친구는 언제나처럼 야간 근무를 시작하기 위해 모인다. 자정부터 새벽 5시 30분까지,

그들은 공장 조립 라인에서 도시락 내용물을 채우는 작업을 한다. 새벽에는 서로에게 잘 가라는 인사를 하며 각자의 집으로 흩어진다.

마사코의 남편은 출근하려는 참이다. 부부 사이엔 이제 거의 대화가 없다. 마사코의 아들은 고등학교에서 퇴학당했고, 엄마와의 대화를 거부한다. 요시에는 늦게 들어왔다고 꾸중하는 병든 시어머니의 옷을 갈아입히고 목욕을 시킨다. 요시에의 둘째 딸은 계속 엄마에게 돈을 요구한다. 야요이는 아이들 등교 시간에 딱 맞춰 집에 도착한다. 구니코는 남자친구와 싸운 뒤 돈을 더 많이 주는 직장을 찾아보기 시작한다.

그날 늦게, 도박과 여자에 미친 야요이의 남편이 집에 돌아온다. 그는 단골 나이트클럽에서 쫓겨난 참이다. 그는 야요이를 구타한다. 그날따라 격분에 휩싸인 야요이는 평소처럼 굴복하는 대신 남편에게 달려들어 넥타이로 목을 조른다. 남편을 죽였다는 걸 깨닫자, 그녀는 마사코에게 전화를 걸어 도움을 청한다. 몇 차례 설득이 오간 끝에, 야요이의 친구들은 시체를 토막내 여기저기 쓰레기통에 나눠서 버리기로 동의한다.

그러므로《아웃》은 '누가 범인인가'보다는 범죄와 처벌, 우정, 품위, 그리고 자아의 발견에 따르는 결과에 관한 책이다.

마사코는 인간적 접근이 차단된 가정생활에 갇혀 있다. 요시에는 다른 사람의 문젯거리에 매인 노예 같은 삶을 산다. 야요이는 남편의 잔혹함과 그녀 자신의 나약함의 희생자다. 구니코는 물질적 재화와 더 나은 삶의 판타지에 저항하지 못한다. 이건 어떤 현혹이나 변명 없이 제시되는 도쿄의 삶이다. 여성들 각자는 자신들이 원치 않았던 장소, 그리고 탈출할 방도가 전혀 없는 곳에 속박되어 있다. 자신들이 저지른 일에 따른 결과를 처리한 다음 수사망이 점점 좁혀오자, 그녀들은 야요이의 남편을 처치한 행위가 자유를 향한 기회가 될 수 있음을 서서히 자각한다. 단, 그들이 이 위기를 잘 빠져나갈 수만 있다면.

야요이 남편의 신체 일부가 담긴 가방이 발견되고 경찰은 수사에 착수한다. 야요이가 용의자로 떠오른다. 여성들은 자신들의 흔적을 덮어 없애고, 경찰보다 한 발 앞서 움직여야만 한다. 그리고 그들의 연약하기 짝이 없던 연대에 균열이 생기기 시작한다.

경찰은 조사를 진행함에 따라 야요이의 남편이 마지막으로 목격됐던 나이트클럽도 주시하게 된다. 사라졌던 그의 재킷이 거기서 발견된다. 목격자들은 야요이의 남편이 사라진 그날 밤 클럽 주인 사타케가 그를 두들겨 패는 광경을 목격했다고 증언한다. 전과가 있는 사타케가 체포되어 살인죄로 기소된다.

이 소식을 들은 여자들은 안도감과 의기양양함으로 고양된다. 야요이는 남편의 생명 보험금으로 친구들에게 신세를 갚는다. 요시에는 그 돈으로 보석을 사며 행복해한다. 구니코는 빚을 갚는다. 시체를 토막내는 작업에서 짜릿함을 느꼈던 마사코는 자기 몫의 돈을 받을 생각이 없었지만, 결국 자신이 왜 그러는지 확실하게 인지하지 못한 채 돈을 받아든다. 그들은 다시 정상화되는 삶에 기뻐하며 공장으로 돌아간다.

하지만 그들이 틀렸다.

구니코의 고리대금업자 주몬지는 구니코에게 갑자기 굴러들어온 큰돈에 대해 의심스러워하며 그녀를 다그쳐서 진실을 알아낸다. 그는 여자들, 특히 자기 나름의 비밀을 간직하고 있는 마사코를 협박하고자 한다.

사타케는 증거 불충분으로 풀려난다. 그가 구류를 사는 동안 나이트클럽 사업은 망했다. 그는 복수를 다짐한다.

여자들 주변에서 이상한 일이 자꾸 벌어진다. 친절한 새 이웃이 야요이를 돕겠다면서 아이들을 돌봐주겠다고 나선다. 누군가 요시에의 동네에서 그녀에 관해 캐묻고 다닌다. 도시락 공장에 취직한 새로운 안전요원은 구니코와 같은 아파트로 이사 온다.

마사코와 요시에는 주몬지와 동업을 하기 시작한다. 폭력배의 시체를 절단하고 각기 다른 곳에 갖다 버리는 일이다. 마사코는 도시락 공장 동료에게 자신의 돈을 맡기며 보관해달라고 부탁한다. 그녀에게는 다른 계획이 있는 것 같다. 요시에의 딸들은 어머니의 돈을 훔쳐서 달아난다.

그리고 어느 날, 주몬지가 토막 낼 또다른 시체를 들고 온다. 그 시체는 구니코였다……

《아웃》은 사전에 계획되지 않았던 살인에서 비롯된 범죄 심리에 관한 미묘한 이야기다. 사건이 걷잡을 수 없이 커져가며 통제권을 벗어날수록, 여자들은 자신들이 진짜 어떤 사람인지, 삶에서 무엇을 추구하고 있는지 스스로 질문을 던지면서 그에 대응해야만 한다. 마사코는 자신의 고립과 가슴속의 어둠을 인정하기에 이른다. 요시에는 더이상 타인의 노예가 되고 싶지 않다. 야요이는 잔혹한 남편으로부터의 해방에 들떴고, 그를 죽인 것을 후회하거나 슬퍼하지 않는다. 구니코의 탐욕은 자제가 불가능한 상태에 이르고, 마침내 그녀 자신을 삼켜버린다.

왜 그렇게 행동했냐는 질문을 받자 마사코는 대답한다. "나는 혼자 있고 싶어. 자유로워지고 싶어."

《아웃》은 그 가차 없는 속도감과 더불어, 평범한 일본 여성들의 삶을 탐구하는 뛰어난 작품이다. 이 사회는 여성들에게 가족에 대한 의무를 강요하고, 운명을 군말 없이 받아들이길 요구한다. 그 여성들이 자신의 삶에 질문을 던지고 예전의 선택을 재검토하기 위해선 특별한 사건이 필요하다. 책장이 최고로 빨리 넘어가는 지점에서조차 이 소설은 여성들의 발버둥과 갈망을, 그리고 그들이 얼마나 필사적으로 자신의 부담에서 벗어나려 노력하는지를 놓치지 않는다. 그녀들이 범죄에 가담하더라도 우리는 연민을 느끼지 않을 도리가 없고 심지어 응원하게 된다.

범죄 속에 부드러움이, 어둠 속에 빛이 있다.

다이앤 웨이 리앙Dianne Wei Liang은 북경에서 태어났다. 어린 시절을 부모님과 함께 외떨어진 지역 노동수용소에서 보냈다. 북경 대학교를 졸업한 뒤 1989년 천안문 광장 시위에 참가했다. 이후 그녀는 미국으로 건너가 카네기 멜론 대학교에서 경영학 박사 학위와 MBA를 취득했다. 미국과 영국을 오가며 경영학 교수로서 수상 경력을 쌓아가고 있는 그녀는, 회고록《이름 없는 호수Lake with No Name》와 세 편의 장편소설《비취의 눈The Eye of Jade》《종이 나비Paper Butterfly》《황금빛 영혼의 집The House of Golden Spirit》을 썼다. 그녀의 소설은 20개가 넘는 언어로 번역 소개되었다. 현재 런던에 살고 있다.

www.dianeweiliang.com

인력도 화력도 항상 부족

Always Outnumbered, Always Outgunned, 1997

by 월터 모슬리

‧

월터 모슬리Walter Mosley(1952~)는 과학소설, 순문학, 단편소설, 논픽션 등 다양한 장르에 걸쳐 서른 권 이상 책을 썼다. 하지만 가장 유명한 건 아무래도 미스터리 소설, 특히 흑인 사립탐정 이지 롤린스나 전과자 소크라테스 포틀로를 주인공으로 등장시킨 시리즈일 것이다. 이 소설들은 그 자체로 숨막히게 재미있는 미스터리이자, 로스앤젤레스의 사회·정치·문화사 및 그 도시 흑인들의 삶에 대한 탐구이기도 하다.

마틴 웨이츠

    십 년 전 나는 감옥에 있었다. 정확히는 감옥에서 상주 작가로 일했다고 말하는 편이 낫겠다. 더 정확하게 말하자면, 실제로는 감옥 두 군데를 오갔다. 소년 교도소와 성인 HMP*. 나는 그 일을 즐겼고, 특히 소년 교도소의 청소년들과 함께하는 시간이 즐거웠다. 나는 그곳에서 작문을 가르쳤다. 이야기를 구성하는 방법, 자신만의 시선을 견지하는 방법, 결말이 그들이 예상하는 대로일 필요가 없다는 걸 인식하는 방법을 가르쳤다. 그들의 삶에 긍정적인 변화가 찾아왔고, 입을 다문 채 분노로 가득했

---

* Her Majesty's Prison, 영국의 교도소.

던 청춘들이 즐겁고 행복한 소년들로 바뀌어가는 걸 지켜보는 영예를 누릴 수 있었다. 이 모든 변화는 언어를 구사하고 이야기를 만들어내는 과정을 거치면서 가능했다. 어떤 날들은 근사했지만, 물론 매일매일 그런 것은 아니었다. 일이 잘 풀리지 않을 때에는 절충 지대 같은 건 없었다. 테스코Tesco에서 상품 진열 일을 하는 게 더 보람찼을지도 모른다. 하지만 일이 잘 풀리는 날에는, 모든 어려움을 감수할 가치가 충분했다.

성인 교도소는 조금 달랐다. 서열이 확실하게 정해져 있었고, 운명에 순응해야 했다. 어떤 이들에게는, 중단되어버린 인생이라는 게 감옥 바깥의 인생을 의미하는지 감옥 안의 인생을 의미하는지 정의 내리기조차 어려웠다.

하지만 그들에게는 공통점이 하나 있었다. 그들은 탈출하고 싶어 했다. 물리적으로 전기 철조망 바깥을 원하는 게 아니라 자기 자신으로부터, 감방으로부터 벗어나 시간을 죽이고 싶어 했다. 감옥에서 도서관은 가장 인기 있는 장소 중 하나이고, 공포소설과 범죄소설은 가장 인기 있는 장르다. 그들은 언제나 내게 책을 추천해달라고 부탁했다. 그리고 내가 다른 무엇보다 강력하게 추천한 책은 바로 월터 모슬리의 《인력도 화력도 항상 부족》이다.

다른 이들도 마찬가지겠지만, 데뷔작 《푸른 옷의 악마Devil In A Blue Dress》를 읽은 이래 월터 모슬리는 내가 가장 좋아하는 작가 중 한 명으로 등극했다. 이 소설은 사립탐정물의 프리즘을 통해 전후 아프리카계 미국인들의 도시에서의 삶을 조명하며 아주 특별한 목소리를 낸다. 그냥 저냥 괜찮거나 설교조거나 지루한 구석이라곤 없는 책이다. 범죄소설을 사회 탐사의 형식으로 활용하되 독자들을 즐겁게 할 수 있는 이야기를 들려준다는 본분을 절대로 망각하지 않는다. 근사하다. 딱 내가 좋아하는 글이다.

《푸른 옷의 악마》이후 나는 '이지 롤린스Easy Rawlins 시리즈'의 신간이 나올 때마다 앞뒤 가리지 않고 사들였다. 하지만 모슬리는 하나의 시리즈에만 안주하지 않았다(그리고 정말 멋진 점이라면, 많은 시리즈들이 초기 몇 권을 지나고 나면 점점 시들해지거나 반복에 그치곤 하는데, '이지 롤린스 시리즈'는 오히려 점점 더 발전해나간다. 지금까지 내가 가장 좋아하는 책을 꼽는다면, 아홉 번째 권인 《리틀 스칼릿Little Scarlet》이다). 대부분의 작가들은 장르를 넘나들 때 사이공의 대사관 지붕 위에서 미국인들을 탈출시키는 치누크 헬기마냥 거창하고 엄숙하다. 반면 모슬리는 노련하고 민첩하게 자신의 뮤즈 뒤를 좇는다. SF, 코미디, 우화, 격문, 심지어 성애소설에 이르기까지 그는 모든 장르를 넘나들며, 자신이 들려주고 싶은 이야기에 가장 적합한 형식이라면 뭐든지 활용했다. 그리고 그 모든 작품들은 놀랄 만큼 성공적인 수준을 유지했다.

여기까지가 내가《인력도 화력도 항상 부족》을 읽게 된 계기다. 모슬리의 여덟 번째 소설인 이 작품은 '이지 롤린스 시리즈'로부터 변화를 꾀했다. 소크라테스 포틀로는 살인범이자 강간범이었고, 이제 인디애나 감옥에서 석방되어 로스앤젤레스의 와츠 지역으로 이주했다. 가능한 한 제대로 된 삶을 살아보려고, 폭력적인 과거에 속죄하고 그 과거와 화해하려고 애를 쓴다. 그는 평생 동안 내면에 폭력과 분노를 축적해왔지만, 이제 분쟁과 마주쳤을 때 "바위도 깨는" 엄청난 주먹을 최후의 해결책으로 휘두르지 않기 위해 스스로와 투쟁한다.

이 짤막한 장편소설은 열네 장으로 구성되어 있다. 순차적으로 이어지지만 서로 아주 긴밀하게 얽혀 있지는 않은 이야기들을 거치며, 소크라테스는 힘겹게 얻어낸 자신의 철학을 시험에 들게 하는 다양한 상황과 맞닥뜨린다. 그는 한 청년을 범죄로부터 돌려세운다. 살인범을 마을에서 쫓아낸다. 어울리면 안 되는 유형의 여성을 거부하기 위해 노력한다. 우리는 그가 잡일을 구하려 애쓰고, 주머니에 몇 센트밖에 없더라도 품위 있게 처신하기 위해 헤라클레스에 맞먹는 힘을 기울여야 하는 투쟁의 과정을 함께 좇는다. 그 과정에서, 현재의 자신을 끊임없이 괴롭히는 과거라는 유령과 격렬하게 다투면서, 그는 소속감을 느끼게 된 한 공동체에서 자신만의 평화를 간신히 얻는다.

주인공에게 서구 철학의 아버지인 소크라테스의 이름을 부여한 건 우연이 아니다. LA 폭동과 로드니 킹 구타사건 이후에 쓰인 이 작품에서 보는 사람마다 겁을 낼 만큼 거대한 몸집의 이 전과자는, 법조문을 토대로 독단적인 통제권을 휘두르지만 공정함과 공감력을 점점 상실해가는 사회에 어려운 도덕적 질문을 던지는 동시대 심문관의 역할을 수행한다.

"우선 살아남아야 해," 소크라테스는 이렇게 말한다. "그다음에 생각하는 거야. 생각하고, 꿈을 꿔야 해." 그리고 그는 자신의 꿈에 대해 생생하게 들려주는데, 이는 그의 실제 삶에 대해서도 시사해준다. 소년 시절의 소크라테스가 벨란드라 숙모와 함께 해변을 거닐고, 그녀가 신에 대해 이야기하는 장면이다.

"그는 검지 않아. 그가 까맣다면 세상은 지금처럼 우리가 겪는 엉망진창이 되진 않았겠지. 아냐. 그는 푸른색이야. 대양처럼 푸른색. 파랗다고. 저 멀리 있는 푸른 하늘처럼 그는 아주 먼 곳에 있는 슬프고 차가운 존재지. 신에게 도달하려면 아주 멀리 가야 해. 그리고 설령 거기 도달한다 하더라도 그는 아무런 말도 하지 않을 거야. 절대 한마디도."

한편 불가능해 보이는 임무를 맡아달라는 부탁을 받고서 그는 또다른 꿈에 대해 이야기한다.

"어릴 때 처음으로 번개를 봤을 때가 생각나는군. 그 번쩍임은 아찔하게 짜릿했지만, 천둥소리는 지릴 정도로 무서웠지."

그 꿈을 이야기하고 나서 그는 뭔가 해보겠다고, 상황을 개선하기 위해 할 수 있을 최선의 것을 실행에 옮기겠다고 다짐한다. 적어도 시도해보자고.

내 글을 읽고서 질척질척하게 감상적인 소설이라는 인상을 받을지도 모르겠다. 하지만《인력도 화력도 항상 부족》만큼 감상적인 것과 거리가 먼 작품도 또 없을 것이다. 날카로운 단문은 소크라테스가 겪는 삶처럼 무자비하지만, 아름답고 서정적인 구절들도 눈에 띈다. 특히 가장 난폭하고 예상치 못한 순간에 그러하다. 실제 인생이 그러하듯이.

소크라테스 포틀로는 몇 편의 소설에 더 등장한다. 모두 좋은 작품이지만, 내 생각엔《인력도 화력도 항상 부족》이 최고 걸작이다. 이 작품은 영화화된 적도 있는데, 마이클 앱티드가 연출하고 로런스 피시번이 주연을 맡았다. 영화는 보지 않았다. 조심스럽게 해명하자면, 이 책에 대한 나의 관점에 타인의 관점을 끼워넣고 싶지 않았기 때문이다.

이 소설은 내가 범죄소설과 뛰어난 글을 사랑하는 핵심적 이유와 직접적으로 맞닿아 있다. 누구도 태어날 때부터 나쁜 사람, 악마로 태어나지 않는다. 누구도 태어날 때부터 선하지 않다. 우리는 모두 유전적 요인과 환경에서 비롯되고 형성된다. 그다음엔, 우리가 타인의 유전적 요인과 환경을 결정하게 된다. 우리의 이야기는 우리만이 들려줄 수 있다. 우리는 때때로 우리가 맞아 마땅한 결말을 마주하게 된다. 우리는 항상 우리가 만들어낸 결말을 맞게 된다.

이것이 내가 감옥에서 함께 작업했던 사람들에게 전달하고자 노력했던 메시지다. 바라건대, 그들이 귀 기울여주었기를.

바라건대, 나 역시 그러했기를.

•

영국 잉글랜드의 뉴캐슬 출신 작가 마틴 웨이츠Martyn Waites는 호
평받은 '조 도노번Joe Donovan 미스터리 시리즈'를 썼다. 보다 최근
엔, 아내 린다와 함께 타니아 카버Tania Carver라는 필명으로, 강력반
의 필 브레넌과 심리학자 마리나 에스포지토가 주인공으로 등장하는
시리즈를 발표하여 큰 성공을 거두었다. 이 시리즈의 최신작은《진실
혹은 대담Truth or Dare》이다.
www.martynwaites.com

검은색과 푸른색 *Black and Blue, 1997*

by 이언 랜킨

•

이언 랜킨Ian Rankin(1960~)은 영국의 대표적인 미스터리 작가 중 한 명이며, 스코틀랜드를 배경으로 한 범죄소설 장르인 '타탄 누아르Tartan Noir'의 주요 인물이다. 그는 서른 편 이상의 소설을 썼는데 그중 대부분은 경찰 존 레버스가 등장하는 시리즈로, 랜킨이 살고 있는 스코틀랜드 에든버러와 주변 도시들을 배경으로 한다. '존 레버스John Rebus 시리즈'의 첫 소설 《매듭과 십자가Knots and Crosses》는 1987년 출간되었고, 열여섯 번째 작품 《엑시트 뮤직Exit Music》은 2007년에 나왔다. 이후 랜킨은 내정 수사관 맬컴 폭스가 주인공으로 등장하는 작품 두 편을 썼다. 그는 《부활하는 남자들Resurrection Men》로 2004년 에드거 상 '최우수 작품' 부문을 수상한 것을 포함해 유수의 미스터리 상을 휩쓸었다.

브라이언 맥길로웨이

위대한 현대 범죄소설가로서 이언 랜킨이 차지하는 위치에는 이견이 있을 수 없다. 그는 수많은 상을 받았고, 온갖 명예 학위와 영제국 4등 훈장을 받았다. 한때 영국에서 팔리는 범죄소설 열 권 중 한 권은 반드시 그의 작품이었다.

또한 '존 레버스 시리즈'의 여덟 번째 책 《검은색과 푸른색》의 명성에 대해서도 논쟁의 여지는 없다. 이 소설에서 스코틀랜드 이곳저곳을 아우르며 각각 진행되는 네 가지 플롯은 하나의 줄기로 합쳐진다. 철책에 찔려 죽은 유정 굴착 인부, 1960년대의 살인마 '바이블 존' 사건*과 현대의 모방범 '조니 바이블'에 얽힌 사건, 범죄자 레니 스패븐이 불공정하게 수감되도록 만든 레버스 자신의 과거 수사, 지역 폭력배 엉클 조가 연루된 마약사건이 그것들이다.

《검은색과 푸른색》은 레버스 시리즈라면 으레 기대하게 되는 많은 특징들을 포함하고 있다. 음악적 레퍼런스(롤링 스톤스의 1976년 앨범 〈검은색과 푸른색Black and Blue〉에서 따온 제목), 빅 제 캐퍼티라는 특별한 숙적과 레버스의 싸움, 자신의 문제를 잊기 위해 술을 마셔대는 고독한 수사관의 이미지, 선배와 너무 닮아갈까 봐 두려워하는 레버스의 젊은 후배 클라크 등. 클라크의 두려움은 차례로 공명을 일으킨다. 조니 바이블 사건이 과거의 바이블 존 사건에 공명하듯이, 레버스가 자신의 선배 로슨 게디스와의 관계를 반추할 때, 그리고 그가 경찰의 책무에 따른 압박감에 무너지는 후배를 지켜보는 바로 그 순간에.

하지만 이 책은 이전의 레버스 시리즈와 분위기, 구조, 관점에서 뚜렷한 차이점을 보인다. 정말이다,《검은색과 푸른색》부터 시리즈는 원숙해지기 시작한다. 주제와 공간적 배경 모두 더 황량하고 어둡고 본질적으로 스코틀랜드적인 이 작품은, 랜킨에게 돌파구가 된 작품이다. 그리고 꾸준히 작업은 하고 있지만 아직 베스트셀러 작가 명단에 오르지 못한 작가들에게, 시리즈가 독자층을 확보하기까지는 시간이 걸린다는 걸 입증하는 예로 인용되는 작품이기도 하다.

하지만 이 책에 대한 나의 애정은, 작품 자체의 대단한 힘 때문만은 아니다. 내가 벨파스트의 퀸스 대학을 졸업한 지 얼마 되지 않았을 때, 대학가 근처에 '노 알리바이스'라는 서점이 새로 들어섰다. 영업이 시작되고 며칠 지나지 않았을 때 그곳을 방문해 뭔가 살 책이 없는지 탐색했다.

- 1968년과 1969년에 걸쳐 스코틀랜드 지역에서 벌어진 연쇄살인사건. '바이블 존'이라는 별명으로 불린 살인마의 정체는 끝내 밝혀지지 않았다.

그때까지 내가 읽은 건 애거서 크리스티, 윌키 콜린스, 코난 도일 등의 고전 범죄소설밖에 없었고, 현대 범죄물은 한 번도 접한 적이 없었다. 그날 내가 고른 첫 번째 책이《검은색과 푸른색》이었다. 이틀 뒤 나는 다시 서점을 방문해 레버스 시리즈의 전작을 모조리 구입했다. 그러고 난 뒤 차례로 콜린 덱스터, 제임스 리 버크, 존 코널리, 마이클 코넬리, 로버트 크레이스, 할런 코벤 등으로 독서 목록을 계속 늘려나갔다. 이 시리즈에서 저 시리즈로, 위대한 작가에서 또다른 위대한 작가로 계속 새로 영역을 넓혀가면서 책을 중독적으로 사들였다. 물론 그 시작점은《검은색과 푸른색》이었다.

내가 받은 가장 강한 인상은, 이 소설이 그야말로 스코틀랜드적이라는 점이었다. 에든버러와 글래스고, 애버딘을 관통하여 북해의 석유 시추장까지, 스코틀랜드라는 공간적 배경에 단단히 뿌리내리고 있는데, 그러면서도 그것이 무척 신선하게 다가왔다. 새롭게 자치권을 보장받은 스코틀랜드를 위한 연방-내-지역 소설로서,《검은색과 푸른색》이 정치 권력의 이양과 함께 범죄소설계에서 급성장한 거대한 '타탄 누아르'의 흐름에 동참하게 된 것은 당연한 일이었다. 흡사 그것은, 일군의 작가들이 장르를 전용해 자신들의 공간에 구현함으로써, 스코틀랜드인이라는 고유한 정체성을 점검하는 것처럼 보였다.

그리고 다시 말하지만,《검은색과 푸른색》은 스코틀랜드라는 공간 자체의 산물이다. 출발점에서 1960년대에 실제 있었던 바이블 존 살인사건을 언급하면서, 이언 랜킨은 허구의 내러티브와 실제 사건에 밀접하게 관련된 현실 속 거리를, 현실 속 술집을 교묘하게 엮어나간다. 실화가 제공하는 박진감 덕분에 독자들은 쉽게 허구의 씨줄을 따라갈 수 있다.

이 소설은 또한 죄책감으로 충만하다. 레니 스패븐 사건은 소설 내내 레버스를 무겁게 짓누르고, 레버스의 옛 상관 로슨 게디스를 자살에 이르게 한다. 친구 중 한 명은 레버스를 두고 "세상에서 가장 오래 살아남은 자살 희생자"라고 표현한다. 레버스의 동료 브라이언 홈스는 범죄자인 멘털 민토를 구타한 일로 죄책감에 시달린다.

범죄소설에서 죄책감은 다양한 형태로 등장하며 소설의 본질을 이루고, 종종 탐정이 진실을 추적하고 정의를 구현하도록 이끄는 추동력으로 작동한다. 《검은색과 푸른색》에서 레버스는 자신이 정의를 찾아 나선다는 데 대한 확신이 너무 강하기 때문에 다른 경찰들을 부정직하다고 비난한다. 하지만 역설적으로 그는 게디스를 보호하기 위한 기만적인 자기 확신에 빠지고, 민토를 협박한 것 역시 정당화될 수 있다고 믿는다. 이것이야말로 랜킨이 실제 세계를 가장 선명하게 반영하는 지점이다. 이 소설에서는 누구도 '옳지' 않다. 살인범은 마지막에 처벌받지만, 일반적인 의미에서의 처벌은 아니다. 경찰은 악당만큼 부패했다. 레버스는 소설 말미쯤 이르면 "지옥의 북쪽 어딘가"에 있다고 느끼지만, 사실상 그는 소설 마지막까지 연옥에 갇혀 있다.

또한 소설에는 변경에 대한 감각이 깃들어 있다. 나는 아일랜드 북쪽 접경 지대에 살기 때문에, 도시 내에서도 경계를 인식하는 등장인물들이 매우 마음에 와 닿았다. 당연하게도 그 경계선은 물리적일 뿐 아니라 정신적인 것이기도 하다. 다수의 등장인물이 자신의 도덕적 경계를 넘어버리고, 자주 다른 이들을 경계 밖으로 끌어낸다.

하지만 내가 이 책을 사랑하는 궁극적인 이유는, 이 책이 글을 쓰고 싶다는 욕망에 불을 붙였기 때문이다. 앞서 언급했던 다른 작가들의 몇몇 작품들을 비롯해 그 외에도 여러 편이 있지만, 《검은색과 푸른색》은 범죄 장르 내러티브야말로 실제 사회문제들을 소설화하는 데 완벽한 장치라는 확신을 주었다. 모든 경찰소설은 근본적으로 현재의 상태를 더 잘 이해하기 위해 과거의 사건을 불러온다. 북아일랜드는 지난 삼십 년

간의 대혼란을 받아들이면서 자립할 힘을 길러 새롭게 번영을 맞이하고 있다. 나는 그런 북아일랜드에 영향을 미치는 사회 변화와 이슈들에 작가가 더 적극적으로 참여할 수 있게 하고 인생의 현실적 측면을 더 잘 반영할 수 있는 형식이자 장르로 범죄소설이 최선이라고 생각한다.《검은색과 푸른색》이 없었더라면 나는 범죄소설을 쓰지 않았을 거라고 말해도 과언이 아니다.

●

브라이언 맥길로웨이Brian McGilloway는 1974년 북아일랜드 데리에서 태어났다. 그는 현재 데리의 세인트컬럼스 칼리지 영문학과장으로 재직 중이다. 그의 '베네딕트 데블린Benedict Devlin 경위 시리즈'는 CWA 주관 대거 상, 아일랜드 AM의 '올해의 아일랜드 범죄소설', 시어크스톤스 올드 페큘리어의 '올해의 범죄소설' 등의 최종후보로 선정되었다. 그의 또다른 시리즈인 '루시 블랙Lucy Black 경사 시리즈'의 첫 작품《사라진 소녀Little Girl Lost》는 2011년 얼스터 대학교에서 제정한 맥크레아 문학상을 받았다. '데블린 시리즈'의 다섯 번째 작품《이름 없는 시체The Nameless Dead》는 2012년 초 출간되었다. 브라이언은 아내와 네 아이들과 함께 아일랜드의 국경 지대에 거주하고 있다.
www.brianmcgilloway.com

액스 *The Ax, 1997*

by 도널드 웨스트레이크

•

도널드 웨스트레이크Donald Westlake(1933∼2008)는 다작의 소설가다. 그는 대부분 미스터리 장르에 집중된 수많은 장·단편소설을 썼으며, 유죄판결을 받은 대부분의 사기꾼들보다 더 많은 가명을 사용했다. 젊은 시절부터 글쓰기에 전력했고, 1950년대 말 앨런 마셜Alan Marshall이라는 필명으로 소프트 포르노소설을 쓰기 시작했다. 1960년에 마침내 도널드 웨스트레이크라는 본명으로 첫 소설《용병들 The Mercenaries》을 발표했다. 각기 다른 세 개 부문에서 에드거 상을 수상했고, 수많은 작품들이 영화화되었다. 대표적인 예로 1962년에 필명 리처드 스타크Richard Stark로 집필한 소설《사냥꾼The Hunter》은 세 차례나 영화화되었는데, 존 부어먼이 연출하고 리 마빈이 주연을 맡은 1967년 작〈포인트 블랭크〉, 임영동이 연출하고 주윤발이 출연한〈협도고비〉(1992), 브라이언 헬걸런드가 연출하고 멜 깁슨이 주연을 맡은〈페이백〉(1999)이 그 작품들이다.

리사 러츠

나는 쑥스러울 정도로 뒤늦게 도널드 웨스트레이크를 접했다. 웨스트레이크의 작품을 읽어봤냐는 질문을 받고서 몇 번인가 거짓말했던 것도 인정하겠다. 웨스트레이크 혹은 리처드 스타크의 소설을 단 하나도 들춰보지 않았다는 게 나의 비밀스러운 부끄러움이었다. 범죄소설을 쓰기 시작하던 초기 시절, 내 영웅들은 짐 톰슨과 퍼트리샤 하이스미스였다. 당시에는 이보다 더 뛰어난 작가들을 찾을 수 있을 거라고는 상상조차 할 수 없었다. 오랫동안, 한 친구가《액스》를 읽었냐고 자꾸만 물어왔다. "《액스》를 읽어야 된다니까." 그는 매번 동정조와 조롱조를 오가며 나를 설득했다. 마침내, 나는 그저 그가 입을 다물게 하겠다는 일념으로 책을 펼쳐들었다.

당신이 웨스트레이크를 떠올릴 때, 그가 만들어낸 가장 유명한 두 범죄자 중 하나 정도는 알고 있을 것이다―하드보일드한 파커, 그리고 똑똑하지만 불운한 존 도트문더. 두 사람 모두 여러 편으로 이뤄진 근사한 시리즈의 주인공이 되었다.《액스》의 반영웅 버크 데보레는 두 명 중 누구와도 닮은 구석이 없다.

마찬가지로《액스》는 웨스트레이크의 다른 소설들과, 더 크게 보자면 일반적인 범죄소설과도 공통점이 거의 없다. 전형적인 범죄소설이라면 엄청난 동기에 따라 움직이는 인물이 용인될 수 있는 기준의 한계를 넘어서는 일을 저지른다. 예상 밖의 상황과 그에 따른 문제들이 터져나오고, 놀랍고도 스릴 넘치는 결말을 향해 똑바로 질주할 것이다.

마음을 사로잡고 액션이 넘쳐나며 직선상으로 내달리는 플롯, 역동적이고 무자비한 캐릭터들과 계속 바뀌는 여자들이 줄줄이 등장하는 범죄소설을 좋아하긴 하지만, 내가 가장 사랑하는 책으로 꼽는 건 그것들 중 하나가 아니다.《액스》는 범죄 장르에서 기대할 수 있는 즐거움의 대부분을 건너뛰고서 더 힘겹고 더 일상적인 차원으로 넘어간다. 이 소설이 특별하다면―나는 그렇다고 믿는다―지금까지 읽어본 중 가장 평범한 범죄에 관한 소설이기 때문이다.

《액스》는 하드보일드하지 않고 파란만장한 재미를 주지도 않으며, 심지어 일반적인 의미에서의 서스펜스도 없다(대신 웨스트레이크만이 끌어낼 수 있는, 무신경하기 짝이 없는 유형의 긴장감이 팽배하다). 주인공은 무언가를 원하고, 그것을 얻기 위해 많은 이를 죽인다. 범죄소설에서 충분히 납득 가능한 전제이기 때문에, 우리는 자연스럽게 거기서부터 상황이 더 복잡해지길 기대한다. 그런데 충격적이겠지만, 이것이 소설 속 복잡한 상황의 전부다.

버크 데보레는 평범하고 책임감이 강한 남자다. 그는 코네티컷의 제지회사에서 제품 담당 책임자로 일했지만, 십일 개월 전 회사 합병에 따른 정리해고로 일자리를 잃은 뒤 구직 중이다. 이미 활기를 잃고 축소된 산업 내에서, 가능성 있어 보이는 새 일자리는 한 손에 꼽을 수 있는 정도다. 그러나 가능해 보였던 모든 일자리마다 데보레보다 훌륭한 조건의 후보자가 있다. 마침내 그는 뉴욕 아카디아 지역의 종이 가공 공장에서 꿈의 일자리를 발견한다. 단 하나의 단점이라면, 이미 그 자리를 누군가 차지했다는 것이다. 가파르게 올라가는 부채 액수와 부양해야 할 가족에 떠밀려, 버크는 남아 있는 단 하나의 선택지를 떠올린다. 경쟁자를 제거하자. 단어 그대로.

퍼트리샤 하이스미스의 작품을 포함해 그 어떤 책에서도 범죄자로의 전환을 이토록 무미건조하게, 분위기를 밝게 하려는 조금의 유머나 제스처 하나 없이 처리한 작품은 없다. 최근의 TV 연속극들(안녕, 〈덱스터〉)이 《액스》로부터 영감을 받았다고 얘기할 수도 있는데, 만일 그렇다면 그들이 그 책에서 끌어낸 것은 영감이 전부라고 할 수 있겠다. 버크 데보레는 〈브레이킹 배드〉의 월터 화이트가 처음으로 필로폰을 제조하기 십여 년 전에 이미 나쁜 짓을 저질렀던broken bad 장본인이다. 유사성은 거기서 끝난다. 〈브레이킹 배드〉의 즐거움은 가족을 위해 내린 올바른 결정 때문에 잘못된 일을 하기로 결심하는 주인공의 상황이 결과적으로 갈수록 꼬여만 가는 데 있다. 대조적으로, 나약하게만 보였던 버크 데보레가 살인자로 방향을 트는 길은 완전히 일직선으로 쭉 이어진다.

데보레는 제품 담당자의 업무를 수행하듯 프로젝트를 진행시킨다. 그는 업계지에 구인 광고를 게재하고, 다른 지원자들의 세부사항을 파악한 다음 구직 활동에서 그를 앞지를 확률이 가장 높아 보이는 후보자 일곱 명을 추려낸다. 그러고는 그 일곱 명을 차례차례 살해하는 계획에 착수한다.

　이어지는 내용은 놀라운 반전이라든가 깜짝 놀랄 만큼 얽히고설킨 줄거리의 연속이라거나, 유혹하는 여인이나 무분별한 공범이 복잡하게 뒤얽힌 관계가 아니다. 오직 안정된 일자리를 차지하겠다는 평범한 목표를 향해 데보레가 꾸준히 나아가는 과정에 대한 직설적인 설명이다. 몇몇 살인은 아주 수월하게 진행되고, 몇몇은 그렇지 않다. 그는 경찰의 심문을 받고, 아내에게 자신의 임무에 대해 거짓말한다. 이 모든 이야기 내내, 소름 끼치는 행위에도 불구하고, 그는 달라진 게 없이 심란할 정도로 평범하게 남는다. 그는 자신이 업무 자격을 갖춘 유일한 분야에서 일하고 싶어 하는 남자일 뿐이다.

　그래서 어디가 흥미롭다는 거냐고? 그저 일련의 사건들이 벌어지는 상황의 집합 이상이 될 수 있는 이유가 뭐냐고? 웨스트레이크는《액스》의 두 제사題詞를 통해 단서를 준다. 첫 번째 제사는 헨리 제임스의《소설의 기술》에서 따온 비교적 긴 문단인데, 마지막 문장은 다음과 같다. "소설이 존재하는 유일한 이유는, 그것이 삶을 재현하려 노력한다는 점이다." 두 번째 제사는 체이스 맨해튼 은행의 전 CEO 토머스 G. 래브리크를 인용한 소름 끼치는 문장이다. "당신 생각에 관계자 모두에게 옳다고 여겨지는 일을 한다면, 당신은 괜찮다. 그러니 나도 괜찮다."

　내게《액스》는 그 어떤 범죄소설보다도 사람들이 살아가는 실제 삶을 재현하려 시도한 작품이다. 우리 대부분에게 삶은 엄청난 강도사건이라든가 열정에 눈이 먼 범죄, 아이슬란드에서 영리한 연쇄 살인마를 추적하는 것과는 아무런 상관이 없다. 점점 더 많은 이들에게, 평범한 삶이란 그럭저럭 입에 풀칠하며 꾸려갈 수 있는 삶을 뜻한다. 범죄는 그렇게 우리 삶에 자주 개입하지 않는다. 하지만 웨스트레이크는 범죄를 통해서 '원하고 필요로 하는 것을 얻기 위해 우리는 어떤 일을 기꺼이 저지를 수 있는가?'와 '평범하게 살아남기 위해 초월해버릴 수 있는 기준은 무엇인가?'라는 중요한 질문을 던진다.

데보레가 살인을 저지른 동기는 무제한적으로 늘어나지 않는다. 파커라든가 도트문더와 다르게, 그는 자신에 대해 해명하려 하지 않는다. 그리고 이 점이야말로 《액스》가 굉장한 읽을거리일 뿐 아니라, 작품이 쓰였을 당시보다 오히려 지금 더 시의적절한 이유다.

내가 저지르고 있는 일의 결말, 그 목표와 목적은 좋다, 더할 나위 없이 좋다. 나는 내 가족을 부양하고 싶다. 나는 사회에서 생산적인 역할을 맡고 싶다. 나는 내가 가진 기술이 활용되었으면 좋겠다. 나는 납세자들의 짐이 되는 게 아니라, 내가 직접 일하고 지불하는 삶을 살고 싶다. 목적을 달성하기 위한 수단은 어려웠지만, 나는 내가 의도했던 바, 그 목적에서 눈을 떼지 않았다. 목적이 수단을 정당화한다. 그 CEO들처럼, 나는 미안해할 필요가 전혀 없다.

•

리사 러츠Lisa Lutz는 《스펠먼 파일The Spellman Files》(2008)로 시작하는 범죄 코미디 소설 '스펠먼Spellman 시리즈'와 데이비드 헤이워드David Hayward와 함께 집필한 《당신이 분실한 머리Heads You Lose》(2012)의 저자다. 그녀는 미국 뉴욕 주의 시골에 살고 있다. **www.lisalutz.com**

마레의 살인 *Murder in the Marais, 1998*

by 캐러 블랙

•

미국 태생의 작가 캐러 블랙Cara Black은 파리를 배경으로 한 '에메 르뒤크Aimée Leduc 시리즈'를 지금까지 열세 편 집필했다. 그녀의 첫 소설《마레의 살인》은 앤서니 상 '최고의 데뷔작' 부문에, 세 번째 소설《상티에의 살인Murder in the Sentier》은 앤서니 상 '최고의 소설' 부문에 각각 후보로 올랐다. 최신작《몽파르나스의 살인Murder below Monparnasse》은 2013년에 발표되었다. 그녀는 엘리자베스 린지의《위대한 여성 미스터리 작가들Great Women Mystery Writers》2판에서 다뤄졌다.

이르사 시귀르다르도티르

장르를 막론하고, 캐러 블랙만큼 작품을 둘러싼 공간적 배경과 역사에 대해 치밀하고 꼼꼼하며 탁월한 조사를 거쳐 작업하는 작가는 거의 없을 것이다. 사립탐정 에메 르뒤크가 주인공으로 등장하는 미스터리 시리즈의 배경이 파리라는 건 다행스러운 일이다. 파리의 특정 공간을 배경으로 한 작품이 크게 초라하거나 음울해질 리는 없을 테니까. 이 시리즈 각 편의 제목은 파리의 지구地區 혹은 구, 특정 장소에서 따왔다. 각 편에서 벌어지는 사건들은 제목의 장소와 연결되어 있다. 지금까지 캐러는 절반은 프랑스인, 절반은 미국인인 르뒤크를 주인공으로 한 장편소설을 열세 편 썼다. 그중 두 편이 앤서니 상 후보에 올랐으며, 열세 편 모두가 완벽하게 즐거운 독서를 약속한다.

독자들 모두가 알다시피, 시리즈에서 가장 중요한 단 하나의 요소를 꼽는다면 바로 주인공이다. 주인공이 제대로 만들어졌다면, 독자들은 자연스럽게 그 시리즈로 매번 돌아오게 된다. 에메 르뒤크라는 캐릭터에게는 바로 그런 어마어마한 힘이 갖춰져 있다. 그녀는 당신이 지금까지 접한 일반적인 사립탐정이 아니다. 그녀의 전문 분야는 실종자와 부정한 아내가 아니라, 기업 보안과 컴퓨터 포렌식computer forensics●이다. 그럼에도 불구하고, 그녀의 사건들은 컴퓨터 메모리나 각종 처리 프로그램보다 훨씬 더 흥미로운 지점에 초점이 맞춰져 있다. 사건은 언제나 흥미진진한 길로, 인간적 윤리의 실패로 그녀를 이끈다. 에메는 뭐든 직접 시도해보는 유형의 여성이다. 그녀는 한번 맡은 사건에 대해서는 모든 노력을 기울여 해결하려 했고, 그 덕분에 교활함과 빠른 두뇌 회전을 필요로 하는 위태로운 상황에 매우 자주 빠지게 된다. 하지만 그녀에게 닥치는 온갖 사건들에도 불구하고, 그녀는 범죄소설에서 가끔 맞닥뜨리게 되는 '명예 남성' 같은 유가 전혀 아니다. 이런 유형들은 전혀 올바른 설정이라고 느껴지지 않는다. 반대로 에메는 매우 설득력 있는 인물이다. 용감하고 씩씩하지만 또한 상처받기 쉽다. 강한 신념을 품고 있고, 돕겠다고 마음먹은 사람들에게 연민의 정을 놓지 않는다. 그녀는 과거 어머니의 실종과, 아버지의 끔찍하고도 때 이른 죽음에 얽힌 미스터리를 경험했다. 금세 독자는 이 두 사건이야말로 무자비하고 끈질기지만 부드러운 마음을 간직한 채 진실을 추구하는 현재의 그녀를 만들었음을 이해할 수 있다. 시리즈의 모든 작품들은 그녀가 그런 인물일 수밖에 없음을 확신시킨다.

● 범죄에 사용된 컴퓨터에서 증거를 수집 및 보존하는 작업.

에메는 옷을 잘 입는다. 고소득 직종이 아니기 때문에 빈티지 의상을 구입해 패션 감각을 드러낸다. 그녀의 뛰어난 패션 감각은 특별한 동시에 신선하게 느껴진다. 시리즈의 배경을 고려했을 때, 만일 그녀가 옷같은 데 전혀 관심이 없는 인물이었다면 그 매력은 굉장히 감소했을 것이다. 파리에서 여주인공이 멜빵형 작업복을 입은 채 돌아다니는 모습은 상상조차 할 수 없다. 그녀를 더욱 눈에 띄게 하는 것은, 컴퓨터 전문 사건을 다루는 그녀의 동료가 기존의 배합에 매력을 더해주는 기묘한 공범이기 때문이다. 해커인 르네는 난쟁이다.

캐러의 시리즈를 분석하면서, 주인공에게 '데임' 칭호를 붙이지 않기란 거의 불가능하다. 이 '데임'은 에메와 마찬가지로 능란하고 노련하다. 내가 얘기하고 있는 것은 바로 파리, 그 장엄하고 오래된 '귀부인dame'이다. 캐러는 파리를 너무나도 아름답게 묘사하기 때문에, 어떤 작가라도 이 이상 잘해내는 걸 상상하기 힘들다. 각 권마다 중점적으로 조명하는 장소의 구석구석까지 작가가 잘 알고 있다는 데에는 의심의 여지가 없다. 소설 속 묘사를 통해 독자들은 매력적인 거리 모퉁이에 위치한 자그마한 식당에서 갓 끓인 신선한 커피 냄새를 맡을 수 있고, 바삭바삭하고 버터 맛이 듬뿍 배어든 크루아상을 혀끝에 맛볼 수 있을 정도다. 파리 시민들의 천장 높은 집과 건물 안에, 혹은 화려한 가로등이 죽 늘어선 좁은 거리에 들어선 것만 같은 느낌이 든다는 건 두말하면 잔소리다. 도시의 환경에 생명력을 부여하는 이 같은 재능은 파리의 과거와 현재 양쪽 모두를 묘사할 때 똑같이 발휘된다. 이 시리즈는 종종 과거에 벌어진 사건, 오래된 진실, 시간의 거미줄 뒤에 숨겨진 비밀을 다루기 때문이다.

지금 이 자리에서 소개하는 소설 《마레의 살인》은 시리즈의 첫 책으로 1998년 처음 세상에 선보였다. 이 시리즈들을 꼭 연대순으로 읽을 필요는 없지만, 최소한 《죽이는 책》의 목적을 위해서라도 시리즈의 첫 책을 소개하는 게 맞는 것 같다. 작가 자신은 책에 가장 잘 어울리는 제목으로 '파라디 거리의 살인'을 염두에 두었다고 하는데, 직접 읽어본 결과 애초에 작가의 생각을 받아들이지 않았던 이들에게 가급적 빨리 제목을 바로잡길 촉구하는 바다. 아무튼 지금은 원래의 요점으로,《마레의 살인》으로 돌아가도록 하자.

　제목이 암시하듯, 사건의 대부분은 마레 지구에서 벌어진다. 마레 지구는 19세기 초반부터 형성된 파리의 유대인 공동체의 중심지였고, 2차 세계대전 당시에는 나치 점령 후 상당한 잔혹 행위가 벌어졌던 곳이다. 서른네 살 사립탐정 에메 르뒤크가 등장한다. 애메는 아버지를 죽음으로 몰아간 사건을 목격한 충격으로 현장을 직접 조사하는 일은 거절하고 있다. 기업 보안을 포함한 사건만을 받아들이고 그걸로 어떻게든 생계를 꾸려나가지만, 잔고는 항상 간당간당하다. 나이 든 랍비가 그녀에게 어떤 사진을 조사하는 임무를 맡아달라고 부탁했을 때, 작은 사무실의 재정이 아주 위태로운 상황이었기 때문에 그녀는 이 제안을 수락한다. 사진의 수수께끼를 풀어내자마자 그녀는 사진의 원 주인, 즉 랍비의 회당에 다니는 늙은 여인을 방문해 사진에 대해 의논하려 했지만, 여인의 시체를 발견하게 된다. 시체는 훼손됐다. 여인의 이마에는 나치의 스와스티카 문양이 새겨져 있다. 이는 에메의 사건 수사와 긴밀하게 얽혀 있다. 사진 속 인물이 파리의 카페에 있던 나치 친위대 장교 중 한 명이라는 게 밝혀졌기 때문이다.

　마음을 확 잡아끄는 이 도입부는, 그 예감에 걸맞은 내용으로 이어진다. 줄거리는 에메 자신만큼이나 매력적이다. 2차 세계대전의 잔혹한 살상을 거슬러 올라가며, 인간 행위의 가장 강력한 동인 중 하나인 증오가 얽혀 있는 숨겨진 비밀을 밝혀내기에 이른다. 하지만 이 흉측한 감정이 이야기를 이끌어가는 유일한 동력은 아니다. 그 대립항인 사랑 또한 독자를 사로잡는다. 단단하게 뒤엉켜 있던 과거와 현재의 악령들이 풀려 나오는 과정이 아주 뛰어나게 묘사되고, 그 과정에서 이야기의 기저에 깔려 있던 다채로운 문제들을 건드린다. 어떤 집단 전체를 자신들보다 열등한 존재로 여기고 싶어 하는, 어떤 수단으로도 정당화될 수 없는 욕구, 이민 문제 등 말이다. 그리고 마지막으로, 앞에 이야기한 내용만큼이나 놀랍고 멋진 결말이 등장한다.

캐러 블랙에게 찬사를! 이 책뿐 아니라 시리즈 전체에 환호를 보낸다.

•

아이슬란드 태생의 이르사 시귀르다르도티르Yrsa Sigurðardóttir는 국제적인 베스트셀러 범죄소설 작가다. 이르사는 변호사 도라 고드뮌스도티르를 주인공으로 내세운 시리즈 여섯 권을 집필했다. 이중 네 번째 책 《그날은 어두웠다Auðnin》가 최근 영국에서 출간되었고, 다섯 번째 책 《나를 지켜보는 이Horfðu á Mig》는 번역 출간을 앞두고 있다. 이르사가 쓴 시리즈에 포함되지 않는 장편소설 중 최신작인 《당신을 기억해Ég Man Pig》는 스칸디나비아 범죄소설상, 글래스 키 상 후보에 올랐고, 영화화될 예정이다.

온 뷸러 하이트 *On Beulah Height, 1998*

by 레지널드 힐

·

친구와 팬들에게는 짧게 렉이라고 불리는 레지널드 힐Reginald Hill(1936~2012)
은 '디엘과 패스코Dalziel and Pascoe 시리즈'를 통해 명성을 쌓았고, 마땅히 받아
야 할 찬사를 받은 영국의 미스터리 작가다. 디엘과 페스코는 썩 잘 어울리진 않는
짝패다. 요크셔 경찰 앤드루 디엘은 세속적이고 직감이 뛰어난 경찰이고, 피터 패
스코는 세련되고 사색적인 유형의 인물이다. 두 사람은 1970년《사교적인 여인A
Clubbable Woman》에 처음 등장했고, 이후 스무 편 이상의 장편소설과 몇 편의 단
편에서 지속적으로 모습을 드러냈다. 힐은 필명으로 서른 편 이상의 장편소설을 집
필하기도 했다. 그중에는 흑인 사립탐정 조 식스미스를 주인공으로 한 다섯 편짜리
시리즈도 포함되어 있다. 힐은 말장난과 문학적 암시를 즐겨 활용했는데, 그건 어
쩌면 힐이 젊었을 때 교사였기 때문이 아닐까 싶다. 힐은 자신이 택한 문학적 방향
에 대해 전혀 거리낌이 없는 듯했다. 그는 2009년에 이렇게 말한 바 있다. "아침에
일어나서 아내에게, 부커 상을 탈 작품을 쓰는 게 나을지, 아니면 잘 팔리는 범죄소
설을 하나 더 쓰는 게 나을지 묻곤 한다. 우리는 언제나 범죄소설을 선택한다."

발 맥더미드

　　가장 좋아하는 범죄소설을 고르는 건 가장 좋아하는 와인을 선택하
는 것과 같다. 분위기와 상황에 너무 많이 좌우되기 때문이다. 일단 장르
를 좁히고 나더라도―샴페인, 시라즈, 무스카텔, 아니면 리슬링?―여전
히 생산지와 생산 연도에서도 선택할 사항들이 있는 것이다……
　　언제라도, 어떤 자리에서라도, 어딜 가더라도 주저 없이 마실 수 있
는 마티니 같은 범죄소설로는 레지널드 힐의《온 뷸러 하이트》를 꼽을
수 있다. 이 책은 매우 아름답게 쓰인 소설이다. 비감이 배어 있고, 정서
적으로 성숙하며, 캐릭터들이 처해 있는 풍광과 역사를 풍부하게 환기시

킨다. 뛰어난 플롯은 독자를 속이지 않는 진짜 충격을 안긴다. 이야기가 진행되는 가운데 말러의 연가곡 〈죽은 아이를 그리는 노래Kindertotenlieder〉가 등장하며 제시하는 대위법적 구성은 지적인 만족감을 준다. 이 소설에는 어둠과 빛, 두려움과 안도가 깃들어 있다. 그리고 디엘과 패스코라는 어울리지 않는 짝패가 일곱 번째로 함께 등장한다. 더 바랄 게 없다.

나는 별다른 부담 없이 레지널드 힐의 《온 뷸러 하이트》를 완벽한 범죄소설의 전형으로 선택했다. 하지만 이 책에 대한 찬사의 글을 쓰기 위해 앉은 지금, 내 마음은 대단히 무겁고 침울하다. 그 사이에 렉 힐이 사망했기 때문이다. 그의 독자와 친구 들은 상실감에 빠졌다.

《온 뷸러 하이트》를 선택한 데에는 엄청난 아이러니가 있다. 우리는 이 책을 읽어나가면서 인간 존재의 덧없음과 유동성을 끊임없이 상기하게 된다. 이 작품을 다시 읽으면서, 나는 옛 친구의 현존을 사무치게 자각했다.

《온 뷸러 하이트》가 1998년 2월 출간되었을 때, 《맨체스터 이브닝 뉴스》의 범죄소설 서평 담당자였던 나는 이 책을 다음과 같이 평했다.

물에 잠겼던 덴데일 마을이 오랜 폭염 끝에 다시 모습을 드러내고, 예전 거주자들이 덮어두려 했던 기억들이 다시금 소생한다. 십오 년 전 새로운 저수지 조성을 위해 주민들은 모두 마을을 떠났다. 하지만 전부가 아니었다. 네 명이 빠졌다. 실종된 소녀 세 명, 그리고 그들을 납치했다고 의심받았던 좀 이상하고 기민한 남자 베니 라이트풋.
물이 빠지기 시작하자 해묵은 감정도 다시금 꿈틀거리고, 덴데일 마을 주민들이 새롭게 정착한 마을 벽 곳곳에 '베니가 돌아왔다'라는 불길한 내용의 낙서가 등장하면서 재조사의 필요성이 대두된다. 그리고 또다른 소녀가 사라진다.

모든 경찰에게는 그를 끈질기게 사로잡으며 따라다니는 사건이 하나씩 있게 마련이다. 누구보다 세속적이고 예리한 경찰 앤디 디엘의 경우, 덴데일의 실종된 소녀들이 그러했다. 이제 그는 예전의 실패가 반복되는 것처럼 보이는 사건과 직면한다. 이번만큼은 절대 패배하지 않겠노라고 그는 다짐한다. 과거와 현재가 복잡한 음악적 구성처럼 뒤엉키고, 실제로 소설 속에선 음악이 상당한 위치를 점하는 가운데, 이제 우리는 힐의 주인공들을 집어삼킬 듯한 상실의 비애를 공유하게 된다.

언제나와 같은 위트와 박식함으로, 레지널드 힐은 독자들에게 보석 같은 책을 선사했다. 그는 암시적 글쓰기와, 이 장르에서 누구에게도 뒤지지 않을 만큼 영리하게 잘 짜인 플롯을 놀랍도록 융화시키는 어려운 임무를 질투가 날 만큼 매끄럽게 완수했다. 독자로 하여금 애정 어린 짜증을 담아 '역시!' 하고 한숨을 쉬게 만드는 책이다. 《온 뷸러 하이트》는 소설 쓰기의 기교에 관한 마스터클래스와도 같은 작품이다. 올해 안에 이보다 더 좋은 책을 읽을 수 있을지 모르겠다.

나는 이 서평에서 단 한 글자라도 바꾸거나, 그해의 책으로 등극시켰던 내 결정을 바꿀 그 어떤 이유도 발견하지 못했다.

힐은 전통적인 영국 탐정소설에 깊이 뿌리박고 있었지만, 거기에 양가적인 감정과 모호함을 부여함으로써 현대적 삶의 복잡성을 드러낼 수 있었다. 범죄소설 분야에서 가장 식자층이라고 할 수 있는 작가들 중 한 사람인 그는, 경험에 대응하여 변화하고 발전해나가는 인물들을 통해 캐릭터에 생명력을 부여했다.

앤디 디엘이 가장 좋아하는 위스키 '하일랜드 파크' 한 잔을 마시며 이 책을 읽어보길 촉구하는 바다. 그리고 이 위대한 책과 위대한 작가를 추억하며 건배를 들길 바란다.

발 맥더미드Val McDermid는 토니 힐Tony Hill과 캐럴 조던Carol Jordan이 주인공으로 등장하는 시리즈로 가장 유명하다. 두 주인공은 1995년 《인어의 노래The Mermaids Singing》에서 처음 등장했다. 현재 총 여덟 편이 나온 이 시리즈의 최신작은 《건너서 불태워라Cross & Burn》이다. 맥더미드는 1987년 여섯 편짜리 '린지 고든Lindsay Gordon 시리즈'의 첫 책 《살인 보고서Report for Murder》로 데뷔했다. '사립탐정 케이트 브래니건Kate Brannigan 시리즈'도 여섯 편으로 이뤄져 있다. 맥더미드는 또한 시리즈에 속하지 않는 장편소설을 여섯 편 집필했다. 《인어의 노래》는 1996년 CWA 골드 대거 상을 수상했다. 《타인의 고문The Torment of Others》(2004)은 2006년 식스톤스 올드 페큘리어 상 '올해의 소설' 부문을 수상했다. 그리고 2010년, 그는 평생 공로를 인정받아 CWA 주관 카르티에 다이아몬드 대거 상을 수상했다.

www.valmcdermid.com

토마토 레드 *Tomato Red, 1998*

by 대니얼 우드렐

•

대니얼 우드렐Daniel Woodrell(1953~)은 지금까지 여덟 편의 소설을 썼다. 대부분이 미국 미주리 주의 오자크를 배경으로, '시골 누아르'라 불리는 우드렐 특유의 스타일로 쓰였다. 그는 1986년《밝은 빛 아래Under the Bright Lights》로 데뷔했다. 가장 최근 저서는 《하녀의 견해The Maid's Version》이다. 우드렐은《토마토 레드》로 펜 USA 상 소설 부문을 수상했으며, IMPAC 문학상 후보로 지명되었다. 그의 소설 《윈터스 본Winter's Bone》(2006)은 데브라 그래닉 감독이 영화화하여 2010년 개봉했다. 이 영화는 선댄스 영화제에서 심사위원 대상을 수상했고, 아카데미 작품상 부문에 후보로 올랐다.

리드 패럴 콜먼

최근 나는 다음 세대에 가장 큰 영향을 미치게 될 동세대 범죄소설 작가들의 작품을 논하는 글을《허핑턴 포스트》에 기고했다. 내가 고른 작품들 중 최고 걸작은 대니얼 우드렐의 소형 폭탄과도 같은 책《토마토 레드》다. 1998년 헨리 홀트 사에서 처음 출간된《토마토 레드》는 그에 합당한 열화와 같은 호응을 이끌어내지는 못했다. 확신하건대 우드렐에게는 무척 실망스러운 일이었을 것이다. 하지만 대신《토마토 레드》는 전설적인 컬트의 위치에 올랐다. 내 책을 홍보하는 투어를 다닐 때, 소매 서점에서 또다른 소매 서점으로 옮겨 다닐 때, 나는 어떤 속삭임을 듣게 되었다. '토마토 레드'라는 단어가, 마치 비밀 클럽으로 들어서는 암호인 양 조용하고 경건한 어조로 발음되는 것을. 마침내 그 책을 발견한 것은 2006년경 '포이즌드 펜' 서점에서였다. 수정사항이 전혀 반영되지 않은 교정쇄였다. 분홍색과 검은색으로 이루어진 표지의 그 책을 읽으면서 나는 진실로 이것이 암호였음을 깨달았다. 하지만 예일대학교의 비밀 클럽 '해골과 뼈Skull and Bones'같이 오만하게 배타적인 클럽과는 다르다. 《토마토 레드》는 또다른 세계로 넘어가는 암호였다. 투어 가이드 대니얼 우드렐은 나도 물론 사용하고 있는 미국식 영어에 가까운 어떤 언어, 하지만 모든 불순물을 증류한 시와 톱니 모양의 칼날에 훨씬 더 가까운 언어로 이 세계를 안내한다.

내 눈을 가장 먼저 사로잡은 것은 바로 그 언어였다. 그 사실을 깨닫기 위해 두 번째 문단까지 갈 필요도 없었다. 아니, 심지어 두 번째 문장까지 가지 않더라도 알 수 있었다. 잠깐, 지금 너무 앞서 나가고 있다. 조금 물러서서, 좀더 정확히 묘사하기 위해 한 페이지 뒤로 돌아가보겠다. 《토마토 레드》의 본문을 읽기도 전에 다른 무언가가 주의를 끌었다. 그 정도 호기심으로는 아직 충분하지 않다는 듯, 소설을 여는 두 제사가 나를 매혹시켰다. 첫 번째 제사는 유명한 심리분석가 테오도르 라이크의, 자기 패배적인 행위에 대한 철학적 관찰이다. 두 번째 제사는 보스턴 레드삭스의 투수 오일 캔 보이드의 발언이다. 이 소설과 묘하게 관련 있는 선견지명을 보여주는 문장인데, 사람이 알아야 할 것과 알고 있는 것 사이의 불일치를 지적한다. "삶은 복숭아와 크림만으로 이루어진 게 아니다. 하지만 그때는 그걸 알지 못했다."

아, 그 첫 번째 문장. 그 문장은 270개가량의 단어로 이루어져 있다. 우드렐을 제멋에 겨워 끝없이 허세를 쏟아내는 소설가로 오해할까 봐 말해두는데, 두 번째 문단은 총 네 단어로 이뤄져 있다. "일은 그런 식으로 일어났다." 세 번째 문단은 여덟 단어다. "이중에 당신이 처음 듣는 얘기는 하나도 없을 것이다." 우드렐의 글쓰기에 관해서라면, 단어 수와 쪽수는—이 소설은 그 어떤 기준에서 보더라도 짧은 편이다—절대 판단 기준이 될 수 없다. 어떤 작가도, 심지어 켄 브루언조차 글을 이토록 압축시킬 순 없다. 우드렐이라는 시인을 좀더 쉽게 설명하기 위해, 만일 그럴 수 있을 만큼 충분한 시공간이 존재한다면, 첫 번째 문장과 문단을 통째로 옮겨 쓰고 싶은 유혹을 느낄 것 같다. 하지만 아니다. 당신을 위해 이 문장을 망치지 않고 남겨두겠다. 불운한 버스티드 플러시 출판사에서 다시 펴낸《토마토 레드》에 에드거 상 수상작가 메건 애보트가 쓴 서문을 대신 인용해보겠다.

> 우드렐은 그것을 언어로 해낸다. (…) 우드렐이 단어들에 부린 술수는, 어두운 비밀을 감춘 연금술과 같다. 그는 언어를 부숴뜨린 다음 반짝거리는 가루가 될 때까지 산산조각 내고, 그것을 다시 꿰매 완전히 새로운 무언가로 만든다. 당신은 그것이 정확히 무엇인지조차 알 수 없다. 이게 단어들인가? 문장인가? 아니면 내가 홀린 걸까?

지금 나는 어떻게 설명해야 할지 몰라 쩔쩔매고 있지만,《토마토 레드》앞에서 정신을 잃지 않은 몇몇 작가와 독자도 있다. 그러나 그 책이 자신과 잘 맞지 않았다고 내게 털어놓았던 극소수조차, 영어라는 언어를 이 세상 것이 아닌 듯 사용하는 우드렐의 방식에 매혹될 수밖에 없었다고 했다. 혹은, 캐나다의 싱어송라이터 로비 로버트슨이 〈크리플 크리크 위쪽으로Up On Cripple Creek〉의 가사에 썼던 것처럼, "그가 노래하는 방식을 이해하진 못해, 하지만 나는 그의 말을 듣는 게 좋아".《토마토 레드》를 평가 절하하는 이들조차 우드렐의 언어가 지닌 중력에서 벗어날 수 없음을 어느 정도 밝혀주는 구절이다.

이 소설은 그 자체로 걸작이다. 인식 가능한 부분이 좀 있긴 하지만,

그래도 대부분의 독자들에게는 모로코의 수도 라바트나 목성처럼 낯선 세계로 향하는 입구처럼 여겨질 것이다. '오자크 누아르' 혹은 '힐빌리 hillbilly(시골 촌뜨기) 누아르'라고 불리기도 하지만, 그런 명명은 핵심을 놓치고 있다. 이 작품을 구분 지으려는 시도는 현실을 가감 없이 드러내는 《토마토 레드》의 장엄함을 시시하게 만들어버린다. 《죄와 벌》을 러시아 누아르라고 부름으로써 깎아내릴 수 있겠는가? 어떤 면에서 《토마토 레드》—이 제목은 소설의 비극적인 팜 파탈 재멀리 메리듀의 머리 색에서 따왔다—는 대부분의 범죄소설보다 사변소설이나 과학소설에 더 가깝다. 아니, 이런 설명조차도 올바르게 쓰인 게 아니다. 너무나도 사랑하는 이 빌어먹을 소설 자체가, 그저 비교를 불가능하게 만드는 유례없는 업적이라고 해두어야겠다. 무엇보다도 이 모호함이야말로, 그 모든 세월 동안 레이더망에 포착되지 않았던 이 책에 대한 설명이 될 것이다.

지금으로부터 오십 년 뒤에 이 책을 읽는 사람은—장담하는데, 사람들은 오십 년 뒤에도 틀림없이 《토마토 레드》를 읽을 것이다—1998년에 이 책을 읽는 사람에 비해서도 전혀 이 책이 낡았다는 인상을 받지 않을 것이다. 이 세계, 그러니까 우드렐이 창조한 미주리의 웨스트 테이블과 그 근처의 비너스 홀러는 시간을 초월한 공간이다. 하지만 오자크의 샹그리라라는 뜻은 아니다.(브루클린 출신 옛 친구들이라면 이렇게 말했을 것이다. "말도 안 되는 소리.") 웨스트 테이블은 마을의 '잘못된' 구역이다. 아주아주 잘못되었고, 공공사업보다 메스암페타민이 좀더 많은 에너지를 제공하는 곳이며, 비가 오고 칙칙한 날씨가 아닐 때조차 비가 오고 칙칙한 곳이다. 일자리를 원한다면, 마을 내 개 사료 공장이 기다린다. 웨스트 테이블의 가장 풍부한 자원은 자포자기라고 해도 과언이 아니다. 이야기는 바로 그 자포자기의 정서를 기반으로 펼쳐진다.

《토마토 레드》에 바치는 어두운 러브레터와도 같은 이 글을 읽은 다음 우드렐의 책을 집어들 누군가를 위해, 나는 절대 너무 많은 정보를 쓰거나 결말을 누설하지 않겠다. 우스운 일이지만, 이 작품이 얼마나 특별한지에 대해 설명하느라 기나긴 지면을 할애했음에도 불구하고, 나는 《토마토 레드》의 플롯이 뛰어난 범죄소설적 장치에 기대고 있다고, 적어도 그에 의해 굴러간다고 고백해야만 한다. 한 떠돌이가 마을로 온다. 새미 발락이라는 이름의 떠돌이는 전과자이며 패배자다. 새미는 고약한 업보를 쌓아올리는 데 거리낌이 없다. 그는 마약에 취한 채 마을의 별 볼일 없는 이들과 어울린다. 그리고 마을의 '괜찮은' 구역 쪽의 어떤 집에 침입하지만, 자신이 너무 늦었다는 사실을 알게 된다. 제이슨과 재멀리 메리듀 남매가 이미 그 집을 차지하고 있었기 때문이다. 하지만 남매는 집을 털기보다는 잠깐 동안이나마 즐기고 싶어 한다. 부와 탈출에 대한 판타지를 그렇게나마 실현시키는 것이다. 떠도는 삶에 인이 박인 새미조차 메리듀 남매의 영향력에서 자유로울 수는 없다.

재멀리는 토마토같이 붉은 머리카락 말고도 여자다운 매력과 무기를 갖고 있지만—그리고 샘 발락은 그 무기 앞에서 태연할 수 없다—우드렐의 소설에서 매력적인 중심인물은 당신의 예상을 비껴간다. 그건 재멀리도 아니고, 미심쩍은 취향과 도덕성을 드러내는 그녀의 엄마 베브도 아니다. 바로 제이슨이다. 숨이 막힐 정도로 잘생긴 얼굴이라는 축복을 받은 제이슨은 마을 여성들에게 무조건적인 욕망의 대상이다. 재멀리는 바로 이 유용한 자산을 활용하여 비너스 홀러와 웨스트 테이블의 잿빛 무기력으로부터 탈출하겠다는 계획을 세운다. 몽상 속 세계에서는 멋진 계획이지만, 그리 큰 성공 확률이 보장된 계획은 아니다. 자포자기의 심정과 탈출하겠다는 욕망이 배태한 유치한 계획이다. 문제는, 최상의 조건에서조차 원하는 결과를 얻을 수 있을까 말까한 그 계획에 근본적인 결점이 있다는 것이다. 제이슨은 여성들의 욕망의 대상이지만, 그는 그들을 전혀 원하지 않는다. 단 한 명도. 팔자를 고치는 방법에 대해 얘기해보자면…… 나로서는, 시드니 루멧 감독의 〈뜨거운 오후Dog Day Afternoon〉에서 은행털이들의 우스꽝스럽고 완벽하게 불운한 작전이 연상된다. 그 영화는 실제 은행강도 사건을 바탕으로 했다. 성 전환 수술 자금을 구하느라 은행을 턴다는 아이디어는 분명 그 주인공들에게 멋지게 들렸을 것이다. 재멀리 메리듀라면 틀림없이 동의했을 것이고, 새미 발락도 그 무모한 계획에 동참했을 것이다.

이미 쓴 바와 같이, 나는 이 소설에 대해 더이상 누설하지 않으려 한다: 더 길게 쓸수록 이 믿을 수 없는 소설의 정수를 포착하는 데서 점점더 멀어지는 것 같다. 그러므로 그저 이 소설을 펼쳐들고 당신의 삶에서빠져나와 예전에 한 번도 가본 적 없던 장소에 도착하는 걸 직접 경험하시길. 강의에서나 나의 소설에 대해 이야기를 나누는 모임에서, 나는 자주 작가들은 영화감독에 비해 불리한 점이 있다고 말하곤 한다. 왜냐하면 영화감독은 언어와 이미지와 배경음악과 특수 효과를 모두 쓸 수 있기 때문이다. 그들의 도구함엔 온갖 도구들이 갖춰져 있다. 작가의 도구함에는 오로지 언어밖에 없다. 대니얼 우드렐의 손에선, 언어면 충분하고도 남았다.《토마토 레드》에서 그 언어는 마법이었다.

•

NPR 방송국의 모린 코리건과《허핑턴 포스트》로부터 각각 '하드보일드의 시인' '누아르의 계관시인'이라고 불린 리드 패럴 콜먼Reed Farrel Coleman은 열여덟 편의 장편소설을 출간했다. 그는 셰이머스 상의 '올해 최고의 탐정소설' 부문을 세 번 수상했고, 에드거 상에 두번 후보로 올랐다. 그는 또한 매커비티 상, 배리 상, 앤서니 상을 수상했다. 그는 호프스트라 대학교 영문과 부교수이며, 미국 미스터리 작가(MWA) 대학교의 창립 멤버다. 가족들과 함께 미국 뉴욕 주 롱아일랜드에 거주하고 있다.

www.reedcoleman.com

추락 *Disgrace, 1999*

by J. M. 쿳시

•

J. M. 쿳시J. M. Coetzee(1940~)는 남아프리카공화국 태생의 작가이며 학자다.
2003년 노벨 문학상 수상자로 선정되었으며,《마이클 KLife & Times of Michael K》
(1983)와《추락》으로 부커 상을 수상했다. 현재 오스트레일리아에 거주하고 있다.

마지 오퍼드

나는 열두 살 소녀의 시체 옆에 서 있다. 소녀는 검시대 위에 누워 있
다. 그녀는 강간당했다. 그리고 강간 전인지, 강간 도중인지, 혹은 강간
이후인지, 칼에 103번 찔렸다. 의도가 분명한 열의, 자신이 하는 바를 정
확하게 알고 있는 증오와 힘으로부터 배태된 어떤 열의를 가지고 저지른
일이다. 이것은 인간성으로부터의 추락이다.

오 년 전 케이프타운 영안실의 그 냉기 속에 서 있으면서 나는 남아
프리카공화국의 가장 저명한 작가 J. M. 쿳시의《추락》을 떠올렸다.《추
락》은 쿳시가 폭력적인 국가에서 절망적으로 윤리적 탐색을 멈추지 않
는 과정에서 빚어진 폭력적인 작품이다. 그럼에도 불구하고 이 작품에는

역시 대단한 부드러움의 순간이 존재한다. 베케트와 카프카를 연상케 하는 문학가 쿳시는 새로운 남아프리카공화국에서 조악하면서도 불가해한 잔혹함으로 자행되는 범죄에 대한 문제를 제기한다.

"이 같은 공격을 받고 난 다음, 예전의 자신으로 돌아갈 수 없다면 어쩌지?" "이런 공격 이후에 예전과는 완전히 달라진, 더 침울한 사람으로 바뀌고 만다면 어쩌지?" 《추락》의 주인공은 자문한다. 정말로, 그런 경우엔 어떨까? 유령처럼 끈질기게 따라다니는 질문이다. 이 질문은 어떤 면에선 폭력과 생존에 대해 탐구하는 나의 글쓰기에 영향을 미쳤다.

금욕적인 작가 쿳시가 쓴 《추락》의 줄거리는 단순하다. 케이프타운에 사는 주인공 데이비드 루리는 쉰두 살의 대학교수다. 그는 예쁘고 어린 여학생과 은밀한 관계를 맺었다. 결국 그녀가 그를 고소하고, 그는 직업을 잃게 된다. 동료와 친구들에게 외면당한 채 그는 이스턴 케이프 외딴 곳에서 작은 농장을 운영하는 딸 루시에게서 피난처를 구한다. 이 모호한 안식—루리에게는 농부로서의 재능이 거의 없다—은 이방인 세 명에 의해 갈가리 찢겨나간다. 두 남자와 한 소년이 어느 날 오후 그곳에 도착한다. 잔혹한 공격이 가해지는 동안 그는 메틸알코올을 뒤집어쓰고 몸에 불이 붙은 채 욕실에 감금된다. 딸은 집단 강간당한다. 떠나기 전, 폭행범들은 루시가 우리 안에 넣었던 개들을 쏘아 죽인다. 그리고 값나가는 것들은 죄다 훔쳐간다. 그들은 절대 체포되지 않을 것이다. 강간당한 루시는 임신한다. 루리는 딸이 맞서 싸우고, 경찰에 출두하고, 이제는 허구처럼 느껴지는 정의와 징벌을 계속 주장하고, 다시 나타나 루시의 농장 근처를 슬금슬금 돌아다니던 폭행범 소년을 고발하길 원한다. 그녀는 거절한다. 그녀는 "죽은 사람 같다". 잠깐 케이프타운으로 돌아갔다가 다시 이스턴 케이프로 돌아온 루리는 동물병원에서 자원 봉사를 한다. 그곳의 주된 업무는 버림받은 개의 안락사다.

사건 직후 화상을 치료하면서, 루리는 범죄가 로빈 후드의 부의 재분배에 불과하다는 이론을 곱씹어본다. "인간적 악행이 아니라, 연민과 공포와는 전혀 상관없이 돌아가는 거대한 순환계라고 보는" 안이한 관점 말이다. 쿳시가《추락》에서 똑같은 정도로 불러일으키는 연민과 공포는 그리스 비극 속 영웅들의 자만심과 그가 추락했을 때 찾아드는 카타르시스를 연상시키는 웅장하고도 예스러운 정서다.

연민과 공포는 내가 처음《추락》을 읽었을 때 느낀 감정이기도 하다. 또한 그날 아침 강간당한 열두 살 소녀의 시체 옆에 서 있을 때 느낀 감정이기도 하다. 나는 소녀에게 연민을, 그리고 남성과 사회가 폭력의 유혹에 굴복했을 때 발생할 수 있는 상황에 공포를 느꼈다.

이 글에 실린《추락》의 모든 인용문은 미국의 하드커버 오리지널 판본에서 가져왔다. 나는 이 책을 1999년에 구입했다. 그해 남아프리카공화국을 떠나 뉴욕에서 이 년 과정으로 공부를 시작했다. 격동하는 조국에서 멀리 떨어져 사랑하는 그곳을 돌아볼 수 있게 된 최초의 기회였다. 순백색의 이 초판본 앞표지에는 구불구불하고 푸른 필기체 글씨로 쿳시의 이름이 상단에 쓰여 있으며, '추락'이라는 제목 자는 작고 검은 활자로 중앙에 찍혀 있다.

당시에 나를 의문에 빠지게 한 건 그 표지였다. 처음으로 대중에게 소개되었을 때,《추락》의 겉모습은 고요했다. 범죄와 범죄에 관한 글의 간극에 대한 그래픽적 제시라는 인상을 받았고, 지금 역시도 그렇게 느낀다. 그 텅 빈 표지는, 소설이 재현의 한 형식임에도 불구하고, 재현하는 게 불가능해지는—혹은 너무나 혼란스러워지는—폭력의 층위가 있다고 웅변하는 듯했다. 어떤 지점에서, 공포스러운 폭력을 지켜보는 것 자체가 견딜 수 없게 된다. 하지만 폭력에서 생존한 이들—"이 나라의 모든 구역에서 매일, 매시간, 매순간 폭력이 발생한다"고 루리는 말한다—

은 견딜 방법을, 그들에게 남아 있는 것들을 추스를 방법을, 계속 살아나
갈 방도를 찾아야만 한다.

데이비드 루리는 나이와 지위와 권력과 명망을 이용해 학생을 유혹
했고 그녀의 비난에 귀 기울이길 거절한 죄로 외면당했다. 이제 그의 딸
이 폭력의 희생자가 되었고 그는 자신의 무력함을 견뎌내야만 한다. 이
후에는 그가 딸이 겪은 고통이 무엇인지를 알지 못하고 알 수도 없다는
비난을—그에게는 너무나도 충격적인 비난을—견뎌내야만 한다.

그가 상상할 수 있는 것 이상의 무엇을 더 목격할 수 있었단 말인가? 혹은
강간에 관해서라면 어떤 남자도 여자의 입장을 이해할 수 없는 것일까? 답
이 무엇이든지 간에, 그는 외부인으로 취급당하는 것에 격분했다.

하지만 루리는 남성이다. 소설 속 여성 인물들 입장에서는 이 사실
때문에 루리를 외부인 취급하게 된다. 복수하고, 행동을 취하고, 농장을
포기한다. 그는 딸에게 이런 선택 사항을 제시한다. 딸 루시는 그전에 한
번도 만난 적 없던 낯선 폭행범들이 그녀에게 내보인 증오에 충격받고
망연자실한 채, 긴장증적인 증세를 보이고 있다. 하지만 그녀는 아버지
의 간청을 모두 거절한다. 고집스럽게, 그녀는 자신의 땅을 떠나기를 거
절한다. 그녀는 증오로 잉태된 아이를 낙태하는 선택지도 거절한다.

쿳시가 루시의 이야기를 들려주는 부분에서, 루리는 딸이 견디고 있
는 것에 대해, 그녀가 선택한 생존 전략에 관한 결단(수동적이며 엄청나게
영락한 삶이 될) 이면의 이유에 대해 어느 선 이상은 접근하지 못한다. 이것
이 《추락》에서 나를 매혹시켰던 내러티브의 간극이다. 나는 그 침묵 속
에 들어가, 그 상상의 맹점 속에 들어가 글을 쓰고 싶었다.

폭력에 규칙이 있다면, 그리하여 의미가 있다면, 《추락》에서 그려지

는 범죄는 본질적으로 땅과 재산과 보복과 여성에게 접근할 수 있는 권리에 관한 남성들 사이의 난폭한 대화라고 할 수 있다. 여성의 신체는 아주 근본적인 의미에서 부수적이다. 여성들은 침묵을 강요당했거나 남들 귀에 그들의 목소리가 들리지 않는 상태였다. 하지만 루리는 주장한다. "여성에게 제시된 시스템과 그들에게 일어난 일 사이에 분명 틈새가 있을 것이다."

나는 글을 통해 그 틈새의 정확한 위치를 찾기 위해 노력했다. 루시의 이야기를 상상할 수 있는 방식을 찾기 위해, 그녀의 경험에 대한 진실을 찾기 위해 노력했다. 나는 루시가 세 강간범들 때문에 강제로 갖게 된 아이를 받아들일 것이라는 쿳시의 허구를 받아들이지 않았다. 그럴 리 없다, 그런 식으로 되지 않을 것이다라는 생각이 들었다. 역사적 증오의 산물인 그 아이는 루시의 아버지와 그가 재현하는 존재가 저지른 무언가의 속죄물이 아니다. 그 아이는 과거에 대한 속죄가 아니다. 분명 그 아이는 루시가 원했듯 그 땅에서 자유롭게 살 수 있도록 그녀를 해방시켜주지 않을 것이다.

내가 생각하기에, 아마도 그저 희망사항일 뿐이겠지만, 루시는 저항했을 것이다.

나의 글쓰기를 규정지었던 질문은 간단했다. 현대의 남아프리카공화국은 왜 이토록 폭력적인가? 폭력은 우리 역사의 결과물인가? 폭력은 아파르트헤이트 정권 당시처럼, 법과 도덕이 올바르게 작동하는 상태에서 분리되었을 때 발생하는 것인가? 왜 어떤 남자들은 그토록 여성을 증오하는가? 그들은 왜 강간하는가? 왜 그들은 살인을 저지르는가? 보복인가? 단순히 재미를 위해서인가? 아니면 이 모든 것이 끔찍하게 결합된 이유에선가? 왜 그것은 중단되지 않는가? 우리는 어떻게 계속 나아갈 수 있는가?

쿳시에게 그 대답은 복잡하다. "루리는 진짜 진실이 인류학적인—그는 그 단어를 떠올리기 위해 잠시 고심했다—것에 가까울지도 모르겠다고 생각했다. 가장 밑바닥의 진실에 이르기까지 몇 달이 걸릴지도 모른다. 몇 달 동안 통역사의 사무실에서 수십 명의 사람들과 참을성 있게 차근차근 대화를 나눠야 할지도 모른다."

잘만 쓰인다면 범죄소설은 자신의 렌즈로 초점을 맞춘 사회를 해석하는 하나의 방향을 제시할 수 있다. 일종의 인류학적 조사를 통해 '진짜 진실'(그런 게 정말 있다면)에 다가갈 수 있다는 쿳시의 생각(루리는 결국 그것을 추구하진 않지만)은 내게 설득력을 가졌다. 통역사 개념도 그러했다. 범죄소설에 서식하는 수사관들이 아주 예리한 사회적 통역사가 될 수 있겠다는 생각이 들었다.

범죄소설의 동기는 인류학적이라고 표현할 수 있을지도 모른다. 이 장르는 인간이 무엇을 저지르는지, 그들이 왜 그런 행위를 하는지 이해하려 시도한다. 범죄소설은 수사 과정에서 폭력 행위에 대해 뭔가를 알 수도 있고 모를 수도 있는 다양한 사람들에게 질문을 계속 던진다. 그리고 나는 이 장르에서 전심전력을 다해, 여성을 위해서도 충분히 작동할 수 있게 그 질문들을 바꿔볼 수 있겠다고 느꼈다.

범죄소설, 특히 누아르소설은 레이먼드 챈들러 같은 작가들이 하드보일드 소설을 쓰기 시작한 이래 여성들에게 그녀들이 있어야 할 자리를 아주 확실하게 보여주었던 장르다. 수많은 누아르소설은 여성의 고문과 살인에서 즐거움을 찾는다. 팜 파탈 같은 여성의 악마화는, 여성에게 닥치는 그 어떤 운명도 근본적 의미에서는 마땅히 받아야 할 몫인 것처럼 형상화한다. 여성 혐오는 범죄소설 문법의 일부다. 장르의 주인공인 남성 영웅은 죽은 여성이나 침묵하는 여성을 전제하고 있는 것 같다. 그런 기원에도 불구하고—어쩌면 그 기원 때문에—범죄소설은 심리가 작동하는, 특히 남성 심리가 작동하는 방식을 드러내는 게 가능한 장르다.

하지만 범죄소설은 기존의 형태에서 벗어나 여성의 이야기도 들려줄 수 있을 만큼 유연한 장르이기도 하다. 심지어 여성의 허구적 보복도 가능하다. 나는 내 범죄소설에 여성 수사관을 등장시켜《추락》과 남아프리카공화국의 중심에 놓인 침묵을 분석할 수 있었고, 나의 질문에 대한 대답을 어느 정도 찾아낼 수 있었다.

순문학 작품인《추락》은 그 같은 가능성을 내게 열어보였다. 루리는 공격받는 도중 무력했다. 그는 딸을 구할 수도 없었고, (전형적인 범죄소설에서와 달리) 자신이나 딸을 위해 보복할 수도 없었다. 결정적으로 그는 딸 루시가 자신의 뜻을 따르도록 설득하거나, 딸에게 최선이라고 생각하는 바를 그녀가 행하도록 만들지 못했다.

사건의 여파로 방황하면서, 그는 학대당한 동물들의 시체를 병원 소각로까지 운반하는 역할을 떠맡는다. 그럼으로써 동물들이 품위 있는 방식으로 죽음을 맞도록 할 수 있었다. 그는 동물들의 납골당 근처에 방을 얻어, 얼마 뒤면 안락사시킬 바로 그 동물들을 보살폈다. 개들은 사형 당일이 닥쳐오면 공포에 질린다. 그들은 무슨 일이 일어날지 알고 있는 것이다. 그들은 쿳시가 '죽음의 치욕'이라고 부르는 것을 두려워한다.

나는 루리가 이 죽은 개들에게 하는 행위에 대해 생각했다. 개의 시체와 동행하는 것은, 범죄소설이 강박적으로 시체에 매달리는 성향을 반영한다. 범죄소설은 정말로, 최후의 진상이 나올 때까지 시체와 '동행'한다. 범죄소설은 고통을 가한 폭력의 문법을 해독하기 위해 노력한다. 그리하여 한때는 살아 있었던 사람에게 가해진 잘못에 대해 대신 보복하고자 한다. 수사 과정과 법의학적 추적은, 종교가 더이상 힘을 발휘하지 못하는 시대에 죽은 이의 원을 풀어주고 그들을 기리며—즉, 지켜보는 것을 견뎌내며—폭력적으로 죽음을 맞이하는 치욕으로부터 벗어날 수 있는 유일한 방식이다.

쿳시의 《추락》은 위안이나 편안함 대신 연민과 공포를 제공한다. 반면 카타르시스를 주는 해결의 제의가 매 권 되풀이되는 범죄소설은 메두사를 비추는 페르세우스의 거울처럼 작동한다. 즉 폭력과 위반과 죽음과 생존을 지켜보는 방식을 제공한다. 적어도 그것이 일종의 위안을 줄 것이다.

•

저널리스트이자 소설가인 마지 오퍼드Margie Orford는 남아프리카공화국 미스터리계의 새로운 세대를 대표하는 인물이다. 그녀는 범죄 심리분석가 닥터 클레어 하트Dr. Clare Hart가 등장하는 범죄소설 시리즈 다섯 편을 써서 호평받았다. 최신작은 《물의 음악Water Music》(2013)이다. 그녀는 남아프리카공화국 PEN 협회의 부회장이며, 케이프타운의 '레이프 크라이시스 트러스트Rape Crisis Trust'와 어린이들에게 책을 기부하는 '리틀 핸즈 트러스트Little Hands Trust'의 후원자다. 현재 케이프타운에 거주하고 있다.
www.margieorford.com

리스본의 사소한 죽음 *A Small Death In Lisbon, 1999*

by 로버트 윌슨

•

로버트 윌슨Robert Wilson(1957~)은 영국 태생의 범죄소설가이지만, 대부분의 소설에서 고향을 공간적 배경으로 활용하지 않는다. 초기에 집필한 '브루스 메드웨이Bruce Medway 시리즈'의 배경으로 서아프리카의 베냉을, '하비에르 팔콘Javier Falcón 시리즈'에선 스페인의 세비야를 선택했다. 그는 시리즈에 속하지 않는 장편소설《리스본의 사소한 죽음》으로 받은 CWA 주관 골드 대거 상을 포함해 수많은 범죄소설 상을 수상했다.

셰인 멀로니

　　로버트 윌슨은 한때 시어버터 중개인이었다. 넓은 지역을 포괄하는 그의 소설은, 영국 범죄소설 작가 중 극소수만이 발을 디뎠던 장소들에 도전한다. 서아프리카를 배경으로 한 초기 네 편의 작품에서는 그레이엄 그린 스타일의 음모가 펼쳐진다. 화자는 술에 전 해외 거주 영국인 해결사 브루스 메드웨이다. 땀에 흠뻑 젖어 끈적거리는 이야기는 부패의 독기와 가끔씩 등장하는 무심한 잔혹성 ─ 쌓아올린 시체로 만든 검문소, 약물에 취해 AK-47 소총을 휘두르는 소년들 ─ 속에서 펼쳐지면서 누아르라는 장르를 '암흑 대륙'의 핵심 깊숙이까지 끌고 간다. 아프리카를 무대로 한 작품들 이후 로버트 윌슨은 전시의 포르투갈에서 펼쳐지는 스파이 소설 두 편을 선보인다.《리스본의 사소한 죽음》과《낯선 이와의 동행 The Company of Strangers》이 그것들이다. 하비에르 팔콘, 즉 세비야 살인사건 전담 팀의 '헤페' 경감이 재계의 부패, 러시아 마피아, 이슬람 교도 테러리스트, 그리고 물론 타파스(스페인의 전채요리)와 겨루는 경찰소설 네 편이 뒤를 이었다.

내 생각에는 그중 최고작은《리스본의 사소한 죽음》이다. 이 작품을 통해 나는 텅스텐의 정치학*과 이스타두 노부Estado Novo*의 재정적 토대에 대한 모든 것을 배울 수 있었다. 속도는 빠르고, 스타일은 간결하며, 정치 상황은 타당하게 구성되었고, 열기도 뚜렷하게 감지된다. 가장 진부한 단역조차 제대로 존재감을 드러낸다. 전적으로 결백한 사람은 아무도 없다. 나치의 금이라든가 머리 뒤편에 박힌 총알 같은 게 없었다면, 순문학이라 불러도 이상할 게 없는 작품이다.

《리스본의 사소한 죽음》은 마틴 크루즈 스미스, 마누엘 바스케스 몬탈반, 필립 커, 로버트 해리스가 이용했던 바로 그 줄사다리를 타고 내려가서, 허구의 범죄를 실제 역사에 뛰어나게 녹여 넣었다. 그 목적지는 정치가 생사의 문제이며, 폭력이 자주 예측 불허의 방식으로 세대에 걸쳐 파문을 불러일으키는 곳이다. 반쯤은 역사스릴러, 반쯤은 경찰소설인 《리스본의 사소한 죽음》은 20세기 어둠의 핵심으로 거슬러 올라가야 하는 일련의 인과관계를 따라 조금씩 풀려나가는 미스터리를 품고 있다.

소설은 1941년 베를린에서 시작된다. 당시 히틀러의 제3제국에는

---

* 20세기 중반 텅스텐에 대한 군사적 수요가 높았으며, 포르투갈은 유럽의 텅스텐 주 산지로 많은 이득을 보았다.
* 1933년 포르투갈에 수립된 정권으로서 '신체제' 혹은 '제2공화국'으로 불린다. 1960년대 들어 앙골라, 기니비사우 등 포르투갈의 아프리카 식민지가 독립 운동을 벌이면서 이스타두 노부 정권과 충돌했다.

몰락의 기운이 팽배하다. 클라우스 플레젠은 소규모 사업자다. 그는 독일군에게 무기와 철도차량 연결기를 공급하면서 꽤 쏠쏠하게 돈을 벌고 있다. 나치 친위대가 그에게 수다나 떨자고 초청한 뒤 도저히 거절할 수 없는 제안을 하자, 그는 어쩔 수 없이 포르투갈로 비밀 임무를 수행하러 가야만 한다. 광석 형태의 텅스텐인 볼프람의 지속적 공급을 확보하는 게 그의 임무이다. 볼프람은 임박한 소련 침공에 대비하여 엔진을 가동하기 시작한 탱크 사단용 철갑탄 생산에 필요한, 전략상 중요한 원료다.

플레젠은 한가롭게 수다나 떨고 부당 이득을 챙기며 여자 뒤꽁무니를 쫓아다니는 부류다. 포커 게임 도중에 순전한 악의 화신인 나치 친위대의 분대장 레러를 때려눕혔을 때조차 그는 딱히 호감이 가지 않는 인간이다. 하지만 그를 좋아하든 안 하든, 파시스트 독재자가 통치하며 스파이들이 우글거리는 중립국가의 수도 리스본에 플레젠이 도착했을 때 우리는 그의 맞춤 코트 뒷자락을 꼭 붙잡고 따라다닐 수밖에 없다.

한편 또다른 이야기가 평행적으로 진행된다. 육십 년 후가 배경이다. 포르투갈은 신체제를 이끌던 안토니우 드 살라자르의 독재 정권에서 벗어나 재건되는 중이다. 유복한 가문의 십대 딸이 강간당한 시체로 발견된다. 살인사건 전담반의 즈 쿠엘류 경감에게 수사가 맡겨진다. 그에게는 죽은 소녀와 동갑내기인 딸이 있다. 성질 고약한 형사의 유서 깊은 전통에 걸맞게, 그에게도 나름 짊어진 사연이 있다. 그는 독재 정권의 반대자인 동시에, 그 정권을 계승했지만 체계가 잡히지 않은 민주 정권에 대항하여 일어난 쿠데타에 참여했던 장교의 아들이기도 하다. 삶의 일부분을 망명지에서 보낸 홀아비로서, 그는 소명 의식에서가 아니라 그저 정해진 대로 경찰이 됐다. 그는 강요된 사회적 기억상실의 분위기 속에서, 살라자르의 독재 정권을 종식시킨 군부 쿠데타, 즉 1974년 카네이션 혁명의 희열을 대체한 '자는 개는 계속 자게 두어라'라는 합의 속에서 움직인다. 대조적으로 그의 신참 동료는 세대의 간극을 훌쩍 넘어 가문의 좌파 정치 성향을 고스란히 물려받았다. 그는 소비주의를 혐오하고, 쿠엘류의 아버지 같은 사람은 총살당해 마땅하다고 생각한다.

살해당한 소녀의 아버지는 구체제의 향취를 물씬 풍기는 부유한 변호사다. 그녀의 어머니는 몹시 불행한 사람이다. 자신의 애인이 딸과 섹스하는 광경을 목격한 이후로 더욱 그렇다. 딸은 어머니가 그 장면을 목격하도록 세심하게 유도했다. 종합해보았을 때 이 사건은, 과거 비밀경찰의 지하감옥에서 고문자로 활약했던 인간 말종이 운영하는 수상쩍은 호텔에서 계층을 뛰어넘어 매춘을 하는 소녀가 얽혀 있는 아주 추악한 사건이다. 곧 성심리적 촉수가 책장마다 스멀스멀 기어 나온다.

전쟁 당시로 돌아가면, 볼프람 사업은 열기를 더해가고 있다. 형세는 러시아 쪽을 향하고, 플레젠의 상관들은 불안해진다. 실패는 선택 사항이 아니다. 영국이 당시 포르투갈의 가장 생산성 좋은 광산을 손아귀에 꽉 틀어쥐고 있었고, 살라자르는 여기저기 달라붙은 동료 파시스트 국가들로부터 압력을 받고 있지만 어쨌든 자기 돈을 챙길 수 있다는 데 만족한다. 플레젠에겐 다행스럽게도, 광산만이 볼프람을 얻을 수 있는 유일한 창구는 아니다. 새까만 광물 덩어리는 포르투갈 북쪽의 황량한 언덕 표면에서도 걷어낼 수 있다. 빈곤한 소작농들이 이 지역에 몰려든다. 이 '볼프라미스타스'들은 바위 사이를 샅샅이 뒤져 한 포대씩 볼프람을 채취한 다음 가장 높은 값을 부르는 이에게 팔아 가능한 한 빠르게 돈을 벌기를 원한다. 플레젠은 야수 같은 지역 폭력배 조아킹 아브란트스와 동맹을 맺는다. 젊은 영국 요원이 등장하고, 플레젠은 잠재적인 공급자들을 향한 경고의 의미로 그를 죽도록 고문한다. 플레젠과 아브란트스는 나치의 금 수송으로 재정을 지원받으며 볼프람 시장을 완전히 장악한다. 에릭 앰블러를 떠올리게 하는 박진감 넘치는 첩보물의 향연이다. 다만,

앰블러보다 더 메스껍다.

과거와 현재의 이야기가 앞서거니 뒤서거니 교차된다. 쿠엘류와 그의 동료는 1990년대 후반 리스본의 지저분한 측면을 파고들며, 더위에 고생하면서 독재 정권 시대의 과거로까지 거슬러 올라간다. 플레젠과 그의 파트너는 나치의 금을 넉넉하게 챙겨들고 전쟁에서 빠져나와 다국적 금융회사를 설립하여 자손들에게 물려준다. 섹스와 폭력은 이 이야기들을 묶어주는 실타래다. 이 모든 것은, 마땅한 행로를 택한다면 단 하나의 지점으로 도달할 수밖에 없다. 하지만 물론 그것은 잘못된 목적지다. 악마와의 거래는 예상치 못한 결말을 낳는다.

과거는 결코 죽지 않는다. 그것은 심지어 과거도 아니다. 어느 유명한 사람이 남긴 말이다.* 어쩌면 그는 《리스본의 사소한 죽음》을 생각하고 있었는지도 모른다.

●

셰인 멀로니Shane Maloney는 정치 해결사이자 우연찮게 탐정 노릇도 하는 머리 웰런을 주인공으로 한 여섯 편짜리 시리즈를 썼다. 여러분이 좋아하든 말든, 이 작품들은 오스트레일리아 영어로 집필되었다. 그는 네드 켈리 상 수상자다. 2009년 오스트레일리아 범죄작가협회는 그에게 평생 공로상과 괜찮은 레드 와인 한 병을 수여했다. 와인의 소재가 궁금한 사람은 누구라도 작가에게 연락하면 된다. '머리 웰런Murray Whelan 시리즈'는 일부가 프랑스어, 핀란드어, 독일어, 일본어로 번역되었고 미국에도 출간되었다. 그중 두 작품은 오스트레일리아 출신의 유명한 배우 샘 닐이 연출을 맡아 영화화하기도 했다. 멀로니는 멜버른에 거주한다. 멜버른은 더이상 탈출할 곳이 없는 막다른 도시다.
www.shanemaloney.com

---

* 윌리엄 포크너의 《수녀를 위한 진혼곡Requiem for a Nun》(1950)에 등장하는 구절이다.

1974 *Nineteen Seventy-Four, 2000*

by 데이비드 피스

•

영국 작가 데이비드 피스David Peace(1967~)는 '레드 라이딩Red Riding 4부작'을 포함해 장편소설을 아홉 편 썼다. '레드 라이딩 4부작'은 영국 북부를 배경으로 경찰의 부패와 '요크셔 리퍼Yorkshire Ripper'*로 알려진 실제 연쇄살인범 추적을 자세하게 다룬 시리즈로, 각 권이 서로 연결되어 있는 밀도 높은 연대기다. 피스는 또한 리즈 유나이티드 축구팀에서 브라이언 클러프의 짧고 불행하게 끝나버린 감독 시절에 관한 소설 《댐드 유나이티드The Dammed United》(2006)를 썼다. 이 작품은 2009년 같은 제목으로 영화화되었다.

오언 맥나미

2010년, 리즈 역, 밤 11시 45분, 1월의 밤이었다. 나와 홍보 담당자 파룰은 스코틀랜드에서 출발했는데, 철로에서 벌어진 자살사건 때문에 에든버러 기차는 두 번 멈춰 서야 했고, 결국 핼리팩스행 마지막 기차를 놓쳤다. 우리는 칼라일 근처의 어딘가에서 국경 지대의 어둠 속에 앉아 부검 담당자와 선로 치우는 인부들이 상황을 정리해주길 기다리며 살을 에는 추위를 견뎌냈다. 모두가 우울했고, 그 덕분에 다가올 어둠에 익숙

• '요크셔 리퍼'라는 별명으로 불린 피터 서트클리프Peter Sutcliffe는 1975년부터 1980년까지 여성 열세 명을 살해했다.

해질 수 있었다.

우리는 리즈 역 승강장에 남아 있는 마지막 사람들이었다. 리즈 역은 수십 년 동안 전혀 바뀌지 않은 것처럼 보였고, 이 책에 감도는 분위기는 황야의 안개처럼 내 주위로 점점 스며들었다. 방향판은 데이비드 피스의 최종 도착지를 향한 납골당 투어 표지판처럼 보였다. 브래드퍼드. 허더스필스. 셰필드.

《1974》. '레드 라이딩 4부작'의 첫 책. 악의로 가득한 1970년대에서도 가장 악의로 충만했던 해. 프레드 웨스트Fred West *는 박차를 가하기 시작했고, 피터 서트클리프도 자신의 도락에 맛을 들였다. 이 책의 천재성은 영국을 그려나가는 방식에 있다. 정치적으로 그리고 정신적으로 모든 층위에서 부패하고 타락한 그 풍경 말이다. (사람들이 흔히 그러듯) 데이비드 피스의 작품에 제임스 엘로이를 끌어들여 읽을 수 있겠지만, 나 같은 경우는 윌리엄 블레이크와 존 밀턴을 떠올렸다. 그러니까 할리우드의 멀홀랜드 드라이브보다는 마스턴 무어*를 연상했다.

나는 70년대에 히치하이킹으로 이 나라를 여행했다. M6와 M1 고속도로를 오르락내리락했다. 사회 부적응자와 외톨이의 차를 얻어 탔다. 물론 할인가 군용 상의를 걸치고 겉으로는 반항적으로 보이지만 사실 불링Bullring 진입차선으로 들어갈 기회만 노리는 젊은이를 여생 동안 딱히 볼 일이 없을 점잖은 사람들의 차도 얻어 탔다. 나는 버려진 건물에서 잠을 청했고, 연락선 줄에 새치기했고, 몸에 잘 안 맞는 스포츠 코트를 입은 런던 경시청 공안부 남자들에게 붙잡혔다. 악의를 읽어내라. 네가 어떤

---

* 1967년부터 1987년까지 아내 로즈마리 웨스트와 함께 수많은 젊은 여성들을 강간하고 고문한 뒤 살해했다.
* 청교도혁명 당시 주요 전투인 1644년의 마스턴 무어 전투를 뜻한다.

실수를 저지르는지 똑똑히 봐라.

《1974》에서 젊은 저널리스트 에디 던퍼드는 요크셔의 보도국에 합류한다. 그는 아동 살인에 관한 취재에 착수한다. 그가 사건을 좀더 깊이 캐들어갈수록, 정치적 부패와 성적 타락의 주술적인 무늬가 모습을 드러낸다. 데이비드 피스의 글은 뛰어나고 날카로우며 미쳐버리기 일보 직전까지 몰고 가는 윙윙거리는 소음을 닮았다. 날것의 산문, 그리고 그 이상이기도 하다.

책을 지배하는 이미지는 아이의 등에 꿰매진 백조의 날개다. 천사와 악마. 피스 스스로도 너무 많이 나간 잔혹함이었다고 인정하는 이미지다. 시선을 돌릴 수밖에 없는, 좀처럼 위축되지 않는 자들조차 주춤할 수밖에 없는 지점이다. 아버지의 입장에선 이 이미지가 지나치게 잔인하다는 것에 동의하지 않을 수 없다. 하지만 독자에게 그 이미지는 절대 뇌리를 떠나지 않을 것이다.

2011년. 나와 마크와 존은 런던의 햇빛 찬란한 옥상에 앉아 '버밍엄 식스'*에 관한 TV 프로젝트에 대해 이야기를 나눈다. 그때 문득 기억이 난다. 소요가 벌어졌고, 더러운 주먹이 복부를 내리찍었고, 손등 위에 이중 수갑이 철컹 잠기던 시절이다. 그것이 1970년대다. 도망칠 곳은 없다. 기억이 되살아난다. 에디 던퍼드의 취재수첩에서 그대로 가져왔다고 해도 될 만한 이야기들이다……

1986년. 나는 팔 주 동안 저널리스트로 일했다. 나는 버밍엄 식스에 관한 엉망진창인 기자 회견 자리에 앉아 있다. 아침 9시였고, 나는 숙취에 시달리고 있다. 사실대로 말하자면 여전히 술이 덜 깼고, 전날 밤에 집

---

* 북아일랜드에서 태어났지만 버밍엄에서 살고 있던 여섯 남자가 1975년 영국에서 벌어진 폭탄 공격 혐의로 종신형을 선고받았고, 십육 년 후에야 그 유죄판결이 근거 없다는 선언과 함께 풀려났다.

에 들어가지 않은 채로 기자회견에 참석하라는 전화를 받고 곧장 온 것이다. 친절한 여인이 내게 차 한 잔과 '실크 컷 레드' 담배 한 갑을 갖다준다. 나중에 알고 보니 애니 매과이어였다. 애니 아주머니의 폭탄 공장.* 그녀의 아들 패트릭 매과이어가 일어나 발언한다. 적막하다. 그는 열네 살에 어머니를 비롯해 다른 죄 없는 이들과 함께 표적이 되어 쓸려나갔고, '여왕님의 뜻에 따라' 감옥에 보내졌다. 그는 청춘을 잃었다. 감옥에 들어간 아이는 성인이 되어서야 감옥에서 나왔다. 그는 건조하게 사실만을 발언한다. 되돌릴 길은 없다. 유죄? 1974년 12월 7일, 사 년형 선고.

1970년대 영국 북부는 데이비드 피스의 작품에서 되풀이해 등장한다. 그 시절 영국 정치계의 의사擬似 정치적 소용돌이가 외부에 만들어놓은 해로운 작업물이다. 이성을 넘어선 일들이 벌어진 것이다. 당신은 적당한 단어를 찾느라 고심한다. 오컬트. 초자연적인 것과 관련된 무언가. 불가해함. 봉인됨. 오직 가입자만이 들여다볼 수 있다.

《1974》《1977》《1980》《1983》. '레드 라이딩 4부작'. 이 책들은 읽기에 까다롭다고 알려졌고, 나는 마지막 권부터 시작했기 때문에 좀더 어려웠다. 나는 순서를 거꾸로 거슬러 올라가며 읽었다. 그저 우연이었다. 책 속 세계에 그리 집중하지 않았고, 그래서 시리즈 뒤쪽의 세 권은 그냥 나를 스쳐 지나갔다. 나는 그 책들을 서점에 서서 읽는 것처럼 대충 넘겼다. 그러므로 《1974》야말로 최고조에 달한 정점이자, 역겨움과 연민의 폭발이었다. 이 시리즈를 거꾸로 읽는 게 좋은 선택인지 나쁜 선택인지 확신할 순 없다. 독자 입장에서 가끔은 균형을 깨뜨리는 것도 괜찮은 것

● 1974년 발생한 폭탄 테러 사건 범인으로 체포된 일명 '매과이어 세븐(매과이어 가족 네 명과 그 외의 사람들 세 명)'을 일컫는다. 사건의 주모자로 몰린 애니 매과이어는, 집에 '폭탄 공장'을 차려놓고 폭탄을 제조했다는 터무니없는 혐의를 받았다.

같다. 하지만 그것은 내게는 이 시리즈가 끝나지 않았다는 얘기이기도 하다.

2006년. 킬케니 아트 페스티벌에서였다. 나는 문학 부문 프로그램을 맡았고, 또한 주최 측과 전쟁을 벌이는 중이다. 그들은 고든 번과 데이비드 피스가 무대 위로 올라올 때 감사의 뜻으로 그 망할 무릎을 꿇어도 시원찮았다. 입스위치의 매춘부 연쇄살인사건이 일어난 시기였고,* 그때까지 피스에 대해 내가 알아냈다고 생각한 게 얼마나 되든 간에 나는 여전히 핵심을 파악하지 못했다는 걸 깨닫는다. 그가 낭독을 시작할 때, 그 스타일이 사람들의 눈길을 끌려고 하는 드높은 문학적 허영이 아니라는 걸 절감하게 된다. 그저 일반적인 내용이다. 너무나도 투명한 사실이다. 우리가 말하는 방식. 우리가 이야기하는 내용. 그리고 이 경우에 그것은 성매매 여성인 엄마를 잃고 남겨진 아이들의 이야기이다. 후렴구는 '엄마 없이'다. 가게에 간다. 엄마 없이. 아침에 일어난다. 엄마 없이. 잠자리에 든다. 엄마 없이 잠자리에 든다. 감상적이지 않지만, 당신의 내면을 파고든다.

작품이 어떻게 작동하는지를 안다면 그 작품의 인간적 측면을 구획 지을 수 있다. 하지만 그것이 독서의 집중력을 흐트러뜨리지는 않는다. 당신은 읽는 내용에 온전히 집중해야 한다. 당신 자신의 게임에 임해야 한다. 주의하라. 시작하라.

《1974》…… 이 책은 내가 수년 동안 글로 써왔던 심리적 풍경을 공표했다. 오컬트의 정체는 밝혀졌다. 그에 대해 대단히 감사하는 바다.

---

* 2006년 가을 영국의 입스위치에서 다섯 명의 매춘부가 잇달아 살해당했다. 언론은 이 사건을 피터 서트클리프의 연쇄살인과 즐겨 비교했다. 트럭 운전수 스티븐 라이트가 범인으로 체포됐다.

아일랜드 작가 오언 맥나미Eoin McNamee는 1994년 《부활한 남자 Resurrection Man》로 데뷔했다. 이 작품은 트러블스The Troubles[*] 기간의 벨파스트를 배경으로 하며, 그중에서도 악명 높은 셴킬 부처스 Shankill Butchers[*]를 주로 다루면서 허구적인 버전의 아일랜드 현대사를 펼쳐놓았다. 그는 또한 《울트라The Ultras》(2004), 《1997년 8월 31일 파리Paris, 31 August 1997》(2007)를 썼다. 그리고 '블루 3부작' 인 《블루 탱고The Blue Tango》(2001)와 《오키드 블루Orchid Blue》 (2010), 《밤은 파랗다Blue Is The Night》(2014)가 있다. 이 중 《블루 탱고》는 부커 상 후보에 올랐다. 맥나미는 또한 존 크리드John Creed 라는 필명으로, 정보 장교 잭 밸런타인을 주인공으로 한 스파이 스릴러 시리즈도 집필했다.

얼음 추수 *The Ice Harvest, 2000*

by 스콧 필립스

•

스콧 필립스Scott Phillips(1961~)는 2000년 첫 소설《얼음 추수》를 출간하기 전까지 사진가, 번역가, 각본가로 일했다. 고향인 미국 캔자스 주의 위치타를 배경으로한 이 소설은 에드거 상과 해밋 상, CWA 주관 골드 대거 상 최종후보까지 올랐다. 또한 존 쿠잭과 빌리 밥 손턴이 주연을 맡은 영화로도 만들어졌다. 2002년에 필립스는 1940년대로 거슬러간 속편《걸어서 도망치는 죄수The Walkaway》를 썼다. 이후에는 다른 장르들을 탐색하는데,《코튼우드Cottonwood》(2003)는 캘리포니아를 배경으로 한 웨스턴소설이고,《럿Rut》(2010)은 디스토피아 근미래를 배경으로 한 작품이고,《조정The Adjustment》(2011)은 2차 세계대전 이후를 다룬 누아르스릴러다.

오언 콜퍼

매해 크리스마스가 되면 선물로 코미디 범죄소설 한 다스를 받는다. 아마도 내가 유머러스한 소설을 쓰려고 노력하니까, 사람들은 내가 기꺼이 그 작품들을 읽을 시간을 낼 것이라 예상하는 것 같다. 약 열두 권 중 열 권의 홍보문구는 엘모어 레너드나 칼 하이어슨Carl Hiaasen*의 이름을 들먹거리며, 이 소설의 저자가 앞서 언급한 엘모어나 칼 옆에 이름을 나란히 올리게 될 성공을 누릴 것이라 호언장담한다. 그리고 독자들은 이

---

* 1953년 생 미국 작가. 대중적으로 잘 알려진 작품으로는 드미 무어 주연으로 영화화된《스트립티즈Strip Tease》가 있다.

홍보문구가 대단히 과장된 경우가 잦다는 걸 자기 돈을 들여서 배우게 된다. 나는 엘모어 레너드가 쓰지 않은 책 표지에 그의 이름이 올라가 있는 걸 보면 그 책과는 멀찍이 거리를 두는 편이다.

코미디 범죄소설을 쓸 때의 문제는, 범죄가 본질적으로 전혀 웃기지 않다는 점이다. 범죄소설 장르에 코믹 요소를 강제로 넣으려 하면, 그 자체의 문학적 기반을 무너뜨리고 망치는 결과밖엔 얻지 못한다. 범죄자에게나 범죄 장면에서 재미있는 사건이 벌어지지 않는다는 뜻이 아니다. 하지만 대개는 어두운 유머, 아이러니, 냉소, 한심하다는 감정을 자아내는 쪽에 가깝다. 코미디는 비극 아래 도사리고 있거나 사건 담당 경찰들의 입에서 나오는 으스스한 농담을 통해 달아오른다. 달콤한 커스터드 파이 스타일은 매우 드물다.

그리하여, 진짜로 흥겨우면서도 범죄소설 분위기를 물씬 풍기고 누아르스릴러로서 완벽하게 효과적인 작품을 찾는다면 그거야말로 진짜 보물일 것이다. 스콧 필립스는 데뷔작《얼음 추수》에서 이 모든 특성을 솜씨 좋게 성취했는데, 더 놀라운 점은 그가 그것들을 아주 손쉽게 해치운 듯 보인다는 것이다.

《얼음 추수》는 찰리 애글리스트가 어느 크리스마스이브에 겪은 일에 대한 이야기다. 찰리는 수년 동안 위치타의 평온한 중립 지대에서 멀찍이 떨어져 영업해온 사기꾼 같은 변호사다. 실패한 아버지인 동시에 스트립클럽 매니저로 소일하는 야비한 자기 자신의 모습에 넌더리가 난 찰리는, 클럽 주인이며 폭력조직의 보스인 빌 제러드로부터 그동안 조금씩 빼돌린 100만 달러를 들고 마을을 떠나 새출발할 계획을 세운다.

크리스마스가 가까운 시기에 드는 특유의 감상적인 기분과 휴대용 술병에 담긴 독주에 마음이 어수선해진 찰리는, 밤늦게 공범과 만나기 전 자신이 관리하던 클럽들을 마지막으로 방문하기로 결심한다. 모든 것이 깔끔하게 끝장나기까지는 불과 몇 시간밖에 안 남았다. 뭐 잘못될 게 있겠는가?

그러나 곧 밝혀지듯, 모든 것이 잘못된다.

엄청난 눈보라가 마을을 덮쳐, 본래 간단했던 행로는 교차 지점마다 빙판이 된 도로와 눈더미로 그를 당황스럽게 만드는 위험한 미로로 변해 버린다. 클럽들에는 손님이 없어 파리만 날리고, 스트립 걸들은 예민한 상태고, 바텐더는 미치광이처럼 군다. 곤드레만드레 취한 친척들이 어디선가 튀어나와 그의 계획을 자꾸 방해하고, 남부끄러운 장소에 있던 지역 정치인의 촬영을 포함해 별생각 없이 베푼 작은 친절이 역효과를 내어 재앙과도 같은 결과를 불러온다. 꼬리뼈는 멍들고, 뼈는 부러지고, 찰리가 마을을 빠져나가려는 길목마다 시체가 쌓여간다. 그는 술 취한 핀볼처럼 스트립클럽과 바와 안마시술소 사이를 오간다. 그의 탈출 계획이 서서히 그리고 피투성이로 와해되는 사이, 필립스는 거의 견디기 힘든 정도까지 솜씨 좋게 긴장감을 층층이 쌓아올린다.

이 모든 것은 그다지 재미있게 들리지 않는다. 하지만 실제로 재미있다. 한 줄짜리 신랄한 농담부터 뻔뻔한 슬랩스틱에 이르기까지, 모든 점에서 전적으로 웃기다. 앞에서 말했다시피 누아르소설에선 잘 작동되지 않는 장치인데, 이 소설에선 그걸 해냈다. 심지어 아주 굉장하게 웃기다. 필립스의 내러티브가 너무 확실하게 진부한 방식으로 흘러가기 때문에, 우리는 몇 달러라도 챙겨서 부도덕한 삶으로부터 빠져나가려 버둥거리는 이 가여운 멍청이를 동정하지 않을 수 없다. 또한 거대한 최후의 결전을 피할 수 없을 때까지 차곡차곡 축적되는 이 터무니없는 상황들을 전적으로 믿게 된다.

물론 우리의 주의력을 흐트러뜨리는 스트립클럽과 벌거벗은 아가씨들이 등장한다는 게 흠이 되진 않는다. 심지어 클럽과 아가씨들이 전혀 매력적으로 미화되지 않았어도, 우리는 여전히 지하 어딘가에 존재하는, 그리고 현실 세계 우리들이 실제로 알고 지내고 매일 인사를 나누는 남자들이 자주 다닐지도 모르는 이 평행 세계의 더러운 매혹에 관한 통찰을 얻게 된다. 그리고 그 모든 도덕성이나 두려움에서 자유로운 채 이 시설물 사이를 오가는 찰리를 부러워하게 된다. 또한, 잉크 문신과 애티튜드 외에는 몸에 거의 걸친 게 없는 스트리퍼들이 찰리의 주변을 뱅뱅 돌 때조차 그가 침착을 유지할 수 있는 것 역시 부러워할 수밖에 없다.

스콧 필립스는 더러운 카펫 같은 눈 더미를 한 삽씩 퍼나가며 우리로 하여금 위치타의 이면을 찬찬히 지켜보게 한다. 이 책의 충실한 디테일과 진실성 때문에 작가 역시도 때때로 그 이면에서 꽤 오랜 시간 뒹굴었을 것이라 확신하고 싶어진다. 혹은, 그는 그저 뛰어난 작가인지도 모른다. 어느 쪽이건 간에, 소설 전체에는 부조화적인 부분이 단 한 군데도 없다. 찰리가 익숙하고 평범한 세계와 낯선 지하세계를 왔다갔다 움직일 때, 우리는 불쾌하지 않은 전율과 함께 이런 장소가 우리 자신의 평온한 마을에도 존재하겠구나라는 깨달음을 얻는다. 어디서나 볼 수 있을 법한 인물 찰리를 통해—비록 '폭력배 보스의 돈을 훔치려는' 평범한 남자이긴 하지만—우리는 그 지저분한 세계의 일면을 슬쩍 엿보고, 나중에 언젠가 직접 방문해보고 싶다는 비밀스러운 생각을 품은 채 즐거워하게 된다. 이웃집 잔디가 더 푸르러 보인다고 하지 않는가. 물론, 지금 내가 말하는 '우리'는 다른 남자들 얘기다. 더러운 삶을 즐기는 사람들 말이다. 나 말고.

하지만 이 책이 근사해지는 것은 단지 지저분한 세계 때문만은 아니다. 캐릭터들은 훌륭하게 만들어졌고 신선할 만큼 비영웅적이다. 소설 전체에서 품위가 발현되는 부분을 단 하나도 찾아볼 수 없는데, 바로 그

점이 즐거움을 엄청나게 증가시킨다. 눈보라는 이야기 속에 켜켜이 쌓여 그 자체로 하나의 캐릭터가 되면서, 찰리를 매번 좌절시키고 그가 엉덩방아를 찧게 하고 그의 차를 죽음의 전차로 돌변시킨다. 스콧 필립스는 독자를 솜씨 좋게 꾀어 자신의 이야기를 믿게끔 몰아가면서, 찰리의 의도와 의심스러운 과거에 관한 단서들을 촘촘히 짜 넣고, 증거들을 순식간에 축적해 피투성이 결말로까지 독자를 곧장 이동시키는 근사한 이야기꾼이다. 그리고 최종 단계에 이르면, 독자가 기대할 수 있는 그 모든 것에 부응하는 신랄한 위트와 급작스런 잔혹함이 결말을 이룬다.

《얼음 추수》를 처음 발견했을 때 나는 작가에 대해 어떤 정보도 없었기에 괜찮은 스릴러 이상을 기대하진 않았다. 하지만 내가 읽은 작품은 가장 좋아하는 책 중 한 권으로 등극할 현대의 고전이었으며, 적지 않은 영감의 원천이 되었다. 이 책 한 권으로 나는 평생 스콧 필립스의 팬이 되고 말았다. 그러니까 필립스가 쓰는 거라면 뭐든지 서점 선반에 놓이자마자 낚아채서 구입할 그런 독자 말이다. 내 머릿속에는 똑같은 맹세를 바칠 수 있는 현대 범죄소설 작가가 딱 다섯 명뿐이다(그 목록에 끼지 못한 작가들은 헛소리나 지껄인다고 확신한다). 그런 맹세는 꽤 큰 것을 의미한다. 물론, 내가 스콧을 만난다 할지라도 나는 냉정을 가장하며 아직《얼음 추수》를 읽을 시간을 내지 못한 척 시치미를 뗄 것이다.

작가 규칙 1번 : 남들에게 당신이 읽는 모습을 들키지 마라.

•

오언 콜퍼Eoin Colfer는 세계적인 베스트셀러 '아르테미스 파울 Artemis Fowl 시리즈'의 작가다. 이 시리즈는 퍼핀 클래식 출간작 중 독자들이 가장 좋아하는 시리즈로 꼽히기도 했다. 다른 작품들로는 《소원 목록The Wish List》《슈퍼내추럴리스트The Supernaturalist》, 그리고 어린 독자들을 위한 '전설 시리즈'가 있다. 오언의 책들은 올해의 영국 어린이책상, 아일랜드 세계문학상, 올해의 독일 어린이책상 등 수많은 문학상을 수상했다. BBC는 그의 책《하프문 탐정 사무소 Half Moon Investigations》를 기반으로 만든 TV 시리즈로 인기를 끌었다. 2009년 오언은 더글러스 애덤스 재단으로부터 의뢰받아 '은하수를 여행하는 히치하이커를 위한 안내서 시리즈'의 결말 격인《그리고 또다른 존재And Another Thing》를 집필했고, 이 책 역시 세계적인 베스트셀러가 되었다. 그의 첫 범죄소설《플러그드Plugged》는 그 정체를 눈치채지 못한 순진무구한 독자 대중에게 2013년에 유포되었다.

www.eoincolfer.com

밀약 *Tell No One, 2001*

by 할런 코벤

•

할런 코벤Harlan Coben(1962~)은 미국 뉴저지 주 태생의 작가다. 전직 농구선수이자 현직 스포츠 에이전트이면서 가끔 탐정 노릇도 하는 주인공 마이런 볼리타를 내세운 시리즈를 포함해 장편소설을 스무 편 이상 썼다. 하지만 2001년 출간된《밀약》이야말로 그가 새로운 차원의 명성을 누리게 한 결정타였다. 이후 기욤 카네가 이 작품을 영화화했고, 2006년 개봉한 동명의 영화는 세자르 상 네 개 부문을 수상했다. 할런 코벤은 에드거 상, 앤서니 상, 셰이머스 상 등 주요 미스터리 상 세 개를 모두 석권한 첫 작가로 꼽힌다.

제바스티안 피체크

작가로서 받는 질문들을 통틀어 가장 답하기 어려운 것은, '아이디어를 어디서 얻나요?'보다 '동료 작가의 책 중 어떤 작품을 추천하겠어요?'이다.

한편으로는 누구나 예상할 수 있을 베스트셀러 목록 중 하나를 고르는 대신 특별한 추천작을 내놓고 싶은 마음이 들고, 또 한편으로는 아무리 대중적인 소설을 쓰더라도 작가의 취향이 독자의 취향과 언제나 부합하진 않는다는 사실을 상기하게 된다. 작가를 놀라게 하는 책이 독자에게는 설득력이 없거나 불합리하게 비칠 때가 많다. 그 역의 경우도 물론 성립한다.

글로 생계를 유지하는 사람들이 머리 말고 가슴으로만 책을 읽는 능력을 상실하는 경우가 많아서인지도 모르겠다. 나 역시 스릴러를 읽을 때 나도 모르게 분석가의 눈으로 무슨 일이 벌어지고 있는지 알아내겠다는, 또는 작가가 어떻게 내게 수갑을 채워 의자로 끌고 가 앉힐지 두고보겠다는 심정으로 달려들게 된다.

추천 요청은 고전적인 딜레마다. 내가 즐겨 추천하는 책은, 아직까진 몇몇 사람들만이 알고 있는 쪽에 가깝지만 국제적인 베스트셀러가 되기에 충분한 매력이 있는 책들이다. 바로 할런 코벤이 그런 경우다. 최소한 당신이 독일에 살고 있는 독자라면.

그의 작품들은 세계 나머지 국가들에서 엄청나게 팔리고 있지만—사실 그건 보통 내게는 추천하지 않을 이유에 가깝지만—아직까지 독일에선 우리의 문단 슈퍼스타들에 비해 덜 팔리고 있다. 내가 아는 한 그의 소설 《밀약》은 베스트셀러 목록에 간신히 이름을 올렸고, 나는 이 책을 정말 우연히 북 클럽 소식지 특별호를 통해 접했다. 하지만 나 이전의 수많은 사람들이 그랬듯, 나도 이 책을 단 하루 만에 정신없이 독파했다. 코벤의 이 작품은 결코 '패스트푸드 문학'이 아니었다.

모든 훌륭한 스릴러가 그렇듯, 《밀약》은 머릿속을 유령처럼 떠돌면서 떠나지 않는 생각, '만약 그렇다면?'이라는 질문으로 시작한다. 평범한 필멸의 인간이라면 절대 마주하고 싶지 않지만 수백 페이지에 걸쳐 우리를 꼼짝 없이 사로잡게 될 그 질문, 《밀약》의 질문은 다음과 같다.

만약 어느 날 당신이 평생 유일하게 사랑한 이로부터 이메일을 받았다면, 연쇄살인마가 그녀를 납치해 살해하는 걸 당신이 본 이후 몇 년이 지나 그 이메일이 왔다면, 당신은 어떻게 하겠는가?

소아과의사 데이비드 벡에게 닥친 일이 그것이었다.

매년 여름 특정한 날, 데이비드와 아내 엘리자베스는 그들이 열두 살에 첫 키스를 나누었던 호숫가의 어느 장소를 찾아간다. 그리고 그곳을 떠날 때마다 '그들의' 나무에, 두 사람의 이니셜(EP+DB)을 새겨둔 하트 아래에 줄을 하나씩 더 긋는다.

그들의 열두 번째 기념일, 나무에 열세 번째 줄을 긋고 난 직후 운명은 연쇄살인마의 형태로 끼어든다. 데이비드는 구타당해 정신을 잃고, 엘리자베스는 납치된다. 이후, 그녀의 훼손된 시체가 발견된다.

비극이 발생하고 팔 년이 지났다. 데이비드는 이메일을 한 통 받는다. 제목은 아주 선명했다. EP+DB, 그리고 열세 개의 줄. 이메일 내용은 딱 한 줄짜리다. "아무에게도 말하지 마!"

틀린 말은 아닌데, 할런 코벤은 다층적 플롯을 능숙하게 구성하는 명장으로 알려져 있다. 곧 알게 될 테지만, 그것은 미약한 찬사에 불과하다. 그는 이에 더하여, 토대부터 지붕까지 완벽하게 이 소설을 마무리한 엄청난 에너지를 소유한 재능 있는 건축가이기도 하다.

다수의 뛰어난 스릴러들은 '만약 그렇다면?'이라는 예외적인 질문으로 시작한다. 《밀약》 역시 그런 질문으로 시작하는데, 그에 이어지는 이야기가 처음부터 명확하지는 않다. 그러나 매우 잘 쓰였기 때문에, 거의 모든 독자들이 내용을 이해할 수 있다는 데 그 천재성이 있다. 마이클 크라이튼이라면 그 질문에서 미래적인 스릴러를 소환했을 것이고, 스티븐 킹이 그 질문을 던졌다면 우리는 현실에서 벗어난 공포의 세계로 쏠려갔을 것이다. 하지만 코벤의 경우, 공포는 현실과 현재에 머물러 있다. 바로 여기에 이 여정의 매력이, 주인공 데이비드 벡을 인간이 견딜 수 있는 한 계치까지 밀어붙이는 심리적 악몽의 매력이 놓인다.

코벤은 죽은 아내로부터 온 이메일이라는 근사한 전제를 설정했다. 훌륭하다. 하지만 아이디어 자체만으로는, 이 책을 집어들도록 독자를 부추기는 짧은 광고문구 이상을 넘어서기 힘들다. 하나의 아이디어는 제

아무리 뛰어나다고 할지언정 그 작품만의 홍보 포인트가 될 수 없으며, 그 작품을 읽을 가치가 있는 스릴러로 만들어주지도 못한다. 작가가 자신의 재능을 제대로 활용하지 못하거나, 특별한 캐릭터를 창조해 고유한 스타일로 생명력을 불어넣지 않는다면 그 어떤 놀라운 '만약 그렇다면?'이더라도 낭비될 수밖에 없다.

2010년 여름, 나는 뉴욕에서 열린 스릴러페스트Thrillerfest에서 할런 코벤을 실제로 만나는 기쁨을 누렸다. 패널 토론 중에 그는 청중에게 그의 소설들은 플롯이 아니라 캐릭터에서 시작한다고 말했다.《밀약》이 바로 그 증거다. 주요 인물들만 돋보이는 게 아니다. 코벤은 누가 봐도 전혀 중요하지 않은 주변적인 인물에게조차 구체적이고 현실적인 형상을 부여하기 위해 노력한다. 의도, 역사, 사회적 지위와 기호 성향 등이 세세하게 열거된 한 페이지 이상의 설명이 필요한 것이 아니다. 두꺼운 붓질은 필요없다. 때때로 간단한 스케치만으로도 독자의 뇌리에 충분히 새겨질 수 있는 인물을 만들어낼 수 있다. 이를테면 소설 2장 첫머리에서 코벤은 우리에게 데이비드의 할아버지를 소개한다.

다른 작가들이라면 할아버지가 알츠하이머 병을 앓고 있다고 여담으로 언급하는 정도에 그쳤을지도 모른다. 하지만 코벤은 다음과 같이 묘사한다.

그의 정신은 고장 난 V자형 안테나가 달린 구식 흑백 TV와 좀 닮았다. 깜빡깜빡하다가 어떤 날에는 다른 날보다 상태가 나아지는데, 그럴 땐 안테나를 특정 방향으로 고정시킨 채 꼼짝 않고 있어야만 한다. 그런 순간조차 화면은 간헐적으로 세로 방향으로 흔들린다.

세 문장만으로, 이 질병의 골치 아픈 부분이 모든 독자에게 완벽하게 전달된다.

하지만 좋은 은유와 생생한 비교는 여타의 작품들 속에서도 흔히 발견할 수 있는 것들이다. 그렇다면 무엇이 코벤의 스타일을 그토록 특별하게, 남들과 구별되게, 궁극적으로는 그토록 성공적으로 지탱하는가? 코벤이 쓴 감사의 말을 일별함으로써 이 질문에 가장 간단하게 답할 수 있다. 나는 언제나 감사의 말을 읽을 때 (내게는) 무의미한 이름들의 목록을 그저 스쳐 지나가곤 했다. 특히 남성 작가들의 경우 관습적으로 집필 기간에 자신의 사회적 무능을 참을성 있게 그리고 희생정신으로 인내해준 이해심 많은 아내를 언급하며 끝맺지 않던가.

그러나 코벤은 스릴러 《단 한 번의 시선Just One Look》의 감사의 말을 다음과 같이 끝맺는다. 일단 조언해준 유명 전문가들에게 감사를 표한 다음 이런 문장이 등장한다. "언제나처럼, 이 작품에 기술적인 면이나 다른 면에서 잘못된 점이 있다면, 잘못은 이 사람들에게 있다. 나는 희생양이 되는 것에 지쳤다."

전혀 예상치 못했던 경지의 뻔뻔함이 감사의 표시로 등장했을 때 나는 웃음을 터뜨리고야 말았다. 아, 심지어 더 마음에 들었다. 오스카 상 시상식에서 어쩌고저쩌고 늘어놓는 일반적인 수상 소감과는 완전히 거리가 먼 감사의 말이라니. 하지만 이는 실제로, 책 표지에 적힌 이름 뒤에 존재하는 전문가들에 대해 뭔가 더 다른 것을 말해준다. 또한 코벤의 유머 감각과 그의 실제 성격에 대해서도 어떤 정보를 전달한다.

코벤의 작품을 관통하는 개성은 이런 유머다. 예를 들어 《밀약》에서 운명과 맞서 싸우는 궁지에 몰린 주인공을 자기 비하적으로 묘사하는 장면을 보자.

내가 알코올중독과 밀고 당기며 즐기고 있다는 걸 안다. 또한 알코올중독

과 재미를 보는 게, 조직 폭력배의 미성년자 딸과 재미를 보는 것만큼이나
안전하다는 것도 안다.

이론상 치약과 오렌지주스만큼 안 어울리는 것으로 알려진 유머와
서스펜스는, 코벤의 허구적 리얼리티 속에서 완벽하게 맞아 들어간다.
코벤의 말장난은 '몸개그' 수준으로 떨어지지 않으면서 스탠드업 코
미디의 층위에 근접한다. "메이크업 아티스트는 쇼나를 보자마자 두려
움에 질려 숨이 막힐 지경이었다. '눈 밑에 그 아이백eye bag*은 뭐죠?' 그
가 소리 질렀다. '지금 우리가 샘소나이트 여행 가방 광고 찍는 건가?'"
코벤은 충분한 추진력을 놓치지 않으면서, 그리고 그로테스크한 이야기
로 변질시키지 않으면서 우리를 여전히 웃게 만든다. 덕분에《밀약》처럼
복잡한 플롯도 아주 쉽게 읽을 수 있게 된다.
작가들이 직면한 문제들은 원을 사각형으로 잡아늘리는 작업과 마
찬가지라 할 수 있다. 우리는 아주 예외적인 동시에 현실적인 인물들을
발명해내야 한다. 솔직히 말하자면, 현실에서 대부분의 사람들은 영웅의
적절한 본보기가 될 수 없다. 그리고 소설에서 대부분의 영웅들은 너무
과장되어 있기 때문에 현실에서라면 외계인처럼 보일 것이다.
코벤은 이 형상들(현실적이지만 지루하지 않고, 남다르지만 설득력이 없지 않
은)을 기본적으로 일상 언어를 통해, 무엇보다 대화를 통해 차근차근 쌓
아올린다. 스릴러에 유머를 주입하는 건 쉬운 일이 아니다. 도주하는 와
중 재치 있는 말을 쉴 새 없이 내뱉는 주인공은 재미나기보다도 비웃을
거리가 되기 십상이다. 코벤의 경우는 그렇지 않다. 그의 소설에서 과거
마약중독자였던 수상쩍은 인물이 주인공에게 도움을 제공하는 장면을

---

* 노화와 피로 등으로 피부 탄력이 줄어들면서 도드라져 보이는 눈 밑 지방을 뜻하는 말.

보자.

"나쁜 일이 일어났군, 의사 선생." 그는 팔을 쫙 펼쳐 보였다. "내 세계는 나쁜 일투성이지. 나는 그 나쁜 세계 최고의 여행 가이드야."

언젠가 현자가 이런 말을 한 적이 있다. 위대한 이야기는 전부 가족 이야기라고. 《밀약》은 이 이론을 뒷받침한다. 거기에 불가능이 가능으로 바뀔 수 있는지, 데이비드 벡의 아내가 여전히 살아 있을 수 있는지에 관한 질문에서 촉발되는 외부 액션이 곁들여진다. 그리고 사별의 비극이 미치는 효과 덕분에 이 스릴러에는 더 깊이 있는 이야기를 위한 여지가 생긴다. 정신없이 휘몰아치는 코벤의 속도를 고려했을 때 아주 인상적인 업적이다. 속도가 너무 빨라서 인물 한 명을 여러 페이지에 걸쳐 소개하는 건 불가능하지만, 코벤은 그럴 필요가 없다는 것도 입증한다. 변호사 헤스터 크림스텐의 성격을 이해하기 위해 아래에 더 덧붙일 말이 있을까?

"좋아요. 이봐요, 벡, 당신 의사죠?"
"맞습니다."
"환자에게도 잘 대해주겠군요."
"그러려고 노력하죠."
"난 안 그래요. 절대로. 응석받아줄 사람이 필요하다면 다이어트를 시작하고 리처드 시먼스를 고용하세요. 이제 이 모든 '미안합니다'와 '실례합니다'와 지속할 가치가 없는 헛소리들은 건너뛰는 걸로 할까요? 당신은 내 질문에 답을 하면 됩니다."

그렇다, 나는 팬이며—당신도 이미 눈치챘겠지만—팬은 아이돌의 작업을 이상화하려는 경향이 있다는 걸 인정한다. 내 경우엔, 유감스럽게도 그 정도가 더 심하다. 여기에서 나의 발언이 정확하게 분류될 수 있도록, 코벤의 작품들이 작가로서 나의 경력을 결정지었다고 고백해야 하겠다. 특히《밀약》이 그랬다.

작가가 되기 전, 나는 베를린에서〈톱 40 스테이션〉의 프로그램 디렉터로 일했다. 무대로 올라갈 필요가 없으니 내 얼굴을 드러내지 않고 줄만 잡아당기며 다른 사람들을 조종할 수 있었다. 아주 마음 편한 상황이었다. 심지어 밴드(별로 성공은 못했지만) 드러머로서도 나는 스틱을 휘두르면서 뒤쪽에 앉아 있곤 했다. 첫 스릴러《테라피Die Therapie》를 에이전트에게 제출했을 때 나는 '파울 루카스'라는 필명을 썼다. 뒷줄에 앉아 있는 게 천성이 되다시피 하여, 자신을 내가 쓴 글 전면에 내세우고 싶지 않았다. 필명은 소심한 방패막이었다.

에이전트는 머리를 손으로 감싸쥐더니 본명을 사용해야 한다고 설득하려 했다. 요즘 그들은 작가들이 페이스북을 만들어야 한다고 설득하는 중이다. 그 단계에서 나는 계약을 하지 못했다. 나는 코벤의 소설을, 감사의 말까지 포함해서 다 읽었다. 그리고 다시 한번, 작품에 백 퍼센트 헌신하지 않는 사람은 좋은 작가가 될 수 없음을, 작가 자신이 삶으로부터 숨으려 한다면 생생한 캐릭터들을 창조해낼 수도 없음을 깨달았다.

그런 이유로, 내 홈페이지를 들여다본 독자라면 칙칙하고 재미없는 작가 소개를 찾을 수 없을 것이다. 또한 나는 감사의 말도 좀 다르게 쓰는 편이다. 예를 들어 심리스릴러《눈알수집가Der Augenjäger》의 경우, 나는 각 이름들 옆에 사진을 넣었다. 독자는 이 책이 만들어지는 과정에서 도움을 준 사람들 모두를 선명한 사진으로 볼 수 있다.

나 같은 작가들에게 코벤은 한 가지 이상의 영감을 제공한다. 처음에 나는 그의 책들 중 하나를 꺼내 중간 아무 데나 펼쳐놓고, 책상에 앉아 비슷한 퀄리티의 작품을 쓸 수 있기를 소망했다(그러나 작가의 육신을 입은 독자는 집필을 끝내기 전, 홍보문구까지 다 완성하기 전까지 그 어떤 간섭도 용납하지 않는다).

말이 나와서 말인데, 동료들의 작품을 읽는 작가는 그것을 무의식적으로라도 모방하게 될 위험이 있지 않느냐는 질문을 자주 받는다. 대답은 온전한 긍정 그리고 부정, 양쪽 다다. 숨김없이 정직하게 말하자면, 작가로서의 경력 초창기에 처음《밀약》을 읽고 내 소설에 '코벤 터치'를 넣어보고자 의도적으로 노력했었다. 결과적으로 내가 지금까지 쓴 중 최악의 두 문단이 등장했고, 곧장 쓰레기통으로 사라지고 말았지만.

그러므로 코벤은 내 스타일에 영향을 미치지 않았다. 하지만 그는 나를 슬럼프로부터 어떻게든 구해내곤 했다. 모니터 스크린에서 깜빡거리는 커서를 노려보며 아무런 생각이 떠오르지 않을 때, 나는 좋은 책을 꺼내든다. 거기서 아이디어를 얻는 건 아니다. 하지만 좌절감에 빠져 컴퓨터 앞에 멍하니 앉아 있는 것보다는 기분이 훨씬 나아진다.

성공한 작가들(이라고 쓰고 '집세를 내기 위해 부업을 할 필요가 없는 작가들'이라고 읽는다)은 왜 우리가 글로 성공하고 싶어 했는지를 너무도 자주 잊어버린다. 마감일, 독서, 리뷰, 인터뷰, 판매 합계액, 주의 집중을 방해하는 어마어마한 요인들 때문에 우리 인생 최고의 직업과 여타 직업 사이의 차이점을 더이상 보지 못하게 된다는 뜻이다. 애초에(라고 쓰고 '우리가 모든 출판사로부터 거절당할 때'라고 읽는다) 우리는 우리에게 중요한 이야기, 타인을 즐겁게 해줄 수 있는 이야기를 들려주고 싶어 했다. 내가 틀렸을 수도 있다. 하지만 코벤의 책을 읽을 때 나는 그의 모든 책에서 그 같은 욕망을 감지했고, 나 역시 막 작가가 되겠다고 불타는 열의로 책상에 처음 앉았을 때의 목표를 상기하게 되었다.

그러므로 내게 할런 코벤은 그저 작가가 아니라 동기유발자다. 스릴을 추구하는 독자에게 그는 멋진 이야기를 들려준다. 작가들에게는 중요한 글쓰기 조언을 제공한다. 스스로를 구별시켜라. 다르게 써라.

당신이 재미있는 사람이라면 비극적 주제마저 재미있게 쓰게 된다. 시점을 바꾸고 싶다면(《밀약》의 일부는 1인칭, 일부는 3인칭으로 쓰였다) 그렇게 해도 된다. 소위 전문가가 그런 글쓰기는 엉망이 될 거라고 충고하더라도 말이다. 예전에 한 대형 출판사의 편집자가 나를 그렇게 설득하려 애쓴 적이 있었다. 《밀약》을 언급해봤지만 별 소용이 없었다. 왜냐하면 그 편집자(물론, 독일에서의 상황이다)는 코벤을 읽지 않았기 때문이다. 하지만—이것이 중요하다—스스로를 차별화하는 것은 또한 스스로를 코벤과 구별 짓는 것이기도 하다.

요약하자면, 그런 모순만으로도 《밀약》은 내게 '죽이는 책'이다. 초자연적 현상처럼 들리는 질문으로 시작하지만 아주 현실적인 이야기로 진행되고, 논리적인 결말로 나아간다. 현실에서는 결코 만날 일이 없을 아주 특별한 사람들에 관한 이야기지만, 보이는 그대로 믿어도 된다. 또한 재미있다. 우리가 더이상의 자극에 대해 저항하는 순간에조차.

이 소설로 코벤이 새로운 장르를 발명한 건 아니지만, 그는 새로운 변경을 향해 한계를 밀어붙였다. 《밀약》을 통해 코벤은, 표지에 실린 이름을 굳이 보지 않고도 바로 인식할 수 있는 스타일을 갖춘 몇 안 되는 대중 작가 중 한 명으로 자리를 굳히게 되었다.

그리고 《밀약》 덕분에, 독자들이 추천작을 물을 때마다 '내부자 정보'로 그를 가장 좋아하는 작가로 꼽을 수 있게 되었다. 다만 이게 시간문제라는 사실이 걱정스러울 뿐이다. 그를 추천하며 잘난 척하는 게임을 더는 즐길 수 없을 것 같다. 곧 대부분의 독일 독자들도 그의 책을 읽게 될 테니까.

좋은 책을 영원히 혼자만 알고 있을 순 없는 것이다. 독일에서조차.

.

제바스티안 피체크Sebastian Fitzek를 처음 본 사람들은 그가 전혀 사이코스릴러 작가처럼 보이지 않는다고 말하지만, 그것이야말로 그가 열광하는 장르다. 1971년 베를린에서 태어난(여전히 그곳에서 살고 있다) 제바스티안 피체크는 유순한 인상과는 달리 독일에서 가장 많이 읽히는 스릴러 작가 중 한 명이다. 그의 소설들은 미국(첫 소설 《테라피》)을 포함하여 25개국에 번역 출간되었다. 그는 애초에 드러머, 테니스 선수, 수의사를 꿈꿨지만, 결국 그 직업들을 모두 포기한 건 자인하다시피 손재주가 전혀 없기 때문이다. 그는 잔드라와 결혼해 어린 두 자녀를 둔 아버지다.

www.sebastianfitzek.de

미스틱 리버*Mystic River, 2001*

by 데니스 루헤인

•

데니스 루헤인Dennis Lehane(1965~)은 동세대에서 가장 높이 평가받는 미스터리 작가로 꼽힌다. 마이클 코넬리는 루헤인을 두고 레이먼드 챈들러와 로스 맥도널드의 '추정 상속인'이라 일컬은 바 있다. 미국 매사추세츠 주의 보스턴에서 아일랜드 이민자의 아들로 태어난 루헤인은, 자신의 고향을 주요 소설 배경으로 활용했다. 그중에는 사립탐정 패트릭 켄지와 안젤라 제나로 듀오가 등장하는 여섯 편짜리 시리즈도 포함되어 있다. 1919년 보스턴 경찰 파업을 다룬 역사소설《운명의 날The Given Day》(2008), 많은 이들에게 격찬받은《미스틱 리버》도 마찬가지다. 쉽지 않은 일인데, 그의 작품은 영화화되었을 때 좋은 결과를 얻었다.《미스틱 리버》《살인자들의 섬Shutter Island》《가라, 아이야, 가라Gone, Baby, Gone》 모두 대중적 관심을 끌면서도 세심하게 잘 영화화되었다.

크리스 무니

　내가 열한 살 무렵이었을 때 할아버지가 부업으로 꽃 배달을 시작하셨다. 나는 정기적으로 당신을 따라나섰는데, 배달 지역의 대부분은 보스턴의 블루칼라 계층, 그중에서도 아일랜드 이민자 출신 가톨릭 신자 주민들이 압도적으로 많은 지역이었다. 주민들은 공동주택이나, 혹은 가운데 층이 조금씩 압력을 못 이겨 찌그러들기 시작하고 페인트칠도 군데군데 벗겨진 3층집에 모여 살았다. 내가 사는 동네인 린, 즉 보스턴 북쪽으로 17마일 조금 못 간 지역 이웃들을 연상시키는 곳이었다. 기계 윤활유와 회반죽 먼지를 뒤집어쓴 아버지들은 함께 담배를 피우고 맥주를 나눠 마시며 휴대용 라디오에서 흘러나오는 레드삭스 야구 경기 중계에 귀 기울였다. 어머니들이 모퉁이 잡화점에 들르거나 이웃들과 잠깐 멈춰 서서 '시시콜콜 수다를 떠는' 사이, 아이들은 개방된 소화전에서 뿜어져나오는 물줄기로 서늘해진 거리에서 스트리트 하키를 하거나 야구공을 주고받았다.

현관문이 열리면, 벽지에 밴 담배 연기와 퀴퀴한 음식 냄새가 스민 후텁지근한 공기가 훅 끼쳐왔다. 나를 맞아들이는 이들은 예의 바른 표정을 지었지만, 그것은 억지웃음이었다. 지금까지도 선명하게 기억에 남는 것은 그 시선이다. 적대적이지 않았고 그럴 필요도 없었지만, 그럼에도 경계하는 시선. 그들은 복도에서, 때로는 창가에서 나를 바라보았는데, 거리에선 언제나 그 집요한 눈길에서 벗어날 수가 없었다. 특히 밴에서 내릴 때면 그 시선들이 일제히 쏠리는 것이 감지됐다. 나는 할아버지에게 물었다.

"여기선 많은 일들이 일어난단다," 할아버지가 대답해주었다. "딱히 좋은 일들이 일어나는 건 아니지, 너도 알다시피. 여기 사는 사람들은 외부인을 조심한단다. 그럴 만한 이유가 있고. 그들은 눈과 귀를 항상 열어둔 채 지낸다."

"화이티 벌거Whitey Bulger 때문에요?" 나는 물었다. 아일랜드 폭력단의 우두머리 화이티는 당시 사우스 보스턴의 로빈 후드처럼 보였다. 마약과 범죄로부터 거리를 안전하고 깨끗하게 지키는 누군가. 때는 1980년이었다. 진실은 십오 년이 지나고 난 뒤에야 밝혀졌다. 화이티 벌거가 보스턴에서 가장 강력하고 악명 높은 폭력배였을 뿐 아니라, 그 도시에서 가장 사람을 많이 죽인 연쇄살인범이었고, 내내 FBI 상층부의 정보원 노릇을 했다는 진실이.

할아버지는 어깨를 으쓱해 보였다. 내 질문이 맞건 아니건, 대화는 공식적으로 끝이라는 신호였다. 또한 나중에라도 이 주제를 더 깊게 들어가거나 다시 꺼내지 않겠다는 뜻이기도 했다. 그해 여름 내가 방문했던 보스턴의 비밀스러운 동네들은 강렬한 매혹을 선사했고, 거기 사는 사람들에 대해 더 알고 싶다는 욕망을 불러일으켰다. 그들의 이야기, 그들이 무엇을 보았고 견뎌냈는지, 자신과 가족을 보호하기 위해 그들이 어떤 시간을 보내왔는지 알고 싶었다.

보스턴 도체스터에서 성장한 데니스 루헤인은 패트릭 켄지와 안젤라 제나로 콤비가 등장하는 빼어난 탐정물 시리즈를 통해 그 동네들을 대단히 성공적으로 파고들었다. 시리즈를 다섯 권까지 집필한 뒤, 그는 이 인기 만점의 주인공들로부터 잠깐 떨어져나와《미스틱 리버》를 썼다. 그가 그렇게 했다는 것에, 신이시여, 감사합니다. 펄프소설과 순문학의 혼합물인《미스틱 리버》는, 긴밀한 유대로 맺어진 아일랜드 출신 집단을 둘러싸고 있던 비밀의 베일을 걷어올리고, 그들에게 거리의 윤리라고 할 '침묵의 계율'을 내부자의 시선으로 보여준다. 결코 쉬운 일이 아니었지만 루헤인은 이를 믿기 어려운 진실성으로 완수했고,《미스틱 리버》는 보스턴에 관한 궁극의 소설이자 모든 범죄소설을 평가할 결정적 기준이 되었다.

이 걸작은 1975년, 보스턴 해변에 위치한 허구의 도시 이스트 버킹엄에 사는 세 소년들에게 초점을 맞추며 불길한 서두를 연다. 이 도시는 그곳이 기반으로 하고 있는 진짜 보스턴 지역만큼이나 밀실공포증을 느끼게 하는 곳이다. 모퉁이마다 들어찬 가게들과 작은 놀이터, 아일랜드 술집과 동네 정육점들이 있는 그곳에서는 모두가 서로의 이름과 직업을 알고 있다. '포인트'로 불리는 상류층 지역 출신인 숀 디바인은 대학에 진학하게 될 똑똑한 소년이다. 두려움 없는 거친 성격에 세상 물정에 밝은 지미 마커스는 범죄자로 살 것처럼 보인다. 그리고 데이브 보일, 미혼모 밑에서 자라난 소년의 미래는…… 음, 전무하다. 데이브는 우리가 어린 시절을 되돌아보았을 때 거의 기억이 나지 않는 그런 소년이다. 이름 도 없고 얼굴도 없는 그림자 같은 존재, 사랑받고 싶다는 필사적이고 가련한 욕망만이 유일한 특징인 소년. 성 범죄자들이 경찰인 척하며 소년들 옆에 차를 세운다. 그들은 가장 약해 보이는 희생물인 데이브를 노린다. 소년은 두려워하고 울면서도 기꺼이 '사과 냄새가 나는' 차의 뒷자리에 올라탄다.

순수의 상실은 루헤인의 작품에서 계속 되풀이되는 주제다. 내가 언제나 존경하는 점은, 주제에 접근하는 그의 꾸밈없고 솔직한 방식이다. 그는 아무것도 비밀로 하지 않는다. 데이브 보일이 유괴된 나흘 동안 견뎌야 했던 것은 절대로 자세히 묘사되지 않지만, 이후 그가 지역의 집단적 멘털리티에 심리적으로 고문당하는 장면은 거듭 등장한다. 그것은 데이브가 다시 등교하는 날부터 시작된다. 이 소설에서 가장 가슴 아픈 장면 중 하나로, 우리의 어린 시절에서 떠올릴 수 있는 온갖 흔해빠지고 일상적인 괴롭힘에 직면하는 데이브를 보게 된다. "흐응," 으스대는 어린 말썽꾼이 말한다. "너 그거 빨았다며." 데이브는 우리 중 누구라도 이런 상황에서 했을 법한 행동을 취한다. 그는 무너지며 울음을 터뜨린다.

샤워장에서 그를 가로막고 선 소년들로부터 쏟아지는 온갖 감정들이 느껴졌다. 증오, 혐오, 분노, 경멸이 그를 겨누었다. 그는 이유를 알 수 없었다. 여태까지 살면서 누구도 괴롭힌 적이 없었다. 그런데 그들은 그를 증오한다. 그 증오 때문에 그는 천애 고아같이 외로워졌다. 스스로에게 악취가 나는 것 같고, 죄책감과 쪼그라드는 기분에 사로잡혔다. 그는 그 느낌이 너무 싫어서 흐느껴 울었다.

이것은 데이브가 되풀이하여 희생양이 되고 최종적으로 모두에게서 버림받는 상황의 시초에 불과했다. 이웃들은 남들과 다르다 싶은 것은 전부 외면했다. 그 대상이 참혹한 범죄의 희생양이 된 열한 살짜리 소년이라 할지라도. 이후 데이브는 '친구 비슷했던 애들'에게도 배척당하고, 결국 완벽하게 무시당한다. "상황은 더 나빠졌어." 데이브는 회상한다. "그 침묵 때문에 고립감을 느꼈지." 지미 마커스조차 그를 "연민과 당혹스러움이 기이하게 섞인" 시선으로 바라본다.

소설은 스물다섯 해 뒤로 훌쩍 건너뛰어 다시 시작된다. 순수의 상실은 이스트 버킹엄의 또다른 소년, 사랑에 빠진 십대 소년 주변에서 또 한 번 발생한다. "브랜든 해리스는 케이티 마커스를 미친 듯이 사랑했다. 혈관을 솟구쳐 달리며 귓가에서 쾅쾅 울려대는 오케스트라 연주에 휩싸인 것처럼, 영화 속 사랑처럼 그녀를 사랑했다. 그녀가 걸어가는 모습, 자리가는 모습을 사랑했고 하루 종일 매 분 사이의 짧은 순간마저 그녀를 사랑했다." 케이티 마커스는 아버지 지미에게 알리지 않은 채 브랜든과 달아날 계획을 세운다. 마지막 날 밤 케이티는 여자 친구들과 함께 시내로 놀러 나간다. 그리고 데이브 보일처럼 어떤 차에 올라타고, 사라진다. 다음 날 그녀는 여동생의 첫 영성체식에 나타나지 않는다. 곧이어 멍들고 심하게 구타당한 시체가 지역 공원에 버려진 채 발견된다.

이를 둘러싼 살인과 미스터리는 《미스틱 리버》를 만족스러운 범죄소설 이상의 존재로 끌어올린다. 하지만 루헤인은 이 사건을 촉매로, 순전한 중력의 힘에 의해 숀 디바인과 지미 마커스, 데이브 보일을 다시금 각자의 궤도로 끌어들이는 블랙홀로 영리하게 활용한다. 세 남자는 각자 이 동네에서 상처받았다. 유일한 대학 졸업자인 숀은 주립 경찰의 살인사건 전담 형사다. 그는 사생활과 직장생활 모두 엉망진창이지만, 이스트 버킹엄에서 성장했고 지역 주민들의 원초적인 멘털리티, 그 거리에서 통용되는 충성심, 세대를 거듭한 가족 간의 동맹에 대해 잘 알기 때문에 이 사건을 맡게 된다. 지미와 데이브는 그 지역을 떠난 적이 없다. 금고털이 강도로 옥살이를 한 뒤 개심한 지미는 아내와 사별한 뒤 재혼했고, 이제는 편의점을 운영한다. 시시한 일자리를 전전하는 데이브 보일은, 사람보다는 유령에 더 가까운 어린 외아들의 아버지로서의 역할과 남편으로서의 역할 사이에서 몽유병자처럼 배회한다.

이스트 버킹엄은 소설 전체에 걸쳐 크나큰 존재감으로 다가온다. 이 도시는 낡은 건물들이 사라지고 고급 주거지역으로 바뀌는 과정을 겪는 중이다. 부동산은 곧장 업자들 손에 들어가 콘도와 연립주택으로 바뀌고, 볼보를 끌고 다니며 두유 라테를 마시는 여피들이 모퉁이 가게를 골동품 매장으로 바꾼다. 오래된 동네와 대대로 그곳에 살던 가족들은 천천히 사라져간다. 그러나 집단적 멘털리티는 지속된다. 최초 생존자의 사고방식이 세대를 거듭하며 아예 뼛속 깊이 새겨진 것이라기보다는, 도시 전체를 좀먹는 치유 불가능한 바이러스 같은 게 아닐까 궁금할 정도다. "한번 그 차에 타면 말야, 데이브, 돌아오지 말았어야 했어." 나이 든 지미 마커스가 어린 시절 친구에게 충고한다. "너는 여기 사람이 되지 못했어. 모르겠어? 이 지역이 그렇지. 서로가 서로에게 속한 사람들이 사는 곳이야. 다른 사람들은 여기 낄 수 없어."

범죄가 해결되는 부분은 충격적이다. 하지만 루헤인이 가차 없이, 효율적으로 차례차례 기록한 잔혹한 심리적 영역만큼 마음을 불안정하게 동요시키는 건 또 없다. 도시 안의 모든 것이 벌거벗겨진다. 모든 문이 열리고, 모든 돌멩이가 뒤집히고, 모든 동기와 비밀과 죄악이 노출된다. 《미스틱 리버》는 오랫동안 마음을 사로잡을 서사시이며, 갈라진 보도와 공동주택 단지와 삼층집에서 상연되는 셰익스피어적인 비극이다. 동시에 우리가 계속 품어왔던 상처들에 관한 통렬하고 암울한 회상이자 오래된 동네들을 주제로 브루스 스프링스틴이 불렀을 법한 발라드이며, 우리 마음속을 끈질기게 맴도는 유령에 대한 찬가다.

•

크리스 무니Chris Mooney는 '다비 매코믹Darby McCormick 시리즈'
와 에드거 상 '최고의 소설' 부문 후보에 오른 단권 장편소설《세라를
기억하며Remembering Sarah》로 유명한 세계적인 베스트셀러 작가
다. '다비 매코믹 시리즈'의 해외 판권은 20여 개국에 판매되었다. 최
신작《킬링 하우스The Killing House》는 전직 범죄 심리분석가이자
지금은 지명수배 명단 제일 위쪽에 이름을 올린 도망자 맬컴 플레처
가 처음 등장한 책이다. 무니는 미국 보스턴에 살며, '다비 매코믹 시
리즈'의 다음 이야기를 집필 중이다.
chrismooneybooks.com

브로큰 쇼어 *The Broken Shore, 2005*

by 피터 템플

•

피터 템플Peter Temple(1946~)은 남아프리카공화국에서 태어나 1980년 오스트레일리아로 이주했다. 그곳에서 그는 저널리스트이자 편집자로서 성공적인 경력을 쌓다가, 범죄소설을 쓰기 위해 1995년에 독립하고 이듬해에 첫 소설《악성 채무Bad Debts》를 발표했다. 멜버른에서 비상근 변호사로 일하는《악성 채무》의 주인공 잭 아이리시는 이후 템플의 여러 소설에 등장한다. 단권 장편소설《브로큰 쇼어》를 발표한 후 템플은 훨씬 폭넓은 해외 독자를 거느리게 되었고, CWA 주관 골드 대거 상 '최고의 범죄소설' 부문을 수상한 최초의 오스트레일리아 작가로 이름을 올렸다.

존 하비

늦가을의 추운 어느 날 아침, 이야기는 충분히 고요하게 시작된다. 한 남자가 여느 날과 다름없이 개들과 함께 산책을 나갔다. 그는 단풍나무의 마지막 잎사귀들을 바라보는 중이었다, 지서에서 전화가 걸려오기 전까지. 혼자 사는 여자로부터 침입자 신고가 들어왔다는 전화다. 그는 두려움이 욕지기처럼 밀려오는 걸 느낀다. 캐신. 멜버른의 강력계 형사인 그는 은퇴 압력을 받고 있다. 이런 사건, 아니면 이 비슷한 사건이 예전에도 있었다. 어둠, 위험, 아스팔트의 피 웅덩이, 생명이 새어나가는 모퉁이들. 또다른 전화가 걸려온다. 앞선 전화에 바로 뒤이어, 밤이 낮을 따라잡는 것처럼 빠르게. 부유한 노인이 얼굴을 바닥으로 한 채 발견되었다. 그의 벌거벗은 등에는 일부는 말라붙고 일부는 아직까지 축축한 채 줄무늬를 이룬 핏자국이 묻어 있었다. 뭘 훔치러 들어왔다가 잘못된 것 같은 단순한 사건이 아니다. 여기선 그 무엇도 단순하지 않다.

템플의 소설 속 음모는 음모 자체의 속성이 그렇듯 눈치채기도 전에 슬그머니 우리에게 다가선다. 재산, 권력, 부패하는 권력, 그 달콤한 썩은 내는 레이먼드 챈들러의 《빅 슬립》과 또다른 부자 노인, 무르익어 쇠락만이 남은 인간의 살 냄새와 너무도 비슷한, 넌더리 나는 향기를 내뿜는 난초들로 가득한 온실 속에서 산송장처럼 살아간 그 노인을 연상시킨다.

캐신은 삶에 견고한 지반이라는 건 존재하지 않는다고 생각했다. 그저 체액 위로 각기 다른 두께의 껍질들이 씌워져 있을 뿐이었다.

캐신은 괜찮은 사람이다. 실수를 전혀 저지르지 않거나 그것에 신경 쓰지 않는 사람이 아니다. 좋은 사람이든 악한 사람이든, 적이든 친구든 타인의 생명을 빼앗는 실수 말이다. 그 때문에 생긴 부상으로부터 지속적으로 느껴지는 고통처럼, 그는 결코 그런 실수를 잊을 수 없다.

"뒤돌아보면서 앞을 향해 가는 사람 말이지," 캐신이 말했다. "난 그 느낌을 알아."

뒤를 돌아보면서, 앞으로 향한다. 캐신의 아버지는 그가 열두 살 때 죽었다. 어머니는 여행가방을 두 개 챙겨들고는 아들과 함께 삼 년을 길 위에서 보냈다. 떠돌아다녔다. 판잣집, 셋방, 모텔. 그 이후로, 아마 스스로도 인지하지 못한 채 그는 아버지를, 그리고 가정을 계속 찾아 헤맸던 것 같다. 그리고 자신이 아버지로 인정받지 못한 아들을 만나길 열망한다.

그가 바라는 전부는 그 아이를 만나보고, 말을 거는 것이었다. 이유는 알지 못했다. 그가 아는 것이라곤 소년을 생각할 때마다 뼈가 부러졌을 때와 비슷하게 아프다는 사실이다.

현재 캐신은 말 그대로 재건하고자 하는 기억의 앙금 속에서 살아간다. 친구가 된 뜨내기 노동자의 도움을 받아, 그는 증조할아버지의 형이지었고 그다음엔 다이너마이트로 날려버린 폐허에 다시금 집을 짓고자 한다. 여기에 어떤 교훈 비슷한 게 있다고 여겨질지도 모르겠다. 일종의 도덕이.

하지만 캐신이 재건하고자 하는 가족의 집이 이 소설의 구조화된 은유 중 하나라면, 또 하나는 좀더 역동적이고 좀더 핵심적이다. 소설의 제목이기도 한 '부서진 해안Broken Shore'이 그것이다. 그 난폭한 중심에는 케틀Kettle, 그 안에서 물이 미쳐 날뛰며 부서지는 케틀이 있다.

그들은 캐신이 예닐곱 살 되었을 무렵 그곳을 보러 갔다. 모두가 케틀과 당가 계단Dangar Steps을 봐야 했다. 부서지는 가장자리로부터 멀찍이 떨어진 곳에 있는데도 그 광경 때문에 그는 겁에 질렸다. 광대한 바다, 거품이 뒤엉키는 회녹색 바닷물이 미끄러지고 떨어지고 밀려들고 작은 봉우리로 솟아올랐다가 부서져 내리고, 움푹 꺼졌다가 굼실거린다. 수면 아래로 상상도 하지 못할 힘이, 사람을 들어 올렸다가 아래로 다시 빨아들이고 빙글빙글 돌릴 무서운 힘이 존재하는 것이 느껴졌다. 거기 빠지면 얼음장 같은 짜디짠 물속에서 숨을 쉬고, 그 물을 삼키고 질식할 것이다. 밀려오는 힘이 그를 절벽 틈새로 밀어붙이고 구멍이 숭숭 난 케틀의 벽에 내동댕이칠 것이다. 거듭 내동댕이쳐서 그의 옷이 실타래로 변하고 그 육체가 부드럽게 다져진 고기처럼 될 때까지.

여기가 바닷가의 그 장소, '부서진 해안'으로 불리는 곳이다.

살인사건의 강력한 용의자 한 명의 시체가 이곳에서 발견된다. 여기서 십대 소년 캐신은 욕정과 경이감에 충만한 채, 어린 헬렌 캐슬먼 옆에 가까이 앉아 넋을 잃었다. 너무나도 아름답고, 너무나도 부유하고, 그가 속한 계층과 너무나도 멀었던 캐슬먼은 변호사가 되었다. 그녀는 또다른 용의자인 애버리지니 원주민의 국선 변호인이며, 캐신이 아직 건설하지 못한 꿈의 장소 바로 옆집을 구입하기도 했다. 그리고 캐신의 아버지는 케틀에서 자살했다.

'브로큰 쇼어'라는 제목에선 또다른 더 의미심장한 공명이 울려퍼진다. 적어도 내게는 그렇다. 그러니까 로버트 휴스Robert Hughes가 1987년에 쓴, 오스트레일리아 건국에 관한 설명서라고 할 《치명적인 해안The Fatal Shore》을 떠올리게 되는 것이다. 《브로큰 쇼어》는 수 세대에 걸친 역사가 스며든 특정 국가—어느 특정 지역, 어느 특정 장소—만을 배경으로 한 소설이 아니다. 이 소설은 어떤 공동체의 변화와 사실상의 붕괴 둘 다를 보여준다. 그리고 충격적일 정도로 거침없는 언사로 표현되는 인종차별이 적나라하게 등장하는데, 이를테면 애버리지니 원주민들을 떠돌이 최하층민으로 간주하며 악마화하는 발언들이 그렇다.

《브로큰 쇼어》 출간 당시 이 책에 대해 "간단하게 말해 템플은 거장이며, 《브로큰 쇼어》는 거장의 작품이다"라고 한 나의 발언이 인용된 것을 무척 기쁘게 생각한다. 그 이후로 네댓 번을 다시 읽었지만, 내 생각을 바꿀 어떤 이유도 찾지 못했다.

레이먼드 챈들러가 대실 해밋에 대해 뭐라고 말했던가? 살인을 베네치아풍 꽃병에서 끄집어내 골목에 떨어뜨렸다던가 뭐 그런 얘기였던 것 같다. 살인 무기는 이제 서재의 촛대가 아니라, 길을 잘못 들어 우중충한 일방통행로로 걸어가는 이의 뒷머리를 내리치는 곤봉이다.

진짜 사람들이 저지르는 진짜 범죄.

챈들러 자신도 이 방면에서는 썩 나쁘지 않았다.

좀더 가깝게는 마이 셰발과 페르 발뢰 역시 스웨덴 경찰 마르틴 베크를 주인공으로 한 열 권짜리 시리즈를 통해 솜씨를 입증해 보였고, 글래스고를 무대로 쓴 근사하면서도 영감으로 가득 찬 소설《레이들로 Laidlaw》(1977)를 쓴 윌리엄 매킬버니William McIlvanney도 그랬다.

피터 템플이 매킬버니나 셰발과 발뢰의 작품을 읽었는지, 아니면 조지 펠레카노스를 읽었는지 혹은 월터 모슬리를 읽었는지는 전혀 중요하지 않다. 여기서 상관 있는 건 그들 모두가 범죄소설을 비슷한 방식으로 활용했다는 점이다. 이야기를 들려주는 것, 그러니까 사람들에 관한 이야기, 당신이 마음을 쓰게 되는, 아주 많이 쓰게 되는 누군가에 대한 이야기를 들려주는 것. 동시에 더 중요하다고 해야 할, 아니 그만큼 중요한 점을 지적하자면 그들은 범죄소설을 하나의 도구로 활용했다. 사회 내 일부 지역을 열어젖히고 드러냄으로써 우리가 그것을 살펴보고 이해할 수 있게끔 하는 도구로.

나는 이 인적 드물고 건조한 지역에 이끌렸고, 제대로 집중한다면 막대기와 뼛조각 몇 개로도 강력한 뭔가를 해낼 수 있다는 사실에 매혹되었다.

피터 템플 본인의 말이다.

《브로큰 쇼어》는 실제로, 대단히 강력했다.

•

2007년 '지속적으로 최상급 범죄소설을 써온 공로'로 CWA 주관 카르티에 다이아몬드 대거 상을 수상한 이래, 존 하비John Harvey는 이제부터 모든 것이 내리막일 뿐이리라는 암시들을 대수롭지 않게 무시하려고 노력했지만 실패했다. 제아무리 푸시업을 열심히 하고 영국 남부 사우스다운에서 12마일을 무장 행군해도, '베테랑 범죄소설가'라는 꼬리표는 그에게 후광처럼 찰싹 달라붙어 있다. 그의 가장 최근 결과물은 2012년 출간된《괜찮은 미끼Good Bait》로, 아직 노망이 시작되지 않았음을 입증해 보이려 했다. 그 작품은《데일리 메일》로부터 숨죽인 찬사와 혐오의 반응—마땅한 반응이라는 게 작가의 바람이다—을 받았다.

mellotone.co.uk

이방인 *The Outlander, 2007*

by 길 애덤슨

길 애덤슨Gil Adamson(1961~)은 1991년 첫 시집《원초적Primitive》을 출간하면서
작가 경력을 시작했다. 이후 단편집《도와줘, 자크 쿠스토Help Me, Jacques Cous-
teau》(1995)와 시집《애시랜드Ashland》(2003)를 연이어 발표했다. 그녀는 첫 장편
소설《이방인》으로 2007년 해밋 상을 수상했는데, 이 작품은 지금까지 그녀가 쓴
유일한 장편소설이다.

C. J. 카버

패딩턴 역 가판대에서《이방인》의 첫 줄을 읽었다. 나는 몹시 서두르
던 중이었고, 여행길에 읽을 적당한 책을 고를 시간은 몇 초 정도밖에 없
었다.

밤이었다. 목줄 풀린 개들이 나무들 사이로 나와 길게 울부짖었다.

아 이런, 나는 생각했다. 이거 뭔 일이 생기겠는데. 멋진걸.
지금까지 쓰인 소설 중 최고의 첫 문장으로 역사에 기록되진 않겠지
만, 이 소설의 스타일과 내용, 장르 모두가 근사했다. 나는 더이상 읽어보

지 않고 바로 이 소설을 샀다. 두 시간 뒤 내가 탄 기차가 목적지에 도착할 때쯤, 나는 매우 특별한 작품을 읽고 있다는 걸 알았다. 할 수 있는 한 이 이야기에 머무르는 시간을 길게 늘리기 위해 가능한 한 모든 단어를 음미하고 필사적으로 느린 속도로 읽으려 했다. 탈주하는 여성에 관한, 마음을 완전히 사로잡는 매혹적인 이야기. 여기에는 내 정신을 쏙 빼놓을 모든 것들이 갖춰져 있었다. 모험, 생존, 살인, 사랑, 유기, 배신, 두려움, 공포, 유머와 행복(꼭 이 순서대로 나오진 않는다).

특히 나를 가장 흥분시킨 건 주인공의 곤경뿐 아니라 배경이었다. 길 애덤슨은 지구상에서 가장 혹독하고 금기시된 장소 중 한 군데인 지난 세기 초의 캐나다 로키 산맥을 택하고, 그 속에 "자신의 손에 의해 과부가 되었다"고 하는 열아홉 살짜리 메리 불턴을 밀어넣는다. 메리는 복수심에 불타 그녀에게 정의의 처벌을 내리려는 남편의 두 쌍둥이 형제에게 쫓긴다.

때는 1903년이다. 메리는 상류층 사회에서 성장했고, 야생에서의 생존은 원래 그녀의 몫이 아니었다. 그녀는 어느 방향으로 향해야 할지, 각종 풀과 솔방울 열매를 먹어도 되는지 모르고 함부로 시도하다가 탈이 나기도 한다. 그녀는 굶주리게 되지만, 늑대가 사냥하고 남긴 동물을 발견하면서 가까스로 기아를 면한다. 썩어가는 음식을 먹을 때, 굶주린 위장에 사슴고기 날것을 집어넣을 때 어떤 일이 벌어지는지 묘사하는 장면에 이르자 나는 속 쓰림을 중화해줄 제산제를 찾을 수밖에 없었다. 하지만 진짜 긴장감은, 원주민 추적자를 고용해 그녀의 매 걸음을 추적하는 무시무시한 빨강머리 쌍둥이 때문에 고조된다.

시작부터 메리가 살인자라는 걸 밝히기 때문에, 이 소설은 '누가 범인인가' 타입의 미스터리는 아니다. 대신 소설 전체를 통틀어 '왜?'라는 질문이 점점 강해진다. 더 나아가, 메리가 쌍둥이를 떨쳐내고 이 세상에서 몸을 의탁할 안식처를 찾아낼 수 있을 것인가라는 질문도 내내 떠나지 않는다.

메리는 드물게 무모한 여자다. 누가 봐도 대단히 아름답지만, 그녀에게는 죽음을 초래할 듯한 섬뜩한 분위기가 있다. 그녀는 또한 어린 아들의 죽음으로 깊은 비탄에 빠져 있고, 환상과 환청에 시달리지만 거기에 굴복하지 않는다. 이 소설의 핵심은 육체적·정신적 생존을 위한 투쟁이라는 이중의 갈등이다. 메리는 살아남고야 말겠다는 의지가 굳은 독립적 여성이지만, 그녀 앞에 놓인 시련은 어마어마하다. 이런 상황에서 여성 캐릭터들이 영웅적 표상으로 등장하는 경우는 거의 없다. 그랬다가는 독자들에게 그녀가 터무니없게 보일지도 모른다는 위험 부담이 있기 때문이다. 하지만 메리의 캐릭터는 완벽하게 믿음이 가서, 우리는 그녀가 내딛는 걸음마다 그녀가 살아남기를, 역경을 이겨내고 승리할 수 있기를, 어쩌면 행복을 발견할 수 있기를 기원하게 된다.

《이방인》은 배경과 캐릭터를 대단히 풍부하게 엮어낸 원형적인 서사이기 때문에, 독자들은 다양한 디테일을 마음껏 즐길 수 있다. 메리가 우연히 들어서게 된 변경 마을은 강인한 광부와 떠돌이, 괴짜 짐수레꾼과 미치광이, 엄청나게 척박한 자연환경에서 근근이 먹고살아가는 고통받는 영혼들이 모인 매혹적이고도 특별한 장소다. 그녀가 안내자와 수호자, 사기꾼과 악당과 마주칠 때 우리는 전적으로 메리의 입장에서 보게된다. 상냥한 산사람—상습적인 도둑질 때문에 언제 체포될까 전전긍긍하는—과 메리가 부드러운 로맨스를 나누게 될 때조차 쌍둥이가 그녀를 거의 따라잡았다는 무시무시한 느낌은 사라지지 않는다.

애덤슨은 높이 평가받는 시인이다. 그녀의 글쓰기는 만족스럽게 단순하고 직접적이며, 당신을 낯선 세계 속에 완벽하게 몰입시킨다. 그리하여 독자는 메리가 피우는 모닥불 냄새와 옷 여기저기에 스며든 습한

흙냄새도 맡을 수 있을 정도다. 아편제를 먹는 게 어떤 느낌일지, 산사태에서 살아남는 건 어떤 기분일지, 혹은 화살에 맞으면 어떨지 궁금해한 적이 있다면, 더 멀리 갈 것 없다. 이 소설 속 묘사는 너무나도 설득력 있기 때문에, 애덤슨이 이 소설과 관련된 각각의 사건과 감각을 개인적으로 모두 경험한 게 아닌지 궁금할 지경이다.

캐나다의 황야는 애덤슨의 펜 끝에서 생생하게 묘사되어, 잔혹하면서 무자비하고, 소름 끼치면서도 아름다운 또 하나의 캐릭터처럼 작용한다. 하지만 이 배경은 그저 장소에 그치지 않고, 캐릭터가 살아가는 도덕적 배경, 그 도덕에 부과된 가치에 도전하는 지점이기도 하다. 소설의 플롯은 인종적·민족적 출신에 관계없이 모든 인류에게 절실한 해묵은 갈등을 다룬다. 사랑과 증오, 절망과 희망, 공평함과 불평등, 선과 악. 백여 년 전을 배경으로 하고 있지만, 이 가치와 인간성은 지금도 마찬가지로 중요하기 때문에 동시대적으로 느껴진다.

《이방인》에서 메리는 남편의 부정에, 독립을 향한 열망과 동떨어진 의존적 상태에, 그녀 자신의 문맹에 맞서 투쟁한다. 하지만 가장 매력적인 부분은 타인의 통제와 영향력과 도움으로부터 메리가 자유로워지는 과정을 관찰하는 애덤슨의 시선이다. 자신이 저지른 범죄 때문에 메리는 예전으로 돌아갈 수 없고 부모로부터의 도움도 기대할 수 없다. 인생에서 처음으로 메리는 혼자가 되어, 낯설고 놀라운 등장인물들과 거칠기 짝이 없는 동네, 평범이 비범으로 여겨지는 이국적이고 적대적인 공간들이 뒤엉킨 이질적인 세계에 들어선다.

우리는 메리의 세계에, 그녀의 갈등과 생존을 향한 싸움에 몰입하면서, 그리고 마침내 그녀가 남편을 살해한 동인의 정체를 알게 되면서 우리 내면의 인간성을 발견한다. 우리는 그녀가 적들을 마주할 때 노출되는 내적 본질을 목격한다. 클라이맥스에 이르면, 우리는 지금까지 메리가 내린 결정들이 그녀 자신을 심오하게 변화시켰음을 알게 된다. 이제 메리는 새로운 정체성을 가지고 우리 앞에 눈부시게 아름다운 모습으로 우뚝 선다. 온전한 인간으로, 치유되고 승리한 인간으로.

이야기가 진행되면서 캐릭터가 발전해나가는 변화의 양상은 메리에게만 해당되는 것이 아니다. 그녀를 쫓는 추적자들, 이제 '혼란스럽고 충격받고 몹시 지친' 그들에게도 해당된다. 쌍둥이 형제는 온몸이 얼어붙는 밤과 앞이 안 보이도록 쏟아붓는 눈과 비를 뚫고 몇 달 동안 메리를 추적했다. 그들은 이야기 초반에 처음 묘사되던 모습과 달라진다.

나는 이 책의 모든 면을 전부 사랑한다. 극적이고 다채로운 분위기로 충만하며 기대치 않았던 반전으로 꽉 차 있는《이방인》은, 독자를 완전히 몰입시키며 서둘러 책장을 넘기게 하는 고전적 스릴러다. 하지만 무엇보다도, 극도로 뛰어난 글쓰기 기교로 완성되는 작품이다. 사람들은 어떤 책에 극찬을 퍼부을 때 기교에 대해서는 거의 언급하지 않지만, 기교 없이는 가장 심오한 소재도 얄팍해 보일 뿐이다.《이방인》의 구조, 배경, 등장인물과 장르는 완벽하게 조합되어 독자에게 드문 기쁨을 선사한다. 기막히게 멋진, 아름답게 쓰인 소설이다.

．

C. J. 카버C. J. Carver는 영국에서 태어나 성장했고, 나중에 오스트레일리아에서 십 년 동안 거주했다. 그녀는 여행 작가이자 장거리 랠리 선수로도 활동해왔다. 전원이 여성으로 구성된 팀을 이끌고 런던에서 사이공까지, 그리고 런던에서 케이프타운까지 달리기도 한다. 그녀의 첫 소설《피의 교차로Blood Junction》는 CWA 주관 데뷔 대거상을 수상했다. 이후 집필한 작품 여섯 편은 영국과 미국에서 출간된 뒤 20개 이상의 언어로 번역되었다. 현재 전투기 조종사인 남편과 함께 영국 배스 근처에 거주한다.
www.carolinecarver.com

무너진 양철 지붕 *The Tin Roof Blowdown, 2007*

by 제임스 리 버크

•

제임스 리 버크James Lee Burke(1936~)는 생존한 미국의 가장 위대한 작가 중 한 명이다. 첫 소설《낙원의 절반Half of Paradise》이 1965년 출간된 이후,《밝게 빛나는 태양을 향해To The Bright and Shining Sun》(1970),《칼을 버리고 항복하다 Lay Down My Sword and Shield》(1971)를 연이어 발표했다. '데이브 로비쇼Dave Robicheaux 시리즈'의 첫 작품《네온 레인》은 1987년에 쓰였다. 이후 버크는 로비쇼를 등장시킨 이 시리즈를 총 스무 편 집필했으며, 그중 최신작은《세상의 빛Light of the World》(2013)이다. 장편소설을 총 서른세 편 쓴 작가로서, 버크는 또한 두 권의 단편집《재소자 및 그 외 이야기들The Convict and Other Stories》(1985)과《먼 바다로 간 예수Jesus Out to Sea》(2007)를 펴내기도 했다.《블랙 체리 블루스Black Cherry Blues》로 1990년에,《시머론의 장미Cimarron Rose》로 1998년에 미국 미스터리작가협회가 주관하는 에드거 상 '최고의 작품' 부문을 두 번 수상했다. 2009년에는 미국 미스터리작가협회로부터 그랜드 마스터 상 수상자로 결정되었다.

캐서린 하월

제임스 리 버크는 북미 대륙의 범죄소설 작가로, 퓰리처 상 후보에 오르고 에드거 상을 두 번 수상했으며, 현재까지 장편소설 서른세 편을 썼다. 이 작품들은 단권 장편소설을 비롯해 텍사스 기마 경관이었다가 변호사로 직업을 바꾼 빌리 밥 홀랜드가 주인공인 시리즈와, 빌리 밥의 사촌이자 미국시민자유연합(ACLU) 대리인이었다가 이제는 텍사스 주와 멕시코 접경지대 작은 마을의 보안관으로 일하는 해크베리 홀랜드가 주인공인 시리즈를 아우른다. 위의 두 시리즈 모두 베스트셀러 목록 상위권을 차지한 바 있고, 평론가들과 독자 대중 모두에게 폭넓은 상찬을 받았다. 하지만 역시 버크를 가장 널리 알린 것은 오랫동안 성공을 거두며 꾸준히 선보이고 있는, 알코올중독에서 벗어난 전직 경찰이자 베트남전 참전용사이자 한때 낚시 미끼를 파는 가게를 운영했던 데이브 로비쇼가 등장하는 시리즈라는 데 이견이 없을 것이다.

이 시리즈의 첫 책은 1987년 출간된 《네온 레인》이며, 여기서 로비쇼는 루이지애나 주 뉴올리언스의 살인사건 전담 형사다. 이후의 작품들에서 그는 루이지애나 주 뉴이베리아에서 서쪽으로 두 시간 정도 차를 달려야 하는 마을의 보안관 사무소 소속 경찰로 나온다. 이 지역은 버크의 작품에서 대단히 자주 등장하는데, 작가 자신이 그곳의 주민이기도 하다. 그러므로 버크가 2006년 8월에 그 일대를 전멸시키다시피 한 허리케인 카트리나의 영향에 대해 계속 글을 쓰는 건 당연한 결과다. 로비쇼 시리즈의 열여섯 번째 작품인 《무너진 양철 지붕》에서 버크는 전매특허인 잘 짜인 플롯과 캐릭터들로 이뤄진 범죄소설과, 허리케인 카트리나에 관해 거장의 필력이 돋보이는 묘사를 결합시킨다.

소설은 로비쇼가 베트남전 당시를 배경으로 한 꿈을 꾸는 것으로 시작된다. 그는 부상당해 누운 채 헬기 수송을 기다리고 있다. 그는 북베트남 군이 언제든 흔들거리는 부들 초목 사이로 튀어나올 수 있다는 걸 잘 알고 있으며, 의료진 헬리콥터가 RPG(로켓 추진형 유탄) 폭발로 부상당한 동료들로 미어터질 지경인 걸 본다. 그는 꿈에서 깨어나 "다시는 그토록 많은 무고한 시민들이 고통받는 걸, 우리나라 사람들이 우리를 가장 필요로 할 때 배신당하고 버림받는 걸 보아야 할 일은 없을 거라고" 생각한다. 하지만 그것은 "카트리나가 닥쳐오기 전의 일이었다".

다음 페이지. 비 오는 뉴올리언스의 아침, 신부이자 약물중독자인 주드 르블랑이 등장한다. 8월 26일, 허리케인 카트리나가 도달하기 사흘 전이다. 버크는 누구도 따라갈 수 없는 특유의 시적인 스타일로 쏟아붓는

비에 건물이 정원과 함께 침수하는 광경을, 르블랑의 전립선암이 안겨주는 만성적인 고통을 묘사한다. 르블랑은 자신을 지금의 상태까지 이르게 한 의사의 오진에 대해 남들에게 이야기하지 않는다. "의학의 정밀성에 대한 신뢰를 사람들로부터 빼앗고 싶지 않았기 때문이다. 그건 마치, 그들이 가지고 있는 유일한 체계를 빼앗는 것이나 마찬가지니까." 신뢰와 믿음 체계, 그것의 상실은 버크의 많은 소설들에 등장하는 강력한 주제로, 《무너진 양철 지붕》에선 그 어느 때보다 더 강하게 드러난다. 믿음의 중요성에 대한 르블랑의 인식은 우리가 다음으로 만나게 될 등장인물인 보험 외판원 오티스 베일러의 신념과 짝을 이룬다. 베일러는 적절한 준비야말로 최악의 재난을 헤쳐 나갈 수 있는 해결책이라고 굳게 확신한다. 절망과 곤경─이 또한 버크의 작품들의 공통적인 주제다─을 맞닥뜨린 이들의 희망과 투지는, 카트리나가 이 지역에 가할 파괴에 대해 이미 알고 있는 독자들에게 훨씬 통렬하게 다가온다. 또한 그 희망과 투지는, 버크의 인물들에게 가해지게 마련인 위협이 통상적으로 불러일으키는 불편한 마음과 불안을 더더욱 강화시킨다.

통찰력과 공감의 심정으로 등장인물을 창조해내고 다수의 전지적 시점을 채택함으로써, 버크는 등장인물과 독자 간에 강력한 관계가 형성될 수 있도록 돕는다. 범죄자, 경찰, 혹은 평범한 사람 모두가 갈 곳을 잃고 구원을 찾아 헤매는 인물들로 묘사된다. 우리는 보석 중에 도망친 도둑이며 강간범인 버트런드 멜란콘이 과거의 죄를 바로잡고자 노력하는 것을 지켜보며, 그가 저지른 모든 죄에도 불구하고 그의 투쟁을 응원하지 않을 도리가 없다고 느낀다. 구원이라는 주제는 또한 로비쇼와 그의 친구이자 동료이자 전직 경찰인 클리트 퍼셀에게서도 발견된다. 로비쇼는 퍼셀이 멜란콘과 그의 형을 다시 잡아들이려 그토록 노력하는 이유가, 그렇게 함으로써 어느 정도나마 카트리나가 입힌 해악을 되돌리고 황폐해진 뉴올리언스를 재건할 수 있기 때문이라고 생각한다. 재건의 불가능성과 더불어, 로비쇼 자신이 이 소설을 비롯한 시리즈의 다른 작품들에서 그러하듯 퍼셀 역시 끝나지 않는 범죄의 흐름에 맞서 계속 싸운다는 그 사실은 실패가 뻔한 상황에서 그들이 발휘하는 용기를 강조한다. 그들은 결코 이길 수 없지만, 그럼에도 불구하고 그들은 계속 투쟁한다.

최고의 글은 당신이 등장인물들과 함께 그곳에 있는 것처럼 느끼게 하는 작품이다. 내 생각에 버크는 그 점에서 결코 실패한 적이 없다. 카트리나가 몰려오기 시작할 무렵 로비쇼와 퍼셀이 베트남전의 마지막 나날들과 비교하며 우려하는 장면은, 즉 "대학살이 벌어지는 것을 목격하고 있다"는 그들의 불안은 독자들로 하여금 최소한 비슷한 두려움을 경험하게끔 한다. 버크는 허리케인이 접근해올 때 공기와 바다의 변화를, 로비쇼와 그의 상관이 뉴올리언스로 운전해 들어가며 목도하는 그 피해를, 범람하는 물 위에 둥둥 떠다니는 시체들을, 집과 차 지붕 위에 올라가 차올라오는 물 때문에 오도 가도 못하는 사람들의 고통을 세세하고 격렬하게 묘사한다. 소설을 읽으며 나는 부들부들 떨었다. 그가 쓰지 않은 부분조차 가슴을 정통으로 짓눌러왔다. 다락에 갇힌 채 물에 빠져 죽어가던 사람들을 언급하면서 버크는 이렇게 썼다. "우연히라도 그 다락방에서 휴대전화로 걸어온 911 전화 녹음을 들을 기회가 있다면, 가능한 한 빨리 그 자리에서 도망치는 편이 좋다. 남은 생애 동안 내내 꿈속에서 재생될 그 목소리들과 함께 살아갈 용기가 없다면."

《무너진 양철 지붕》은 때때로 읽기 힘겹고 가슴을 찢어놓는 소설이다. 버크의 모든 소설이 그렇듯, 이 작품 역시 사람들과 그들의 관계에 대한 진실로 빼곡하게 채워져 있다. 우리는 그 안에서 모두가 할 수 있는 한 최선을 다하며, 그들 자신과 서로를 더 잘 이해하기 위해 애쓰고, 동료 인간과 연결될 방법을 찾는 것을 보게 된다. 훌륭한 글은 우리를 그 이야기 속으로 끌어들일 뿐 아니라, 우리가 자신의 어떤 지점과 마주하도록 한다. 다시 한번 말하지만, 내 생각에 버크는 이 점에서 실패한 적이 단한 번도 없다.

•

전직 긴급 의료원이었던 캐서린 하월Katherine Howell은, 바로 그 의료원들과 시드니 경찰서의 형사 엘라 매코니를 등장시키는 범죄소설 일곱 편을 쓴 베스트셀러 작가다. 그녀의 작품들은 높은 평가와 함께 수많은 상을 휩쓸었으며, 다양한 국가와 언어권에 종이책과 전자책, 오디오북으로 소개되었다. 하월은 글쓰기 분야에서 두 가지 학위를 받았고, 퀸스랜드 대학교에서 박사 논문 주제로 범죄소설 속 여성 의학 조사관들을 연구하면서 글쓰기와 편집을 가르치고 있다. 그녀는 서점을 운영하는 배우자와 함께 퀸스랜드에 거주 중이다. 그녀의 최신작은 《마땅한 죽음Deserving Death》이다.
www.katherinehowell.com

죽은 자는 알고 있다 *What the Dead Know, 2007*

by 로라 립먼

•

로라 립먼Laura Lippman(1959~)은 미국 조지아 주 애틀란타에서 태어나 볼티모
어에서 성장했다. 볼티모어는 그녀의 작품 다수의 배경으로 등장한다. 전직 저널리
스트(로라 립먼 자신처럼)였다가 사립탐정으로 전업한 테스 모나한이 주인공인 미
스터리 시리즈에서도 마찬가지다. 립먼은 1997년 '테스 모나한Tess Monaghan 시리
즈'로 미스터리 작가 경력을 시작했다. 립먼은 시리즈에서 독립된 장편소설《죽은
자는 알고 있다》를 발표하기 이전 이미 주요 미스터리 상을 석권했지만 이 책을 통
해 더 광범위한 호평을 받았으며, 동세대 가장 뛰어난 미스터리 작가 중 한 명으로
지위를 굳히게 되었다.

빌 로펠름

로라 립먼의 독립 단행본 장편소설이자 2007년 독자들을 충격에 빠
뜨린 굉장한 작품《죽은 자는 알고 있다》는 자동차 충돌 사고로 시작한
다. 볼티모어 교외 지역 외곽고속도로에서 두 대의 차가 부딪힌다. 운전
자 중 한 명인 중년 여성은 그 현장에서 빠져나가지만, 얼마 못 가 경찰
에게 제지당한다. 그녀는 왜 달아나려 했는지 납득이 가는 설명을 제시
하지 못한다. 그녀에게는 신분증이 없다. 그녀는 경찰에게 자신의 이름
이 헤더 베서니라고 말한다. 삼십 년 전 몹시 붐비던 볼티모어 백화점에
서 실종됐고, 그 이후 한 번도 목격되거나 소식이 들려오지 않았던 두 자
매 중 한 명인 헤더 베서니라고. 질문들이 터져나온다. 그녀는 그동안 어

디에 있었나? 언니는 어디 있나? 이 여자는 자신이 주장하는 그 인물이 맞나? 그녀를 믿을 만한 이유들이 있고, 믿을 수 없는 이유들이 있다. 이 질문들 중 하나라도 답을 찾을 수 있을까? 이 대답들이 사실로 증명될 수 있을까? 경찰, 변호사, 사회복지사는 매번 언행이 바뀌는 헤더를 집중시키고 현재와 과거에 관한 진실의 조각들을 그러모으기 위해 경쟁적으로 뛰어든다.

고속도로 사고 당시 헤더는 부딪힌 상대 차량에 타고 있던 아이, 어린 소녀를 힐끗 보았다. 별로 중요하지 않은 듯 스쳐 간 그 장면에서, 헤더는 자신이 보았노라고 맹세했던 소녀가 실은 소년이었고, 성별이 다를 뿐 아니라 헤더가 기억하는 바와는 완벽하게 다른 외모의 아이였음을 알게 된다. 헤더는 또한 그녀가 진실이라고 맹세할 수 있었던 것들이 사실은 거짓이었음을 깨닫게 된다.

생명끼리의 충돌, 통제를 벗어나 제멋대로 위태롭게 달리던 차를 묘사하는 초반의 교통사고 장면은, 단순하면서도 이야기를 시작하기에 더없이 잘 들어맞는 은유였다. 이 사고 때문에 수수께끼 같은 여인과 호기심 많은 경찰관이 접촉하게 되고, 이야기가 굴러가기 시작한다. 하지만 우리가 보았고 알고 있다고 생각했던 것이 차디찬 냉혹한 현실에 맞닥뜨려 산산조각나는 그 충돌이야말로 이 이야기를 끌고 가는 진정한 힘이다.

다른 차에 타고 있던 소년은 경미한 부상만 입었으며, 우리는 다른 정보 없이 그 아이가 곧 완쾌할 것이라고만 믿게 된다. 우리는 소년의 이름도 모르고, 최소한 줄거리에 따르면 아이는 그다지 신경쓰지 않아도 될 정도의 중요성만 부여받은 인물 같다. 우리는 헤더의 눈을 통해, 신뢰성을 확인할 수 없는 찰나의 순간에 비친 소년의 모습밖에 보지 못한다. 소년의 중요성은 우리가 생각했던 그 아이가 결코 아니었다는 데 있다. 소년은《죽은 자는 알고 있다》의 핵심에 놓인 또다른 중요한 개념을 드러내는 존재다.

　　당신이 보는 것을 믿지 마라.

　　기만은 이 소설의 동력을 공급한다. 범죄소설의 전형적인 거짓말뿐
아니라, 매일 벌어지는 일상적 기만 역시 그 공급원이다. 아이가 어른에
게, 자매가 서로에게 그리고 부모에게 거짓말을 한다. 커플은 상대방을
자기 뜻대로 움직이려고 혹은 보호하려고 기만한다. 경찰관은 죄지은 자
와 죄 없는 자에게 똑같이 거짓말을 한다. 가장 궁극적이고 중요한 동력
으로는, 우리가 거울 속 자신에게 건네는 거짓말과 우리 자신의 기억을
조작하는 속임수가 있다. 이 거짓말들은 소설의 일상적 차원과 심오한
차원 양쪽 모두에서 수천 개쯤 되는 자극으로 작동한다. 이 중 제일 큰
동기는 이것이다. 붙잡히지 말아야 한다는 절실함, 카드로 만든 집을 지
키기 위해 내뱉어버린 거짓말을 보호하려는 절실함.

　　소설은 묻는다. 우리의 기억과 모순되는 사실, 우리에게는 가장 본질
적이고 이론의 여지가 없었던 진실의 토대를 약화시키는 사실과 마주할
때, 우리에게 남는 것은 무엇인가? 인정하든 인정하지 않든 우리는 거짓
말쟁이일까? 우리는 본질적으로 거짓되고 부정직한 존재인가? 가끔은
진실할 때보다 거짓말을 할 때 더 나은 상황을 맞이하게 되는가? 우리 자
신을 형성한다고 지금까지 믿어왔던 것이 거짓일 수도 있다는 게 밝혀진
다면, 우리는 정말로 누구인가? 아마도 이 소설의 제목에 나오는 죽은 자
는 그 답을 알고 있을 것이다. 그것이야말로 이론의 여지 없는 진실인데,
진실이란 대개의 경우 아주 나쁜 소식이기 때문이다. 립먼이 그려내는
볼티모어 교외 지역에서, 진실은 살로메의 베일이 하나씩 벗겨지는 것처
럼 유혹적으로 한 꺼풀씩 드러나지 않는다. 그것은 욱신거리는 잇몸 깊
숙이 뿌리내린 충치처럼 날카로운 도구로 힘겹게 파내야 하는 종류의 것
이다. 이 소설을 포함한 모든 작품에서 립먼은 심리적이고 정서적인 감

염의 깊숙한 지점까지 철저하게 탐색하고 여기저기 쿡쿡 찌르며 괴롭힌다. 결말에 이르면 우리는 더 많이 알게 되고 더 나아진 기분이 들지만, 여전히 상처는 벌어져 있고 회복 기간은 더 길어진다.

《죽은 자는 알고 있다》에서 내가 가장 좋아하는 점 하나는, 훈련 중인 소설가(특히 '장르'소설가)가 해서는 안 된다고 배우는 사항들이 전부 포함되어 있다는 것이다. 이 소설은 시점을 옮겨다니며 예닐곱 명의 머릿속을 헤집고 다닌다. 시간대도 2005년부터 1975년까지 자유롭게 오간다. 이름은 모든 정체성과 마찬가지로 도둑맞고, 타인에게 도용되고, 변질되고 버려진다. 한 쌍의 눈을 빌려 전달되는 이야기는 다른 이의 눈을 통과할 때 전적으로 다른, 대개의 경우 더 슬픈 무언가로 바뀐다. 시공간적으로 멀리 떨어진 가족 구성원들은 인간 본성에 관한 질문을 던지면서, 비극에 대해 비슷한 반응을 연기한다. 내러티브는 극의 핵심인 범죄의 궁극적 희생자들뿐 아니라 남겨진 이들에게까지 확장된 시간으로 펼쳐진다. 누군가의 방어적인 거짓말은 다른 이가 스스로를 재창조해야 하는 원인이 된다. 독자들의 공감은 한계에 이른다. 판단을 내리기는 매우 어렵다. 우리는 범죄가 저질러진 이후의 잔혹한 정서적 후유증 안에서 오랜 시간 머뭇거린다. 그에 대한 법적 결과와 영향력 때문만은 아니다. 우리는 물리적 폭력보다 감정적 상처를 더 강하게 의식하게 된다.

이야기의 중심에 놓인 범죄에 대한 하나의 답이 히치콕의 영화나 〈환상특급The Twilight Zone〉에 비견할 만한 뒤늦은 반전을 선사하며 우리를 강타하듯 내려 꽂힐 때, 또다른 중요한 대답은 애처롭고도 밋밋한 도착음을 알리며 내려앉는다. 그 평범함 때문에 더더욱 우리의 가슴은 미어진다.

하지만 인물들이 택하는 그 모든 잘못된 방향에도 불구하고,《죽은 자는 알고 있다》에는 전혀 거치적거리거나 혼란스러운 부분이 없다. 이야기는 절대로 비틀거리지 않고, 그 때문에 스릴러로서뿐 아니라 복잡다단한 구성의 기술적인 성취로서도 대단히 인상적이다. 독자는 사기당했 거나 속았다는 느낌, 싸구려 눈속임 마술에 넘어갔다는 느낌을 받지 않 는다. 심지어 인물들이 결혼부터 살인에 이르기까지 모든 면에 걸쳐 서 로 기만하고 상대방을 조종할지라도 말이다. 립먼은 질 낮은 영리함 대 신 두려움, 부정, 사람들이 스스로를 신뢰하게끔 되는 불완전한 기억 같 은 고유의 약점에 단단히 뿌리내린 난해하고 복잡한 주름을 창조한다. 모든 것이 진실에서 거짓으로, 또 그 반대로 변화하며, 인물들이 희망하 고 두려워하고 믿고 욕망하는 바에 따라 사실들의 면모가 바뀐다. 그 과 정에서 우리는 립먼의 손을 보지 못한다. 우리는 누군가 컵들을 움직이 면서 그중 하나에 작고 빨간 공을 집어넣는 과정을 따라가기만도 바쁘기 때문에, 마술사의 손을 보지 못할뿐더러 심지어 그녀가 거기 있다는 사 실조차 망각하게 된다.

《죽은 자는 알고 있다》의 내용을 구성하는 사건들은 본질적으로는 수수께끼가 아니다. 그 이야기를 구성하는 사람들이 진짜 미스터리다.

．

빌 로펠름Bill Loehfelm은《프레시 킬스Fresh Kills》(2008),《블러드룻 Bloodroot》(2009),《그녀가 아는 악마The Devil She Knows》(2012), 《그녀를 가로막은 악마The Devil in Her Way》(2014) 등 장편소설 네 편을 썼다. 모두 빌의 고향인 뉴욕의 스테이튼 아일랜드를 배경으로 썼였다. 빌은 1997년 뉴올리언스로 이주했으며, 작가이자 요가 강사 인 아내 A. C. 램버스와 함께 개 두 마리를 키우며 지금도 그곳에 살 고 있다. 글을 쓰지 않을 때에는 요가를 하고 드럼을 연주하며 뉴올 리언스의 풋볼 팀 세인츠를 응원하고, 굴을 먹거나 타투를 새긴다. 이 모든 것들은 자주 바뀌며, 꽤 성공적으로 끝나는 편이다. **billloehfelm.tumblr.com**

탈출 *Biz Kimden Kaçıyorduk, Anne?, 2007*

by 페리한 마그덴

•

페리한 마그덴Perihan Mağden(1960~)은 소설가이자 시인이며, 터키 일간지에 글을 기고한다. 처음엔《라디칼Radikal》지에, 이후에는《타라프Taraf》지에 칼럼을 발표했다. 그녀의 장편소설 네 편《배달부 소년 살인사건Haberci Çocuk Cinayetleri》(1991),《두 소녀Iki Genç Kızın Romanı》(2002),《알리와 라마잔Ali ile Ramazan》(2010), 그리고《탈출》은 영어로도 번역되었다. 아직 영어로 번역되지 않은 작품은《동반자Refakatçi》다. 그녀의 작품들은 18개 언어로 소개되었다. 브리티시 PEN의 명예회원이며, 터키 출판업자협회에서 선정하는 '언론 자유 대상'을 수상한 바 있다.

메흐메트 무라트 소메르

무척 단순하지만 매우 깊은 상처를 입히고, 소화하기에 너무나 어렵다.

페리한 마그덴의《탈출》

어떤 범죄소설들은 내 안에 미칠 듯한 호기심의 불을 댕긴다. 나는 거의 숨막히는 상태에서 빨리 결말을 보고야 말겠다는 심정으로 책장을 마구 넘기며 광기 어린 질주를 벌인다. 하지만 진정한 즐거움이 느껴지는 책이라면, 나는 그 욕망을 억제하고자 한다. 어서 결말로 달려가고 싶다는 유혹에 맞서면서 대신 천천히, 세부를 구석구석 음미함으로써 나의 호기심과 즐거움은 둘 다 오래 지속된다. 얼마나 행복한 순간인지!

하지만 많아 보였던 페이지가 조금씩 줄어들어 마침내 마지막 페이지에 이르는 순간이 오고야 만다. 내가 잘 알고 있거나 특별히 좋아하는 작품을 쓴 작가들의 책이 결말로 다가갈수록, 마지막 장에 가까워질수록, 늘어나는 전환과 반전에도 불구하고 내가 느끼는 것은 충격이나 놀라움이 아니다. 오히려 따뜻하고 포근한 기분에 휩싸인다. 이제 풀려난다는 안도감, 만족스러움에 뒤따르는 여운. 좋은 기분이다.

반대의 경우는 아주 드물게 일어난다. 책을 읽고 나면 그야말로 세게 얻어맞은 듯한 기분에 휩싸이고, 내 생각과 느낌을 표현할 단어를 찾는 게 불가능하다. 그것은 때로 나를 압도하는 불안이며, 가끔은 분노이기도 하다. 이런 경우, 내가 느끼는 절망은 책의 결말 때문이다. 책의 삼분의 일쯤에 다다르기도 전부터 이미 내가 독서 중이라는 사실 자체를 잊을 지경이었기 때문이다.

페리한 마그덴의 소설 《탈출》은 가장 최근에 나의 감수성을 철저하게 뒤흔들고 어리둥절한 혼란에 빠뜨렸던 작품이다(궁금해할 분들을 위해 다른 목록을 조금 공개한다면, 퍼트리샤 하이스미스의 '리플리 시리즈'와 《떠나버린 사람들Those Who Walk Away》, 마르키 드 사드의 《쥐스틴Justine》, 발자크의 《창녀들의 영광과 비참Splendeurs et Misères des Courtisanes》…… 목록은 얼마든지 길어질 수 있겠지만, 이 정도만 제시해도 독자 여러분은 대략 그림을 그릴 수 있을 것이다).

《탈출》의 터키어 원제는 '엄마, 우리는 누구한테서 도망치는 거예요?'다. 이 소설은 200페이지가 조금 안 되는 얇은 분량이어서, 대개는 한 번에 쉽게 완독하고 목록의 다음 책으로 바로 넘어갈 수 있다고 예상할 것이다. 하지만 아니다, 그건 오해다. 그런 일은 일어나지 않는다. 이 소설은 소화하기가 쉽지 않기 때문이다. 《탈출》은 대단히 도전적인 독서를 요하는 책이다.

이 작품의 힘은 지독한 단순성과 압도적인 현대적 미니멀리즘에 있다고 생각한다. 소설 속 언어는 꾸밈이 없고, 때로는 어린 화자의 말투를 그대로 옮긴 것처럼 단순하게 구사된다. 불필요한 세부에 얽매이지 않은 채 매끄럽게 그대로 흘러가는, 일체의 장식이나 장난이 들어가지 않은 이야기. 그리고 챕터마다 독자에게—이 경우엔, 내게—새로운 격분을 성공적으로 불러일으킨다.

줄거리를 아주 짧게 요약해보자면, 이 정도로 얘기할 수 있겠다. 엄마와 딸이 정체를 숨긴 채 살아가려 애쓴다. 그들의 이름은 밝혀지지 않는다. 한 명은 그저 '엄마'로 불리고, 다른 한 명은 '우리 밤비'라고 불린다. 모녀가 함께 읽곤 했던 책《밤비》에서 따온 별칭이다. 소설의 상당 부분에서 어린 소녀가 화자로 나서는데, 그 목소리는 소설이 진행되는 과정에서 자연스럽게 만개한다. 소녀는 엄마에 대해 어마어마한 존경심과 감탄을 품고 있으며 정말로, 진심으로 엄마를 사랑한다. 엄마는 실제로 딸의 인생에서 유일한 사람이다. 엄마는 딸에게 모든 것이다. 소설의 첫 문장은 다음과 같다. "엄마는 아무와도 닮지 않았다. 하지만, 내가 엄마 말고 아는 사람이 없다는 것도 사실이다."

그러고 나서 우리는 엄마가 살인자라는 걸 알게 된다. 두 사람은 끊임없이 도주하는 중이다. 매 살인사건 사이의 기간은 점점 더 짧아진다. 도망치던 그들에게 마침내……

단순하게 들리겠지만, 전혀 그렇지 않다. 특히 마그덴이 소설 도입부터 '밤비'에 대해 확실하게 언급하고 있음을 염두에 두면 더욱 그렇다. 1장에서 발췌한 문단을 보자.

호텔 방 더블베드에 누워, 베개를 등에 받치고 침대보를 끌어올렸다. 우리 둘은 침대 옆의 전등을 켰고, 엄마는《밤비》를 읽어주었다.《밤비》는 그냥 책이 아니다. 우리한테 아주 중요한 책이다.

"징조로 가득하지," 엄마는 《밤비》에 대해 말한다. "로켓이 치솟아 오르는 것처럼."

《밤비》에는 중요한 사람이 두 명 있다. 정확하게는 두 생명체, 밤비와 그의 엄마다.

엄마는 밤비 엄마한테 몹시 짜증이 나 있다. 우리가 밤비 엄마를 만나게 된다면, 호텔 어딘가에서 우연히 마주치게 된다면 우리 엄마는 밤비 엄마를 호되게 때려줄 것이다. 톡톡히 쓴맛을 보게 해줄 거다. 우리 엄마는 밤비 엄마한테 그 정도로 화가 나 있다.

"밤비 엄마가 그렇게 멍청하지 않았더라면, 그렇게 부주의하지 않았다면 밤비는 숲속에 혼자 남지 않았을 거야. 밤비 엄마는 자기 목숨을 지켰어야 해. 엄마라면 밤비를 혼자 남겨두면 안 되는 거야."

나는 엄마가 무슨 말을 하는지 안다.

우리 엄마는 절대 멍청하거나 부주의한 사람이 아니다. 나를 엄마 없이 혼자 내버려두지 않을 것이다. 절대로.

하지만 아니다, 이야기는 그렇게 흘러가지 않는다. 그렇게 뜻대로 풀리지 않는다!

이 시점에서 작가에 대한 몇 마디 설명이 필요할 것 같다. 터키에서 페리한 마그덴은 소설가보다는 기본적으로 신문 칼럼니스트로 더 유명하다. 그녀의 글은 속도감 넘치는 위트와 날카로운 독설로 가득하다. 이는 여러 번 곤란한 상황을 야기했지만, 그녀는 자신의 진보적 사상을 결코 검열하거나 분노를 감추려고조차 하지 않는다. 그녀는 정치뿐 아니라 일상사와 대중문화에 대해서도 글을 쓴다. 반군국주의적 글 때문에, 터키 군대(TAF)는 그녀를 법정에 세우고 '국민들을 병역으로부터 멀어지게 한다'는 괴상한 죄목으로 기소했다. 레제프 타이이프 에르도안 총리부터 극우적 시각을 노래하는 파시스트 포크 가수에 이르기까지, 참으로 광범위하게 많은 이들이 마그덴을 명예훼손으로 기소해왔다. 그러나 그녀는 눈 하나 깜짝하지 않고 그들에게 돌아가야 할 몫을 자신의 글로 차례차례 배분해주었다.

일반적으로 그 어떤 칼럼니스트도 통용되는 기준에 의문을 제기하고 틀을 파괴하는 데는 그녀를 따라잡을 수 없을 것이다. 그리고 그녀가 이슈에 분석적으로 접근하고 그 이슈가 해석되어야 하는 바대로 정확하게 해석하기 때문에, 목표물이 된 사람은 그녀를 고소하는 것 말고는 맞서 싸울 의지를 거의 가질 수 없다. 그녀가 반대하는 이슈와 사람들은 너무나 많기 때문에, 내 짐작으로는 '자신의 정열을 고집스레 고수하는 젊은이' 카테고리에 속하는 이들이 대다수인 충성 애독자들 외에 마그덴이 호의적으로 잘 지낼 수 있는 사람들은 그리 많지 않다. 솔직히 말해, 그녀가 거기에 대해 신경을 크게 쓰고 있는 것 같진 않지만.

나는 "페리한 마그덴은 우리 시대 가장 독창적이고 거침없는 작가 중 한 사람이다"라고 한 오르한 파묵Orhan Pamuk의 찬사에 전적으로 동의한다.

다시 《탈출》로 눈을 돌려보자(반드시 그래야만 한다). 초반 몇 챕터 동안에는 이야기가 느리게 진행된다. 이 책이 실제로는 범죄소설이었다는 걸 깨닫게 되는 것은 후반부에 가서야인데, 한번 그 사실을 알고 나면 지금까지 읽은 내용이 비로소 제대로 아귀를 맞추기 시작한다. 이야기가 진행될수록 올가미는 모녀의 목 주변을 점점 더 강하게 조여오고, 소설은 속도를 올리며 숨이 멎을 것 같은 결말을 향해 전속력으로 질주하기 시작한다. 이 시점에서 당신은 자문하게 된다. '세상에, 어떻게 이렇게까지 모녀 관계가 충격적인 트라우마를 남길 수 있는 거지?' 그리고 '이렇게까지 끔찍한 트라우마를 남기게 되는 이 세계는 대체 뭘까?'

어머니는 자식을 보호하기 위해 어디까지 갈 수 있을까? 가장 온순한 동물조차 어린 자식이 위험해지고 아이를 보호해야 한다는 모성 본능이 촉발되면 대단히 거칠고 잔인해지므로, 이런 의문이 떠오르는 것은 자연스러운 일이다. 똑같은 상황에서, 인간이라면 얼마나 오래 온순함을 유지할 수 있겠는가? 이것이 가장 근본적인 질문처럼 보이지만, 소설을 깊이 파고들수록 또다른 질문들이 꼬리에 꼬리를 물게 된다. 《탈출》의 엄마는 무엇으로부터, 혹은 누구로부터 딸을 보호하려 그토록 애쓰는 걸까? 대부분의 바깥 세상과 딸을 철저하게 격리시키는 일이 가능하긴 한 것인가? 그녀가 열망하는 '정화된' 세계, 그녀가 살고 싶었고 딸이 살 수 있기를 소망하는 세계는 무엇인가? 그런 세계가 가능하긴 한 것인가, 그저 유토피아적 몽상에 지나지는 않는가? 이 모녀의 반대편에 서 있는 이들이 그런 세계를 허락하기나 할 것인가?

아니, 물론 그렇지 않다. 그리고 그것을 허락하지 않기 위해, 모두들—토지 등기소 사무장과 뉴욕의 호텔 접수계원처럼 고의로 악의를 품고서, 때로는 결말 부분의 경찰처럼 아무것도 모르고—모녀가 그 세계를 잠시라도 누릴 기회조차 박탈하고자 한다.

작가로서 마그넨의 힘은 독자로 하여금 어느 편에 설 것인가를 선택하게 만드는 능력에 있다. 퍼트리샤 하이스미스의 '리플리 5부작'처럼, 마그넨은 독자로 하여금 범죄자의 편에 서서 공감하도록 부추긴다. 하이스미스의 손길을 따라가며 독자는 범죄의 이유를 이해하기 시작하고, 심지어 그 범죄를 어느 정도 정당화할 수 있지 않은가 생각하기 시작한다. 말하자면 우리가 얼마나 지성적이고 교육받고 혹은 '문명화'되었는지에 대한 자기 인식과는 관계없이, 하이스미스는 우리의 내면 깊숙이 잠재되어 있던 야만성을 불러일으키는 능력이 있다. 때때로 우리는 그녀의 작품을 읽다가 '이봐, 어서 끝내버려. 그 자식을 죽이라고, 왜 안 하는 거야?'라고 생각한다. 때로 그 욕망하던 살인이 행간에서 혹은 적나라하게 일어났을 때, 우리는 하이스미스가 의도한 대로 '내가 당신이었더라도 똑같이 했을 거야!'라고 생각하게 된다. 실로 아주 도발적이며 무정부주의적인 감정이다. 나 역시 이 감정을 잘 알고 있다. 한번 이처럼 생각하기 시작하면, 살인을 정당화할 수 있다고 여기게 되면, 전혀 새로운 방향으로 이끄는 낯선 바람에 포박되었음을 깨닫게 된다. 스스로 알아차리기도 전에 당신은 자신의 과거를 뒤지면서 사악한 계획을 짜기 시작할 것이다. 나 역시 그 위험한 바람에 아주 확실하게 포착된 사람이다. 후회하느냐고? 아니, 그럴 리가!

마그덴도 하이스미스의 경우와 마찬가지다. 《탈출》의 마지막 장에 이를 즈음, 소설 속 범죄자에 대한 공감의 마음은 참을 수 없을 만큼 고통스러워진다. 소설은 결론을 냉혹하게 들이민다. 선택의 여지는 없다. 예측하지 못한 결말은 아니지만, 우리가 바라던 바가 아니다. 그리고 우리는 홀로 남겨진다. 정당화의 감각만이 남겨진 채, 내부에 잠재돼 있던 정당화된 야만성(이 경우엔 살인)이 너무나도 크게 부풀어올라 그것을 묶어둔 매듭이 끊기기 일보 직전이 된다.

바로 이 잠재적인 야만성—이는 받아들이거나 소화하기에 너무나도 버겁다—이 내 급소에 강력한 주먹을 날린 것처럼 아프게 느껴졌다. 그 주먹의 힘을 확인하기 위해, 시간이 어느 정도 흐른 다음 책을 다시 읽어보았다. 그리고 이 글을 쓰려고 준비하면서 다시 한번 펼쳐들었다. 솔직히, 매번 효과는 똑같았다.

물론 페리한 마그덴이 이 같은 작품을 쓰는 게 이번이 처음도 아니고 마지막도 아닐 것이다. 《탈출》이전에 쓴 《두 소녀》에서도 비슷한 힘을 느낄 수 있다. 내 생각에 《두 소녀》는 그래도 조금 더 부드럽고, 여기저기 조금씩 가미된 유머와 가혹함 사이에서 균형을 잡은 작품이다. 틀림없이《두 소녀》는 그 이후 집필하게 될《탈출》의 독자들을 위한 준비 단계였을 것이다.

《탈출》보다 삼 년 앞서 출간된《알리와 라마잔》은 심장 가장 깊은 곳까지 사무치게 하는 매우 파괴적인 실화 범죄소설이다. 그 소설의 진실성과 주제의 통렬함은 결과적으로 당신이 아는 일반적인 범죄소설을 훌쩍 뛰어넘는, 울림이 있는 작품을 만들어냈다. 하지만 이 소설 역시 절대로 독자의 사정을 봐주지 않는다.

위의 세 편 모두 각자 다른 정서를 다루며 매우 다른 주제 의식을 맹렬하게 파고들지만, 페리한 마그덴의 글쓰기 스타일은 각각 구별되는 동시에 분명하게 공통적인 근원을 공유한다. 그리고 예외 없이 뚜렷하게 도드라지는 미니멀리스트의 특징을 보여준다.《두 소녀》에선 상대적으로 자유롭게 언어유희와 반복과 약어를 사용하지만,《탈출》에선 대부분 아주 단순하고 소박한 어린이 화자의 말투를 그대로 구사한다. 위에도 썼다시피, 독자에겐 이 명백한 단순성이 밝고 화사한 빛을 쬐는 듯한 효과를 불러일으킨다. 눈에 띄게 무방비 상태로 노출된 그 언어는, 바로 그 이유 때문에 바라보기가 고통스럽다.

《알리와 라마잔》의 언어 대부분은, 소설의 영혼을 남김없이 발가벗긴 뉴스 기사 같은 느낌을 준다. 이는 젊은 남자의 언어, 고아원에서 성장해 사랑에 굶주렸기 때문에 처음으로 따뜻하게 피난처를 제공하며 맞아준 포옹에 광적으로 집착하는 젊은 남자의 언어와 대조를 이룬다. 그들의 언어는 자연스럽게 하층민의 언어에 속하고, 필요한 경우 속어뿐 아니라 슬럼가에 속하는 장황한 욕설과 어조에 물들기도 한다.

나는 이 세 편을 상보적인 3부작으로 간주한다. 각 권이 다른 책을 읽는 경험에 깊이를 더하고, 연달아 이어 읽을 때 전체적인 폭력과 쓰디쓴 효과를 증대시킨다. 나는 이 책들을 그렇게 3부작으로 추천하고 싶다.

폐리한 마그덴은 독자들에게 다른 세계를 제공한다. 독자는 그것을 증오할 수도 있고, 비통하고 쓰라린 내면의 고통을 느낄 수도 있고, 그녀가 불러일으킬 잠재적인 야만성 때문에 극심한 복통을 느낄 수도 있다. 하지만 무관심한 채 그대로 있기란 불가능하다.

나는 문학과 음악을 서로 유사한 예술의 두 분야로 생각해왔다. 둘 사이의 가장 놀라운 유사성을 제시해보겠다. 그 같은 유사성은 다른 이들에겐 역겹게 느껴질 수도 있고 또다른 이들에겐 유익할 수도 있다. 내게는 아주 유의미하지만 나 혼자만 그렇게 생각할 수도 있다. 그럼에도 불구하고 여기서 한번 되풀이해 말해보겠다. 주의력 깊은 독자들이라면 내가 바로크와 벨칸토, 초기 낭만주의 클래식을 애호하며 대부분의 21세기 현대음악에 전혀 관심 없다는 걸 눈치챘을 것이다. 하지만 바로크와 어떤 유사성을 찾아낼 수 있어서인지, 미니멀리즘 계열은 좋아한다. 특히 무엇보다 필립 글래스의 음악을 흠모한다. 일체의 장식 없는 그의 음악은 단지 몇 개의 음 사이를 자유롭게 움직이며 폭넓은 반복을 통해 복잡하고 심오한 구조를 완성한다. 처음엔 아주 단순해 보이지만, 그 안에 완전히 빠져들고 나면 스스로가 정화되는 걸 느낀다. 그리고 때때로, 나의 흐트러진 신경줄을 가라앉혀준다.

《탈출》역시 여러 면에서 그같이 매우 귀중하고 뛰어난 미니멀리즘 작품이다.

●

메흐메트 무라트 소메르Mehmet Murat Somer는 터키의 앙카라에서 태어났고, 이스탄불을 배경으로 한 범죄소설 '홉-치키-야야Hop-Çiki-Yaya 시리즈'로 큰 호평을 받았다. 이 시리즈는 지금까지 여섯 편으로 구성되어 있으며, 복장도착자인 무명의 아마추어 탐정이 주인공이다. 영어로 번역된 최신작은 《가발 살인The Wig Murders》이다.

특전 *The Perk, 2008*

by 마크 히메네즈

·

마크 히메네즈Mark Gimenez는 미국 텍사스 주의 갤버스턴 카운티에서 성장했다. 그는 1980년 노트르담 법대를 우등으로 졸업했고, 댈러스 법률회사에 취직해 마침내 회사의 파트너로 성장했다. 십 년 뒤에는 자신의 사무실을 개업하기 위해, 그리고 소설을 쓰기 위해 회사를 그만두었다. 그의 첫 소설 《법의 색채The Color of Law》는 2005년 출간되었다. 그 전에 그는 장편소설 두 편 더 썼지만 출간하진 않았다. 그는 뉴질랜드 웹사이트 '크라임 워치Crime Watch'에서 그중 한 권에 대해 언급한 적이 있다. "일단 1,600페이지까지 쓰고 나서 멈췄다. 그 내용으로 뭘 쓰고 싶은지 알 수 없었기 때문이다. 대부분 처음부터 개요 없이 써내려간 원고였다. (…) 그 후 나는 언제나 개요를 먼저 작성하게 됐다." 이후 장편소설 여섯 편을 더 썼고, 가장 최근작은 《주지사의 아내The Governor's Wife》(2013)이다.

앤 페리

왜 나는 타인에게 책을 추천하는 걸까? 우선, 나 자신이 독서를 무척 좋아하기 때문이다. 책은 나를 그 안의 세계로 끌어들이고, 등장인물들에게 관심을 갖게 만든다. 거기에는 정서와 긴장, 생생한 장면, 가끔은 유머, 그리고 무엇보다 연민이 존재한다. 나는 읽고 나서 쉽사리 잊어버린 책은 추천할 수 없다.

두 번째, 그 글쓰기의 품질을 존중할 수 없는 책은 선택하지 않는다. 그러나 무엇보다도 주제가 깊이 있고 직접적이어야 하며, 또한 보편적인 요소도 갖춰야 한다.

너무 많이 요구하는 것 아니냐고? 물론 그렇다. 심지어 그게 다가 아니다. 나의 목록에서 상위권에 놓이려면, 그 책은 나로 하여금 전에는 그러지 못했던 방식으로 무언가를 새롭게 볼 수 있게 해주어야 한다. 내 안에 새로운 사고를 일깨우고, 나의 판단과 이해력을 변화시켜야 한다. 그 책을 덮고 났을 때 내가 어딘가 달라져 있어야 한다. 나에게 기존에 없던 무언가가 덧붙여져야 한다.

적고 보니 참 요구가 많기도 하다!

마크 히메네즈의 《특전》은 이 모든 기준을 만족시켰다.

소설은 벡 하딘과 더불어 다소 천천히 시작한다. 과거에 미식축구 스타였고 지금은 변호사인 벡은 고향인 텍사스 힐 컨트리로 돌아왔다. 그는 얼마 전 아내와 사별했고 두 아이를 키운다. 텍사스 힐 컨트리는 대단히 개성 있는 곳인데, 나는 그런 곳이 있다는 것조차 알지 못했다. 사랑하는 사람을 완벽하게 잃은 주인공의 심정이 인상적으로 그려진다. 하지만 여기까진 그다지 솔깃하게 들리지 않으리라는 거, 다 안다.

하지만 즉시 그의 어린 딸 메기가 내 관심을 끌기 시작했다. 메기는 엄마가 며칠 안에 돌아오지 않을 것이라는 사실을 받아들이길 거부한다. 아이는 어딜 가든 인형을 꼭 안고 다니며, 간절하게 그리워하는 엄마와 직접 소통할 수 있는 창구라도 되는 듯 인형의 귀에 속내를 털어놓는다. 인간이란 얼마나 필사적일 수 있는가! 진심으로 위안을 주고 싶지만 어떻게 다가가야 할지 모르는, 우리 모두의 내면엔 그런 아이가 있지 않던가?

우리 중 얼마나 많은 이들이 깊은 상처를 간직한 채, 친숙한 것들이 우리를 치유해주길 열망하면서 고향에 돌아오고, 우리의 기억과 현실이 그리 닮아 있지 않다는 걸 발견하게 되는가? 거기에는 해결해야 할 해묵은 관계들이 있다. 그 만남은 예상보다 훨씬 더 어렵고 고통스러울 것이다. 사람들은 대단히 복잡하고, 그들에게도 상처가 있기 때문이다.

1장이 끝나기 전 나는 완벽하게 책에 빠져들었다. 심지어 그 지역의 독특한 자연환경과 정착 과정의 역사, 가혹한 경제적 궁핍을 느낄 수 있었고, 내 마음의 눈으로 그 아름다움의 일부를 볼 수 있었다. 그 열기를 느꼈고, 먼지와 자존심과 가난을 맛보았다. 비가 내리면 나 역시 흠뻑 젖었고, 젖은 토양에서 피어오르는 냄새를 맡았다. 미식축구 챔피언십 우승이 왜 모두의 꿈인지를 이해했다. 그것을 통해 다시 한번 정상에 오를 수 있기 때문이다.

그리고 자연스럽게, 범죄가 다가왔다. 해결되지 않은 채, 비탄과 불타는 분노를 자아내는 불공정한 죄가 있었다. 필사적으로 촌각을 다퉈야 하는 시점이다. 강간의 공소시효가 이제 막 말소되려는 시점이다. 강간 사건으로 인한 상처는 치유될 기미조차 보이지도 않는데 말이다. 소녀가 죽는다. 그녀 아버지의 삶은 그 때문에 파괴되었다. 벡의 옛 친구인 그 아버지는 너무 늦기 전에 도와달라고 요청한다.

나는 책을 읽는 내내 주인공들의 여정에 너무나도 푹 빠졌기 때문에 결말이 다가오는 걸 원치 않았다. 나는 그들에게 공감했고 기꺼이 그들의 동반자가 되고자 했지만, 그렇다 하더라도 일이 어떻게 된 건지는 알아야 했다. 정의가 시행되는 것, 순진한 불법 이민자 소년이 의혹의 무게와 그로 인한 파멸에서 벗어나는 걸 봐야만 했다. 내 성격이 음험해서일 수도 있지만, 그래도 폭력적이고 거만한 그 지역 말썽꾼이 처벌받는 걸 보고 싶었다. 그가 지역 풋볼 팀의 승리를 보장할 스타 선수라 하더라도. 바로 그 점 때문에 그는 예전 사건에서 면죄부를 받았다. 그래서 나는 책장을 다급하게 넘기며 계속 읽어나갔다.

하지만 이 책으로부터 내가 얻은 것이 단지 정서적 만족뿐이었다면 괜찮은 책이라면서 어서 읽어보라고, 재미있을 거라고 부추기는 데 그쳤을 것이다. 내가 《특전》을 권하는 이유는, 이 책에 오랫동안 지속될 남다른 가치가 있기 때문이다. 나는 미처 예감하지 못했던 요소 때문에 깜짝 놀라는 걸 즐기는 편이다. 우리 모두 그런 요소를 높이 평가할 것이다. 하지만 사건에서의 전환보다 훨씬 더 중요한 것이 있다. 나는 정서의 전환을 진심으로 만끽하는 쪽이다. 예전에도 보긴 했지만 완벽히 이해하진 못했던 어떤 인간 본성에 대해 새롭게 배우는 걸 좋아한다. 책의 결말에 이르러, 전에는 귀를 기울이는 것조차 참아내지 못했을 사람들에게 더 깊은 연민을 품게 되고 스스로 더 현명해지는 것보다 더 큰 선물이 어디 있겠는가? 생각하지 않고 판단하기란 얼마나 쉬운 일인가.

그렇다.《특전》의 주인공은 멋지다. 아주 인간적이며, 결말에 이르러 그는 진실로 영웅적인 인물이 된다. 이 매혹적인 비극에서 미스터리는 완전히 발가벗겨진다. 오래된 관계는 회복되고 더 깊어지지만, 거기에는 달콤하기만 한 정답은 없다. 웃음이 있고 슬며시 로맨스도 끼어들지만, 그러나 이것은 현실이다. 어떤 슬픔은 결코 끝나지 않는다.

이 소설에서 인상적인 부분은, 프레더릭스버그가 여러 면에서 모든 소도시들의 거울과도 같다는 점이다. 등장인물들에게서 나는 내가 알고 지낸 이들을 보았고, 예전에는 관련된 이들이 나와는 너무 다르다고 생각했기 때문에 이해하지 못했던 다른 비극들을 반추하게 되었다. 이제 나는 깊은 공감으로 그들의 삶을 볼 수 있다. 그들의 꿈, 그들의 갈망, 그들의 좌절은 내가 상상했던 것보다 훨씬 더 많이 나와 닮아 있었다. 그들 입장이었다면, 나는 바로 그들처럼 느꼈을 것이다! 나는 그들이 했던 것처럼 똑같이 행동했을 것이다.

나는 평생 미식축구 게임을 기꺼이 시청한 적이 한번도 없다(가끔 친구들 때문에 억지로 보긴 했지만). 하지만 이젠 잔뜩 흥분해 있는 십대 텍사스 팀 미식축구 선수의 심적 고통과 열정을 이해한다. 나는 그가 왜 그런 느낌을 받았는지 알고, 그에게 감정을 이입할 수 있다. 그러기 위해서 나는 더 현명해지고 더 풍부한 인간이 되어야 한다.

내게 기존에 없던 부드러움을 부여하고, 해묵은 결정을 재고해보도록 영향을 미치는 책—그리고 그 과정이 즐겁게 느껴지는 책—이야말로 훌륭한 책이다.

오늘날 미스터리는 '누가 범인인가-왜-어떻게 그는 그런 일을 저질렀는가-우리는 그가 체포되는 걸 봐야만 한다' 과정 이상의 것이다. 미스터리들은 리얼리티에 관한, 뭔가 잘못되어갈 때 상황을 이해하기 위해 투쟁하며 가능한 한 바로잡으려 애쓰는 사람들의 그 복잡다단한 삶에 관한 장르다.

상당히 거만하게 들릴지도 모르겠지만, 더 좋은 말을 못 찾겠다. 미스터리는 '인간의 조건'을 다루되, 빌어먹게 멋진 이야기로 그것을 풀어내는 장르다.

《특전》은 당신이 반드시 읽어야만 하는 책이다.

•

앤 페리Anne Perry는 대단히 많은 미스터리 소설과 청소년소설, 판타지, 여러 단편들을 왕성하게 집필했다. 그녀의 주요한 두 시리즈는 커플을 주인공으로 내세운 시대물로, '몽크William Monk 시리즈'는 초기 빅토리안 시대를 다루며, 기억상실증에 걸린 경찰 윌리엄 몽크와 나중에 그의 아내가 되는 간호사 헤스터 래털리가 주인공이다. '피트 Thomas Pitt 시리즈'에선 별 볼일 없는 집안 출신인 런던의 경찰 토머스 피트와 상류층 출신 아내 샬럿이 19세기 후반을 무대로 활약한다. 도덕성과 정의, 죄와 회개, 구원과 용서의 가능성은 그녀의 작품 전반에 걸쳐 되풀이되는 주제다.
www.anneperry.co.uk

감사의 말

이 선집을 엮는 데 도움을 준 모든 작가와 출판업자, 에이전트, 어시스턴트에게 고마움의 뜻을 표하고 싶다. 그들의 시간과 인내, 지식과 관용에 진심으로 감사하는 바다. 또한 엘런 클레어 램에게 특히 감사해야 한다. 그녀는 '편집 어시스턴트'라는 명칭을 훌쩍 넘어서는 일을 했다. 그녀는 이 글들을 모으고, 번역하고, 자문에 응하고, 편집하고, 교열을 보고, 심지어 이 책을 위한 글도 썼다. 사실 확인 작업을 담당하고 얼굴이 새빨개질 만한 몇몇 실수를 잡아내준 제니 리드야드에게도 감사한다. 우리가 최선을 다해 노력했음에도 불구하고 남아 있는 실수가 있다면, 그에 대해 사과드린다.

우리는 우리가 개인적으로 알지 못하는 작가들과 연락이 닿을 수 있도록 도와준 사이먼 앤드 슈스터 출판사의 데이비드 브라운과 캐럴라인 포터에게, 달리 앤더슨 리터러리 에이전시의 클레어 윌리스에게 진심으로 감사드린다. 스페인의 투스케 출판사에 근무하는 델리아 루산, 프랑스의 플라스 데 제디퇴르의 소피 티보, 알뱅 미셸의 안 미셸과 솔렌 샤나네, 일본 터틀모리 에이전시의 미사 모리카와, 스페인의 안토니오 로사노, 이탈리아의 스테파노 보르톨루시에게도 도움을 받았다.

마지막으로 수 플레처, 스와티 갬블을 비롯한 호더 앤드 스토턴 출판사의 모두에게 감사드린다. 에밀리 베슬러와 주디스 커를 비롯한 애트리아 북스의 모두에게도, 달리 앤더슨 리터러리 에이전시의 달리 앤더슨 과 다른 직원들에게도 감사드린다. 그들은 이 책을 만들고 출판하는 데 주어진 빠듯한 시간 동안 자발적으로 봉사해주었다.

옮긴이의 말

취향의 집단은 왜 필요할까. 친구이자 동료를 만난다는 기쁨이 그이유의 전부가 아닐까. 아는 것에 대해 수다를 떠는 기쁨, 모르는 것에 대한 호기심, 자기만족과 자기현시욕과 지식욕을 아우르는 이 욕망의 근본은 좋아하는 대상을 함께 나누고 싶다는 일종의 공공적 윤리, 그 대상의 진정성을 옹호하고 확장 가능성을 공고히 하고 싶다는 투지라고 할 수 있겠다. 역사 속에서 취향의 대상이 겪어야 했던 무시와 패배의 시간이 길었다면, 그 대상이 현재 사회 곳곳에 스며들어 하나의 뛰어난 프리즘으로 기능하고 있을지라도 대다수 사람들은 그 편재성 때문에 이를 제대로 눈치채지 못한다. 그러니까 옹호자들은 '당신들이 모르는 사이' 그 대상이 이미 우리의 시대정신이 되어버렸다는 것을 힘주어 강조하고 싶은 것이다. 시간이 아무리 흘러도 그 열망은 식을 줄 모른다.

지금 나는 미스터리 소설에 대해 말하고 있다.

그리고 미스터리 소설에 대한 책이야말로 그 취향의 집단에서 가장 까다롭게 감별하고 평가해야 하는 책이기도 하다. 장담하는데 《죽이는 책》은 그들의 엄격한 기준을 가뿐하게 통과할 수 있는 책이다. 이 책은 영미권 미스터리 걸작들을 시대순으로 일별할 수 있는 백과사전이자, 현재 가장 뛰어난 영미권 미스터리 작가들이 강권하는 '이 미스터리가 대단하다' 내지는 '죽기 전에 꼭 읽어봐야 할 책' 시리즈, 스스로가 미스터리의 핵심 독자층인 미스터리 작가들이 엄선한 걸작 서평집이기 때문이다.

이 책이 에드거 앨런 포의 1841년작 '오귀스트 뒤팽' 시리즈부터 시작한다고 해서 셜록 홈스와 에르퀼 푸아로로 이어지는 '뻔한 미스터리소설사'겠거니, 생각하며 책장을 넘긴다면, 이 책이 당신의 예상을 멋지게 배반한다는 사실을 곧 깨닫게 될 것이다. '세계 명작 시리즈'로나 접했던 찰스 디킨스의 소설이 초반부 두 권이나 소개되면서, 19세기 말 영국에서 시작된 추리소설 장르가 어떻게 대중적으로 큰 호응을 얻었고 당시 최고 인기 작가가 그 장르를 적극 받아들이게 되었는가가 설명된다. 이런 선집에 당연히 포함될 거라 여겨지는 애거서 크리스티의 익숙한 소설들에 대해선 뜻밖에도 하드보일드계라든가 '영문학' 평론가들에 의해 그녀의 소설들이 얼마나 무시당했는지를 구구절절 밝히면서, 소위 귀족과 부르주아의 '꽃병' 속에 갇힌 코지 미스터리라고 폄하되었던 애거서 크리스티의 소설들을 그에 걸맞는 위치로 격상시키는 대담한 시도가 등장한다.

혹은 아직 우리에게 낯선 남아프리카공화국이나 포르투갈, 스페인, 오스트레일리아, 쿠바 등의 미스터리 소설들을 통해, 각국의 피투성이 역사와 그 안에 묻힌 수많은 소수자의 음성을 표현하는 데 있어서 미스터리가 얼마나 강력하고 유용한 틀이 될 수 있는지, 그리고 더 나아가 여성과 게이 커뮤니티에 있어서도 얼마나 큰 힘을 발휘할 수 있는지 배우게 된다. 소설에 대한 글을 통해 더 넓은 역사와 스펙트럼에 대해 자연스럽게 눈뜨게 되는 것이다. 이보다 더 좋은 안내서가 있을지 잘 모르겠다.

두 번째로 꼽을 수 있는 이 책의 장점은 해외 미스터리 전문 잡지를 정기구독하거나 서평 사이트를 정기적으로 방문하지 않는 독자에게도 유명 미스터리 작가들의 에세이를 접할 기회를 준다는 점이다. 《죽이는 책》에 참여한 수많은 작가들 중 한국에도 비교적 잘 알려진 이들로는 이언 랜킨, 존 코널리, 발 맥더미드, 데니스 루헤인, 조지 펠레카노스, 제임스 샐리스, 엘모어 레너드, 리 차일드, 제프리 디버, 요 네스뵈, 마이클 코넬리, 샬레인 해리스, 루이즈 페니 등을 꼽을 수 있다. 이들이 자신 있게 추천하는 단 하나의 미스터리 걸작 서평을 읽을 수 있다는 것만으로도 이 책은 대단히 매력적이다.

셋째, 그동안 '전설의 명작'이라고 풍문으로만 접하던 작품들에 대한 소개를 처음으로 자세하게 접할 수 있다.(이 작가들의 '기획서'를 보고 구미가 당기는 출판사들이 한국어 번역본들을 어서 출간해주길 간절하게 희망하는 바다.) 예를 들어 '스칸디나비아 범죄소설'의 창시자로 일컬어지는 마이 셰발 & 페르 발뢰의 '마르틴 베크 시리즈' 중 《로제안나》, 조지 V. 히긴스의 《에디 코일의 친구들》, 제임스 엘로이의 《아메리칸 타블로이드》, 데릭 레이먼드의 《나는 도라 수아레스였다》 등에 대한 꼼꼼한 서평은 국내 미번역 작들에 대한 인상적인 길잡이 역할을 한다. 혹은 거꾸로 국내에도 잘 알려진 작품들, 예를 들어 대프니 듀 모리에의 《레베카》, 레이먼드 챈들러의 《안녕 내 사랑》, 대실 해밋의 《몰타의 매》, 페터 회의 《스밀라의 눈에 대한 감각》, 토머스 해리스의 《양들의 침묵》, 스콧 스미스의 《심플 플랜》 등에 대해 '전문 작가'들이 어떤 식의 관점으로 서평을 썼는지를 흥미롭게 관찰할 수 있다. 우리가 줄거리를 따라가는 데 급급하고 범인이 누구인지, 결과가 어떻게 되는지에만 골몰하는 데 반해, 작가들은 소설 쓰기의 테크닉과 주제, 작가의 태도 등에 새롭게 주목하며 작품 읽기의 또다른 전범을 보여준다.

그렇다면 우리가 '서평'에 대해 기대하는 바는 무엇일까. 기본적으로는 그 글이 소개하는 책과 상관없이, 글 자체가 재미있기를 바란다. 다음으로는 그 책 자체를 읽고 싶게끔 욕망을 불러일으키는, 수많은 정보가 매력적으로 잘 정리된 글이길 바란다.《죽이는 책》은 그런 면에서도 아주 유리한 위치를 점하고 있다. 우선 여기 실린 에세이들은 대부분 프로 작가들이 작성했다. 글 자체의 품질에 대해선 걱정할 필요가 없다. 자신들이 소설을 쓸 수 있도록 정신적으로나 실질적으로 용기를 불어넣어준 선배 작가의 작품에 바치는 애정 어린 고백을 읽고 있노라면(이를테면 '셜록 홈스 시리즈'와 애거서 크리스티의 몇몇 작품 외에는 미스터리 소설 자체가 금지되어 있는 중국에서 성장한 추 샤오룽이 어떻게 마이 셰발 & 페르 발뢰의 작품을 접하고 미스터리 소설가로 전향하게 되었는지), 다시 말해 A작가에 대한 B작가의 평론을 읽노라면 우리는 A와 B 양쪽 모두에 대해 더 잘 알게 된다. 좋아하는 선배 작가의 주제 의식에 어떻게 영향을 받았는지(퍼트리샤 콘웰, 새러 패러츠키 같은 작가들은 자신들의 '여성' 캐릭터들에게 어떤 목소리를 부여함으로써 현실 세계를 바꾸었는지), 그들이 좋아하는 작가의 문체로부터 어떻게 자신의 문체를 발견하게 되었는지(레이먼드 챈들러의 스타일을 패러디 이상의 수준으로 모방했다가 편집자한테 혼쭐이 났다는 조 랜스데일의 일화 등), 특정 작가를 좋아한다는 것이 자신의 작품에 영향을 주지는 않는지(할런 코벤의 열렬한 팬인 제바스티안 피체크가 코벤과 스스로를 구별시키는 법) 등의 문제에 대해 그들은 놀랄 만큼 솔직하게, 적절하게 자기 비하적인 유머를 섞어가며 고백한다.

또한 나는《죽이는 책》을 번역하는 내내, 무엇보다도 '위쪽'(미스터리 소설을 '오락'이나 추구하는 '저급의' 소설로 취급하는, 현재까지도 자신의 '높은' 위치를 포기하지 않는 문단)의 눈치를 보지 않고, 자신들만의 역사에 자부심을 가지며 서로에 대한 존경과 사랑과 격려를 아낌없이 털어놓을 수 있는 미스터리계의 그 분위기가 무척 부러웠다.《죽이는 책》을 통해 좀더 깊고 넓은 미스터리 담론이 한국 소설계에서도 목소리를 높였으면 좋겠다는 생각을 하게 됐다. 다행스럽게도, 최근 출간되고 있는 국내 미스터리 소설들이 보여주는 뚜렷한 질적 향상을 보면서 그 미래가 멀지 않았다는 예감이 든다.

물론《죽이는 책》에도 단점은 있다. 미스터리 장르가 아무래도 영미권에서 시작됐고 그쪽 작가들이 만들어온 규칙과 전통이 있다 보니, 이 책 역시 주로 영미권의 걸작 미스터리 소설과, 여러 언어권의 작품 중 영미권에 소개된 극소수의 작품에 한정해 작품을 소개하고 있다는 점을 지적하지 않을 수 없다. 그렇기 때문에 어디까지나 이 책에서 서술하는 미스터리 장르의 역사는 영미권에 한정된 역사라는 점을 의식하며 읽어야 한다. 그것이 잘못됐다는 것이 아니라, 그 외 지역에서 발생한 독자적인 미스터리의 역사는 역시 당사자들이 자력으로 만들고 기술하고 수집하고 보존해야 한다는 새삼스러운 깨달음이 들었다는 뜻이다.

《죽이는 책》처럼 들어가는 시간과 노력의 강도가 센 책을 번역할 경우, 책 자체가 즐거움을 보장하지 않는다면 번역의 노력을 버텨내기 힘들다.《죽이는 책》에서 소개하는 작품 중 한국에 번역된 책은 절반이 채 안 될 정도로, 낯선 작가와 작품이 대다수였기 때문에 다소 무모하게 달려드는 막막한 심정으로 작업에 임했다. 그럼에도 불구하고 매번 새로운 책들을 소개받는 독자의 심정으로, 다음 서평으로 넘어갈 때마다 이번엔 또 어떤 세계가 펼쳐질지 설레는 마음이 유지되었기 때문에 버틸 수 있었다.

좋은 책을 소개해주고 믿고 번역을 제안해주었으며, 마감일을 지키지 못했음에도 참을성 있게 원고를 기다려주고 격려해준 책세상 출판사 편집부에 진심으로 감사드린다. 여러 분들의 힘으로, 정말 '죽이는' 책이 한국에도 소개될 수 있었다는 걸 강조하고 싶다.

2015년 2월
김용언

찾아보기

죽이는 책

세계 최고의 미스터리 작가들이 꼽은 세계 최고의 미스터리들

펴낸날   초판 1쇄 2015년 2월 15일
　　　　　　초판 4쇄 2019년 8월 20일

엮은이   존 코널리, 디클런 버크
옮긴이   김용언
펴낸이   김현태
펴낸곳   책세상

주소   서울시 마포구 잔다리로 62-1, 3층 (우편번호 04031)
전화   02-704-1251(영업부), 02-3273-1333(편집부)
팩스   02-719-1258
이메일   bkworld11@gmail.com
광고제휴 문의 bkworldpub@naver.com

홈페이지 chaeksesang.com　**페이스북** /chaeksesang
트위터   @chaeksesang　**인스타그램** @chaeksesang　**네이버포스트** bkworldpub

등록   1975. 5. 21. 제1-517호
ISBN   978-89-7013-917-3 03800

* 잘못된 책은 바꾸어드립니다.
* 책값은 뒤표지에 있습니다.

이 도서의 국립중앙도서관 출판시도서목록(CIP)은 서지정보유통지원시스템 홈페이지(http://seoji.nl.go.kr)와
국가자료공동목록시스템(http://www.nl.go.kr/kolisnet)에서 이용하실 수 있습니다.(CIP제어번호 : CIP2015003003)